백거이 문학의 기반 연구

백거이 문학의 기반 연구

白居易

左遷九江郡司馬明年秋送客湓
琶者聽其音錚錚然有京都聲問
學琵琶於穆曹二善才年長色
送客楓葉荻花秋瑟瑟半紅士
欲飲無管絃醉不成歡慘將別別
水止琵琶聲主人忘歸客不發琵

김경동 지음

성균관대학교
출 판 부

1994년 성수대교가 붕괴되었고 바로 다음해 삼풍백화점이 무너져 내렸다. 붕괴된 것은 한강 다리와 백화점 건물만이 아니었다. 국가의 품격과 국민의 자존심이 그것과 함께 무너져 내렸다. 어이없는 사고의 근본 원인은 바로 기초공사의 부실이었다. 부실공사로 인한 대형 참사를 목도한 나는 이렇게 자문(自問)하였다. 우리 사회에서 부실이 완전하게 사라질 때는 언제인가?

속국의 서러움은 일제강점기에만 있는 것이 아니다. 지금도 정치·경제·외교 등 여러 방면에서 강대국의 속박으로부터 자유롭지 않다. 이 치욕적인 상황은 학술 영역에서도 언제나 발생 가능하다. 연구기반 확립을 위한 기초작업에 노력을 경주하지 않고 외국학자들의 연구 성과를 수용하기에 급급하다면 그것이 바로 학문적 속국인 것이다.

일차산업의 육성을 소홀히 하면 국민의 기본 생존권이 타국에 종속되는 불행이 초래된다. 연구기반 확립에 대한 나태함으로 인해 야기되는 이차자료에 대한 맹신은 결국 학문의 종속으로 이어질 수밖에 없다. 따라서 주체적이고 창의적인 연구성과 창출에 매우 중요한, 연구기반을 다지는 일은 우리 학술 각 영역에서 매우 시급한 과제이다.

어느 국문학자는 "국내에서의 기초작업이 없는, 무분별한 수입학에서 탈피하여 우리학문의 근본을 바로 잡아 세계 학문과 맞설 수 있는 창조학을 해야 한다"고 주장했다. 국학 영역에서도 이러할진대 종속의 가능성이 높은 외국학 영역에서 연구기반과 기초작업의 중요성은 아무리 강조해도 지나치지 않는다.

본서의 기획은 바로 이러한 인식과 의식으로부터 출발하였다. 작년 출간된 『수용과 창화──한중고대문인의 문학교류』가 30여 년 전의 우연으로 시작되었다면 본서는 30여 년 전에 기획된 의도적 작업의 산물이다. 오래 전부터 국내 백거이(白居易) 연구의 기반 확립을 위해 다양한 작업이 필요하다고 생각해 왔다. 학문후속세대의 효율적 학습을 위해 믿을만한 국문자료의 축적이 무엇보다 시급하다는 확신이 있었다.

백거이 연구의 기반확립을 위한 기초작업은 작품 역주를 비롯하여 연보·전기·판본·교감·작품 편년·연구 개황 등 다방면에 걸쳐 있다. 제1부는 백거이의 문집과 작품, 제2부는 작가와 전기, 제3부는 연보와 작품표 등 3부작으로 본서의 내용을 구성한 것은 바로 이 때문이다.

제1부 서두에 백거이 문집의 성립 과정과 현존 백거이 문집의 주요 판본에 대한 논의를 배열한 것은 문집의 제반 상황에 대한 이해가 백거이 연구 입문자에게 학술적 디딤돌이 될 수 있기 때문이다. 특히 제3장에서는 백거이 작품의 창작연대 이설과 제목 이문(異文)을 비교하고 작품번호 설정 기준을 수립하여 작품일람표 작성의 기초를 마련하였다. 제2부 서두에는 중국·대만·일본의 백거이 삼종연보(三種年譜) 이설을 비교·검증하여 국내 백거이 전기 연구의 주체성을 확립하고자 하였다. 문사(文史) 고증은 분석력과 논리력 배양

에 탁월한 효과가 있으므로 제7·8·9장은 학문후속세대의 훈련 교본으로 가치가 있다.

본서 기획의 핵심 키워드는 연구기반의 확립과 믿을만한 국문자료의 확보이다. 백거이 문학에 대한 학습과 연구에 뜻을 세운 학문후속세대들이 백거이 관련 기본 정보와 정확한 지식을 최단기간 내에 습득할 수 있도록 해야 하기 때문이다. 이러한 취지에 부합하는 일련의 논문을 계획적으로 꾸준하게 작성하였다. 오랜 기간에 걸친 학술 작업의 결과물이 본서 분량의 절반을 다소 상회한다. 부록으로 추가한 학술평론 2편은 백거이와 관계는 없지만 학술연구의 기반이라는 본서 취지와 일맥상통하는 바가 있어 동참의 기회를 부여했다.

기발표 논문을 본서 집필의 기반으로 삼은 부분도 많은 시간과 노력을 들여 전면 개작하기도 하고 논의 범위를 확대하기도 하였다. 단행본 저서에 부합하도록 글의 구성을 재편하고 언어 표현을 정성껏 다듬었다. 인용 작품을 욕심 내어 추가하기도 하고 기존 번역을 시(詩)답게 바꾸기도 하였다. 이전의 부족함을 보완하고 새로운 작업 성과를 제공하고자 노력했다. 예를 들면 제6장은 해방 이후 2000년까지의 백거이 연구 상황을 정리한 글을 저본으로 삼았지만 본서 발간을 위해 2022년까지로 범위를 확대했다.

무엇보다 유의미한 작업은 제3부의 「작품일람표」이다. 주금성(朱金城)의 『백거이집전교(白居易集箋校)』에 수록된 총 3,857편의 작품에 대해 필자 책정의 작품번호, 화방영수(花房英樹)의 작품번호, 작품 제목 및 주요 현대 배인본 3종의 수록 책수와 면수 아울러 창작 연도와 지점·각운 등 기본 정보를 망라했다. 이로 인해 백거이 연구자는 연구대상으로서의 작품과 그에 관한 기본 정보를 신속하게 확인할 수 있다. 새로운 지식의 창출은 원전에 대한 철저한 탐색이 연구의 시발점과 종착점이 되어야 가능해진다. 별도로 「작품번호 색인」을 마련한 것도 바로 이 때문이다. 본서의 발간이 국내 백거이 연구의 주체성을 강화하고 국제무대에서의 위상을 제고하는 디딤돌이 될 수 있기를 소망한다.

한유(韓愈)의 「제십이랑문(祭十二郎文)」을 20대 초반에 읽었다. "내 나이 마흔도 되지 않았는데 눈은 침침하고 머리는 희끗희끗하며 이는 흔들거린다(吾年未四十, 而視茫茫, 而髮蒼蒼, 而齒牙動搖)"는 구절에 이르렀다. 그 말의 뜻은 이해했으나 말 속에 담긴 그 슬픔을 나는 알지 못했다. 그때는 그저 남의 일이었다. 40여 년이 흐른 지금, 그것이 바로 나의 슬픔이 되리라고는 미처 예상하지 못했다. "지금 알고 있는 걸 그때도 알았더라면", 어느 시인의 시를 떠올리며 이 글을 마친다.

2023년 12월 30일 연죽헌(然竹軒)에서
김경동 적다

❑ 본서 인용의 백거이 작품은 주금성(朱金城)의 『백거이집전교(白
居易集箋校)』를 주요 저본으로 한다. 사사위(謝思煒)의 『백거이시
집교주(白居易詩集校注)』와 『백거이문집교주(白居易文集校注)』를
보조 저본으로 삼는다.

❑ 백거이 작품의 출처는 주금성의 『백거이집전교』 혹은 사사위의
『백거이시집교주』·『백거이문집교주』의 서명과 책수·면수만을
표기한다.

❑ 본서 인용의 원진 작품은 기근(冀勤) 교점의 『원진집(元稹集)』(북
경, 중화서국, 1981)을 저본으로 삼고 인용 작품의 출처는 『원진집』
의 서명과 책수·면수만을 표기한다.

❑ 백거이와 원진 작품 이외에 기타 작품의 출처는 서명과 권수만을
표기한다.

❑ 백거이 작품이 거론될 때에는 [　]안에 작품번호 4자리를 부기하
여 독자의 검색에 편의를 제공한다. 동일한 작품이 동일 면의 본
문과 각주에 모두 거론될 경우에는 각주에만 작품번호를 부기하
기로 한다.

☐ 본서 인용의 작품은 작품 전체 혹은 일부 구절을 직접 인용했을 경우에만 출처를 표기하고 작품 제목만을 언급하는 경우에는 출처 미표기를 원칙으로 한다. 다만 의미 맥락상 필요하다고 판단될 때는 출처를 표기한다.

☐ 문집 이외의 단행본 저서에 대한 출처 표기는 저자·서명·판권사항 및 면수 기재를 원칙으로 한다.

☐ 인용문이 산문일 경우 번역문만을 제시하고 원문은 각주로 처리한다. 다만 원문의 본문 적시가 필요한 경우는 예외로 한다. 예를 들면 제7장「삼종연보 이설 비교」에서 연보 인용 시에는 원문과 번역문을 함께 본문에 제시한다.

☐ 본문에서 한자 표기가 필요한 경우에는 '한글(한자)'의 형식으로 한글과 한자를 병기한다. 다만 각 장에서 첫 번째 출현일 경우를 원칙으로 한다. 아울러 작품 제목과 논문 제목은 첫 출현일 경우라도 예외로 하여 한자로 표기하고 이후에는 한글 표기와 한자 표기를 필요에 따라 선택한다.

☐ 본문에 시구를 인용할 때에는 "번역문(한자)" 혹은 "한글(한자)"로 표기하되 두 번째부터는 특별한 경우를 제외하고 "한자"로만 표기한다.

☐ 고대 역사인물의 성명은 ( ) 안에 한자 및 생졸년을 표기하되 각장의 첫 번째 출현 시로 제한함을 원칙으로 한다. 생졸년이 미상일 경우에는 표기하지 않는다.

| 목 차 |

1
제1부

문집과 작품

| 제1장 |

백거이 문집의 성립과정

중국 고대문인의 작품은 별집(別集)·총집(總集)·선집(選集)·전집(全集) 등 다양한 형태로 후세에 전해진다. 그 중에서 '별집'은 일정한 체재에 따라 한 작가의 시문만을 모아 편찬한 서적을 말한다. 『수서·경적지(隋書·經籍志)』에 의하면 '별집'이란 용어는 동한(東漢) 시기에 출현하였다고 한다.[1] 수당오대(隋唐五代)에 들어 별집 편찬의 풍조가 유행함에 따라 별집의 수량이 크게 증가했다. 그 결과 당대의 별집은 작가 900여 명의 983부에 이르고 있다.[2]

수많은 당대(唐代) 문인의 별집 중에서 가장 흥미로운 것은 바로 백거이의 문집이다. 백거이는 생전에 자신의 시를 풍유시(諷諭詩)·한적시(閑適詩)·감상시(感傷詩)·잡률시(雜律詩) 등으로 사분한 적이 있을 뿐 아니라 자신의 문집을 스스로 여러 차례 편찬했기 때문이다. 생전에 자신의 문집을 자편(自編)했던 당대 문인[3] 중에서도 백

---

1) 『隋書·經籍志』: "別集之名, 蓋漢東京之所創也. 自靈均已降, 屬文之士衆矣, 然其志尙不同, 風流殊別. 後之君子, 欲觀其體勢, 而見其心靈, 故'別'聚焉, 名之爲集."(『수서』권35·「志」제30)

2) 『新唐書·藝文志』에 수록된 당오대 시기 別集類 저작은 513명의 573부인데, 陳尙君의 「『新唐書·藝文志』補──集部別集類」(『唐研究』第一卷, 北京, 北京大學出版社, 1995)에 의하면 당대 별집은 900여 명 작가의 983부에 이른다. 陶敏·李一飛『隋唐五代文學史料學』北京, 中華書局, 2001, 9쪽.

3) 예를 들면 元結·元稹·劉禹錫·薛元超·李紳·羅隱·許渾·鄭谷·顔眞卿·皮日

거이는 자신의 작품 보존에 가장 애착을 보였던 시인이었다.

본고에서는 백거이 연구를 위한 기초 작업의 일환으로 백거이 문집의 성립 과정을 살펴 볼 것이다. 아울러 전집(前集)·후집(後集)·속후집(續後集) 성립의 구체적 내용과『백씨장경집(白氏長慶集)』·『백씨문집(白氏文集)』이라는 백거이 문집 명칭의 유래에 대한 이해를 도모하기로 한다.

1. 문집 편찬의 초기 양상

당대 문인 중 자신의 문집 편찬과 작품 보존에 가장 많은 노력을 들인 시인은 백거이이다. 다른 당대 문인의 경우처럼 현존 최고(最古)의 백거이 문집 또한 송대(宋代)에 간행된 것이지만 백거이는 생전에 이미 여러 차례 자신의 문집을 스스로 편찬하였다.[4]

백거이는 강주(江州)로 좌천된 원화(元和) 10년(815) 처음으로 자신의 시집을 편찬했다고 한다. 혹자는 장경(長慶) 4년(824)의『백씨

休 등의 당대 문인들은 생전에 자신의 문집을 自編한 바 있다. 수당오대 별집의 편찬 상황에 관한 논의는 陶敏·李一飛『隋唐五代文學史料學』北京, 中華書局, 2001, 8-12쪽 참조.

4) 국내의 학술저작에서 처음으로 백거이 문집의 편찬과정을 정리·소개한 것은 김재승의 박사논문 「백낙천시 연구」(서울대 박사논문, 1985.7)이다. 국내 백거이 관련 제1호 박사논문으로서 1991년『白樂天詩研究』라는 서명으로 명문당에서 출판된 바 있다. 김재승은 백거이가 8회에 걸쳐 자신의 문집을 편찬했다고 하면서 그 과정을 간략하게 서술하였다. 백거이 문집의 편찬 횟수에 관해서는 연구자의 기준과 참고자료에 따라 중국 학계에서도 의견이 상이하다. 예를 들면 謝思煒는 총 6회(『白居易集綜論』北京, 中國社會科學出版社, 1997. 4-11쪽), 陳才智는 총 10회(『元白詩派研究』北京, 社會科學文獻出版社, 2005. 384쪽)의 편찬과정을 거쳐 백거이 문집이 완성되었다고 한다.

장경집』이 제1차 문집 편찬이라고도 한다.[5] 그러나 문집 편찬의 의미를 확대 해석하면 현존 자료 상 최초의 편찬은 이미 정원(貞元) 16년(800) 백거이 나이 29세 때에 이루어졌다.

　정원15년(799) 가을, 선주(宣州) 향시에 급제한 백거이는 진사시(進士試) 응시를 위해 장안으로 상경하였다. 「與陳給事書」[2913]에 의하면 백거이는 그 다음해인 정원16년(800) 정월, 급사중(給事中) 진경(陳京)에게 자신의 "잡문 20편·시 100수"를 올렸다고 한다.[6] 당대의 과거문화 측면에서 볼 때 이러한 행위는 바로 당대 사회에 성행했던 행권(行卷)에 해당한다. 행권이란 진사과 응시 예정인 사인(士人)들이 사회 저명인사에게 자신의 문재를 알리고 주고관(主考官)에게 천거됨으로써 급제의 가능성을 높이기 위한 수단이었다. 따라서 백거이는 진사과 응시 전에 자신의 재능을 드러낼 수 있는 작품을 선별한 후[7] 그것을 하나의 권축으로 만들었을 것이다. 간본(刊本)이 아닌 사권(寫卷)의 형태로 존재했던 당대 서적의 출판 상황을 고려할 때 이러한 과정은 자기 작품에 대한 편찬 행위와 다를 바 없다.[8] 정원16년(800)의 "잡문 20편·시 100수"가 비록 구체적으로 어떤 작품이었는

5) 謝思煒『白居易集綜論』北京, 中國社會科學出版社, 1997, 4쪽.

6) 白居易 「與陳給事書」[2913]: "上無朝廷附離之援, 次無鄕曲吹煦之譽. 然則孰為而來哉? 蓋所仗者文章耳, 所望者主司至公耳.……謹獻雜文二十首, 詩一百首, 伏願俯察悃誠, 不遺賤小, 退公之暇, 賜精鑒之一加焉."(『白居易集箋校』제5책, 2776쪽)

7) 백거이 「與元九書」[2915]의 "旣第之後, 雖專於科試, 亦不廢詩. 及授校書郞時, 已盈三四百首."(『백거이집전교』제5책, 2789쪽)라는 기록에 의하면 정원19년(803) 3월 비서성교서랑에 제수될 때 이미 3·400수의 시가 있었다. 따라서 정원16년(800)의 '詩一百首'는 그때까지의 시 작품을 망라한 것이 아니라 일부 작품을 선별한 것이었을 가능성이 높다.

8) 天寶12년(753) 元結이 자편한 『文編』도 진사과 응시 전에 行卷을 목적으로 한 것이었다. 陶敏·李一飛『隋唐五代文學史料學』北京, 中華書局, 2001, 9쪽.

지 현재는 알 수 없다. 그러나 행권이라는 특수한 목적의 산물로서 자기 작품에 대한 제1차 편찬의 결과물이라고 할 수도 있다.[9]

그로부터 15년 후인 원화10년(815) 44세의 백거이는 또 다시 작품 편찬을 시도하였다. 원화10년 8월 강주사마로 좌천된 백거이는 그 해 12월 「與元九書」에서 다음과 같이 밝히고 있다.

나는 몇 개월 동안 책상자를 점검하여 신·구시(新·舊詩)를 찾아내고, 각각 종류별로 분류하여 권수를 나누었습니다. 좌습유 벼슬을 한 이래 체험하고 느낀 바로서 미자(美刺)·비흥(比興)과 관련된 시 그리고 또 무덕(武德)에서 원화에 이르는 기간 사실에 의거해 제목을 붙이고 신악부로 명제한 시 총 150수를 풍유시라고 했고 또 관청에서 퇴근하여 귀가해서나 병가를 내고 휴양하면서 안분지족하고 심신을 화순하게 보전하며 성정을 읊은 시 100수를 한적시라고 했습니다. 외부 사물에 촉발되어 마음 속에 감정이 움직일 때 그 감회에 따라 읊조린 시 100 수를 감상시라고 했으며 또 오언·칠언의 장구와 절구 등 100운으로 부터 2운에 이르는 시 400여 수를 잡률시라고 했는데 총 15권에 약 800수입니다.[10]

---

9) 이러한 점에서 花房英樹의『白氏文集の批判的研究』(京都, 彙文堂書店, 1960. 412 쪽)도 정원16년의 "雜文二十首, 詩一百首"를 제1차 편찬으로 간주하고 있다.

10) 백거이 「與元九書」[2915]: "僕數月來, 檢討囊袠中, 得新舊詩, 各以類分, 分爲卷目. 自拾遺來, 凡所遇所感, 關於美刺興比者, 又自武德訖元和, 因事立題, 題爲新樂府者, 共一百五十首, 謂之諷諭詩. 又或退公獨處, 或移病閑居, 知足保和, 吟玩性情者一百 首, 謂之閑適詩. 又有事物牽於外, 情理動於內, 隨感遇而形於歎詠者一百首, 謂之感 傷詩. 又有五言七言長句絶句, 自一百韻至兩韻者四百餘首, 謂之雜律詩. 凡爲十五 卷, 約八百首."(『백거이집전교』제5책, 2789쪽)

이 글에 의하면 백거이는 자기 작품 중에서 약 800수 시를 모아 15권 시집을 편찬하였던 것이다. 원화10년(815) 강주에서의 편찬 작업은 시만을 대상으로 했다는 점, 그리고 약 800수 시를 풍유시·한적시·감상시·잡률시 등의 4종으로 분류했다는 점이 특이하다. 이같은 사분류는 장경4년(824)의 『백씨장경집』 편찬에도 그대로 적용되었다. 그러나 15권 시집의 구체적인 편차와 체례는 현재 확인할 길이 없다.

「여원구서」는 원진(元稹, 779-831)의 「叙詩寄樂天書」에 대한 일종의 회신이었다. 「서시기낙천서」에 의하면 원진은 원화7년(812) 좌천지인 강릉(江陵)에서 시 800여 수를 10종으로 분류하여 20권 시집을 편찬했다.[11] 혹자는 원화10년(815) 강주에서 백거이가 15권 시집을 분류·편찬한 것은 우인 원진의 시집 편찬으로부터 자극을 받았기 때문이라고 한다.[12] 그러나 15권 시집 편찬의 의도와 동기는 그렇게 단순하지 않다. 15권 시집의 편찬을 마친 감회에 대해 백거이는 "세상의 부귀는 나와 연분이 없으나 사후 나의 문장은 분명 명성을 얻으리라"[13]고 노래했다. 여기에는 강주로 좌천된 시인 자신에게 있어 인생의 의미 부여는 더 이상 정치 행위에서 가능하지 않다는 절박한 인식이 담겨 있다. 아울러 자기 작품을 후세에 전하여 명성을 얻는 것만이 정치적 좌절로 인한 상실감을 보상받을 수 있다는 기대감을

---

11) 元稹 「叙詩寄樂天書」: "適値河東李明府景儉在江陵時, 僻好僕詩章, 謂爲能解, 欲得盡取觀覽, 僕因撰成卷軸.……自十六時, 至是元和七年矣, 有詩八百餘首, 色類相從, 共成十體, 凡二十卷."(『元稹集』상책, 351쪽)

12) 花房英樹 『白氏文集の批判的研究』 京都, 彙文堂書店, 1960, 6쪽.

13) 백거이 「編集拙詩成一十五卷因題卷末戲贈元九李二十」[1014]: "世間富貴應無分, 身後文章合有名."(『백거이집전교』제2책, 1053쪽)

표출했다. 원화10년의 15권 시집은 이러한 의도에서 진행된 문학 행위의 결과물이다.[14]

2. 전집(前集) ── 『백씨장경집』50권의 출현

15권 시집의 편찬 이후, 백거이 작품의 대대적인 편찬 작업은 장경4년(824) 53세 때 이루어졌다. 이때는 시(詩)와 문(文)을 합해 총 2,191편을 수록한 50권 문집이었으며 『백씨장경집』이라는 문집 명칭이 처음으로 부여되었다. 장경4년의 50권 문집 편찬에 관해 원진은 「白氏長慶集序」에서 다음과 같이 밝히고 있다.

장경4년 낙천은 항주자사에서 우서자(右庶子)로 소환되었다. 나는 당시 회계자사(會稽刺史)로 있었으므로 낙천의 글을 모두 구할 수 있었고 손수 순서대로 엮어 50권을 이루었으니 총 2,191편이었다. 전인들은 대개 전집(前集)·중집(中集)으로 문집 명칭을 삼았는데 나는 폐하께서 내년에 응당 개원할 것이며 그러면 장경은 금년까지라고 생각했기에 『백씨장경집』이라고 이름하였다.……장경4년 겨울 12월 10일 미지(微之)가 서(序)를 짓다.[15]

---

14) 원화10년(815) 15권 시집의 편찬과 사분류 기준에 관한 논의는 본서 제4장 「백시 사분류의 원리와 의의」에 상세하다.

15) 원진 「白氏長慶集序」; "長慶四年, 樂天自杭州刺史以右庶子詔還. 予時刺會稽, 因得盡徵其文, 手自排續, 成五十卷, 凡二千一百九十一首, 前輩多以前集·中集爲名, 予以爲陛下明年當改元, 長慶訖於是, 因號曰白氏長慶集.……長慶四年冬十二月十日微之序."(『원진집』하책, 554쪽)

백거이가 항주자사(杭州刺史)에 제수된 것은 장경2년(822) 7월, 그의 나이 51세 때의 일이었다. 반면 원진은 다음해인 장경3년(823) 8월, 월주자사(越州刺史)에 제수되었다. 항주와 월주(즉 회계, 지금의 절강성 소흥)는 전당강(錢塘江)을 사이에 둔 인접 지역이었으므로 백거이와 원진은 죽통에 시를 담아 창화하기도 하였다.[16] 장경4년(824) 5월 말, 백거이는 항주자사 임기가 만료되어 항주를 떠났다. 이때 백거이는 자신의 작품을 원진에게 맡기며 문집 편찬의 마무리를 당부한 것으로 보인다. 원진의 「백씨장경집서」에 의하면 그 해 12월 10일 문집 편찬을 완성한 원진은 백거이 문집을 『백씨장경집』으로 명명하고 서를 지었다.

장경4년 원진의 도움으로 완성된 『백씨장경집』50권은 행권의 수단으로 편찬된 정원16년(800)의 "잡문 20편·시 100수"와도 다르고, 시만을 대상으로 한 원화10년(815)의 15권 시집과도 현저한 차이가 있다. 『백씨장경집』50권은 2,191편[17]의 시문을 망라했다는 점에서 백거이 문집 성립의 기반 구축이라는 의미가 있다. 이러한 점에서 장경4년의 『백씨장경집』50권이 백거이 작품의 "첫 번째 완정한 문집 편찬(第一次完整結集)"[18]이라는 평가도 일리가 있다.

『백씨장경집』50권 편찬 당시 어떠한 체례에 의해 문집이 구성되었는지 원진의 서에는 구체적으로 드러나 있지 않다. 다만 원진은

---

16) 백거이의 장경3년(823) 작품 「醉封詩筒寄微之」[1545]시의 "爲向兩州郵吏道, 莫辭來去遞詩筒." 2구와 장경4년(824) 작품의 시제 「與微之唱和來去常以竹筒貯詩陳協律美而成篇因以此答」[1562]을 통해 원진과 백거이가 錢塘江을 사이에 두고 죽통에 시를 넣어 주고 받았음을 알 수 있다.

17) 『백씨장경집』50권의 시문 편수에 관해 『舊唐書·白居易傳』과 『全唐文』권653 수록의 원진 「白氏長慶集序」에는 2,251편으로 기록되어 있다.

18) 謝思煒 『白居易集綜論』 北京, 中國社會科學出版社, 1997, 4쪽.

「백씨장경집서」에서 풍유 · 한적 · 감상 · 율시 및 부찬(賦贊) · 잠계(箴戒), 비기(碑記) · 서사(敍事) · 제고(制誥), 계표(啓表) · 주장(奏狀), 서격(書檄) · 사책(詞策) · 부판(剖判) 등으로 백거이의 작품을 구분하고 각 부류에 대한 평가를 내린 바 있다.[19] 따라서 백거이 작품에 대한 이러한 분류가 실제 문집의 체례로 적용되었을 가능성이 높다. 이러한 점은 나파본(那波本) 『백씨문집』의 체례를 감안할 때 더욱 신빙성이 있다. 나파본은 현존 백거이 문집 간본 중에서 장경4년 『백씨장경집』50권 체례의 원형을 가장 잘 보존하고 있다는 평가를 받고 있기 때문이다. 나파본 『백씨문집』 권1에서 권50까지의 편차를 소개하면 다음과 같다.

권수(卷數)	권수(卷首) 명칭	권수	권수 명칭
권1-4	諷諭	권27	書
권5-8	閑適	권28	書序
권9-12	感傷	권29	書頌議論狀
권13-20	律詩	권30	試策問制誥
권21	詩賦	권31-36	中書制誥
권22	銘贊箴諧偈	권37-40	翰林制詔
권23	哀祭文	권41-44	奏狀
권24	碑碣	권45-48	策林
권25	墓誌銘	권49-50	甲乙判
권26	記序		

---

19) 원진 「백씨장경집서」: "大凡人之文各有所長, 樂天之長可以爲多矣. 是以諷諭之詩長於激, 閑適之詩長於遣, 感傷之詩長於切, 五字律詩 · 百言而上長於贍, 五字七字 · 百言而下長於情, 賦贊箴戒之類長於當, 碑記敍事制誥長於實, 啓表奏狀長於直, 書檄詞策剖判長於盡."(『원진집』하책, 554쪽)

권1부터 권20까지의 시를 풍유·한적·감상·율시로 사분한 것은 원화10년(815) 백거이가 자편했던 15권 시집의 풍유시·한적시·감상시·잡률시와 일치한다. 이것은 원화7년(812) 원진이 자신의 시집 20권을 편찬하면서 고풍(古諷)·악풍(樂諷)·고체(古體)·신제악부(新題樂府)·오언율시(五言律詩)·칠언율시(七言律詩)·율풍(律諷)·도망(悼亡)·고체염시(古體豔詩)·금체염시(今體豔詩) 등으로 십분류한 것과는 완전히 다른 체례였다. 그렇다면 장경4년(824) 『백씨장경집』50권이 원진에 의해 편찬되었다고 하지만 문집 체례의 결정과 작품 배열 등은 원진의 단독 작업이 아닐 가능성이 높다. 원진이 벗을 위해 서문을 작성하고 문집 명칭을 『백씨장경집』으로 명명했다는 것은 분명한 사실이지만 실질적인 편찬 작업의 기초는 백거이에 의해 이루어졌다고 해도 무방하다.[20]

3. 후집(後集) ── 『백씨문집』70권의 편찬

『백씨장경집』50권은 후일 전집(前集)으로 불려졌다. 전집 50권이 편찬된 후 거의 20년이 지난 회창(會昌) 2년(842), 후집 20권이 추가된 70권본 『백씨문집』이 편찬되었다. 그러나 전집 50권과는 달리 후

---

20) 화방영수는 원진이 장경4년(824) 12월에 지은 시 제목에 "爲樂天自勘詩集……"(『원진집』상책, 252쪽)이라는 표현이 있다는 점을 근거로 유사한 주장을 제기한 바 있다. 이에 의하면 백거이가 지기이자 문학적 동지인 원진에게 문집의 명명과 서문을 부탁했으며 『백씨장경집』 편찬에서 원진의 역할은 백거이의 편차를 따라 詩 부분에서 일부 작품을 분류·배열한 것에 지나지 않는다는 것이다. 화방영수 『白氏文集の批判的研究』京都, 彙文堂書店, 1960, 17쪽 참조.

집 20권의 편찬은 일시에 진행된 것이 아니었다. 전집의 편찬 이후 회창2년까지 여러 차례의 편찬 작업과 증보를 거쳐 완성된 것이다. 후집의 1차 편찬은 대화(大和) 2년(828) 57세 때의 일이었다. 이에 관한 상황은 백거이의 「後序」에 기록되어 있다.

여러 해 전, 원진이 나를 위해 문집을 편찬하고 그 일을 서술하였다. 총 5책으로 각 책은 10권인데 (수록 작품의 시기는) 장경2년 겨울[21]까지이며 『백씨장경집』으로 명명하였다. 그 후에 다시 격시(格詩)·율시·비지(碑誌)·서기(序記)·표찬(表贊) 등 종류별로 묶어 권축을 만들었고 또한 51권부터 시작해 권별로 편차를 정하였다. 이때가 대화2년 가을 내 나이 57세, 눈은 흐릿하고 머리는 희끗하며 노쇠한 지 오래되었다. 변변찮은 성률에 되는대로 읊은 시구도 이미 많으니 이제부터 마땅히 절필해야 하지만 혹시 옛 습관이 아직 남아 때때로 시를 읊조릴지도 스스로는 알 수 없다. 이에 전집에 덧붙여 원진에게 보답하고자 다시 서를 지어 권수(卷首)에 놓을 뿐이다.[22]

─────────────

21) "장경2년 겨울(長慶二年冬)"에 대해서는 현재 이견이 존재한다. 원진 「백씨장경집서」의 "長慶四年冬"과 부합하지 않으며 현재 통용되는 백거이 문집에는 장경3·4년 작품의 일부가 前集에도 수록되어 있기 때문이다. 岑仲勉은 '장경2년'이라면 장경3·4년 작품은 전집에 수록될 수 없으므로 "長慶二年冬"은 "長慶四年冬"의 오기라고 주장한 바 있다.(岑仲勉 「論白氏長慶集源流並評東洋本白集」; 『中央研究院歷史語言研究所集刊』9집, 1947.9) 현재 나파본 및 소흥본·마원조본 등의 중국 간본에는 모두 "長慶二年冬"으로 기재되어 있으나 일본 동대사 소장 『白氏文集要文抄』에는 "長慶三年冬"으로 되어 있다. 花房英樹(『白氏文集の批判的研究』 京都, 彙文堂書店, 1960, 19쪽·195쪽)·謝思煒(『白居易集綜論』 北京, 中國社會科學出版社, 1997, 6쪽) 등은 『백씨문집요문초』를 근거로 "長慶三年冬"이 옳다고 주장하고 있다. 이외에도 「후서」는 대화2년(828)에 쓴 것이고 원진의 『백씨장경집』 편찬은 장경4년(824)의 일이므로 岑仲勉은 「후서」의 "前三年"은 "前四年"의 오기라고 주장한 바 있다. 그러나 '三'에는 '多數'의 의미도 있으므로 필자는 "前三年"을 '여러 해 전'으로 번역했음을 밝혀 둔다.

장경4년(824) 『백씨장경집』50권 편찬 이후 백거이는 태자좌서자 분사동도(太子左庶子分司東都) · 소주자사(蘇州刺史) 및 비서감(秘書監)을 거쳐 대화2년(828)에는 형부시랑(刑部侍郞)으로 장안에 거주하고 있었다. 이때 백거이는 『백씨장경집』50권 편찬 이후의 시문을 정리하여 후집의 1차 편찬을 진행했다. 『백씨장경집』50권을 '전집'으로 지칭한 것은 바로 이때부터였다.

「후서」에는 후집 1차 편찬의 권수와 편수가 밝혀져 있지 않다. 그러나 일본 동대사(東大寺) 소장 『백씨문집요문초(白氏文集要文抄)』 수록 「후서」에 의하면[23] 역시 격시 50수, 율시 300수, 비지 · 서기 · 표찬 등이 10편이며 총 5권으로 이루어졌음을 알 수 있다. 장경4년의 전집이 시문 2,191편에 총 50권으로 편찬된 것이었다면, 후집의 1차 편찬은 전집의 후속으로 51권부터 55권까지 총 360편이 추가되었던 것이다.

후집의 2차 편찬은 그로부터 7년 후인 대화9년(835)에 이루어졌다.[24] 당시 64세의 백거이는 태자빈객분사(太子賓客分司)로서 낙양에 거주하고 있었다. 이 2차 편찬에 의해 60권본 문집이 완성되었다.

---

22) 백거이 「後序」[1414]: "前三年, 元微之爲予編次文集而敍之. 凡五秩, 每秩十卷, 訖長慶二年冬, 號白氏長慶集. 邇來復有格詩 · 律詩 · 碑誌 · 序記 · 表贊, 以類相附, 合爲卷軸, 又從五十一以降, 卷而第之. 是時大和二年秋, 予春秋五十有七, 目昏頭白, 衰也久矣. 拙音狂句, 亦已多矣. 由玆而後, 宜其絶筆. 若餘習未盡, 時時一詠, 亦不自知也. 因附前集報微之, 故復序于卷首云爾."(『백거이집전교』제3책, 1396쪽)

23) 백거이 「後序」[1414]: "邇來復有格詩五十首 · 律詩三百首 · 碑誌 · 序記 · 表贊共十首, 以類相附, 合爲五軸."(『白氏文集要文抄』) 謝思煒 『白居易集綜論』 北京, 中國社會科學出版社, 1997. 5쪽 재인용.

24) 후집의 1차 편찬(828)과 2차(835) 편찬 사이에도 백거이는 별도로 소규모의 문집을 편찬한 바 있는데, 대화3년(829)의 『因繼集』16권과 『劉白唱和集』2권, 대화8년(834)의 『洛詩集』432수 등이다.

이에 관한 전말은 「東林寺白氏文集記」에 상세하게 기록되어 있다.

예전 내가 강주사마이던 시절, 항상 여산의 승려들과 동림사 경장(經藏)에서 동진(東晉)의 혜원(慧遠)이 여러 문사와 창화했던 시집을 펼쳐 읽었다. 당시 여러 승려들이 나의 문집도 경장에 비치하기를 청하였는데, 그러겠노라 대답하며 마음속으로 후일 그 일을 실행하리라 다짐했었다. 그로부터 지금까지 20여 년이 되었다. 지금 내가 그전부터 지은 글이 길고 짧은 것을 합해 총 2,964편인데 60권으로 엮었다. 편집을 마치고 경장에 비치하여, 동림사·서림사와 내세의 연을 맺고 아울러 지난 날의 뜻을 되살리고자 하였다. 그러므로 스스로 졸작임을 잊고 동림사 장로와 경장의 관리승에게 원공(遠公, 즉 혜원) 문집의 선례에 의거해 주기를 청하여 외객에게 대여하지 않고 사찰 내에서만 열람토록 하였으니 매우 다행스러운 일이다. 대화9년 여름, 태자빈객·진양현개국남(晉陽縣開國男) 태원 백거이 낙천이 적다.[25]

강주사마 시절 백거이는 여산(廬山) 동림사(東林寺) 승려들과 깊은 교분을 맺은 적이 있었다. 총 2,964편의 60권본 문집이 여산 동림사 경장(經藏)에 비치된 것은 이와 관련이 있다. 후일 자신의 문집을 동림사에 봉납하겠다는 약속을 이행하고 아울러 내세에 대한 기원의

---

25) 백거이 「東林寺白氏文集記」[3660]: "昔余爲江州司馬時, 常與廬山長老於東林寺經藏中披閱遠大師與諸文士唱和集卷. 時諸長老請余文集亦置經藏. 唯然心許他日致之, 迨茲餘二十年矣. 今余前後所著文大小合二千九百六十四首, 勒成六十卷. 編次旣畢, 納于藏中. 且欲與二林結他生之緣, 復曩歲之志也. 故自忘其鄙拙焉. 仍請本寺長老及主藏僧依遠公文集例, 不借外客, 不出寺門, 幸甚! 大和九年夏, 太子賓客·晉陽縣開國男太原白居易樂天記."(『백거이집전교』제6책, 3768쪽)

의미를 담았다. 5권 360편이 추가된 후집의 1차 편찬과 비교하면 2차 편찬의 규모는 5권 413편에 이른다. 장경4년 50권 전집의 수록 편수가 2,191편이었으니, 여기에 773편이 추가된 60권본이 완성된 것이다. 「동림사백씨문집기」라는 제목에 의하면 백거이의 문집 명칭으로 『백씨문집』이 거론된 것은 이때부터였다.[26]

후집의 3차 편찬은 60권본 문집이 편찬되고 바로 1년 뒤인 개성(開成) 1년(836) 65세 때의 일이다. 당시 백거이는 태자소부분사(太子少傅分司)의 신분으로 낙양에서 지내고 있었다. 「聖善寺白氏文集記」에 "이 문집은 7책 65권으로 총 3,255편인데 『백씨문집』으로 명명하여 율소고루(律疏庫樓)에 봉납하였다"[27]고 하였듯이, 후집의 3차 편찬으로 인해 60권본에 5권 291편이 추가된 65권본 문집이 완성되었다. 총 3,255편이 수록된 65권본 문집은 백거이가 팔관재계(八關齋戒)를 받으며 불교도로서 깊은 인연을 맺었던[28] 낙양 성선사(聖善寺)에 봉납되었다. 『백씨문집』으로 문집 명칭을 삼았음이 정식으로 본문에 언급된 것은 65권본 문집 편찬 때였다.

---

26) 사사위는 이때 최초로 『白氏文集』이라는 문집 명칭이 사용되었다고 하였고(謝思煒 『白居易集綜論』北京, 中國社會科學出版社, 1997. 7쪽), 화방영수도 이와 유사한 견해를 표명한 바 있다.(花房英樹 『白氏文集の批判的研究』京都, 彙文堂書店, 1960. 24쪽) 이 같은 주장은 「東林寺白氏文集記」라는 제목에 근거한 것으로 보인다. 그러나 본문에는 문집 명칭에 관한 언급이 존재하지 않는다. 제목에 등장하는 '白氏文集'은 일반명사로 사용한 것일 수도 있다. 이에 반해 開成1년(836)의 「聖善寺白氏文集記」의 본문에는 "題爲白氏文集"이라는 기록이 있으니 이를 근거로 하면 문집 명칭이 『백씨문집』임을 정식으로 밝힌 것은 개성1년(836) 후집 3차 편찬 때의 일이다.

27) 백거이 「聖善寺白氏文集記」[3661]: "其集七帙六十五卷, 凡三千二百五十五首, 題爲白氏文集, 納於律疏庫樓."(『백거이집전교』제6책, 3770쪽)

28) 백거이 「聖善寺白氏文集記」[3661]: "(白居易)與東都聖善寺鉢塔院故長老如滿大師有齋戒之因, 與今長老振大士爲香火之社."(『백거이집전교』제6책, 3770쪽)

후집의 4차 편찬은 이로부터 3년 후인 개성4년(839)에 진행되었다. 당시 백거이는 역시 태자소부분사의 신분으로 낙양에 거주하고 있었다. 이에 관한 내용은 「蘇州南禪院白氏文集記」에 상세하다.

당 풍익현 개국후 태원 백거이는 자가 낙천으로 문집 7책이 있는데 도합 67권으로 총 3,487편이다.……낙천은 불제자로서 성교(聖敎)를 모두 익히 알고 있고 인과를 깊이 믿으며, 내세의 업보를 지을까 걱정하고 지난 날의 잘못을 알아야 함을 깨달았다. 그러므로 그 문집은 가장(家藏) 이외에도 별도로 3벌을 더 만들어서 한 벌은 동도 성선사 발탑원(鉢塔院) 율고(律庫)안에 비치하였고 한 벌은 여산 동림사 경장에 보관하였으며 또 한 벌은 소주 남선원 천불당(千佛堂) 내에 비치하였다.……개성 4년 2월 2일, 낙천이 적다.[29]

후집의 4차 편찬에 의해 총 3,487편이 수록된 67권본 문집이 완성되었다. 후집 3차 편찬에 의한 65권본 문집에 비해 2권 232편이 증보되었던 것이다. 이 67권본은 가장본(家藏本) 이외에도 3벌이 더 제작되어 54·55세 때 자사(刺史)로서 인연을 맺었던 소주 남선원 뿐만 아니라 낙양의 성선사와 여산의 동림사에도 봉납되었음을 알 수 있다.[30] 백거이가 이처럼 자신의 문집을 사원에 봉납

---

29) 백거이 「蘇州南禪院白氏文集記」[3668]: "唐馮翊縣開國侯太原白居易字樂天, 有文集 七衆, 合六十七卷, 凡三千四百八十七首.……樂天, 佛弟子也, 備聞聖敎, 深信因果, 懼結來業, 悟知前非. 故其集家藏之外, 別錄三本. 一本實于東都聖善寺鉢塔院律庫 中, 一本實于廬山東林寺經藏中, 一本實于蘇州南禪院千佛堂內.……開成四年二月二 日, 樂天記."(『백거이집전교』제6책, 3788쪽)
30) 백거이는 이미 대화9년(835) 60권본을 廬山 東林寺에, 개성1년(836) 65권본을 洛陽

했던 것은 불제자이자 문인이었기에 가능했던 '최상의 공양'[31]이었던 것이다.

후집의 5차 편찬은 그로부터 다시 3년이 지난 회창2년(842), 백거이 나이 71세에 진행되었다.[32] 대화2년(828) · 대화9년(835) · 개성1년(836) · 개성4년(839) 4회에 걸쳐 증편된 후집 17권에 3권을 더해 후집 20권이 완성되었다.

즉 후집 20권에 수록된 작품의 창작시기는 장경4년(824)부터 회창2년(842)까지 거의 20년의 기간이다. 전집 50권에 후집 20권을 합하여 70권본 『백씨문집』이 편찬된 것이다. 백거이는 이를 여산 동림사에 보내 보존토록 하였다.[33] 회창5년(845)의 「白氏長慶集後序」에서 백거이는 "나는 이전에 『백씨장경집』50권을 지었는데 원진이 서문을 썼고 『후집』20권은 스스로 서문을 지었다"[34]고 했으나 후집 20권의 서문은 현존하지 않는다. 70권본 『백씨문집』의 수록 편수를 밝힌 백거이 서문은 존재하지 않지만 사사위(謝思煒)의 통계에 의하면 70권본의 수록 편수는 약 3,691편이다. 여기에서 장경4년의 전

聖善寺에 봉납한 바 있다. 개성4년(839)의 67권본이 기존의 60권본과 65권본에 무엇을 어떠한 방식으로 추가하여 편찬되었는지는 확실하지 않다.

31) 花房英樹 『白氏文集の批判的研究』京都, 彙文堂書店, 1960, 26쪽.

32) 이보다 2년 전인 개성5년(840), 백거이는 대화3년(829) 이후 12년 동안 낙양에 거주하면서 지은 시 800수를 별도로 모아 『白氏洛中集』10권을 편찬하고 이를 낙양 香山寺에 봉납하였다. 이에 관한 내용은 「香山寺白氏洛中集記」[3674](『백거이집전교』제6책, 3806쪽)에 상세하다.

33) 백거이 「送後集往廬山東林寺兼寄雲皐上人」[2772]: "後集寄將何處去, 故山迢遞在匡廬."(『백거이집전교』제4책, 2537쪽)

34) 백거이 「白氏長慶集後序」[3834]: "白氏前著長慶集五十卷, 元微之爲序. 後集二十卷, 自爲序."(『백거이집전교』제6책, 3916쪽) 「백씨장경집후서」는 판본에 따라 「白氏文集後序」·「白氏集後記」·「白氏文集自記」 등의 다양한 제목으로 수록되어 있다.

집, 즉『백씨장경집』의 2,191편을 제외하면 후집 20권의 수록 작품은 대략 1,500편에 이른다.[35]

4. 속후집(續後集) ── 『백씨문집』75권의 완성

회창5년(845) 백거이는 후집 20권 이후의 작품을 모아 다시 속후집 5권을 편찬하였다. 백거이 나이 74세, 이미 형부상서(刑部尙書)로 치사(致仕)한 후의 일이었다. 속후집 5권의 편찬으로 인해 전집·후집에 속후집이 더해져 총 3,840편의 작품이 수록된『백씨문집』75권이 최종적으로 완성된 것이다. 이에 관한 기록은「백씨장경집후서」에 상세하다.

나는 이전에『백씨장경집』50권을 지었는데 원진이 서문을 썼고『후집』20권은 스스로 서문을 지었다. 지금 또『속후집』5권은 스스로 기(記)를 지었다. 전·후집 75권은 길고 짧은 시문을 합해 총 3,840편이다. 문집은 다섯 벌이 있는데 한 벌은 여산 동림사의 경장원(經藏院)에 있고 한 벌은 소주 남선사의 경장에 있으며, 한 벌은 낙양 성선사의 발탑원 율고루에 있다. 또 한 벌은 조카 귀랑(龜郎)에게 맡기고 한

---

35) 70권본의 총 편수를 약 3,691편으로 추정한 것은 67권본『백씨문집』의 3,487편에 백거이 자편 문집의 원형이 잘 보존되어 있는 나파본『백씨문집』의 권68부터 권70까지의 수록 편수 204편을 더한 수치이다. 70권본『백씨문집』의 수록 편수에 관해「醉吟先生墓誌銘」[3686]에는 "前後著文集七十卷, 合三千七百二十首."(『백거이집전교』제6책, 3815쪽)로 되어 있다. 「취음선생묘지명」은『文苑英華』권945에「自撰墓誌」라는 제목으로 수록되어 있는데 여기에는 "三千七百三十首"로 기록되어 있다. 이에 관한 논의는 謝思煒『白居易集綜論』北京, 中國社會科學出版社, 1997, 10쪽 참조.

벌은 외손 담각동(談閣童)에게 맡겼는데 각각 자택에 보존하여 후세에 전하도록 했다.……또 『원백창화인계집(元白唱和因繼集)』17권·『유백창화집(劉白唱和集)』5권·『낙하유상연집(洛下遊賞宴集)』10권이 있는데 그 작품들은 모두 대집(大集) 속에 수록되어 있으며 당시에 별도로 유행되었다. 만약 이 문집 안에 없는데 내 이름을 빌어 전해지는 것이 있다면 모두 잘못된 것이다. 회창5년 여름 5월 1일 낙천이 다시 기록하다.[36]

이 서문에서 백거이는 75권본 『백씨문집』을 '대집(大集)'이라고 일컬었다. 백거이는 그 다음해인 회창6년(846)에 서거했으니 편찬 당시에 이것이 자기 문집의 최종본임을 예상했던 듯 하다. 백거이 문집의 최종본인 대집 역시 총 5벌이 제작되었다. 백거이는 조카 귀랑(龜郞; 일명 阿龜, 아우 백행간의 아들)과 외손 담각동(談閣童: 일명 談玉童, 차녀 아라의 아들)에게 각각 한 벌을 맡겼다. 다른 3벌은 여산 동림사·소주 남선원·낙양 성선사에 봉납하여 후세에 영원히 전승되기를 기대하였다.

백거이의 75권본 『백씨문집』은 전집 50권과 후집 20권·속후집 5권 등 삼부작으로 구성되었다. 전집 50권은 원화10년(815)의 15권 시집을 기반으로 하여 장경4년(824) 원진의 책임 하에 편찬된 것이며

---

36) 백거이 「白氏長慶集後序」[3834]: "白氏前著長慶集五十卷, 元微之爲序. 後集二十卷, 自爲序. 今又續後集五卷, 自爲記. 前後七十五卷, 詩筆大小凡三千八百四十首. 集有五本: 一本在廬山東林寺經藏院, 一本在蘇州南禪寺經藏內, 一本在東都聖善寺鉢塔院律庫樓, 一本付姪龜郞, 一本付外孫談閣童. 各藏於家, 傳於後.……又有元白唱和因繼集共十七卷, 劉白唱和集五卷, 洛下遊賞宴集十卷. 其文盡在大集內錄出, 別行於時. 若集內無而假名流傳者, 皆謬爲耳. 會昌五年夏五月一日, 樂天重記."(『백거이집전교』제6책, 3916쪽)

이로써『백씨장경집』50권이 출현하였다. 후집 20권은 5차로 나누어 편찬되었다. 1차로 대화2년(828)에 후집 5권, 2차로 대화9년(835)에 후집 10권, 3차로 개성1년(836)에 후집 15권, 4차로 개성4년(839)에 후집 17권이 편찬되었고 5차로 후집 20권이 회창2년(842)에 완성됨으로써 70권본『백씨문집』이 편찬되었다.

마지막으로 회창5년(845) 속후집 5권이 추가됨으로써 총 3,840편의 75권본『백씨문집』이 완성되었다.[37] 행권용으로 시문을 자편한 정원16년(800)부터 속후집 5권을 편찬한 회창5년(845)에 이르기까지 장장 46년의 기간을 거쳐 당대 별집 중 최다 편수의 작품이 수록된 75권 문집이 백거이 생전에 완성되었던 것이다.『백씨문집』75권은 백거이 자신의 표현 그대로 대집(大集)이라고 하여도 과언이 아니다. 지금까지 논의한 백거이 문집 성립 과정을 도표로 정리하면 다음과 같다.[38]

---

37) 백거이가 언급한 작품 편수 혹은 문집 각 판본 卷首에 '凡○○首'라는 형식으로 기재된 작품 편수는 산출 기준의 차이로 인해 실제 수록 편수와 다소 다른 경우도 있다. 예를 들면 권71(나파본은 권70)의 「六讚偈」幷序는 「讚佛偈」·「讚法偈」·「讚僧偈」·「衆生偈」·「懺悔偈」·「發願偈」 등 6편으로 이루어져 있음에도 각 판본에서는 모두 1편으로 산출하고 있다. 또한 권59(나파본 권42)의 「論孫璹張奉國狀」은 사실 孫璹과 張奉國에 대한 2편의 '狀'으로 이루어져 있고 각 판본의 해당 卷 안에서도 각각 「孫璹」·「張奉國」 등 별도의 표제어를 달아 놓고 있음에도 편수 산정시에는 1편으로 간주하고 있다. 따라서 백거이가 문집 자편 과정에서 밝힌 작품 편수 역시 실제 편수와는 약간의 차이가 있을 수 있다. 백거이 작품 편수에 관한 논의는 본서 제3장 「백거이 작품 개설」에 상세하다.

38) 각주 24)와 32)에 이미 밝혔듯이 후집 20권의 편찬 과정 중에 소규모로 편찬된『因繼集』(829년)·『劉白唱和集』(829년)·『洛詩集』(834년) 및『白氏洛中集』(840년) 등은 특정 유형 및 특정 기간의 작품을 대상으로 한 것이다. 이 작품들은 결국 후집 20권에 포함되었기 때문에 백거이 문집 성립과정에서 독립된 편찬 행위로 간주하지 않았다.

【표】 백거이 문집 성립과정

	시기	권수/편수	자료 출처	비 고
0	정원16년 (800; 29세)	文 20편 詩 100수	백거이 「與陳給事書」	문집명칭 없음
1	원화10년 (815; 44세)	시 15권 약 800수	백거이 「與元九書」, 「編集拙詩成一十五卷因 題卷末戲贈元九李二十」	문집명칭 없음
2	장경4년 (824; 53세)	시문 50권 2,191편	원진 「白氏長慶集序」 백거이 「後序」	전집 50권 완성 50권본『白氏長慶集』
3	대화2년 (828; 57세)	시문 55권 2,551편	백거이 「後序」	후집 1차 편찬: 5권 55권본. 문집명칭 없음
4	대화9년 (835; 64세)	시문 60권 2,964편	백거이 「東林寺白氏文集記」	후집 2차 편찬: 5권 60권본『白氏文集』
5	개성1년 (836; 65세)	시문 65권 3,255편	백거이 「聖善寺白氏文集記」	후집 3차 편찬: 5권 65권본『白氏文集』
6	개성4년 (839; 68세)	시문 67권 3,487편	백거이 「蘇州南禪院白氏文集記」	후집 4차 편찬: 2권 67권본『白氏文集』
7	회창2년 (842; 71세)	시문 70권 3,691편	백거이 「題文集櫃」, 「送後集往廬山東林寺兼 寄雲皐上人」	후집 5차 편찬: 3권 후집 20권 완성 70권본『白氏文集』
8	회창5년 (845; 74세)	시문 75권 3,840편	백거이 「白氏長慶集後序」	속후집 5권 완성 75권본『白氏文集』

5. 맺음말

작품에 대한 백거이의 최초 편찬은 정원16년(800) 29세 때에 시도
되었다. 이것은 당시 지식인들이 자신의 문재를 알리기 위한 수단
즉 행권(行卷)의 부산물이었다. 그리고 백거이는 원화10년(815) 44세
때에 좌천지 강주에서 시집 15권을 정식으로 편찬했다. 시집 15권

편찬의 목적은 정치적 좌절로 인한 상실감을 시집 편찬이라는 문학 행위로 보상받기 위한 것이었다.

이후 백거이는『백씨장경집(白氏長慶集)』즉 전집(前集) 50권·후집(後集) 20권·속후집(續後集) 5권의 순서로 문집 편찬을 진행하여 서거 1년 전인 회창5년(845)『백씨문집(白氏文集)』75권을 완성하였다. 원화10년(815) 15권 시집의 편찬 시점부터 계산하면 무려 30년이라는 오랜 기간 자신의 작품 보존을 위해 많은 정성과 노력을 들였던 것이다. 정원16년(800)의 "잡문 20편·시 100수"는 일시적 행권용이었으니 정식 문집 편찬으로 인정하지 않더라도 무려 8차례에 이르는 편찬 과정을 거쳤던 것이다.

『백씨장경집』은 원래 장경4년(824) 53세 때 완성된 50권본에 대한 문집 명칭이다. 그 후 60권본·65권본·67권본·70권본·75권본 문집 편찬 시에는 모두『백씨문집』을 문집 명칭으로 삼았다. 그러나 현재 백거이 문집은『백씨장경집』과『백씨문집』두 가지 명칭이 사용되고 있다.

『백씨장경집』은 장경4년이라는 편찬 시기와 관련이 있으므로 후일 추가로 편찬된 백거이 문집을『백씨장경집』으로 부르는 것은 논리적으로 합당하지 않다. 그러나 남송(南宋)·소흥본(紹興本)의 총목 앞에는 '백씨장경집', 각 권수(卷首)에는 '백씨문집'으로 표기되어 두 가지 명칭이 혼용되었다. 이러한 상황은 명대(明代) 이후로도 지속되었다.

백거이 자편의『백씨문집』75권은 문집의 영구 보존을 위해 총 5벌이 제작되었으나 당말오대 전란을 거치며 원본은 모두 산실되고 초본(抄本)의 형태로 세상에 전해졌다. 송대에 들어 여러 종류의 간본이 재간행되기에 이르렀으나 그 또한 대부분 산실되었다. 현존하는 송대 간본은 17권의 잔송본(殘宋本)과 71권의 소흥본 뿐이다. 백거이 문집 판본에 관해서는 다음 장에서 상세한 논의를 진행할 것이다.

제2장

백거이 문집의 판본 개황

중국 고전문학 연구에서 가장 기본적이고 중요한 자료는 작가의 문집이다. 고대 문인의 문집은 연구 대상으로서의 작품이 수록되어 있는 1차 자료, 즉 원전으로서 가치를 가지고 있기 때문이다. 고대 문인의 문집에는 다양한 판본이 존재한다. 따라서 정본(定本)의 확립을 목적으로 하는 교감학 혹은 문헌의 물리적 형태와 특징 및 변천 과정을 고찰하는 판본학 등이 학술 연구의 한 영역으로 인정받고 있다. 이러한 영역의 연구 성과가 집대성된 현대적 의미의 판본, 즉 교점본(校點本)·교주본(校注本)·전교본(箋校本) 등이 출판되어 현대인의 고전문학 연구에 매우 유용하다. 그러나 더욱 정교하고 엄밀한 고전문학 연구를 위해서는 문집 별로 존재하는 다양한 판본에 대한 이해가 필요하다.

본고는 한·중·일 삼국에 현존하는 백거이 문집의 주요 판본 개황을 이해하는 데 목적이 있다. 송대 이후부터 명청 시기에 이르기까지 중국의 주요 간본 및 조선·일본의 제판본에 관해 살펴보기로 한다. 백거이 문집의 제반 상황에 대한 학습과 이해에 작은 디딤돌 역할을 할 수 있기를 희망한다.

1. 중국 송대(宋代) 판본

오랜 기간 여러 차례의 편찬 과정을 거쳐 완성된 『백씨문집』75권은 전집 50권·후집 20권 및 속후집 5권의 체례로 구성된 소위 전후속집본(前後續集本)이었다. 총 5벌의 문집 중에서 2벌은 가장본(家藏本)으로 조카와 외손에게 위탁했다. 나머지 3벌은 사원본(寺院本)으로 여산(盧山) 동림사(東林寺)·소주(蘇州) 남선원(南禪院)·낙양(洛陽) 성선사(聖善寺)에 봉납했다. 이는 후세에 길이 전승되기를 기대했기 때문이다. 그러나 불행히도 당말오대 전란을 거치며 백거이 생전의 원본은 모두 산실되고 초본(抄本)의 형태로 세상에 전해지게 되었다.

오대(五代) 시기의 초본은 오(吳)의 덕화왕(德化王) 양철(楊澈)과 후당(後唐)의 진왕(秦王) 이종영(李從榮; ?-934)의 초본이 대표적이었다. 그러나 북송 시기에는 이종영의 초본만이 백거이의 이도리(履道里) 자택이었던 보명승원(普明僧院)에 70권본으로 소장되어 전해졌다.[1] 북송 시기의 간본으로는 오본(吳本)과 촉본(蜀本) 등의 70권본 계열과 북송 경우(景祐) 4년(1037) 항주간본(杭州刊本)으로 대표되는 72권본이 존재했다고 하나[2] 현재는 모두 전해지지 않는다.

『숭문총목(崇文總目)』·『춘명퇴조록(春明退朝錄)』·『군재독서지(郡齋讀書誌)』 및 『직재서록해제(直齋書錄解題)』 등 송대 목록서와 필기

---

1) 北宋·宋敏求(1019-1079) 『春明退朝錄』(卷下): "唐白文公, 自勒文集, 成五十卷, 後集三十卷, 皆寫本. ……其後履道里宅爲普明僧院. 後唐明宗子秦王從榮, 又寫置院之經藏, 今本是也." 謝思煒 『白居易集綜論』 北京, 中國社會科學出版社, 1997, 12쪽 재인용.

2) 謝思煒 『白居易集綜論』 北京, 中國社會科學出版社, 1997, 18쪽.

에 의하면『백씨문집』이 송대에 여러 차례 간행되었던 것은 사실이다. 그러나 지금까지 전해지는 송대 판본은 송각잔본(宋刻殘本)17권, 즉 잔송본(殘宋本)과 남송 소흥연간(1131-1162) 절강(浙江)에서 간행된 71권본, 즉 소흥간본(紹興刊本)뿐이다.[3]

남송·소흥간본(이하 '소흥본'으로 약칭)은 문집 첫머리에 원진의「백씨장경집서」가 수록되어 있고 총목록 앞에 '백씨장경집'이라고 하였으나 각 권수(卷首)에는 '백씨문집'으로 표기되어 있다. 이 문집은 10질 71권으로 구성되어 있다. 이 판본의 판심(版心) 아래에는 이언(李彦)·조종(趙宗)·왕근(王勤)·진충(陳忠)·심단(沈端) 등 21명에 이르는 각공의 성명이 기록되어 있다. 이들 모두 남송 소흥 연간의 저명한 각공이라는 점을 근거로 학계에서는 소흥본을 남송 소흥 연간 절강 지역의 간본으로 확정하고 있다.[4]

소흥본은 71권본이라는 점에서 백거이 자편(自編)의 75권본『백씨문집』과 다르다. 그러나 더욱 큰 차이는 소흥본이 전후속집본이었던『백씨문집』의 원래 편차를 수정한 개편본이라는 점이다. 즉 전집·후집·속후집의 원래 순서를 수정하여 시(詩)는 제1권~제37권의 전반부에 배열하고 문(文)은 모두 후반부에 배열하여 제38권~제71권에 수록했던 것이다. 이러한 방식으로 개편된 문집을 선시후필본(先詩後筆本)이라고 부른다. 백거이 문집의 전래 과정에 있어 이같은 시권(詩卷)과 문권(文卷)의 이동은 가장 큰 변화이다.

소흥본은 71권본 문집 중 현존 최고(最古)의 『백씨문집』이며 남

---

3) 陳捷著, 和田浩平譯「白氏文集の宋版諸本について」;『白居易研究講座』제6권, 東京, 勉誠社, 1995, 92-94쪽.
4) 앞의 글; 앞의 책, 100쪽.

송 이후 간행된 각종 선시후필본 중 가장 우수한 판본으로서 현존 백거이 문집을 대표하는 판본 중의 하나이다. 백거이 문집이 송대에 여러 차례 간행되었다는 사실은 서지학적으로 증명되지만 현존 판본 중 가장 완정한 송간본으로는 소흥본이 유일하기 때문이다. 청대의 교송본(校宋本) 및 교송초본(校宋抄本) 대부분이 이 소흥본을 저본으로 했다는 점에서도 현존 백거이 문집 제판본 중에서 소흥본이 가장 중요한 판본이라는 평가를 받고 있다.

1955년 문학고적간행사에서 북경국가도서관 소장 소흥본을 저본으로 삼아 영인본을 발간했다. 소흥본의 권제(卷題)는 원래 『백씨문집』이었다. 문학고적간행사 영인본은 목록제(目錄題)를 근거로 서명을 『백씨장경집』으로 변경하고 판심을 삭제함으로써 저본의 원형을 보존하지 못한 단점이 있다. 그 후에도 고학힐(顧學頡)의 교점본 『백거이집(白居易集)』과 사사위(謝思煒)의 교주본 『백거이시집교주(白居易詩集校注)』·『백거이문집교주(白居易文集校注)』 등이 모두 소흥본을 저본으로 했다는 사실도 그 가치와 중요성을 말해 준다.

잔송본은 13권~16권 · 26권~34권 · 55권~58권의 총 17권만이 현존한다. 구체적으로 어느 시기에 간각(刊刻)되었는지 알 수 없다. 선행 연구에 의하면 "남송 전기에 북송본을 복각(覆刻)한 것이거나 남송 중기 이후에 북송간본의 본문 및 궐획(闕劃)을 충실하게 번각(飜刻)한 판본"[5]으로 추정된다. 서명은 『백씨문집』으로 되어 있다. 선시후필의 체례를 취하고 있다는 점은 소흥본과 동일하다. 그러나 55권에서 58권까지의 권차(卷次)는 소흥본의 54권~57권에 해당된다는 점이 다르다.

---

5) 앞의 글; 앞의 책, 96쪽.

잔송본『백씨문집』은 비록 누락이 많아 단지 17권만 남아 있을 뿐이지만 소흥본 외에 현존하는 송각본(宋刻本)이므로 송대 백거이 문집의 상황 및 후세의 변화과정 고찰에 활용 가치가 높다. 아울러 소흥본 및 기타 판본의 오자를 확인할 수 있도록 이문(異文) 자료를 제공해 준다는 면에서 소중한 판본으로 인정받고 있다. 잔송본『백씨문집』은 현재 중국의 북경국가도서관에 소장되어 있다.

2. 중국 명대(明代) 판본

명대에 가장 널리 통용된 백거이 문집은 명(明)·만력(萬曆) 34년 (1606) 마원조(馬元調; ?-1645)에 의해 간행된『백씨장경집』71권(이하 '마원조본'으로 약칭)이다. 마원조본 이외에도 명대 판본으로 알려진 것은 곽무정간본(郭武定刊本)과 오충광교본(伍忠光校本)·전응룡후인 본(錢應龍後印本)·화견난설당간(華堅蘭雪堂刊) 동활자본 등이 있다. 그러나 마원조본 이외의 명대 판본은 목록상으로 서명과 존재 사실 만 알려진 희귀본으로서 중국 연구자들에게도 잘 알려지지 않아 오 랜 기간 교본(校本)으로 활용되지 못했다.[6]

상술한 명대 판본중에서 가장 이른 시기에 간행된 것은 화견난설 당간 동활자본『백씨장경집』71권이다. 난설당본은 명·정덕(正德) 8 년(1513)에 간행된 명간본이다. 송본을 저본으로 삼았다고 추정된다.

---

6) 1988년 상해고적출판사에서 출간된 주금성의『백거이집전교』는 마원조본을 저본으 로 삼았지만 그 외의 명대 판본이 교감에 사용되지 못했던 것도 바로 이러한 이유에 서이다.

나파본(那波本)『백씨장경집』권31의 궐문은 바로 이 간본을 근거로 보완된 것이다.[7] 현재 북경도서관장본과 일본의 대창문화재단소장본(大倉文化財團所藏本)·학견대학도서관장본(鶴見大學圖書館藏本)이 있다.

그 다음으로 정덕12년(1517)에는 『백낙천시집(白樂天詩集)』40권, 정덕14년(1519)에는 『백낙천문집(白樂天文集)』36권(「연보」1권 포함)이 곽훈(郭勛; 1475-1542)에 의해 시·문 별도로 간행되었다.[8] 후인들은 이것을 곽무정본(郭武定本)이라고 부른다. 곽무정본은 송본을 저본으로 사용했으므로 문집의 본문 면에서는 소흥본·나파본 등의 송본계(宋本系) 텍스트와 매우 가깝다. 체례 면에서는 기본적으로 선시후필본에 속하지만 문집의 일반적 형태와는 달리 시문을 문체별로 재편성한 판본이었다.

백거이 문집의 경우 이 같은 형태의 분체집본(分體集本)[9]은 명대부터 출현하는데 곽무정본이 바로 첫 번째 분체집본에 해당한다. 즉 곽무정본과 기타 판본의 최대 차이점은 분류 편찬의 방법에 있다. 예를 들면 곽무정본 『백낙천문집』의 경우 원래의 편차를 해체하여

---

7) 神鷹德治 「明版諸本」; 『백거이연구강좌』제6권, 동경, 면성사, 1995, 118쪽.

8) 神鷹德治에 의하면 郭勛이 별도로 간행한 『백낙천시집』과 『백낙천문집』은 원래 동일 텍스트에서 유래한다. 저본에 관해서는 서문에 명기되지 않았지만 陳振孫의 『直齋書錄解題』에 저록된 蘇本일 것으로 추측하고 있다. 神鷹德治 「明版諸本」; 『白居易研究講座』제6권, 동경, 면성사, 1995, 122쪽.

9) 화방영수는 일반적인 문집형태를 해체하여 시문을 문체별로 재편성한 판본을 '分體集本'으로 명명했다. 곽무정본 『백낙천시집』·『백낙천문집』이 바로 최초의 분체집본이다. 그 후로는 明·胡震亨의 唐音統籤本, 淸·楊大鶴의 『香山詩鈔』및 조선의 『香山三體法』등이 있다. 花房英樹 『白氏文集の批判的研究』京都, 彙文堂書店, 1960, 188쪽.

조(詔)는 권1, 제(制)는 권2~권9, 책(冊)은 권10에 배속시키는 등 문체에 따라 새로 배열했던 것이다. 백거이 문집의 명대 판본에 대한 연구에서 곽무정본을 소홀히 할 수 없는 판본으로 평가하는 까닭이 여기에 있다.[10] 현재 『백낙천시집』은 동경도립중앙도서관에 소장되어 있고 『백낙천문집』은 북경도서관과 일본의 궁성현립도서관(宮城縣立圖書館)에 소장되어 있다.

오충광교본 『백씨문집』71권은 명 · 가정(嘉靖) 17년(1538) 오충광(伍忠光)에 의해 간행되었다. 오충광교본은 난설당본보다 20년 후에 간행되었고 마원조본에 비해서는 약 70년 일찍 간행된 판본이다. 전응룡후인본 『백씨문집』71권은 오충광교본의 후인본(後印本)으로서 오충광교본과 내용이 완전히 동일하다. 화방영수에 의해 밝혀진 바와 같이 오충광교본과 전응룡후인본은 원각(原刻)과 후인본의 관계에 있다. 전응룡본은 오충광의 간기(刊記)를 삭제하고 전응룡 자신의 간기를 첨부한 판본으로서 오충광교본보다 널리 유통되었다. 청대에 들어 오충광교본에 대한 언급은 발견되지 않고 전응룡후인본만이 자주 거론되는 것은 바로 이 때문이다.[11] 결국 전응룡후인본 『백씨문집』71권은 청(淸) · 왕립명(汪立名)의 『백향산시집(白香山詩集)』에서도 마원조본과 함께 '금본(今本)'으로 거론되는 저명 텍스트로 이름을 남겼다. 현재 일본의 동양문고에 완본이 소장되어 있다.

마원조본 『백씨장경집』71권은 명 · 만력34년(1606)에 간행되었다.

---

10) 謝思煒는 곽무정본 『백낙천문집』의 원류와 이문에 대한 고찰을 시도한 바 있다. 謝思煒 「明郭勛刻本『白樂天文集』考證」; 『백거이집종론』 북경, 중국사회과학출판사, 1997, 124-154쪽.

11) 花房英樹 『白氏文集の批判的研究』京都, 彙文堂書店, 1960, 181-184쪽.

원래 명칭은 『원백장경집(元白長慶集)』이었다. 『원씨장경집(元氏長慶集)』과의 합각본이었기 때문이다. 남송·소흥본과 마찬가지로 선시후필본인 마원조본은 본문의 탈구와 탈문 등이 오충광교본과 거의 일치한다는 점에서 오충광교본을 저본으로 했을 것으로 추정되고 있다.[12] 마원조본은 나파본과 소흥본 등의 송본계 텍스트가 영인되어 공개되기 이전에는 명대 제판본 중 가장 널리 통용된 판본이었다.

따라서 명·만력 이후 청·민국 시기에 걸쳐 사람들이 읽었던 백거이 문집은 주로 마원조본이었다. 왕립명의 『백향산시집』과 『전당시(全唐詩)』의 편찬, 그리고 백거이 문집에 대한 노문초(盧文弨; 1717-1795)의 교감[13]도 마원조본을 저본으로 했던 것은 바로 이 때문이다. 아울러 『사고전서(四庫全書)』 수록 『백씨장경집』도 마원조본이었다. 이러한 사실은 백거이 문집의 교감 및 판본사에 있어 마원조본이 매우 중요한 판본임을 반영하고 있다. 마원조본은 일본에도 널리 유포되어 일본의 궁내청서릉부장(宮內廳書陵府藏)·내각문고(內閣文庫)·정가당문고(靜嘉堂文庫)·동양문고(東洋文庫) 뿐만 아니라 각 대학도서관에도 소장되어 있다.[14] 현대에 들어 출간된 주금성(朱金城)의 『백거이집전교(白居易集箋校)』는 바로 마원조본 『백씨장경집』을 저본으로 한 것이다.

---

12) 花房英樹 『白氏文集の批判的研究』 京都, 彙文堂書店, 1960, 184쪽; 神鷹德治 「明版諸本」; 『백거이연구강좌』 제6권, 동경, 면성사, 1995, 125쪽.
13) 淸·盧文弨의 『羣書拾補』에 수록된 「白氏文集校正」을 말한다.
14) 神鷹德治 「明版諸本」; 『백거이연구강좌』 제6권, 동경, 면성사, 1995, 126쪽.

3. 중국 청대(淸代) 판본

청대에 들어 고증학의 흥성으로 인해 백거이 문집 간행에도 본문 교감을 중시하는 경향이 발생하였다. 강희(康熙) 45년(1706) 완성된 『전당시』 편찬에서도 본문에 대한 교정이 진행되었을 정도이다. 강희40년(1701) 양대학(楊大鶴; 1646-1715) 간행의 『향산시초(香山詩鈔)』 20권은 마원조본에서 오·칠언시만을 선별하여 고체와 금체로 분류한 시선집이다.[15] 당시의 시대적 상황으로 인해 영초송본(影鈔宋本)을 참조하여 교감을 시도하였다.

이와 달리 백거이 시 전체를 대상으로 교감을 시도한 것이 왕립명(汪立名)의 서재 일우초당(一隅草堂)에서 간행한 『백향산시집(白香山詩集)』이다. 강희41년(1702)에 완성되어 강희42년(1703)에 간행된 『백향산시집』[16]은 선시후필본만이 유행하던 상황에서 전후속집본의 원본 체재를 복원하고자 했던 점에 더 큰 의미가 있다.[17] 왕립명은 선시후필본의 시를 대상으로 편차를 조정하고 마원조본 미수록의 보유 작품을 수집하여 「장경집」20권·「후집」17권·「별집(別集)」1권

---

15) 『香山詩鈔』와 같은 청대 선집으로는 乾隆(1736-1795)년간 曹文埴에 의해 『香山詩選』6권이 간행되었으나 현재는 光緒17년(1891) 李宗煝의 중각본만이 남아 있다. 佐藤正光 「淸朝版本」; 『백거이연구강좌』제6권, 동경, 면성사, 1995, 135-136쪽.

16) 『백향산시집』의 간행 연도에 관해 강희41년·강희42년 등 이설이 존재한다. 왕립명의 자서에는 강희41년(1702), 朱彝尊 및 宋犖의 서문에는 강희42년(1703)으로 기재되어 있으므로 1702년에 시집 편찬이 완성되고 다음해인 1703년에 간행된 것으로 보는 것이 타당하다.(金開誠·葛兆光 『歷代詩文要籍詳解』北京, 北京出版社, 1988. 476-477쪽) 花房英樹의 『白氏文集の批判的研究』(京都, 彙文堂書店, 1960. 194쪽)에서는 1702년에 완성되어 1704년에 간행되었다고 하는데 근거는 제시되지 않았다.

17) 전후속집본은 조선을 경유하여 일본의 那波道圓에 의한 복각 판본이 光緒(1875-1908) 초기 역수입되기 전까지는 명대 이후의 중국에 전해지지 않았다. 佐藤正光 「淸朝版本」; 『백거이연구강좌』제6권, 동경, 면성사, 1995, 135쪽.

및 「보유」2권 등 총 40권으로 편찬하였다. 이외에도 『백향산시집』 모두(冒頭)에는 왕립명 자신이 새로 엮은 「연보」와 진진손(陳振孫)의 「연보」 및 원진 「백씨장경집서」·『구당서·백거이전(舊唐書·白居易傳)』 등을 첨부했다.

범례에는 시집의 구성·참조 판본·주석의 내용이 상세하게 기록되어 있다. 이에 의하면 왕립명은 명대 판본 중 가장 널리 보급된 마원조본을 정본으로 하고 계진의(季振宜; 1630-1673)의 의송각수교본(依宋刻手校本) 등 몇 종의 통행본 및 명판(明版)『문원영화(文苑英華)』등을 참조하여 교감을 진행했다. 왕립명의 『백향산시집』이 지금까지 높은 평가를 받는 것은 바로 정밀한 교감과 일시(逸詩) 수집 면에서의 성과 때문이다. 왕립명본에 이어 백거이 시 전체에 대한 편찬과 교감은 강희45년(1706)의 『전당시』에서도 이루어졌다. 전당시본은 마원조본을 저본으로 하고 왕립명본을 참조하여 이문에 대한 교감을 진행한 것이다.

건륭연간 노문초의 「백씨문집교정(白氏文集校正)」은 39종의 경사자집 판본에 대한 교감을 시도한 『군서습보(群書拾補)』(『포경당총서(抱經堂叢書)』수록)에 수록되어 있다. 노교본(盧校本)이라고도 불리는 「백씨문집교정」은 마원조본을 저본으로 삼고 영송초본을 참조하여 교감을 진행한 것이다. 비록 교감상 문제가 되는 일부 작품만이 수록되어 있으나 마원조본과 영송초본과의 자세한 비교를 통해 저본의 탈자와 내용 상의 오류를 바로잡았을 뿐만 아니라 영송초본의 오류도 수정했다는 점에서 왕립명본의 교감 업적보다 더 뛰어나다는 평가를 받는다.[18]

---

18) 佐藤正光 「清朝版本」;『백거이연구강좌』제6권, 동경, 면성사, 1995, 137쪽.

이외에도 청대 판본으로 언급할 만한 것으로는 『백씨풍간(白氏諷諫)』1권이 있다. 광서(光緒) 19년(1893)에 송본을 영각(影刻)한 것이다. 정식 명칭은 『신조교증대자백씨풍간(新雕校證大字白氏諷諫)』, 일명 풍간본(諷諫本)이다. 이는 『백씨문집』권3 · 권4의 「新樂府」[0128~0178]만을 수록한 일종의 선집으로 간행된 것이다. 풍간본의 정확한 편찬자와 간행 시기는 현재 밝혀져 있지 않다. 다만 본문이 남송·소흥본보다는 돈황본(敦煌本)[19]에 가깝다는 이유로 원래는 북송 초기에 간행된 것으로 추정된다.[20] 광서19년(1893)에 간행된 비씨본(費氏本)이 대만고궁박물원에 소장되어 있고 1958년 중화서국에 의해 영인본이 출판되었다.

4. 조선의 제판본

백거이 문집은 12세기말 · 13세기초 고려에 이미 전래되어 널리 전파되고 있었다.[21] 고려시대에 백거이 문집이 간행되었다는 기록은 현재 발견되지 않는다. 조선시대 간행된 백거이 문집에는 『백씨문집(白

---

19) 敦煌本은 돈황에서 출토된 唐寫本을 말한다. 여기에는 「寄元九微之」·「上陽人」·「母別子」·「賣炭翁」 등 백거이 시 17편과 「寄元九微之」에 대한 원진의 화시 「和樂天韻同前」 1수가 필사되어 있다. 이 돈황본은 1955년 문학고적간행사에서 남송 소흥본을 저본으로 영인·출간한 『백씨장경집』 말미에 「敦煌卷子本白氏詩集」이라는 제명으로 수록되어 있다.

20) 平岡武夫 「白氏文集の校定序說」; 平岡武夫 · 今井淸校定 『白氏文集』 京都, 京都大學人文科學硏究所, 1971, 26쪽.

21) 이에 관한 논의는 김경동 「백낙천과 고려문인——전래와 수용을 중심으로」; 『중국문학연구』제10집(1992. 12) 11-13쪽 참조.

氏文集)』·『백씨책림(白氏策林)』 및 『향산삼체법(香山三體法)』 등이 있다.

백거이 자편 문집의 원형을 잘 보존하고 있는 일본의 나파본『백씨문집』은 바로 조선동활자본(朝鮮銅活字本)『백씨문집』을 저본으로 한 것이다. 조선동활자본『백씨문집』은 71권 16책으로 현재 일본의 궁내청서릉부에 소장되어 있다. 이『백씨문집』에는 성화(成化) 21년(1485) 김종직(金宗直; 1431-1492)의 「新鑄字跋」이 첨부되어 있다. '주자발(鑄字跋)'이란 새로운 활자를 주조할 때 활자 주조의 경위를 서술한 글이다. 그 활자에 의한 최초의 간본 말미에 첨부되는 것이 원칙이다. 여기에서 신주자(新鑄字)란 바로 갑진년(甲辰年; 1484) 8월부터 1485년 3월에 걸쳐 주조되어 '갑진자(甲辰字)'라고도 불려지는 동활자를 말한다. 최근의 연구 성과에서 조선동활자본『백씨문집』이 성종(成宗) 후기(1485-1494)에 간행되었다고 추정하는 것은 이러한 이유에서이다.[22]

조선에서 간행된『백씨문집』은 활자본 외에도 목판본이 현존한다. 목판본에는 원각본(原刻本)과 보각본(補刻本)이 있다. 한국 현존의 원각목판본으로 연세대학교 중앙도서관본과 서울대학교 규장각본이 있으나 모두 결본이다. 현존 권수가 가장 많은 연대본(延大本)은 71권 중 22권(권3-권8, 권12-권16, 권45-권48, 권52-권54, 권62-권65)을 제외하고 총 49권이 남아 있다. 이외에도 원각목판본에 보각(補刻)을 가한 보각본 중 완질본으로는 경응대학사도문고본(慶應大學斯道文庫本) 71권 15책, 천리도서관본(天理圖書館本) 71권 14책, 대판부

---

22) 藤本幸夫 「朝鮮版『白氏文集』攷」;『백거이연구강좌』제6권, 동경, 면성사, 1995, 184-185쪽.

립도서관본(大阪府立圖書館本) 71권 15책, 동양문고본(東洋文庫本) 71권 15책을 포함해 6종이 일본에 현존한다. 한국 소장의 완질본으로는 한국정신문화연구원의 장서각본(藏書閣本) 71권 15책이 있다.[23]

『백씨책림』은 백거이의 「策林」75편을 대상으로 한 단행본 문집이다. 중국에서도 송대에 이미 간행된 적이 있는데 현재 북경도서관에 명각본(明刻本) 4책, 대만 국립중앙도서관에 영초명간본(影抄明刊本) 1종이 소장되어 있다.[24] 그러나 여기에 소개되는 『백씨책림』은 조선에서 독자적으로 간행된 것으로 성화21년(1485) 간행된 조선동활자본 『백씨문집』의 「책림」4권을 거의 그대로 추출한 수각본(袖刻本)이다.[25]

『향산삼체법』은 백거이의 오언율시 72수, 칠언율시 62수, 칠언절구 51수 등 총 185수를 선록한 시선집이다. 세종27년(1445) 안평대군 비해당(匪懈堂) 이용(李瑢; 1418-1453)에 의해 편찬되었다. 현재 호림박물관에 '향산시(香山詩)'로 표제를 삼은 초주갑인자본(初鑄甲寅字本) 『향산삼체법』이 소장되어 있다. 그 후 중종10년(1515)경에 재간행되었고 이를 저본으로 삼은 명종20년(1565) 김덕룡(金德龍; 1518-?)의 번각본이 일본 봉좌문고(蓬左文庫)에 소장되어 있다.[26] 봉좌문고

---

23) 조선 간행의 목판본 『백씨문집』에 관해서는 藤本幸夫 「朝鮮版 『白氏文集』 攷」; 『백거이연구강좌』제6권, 동경, 면성사, 1995, 185-196쪽 참조.

24) 明刻本 『白氏策林』에 관한 선행업적으로는 神鷹德治 「台灣國立中央圖書館藏影抄明刊本 『白氏策林』について」(『東方學』제61호, 1981.1)와 謝思煒 「明刻本 『白氏策林』考證」(『白居易集綜論』 북경, 중국사회과학출판사, 1997. 105-123쪽) 등이 있다.

25) 조선동활자본 『백씨책림』은 한국 誠庵古書博物館 · 일본 筑波大學附屬圖書館 및 京都大學附屬圖書館谷村文庫 등에 소장되어 있다.(사사위 『백거이집종론』 북경, 중국사회과학출판사, 1997. 105쪽) 조선 간행의 『백씨책림』에 관한 선행 업적으로는 神鷹德治의 「朝鮮銅活字本 『白氏策林』について」(『朝鮮學報』제106호 1983.1)가 있다.

26) 『향산삼체법』의 간행년도를 추정할 수 있는 3종 판본, 즉 초주갑인자본(세종27년) ·

50

본『향산삼체법』수록 작품에는 남송·소흥본 미수록의 작품이 적지 않게 포함되어 있다는 점을 근거로『향산삼체법』의 조본(祖本)은 일실된 북송본일 가능성이 높은 것으로 추정하고 있다.[27]

시선집과 관련하여 부연할 것은 조선 후기의『시관(詩觀)』이다.『시관』은 정조16년(1792) 어명에 의해 선진시대부터 명대까지의 시 77,218수를 선록한 총 560권의 중국 시선집이다. 여기에 백거이 시 2,796수가 수록되었다고 한다. 여기에서『시관』을 거론하는 이유이다.『홍재전서』에 수록된「詩觀序」(권9)·「詩觀五百六十卷」(권180) 및 이덕무(李德懋; 1741-1793)의「詩觀小傳」(『청장관전서』권24) 등의 자료를 근거로『시관』편찬의 사실만이 현재 학계에 알려져 있을 뿐이다.『시관』의 실물 존재는 지금까지 확인되지 않고 있다.『시관』이 너무 방대한 분량이므로 편집 작업만 진행되고 간행되지 못했을 것이라고 추정하는 것도 바로 이 때문이다.[28]

그러나『시관』이 설사 판각(板刻) 방식에 의한 간행본은 아니었다 하더라도 서적의 형태를 갖추지 못한 미완의 편찬으로 끝난 것은 아니었다. 상기 자료 이외의 다른 기록에 의하면『시관』은 편찬 완료 이후 중국의『영락대전(永樂大典)』과『사고전서』처럼 필사본의 형태로 책자가 존재했다고 생각되기 때문이다.『일성록(日省錄)』의 관련 기록을 소개하면 다음과 같다. 정조는 정조16년 임자년(壬子年)의『시관』편찬의 일을 언급한 후에 두보(杜甫; 712-770)와 육유(陸

초주갑인자혼입보자본(중종10년)·김덕룡 번각본(명종20년)에 관한 논의는 강순애의『백거이『향산삼체법』의 판본과 내용에 관한 연구』(파주, 보고사, 2015)에 상세하다.

27) 심우준『향산삼체법연구』서울, 일지사, 1997, 36쪽.

28) 허경진「백낙천 문집의 수입과 한국판본」;『한문학보』제19집(2008.12) 105쪽.

游; 1125-1210)의 율시를 규장각 소속 관원들에게 나누어 전사하도록 했다. 이어 『시관』의 선례를 따라 우선 초고를 필사해 바치게 하고 다시 규장각 고위 관원 및 승지 등의 신하에게 정서하도록 명했다고 한다.[29] 『홍재전서』에는 정조가 "『시관』 500여권은 오랜 기간 공력을 들인 것"이라고 하면서 선정된 시인의 시를 "모두 필사해 내었으니 이는 고금의 초시가(抄詩家)에게는 없었던 의례(義例)"라고 했다는 기록이 존재한다.[30]

이에 의하면 『시관』560권은 다수의 관원들이 분담하여 전사하되, 초고 필사와 정서의 2단계 과정을 거쳐 완성된 필사본으로 존재했을 가능성이 높다. 아직 발견되지 않은 것인지 혹은 이미 유실된 것인지는 단정할 수 없으나 아쉽게도 현재로는 『시관』의 실제 면모를 확인할 길이 없다. 편찬 동기와 수록 범위 및 작가별 편수 등을 자세하게 밝힌 정조의 「시관서」에 의하면 당시는 43인의 시 127권 16,450수를 수록했고 그 중에 백거이 시는 18권 2,796수에 이른다. 마원조본 『백씨장경집』에 수록된 시 작품이 2,800여 수[31]라는 것을 감안하면 『시관』에는 백거이 시집이 거의 그대로 수록된 것이나 다름없다.

---

29) 『日省錄』·「正祖二十一年六月二十日」조: "命閣臣·承旨諸臣分謄杜少陵陸放翁律詩. 先是壬子予選歷代詩最著者七百餘家, 編爲詩觀五百餘卷.……至是, 復以少陵放翁律詩, 分授時原任閣臣·新舊選抄啓文臣李時秀……吳泰曾等, 倣詩觀例, 先以草本謄進, 復命原任閣金祖淳淨書少陵律凡二卷, 直提學李晩秀·承旨李肇源·前承旨金履翼及洪仁浩·李書九·金祖淳·金達淳, 分書放翁律凡八卷."

30) 正祖『弘齋全書』권164·「日得錄四·文學四」: "詩觀五百餘卷, 卽予積費工處.……盡爲謄出. 此則古今鈔詩家之所無之義例也."

31) 마원조본을 저본으로 한 주금성의 『백거이집전교』(상해, 상해고적출판사, 1988)에 의하면 백거이의 현존 시 편수는 2,924수이다. 여기에서 보유작품으로 수록된 시 109수를 제외하면 마원조본 수록 시 작품은 2,815수가 된다. 이에 관한 논의는 본서 제3장 「백거이 작품 개설」에 상세하다.

물론 이러한 현상은 백거이에게만 해당되는 것은 아니다. 가령 이백(9권 975수)·두보(12권 1,457수)·두목(3권 524수)·이상은(5권 572수) 등도 거의 모든 시 작품이 수록되었기 때문이다. 이러한 사실을 근거로 유추하면 『시관』의 선록 기준이 작품보다는 시인 중심이었을 것이라는 추론이 가능하다. 이 추론은 선진시대에서 명대까지의 작품을 대상으로 하되 "시인을 기준으로 선택하고 시를 기준으로 선택하지 않았으며, 응당 선정되어야 할 시인이 정해진 후에야 비로소 그 시를 취했다"[32]고 한 정조의 말에서 사실로 확인된다. 『시관』560권이 현존한다면 조선에 또 다른 형태의 백거이 시집 필사본이 존재한다는 사실만으로도 학술적 의미가 있었을 것이다.

이외에도 국내 소장의 백거이 필사본 시선집으로 『백률분운(白律分韻)』·『백향산집(白香山集)』·『향산시(香山詩)』·『향산률(香山律)』 등이 거론된다. 연세대도서관 소장의 『백률분운』은 5책 중 2책만 남은 것으로 추정되는데 각각 오언율시와 칠언율시가 수록되어 있다. 『백향산집』은 칠언율시 160수, 『향산시』에도 칠언율시만이 수록되어 있다고 한다.[33] 1965년 일본 반환의 고서로 국립중앙박물관에 소장되어 있는 『향산률』3책은 칠언율시 495수와 오언율시 330수 등 총 825수의 율시가 수록되어 있다.[34] 필자의 판본 확인 결과 『향산률』에는 원소장자로 추측되는 조정구(趙鼎九)의 인문(印文)만이 존재할 뿐 다른 서지 정보는 확인할 수 없었다. 이러한 필사본들은 대개

---

32) 正祖 『弘齋全書』권164·「日得錄四·文學四」: "詩觀五百餘卷,⋯⋯上自勑天景星諸歌, 下逮有明諸子, 簡其人不簡其詩, 旣定其人之當入, 然後始取其詩."
33) 허경진 「백낙천 문집의 수입과 한국판본」;『한문학보』제19집 2008.12. 105-107쪽.
34) 이봉상 「한국 국립중앙도서관 소장 『향산률』의 母本과 선시 경향 탐색」;『동방한문학』제57집, 2013.12, 306쪽.

서문·발문이 첨부되어 있지 않으며 따라서 필사년과 필사자가 미상
인 것은 물론 심지어는 조선본인지의 여부 조차도 단정할 수 없는
상황이다. 조선 필사본으로서 판본 가치에 대한 논의를 위해 더욱
구체적인 자료의 발굴이 필요하다.

5. 일본의 제판본

중국의 현존 간본을 대표하는 남송·소흥본과 명·마원조본은 백
거이 자편『백씨문집』75권의 원래 편차를 개편한 선시후필본이었다.
백거이 생전의 전후속집본『백씨문집』은 오히려 일본과 조선에 보존
되어 지금까지 전해지고 있었다. 조선의 동활자본『백씨문집』71권
과 일본의 나파본『백씨문집』71권이 바로 현존 전후속집본을 대표
하는 판본이다.

나파본『백씨문집』71권은 강호(江戶; 1603-1868) 초기의 유학자 나
파도원(那波道圓; 1595-1648)이 원화(元和) 4년(1618), 즉 명·만력46년
에 간행한 고활자본이다. 71권의 권수는 소흥본과 동일하나 전집 50
권·후집 20권·속후집 1권의 문집 구성은 소흥본의 구성과는 완전
히 다르다. 수록 작품도 소흥본에 없는 작품이 19편 존재한다. 소흥
본에는 있으나 나파본에 없는 작품은 7편이다. 나파본은 소흥본·마
원조본 등의 선시후필본과는 확연히 다른 계통의 텍스트였다.[35]

나파도원의『백씨문집』간행에 조선본이 저본으로 사용되었다는

---

35) 平岡武夫「白氏文集の校定序説」; 平岡武夫·今井淸校定『白氏文集』京都, 京都大
學人文科學研究所, 1971, 12쪽.

사실은 일찍이 소미교일(小尾郊一)·화방영수(花房英樹)·평강무부(平岡武夫) 등의 일본 학자들에 의해 제기되었다. 그리고 저본으로 사용된 조선본은 바로 복판본인 천리도서관본이라는 점에 이견이 없었다.[36] 그러나 후속 연구결과에 의하면 목판본인 천리도서관본은 나파본보다 훨씬 늦은 18세기에 간행된 것이므로 나파본의 저본이 될 수 없으며 나파본은 조선동활자본을 저본으로 한 것이다. 다만 나파본이 궁내청서릉부에 소장된 조선동활자본과 완전히 일치하지 않는 것은 그 당시 수정의 정도가 다른 복수의 동활자본, 즉 갑진자본(甲辰字本)『백씨문집』이 조선으로부터 전래되었는데 그 중의 하나가 나파본의 저본이 된 후에 유실되었고 또 다른 동활자본이 현존하는 궁내청서릉부본이기 때문이다. 결국 나파본의 저본은 수정이 가해져 극히 부분적인 본문이 다르기는 하지만 궁내청서릉부본과 동일한 계통의 조선동활자본이라는 것이 현재 학계의 정설로 인정받고 있다.[37]

　　나파본『백씨문집』71권은 전집 50권과 후집 20권 그리고 잔결(殘缺) 1권으로 구성되어 있다. 나파본은 백거이의 원주를 모두 삭제한 단점이 있으나 백거이 자편 전후속집본의 원형을 보존하고 있다는 데에 그 가치가 있다. 중국에서는 이러한 체례의 백거이 문집이 전해지지 않기 때문이다. 1922년 상해상무인서관의 『사부총간(四部叢刊)』에 수록된 『백씨장경집』71권은 일본 강남도서관 소장의

---

36) 이에 관해서는 花房英樹『白氏文集の批判的硏究』京都, 彙文堂書店, 1960, 58-59쪽, 平岡武夫「白氏文集の校定序說」; 平岡武夫·今井淸校定『白氏文集』京都, 京都大學人文科學硏究所, 1971, 12-14쪽.

37) 藤本幸夫「朝鮮版『白氏文集』攷」;『백거이연구강좌』제6권, 동경, 면성사, 1995, 196-200쪽.

나파본『백씨문집』을 영인한 것이다. 현재 사부총간본으로 불려지며 널리 통용되고 있다. 1992년에는 사부총간본『백씨장경집』을 저본으로 하여 유악형(喩岳衡)의 점교본『백거이집』이 출판되었다. 최근 일본 소장의 나파본에 대한 조사를 진행한 일본 학계에서는 궁내청서릉부본을 가장 우수한 판본으로 선정하였다. 2012년에는 이를 영인하여『궁내청소장나파본백씨문집(宮內廳所藏那波本白氏文集)』을 출간하였다.

일본에는 나파본『백씨문집』을 대표로 하는 간본 이외에도 많은 종류의 구초본(舊抄本)이 현존한다. 문헌 가치가 높은 구초본으로는 금택문고본(金澤文庫本) · 신전본(神田本) · 시현본(時賢本) · 관견초본(管見抄本) 및 요문초본(要文抄本) 등이 있다. 이외에도 문집초본(文集抄本) · 고야본(高野本) · 원투본(猿投本) · 상야본(上野本) · 동양문고본(東洋文庫本) · 진복사본(眞福寺本) 등 상당수 현존한다. 특히 이 초본들은 백거이 문집의 원본 체례 고찰 및 본문 교감 면에서 문헌 가치가 있는 주요 구초본으로 인정받고 있다.[38)]

금택문고본(金澤文庫本)『백씨문집』은 겸창(鎌倉; 1185-1333) 중기의 무장 북조실시(北條實時; 1224-1276)가 설립한 금택문고에 수장되었던 적이 있는 구초본을 말한다. 금택문고본은 풍원봉중(豐原奉重)이 관희(寬喜) 3년(1231)부터 건장(建長) 4년(1252)까지 22년 동안 당시 일본에 전해지던 여러 가지 구초본을 필사하고 간본을 이용해 교정을 진행한 권축본이다.

---

38) 일본의 구초본에 관해서는 花房英樹『白氏文集の批判的硏究』(京都, 彙文堂書店, 1960), 太田次男『舊鈔本を中心とする白氏文集本文の硏究』(東京, 勉誠出版, 1997), 謝思煒「日本古抄本『白氏文集』的原流及校勘價値」(『백거이집종론』북경, 중국사회과학출판사, 1997) 참조.

금택문고본 필사에 사용된 구초본은 회창(會昌) 4년(844) 일본의 유학승 혜악(惠萼)이 백거이 자편의 소주 남선원본을 필사하여 일본으로 전입한 남선원초본(南禪院抄本)을 비롯해 당초본(唐抄本)을 위주로 했다. 백거이 자편 문집의 원형을 보존하고 있으므로 문헌 교감 방면의 활용 가치가 높다. 현재 금택문고본은 대동급기념문고(大東急記念文庫)에 소장된 19권을 포함해 총 30권이 일본에 현존한다.[39] 대동급기념문고에서는 원래 소장하고 있던 봉중교정본(奉重校訂本) 19권에 강호(江戶) 초기의 보사본(補寫本)인 제3·4권을 추가하여 복제한『금택문고본백씨문집(金澤文庫本白氏文集)』을 1984년에 출간하였다.

신전본(神田本)은 신전희일랑(神田喜一郞) 소장의『백씨문집』권3·권4, 즉「新樂府」[0128~0178] 부분에 대한 구초본을 말한다. 신전본은 평안조(平安朝)의 등원무명(藤原茂明; 1093-?)이 가승(嘉承) 2년(1107)에 필사하고 천영(天永) 4년(1113)에 교점을 완성한 것이다. 현존 구초본 중에서 필사 시기가 가장 이르며 보존 상태도 우수하여 백거이 자편 문집의 체례와 원형 고찰에 활용 가치가 높은 판본이다.

시현본(時賢本)은『백씨문집』권3「新樂府」에 대한 초본이다. 원형(元亨) 4년(1324) 등원시현(藤原時賢)이 관가본(菅家本)을 근거로 필사한 것이다. 현재 궁내청서릉부 소장의 시현본은 신전본 다음으로 오래된 초본으로서 문헌 가치를 인정받는다.

관견초본(管見抄本)은 내각문고(內閣文庫) 소장『중초관견초(重鈔管見抄)』를 말한다. 원래 강원(康元) 1년(1256)부터 정원(正元) 1년

---

39) 太田次男『舊鈔本を中心とする白氏文集本文の硏究』(上), 東京, 勉誠出版, 1997, 204-205쪽.

(1259) 사이에 필사된 것을 영인(永仁) 3년(1295)에 중초한 선초본(選抄本)이다. 초본은 원래 총 10책이다. 현재는 제3책이 유실되었다. 현존 9책에 수록된 작품은 총 975편으로[40] 대략 백거이 현존 작품의 1/3에 해당한다. 관견초본은 비록 선초본이지만 백거이 자편의 전후 속집본에 속하므로 백거이 문집 원래의 편차와 체례 고찰에 큰 도움이 되는 초본이다.

요문초본(要文抄本)은 동대사(東大寺) 승려 종성(宗性; 1202-1278)이 필사한 『백씨문집요문초』를 말한다. 건장(建長) 1년(1249)부터 건치(建治) 2년(1275)에 이르는 기간 두 차례로 나누어 필사했다. 요문초본은 『백씨문집』의 전·후집에서 시 352편과 「三教論衡」[3631]·「蘇州重玄寺法華院石壁經碑文」[3638] 등 2편의 문(文)을 필사한 선초본이다. 현재 동대사도서관과 정창원성어장(正倉院聖語藏)에 나누어 소장되어 있다. 백거이 자편의 체례가 보존되어 있지 않아 관견초본에 비해 체례 연구 면에서의 가치는 다소 부족하지만 요문초본에 수록된 「後序」[1414]는 간본의 본문 오류를 바로잡는 데 중요한 역할을 하고 있다.

문집초본(文集抄本)은 게이오(慶應)대학부속연구소 사도문고(斯道文庫)에 소장된 『중초문집초(重鈔文集抄)』을 말한다. 지어(識語)[41]에 의하면 건장2년(1250) 제호사(醍醐寺) 승려 아인(阿忍)이 필사한 것이다. 『백씨문집』권1·권2·권6 중의 시 51수가 수록되어 있다. 초록

40) 平岡武夫「白氏文集の校定序說」; 平岡武夫·今井淸校定『白氏文集』京都, 京都大學人文科學研究所, 1971, 40쪽.

41) 識語는 후인이 문집에 대한 읽기 혹은 교정이 완료된 후에 감상이나 경과 등에 관해 문집의 본문 혹은 서문·발문의 처음과 끝, 또는 표지 안팎에 기록해 놓은 짧은 글을 말한다. 일본어로는 오쿠가키(奧書)라고 한다.

편수는 소량이지만 문집초본의 저본은 관견초본·요문초본의 저본과 유사하여 평안조 시대 초본의 면모를 보이고 있다고 평가받는다.

마지막으로 소개할 일본 판본은 에도(江戶) 초기의 존경각문고장교본(尊經閣文庫藏校本)『백씨문집』이다. 이것은 유승(儒僧) 천해대사(天海大師; 1536-1643)가 나파본『백씨문집』에 교주와 가점 작업을 진행한 교본으로 '천해교본(天海校本)'이라고도 불린다. 화방영수의『백씨문집의 비판적연구』에서 천해교본의 교감 가치를 높이 평가한 바 있으며 사사위『백거이시집교주』·『백거이문집교주』의 교감 작업에도 이용되었다. 천해교본은『백씨문집』의 교감과 전파상황 연구에 매우 중요한 자료일 뿐만 아니라 전대 교점본에 존재하는 지어를 보존하고 있다는 점에서도 의미있는 판본이다.[42]

6. 맺음말

백거이 자편(自編)의 75권본『백씨문집』은 안타깝게도 유실되었다. 현존하는 다양한 형태의 백거이 문집 중에서 가장 완정한 판본은 바로 71권본이다. 학계에서 백거이 연구의 텍스트로 통용되는 71권본 백거이 문집은 남송(南宋)·소흥본(紹興本)과 명(明)·마원조본(馬元調本), 그리고 조선동활자본을 저본으로 간행된 일본의 나파본(那波本)이 대표적 판본이다. 이 세 종류의 71권본 외에도 여러 종류의 간본과 금택문고본(金澤文庫本)·신전본(神田本)·시현본(時賢本)·관

---

42) 天海校本에 관한 논의는 文豔蓉「尊經閣藏天海校本『白氏文集』及其價值」;『中國典籍與文化』2019년 1기 참조.

견초본(管見抄本) 및 요문초본(要文抄本) 등 일본 현존의 다양한 초본은 모두 소중한 문화유산임에 틀림없다.

체례 면에서 보면 현존 71권본 백거이 문집은 크게 백거이 자편 『백씨문집』75권의 원형을 보존하고 있는 전후속집본(前後續集本)과 이에 대한 개편본인 선시후필본(先詩後筆本)으로 구분된다. 백거이의 「同微之贈別郭虛舟錬師五十韻」[1422]시는 현존 선시후필본 『백씨문집』권21에 수록되어 있다. 그러나 이 작품이 후집 권51에 수록되어 있다고 한 요관(姚寬; 1105-1162)의 기록에 의하면 송대에는 선시후필본의 출현과 아울러 전후속집본도 여전히 존재하였음을 알 수 있다.[43] 송대에 존재했던 전후속집본 중의 하나가 조선동활자본이 되었고 이것이 일본에 전래되어 나파본의 조본(祖本)이 되었으며 나파본이 영인되어 사부총간본(四部叢刊本)으로 학계에 전해지고 있다.

이에 반해 전후속집본의 편차를 개편하여 시·문을 전후로 구분·배열한 선시후필본은 남송의 소흥본과 명대의 마원조본으로 전승되어 널리 유통되었다. 전후속집본과 선시후필본 체례 상의 차이는 【부록】「전후속집본·선시후필본 체례 비교」에 보이는 바와 같다.

전후속집본은 백거이 자편 문집의 원형을 보존하고 있다는 장점이 있으나 백거이의 원주가 삭제되었다는 것이 단점이다. 반면에 선시후필본은 이와 상반된 장단점을 가지고 있다. 소흥본과 마원조본을 대표로 하는 선시후필본과 나파본을 대표로 하는 전후속집본은 서로 다른 계통의 텍스트이다. 그러나 양자는 상호보완의 관계에 있

---

43) 姚寬 『西溪叢語』: "後集第五十一卷「同微之贈別郭虛舟錬師五十韻」敍燒丹事甚詳." 謝思煒 『백거이집종론』 북경, 중국사회과학출판사, 1997, 21쪽.

으므로 국내외 백거이 연구자에게 널리 애용되었다. 바로 이 같은 대표성과 문헌적 가치로 인해 20세기 이후의 교점본·전교본·교주본 등 현대 배인본은 모두 소흥본·마원조본 및 나파본을 저본으로 삼아 출간된 것이다. 특히 주금성의『백거이집전교』와 사사위의『백거이시집교주』·『백거이문집교주』는 상세한 교감과 주석을 제공하여 백거이 연구에 큰 공헌을 하였다.

판본학을 전공하는 경우가 아니라면 백거이 연구는 마땅히 주금성의 전교본과 사사위의 교주본을 기본 텍스트로 사용하는 것이 효율적이다. 그러나 더욱 엄밀한 연구를 위해 다양한 고대 판본에 대한 이해와 지식을 구비하는 것도 매우 긴요한 일이다.

※ 여론(餘論) : 백거이 문집의 현대 배인본(排印本)

20세기에 들어 백거이 문집에 대한 현대화 작업은 고학힐(顧學頡)에 의해 시작되었다. 고학힐 교점의『백거이집』(전4책, 북경, 중화서국, 1979)은 최초의 현대식 교점본으로서 학술적 가치를 인정받는다.『백거이집』은 71권본『백씨문집』중 현존 최고의 남송·소흥본을 저본으로 했다. 송·명·청대의 여러 판본을 참조하여 저본의 착오와 탈루를 수정·보완하고 이에 관한 교기를 첨부했다. 본서는 소흥본과 마찬가지로 선시후필본의 체례를 따르고 있다. 말미에는「외집(外集)」을 추가하여 권상에는 시사(詩詞) 86수, 권하에는 문(文) 23편의 보유 작품을 수록하였다.

이외에도 부록으로 백거이 관련 전기 자료을 비롯해 도곡(陶穀; 903-970)의「龍門重修白樂天影堂記」, 누견(婁堅; 1553-1631)의「序馬

元調重刻白氏長慶集」과 나파도원의 「白氏文集後序」를 수록하고 마지막으로 고학힐의 「백거이연보간편(白居易年譜簡編)」을 첨부했다. 본서는 최초의 교점본이었던 한계로 인해 현존 제판본을 망라한 전면적인 교감은 진행되지 않아 교감 방면의 성취는 미약하다. 주석 작업도 진행되지 않았으나 당시 연구자에게는 큰 편의를 제공했다.[44]

주금성(朱金城)의 『백거이집전교(白居易集箋校)』(전6책, 상해, 상해고적출판사, 1988)는 명·마원조본 『백씨장경집』을 저본으로 한 것이다. 10년 간의 집필 작업을 거쳐 1965년 초고가 완성되었고 1985년 수정 작업이 완료된 후 1988년 정식으로 출간되었다. 『백거이집전교』는 남송·소흥본 등의 주요 간본과 청대의 각종 교기, 당송 시기의 주요 총집 및 선본 등으로 교감을 진행했다. 말미에는 「외집」3권을 추가하여 시사 109수 및 36종의 잔구(殘句), 문 24편의 보유 작품을 수록했다. 부록으로 백거이 관련 전기·서발 및 「백거이연보간편」이 첨부되어 있다.

고학힐 교점본과 비교하여 최대의 장점은 수록 작품마다 창작 연대·작가 연령·창작 지점 및 당시의 관직 상황 등을 병기했다는 점이다. 또한 각 작품 아래에 「전(箋)」을 설정하여 창작 연대·배경 및 인물에 대한 고증을 진행하고 시어에 대한 주석을 시도한 것이 학술적 가치를 인정받아 백거이 연구의 필독서로 널리 사용되었다.[45]

---

44) 고학힐 『백거이집』은 최초의 현대식 표점본이라는 의미가 있기 때문에 1979년 북경 중화서국에서 전4책으로 발간된 이후 1980년에는 대만 里仁書局에서 전3책, 1984년에는 대만 漢京文化事業公司에서 전2책으로 영인본이 출간되어 주금성 전교본 출간 이전의 학계에서 널리 통용되었다.

45) 주금성의 『백거이집전교』는 백거이 연구에 획기적인 학술 가치를 인정받아 중국은 물론 일본 학계에서도 서평이 발표되었다. 예를 들면 太田次男의 「書評: 朱金城『白居易集箋校』」(『中國文學報』제41책, 1990.4), 傅璇琮의 「新書書評: 朱金城著『白居易集

사사위(謝思煒)의 『백거이시집교주(白居易詩集校注)』(전6책, 북경, 중화서국, 2006)는 남송·소흥본을 저본으로 하여 권37까지의 시를 대상으로 했다. 말미에는 「외집」3권을 추가하여 보유 작품으로 시 108수, 연구(聯句)·사(詞) 19수 및 39종의 잔구를 수록했다. 사사위의 『백거이문집교주(白居易文集校注)』(전4책, 북경, 중화서국, 2011) 역시 남송·소흥본을 저본으로 권38 이후의 문(文)을 대상으로 했다. 말미에는 「白氏文集後序」[3834][46]를 포함해 26편의 문을 보유작품으로 수록했다. 두 가지 모두 부록으로 「백거이연보간편」을 첨부하고 있다. 『백거이시집교주』와 『백거이문집교주』는 상세한 주석에 엄밀한 교감이 진행되었으며 수록 작품마다 작품번호를 부기하고 있다. 주석 작업은 창작의 연대와 지점, 교유·시사·역사인물 및 제도, 그리고 전고·어휘 등 다방면에서 진행되었다. 특히 중국의 제판본 외에 금택문고본·관견초본·요문초본 등 다량의 일본 구초본을 활용하여 교감을 진행한 것이 큰 장점이다.[47]

1922년 상해상무인서관의 『사부총간(四部叢刊)』에 수록된 『백씨장경집』71권은 일본 강남도서관 소장의 나파본 『백씨문집』을 영인한 것이다. 현재 사부총간본으로 불려지며 널리 통용되고 있다. 1992년에는 사부총간본 『백씨장경집』을 저본으로 한 유악형(喩岳衡)

箋校」(『唐代文學研究年鑑』1989·1990년 합집, 桂林, 廣西師範大學出版社, 1991.9) 등이 있다.

46) 「백씨문집후서」는 판본에 따라 「白氏長慶集後序」·「白氏集後記」·「白氏文集自記」 등 상이한 제목으로 수록되어 있다. 본서 제3장 「백거이 작품 개설」에서 백거이 작품 제목의 이문을 비교·정리한 바 있다.

47) 사사위 교주본에 관한 서평으로는 靜永健의 「書評: 謝思煒『白居易詩集校注』の刊行を賀す」(『白居易研究年報』제8호, 2007.10), 陳才智의 「論著評價: 『白居易文集校注』」 (『中國文學年鑒』2013年, 2013.12) 등이 있다.

점교의 『백거이집』(장사, 악록서사, 1992)이 출간되었다. 소흥본과 왕립명의 『백향산시집』 및 『전당시』·『전당문』 등을 참고하여 교감을 진행했다. 왕립명본의 「보유」·『문원영화』·『전당시』 및 『전당문』 등을 참조하여 시사(詩詞) 68제 73수와 문 20편을 보유작품으로 수록했다. 백거이의 자주(自注)를 삭제한 단점을 보완하기 위해 소흥본과 전당시본을 근거로 자주를 복원하였다. 교감 및 주석 면에서 주금성의 전교본이나 사사위의 교주본과 비교하면 연구 텍스트로서 활용가치는 높지 않지만 백거이 생전의 문집 체례를 보존하고 있는 사부총간본(나파본) 『백씨장경집』에 대한 현대식 표점본이라는 점에 의미가 있다.

前 後 續 集 本 나파본 · 사부총간본		편차 이동	先 詩 後 筆 本 소흥본 · 마원조본	
	권1	諷諭一	→ 권1	권1	諷諭一
	권2	諷諭二	→ 권2	권2	諷諭二
	권3	諷諭三	→ 권3	권3	諷諭三
	권4	諷諭四	→ 권4	권4	諷諭四
	권5	閑適一	→ 권5	권5	閑適一
	권6	閑適二	→ 권6	권6	閑適二
	권7	閑適三	→ 권7	권7	閑適三
	권8	閑適四	→ 권8	권8	閑適四
	권9	感傷一	→ 권9	권9	感傷一
	권10	感傷二	→ 권10	권10	感傷二
	권11	感傷三	→ 권11	권11	感傷三
	권12	感傷四	→ 권12	권12	感傷四
	권13	律詩一	→ 권13	권13	律詩
	권14	律詩二	→ 권14	권14	律詩
	권15	律詩三	→ 권15	권15	律詩
	권16	律詩四	→ 권16	권16	律詩
	권17	律詩五	→ 권17	권17	律詩
前集	권18	律詩六	→ 권18	권18	律詩	詩
	권19	律詩七	→ 권19	권19	律詩
	권20	律詩八	→ 권20	권20	律詩
	권21	詩賦	→ 권38	권21	格詩歌行雜體
	권22	銘贊箴謠偈	→ 권39	권22	格詩雜體
	권23	哀祭文	→ 권40	권23	律詩
	권24	碑碣	→ 권41	권24	律詩
	권25	墓誌銘	→ 권42	권25	律詩
	권26	記序	→ 권43	권26	律詩
	권27	書	→ 권44	권27	律詩
	권28	書序	→ 권45	권28	律詩
	권29	書頌議論狀	→ 권46	권29	律詩
	권30	試策問制誥	→ 권47	권30	格詩
	권31	中書制誥一	→ 권48	권31	律詩
	권32	中書制誥二	→ 권49	권32	律詩
	권33	中書制誥三	→ 권50	권33	律詩

	권		→	詩文/文	권	
前集	권34	中書制誥四	→권51		권34	律詩
	권35	中書制誥五	→권52		권35	律詩
	권36	中書制誥六	→권53		권36	半格詩(律詩附)
	권37	翰林制詔一	→권54		권37	律詩
	권38	翰林制詔二	→권55	詩文	권38	詩賦
	권39	翰林制詔三	→권56		권39	銘贊箴謠偈
	권40	翰林制詔四	→권57		권40	哀祭文
	권41	奏狀一	→권58		권41	碑碣
	권42	奏狀二	→권59		권42	墓誌銘
	권43	奏狀三	→권60		권43	記序
	권44	奏狀四	→권61		권44	書
	권45	策林一	→권62		권45	書序
	권46	策林二	→권63		권46	書頌議論狀
	권47	策林三	→권64		권47	試策問制誥
	권48	策林四	→권65		권48	中書制誥一
	권49	甲乙判一	→권66		권49	中書制誥二
	권50	甲乙判二	→권67	文	권50	中書制誥三
後集	권51	格詩歌行雜體	→권21		권51	中書制誥四
	권52	格詩雜體	→권22		권52	中書制誥五
	권53	律詩一	→권23		권53	中書制誥六
	권54	律詩二	→권24		권54	翰林制詔一
	권55	律詩三	→권25		권55	翰林制詔二
	권56	律詩四	→권26		권56	翰林制詔三
	권57	律詩五	→권27		권57	翰林制詔四
	권58	律詩六	→권28		권58	奏狀一
	권59	碑誌序記表讚論衡書	→권68		권59	奏狀二
	권60	碑序解祭文記	→권69		권60	奏狀三
	권61	銘誌贊序祭文記辭傳	→권70		권61	奏狀四
	권62	律詩	→권29		권62	策林一
	권63	格詩雜體	→권30		권63	策林二
	권64	律詩	→권31		권64	策林三
	권65	律詩	→권32		권65	策林四
	권66	律詩	→권33		권66	判
	권67	律詩 雜體附	→권34		권67	判
	권68	律詩律詩律詩律詩	→권35		권68	碑誌序記表讚論衡書
	권69	半格詩	→권36		권69	碑序解祭文記
	권70	碑記銘吟偈	→권71		권70	銘誌贊序祭文記辭傳
續後集	권71	律詩	→권37		권71	碑記銘吟偈

제3장

백거이 작품 개설

　백거이는 이백(701-762)·두보(712-770)와 함께 당대 삼대시인으로서 문학사에서의 위상은 결코 가볍지 않다. 중국·대만·일본 등 국외 학계에서는 이러한 역사적 평가에 걸맞게 상당한 기초작업을 진행하였고 유의미한 연구 성과를 이루었다. 일본 학계의 경우 자국문학이 아니라는 점은 우리와 동일하나 연구 성과는 우리와 많이 다르다.

　1920년대 일본에서는 이미 이백·두보·백거이는 물론 도연명(365?-427)·왕유(701?-761)·한유(768-824)·소동파(1036-1101) 시의 완역집 출간이 시작되었다.[1] 경도대학 인문과학연구소는 1950·60년대 당대(唐代) 연구를 위한 입문서 12책을 출간하였다.[2] 12책 모두 당대문학 연구자에게는 연구의 나침반이자 지침서로서 일본은 물론

---

1) 國民文庫刊行會는『續國譯漢文大成』시리즈로『李太白詩集』(久保天隨譯解, 1928)·『杜少陵詩集』(鈴木虎雄譯解, 1928-1931)·『韓退之詩集』(久保天隨譯解, 1928-1929)·『白楽天詩集』(佐久節譯解, 1928-1930)·『蘇東坡詩集』(岩垂憲徳·小見清潭·久保天隨譯解, 1928-1931)·『陶淵明集·王右丞集』(小見清潭譯解, 1929)을 출간하였다.

2) 京都大學 인문과학연구소 색인편집위원회 출간(1954-1965)의『唐代研究のしおり』를 말한다. 전12책의 서명을 소개하면『唐代の暦』,『唐代の行政地理』,『唐代の散文作家』,『唐代の詩人』,『唐代の長安と洛陽』(전3책, 索引篇·資料篇·地図編),『李白歌詩索引』,『李白の作品』,『唐代の散文作品』,『唐代の詩篇』(2책) 등이다.

전세계 학계의 환영과 찬사를 받았다. 이는 기초작업의 학술적 가치를 인정받았음을 의미한다.

이에 비해 국내 상황은 질적·양적으로 초라하다. 역주 작업은 물론 당대문학 연구에 필수적인 기초작업도 거의 진행되지 않아 주체적 연구기반이 취약함을 부인할 수 없다. 이러한 상황이 지속된다면 당대문학 연구에 있어 국외 학자의 기초작업에만 의존하게 된다. 당대(唐代) 문인과 작품에 대한 기초작업과 연구기반 확립이 시급하다.

백거이 문학에 대한 기초작업은 전기·연보·판본·역주·창작연대·창작지·작품 편수·작품번호 책정 등 여러 방면에 걸쳐 있다. 이러한 기초작업은 작가와 작품 연구에 매우 중요한 디딤돌이다. 국외에서 이루어진 작업 결과는 검증 과정을 거쳐 시비를 가려야 한다. 주체적인 기초작업을 수행하는 것도 필요하다. 백거이의 현존 작품 편수조차 확실하지 않으니 백거이 연구를 위한 국내의 기초작업은 해야 할 일이 많다.

이에 우선 주금성(朱金城)의 『백거이집전교(白居易集箋校)』전6책을 저본으로 삼아 백거이의 현존 작품 편수를 확인하고 작품번호를 새로이 책정할 것이다. 백거이 작품의 창작연대에 관한 대표적 연구성과, 즉 일본의 화방영수(花房英樹), 대만의 나련첨(羅聯添)·중국의 주금성 등 3인의 작업 결과를 비교한다. 아울러 제판본의 작품 제목에 존재하는 이문을 정리하고 각종 정보를 수록한 백거이「작품일람표」를 작성할 것이다. 본고에서 진행하는 이 같은 기초작업은 국외 학계의 연구성과에 대한 검증과 국내 백거이 연구의 기반 확립이라는 면에서 매우 유의미하다.

1. 백거이 문집과 작품 편수

중국 고대문인에게 소위 '작품 편수'라는 것은 작가 생전의 실제 창작 편수를 말하는 것이 아니라 현존 작품 편수를 의미한다. 작가 생전의 창작 편수는 작가 자신도 확실히 알기 어렵고, 후인에게 있어서는 더욱 불가능한 일이기 때문이다. 작품 편수에 관한 백거이 자신의 언급 중에 대표적인 기록은 다음과 같다.

나는 이전에 『백씨장경집』50권을 지었는데 원진이 서문을 썼고 『후집』 20권은 스스로 서문을 지었다. 지금 또 『속후집』5권은 스스로 기(記)를 지었다. 전 · 후집 75권은 길고 짧은 시문을 합해 총 3,840편이다.[3]

백거이의 「白氏長慶集後序」[3834][4]이다. 회창(會昌) 5년(845) 5월, 74세의 백거이는 자신의 마지막 문집 편찬을 완성하였다. 그 결과물이 바로 『백씨문집(白氏文集)』75권이다. 이에 의하면 백거이의 작품은 총 3,840편이다. 그런데 백거이는 회창6년(846) 75세에 서거하였으니 회창5년의 75권 문집에는 문집 편찬 후에 지은 작품[5]은 포함되

---

3) 백거이 「白氏長慶集後序」[3834]: "白氏前著長慶集五十卷, 元微之爲序. 後集二十卷, 自爲序. 今又續後集五卷, 自爲記. 前後七十五卷, 詩筆大小凡三千八百四十首."(『백거이집전교』제6책, 3916쪽)

4) 「백씨장경집후서」는 판본에 따라 「白氏文集後序」 · 「白氏集後記」 · 「白氏文集自記」 등의 다양한 제목으로 수록되어 있다. 백거이 작품 제목의 이문에 관해서는 본고의 「백거이 작품의 제목 비교」에 상세하다.

5) 회창6년에 지은 것이 분명한 현존 작품은 「自詠老身示諸家屬」[2815], 「自問此心呈諸 老伴」[2816] · 「六年立春日人日作」[2817] · 「齋居偶作」[2818] · 「詠身」[2819] · 「予與 山南王僕射淮南李僕射事歷五朝踰三紀海內年輩今唯三人榮路雖殊交情不替聊題長 句寄擧之公垂二相公」[2820] 등 6편이 있다.

지 않았다. 또한 문집 편찬 당시 이미 유실되었거나 편자 임의로 수록하지 않은 작품도 있을 수 있다. 따라서 「백씨장경집후서」에 등장하는 '3,840'이라는 숫자는 당시 편찬된 『백씨문집』75권에 수록된 작품 편수를 의미할 뿐 실제로 백거이가 평생 창작한 작품의 편수도 아니고 현존 작품 편수는 더더욱 아니다.

혹자는 "백거이는 일생 동안 3,688수를 남겼는데 대표작으로는 「장한가」와 「비파행」을 들 수 있다"[6]고 하였다. 백거이가 평생 동안 창작한 작품이 총 3,688수라는 오해를 야기한다. '3,688'이라는 숫자의 근거는 왕립명(汪立名)의 『백향산시집(白香山詩集)』이다. 『백향산시집』에는 「백씨장경집후서」가 「白氏文集自記」라는 제목으로 수록되어 있다. "길고 짧은 시문을 합해 총 3,840편이다"라는 백거이 자신의 언급 다음에 왕립명은 "현존하는 71권본에는 3,688편이 있다"[7]라는 주를 달았던 것이다. 결국 '3,688'이라는 숫자는 당시 통용되던 『백씨문집』71권본에 수록된 작품 편수를 왕립명이 집계한 수치에 불과하다. 이를 근거로 백거이 평생의 창작 편수는 물론 현존 작품의 편수를 단정할 수는 없다.

현재 널리 통용되고 있는 왕립명의 『백향산시집』에 의할 것 같으면 백거이의 시는 총 2,888수이며 고학힐이 교주한 판본에 의하면 백거이의 시(詩)와 문(文)은 총 3,941수이니 판본에 따라 작품 수에 차이가 보인다. 따라서 백거이의 작품수를 언급할 때는 어느 판본에 의한 것인지

---

6) 이수웅·김경일 『중국문학사』 서울, 대한교과서주식회사, 1994. 255쪽.

7) 왕립명 『백향산시집』: "今本七十一卷凡三千六百八十八."(臺北, 世界書局, 1969, 서권 3쪽)

밝혀야할 것이며, 시만을 지칭하는 것인지 시와 문 모두를 말하는 것인지 분명히 밝혀야 오해의 소지를 없앨 수 있을 것이다.[8]

여기에서 백거이 시가 총 2,888수라고 한 근거는 『백향산시집』 각 권수(卷首)에 '범○○수(凡○○首)'라고 기재한 것을 합산한 수치이다. 그러나 후집 권3의 경우만 보더라도 권수에 '범58수'라고 기록되어 있으나 실제로는 57편이 수록되어 있다. '2,888'이 정확한 수치가 아님을 알 수 있다. "고학힐이 교주한 판본"이란 고학힐(顧學頡)의 『백거이집(白居易集)』(1979)을 말한다. 그런데 권수에 표기된 작품 편수만을 합산하였을 때 총 3,744수이다. 작품을 세분하고 병서(幷序)를 별도로 집계해도 '3,800'을 초과하기 어렵다. 산출방식에 관한 아무런 언급이 없어 믿을 수 없다.

작품 편수 산출에 있어 "어느 판본에 의한 것인지" 혹은 "시만을 지칭하는 것인지 시와 문 모두"를 지칭하는 것인지도 중요한 요소이지만 구체적인 산출 기준 역시 홀시할 수 없는 요소이다. 예를 들면 연작시 편수와 병서(幷序)에 대한 산출 방식의 문제는 물론이고, 하나의 제목에 여러 문장이 포함되어 있는 경우 별개의 작품으로 산정할 것인지도 고려해야 한다.

백거이 문집의 제판본 권수에는 '범○○수'라는 형식으로 수록 작품의 편수를 밝히고 있다. 권1의 「潯陽三題」[0062~0064]와 권15의 「放言五首」[0901~0905] 등의 연작시는 각각 별도의 작품으로 간주하여 3편·5편으로 산출했다. 그러나 권71의 「六讚偈」[3679~3684]는 6편으

---

8) 유병례 「중국문학사에 있어서 시가 서술체제의 제문제──당시를 중심으로」; 『중국어문논총』제15집(1998.12) 139쪽.

로 이루어진 연작임에도 제판본에서는 1편으로 처리하고 있다. 이에 반해 작품 창작의 의도와 배경을 밝힌 병서는 별도 작품으로 인정하지 않는다. 또한 권59의 「論孫璹張奉國狀」(3389~3390)은 사실 손숙(孫璹)과 장봉국(張奉國)에 대한 2편의 장(狀)이 포함되어 있고 제판본의 해당 권(卷) 안에서도 각각 「孫璹」·「張奉國」 등의 표제어가 별도로 존재함에도 1편으로 산출하고 있다.

근대에 들어 백거이 문집의 판본과 작품에 대한 기초작업은 1945년 일본의 경도동방문화연구소(京都東方文化硏究所)에서 『백씨문집』에 대한 공동 연구가 시작됨으로써 본격화되었다. 백씨문집 제판본에 대한 조사연구와 백거이 시문에 대한 기초작업의 성과를 집대성한 것이 바로 화방영수의 『백씨문집의 비판적연구(白氏文集の批判的硏究)』이다. 특히 「종합작품표」에서는 나파본(那波本) 수록 작품 및 보유작품에 대하여 작품번호를 책정하고 나파본 외에도 소흥본(紹興本)·마원조본(馬元調本) 『백씨문집』과 왕립명 『백향산시집』의 수록 면수를 기재하여 검색의 편의를 도모하였다. 그뿐만 아니라 여러 총집의 수록 여부와 수록 면수를 기록한 「총집소수작품표(總集所收作品表)」를 만들어 기초작업의 성과를 연구자에게 제공하였다.

우선 『백씨문집의 비판적연구』의 「종합작품표」와 「총집소수작품표」를 근거로 백거이 문집의 대표 판본과 주요 총집에 수록된 작품 편수를 도표로 정리하면 다음과 같다. 작품 편수는 화방영수가 책정한 작품번호를 기준으로 산출한 것이다.[9]

---

9) 왕립명 『백향산시집』에 수록된 작품 편수는 화방영수의 작품번호만을 기준으로 한다면 2,892편이지만 그중에는 9편의 詩序가 포함되어 있으므로 실제 수록된 시 작품수는 2,883편이다.

나파본	소흥본	마원조본	왕립명	文苑英華	萬首絶句	唐宋詩醇
시문3,676	시문3,669	시문3,662	시 2,883	시문 702	시 762	시 315

『백씨문집의 비판적연구』는 나파본 수록 작품 3,676편에 보유작품 140편을 포함하여 총 3,816편을 대상으로 하였다. 고학힐『백거이집』은 소흥본 수록 작품 3,669편에 109편의 보유작품을 추가하여 총 3,778편을 수록하였다. 주금성『백거이집전교』에는 마원조본 수록 작품 3,662편에 잔구(殘句) 36편을 포함한 171편의 보유작품이 추가되어 총 3,833편이 수록되었다.

그러나 본고에서 주금성의 『백거이집전교』를 대상으로 집계한 작품 편수는 같지 않다. 산출 기준, 즉 작품번호의 책정 기준이 화방영수와 동일하지 않기 때문이다. 『백거이집전교』를 저본으로 작품번호를 책정하면서 산출된 작품 편수는 다음과 같다. 작품번호 책정 기준은 본고의 「작품번호와 작품일람표」에서 소개할 것이다.

詩	文	殘句(詩)	詩序	文序	총계
2,924	859	36	35	3	3,857

시 2,924수에는 「花非花」[0612]・「憶江南詞三首」[2537~2539] 등 4편의 사(詞)가 포함되어 있다. 문 859편에는 「動靜交相養賦幷序」[2835]・「汎渭賦幷序」[2836]・「傷遠行賦」[2837] 등 부(賦) 16편이 포함되어 있다.[10] 전체 작품 중에서 주금성에 의해 보유작품으로 수록된

---

10) 왕립명의『백향산시집』에는 4편의 詞가 수록되어 있는 반면 16편의 賦가 수록되어 있지 않다. 따라서 본고에서도 詞는 크게 詩의 범주에, 賦는 文의 범주에 귀속시켰음을 밝혀둔다.

것은 시 109수·잔구 36편·부 3편·문 21편·시서(詩序) 2편 등 총 171편이다. 총계 3,857은 작품번호의 마지막 번호이기도 하다.[11] 『백거이집전교』에 수록된 작품 편수는 시문에 딸린 시서와 문서를 제외하면 3,819편이며 완전한 한 편의 작품이라 볼 수 없는 잔구 역시 제외한다면 3,783편이 된다.

「蟠木謠」[2856]·「素屛謠」[2857]·「朱藤謠」[2858]·「無可奈何」[2859]·「自誨」[2860] 5편은 『백씨문집』권39·「銘贊箴謠偈」에 수록되어 있다. 사사위도 『백거이문집교주』권2에 수록하였으니 문집 편차 면에서는 문(文)에 해당하는 것으로 보인다. 그러나 화방영수가 잡언고시로 분류하였듯이 문학 갈래로는 시가 분명하므로 본고에서도 시 2,924수에 포함시켰다.[12]

백거이의 현존 작품 편수와 관련해 또 고려해야 할 것은 위작 여부이다. 예를 들어 나파본에만 수록된 「李德裕相公貶崖州三首」[3759~3761]는 주금성이 보유작품으로 수록하면서도 위작으로 단정하였다. 『문원영화(文苑英華)』와 『전당문(全唐文)』에서 보유작품으로 채록된 「諫請不用奸臣表」[3848]도 위작이 분명하다.[13] 이외에도 잠중면(岑仲勉)은 권37·권38 중의 제조(制詔) 48편을 위작으로 추정하였지만[14] 이에 대해 화방영수는 이견을 제기한 바 있다. 현재로는 위작 여부를 단정하기 어려운 작품이 적지 않다.[15] 따라서 본고에서는

---

11) 본서에서 언급되는 백거이 작품 관련 통계 편수는 특별한 단서를 제시하지 않는 한 필자에 의해 책정된 작품번호를 기준으로 한 총 3,857편을 기본으로 한다.

12) 이러한 이유에서 사사위도 『백거이시집교주』(권37) 제6책 2834쪽~2844쪽에 補入 작품으로 수록하였다.

13) 주금성 『백거이집전교』제6책, 3882쪽·3933쪽.

14) 岑仲勉 「白氏長慶集僞文」; 『中央硏究院歷史語言硏究所集刊』제9집, 1947.9

15) 화방영수 『白氏文集の批判的硏究』京都, 彙文堂書店, 1960, 408-409쪽.

위작 여부와는 관계없이 주금성의 『백거이집전교』에 수록된 모든 작품을 대상으로 작품번호를 책정하였고 작품 편수에서도 제외시키지 않았다.

2. 백거이 작품의 창작 연대

작품의 창작연대는 작품의 내용과 작가의 사상·의식을 이해하는 데 중요한 기초자료이다. 백거이 작품의 대부분은 현재 창작연대 추정이 이루어져 있다. 현존 문헌을 근거로 하면 백거이 작품의 창작연대 고찰은 남송(南宋)·진진손(陳振孫; 1179-약1261)의 「백문공연보(白文公年譜)」에서 처음으로 시도되었다.[16] 그 후로는 청·왕립명의 「백향산연보」에서 진진손보다 많은 작품을 대상으로 창작연대를 추정하였다. 그런데 흥미로운 사실은 그들의 창작연대 추정에 백거이 자신의 제하(題下) 자주(自注)가 중요한 근거로 작용하였다는 것이다.

홍매(洪邁; 1123-1202)의 평가[17]처럼 백거이는 제하 자주와 작품에서 창작연대 혹은 창작 당시의 연령을 밝히는 경우가 많았다. 백거이의 제하 자주는 다음의 3가지 유형이 존재한다.

---

16) 진진손의 『直齋書錄解題』에 의하면 조금 앞서 李璜의 연보가 있었고 진진손과 거의 동시대인 何友諒의 연보가 있었으나 현재 전해지지 않는다. 화방영수 『白氏文集の批判的研究』 京都, 彙文堂書店, 1960, 405쪽.

17) 洪邁 『容齋隨筆·五筆』권8: "(白樂天)作詩述懷, 好紀年歲."

	작품번호 & 제목	제하 자주
(가)	[0597] 放旅雁	元和十年冬作
	[0598] 送春歸	元和十一年三月三十日作
	[0677] 江南送北客因憑寄徐州兄弟書	時年十五
	[0813] 王昭君二首	時年十七
	[1028] 潯陽春三首	元和十二年作
(나)	[0006] 觀刈麥	時爲盩厔縣尉
	[0194] 松齋自題	時爲翰林學士
	[1524] 遊坊口縣泉偶題石上	時爲河南尹
(다)	[0059] 放魚	自此後詩到江州作
	[0234] 遣懷	自此後詩在渭村作
	[0269] 酬張十八訪宿見贈	自此後詩爲贊善大夫時作
	[0281] 題潯陽樓	自此後詩江州司馬時作
	[0360] 初領郡政衙退登東樓作	自此後詩到杭州後作
	[0384] 洛中偶作	自此後在東都作
	[0572] 西掖早秋直夜書意	自此後中書舍人時作
	[1107] 潯陽宴別	此後忠州路上作
	[1497] 授太子賓客歸洛	自此後東都作

(가)는 창작연대를 직접 밝힌 것이고 (나)는 창작 당시의 관직명을 표기한 자주이다. (다)는 동일 기간에 창작된 작품군의 첫 작품에 시기를 밝힌 자주이다. 이 유형의 제하 자주는 다수 작품에 대한 창작연대에 관한 정보이므로 더욱 중요하다. 백거이는 이러한 제하 자주를 첨부하여 후인들의 창작연대 고찰에 중요한 단서를 제공하였던 것이다.

왕립명 이후 근대에 들어 백거이 작품의 창작연대 추정은 일본 화방영수(花房英樹)에 의해 이루어졌다.[18] 주로 나파본『백씨문집』수록 작품을 대상으로 했다. 화방영수의 창작연대 추정 작업에는 백거

---

18) 화방영수『白氏文集の批判的硏究』京都, 彙文堂書店, 1960

이의 제하 자주와 진진손·왕립명의 선행성과 및 기타 제설이 기초 자료로서 활용되었다. 아울러 전후속집본(前後續集本)인 나파본『백씨문집』의 출현이 중대한 역할을 하였다.

여러 차례의 편찬작업을 거쳐 최종적으로 회창5년(845)에 완성된 『백씨문집』75권본은 전집 50권·후집 20권·속후집 5권의 순으로 편찬된 것이다. 거의 창작 순서에 의해 작품이 배열되어 있다고 평가받는다. 현존 판본 중에서 그 당시 편차의 원형을 가장 잘 보존하고 있는 것이 전후속집본인 나파본『백씨문집』이다.

그런데 진진손의 저본은 남송 소본(蘇本)이고 왕립명이 근거한 판본은 소본을 계승한 명판본(明版本)이었다. 이 판본들은 모두 백거이 전집·후집·속후집의 편찬 과정과 시기를 무시하고 시·문의 순으로 배열한 선시후필본(先詩後筆本)이다. 다시 말하면 백거이 문집의 편찬 시기별 편차의 원형을 상실한 것이었다. 이 같은 선시후필본의 한계를 보완하는 데 유용한 것이 전후속집본이다. 화방영수는 바로 전후속집본인 나파본『백씨문집』을 저본으로 거의 전 작품의 창작연대를 추정하였다. 그 작업의 결과는 「계년표(繫年表)」와 「종합작품표」에 일목요연하게 정리되어 있다.[19]

화방영수 이후 백거이 작품에 대한 편년작업은 중국의 주금성에 의해 진행되었다.[20] 주금성은 선시후필본인 명·마원조본을 저본으로 각 작품에 대한 전교(箋校) 작업을 진행하였다. 창작연대는 왕립명·화방영수 등의 선행 업적을 수용하기도 하고 한편으로는 다양한

---

19) 이에 관해서는 화방영수『白氏文集の批判的研究』(京都, 彙文堂書店, 1960) 405-454 쪽 참조.

20) 주금성『白居易集箋校』상해, 상해고적출판사, 1988. 이보다 앞서 주금성은『白居易年譜』(상해, 상해고적출판사, 1982)에서 부분적으로 편년 작업을 시도한 바 있다.

방법으로 고증을 시도하여 백거이 작품에 대한 편년작업에 진일보한 성과를 거두었다. 화방영수는 나파본 수록 작품만을 대상으로 하고 보유작품에 대해서는 창작연대를 미상으로 처리했다. 반면에 주금성은 마원조본에 미수록된 보유작품에 대해서도 편년을 시도했다는 점에서 학술적 의미와 가치를 인정받는다.

백거이 작품에 대한 또 다른 편년작업의 주인공은 대만의 나련첨(羅聯添)이다. 나련첨은 이미 1960년대 기간논문을 통해 시문 68편의 창작연대에 대한 고증을 시도한 바 있다.[21] 1989년 출간한 『백낙천연보(白樂天年譜)』에서 「작품계년(作品繫年)」 항목을 설정하여 시문 1,562편에 대한 편년작업을 진행하였다. 백거이 작품의 편년에 관한 대만 유일의 업적으로 평가받고 있다.

본고에서는 창작연대에 관한 선행작업으로 가장 대표적인 화방영수의 『백씨문집의 비판적연구』와 주금성의 『백거이집전교』를 주요 텍스트로 삼고 나련첨의 『백낙천연보』를 보조 자료로 하여 백거이 작품의 창작연대를 비교·정리한다. 우선 주금성과 화방영수의 창작연대 불일치 작품을 유형별로 제시한다. 각 유형에서 대표적 작품 몇 편을 예로 들어 추정 근거에 대한 적합성 여부를 살펴볼 것이다. 만약 나련첨 추정의 창작연대가 있다면 이를 보충 자료로 제공한다. 그 다음에는 주금성과 화방영수의 창작연대는 일치하지만 나련첨에 의해 이설이 제기된 작품을 대상으로 한다. 아울러 일부 작품을 예로 들어 시비를 가려볼 것이다.

화방영수와 주금성의 창작연대 불일치 작품은 다양한 유형이 있

---

21) 나련첨 「白居易作品繫年」; 『大陸雜誌』38권 3기, 1969.2. 나련첨은 4년 전에 이미 「白香山年譜考辨」(『大陸雜誌』30권 3기, 1965.8)을 발표한 바 있다.

다. 우선 첫 번째는 【표1】의 작품처럼 주금성과 화방영수의 추정 연대가 완전히 다른 경우이다. 총 55편이 이 유형에 해당한다.[22)]

【표1】 작품 창작연대 : 주금성 ≠ 화방영수

작품번호 & 제목		주금성	화방영수
[0043] 初入太行路		~정원20년~	~정원19년~
[0206] 次華州贈袁右丞	**	정원17~19년	영정1년
[0422] 曲江感秋		원화4년 *나	원화5년
[0433] 冀城北原作		정원20년	정원16년
[0454] 寄元九		원화7년 *나	원화6년
[0590] 醉後走筆酬劉五主簿~		원화4년	원화3년 *나
[0591] 和錢員外答盧員外~		원화3~6년	원화2~5
[0616] 和鄭方及第後秋歸~		정원17년 *나	정원18년
[0617] 與諸同年賀座主侍郎~		정원17년	정원16년
[0618] 東都冬日會諸同年~		정원17년	정원16년
[0619] 敍德書情四十韻上~		정원16년	정원17년 *나
[0636] 過劉三十二故宅		영정1년	정원19~20년
[0645] 戲題新栽薔薇		원화2년 *나	원화1년
[0666] 除夜宿洺州		정원20년	정원16년
[0667] 邯鄲冬至夜思家		정원20년	정원16년
[0668] 冬至夜懷湘靈		정원20년	정원16년
[0698] 自河南經亂關內阻饑~		정원15년 *나	정원14년
[0711] 題李十一東亭		원화3년	정원16~17년
[0714] 翰林中送獨孤二十七~		원화5년 *나	원화2년
[0759] 秋思	**	정원19년	정원18년
[0778] 答山驛夢		원화5년	원화4년

---

22) 【표1】「작품번호 & 제목」란에 있는 '**' 부호는 주금성·화방영수의 추정 연대와는 다른 羅聯添의 추정 연대가 있다는 것을 의미한다. 구체적인 관련 내용은 【표1】 하단에 부기하였다. 나련첨의 추정 연대가 주금성과 동일한 경우는 「주금성」란, 화방영수와 동일할 때는 「화방영수」란에 '*나'를 표기하였다. 3개 란에 어떠한 표시도 없는 작품은 나련첨이 창작 연대를 추정하지 않았음을 의미한다. 이상의 내용은 【표2】·【표3】에서도 동일하게 적용된다. 작품 제목이 장문일 경우에는 후반부의 일부를 생략하고 '~' 부호를 기재하였다.

[1046] 興果上人歿時題此~	원화12년	*나	원화13년
[1268] 喜敏中及第偶示所懷	장경2년	*나	장경1년
[1269] 久不見韓侍郎戲題四韻~	장경2년	*나	장경1년
[1312] 寄李蘇州兼示楊瓊	개성2년		대화1년
[1398] 醉送李協律赴湖南辟命~	장경4년		장경3년
[2016] 鉢塔院如大師	대화5년	*나	대화6년
[2017] 神照上人	대화5년	*나	대화6년
[2018] 自遠禪師	대화5년	*나	대화6년
[2019] 宗實上人	대화5년	*나	대화6년
[2020] 淸閑上人	대화5년	*나	대화6년
[2339] 初夏閑吟兼呈韋賓客	대화9년		대화8년
[2367] 送姚杭州赴任因思舊遊1	대화9년		대화7년
[2368] 送姚杭州赴任因思舊遊2	대화9년		대화7년
[2393] 劉蘇州寄釀酒糯米~	대화8년		대화7년 *나
[2556] 馮李睦州訪徐凝山人	개성2년		개성3년
[2703] 官俸初罷親故見憂~	회창1년	*나	회창2년
[2808] 和李相公留守題漕上~	회창1~2년		회창2~5년
[2814] 河陽石尙書破迴鶻~	회창5년		회창3년 *나
[2909] 代書	원화12년	*나	원화13년
[3311] 與嚴礪詔	원화2년		원화3년
[3316] 與元衡詔	원화2년	*나	원화3년
[3322] 答馮伉謝許上尊號表	원화3년		원화2년
[3333] 與柳晟詔	원화2년		원화3년
[3343] 與元衡詔	원화3년		원화2년
[3345] 答盧虔謝賜男從史~	원화3년		원화2년
[3346] 與宗儒詔	원화3년		원화4년
[3350] 與嚴礪詔	원화3년		원화2년
[3378] 論于頔裴均狀	원화3년	*나	원화4년
[3380] 論太原事狀三件1	원화4년	*나	원화6년
[3381] 論太原事狀三件2	원화4년	*나	원화6년
[3382] 論太原事狀三件3	원화4년	*나	원화6년
[3426] 爲宰相請上尊號第二表	장경1년	*나	장경2년
[3431] 爲崔相陳情表	장경1년		장경2년
[3675] 唐東都奉國寺禪德大師~	개성5년		개성4년 *나

　**나련첨 [0206] 정원20년　　　**나련첨 [0759] 정원20년

주금성의 창작연대 추정에는 나름대로 근거를 제시한 경우도 적지 않다. 예를 들면 「與諸同年賀座主侍郞新拜太常同宴蕭尙書亭子」[0617]의 창작연대를 화방영수는 정원(貞元) 16년(800), 주금성은 정원 17년(801)으로 추정하였다. 제목에서도 알 수 있듯이 이 작품은 좌주시랑(座主侍郞)이 태상경(太常卿)에 제수된 것을 축하하는 내용이다. 주금성은 '좌주시랑'이 백거이가 진사과에 응시할 때 주고관(主考官)이었던 고영(高郢; 740-811)을 가리킨다고 했다. 그리고 고영의 태상경 제수는 정원17년의 일이라는 사실을 근거로 제시하였다.[23]

화방영수에 의하면 「久不見韓侍郞戱題四韻以寄之」[1269]의 창작연대는 장경(長慶) 1년(821)이다. 반면에 주금성은 장경2년(822) 봄 작품이라며 "화방영수는 왕립명 연보를 근거로 장경1년으로 편년했으나 옳지 않다"[24]고 반박하였다. 이 시는 한유(韓愈; 768-824)를 오랫동안 만나지 못한 아쉬움을 노래한 것이다.[25] 제목에서 한유를 '한시랑(韓侍郞)'으로 지칭한 것은 당시 한유의 관직이 병부시랑(兵部侍郞)이었기 때문이다. 한유가 국자좨주(國子祭酒)에서 병부시랑에 제수된 것은 장경1년 7월이다.[26] 그런데 시에 "봄바람은 백발이 성성한 귀밑머리에 불어온다(春風滿鬢絲)"고 했으니 장경1년이 아니라 장경2년 봄 작품이 분명하다는 것이다.

---

23) 주금성 「與諸同年賀座主侍郞新拜太常同宴蕭尙書亭子」·「箋」; 『백거이집전교』제2책, 716-717쪽.

24) 주금성 「久不見韓侍郞戱題四韻以寄之」·「箋」: "花房英樹據汪譜繫於長慶元年, 非是"(『백거이집전교』제3책, 1274쪽)

25) 백거이 「久不見韓侍郞戱題四韻以寄之」[1269]: "近來韓閣老, 疏我我心知. 戶大嫌甜酒, 才高笑小詩. 靜吟乘月夜, 閑醉曠花時. 還有愁同處, 春風滿鬢絲."(『백거이집전교』제3책, 1274쪽)

26) 陳克明 『韓愈年譜及詩文繫年』成都, 巴蜀書社, 1999, 596쪽.

「代書」[2909]의 경우, 화방영수는 원화(元和) 13년(818)으로 추정하였으나 주금성은 아래와 같은 근거로 원화12년(817) 작품이라고 주장하였다. 백거이의 강주(江州) 좌천은 원화10년(815)의 일이다. 원화13년 작품 「江州司馬廳記」[2900]에서 "내가 이 고을에서 벼슬살이하며 4년을 지냈다"[27]고 했고, 원화12년 작품 「與微之書」[2918]에 "내가 강주에 온 이후 이미 3년을 보냈다"[28]는 표현이 있다. 백거이의 이러한 언어 습관에 의하면 "내가 강주에서 3년 벼슬살이를 했다"[29]고 표현한 「대서」는 원화12년(817) 작품이 분명하다는 것이다.

주금성의 창작연대 추정에 근거가 제시되었다 하더라도 재고의 여지가 있는 경우가 있다. 예를 들면 「曲江感秋」[0422]에는 원화 "5년작(五年作)"이라는 자주가 달려 있다. 역대로 「곡강감추」의 창작연대가 원화5년(810)이라는 점에 이견이 없었다. 그러나 주금성은 작품 내용과 장경2년(822)의 「曲江感秋二首序」[0577]를 근거로 자주의 '오(五)'는 '사(四)'의 오기라고 주장하였다.[30] 그러나 주금성의 근거를 포함하여 「곡강감추」의 창작연대 관련 원시자료에 문제가 있음이 제기된 바 있다.[31] 따라서 「곡강감추」의 창작연대를 "오년작"이라는 백거이 자주를 무시하고 원화4년(809) 작품으로 단정하는 것은 시기상조이다.

---

27) 백거이 「江州司馬廳記」[2900]: "予佐是郡, 行四年矣."(『백거이집전교』제5책, 2732쪽)

28) 백거이 「與微之書」[2918]: "僕自到九江, 已涉三載."(『백거이집전교』제5책, 2814쪽)

29) 백거이 「代書」[2909]: "予佐潯陽三年"(『백거이집전교』제5책, 2760쪽)

30) 주금성 「曲江感秋」·「箋」: "此詩題下原注「五年作」, 當係「四年」之訛文. 白氏曲江感秋二首詩序(卷11): 「元和二年·三年·四年, 予每歲有「曲江感秋」詩, 凡三篇, 編在第七集卷, 是時予爲左拾遺·翰林學士.」此詩云: 「前秋去秋思, 一一生此時.」則當作於元和四年."(『백거이집전교』제1책, 485쪽)

31) 西村富美子 「關于白居易詩歌創作年代的幾個問題──談「寫眞圖」和「曲江的秋」」; 『唐代文學研究』제6집, 桂林, 廣西師範大學出版社, 1996, 422-432쪽.

두 번째는 주금성의 창작연대 추정 범위가 화방영수에 비해 축소된 경우로서 【표2】의 작품들이 있다. 총 122편이 이에 해당한다.

【표2】 창작연대 추정 범위 : 주금성 < 화방영수

작품번호 & 제목	주금성	화방영수
[0031] 白牡丹	원화3~6년	원화2~6년
[0087] 贈友五首序	원화10년 *나	원화1~10년
[0088] 贈友五首1	원화10년 *나	원화1~10년
[0089] 贈友五首2	원화10년 *나	원화1~10년
[0090] 贈友五首3	원화10년 *나	원화1~10년
[0091] 贈友五首4	원화10년 *나	원화1~10년
[0092] 贈友五首5	원화10년 *나	원화1~10년
[0588] 江南遇天寶樂叟	원화11~13년	원화1~13년
[0589] 送張山人歸嵩陽	원화9~10년	원화2~10년
[0620] 和渭北劉大夫借便~	정원19년	~원화10년
[0701] 寄湘靈	정원16년	~정원16년
[0746] 立春日酬錢員外~	원화4년~6년	원화3~6년
[0747] 和錢員外靑龍寺~	원화4년~6년	원화3~6년
[0755] 夜惜禁中桃花因懷錢員外	원화4년~6년	원화3~6년
[1015] 湖上閑望	원화12년	원화11~12년
[1817] 繡婦歎	대화3년	대화3~5년
[1818] 春詞	대화3년	대화3~5년
[1819] 恨詞	대화3년	대화3~5년
[1901] 僧院花	대화3년	대화3~5년
[1902] 老戒	대화3년	대화3~5년
[2707] 李盧二中丞各創山居~	회창1년	개성5~회창1년
[2943] 張徹宋申錫可並監察~	장경1년	장경1~2년
[2945] 馮宿除兵部郎中知制誥制	장경2년	장경1~2년
[2946] 鄭覃可給事中制	장경1년	장경1~2년
[2947] 韋審規可西川節度副使~	장경1년	장경1~2년
[2948] 魏博軍將呂晃等從弘正~	장경1년	장경1~2년
[2949] 張平叔可戶部侍郎判度~	장경2년	장경1~2년
[2950] 李虞仲可兵部員外郎~	장경2년	장경1~2년
[2951] 牛僧孺可戶部侍郎制	장경2년	장경1~2년

[2952]	庾承宣可尙書右丞制	장경2년	장경1~2년
[2955]	魏博軍將薛之縱等~	장경1년	장경1~2년
[2957]	鄭餘慶楊同懸等十人~	장경1년	장경1~2년
[2966]	柳公綽可吏部侍郎制	장경1년	장경1~2년
[2967]	孔戣可右散騎常侍制	장경1년	장경1~2년
[2968]	王公亮可商州刺史制	장경1년	장경1~2년
[2970]	李愬贈太尉制	장경1년	장경1~2년
[2971]	田布贈右僕射制	장경2년	장경1~2년
[2972]	韋貫之可工部尙書制	장경1년	장경1~2년
[2973]	太子詹事劉元鼎~	장경1년	장경1~2년
[2974]	許季同可秘書監制	장경1년	장경1~2년
[2976]	楊嗣復可庫部郎中~	장경1년	장경1~2년
[2977]	張平叔可京兆少尹~	장경1년	장경1~2년
[2979]	張籍可水部員外郎制	장경2년	장경1~2년
[2980]	何士乂可河南縣令制	장경2년	장경1~2년
[2981]	崔植一子官迴授姪某制	장경1년	장경1~2년
[2982]	王起賜勳制	장경1년	장경1~2년
[2983]	蕭俛除吏部尙書制	장경1년	장경1~2년
[2985]	神策軍及諸道將士~	장경1년	장경1~2년
[2988]	李宗何可渭南令李玘~	장경1년	장경1~2년
[2989]	兵部郎中知制誥馮宿~	장경2년	장경1~2년
[2990]	太常博士王申伯可侍御~	장경1년	장경1~2년
[2991]	溫造可起居舍人~	장경1년	장경1~2년
[2994]	周愿可衡州刺史~	장경1년	장경1~2년
[2999]	崔琯可職方郎中~	장경2년	장경1~2년
[3002]	韋綬從右丞授禮部尙書~	장경1년	장경1~2년
[3005]	裴通除檢校左散騎常侍~	장경1년	장경1~2년
[3006]	元稹除中書舍人翰林學~	장경1년 *나	장경1~2년
[3007]	孔戣授尙書左丞制	장경2년	장경1~2년
[3009]	韓愈等二十九人亡母追~	장경1년	장경1~2년
[3011]	劉總弟約等五人並除刺~	장경1년	장경1~2년
[3013]	尙書工部侍郎集賢殿~	장경1년	장경1~2년
[3014]	鄭絪可吏部尙書制	장경1년	장경1~2년
[3018]	元公度授華陰令制	장경1년	장경1~2년
[3024]	柳公綽罷鹽鐵守本官~	장경1년	장경1~2년
[3026]	劉約授棣州刺史制	장경1년	장경1~2년

[3027] 李肇可中散大夫郢州~	장경2년	장경1~2년
[3029] 傅良弼可鄭州刺史制	장경2년	장경1~2년
[3031] 崔陵可河南尹制	장경2년	장경1~2년
[3034] 王庭湊曾祖五哥之~	장경2년	장경1~2년
[3035] 崔羣可秘書監分司東都制	장경2년	장경1~2년
[3041] 嚴謩可桂管觀察使制	장경2년	장경1~2년
[3042] 杜式方可贈禮部尚書制	장경2년	장경1~2년
[3045] 盧元勳除隰州刺史制	장경1년	장경1~2년
[3046] 楊孝直除滑州長史制	장경1년	장경1~2년
[3050] 張植李翶等二十人亡母~	장경1년	장경1~2년
[3052] 衢州刺史鄭羣可庫部郎~	장경1년	장경1~2년
[3054] 盧昻量移虢州司戶長孫~	장경1년	장경1~2년
[3055] 李石楊穀張殷衡等並授~	장경1년	장경1~2년
[3057] 康昇讓可試太子司議郎~	장경2년	장경1~2년
[3058] 西川大將賀若岑等~	장경1년	장경1~2년
[3063] 劉總外祖故瀛州刺史~	장경1년	장경1~2년
[3064] 劉總外祖母李氏~	장경1년	장경1~2년
[3065] 蕭俛一子迴授三從弟伸制	장경1년	장경1~2년
[3066] 賈蠁入迴鶻副使~	장경1년	장경1~2년
[3067] 張屺授廬州刺史~	장경1년	장경1~2년
[3068] 韓公武授左驍衛上將軍制	장경1년	장경1~2년
[3069] 姚元康等授官充推官~	장경2년	장경1~2년
[3070] 楊玄諒等三十人加官制	장경2년	장경1~2년
[3071] 李益王起杜元穎等賜爵制	장경1년	장경1~2년
[3072] 王計除萊州刺史吳暐~	장경1년	장경1~2년
[3078] 京兆尹盧士玫除檢校~	장경1년	장경1~2년
[3082] 前穀熟縣令李季立~	장경1년	장경1~2년
[3083] 李懷金等各授官制	장경2년	장경1~2년
[3084] 王日簡可朝散大夫~	장경2년	장경1~2년
[3087] 嚴綬可太子少傅制	장경2년	장경1~2년
[3091] 薛戎贈左散騎常侍制	장경1년	장경1~2년
[3093] 知汴州院官侍御史~	장경1년	장경1~2년
[3094] 王智興可檢校右散騎~	장경1년	장경1~2년
[3096] 楊於陵亡祖母崔氏等~	장경1년	장경1~2년
[3100] 王師閔可檢校水部~	장경2년	장경1~2년
[3105] 戶部尚書楊於陵祖~	장경1년	장경1~2년

[3109] 日試詩百首田夷吾~	장경2년	장경1~2년
[3111] 李愬李愿薛平王潛~	장경1년	장경1~2년
[3122] 杜元穎等賜勳制	장경1년	장경1~2년
[3128] 鎮州軍將王怡判官~	장경1년	장경1~2년
[3139] 封太和長公主制	장경1년	장경1~2년
[3144] 入迴紇使下軍將官~	장경1년	장경1~2년
[3145] 盧昂可監察御史~	장경2년	장경1~2년
[3151] 安南告捷軍將黃士修~	장경1년	장경1~2년
[3152] 王鎰可刑部員外郞制	장경1년	장경1~2년
[3155] 薛常翮可邢州刺史~	장경1년	장경1~2년
[3156] 牛元翼可檢校左散騎~	장경1년	장경1~2년
[3165] 前河陽節度使魏義通~	장경1년	장경1~2년
[3172] 韋綬等賜爵制	장경1년	장경1~2년
[3180] 加程執恭檢校尙書~	원화3~6년	원화2~6년
[3187] 授范希朝京西都統制	원화5년	원화2~6년
[3299] 與劉總詔	원화5년 *나	원화2~6년
[3336] 畵大羅天尊讚文 **	원화3년	원화2~6년
[3397] 論嚴綬狀	원화6년 *나	원화2~6년
[3398] 論孟元陽狀	원화6년 *나	원화2~6년
[3427] 爲宰相讓官表	장경1년 *나	장경1~2년
[3628] 吳興靈鶴贊 **	보력2년	보력1~2년

**나련첨 [3336] 원화4년   **나련첨 [3628] 보력1년

「贈友五首」[0088~0092]는 화방영수에 의하면 원화1년(806)에서 원화10년(815) 사이에 창작된 작품이다. 반면에 주금성은 대략 원화10년 작품으로 추정하였다. 주금성은 근거를 제시하지 않았지만 필자의 추론에 의하면 근거는 다음과 같다. 「증우5수」제4수에서 경조윤(京兆尹)이 자주 경질되는 현상을 지적한 "10년에 15인(十年十五人)" 구를 창작연대 추정의 근거로 삼은 듯하다. "십년십오인"구는 10년 동안 경조윤을 지낸 사람이 15명이라는 의미이다. 주금성은 이 시구에 대한 「전(箋)」에서 원화1년에는 무려 5명이 경조윤을 지냈고 원

화2년 1명, 원화3년 2명, 원화4년 2명, 원화5년 1명, 원화6년 1명, 원화7년 1명, 원화8년 1명, 그리고 마지막으로 원화10년에 1명이 경조윤을 지낸 역사적 사실을 제시하며 성명 미상의 2명을 제외한 13명의 성명을 밝히고 있다.[32] 그렇다면 "십년십오인"이라는 표현은 화방영수가 추정한 원화1년에서 10년까지의 기간 중 오직 원화10년에만 가능한 것이다. 「증우5수」의 창작연대를 원화10년(815)으로 수정한 주금성의 주장이 타당하다.

「送張山人歸嵩陽」[0589]의 창작연대에 대해 화방영수는 원화2년(807)에서 원화10년(815) 사이로 추정하였다. 주금성은 원화9년(814)에서 원화10년(815)까지로 기간을 축소시켰다. 이 작품의 첫4구는 다음과 같다.

黃昏慘慘天微雪,	어둑어둑 황혼녘 하늘엔 미설이 내리고
修行坊西鼓聲絕.	수행방 서쪽에는 북소리도 울리지 않네.
張生馬瘦衣且單,	장산인은 여윈 말에 옷마저 홑겹인데
夜扣柴門與我別.	밤에 사립문 두드리며 나와 이별하네.[33]

숭양(嵩陽)으로 돌아가는 장산인(張山人)을 전송하며 지은 시이다. 장산인이 작별 인사를 나누기 위해 어둑어둑한 밤 시인의 집을 찾아 왔다. "수행방 서쪽(修行坊西)"은 장안 소국방(昭國坊), 즉 소국

---

32) 주금성 「贈友五首」·「箋」: "元和元年至元和十年, 京兆尹凡十五人. 其中已知者十三人, 次序如下: 元年李鄘·鄭雲逵·韋武·董叔經·李鄘, 二年無考一人, 三年鄭元·無考一人, 四年楊憑·許孟容, 五年王播, 六年元義坊, 七年李銛, 八年裴武, 十年李鄘."(『백거이집전교』제1책, 99쪽)

33) 백거이 「送張山人歸嵩陽」[0589]; 『백거이집전교』제2책, 634쪽.

리(昭國里)를 가리키며 백거이의 거처를 의미한다. 백거이가 장안 소국리에 거주한 것은 태자좌찬선대부(太子左贊善大夫) 시절이었다. 그 기간은 바로 원화9년~10년이었다. 주금성이 이 작품의 창작연대를 원화9년(814)에서 원화10년(815) 사이로 추정한 것은 이 때문이다.

「和渭北劉大夫借便秋遮虜寄朝中親友」[0620]는 위북절도사(渭北節度使) 유공제(劉公濟; ?-804)가 가을에 오랑캐 침략을 막아내고 조정의 친우 백거이에게 시를 보내오자 백거이가 이에 화답한 작품이다. 이 시의 창작연대를 화방영수는 원화10년(815) 이전으로 추정한 반면 주금성은 정원19년(803)이 분명하다고 주장하였다.[34] 유공제는 정원18년(802) 11월 위북절도사에 제수되었고 정원20년(804) 정월 공부상서(工部尙書)에 제수되었다. 그러나 입조하여 황제에게 사은의 예를 표하지 못하고 정원20년 봄에 서거하였다. 제목의 '위북유대부(渭北劉大夫)'라는 호칭과 가을에 지은 작품이라는 점을 감안하면 이 작품의 창작연대가 정원19년(803)이라는 것에 의심의 여지가 없다.

세 번째는 주금성의 작품연대 추정 범위가 화방영수보다 확대된 경우로서 【표3】과 같다.

【표3】 창작연대 추정범위 : 주금성 > 화방영수

작품번호 & 제목	주금성	화방영수
[0061] 潯陽三題序	원화10~13년	원화11~13년
[0062] 廬山桂	원화10~13년	원화11~13년
[0063] 溢浦竹	원화10~13년	원화11~13년
[0064] 東林寺白蓮	원화10~13년	원화11~13년
[0126] 靑塚	~원화14년~	원화14년

---

34) 주금성 「和渭北劉大夫借便秋遮虜寄朝中親友」·「箋」;『백거이집전교』제2책, 721-722쪽.

[0434] 客路感秋寄明準上人		~정원16년	정원16년
[0471] 以鏡贈別		원화7~8년	원화8년
[0472] 城上對月期友人不至		원화7~8년	원화8년
[0485] 栽松二首1	**	원화7~8년	원화8년
[0486] 栽松二首2	**	원화7~8년	원화8년
[0661] 社日關路作		정원16~17년	정원16년
[0669] 感故張僕射諸妓		원화1년~	원화1년
[1295] 聞夜砧		~장경2년	장경2년
[1296] 板橋路		~장경2년	장경2년
[1297] 靑門柳		~장경2년	장경2년
[1298] 梨園弟子		~장경2년	장경2년
[2802] 歡喜二偈1		회창4~5년	회창5년 *나
[2803] 歡喜二偈2		회창4~5년	회창5년 *나
[3140] 宋朝榮加常侍制		장경1~2년	장경1년
[3358] 與驪國王雍羌書		원화2~6년	원화4~6년
[3359] 與季安詔		원화2~6년	원화2년

**나련첨 [0485]·[0486] 원화7년

　　21편에 이르는 해당 작품들은 대부분 추정 근거가 제시되지 않았지만 예외도 있다. 「栽松二首」[0485~0486]는 화방영수가 원화8년(813) 작품으로 추정했다. 이와 달리 주금성은 원화7년(812)~8년(813) 사이에 창작된 것이라고 하면서 진진손의 원화6년(811) 추정은 잘못이라고 지적하였다.[35] 그 근거는 바로 "어찌하여 마흔 살이 지나서 이 작은 소나무를 심었던가"[36]라는 구절이다. 당시 백거이는 40세를 넘긴 나이였음을 알 수 있다. 주금성이 창작연대를 원화7년(812)~8년(813) 사이로 추정한 것은 40세인 원화6년(811)보다는 41·42세인 원화

---

35) 주금성 「栽松二首」·「箋」;『백거이집전교』제2책, 537쪽.
36) 백거이 「栽松二首」제1수[0485]: "如何過四十, 種此數寸枝?"(『백거이집전교』제2책, 537쪽)

7년~8년일 가능성이 높기 때문이다.

「感故張僕射諸妓」[0669]의 창작연대 추정 근거는 더욱 확실하다. 화방영수는 원화1년(806)으로 추정했다. 주금성은 원화1년 이후로 추정하면서 "화방영수가 원화1년에 편년한 것은 옳지 않다"[37]고 단정하였다. 이 시는 장복야(張僕射)가 생전에 거느렸던 기녀들에 대한 감회를 노래한 것이다. 장복야는 서사호절도사(徐泗濠節度使) 장건봉(張建封; 735-800)의 아들인 장음(張愔; ?-806)을 말한다. 장음의 서거는 원화1년(806) 12월의 일이므로 이 작품의 창작연대를 꼭 원화1년으로 단정할 수는 없다. 다만 그때보다 이르지 않을 뿐이므로 주금성은 원화1년 이후로 추정한 것이다.

네 번째는 【표4】의 작품처럼 주금성은 창작연대를 추정하였으나 화방영수는 미정인 경우이다. 다섯 번째는 이와 반대로 【표5】의 작품처럼 화방영수는 창작연대를 추정하였으나 주금성은 미정인 경우이다.[38] 전자는 총 70편에 이르는 반면 후자는 4편에 불과하다.

화방영수는 나파본 『백씨문집』 미수록의 모든 보유작품에 대한 창작연대를 추정하지 않았다. 반면에 주금성은 마원조본 미수록의 보유작품 171편 중 79편에 대해 창작연대를 추정하였다. 창작연대 추정이 불가능한 잔구 36편을 제외하면 거의 60%에 이르는 편수이다. 이것이 편년작업 방면에서 주금성이 화방영수보다 진일보한 성과를 거두었다고 평가하는 까닭 중의 하나이다.

---

37) 주금성 「感故張僕射諸妓」·「箋」: "花房英樹繫于元和元年, 非是."(『백거이집전교』제2책, 761쪽)

38) 【표4】·【표5】의 '*나'는 나련첨의 추정 연대가 동일함을 의미한다. '**' 부호는 나련첨의 추정 연대가 주금성과 같지 않음을 나타내며 【표】 하단에 주금성과 나련첨의 추정 연대를 기재하였다.

【표4】 주금성 창작연대 추정 (화방영수 미정)

작품번호 & 제목	작품번호 & 제목
[0809] 村居二首2	[3746] 首夏猶淸和聯句
[1264] 曲江獨行招張十八	[3747] 薔薇花聯句
[1265] 新居早春二首1	[3748] 西池落泉聯句
[1266] 新居早春二首2	[3749] 杏園聯句
[2565] 自罷河南已換七尹~ *나	[3750] 花下醉中聯句
[3227] 張正甫蘇州刺史制	[3751] 喜遇劉二十八偶書兩韻~
[3572] 得乙在田妻餉不至~ *나	[3752] 劉二十八自汝赴左馮途~
[3685] 佛光和尙眞贊 *나	[3753] 度自到洛中與樂天爲文~
[3692] 江南喜逢蕭九徹因話長~	[3754] 秋霖卽事聯句三十韻
[3699] 除夜言懷兼贈張常侍 *나	[3755] 喜晴聯句
[3700] 送張常侍西歸 *나	[3756] 會昌春連宴卽事
[3701] 和河南鄭尹新歲對雪 *나	[3757] 僕射來示有三春向晚四~
[3703] 醉中見微之舊卷有感	[3758] 樂天是月長齋鄙夫此時~
[3704] 壽安歇馬重吟 *나	[3767] 城西別元九
[3706] 池畔閑坐兼呈侍中	[3768] 陳家紫藤花下贈周判官
[3707] 初冬卽事憶皇甫十	[3769] 遊小洞庭
[3708] 小庭寒夜寄夢得	[3775] 哭微之3
[3709] 西還壽安路西歇馬	[3776] 宿雲門寺
[3715] 贈鄭尹	[3777] 題法華山天衣寺
[3716] 別楊同州後却寄	[3781] 西巖山
[3717] 狐泉店前作	[3793] 和楊同州寒食乾坑會後~
[3718] 贈盧績	[3795] 聽琵琶勸殷協律酒
[3719] 與裴華州同過敷水戲贈	[3796] 戲酬皇甫十再勸酒
[3720] 閑遊	[3799] 歙州山行懷故山 **
[3721] 招韜光禪師	[3838] 授王建秘書郎制
[3722] 和柳公權登齊雲樓	[3839] 授庾敬休監察御史等制
[3723] 毛公壇	[3841] 盧元輔吏部郎中制
[3725] 白雲泉	[3844] 第十二妹等四人各封~
[3726] 寄韜光禪師	[3845] 元和南省請上尊號表
[3727] 和夢得夏至憶蘇州~	[3846] 第三表
[3729] 歲夜詠懷兼寄思黯	[3847] 第四表
[3742] 九老圖詩幷序	[3851] 太湖石記
[3743] 九老圖詩	[3855] 郭景貶康州端溪尉制

작품번호 & 제목	작품번호 & 제목
[3744] 一字至七字詩	[3856] 答宰相杜佑等賀德音表
[3745] 宴興化池亭送白二十二~	[3857] 論周懷義狀

**[3799] 주금성 정원15~17년; 나련첨 정원16년

【표5】 화방영수 창작연대 추정 (주금성 미정)

작품번호 & 제목	작품번호 & 제목	
[1471] 贈韋處士六年夏大熱旱	[3328]季冬薦獻太淸宮詞文	*나
[1926] 贈同座	[3705] 贈張處士韋山人	

　【표4】의 「張正甫蘇州刺史制」[3227]는 나파본 수록 작품이면서도 창작연대가 추정되지 않은 작품이다. 이를 제외하면 【표4】의 작품들은 모두 화방영수에 의해 보유작품으로 수록된 것이다. 「太湖石記」[3851]는 백거이 자신이 문장 말미에 "회창3년 5월 계축일 적다"[39]라고 기록하였으니 회창3년(843) 작품이 확실하다. 「會昌春連宴卽事」[3756]는 제목의 "회창 봄(會昌春)"과 제1구 "원년 한식일(元年寒食日)"[40]을 근거로 하면 회창1년(841) 봄의 작품임이 분명하다.

　주금성이 「城西別元九」[3767]의 창작연대를 원화10년(815)으로 단정한 근거는 "홀로 통주로 떠나가니 이를 또 어찌하랴"[41]라는 마지막 구이다. 이 작품은 통주사마(通州司馬)로 떠나는 원진에 대한 송별시이다. 원진이 통주사마에 제수된 것은 원화10년 3월이므로 원화10년(815)의 작품임이 당연하다. 「哭微之」제3수[3775]는 원래 나파본·소흥본·마원조본에 수록되지 않았으나 『문원영화』의 「祭微之

---

39) 백거이 「太湖石記」[3851]: "會昌三年五月癸丑日記"(『백거이집전교』제6책, 3936쪽)

40) 백거이 「會昌春連宴卽事」[3756]; 『백거이집전교』제6책, 3877쪽.

41) 백거이 「城西別元九」[3767]: "通州獨去又如何"(『백거이집전교』제6책, 3886쪽)

文」[3646][42)에서 채록된 보유작품이다. 주금성이 창작연대를 대화5년 (831)으로 단정한 이유는 이 작품이 「哭微之二首」[1998·1999]처럼 원진의 숙음을 애도한 것인데 원진의 서거는 대화5년 7월의 일이기 때문이다.

다섯 번째 경우에 속하는 작품은 극히 소수에 불과하다. 화방영수 추정에 의하면 「贈韋處士六年夏大熱旱」[1471]·「贈同座」[1926] 2편의 시는 대화6년(832), 「季冬薦獻太淸宮詞文」[3328]은 원화2년(807) 작품이다. 또 나파본 권67에 수록되어 있으나 소흥본·마원조본에는 수록되지 않아 주금성에 의해 보유작품으로 채록된 「贈張處士韋山人」[3705]은 개성3년(838) 작품이다. 이 작품들에 대해 주금성이 창작연대를 추정하지 않은 이유는 분명치 않다.

여섯 번째는 화방영수와 주금성의 창작연대는 일치하지만 나련첨에 의해 이설이 제기된 경우이다. 해당 작품은 총 107편으로 【표6】과 같다.

【표6】 작품 창작연대 : 나련첨 ≠ 주금성 = 화방영수

작품번호 & 제목	주금성·화방영수	나련첨
[0002] 讀張籍古樂府	원화10	원화9년
[0015] 贈元積	원화1년	영정1년
[0021] 宿紫閣山北村	원화5년	원화2년
[0024] 蜀路石婦	원화1~15년	원화14~15년
[0033] 寄唐生	원화3~5년	원화4년
[0047] 納粟	원화7~9년	원화7년

---

42) 나파본·소흥본·마원조본에 수록된 「祭微之文」에는 「哭微之二首」[1998·1999]만 수록되어 있고 「哭微之」제3수[3775]는 누락되어 있다. 「祭微之文」은 『文苑英華』에 「祭元相公文」이라는 제목으로 수록되어 있다.

[0093] 寓意詩五首1	원화2~13년	영정1년
[0094] 寓意詩五首2	원화2~13년	영정1년
[0095] 寓意詩五首3	원화2~13년	영정1년
[0096] 寓意詩五首4	원화2~13년	영정1년
[0097] 寓意詩五首5	원화2~13년	영정1년
[0186] 祗役駱口因與王質夫~	원화2년	원화1년
[0192] 早秋獨夜	원화2년	원화1년
[0205] 寄李十一建	원화1~2년	원화1년
[0233] 自題寫眞	원화5년	원화6년
[0238] 閑居	원화6년	원화5년
[0248] 歸田三首1	원화7년	원화6년
[0249] 歸田三首2	원화7년	원화6년
[0250] 歸田三首3	원화7년	원화6년
[0254] 遊藍田山卜居	원화7년	원화9년
[0303] 詠意	원화11~12년	원화11년
[0312] 答崔侍郞錢舍人書問~	원화12년	원화11년
[0402] 寄江南兄弟	원화2년	원화3년
[0425] 早朝賀雪寄陳山人	원화5년	원화6년
[0431] 將之饒州江浦夜泊	정원14년	정원15년
[0465] 夢裴相公	원화9년	원화10년
[0473] 念金鑾子二首1	원화8년	원화9년
[0474] 念金鑾子二首2	원화8년	원화9년
[0484] 沐浴	원화7~8년	원화6년
[0514] 孟夏思渭村舊居寄舍弟	원화12년	원화11년
[0515] 早蟬	원화12년	원화11년
[0516] 感情	원화12년	원화11년
[0517] 南湖晚秋	원화12년	원화11년
[0518] 郡廳有樹晚榮早凋人~	원화12년	원화11년
[0585] 生離別	~정원16년	정원15년
[0621] 題故曹王宅	~정원18년	정원10년
[0622] 自江陵之徐州路上寄兄弟	~정원18년	정원10년
[0660] 送文暢上人東遊	원화2년	정원19년
[0673] 早春獨遊曲江	정원19년	정원21년
[0695] 題流溝寺古松	~정원16년	정원16년
[0719] 絶句代書贈錢員外	원화4년	원화3년
[0728] 重題西明寺牡丹	원화5년	원화6년

[0737] 聞微之江陵臥病以大通~	원화5년	원화8년
[0740] 獨酌憶微之	원화5년	원화6년
[0816] 酬盧秘書二十韻	원화10년	원화9년
[0853] 贈楊秘書巨源	원화10년	원화9년
[0958] 西樓	원화11년	원화12년
[1002] 謝李六郎中寄新蜀茶	원화12년	원화11년
[1007] 登西樓憶行簡	원화12년	원화11년
[1017] 江樓夜吟元九律詩~	원화12년	원화13년
[1034] 得行簡書聞欲下峽~	원화13년	원화12년
[1036] 元十八從事南海欲~	원화13년	원화12년
[1099] 初除官蒙裴常侍贈鵲銜~	원화13년	원화14년
[1148] 送客歸京	원화14년	원화15년
[1196] 昭德王皇后挽歌詞	정원3년	영정1년
[1222] 初除主客郎中知制誥與~	원화15년	장경1년
[1355] 和薛秀才尋梅花同飲見贈	장경2년	장경3년
[1472] 和微之詩二十三首幷序	대화2년	대화3년
[1473] 和晨霞	대화2년	대화3년
[1474] 和送劉道士遊天台	대화2년	대화3년
[1475] 和櫛沐寄道友	대화2년	대화3년
[1476] 和祝蒼華	대화2년	대화3년
[1480] 和三月三十日四十韻	대화2년	대화3년
[1481] 和寄樂天	대화2년	대화3년
[1482] 和寄問劉白	대화2년	대화3년
[1483] 和新樓北園偶集從孫公~	대화2년	대화3년
[1493] 和朝迴與王鍊師遊南山下	대화2~3	대화3년
[1494] 和嘗新酒	대화2~3	대화3년
[1523] 秋遊平泉贈韋處士閑禪師	대화4년	대화5년
[1557] 得湖州崔十八使君書喜~	장경4년	장경3~4년
[1613] 贈楊使君	보력1년	장경4년
[1780] 有雙鶴留在洛中忽見~1	대화2년	대화1년
[1781] 有雙鶴留在洛中忽見~2	대화2년	대화1년
[2075] 和微之道保生三日	대화4년	대화3~4년
[2076] 哭皇甫七郎中	대화4년	대화3~4년
[2077] 晩起	대화4년	대화3년
[2084] 病眼花	대화5년	대화4년
[2097] 與諸道者同遊二室至~	대화5년	대화6년

[2141] 履信池櫻桃島上醉後~	대화7년	대화8년
[2159] 裴侍中晉公以集賢林~	대화9년	대화8년
[2274] 送舒著作重授省郎赴闕	대화7년	대화8년
[2441] 宿香山寺酬廣陵牛相公~	대화9년	개성1년
[2507] 小歲日喜談氏外孫女孩~	개성2년	개성3년
[2508] 閑吟贈皇甫郎中親家翁	개성2년	개성3년
[2576] 送蘇州李使君赴郡~1	개성4년	개성2년
[2577] 送蘇州李使君赴郡~2	개성4년	개성2년
[2601] 感舊石上字	개성4년	회창1년
[2622] 談氏外孫生三日喜是男~	개성5년	개성4년
[2759] 病中看經贈諸道侶	회창2년	회창1년
[2771] 談氏小外孫玉童	회창2년	회창1년
[2780] 刑部尚書致仕	회창2년	회창3년
[2781] 初致仕後戲酬留守牛相公	회창2년	회창3년
[2794] 得潮州楊相公繼之書~	회창3~4년	회창3년
[2797] 永豐坊西南角園中有~1	회창5년	회창6년
[2798] 永豐坊西南角園中有~2	회창5년	회창6년
[2807] 寄黔州馬常侍	회창2년	회창5년
[2843] 漢高皇帝親斬白蛇賦	정원16년	정원19년
[2855] 三謠幷序	원화13년	원화12년
[2856] 三謠1·蟠木謠	원화13년	원화12년
[2857] 三謠2·素屏謠	원화13년	원화12년
[2858] 三謠3·朱藤謠	원화13년	원화12년
[2895] 故滁州刺史贈刑部尚書~	원화2년	원화8년
[2905] 記異	원화8년	원화9년
[2922] 中和節頌幷序	정원15년	정원5년
[3278] 與師道詔	원화2~6년	원화5년
[3373] 與孫璹詔	원화2~6년	원화6년
[3624] 海州刺史裴君夫人李氏~	대화1년	보력2년

「和微之詩二十三首」제8수, 즉 「和三月三十日四十韻」[1480]의 창작 연대를 주금성과 화방영수는 대화2년(828)으로 추정하였고 나련첨은 대화3년(829) 봄으로 단정하였다. 장경2년(822) 6월 원진은 동주자사(同州刺史)에 제수되고 같은 해 7월 백거이는 항주자사(杭州刺史)에

제수되었다. 이로부터 백거이와 원진 모두 장안을 떠나 장기간 이별해야 했다. 이별의 슬픔을 노래한 이 작품의 마지막 4구는 다음과 같다.

兩心苦相憶,　우리 마음은 정녕 서로를 그리워하고
兩口遙相語.　우리 입으론 멀리서도 이야기 나눈다.
最恨七年春,　가장 한스러운 건 이 7년간의 봄이니
春來各一處.　봄이 와도 각자 다른 곳에 지내는 것.[43]

　장경2년(822) 6월 이별한 이후부터 지금까지를 "7년간의 봄(七年春)"으로 표현했다. 따라서 창작연대는 바로 대화3년(829) 봄이라는 것이 나련첨의 주장이다.[44] 「和微之詩二十三首」제14수 「和望曉」[1486]에는 "한탄하노라 마음을 함께 하는 벗, 이별한 후 일곱 번의 봄이 바뀌었네"[45]라는 표현이 있다. 주금성과 화방영수도 이를 근거로 「화망효」의 창작연대를 대화3년(829)으로 추정하였다. 그렇다면 "7년간의 봄(七年春)"을 근거로 「和三月三十日四十韻」의 창작연대를 대화3년(829) 봄으로 추정한 나련첨의 주장이 타당하다.[46]
　「聞微之江陵臥病以大通中散碧腴垂雲膏寄之因題四韻」[0737]은 원진이 좌천지 강릉(江陵)에서 와병하자 백거이가 약을 보내주며 위로

---

43) 백거이 「和三月三十日四十韻」[1480]; 『백거이집전교』제3책, 1471쪽.
44) 나련첨 『백낙천연보』臺北, 國立編譯館, 1989, 267쪽.
45) 백거이 「和望曉」[1486]: "嘆我同心人, 一別春七換."(『백거이집전교』제3책, 1480쪽)
46) 주금성 『백거이집전교』에 의하면 「和微之詩二十三首序」[1472]의 창작연대는 대화2년(829)이다. 그러나 23수 중 「和望曉」・「和李勢女」・「和自勸二首」를 포함한 여러 작품이 대화3년(829)에 창작되었음을 인정하고 있다. 그렇다면 서문의 창작연대는 나련첨 『백낙천연보』에서처럼 대화3년으로 간주하는 것이 타당하다.

하는 내용이다. 이 작품의 창작연대를 주금성과 화방영수 모두 원화 5년(810)으로 추정하였다. 반면에 나련첨은 원화8년(813) 작품으로 단정하였다. 원진은 원화5년(810) 32세 나이에 강릉으로 좌천되었다. 강릉에서 지은 작품 중에「遣病十首」가 있다. 제1수에서는 "4년만에 이제 막 역병에 걸렸다(四年方一瘂)"고 하였고 제5수에서는 "장년의 나이를 지나 이미 5년(過壯年已五)"[47]이라고 하였다. 창작 당시의 나이가 35세임을 말한 것이다. 이를 근거로 하면「견병십수」는 원화8년(813) 작품이 분명하다.

따라서 원진에게 약을 보내주며 위로한 내용의 백거이 시는 원진이 좌천된 해인 원화5년(810)보다 원화8년(813)의 작품일 가능성이 높다고 나련첨은 생각하였던 것이다.[48] 변효훤(卞孝萱)의『원진연보(元稹年譜)』에서도「遣病十首」의 창작연대를 원화8년(813)으로 추정하고[49] 백거이의 이 작품을 인용하며 원진에게 약을 보내준 것을 원화8년의 일로 판단하였다.[50] 이러한 점으로 보면 주금성·화방영수보다 나련첨 주장의 타당성이 더욱 높다.[51]

지금까지 살펴보았듯이 백거이 작품의 창작연대 추정에 있어 주금성의 의견이 최근의 연구성과로서 가장 폭넓게 수용되고 있다. 그

---

47) 楊軍의『元稹集編年箋注』·「원화8년」조에서도 "過壯年已五"구에 대해 "卽年已三十五歲"라고 해석한 바 있다.(서안, 三秦出版社, 2002, 439쪽)

48) 나련첨『백낙천연보』대북, 국립편역관, 1989, 114-115쪽.

49)「遣病十首」의 창작연대에 관해서는 변효훤 외에 花房英樹·前川幸雄『元稹研究』(경도, 휘문당서점, 1977), 楊軍箋注『元稹集編年箋注』(西安, 三秦出版社, 2002)에서도 의견이 모두 일치한다.

50) 卞孝萱『元稹年譜』濟南, 齊魯書社, 1980. 212-214쪽.

51)【표6】의「談氏小外孫玉童」[2771]·「刑部尙書致仕」[2780]·「初致仕後戲酬留守牛相公」[2781] 3수의 창작연대 이설에 대한 논의는 본서 제7장「삼종연보 이설 비교」에 상세하므로 여기서는 생략한다.

러나 논의의 여지가 있는 작품도 적지 않다. 그중에는 타당한 근거를 갖추고 주금성과는 다른 의견을 제기한 것도 있다. 그러나 속단으로 인한 또 다른 혼란을 방지하기 위하여 백거이 「작품일람표」는 주금성의 창작연대를 위주로 작성한다. 다만 이설이 있을 경우에는 창작연대란에 '*' 기호를 표시하여 후일 창작연대 이설 고찰의 소재로 제공하고자 한다. 본고의 주요 목적은 백거이 창작연대에 관한 이설을 비교·정리함으로써 백거이 작품 연구에 편의를 제공하고 향후 창작연대 고찰의 필요성이 있는 작품을 알리는 데 있기 때문이다.

3. 백거이 작품의 제목 비교

백거이 문집의 여러 판본에서 같은 작품의 같은 대목임에도 서로 다른 자구가 사용되기도 한다. 판본학에서는 서로 다른 판본에 사용된 상이한 자구를 이문(異文)이라고 한다. 이문은 작품의 본문에도 존재하지만 제목에서도 발견된다. 즉 동일 작품임에도 판본에 따라 제목이 다른 것이다. 제목의 한 두 글자가 다른 경우도 있지만 제목 자체가 완전히 상이한 것도 적지 않다. 후자의 경우에는 작품 검색과 독자의 이해 면에서 혼란을 야기한다. 본고에서 백거이 작품 제목을 비교하고 제목의 이문을 정리하는 이유가 여기에 있다.

백거이의 장편 명작 「琵琶引」[0610]을 예로 든다. 소흥본·마원조본·나파본『백씨문집』과 왕립명의『백향산시집』·『문원영화』·『전당시』에서는 제목이 「비파인」이다. 반면에 명대의『당시품휘(唐詩品彙)』와 청대의『고문진보(古文眞寶)』·『당시삼백수(唐詩三百首)』·『당시별재집(唐詩別裁集)』 등 유명 선본에서의 제목은 「琵琶行」이다. 이

경우는 제목의 끝 글자가 '행(行)'과 '인(引)'의 차이일 뿐이므로 검색
상의 문제는 크지 않다.

　그러나 제목의 첫 글자가 상이한 경우는 검색에 혼란을 야기할 수
도 있다. 「分司東都寄牛相公十韻」[1599] 시를 예로 든다. 이 제목은
주금성의 『백거이집전교』를 근거로 한 것이다. 그러나 사사위(謝思
煒)의 『백거이시집교주(白居易詩集校注)』와 왕립명의 『백향산시집』
및 화방영수 「종합작품표」에는 제목 앞에 '구(求)'자가 추가되어 있
다. 한 글자의 차이임에도 제목 검색이 여의치 않다. 때로는 「白氏長
慶集後序」[3834]처럼 판본마다 제목이 다른 경우도 있어 연구자의 주
의가 필요하다.

　본고의 제목 이문 비교에는 현재 백거이 연구에 통용되는 주금성의
『백거이집전교』(이후 '주본'으로 약칭)와 사사위의 『백거이시집교주』·
『백거이문집교주』(이후 '사본'으로 약칭)를 주요 비교 대상으로 한다.
이외에 왕립명의 『백향산시집』(이후 '왕본'으로 약칭)과 화방영수의 「종
합작품표」(이후 '화본'으로 약칭)를 보조 대상으로 하여 백거이 작품 제
목의 이문을 정리할 것이다. 「비파행」처럼 4개의 비교 대상에 이문이
없어도 총집이나 선집 등의 다른 판본에서 이문이 발견되는 유명 작품
은 이문 비교에 포함시켰다. 우선 주본(朱本)과 사본(謝本)의 제목이
동일하지 않는 경우를 비교하면 다음과 같다.[52]

---

52) 장편 제목은 이문 확인과 지면 절약을 위해 동일한 일부 문자를 생략하고 '⋯' 기호를
　첨부하였다. 제목 이문 비교표 안의 작품번호 [2874]부터 [3682]까지는 文에 해당하
　므로 왕립명의 『백향산시집』의 수록 대상이 아니다. [3763]·[3769]·[3770] 3수의 詩
　는 보유작품으로 왕립명본에는 수록되지 않았다. 해당 【표】 안에 (왕본 미수록)으로
　표기하였다.

번호	주 본 & 기타 판본	사 본 & 기타 판본
[0003]	哭孔戡【왕】	孔戡　　　　　　【화】孔戡詩
[0013]	月夜登閣避暑【화】【왕】	月燈閣避暑
[0053]	丘中有一士二首	丘中有一士【화】【왕】
[0261]	東坡秋意寄元八【왕】	東陂秋意寄元八【화】
[0266]	村中留李三固言宿【왕】	村中留李三顧言宿 【화】村中留李三宿
[0268]	遊悟眞寺詩【왕】　　　【화】遊悟眞寺	遊悟眞寺詩一百三十韻
[0270]	朝歸書寄元八【화】【왕】	朝歸書事寄元八
[0285]	遊溢水【화】	汎溢水【왕】
[0297]	春遊西林寺【왕】【화】	春遊二林寺
[0344]	宿藍溪對月【왕】	宿藍橋對月【화】
[0347]	朱藤杖紫驄馬吟【왕】【화】	朱藤杖紫驄吟【화】
[0433]	冀城北原作【화】【왕】	翼城北原作
[0438]	別楊穎士盧克柔殷堯藩【화】【왕】	贈別楊穎士盧克柔殷堯藩
[0490]	夜雨有念【왕】	雨夜有念【화】
[0527]	夢與李七庾三十二…元九	夢與李七庾三十三…元九【화】【왕】
[0618]	東都冬日會諸同年…林亭【화】【왕】	東都冬日會諸同聲…林亭
[0989]	正月十五日…楊主簿…【화】【왕】	正月十五日夜…楊六主簿…
[1018]	潯陽歲晩寄…庾三十二員外【왕】	潯陽歲晩寄…庾三十三員外【화】
[1049]	十二年冬江西…金石稜到…【왕】	十二年冬江西…金石凌到…【화】
[1063]	薔薇正開春酒…張大夫…【화】【왕】	薔薇正開春酒初熟…張大…
[1067]	風雨夜泊	風雨晩泊【화】【왕】
[1082]	問韋山人山甫【왕】	問韋山人【화】
[1119]	郡齋暇日憶廬山草堂…皆敍【왕】	郡齋暇日憶廬山…多敍…【화】
[1122]	京使迴累得南省…庾三十二…【왕】	京使迴累得南省…庾三十三…【화】
[1140]	重寄荔枝與楊使君時…之戲【왕】	重寄荔枝與楊使君時…戲之【화】
[1225]	中書連直寒食不歸因憶元九【왕】	中書連直寒食不歸因懷元九【화】
[1232]	待漏入閤書事…學士閣老	待漏入閤書事…學士閣老【화】【왕】
[1324]	內鄉縣村路作【왕】	內鄉村路作【화】
[1442]	答劉禹錫白太守行【화】【왕】	答
[1528]	閑夕【왕】	閑多【화】
[1544]	雪中卽事答微之【왕】	雪中卽事寄微之【화】
[1599]	分司東都寄牛相公十韻	求分司東都寄牛相公十韻【화】【왕】
[1636]	答劉和州禹錫【왕】	答劉和州【화】
[1968]	歎病鶴答劉和州禹錫	勸病鶴【화】　　　【왕】歎鶴病

[2034]	予與微之老而無子發於言歎著在詩篇今年多各有一子戲作二什一以相賀一以自嘲2【화】【왕】	自嘲
[2176]	題裴晉公女几山刻石詩後幷序【왕】	裴侍中晉公……本末前後也【화】
[2212]	題天竺南院贈閑元旻清…【화】【왕】	題天竺南院贈閑振元旻…
[2221]	偶以拙詩數首寄呈裴少尹侍郎…酬和重投長句美而謝之【화】【왕】	偶以拙詩數首寄呈裴侍郎…酬和重投長句美而謝之
[2301]	三月晦日晚聞鳥聲【왕】	三月晦日日晚聞鳥聲【화】
[2306]	送劉五司馬赴任……崔使君【왕】	送吾司馬赴任……崔使君【화】
[2374]	往年稠桑曾喪……絶句【왕】【화】	往年稠桑驛曾喪……絶句
[2377]	和楊同州寒食乾坑會後聞楊工部欲到知予與工部有宿酲【화】【왕】	宿酲
[2423]	春來頻與李二……長句【왕】【화】	春來頻與李二十……長句
[2425]	春和令公綠野堂種花【화】	奉和令公綠野堂種花【왕】
[2430]	喜與楊六侍御同宿【화】【왕】	喜與楊六侍郎同宿
[2482]	三月三日祓禊洛濱幷序【왕】	開成二年三月……座上作【화】
[2604]	戲禮經老僧【화】【왕】	戲贈禮經老僧
[2609]	强起迎春戲寄思黯【왕】【화】	强起迎春戲贈思黯
[2619]	病中辱崔宣城……酬之【왕】【화】	病中辱崔宣城……謝之
[2620]	前有別楊柳枝絶句……戲答	前有別柳枝絶句……戲答【화】【왕】
[2804]	閑居貧活計【왕】	閑居貧活【화】
[2874]	祭城北門文	榮城北門文　　　　　【화】城北門文
[2943]	張徹宋申錫可並監察御史制【화】	張徹宋申錫並可監察御史制
[2947]	韋審規可西川…賜緋各…史制【화】	韋審規可西川…賜緋紫各…史制
[2956]	裴度李夷簡王播…授爵制【화】	裴度李夷簡王播…授男爵制
[2962]	楊潛可洋州刺史…刺史制【화】	楊潛可洋州刺史…刺史三人同制
[2964]	姚成節右神策將軍知軍事制【화】	姚成節授右神武將軍知軍事制
[2965]	高鈇等一十人亡母…贈太君制【화】	高鈇等一十人亡母…贈郡太君制
[2969]	韋顗可給事中庾敬休可…同制【화】	韋顗可給事中庾敬休可…同制
[2973]	太子詹事劉元鼎…本官充盟會副使通事舍人…同制【화】	太子少詹事劉元鼎…本官兼御史中丞充盟會副使通事舍人…同制
[2982]	王起賜勳制【화】	王起等賜勳制
[2987]	柳公綽父子溫…父鋸贈…同制【화】	柳公綽父子溫…父銛贈…同制
[2990]	太常博士王申伯…高諧…同制【화】	太常博士王申伯…高鍇…同制
[2996]	前廬州刺史殷祐可鄭州刺史制	前廬州刺史殷祐可鄭州刺史制【화】
[3002]	韋綬從右丞授禮部…三人同制【화】	韋綬從左丞授禮部…三人同制

[3005]	裴通除檢校左散…充回鶻…制【화】	裴通除檢校左散…充入回鶻…制
[3015]	重授李晟通事舍人制【화】	重授李晟通事舍人王府諮議制
[3020]	鄭絪烏重胤馬總劉悟李佑田布薛 平等亡母追封國郡太夫人制【화】	鄭絪烏重胤馬總劉悟李祐田布薛 平等亡母追封國郡太夫人制
[3021]	奉議郎殿中侍御史…二人同制	奉議郎殿中侍御史…四人同制【화】
[3023]	李諒授壽州刺史薛公幹…制【화】	李諒授壽州刺史薛公幹…同制
[3025]	崔元備張惟素…韋弘景賜爵制【화】	崔元略張惟素…韋弘景等賜爵制
[3027]	李肇可中散大夫…刺史溫造可朝 散大夫三人同制【화】	灃州刺史李肇可中散大夫…刺史 溫造並可朝散大夫三人同制
[3031]	崔陵可河南尹制【화】	崔倰可河南尹制
[3057]	康昇讓可試太子司議郎…左江都 知兵馬使…五人同制	康昇讓可試太子司議郎…右江都 知兵馬使…五人同制【화】
[3082]	前縠熟縣令…充回鶻使判官制【화】	前縠熟縣令…充入回鶻使判官制
[3093]	知汴州院官侍御史盧蒙…可衛佐 並依前知院事同制	知汴州院官侍御史盧濛…可衛佐 並依前知院事四人同制 【화】知汴州院官侍御史盧濛…可衛 佐並依前知院事同制
[3099]	劉泰倫可起復謁者監制【화】	劉泰倫可起復內謁者監制
[3105]	戶部尚書楊於陵祖故奉先縣主 簿…郎中於陵奏請迴贈制【화】	戶部尚書楊於陵祖故奉先縣主 簿…郎中制於陵奏請迴贈
[3110]	衛佐崔蕃授…東畿防禦巡官制【화】	衛佐崔蕃授…東都畿防禦巡官制
[3111]	李愬李愿薛平王…李翶…同制【화】	李愬李愿薛平王…李翺…同制
[3147]	興州刺史鄭公逵授…李循授…【화】	興州刺史鄭公逵授…李稿授…
[3160]	崔承寵可集州刺史	崔承寵可集州刺史制【화】
[3169]	神策軍推官田疇加官制	神策軍推官田鑄加官制【화】
[3222]	除某官王某魏博節度使制【화】	除某王魏博節度使制
[3247]	李彙安州刺史制【화】	李彙安州刺史制
[3254]	答李遜等謝恩令附入屬籍表【화】	答李愻等謝恩令附入屬籍表
[3294]	答劉總謝…范陽節度使表【화】	答劉總謝…范陽等兩道節度使表
[3301]	與盧恆卿詔【화】	與盧恆卿
[3309]	答薛苹賀生擒李錡表【화】	答薛苹賀生擒李錡表
[3310]	與薛苹詔【화】	與薛苹詔
[3334]	答薛苹謝授浙東觀察使表【화】	答薛苹謝授浙東觀察使表
[3372]	答宰相杜佑等賀德音表	答宗正卿李詞等賀德音表 【화】答李詞等賀德音表
[3385]	論于頔所進歌舞人事宜狀【화】	論于頔進歌舞人狀

[3387]	論王鍔欲除官事宜狀【화】	論王鍔狀
[3388]	論裴均進奉銀器狀【화】	論裴均進奉狀
[3490]	銷兵數【화】	銷兵數省軍費
[3535]	得甲獻弓蹲甲而射不穿一札…【화】	得甲獻弓蹲甲而射不穿一札…
[3566]	得郡舉乙清高…今介時人…【화】	得郡舉乙清高…今介是時人……
[3629]	錢塘湖石記	錢唐湖石記【화】
[3682]	讚衆生偈	衆生偈【화】
[3693]	贈薛濤【화】【왕】	與薛濤
[3695]	聽蘆管【화】【왕】	聽蘆管吹竹枝
[3703]	醉中見微之舊卷有感【화】【왕】	醉中見微之舊詩有感
[3704]	壽安歇馬重吟【화】【왕】	歇馬重吟
[3707]	初多卽事憶皇甫十【화】【왕】	初寒卽事憶皇甫十
[3708]	小庭寒夜寄夢得【화】【왕】	小亭寒夜寄夢得
[3718]	贈盧績【화】【왕】	贈盧繽
[3722]	和柳公權登齊雲樓【화】【왕】	和公權登齊雲樓
[3763]	和裴相公傍水閑行絶句	和裴相公傍水絶句　　(왕본 미수록) 【화】和裴相公水傍絶句
[3769]	遊小洞庭【화】【전당시】	洞庭小湖　　　　(왕본 미수록)
[3770]	如夢令三首【화】【전당시】	宴桃源三首　　　　(왕본 미수록)
[3834]	白氏長慶集後序	白氏文集後序 【화】白氏集後記【왕】白氏文集自記

　　주본과 사본의 제목이 다른 경우는 총 112편의 작품에서 발견된다.[53] 【왕】은 왕본(汪本), 【화】는 화본(花本)을 의미하며 주본(朱本)과 사본(謝本) 중에서 제목이 동일한 쪽에 표기하였다. 제목에 이문이 존재하는 이유는 다양하다. [2176]과 [2482]는 주본의 서(序)를 사본에서는 제목으로 삼은 경우이다. 주본(마원조본)과 왕본에서 [2176]작품의 제목은 「題裴晉公女几山刻石詩後并序」이다. 반면에 사본(소

---

53) 제목이 다른 작품의 편수 통계는 편의상 소제목이 없는 연작시를 1편으로 처리하였다. 예를 들면 「如夢令三首」[3770~3772]·「重題」(4수)[0984~0987]는 원래 3수·4수의 연작시이지만 편수 통계에서는 1편으로 처리했다.

홍본)과 화본(나파본)에서는 주본의 서[54]를 제목으로 삼아 107자 장편 제목이 되었다.

[2482] 작품의 경우는 양상이 다소 특이하다. 주본의 세목은 「三月三日祓禊洛濱幷序」이다. 왕본과 『전당시』에서도 동일하다. 그러나 사본과 화본에서는 주본의 서[55]를 제목으로 삼았다. 소흥본·나파본 뿐만 아니라 주본의 저본인 마원조본에서도 257자의 서를 제목으로 삼았다. 주본에서는 왕본과 『전당시』본을 근거로 마원조본의 장편 제목을 서(序)로 삼고 제목을 「三月三日祓禊洛濱幷序」로 바꾸었던 것이다.[56]

[1968] 작품의 제목은 마원조본·소흥본·나파본에 의하면 모두 「歎病鶴」이다. 반면에 왕본과 『전당시』에서는 제목이 「歎鶴病」으로 표기되었다. 주본은 저본인 마원조본을 따랐으나 사본과 화본은 저본의 제목을 취하지 않고 「勸病鶴」으로 제목을 바꾸었다. 이 제목은

---

54) 백거이 「題裴晉公女几山刻石詩後幷序」[2176]: "裴侍中晉公出討淮西時, 過女几山下, 刻石題詩. 末句云: 待平賊壘報天子, 莫指仙山示武夫. 果如所言, 剋期平賊, 由是淮蔡迄今底寧殆二十年, 人安生業, 夫嗟嘆不足則詠歌之, 故居易作詩二百言, 繼題公之篇末, 欲使採詩者·修史者·後之往來觀者知公之功德本末前後也."(『백거이집전교』 제4책, 2053쪽)

55) 백거이 「三月三日祓禊洛濱幷序」[2482]: "開成二年三月三日, 河南尹李待價以人和歲稔, 將禊於洛濱. 前一日, 啟留守裴令公. 令公明旦召太子少傅白居易·太子賓客蕭籍·李仍叔·劉禹錫·前中書舍人鄭居中·國子司業裴惲·河南少尹李道樞·倉部郎中崔晉·司封員外郎張可續·駕部員外郎盧言·虞部員外郎苗愔·和州刺史裴儔·淄州刺史裴洽·檢校禮部員外郎楊魯士·四門博士談弘謩等一十五人, 合宴於舟中. 由斗亭, 歷魏堤, 抵津橋, 登臨泝沿, 自晨及暮, 簪組交映, 歌笑間發, 前水嬉而後妓樂, 左筆硯而右壺觴, 望之若仙, 觀者如堵. 盡風光之賞, 極遊泛之娛. 美景良辰, 賞心樂事, 盡得於今日矣. 若不記錄, 謂洛無人, 晉公首賦一章, 鏗然玉振, 顧謂四座繼而和之, 居易擧酒抽毫, 奉十二韻以獻. 座上作."(『백거이집전교』제4책, 2298쪽)

56) 이 작품의 또 다른 제목으로는 『才調集』의 「祓禊日遊於斗門亭」, 『唐音統籤』의 「河南尹李公邀同諸公洛濱禊飮座上作」 등이 있다.

『전당시』에서 '탄(歎)' 아래 '일작권(一作勸)'이라는 제하 자주를 수용한 결과이다. 소흥본·마원조본·왕본에 의하면 [2423] 작품의 제목은 「春來頻與李二賓客郭外同遊因贈長句」이다. 주금성은 '이이(李二)'가 '이이십(李二十)'의 탈문임을 고증했다.[57] 사본에서는 이를 근거로 '이이십'으로 개정한 반면 주본에서는 마원조본 제목을 그대로 채택하였다.

[0013] 작품은 소흥본·마원조본·나파본은 물론 왕본·화본·주본에서 「月夜登閣避暑」를 제목으로 한다. 그러나 이 시는 폭염의 날씨에 불각(佛閣)에서의 피서를 소재로 한 것이다.[58] 월야(月夜)의 정서를 표출한 시구는 존재하지 않는다. 사사위는 저본인 소흥본을 따르지 않고 제목을 「月燈閣避暑」로 바꾸었다.[59] 월등각(月燈閣)은 장안성 동남쪽 연흥문(延興門) 밖에 위치한 당대 불각이다. 당대 진사급제자들이 격구 등의 유흥을 즐기는 연회 장소이기도 하다. 제목과 내용이 어울린다. 이것은 일본의 구초본 문집초본(文集抄本)에 의거한 교감의 성과이다.

사본에서는 다양한 일본 구초본을 교감작업에 활용하였다. 그 결과 제목 면에서 주본 및 왕본·화본과는 다른 작품들이 적지 않다. 금택문고본(金澤文庫本)을 활용한 교감 결과를 예로 든다. [2604] 작

---

57) 주금성 「春來頻與李二賓客郭外同遊因贈長句」·「箋」: "「李二」當爲「李二十」之脫文." (『백거이집전교』제4책, 2251쪽)

58) 백거이 「月夜登閣避暑」[0013]: "旱久炎氣盛, 中人若燔燒. 淸風隱何處, 草樹不動搖. 何以避暑氣, 無如出塵囂. 行行都門外, 佛閣正岧嶢. 淸涼近高生, 煩熱委靜銷. 開襟當軒坐, 意泰神飄飄. 迥看歸路傍, 禾黍盡枯焦. 獨善誠有計, 將何救旱苗."(『백거이집전교』제1책, 19쪽)

59) 주금성은 일본 慶應大學 太田次男 교수에게서 구초본 문집초본을 증정받은 후에 「月夜登閣避暑」의 제목 관련 의혹을 해소했다고 밝힌 바 있다. 朱金城 「雙白簃唐詩卮談」; 『文學遺産』 1995년 4기 참조

품의 제목은 주본·화본·왕본 모두 「戲禮經老僧」이다. 소흥본·마원조본·나파본도 동일하다. 사본에서는 「戲贈禮經老僧」으로 바꾸었다. [2374] 제목 중의 '조상(稠桑)'은 제판본의 표기를 그대로 수용한 것이다. 그러나 사본에서는 '조상역(稠桑驛)'으로 바로 잡았다. 모두 금택문고본을 근거로 한 것이다.

이러한 상황은 문(文)에서 더욱 두드러진다. [2956]의 제목에서는 '수작제(授爵制)'를 '수남작제(授男爵制)', [2943]에서는 '可並'을 '並可', [2962]에서는 '자사제(刺史制)'를 '자사삼인동제(刺史三人同制)', [3015] 작품의 제목 「重授李晟通事舍人制」를 「重授李晟通事舍人王府諮議制」로 바로 잡은 것은 모두 금택문고본을 활용한 성과이다.

[2874]의 제목은 마원조본에 「祭城北門文」, 소흥본·나파본에 「城北門文」으로 되어 있다. 주본은 마원조본을 따라 「祭城北門文」, 화본은 나파본을 따라 「城北門文」으로 제목을 삼았다. 그러나 사본에서는 소흥본을 따르지 않고 봉좌본(蓬左本)·천해본(天海本)·『문원영화』 등에 의거하여 제목을 「禜城北門文」으로 바꾸었다. [0003]의 제목은 「哭孔戡」(주본·왕본), 「孔戡」(사본·화본) 2가지 외에 나파본의 「孔戡詩」도 존재한다.

제목의 이문이 가장 다양한 작품은 [3834]이다. 주금성의 『백거이집전교』 외집 권하와 마원조본 『백씨장경집』 서권(序卷)에는 「白氏長慶集後序」, 소흥본 『백씨장경집』에는 미수록이지만 사사위 『백거이문집교주』 보유에는 「白氏文集後序」[60]로 기재되어 있다. 또한 나

---

60) 사사위는 「白氏文集後序」가 那波本권71·馬本序卷·『管見抄』에 수록되어 있다고 했다.(『백거이문집교주』제4책, 2039) 그런데 나파본권71과 『管見抄』에서의 제목은 「白氏集後記」이며, 「白氏文集後序」는 나파도원이 쓴 후기로서 나파본 권71 권말에 수록된 별개의 문장이다.

파본 『백씨문집』권71과 화방영수 「종합작품표」에는 「白氏集後記」,
왕립명 『백향산시집』 서권에는 「白氏文集自記」라는 제목으로 수록
되어 있다.

다음은 주본과 사본의 제목이 동일한 경우로서 총 74편이다.

번호	주 본 & 사 본	기타 판본
[0130]	法曲歌【화】	【왕】【전당시】法曲
[0135]	上陽白髮人【화】	【왕】上陽人
[0137]	新豐折臂翁【화】	【왕】折臂翁
[0141]	昆明春水滿【화】	【왕】昆明春
[0179]	常樂里閑居…呂四潁崔十八玄亮元九積劉三十二…仲方…	【왕】常樂里閑居…呂四潁崔十八玄亮元九積劉三十二…仲元… 【화】常樂里閑居…呂四潁崔玄亮十八元九積劉三十三…仲元…
[0309]	草堂前新開一池…幽趣【화】	【왕】草堂前開一池…幽趣
[0316]	閉關【화】	【왕】掩關
[0401]	秋霖中過尹縱之仙遊山居【왕】	【화】秋霖中遇尹縱之仙遊山居
[0524]	早秋晚望兼呈韋侍御	【화】【왕】早秋晚望兼呈韋侍郎
[0556]	哭諸故人因寄元八【화】	【왕】哭諸故人因寄元九
[0610]	琵琶引【화】【왕】【전당시】	【당시품휘】【당시삼백수】 【고문진보】【당시별재집】琵琶行
[0616]	和鄭方及第後秋歸洛…	【화】【왕】和鄭元及第後秋歸洛…
[0639]	看渾家牡丹花戲贈李二十【화】	【왕】看惲家牡丹花戲贈李二十
[0644]	別韋蘇【화】	【왕】別韋蘇州
[0667]	邯鄲冬至夜思家【왕】	【화】邯鄲至除夜思家
[0775]	江岸梨【화】	【왕】江岸梨花
[0949]	題元十八溪居	【화】【왕】題元八溪居
[0967]	聞李十一出牧澧州…絶句【화】	【왕】聞李十一出牧澧州…絶句
[0968]	元和十二年淮寇未…成章【왕】	【화】元和十三年淮寇未…成章
[0983]	香爐峯下新卜…東壁【왕】	【화】香爐峯下新卜…東壁五首
[0984]	重題四首【왕】	【화】香爐峯下新卜…東壁五首
[1009]	讀靈徹詩【화】	【왕】讀僧靈徹詩
[1019]	元九以綠絲布白輕裕見…【화】	【왕】元九以綠絲布白輕容見…

[1045]	夢亡友劉太白同遊章敬寺	【화】【왕】夢亡友劉太白同遊彰敬寺
[1046]	興果上人歿時題此…	【화】【왕】與果上人歿時題此…
[1083]	送蕭鍊師步虛詩十首卷後…【화】	【왕】送蕭鍊師步虛詞十首卷後…
[1115]	十年三月三十日別微之於澧上…欲記…爲他年會話張本也	【화】十年三月三十日別微之於澧上…欲寄…爲他年會話張本也 【왕】十年三月三十日別微之於澧上…欲記…爲他年會話張本也
[1124]	木蓮樹生巴峽山谷…三絶句云	【화】木蓮花 【왕】木蓮樹圖幷序
[1143]	嘉慶李【왕】	【화】喜慶李
[1226]	春憶二林寺舊遊因寄朗…【화】	【왕】春憶二林寺舊遊因寄郎…
[1330]	贈江州李十使君…十二韻	【화】【왕】贈江州李十使君…十四韻
[1423]	霓裳羽衣歌【화】	【왕】霓裳羽衣舞歌
[1634]	奉和汴州令狐相公二十…	【화】【왕】奉和汴州令狐令公二十…
[1640]	宣武令狐相公以…用短章…【화】	【왕】宣武令狐相公以…奉短章…
[1749]	初授秘監幷賜…偶寫所懷【화】	【왕】初授秘監拜賜…偶寫所懷
[1758]	登靈應臺北望【화】	【왕】登寶應臺北望
[1764]	晚寒【화】	【왕】暝寒
[1786]	題洛中第宅【왕】	【화】題洛中宅
[1850]	賦得烏夜啼【화】	【왕】【전당시】烏夜啼
[1856]	和令狐相公新於…五韻【화】	【화】和汴州令狐相公新於…五韻
[1995]	寄兩銀榼與裴侍郎…兩絶1【화】	【왕】寄兩銀榼與裴侍郎…兩絶句1
[2085]	早飮醉中除河南尹敕到【화】	【왕】早秋醉中除河南尹敕到
[2139]	新秋曉興【왕】	【화】新秋晚興
[2140]	秋日與張賓客…凡二百三…【왕】	【화】秋日與張賓客…凡百三…
[2154]	寄盧少卿【화】	【왕】寄盧少尹
[2156]	詠懷【화】	【왕】詠雪
[2222]	六年冬暮贈崔常侍晦叔【화】	【왕】大和六年冬暮贈崔常侍晦叔
[2277]	藍田劉明府攜酎…醉後贈之【화】	【왕】藍田劉明府攜酌…醉後贈之
[2302]	早夏遊平泉迴	【화】【왕】早夏遊平原迴
[2351]	曉上天津橋閑望偶逢…同傾【화】	【왕】曉上天津閣閑望偶逢…同傾
[2433]	春盡日天津橋醉吟偶呈李…【화】	【왕】春盡日天津橋醉吟呈李…
[2443]	贈談客【왕】	【화】贈談君
[2486]	晚春酒醒尋夢得【화】	【왕】春晚酒醒尋夢得
[2504]	司徒令公分守東洛…獻以抒下情	【화】【왕】寄獻北都留守裴令公幷序
[2628]	宣州崔大夫閣…寄贈郡齋	【화】【왕】宣州崔大夫閣…寄題郡齋
[2663]	早熱【화】	【왕】早熱

[2678]	離別難詞【화】	【왕】離別難
[2690]	和思黯居守獨飲…繼而美之【왕】	【화】和思黯居守獨吟…繼而美之
[2747]	老題石泉【화】	【왕】題石泉
[2748]	送王卿使君赴…木蘭西院一別	【화】【왕】送王卿使君赴…木蘭西院
[2793]	喜裴濤使君攜詩見訪…【화】【왕】	喜裴儔使君攜詩見訪…
[2797]	永豐坊西南角…非敢繼和前篇1・白尙書篇云	【화】【왕】【전당시】楊柳枝詞
[2798]	永豐坊西南角…非敢繼和前篇2・刑部尙書致仕白居易和	【화】【왕】【전당시】詔取永豐柳植禁苑感賦
[2801]	胡吉鄭劉盧張…好事者【화】	【왕】七老會詩
[2859]	無可奈何【화】	【왕】無可奈何歌
[2899]	唐太原白氏之殤墓誌銘幷序	【화】唐太原白氏之殤墓銘幷序
[2914]	爲人上宰相書一首	【화】爲人上宰相書
[3416]	論重考試進士事宜狀	【화】論考試進士事宜狀
[3646]	祭微之文【화】	【문원영화】祭元相公文
[3705]	贈張處士韋山人【화】	【왕】贈張處士山人
[3711]	得夢得新詩【화】	【왕】夢得得新書
[3713]	夜題玉泉寺【화】	【왕】夜題玉泉
[3753]	度自到洛中與樂天…聯句	【화】【왕】予自到洛中與樂天…聯句
[3848]	諫請不用奸臣表【문원영화】	【화】【전당문】論請不用奸臣表

[1124] 작품의 제목은 주본과 사본에서 107자에 이르는 장편이다.[61] 소흥본·마원조본·나파본도 동일하다.[62] 이에 반해 왕본의 제목은 「木蓮樹圖幷序」이며 화본의 제목은 「木蓮花」이다. 그리고 주본과 사본의 107자 장편 제목을 서(序)로 삼았다. [2504] 작품도 판본

---

61) 백거이 「木蓮樹生巴峽山谷間巴民亦呼爲黃心樹大者高五丈涉冬不凋身如靑楊有白文葉如桂厚大無脊花如蓮香色艶膩皆同獨房蕊有異四月初始開自開追謝僅二十日忠州西北十里有鳴玉谿生者穠茂尤異元和十四年夏命道士毋丘元志寫惜其遐僻因題三絶句云」[1124];『백거이집전교』제2책, 1160쪽.

62) 마원조본 제목에는 원래 "尤異元和十四年夏命道士毋丘元志寫" 16자가 탈락되어 있었으나 주본에서 소흥본·나파본 등을 근거로 증보했다.

에 따라 제목이 서로 바뀐 경우이다. 주본과 사본에서는 49자로 이루어진 제목(63)인데 화본과 왕본에서는 나파본·『문원영화』를 근거로 49자를 서로 삼고 제목을 「寄獻北都留守裵令公并序」로 표기했다.

주본과 사본에 의하면 [0983] 작품의 제목은 「香爐峯下新卜山居草堂初成偶題東壁」이고 [0984]~[0987]에는 「重題」(4수)라는 제목이 기재되어 있다. 그런데 소흥본·마원조본·나파본·화본에서 [0983]·[0984]~[0987]의 제목은 마지막에 '오수(五首)' 두 글자가 추가된 「香爐峯下新卜山居草堂初成偶題東壁五首」이다. [0983]~[0987] 작품 5수는 원래 동일 제목의 연작시인 것이다. 그런데 주본과 사본에서는 왕본·『전당시』·노교(盧校)(64)를 근거로 「香爐峯下新卜山居草堂初成偶題東壁」과 「重題」(4수)로 분리했던 것이다.

[1045]의 제목은 주본과 사본에 의하면 「夢亡友劉太白同遊章敬寺」이다. 원래 소흥본을 비롯한 제판본에는 '장경사(章敬寺)'가 아니라 '창경사(彰敬寺)'로 표기되어 있다. 그러나 주본과 사본에서는 교감을 통해 '장경사'로 개정하였던 것이다. [3753]은 백거이와 유우석(劉禹錫; 772-842)·배도(裵度; 765-839) 3인의 연구시(聯句詩)이다. 마원조본·소흥본에는 미수록이지만 왕본에 의해 주본·사본에 보유작품으로 수록되었다. 주본과 사본의 제목(65)에서 첫 글자 '도(度)'는 왕본에 '여(予)'로 표기되었으나 『당음통첨(唐音統籤)』과 『전당시』를 근거로

---

63) 백거이 「司徒令公分守東洛移鎭北都一心勤王三月成政形容盛德實在歌詩況辱知音敢不先唱輒奉五言四十韻寄獻以抒下情」[2504]; 『백거이집전교』제4책, 2318쪽.

64) 淸·盧文弨 「白氏文集校正」: "「五首」二字不當有, 其二有「重題」二字."(주금성 『백거이집전교』제2책, 1028쪽에서 재인용)

65) 백거이 「度自到洛中與樂天爲文酒之會時時搆詠樂不可支則慨然共憶夢得而夢得亦分司至止歡悵可知因爲聯句」[3753]; 『백거이집전교』제6책, 3872쪽.

교감한 것이다.

[0179]는 제목66)에 서로 다른 호칭이 사용되어 이문이 발생한 경우이다. 마원조본에는 '최십팔현량(崔十八玄亮)', 나파본·소흥본은 '최현량십팔(崔玄亮十八)'이다. 화본은 나파본을 따랐으나 사본은 마원조본·주본을 따라 '최십팔현량'으로 고쳤다. 제판본에는 '중원(仲元)'으로 표기되었으나 주본·사본에서는 '중방(仲方)'으로 바로 잡았고 화본과 왕본에서는 고치지 않았다. 소흥본·왕본은 '여사경(呂四潁)', 주본·사본·화본은 나파본을 근거로 '여사영(呂四穎)'으로 바로 잡았다. 나파본과 화본에는 '유삼십삼(劉三十三)'으로 표기되었으나 주본·사본·왕본은 소흥본을 근거로 '유삼십이(劉三十二)'로 바로 잡았다.

[0610] 작품의 제목은 주본(마원조본)·사본(소흥본)·화본(나파본)·왕본 및 『문원영화』·『전당시』에 의하면 「琵琶引」이다. 그러나 『당시품휘』·『고문진보』·『당시삼백수』·『당시별재집』 등 명·청대 유명 선본의 제목은 「琵琶行」으로 표기되어 있다. [2801] 작품은 회창5년(845) 3월 백거이가 낙양 자택에 6인의 노인과 함께 모여 상치회(尚齒會)를 개최한 배경을 서술한 것이다. 주본·사본·화본의 제목은 56자의 장편이다.67) 왕본에서는 제목이 「七老會詩」이고 56자 장편 제목을 서(序)의 전반부로 삼았다.

---

66) 백거이 「常樂里閑居偶題十六韻兼寄劉十五公興王十一起呂二炅呂四潁崔十八玄亮元九稹劉三十二敦質張十五仲方時爲校書郎」[0179]; 『백거이집전교』제1책, 265쪽.

67) 백거이 「胡吉鄭劉盧張等六賢皆多年壽予年次焉偶于弊居合成尚齒之會七老相顧旣醉甚歡靜而思之此會稀有因成七言六韻以紀之傳好事者」[2801]; 『백거이집전교』제4책, 2563쪽.

4. 작품번호와 작품일람표

화방영수의 『백씨문집의 비판적연구』에서는 나파본을 저본으로 하고 기타 제판본에서 보유작품을 채록하여 백거이 작품에 대해 작품번호를 책정하였다. 각 작품 고유의 작품번호로 인해 나파본·소흥본·마원조본 및 왕립명본 등 대표적 판본에서 백거이 작품을 신속하게 검색하여 열람할 수 있다. 아울러 작품에 대한 다양한 정보, 즉 창작연대와 창적지점·시체·구수·각운 등의 정보를 「종합작품표」에서 확인하여 연구에 활용할 수도 있다. 이러한 이유로 일본 학계에서는 백거이 작품 인용 혹은 제목 거론 시에 화방영수의 작품번호를 부기하는 것이 관례로 정착되어 있다.

화방영수의 작품번호는 현대 교주본이 없던 17세기초에 간행된 일본의 나파본(那波本)을 저본으로 하였다. 따라서 지금 우리가 활용하기에는 매우 불편하다. 현재 널리 사용되는 백거이 문집은 주금성의 『백거이집전교』전6책이다. 명대 마원조본을 저본으로 하고 기타 제판본 및 총집 등에서 보유작품을 채록한 전교본(箋校本)이다. 따라서 본고에서는 주금성 『백거이집전교』에 수록된 백거이 전작품을 대상으로 작품번호를 새로이 책정하고자 한다. 합리적인 책정을 위해 기본적인 원칙 몇 가지를 제시하면 다음과 같다.

첫째, 「雜興三首」·「傷唐衢二首」·「續古詩十首」·「贈友五首」·「有木詩八首」 등의 연작시는 소속된 작품 각각에 하나의 작품번호를 책정한다. 문장의 경우에도 동일한 원칙을 적용하기로 한다.

둘째, 백거이 시에 병기되어 있는 서(序), 즉 시서는 하나의 문(文)으로 취급하여 각각 작품번호를 부여한다. 따라서 본고에서는 주금성 『백거이집전교』의 모든 시서에 일관된 기준을 적용하여 「潯陽三

題序」·「秦中吟十首序」·「贈友五首序」·「和答詩十首序」·「有木詩八首序」·「新樂府序」 등 35편의 시서는 고유한 작품번호를 소유하게 되었다.

셋째, 시를 제외한 다른 문체의 작품, 즉 부와 각종 유형의 문에도 '~병서(幷序)'의 형식으로 이루어진 제목이 43편 존재한다. 그러나 시서와는 달리 문서(文序)에 별도의 작품번호를 부여하는 것은 문제가 있다. 예를 들면 「醉吟先生墓誌銘幷序」·「唐故通議大夫和州刺史吳郡張公神道碑銘幷序」·「唐故會王墓誌銘幷序」·「唐太原白氏之殤墓誌銘幷序」 등의 비지문(碑誌文)에도 별도의 서가 병기된 듯이 보이는 작품이 무려 23편 존재한다. 그런데 '비지문'이란 산문 형식의 '지(誌)'와 운문 형식의 '명(銘)'으로 구성되는 문체의 일종이다.[68] 이 경우의 서는 사실 비지문의 두 가지 구성요소 중 '지'에 해당되는 것이므로 시서와는 근본적으로 성격이 다르다. 따라서 모든 시서에 작품번호를 부여한 것과는 달리 시 이외에는 병서(幷序)에 별도의 작품번호를 책정하지 않기로 한다.[69] 다만 여러 편의 작품으로 이루어진 「八漸偈幷序」[2861]와 「六讚偈幷序」[3678]의 병서에만 작품번호를 책정하여 편의를 도모하였다. 예를 들어 「八漸偈幷序」는 「觀偈」·「覺偈」·「定偈」·「慧偈」·「明偈」·「通偈」·「濟偈」·「捨偈」 8편으로 이루어진 연작이다. 이 8편에 각각 작품번호를 책정하면 「八漸偈」 병서에 대한 작품번호가 모호해지므로 별도의 작품번호를 부여할 필요가 있다.

---

68) 碑誌文의 종류와 체재에 관한 논의는 褚斌杰의 『中國古代文體槪論』(북경, 북경대학 출판사, 1992) 427~437쪽에 상세하다.

69) 「唐撫州景雲寺故律大德上弘和尙石塔碑銘幷序」처럼 銘과 誌 앞에 또 다른 序가 병기되어 있는 경우도 있으나 편의상 별도의 작품번호를 책정하지 않는 것으로 통일하였다.

넷째, 각종 판본의 권수에는 "범○○수(凡○○首)"라고 표기되어 있다. 권수의 편수에는 1편으로 산정되었지만 실제로 여러 작품으로 이루어졌을 경우는 각각 작품번호를 책정하였다. 『백거이집전교』권 60의 「論行營狀」을 예로 든다. 각종 판본에서는 이 작품을 1편으로 산정하여 해당 권수에 '범칠수(凡七首)'로 표기하였다. 그러나 「論行營狀」은 실제로 5편의 문장으로 이루어져 있다. 각각 작품번호를 책정하면 권60에는 7편이 아니라 11편이 수록되어 있는 것이다. 이외에도 「六讚偈」는 「讚佛偈」·「讚法偈」·「讚僧偈」·「衆生偈」·「懺悔偈」·「發願偈」6편으로 이루어져 있다.[70] 이러한 경우도 각 문장에 별도의 작품번호를 부여하기로 한다.

마지막으로 시서(詩序)와 문서(文序)의 작품번호 책정에 대해 부연하고자 한다. 화방영수는 시와 문의 서에 대해 일정한 기준 없이 9편의 시서와 1편의 문서에만 작품번호를 책정하였다. 총 10편의 목록은 다음과 같다.

작품번호	花房번호	유형	제 목
[0103]	花0100	詩序	和答詩十首幷序
[0128]	花0124	詩序	新樂府幷序
[0216]	花0212	詩序	效陶潛體詩十六首幷序
[0609]	花0602	詩序	琵琶引幷序
[0811]	花0803	詩序	和夢遊春詩一百韻幷序
[0867]	花0859	詩序	燕子樓三首幷序

70) 이외에도 「論孫璹張奉國狀」은 孫璹과 張奉國에 관한 2편의 狀, 「論太原事狀三件」은 「嚴綬·輔光」·「貞亮」·「范希朝」의 3편으로 이루어져 있다. 「奏請加德音中節目二件」은 「緣今時旱請更減放江淮旱損州縣百姓今年租稅」와 「請揀放後宮內人」 등의 2편으로, 「薦李晏韋楚狀」은 「朝議大夫前使持節海州諸軍事守海州刺史上柱國李晏」·「伊闕山平泉處士韋楚」 2편으로 이루어져 있다.

[0900]	花0892	詩序	放言五首幷序
[1054]	花1046	詩序	題詩屏風絶句幷序
없음	花1116	詩序	木蓮花序
[3442]	花2013	文序	策林序

'[~~]'는 필자가 책정한 작품번호이고 '花~~'은 화방영수의 작품 번호이다. 이미 언급하였듯이 필자의 작품번호 책정 기준에 의한 시 서는 총 35편이고 문서는 3편이다. 그러나 화방영수의 작품번호를 부여받은 시서는 9편, 문서는 1편에 불과하다. 화방영수의 작품번호 책정 기준은 모호하게 보인다. 그러나 이러한 현상은 백씨문집 제판 본의 체례와 관계가 있다.

선시후필본인 소흥본·마원조본 권45와 전후속집본인 나파본 권 28의 권수에 "서서 범십오수(書序 凡十五首)"라고 기재되어 있다. '서 (書)'와 '서(序)'류의 문장 15편을 수록했음을 밝힌 것이다. 권수 목록 에도 15편의 제목이 나열되어 있다. 그러나 실제로 수록된 것은 「與 元九書」·「答戶部崔侍郞書」·「與濟法師書」·「與微之書」·「荔枝圖 序」 등의 5편 뿐이다. 그리고 권말에 다음과 같이 기재되어 있다.

화답원구시서·신악부시서·효도공체시서·비파인서·화몽유춘시 서·연자루시서·방언시서·제시병서·목련화시서, 이상 10편의 서는 각각 해당 작품 앞머리에 기재되어 있으므로 이 권에는 본래 수록하지 않는다.[71]

---

71) 백거이 『白氏長慶集』권45(소흥본): "和答元九詩序·新樂府詩序·效陶公體詩序·琵 琶引序·和夢遊春詩序·燕子樓詩序·放言詩序·題詩屏·木蓮花詩序, 已上十序 各列在本詩篇首, 此卷內元不載."(北京, 文學古籍刊行社, 1955, 1119쪽)

여기에 언급된 10편의 서가 바로 화방영수에 의해 작품번호가 책정된 것이다. 다시 말하면 화방영수는 저본으로 삼은 나파본 『백씨문집』권28에 제목만 언급된 시서 9편과 문서 1편에만 작품번호를 부여한 것이다.

화방영수에 의해 책정된 「木蓮花序」의 작품번호는 '1116'이다. 그러나 필자 책정의 작품번호는 없다. 그 이유는 나파본·소흥본 및 마원조본에는 이 「목련화서」의 내용이 작품 제목이고 별도의 서는 존재하지 않기 때문이다. 다시 말하면 나파본·소흥본 및 마원조본에는 다음과 같은 제목의 연작시 3수가 있는 것이다.

「목련 나무는 파협(巴峽)의 산골짜기에서 자라는데 파(巴) 지역 사람들은 황심수(黃心樹)라고도 부른다. 큰 나무는 높이가 50자이며 월동해도 시들어 죽지 않는다. 줄기는 청양(靑楊)처럼 흰색 무늬가 있고 잎은 계수나무처럼 두껍고 크며 잎의 주맥이 없다. 꽃은 연꽃을 닮아 향과 빛깔, 윤기와 매끄러움이 모두 같고 오직 자방과 꽃술이 다를 뿐이다. 4월 초 비로소 개화한다. 꽃이 피고 질 때까지 겨우 20일 뿐이다. 충주 서북쪽 10리되는 곳에 명옥계(鳴玉谿)라는 계곡이 있는데 그곳에서 자라는 목련은 유난히 무성하였다. 원화14년 여름, 도사 무구원지(毋丘元志)에게 명하여 목련나무를 그리게 했고 편벽한 곳에서 자라는 것을 애석하게 여겨 절구 3수를 짓는다.」[72]

---

72) 백거이 「木蓮樹生巴峽山谷間巴民亦呼爲黃心樹大者高五丈涉冬不凋身如靑楊有白文葉如桂厚大無脣花如蓮香色艶膩皆同獨房蕊有異四月初始開自開迨謝僅二十日忠州西北十里有鳴玉谿生者穠茂尤異元和十四年夏命道士毋丘元志寫惜其遐僻因題三絶句云」[1124~1126]; 『백거이집전교』제2책, 1160·1161쪽.

원래는 별도의 서가 없는 장편 제목의 작품이었다. 그러나 청대에 들어 왕립명 『백향산시집』에서 제목을 「木蘭樹圖」로 축소하고 원래의 제목을 서로 삼았다. 또한 나파본을 저본으로 한 화방영수의 「종합작품표」에서도 제목을 「木蓮花」3수로 하고 장편 제목을 서로 삼아 별도의 작품번호를 책정했던 것이다. 화방영수는 나파본『백씨문집』권28 '서(序)'류에 「木蓮花詩序」라는 제목이 기재되어 있으므로 장편의 원래 제목을 서로 삼아 「木蓮花序」라고 명명하고 별도의 작품번호를 부여한다고 했다.[73] 주금성 『백거이집전교』는 서가 없이 장편의 제목을 수록한 마원조본을 원형 그대로 수용하였다. 화방영수에 의해 작품번호 '1116'을 부여받은 「木蓮花序」에 필자의 작품번호가 존재하는 않는 것은 바로 이 때문이다.

필자의 기준에 의해 작품번호가 책정된 나머지 시서 27편과 문서 2편의 제목은 다음과 같다. 물론 이 29편의 서에 대한 화방영수의 작품번호는 존재하지 않는다.

작품번호	花房번호	유형	제 목
[0061]	없 음	詩序	潯陽三題幷序
[0076]	없 음	詩序	秦中吟十首幷序
[0087]	없 음	詩序	贈友五首幷序
[0114]	없 음	詩序	有木詩八首幷序
[0282]	없 음	詩序	訪陶公舊宅幷序
[0577]	없 음	詩序	曲江感秋二首幷序
[0600]	없 음	詩序	畵竹歌幷引
[1318]	없 음	詩序	商山路有感幷序
[1455]	없 음	詩序	題道宗上人十韻幷序
[1472]	없 음	詩序	和微之詩二十三首幷序

73) 화방영수『白氏文集の批判的研究』京都, 彙文堂書店, 1960, 466쪽.

[1654]	없 음	詩序	東城桂三首幷序
[1937]	없 음	詩序	想東遊五十韻幷序
[1971]	없 음	詩序	勸酒十四首幷序
[2125]	없 음	詩序	詠興五首幷序
[2176]	없 음	詩序	題裴晉公女几山刻石詩後幷序
[2482]	없 음	詩序	三月三日祓禊洛濱幷序
[2579]	없 음	詩序	病中詩十五首幷序
[2714]	없 음	詩序	香山居士寫眞詩幷序
[2718]	없 음	詩序	感舊幷序
[2785]	없 음	詩序	開龍門八節石灘詩二首幷序
[2822]	없 음	詩序	禽蟲十二章幷序
[2855]	없 음	詩序	三謠幷序
[2861]	없 음	文序	八漸偈幷序
[3639]	없 음	詩序	池上篇幷序
[3664]	없 음	詩序	齒落辭幷序
[3676]	없 음	詩序	不能忘情吟幷序
[3678]	없 음	文序	六讚偈幷序
[3742]	없 음	詩序	九老圖詩幷序
[3789]	없 음	詩序	詠蘭幷序

주금성의 『백거이집전교』 수록 작품을 대상으로 책정한 작품번호와 제목 및 창작연대 · 창작지점 등 백거이 작품에 관한 기초 정보를 정리한 「작품일람표」를 본서 제3부에 포함시켰다. 아울러 주금성 『백거이집전교』, 사사위 『백거이시집교주』 · 『백거이문집교주』, 고학힐 『백거이집』의 수록 면수를 표기하여 백거이 작품을 신속하게 검색할 수 있도록 하였다. 주금성의 전교본과 사사위의 교주본은 책수와 면수를 함께 표기하였으나 고학힐의 교점본은 출판사에 따라 2책본 · 3책본 · 4책본으로 책수가 일정치 않으므로[74] 일련번호로 이

---

74) 顧學頡 교점의 『白居易集』은 1979년 북경 중화서국에서 4책본으로 출간된 이후 대만

루어진 면수만을 표기하였다. 아울러 잔구(殘句)를 제외한 모든 시
작품에 사용된 각운을 표기하였다. 화방영수의 「종합작품표」에는 나
파본 수록의 일부 작품과 보유작품에 대해 각운 표기를 생략하였다.
본서의 「작품일람표」에서는 이에 대한 보완 작업을 진행하였다.

　화방영수 『백씨문집의 비판적연구』의 「종합작품표」에는 나파본·
마원조본·소흥본 『백씨문집』 및 왕립명 『백향산시집』의 수록 면수,
『문원영화』·『당문수(唐文粹)』·『당송시순(唐宋詩醇)』 등 여러 총집
의 수록 여부가 기재되어 있다. 또한 체재·구수(句數)·각운[75] 등
다양한 정보가 함께 정리되어 있으므로 활용 가치가 높다. 이 같은
선행작업의 성과를 활용할 수 있도록 화방영수의 작품번호를 병기하
였다.

5. 맺음말

　백거이 작품은 한거남열(閑居覽閱)의 대상과 낙천망우(樂天忘憂)
의 수단으로 고려·조선시대에 널리 애독되었다. 조선문인 중에 입
으로는 이백을 배운다고 하면서 항상 백거이 문집을 읽었다는 사람
도 있었다고 한다.[76] 혹자는 "백거이는 내가 흠모하는 사람(樂天我所

　에서 3책본(이인서국, 1980)과 2책본(한경문화사업공사, 1984)이 영인·출판되었다.

75) 화방영수 「종합작품표」에 의하면 「感悟妄緣題如上人壁」[1734]의 각운은 上平聲 東
　韻이다. 그러나 童·翁·同·宮·空·宗·中 7개 글자 중에서 宗은 상평성 冬韻이
　분명하다. 東韻과 冬韻이 함께 사용된 작품이므로 본서의 「작품일람표」에서는 'A東/
　冬'으로 표기하였다. 「賀雨」[0001] 제10구 "繼天承祖宗"의 '宗'은 각운으로 사용된 것
　이다. 화방영수의 「종합작품표」는 이 작품의 각운을 상평성 東韻·冬韻으로 표기하
　였으니 전자의 경우는 단순한 오기일 것이다.

慕)"[77] · "나는 향산거사 백거이를 사모한다(我愛白香山)"[78]며 백거이를 흠모와 존숭의 대상으로 삼았을 정도였다.[79]

그러나 해방 이후 국내 백거이 연구는 전대의 상황과 대조적이다. 일제강점기를 거치며 전통 한학과의 단절로 인한 연구기반의 부실이 주요 원인이다. 오랜 기간 양과 질 두 방면에서 열악한 상황을 면하지 못했다. 원인은 다양하다. 일차적으로는 백거이 작품에 대한 기초작업의 빈곤이다. 이에 연구기반 확립과 믿을만한 국문 자료의 확보라는 차원에서 백거이 작품에 대한 다양한 기초작업을 수행하였다.

본고에서는 우선 현존 작품의 편수 · 창작연대 이설 비교 · 작품제목의 이문 비교 및 작품번호 책정 등에 대한 작업을 진행하였다. 주금성의 『백거이집전교』를 저본으로 백거이 작품에 대해 작품번호를 새로이 책정하였다. 작품번호의 마지막은 [3857]이다. 그러나 현존작품의 편수는 여기에서 시 · 문에 부속되어 있는 시서 35편과 문서 3편을 제외하면 3,819편이다. 완전한 작품으로 볼 수 없는 잔구 36편마저 제외하면 현존 작품은 3,783편이다.

작품 제목에 존재하는 이문으로 인해 검색에 혼란이 야기되기도 한다. 이에 주금성의 『백거이집전교』, 사사위의 『백거이시집교주』 · 『백거이문집교주』, 화방영수의 『백씨문집의 비판적연구』 및 왕립명

---

76) 李睟光(1563-1628) 「詩藝」: "林石川號爲學李白者, 而常讀樂天集云."(『芝峯類說』권14)

77) 尹愭(1741-1826) 「戊辰元日」제2수: 『無名子集』詩稿책6

78) 徐命膺(1716-1787) 「詠白香山」: 『保晩齋集』권2

79) 백거이에 대한 조선문인의 인식은 졸저 『수용과 창화──한중 고대문인의 문학교류』(서울, 성균관대학교출판부, 2022) 제2장 「조선문인의 백거이 수용」에 상세하다.

의『백향산시집』을 위주로 작품 제목의 이문을 비교하여 그 결과를 정리하였다. 아울러 백거이 연구를 위한 기초작업의 하나로 작품의 창작연대 이설을 6가지 유형별로 비교·정리하였다.

다양한 기초작업의 일환으로 작성된「작품일람표」를 본서 제3부에 수록하였다. 이후 백거이 작품을 인용할 경우 다른 연구자의 검색 편의를 위하여 본고에서 책정한 작품번호를 제목 다음에 '[0000]'의 형식으로 부기할 것을 제안한다. 작품번호 부기 또한 백거이 연구의 기초작업에 해당하는 유의미한 작업이기 때문이다. 연구성과의 수준 제고와 국제 경쟁력 강화 그리고 후학에 대한 연구기반 제공이라는 면에서 백거이 작품에 대한 기초작업은 매우 유의미한 학술행위이다.

제4장

백시 사분류의 원리와 의의

백거이는 자신의 작품 보존에 강한 애착을 보였던 시인이다. 강주 좌천 시절 스스로 자신의 시를 풍유시(諷諭詩)·한적시(閑適詩)·감상시(感傷詩)·잡률시(雜律詩) 등으로 사분한 적이 있을 뿐 아니라 생전에 자기 문집을 여러 차례 편찬하였기 때문이다. 그런데 백시(白詩) 사분류에 대해 "이 분류에는 통일되고 엄격한 기준이 없다"[1]거나 "그 분류 기준이 앞의 세 가지는 내용을 근거로 하고 마지막 한 가지는 형식을 근거로 하였다. 비록 그다지 과학적이지는 않지만 이 개괄적 분류는 후인들의 백시 연구에 여전히 도움이 된다"[2]는 평가처럼 기준이 모호한 비과학적인 분류라든가 심지어는 분류가 잘못되었다는 견해가 무비판적으로 수용되고 있다.

시분류의 기준과 실질적인 분류 배속 작업은 주관적 성분을 완전히 배제할 수 없는 것이다. 그럼에도 백거이가 자신의 시를 분류하면서 적용한 기준과 실질적인 분류 배속에 대해 그로부터 1200년 후의 또 다른 주관적 기준으로 시비를 논하는 것은 무의미한 편견에

---

1) 袁行霈 『中國文學史綱要』: "這種分類沒有統一的嚴格的標準."(북경, 북경대학출판사, 1986. 216쪽)

2) 張金亮 「白居易感傷詩論略」: "其分類標準, 前三類着眼内容, 第四類則依形式, 雖不十分科學, 但這種大致的分類, 對後人研究白詩, 還是有助益的."(『青海師範大學學報』 [哲社版] 1993.1기 57쪽)

불과하다. 따라서 백거이의 분류 자체를 우선 인정하고 그 배경 및 원리와 의의를 밝히는 것이 백거이의 문학을 이해하는 데 더욱 긴요한 작업이다. 이에 본고에서는 백시 사분류의 형성 배경과 '풍유시'·'한적시'·'감상시'·'잡률시'의 개념을 살펴 보고 아울러 사분류의 원리와 의의에 대한 논술을 진행하기로 한다.

1. 백시 사분류의 배경

'백씨장경집(白氏長慶集)'은 현재 '백씨문집(白氏文集)'과 함께 백거이 문집의 명칭으로 통용되고 있다. 그러나 본래는 원진(元稹; 779-831)이 장경(長慶) 4년(824) 12월 백거이 시문 2,191편을 50권으로 편찬했던 문집의 명칭이었다. 문집 편찬의 배경과 구성, 그리고 문집 명칭에 '장경'이라는 연호를 사용한 이유가 그의 서(序)에 상세하다.[3] 『백씨장경집』50권은 전반 20권이 시(詩), 후반 30권이 문(文)이다. 시 20권은 풍유시 4권·한적시 4권·감상시 4권·율시 8권의 순으로 구성되어 있었다. 그 후 백거이는 대화(大和) 2년(828) 5권·대화9년(835) 5권·개성(開成) 1년(836) 5권·개성4년(839) 2권 등 4차례의 증보를 거쳐 회창(會昌) 2년(842)에 3권을 더 추가함으로써 후집 20권을 완성했다. 장경4년의 『백씨장경집』 50권에 이 20권을 합하여 『백씨문집』 70권이 이루어졌던 것이다. 그리고 또 서거 1년전인 회창5년

---

3) 元稹「白氏長慶集序」: "白氏長慶集者, 太原人白居易之所作.……長慶四年, 樂天自杭州刺史以右庶子詔還, 予時刺會稽, 因得盡徵其文, 手自排纘, 成五十卷, 凡二千一百九十一首, 前輩多以前集·中集爲名, 予以爲陛下明年當改元, 長慶訖於是, 因號曰白氏長慶集.……長慶四年冬十二月十日微之序."(『원진집』하책, 554쪽)

(845) 속후집 5권을 증보하여 『백씨문집』70권과 합해 시문 3,840편의 『백씨문집』75권본이 완성되었다.[4]

　원래 『백씨문집』75권본은 시 20권·문 30권의 『백씨장경집』50권 (이하 '전집'이라 약칭)·후집 20권·속후집 5권의 순으로 구성된 일명 전후속집본(前後續集本)이었다. 이 판본은 오대(五代)에 이르러 속후집 5권 중 4권이 유실된 형태의 71권본으로 전해지다가 북송 시기에는 전·후·속집의 시와 문을 따로 모아 시·문의 순으로 배열한 소위 선시후필본이 출현하였다. 현존 판본 중 남송·소흥본(紹興本)과 명대 마원조본(馬元調本)이 선시후필본이며, 회창5년 『백씨문집』75권 편차의 원형을 보존한 전후속집본으로는 일본의 나파본(那波本)과 사부총간본(四部叢刊本)이 있다.

　백거이는 후집·속후집의 시 분류를 장경4년의 전집, 즉 『백씨장경집』50권과는 달리 격시(格詩)와 율시로만 분류했다. 백거이의 보력(寶曆) 원년(825) 작품 「故京兆元少尹文集序」[5]에도 등장하듯이 '격시'는 고체시를 의미하며 '율시'는 근체시를 말한다.[6] 그러나 풍유시·한적시·감상시·잡률시로 분류된 전집의 사분류는 편찬자 원진의 분류법이 아니라 강주사마로 좌천되었던 원화(元和) 10년(815) 백거

---

4) 白居易 「白氏長慶集後序」[3834]: "白氏前著長慶集五十卷, 元微之爲序. 後集二十卷, 自爲序. 今又續後集五卷, 自爲記. 前後七十五卷, 詩筆大小凡三千八百四十首.……　會昌五年夏五月一日, 樂天重記."(『백거이집전교』제6책, 3916쪽)

5) 백거이 「故京兆元少尹文集序」[3623]: "著格詩一百八十五, 律詩五百九, 賦述銘記書碣讚序七十五, 總七百六十九章, 合三十卷."(『백거이집전교』제6책, 3653쪽)

6) 왕립명은 "格者, 但別于律詩之謂"(『백향산시집』후집권1)라고 했고, 陳寅恪도 「論元白詩之分類」에서 "格與律對言, 格詩卽今謂古體詩, 律詩卽今所謂近體詩."(『元白詩箋證稿』北京, 三聯書店, 2001, 345쪽)라고 한 바 있다. 따라서 "後集所編, 加以格詩一目統之近體詩, 不復如前分類矣. 然格詩者, 不過律詩之總稱而已."(『白居易研究』臺北, 天華出版公司, 1981. 192쪽)라고 한 施鴻堂의 주장은 명백한 오류이다.

이 자신에 의해 처음으로 시도된 것이었다. 이에 관한 기록은 「與元九書」에 상세하다.

> 나는 몇 개월 동안 책상자를 점검하여 신·구시(新·舊詩)를 찾아내고, 각각 종류별로 분류하여 권수를 나누었습니다. 좌습유 벼슬을 한 이래 체험하고 느낀 바로서 미자(美刺)·비흥(比興)과 관련된 시, 그리고 또 무덕(武德)에서 원화에 이르는 기간 사실에 의거해 제목을 붙이고 신악부라 명제한 시 총 150수를 풍유시라고 했고 또 관청에서 퇴근하여 귀가해서나 병가를 내고 휴양하면서 안분지족하고 심신을 화순하게 보전하며 성정을 읊은 시 100수를 한적시라고 했습니다. 외부 사물에 촉발되어 마음 속에 감정이 움직일 때 그 감회에 따라 읊조린 시 100수를 감상시라고 했으며 또 오언·칠언의 장구와 절구 등 100운으로부터 2운에 이르는 시 400여 수를 잡률시라고 했는데 총 15권에 약 800수입니다.[7]

이 기록에 의하면 백거이는 약 800수의 작품을 4종류로 나누어 15권의 시집을 편찬하였음을 알 수 있다. 이것이 최초의 시집 편찬이었고[8] 풍유시·한적시·감상시·잡률시의 사분류는 이때 처음으

---

7) 백거이 「與元九書」[2915]: "僕數月來, 檢討囊袟中, 得新舊詩, 各以類分, 分爲卷目. 自拾遺來, 凡所遇所感, 關於美刺興比者, 又自武德訖元和, 因事立題, 題爲新樂府者, 共一百五十首, 謂之諷諭詩. 又或退公獨處, 或移病閑居, 知足保和, 吟玩性情者一百首, 謂之閑適詩. 又有事物牽於外, 情理動於內, 隨感遇而形於歎詠者一百首, 謂之感傷詩. 又有五言七言長句絶句, 自一百韻至兩韻者四百餘首, 謂之雜律詩. 凡爲十五卷, 約八百首."(『백거이집전교』제5책, 2789쪽)

8) 화방영수의『白氏文集の批判的研究』(京都, 彙文堂書店, 1960, 412쪽)에서는 정원16년(800) 「與陳給事書」[2913]와 함께 헌상된 "雜文二十首, 詩一百首"를 제1차 편찬으

로 제기되었던 것이다. 지금 이 15권 시집은 단독으로 보전되지 못하고 현존 판본도 여러 차례의 증보 편찬 및 후인들의 전사(轉寫) 과정을 거친 것이다. 따라서 15권 시집의 편차와 체재에 대해서는 확실한 원형을 파악할 수 없다. 그러나 다만 잡률시가 율시로 대체되었을 뿐 장경4년의 『백씨장경집』50권에 거의 그대로 흡수되었으므로 이를 통하여 개략적인 모습을 추측할 수 있다.

「여원구서」에 앞서 평생의 지기이자 시우(詩友)인 원진은 원화10년(815) 통주(通州)에서 「叙詩寄樂天書」를 작성하였다.[9] 그 후 원화10년 12월, 백거이는 강주에서 「여원구서」를 작성하였다. 이 두 편의 왕복 서신은 우인 간의 서신이지만 단순한 안부 전달이 목적이 아니라 문학 창작 행위와 관련된 각자의 관념과 사상을 담고 있다. 「서시기낙천서」에 의하면 원진은 원화7년(812) 좌천지 강릉(江陵)에서 시 800여 수를 20권 시집으로 편찬했다. 그리고 자신의 시를 고풍(古諷)·악풍(樂諷)·고체(古體)·신제악부(新題樂府)·오언율시(五言律詩)·칠언율시(七言律詩)·율풍(律諷)·도망(悼亡)·고체염시(古體豔詩)·금체염시(今體豔詩) 등 10가지로 분류하였다.[10]

백거이의 사분류 편찬은 좌천이라는 동일한 정치적 상황에서 평

로 간주하고 있다. 이것은 陳給事(즉 陳京)에게 헌상된 일종의 行卷으로서 정식 시문 편찬으로 간주할 수 있는가에 관해서는 이견이 있을 수 있다.

9) 花房英樹·前川幸雄의 「元稹年譜」(『元稹研究』京都, 彙文堂書店, 1977. 33쪽)에서 원진이 좌천지 通州에 도착한 「元和十年·閏六月」조와 백거이가 강주사마로 좌천된 「同年八月」조 사이에 「叙詩寄樂天書」를 거론했다. 이를 근거로 하면 「서시기낙천서」의 작성은 원진의 통주 도착 이후에서 백거이의 강주 좌천 이전 左贊善大夫 시기, 즉 원화10년(815) 윤6월에서 8월 사이의 일이다.

10) 원진 「叙詩寄樂天書」: "適値河東李明府景儉在江陵時, 僻好僕詩章, 謂爲能解, 欲得盡取觀覽, 僕因撰成卷軸.……自十六時, 至是元和七年矣, 有詩八百餘首, 色類相從, 共成十體, 凡二十卷."(『원진집』상책, 351쪽)

소 시를 창화(唱和) · 수답(酬答)하던 우인의 분류 편찬으로부터 영향 받았을 가능성도 있다. 그러나 원진의 시집 분류 편찬보다 더욱 직접적인 배경이 존재한다. 이러한 면에 있어 특히 백거이의 「여원구서」는 15권 시집의 편찬과 사분류에 관해 직접적으로 언급된 유일한 자료이다. 따라서 강주사마로 좌천되어 있는 상황에서 작성된 「여원구서」의 전체 문맥을 파악하고 출사에서 좌천까지 백거이의 인생 역정을 살펴보면 원화10년(815) 15권 시집의 사분류 편찬 배경을 이해할 수 있을 것이다.

백거이는 정원(貞元) 16년(800) 진사과에 급제하여 정원19년(803) 비서성교서랑(秘書省校書郎)에 제수되었다. 그러나 실질적이고 적극적인 정치 참여는 원화3년(808) 4월 좌습유(左拾遺)에 제수된 이후 시작되었다. 비록 품계는 종팔품상(從八品上)에 불과하지만 황제에게 간언하고 정사를 비판할 권한이 주어진 간관의 직분에 충실하였다. 그러나 황제에 대한 극간(極諫)과 정사를 풍자 · 비판한 풍유시로 인해 황제의 분노와 권귀들의 원한을 야기하였다. 결국 황제는 백거이를 측근으로 중용하기를 꺼렸고 권귀들은 백거이의 정치 참여를 가로막았다.

원화10년(815) 백거이는 일생 최대의 시련과 좌절을 겪어야 했다. 그해 6월 재상 무원형(武元衡; 758-815)이 자객에게 피살당하고 어사중승(御史中丞) 배도(裴度; 765-839)가 중상을 입는 사건이 발생하였다. 백거이는 즉시 상소를 올려 도적의 체포를 주청하였다. 당시 백거이는 태자 교육을 담당하는 태자좌찬선대부(太子左贊善大夫)이었다. 실질적인 국정 참여는 불가능한 관직이었음에도 상소를 올렸으니 월권 행위라는 비판을 받았고 점차 사대부로서의 자질과 명교(名敎) 문제로 확대되었다. "말이 부화(浮華)하여 실행이 없으며 모친이 꽃을 구경하다 우물에 빠져 죽었는데 「賞花」와 「新井」시를 지었으니 심하게 명교를 해쳤다"[11]라며 백거이를 중상모략하였다. "명교를 해쳤다(傷名教)"는 것은 바로 인륜을 저버린 패륜 행위로서 당시 사대부에게는 가장 치명적인 죄명이었다. 결국 44세 나이에 백거이는 강주사마(江州司馬)로 좌천당해야만 했다.

좌천당한 것이 원화10년(815) 8월이니 여정에 걸린 기간[12]과 원화10년 12월에 작성된 「여원구서」에 "몇 개월 동안 책상자를 점검했다"라는 표현이 있는 것을 고려하면, 15권 시집의 분류 편찬작업은 강주도착 직후부터 시작된 것이다. 편찬 시기 면에서 보면 시집의 분류편찬이라는 문학 행위는 강주 좌천이라는 정치적 좌절과 모종의 관계가 있을 가능성이 농후하다. 사실 「여원구서」는 "시가의 개요를 대략이나마 논하면서 아울러 내 자신의 작시 의의를 서술하는" 것을 목적으로 하면서도 글 속에는 "분하고 울적한 기분을 다 풀어버리고 싶다"는 또 다른 의도가 엿보이기 때문이다.[13] 또 「여원구서」 말미에는 다음과 같은 표현이 있다.

팔구 년 동안 그대와 더불어 다소 정치적으로 득의하였을 때 시(詩)로 서로 경계하고 다소 좌절하였을 때에 시로써 서로 격려하였습니다. 이별하여 홀로 지낼 때 시로 서로 위로하고 함께 지낼 적에 시로써 서로

---

11) 『舊唐書·白居易傳』: "居易言浮華無行, 其母因看花墮井而死, 而居易作賞花及新井詩, 甚傷名教."(『구당서』권166·「열전」제116)

12) 朱金城『白居易年譜』·「원화10년」조: "冬初到江州"(상해, 상해고적출판사, 1982, 63쪽) 이를 근거로 하면 2·3개월의 여정으로 추정된다.

13) 백거이 「與元九書」[2915]: "粗論歌詩大端, 并自述爲文之意.……憤悱之氣, 思有所洩."(『백거이집전교』제5책, 2789쪽)

즐거워하였습니다.……미지여! 미지여! 나와 그대가 육신을 돌보지 않으며 예법의 구속을 받지 않고 권귀들을 하찮게 여기며 세속을 경시할 수 있는 까닭도 바로 시 때문입니다.[14]

정치적으로 득의하였을 때나 실의하였을 때, 혹은 지기와 함께 지낼 때나 이별하였을 때나 시는 언제나 그의 인생에 있어 중요한 의미를 가진다고 하였다. 심지어는 적극적으로 정치에 참여하여 권귀를 두려워하지 않고 직분을 다할 수 있었던 것도 바로 시 때문이라는 것이다. 그러나 출사하여 겸제천하(兼濟天下)라는 이상의 실현을 최대 목표로 삼았던 당대 지식인에게는 문학 행위만이 아니라 정치 행위 또한 인생의 중요한 의미를 지닌다. 그런데 강주사마 좌천으로 정치 참여의 길이 막힌 상황이었으므로 인생의 의미는 오직 문학 행위에 남아 있다고 백거이는 인식하였을 것이다. 이러한 점은 15권 시집의 편찬을 마치고 지은 작품에서 더욱 분명히 나타난다.

一篇長恨有風情,	「장한가」 1편은 풍정(風情)을 담았고,
十首秦吟近正聲.	「진중음」 10수는 정성(正聲)에 가깝다.
每被老元偸格律,	원진은 매번 내 작품의 격률을 흉내내고
苦教短李伏歌行.	이신은 나의 악부시에 매우 감복하였다.
世間富貴應無分,	세상의 부귀는 나와 연분이 없으나
身後文章合有名.	사후 나의 문장은 분명 명성을 얻으리라.

14) 백거이 「與元九書」[2915]: "自八九年來, 與足下小通則以詩相戒, 小窮則以詩相勉, 索居則以詩相慰, 同處則以詩相娛.……微之, 微之! 此吾所以與足下外形骸, 脫蹤跡, 傲軒鼎, 輕人寰者, 又以此也."(『백거이집전교』제5책, 2789쪽)

莫怪氣粗言語大,　　　기세가 거칠고 말이 거창하다 탓하지 마소

新排十五卷詩成.　　　내 이제 시집 15권을 새로이 엮었노라.[15]

　이 시는 절친한 우인이었던 원진과 이신(李紳; 772-846)에게 기증한 작품이다. 시집 완성의 기쁨을 농담조로라도 벗들에게 전하고 싶었을 것이다. 그러나 이 시에는 서로 대조적인 두 가지 정서가 담겨있다. 하나는 자기 작품에 대한 자부심이며 다른 하나는 인생에 대한 개탄이다. 그런데 인생 개탄의 원인은 바로 강주 좌천으로 대표되는 정치적 좌절과 직결된다. 백거이는 간관 시절의 직언극간과 정치풍자 등 일련의 적극적 정치 참여로 인해 황제의 노여움과 권귀들의 원한을 샀고 그 결과 정치 중심으로부터 배척당하였던 것이다.

　"세상의 부귀는 나와 연분이 없다(世間富貴應無分)"는 것은 이제는 더 이상 정치 행위로 자신에게 인생의 의미를 부여할 수 없음을 말하는 것이다. 백거이는 자신의 존재 의의를 문학 행위에서 찾고 싶었을 것이다. 당시로서는 그것으로나마 위안을 삼을 수밖에 없었기 때문이다. 이러한 의도에서 시작된 구체적 행위의 하나가 바로 그때까지의 시를 스스로 정리하고 분류하여 시집을 만드는 작업이었다. "사후 나의 문장은 분명 명성을 얻으리라(身後文章合有名)"라는 표현에서 알 수 있듯이 자신의 작품을 후세에 널리 전하여 명성을 얻음으로써 정치적 좌절로 인한 상실감을 문학 행위에서 보상받을 수 있기를 기대하였던 것이다.

---

15) 백거이 「編集拙詩成一十五卷因題卷末戲贈元九李二十」[1014]; 『백거이집전교』제2책, 1053쪽.

백거이의 이러한 기대는 단순히 자신의 작품을 후세에 전하는 행위, 즉 문집 편찬에만 의탁된 것이 아니었다. 편찬 대상이 시(詩)라는 점, 그리고 일반적인 시체별 분류가 아니라 나름대로 특별히 고안된 분류법을 사용했다는 것에 더 큰 무게 중심이 있었다. 현존 작품에 의하면 원화10년(815) 이전에 지어진 문장이 300여 편 있음에도 불구하고 원화10년 당시 약 800수의 시만을 편집 대상으로 삼았다는 사실, 후집부터는 격시와 율시 등 시체에 의한 이분류를 행하고 있다는 사실이 이를 뒷받침한다. 즉 백시 사분류는 특수한 상황에서 특별한 의미와 의도를 내포하고 있는 문학 행위인 것이다.

2. 사분류의 기준과 원리

원화10년(815) 백거이는 강주에서 15권 시집을 편찬하면서 자신의 시를 풍유시·한적시·감상시·잡률시로 분류하였다. 그로부터 9년 후인 장경4년(824) 편찬된 『백씨장경집』50권, 즉 전집에서는 '잡률시'를 '율시'라는 용어로 대체한 것을 제외하면 외형상 15권 시집의 사분류를 답습하고 있다. 백거이의 이 분류법은 각종 중국문학사와 관련 논저에서도 자주 거론되는 독특한 것임은 분명하다. 그러나 이에 대한 평가는 대체로 비판적이다. 백시 사분류에 대한 비판의 내용은 주로 분류 기준이 일치하지 않고 모호하여 정합성이 결여된 분류법이라는 점이다. 예를 들면 다음과 같다.

풍유시·한적시·감상시는 시의 내용으로 말한 것이고 잡률시는 시의 형식으로 말한 것이니 기준이 통일되지 않았다. 만년에 그가 다시 문집을 편집할 때에는 격시 · 율시 두 가지만으로 분류하였다. 앞 세 가지의 분류 내용에 대해서도 엄격히 말하면 문제가 있다.……따라서 분류가 엄밀하지 못하고 적확하지 못하다.[16]

이러한 분류는 원래 이상적이지 못한 것이다. 왜냐하면 앞 세 가지는 내용으로 분류하고 마지막 한가지는 또 형식으로 분류하여 기준이 일정치 않기 때문이다.[17]

풍유시 · 한적시 · 감상시는 내용에 의한 분류이고 잡률시만이 형식에 의한 분류이므로 분류기준이 일치하지 않는다는 것이다. 문학 작품의 구성 요소를 내용과 형식으로 나눈다면 일견 백시의 사분류는 사실 내용과 형식이라는 이중적 기준을 적용한 것이다. 이 때문에 많은 연구자들이 이러한 비판을 수용해 왔다. 그러나 강주 좌천이라는 특수한 상황에서 진행된 15권 시집의 분류 편찬은 정치적 좌절로 인한 상실감을 보상받기 위한 문학 행위의 일환이었다. 이 점을 고려한다면 백거이의 시가 사분류는 결코 즉흥적이거나 임의적인 분류가 아니라 계획적이고 의도적인 행위의 소산일 가능성이 많다.

또한 15권 시집에서 사분류에 의해 배속된 작품 편수에 관해 백거이는 풍유시 150수, 한적시 100수, 감상시 100수이고 잡률시는

---

16) 中國社會科學院文學硏究所編 『中國文學史』: "諷諭 · 閑適 · 感傷就詩的內容而言, 雜律就詩的形式而言, 統一不起來, 晚年他再編集時, 便只分格詩 · 律詩兩類了. 卽就前三者分類的內容而言, 嚴格說來, 也是有問題的.……因此, 分類幷不嚴密和正確."(北京, 人民文學出版社, 1985, 제3책 453-454쪽)

17) 游國恩 · 王起 · 蕭滌非 · 季鎭淮 · 費振剛主編 『中國文學史』: "這個分類原不够理想, 因爲前三類以內容分, 後一類又以形式分, 未免夾雜."(북경, 인민문학출판사, 1982, 제2책 122쪽)

400여 수라고 하였다. 이렇게 우수리 없는 수치로 이루어진 작품수
는 장경4년(824) 원진이 사분류를 그대로 답습해 편찬한 전집과 비교
하면 의도적으로 편수를 정리한 느낌이 강하게 든다. 전집에는 풍유
시 172수, 한적시 216수, 감상시 215수, 율시가 794수 수록되어 있기
때문이다.

이러한 사실로 볼 때 사분류는 시집 편찬만을 위한 단순한 분류
가 아니라 백거이의 특별한 의도가 담긴 행위임이 분명하다. 따라서
그 분류 기준에도 내용과 형식의 이중적 기준이라는 모순을 초월하
여 숨어 있는 다른 의미가 존재할 것이라고 생각한다.

혹자는 "사분법 사용의 동기 및 필요성에 대해 「여원구서」에서는
어떠한 단서도 제공하지 않는다"[18]고 하였다. 그러나 백거이가 원화
10년 자신의 시를 풍유시 · 한적시 · 감상시 · 잡률시 네 가지로 분류
한 기준이 무엇인가 판단할 때 가장 중시해야 할 자료는 사실 「여원
구서」이다. 이 사분류를 답습한 장경4년 전집의 편찬자는 원진이었
다. 그러나 원화10년 15권 시집의 편찬자는 백거이 자신이라는 사실
을 전해주고 있는 원시 자료가 바로 「여원구서」이다. 또한 15권 시
집의 편찬 배경과 사분류의 내용, 그리고 그 당시 자신의 문학관 및
기타 관련 상황이 상세히 기록되어 있다는 점에서도 「여원구서」는
매우 중요한 자료이다.

「여원구서」에는 백거이의 시가 주장과 문학 사상이 집중적으로
서술되어 있다. 사분류의 기준과 관련하여 특히 주목해야 할 것은
바로 시의 구성 요소를 식물에 비유하여 해설한 대목이다. 백거이는

---

18) 靜永健 「白居易詩集四分類試論——關于閑適詩和感傷詩的成立」;『唐代文學研究』제
5집, 桂林, 廣西師範大學出版社, 1994, 456쪽.

시에 있어서 희로애락(喜怒哀樂) 등의 감정(情)은 뿌리(根), 언어문자(言)는 가지와 잎(苗), 성운격률(聲)은 꽃(花), 의리(義)는 열매(實)에 해당한다고 인식하였나.[19) 네 가지 요소 중 언(言)과 성(聲)은 형식적 요소이고 정(情)과 의(義)는 내용적 요소이다. 시의 구성 요소에 대한 이 같은 인식이 자신의 시를 분류하는 기준으로 작용하였을 가능성이 충분하다.

「여원구서」의 내용 전개에 의하면 시의 구성 요소를 식물에 비유한 부분은 초반부에 있고 사분류에 관한 해설은 후반부에 존재한다. 이 때문에 논자들은 이 두 가지를 모두 별개의 영역으로 나누어 서로 관계없는 내용으로 다루어 왔다. 그 결과 시의 구성 요소에 대한 백거이의 인식과 시 분류법을 연계시키지 못함으로써 분류 기준에 대한 오해를 초래했던 것이다.

백거이는 자신의 시에 대해 한 가지 기준에 의한 평면적 분류[20)를 시도한 것이 아니다. 시의 구성 요소에 대한 인식을 바탕으로 작품에서 각 구성 요소가 차지하는 비중의 다과를 기준으로 시를 분류하였던 것이다. 즉 내용적 요소에서 의(義)의 성분이 가장 많은 비중을 차지하는 시를 A, 정(情)의 성분이 가장 농후한 시를 B, 언(言)과 성(聲)의 형식적 요소가 가장 두드러지는 시를 C로 삼분한 것이 일단계 분류이다. 이단계 분류는 A에 대해 모종의 주관적 관념을 기준

---

19) 백거이 「與元九書」[2915]: "'詩者, 根情, 苗言, 華聲, 實義.'"(『백거이집전교』제5책, 2789쪽)

20) 소위 "한 가지 기준에 의한 평면적 분류"는 중국고전시 방면에서 예를 들면 창작 연대를 기준으로 양한시·남북조시·당시·송시 등으로 분류하거나 작가를 기준으로 사령운시·도연명시·두보시·이백시·백거이시 등으로, 혹은 형식을 기준으로 고체시·절구·율시·배율 등으로 분류하는 것을 말한다.

으로 A¹ · A²로 이분한 것이다. 결론을 먼저 밝히면 A¹은 풍유시, A²는 한적시, B는 감상시, C는 잡률시이다.

3. 백시 사분류의 의의

우선 의(義)의 성분이 가장 많은 비중을 차지하는 A, 즉 풍유시와 한적시를 살펴보기로 한다. 이에 앞서 주의해야 할 점은 A(풍유시 · 한적시)와 B(감상시)가 지금까지의 평가처럼 단순히 내용을 분류 기준으로 삼았다고 하기에는 사실 부적절하다는 것이다. 이 세 가지 유형의 시에 대한 백거이의 해설을 다시 한 번 인용한다.

풍유시: 좌습유 벼슬을 한 이래 체험하고 느낀 바로서 미자(美刺) · 비흥(比興)과 관련된 시, 그리고 또 무덕에서 원화에 이르는 기간 사실에 의거해 제목을 붙이고 신악부로 명제한 시.
한적시: 관청에서 퇴근하여 귀가해서나 병가를 내고 휴양하면서 안분지족하고 심신을 화순하게 보전하며 성정을 읊은 시.
감상시: 외부 사물에 촉발되어 마음 속에 감정이 움직일 때 그 감회에 따라 읊조린 시.

사분류에 대한 백거이의 해설만으로는 분류 기준에 대한 명확한 파악이 쉽지 않다. 그러나 「여원구서」에는 특히 풍유시와 한적시에 대해 더욱 상세한 해설을 가한 부분이 있다.

그러므로 나의 뜻은 겸제에 두고 행함은 독선에 두었으니 이것을 받들

136

어 시종일관하면 바로 도가 되고 이것을 언어로 표현하여 밝히면 바로 시(詩)가 되는 것입니다. 풍유시라고 한 것은 겸제의 뜻을 표현한 것이고 한적시라고 한 것은 독선의 의미를 표현한 것입니다. 따라서 나의 시를 보면 나의 도를 알 수 있을 것입니다.[21]

사분류 해설 바로 아래에 나오는 대목이다. 풍유시와 한적시의 의미에 대해 집중적으로 논의하고 있다. 풍유시를 겸제(兼濟), 한적시를 독선(獨善)과 연계시킨 점은 양자 간의 차이를 밝힌 것이다. 이보다 우선 주목해야 할 점은 풍유시와 한적시에는 모종의 공통성이 있다는 것이다. "이것을 받들어 시종일관하면 바로 도(道)가 되고 이것을 언어로 표현하여 밝히면 바로 시(詩)가 되는 것입니다.……나의 시를 보면 나의 도(道)를 알 수 있을 것입니다"라고 했으니 풍유시 · 한적시＝겸제 · 독선＝도라는 등식이 성립한다. 즉 풍유시와 한적시는 일차적으로 동등한 차원에서 고안된 한 쌍의 분류 개념이다. 양자는 언어문자를 통한 도의 구현이라는 데에 그 공통점이 있다. 즉 백거이에게 있어 시의 네 가지 구성요소 중 하나였던 의(義)의 실질적 함의는 바로 겸제독선의 도(道), 즉 사대부로서 지켜야 할 정치적 처세 원칙이었던 것이다.

그러면 A를 A¹과 A²로 이분한 이단계 분류는 어떠한 기준에 의한 것인가? 이것은 바로 백거이에게 있어 도의 구현이었던 풍유시와 한적시가 어떠한 기준에 의해 구분되었는가라는 문제와 일치한다. 「여

---

21) 백거이 「與元九書」[2915]: "故僕志在兼濟, 行在獨善. 奉而始終之則爲道, 言而發明之則爲詩. 謂之諷諭詩, 兼濟之志也; 謂之閑適詩, 獨善之義也. 故覽僕詩, 知僕之道焉."(『백거이집전교』제5책, 2789쪽)

원구서」의 해설대로 풍유시는 '겸제지지(兼濟之志)'를 표현한 것이며 한적시는 '독선지의(獨善之義)'를 구현한 것이다. 겸제와 독선의 차이가 바로 풍유시와 한적시를 구분하는 기준으로 작용하였음은 분명하다. 이에 관해 백거이는 다음과 같이 말하고 있다.

미지여! 고인이 말하기를 "뜻을 얻지 못하여 곤궁할 때는 홀로 자신을 수양하고 뜻을 얻어 현달하게 될 때는 천하를 구제한다"고 하였습니다. 내가 비록 불초하지만 항상 이 말을 스승으로 삼았습니다. 대장부는 도를 지키며 때(時)를 기다리니, 때가 오면 구름 속의 용이 되고 바람 속의 붕(鵬)이 되어 힘차게 역량을 발휘하여 나아가야 하고 때가 오지 않을 때는 안개 속으로 숨은 표범이 되고 높은 하늘을 나는 기러기가 되어 조용히 몸을 받들어 물러나야 합니다. 이렇게 하면 출사와 퇴은에서 어느 쪽을 택하든 마음에 만족을 얻지 못하겠습니까?[22]

"뜻을 얻지 못하여 곤궁할 때는 홀로 자신을 수양하고, 뜻을 얻어 현달하게 될 때는 천하를 구제한다(窮則獨善其身, 達則兼濟天下)"[23]는 말은 원래 『맹자(孟子)』에서 유래한다. 겸제천하(兼濟天下)는 자신의 이상을 실현할 수 있는 '달(達)'의 상황에서 그 도를 실행하여 백성들에게 은택을 베푸는 것이다. 반대로 자신의 정치이상을 실현할 수

---

22) 백거이 「與元九書」[2915]: "微之! 古人云: "窮則獨善其身, 達則兼濟天下." 僕雖不肖, 常師此語. 大丈夫所守者道, 所待者時. 時之來也, 爲雲龍, 爲風鵬, 勃然突然, 陳力以出; 時之不來也, 爲霧豹, 爲冥鴻, 寂兮寥兮, 奉身而退. 進退出處, 何往而不自得哉!" (『백거이집전교』제5책, 2789쪽)

23) 『孟子』권13·「盡心章句上」: "士窮不失義, 達不離道. 窮不失義, 故士得己焉; 達不離道, 故民不失望焉. 古之人, 得志, 澤加於民, 不得志, 修身見於世. 窮則獨善其身, 達則兼善天下."

없는 '궁(窮)'의 처지에서 자신의 절조를 잃지 않고 품덕을 수양하며 도의에 위배되는 일을 하지 않는 것을 독선기신(獨善其身)이라고 한다. 겸선천하와 독선기신은 바로 출사(仕)와 퇴은(隱)에 대한 유가의 관념과 태도를 대표하는 것이다.

"사인(士人)이 출사하는 것은 마치 농부가 농사 짓는 것과 같다"[24]는 말처럼 출사는 사인의 본분이며 당연한 임무로서 그들의 인생에서 필수불가결한 과정으로 인식되었다. 그러나 출사의 목적은 단지 봉록을 받기 위해서가 아니라 "의(義)를 행함으로써 도(道)를 달성하는 데"[25]에 있었다. 이처럼 사인의 정신적 지주인 도의 실현을 위한 출사를 '도사(道仕)'라고 한다. 그런데 유가에서 표방하는 도사는 그 이상을 실현할 수 있는 가능성이 존재하느냐라는 객관적인 전제 조건을 필요로 한다. "천하에 도가 있으면 나아가 벼슬을 하고 도가 없으면 숨어 산다"[26]는 공자의 말처럼 도를 실현할 가능성이 있으면 출사하고 도를 실현할 가능성이 없으면 퇴은해야 한다는 것이 유가의 기본적 인식이었다. 다시 말해 "의를 행함으로써 도를 달성함"이 불가능하다면 "은거하여 그 뜻을 지켜야"[27] 한다는 것이다.

따라서 유가의 퇴은은 무도한 정치 현실에서 자신의 도를 고수하기 위한 부득이한 선택이었다. 현실 정치사회를 피해 개인의 양생과 소요·보신을 위한 도가식 은일과는 다르다. 유가의 퇴은은 도의 실현에 대한 희망과 기대를 포기하지 않은 채 '천하유도(天下有道)'의 때(時)를 기다려 다시 출사할 수 있다는 융통성을 포함하고 있다. 따라서 퇴은

---

24) 『孟子』권6 · 「滕文公章句下」: "士之仕也, 猶農夫之耕也."
25) 『論語』권16 · 「季氏篇」: "行義以達其道"
26) 『論語』권8 · 「泰伯篇」: "天下有道則見, 無道則隱."
27) 『論語』권16 · 「季氏篇」: "行義以達其道, 隱居以求其志."

에 대한 유가의 관념을 '천하무도(天下無道)'의 상황에서 도를 지키기 위해 퇴은한다는 면에서 '도은(道隱)'이라 한다. '천하유도'의 때를 기다리는 일시적인 퇴은이라는 점에서 '시은(時隱)'이라고도 부른다.

이 같은 인식하에서 대장부는 도의 실현을 이상으로 하지만 그것은 때(時)라고 하는 시대 조건과 환경의 제약을 받는 것이므로 "때가 오지 않으면(時之不來)" "몸을 받들어 물러나(奉身而退)" 도를 실현할 수 있는 시기를 기다려야 한다고 백거이는 「여원구서」에서 강조했던 것이다. 그리고 실천방법으로 제시한 것이 독선, 즉 수신(修身)이었다. 수신은 유가의 최고 이상인 "자신을 수양하여 다른 사람을 편하게 한다"[28]는 말처럼 겸제천하를 위한 지식인의 필요조건으로서 내심 수양을 뜻하는 것이다.[29]

백거이에게 있어 겸제천하와 독선기신은 도의 구현이라는 면에서 동전의 양면이지만 일차적인 지향이 겸제는 '안인(安人)', 독선은 '수기(修己)'이었다. 그런데 '안인'은 대타적, '수기'는 대자적이라는 면에서 겸제와 독선의 차이가 존재하므로 백거이의 풍유시와 한적시에는 다음과 같은 등식이 성립한다.

풍유시 = 겸제 = 안인 = 대타적
한적시 = 독선 = 수기 = 대자적

---

28) 『論語』권14 · 「憲問篇」: "修己以安人"

29) '道'와 '勢'간의 대립 관계에서 "枉道以從勢"(『孟子』권6 · 「滕文公章句下」) 현상을 방지하기 위해 중국의 고대 지식인들은 객관적으로는 "道尊於勢"의 관념을 확립하여 정치 권세를 소유한 사람들이 '道'를 존중하도록 했으며 주관적으로는 바로 修身이라는 내심 수양을 제창하여 '道'를 수호할 수 있는 내재적 기반을 마련하고자 하였다. '道'와 '勢'의 대립으로 인한 修身 중시의 전통에 관해서는 余英時 『史學與傳統』(臺北, 時報出版公司, 1982) 82-91쪽 참조.

위의 등식에서 알 수 있듯이 풍유시와 한적시는 겸제·독선이라는 도(道)를 공통 속성으로 하지만 도의 지향 대상을 기준으로 대타적인 것은 풍유시, 대자적인 것은 한적시로 분류한 것이다.

그 다음 정(情)의 성분이 가장 농후한 B, 즉 감상시를 살펴 보기로 한다. 풍유시와 한적시에 대해서는 상세한 해설이 부가된 것에 반해 감상시의 개념에 관해서는 별다른 언급이 보이지 않는다. 다만 감상시는 잡률시와 함께 세상 사람들이 좋아하고 중시하지만 자신은 경시하는 것이라고 하였다. 자신이 소중하게 여기는 풍유시와 한적시를 오히려 세상 사람들이 좋아하지 않는 현실을 개탄하고 있을 뿐이다.[30] 이것은 단지 자기 시에 대한 자신의 애호와 세인들의 애호가 A^1·A^2(풍유시·한적시) 내 B·C(감상시·잡률시)로 상반됨을 말한 것이다. 한편으로는 내용에 의한 분류라고 평가받는 풍유시·한적시·감상시가 결코 동등한 차원의 분류가 아니라는 사실을 말하는 것이기도 하다.

백거이는 감상시를 "외부 사물에 촉발되어 마음 속에 감정이 움직일 때 그 감회에 따라 읊조린 시"라고 정의하고 있다. 이것은 "감정이 마음속에서 동하여 언어로 나타난다(情動於中而形於言)"고 한 「毛詩序」의 말을 부연한 것이나 다름없다. 그러나 단순한 서정시를 의미하거나 '감상(感傷)'이라는 용어의 일반적 용례대로 "무언가에 촉발되어 마음의 비상(悲傷)함을 노래한 애상시"를 가리키는 것으로 이해하기에는 적절치 않다. 백거이의 의도를 파악하는 관건은 바로 "수감우

---

30) 백거이 「여원구서」[2915]: "今僕之詩, 人所愛者, 悉不過雜律詩與長恨歌已下耳. 時之所重, 僕之所輕. 至於諷諭者, 意激而言質, 閑適者, 思澹而辭迂, 以質合迂, 宜人之不愛也."(『백거이집전교』제5책, 2789쪽)

(隨感遇)" 세 글자에 있다. 즉 감상시는 외물에 의해 촉발된 감정을 있는 그대로 표출한 서정적인 시를 가리킨다. 다시 말하면 "감회에 따라" 혹은 "느낀 바 그대로" 가식없이 감정을 표현한 시라는 것이다. 풍유시와 한적시는 사대부로서 지켜야 할 정치적 처세 원칙으로서의 겸제독선 즉 도의 구현이라고 한다면 감상시는 도와는 전혀 관계없는 촉발된 감정의 솔직한 표출인 것이다.

마지막으로 C에 해당하는 잡률시의 경우이다. 잡률시에 대해 백거이는 "오언·칠언의 장구·절구 등 100운으로부터 2운에 이르는 시 400여수"라고 설명했다. 풍유시·한적시·감상시에 대한 내용 위주의 해설과는 달리 형식 방면에 치중되어 있다. 이른바 '장구(長句)'는 전통적으로 칠언 혹은 칠언고시를 가리키지만 여기서는 바로 앞에서 칠언을 별도로 거론하였으니 다른 의미로 사용되었을 가능성이 많다. 그래서 혹자는 "편폭이 비교적 길어 절구를 초과하는 시, 즉 근체율시와 배율 및 고체"[31]라며 고체시와 근체시를 다 포괄하는 용어라고 했다. 또 혹자는 "오언·칠언의 장구와 절구"를 "오언· 칠언의 고체시와 근체시"[32]라고 하며 장구는 고체시를 의미한다고 했다.

그러나 "오언·칠언"이 한 구의 자수를 말한 것이라면 "100운으로부터 2운"은 시 한 편의 구수를 말하는 것으로 "장구와 절구"에 대한 부연 설명이다. 전집 권13-권20의 율시는 원화10년 15권 시집의 잡

---

31) 王汝弼 『白居易選集』: "長句係指篇幅較長超過絶句之詩，卽指近體律詩·排律及古體; 絶句則指近體五七言絶詩."(상해, 상해고적출판사, 1980, 360쪽)

32) 龔克昌·彭重光 『白居易詩文選注』: "指五七言的古體詩和近體詩."(상해, 상해고적출판사, 1984, 187쪽)

률시에 해당한다. 권13-권20 권수에 시체와 편수를 밝힌 주(注)를
정리하면 다음과 같다.

권수	권제	권수주	
권13	律詩	五言 七言 自兩韻至一百韻	凡九十九首
권14	律詩	五言 七言 自兩韻至一百韻	凡一百首
권15	律詩	五言 七言 自兩韻至一百韻	凡九十九首
권16	律詩	五言 七言 自兩韻至一百韻	凡一百首
권17	律詩	五言 七言 自兩韻至五十韻	凡一百首
권18	律詩	五言 七言 自兩韻至三十韻	凡九十九首
권19	律詩	五言 七言 自兩韻至四十韻	凡一百首
권20	律詩	五言 七言	凡九十七首

　　권13-권20의 권수주(卷首注)에서 「여원구서」의 "장구·절구"가 생
략된 것은 "2운부터 100운(自兩韻至一百韻)"·"2운부터 40운(自兩韻至
四十韻)" 등의 표기가 이미 구수를 언급한 것이기 때문이다. 따라서
백거이 「여원구서」의 '장구(長句)'는 '절구'에 상대적인 용어로서 4구
인 절구보다 편폭이 긴 6구 이상의 율조시(律調詩), 즉 율시와 배율을
지칭하는 것이다.

　　실제로 전집 권13-권20에 수록된 794수의 시체를 살펴보면 대부
분 오언육구 5수와 칠언육구 15수를 비롯하여 오언절구·칠언절구·
오언율시·칠언율시·오언배율·칠언배율이다.[33] 결론적으로 백거

---

33) 화방영수『白氏文集の批判的研究』의「分體表」(京都, 彙文堂書店, 1960, 395쪽)에 의
　　하면 794수 중 오언고시 5수, 칠언고시 13수, 잡언고시 3수가 있다. 그 중「和夢遊春
　　詩一百韻」이 200구, 「和錢員外早冬玩禁中新菊」이 20구, 「贈別宣上人」이 12구인 것
　　을 제외하면 모두 4구·6구·8구이다. 그러나 오언고시로 분류된「和夢遊春詩一百
　　韻」이 실제로 배율이라는 사실을 감안하면 화방영수의 분류에 오류가 있음을 알 수
　　있다. 또 일부 작품은 측성운 사용을 이유로 고시로 분류한 듯 하지만 근체시에서도

이 사분류에서 잡률시는 잡다한 형식의 율시(근체시)[34], 즉 오·칠언 육구를 포함하여 절구·율시·배율 등의 근체시를 의미하는 것이다.[35] 근체시는 일차적 특질이 평측·대구 등 운율과 언어의 조탁에 있으므로 고체시보다 형식적 요소가 훨씬 강조되고 더욱 중시된다. 바로 이러한 점을 인식한 백거이는 시의 네 가지 구성요소 중 '언어문자(言)'·'성운격률(聲)'의 형식적 요소가 가장 두드러지는 근체시 작품을 잡률시로 분류한 것이다.

그런데 주목해야 할 점은 흔히 내용에 의한 분류라고 일컬어지는 풍유시·한적시·감상시에 대해 형식 방면의 고려가 전혀 없었던 것은 아니라는 사실이다. 이 세 가지 유형의 시는 전집 권1부터 권12까지 각 4권으로 배당되어 있다. 권수주를 정리하면 다음과 같다.

권수	권제	권수주(卷首注)	
권1	諷諭一	古調詩五言	凡六十四首
권2	諷諭二	古調詩五言	凡五十八首
권3	諷諭三	新樂府	凡二十首

측성운 사용이 가능했다는 것이 정설이다.(王力 『漢語詩律學』 상해, 상해교육출판사, 1978, 50쪽, 80-82쪽) 따라서 화방영수에 의해 고체시로 분류되었던 작품을 근체시로 간주하여도 무방하다.

34) 唐代에 '律詩'는 지금의 '근체시'에 해당하며 절구·율시·배율은 물론 6구의 律調詩를 포함한다. 원진 「唐故工部員外郎杜君墓係銘幷序」: "唐興, 官學大振, 歷世之文, 能者互出, 而又沈宋之流, 硏練精切, 穩順聲勢, 謂之爲律詩."(『원진집』하책, 600쪽); 백거이 「故京兆元少尹文集序」[3623]: "著格詩一百八十五, 律詩五百九, 賦逑銘記書碣讚序七十五, 總七百六十九章, 合三十卷."(『백거이집전교』제6책, 3653쪽)

35) 啓功이 "唐人有六句的律調詩, 但極小."(『詩文聲律論稿』 북경, 중화서국, 2000, 6쪽)라고 하였듯이 唐代에는 6구라도 평측과 압운 등의 격률을 의식하며 창작한 작품이라면 근체시로 인식했다. 백거이가 오·칠언 6구의 20수를 律詩로 분류한 것도 바로 이 때문이다.

권4	諷諭四	新樂府	凡三十首
권5	閑適一	古調詩	凡五十三首
권6	閑適二	古調詩五言	凡四十八首
권7	閑適三	古調詩五言	凡五十八首
권8	閑適四	古調詩五言	凡五十七首
권9	感傷一	古調詩五言	凡五十五首
권10	感傷二	古調詩五言	凡七十八首
권11	感傷三	古體五言	凡五十三首
권12	感傷四	歌行曲引雜體	凡二十九首

각 권의 앞머리에 부기된 고조시오언(古調詩五言) · 고조시(古調詩) · 고체오언(古體五言) · 신악부(新樂府) · 가행곡인잡언(歌行曲引雜言) 등은 형식과 관련된 사항이다. 시체를 살펴보면 고조시오언 · 고조시 · 고체오언은 오언고시이며[36] 신악부는 칠언고시이다. 가행곡인잡언은 오언고시 · 칠언고시 · 잡언고시를 포함하고 있다.[37] 즉 형식 방면에서 보면 풍유시 · 한적시 · 감상시는 모두 고체시인 것이다.

이러한 점에서 백시 사분류는 실질적으로 고체시와 근체시의 이분류라고 혹자는 말한다.[38] 그러나 이러한 주장은 천 년 넘게 지난 시점에서 판단한 결과론에 불과하다. 원화10년(815) 문집 편찬 당시 스스로 시집을 분류 · 편찬한 백거이의 특별한 의도와 목적을 무시해서는 안된다. 물론 장경4년(824) 전집 이후의 후기 분류에서는 시를

---

36) 권11 卷首의 '古體五言'은 나파도원본(사부총간본) 총목차에 '古調詩'라고 기재되어 있다. 당대에 '고체'와 '고조시'는 동일한 의미였다고 생각된다.

37) 권12에는 오언고시 4수, 칠언고시 18수, 잡언고시 7수가 수록되어 있다. 오언고시는 樂府題를 사용하고 환운하였다는 점, 잡언고시는 오언 · 칠언 이외의 구를 포함하거나 혹은 환운하였다는 점이 古調詩와 다르다.

38) 楊民蘇「試論白居易的自分詩類」: "雖名曰四類, 實際却是分成爲古體詩與近體詩兩大類."(『昆明師專學報』 1988년 4기, 21쪽)

격시(고체시)와 율시(근체시)로만 이분하였다. 백거이 의식 속에는 고체시와 근체시라는 형식 면에서의 분류 개념이 존재했던 것이다.

그럼에도 불구하고 시체에 의한 분류 명칭이 아니라 풍유시·한적시·감상시라는 별도의 분류 명칭을 전면에 제시했다. 이는 분류 기준이 단순한 형식에 있지 않음을 보여 주는 것이다. 또한 백거이는 시집 편찬 당시에 잡률시를 중시하지 않았다고 했고 심지어는 후일 자신의 문집을 편찬하는 자가 있다면 생략해도 좋다고까지 하였다.[39] 그러한 백거이가 잡률시의 가장 기본적 요소인 형식을 분류의 최우선 기준으로 삼았을 리 없다.

중국 역대 문집의 분류는 대체로 형식(시체)을 기준으로 진행되었다. 그외에 『문선(文選)』·『문원영화(文苑英華)』 등의 총집과 『분류보주이태백집(分類補注李太白集)』·『집천가주분류두공부시집(集千家注分類杜工部詩集)』 등의 별집에서는 제재·주제를 기준으로 분류한 바 있다. 이와 비교할 때 백시 사분류가 중국의 시분류에서 전례가 없는 독특한 분류라는 것은 분명하다. 이것은 물론 백거이의 특별한 의도가 반영된 결과이기도 하지만 시가 구성 요소에 대한 백거이 자신의 인식이 분류 기준의 설정에 가장 큰 영향을 끼쳤다고 할 수 있다.

백시 사분류는 흔히 형식과 내용의 이중적 기준을 적용함으로써 정합성이 결여된 분류라고 평가되고 있다. 그러나 이 같은 평가는 결코 타당하지 않다. 지금까지의 논의를 정리하면 백시 사분류는 한 가지 기준만을 적용한 평면적 분류가 아니라 백거이의 특별한 의도

---

39) 백거이 「與元九書」[2915]: "其餘雜律詩, 或誘於一時一物, 發於一笑一吟, 率然成章, 非平生所尙者. 但以親朋合散之際, 取其釋恨佐懽. 今詮次之間, 未能刪去, 他時有爲我編集斯文者, 略之可也."(『백거이집전교』제5책, 2789쪽)

에 의해 단계별로 별도의 기준을 적용한 입체적 분류이다.

일단계에서는 '의(義)'·'정(情)'·'언(言)'·'성(聲)' 등의 구성 요소가 차지하는 비중의 다과를 기준으로 분류하였다. '의'의 성분이 가장 많은 비중을 차지하는 것은 풍유시·한적시, '정'의 성분이 가장 농후한 시는 감상시, '언'과 '성'의 요소가 가장 두드러지는 시는 잡률시 등으로 삼분하였던 것이다. 그 다음 이단계 분류는 가장 큰 의미를 부여하며 중시했던 '의'의 실질 함의, 즉 도(道)의 지향 대상을 기준으로 풍유시와 한적시로 이분했다.

백시 사분류에 대해 혹자는 풍유시·한적시 및 감상시·잡률시를 각각 한 부류로 이해하여 "이 사분법은 실제상 이분법"[40]이라고 평가하였다. 이것은 도와의 관련 여부에 착안하여 이분법적 속성을 인정하였다는 점에서는 일리가 있으나 백시 사분류의 일면만을 고려한 소홀함이 보인다. 따라서 백시 사분류를 단지 형식과 내용, 혹은 도와의 관련 유무에 의한 단순한 이분법이라거나 일정한 기준이 결여된 비과학적 사분법이라고 하는 것은 옳지 않다. 사실 백시 사분류는 단계별로 서로 다른 기준을 적용한 삼분법과 이분법을 거친 이단계 사분류라고 하는 것이 타당하다.

현재 풍유시·한적시·감상시·잡률시 각각의 의미에 대한 논의는 주로 「與元九書」[2915]의 백시 사분류에 대한 부분적이고 개괄적인 설명에만 의존한 것이어서 적지 않은 오해를 야기하기도 하였다. 여기에 추가로 사분류의 기준과 그 의미에 관한 지금까지의 논의를

---

40) 蔡鍾翔·黃保眞·成復旺 『中國文學理論史』: "這個四分法實際上是兩分法. 諷諭詩和閑適詩都是他'奉而始終之'的道的體現, 分別代表了這個道的兩個方面, 故缺一不可; 而感傷詩和雜律詩都與道無涉, 故'略之可也'."(북경, 북경출판사, 1987. 제2책 159쪽)

보탠다면 백시 사분류에 대해 더욱 완벽한 이해가 가능할 것이다.

풍유시는 겸제(兼濟), 즉 대타적 도의 구현을 지향한다는 의도하에 "경험하고 느낀 바(所遇所感)"를 가송·풍자하거나 비흥의 방법으로 자신의 특별한 사상감정과 감흥을 표출한 작품을 포괄한다. 한적시는 독선(獨善), 즉 대자적 도의 구현을 지향한다는 의도하에 지족보화(知足保和)·낙천지명(樂天知命)이라는 내심의 수양을 추구한 시이다. 감상시는 겸제·독선이라는 도의 구현과는 관계없이 외물로 인해 촉발된 감정을 가식없이 있는 그대로 표출한 서정적인 시를 말한다.

그런데 「여원구서」에 의하면 한적시에 대해 "성정을 읊다(吟玩性情)"라는 표현이 있고 감상시에 대해서는 "마음 속에 감정이 움직이다(情理動於內)"라는 표현이 존재한다. 한적시와 감상시에 모두 '정(情)'의 성분이 있음을 언급한 것이다. 한적시와 감상시는 "모두 단순히 개인적 서정을 표출한 외에 뚜렷한 경계점이 없기 때문에 분류의 적확한 기준을 찾기 어렵다"[41]고 혹자는 말한다. 한적시와 감상시의 특성에 대한 심층적인 이해의 부족으로 인한 편견이다.

이미 상술하였듯이 한적시와 감상시의 차이는 '정(情)'의 표현 방법 면에서도 존재한다. 감상시가 감정을 가식없이 솔직하게 표출한 것이라면 독선기신(獨善其身)이라는 내심 수양의 차원에서 설정된 한적시는 감정을 있는 그대로 표출한 것이 아니라 감정을 이성적으로 다스리고 제어함으로써 지족보화·낙천지명의 경지를 지향한 것이다. 즉 감정 표현 면에서 한적시는 수양의 차원에서 감정을 억제·수렴한 것이며 감상시는 수양의 차원보다는 감정 그 자체의 토

---

41) 이준식 「백거이론」; 『중국문학연구』제14집, 1996.12, 120쪽.

로와 발산을 위주로 한 것이라는 차이가 있다.[42]

마지막으로 잡률시는 오언육구 · 칠언육구 · 오언절구 · 칠언절구 ·
오언율시 · 칠언율시 · 오언배율 · 칠언배율 등 잡다한 형식의 '율시(律
詩)' 즉 근체시를 지칭하는 것이다. 사분류 중에서 잡률시는 감상시
와 더불어 "내가 경시하는 것(僕之所輕)" · "평소 중시한 것이 아니다
(非平生所尙者)" · "생략해도 좋다(略之可也)"라는 백거이의 표현에서
도 알 수 있듯이 큰 비중을 차지하는 핵심 유형은 아니었다. 백거이
가 자신의 정치적 좌절로 인한 상실감을 시집의 분류 편찬이라는 문
학 행위에서 보상받고자 하였을 때 사분류 중 가장 중점을 두었던
항목은 풍유시와 한적시였다.

이것은 바로 풍유시와 한적시가 겸제와 독선이라는 자신의 정치
적 입장 혹은 사대부로서의 처세 원칙을 구현하고 있는 것이기 때문
이다. 역으로 말하면 백거이는 정치이상과 포부를 실현할 수 없는
상황에 이르렀을 때 겸제와 독선이라는 자신의 정치적 입장과 처세
원칙을 수립할 필요가 있었다. 이것이 시집의 분류 편찬이라는 문학
행위에서 도(道)의 구현이라는 분류 기준으로 승화되어 풍유시와 한
적시가 출현하였던 것이다.

이러한 면에서 보면 백거이가 후집 이후의 시집 편찬에서 자신의
시를 격시(고체시)와 율시(근체시), 즉 형식을 기준으로 이분류한 까닭

---

42) 예를 들면 권5의 「常樂里閑居偶題十六韻兼寄劉十五公興王十一起呂二炅呂四潁崔十
八玄亮元九積劉三十二敦質張十五仲方時爲校書郞」[0179]과 권9의 「思歸」[0432]는
모두 정원19년(803) 비서성교서랑 시기의 작품이다. 한적시에 속하는 전자는 비서성
교서랑의 봉록이 넉넉하다며 自足의 뜻을 표출한 반면에 감상시에 속하는 후자에서
는 비서성교서랑의 직무와 薄俸에 대한 불만을 토로하였다. 한적시와 감상시의 이
같은 차이는 靜永健의 「白居易詩集四分類試論──關于閑適詩和感傷詩的成立」(『당
대문학연구』제5집, 계림, 광서사범대학출판사, 1994.10)에도 언급된 바 있다.

을 이해할 수 있을 것이다. 다시 말하면 백거이가 원화10년(815)의 15권 시집과 장경4년(824)의 『백씨장경집』50권에서 채택했던 풍유시·한적시·감상시·(잡)율시의 사분법을 후집 이후로 적용하지 않은 것은 백거이 자신이 사분법의 문제점을 인식했기 때문이라기보다는 자신의 정치적 입장과 처세 원칙의 수립이라는 특별한 의도와 목적이 담긴 사분법을 고수할 필요가 소멸되었기 때문이다. "후집에 이르러 즉 장경 이후로는 더 이상 치세 의지를 품지 않고 오직 안분지족하며 경물을 완상하고 성정에 순응하는 것만을 일삼았기 때문에 더 이상 예전처럼 분류하지 않고 다만 격시와 율시 두 가지로 나누어 연대를 따라 편차했을 뿐이다"[43]라는 평가는 의미심장하다.

물론 후집 이후의 문집 편찬에 사분류를 채택하지 않은 또 다른 이유는 대화8년(834)의 「序洛詩」에서도 밝혔듯이[44] 자신의 시관(詩觀)과 창작 경향의 변화 때문이다. 분류 기준과 시가 유형을 먼저 설정해 놓고 이에 의거해 작품을 창작하는 것이 아닌 이상, 전집 편찬 이후 창작된 작품들이 예전의 사분법에 따라 분류될 수 없는 상황이라면 이전의 사분류를 고수할 필요가 없을 것이다. 그러나 후집 이후 사분류를 채택하지 않았던 까닭은 이러한 실제 창작 상의 원인보다 정치적 입장과 처세 원칙의 수립이라는 의도와 목적을 상실한 작가 의식의 변화가 더욱 근본적인 요인이었다. 실제 창작에서의 변화 역시 원화10년(815) 15권 시집의 분류편찬 때와는 달리 자신의 정치

---

43) 趙翼(1727-1814) 『甌北詩話』권4: "至後集則長慶以後, 無復當世之志, 惟以安分知足, 玩景適情爲事, 故不復分類, 但分格詩·律詩二種, 隨年編次而已."

44) 백거이 「序洛詩」[3654]: "自三年春至八年夏, 在洛凡五周歲, 作詩四百三十二首. 除喪朋·哭子十數篇外, 其他皆寄懷於酒, 或取意於琴, 閑適有餘, 酣樂不暇, 苦辭無一字, 憂歎無一聲, 豈牽强能致耶! 蓋亦發中而形外耳."(『백거이집전교』제6책, 3757쪽)

적 입장과 처세원칙을 수립할 필요성이 없었던 작가 심경의 변화로
인한 것이기 때문이다.

　　현재 백시 사분류에 관해 제기되는 또 다른 의혹은 작품의 실제
분류 배속에 관한 문제이다. 가장 대표적인 예를 들면 "풍유시 중에
는 한적시나 감상시에 속하는 것이 있고 한적시 중에는 감상시나 풍
유시에 속한 것이 있으며 감상시 중에는 풍유시나 한적시에 속한 것
이 있다. 내용이 상당히 복잡하고 의미가 뒤섞여 혼란스럽다"[45]라는
평가이다. 이와 같은 극단적인 의혹은 백시 사분류가 한 가지 기준
에 의한 평면적 분류라는 선입관을 가졌기 때문이다. 그러나 이미
언급하였듯이 백시 사분류는 시의 네 가지 구성 요소가 차지하는 성
분의 다과를 기준으로 한 것임을 이해한다면 그러한 의혹은 해소될
수 있을 것이다.

　　예를 들면 잡률시에 속한 작품들이 시의 형식적 요소인 '언(言)'과
'성(聲)'의 성분만으로 이루어졌다고 주장할 사람은 없을 것이다. 백
거이의 입장에서 볼 때 고체시 창작과는 달리 평측·대구·압운 등
언어의 조탁과 성률의 조화에 훨씬 많은 수고를 기울여야 했으므로
형식적 요소('언'·'성')의 성분이 가장 두드러진 근체시들을 잡률시에
귀속시킨 것이다. 성분의 다과에 의한 분류라는 점을 이해하지 못한
다면 한적시에 속한 작품이라도 '정(情)'의 요소가 전혀 없다고 할 수
없으므로 감상시로 오인할 작품도 있을 수 있다. 또 풍유시나 잡률
시에 속한 작품이라도 다른 성분이 전혀 없다고 할 수 없으므로 감

---

45) 中國社會科學院文學研究所編 『中國文學史』: "諷諭詩中有屬于閑適或感傷的; 閑適
　　詩中有屬于感傷或諷諭的; 感傷詩中有屬于諷諭或閑適的. 內容相當複雜, 意義不免
　　混淆."(북경, 인민문학출판사, 1985, 제3책 453쪽)

상시나 한적시로 오해할 작품도 있을 것이다.

그러나 백시 사분류 논의의 목적은 1200년 후의 감상 차원에서 백거이의 분류법을 비판하는 데 있지 않다. 백시 사분류의 배경과 의의를 고찰하고 이를 통하여 백거이 문학을 이해하는 데 논의의 목적이 있다. 그렇다면 분류 기준은 무엇보다 분류 주체의 주관적 의식과 관념의 소산이라는 점을 인정해야 한다. 따라서 백시의 분류배속 문제에 있어 '의'·'정'·'언'·'성' 등 네 가지 구성 요소의 성분 다과를 기준으로 분류한 것임을 이해한다면 백시 사분류가 일정한 기준이 없는 비과학적 분류라든가 실제 작품의 분류 배속이 잘못되었다는 비판과 의혹은 무의미하다.

그럼에도 불구하고 작품의 분류 배속 상의 의혹을 지울 수 없다면 다음과 같은 여러 가지 상황을 고려해야 한다. 첫째, 백거이가 원화10년(815) 자신의 시 약 800수를 대상으로 사분류했으나 15권 시집의 원형이 완전히 보존된 것은 아니므로 실제 배속 작품을 확정하는 데에는 문제가 있다. 둘째, 현재 원화10년 사분류에 대한 실제 작품 배속의 면모를 제공해주는 것은 15권 시집의 사분류를 답습한 장경4년(824)의 『백씨장경집』50권인 바, 편찬자는 백거이가 아니라 원진이었다는 점에서도 문제가 있다. 셋째, 장경4년의 『백씨장경집』마저도 그 후 여러 차례 증보 편찬을 거쳐 백거이 74세 때 편찬된 『백씨문집』75권본에 흡수되었고 이 75권본의 원본 역시 당말의 난으로 인해 손실되었다. 그리고 오대 이후의 서사본(書寫本)에서 유래한 71권본이 오랜 기간 유전되면서 문집의 원형에 상당한 변모가 발생했을 가능성이 있다는 점이다.

결론적으로 말하면 원화10년(815) 44세 때 사분류에 의한 작품 배속을 현존 판본을 근거로 비판하는 것은 무의미하다. '현재(今)'의 주관적인 잣대로 1200년 전 '옛날(古)'의 것을 자의적으로 재단해서는 안된다. 더 이상 '이금율고(以今律古)'의 우를 범하지 말아야 한다. 백시 사분류는 그 당시 백거이가 처한 특수한 상황과 그로 인해 생성된 특별한 의도의 산물임을 인식하는 것이 백거이와 그의 문학을 진정으로 이해하고 그 가치와 의미를 밝히는 데 있어 더욱 중요하고 필요한 자세이다.

4. 맺음말

원화10년(815) 백거이는 좌천지 강주에서 약 800수에 이르는 자신의 시를 풍유시·한적시·감상시·잡률시 등 네 가지로 분류하여 15권 시집을 편찬하였다. 좌천이라는 특수한 상황에서 더 이상 자신의 존재 의의를 정치 행위에서 찾을 수 없다고 인식한 백거이는 정치적 좌절로 인한 상실감을 시집의 분류 편찬이라는 문학 행위로 보상받고자 하였다. 이러한 배경에서 15권 시집의 분류 편찬이 이루어졌던 것이다.

특히 이러한 문학 행위의 일환으로 형성된 백시 사분류에는 일반적으로 행해지던 시체별 분류가 아니라 백거이의 특별한 목적과 의도에 의해 고안된 독특한 분류법이 적용되었다. 대체로 내용과 형식의 이중 잣대를 사용함으로써 통일된 기준이 적용되지 않은 비과학적 분류라는 평가를 받아 왔다. 그러나 사실 백시 사분류는 단계별로 서로 다른 기준을 적용한 삼분법과 이분법을 거친 이단계 사분류이다.

백거이는 시의 구성요소를 '의리(義)'·'감정(情)'·'언어문자(言)'·

'성운격률(聲)' 등의 네 가지로 인식하였다. 이 같은 문학적 인식이 백시 사분류의 원리로 작용하였다. 즉 구성 요소가 차지하는 비중의 다과를 기준으로 시를 분류하였던 것이다. 일단계는 내용적 요소 중 '의(義)'의 성분이 가장 많은 비중을 차지하는 시를 풍유시·한적시, '정(情)'의 성분이 가장 농후한 시를 감상시, '언(言)'과 '성(聲)'의 형식적 요소가 가장 두드러지는 시를 잡률시로 구분하여 자신의 시를 삼분하였다. 그 다음 이단계는 '의'의 성분이 가장 많은 시라는 이유로 일단계 분류에서 한 묶음이었던 풍유시·한적시를 '의'의 실질적 함의를 기준으로 풍유시와 한적시로 다시 이분한 것이다.

백거이에게 '의(義)'의 실질적 함의는 사대부로서 지켜야 할 정치적 처세 원칙으로서의 도(道), 즉 겸제와 독선이다. 이에 도의 지향 대상을 기준으로 대타적 도(겸제)는 풍유시, 대자적 도(독선)는 한적시로 분류하였던 것이다. 다시 말하면 풍유시와 한적시는 모두 도의 구현을 지향했다는 점에서 동일하지만 도의 지향 대상이 대타적인가 혹은 대자적인가에 다름이 있다. 따라서 백시 사분류는 '근정(根情)'·'묘언(苗言)'·'화성(華聲)'·'실의(實義)'라는 자신의 시관과 겸제·독선이라는 자신의 정치적 처세 원칙을 구현한 분류법이다. 『문선』 이래의 중국문학 분류사상 전례가 없는, 어떤 분류법과도 발상이 전혀 다른 독특한 분류라고 할 수 있다.

백거이에 의해 제시된 풍유시·한적시·감상시·잡률시라는 시가 유형의 본질적 의의와 속성에 대해 백거이 자신의 해설과 백시 사분류의 기준을 종합하여 정리하면 다음과 같다. 풍유시는 겸제라는 대타적 도의 구현을 지향한다는 의도 하에 "경험하고 느낀 바(所遇所感)"를 가송·풍자하거나 비흥의 방법으로 자신의 특별한 사상 감정과 감흥을 표출한 작품이다. 한적시는 독선이라는 대자적 도의 구현을 지향한다는 의도 하에 내심의 수양을 추구한 것으로서 감정을 있는 그대로 표출하지 않고 이성적으로 다스리고 제어함으로써 지족보화·낙천지명의 경지를 도모한 시이다.

　감상시는 겸제·독선이라는 도의 구현과는 관계없이 외물로 인해 촉발된 감정을 "수감우(隨感遇)" 즉 "감회에 따라" 혹은 "느낀 바 그대로" 가식없이 표출한 서정적 시를 말한다. 감정표현 면에 있어 한적시가 수양의 차원에서 감정을 억제·수렴한 것이라면 감상시는 수양의 차원보다는 감정 그 자체의 토로와 발산을 위주로 한 것이다. 잡률시는 운률과 언어의 조탁 등 형식적 요소가 가장 두드러지는 시로서 오언육구·칠언육구·오언절구·칠언절구·오언율시·칠언율시·오언배율·칠언배율 등 잡다한 형식의 '율시(근체시)'를 가리킨다.

　백시 사분류에 대한 기존의 편견과 오해로 인해 작품의 분류 배속과 관련하여 종종 의혹이 제기되기도 하였다. 본고에서 논의한 백시 사분류의 원리와 의의 그리고 네 가지 유형의 본질적 속성을 이해한다면 관련 의혹은 해소될 수 있다. 백시 사분류의 원리와 의의에 대한 고찰을 통하여 백거이와 그의 문학을 진정으로 이해하고 아울러 그 가치와 의미를 밝히는 일이 더욱 중요하다.

제5장

백거이 시의 언어와 의미

중국고전시 연구는 작품에 대한 올바른 이해와 감상으로부터 출발한다. 중국고전시에 대한 이해와 감상은 제일 먼저 시어에 대한 정확한 의미 파악이 무엇보다 중요하다. 시어는 시 텍스트를 구성하는 가장 기본적인 요소이기 때문이다. 중국고전시 교육은 작품에 대한 이해와 감상을 목표로 하고 연구는 작품에 대한 이해와 감상을 기반으로 하기 때문에 시어의 의미에 대한 고찰은 교육과 연구 두 방면에서 매우 유의미한 작업이다.

시어에 대한 의미 고찰의 첫 번째 관문은 시어의 다의성을 극복하는 일이다. 사전 상의 다양한 의미항목 중에서 가장 적합한 의미를 선별하고 문자 표현 속에 숨겨진 함축적 의미를 파악하는 일은 전공자에게도 쉽지 않을 때가 있다. 특히 중국고전시의 경우 동일한 작품에 대한 번역이 역자에 따라 다른 것은 무엇보다 시어에 대한 이해의 불일치에 기인한다.

본고의 기본 취지는 백거이 시어의 의미에 대한 세심한 주의를 촉구하는 데에 있다. 중국고전시에 대한 올바른 이해와 감상, 나아가 무오류의 번역을 위해서는 시어의 정확한 의미 파악이 선결과제이기 때문이다. 시어의 다양한 의미항목 중에서 특정 의미를 적용했을 때 시구의 의미가 성립하는가 혹은 주제의 효과적인 표현에 역행하지 않는가 등을 따져야 한다. 시가의 언어는 원래 일반적 · 상식적이지 않은 것이라며 대충 얼버무려서는 안된다.

이러한 취지에서 본고는 백거이의 장편 명작 「琵琶行」[0610], 일명 「琵琶引」[1]을 대상으로 시험적 논의를 진행하고자 한다. 당선종(唐宣宗)이 백거이의 서거를 애도하며 "아이들도 「장한가」를 읊을 줄 알았으며 호인(胡人)들도 「비파행」을 가창할 수 있었다"[2]라고 노래했듯이, 「비파행」은 「長恨歌」[0603]와 함께 백거이 생전에 널리 애독되었다. 지금까지도 백거이 시선집과 각종 당시선집에 수록될 정도로 문학적 가치를 인정받는 작품이다.

시를 지을 때마다 먼저 늙은 할멈에게 이해되는가 물었다는 '노구능해(老嫗能解)'[3]의 일화가 있다. 그 정도로 백거이 시는 평이하고 이해하기 쉽다는 것이 전통적 평가이다. 그러나 이러한 평어가 후대의 독자에게도 꼭 적용되는 것은 아니다. 시어의 의미에 대한 엄밀한 파악이라는 면에서 볼 때 백거이의 「비파행」에도 우리에게는 난해한 표현이 적지 않기 때문이다. 이에 본고에서는 우선 이설이 분분한 시어에 대한 국내외 번역을 소개한다. 그리고 해당 시어에 대한 이설의 시비를 가리고 다양한 각도에서 원의를 탐색함으로써 「비파행」에 대한 올바른 이해와 감상을 도모할 것이다.

---

1) 紹興本・馬元調本・那波道圓本『白氏文集』과 汪立名의『白香山詩集』・『文苑英華』・『全唐詩』에 의하면 시제는 「琵琶引」이지만『唐詩品彙』・『古文眞寶』・『唐詩三百首』・『唐詩別裁集』등 유명 선본에는 「琵琶行」으로 되어 있다. 백거이도 서문에서 "凡六百一十六言, 命曰琵琶行."이라고 했고 제81・82구에서 "莫辭更坐彈一曲, 爲君翻作琵琶行."이라며 「비파행」을 언급하고 있으니 「비파인」과 「비파행」을 모두 제목으로 인정해도 무방하다. 현재 연구자와 일반인을 막론하고 「비파행」이라는 시제가 널리 사용되므로 본고에서는 출처 표기시에만 「비파인」을 시제로 삼고 그 외에는 서술의 편의상 「비파행」으로 표기할 것이다.

2) 李忱 「吊白居易」: "童子解吟長恨曲, 胡兒能唱琵琶篇."(『全唐詩』권4)

3) 惠洪 『冷齋夜話』권1: "白樂天每作詩, 問曰解否? 嫗曰解, 則錄之; 不解, 則易之."

1. '하(下)'와 '재(在)'의 주체

「비파행」은 원화(元和) 11년(816), 백거이 45세 때의 작품이다. 이 때 백거이는 강주사마(江州司馬)로 좌천되어 있었다. 서문에 의하면 「비파행」은 이해 가을 심양강에서 길손을 전송할 때 백거이가 한 여인의 비파 연주를 듣고 자신의 처지에 대한 감회를 노래한 것이다.[4] 88구의 장편시 「비파행」은 내용 상 네 단락으로 구분된다.

	시 구	주요 내용
제1단락	제1구 "潯陽江頭夜送客" ~제8구 "主人忘歸客不發"	강변의 '送客' 상황 서술
제2단락	제9구 "尋聲暗問彈者誰" ~제40구 "整頓衣裳起斂容"	여인의 비파 연주 묘사
제3단락	제41구 "自言本是京城女" ~제62구 "夢啼粧淚紅闌干"	여인의 신세 한탄 자술
제4단락	제63구 "我聞琵琶已歎息" ~제88구 "江州司馬靑衫濕"	시인 자신의 처지에 대한 감회 서술

첫 번째로 논의할 "주인하마객재선(主人下馬客在船)"구는 바로 제1 단락 전반부에 등장한다. 제1-4구를 인용하면 다음과 같다.

01潯陽江頭夜送客,   심양강변 날 저문 밤, 길손을 보내려니
02楓葉荻花秋瑟瑟.   단풍잎 물억새 꽃에 가을바람 소슬하다.

---

4) 白居易 「琵琶引序」[0609]: "元和十年, 予左遷九江郡司馬. 明年秋, 送客湓浦口, 聞舟中夜彈琵琶者.……予出官二年, 恬然自安, 感斯人言, 是夕始覺有遷謫意. 因為長句, 歌以贈之, 凡六百一十六言, 命曰琵琶行."(『白居易集箋校』제2책, 685쪽)

03主人下馬客在船,　　……

04擧酒欲飮無管絃.　　술잔을 들어 마시려니 풍악이 없을세라.

「비파행」은 길손을 배웅하는 시간 배경과 공간 배경에 대한 서술로부터 시작된다. 소슬한 바람이 불어오는 가을 날 밤, 단풍잎과 물억새 꽃이 가득한 심양강변에서 길손에 대한 배웅이 진행된다. 제3구 "主人下馬客在船"은 배웅하는 '주인(主人)'과 떠나갈 '객(客)'의 행위에 대한 서술이다. 제4구 "거주욕음무관현(擧酒欲飮無管絃)"은 심양강 배 위에서 떠나갈 길손을 위한 전별연이 진행되나 풍악이 없음을 아쉬워하는 내용이다. "主人下馬客在船"구는 매우 평이한 문자로 표현되어 있음에도 이에 대한 국내 번역은 크게 세 가지 유형으로 구분된다.

　(가) 주인이 말에서 내리니 손님은 배 안에 있는데
　(나) 주인은 말에서 내리고 손님은 배 안에 있고
　(다) 주인은 말에서 내렸고 손님은 배 타려 할 제
　(라) 주인은 말에서 내리고 손님은 배에 탔는데
　(마) 주인도 말을 내려 손의 배에 함께 올라
　(바) 나는 말에서 내려 손님 따라 배에 타[5]

---

5) (가)지영재『중국시가선』서울, 을유문화사, 1973. 392쪽. (나)김원중『당시감상대관』서울, 까치, 1993. 355쪽. (다)이석호 · 이원규『중국명시감상』서울, 명문당, 2014. 838쪽. (라)김학주『신역당시선』서울, 명문당, 2003. 544쪽. (마)손종섭『노래로 읽는 당시』서울, 태학사, 2004. 398쪽. (바)심덕잠 엮음, 서성 옮김『당시별재집』서울, 소명출판, 2013. 제2책 451쪽.

(가)·(나)는 원문 표현을 충실하게 직역한 경우이다. (다)·(라)는 '재(在)'의 사전적 의미를 변형하여 '타다'로 번역했다는 점이 다르다. '재선(在船)'의 상태가 존재하기 위해서는 '상선(上船)'의 동작이 필요하므로 의미 전달을 위해 '타다'로 번역하는 것도 가능한 일이다. '재'에 대한 번역어 선택은 일치하지 않지만 (가)·(나)·(다)·(라)의 번역이 '主人'(시인)과 '客'(길손)의 행위를 서로 다르게 인식했다는 점에서는 동일하다. 그러나 전후 시구의 의미 맥락을 고려하면 그리 자연스럽지 못하다. 아마도 이러한 이유 때문에 (마)·(바)에서는 '객재선(客在船)'을 "손의 배에 함께 올라" 혹은 "손님 따라 배에타" 등으로 번역했던 것이다.

그러나 어떤 경우에도 떠나갈 길손 배웅을 위한 전별연의 상식적 진행 상황과는 차이가 있다. "主人下馬客在船"구를 문자 그대로 이해하면 주인만 말에서 내리고 길손만 배 위에 올라 타 있는 상황이 되기 때문이다. 앞에서 이미 서술했듯이 제1·2구는 길손을 배웅하는 시간·공간 배경에 대한 서술이며 제4구는 떠나갈 길손을 위한 전별연 상황을 노래한 것이다. 따라서 그 중간에는 강변에 도착하여 배 위로 오르는 행위가 존재할 것이며 그 행위는 상식적으로 '주인'과 '객'에게 모두 공통된 것이어야 한다. 그럼에도 '하마'의 주체는 '주인', '재선'의 주체는 '객'으로 표현되었다. 따라서 이러한 문자 표현을 충실하게 옮긴 번역에 의하면 말에서 내린 것은 시인이고 배에 오른 것은 길손이라는 뜻이 되어 독자들의 오해를 야기할 수 있다.

이러한 오해는 고대 시문에 상용되는 수사법을 통해 풀 수 있다. "主人下馬客在船"구는 호문견의(互文見義)라는 수사법이 사용된 시구이다. 호문견의는 호문(互文)으로 약칭하기도 하고 혹은 호사(互辭)·변환(變換)으로 불리기도 한다. 이는 관련있는 하나의 의미를 전후

두 부분으로 나누어 표현하되 전후 각 부분에 한 가지 내용만을 표현하는 생략의 수사법이다. 즉 표면상으로는 한 구의 전후 혹은 상하 2구가 각각 서로 다른 것을 이야기한 것처럼 보이지만 사실은 앞에 생략된 것은 뒷부분에서 보충하고 뒤에 생략된 것은 앞부분에서 보충하여 하나의 의미로 이해해야 하는 특수한 표현방법이다.[6] 두보(杜甫; 712-770)의 시를 예로 든다.

岐王宅裏尋常見,　　……
崔九堂前幾度聞.　　……
正是江南好風景,　　지금 이곳 강남 풍광은 아름다운데
落花時節又逢君.　　꽃지는 계절에 그대를 또 만났구려.[7]

이 시는 개원(開元; 713-741) 시기의 저명 가객 이구년(李龜年)의 영화와 쇠락을 통해 인생과 세사에 대한 무상감을 노래한 작품이다. 전반 2구는 바로 당현종의 동생인 기왕(岐王)과 당시의 고관 최구(崔九)의 집에서 공연하던 이구년의 영화로운 시절을 표현한 것이다. 그런데 이 시구를 문자 표현 그대로 이해하면 시인이 기왕의 저택에서는 이구년을 만나기만 했고 최구의 집에서는 그의 노래를 듣기만 했다는 뜻이 되어 상리에 부합하지 않는다.

이 2구는 바로 호문견의 수사법이 사용된 것이다. 정확한 의미는 예전 기왕의 집에서 자주 이구년을 만나 그의 노래를 들었고 최구의

6) 互文見義에 관해서는 趙克勤『古漢語修辭常識』鄭州, 하남인민출판사, 1984, 127-129쪽; 譚永祥『漢語修辭美學』북경, 북경어언학원출판사, 1992, 241-245쪽; 黃麗貞『實用修辭學』대북, 國家出版社, 2000, 199-207쪽 참조.

7) 杜甫「江南逢李龜年」;『전당시』권232.

집에서도 여러 번 그를 만나 노래를 들었던 적이 있다는 뜻이다. 상구에서는 '문(聞)', 하구에서는 '견(見)'이 생략되었으므로 생략된 내용을 각각 보충해야만 시구의 정확한 의미를 이해할 수 있다.

한악부 「戰城南」의 "전성남, 사곽북(戰城南, 死郭北)" 2구도 마찬가지이다. 문자 표현 그대로 이해하면 전투를 한 지역은 성남인데 곽북에서 전사했다는 뜻이 되므로 상·하구의 의미가 통하지 않는다. 이 시구는 원래 "戰城南郭北, 死城南郭北"이다. 상구에서 '곽북(郭北)'을 생략하고 하구에서 '성남(城南)'을 생략한 것이므로 성남과 곽북에서 전투하고 성남과 곽북에서 전사했음을 의미하는 것이다. 호문견의 수사법은 한 구 안에서도 사용된다. 가지(賈至; 718-772)의 칠언절구 1수를 예로 든다.

> 草色靑靑柳色黃,　　풀빛은 푸르르고 버들색은 노란데
> 桃花歷亂李花香.　　……
> 東風不爲吹愁去,　　봄바람 불어 내 시름 날려 버리지 못하고
> 春日偏能惹恨長.　　아름다운 봄날에 슬픔은 끝없이 늘어간다.[8]

이 시는 아름다운 봄날, 함께 할 님의 부재로 인한 춘한(春恨)의 정서를 주제로 한다. 전반 2구는 바로 아름다운 봄날의 풍광을 노래한 것이다. 제2구 "도화역란이화향(桃花歷亂李花香)"은 복사꽃만 흐드러지게 피었고 오얏꽃만 향기롭다는 의미가 결코 아니다. 시구의 앞 부분에는 '향(香)', 뒷 부분에는 '역란(歷亂)'이 생략되었으므로 전후 각각 생략된 부분을 보완해야 하는 호문견의 수사법이 사용된 것

---

8) 賈至 「春思二首」 제1수; 『전당시』권235

이다. 즉 제2구는 복사꽃이 흐드러지게 피어 향기롭고 오얏꽃도 흐드러지게 피어 향기롭다"는 의미로 이해해야 한다.

두목(杜牧; 803-852)의 "연롱한수월롱사(煙籠寒水月籠沙)"[9]구도 호문견의에 해당한다. '안개(煙)'만이 '차가운 강물(寒水)'를 뒤덮고 있고 '달빛(月)'만이 '강변의 모래(沙)'를 비추고 있다는 뜻은 결코 아니다. 이 시구는 강변의 야경을 묘사한 것이므로 안개가 강물과 강변 모래 위에 자욱이 깔려있고 달빛 또한 강물과 강변 모래 위를 밝게 비추고 있음을 노래한 것이다.

「비파행」의 "主人下馬客在船"구도 호문견의 수사법을 적용해야만 정확한 의미를 이해할 수 있다. 제4구 "擧酒欲飮無管絃"이 주인과 길손이 배 위에 올라 탄 후의 전별연 상황을 서술한 것이므로, 제3구 "主人下馬客在船"은 그 이전의 상황을 표현한 것이어야 한다. 주인은 길손을 배웅하기 위해 말을 타고 강변에 이르렀고, 함께 말에서 내려 배에 올라 탔을 것이다. 주인과 길손이 함께 배 위에 있은 후에 비로소 전별연은 시작되고 함께 이별주를 마시는 것이 가능하기 때문이다. 그러나 주인과 길손의 모든 행위를 하나의 시구에서 일일이 서술하는 것은 부적절하므로 호문견의 수사법으로 간략하게 표현한 것이 제3구이다. 그렇다면 "主人下馬客在船"구는 실제로는 "주인과 객이 말에서 내리고 주인과 객이 함께 배 위에 있다.(主人與客下馬, 主人與客在船)"의 의미이므로 "주인과 길손 함께 말에서 내려 배에 올라 타 있다"로 번역하는 것이 독자의 오해를 방지할 수 있다. 번역어 선택의 편의를 위해 부득이 수사법이 적용된 표현 그대로 번역할 경우에는 주석을 통해 실제 의미를 밝혀주는 것이 필요하다.[10]

---

9) 杜牧 「泊秦淮」; 『전당시』권523

2. '제(弟)'와 '아이(阿姨)'의 의미

다음으로 논의할 것은 「비파행」 제53구 "제주종군아이사(弟走從軍阿姨死)"이다. 제54구 "모거조래안색고(暮去朝來顏色故)"는 저녁이 가고 아침이 오며 세월이 끊임없이 흘러가니 비파녀는 점점 늙어 젊은 시절의 미색은 찾아볼 길이 없음을 의미한다. 그런데 "弟走從軍阿姨死"구는 '제(弟)'와 '아이(阿姨)'에 대한 서로 다른 해석으로 인해 의견이 분분하다. 이 시구에 대한 국내 번역을 유형별로 소개하면 다음과 같다.

(가) 아우가 종군하고 이모가 죽고 나서
(나) 동생은 종군하고 언니는 죽어
(다) 동생은 군에 가고 자매들은 죽어 갔고
(라) 동생은 군에 가고 양모 또한 돌아가니
(마) 남동생 군대 간다 소식 없고 계모 또한 죽고 나니
(바) 남동생은 군대에 가고 엄마마저 별세한 뒤
(사) 남동생 군대 가고 계모 죽고[11]

---

10) 필자가 검토한 10여 종의 국내 번역서 중에서 "主人下馬客在船"구의 원의를 충실하게 반영한 번역은 "주인과 손님이 말에서 내려 배 안으로 들어가"(류종목·주기평·이지운『당시삼백수』서울, 소명출판, 2010. 제1책 327쪽)가 유일하다. 그러나 주석에서 "'主人'은 백거이 자신을 가리킨다"(331쪽)고 하였을 뿐 호문견의에 대한 해설은 보이지 않는다.

11) (가)기태완『당시선』서울, 보고사, 2008. 하책 284쪽. (나)심덕잠 엮음, 서성 옮김『당시별재집』서울, 소명출판, 2013. 제2책 454쪽. (다)이석호·이원규『중국명시감상』서울, 명문당, 2014. 840쪽. (라)손종섭『노래로 읽는 당시』서울, 태학사, 2004. 405쪽. (마)장기근『백낙천』서울, 태종출판사, 1977. 320쪽. (바)류종목·주기평·이지운『당시삼백수』서울, 소명출판, 2010. 제1책 329쪽. (사)김원중『당시감상대관』

'제'에 대한 번역어로 사용된 '아우' · '동생' · '남동생' 등은 표현이 다소 다르지만 문맥 상의 의미는 동일하다. 즉 '제'를 부모 소생의 형제 중 나이가 어린 남형제로 이해한 것이다. '제'에 대한 국내 번역에 이설이 존재하지 않는 이유는 우선 '제'의 사전적 의미 중 남동생(弟弟)이 가장 보편적으로 사용되는 의미이기 때문이다. 아울러 '종군(從軍)'이란 시어로 인해 지금까지 의심의 여지없이 수용되어 왔다.

이와는 달리 '아이'에 대한 번역은 매우 다양하다. (가)의 '이모'는 어머니의 자매를 말하며 (라)의 '양모'는 양어머니(양자가 됨으로써 생긴 어머니), (마) · (사)의 '계모'[12]는 의붓어머니(아버지가 재혼함으로써 생긴 어머니)라는 사전적 의미를 가진다. 그런데 (바)의 '엄마'는 양모 · 계모 및 친어머니에 대한 통칭이므로 구체적으로 어떤 관계인지 확실하지 않다. "첩실 소생의 자녀가 생모를 일컫던 말"[13]이라는 주석에 따르면 비파녀는 첩실 소생의 딸이 되며 '아이'는 바로 그의 친어머니를 의미하는 것이다.

(나)의 언니와 (다)의 자매는 결국 비파녀의 여자 형제를 의미하는 것이므로 엄마 · 양모 · 계모 · 이모 등과는 현저한 차이를 보인다. 그런데 '아이'에 대한 주석에서 (나)는 "늙은 기녀. 여기서는 가족이나 친척 중의 자매로 보인다"[14], (다)는 "창녀의 양모"[15]라고 하였다.

서울, 까치, 1993. 357쪽.

12) (마)와 (사)는 '阿姨'를 '계모'로 번역했지만 그에 대한 주석은 서로 다르다. (마)는 주석에서 "庶母 또는 어머니 형제"(329쪽)라고 했는데 '庶母'의 사전적 의미는 '아버지의 첩'을 의미하므로 번역어와 일치하지 않는다. (사)는 "①비파녀의 자매 ②언니 ③화류계의 양어머니 ④어머니의 자매 ⑤교방에서 기녀들을 관리하는 책임자. 여기서는 ③을 따름"(361쪽)이라고 했으므로 '계모'라는 번역어와 서로 모순된다.

13) 류종목 · 주기평 · 이지운 『당시삼백수』 서울, 소명출판, 2010. 제1책 334쪽.

'아이'의 의미를 이해하는 데 혼란이 가중된다. 이처럼 '아이'에 대한 번역이 엄마·양모·계모·이모·언니·자매 등으로 매우 다양하게 나타나는 것은 '아이'의 다양한 사전적 의미와 관계가 있다. 그러나 첫 번째 의미항목이 '이모(어머니의 자매)'이고 "제주종군아이사"구가 예문으로 등장하기 때문에 '아이'를 '이모'로 이해하는 것이 가장 자연스러워 보인다.[16)]

'제'와 '아이'에 대한 이해에 있어 중문 선주본의 경우도 크게 다르지 않다. 필자가 검토한 10여 종의 중문 선주본에 의하면 '제'에 대한 주석은 존재하지 않는다. '아이'에 대해서는 ①이모(姨母) ②교방에서 사이가 좋은 자매(敎坊要好的姊妹) ③기생들을 관리하는 나이든 아낙(管理倡女們的老婦) ④양모(養母) ⑤기생어미(鴇母) ⑥비파녀의 보호자(琵琶女的養護人) 등 다양한 주석이 존재한다.[17)] 그러나 현대어 번역이 첨부된 일부 선주본에서는 대개 "兄弟從了軍, 阿姨也死別

---

14) 심덕잠 엮음, 서성 옮김 『당시별재집』 서울, 소명출판, 2013. 제2책 454쪽.

15) 이석호·이원규 『중국명시감상』 서울, 명문당, 2014. 845쪽.

16) 『漢語大詞典』(上海, 漢語大詞典出版社, 1986-1993. 11책 932쪽)에는 ①姨母. ②稱妻子的姊妹. ③指母親. 多用於姬妾所生之子稱呼其生母. ④尼姑. ⑤泛稱跟母親年歲差不多的婦女. ⑥稱保育員或保姆 등의 6가지 의미항목이 있다. 『中文大辭典』(臺北, 中華學術院, 1973. 9책 1065-1066쪽)에는 ①母之姊妹. ②妻之姊妹. ③庶母. ④師姨 등의 4가지, 『大漢和辭典』(東京, 大修館書店, 1960. 11책 799쪽)에는 ①母の姊妹 ②妻の姊妹. ③庶母. ④姊. ⑤尼 등 다섯 개의 의미항목이 있는데, 『중문대사전』과 『대한화사전』에는 '어머니의 자매'에 대한 예구로 "弟走從軍阿姨死" 구가 등재되어 있다.

17) ①陶今雁 『唐詩三百首詳注』 남창, 百花洲文藝出版社, 1992, 134쪽, ②王啓興·毛治中 『唐詩三百首評注』 무한, 호북인민출판사, 1984, 174쪽, ③龔克昌·彭重光 『白居易詩選』 제남, 산동대학출판사, 1999, 154쪽; ④陶敏·魯茜 『新譯白居易詩文選』 대북, 삼민서국, 2009, 222-223쪽, ⑤王汝弼 『白居易選集』 상해, 상해고적출판사, 1980, 180쪽, ⑥韓成武·張國偉 『唐詩三百首賞析』 石家莊, 하북인민출판사, 1995, 147쪽.

了人世"[18], "弟弟去從軍, 阿姨死了"[19] 등으로 표현하여 '제'는 남동생
으로 이해했음을 알 수 있으나 '아이'의 구체적 의미를 확인할 수 없
는 경우가 많다.[20] 국내 학계에서 '제'는 모두 남동생으로 이해하고
'아이'는 엄마 · 양모 · 계모 · 이모 · 언니 · 자매 등 다양하게 번역되
고 있는 현상은 중문 선주본의 상황과 다를 바 없다.

'제'를 남동생으로 이해할 경우에 전후 문맥 상 시의(詩意) 전개가
자연스럽지 않다고 필자는 생각한다. 또한 비파녀가 갑자기 남동생
의 종군을 언급한 이유도 이해되지 않는다. '아이'에 대해서는 다양
한 번역과 주석이 존재하나 근거가 제시되지 않아 무엇이 시인의 표
현의도에 부합하는 것인지 확신하기 어렵다. "제주종군아이사"에 대
한 기존 해석에 의문을 품었던 것은 바로 이러한 이유에서이다. 상
리적인 시의 전개 면에서 시어 '제'와 '아이'의 역할을 신중하게 검토
할 필요가 있다.

「비파행」은 백거이가 강주 좌천이라는 불우한 처지를 한 여인의
영락한 신세를 통해 표출하고 있다. 88구의 작품에는 비파 연주에
대한 묘사를 뒤이어 제41구부터 제62구까지 비파녀의 자술이 이어
진다. 22구에 이르는 자술 내용은 두 부분으로 나누어진다. 앞 부분
은 인생의 전반부로서 젊은 시절의 생활이 주요 내용이다. 뒷 부분
은 인생의 후반부로서 나이들어 상인의 아내가 된 이후의 외롭고 처

18) 霍松林 『白居易詩譯析』 哈爾濱, 흑룡강인민출판사, 1981, 350쪽.

19) 邱燮友 『新譯唐詩三百首』 대북, 삼민서국, 1988, 126쪽.

20) 이러한 상황은 趙昌平 『唐詩三百首全解』: "誰料阿弟從軍阿姨死"(상해, 복단대학출판
사, 2008. 96쪽); 朱炯遠 『唐詩三百首譯注評』: "她的兄弟服役從了軍, 阿姨因死去而
長久地別離."(심양, 요녕고적출판사, 1995. 633쪽); 沙靈娜譯詩 · 何年注釋 『唐詩三
百首全譯』: "弟弟從軍, 阿姨又死去."(귀양, 귀주인민출판사, 1993. 138쪽) 등에서도
확인된다.

량한 생활에 대한 서술이다. 비파녀의 전반부 인생을 서술한 부분을
인용하면 다음과 같다.

41 自言本是京城女,	스스로 말하기를 본래는 경성 여인
42 家在蝦蟆陵下住.	살던 집은 하마릉 근처에 있었지요.
43 十三學得琵琶成,	열 세살에 비파 익혀 일가를 이루고
44 名屬敎坊第一部.	이름이 교방의 제일부에 올랐습니다.
45 曲罷曾敎善才服,	비파연주 마치면 스승께서 탄복하고
46 妝成每被秋娘妒.	화장하면 언제나 추랑이 시샘했지요.
47 五陵年少爭纏頭,	오릉지역 부귀 자제 전두를 앞 다투니
48 一曲紅綃不知數.	한 곡에 붉은 비단 수를 알 수 없었죠.
49 鈿頭銀篦擊節碎,	나전 문양 은비녀는 장단 맞추다 부러지고
50 血色羅裙飜酒汚.	붉은 빛깔 비단치마에 술 엎질러 더럽혔소.
51 今年歡笑復明年,	올해도 다음해도 즐거운 향락 생활에
52 秋月春風等閑度.	가을 달과 봄 바람을 헛되이 보냈다오.
53 弟走從軍阿姨死,	……
54 暮去朝來顔色故.	조석으로 세월만 흘러 미색은 시들었죠.

비파녀의 자술은 제41-42구로부터 시작된다. 제42구 "가재하마
릉하주(家在蝦蟆陵下住)"에서 비파녀의 거주 지역으로 등장하는 시어
는 '하마릉'이다. 문헌 기록에 의하면 하마릉은 장안성 동시(東市) 우
측의 상락방(常樂坊)에 소재한다. 한대에는 이곳에 동중서묘(董仲舒
墓)가 있었는데 사람들이 앞을 지나며 말에서 내렸다고 하여 '하마릉
(下馬陵)'으로 불려지다가 후대에 '하마릉(蝦蟆陵)'으로 와전되었다.[21]
그 후 당대에 이르러 이 지역은 "가루주관집중지(歌樓酒館集中地)"[22]

이자 기녀들의 집단 거주지역[23]이 되었다.

「비파행」에 등장하는 그 여인은 열세 살에 비파를 익혀 비파 연주의 일인자가 되었던 교방(敎坊) 소속의 기녀였다. 교방은 당대에 가무·기예를 교습하던 관서로서 내교방(內敎坊)과 좌·우교방(左·右敎坊)이 있었다. 궁내의 내교방에는 '내인(內人)'으로 불리는 가무기(歌舞妓)가 있고, 궁외의 좌·우교방에는 '외공봉(外供奉)'이라고 불리는 가무기가 있었다. 비파녀는 비록 "이름이 교방의 제일부에 올랐다(名屬敎坊第一部)"고는 하지만 「琵琶行序」[0609]의 "장안창녀(長安倡女)"와 제47구의 "오릉지역 부귀 자제 전두를 앞 다툰다(五陵年少爭纏頭)" 등의 표현을 근거로 하면 궁중 전속의 '내인'이 아니라 궁내로 임시 소환되어 기예를 연주하는 '외공봉' 신분의 기녀인 것으로 판단된다.[24]

비파녀의 자술은 자신의 신분에 대한 소개로부터 화려한 기녀 생활로 이어진다. 비파 스승도 탄복할 뛰어난 재능과 다른 기녀들이 모두 시샘할 정도의 미모를 갖추고 있었다. 이로 인해 비파녀는 향

---

21) 淸·徐松撰, 張穆校補『唐兩京城坊考』北京, 中華書局, 1985. 84-86쪽 참조. 唐·李肇『唐國史補』(권하)에도 "舊說, 董仲舒墓門, 人過皆下馬, 故謂之下馬陵, 後人語訛爲蝦蟆陵."이라는 기록이 남아 있다.

22) 羅竹風主編『漢語大詞典』上海, 漢語大詞典出版社, 1986-1993. 제8책 936쪽.

23) 趙昌平『唐詩三百首全解』: "(蝦蟆陵)是當時歌姬舞女聚居的地方."(上海, 復旦大學出版社, 2008. 95쪽); 龔克昌·彭重光『白居易詩選』: "(蝦蟆陵)是當時歌女聚居的地方."(濟南, 山東大學出版社, 1999. 153쪽) 또한 皎然의 "翠樓春酒蝦蟆陵, 長安少年皆共矜."(「長安少年行」)2구가 이러한 사실을 방증하고 있다.

24) 敎坊과 비파녀의 구체적 신분에 관해서는 朱金城『白居易集箋校』上海, 上海古籍出版社, 1988, 제2책 693쪽; 顧學頡·周汝昌『白居易詩選』濟南, 山東大學出版社, 1999, 153쪽; 中國社會科學院文學硏究所編『唐詩選』北京, 人民文學出版社, 1978, 하책 184쪽 참조.

락과 영화를 누리는 화려한 젊은 시절을 보냈다고 했다. 제53-54구는 이처럼 화려했던 전기 인생에서 영락한 후기 인생으로 변화하는 전환점에 해당하는 부분이다. "暮去朝來顏色故"구는 젊은 시절 미모의 변화를 말하고, "弟走從軍阿姨死"구는 '제'의 종군과 '아이'의 서거로 인해 함께 지내던 사람들과의 격리, 즉 생활환경의 변화를 말하는 것이 분명하다. 그렇다면 이러한 점을 전제로 하여 '제'와 '아이'가 비파녀와 어떠한 관계의 인물인지 검토할 필요가 있다.

"弟走從軍阿姨死"구 이전의 자술 내용은 모두 기녀로서의 생활을 노래한 것이다. '하마릉'은 비파녀의 신분이 기녀임을 표명한 시어이다. 아울러 '교방(敎坊)'·'선재(善才)'·'추낭(秋娘)'·'전두(纏頭)' 등도 모두 기방·기녀와 관련된 시어임이 분명하다.[25] 그전까지 비파녀의 부모와 형제자매 등 친족에 관한 언급이 작품에 전혀 등장하지 않았던 것은 서술의 초점이 기녀로서의 삶에 있었기 때문이다. 그렇다면 "弟走從軍阿姨死"구에서 갑자기 부모와 형제자매 등 친족을 서술한 것은 상리적으로 납득이 되지 않는다. 따라서 '제'와 '아이'는 친족관계의 인물이 아니라 기녀로서의 삶 속에서 비파녀와 관계 있는 인물은 아닌가 짐작해 볼 만 하다. 우선 '제'에 관한 논의를 구체화하면 다음과 같다.

고대문헌에는 '제'가 남동생이 아니라 누이동생을 의미하는 용법으로 사용된 예가 적지 않다.[26]

---

25) 이 점에 관해서는 일찍이 陳寅恪의 『元白詩箋證稿』에서도 "樂天此節所詠乃長安故倡自述之言, 宜其用坊中語也."(陳寅恪 『元白詩箋證稿』北京, 三聯書店, 2001, 58쪽)라고 지적한 바 있다.

26) 羅竹風主編 『漢語大詞典』·「弟」條의 세 번째 의미항목은 "古代亦稱妹爲弟."(上海, 漢語大詞典出版社, 1986-1993. 제2책 99쪽)이며, 諸橋轍次 『大漢和辭典』에는 "いも

(가) 미자의 아내와 자로의 아내는 兄弟이다.
　　彌子之妻與子路之妻, 兄弟也.

(나) 노원공주는 태후의 딸이자 대왕의 여동생이다.
　　魯元公主, 太后之女, 大王之弟也.

(다) 번쾌는 황제의 오랜 벗이며 공로가 많고 또한 여후의 여동생
　　여수의 남편이다.
　　樊噲, 帝之故人也, 功多, 且又乃呂后弟呂嬃之夫.[27]

　(가)의 '형제(兄弟)'는 미자와 자로의 아내의 관계에 대한 지칭이
며 (나)·(다)의 '제(弟)'는 '태후의 딸'과 '번쾌의 아내'를 지칭하는 것
이 분명하다. 고대 중국어에서는 '제'가 현대 중국어의 '제제(弟弟)'만
이 아니라 '매매(妹妹)'의 의미로도 사용되었음을 알 수 있다. 이 같
은 용법은 당대에도 지속되었다.
　『교방기(教坊記)』에 "교방의 기녀 중 마음이 맞는 사람들이 결의
를 약조하여 향화형제가 되는데 많게는 14·5인에 이르고 적어도
8·9명은 넘는다"[28]는 기록이 있다. 이에 의하면 교방의 기녀들이
의자매를 맺고 '향화형제(香火兄弟)'라고 지칭했음을 알 수 있다. '향
화'는 향불을 피우고 서로 맹세하는 것을 말하는데 기녀 간에 향불을
피워 '형제'의 맹약을 맺었다고 하니 여성 사이임에도 '자매'가 아닌

うと(필자 주: 여동생)"(東京, 大修館書店, 1960. 제4책 698쪽)의 의미가 두 번째로
등재되어 있다.
27) (가)『孟子·萬章章句上』(나)劉向『新序·善謀下』(다)『史記·陳丞相世家』
28) 唐·崔令欽『教坊記』: "坊中諸女, 以氣類相似, 約爲香火兄弟, 每多至十四五人, 少不
下八九輩."(崔令欽撰, 任半塘箋訂『教坊記』北京, 中華書局, 1962. 50쪽)

'형제'로 칭했던 것이다.[29)]

또한 당대 기녀의 생활상을 서술한 『북리지(北里誌)』에도 "기녀들은 모두 가모(假母)의 성을 따랐으며 '여제(女弟)'·'여형(女兄)'이라는 호칭으로 서로 간의 서열을 삼았다"[30)]는 기록이 있다. 이러한 용례를 근거로 하면 당대 기녀들 사이에서 '제'는 여동생(女弟)의 의미로서 나이 어린 동료 기녀에 대한 호칭으로 사용되었음을 알 수 있다. 따라서 "弟走從軍阿姨死"의 '제(弟)'는 비파녀의 남동생을 의미하는 것이 아니라 기관(妓館)에서 함께 생활했던 나이 어린 기녀를 의미한다. 그러면 흔히 남성에게 해당되는 '종군(從軍)'은 여기에서 무엇을 의미하는 것일까?

당대 기녀는 흔히 궁기(宮妓)·관기(官妓)·영기(營妓)·민기(民妓)·가기(家妓) 등 다섯 가지 유형으로 분류된다. 그중에서 영기는 무관(武官)·진장(鎭將)에게 가무·연주를 제공하는 것을 직책으로 하는 기녀를 말한다.[31)] 따라서 "弟走從軍"의 '종군'은 실제 참전을 위한 남성의 종군을 말하는 것이 아니라 함께 생활하던 나이 어린 기녀가 영기로 차출되어 기방을 떠나는 것을 의미한다. 즉 '종군'을 남성의 종군이라는 일반적 의미로 생각했기 때문에 국내외의 기존 역주본에서는 '제'를 남동생으로 오인하였던 것이다.

그렇다면 '아이'도 친족 관계의 인물을 의미하는 것이 아니다.

---

29) 岸邊成雄 엮음, 천이두 옮김 『중국여성의 성과 예술』서울, 일월서각, 1985, 169쪽.

30) 唐·孫棨 『北里誌·海論三曲中事』: "皆冒假母姓, 呼以女弟女兄, 爲之行第."(上海古籍出版社編 『唐五代筆記小說大觀』上海, 上海古籍出版社, 2000. 1404쪽)

31) 姚平 『唐代婦女的生命歷程』: "唐妓可以細分爲五類: 宮妓·官妓·營妓·民妓·家妓.……營妓的主要職責是爲唐武官鎭將提供歌舞宴樂."(上海, 上海古籍出版社, 2004. 199쪽) 이외에도 官妓·營妓 등에 관한 논의는 廖美雲 『唐伎研究』(臺北, 臺灣學生書局, 1998) 146-161쪽; 高世瑜 『唐代婦女』(西安, 三秦出版社, 1988) 62-64쪽 참조.

"기녀의 어미는 대부분 가모이며 나이먹은 퇴기들이 가모 노릇을 한 다"[32]고 한 『북리지』의 기록처럼 '아이'는 바로 비파녀의 가모(假母)를 말하는 것이다. 소위 가모는 기녀의 소양과 기예 향상을 위해 다양한 훈련과 관리를 담당한다. 한편 기녀들은 양녀의 형식으로 가모의 성을 취하고 가모의 기적에 등재된다.[33] 즉 '보모(鴇母)'[34]라고도 불려지는 가모는 기관의 운영자이자 기녀의 후견인을 말한다. 우리말로는 소위 '기생어미'로 불려지는 인물이다. 이미 언급했듯이 왕여필의 『백거이선집』에는 일찍이 '보모(鴇母)'[35]라는 주석이 존재했고 국내 번역서에도 "양모. 기생들의 양어머니"[36]라는 주석이 있기는 하나 그에 대한 근거를 제시하지 않아 주목받지 못했다.[37]

이상의 논의를 요약하면 「비파행」에 등장하는 '아이(阿姨)'는 계모 · 이모 · 언니 · 자매 등 친족 관계의 인물을 말하는 것이 아니라 기관의 운영자이자 기녀의 후견인 역할을 하는 가모를 의미한다. 아

---

32) 唐 · 孫棨 『北里誌 · 海論三曲中事』: "妓之母, 多假母也, 亦妓之衰退者爲之."(上海古籍出版社編 『唐五代筆記小說大觀』 上海, 上海古籍出版社, 2000. 1404쪽)

33) 岸邊成雄 엮음, 천이두 옮김 『중국여성의 성과 예술』 서울, 일월서각, 1985, 178쪽.

34) 羅竹風主編 『漢語大詞典』: "舊稱妓女的假母或泛指開設妓院的女人."(제12책 1074쪽)

35) 王汝弼 『白居易選集』 上海, 上海古籍出版社, 1980. 180쪽.

36) 김학주 『신역당시선』 서울, 명문당, 2003. 551쪽.

37) 1980년 王汝弼이 '阿姨'는 '鴇母'라는 주석을 제기한 이후, '阿姨' 혹은 "弟走從軍阿姨死"구에 관한 소논문이 등장하기 시작했다. 비교적 이른 시기의 문장 몇 편을 예로 들면 張鳳雲 · 趙泰蓮 "弟走從軍阿姨死"淺見"(『天津敎育』 1982년 2기); 蔣祖勳 「琵琶行」中의"阿姨"作何解釋?(『文史知識』 1992년 11기); 李來濤 「試釋「琵琶行」中的 "阿姨"(『中學語文敎學』 1994년 6기); 桑進林 "弟走從軍阿姨死"釋義管見(『語文月刊』 2000년 6기) 등이 있다. 비록 대부분이 반쪽 혹은 한두 쪽에 불과한 극히 짧은 문장이어서 새로운 근거자료와 엄밀한 논증이 결여되어 있지만 잘못된 기존 해석에 대한 의문을 풀고자 했던 점에서는 의미가 있다. 그러나 이들의 논의가 그 후의 중문 선주본이나 국내 번역서에 거의 반영되지 않았다는 것은 백거이 시에 대한 올바른 이해와 감상 면에서 매우 아쉬운 일이다.

울러 '양모'라는 번역어는 일반 가정에서 말하는 양모로 오해할 소지가 있으므로 '기생어미' 혹은 '기방의 가모' 등으로 표현하는 것이 타당하다.

3. '거래(去來)'와 '몽제(夢啼)'의 의미

비파녀의 자술(제41구-제62구)은 앞에서 언급한 대로 두 부분으로 나누어진다. 제41구-제52구는 기녀로서 화려했던 젊은 시절을 노래했고, 제53구-제62구는 후기 인생의 영락한 신세를 주요 내용으로 한다. 후기 인생에 대한 비파녀의 자술 내용은 다음과 같다.

53弟走從軍阿姨死,	기방 아우 종군가고 기생어미 죽고나서
54暮去朝來顔色故.	조석으로 세월만 흘러 미색은 시들었죠.
55門前冷落鞍馬稀,	문 앞은 썰렁하니 찾아오는 손님없고
56老大嫁作商人婦.	나이 들어 장사치의 아낙이 되었네요.
57商人重利輕別離,	장사치는 돈만 알아 이별을 쉽게 하니
58前月浮梁買茶去.	지난 달엔 부량으로 차 사러 떠났다오.
59去來江口守空船,	……
60遶船月明江水寒.	밝은 달빛 배를 감싸고 강물은 차가웠죠.
61夜深忽夢少年事,	깊은 밤에 문득 젊은 시절 꿈을 꾸었죠
62夢啼粧淚紅闌干.	……

세월이 흘러 미색이 쇠하자 예전에는 앞 다투어 전두를 하사하던 오릉 자제도 더 이상 찾지 않아 문 앞은 항상 썰렁하다고 했다. 함께

생활하던 기방의 다른 기녀와 가모 역시 곁을 떠났고, 홀로 남은 비파녀는 나이 들어 상인에게 시집갈 수밖에 없는 처지였다. 그러나 '중리경별(重利輕別)'이라는 상인의 속성으로 인해 지난 달에도 남편은 차를 사러 떠나고 여인은 독수공방 외로운 생활을 해야 했다. 이러한 상황을 서술한 후 "거래강구수공선(去來江口守空船)"구가 출현한다.

'거래(去來)'의 의미

여기에서 논의의 필요가 있는 시어는 가장 평이한 두 글자로 이루어진 '거래(去來)'이다. 현재 이 시구에 대한 국내 번역을 소개하면 다음과 같다.

> (가) 오고가는 강나루에서 빈 배만 지키는데
> (나) 강나루 오고 가며 빈 배만 지키는데
> (다) 저는 이 강 어귀를 왔다 갔다하며 빈 배 지키고 있는데
> (라) 강가를 오가며 빈 배 지키고
> (마) 그가 떠난 후로 강가에서 빈 배를 지키다가
> (바) 떠나간 뒤로 강 어귀에서 빈 배만 지키니[38]

인용문에 의하면 '거래'에 대해 (가) · (나) · (다) · (라)는 '오고 가

---

38) (가)기태완 『당시선』 서울, 보고사, 2008. 하책 284쪽. (나)이석호 · 이원규 『중국명시감상』 서울, 명문당, 2014. 840쪽. (다)김학주 『신역당시선』 서울, 명문당, 2003. 546쪽. (라)김원중 『당시감상대관』 서울, 까치, 1993. 357쪽. (마)심덕잠 엮음, 서성 옮김 『당시별재집』 서울, 소명출판, 2013. 제2책 455쪽. (바)지영재 『중국시가선』 서울, 을유문화사, 1973. 394쪽.

다'의 뜻으로, (마)·(바)는 '떠난 이후'의 의미로 이해했다. 필자가 검토한 10여 종의 국내 번역서 중에는 '줄곧'[39]으로 번역한 것도 있지만 대부분은 '오고 가다'와 '떠난 이후'의 두 가지로 번역하고 있다. 인용 번역 중 '거래'에 대한 주석이 존재하는 것은 (나)·(라)·(마) 3종이다. (나)에서 "來는 어조사로 '떠난 후의' 뜻"이라고 하였는데 '오고 가며'라는 번역과 일치하지 않는다. (마)의 '거래'에 대한 주석은 "떠난 이후"이므로 번역문과 동어반복의 수준이다. (라)는 '거래강구(去來江口)'에 대해 "1) 오고 가는 강구에 2) 강구를 오가며라는 두 해석이 있는데 여기서는 2)를 따름"이라고 하였다. 그러나 (가)에서도 '오고 가는 강나루에서'라고 번역하였지만[40] 사실 두 가지 모두 표현의 차이만 있을 뿐 '거래'의 의미 면에서는 동일하므로 이설로 구분할 필요는 없다. '거래'에 대해 '오고 가다'와 '떠난 이후' 두 가지 의미로 나뉘는 상황은 중문 선주본에서도 동일하게 나타난다.[41]

이처럼 상이한 해석이 존재하는 가장 큰 이유는 '거래(去來)'의 주

---

39) 예를 들면 "줄곧 홀로 강가에 빈 배를 지키고 지날 새"(장기근 『백낙천』 서울, 태종출판사, 1977. 330쪽) 혹은 "나는 줄곧 홀로 강가에서 빈 배를 지키며 지내는데"(권영한 『백락천 시선집』 서울, 전원문화사, 2004. 253쪽) 등이 있다. 그런데 장기근 『백낙천』에는 '去來'에 대한 주석에서 "남편이 떠난 후 줄곧. 來는 趨勢 표시의 어조사"(330쪽)라고 하였으나 적절치 않다.

40) 백거이 「비파행」 관련 논문에서도 "가고 오는 강가에서 빈 배를 지키며"라고 번역한 바 있다. 전보옥 「「琵琶行」의 문학적 성취」 『중국어문학논집』제80집, 2013.6. 317쪽.

41) 필자가 검토한 중문 선주본 10여 종을 대상으로 하면 대만지역에서는 "我只好往來於江口, 獨守着空船."(邱燮友 『新譯唐詩三百首』臺北, 三民書局, 1988. 126쪽); "來來去去只在江口獨守空船"(陶敏·魯茜 『新譯白居易詩文選』臺北, 三民書局, 2009. 223쪽) 등으로 번역하여 주로 '往來'의 뜻을 취했고, 대륙지역에서는 "去来 : 走了以後"(中國社會科學院 文學研究所編 『唐詩選』北京, 人民文學出版社, 1978. 하책 185쪽); "去來: 去後. 指商人去浮梁以來."(龔克昌·彭重光 『白居易詩選』濟南, 山東大學出版社, 1999. 154쪽) 등처럼 주로 '以後'·'以來'의 의미로 해석하고 있다.

어가 생략되어 있기 때문이다. '오고 가다'의 경우에 생략된 주어는 비파녀로서 "去來江口守空船"의 구식을 4+3으로 이해한 것이다. 반면에 '떠난 후에'의 경우는 '거래'의 주어가 비파녀의 남편이며 2+5의 구식에 해당한다. '오고 가다'는 '去'와 '來'의 기본의를 단순 조합한 것이다. 『한어대사전』[42]에 의하면 '거래'에 '왕래(往來)'·'왕반(往返)'의 사전적 의미가 포함되어 있으므로 일단 그 해석의 가능성은 인정된다.

이와 달리 '떠난 후에'는 시어 '래(來)'의 특수 용법과 관계가 있다. '래'의 특수 용법 중에는 동사 뒤에 쓰여 '이후(以後)'·'이래(以來)'의 의미를 나타내는 조사 용법이 있다.[43] 예를 들면 다음과 같다.

(가) 桃李栽來幾度春,　　복사꽃 오얏꽃 심은 이후 몇 번의 봄
　　一回花落一回新.　　한 번 꽃 지면 한 번은 새로 피었나니.

(나) 此臂折來六十年,　　이 팔 부러진 지 육십 년 되었으니
　　一肢雖廢一身全.　　팔 하나 잃었어도 몸만은 온전하네.

---

42) 羅竹風주편 『한어대사전』 상해, 한어대사전출판사, 1986-1993. 제2책 833쪽.

43) 이외에도 시어 '來'의 주요 특수용법으로는 시간표시의 명사를 구성하는 명사접미사의 용법과 동작의 완료·완성을 나타내는 조사 용법 등이 있다. "昨來朱顏子, 今日白髮催."(이백 「對酒」; 『전당시』권182) · "夜來風雨聲, 花落知多少."(맹호연 「春曉」; 『전당시』권160) 구에서 '昨來'는 '昨時', '夜來'는 '夜時'의 의미로서 '來'는 시간 표시의 접미사이다. "生計抛來詩是業, 家園忘卻酒爲鄕."(백거이 「送蕭處士遊黔南」[1149]) · "蘭陵美酒鬱金香, 玉椀盛來琥珀光."(이백 「客中行」; 『전당시』권181)의 '來'는 동작의 완료·완성을 나타내는 조사 용법이며 현대중국어의 '了'에 해당한다. 시어 '來'의 특수용법에 관해서는 蔣紹愚 『唐詩語言硏究』 정주, 중주교육출판사, 1990, 357-359쪽; 江藍生·曹廣順 『唐五代語言詞典』 상해, 상해교육출판사, 1997, 219쪽 참조.

(다) 掩關來幾時?　　빗장 걸어 닫은 이래 얼마인가?

　　　髮鬖二三年.　　거의 이삼년의 세월이 흘렀구나.

(라) 自從棄官來,　　관직에서 물러난 이후로

　　　家貧不能有.　　집이 가난해 (술을) 마실 수 없었다.

(마) 清明來幾日,　　청명절 이후 며칠이나 지났는가

　　　戴勝已堪聽.　　오디새 울음소리 이미 들려온다.

(바) 木墮涼來葉,　　서늘해진 후로 나무에선 잎새 떨어지고

　　　山横霽後嵐.　　비 그친 이후 산에는 운무가 결쳐 있다.[44]

　　예문에서 '재래(栽來)' · '절래(折來)' · '엄관래(掩關來)' · '기관래(棄官來)' · '청명래(清明來)' · '양래(涼來)'의 '래'는 모두 '이래' 혹은 '이후'의 의미로 이해해야만 문맥 상 전후 시구의 의미가 성립한다. 특히 (바)의 경우 상 · 하구의 제4자 '래(來)'와 '후(後)'는 호문(互文)[45]에 해당하므로 '래'는 '후'와 동일한 의미임이 분명하게 드러난다. "去來 江口守空船"구에 이 용법을 적용하면 '거래'는 남편이 '떠나간 이후

---

44) (가)李白 「少年行」;『전당시』권165 (나)백거이 「新豊折臂翁」[0137];『백거이집전교』 제1책, 165쪽 (다)백거이 「閉關」[0316];『백거이집전교』제1책, 392쪽 (라)王維 「偶然 作六首」제4수;『전당시』권125 (마)耿湋 「春日即事」;『전당시』권268 (바)陸龜蒙 「京 口與友生話別」;『전당시』권623

45) 소위 互文에는 두 가지 유형이 있다. 그 중 하나는 앞에서 거론했던 互文見義이며 다른 하나는 互文同義이다. (바)의 '來'와 '後'는 바로 후자에 해당한다. 호문동의는 유사한 구조의 상 · 하구에서 동일한 위치의 서로 다른 字(혹은 詞)가 동일한 의미로 사용된 것을 말한다. 이에 관해서는 張亦偉 「論互文的特點及其修辭作用」;『名作欣 賞』2013년 29기; 劉宗德 「互文見義與互文同義」;『昆明師範學院學報』1979년 1기 참조.

(이래)'의 의미가 된다. 이미 언급했듯이 「비파행」의 '거래'에 대한 두 가지 해석은 모두 사전적 의미를 근거로 하고 있다. 그러나 작품에 사용된 시어의 의미는 두 가지 중 하나이다. '거래'에 대한 두 가지 해석 중 '떠나간 이후(이래)'가 시인이 나타내려던 의미임이 분명하다. 그 이유는 다음 세 가지로 요약할 수 있다.

첫째는 연환(連環)이라는 수사법과 관계가 있다. 연환은 일명 '정진(頂眞)' 혹은 '정침(頂針)'이라고도 한다. 상구의 뒷 부분과 하구의 앞 부분에 동일한 자(字)·사(詞)·구(句)를 사용하는 수사법이다.[46] 시에서는 동어반복을 기피하는 현상이 있다. 그러나 상·하구의 상호관계를 분명히 하여 의미를 강화하고 전후승접(前後承接)의 형식을 구성하여 운율감을 제고하는 효과가 있기 때문에 연환 수사법이 널리 사용되고 있다. 예를 들면 다음과 같다.

(가) 歸來見天子,　　돌아와 천자를 알현하니
　　 天子坐明堂.　　천자는 正殿에 앉아 있다.

(나) 低頭弄蓮子,　　고개 숙여 연밥 만져 보니
　　 蓮子靑如水.　　연밥 푸르름이 물과 같구나.

(다) 楚山秦山皆白雲,　초산과 진산 위 모두 흰구름이니
　　 白雲處處長隨君.　흰구름 어디서나 항상 그대 따르리라.
　　 長隨君,　　　　항상 그대를 따르나니

---

46) 수사법 連環에 관해서는 周生亞『古代詩歌修辭』北京, 語文出版社, 1995, 97-105쪽; 陳望道『修辭學發凡』上海, 復旦大學出版社, 2008, 173-175쪽; 王占福『古代漢語修辭學』石家莊, 河北敎育出版社, 2000, 254-257쪽 참조.

君入楚山裏,　　　그대 초산에 들어서면

雲亦隨君渡湘水.　구름도 그대 따라 상수 건너리라.

(라) 日日進前程,　날마다 앞길을 나아가건만

前程幾多路.　　앞길은 또 얼마나 될까?[47]

(가)의 '천자(天子)', (나)의 '연자(蓮子)', (다)의 '백운(白雲)'·'장수군(長隨君)'·'군(君)', (라)의 '전정(前程)' 등은 상구 말미의 자·사 혹은 구를 하구의 앞 부분에 동일하게 사용했으므로 연환 수사법에 해당한다. 연환은 상·하구에서만이 아니라 "억랑랑부지(憶郎郎不至)"[48]·"종일망부부불귀(終日望夫夫不歸)"[49]·"진일상춘춘부지(盡日傷春春不知)"[50]처럼 하나의 시구 안에서도 사용된다.

"去來江口守空船"구의 상구는 바로 "전월부량매차거(前月浮梁買茶去)"구이다. 상구 말미의 '거(去)'를 이어 받아 다음 구를 '거래(去來)'로 시작한 것은 연환의 수사법을 사용한 표현이다. 그런데 상구의 "매차거(買茶去)"는 비파녀의 남편이 "차를 사러 떠났다"는 의미이므로 '거'의 실질적 의미는 '남편이 떠나다'이다. 그렇다면 하구의 '거'는 상구의 '거'와 사전적·실질적 의미가 동일해야 하므로 '거'의 주체는 비파녀가 아니라 떠나간 남편이 되어야 한다. '거래'를 "(남편이) 떠나

---

47) (가)南北朝·民歌「木蘭辭」;『樂府詩集』권25 (나)南朝·民歌「西洲曲」;『樂府詩集』 권72 (다)李白「白雲歌送劉十六歸山」;『전당시』권166 (라)백거이「送春」[0492];『백 거이집전교』제2책, 542쪽.

48) 南朝·民歌「西洲曲」;『악부시집』권72

49) 劉禹錫「望夫石」;『전당시』권365

50) 백거이「傷春詞」[1214];『백거이집전교』제2책, 1221쪽.

간 후에"라는 의미로 이해해야 하는 이유는 바로 이 때문이다. 이외에도 「비파행」에서는 연환의 수사법을 자주 사용하고 있다는 점이 흥미롭다.[51]

둘째, '래'가 동사 '거' 다음에 위치하여 '이래' 혹은 '이후'의 의미로 사용된 용례가 『전당시』에 다수 존재한다. 우선 규원시 1수를 인용한다.

> 去年離別雁初歸, 작년 이별할 때 기러기가 막 돌아왔는데
> 今夜裁縫螢已飛. 오늘밤 옷 지을 땐 반딧불 이미 날아드네.
> 征客去來音信斷, 나그네 떠나간 후로 소식이 끊겼으니
> 不知何處寄寒衣. 어느 곳으로 겨울 옷 부칠지 모르겠네.[52]

장굉(張紘)의 「閨怨」이다. '반딧불(螢)'이 등장하니 가을을 계절 배경으로 한다. 작년에 이별했는데 어느덧 해가 바뀌어 가을이 왔다고 했다. 임을 위해 정성껏 만든 겨울 옷, 그러나 소식이 끊긴 지금 그 옷을 어느 곳으로 보내야할지 모른다고 했다. 이렇게 임의 부재로 인한 여인의 원망을 노래했다. 임과의 이별 그리고 이별 후의 상황이라는 구성 요소와 시상 전개를 근거로 하면 '거래'는 '오고 가다'가 아니라 '떠나간 후'의 의미임이 분명하다. 또 맹교(孟郊; 751-814)의 작품을 예로 든다.

---

51) 백거이 「琵琶行」[0610]: "醉不成歡慘將別, 別時茫茫江浸月.", "冰泉冷澀絃凝絕, 凝絕不通聲暫歇."(『백거이집전교』제2책, 685쪽)
52) 張紘 「閨怨」; 『전당시』권100.

蕩子守邊戍,	집 떠난 임은 변방 지키고 있는데
佳人莫相從.	아리따운 아낙은 따라가지 못했네.
去來年月多,	임 떠난 후 세월이 많이 흘렀나니
苦愁改形容.	시름에 겨워 미모는 바뀌어 가네.[53]

　　남편은 머나먼 변방으로 떠나고 미모의 아낙은 홀로 남아 있다. 남편이 떠난 후 오랜 세월이 흐르고 독수공방의 외로움과 남편에 대한 그리움으로 아낙의 미색은 쇠해만 간다고 했다. 이 시의 구성 요소와 시상 전개는 장굉의 「규원」과 흡사하다. 두 작품 모두 떠나간 이와 남겨진 이가 등장하며, 이별 후 남겨진 이에게 존재하는 심리 혹은 상황의 변화가 서술되기 때문이다. '거래'는 바로 이별 후의 변화에 대한 서술을 예고하는 시어인 것이다. '거래'가 결코 '오고 가다'가 아니라 '떠난 이후'의 의미로 이해할 수밖에 없는 이유는 이 때문이다.[54]

　　이러한 상황은 「비파행」에서도 동일하게 나타난다. "차 사러 떠나간(買茶去)" 남편, 그리고 홀로 남아 "빈 배를 지키는(守空船)" 비파녀가 등장하기 때문이다. 남편이 떠나간 이후 독수공방하는 여인의 심리와 상황 변화는 "江口守空船"과 다음 구 "요선월명강수한(遶船月明江水寒)"에서 표현되고 있다. 따라서 "거래강구수공선"의 '거래' 역시 단순히 '오고 가다'가 아니라 이별과 이별 후의 변화를 이어주는 교량 역할의 시어로 이해해야 한다.

53) 孟郊 「古意」; 『전당시』권373.
54) 이외에도 "八月西風起, 想君發揚子. 去來悲如何, 見少離別多."(이백 「長干行」제2수; 『전당시』권163), "春去來幾日, 夏雲忽嵯峨."(백거이 「靑龍寺早夏」[0419]; 『백거이집전교』제1책, 482쪽), "美人來去春江暖, 江頭無人湘水滿."(張籍 「寄遠曲」; 『전당시』권382) 등의 '거래' 역시 이와 동일한 용례이다.

셋째, 올바른 작품 감상 차원에서도 '거래'의 의미는 분명해진다. 비파녀는 나이가 들어 미색이 쇠하자 장사치의 아내가 되었다. 그러나 "장사치는 돈만 알아 이별을 쉽게 하니 지난 달엔 부량으로 차 사러 떠난" 상황이었다. 그러므로 바로 다음에 등장하는 "去來江口守空船"·"遶船月明江水寒" 2구는 독수공방하는 여인의 처량한 신세와 외로움의 표현에 중점이 있어야 한다. '빈 배를 지키는(守空船)' 주체는 바로 비파녀이다. '공(空)'은 함께 있어야 할 남편의 부재와 그로 인한 쓸쓸함을 담아내는 시어이다. 남편이 떠나간 포구에서 빈 배를 하염없이 지키고 있다는 것은 남편의 회귀를 기다리는 아낙의 고독함을 형상화한 것이다.

"遶船月明江水寒"구는 '빈 배를 지키는(守空船)' 장소, 즉 포구를 공간 배경으로 한다. 포구의 '배를 감싸고 있는 달빛(遶船月明)'은 남편에 대한 그리움을 표현한 것이다. '차가운 강물(江水寒)'은 독수공방하는 여인의 외로움을 나타낸다. 그렇다면 '수공선'·'요선월명'·'강수한'은 '강구(江口)'를 공간 배경으로 하고 여인·빈 배·명월·강물을 대상으로 한 정태(靜態) 묘사이다. 이것이 바로 남편이 떠나간 후 비파녀의 심리와 상황 변화를 그려내는 데 가장 효과적인 방식이기 때문이다.

그런데 '거래'를 비파녀가 '오고 가는' 것으로 이해한다면 이 정태 묘사의 효과가 반감된다. 남편이 떠난 이후, 비파녀의 실제 생활에서는 포구와 집을 오가는 행위가 존재했을 수도 있다. 그러나 시인이 시어 '거래'를 통해 그 같은 행위를 표현했다고 생각하는 것은 단순하고 부적절한 감상 방식이다. 효과적인 주제 전달을 위해 시인이 표현하고자 했던 것은 떠나간 남편에 대한 그리움과 독수공방의 외로움이므로 비파녀가 실생활에서 '오고 가는' 행위는 결코 중요하지 않다. 시적 서술 대상으로 가장 중요한 것은 남편이 돌아오기를 하염없이 기다리는 여인의 형상과 이별의 공간으로서 포구의 배경 묘사일 수밖에 없다. 시인의 표현 의도를 고려한 감상 차원에서도 "去來江口守空船"구의 '거래(去來)'는 비파녀가 포구를 '오고 가며'가 아니라 남편이 '떠나간 후'로 이해해야 한다.

'몽제(夢啼)'의 의미

제41구 "자언본시경성녀(自言本是京城女)"에서부터 시작된 비파녀의 자술은 제62구 "몽제장루홍난간(夢啼粧淚紅闌干)"에서 끝을 맺는다. 앞에서 이미 언급했듯이 이 구는 영락한 비파녀의 후기 인생을 노래한 대목의 마지막 구이기도 하다. 제61구 "야심홀몽소년사(夜深忽夢少年事)"의 의미는 분명하다. 깊은 밤 문득 꿈을 꾸었는데 꿈속에서 비파녀는 젊은 시절로 되돌아 갔다는 것이다. "몽제장루홍난간" 구는 앞 구에 비해 면밀한 검토가 필요하다. 이 시구에 대한 국내 번역을 소개하면 다음과 같다.

> (가) 꿈속에 우니 뺨을 타고 흐르는 눈물 분과 연지에 낭자하여라.
> (나) 꿈에 우느라 화장 지운 눈물 붉게 줄줄 흐른답니다.
> (다) 꿈속에 울면 화장으로 눈물이 붉게 흐릅니다.
> (라) 꿈속에 울어 화장한 얼굴에 붉은 눈물 주르르.
> (마) 꿈속에서 우니 화장과 섞인 눈물 붉은 뺨으로 흐르고 있네.
> (바) 꿈속에서 눈물 흘리니 화장 지워진 눈물이 붉은 난간을 적신다.[55]

---

55) (가)장기근『백낙천』서울, 태종출판사, 1977. 321쪽. (나)김학주『신역당시선』서울, 명문당, 2003. 546쪽. (다)기태완『당시선』서울, 보고사, 2008. 하책 284쪽. (라)지영

'장루(粧淚)'는 화장한 얼굴에 흐르는 눈물을 의미한다. 이를 '분루(粉淚)'라고도 한다. '난간(闌干)'은 눈물이 끝없이 흐르는 모양을 나타낸다. 백거이의 명구 "옥용적막루난간(玉容寂寞淚闌干)"[56]의 '난간'도 바로 같은 뜻이다. 붉은 분(粉)으로 화장한 여인의 얼굴에서 눈물이 줄줄 흘러 내리므로 눈물은 붉은 색으로 물들었을 것이다. '난간' 앞에 '홍(紅)'자를 사용한 것은 바로 이러한 이유에서이다. 그렇다면 "장루홍난간"은 화장한 여인의 얼굴에서 붉게 물든 눈물이 줄줄 흘러내리는 모습을 형용한 것이다. (바)에서 '홍난간'을 '붉은 난간'으로 번역한 것은 분명한 오역이다. (바)를 제외하면 10여 종의 국내 번역은 표현이 다소 부적절한 경우가 있기는 하나 "장루홍난간"의 문자적 의미 풀이에 심각한 오류는 없다.

문제는 '몽제(夢啼)'의 의미이다. 국내 번역에 의하면 '몽제'는 "꿈속에서 울다"라는 뜻이다. 즉 비파녀는 젊었던 지난 시절로 돌아가는 꿈을 꾸었는데 그 꿈속에서 울었다는 것이다. 시어 '몽제'의 의미에 대한 국내 학계의 이 같은 인식은 '몽제'를 '몽중제곡(夢中啼哭)'·'몽중제읍(夢中啼泣)' 등으로 풀이하는 중국 학계의 주류 해석[57]을 수

재『중국시가선』서울, 을유문화사, 1973. 394쪽. (마)김원중『당시감상대관』서울, 까치, 1993. 357쪽. (바)전보옥「「비파행」의 문학적 성취」;『중국어문학논집』제80집, 2013.6. 317쪽.

56) 백거이「長恨歌」[0603];『백거이집전교』제2책, 659쪽.

57) 이는 '夢' 앞에 처소 표시의 '在'가 생략된 것으로 이해한 것이다. 이 의견에 동조하는 중문 선주본을 일부 소개하면 다음과 같다. 中國社會科學院文學研究所編『唐詩選』북경, 인민문학출판사, 1978, 하책 185쪽; 謝思煒『白居易詩選』북경, 중화서국, 2005, 110쪽; 王汝弼『白居易選集』상해, 상해고적출판사, 1980, 180쪽; 趙昌平『唐詩三百首全解』상해, 복단대학출판사, 2008, 96쪽; 龔克昌·彭重光『白居易詩選』제남, 산동대학출판사, 1999, 154쪽; 陶今雁『唐詩三百首詳注』남창, 百花洲文藝出版社, 1992, 134쪽.

용한 결과이다. 이러한 해석은 표면적으로 의미가 성립하는 듯이 보인다.

그러나 이 같은 해석은 재고의 여지가 충분하다. '몽제'가 '꿈속에서 울다'의 뜻이라면 비파녀가 꿈속에서 울었던 이유가 석연치 않기 때문이다. 또한 꿈속에서 정말로 울었다면 "장루홍난간(粧淚紅闌干)", 즉 화장한 여인의 얼굴에서 붉은 눈물이 줄줄 흘러내린 것도 현실이 아닌 꿈속에서의 일이어야 한다. 이러한 시적 상황 역시 수용하기 어렵다. 작품의 의미 맥락을 감안하면 이 같은 몽경(夢境) 표현이 영락한 신세라는 현실적 이유로 인해 촉발된 비파녀의 감정 전달에 도움이 되지 않기 때문이다. 따라서 필자는 '몽제'를 '꿈속에서 울다'가 아니라 '꿈으로 인해 울다'로 이해해야만 이러한 의혹이 해소될 수 있다고 생각한다. 그 이유는 다음과 같다.

여인은 원래 도성의 교방 제일부에 속했던 기녀였다. 꽃다운 젊은 나이에 뛰어난 미모와 재능으로 오릉 자제들의 총애를 받았고 부귀영화를 누리며 화려한 생활을 하였다. 그러나 나이가 들어 미색이 쇠하자 인기가 시들고 찾아오는 사람 하나 없는 영락한 신세로 전락했다. 결국 상인에게 시집을 왔지만 이익만을 중시하는 상인은 언제나 아내를 버려둔 채 돈을 벌러 떠나가 버리곤 했다. 여인은 매일 밤 독수공방의 외로움을 견뎌야 하는 가련한 신세가 되었다. 이러한 내용 뒤에 바로 "夜深忽夢少年事, 夢啼粧淚紅闌干" 2구가 등장하며 비파녀의 자술이 끝을 맺는다. 그렇다면 이 2구는 처량한 신세로 영락한 비파녀의 감정 표출에 있어 클라이맥스에 해당한다.

여인은 처량한 신세로 인한 수심과 독수공방의 외로움에 밤이 깊도록 잠을 이루지 못했다. 그러다 화장도 지우지 못한 채 자기도 모르게 잠시 잠에 들어 꿈을 꾸었다. '야심(夜深)'과 '홀몽(忽夢)'은 바로 이러한 상황을 표현한 시어이다. 그렇다면 꿈속의 '소년사(少年事)'는 무엇을 의미하는가? 서문에서 백거이는 다음과 같이 밝히고 있다.

본래 장안의 가기(歌妓)로서 목씨(穆氏)·조씨(曹氏) 두 명의 저명 악사에게서 비파를 익혔는데 나이 들고 미색이 쇠하자 결혼하여 상인의 아내가 되었다고 했다. 이에 술상을 차리게 하고 속히 몇 곡 연주하도록 했는데 연주가 끝난 후 슬픔에 젖어 말이 없었다. 그러다가 젊은 시절의 "즐거웠던 일(歡樂事)"과 지금 초췌한 모습으로 강호를 이리저리 떠돌아다니는 영락한 신세에 대해 스스로 털어놓는 것이었다.[58]

'소년사(少年事)'는 서문에서 말한 "젊은 시절의 즐거웠던 일(少小時歡樂事)"을 의미하는 시어이다. 즉 꿈속의 비파녀는 뛰어난 미모와 재능으로 최고의 인기와 부귀영화를 누리던 꽃다운 젊은 시절의 여인이었던 것이다. 그러므로 꿈속의 비파녀는 절대로 슬퍼할 일도 없고 울 일도 없다. '몽제(夢啼)'를 '꿈에서 울다'의 의미로 이해하는 것이 적절치 않다고 하는 이유는 바로 이 때문이다.

여기에서 '꿈'은 여인에게 있어 '지난 날의 화려한 생활'이자 '과거의 꽃다운 젊은 시절'을 의미한다. 그러다 깊은 밤 문득 꾸었던 꿈에서 여인은 깨어났다. 꿈에서 깨어났다는 것은 지난 날의 화려한 생활에서 현실로의 회귀를 의미한다. 꿈속과는 달리 현실의 비파녀는 초라하고 영락한 신세였기에 인생이 덧없고 처지가 한탄스러워 흐르

---

58) 백거이 「琵琶引序」[0609]: "本長安倡女, 嘗學琵琶於穆曹二善才, 年長色衰, 委身為賈人婦. 遂命酒, 使快彈數曲, 曲罷憫默. 自敍少小時歡樂事, 今漂淪憔悴, 轉徙於江湖間."(『백거이집전교』제2책, 685쪽)

는 눈물을 주체할 수 없었던 것이다.

따라서 비파녀가 울었던 것은 꿈속 젊은 시절의 일이 아니라 꿈에서 깨어난 현실에서의 일이다. 꿈(과거)과 현실(현재)의 대비, 즉 지난날 꽃다운 미모와 화려한 생활이라는 꿈속 상황으로 인해 비파녀는 영락한 현실에 대한 깊은 비애를 느끼고 눈물을 흘렸던 것이다. '몽제'를 '꿈에서 울다'가 아니라 '꿈으로 인해 울다'[59]로 이해해야 하는 까닭은 바로 이 때문이다. 이상의 논의를 요약하면 "夜深忽夢少年事, 夢啼粧淚紅闌干" 2구는 "깊은 밤 문득 꽃다운 젊은 시절 꿈꾸었는데 그 꿈으로 인해 마음이 슬퍼져 하염없이 흐느끼니 화장한 얼굴에는 붉은 눈물이 줄줄 흘려내렸습니다"라는 의미로 이해해야 한다.

4. '각좌(却坐)'·'촉현(促絃)'·'현급(絃急)'

「비파행」의 마지막 단락(제63구-제88구)은 강주사마로 좌천된 시인 자신의 감회를 서술한 부분이다. 제63구 "아문비파이탄식(我聞琵琶已歎息)"부터 제78구 "구아조찰난위청(嘔啞嘲哳難爲聽)"까지는 강주

---

59) '夢啼'는 소위 '생략'의 수사법이 사용된 표현이다. 그러나 기존의 주류 해석처럼 '夢' 앞에 장소 표시의 '在'가 생략된 것이 아니라 이유 표시의 介詞가 생략된 것으로 해석하는 것이 타당하다. 필자의 수집 범위 내에서 이와 같은 견해를 제시한 중국 학계의 선주본으로는 顧學頡·周汝昌의『白居易詩選』(북경, 인민문학출판사, 1999)이 유일무이하다. 여기에서는 '夢啼'에 대한 주석을 '因夢境而傷心啼哭'(225쪽)이라고 하였으나 해석에 대한 근거는 제시하지 않았다. 1963년 초판 이래로 여러 차례 재판이 발간되었음에도 불구하고 소수 의견으로 무시당하고 주목받지 못했던 것은 중국 학계의 선주본 주석 작업에도 작품 내용에 대한 면밀한 검토와 원시 자료의 적극적 활용보다는 사전적 의미의 단순 제시, 심지어는 '望文生義'·'人云亦云'의 경향이 일부 존재한다는 사실을 보여준다.

좌천생활의 고초와 처량함에 대한 토로이다. 그리고 제79구에서 마지막 구까지의 내용은 다음과 같다.

79 今夜聞君琵琶語,   오늘 밤 그대의 비파 연주를 듣노라니

80 如聽仙樂耳暫明.   선악을 듣는 듯 귀가 곧바로 맑아졌오.

81 莫辭更坐彈一曲,   다시 앉아 또 한 곡조 사양하지 말기를

82 爲君翻作琵琶行.   그대 위해 곡조따라 비파노래 지으리다.

83 感我此言良久立,   내 말에 감동하여 오래도록 서 있다가

84 却坐促絃絃轉急.   ……

85 凄凄不似向前聲,   연주 소리가 방금 것보다 더욱 애절하니

86 滿座重聞皆掩泣.   모든 사람 다시 듣고 얼굴가려 흐느낀다.

87 就中泣下誰最多,   그중에 누가 가장 많은 눈물을 흘렸는가?

88 江州司馬靑衫濕.   강주사마 청삼이 눈물에 흠뻑 젖었구나.

이에 앞서 시인은 궁벽한 좌천지에서 "일년 내내 음악을 듣지 못하고(終歲不聞絲竹聲)" "피 토하는 두견새와 원숭이의 슬픈 울음소리(杜鵑啼血猿哀鳴)"만 조석으로 들어야 했던 고충을 토로했다. 그런 시인에게 비파 연주는 "신선의 음악(仙樂)"이나 다름 없었다고 하면서 비파녀에게 한 번 더 연주해 주기를 요청한다. 바로 "각좌촉현현전급(却坐促絃絃轉急)"구는 앵콜 연주를 요청받은 비파녀의 행위와 연주 상황을 시구 하나로 압축하여 표현한 것이다. 「비파행」의 두 번째 단락(제9구-제40구)에서 비파녀의 행위와 연주 상황을 32구에 걸쳐 상세하게 묘사했던 것과는 상반된다. 고도의 함축적 표현을 시도한 시구이므로 그만큼 이설이 분분하다. 이 시구에 대한 국내 번역을 소개하면 다음과 같다.

(가) 다시 앉아 줄을 조이고 다급하게 타니

(나) 자리에 다시 앉아 굴대를 조이고 촉급한 소리 내니

(다) 도로 앉아 현을 조이자 현이 정말 팽팽해져

(라) 물러 앉아 줄을 조이니 줄은 팽팽하구나

(마) 물러앉아 잽싸게 줄 튕기니 줄 가락 다급해져

(바) 다시 앉아 줄을 조이고 급히 타나

(사) 도로 앉아 줄을 타니 가락은 더욱 빨라[60]

이 시구는 '각좌(却坐)' · '촉현(促絃)' · '현전급(絃轉急)'의 세 부분
으로 이루어져 있다. 국내 번역 10여 종을 검토한 결과에 의하면 모
두 이설이 존재한다. '각좌'에 대한 번역은 ①'물러 앉다' ②'도로 앉
다' ③'다시 앉다' 등 세 가지로 구분된다. '각좌'에 대한 (다)의 주석
에 의하면 '도로 앉다'는 "되돌아가서 다시 원래의 자리에 앉다"[61]는
의미이다. '촉현'에 대한 번역은 ①'줄(현)을 조이다' ②'굴대를 조이
다' ③'잽싸게 줄을 튕기다' ④'줄을 타다' 등으로 이설이 다양하다.
굴대(軸)를 조인다는 것은 비파 줄을 조이기 위한 동작이므로 ①과
②는 의미상 동일한 유형에 속하며, ③과 ④는 결국 비파 줄을 튕겨
연주한다는 의미에서는 대동소이하다. '현전급'은 '다급하게 타니' ·
'촉급한 소리 내니' · '가락은 더욱 빨라' 등 문자 표현은 다소 다르지

60) (가)장기근『백낙천』서울, 태종출판사, 1977. 324쪽. (나)심덕잠 엮음, 서성 옮김
    『당시별재집』서울, 소명출판, 2013. 제2책 456쪽. (다)류종목 · 주기평 · 이지운『당
    시삼백수』서울, 소명출판. 2010 제1책 330쪽. (라)지영재『중국시가선』서울, 을유문
    화사, 1973. 394쪽. (마)김학주『신역당시선』서울, 명문당, 2003. 547쪽. (바)김원중
    『당시감상대관』서울, 까치, 1993. 358쪽. (사)손종섭『노래로 읽는 당시』서울, 태학
    사, 2004. 409쪽.
61) 류종목 · 주기평 · 이지운『당시삼백수』서울, 소명출판. 2010 제1책 336쪽.

만 결국 '연주를 빠르게 하다'의 의미로 이해한 것과 '비파의 현(줄)이 팽팽하다' 두 가지로 구분된다. '각좌'·'촉현'·'현전급'에 대한 세부적인 논의를 진행하면 다음과 같다.

'각좌(却坐)'의 의미

시어 '각좌'는 '각(却)'을 어떤 용법으로 이해하는가에 따라 의미가 달라진다. '각좌'는 '동사+동사' 혹은 '부사+동사'의 구조이므로 '각'은 동사 혹은 부사에 해당한다. 『한어대사전』에 의하면 '각'의 동사 용법은 10종, 부사 용법은 11종이 존재한다.[62] 그중 동사 용법으로는 '물러나다(退)'와 '되돌아 오다(返回)', 부사 용법으로는 '다시(再)'가 전후 맥락에 부합되어 적용이 가능하다. 국내 번역에서 ①'물러앉다'는 동사 '퇴(退)', ②'도로 앉다'는 동사 '반회(返回)', ③'다시 앉다'는 부사 '재(再)'의 의미를 적용한 것이다.[63] '각좌'의 의미에 대한 이러한 상황은 중문 선주본에서도 동일하게 나타난다.[64]

---

62) 羅竹風주편 『한어대사전』 상해, 한어대사전출판사, 1986-1993. 제2책 540-541쪽.

63) (나)의 번역은 '다시 앉아'이지만 주석에서는 "원래 자리로 돌아가 앉다"(같은 책 456쪽)라고 하여 번역문과 주석 내용이 서로 다르다.

64) ①蘇仲翔 『元白詩選注』: "退而後坐"(許昌, 중주서화사, 1982, 150쪽), ②沙靈娜譯詩·何年注釋 『唐詩三百首全譯』: "隨後退入座位"(귀양, 귀주인민출판사, 1993, 139쪽)는 '却'을 '退'의 의미로 이해한 것이다. ③王啓興·毛治中 『唐詩三百首評注』: "回到原來的位置坐下"(무한, 호북인민출판사, 1984, 174쪽), ④邱燮友 『新譯唐詩三百首』: "回到原來坐處"(대북, 삼민서국, 1988, 124쪽)는 동사 '返回'의 용법을 적용한 것이다. ⑤顧學頡·周汝昌 『白居易詩選』: "再坐, 重新入座."(북경, 인민문학출판사, 1999, 226쪽), ⑥陶今雁 『唐詩三百首詳注』: "重新坐下"(남창, 百花洲文藝出版社, 1992, 135쪽) 등은 '却'을 '再'의 용법으로 해석한 것이다. 이외에도 '却'을 부사 '再'의 의미로 해석한 중문 선주본은 王汝弼 『白居易選集』(상해, 상해고적출판사, 1980, 180쪽); 陶敏·魯茜 『新譯白居易詩文選』(대북, 삼민서국, 2009, 224쪽) 등이 있다. 심지어는 '退'와 '返回'의 용법을 이중으로 적용한 경우도 있다. 예를 들면 龔克昌·彭重光 『白居易詩選』: "回頭重新坐下"(제남, 산동대학출판사, 1999. 155쪽); 中國社會科學

'각좌(却坐)'의 의미에 대한 세 가지 인식은 모두 '각'자의 사전적 의미를 근거로 한다.[65] 어떤 용법을 적용하든 시구 자체만으로 의미가 성립하기 때문에 지금까지 국내외 학계에서 각각 일파를 이루며 독자에게 수용되어 왔다. 그러나 시인이 '각'자로 나타내고자 했던 의미는 그중의 하나일 수밖에 없다. "却坐促絃絃轉急"구에서 '각'자의 정확한 의미를 파악하기 위해서는 작품의 전후 의미맥락을 검토해야 한다. 비파녀가 작품에 처음으로 등장하는 대목을 살펴보면 다음과 같다.

07忽聞水上琵琶聲,	이때 문득 강위에서 들려오는 비파 소리
08主人忘歸客不發.	주인이나 길손이나 제 갈길 다 잊었노라.
09尋聲暗問彈者誰,	소리를 찾아 누구인가 슬며시 물어보니
10琵琶聲停欲語遲.	비파 소리 끊겼으나 대답하길 주저하네.
11移船相近邀相見,	배를 옮겨 가까이 가 상견하길 청하면서
12添酒回燈重開宴.	술과 등불 새로 갖춰 술상 다시 차려놓고
13千呼萬喚始出來,	천번 만번 불렀더니 그제서야 나오는데
14猶抱琵琶半遮面.	여전히 비파 안아 얼굴 반을 가렸구나.

심양강 배 위에서 길손과 이별주를 마시던 중 비파소리가 들려왔다. 이에 시인은 다시 술상을 준비해 비파 연주자를 초청했다. "이

院文學硏究所編『唐詩選』: "退回到原處"(북경, 인민문학출판사, 1978. 하책 185쪽) 등이 있다.

65) '却坐'에 대한 趙昌平『唐詩三百首全解』의 주석은 "退回原處, 重行坐下"(상해, 복단 대학출판사, 2008, 95쪽)이다. '退'·'返回'·'再'의 용법을 삼중으로 적용한 듯이 보이는 주석 내용에 의하면 '却'자 용법에 대한 주석자의 최종 판단이 무엇인지 모호하다.

선상근(移船相近)"에서 '배(船)'는 시인의 배이며, '상근(相近)'의 대상
은 바로 비파 연주자가 타고 있는 배이다. 시인은 비파녀 쪽으로 배
를 옮겨가 상견을 청했으며 이에 여인은 비파를 가슴에 끌어 안아
얼굴을 반쯤 가린 채 등장했다. 비파녀의 등장 시점부터 비파 연주
에 대한 묘사가 시작되는 제15구 "굴대 감고 현을 튕겨 두세 번 소리
내다(轉軸撥絃三兩聲)" 사이에 비파녀의 구체적 행위에 대한 서술은
존재하지 않는다. 그러나 다음과 같은 추정은 가능하다.

우선 비파녀는 자신의 배에서 시인의 배로 옮겨 탔을 것으로 추
정된다. 그렇지 않으면 시인이 "술과 등불 새로 갖춰 술상 다시 차려
놓을(添酒回燈重開宴)" 필요가 없기 때문이다. 그 다음은 비파 연주를
위해 착석하는 비파녀의 동작이 존재했을 것이다. 비파 연주는 비파
를 세워 악기 하단을 다리 위에 올려 놓은 상태에서 진행하는 것이
정상적인 자세이기 때문이다.[66] 이러한 추정은 제40구를 통해 증명
된다.

제40구 "옷깃 여미고 일어나 낯빛을 단정히 한다(整頓衣裳起斂容)"
에서 알 수 있듯이, 비파 연주를 마친 여인은 자리에서 일어나 자신
의 신세를 자술하기 시작한다. 그렇다면 비파녀는 술상이 다시 차려
진 시인의 배 안에서 자리에 앉아 비파를 연주했고 연주를 마친 후
자리에서 일어나는 예를 행했던 것이다. 또한 비파녀가 자신의 신세

---

66) 隋唐 시대에 이르러 유행한 四絃曲頸琵琶는 옆으로 잡고 연주하던 이전의 방식(橫
式)에서 악기를 세워 연주하는 방식(竪式)으로 변화하였다. 이로 인해 비파의 무게를
지탱하던 왼손이 자유로워져 왼손 기교가 발전할 수 있는 계기가 되었다. 이 같은
竪式 발현악기는 대부분 앉은 자세에서 다리 위에 올려 놓고 연주하는 것이 기본
자세였다. 이에 관해서는 박은옥『중국의 전통음악』서울, 민속원, 2013. 195쪽; 吳浩
瓊「琵琶音律的研究」溫州大學 碩士論文, 2011.5. 10-11쪽 참조.

를 자술하는 동안 그리고 시인이 좌천생활의 감회를 토로하는 동안, 줄곧 기립의 자세를 취했을 것으로 추정된다. 그 이유는 시인이 자신의 감회를 토로한 후 비파녀에게 연주를 다시 청하면서 "다시 앉아 또 한 곡조 사양치 말기를(莫辭更坐彈一曲)"이라고 했기 때문이다. 여기에서 '다시 앉다(更坐)'라는 시어는 착석(연주) → 기립(자술과 청취) → 착석(연주)으로 이어지는 비파녀의 행위를 반영하는 키워드이다.

따라서 비파녀의 앵콜 연주 개시 전의 행위를 표현한 '却坐'는 시의 전개의 맥락을 고려할 때 '다시 자리에 앉다'로 이해하는 것이 가장 자연스럽다. 반면에 '각좌(却坐)'가 '뒤로 물러나 앉다' 혹은 '원래 자리로 돌아가 앉다'의 의미라면 원래 자리에 앉아 연주했던 비파녀가 자리에서 일어나 앞으로 이동 혹은 다른 위치로의 이동이 존재했어야 한다. 그러나 작품의 내용상 이를 증명할 근거가 없다. 아울러 송별연이 진행되는 배 위에서 비파녀의 이 같은 공간 이동이 존재할 가능성은 상식적으로 존재하기 어렵다.[67] 다시 말하면 비파녀의 행위와 연주상황을 노래한 제84구 "却坐促絃絃轉急"은 비파녀에게 앵콜 연주를 요청한 제81구 "莫辭更坐彈一曲"과 상응하는 시구이다. 그리고 '각(却)'은 '갱(更)'의 동의사로서 동어반복 회피를 위한 수단이었을 것이다. 이와 유사한 상황은 백거이의 다른 작품에서도 발견된다.

---

67) 중국고전시에서 省略은 일종의 수사법으로 거론될 정도로 자주 출현하는 현상이다. 따라서 고전시 감상 과정에서 생략 부분을 적절하게 복원하는 것이 매우 중요하다. 그러나 생략의 복원이 자의적으로 진행되어서는 안된다. 작품 전체 내용에 대한 면밀한 이해를 통해 그 단서를 확보하거나 전후 시구의 맥락에 대한 정확한 파악을 통해 합리적 추론을 진행해야 한다.

火銷灰復死,	화로불이 꺼지고 재도 사그라들어
疏棄已經旬.	멀리 버려둔 지 이미 열흘 지났네.
豈是人情薄,	이것이 어찌 인심이 박정해서이랴
其如天氣春.	날씨가 봄처럼 따스해 어쩔 수 없네.
風寒忽再起,	갑자기 찬 기운이 다시 몰려오니
手冷重相親.	손이 차가워 화로불이 다시 그립다.
却就紅爐坐,	붉게 달은 화로 다시 다가가 앉으니
心如逢故人.	마음은 정든 옛 친구를 만난 듯하다.[68]

　백거이의 오언율시 「重向火」이다. 전반 4구에서는 봄처럼 날씨가 따뜻해지자 화로불을 피우지 않은 지 열흘이 되었다고 했다. 그런데 날씨가 추워지니 따뜻한 화로불이 그리워지고 화로에 다가 앉아 온기를 취한다는 것이 후반 4구의 내용이다. 여기에서 "각취(却就)"의 '각(却)', 제목 「重向火」와 "중상친(重相親)"의 '중(重)' 그리고 "재기(再起)"의 '재(再)'는 모두 '다시'의 의미를 갖는 동의사임이 분명하다. 이처럼 여러 번 동의사를 사용한 것은 동어반복을 회피하기 위한 수단이다.

　지금까지의 논의에 의하면 '각좌(却坐)'는 현재 '물러 앉다'·'도로 앉다'·'다시 앉다' 등 세 가지 다른 의미로 해석되고 있지만 '각(却)'은 부사 '재(再)'의 용법에 해당된다. 따라서 '각좌'를 '다시 앉다'의 의미로 이해하는 것이 시인이 의도한 원의에 가장 부합한다.

---

68) 백거이 「重向火」[1360]; 『백거이집전교』제3책, 1355쪽.

'촉현(促絃)'·'현급(絃急)'의 의미

'촉현(促絃)'에 대한 국내 번역은 '줄을 조이다'와 '줄을 튕기다' 두 가지가 존재하는데[69] 전자가 다수를 점하고 있다. 이러한 상황은 중문 선주본도 마찬가지이다.[70] '현전급(絃轉急)'의 '전(轉)'은 부사 용법이다. '더욱(更加)'[71]의 의미인데 국내 번역에서는 대부분 생략되었다. '다급하게 타니'·'가락은 더욱 빨라'·'촉급한 소리 내니' 등의 국내 번역은 '급(急)'자의 사전적 의미[72] 중에서 '질속(疾速)' 혹은 '성음급촉(聲音急促)', 그리고 '비파의 현이 팽팽하다'는 '긴(緊)'·'축긴(縮緊)'의 의미를 적용한 것으로 추정된다.[73]

---

69) 일부 번역서의 '促絃'에 대한 주석을 살펴 보면 "줄을 조이다"(장기근『백낙천』서울, 태종출판사, 1977, 331쪽), "현을 더욱 팽팽하게 조이다"(심덕잠 엮음, 서성 옮김『당시별재집』서울, 소명출판, 2013. 제2책 456쪽), "현을 조여서 단단하게 만들다"(류종목·주기평·이지운『당시삼백수』서울, 소명출판. 2010 제1책 336쪽), 그리고 "빠른 동작으로 줄을 뜯는 것"(김학주『신역당시선』서울, 명문당, 2003, 553쪽) 등으로 번역문과 대동소이하며 '促'의 사전적 의미에 대한 언급은 보이지 않는다.

70) ①王汝弼『白居易選集』: "上軸緊弦"(상해, 상해고적출판사, 1980, 180쪽), ②龔克昌·彭重光『白居易詩選』: "撐緊弦綫"(제남, 산동대학출판사, 1999, 155쪽), ③陶今雁『唐詩三百首詳注』: "把弦撐得更緊"(남창, 百花洲文藝出版社, 1992, 135쪽) 등은 '줄(현)을 조이다'에 해당된다. 이와 동일한 의미로 해석한 중문 선주본으로는 沙靈娜譯詩·何年注釋『唐詩三百首全譯』(귀양, 귀주인민출판사, 1993, 139쪽), 邱燮友『新譯唐詩三百首』(대북, 삼민서국, 1988, 124쪽), 中國社會科學院文學硏究所編『唐詩選』(북경, 인민문학출판사, 1978, 하책 185쪽) 등이 있다. 그리고 霍松林『白居易詩譯析』: "撥弦索"(哈爾濱, 흑룡강인민출판사, 1981, 352쪽)은 '줄을 튕기다'라는 번역과 관계가 있다. 이외에도 陶敏·魯茜『新譯白居易詩文選』(대북, 삼민서국, 2009. 224쪽)에서는 '促絃'의 의미를 '迅速快彈'으로 풀이했다.

71) 羅竹風주편『한어대사전』상해, 한어대사전출판사, 1986-1993. 제9책 1315쪽.

72) 羅竹風주편『한어대사전』상해, 한어대사전출판사, 1986-1993. 제7책 454쪽.

73) 10여 종의 중문 선주본에는 '현전급'에 대한 주석이 존재하지 않는다. 다만 ①"彈得更急"(沙靈娜譯詩·何年注釋『唐詩三百首全譯』귀양, 귀주인민출판사, 1993, 139쪽), ②"撥得更急"(霍松林『白居易詩譯析』哈爾濱, 흑룡강인민출판사, 1981, 352쪽), ③"使得調子更急促了"(邱燮友『新譯唐詩三百首』대북, 삼민서국, 1988, 126쪽) 등

그런데 작품의 전후 의미 맥락을 고려하면 국내외의 이 같은 해석에 대해 의문이 발생한다. 앞에서도 언급했듯이 비파녀의 연주는 두 차례 등장한다. 첫 번째 연주 상황은 무려 32구를 할당해 묘사했다. 반면에 두 번째 연주에 대한 서술은 단지 "却坐促絃絃轉急"구뿐이다. 편폭 면에서 매우 대조적이다. 그러나 바로 다음의 제85-86구에서 시인은 "연주 소리가 방금 것보다 더욱 애절하니, 모든 사람 다시 듣고 얼굴 가려 흐느낀다"고 노래했을 정도로 두 번째 비파연주의 음악적 효과를 강조했다.

또한 작품 초반부, 비파녀의 첫 번째 연주 개시 장면을 노래한 제15구 "굴대 감고 현을 퉁겨 두세 번 소리내다(轉軸撥絃三兩聲)"에 의하면 비파 현을 조이기 위해 굴대를 돌리는 것은 '전축(轉軸)', 손가락으로 현을 퉁기는 것은 '발현(撥絃)'으로 표현했다. 그러나 '갱좌(更坐)'와 '각좌(却坐)'처럼 '촉현'이 '전축' 혹은 '발현'과 동어반복을 피하기 위해 사용된 동의사일 가능성은 없다. '촉현'과 '현급'이 비파 연주와 관련된 표현임에는 틀림없지만, "줄을 조여 다급하게 타다" 혹은 "줄을 퉁겨 촉급한 소리를 내다" 등과 같은 기존 번역으로 설명할 수 없는 다른 의미가 있다고 생각되는 것은 바로 이 때문이다.

『한어대사전(漢語大詞典)』・『중문대사전(中文大辭典)』・『대한화사전(大漢和辭典)』・『한한대사전(漢韓大辭典)』 등 모든 대형사전에 '촉현(促絃)'은 표제어로 등재되어 있지 않다. 시어 '촉현'의 다른 용례를 확인하기 위해 『전당시(全唐詩)』를 검색했으나 「비파행」을 제외한 다른 작품에서는 일례도 발견되지 않았다. 그뿐만 아니라 『시경(詩經)』・『문선(文選)』・『선진한위진남북조시(先秦漢魏晉南北朝詩)』

의 현대어 번역을 근거로 하면 '急'을 疾速 혹은 '聲音急促'의 의미로 파악하였다.

에도 '촉현'의 용례는 존재하지 않는다. 그렇다면 '촉현'은 백거이가 처음으로 사용한 시어이며 선진에서 당대까지는 "却坐促絃絃轉急"구가 유일한 용례라고 해도 무방하다.[74] 그런데 시어 '현급(絃急)'의 용례를 검색하는 과정에서 흥미로운 시구를 발견하였다.

> 被服羅裳衣,   비단 저고리 치마를 차려 입고
> 當戶理淸曲.   문앞에서 청상곡을 연습하는데
> 音響一何悲,   연주 소리가 얼마나 구슬프던가
> 絃急知柱促.   '현급'하니 '주촉'임을 알겠노라.[75]

「古詩十九首」제12수의 제13-16구이다. "音響一何悲, 絃急知柱促" 2구의 의미 구조는 「비파행」의 제84·85구 "却坐促絃絃轉急. 凄凄不似向前聲"과 매우 흡사하다. "음향일하비(音響一何悲)"는 연주 소리가 매우 처량하고 슬프다는 의미이다. "현급지주촉(絃急知柱促)"은 바로 그러한 효과를 발생시킨 연주 방식에 대한 서술이다. 또한 "絃急知柱促"구의 의미 구조에 의하면 '주촉(柱促)'의 결과로 '현급(絃急)'이 이루어졌으며 나아가 "音響一何悲"의 효과가 발생했음을 알 수 있다. '주촉(柱促)'을 동빈구조로 변환하면 '촉주(促柱)'인데 「비파행」의 '촉현(促絃)'과 동일한 구조이다. 그렇다면 '촉주'와 '촉현'의 동사 '촉(促)'은 동일한 의미로 사용된 것이며 연주기법 면에서의 기능 역

---

74) '促絃'은 宋代에 들어 "手揮琵琶送飛鴻, 促弦聒醉驚客起."(黃庭堅 「聽宋宗儒摘阮歌」), "促弦調寶瑟, 哀思感人多."(姜夔 「以長歌意無極好爲老夫聽爲韻奉別沔鄂親友十首」 제2수), "錦瑟無端促弦急, 纖蛾斂翠翻成泣."(汪元量 「幽州除夜醉歌」) 등의 시구에서 용례가 발견된다.

75) 「古詩十九首」제12수·「東城高且長」; 『文選』권29

시 유사할 것이라는 추정이 가능하다. 우선 시어 '촉주(促柱)'의 의미를 살펴볼 필요가 있다.

'촉주'의 '주(柱)'는 '현주(弦柱)'를 말한다. 현주란 현악기의 현을 지탱하는 지주로서 악기에 따라 '안족(雁足)'·'금마(琴碼)'라고도 불리는 현악기 부속물의 하나이다. 특히 쟁슬류(箏瑟類) 현악기의 현주는 고정된 것이 아니라 좌우로 이동이 가능한 활주(活柱)에 해당한다. 이 '주'를 좌우로 이동함으로써 축을 풀고 조이는 과정 없이 현의 장력을 조절할 수 있다.[76] 그렇다면 '촉주(促柱)'의 '촉(促)'은 현을 '조이다(繁)'·'튕기다(撥)'가 아니라 '가까이 다가가다(靠近·迫近)'의 의미이다. '촉주'는 "현을 지탱하는 현주를 가까이 옮기다(移近支絃的柱)"[77]라는 뜻이다. 다시 말하면 '촉주'는 쟁슬류 현악기와 관련된 용어로서 현을 튕기는 오른손 쪽 가까이 현주를 이동하는 행위를 말한다.

비파도 발현악기에 속하지만 쟁(箏)·슬(瑟)과는 달리 좌우로 이동 가능한 현주가 존재하지 않는다. 「비파행」에서 '촉주(促柱)'가 아니라 '촉현(促絃)'이란 시어를 사용했던 것은 바로 이 때문이다. 그렇다면 비파의 '촉현'은 연주기법 면에서 쟁슬류 발현악기의 '촉주'와 기능이 동일하다는 추정이 가능하다. 비파는 기타처럼 왼손으로 현의 특정 지점을 누른 채 오른 손으로 현을 튕겨 소리를 내는데 '촉현'은 왼손에 의해 눌리는 현의 특정 지점을 오른손 가까운 지점으로 이동한다는 의미가 되기 때문이다.

---

76) 이에 관해서는 於韻菲 「唐代箏是如何"臨時移柱應二十八調"的」; 『中國音樂』 2009년 1기, 77-78쪽; 牛龍菲 「索丞·雍門調及其有關的問題」; 『中國音樂』 2005년 1기, 21쪽 참조.

77) 羅竹風주편 『한어대사전』 상해, 한어대사전출판사, 1986-1993. 제1책 1397-1398쪽.

쟁슬류 발현악기에서의 '촉주', 즉 현주를 오른손 쪽으로 이동한다는 것은 연주자에 의해 튕겨지는 현의 길이가 단축됨을 의미한다. 이로 인해 현이 조여지는 효과가 발생하는 것이다. 「비파행」의 '촉현'은 왼손에 의해 눌리는 현의 특정 지점을 오른손 가까운 곳으로 이동하는 것이다. 따라서 행위 면에서는 쟁슬류 발현악기와 다소 다르지만 현의 길이가 단축되어 현이 조여진다는 효과 면에서는 동일하다. 따라서 '현급(絃急)'의 '급(急)'은 '빠르다·신속하다(急促·疾速)'의 의미가 아니라 '조이다·바싹 죄다(繁·縮繁)'[78]라는 뜻으로 이해해야 한다. 다음의 예문을 보면 분명하다.

마침내 여포를 사로잡아 포박하니 여포가 "포박이 너무 꽉 조이니 좀 느슨하게 해주시오."라고 했다. 이에 조조가 "호랑이 포박은 꽉 조이지 않을 수 없네."라고 말했다.

遂生縛布. 布曰: "縛太急, 小緩之." 太祖曰: "縛虎不得不急也.[79]

"박태급(縛太急)"과 "박호부득불급(縛虎不得不急)"의 '급(急)'은 문맥 상 '조이다·바싹 죄다(繁·縮繁)'의 의미라는 것을 쉽게 알 수 있다. 동일한 의미의 용례는 시에서도 발견된다.

巾子未曾高,   두건은 아직 높은 것 쓰지 못했고
腰帶長時急.   허리띠는 오랜 기간 꽉 조였었다.[80]

78) 대한한사전편찬실 엮음『敎學大漢韓辭典』서울, 교학사, 2004. 1102쪽; 羅竹風주편『한어대사전』상해, 한어대사전출판사, 1986-1993. 제7책 454쪽.
79)『三國志』권7·「魏書·呂布傳」: 羅竹風주편『한어대사전』제7책, 454쪽에서 재인용.
80) 寒山「詩三百三首」제184수;『전당시』권806.

數急芙蓉帶,　　　연화 요대를 자주 졸라 매고

頻抽翡翠簪.　　　비취 비녀를 자꾸 뽑아 낸다.[81]

　인용시에 사용된 '급(急)'은 "포박이 너무 꽉 조인다(縛太急)"의 '급과 동일한 용법임을 알 수 있다. 따라서 '현급(絃急)'의 '급'은 '빠르다 · 신속하다(急促 · 疾速)'의 의미가 아니라 '조이다 · 바싹 죄다 (緊 · 縮緊)'[82]의 뜻이 분명하다.

　현의 길이가 단축되고 이에 따라 더 팽팽하게 조여진 현에서는 청아한 고음이 발생하게 된다. 현악기의 음고(音高)는 주로 현의 '횡진동(橫振動)'에 의해 결정되는데 '횡진동'은 현의 길이가 짧을수록 그리고 현의 장력(張力)이 클수록 커지며 이로 인해 음고가 증가되기 때문이다.[83] 채옹(蔡邕; 133-192)의 『월령장구(月令章句)』에서 슬 연주와 관련해 "안족(柱)을 앞으로 옮기면 소리가 맑아지고, 안족을 뒤로 물리면 소리가 탁해진다"[84]라고 한 것은 바로 '촉주'의 이 같은 음악적 효과를 언급한 것이다. 상술한 바와 같이 '안족을 오른손 가까이 옮김(促柱)'로 인해 '현이 조여짐(絃急)'의 현상이 발생하고 그 결과 음고의 증가를 초래한다는 일련의 인과관계는 '촉주'의 다른 용례에서도 확인된다. 우선 마융(馬融; 79-166)의 「長笛賦」를 예로 든다.

---

81) 李商隱 「獨居有懷」; 『전당시』권540.
82) 대한한사전편찬실 엮음 『敎學大漢韓辭典』 서울, 교학사, 2004. 1102쪽; 羅竹風주편 『한어대사전』 상해, 한어대사전출판사, 1986-1993. 제7책 454쪽.
83) 夏凡 「有品樂器律制硏究」; 中央音樂學院 박사논문, 2011.4, 1-4쪽.
84) 『太平御覽』권576 · 「樂部十四」 · 「瑟」: "前其柱則淸, 却其柱則濁."

그러므로 맑은 바람이 불어오니 대나무 가지 끝이 진동하여 쟁쟁 소리가 나는데 마치 '환슬촉주(絙瑟促柱)'하여 호종에서 고음이 나는 듯 하다. 故其應淸風也, 纖末奮藉, 錚鏄謍嗃. 若絙瑟促柱, 號鍾高調.[85]

'환슬(絙瑟)'의 '환(絙)'은 '급(急)·긴(緊)'[86]의 의미이다. 『육신주문선(六臣注文選)』[87]에 의하면 '환'은 '급현(急弦)'이라고 하였으니 '급현'의 '급(急)'은 '환(絙)', 즉 '조이다·바싹 죄다'라는 뜻의 '긴(緊)'과 동일한 의미이다. '환슬'은 '환슬현(絙瑟絃)', 즉 슬의 현이 조여짐을 의미하며 '호종(號鍾)'은 금(琴)의 명칭, '고조(高調)'는 고음이 발생함을 뜻한다. 따라서 악기 '적(笛)'의 재료인 대나무의 소리를 발현악기 금·슬에 비유한 "약환슬촉주, 호종고조(若絙瑟促柱, 號鍾高調)"는 '촉주(促柱)'로 인해 '현급(絃急)'의 현상이 발생하고 그 결과 고음이 발생한다는 사실을 말해 준다. 이와 매우 흡사한 용례가 백거이 시에서도 발견된다.

樓上金風聲漸緊,　　　누각 위 가을바람 소리 점점 세지는데
月中銀字韻初調.　　　달 아래 피리 음색은 방금 조율되었네.
促張弦柱吹高管,　　　'촉주장현'하여 고음으로 피리를 부니
一曲涼州入沈寥.　　　양주곡이 맑은 하늘 높이 울려 퍼진다.[88]

85) 馬融 「長笛賦」; 『문선』권18.
86) 羅竹風주편 『한어대사전』 상해, 한어대사전출판사, 1986-1993, 제9책 813쪽.
87) 蕭統編, 李善等注 『六臣注文選』권18: "絙, 急弦也. 號鍾, 琴名. 言竹聲如急瑟促柱, 鳴琴高調也."
88) 백거이 「秋夜聽高調涼州」[2271]: 『백거이집전교』제4책, 2141쪽.

가을 밤에 고음의 악곡인 양주곡(涼州曲) 연주를 듣고 지은 「秋夜聽高調涼州」시이다. 이 작품에는 취관악기 연주가 주요 모티브로 등장한다. '고음의 발생(吹高管)'을 쟁슬류 발현악기와 관련된 시어를 빌어 표현하고 있다는 점이 마융의 「장적부」와 동일하다. 제3구 '촉장현주(促張弦柱)'는 평측법에 의해 도치된 것이다. 정상적인 어순은 '촉주장현(促柱張弦)'이다. '장(張)'은 '활을 당겨 팽팽하게 함(拉緊弓弦)'[89]을 말하므로 '장현(張弦)'은 바로 '급현(急弦)'과 동의사이다. 백거이 작품과 마융 「장적부」의 용례에서 확인할 수 있는 것은 '촉주'로 인해 '현이 조여지고(絚瑟·張弦·急弦)', 그 결과 '고음이 발생한다(號鍾高調·吹高管)'는 사실이다. 그렇다면 '촉주'와 '급현'의 결과로 발생하는 음고(音高)의 증가는 무엇을 의미하는가?

앞에서 언급했듯이 「고시십구수」제12수 「東城高且長」의 "음향일하비, 현급지주촉(音響一何悲, 絃急知柱促)" 2구로 인해 「비파행」의 '촉현'을 '촉주'와 동일한 기능의 시어로 추정할 수 있었다. 이 시구에 대해 다음과 같은 해설이 존재한다.

'현급'되었으니 분명 '촉주'했을 것이다. '촉주'하여 '현급'되면 소리가 맑고 높아지며 고음이 극에 이르면 슬퍼진다.
絃急柱必促, 柱促絃急則聲淸而高, 高極則悲.[90]

이것은 바로 '촉주'와 '현급'의 관계 및 이로 인한 음악적 효과를 지적한 것이다. 특히 "고음이 극에 이르면 슬퍼진다(高極則悲)"는 말

---

89) 羅竹風주편 『한어대사전』 상해, 한어대사전출판사, 1986-1993. 제4책 121쪽.
90) 張淸鐘 『古詩十九首彙說賞析與硏究』 대북, 대만상무인서관, 1998. 80쪽.

은 '촉주(促柱)' → '현급(絃急)' → '소리가 맑고 높아짐(聲淸而高)'이라
는 일련의 과정 후에 나타나는 연주 효과를 밝힌 것이다. 다시 말하
면 '촉주'는 '현급'의 현상을 초래하고 이로 인해 '소리가 맑고 높아지
는데(聲淸而高)' 이것이 결국 청자에게 비감과 애상의 감정을 느끼게
하는 음악적 효과를 발생시킨다는 것이다. 이러한 점은 "님께서 상
성곡(上聲曲)을 연주하였는데 '촉주'하니 현의 음색이 구슬퍼진다"[91]
고 한 「上聲歌八首」 제2수를 비롯한 여러 작품에서 확인되고 있다.[92]
한편 '촉주(促柱)'라는 연주 행위의 또 다른 의미를 알 수 있는 후한
(後漢) 시대의 자료가 있다.

이에 '급현촉주'하여 곡조가 바뀌었다.
於是急絃促柱, 變調改曲.[93]

이에 의하면 '촉주'는 결국 곡조(曲調)[94] 전환을 위한 조율 행위를
의미하며 일반적으로 연주 개시 전에 이루어지는 행위임을 알 수 있
다.[95] 그리고 '촉주'에 의해 전환된 곡조는 청자의 비감과 애상의 감
정을 촉발시키는 유형의 곡조임이 분명하다.

---

91) 「上聲歌八首」 제2수: "郎作上聲曲, 柱促使弦哀."(『악부시집』권45)
92) 필자가 검색한 작품 중 몇 가지 용례를 소개하면 "纖弦感促柱, 觸之哀聲發."(傅玄
「朝時篇」); "調弦促柱多哀聲, 遙夜明月鑒帷屛."(謝靈運 「燕歌行」); "抽弦促柱聽秦
箏, 無限秦人悲怨聲."(柳中庸 「聽箏」) 등이 대표적이다.
93) 侯瑾 「箏賦」; 『藝文類聚』권44
94) 여기에서 '曲調'는 단순히 노래 혹은 멜로디가 아니라 '음악적 통일을 이루는 음의
연속' 즉 음률의 조직 체계를 말하며, 중국 전통음악에서 말하는 '平調'·'淸調'·'瑟調'
혹은 '宮調'·'商調'·'角調'·'徵調'·'羽調' 등의 調式(mode)을 의미한다.
95) 王德塤 「促柱」小考」; "促柱的功能就是調音定弦. 如是, 促柱一般用在一首樂曲演奏
之前."(『星海音樂學院學報』1989년 1기. 52쪽)

지금까지 '촉주(促柱)'의 사전적 의미와 연주 시의 기능에 대한 논의를 진행했다. 그 결과를 바탕으로 「비파행」의 제84구 "각좌촉현현전급(却坐促絃絃轉急)"의 의미를 요약하면 다음과 같다. 비파 연주에서의 '촉현(促絃)'은 바로 쟁슬류 발현악기 연주의 '촉주'와 동일한 기능을 갖는다. 즉 '촉현'은 왼손에 의해 눌리는 현의 특정 지점을 오른손 가까운 지점으로 이동하는 연주행위를 의미한다. '현전급(絃轉急)'은 그로 인해 '현이 더욱 조여지는' 현상을 말한다. 앵콜 연주를 요청받은 비파녀가 다시 연주를 시작하려던 시점이므로 '촉현'은 바로 곡조의 전환을 위한 조율 행위이다. 비파녀가 선택한 새로운 곡조는 분명 '소리가 맑고 높은(聲淸而高)' 음색이 지속되어 매우 애상적인 비감에 빠지게 하는 악곡이었을 것이다. 바로 그 다음 제85구에서 "연주 소리가 방금 것보다 더욱 애절하다(凄凄不似向前聲)"라고 한 것은 바로 '촉현', 즉 곡조 전환으로 인한 자연스러운 결과이다.

　"却坐促絃絃轉急"구에 대한 국내 번역은 중국 선주본의 다양한 해석 중의 한 가지를 임의적으로 선택한 결과이다. 그러나 '촉현'과 '현급'은 시어의 사전적 의미에 대한 정확한 파악은 물론 비파를 비롯한 중국의 전통 발현악기 및 연주 기법에 대한 지식과 소양이 있어야 올바른 이해가 가능하다. 따라서 고전시의 음악 묘사에 대한 이해와 감상은 관련 논저에 관한 학습이 선행되어야 한다.[96]

---

96) 箏과 琵琶 등 중국 발현악기 및 연주 기법에 관해 참고한 중문 자료는 이미 각주에서 밝힌 것 외에도 成軍 「淸商三調硏究」(河南大學 석사논문, 2006.5), 曹安和 「唐代的琵琶技法」(『人民音樂』 1962년 7기), 謝明 「唐代箏樂硏究」(湖南師範大學 석사논문, 2007.5), 劉夏 「古代箏形制硏究」(溫州大學 석사논문, 2015.3), 田甜 「唐代琵琶演奏技法簡析」(『北方音樂』 2011년 7기), 周南 「中國古代琵琶形制與演奏方式的演變及其歷史特徵」(『藝術品鑒』 2016년 11기) 등이 있다.

5. 맺음말

본고의 논의 결과를 요약하면 다음과 같다. "주인하마객재선(主人下馬客在船)"구는 호문견의(互文見義)라는 수사법이 적용된 것이다. 그래서 '하(下)'와 '재(在)'의 주체를 별도로 생각해서는 안된다. 주인과 길손이 함께 말에서 내려 배에 올라 타 있음을 의미한다.

"제주종군아이사(弟走從軍阿姨死)"구는 '제(弟)'와 '아이(阿姨)'의 의미, 즉 비파녀와의 관계 규명이 시구의 정확한 의미 파악에 관건이 된다. 이 시구를 통해 시인이 표현하고자 했던 것은 기녀로서의 삶에 전환점이 되었던 생활 환경의 변화이다. '제'와 '아이'는 비파녀와 친족 관계에 있는 인물이 아니라 기방 소속의 인물이다. '제'는 기방의 '여제(女弟)', 즉 연소한 동료 기녀를 말한다. '아이'는 기방의 운영자이자 기녀의 후견인 역할의 가모(假母), 즉 기생어미를 의미한다.

"거래강구수공선(去來江口守空船)"구는 '거래(去來)'의 의미를 서로 다르게 이해함으로써 이설이 발생했다. 그러나 '래(來)'의 특수 용법과 연환(連環) 수사법에 대한 이해, 그리고 당시의 동일한 용례와 작품의 의미 맥락에 대한 검토를 통해 '거래'는 단순히 '오고 가다'의 뜻이 아니라 '(남편이) 떠난 후에'라는 의미임을 확인했다.

"몽제장루홍난간(夢啼粧淚紅闌干)"구는 영락한 신세에 대한 자술 부분의 마지막 시구이다. 여기에서 '몽제(夢啼)'를 '꿈속에서 울다'로 이해하면 작품의 의미 맥락 면에서 여러 가지 문제가 발생한다. '몽제'는 '몽(夢)' 앞에 이유 표시의 개사가 생략된 시어로서 '꿈으로 인해 울다'는 의미로 이해해야 한다. 지난 날의 화려한 생활이라는 꿈속 상황으로 인해 비파녀는 현실의 영락한 신세를 슬퍼하며 눈물을 흘렸던 것이다.

"각좌촉현현전급(却坐促絃絃轉急)"구에 대한 국내외 해석은 가장 복잡하고 다양한 양상을 보인다. '각좌(却坐)'는 '물러 앉다'·'도로 앉다'·'다시 앉다' 등 다양하게 번역되고 있지만 '각(却)'은 부사 '재(再)'의 용법이다. '각좌'를 '다시 앉다'의 의미로 이해하는 것이 작품의 전후 맥락상 가장 자연스럽다. '촉현(促絃)'은 백거이 이전에는 존재하지 않았던 시어로서 "却坐促絃絃轉急"구가 당대의 유일한 용례이다. '촉현'은 '왼손에 의해 눌리는 현의 특정 지점을 오른손 가까운 곳으로 이동함'을 말한다. '현급(絃急)'은 그로 인해 '현이 조여지는' 현상을 표현한 것이다. '촉현'은 사실상 쟁슬류(箏瑟類) 현악기의 '촉주(促柱)'와 마찬가지로 연주 개시 전 곡조 전환을 위한 조율 행위이다. 이로 인해 비파 연주는 청아한 고음으로 바뀌어 시인을 포함한 모든 청중들에게 애상감을 느끼게 했던 것이다.[97]

중국 고전시 번역 작업은 주석과 국역을 통해 고전시에 대한 이해와 감상을 돕는 학술기반으로서 의미와 가치가 있다. 일반 독자는 물론 중국 고전시 전공자에게도 고전시 번역서가 중요한 참고 자료로 인정받는 것은 바로 이 때문이다. 그러나 국내 고전시 번역은 여

---

[97] 가장 최근에 출간된 백거이 단독 시선으로 정호준의 『백거이시선』(서울, 지식을만드는지식, 2016)과 강필임의 『낙천지명: 백거이 감상시 100선』(서울, 소명출판, 2022)이 있다. 이 역서에 수록된 「비파행」을 번역 사례로 거론하지는 않았으나 인용된 것들과 크게 다를 바가 없다. 예를 들면 "弟走從軍阿姨死"구에 대해 "동생은 전쟁터에 나가고 양어머니는 세상을 떠나"(정호준 95쪽), "동생은 종군하고 양모도 돌아가시며"(강필임 263쪽)라고 했다. "夢啼粧淚紅闌干"구는 "꿈속에서 우느라 화장과 엉겨 붙은 붉은 눈물이 줄줄 흘렀습니다"(정호준 95쪽), "꿈속 눈물로 붉은 화장 적셨답니다"(강필임 264쪽)라고 했고, "却坐促絃絃轉急"구는 "물러앉아 줄을 타니 줄 소리 더욱 급해지네."(정호준 96쪽), "다시 앉아 현을 타니 가락이 급하네"(강필임 265쪽)라고 번역했다. 해방 이후 70여 년의 세월이 흘렀으나 「비파행」에 대한 국내 번역과 주석 작업의 수준은 향상되지 못하고 있다.

러 가지 이유로 다양한 이설과 서로 다른 번역이 존재하여 종종 독자들의 혼란을 야기한다. 일반 독자에 대한 감상 자료로서의 역할뿐만 아니라 전공자에 대한 학술기반으로서의 기능을 다할 수 있도록 해야 한다. 고전시 번역에 대한 전공자의 각성과 검증이 필요한 시점이 도래하였다.

고전시 역주 작업이 자신의 연구를 위해서이든 타인의 감상이나 학술기반 제공을 위해서이든 기존 해석에 대한 검증과 오류 시정에 노력해야 한다. 고전시 번역은 일반 독자에게는 감상의 자료가 되고 학문 후속세대에게는 학습의 기반이 되기 때문에 더욱 그러하다. 선행 역주 성과물을 참고하되 의존도를 최소화해야 한다. 원시 공구서 및 원전 자료에 대한 검색과 확인에 부지런해야 하며 최근의 관련 연구성과를 반영할 수 있도록 힘써야 한다. 이러한 취지에서 시도된 본고는 이제 출발점을 확인한 것에 불과하다. 후학들의 고전시 역주 작업과 해석 방법론 모색에 있어 작은 이정표가 될 수 있기를 기대한다.

제6장

국내 백거이 연구 개황과 성과

——1910년~2022년 기간을 중심으로

21세기에 들어선 지 이미 20여 년의 세월이 흘렀다. 이제는 국내 백거이 연구의 방향 설정과 수준 제고를 위해 회고와 전망이 필요한 시점이다. 무엇보다 시급한 것은 국내 백거이 연구 상황과 성과에 대한 이해이다. 학술영역에서 연구 상황과 성과에 대한 검토는 연구사(研究史) 차원에서 매우 중요한 기초작업이기 때문이다. 중국·대만·일본 학계에서도 자국의 연구 성과에 대한 검토와 정리 작업이 일찍부터 존재했고 현재에도 지속되는 까닭이 여기에 있다.

중국당대문학학회(中國唐代文學學會)에서는 1985년부터 현재까지 연 1회 『당대문학연구연감(唐代文學研究年鑑)』을 발간하고 있다. 이 연감에는 전년도의 당대문학 관련 학술회의 및 영역별 연구현황을 소개하고 논문제요와 서평을 게재한다. 일본의 경우, 일본중국학회가 연 1회 발간하는 『일본중국학회보(日本中國學會報)』에서는 문학·어학·철학 분야의 전년도 연구업적 목록과 강평을 「학계전망」에 수록하고 있다.[1]

---

1) 陳友氷의 『海峽兩岸唐代文學硏究史(1949-2000)』[上·下](대북, 중앙연구원중국문철연구소, 2001)와 傅璇琮·羅聯添의 『唐代文學硏究論著集成』(서안, 삼진출판사, 2004) 등도 동일한 취지의 작업결과물이다. 특히 후자는 8권 10책 분량으로 1949년에서 2000년까지 중국·대만 지역의 당대문학 연구성과를 집대성한 것이다.

이러한 기초작업은 연구자들이 그간의 연구 현황을 파악하고 연구 추세를 이해하는 데에 많은 도움을 준다. 아울러 자신의 논문에 대한 또 다른 방식의 감독과 관리가 진행되고 있다는 경각심을 심어 준다는 점에서도 의미가 있다. 이에 본고에서는 20세기 초반 일제강점기부터 21세기 초반 현재까지 백거이 연구의 개황과 성과를 정리하여 향후 전망의 기초자료로 삼고자 한다.

본고의 검토 범위는 백거이 관련 단행본 저서와 역서·기간논문·일반대학원의 학위논문을 포함한다. 시기별 연구 개황에서는 백거이 관련 성과를 개괄하고 연구주제별 정리 작업은 '작품 역주와 문집판본'·'작가 전기와 사상의식'·'작품 창작과 시가이론'·'문학 비교와 문화영역' 등 크게 네 가지로 나누어 서술한다.

1. 백거이 연구의 개황

한 작가와 문학에 대한 연구 현황과 성과를 서술하는 방식은 다양하다. 가장 이상적인 방식은 연구 주제에 따라 관련 저술들을 휘집하여 저자의 문제 의식과 연구 방법·논술 방식을 검토하고 연구 결과의 타당성을 평가하는 것이다. 그러나 현재 국내 백거이 연구의 제반 상황을 고려할 때 이 같은 서술 방식을 채택할 수 있는 단계는 아니라고 생각한다. 이에 본고에서는 논저 별로 주요 내용을 소개하여 백거이를 공부하고 연구하는 학인들에게 국내 백거이 연구 개황과 성과에 관한 기본 정보를 제공하는 것에 의미를 두고자 한다.

1910년 경술국치로 대한제국이 막을 내렸다. 그 후 35년간의 일제강점기를 거쳐 해방을 맞이하고 20세기를 지나 21세기에 이르렀다. 백 년이 넘는 기간의 백거이 연구 개황은 필자의 서술과 독자 이해의 편의를 위해 시기를 구분하기로 한다. 첫째는 1910년부터 35년간 일제강점기의 암흑기, 둘째는 해방 이후부터 70년대까지의 발아기, 셋째는 1980년에서 1999년까지의 적응기, 21세기 첫해부터 2022년까지의 성장기로 구분하여 서술한다. 시기별로 백거이 연구의 성과를 도표로 정리하면 다음과 같다.

	암흑기 일제강점기	발아기 해방이후~70년대	적응기 80~90년대	성장기 2000~22년	합계
저 서	0	1	2	3	6
역 서	1	2	0	9	12
학위논문	0	(석)2	(석)9 (박)2	(석)10, (박)2	25
기간논문	0	13	33	89	135

(1) 암흑기: 일제강점기

일제강점기에 적지 않은 지식인들은 국내외에서 조국 독립을 위해 일제에 대한 항거에 헌신하였다. 한편 일부 지식인들은 일신의 안일과 부귀를 위해 현실과 타협하는 굴욕적인 길을 걸었다. 어떠한 유형에 속했던 간에 주권 상실의 불행한 시대에 살았던 당시의 지식인들은 학술 연구에 종사할 여력이 없었고 결국 학술 방면의 암흑기를 초래하였다.

35년간의 일제강점기를 거치며 한국의 우수한 한학 전통이 쇠락하였고 근대적 의미의 중국문학 연구도 싹을 틔우지 못했다. 1926년 경성제국대학 법문학부에 지나문학(支那文學) 전공이 생겨 일본인 및 중국인 교수 주도하에 교육이 실시되었다고 한다. 그러나 일제강점기의 백거이 연구는 물론 한국인에 의한 근대적 중국문학 연구는 거의 존재하지 않았다고 해도 과언이 아니다.

이러한 상황에서 이 시기 한국의 중국문학 연구는 극소수의 지식인에 의한 중국고전 번역과 소개에 의해 간신히 명맥을 유지하였을 뿐이다. 대표적인 인물은 바로 백화(白華) 양건식(梁建植; 1889- 1944)과 안서(岸曙) 김억(金億; 1896-?)이다. 번역문학가 양백화는 1920년 잡지 『개벽』에 호적(胡適; 1891-1962)의 백화문학운동을 4회에 걸쳐 소개하였다.[2] 이후에는 「桃花扇傳奇」(1923) · 「王昭君」(1924) · 「馬嵬驛」(1926) · 「琵琶記」(1927) · 「荊軻」(1935) 등 중국의 희극 작품을 번역 · 소개하는 데에 힘을 쏟았다. 백거이 작품 번역 방면에서 양백화는 백거이의 「琵琶行」을 번역하여 『조선문단』12호(1925)에 게재한 바 있다.

더욱 활발한 번역 작업은 1930 · 40년대 시인 김억에 의해 이루어 졌다. 김억은 특히 한국 한시와 중국 고전시 번역에 남다른 공을 들여 『망우초(忘憂草)』 · 『동심초(同心草)』 · 『야광주(夜光珠)』 · 『백낙천시선(白樂天詩選)』 등의 한시 번역집을 출간했다. 그 중 『백낙천시선』(1944)은 『지나명시선(支那名詩選)』제2집이라는 서명으로 양주동(梁柱東, 1903-1977) 번역의 『시경초(詩經抄)』와 함께 합본으로 출간되었다.

『백낙천시선』은 서문에서 백거이를 간략하게 소개하고 「長安道」 · 「長恨歌」 · 「琵琶行」 · 「賣炭翁」 · 「感鏡」 · 「浪淘沙詞」6수 · 「續古詩」 제2 · 3수 등 총 59수에 대한 번역을 게재했다. 역자 자신이 시인이므로 시적인 느낌의 번역을 구사했다는 면에서는 의미가 있다. 그러나 역주와

---

2) 양백화 「胡適氏를 중심으로 한 중국의 문학혁명」; 『개벽』제5호(1920.11)~제8호 (1921.2)

해설이 없고 원작의 언어 표현을 삭감한 부분이 있어 아쉬움으로 남는다.[3] 이외에도 시인 김소월(1902-1934)이 백거이의 「寒食」시를 번역하여 『동아일보』(1925.2.2)에 발표하고 오일도(1901-1946)는 「비파행」 번역을 『동아일보』(1939.12.5.~9)에 4회 연재한 바 있다.

번역 방면 이외에 백거이 관련 성과로는 김억의 「백낙천의 문장과 인물——성당시대의 삼문호」가 월간잡지 『삼천리』(제12권 제6호, 1940.6)에 발표되었다는 것이다. 백거이를 이백·두보와 함께 성당시대 삼대 문호의 하나로 평가하여 이병기(1891-1968)의 「이태백의 생애와 문장」 및 박종화(1901-1981)의 「두자미의 일생」과 함께 게재하였다. 3인의 저자는 당시 한국 학술계를 대표하는 저명 문인·학자였다는 점에서 흥미롭다. 이 문장은 백거이 생애를 간략히 소개하고 있을 뿐이다. 백거이를 성당 시인으로 간주한 점이나 내용의 심도면에서 학술적 가치는 없지만 근대에 들어 백거이 전기에 대한 소개라는 점에서 희소 가치가 인정된다.

이외에도 『삼천리』에는 「이태백·백낙천이 읊은 전쟁과 妻女情」(제12권 제6호, 1940.6)이라는 단편 문장과 「戰跡과 시가——이태백·두목지·백거이·소동파 등 시객이 노니든 자최를 차저」(제12권 제3호, 1940.3)·「백낙천이 놀든 여산의 풍광 기행」(제12권 제9호, 1940. 10) 등의 기행문이 게재되어 암울한 식민지 시대를 살아가는 국내 독자에게 백거이를 알리는 역할을 하였다.

일제강점기에는 단행본 저서 및 학위논문, 그리고 기간논문 등의 성과는 발견되지 않는다. 백거이 소개 차원의 단편적 문장과 백시

---

3) 중국고전시와 한국 한시에 대한 김억의 번역은 『岸曙金億全集』제3권 『漢詩譯集』(서울, 한국문화사, 1987)에 총 792편 수록되어 있다.

번역이 몇 편 있을 뿐인 상황에서 시인 김억에 의해 『백낙천시선』이 단행본 역서로 출간된 것은 상당한 의미가 있다.

(2) 발아기: 해방 이후∼1970년대

해방 이후부터 1970년대까지 35년간의 상황은 35년 기간의 일제 강점기와 크게 다르지는 않다. 그러나 단행본 편저 1종, 단행본 역서 2종, 석사학위논문 2편과 13편의 기간논문이 성과물로 남아 있는 것은 그나마 다행스러운 일이다.

이 시기의 중국문학 학습과 연구는 주로 대학의 중문과 설치가 출발점이 되었다고 해도 무방하다. 그러나 1950 · 60년대 전국 대학 중에서 중어중문학 관련 학과가 설치된 곳은 서울대학 · 성균관대학과 외국어대학(중국어과) 등 3개 대학뿐이어서 중국문학 연구 인력이 절대적으로 부족하였다. 1972년에 고려대 · 단국대 · 숙명여대 · 연세대 · 영남대 등에 중문학과가 설립되어 한국의 중국문학 교육과 연구가 다소 활기를 띠게 되었다. 그러나 연구 인원이 숫적으로 빈약하니 양적인 팽창도 기대할 수 없었고 질적인 향상도 이루기 어려웠다. 따라서 해방 이후 70년대까지의 35년간은 양적으로나 질적으로나 국내 백거이 연구의 발아기에 해당한다.

현존 자료로 볼 때 해방 이후 최초의 백거이 관련 논문은 김용섭의 「백낙천 연구——풍유시의 瞥瞰」(1957.7)이다. 그로부터 2년 후 조좌호의 「백낙천 연구——특히 詩禪一致의 선구적 역할을 중심으로」(1959.7) 및 이병한의 「이백 · 두보 · 백거이 三家詩論——양태진을 중심으로」(1959.7) 등이 발표되었다. 이 3편이 1950년대 기간논문의 전부이다.

1960년대에 들어 김철수의 「장한가 연구」(1965.3)와 정래동의 「백낙천 시의 사회성」(1965.6) 등 2편의 기간논문, 그리고 국내 최초의 석사학위논문으로 양삼의 「백낙천과 그의 시」(1967.8)가 발표되었다. 그 다음해에는 김득수의 「백거이 연구」(1968.12)가 국내 두 번째 석사학위논문으로 기록되었다. 비록 초보적 수준이기는 하지만 백거이의 전기·사상·시관 및 사회시 등에 관해 전반적으로 다루고 있어 근대적 의미의 백거이 연구에 개척자 역할을 하였다는 의미가 있다. 김수영 편저의 『백낙천·소동파』(1968)[4]는 국내 백거이 관련 최초의 단행본 저서로서 「동양역대위인전기선집」제6책으로 출간되었다. 백거이에 대한 일종의 평전이면서도 일반 독자들을 위한 대중서의 성격이 농후하다.

1970년대에는 단행본 역서 2종이 출간되었고 기간논문 8편이 발표되었다. 손팔주의 「한국문학상의 백거이」(1971.3)는 조선문학과 백거이 시문학 간의 영향 관계를 논한 최초의 논문이다. 1970년대의 기간논문은 이동향의 「백거이의 풍유시와의 결별」(1972.12)을 시작으로 은부기의 「백거이의 사회시고」(1977.8), 김득수의 「백낙천의 문학개혁론」(1977.12), 김재승의 「백거이의 신악부와 茶山詩」(1977.12)·「백거이의 秦中吟考」(1977.12)·「백거이 신악부고」(1978.12) 등은 모두 「신악부」50수 및 「진중음」10수를 위주로 한 사회시·풍유시를 연구 대상으로 하고 있다. 이것은 백거이 시의 사회성을 대서특필한 중국문학사의 영향 때문이기도 하고 정치사회 비판에 대한 국내 연구자의 관심과 흥미를 보여주는 것이기도 하다.

---

4) 1968년 신태양사에서 출판된 이 책은 1986년 한국출판공사에 의해 재판이 출간되었다.

1970년대 의미있는 백거이 연구성과는 번역 방면에 있다. 「중국고전한시인선」의 하나로 출간된 장기근의 『백낙천』(1977)과 「세계시인선」제72책으로 출간된 석지람(釋智覽)의 『장한가』(1977)가 있다. 특히 전자는 초판 이후에 몇 차례의 재판 발간5)이 진행되었을 만큼 독자들의 호평을 받았다.

(3) 적응기: 1980~90년대

1980년대에 들어 냉전 종식의 가능성이 대폭으로 상향되었다. 이러한 국제 정치상황으로 인해 전국 대학에 중문과가 우후죽순처럼 설립되었다. 중문과는 서서히 인기학과의 반열에 올랐고 학과에 대한 일반인의 인식도 제고되었다. 또한 1970년대 설립된 중문과 출신들이 석사학위를 취득함으로써 연구 인력도 다소 증가 추세에 있었다. 이 같은 객관적 상황의 호전에 의해 논문 편수의 증가와 연구범위의 확대가 이루어지기 시작했다는 점이 1980년대 특징 중 하나이다.

그 결과 1980년대 10년 기간에 석사논문 6편, 박사논문 1편, 기간논문 18편이 발표되었다. 10년 단기간에 발아기 35년 기간보다 많은 양의 연구논문이 발표된 이유는 백거이에 대한 연구자의 관심보다는 중국문학 연구 인력의 양적 증가 때문이다.

이 기간에도 백거이의 정치사회 풍유시에 대한 논문이 상당수 존재한다. 이근효의 「시를 중심으로 본 백거이 연구」(1980.11), 김재승의 「백거이의 詩論考」(1981.8)와 「당대 신악부운동 소고」(1982.12), 신영애의 「백거이 신악부의 분류와 내용에 대하여」(1982.6), 임효섭

---

5) 현존 자료에 의하면 1997년(서원)·2002년(명문당)·2015년(석필) 세 차례의 재판이 발간되었다.

의 「백거이 신악부의 창작과정 고찰——주제와 제재의 관계를 중심으로」(1988.2), 이준식의 「두보·백거이시 리얼리즘의 형성과 그 양태」(1989.2) 등 6편의 기간논문과 신영애의 「백거이 신악부 연구」(1980.12), 이근효의 「백거이 시의 사회성에 관한 연구」(1981), 정원호의 「백거이 신악부의 재조명」(1986.12), 임효섭의 「백거이 신악부 리얼리즘의 성격 연구」(1987.2) 등 4편의 석사논문은 전적으로 백거이의 풍유시·사회시론을 연구대상으로 한 것이다.

백거이 시의 사회성에 연구자의 관심이 편중되던 상황에서 김재승의 「백낙천시 연구——한적시를 중심으로」(1983.12)·「백거이의 格詩考」(1984.12), 유병례의 「백거이의 사은의식」(1988.2)[6], 강창수의 「백거이 음주시 소고——권주십사수를 중심으로」(1989.12) 등의 기간논문과 안천수의 「백거이의 강주 폄적 도중의 시 연구」(1986.1), 정상혁의 「백거이의 한적시 연구」(1989.12) 등 석사논문 2편이 발표되었다. 백거이 시에 대한 관심 영역과 연구 범위가 점차 확대되고 있음을 보여 준다.

이밖에도 김재승의 「원백왕복서고」(1982.8)는 최초의 원백 합론으로서, 유병례의 「백거이 시어의 특색」(1983.12)은 백거이 시어에 대한 최초의 논문으로서 의미가 있다. 김재승의 「백시평론소고」(1985.12), 유병례의 「元和體考」(1985.3)·「백거이 시론의 이중성」(1985.11) 등도 연구 주제가 다양해지고 있음을 보여 주는 좋은 예이다. 그리고 김진두의 「장한가와 萬福寺摴蒲記의 비교연구」(1984.12)는 백거이 「장한가」와 김시습(1435-1493)의 「만복사저포기」 삽입시를 대상으로 한 비교문학 차원의 글이라는 점에서 의의가 있다.

---

6) 이 논문은 『성신여대논문집』제27집·『중어중문학』제18집(1996.6)에 수록되었다.

국내 최초의 박사학위논문은 김재승의 「백낙천시 연구」(1985.7)이다. 1970년대부터 장기간에 걸쳐 축적한 백거이 관련 연구성과를 기반으로 백거이와 그의 시문학에 관한 전반적인 내용을 담고 있다. 이 밖에 백거이 시에 대한 역주 작업으로 이휘교의 「백거이와 秦中吟」(1983.10)이 있고 「장한가」에 대한 번역가사를 대상으로 한 강전섭의 「번역가사 「장한가」의 점검」(1988.5)도 백시 번역 차원에서 관심의 대상이 될 만하다.

1990년대의 연구성과로는 석사논문 3편과 박사논문 1편, 기간논문 14편 및 단행본 저서 2종이 있다. 당시 100여 곳 넘는 대학에 중국어문학 관련 학과가 개설된 상황이므로 연구 인력의 양적 팽창을 감안하면 연구성과의 수량은 1980년대에 비해 증가했다고 말할 수 없다. 이러한 현상의 발생 원인은 1980년대부터 대학원생의 전공 선택이 중국고전시보다는 어학 방면이나 현대문학 방면으로 편중되었기 때문이다. 역주작업을 포함한 기초작업이 더 이상 진전되지 못함으로 인해 백거이 연구에 대한 대학원생의 의욕과 관심이 저하된 것도 하나의 원인이었을 것이다.

단행본 저서 중 김재승의 『백낙천시 연구』(1991)는 박사논문 「백낙천시 연구」(1985)를 출간한 것으로 새로운 내용은 없다. 심우준의 『향산삼체법연구』(1997)는 『향산삼체법(香山三體法)』에 대한 연구 · 국역 · 원문으로 구성되어 있다. 조선시대의 백거이 시선집 『향산삼체법』에 대한 판본학적 고찰과 수록 작품의 국역을 주요 내용으로 한다는 점에서 의미가 있다.

1990년대에는 풍유시 · 사회시론에 대한 성과물이 이전 시기에 비해 현저히 감소하였다. 김용운의 「백거이 사실의식의 定向과 성격」(1992.12), 임효섭의 「백거이 신악부운동의 시대정신 고찰」(1995.12)

등의 기간논문이 있고, 학위논문으로는 현재석의 「백거이 신악부 연구」(1993.12)와 김경동의 박사논문 「원진·백거이 사회시 연구」(1996. 12)가 있을 뿐이다. 후자는 원백 비교 차원에서 중당 사회시파의 대표 작가로 평가받는 원진과 백거이를 대상으로 그들의 정치적 삶과 의식 그리고 지식인의 비판정신을 대표하는 창작행위로서의 사회시에 대한 고찰이다. 전대의 사회시와 비교하여 두드러지는 원백 사회시의 특성 그리고 원진·백거이의 삶과 의식 및 사회시의 동질성 속에 공존하고 있는 개별적 이질성 탐색에 주의를 기울였다.

1990년대는 전대에 비해 연구 주제가 더욱 다양해졌다. 김경동의 「백낙천과 고려문인——전래와 수용을 중심으로」(1992.12)는 고려문인의 백거이 수용양상을 고찰한 논문으로 중문학계 최초의 한중문학 비교연구 성과물이라는 점에 의미가 있다. 고진아의 석사논문 「백거이 서사시 연구」(1995.2)와 권응상의 「장한가의 서사성 연구」(1998. 12)는 백시의 서사성에 주목했다. 유성준의 「劉白의 창화집과 화운 연구」(1995.6)는 유우석·백거이 창화집의 면모와 화운 방식의 특성을 논의한 것으로 국내 백거이 연구 주제의 다양화라는 면에서 의미가 있다. 신승희의 「琵琶行의 음성학적 고찰」(1994.2)은 백거이의 「비파행」을 음성학이라는 새로운 각도에서 고찰한 석사논문이다. 유병례의 「백거이 시 속에 나타난 시간우환의식」(1991.12)[7]과 김경동의 「원백의 사은의식」(1996.12)은 백거이의 내면의식을 연구 테마로 삼았다. 원백 교유에 대한 고찰로 김경동의 「원백 교유사에 있어 두 가지 문제점」(1999.6)이 있으며 유병례의 「백거이 시에 나타난 鶴의

---

7) 이 논문은 성신여대의 『인문과학연구』제11집(1991.11)과 숙명여대의 『중국학연구』 제8·9집 합본(1994.6)에 수록되어 있다.

이미지」(1997.12)는 백거이 시어의 상징성에 대한 시험작이라고 할 수 있다.[8]

(4) 성장기: 2000~2022년

21세기의 23년(2000~2022) 기간을 국내 백거이 연구의 성장기로 명명한 것은 연구 범위는 물론 양적·질적인 면에서 1980~90년대의 적응기 20년에 비해 진일보한 양상을 보이기 때문이다. 단행본 저서 3종과 역서 9종, 학위논문 12편[9] 및 기간논문 89편으로 기간별 대비 최고의 성과를 이루었다.

성장기의 성과에서 가장 의미있는 것은 백거이 시에 대한 단행본 역서가 9종에 이른다는 점이다. 21세기 첫 번째 역서는 김경동의 『백거이시선』(2001)이다. 김경동·이의강 외 공역의 『백거이 한적시선——매여있지 않은 배처럼』(2003)·『백거이 한적시선——나 이제 흰구름과 더불어』(2003)는 특정 유형의 백거이 시만을 대상으로 한 첫 번째 역서이다. 이외에 김철수의 『백거이의 신악부50수와 진중음 10수』(2007), 정호준의 『백거이시선』(2016)과 강필임의 『낙천지명: 백거이 감상시 100선』(2022) 등이 있다. 오미영 외의 『일본 백씨문집

---

8) 이 밖에도 1990년대 기간논문으로 장철호의 「백거이 음주시고——권주십사수 중심」(1990.5), 심우준의 「『향산삼체법』의 '元本' 해석과 선시」(1993.8), 이준식의 「백거이론」(1996.12) 및 백정희의 「白居易詞 소고」(1997.2) 등이 있다. 김호철의 「백거이열전」(1994.8)은 비록 학술논문은 아니지만 『신당서』의 전기관련 원전 자료에 대한 역주 작업이라는 면에서 의의가 있다.

9) 학위논문 검색 과정에서 文慧의 「塵世舊顏風拂盡, 雲自無心水自閑——백거이와 이규보의 선시 비교」가 서울여대 석사학위논문(2011.8)으로 발견되었다. 그러나 검토 결과에 의하면 원래는 연변대학 조선어언문학과의 석사논문(제출연월: 2011.5)으로 서울여대와의 학위협정에 의한 이중기재인 것으로 추정되기에 국내 연구성과로 간주하지 않는다.

훈점본의 해독과 번역』(2020), 권영한의 『백락천 시선집』(2004), 오세주의 『비파행: 백거이시집』(2005) 등은 중국고전시 비전공자의 역서라는 점에서 특이하다.

유병례의 『백거이평전——세속의 욕망과 그 달관의 노래』(2007)는 백거이 삶에 대한 조명을 위주로 한 것이며 강순애의 『백거이 『향산삼체법』의 판본과 내용에 관한 연구』(2015)는 조선시대의 백거이 시선집 『향산삼체법』의 판본과 구성 · 내용에 대한 고찰이다. 김경동의 『수용과 창화——한중고대문인의 문학교류』(2022)는 성장기 마지막 단행본 저서로 고려 · 조선문인의 백거이 수용양상과 창화 행위를 주요 논의대상으로 한 것이다.[10]

성장기의 학위논문은 12편이다. 정진걸의 「백거이 시풍의 변화 연구: 풍유시 소멸의 이유를 중심으로」(2000.2), 나영선의 「백거이 풍유시의 제재 및 문학사적 의의에 대한 고찰」(2000.8), 강석훈의 「두보와 백거이 사회시 고찰: 표현기법을 중심으로」(2013.2)와 김성은의 「원진 · 백거이 신악부 특징과 이질성 연구」(2013.2) 등 4편의 석사논문은 모두 풍유시와 관련된 것이다. 21세기 초 수년 간은 정치사회에 대한 풍자와 비판을 주제로 한 작품이 여전히 신진 연구자들의 관심을 끌고 있음을 알 수 있다.

그러나 2010년대 중반 이후로는 풍유시 계열의 작품을 대상으로 한 논문은 더 이상 발견되지 않는다. 이러한 현상은 기간논문 방면에서 더욱 분명하게 나타난다. 23년간 89편에 이르는 기간논문 중 이경일의 「白居易詩歌的關心民生主題」(2001.12)와 신주석의 「白居易

---

10) 본서 수록의 7편 중에서 「고려문인 이규보의 和蘇詩」는 李奎報와 蘇軾의 창화행위를 고찰한 것이다.

新樂府詩的敍事藝術」(2011.12), 정진걸의 「"신악부운동", 정말로 있었나?」(2014.5) 등 3편만이 존재하기 때문이다.

나머지 8편의 학위논문은 오랜 기간 백거이 연구의 주요 테마였던 풍유시를 벗어나 다양화되고 있음을 보여준다. 이봉상의 「백거이 시의 여성상 연구」(2002.2), 윤순일의 「백거이의 후기 한적시 연구」(2003.8), 박병수의 「백거이의 산수시 연구: 좌천·중은 시기를 중심으로」(2006.2), 이정은의 「백거이 연작영물시 연구」(2007.8) 등의 석사논문은 백거이의 여성시·한적시·산수시·영물시를 대상으로 하였다. 윤석우의 박사논문 「음주시에 나타난 중국시인의 정신세계──도연명·이백·백거이를 중심으로」(2005.2)는 음주시를 연구대상으로 한 것이다. 중국 삼대 음주시인으로 일컬어지는 도연명·이백·백거이를 비교·고찰했다는 점에서 새롭다. 성장기의 또 다른 박사논문으로 정진걸의 「백거이시 연구」(2009.2)는 백거이의 시관(詩觀)·백시의 특징과 영향을 주요 내용으로 한다.[11]

21세기 23년간의 기간논문에 보이는 특이한 현상은 비교문학 방면의 논문이 무려 19편에 이르고 있다는 점이다. 전체 89편의 21%의 비율로 수량 면에서 선두를 차지하고 있다. 백거이와 고려·조선 문인의 창화에 대한 전반적 고찰로는 김경동의 「백거이와 고려문인의 창화시 연구 서설──창화시 복원에 관한 제문제를 중심으로」(2003.12)·「백거이와 고려문인의 창화시 연구──창화의 제양상과

---

11) 성장기의 석사학위논문 중 陳慧의 「이규보와 백거이의 嗜酒詩 비교 연구」(2016.8)와 謝麗梅의 「『古今和歌集』에 나타난 『백씨문집』의 수용양상 고찰」(2022.2)은 타전공 연구자의 백거이 관련 성과라는 점에서 특이하다. 전자는 국문과의 한중비교이고 후자는 일문과의 일중비교에 속한다.

의미를 중심으로」(2004.12)와 「백거이와 조선 전기문인의 창화 예술」(2007.12)이 대표적이다. 이외에 주호찬의 「이규보의 백낙천 차운시: 불교인식을 중심으로」(2005.12)와 전영숙의 「백거이의 原詩와 허균 창화시의 비교」(2018.12)가 있다.

한국한문학의 백거이 수용양상에 관한 논문으로는 유병례의 「백거이 시의 고려문학에서의 수용양상: 임유정·이규보를 중심으로」(2006.6)와 허권수의 「한국한문학에서의 백거이 문학의 수용양상」(2012.6)이 있다. 특정 작품에 대한 조선문인의 수용을 고찰한 논문은 김경동의 「백거이 「勸酒十四首」의 한국적 수용과 변용」(2014.12) 및 류기수의 「조선의 詩詞에 나타난 백거이 「憶江南」의 수용 양상」(2014.7)이 있다. 이 외에도 임한순의 「브레히트의 한시 수용: 백거이의 풍유 「寄隱子」의 번역시 「大臣」을 중심으로」(2010.12)는 독일문학에서의 백거이 시 수용을 대상으로 했다는 점에서 신선하다.

고려·조선문인의 백거이 인식과 평가를 논의 대상으로 한 논문으로는 이봉상의 「백거이 九老會와 그에 대한 고대 한국 문인의 인식」(2009.3)·「고려·조선 문인의 백거이에 대한 인식」(2009.6) 및 「對古代韓國文人白居易談論之小考」(2007.8) 등이 있으며, 유병례의 「『十抄詩』에 수록된 유우석·백거이 시 選詩 양상」(2011.9)은 고려 시선집의 백시 수용을 다룬 것이다.[12]

성장기 기간논문에서 두 번째로 많은 비율을 차지하는 것은 백시

---

[12] 이외에 한중비교 분야의 기간논문으로는 박현규의 「새로 발굴된 백거이 관련 신라인의 자료 검토」(2004.12)·「백거이 계림육시와 신라 관련 자료 재검증」(2005.8)과 정선모의 「백거이 시문집 東傳考——"鷄林賈人求詩說"의 진위 문제를 중심으로」(2008.6), 문관수의 「중당시인 백거이와 조선말기 시인 金笠의 풍자성 비교」(2003.12) 등이 있다. 정태욱의 「문학에 새겨진 도래와 침략: 요코쿠 『나니와』와 『백낙천』」(2013.10)은 일중비교 차원에 속하는 논문이다.

에 대한 제재별 고찰이다. 총 16편으로 18%의 비율을 차지한다. 정상혁의 석사논문 「백거이의 한적시 연구」(1989.12)로부터 시작된 백거이 한적시에 대한 관심은 성장기의 기간논문에서도 드러난다. 이우정의 「중국 고전시에 있어서 자유의 추구——백거이의 閑適을 중심으로」(2004.2), 정원호의 「백거이 閑適詩에 나타난 의식의 세계 고찰」(2020.3)·「백거이 下邽시절 閑適詩 고찰」(2020.12) 등 3편이 한적시를 대상으로 했다.

이 시기 백시 연구의 대상으로 새로 등장한 작품군은 애도(哀悼)·기녀(妓女)·영병(詠病) 등을 제재로 한 것이다. 이수정의 「백거이 애도시 소고——'隨感遇'와 '直'에 따른 직설적인 말하기 방식을 중심으로」(2021.9)·「백거이 작품에 나타난 죽음과 애도의 표현 방식에 대한 연구: 哀悼詩와 哀祭文을 중심으로」(2021.12)·「사교시를 통한 唐代 문인들의 슬픔 공유에 대한 고찰——백거이·유우석·원진의 작품을 중심으로」(2022.6) 등은 백거이 애도시를 대상으로 한 일련의 성과이다. 이봉상의 석사논문 「백거이 시의 여성상 연구」(2002.2)에서 여성상의 하나로 논의된 기녀 형상은 그 후 이태형의 「백거이의 눈빛으로 바라본 妓女」(2007.6), 이봉상의 「당대 기녀와 백시 속의 기녀」(2008.12), 이태형·장수현의 「백거이 시에 나타난 기녀 형상과 당대문화」(2011.12) 등에서 지속적으로 논의되었다.

영병시에 대한 고찰로는 이봉상의 「강주좌천 이전 백거이의 질병과 詠病詩」(2010.12)가 국내 최초이며, 이외에도 신의선의 「고통과 극복의 시적 체현: 중당 백거이의 선시 속 생로병사의 문제를 중심으로」(2022.5)가 있다. 김경동의 「백거이 「池鶴八絶句」 소고——그 우의와 창작의도를 중심으로」(2002.8)와 「백거이 詠鶴詩考——그 유형과 의미를 중심으로」(2002.12)는 학을 노래한 시를 연구 대상으로 했다.[13]

성장기 기간논문에서 3위의 편수를 기록한 주제는 백거이 문집·판본에 관한 논문이다. 총 9편으로 10%의 비율을 점유한다. 그 중에서 백거이의 오율·칠율·칠절에 대한 조선시대 선집 『향산삼체법(香山三體法)』에 관한 논문이 5편으로 가장 많다.[14] 이외에 백거이 문집의 전래·국내 소장본·조선의 백시선집 등에 관한 성과로는 허경진의 「백낙천 문집의 수입과 한국판본」(2008.12), 이봉상의 「白氏文集 한국 소장 현황 및 그 특징」(2011.12)·「한국 국립중앙도서관 소장 『香山律』의 母本과 선시 경향 탐색」(2013.12)이 있다. 마지막으로 김경동의 「백거이 문집의 성립과정과 제판본」(2016.8)은 『백씨문집』의 자편 과정과 한·중·일의 주요 판본 등에 관한 고찰이다.

상술한 연구 테마 외에도 시어·시분류·시체·연보·영향관계·연구사·문화 및 「비파행」·「장한가」 작품론 등이 있다. 기간논문의 양적 증가 만큼 연구 테마가 이전에 비해 매우 다양해졌다. 시어 관련 성과로는 김경동의 「「비파행」 難句 의미 해석고」(2016.11)와 이봉상의 「백거이 시에 나타난 '비(雨)'의 쓰임새 고찰」(2022.11)이 있고, 백시 사분류에 관한 논문은 김경동의 「백거이의 시가 사분류에 관한 제문제」(2000.12) 및 정진걸의 「백거이 시에 보이는 상반된 반응의 의미 연구」(2002.5) 등이 있다. 정진걸 「백거이 백운배율의 특징 고

---

13) 이외에도 제재별 성과로는 유병례의 「중당 우언시 연구: 백거이와 유우석의 우언시를 중심으로」(2000.6), 전원주의 「백거이의 음주시 연구」(2014.2), 이경일의 「백거이 茶詩 소고」(2021.12) 등이 있다.

14) 『향산삼체법』 관련 논문 5편은 강순애의 「초주갑인자혼입보자본 『향산삼체법』에 관한 서지적 연구」(2010.6)·「『향산삼체법』의 오언율시 텍스트에 대한 서지적 연구」(2013.6)·「『향산삼체법』 칠언율시의 저술, 내용 및 텍스트 비교에 관한 연구」(2013.9)·「『향산삼체법』 칠언절구의 구성, 내용 및 텍스트 비교에 관한 연구」(2014.3)·「호림박물관 소장의 초주갑인자본 『향산삼체법』에 관한 서지적 연구」(2015.6)이다.

찰: 장법 분석을 중심으로」(2017.8)와 강민호의 「백거이 칠언배율의 성취와 의미」(2020.1) 등은 시체를 대상으로 한 것이다.[15]

21세기 들어 백거이 연구기반 확립을 위한 기초작업이 시도되었다. 김경동의 「백거이시문연구 서설」(2000.12)은 백거이 작품에 대한 제반 기초정보를 정리한 것이다. 김경동의 「원백 교유개시 연대에 관한 반론과 재론」(2004.12)·「백거이 삼종연보 이설비교고──강주사마 이전 시기를 중심으로」(2005.12)·「백거이 삼종연보 이설비교고Ⅱ──충주자사 이후 시기를 중심으로」(2006.6)는 중국·대만·일본 삼국의 백거이 연보 이설을 비교한 논문이다. 국내 백거이 연구 현황에 대한 논의로는 김경동의 「국내 백낙천 연구의 현황과 문제점: 1945년~2000년 기간을 중심으로」(2001.12)가 있고, 중국의 연구 현황에 관해서는 이경일의 「중국에서의 백거이 感傷詩 연구 현황」(2019.4)과 「중국에서의 백거이 「장한가」 주제연구 고찰」(2021.11)이 발표된 바 있다.

백거이의 영향과 평가 등에 관해 다양한 각도로 논의가 이루어졌다. 예를 들면 송용준·정진걸의 「백거이 시의 宋詩的 특징 고찰」(2001.5), 문명숙의 「백거이가 송시에 끼친 영향: 왕우칭과 매요신을 중심으로」(2006.11)와 김지영의 「조익의 『甌北詩話』에 나타난 백거이 평가 연구」(2016.9) 등이 있다.[16] 백거이의 장편 명작 「장한가」와

---

15) 이외에도 백시의 형식 방면에 대한 논의는 정진걸의 「백거이 백운배율의 통속성」(2017.11)과 강민호의 「압운의 미학으로 본 차운시의 특성에 대한 연구: 元白과 蘇軾의 차운시를 중심으로」(2012.8)가 있다.

16) 신민야의 「『詩源辯體』의 중당 원화시기 시인들에 대한 비평: 한유·맹교·백거이를 중심으로」(2013.8), 정진걸의 「백거이의 후예: 송대 지식인」(2018.12), 정보선의 「趙翼 『甌北詩話』의 백거이 시 연구」(2020.12)도 이 방면의 성과라고 할 수 있다.

「비파행」에 관한 개별 논의가 등장한 것도 21세기 백거이 연구의 특별한 점이다. 유병례 「백거이 「장한가」의 주제」(2003.12), 김상홍의 「「장한가」와 「비파행」의 풍자와 은유고」(2013.1) 외에도 3편[17]이 더 존재한다.

21세기에 들어 또 한 가지 특이한 현상은 백거이 작품을 각종 문화 영역과 연계한 논의가 시작되었다는 점이다. 정통 문학에서 제3영역으로의 확대는 포폄(褒貶)의 두 가지 해석이 가능하다. 그러나 중국문학 비전공자에게도 백거이가 연구 대상으로 주목받았다는 점은 부인할 수 없다. 여승환의 「백거이 「聽歌六絶句」에 표현된 당대 가곡」(2003.6), 이화진의 「백거이 시에서 나타나는 胡舞와 大曲樂舞 양상」(2017.6), 김성국·김성진의 「백거이의 시에 나타나는 霓裳羽衣舞의 형식과 성격」(2021.11) 등은 당대의 음악과 무도를 다룬 것이다. 백거이와 자연석·원림·정원 등의 관계에 대한 논의는 신정수의 「太湖石의 기괴한 형상에 대한 미의식의 변화: 9세기 전반기 백거이와 교유 문인의 작품을 중심으로」(2014.8), 이원호·안혜인 외 「백거이의 중은사상과 원림조영」(2015.3), 김월회의 「정원의 시적 포착과 표현 양상: 백거이 시를 중심으로」(2016.4)에서 진행되었다. 이주해의 「取號를 통해 읽는 당대 문인들의 자아의식: 왕적과 백거이, 그리고 원결을 중심으로」(2015.12)는 당대 문인과 號의 관계에 주목한 논문이다.

마지막으로 백거이의 사상의식 방면의 고찰이다. 이경일의 「白居

---

17) 전보옥의 「「비파행」의 문학적 성취」(2013.6)·「중국 고전서사시의 고사 성립배경 (Ⅳ)──「장한가」로 본 당대 서사시의 발전양상」(2004.8)과 정진걸의 「백거이의 「비파행」에 관한 세 가지 의문」(2014.11)이 있다.

易中期的出處意識」(2001.12)은 출사와 은일에 관한 백거이의 의식을 다루었다. 박영환의 「白居易與洪州禪」(2004.12)은 마조선사(馬祖禪師)의 홍주선 사상이 백거이 사상과 작품 풍격에 끼친 영향을 고찰한 것이다. 백거이와 불교의 관계를 논한 국내 최초의 논저라는 점에 의미가 있다. 정진걸「백거이시 연구」(2006.12)는 백거이의 「與元九書」·「新樂府序」·「策林」 등을 통해 백거이의 시관을 서술한 것이다.[18]

암흑기(35년)로부터 발아기(35년)·적응기(20년)를 거쳐 성장기(23년)에 이르기까지 110여 년간의 국내 백거이 연구 성과를 시기별·내용별로 간략하게 소개하였다. 성장기의 백거이 연구는 양적으로 상당한 성장이 있었다. 그러나 이 성장기가 언제까지 지속될 것인가, 질적으로도 괄목할 만한 성장이 있을 수 있는가는 백거이 연구자의 최대 관심사이다. 국내 백거이 연구기반의 확립과 믿을만한 국문자료의 확보를 디딤돌로 삼아 국제 경쟁력을 갖춘 개화기의 도래 시기는 향후 연구 상황을 지켜보아야 할 것이다. 이제 백거이 연구 성과를 주제와 내용 별로 간략하게 소개한다. 아울러 독자의 편의를 위해【부록】「국내 백거이 연구논저 목록(1910~2022)」의 논저번호를 제목 뒤에 부기한다.

---

18) 이외에도 사상의식 방면의 논문으로 분류된 것에는 이경일의 「白居易的人生哲學小考」(2002.6)와 정진걸의 「백거이 詩觀 연구」(2007.2)가 있다. 21세기 기간논문 성과로는 지금까지 언급된 것 외에도 김명희 「당중엽의 정치와 백거이·원진의 입장」(2000.12), 이상천 「한유와 백거이의 대립여부에 관한 소고」(2003.12), 홍병혜 「유우석과 백거이 詞의 南方性 고찰」(2007.6), 김해명 「백거이 樂詩의 '聲情'연구」(2014.8) 등이 있다.

2. 작품 역주와 문집판본

20세기 90년간 백거이 작품에 대한 역주작업은 일본 학계의 성과에 비하면 양적·질적으로 빈약하였다. 「백거이 연구의 개황」에서 언급한 김억의 『백낙천시선』[A001]을 제외하면 2종이 더 있을 뿐이다.[19] 장기근의 『백낙천』[A003]은 시 102수를 대상으로 하였다. 섬세한 감각·인자한 시인·풍유의 고시조·풍유의 신악부·감상(感傷)의 걸작·한적과 달통(達通) 등 6가지 내용으로 분류하여 주석과 해설을 추가하였다. 석지람의 『장한가』[A004]는 백거이의 「장한가」·「비파행」을 포함한 11수에 대한 역주이다. 역자는 학계 인사가 아닌 승려이다.[20]

21세기 22년 기간에는 9종의 단행본 역서가 발간되었다. 백거이 작품에 대한 기초작업이 활발하게 이루어졌다는 평가가 가능하다. 첫 번째 역서는 김경동의 『백거이시선』[A007]이다. 중국시인총서(당대편) 12종의 하나로 국내 미번역의 시를 위주로 한 선역집이다. 「送春」·「落花」 등 평이하고 서정적인 시 38편을 선정하여 주석과 해설을 첨부하고 창작연대·지점을 부기하였다.

『백거이 한적시선──매여있지 않은 배처럼』[A008]·『백거이 한적시선──나 이제 흰구름과 더불어』[A009] 2종은 백거이 한적시(閑適詩)를 대상으로 한 선역집이다. 김경동·이의강 등 중국고전시 연

---

19) 20세기의 번역 성과는 심우준의 『향산삼체법연구』[A006]에서도 발견된다. 제2장은 『향산삼체법』에 수록된 오언율시 72수·칠언율시 62수·칠언절구 51수, 총 185수에 대한 번역이다. 주석은 거의 없고 오역이 많아 독자의 주의가 필요하다.

20) 20세기 번역논문으로는 이휘교의 「백거이와 진중음」[C020]이 있다. 백거이 「진중음」10수 중 「議婚」·「重賦」·「傷宅」·「傷友」 4수에 대한 상세한 역주작업이 진행되었다.

구자들의 '백거이시 독회' 부산물이다. 216수의 한적시에서 가독성이 높은 138수를 선정하고 상세한 주석 및 작품 해설을 첨부하였다. 국내 최초로 특정 유형의 시를 대상으로 했다는 점에 의미가 있다.

권영한의 『백락천 시선집』[A010]은 백시 148수를 국역하고 간략한 주석를 첨부하였다. 「放言五首」제2수·제3수·제4수 등 기존의 역서에 포함되지 않은 작품이 다수 존재한다. 오세주의 『비파행——백거이시집』[A011]은 104편의 작품에 대해 주석없이 번역만을 기재하였다. 산문 작품 「養竹記」와 『고문진보』에만 수록되어 있는 「白樂天勸學文」 등이 수록되어 있어 시집의 체례상 부적절하다.

이후 김철수[A012]·정호준[A015]·강필임[A017]의 역서에 이르기까지 국내 백거이 역서는 모두 선역집이라는 공통점이 있다. 국역·주석·해설 등의 형식 요소도 대동소이하다. 일본 고전시 번역의 필수 항목인 산문식 해설이 존재하지 않는 점도 동일하다. 고전시에는 빈번한 생략과 도치, 은밀한 기탁과 상징으로 인해 고도의 의미 함축이 발생한다. 따라서 원작품의 문자 표현에 구속받는 번역만으로는 작품의 디테일한 내용과 행간의 의미를 파악하기 어려울 때가 많다. 일본의 고전시 번역에서는 작품 내용을 산문 형식으로 풀어 독자의 이해를 돕는 항목이 필수적이다. 이 항목의 성패는 작품의 의미에 대한 역자의 이해도가 관건이다. 향후 국내 백거이 작품 역주작업에서 시도해야 할 중요 과제이다.

작품 역주 방면에서 매우 독특한 역서가 있다. 오미영 외 『일본 백씨문집 훈점본의 해독과 번역』[A016]이다. 이 역서는 부제에서도 알 수 있듯이 국립중앙도서관 소장 『백씨문집』권3·4 수록 작품을 대상으로 한 것이다. 독특한 점은 번역 대상인 『백씨문집』이 일본

만치(萬治) 1년(1658) 간행된『백씨장경집』훈점본이라는 것이다. '훈점(訓點)'은 한문 훈독을 위해 한자 옆 혹은 아래에 첨부하는 일본어 자모 및 부호를 말한다. 고문헌의 훈점은 한문 독해에 도움이 되지만 훈점본에 익숙하지 않은 경우 판독하는 것이 쉽지 않다.

본 역서는 훈점본『백씨장경집』의 권3·4「신악부」의 훈점을 판독하고 그에 따라 한문훈독문을 작성하여 이를 현대 한국어로 번역한 것이다. 간혹 각주 설명과 시에 대한 해설을 첨부하기도 하였다. 협의로는 훈점 판독의 결과물인 일본어 훈독문에 대한 번역이다. 그러나 광의로는 백거이 시에 대한 번역임을 부정할 수 없다. 훈점 판독은 도구일 뿐이기 때문이다. 이러한 점에서 일본의『백씨문집』훈점본에 대한 번역 작업은 국내 백거이 연구의 기반으로서 의미가 있다.

판본 연구의 단행본 성과는 심우준의『향산삼체법 연구』[A006]와 강순애의『백거이『향산삼체법』의 판본과 내용에 관한 연구』[A014]가 대표적이다.『향산삼체법(香山三體法)』은 조선의 안평대군 이용(李瑢)이 편찬한 백거이 시선집이다. 삼체(三體), 즉 오언율시 72수·칠언율시 62수·칠언절구 51수 도합 185수를 수록한 것이다.

심우준의『향산삼체법 연구』는 일본 봉좌문고(蓬左文庫) 소장본『향산삼체법』의 조본(祖本) 문제와 선정 작품의 성격 및 편자의 선시관에 대해 고찰한 것이다. 편찬 시기는 조선 세종27년(1445)이며 명종20년(1565)에 김덕룡(金德龍)에 의해 출간되었다고 하였다. 수록 작품에 대해 소흥본·마원조본·봉좌문고본(蓬左文庫本)·서릉부장본(書陵部藏本)·연세대학장본에 의거하여 교감작업을 진행하였다. 아울러 남송·소흥본을 조본으로 했다는 기존의 주장에 의문을 제기하였다. 소흥본 미수록의 다수 작품이 『향산삼체법』에 수록되어 있다는 것을 근거로 남송 소흥본이라기보다는 북송본일 가능성이 높다고 추정하였다. 선시에는 인간 성정의 '바름'을 '체(體)'로 삼고 언행의 '화평(和平)'을 '용(用)'으로 삼는 편찬자의 문학관이 반영되어 있어 사회현실을 비판한 풍유시는 제외되었다고 하였다.[21]

강순애의 「초주갑인자혼입보자본『향산삼체법』에 관한 서지적 연구」[C087]는 중종10년(1515)경 간행된 초주갑인자혼입보자본(初鑄甲寅字混入補字本)『향산삼체법』의 편찬과 간행·서지적 특징·구성과 내용 등에 관한 고찰이다. 기존의 중종10년(1515)의 갑인자보주설을 뒷받침할 수 있는 자료로서 일본 봉좌문고 소장의 명종20년(1565) 번각본은 중종10년(1515)경의 초주갑인자혼입보자본을 번각한 것임을 밝혔다. 강순애의 「호림박물관 소장의 초주갑인자본『향산삼체법』에 관한 서지적 연구」[C113]는 호림박물관에 소장된 세종27년(1445) 간행의 초주갑인자본(初鑄甲寅字本)『향산삼체법』에 대한 서지적 고찰이다. 이 판본은 이후 중종10년(1515)경 간행의 초주갑인자혼입보자본의 저본이 되었다. 세종27년(1445) 초주갑인자본과 중종10년(1515)의 초주갑인자혼입보자본의 활자를 10종씩 추출하여 판본 간의 비교를 시도하였다.

강순애의 「『향산삼체법』의 오언율시 텍스트에 대한 서지적 연구」[C098]·「『향산삼체법』 칠언율시의 저술, 내용 및 텍스트 비교에 관한 연구」[C101]·「『향산삼체법』 칠언절구의 구성, 내용 및 텍스트 비교에 관한 연구」[C104]는 초주갑인자혼입보자본 『향산삼체법』 수록

---

21) 심우준의 「『향산삼체법』의 '元本' 해석과 선시」[C037]는 수정·본완되어 심우준의 『향산삼체법연구』[A006] 제1장에 수록되어 있다.

작품 오언율시 72수·칠언율시 62수와 칠언절구 51수를 대상으로 각 시체의 구성·내용·선집 및 저작 관련 사항 등을 검토하고 각 시체의 텍스트를 주금성의『백거이집전교』와 비교한 것이다.『향산삼체법』에 수록된 백거이 시 185수에는 대개 백거이의 일상이 담겨져 있으며 오언율시는 '봄' 25수, '술' 16수, '가을' 13수, '감회' 12수, '이별' 3수, '겨울' 3수, 칠언율시는 50대 작품이 가장 많고 '인물교류' 28수, '감회' 19수, '풍광' 15수, 칠언절구는 30대·40대 작품이 가장 많으며 '인물교류' 22수, '감회' 19수, '풍광' 7수, '영사(詠史)' 3수 등이라고 하였다.

강순애의『백거이『향산삼체법』의 판본과 내용에 관한 연구』[A014]는 상기 5편의 논문·초주갑인자혼입보자본의 원문과 주석을 수록하고 일본 봉좌문고에 소장된 초주갑인자혼입보자본 번각본『향산삼체법』의 판각 특징에 관한 글을 추가하여 출간한 것이다.

3. 작가 전기와 사상의식

작품에 대한 정확한 이해와 올바른 감상은 작가의 삶과 사상에 대한 이해가 전제되어야 가능하다. 맹자가 "그 사람의 시를 읊고 그 사람의 글을 읽는 것이 그 사람을 모르면서 되겠는가"[22]라고 한 것도 바로 이 때문이다. 백거이 연구에 있어 작가의 전기와 사상의식은 간과할 수 없는 중요한 영역임이 분명하다.

생애와 사상에 대한 초기의 개괄적 소개는 김득수의「백거이 연

---

22)『孟子·萬章章句下』: "頌其詩, 讀其書, 不知其人可乎?"

구」[B002]와 장기근 『백낙천』[A003]의 「백거이와 그의 사상」에 보인다. 전자에서는 백거이는 다정다감한 시인다운 성격의 소유자이며 살신성인의 도를 근본으로 삼고, 때로는 명철보신(明哲保身)의 도를 추구하며 때를 기다리는 것으로 처세의 원칙을 삼았다고 하였다. 후자에서는 출생과 성장・급제와 출세・강주로 폄적・만년과 은일 등의 항목으로 나누어 백거이의 삶을 약술하고 유가사상・도가와 도교・불교사상・낙천과 해탈 등으로 사상을 분류・서술하고 있다.

김수영의 『백낙천・소동파』[A002]는 백거이에 대한 일종의 평전이다. 생애・관계진출・기대・장한가・좌천・소환・사환(仕宦)・신변・치사(致仕)・백거이와 원진 등의 10개 소항목으로 나누어 백거이의 생애를 서술하였다.[23]

김경동의 「원진・백거이 사회시 연구」[B013]・「원백의 사환생애」에서는 원백의 사환생애를 비평적 전기의 차원에서 기술하면서 그들의 사환태도에 대한 평가와 비교에 주의를 기울였다. 원백의 전・후반 사환태도의 이동(異同)을 근거로 백거이는 달관형, 원진은 현실집착형이며 원진을 진취적이라 한다면 백거이는 소극적이라 할 수 있다고 평가하였다.

김경동의 「원백 교유사에 있어 두 가지 문제점」[C046]은 원진・백거이의 교유개시 연대와 원백 불화설의 진위에 대한 고찰이다. 원백의 교유개시 연대에 관한 기존의 모든 주장을 반박하고 새로운 주장을 제기하였다. 원진과 백거이가 금석지교의 깊은 우정을 맺은 것은 서판발췌과(書判拔萃科)의 동년(同年)과 비서성(秘書省) 동료의 관계

---

23) 이외에 김재승의 『백낙천시 연구』・「백거이의 家系와 생애」에서는 백거이의 가계를 소개한 후 그의 생애를 편년체로 기술하고 있다.

가 시작된 정원19년(803) 봄의 일이지만 일면식을 갖고 교분을 맺은 시점은 그보다 3년 전인 정원16년(800)이라고 하였다. 아울러 원백의 실질적 교유 상황을 근거로 원진의 생전과 사후를 막론하고 원진에 대한 백거이의 우정은 관포지교와 다름이 없었다면서 원백 불화설은 신빙성이 없음을 재확인하였다. 원백의 교유개시 연대는 정원16년 (800)이라는 김경동의 주장에 대해 중국학자 진재지(陳才智)가 반론을 제기하였다. 「원백 교유개시 연대에 관한 반론과 재론」[C067]은 '가정 망각의 오류'·'순환논리의 오류'·'무지(無知)에의 호소'·'비정합성의 오류' 등 반론문의 다양한 논리적 오류를 지적한 재반론에 해당한다.[24]

김경동의 「백거이 삼종연보 이설비교고——강주사마 이전 시기를 중심으로」[C071]와 「백거이 삼종연보 이설비교고[Ⅱ]——충주자사 이후 시기를 중심으로」[C073]는 백거이 삼종연보의 이설에 대한 비교이다. 백거이 연보의 대표 저작, 즉 일본 화방영수(花房英樹)의 「백거이연보」(1960), 중국 주금성(朱金城)의 『백거이연보』(1982), 대만 나련첨(羅聯添)의 『백낙천연보』(1989)에 존재하는 이설을 비교·분석하여 시비를 가리고 혹은 새로운 주장을 제기하였다. 총 16종의 이설에 대한 논의를 통해 국외 학자에 의해 저술된 백거이 연보의 부분적 오류를 시정하고 이설의 시비를 판정하였다는 점에 의미가 있다.

유병례의 『백거이평전——세속의 욕망과 그 달관의 노래』[A013]는

---

24) 관련 논문은 金卿東 「元稹白居易初識之年考辨」(『文學遺産』 2000년 6기)과 陳才智 「元白初識之年再辨」(『文學遺産』 2001년 5기)이다. 진재지의 반론에 대한 재반론은 일본 백거이연구회에서 발간하는 『白居易研究年報』제4호(2003.9)에 「元白の"初識"の年をめぐって——陳才智氏の『元稹白居易"初識"之年再辨』に答える」라는 제목으로 발표한 바 있다.

단행본으로 출간된 유일한 평전이다. 제1부「적극적이고 치열하게」는 백거이 출생과 가계를 소개하고 강주사마 좌천 전후의 삶에 대해 서술하였다. 제2부「욕망을 줄이고 빈 배처럼」은 우리당쟁(牛李黨爭)과 중은생활로부터 시작하여 원진·유우석과의 교유 및 백시의 해외 전파 상황을 소개하였다. 백거이의 인생을 시품(詩品)과 인품의 합일을 보여준, 욕망의 절제와 달관에 도달한 지혜롭고 여유로운 삶이라고 평가하였다.[25]

김재승의「원백왕복서고」[C018]는 원진과 백거이의 교우 관계를 간략히 소개하고 원백의 문학사상과 그 사상적 배경이 잘 표현된 왕복서신, 즉「叙詩寄樂天書」와「與元九書」의 내용을 비교·서술한 것이다. 유병례의「백거이의 사은의식」[C029]은 출사와 은일 간의 갈등과 극복 방법에 대한 고찰이다. 일장일단이 있는 출사와 은일이라는 기로에서 결국 백거이는 중은(中隱)의 길을 선택하였다. 그 결과 의식의 해결·유유자적한 삶·자유로운 생활을 보장받았지만 어디까지나 출사에 대한 좌절과 우환으로부터 파생된 부득이한 삶의 선택이었다고 평가하였다.

유병례의「백거이 시 속에 나타난 시간우환의식」[C034]은 백거이의 시간우환의식이 어떠한 울분을 표현하기 위한 것이었는가에 대한 고찰이다. 백거이의 시간우환의식은 "인생은 짧고 유한한데 갈구하는 부귀공명은 뜻대로 이루어지지 않는데서 오는 것"이라고 하였다. 75세까지 늙음에 대한 집착과 초탈이라는 모순된 감정을 끊임없이 노래한 것은 백거이가 생전에 부귀공명으로부터 초연하지 못하였음

---

25) 이외에도『新唐書』권119의 백거이 열전을 역주한 김호철의「백거이 열전」[C038]은 백거이 전기연구에 대한 관심을 보여 준다.

을 반증하는 것이라고 평가하였다. 김용운의 「백거이 사실의식의 定向과 성격」[C035]에서는 백거이의 사실 추구가 충군과 애민을 내용으로 하는 풍간과 교화의 실천에 있다고 하였다. 아울러 사실의식은 정치의식과의 연계가 비변별적이고 단순한, 정치의식의 형상화에 지나지 않는다고 폄하하였다.

김경동의 「元白의 사은의식」[C042]은 원진·백거이의 사환과 퇴은에 대한 관념과 태도를 비교·고찰한 것이다. 원백은 모두 도(道)의 실현을 추구하면서도 한편으론 부귀를 위한 녹사(祿仕)의 성분을 완전히 배제하지 못하였지만 원진은 주로 신분지위 향상을 위한 귀(貴)에 중점을 두었고 백거이는 생계유지를 위한 부(富)에 더 큰 비중을 두었던 것이 다른 점이라고 하였다. 특히 후기 사환태도 면에서 원백의 차이는 은일에 대한 관념과 태도의 이질성 때문에 발생한 것이라고 하였다. 즉 백거이는 출사의 객관적 기준인 도의 유무에 따라 퇴은할 수도 있다는 도은(道隱) 관념을 소유하고 있었지만 은일의 가치를 부정하는 원진은 독선(獨善)을 단지 일신의 안일을 위한 것으로 인식하였다는 것이다. 바로 이로 인해 좌천에 대응하는 방식면에서 백거이는 좌천을 자신의 도를 수호하고 도덕수양을 위한 기회로 받아들였지만 때(時)와 천명(命)의 존재를 인정하지 않는 원진은 은일과 독선의 길을 거부할 수밖에 없었다고 평가하였다.

박영환의 「白居易與洪州禪」[C066]은 평상심(平常心)이 도(道)라는 핵심 이론으로 불교의 세속화와 평민화를 주도한 홍주선(洪州禪)과 시인의 인생관·예술관 간의 관계를 살폈다. 먼저 백거이와 홍주선승(洪州禪僧)과의 교류를 통한 홍주선 사상의 수용을 소개하였다. 아울러 낙천지명(樂天知命)·임운광달(任運曠達)의 인생관과 통속적이고 평이한 예술 풍격은 홍주선의 영향이라고 평가하였다. 이외에도 이경일의 「白居易中期的出處意識」[C052]과 「白居易的人生哲學小考」 [C056]가 있다. 전자는 백거이의 강주폄적 시기, 충주·장안 시기, 항주·소주자사 시기의 중은사상에 대한 논의이다. 후자에서는 백거이의 인생철학에 관해 서술하고 백거이 만년의 독선은 유가에서 주장하는 도덕과 자아의 완선(完善)이 아니라 인시인명(認時認命)하고 지족보화(知足保和)하는 독락(獨樂)으로 평가하였다.[26]

이상천의 「한유와 백거이의 대립여부에 관한 소고」[C063]는 한유와 백거이의 문학적 논쟁이 실제로 발생했는가에 대한 논의이다. 한·백의 대립여부에 관한 역대 문인들의 관점을 검토하고 교유관계 및 관련 작품의 창작시기로 볼 때 두 사람의 대립 가능성은 없다고 하였다.

4. 작품 창작과 시가이론

백거이는 당대 문인 중 가장 많은 작품을 후세에 남겼다. 시는 무려 2,924수, 산문은 859편에 이른다.[27] 「작품 창작과 시가이론」 영역의 연구 성과가 최다 분량인 것은 당연한 결과이다. 또한 연구 주제 역시 다양하므로 '풍유시와 문학주장'·'한적시와 감상시'·'제재와 유형별 연구'·'시어와 형식 연구'·'평가와 영향' 등으로 세분하여

---

26) 이외에 정진걸의 「백거이 시관 연구」[C077]는 백거이의 시관(詩觀)을 유희성·통속성·가창성으로 나누어 정리한 것이며, 김명희의 「唐 중엽의 정치와 백거이·원진의 입장」[C050]은 당 중엽의 복잡한 정치현실, 특히 牛李黨爭의 와중에서 백거이과 원진이 택한 정치적 입장에 대해 서술하고 있다.

27) 백거이 작품 편수에 관한 논의는 본서 제3장 「백거이 작품 개설」에 상세하다.

서술한다.

양삼의 「백낙천과 그의 시」[B001]는 국내 최초의 석사논문이다. 백거이의 생애와 풍유시 · 한적시 · 감상시 · 율시 등의 내용에 대해 작품을 예로 들어 개략적으로 서술하였다. 백거이는 평이명쾌(平易明快)한 수법으로 민중시인이라는 자각 아래 사회를 풍자하는 시를 썼다고 하였다. 이근효의 「시를 중심으로 본 백거이 연구」[B004]에서는 백거이의 사상과 시 분류 및 문학운동에 대하여 서술하였다. 백거이는 문학을 사회와 민중 개조의 도구로, 민의 전달과 정치 공격의 무기로 이용하고자 하였다면서 현실주의와 인본주의적 유교사상의 문학관을 소유한 시인이라고 평가하였다.

김재승의 「백낙천시 연구」[B005]와 『백낙천시 연구』[A005]는 국내 최초의 박사학위논문이자 국내 최초의 단행본 연구저서로서 내용은 동일하다. 백거이의 전기 · 문집 · 문학사상 · 풍유시 · 한적시 · 감상시 · 잡률시 · 격시(格詩) 및 역대 평가 등 백거이와 시문학에 관한 전반적인 내용을 다루었다. 연구 내용은 주제에 따라 별도로 소개할 것이다. 정진걸의 「백거이시 연구」[B021]는 백거이 시 전체를 대상으로 한 박사논문이다. 「백거이의 시관」 · 「백거이 시의 특징」 · 「백거이 시의 영향」을 주요 내용으로 한다. 일상 중시 · 유희 중시 · 가창 중시를 백거이의 시관이라 하고 일상성 · 유희성 · 가창성을 백거이 시의 특징이라고 하였다. 백거이 시의 영향은 유희성과 만당 · 가창성과 오대 · 일상성과 송(宋)으로 나누어 서술하고 있다.

김경동의 「백거이 시문 연구서설」은 국내 백거이 연구의 기반확립 차원에서 백거이 시문에 대한 기초작업을 수행한 것이다. 주금성의 『백거이집전교』(1988)를 저본으로 백거이 작품에 대한 작품번호를 새로이 설정하고 백거이의 현존 작품 편수에 대한 정확한 집계를 시도하였다. 백거이 시문 창작연대에 관한 이설을 6가지 유형별로 비교·정리하여 백거이 연구의 기초자료로 제공하였다.

(1) 풍유시와 문학주장

김용섭의 「백낙천 연구——풍유시의 瞥瞰」[C002]은 풍유시의 내용을 오언고시와 칠언고시 등 2가지 시체로 나누어 서술한 것이다. 정래동의 「백낙천시의 사회성」[C006]은 백거이의 실용적 문학주장을 간략히 소개하고 사회시 내용을 불우한 부녀자에 관한 시·세궁민(細窮民)의 고초를 묘사한 시·사치와 시속(時俗) 유행을 경계한 시 등으로 나누어 서술하였다. 김득수의 「백거이 연구」[B002]에서는 백시의 주요 특징으로 평이성·사실성·풍자성을 거론하며 백거이 시는 "자신의 사상을 전달하는 도구이자, 동시에 정치·사회제도를 개혁해 민족·국가를 兼濟하는 유일한 무기였다"고 서술하고 있다. 차주환의 「李杜元白의 詩說(하)」[C009]은 원진·백거이 2인의 시가 주장을 소개한 것이다. 원백 2인은 모두 시의 풍자성과 정치적 효용성을 중시하였지만 후기 창작에서 원진은 염정시로 전환하였고 백거이는 한적시로 위축되었다고 평가하였다.

이동향의 「백거이의 풍유시와의 결별」[C009]은 강주좌천 이후 풍유시의 창작 중지 원인을 백거이의 천성과 기질·백거이 인생관의 변화·당시의 정치상황 등 세 가지로 고찰한 것이다. 감정이 풍부한 시인의 천성을 가진 백거이는 한적시나 감상시 등 서정시 창작에서 즐거움을 찾고자 하였고 모친 사망과 딸 금란자(金鑾子)의 죽음으로 인해 인생관이 노장과 불교로 기울었으며 강주사마 좌천으로 인한 정신적 타격과 자신의 정치이상과 문학주장의 실현 가능성이 없다는 자각으로 점점 풍유시와 결별하게 되었다고 하였다.

은부기의 「백거이의 사회시고」[C010]는 백거이의 사회시론 및 창작실천에 대한 고찰이다. 인간을 위한 문학·공리적 문학관으로 인해 서민의 빈곤과 고통·정치사회의 부조리를 사실적으로 노래하였으며 평이하고 통속적인 시를 지었다고 평가하였다. 김득수의 「백낙천의 문학개혁론」[C013]은 백거이 문학개혁의 주장과 전개 상황에 대한 논의이다. 문학개혁의 종지는 사회정치제도의 결함을 타파하는 것이었으며 그 도구는 바로 풍유시라고 평가하였다.

김재승의 「백거이의 진중음고」[C012]는 「秦中吟」10수의 내용을 번역·소개하고 인생을 위한 내용을 담아야 하므로 평이한 시어에 평측·구수에 제약이 없는 오언고시체로 창작되었다고 하였다. 김재승의 「백거이 신악부고」[C014]는 「新樂府」50수의 내용과 의미에 대한 고찰이다. 「신악부」50수는 겸제천하라는 유가 이상의 표출이며 정치사회의 모순에 대한 비판과 풍자는 군왕과 백성을 위한 선정을 기대했기에 가능하였다고 평가하였다.

신영애의 「백거이 신악부 연구」[B003]는 비판적 사회시 창작의 사상적 기반과 신악부의 내력 및 「신악부」50수의 분류·내용 등에 관해 서술한 석사논문이다. 신영애의 「백거이 신악부의 분류와 내용에 대하여」[C017]는 [B003]의 관련 부분을 수정·보완한 것으로 「신악부」의 내용을 천자 찬미·천자 경계·귀족 경계·백성의 고통 묘사 등으로 분류하여 서술하였다. 이근효의 「백거이 시의 사회성에 관한 연구」[B004]는 백거이 시의 양대 특성을 사회성과 통속성으로 규정하고 「진중음」10수와 「신악부」50수를 통하여 사회성에 대한 이해를 도모하였다. 백거이는 백성들과 동고동락하면서 대중을 위해 시를 쓴 사회시인으로서 그 당시 시가개혁의 구상이 있었다고 평가하고 있다.

임효섭의 「백거이 신악부의 창작과정 고찰——주제와 제재의 관계를 중심으로」[C028]는 백거이 「신악부」의 주제와 제재의 관계를 통하여 작품의 의의를 논한 것이다. 「신악부」의 제재는 암울한 사회현실의 부패와 부조리이며 주제는 기층민에 대한 인간애와 현실개혁정신이라고 하였다. 그러나 제재를 통한 예술적 묘사보다는 추상적인 논리개념의 직접적 전달에 치우쳐 있다는 점을 결함으로 지적하고 있다. 현재석의 「백거이 신악부 연구」[B010]는 「신악부」50수를 통하여 사회현상의 반영 문제 및 사실적 표현의 수사기교를 고찰한 석사논문이다. 백거이의 문학 주장을 사회현실 반영 · 사회변혁의 정치적 역할 · 언어의 평이성으로 요약하고 「신악부」50수를 통해 이를 입증하고자 하였다.

임효섭의 「백거이 신악부 리얼리즘의 성격 연구」[B008]는 「신악부」50수를 통하여 백거이 리얼리즘의 성격과 한계를 논의한 석사논문이다. 백거이 리얼리즘의 기본 성격은 사실주의적 소재 설정 · 인도주의적 민중 인식 · 복고주의적 실천 경향에 있다고 하면서 봉건적 신분체제로 인해 민중과 완전한 동화를 이루지 못한 한계가 있다고 평가하였다. 이준식의 「두보 · 백거이시 리얼리즘의 형성과 그 양태」[C031]는 두보 · 백거이 시의 리얼리즘 양태와 한계성을 논한 것이다. 하부계층을 고려한 위민(爲民)과 상부계층을 대상으로 한 풍자라는 양면이 두보 · 백거이 리얼리즘의 가장 명확한 양태이며, 두 시인의 작품 속에서 목적과 수단으로서의 상호보완적 작용을 하였다고 평가하였다.

김재승의 「당대 신악부운동 소고」[C019]는 신악부의 발생과정과 성격 및 신악부운동의 성공여부 등에 대한 논의이다. 중당의 신악부운동은 이신 · 원진 · 백거이 등 추진세력의 문학의식 미약 · 작품활동의 빈약·문학형식으로서 신악부 생명력의 취약 등으로 인해 문학운동이라기보다는 문학사조의 일시적 현상에 머물렀다고 평가하였다. 임효섭의「백거이 신악부운동의 시대정신 고찰」[C040]은 백거이 문학의 근간을 이루는 시대정신에 대한 고찰이다. 백거이에게는 현실참여 의식이 담긴 시가만이 시정신을 담은 시이자 가치있는 시라고 하면서, 인민을 억압하는 정치·경제적 구질서를 비판하고 새로운 질서를 추구하는 중당 신흥사대부의 시대정신이 바로 백거이 신악부운동의 정신이라고 주장하였다.[28]

김경동의「원진·백거이 사회시 연구」[B013]는 원백 사회시의 특성과 현실인식·예술성취를 주요 논의 대상으로 삼은 박사논문이다. 제5장「원백 사회시의 특성」에서는 원백 사회시의 특성을 정치성·의론성·공리성으로 압축하였다. 정치성은 시가를 통한 정치 주장의 제기와 정치 풍간의 목적 달성을 의미하며 이러한 점에서 시가 형식의 간서(諫書) 혹은 정치풍간시라고 하였다. 의론성은 원백 사회시가 사실적 묘사보다는 의론적 표현 위주로 창작되었음을 말하며 상주문이나 간언서의 표현방식과 다를 바 없는 이념시라고 하였다. 원진 사회시의 공리성은 모수자천의 의미를 표출하는 즉 개인적 공리 추구에 중점이 있다면 백거이 사회시에는 사회공익을 위한 사회적 공리의 성질이 보다 더 강하게 드러난다고 평가하였다.

김경동의「원진·백거이 사회시 연구」[B013] 제6장「원백 사회시의 현실인식」은 원백 사회시 현실인식의 양태를 외래문화·민생질

---

28) 정진걸의「"신악부운동", 정말로 있었나?」[C105]에서는 신악부운동이 존재하지 않았을 가능성이 높고 설령 존재했더라도 의미와 효과는 미미했을 것이라고 하였다. 신악부운동의 실재에 대한 의혹은 오래전 중국 학계에서 제기된 것이고 이를 수용한 김재승에 의해 1980년대 이미 국내에서도 제기된 바 있다.

고 · 국토상실 · 국가치란으로 나누어 고찰한 것이다. 외래문화의 유행이 국가의 동란과 인과관계가 있다는 인식으로 인해 원백은 호화(胡化)라는 사회현실에 대한 비판적 인식을 표출하였고, 외족의 침략으로 인한 국토상실이라는 현실에 대한 원백의 상실 회복 방법은 실지(失地) 수복에 대한 염원이라는 관념적 의식으로 나타나고 결국은 무능하고 나태한 변장(邊將)에 대한 비판의식으로 이어진다고 하였다. 원백 사회시에는 민생질고라는 사회현실에 대한 비판적 인식은 동일하지만 그 원인에 대한 인식의 차이로 인해 백거이의 비판 대상은 군왕의 사치향락 · 과중한 조세 · 탐관오리의 가렴주구 · 지배계층의 사치유락 생활인 반면 원진 사회시는 전란으로 인해 야기된 민생질고 반영에 집중되었다고 하였다. 국가치란에 대한 인식 면에서도 원백은 달랐다. 백거이는 국가 치란이 군주의 수신 여부에 달려 있고 원진은 국정실무 담당자인 관리의 자질 여부에 달려있는 것으로 인식하였다. 이로 인해 백거이 시에는 전대 군주의 황음무도한 생활과 실정을 풍자하거나 선정(善政) 찬미의 방식으로 군주의 수신을 규간(規諫)한 작품이 상당수 존재하지만 원진 시에서는 황제에 대한 규간보다는 황제를 제대로 보필하지 못하는 관리의 무능과 불충에 대한 풍자와 비판이 더욱 강하게 나타난다고 하였다.

　김경동의 「원진 · 백거이 사회시 연구」[B013] 제7장 「원백 사회시의 예술성취」에서는 백거이의 경우 창작방법으로서의 리얼리즘 특성 즉 전형형상의 창조가 사회시의 예술성취이지만 원진 사회시에서는 전통의 계승과 창신 면에서의 성취가 발견된다고 하였다. 논문의 결론에서는 원백의 정치 · 사회에 대한 비판정신이 서구 지식인들처럼 순수이성에 의거한 자유비판정신이 아니라 정치적 목적과 특정 의도에 의해 결정된 조건적 · 일시적인 비판정신이라고 평가하고 있다. 서구 지식인과 원백 비판정신의 근원이 다른 것은 서구 지식인의 지식이 지식을 위한 지식이었다면 지식의 성취보다는 주로 도덕의 성취를 지향하였던 중국 문화정신의 특성상 중국 고대지식인의 지식은 지식 자체를 위한 순수한 지식이 아니라 정치와 밀접한 관계를 가지고 있었기 때문이라고 하였다.

정진걸의 「백거이 시풍의 변화 연구: 풍유시 소멸의 이유를 중심으로」[B014]는 백거이 시풍 변화의 시기와 원인을 대상으로 한 석사논문이다. 진정한 의미의 시풍 변화는 충주자사에서 조정으로 복귀한 후부터 항주자사 자청까지의 기간에 발생하였는 바, 그 원인은 정치적 좌절과 당쟁의 심화 및 효용론적 시관의 변화 때문이라고 하였다. 강석훈의 「두보와 백거이 사회시 고찰: 표현기법을 중심으로」[B022]는 두보 사회시 19수와 백거이 사회시 32수를 대상으로 한 석사논문이다. 주요 표현기법으로 거론된 것은 전형화 · 세부묘사 · 대비 · 의론성 · 객관적 서사방법 · 우언의 활용 등이다.[29]

이준식의 「백거이론」[C041]은 백시의 주요 내용과 특징 및 현실비판과 현실일탈이라는 이중성이 노정될 수밖에 없었던 필연성, 사실주의 작가로서의 한계 등을 논한 것이다. 현실비판과 현실일탈이라는 이질적 주제가 공존하는 모순은 실용적 문학관과 심미적 문학관이 양립하였던 백거이에게는 당연한 귀결이었다고 하였다.

김재승의 「백거이의 시론고」[C016]는 백거이 시론의 내용 · 형성과정 · 문학사적 배경을 고찰한 것이다. 백거이는 시를 인간이 정치

---

29) 이외에 김성은의 「원진 · 백거이 신악부 특징과 이질성 연구」[B023]는 원백의 신악부에 관한 석사논문이다. 공리성이라는 점에서는 원백이 일치하지만 원진은 은유적 표현과 예술성을 강조하였고 백거이는 내용을 중시하여 평범한 언어와 직설적 표현을 강조하였다고 평가하였다.

적·사회적·도덕적 목적 실현에 사용하는 수단으로 인식하였다고 하면서 이러한 실용주의 시론의 문학사적 배경으로 중국의 전통적 실용주의 사상·시경의 풍시(風詩) 정신·유미주의 시풍을 반대하는 사실주의 사조·고문운동파의 복고주의 사조 등을 거론하였다. 유병례의 「백거이 시론의 이중성」[C026]은 백거이 풍유시 이론의 한계성을 출사와 퇴은이라는 두 가지 관점에서 논의하였다. 강주좌천 이후 백거이 시론이 겸제를 위한 실용이론에서 독선을 위한 표현이론으로 변화한 원인은 정치적 좌절로 인한 소극적인 인생관 때문이기도 하지만 문학을 통하여 정치적 득실을 파악하고 백성을 교화시킬 수 있다는 실용주의 이론 자체의 한계성 때문이기도 하다고 평가하였다.[30]

(2) 한적시와 감상시

김재승의 「백낙천시 연구——한적시를 중심으로」[C021]는 한적(閑適)의 문학적 의미·한적시의 내용 및 평가 등을 고찰한 것이다. 한적이란 모든 구속과 갈등에서 해방된 상태이며 한적시는 한적 향유시의 정취와 심경을 노래한 것이라고 하였다. 한적시에는 불평·고통·슬픔을 토로한 것이 없고 세사의 구속에서 벗어난 초탈한 인생관이 잘 드러나 있다고 평가하였다.

---

30) 이외에도 정원호의 「백거이 신악부의 재조명」[B007]과 나영선의 「백거이 풍유시의 제재 및 문학사적 의의에 대한 고찰」[B015]이 있다. 전자는 「신악부」 50수의 특징과 내용·백거이의 사회적 인식을 고찰한 석사논문이다. 신악부의 특징으로 은유적 우언과 대조에 의한 풍자성·통속적인 구어와 알기 쉬운 비유를 사용한 평이성·전형적 사건·형상화의 수법과 사실주의 수법을 사용한 사실성 등을 제기하고 있다. 후자는 백거이 풍유시의 형성배경과 과정·제재·문학사적 의의를 논의 대상으로 한 석사논문이다.

정상혁의 「백거이의 한적시 연구」[B009]는 백거이 한적시의 문학적 전석(詮釋)·형성과정·제재설정 및 문학사적 의의를 고찰한 석사논문이다. 백거이의 한적시는 현실적인 관심과 욕망으로부터 자유로운 한적의 경지에서 수신적 의미를 담아 일상생활의 침착한 정서를 표출한, 독선(獨善)의 자세를 대표하는 시라고 하였다. 한적시는 도연명과 위응물의 시풍을 계승한 것으로 직술적·산문적인 표현을 특색으로 한다고 평가하였다.

윤순일의 「백거이의 후기한적시 연구」[B017]는 216편의 한적시 중 후기 작품 114수만을 대상으로 한 석사논문이다. 강주폄적기의 한적시는 장안에 대한 미련·강주퇴거의 한적 찬미·탈속은둔의 염원·안분지족의 체념 등을 주요 내용으로 하며, 외임(外任)자청기의 한적시는 평정한 심정의 표출·운명 순응의 자적(自適)·급시행락의 추구·현실과 퇴은의 타협 등을 주로 노래하였다고 하였다.

이우정의 「중국 고전시에 있어서 자유의 추구——백거이의 閑適을 중심으로」[C064]는 백거이 한적시에 나타난 한적의 내용과 그 특징을 고찰한 것이다. 백거이의 한적은 출사도 은둔도 아닌 삶에서 만끽하는 은둔의 희열이며, 도연명에서 소식으로 이어지는 자유의 추구는 백거이의 한적을 징검다리로 삼고 있다고 평가하였다.

정원호의 「백거이 한적시에 나타난 의식의 세계 고찰」[C125]은 한적시의 내용과 백거이 의식의 관계를 세 가지로 분류·고찰한 논문이다. 첫째는 한적에 대한 동경심으로 현실에서 벗어난 여유보다는 스스로를 부끄러워하며 한적함을 동경하는 내용이다. 둘째는 한적의 경지에 대한 체화 추구로서 한적함의 영역 안으로 자신을 과감하게 투영시키는 내용이다. 셋째는 한적의 즐거움에 대한 향수(享受)로서 현실에 대한 불안감은 사라지고 자유로운 한적함의 즐거움을 노래한 내용이라고 하였다. 백거이의 한적시 창작은 한적에 대한 영원한 동경과 추구·실천의 결과물이라고 평가하였다.

정원호의 「백거이 下邽시절 한적시 고찰」[C127]은 하규(下邽) 복상 시기에 창작한 한적시 50여 수를 대상으로 하였다. '한가로운 사람(閑人)'으로 자칭한 하규의 전원생활은 백거이가 일체의 상념을 잊는 심법을 익힌 자아성찰의 시기이자 자적(自適)의 인생관을 확립한 시기였다고 하였다.[31] 정진걸의 「백거이 시에 보이는 상반된 반응의 의미 연구」[C055]는 동일한 상황에 대한 시인의 상반된 반응의 원인과 의미를 한적시와 감상시를 주요 대상으로 고찰한 것이다.

김재승 「백낙천시 연구」[B005]의 제5장 「감상시」는 「장한가」를 비롯한 감상시의 형식과 내용에 대해 서술하였다. 감상시의 형식은 오언고체시가 주종을 이루며 감상시는 능동적인 것이라기보다는 외부의 사물에서 수동적으로 '수시수감(隨時隨感)'한 정감을 기록한 것이라고 하였다. 이병한의 「이백·두보·백거이 三家詩論——양태진을 중심으로」[C004]에서는 양귀비를 제재로 한 이백·두보의 시와 백거이 「長恨歌」의 내용과 묘사 수법에 대하여 서술하였다.[32]

강전섭의 「번역가사 장한가의 점검」[C030]은 조선 가사집인 『해동유요(海東遺謠)』에 수록된 번역가사 「장한가」(역자 미상)와 번역 기교를 논한 것이다. 4·4조의 운율에 맞추기 위해 칠언시의 앞 4자를

---

31) 이외에 조좌호의 「백낙천연구——특히 詩禪一致의 선구적 역할을 중심으로」[C003]는 독선(獨善) 지향의 한적시를 주로 창작한 후반기에는 불교의 귀의에서 얻은 경묘(輕妙)와 허탈을 보태어 독특한 시풍을 이루었다고 평가하고 있다.

32) 이외에도 김철수의 「장한가 연구」[C005]가 있다. 「장한가」의 내용과 「梧桐雨」·「綵毫記」·「長生殿」 등의 후대 문학 및 「源氏物語·桐壺」 등의 일본문학에 끼친 영향을 서술하였다.

전구로, 뒤 3자를 후구로 변용하고 직역과 의역의 적절한 활용을 통해 칠언장가를 국문가사로 변용·발전시킬 수 있는 가능성을 보여준 시험작품이라고 평가하였다. 유병례의「백거이「장한가」의 주제」[C060]에서는「장한가」가 애정과 자상(自傷)의 이중적 주제를 표출한 작품이라고 하였다.「장한가」를 풍유시로 분류하지 않고 감상시에 귀속시킨 이유는 백거이에게 젊은 시절 이루지 못한 비극적 사랑의 경험이 있었기 때문이라고 하였다.

권응상의「장한가의 서사성 연구」[C045]는「장한가」의 서사 특징을 사후세계의 허구화·3인칭 화자의 객관적 시점과 일부의 전지적 시점 운용·묘사수법에 의한 인상적 서사와 서정의 적절한 융합이라고 하면서 이로 인해「장한가」는 본격적 서사시로 인정받고 후세 서사시에도 큰 영향을 끼쳤다고 평가하였다. 전보옥의「중국 고전서사시의 고사 성립배경(Ⅳ)──「장한가」로 본 당대 서사시의 발전양상」[C065]은「장한가」의 서사특징·고사구조를 서술하고 중국서사시 발전사에서 가지는 가장 큰 의미는 처음으로 '서사(敍事)' 의지를 가지고 창작된 운문체의 서사문학이라는 점에 있다고 평가하였다.

이경일「중국에서의 백거이「장한가」주제연구 고찰」[C130]은 1980·90년대 중국 학계에서 뜨거운 논쟁이 진행되었던「장한가」의 애정주제설과 풍유주제설의 근거·발생 배경과 연구 전개과정을 정리한 것이다. 김상홍「「장한가」와「비파행」의 풍자와 은유고」[C096]는「장한가」와「비파행」을 시간의 장단과 지속으로 인한 인간사의 애상·정한과 조절 불가능한 시간의 유속으로 인한 무상감 등을 풍자와 은유로 미려한 형상화에 성공한 작품이라고 평가하였다.

신승희「「비파행」의 음성학적 고찰」[B011]은 백거이의「琵琶行」을 음성학적 측면에서 고찰한 석사논문이다. 율구(律句)의 다용·4

구 환운 현상·장법과 운조(韻調)의 다양한 변화는 서사적이면서 감정적인 내용을 표현해 내기 위한 변형이며 칠언가행체로서의 평측율을 전형적으로 보여 준다고 하였다. 특히 압운자에 향도(響度)가 큰 원음(元音)의 다수 사용으로 인해 음악시의 청각적 효과를 제고하였다고 평가하였다.

이경일의 「중국에서의 백거이 感傷詩 연구 현황」[C123]은 「장한가」·「비파행」을 제외한 기타 감상시에 대한 중국의 연구현황을 살핀 것이다. 백거이의 감상시는 주로 자아·사물·타인에 대한 비상(悲傷)과 애석의 감정을 표현하였다고 평가하였다.

(3) 제재와 유형별 연구

본절에서는 백거이 시의 특정 제재 혹은 특정 유형, 즉 음주시·서사시·영물시·산수시·영학시·영병시·애도시·우언시·다시(茶詩) 혹은 여성·기녀의 형상·특정 시기 작품을 연구 대상으로 한 논문을 정리하기로 한다.

안천수의 「백거이의 강주폄적 도중의 시 연구」[B006]는 백거이의 시풍과 인생관의 변화과정을 보여주는 장안에서 강주까지 폄적도중에 지어진 작품을 고찰한 석사논문이다. 강주 폄적의 직접적 원인은 백거이의 직언극간과 "당시 세상에서 꺼리던 일을 아랑곳하지 않는(不識時忌諱)" 풍유시 창작 때문이라고 하면서 약 4·5개월 사이 폄적 도중에 창작된 작품의 공통적인 정서는 폄적에 의한 좌절의식이라고 평가하였다.

윤석우의 「음주시에 나타난 중국시인의 정신세계——도연명·이백·백거이를 중심으로」[B018]는 도연명·이백·백거이의 음주시를 연구대상으로 한 박사논문이다. 백거이 음주시의 내용을 '술로써 통찰한 인생의 진실'·'한적의 동반자인 술과 거문고와 시'·'술에 의한 지음과의 교유' 등으로 나누어 서술하였다. 백거이의 음주는 체념적 도와의 합일을 위한 도연명의 음주와도 다르고 호탕함이 과장된 이백의 음주와도 다른, 자신의 균형감을 보여주는 달관의 음주였다고 평가하였다.

강창수의 「백거이 음주시 소고——「권주십사수」를 중심으로」[C032]와 장철호의 「백거이 음주시고——「권주십사수」 중심」[C033]은 백거이「勸酒十四首」의 내용을 소개한 것이다. 전자는 「권주십사수」의 내용과 형식상 특징을 서술하고 백거이의 음주시는 독선기신(獨善其身) 사상의 표출이며 음주의 흥취에 대한 소박한 술회라고 평가하였다. 후자는 작품의 내용을 소개하면서 「何處難忘酒」7수는 기쁨과 슬픔의 정서를 노래한 서정시이고 「不如來飮酒」7수는 현실 및 비현실적인 내용을 제재로 한 서사시라고 평가하였다.[33]

고진아의 「백거이 서사시 연구」[B012]는 「장한가」·「비파행」·「東南行」·「賣炭翁」 등 서사시 30수를 대상으로 한 석사논문이다. 백거이 서사시의 주제·서술방식·구조의 유형·인물형상·서사시점 등의 서사 구조적 특징 등을 고찰하였다. 백거이 서사시의 특성은 사실정신과 풍부한 현실성·교화와 풍유성·'노구도해(老嫗都解)'의 통속성에 있다고 평가하였다.

유병례의 「백거이 시에 나타난 鶴의 이미지」[C044]는 백거이 시에

---

33) 이외에 전원주의 「백거이의 음주시 연구」[C103]는 백거이 음주시를 '지음과의 교우 음주시'·'중은사상의 음주시'·'현실정치의 불평을 분탄하는 음주시'·'도취 중의 적막함'·'인간주선의 음주시'로 분류하여 고찰하였다.

등장하는 학(鶴)의 다양한 이미지에 대한 고찰이다. 학의 전통적 이미지는 은사와 군자이기에 백거이 중은생활의 반려자가 되었지만 백거이 시에서 학의 이미지는 탐욕스런 관리·세속의 구속과 얽매임·이상의 좌절과 봉록의 추구·고고한 품격 유지·당쟁에서의 일탈과 은일의 추구 등 다양하다고 평가하였다.

김경동의 「백거이 「池鶴八絶句」 소고——그 寓意와 창작의도를 중심으로」[C057]는 40년간의 관직생활 후에 창작된 우언체 연작시 「池鶴八絶句」의 우의와 창작의도를 고찰한 것이다. 독선·낙천지명의 소극적 인생관과 중은·명철보신이라는 반은둔식 생활철학을 지향하게 된 백거이가 만년 인생에 가치와 의의를 부여하고 정치이상의 실현을 포기한 지식인으로서의 공허함을 달래며 스스로 정신적인 위안을 삼고자 한 것이 창작의도라고 하였다.

김경동의 「백거이 詠鶴詩考——그 유형과 의미를 중심으로」[C058]는 영학시의 창작 개황과 시기별 유형을 논한 것이다. 속세를 초월한 고결한 존재라는 학의 전통적 이미지는 백거이가 강주사마 이전부터 동경했던 자유롭고 한적한 자적(自適)의 삶, 그리고 만년에 들어 구현한 독선기신과 낙천지명이라는 삶의 방식과 인생관을 담아내는 데 가장 좋은 수단이라고 평가하였다.

유병례의 「중당 우언시 연구——백거이와 유우석의 우언시를 중심으로」[C047]는 백거이와 유우석 우언시의 내용적 특징과 창작기교에 대한 고찰이다. 백거이 전기 우언시의 특성은 당시의 폐정(弊政)과 사회 부조리에 대한 비판·형식 제약이 근체시에 비해 상대적으로 느슨한 고체시 사용이라고 하였다. 반면에 개인의 삶에 대한 반성과 지향의 정서 표출·율시 위주의 시체 등이 후기 우언시의 특징이라고 평가하였다.

이봉상의 「강주좌천 이전 백거이의 질병과 詠病詩」[C088]는 백거이 강주사마 좌천 이전의 영병시 23수에 대한 고찰이다. 병에 대한 이중적 태도를 수용과 달관 그리고 한탄과 좌절로 나누어 서술하고 질병에 민감한 시인의 우환의식·주변인의 죽음과 이별로 인한 두려움·소외된 문인으로서의 불평(不平)한 심리가 창작의 배경이 되었다고 평가하였다. 신의선의 「고통과 극복의 시적 체현: 중당 백거이의 선시 속 생로병사의 문제를 중심으로」[C134]는 백거이 선시(禪詩)를 중심으로 시인이 인생의 고뇌를 극복해 간 내면의 자취를 탐색한 것이다. 백거이는 고질적인 질병으로 인해 생로병사의 고통에 대해 고민하며 극복하고자 노력하였고 작품에는 고통 극복의 체현 과정이 드러나 있다고 하였다.

이봉상의 「백거이 시의 여성상 연구」[B016]는 여성을 주요 제재로 한 시 64수를 대상으로 한 석사논문이다. 사부(思婦)·궁녀·기녀·부인과 연인·기타 여성 다섯 가지로 나누어 여성상을 고찰하고 백거이의 여성관과 대상 작품의 언어예술에 대한 논의를 진행하였다. 여성의 각도에서 백거이 작품에 접근한 국내 최초의 논문이라는 점에 의미가 있다.

박병수의 「백거이의 산수시 연구: 좌천·중은시기를 중심으로」[B019]는 백거이 산수시를 연구대상으로 한 석사논문이다. 산수시의 내용을 강주사마·충주자사의 좌천시기와 항주자사·소주자사의 중은(中隱)시기로 나누어 서술하였다. 좌천시기 산수시의 특징은 고독·소외·은일의 부정적 이미지의 표출에 있으며 중은시기의 산수시는 다정다감하고 섬세한 시인의 자유와 해탈 그리고 미학의 결정체라고 평가하였다.

이정은의 「백거이 연작영물시 연구」[B020]는 백거이의 연작영물시 12제 53수를 대상으로 작품의 주제·제재와 구성방식을 고찰한 석사논문이다. 백거이 연작영물시의 주제는 권귀와 시정(時政)에 대한 풍자·이상의 실현과 좌절·지조와 절개의 추구·자연섭리와 인생철리에 대한 감회 등으로 귀납되고 제재는 40여 종에 이르며 연작의 구성방식은 개별형·일체형·혼합형 등 세 가지로 구분된다고 하였다.

이봉상의 「당대 기녀와 白詩 속의 기녀」[C084]는 당대 문인과 기녀와의 관계·백시 속의 기녀 형상을 고찰한 것이다. 관기는 관가행사의 조흥자(助興者), 민기(民妓)는 문인 교제의 조력자, 가기(家妓)는 문인생활의 동반자로서의 역할을 하였다고 하면서 백거이 시에서의 기녀 형상을 그리움의 대상·화려함과 향락의 모습·신세 한탄형으로 구분하여 서술하였다. 이태형·장수현의 「백거이 시에 나타난 기녀 형상과 당대문화」[C092]는 백거이와 기녀 교류의 사회문화적 배경과 기녀 형상을 고찰의 대상으로 하였다. 백거이 시에 등장하는 기녀의 형상은 노래하며 춤추는 관기(官妓)의 향락적 가무형·원망하고 한탄하는 궁기(宮妓)의 한탄형·노쇠하고 초라해진 모습에 동병상련하는 가기(歌妓)의 동정형 등이 있다고 하였다.[34]

이수정의 「백거이 애도시 소고——'隨感遇'와 '直'에 따른 직설적인 말하기 방식을 중심으로」[C128]는 백거이 애도시의 창작배경과 시적 형상 및 구성의 특징을 논의한 것이다. 백거이는 애도의 문학화에 관심을 가졌던 인물이었고 느낀 감정 그대로의 솔직한 표현과

---

34) 이태형의 「백거이의 눈빛으로 바라본 妓女」[C078]는 기녀형상을 가무환락형·원한탄식형·상심연민형 세 가지로 나누어 서술하였다. 이태형·장수현의 논문C092은 이를 수정·보완한 것으로 보인다.

직설적 화법의 중요성을 제기하였다고 평가했다. 이수정의 「백거이 작품에 나타난 죽음과 애도의 표현 방식에 대한 연구: 哀悼詩와 哀祭文을 중심으로」[C132]는 앞 논문에 애도류 산문을 추가한 후속작업의 결과물이다. 애도의 주체가 삶의 의미에 대한 재탐색을 통하여 망자의 존재 가치를 제고하고, 비탄의 심정을 직설적으로 서술하여 망자와의 유대를 강조하기도 하며, 의욕 상실의 무력감과 허무감에 대한 서술을 통하여 자신의 처지에 대한 비관을 표현하기도 한다고 하였다.[35]

김해명의 「백거이 樂詩의 '聲情'연구」[C108]는 음악과 관계있는 백거이의 악시 34수에 나타난, 소리와 관계있는 정감 즉 '성정(聲情)'을 연구 대상으로 하였다. 참신한 의성어의 사용·은유와 상징을 통한 '성정'의 표현·소리의 변화에 대한 적극적 상상 유도·'성정'을 매개로 한 연주자와 감상자 간의 완전한 교융 등을 중시하였다고 했다. 백거이는 음악세계가 결국 내면세계라는 인식을 통하여 '무성(無聲)의 미학' 경지에 도달할 수 있었다고 평가하였다. 이경일 「백거이 茶詩 소고」[C131]는 당대 차문화의 배경과 백거이 다시에 관한 것이다. 백거이 다시의 내용을 관직생활에 대한 회의·청담한 삶에 대한 열망·지인들과의 교류 매개체 등 세 가지로 나누어 서술하였다.

---

35) 이외에도 이수정의 「사교시를 통한 唐代 문인들의 슬픔 공유에 대한 고찰―백거이·유우석·원진의 작품을 중심으로」[C135]는 동시대의 백거이·유우석·원진의 애도시를 대상으로 삼아 슬픔의 공유 방식을 고찰한 것이다.

(4) 시어와 형식 연구

유병례의 「백거이 시어의 특색」[C022]은 백거이 시어와 백시의 산문화 경향을 논한 것이다. 백거이 시에 대한 폄하의 원인은 평이하고 산문적인 시어 때문이며 풍유시는 명사에 의한 의상(意象)표현 대신에 지칭사(指稱詞)·전치사·개사 등의 연접사(連接詞)를 대량 사용한 직술적인 언어로 백성의 고통·사회의 병폐를 읊은 것이 대부분이라고 하였다. 백거이 시어는 암시적이라기보다는 직술적이라고 평가하였다.

김경동의 「「비파행」難句 의미 해석고」[C119]는 국내 「비파행」 번역에서 이설이 분분한 시어의 의미를 고찰한 것이다. 시어는 시 텍스트 구성의 가장 기본적인 요소이므로 중국고전시 감상과 연구는 시어에 대한 정확한 의미 파악이 무엇보다 중요하다는 점에 착안하여 시도한 작업이라고 하였다. "主人下馬客在船"구는 호문견의(互文見義) 수사법이 적용된 것이므로 '하(下)'와 '재(在)'의 주체는 주인과 길손 모두에게 해당된다. "弟走從軍阿姨死"구의 '제(弟)'는 기방의 '여제(女弟)' 즉 연소한 동료 기녀, '아이(阿姨)'는 기방의 운영자이자 기녀의 후견인 역할의 가모(假母) 즉 기생어미를 의미한다. "去來江口守空船"구의 '거래(去來)'는 단순히 '오고 가다'의 뜻이 아니라 '(남편이) 떠난 후에'라는 의미이며, "夢啼粧淚紅闌干"구의 '몽제(夢啼)'는 '꿈속에서 울다'가 아니라 '꿈으로 인해 울다'는 의미라고 하였다. "却坐促絃絃轉急"구의 '각좌(却坐)'는 '다시 앉다'의 의미, '촉현(促絃)'은 백거이 이전에는 사용된 바 없는 시어로서 '왼손에 의해 눌리는 현의 특정 지점을 오른손 가까운 곳으로 이동함', '현급(絃急)'은 그로 인해 '현이 조여지는' 현상을 표현한 것이라고 하였다.[36]

이봉상의 「백거이 시에 나타난 '비(雨)'의 쓰임새 고찰」[C133]은 '비'가 주요 제재인 시와 시제에 '우(雨)'자가 포함된 작품 42수를 대상으로 '비(雨)'의 이미지와 기능을 고찰한 것이다. 비는 외부와의 단절 상황을 조성하고 빗소리로 인한 적막감의 인식을 초래하여 시인의 내재적 감성을 자극하며, 이로 인해 가족과 벗에 대한 그리움을 촉발하기도 하고 불우한 처지에 대한 감회를 야기하기도 한다고 하였다.

김재승의 「백낙천시 연구」[B005] 제6장 「잡률시」에서는 잡률시란 오언·칠언으로 된 절구·율시·배율 등 2운으로부터 100운에 이르는 작품이라고 하면서 잡률시의 형식과 내용에 대해 서술하였다. 김재승의 「백거이의 격시고」[C024]는 소위 격시(格詩)의 형식과 내용에 대한 고찰이다. 격시는 고체시의 별칭으로 율시와는 상대적인 개념이며 오언체·칠언체·잡언체·사체(詞體) 등을 포괄하는 명칭이었을 것으로 추정하면서 격시란 중당의 풍격을 지닌 고체시라고 평가하였다. 백거이의 격시는 다양한 형식에 시적 기교보다는 사실적·산문적이며 내용은 일상생활에서 느끼는 정감과 당시의 생활상을 소박하게 기록한 것이라고 하였다.

유병례의 「원화체고」[C025]는 원화체(元和體)의 개념과 특색을 고찰한 것이다. 원화체란 원진과 백거이가 차운상수(次韻相酬)한 장편 배율이 본래의 의미인데 원화(元和) 연간에 활약한 시인들의 시문과

---

36) 이외에 「비파행」 관련 논문으로 전보옥의 「「비파행」의 문학적 성취」[C099]와 정진걸의 「백거이의 「비파행」에 관한 세 가지 의문」[C109]이 있다. 전자는 칠언가행체 전통 계승에 대한 고찰과 창작에 영향을 준 「비파가」와의 비교를 통하여 「비파행」의 문학적 성취를 서술한 것이다. 후자는 「비파행」은 원화4년(809)의 「五弦彈」과 원화10년(815)의 「夜聞歌者」를 결합한 것이며 서문의 내용은 허구일 뿐이라고 하였다.

원백의 창화시를 포함하는 광의의 개념으로도 사용되었다고 하였다. 원화체의 특성은 산문에 가까운 완만(緩慢)한 언어 내지는 산문성·함축성이 결여되고 구체적이며 사실적인 언어로 이루어진 시라는 점에 있다고 평가하였다.

유성준의 「劉白의 창화집과 화운 연구」[C039]는 유우석·백거이 창화집의 실체와 유백 화운 방식의 특성을 고찰한 것이다. 유백 창화시는 형식보다 내용을 위주로 화시를 제작하였고 의례적·형식적 수준을 넘어 절차탁마와 시의 경지 향상이라는 역할을 하였다고 평가하였다. 강민호의「압운의 미학으로 본 차운시의 특성에 대한 연구: 원백과 소식의 차운시를 중심으로」[C095]는 원백의 장편배율 차운시는 재능의 과시욕과 압운의 본능적 쾌감의 결합이며 소식의 차운시는 창시와 화시 작가 간의 진실한 감정의 표출로 독특한 울림과 미적 효과를 거두었다고 평가하였다.

김경동의 「백거이의 시가 사분류에 관한 제문제」[C049]는 백시 사분류의 동기·기준과 의미에 대한 고찰이다. 백거이는 강주좌천이라는 정치적 좌절로 인한 상실감을 시집의 분류편찬이라는 '문학행위'로 보상받고자 하여 삼분법과 이분법을 단계별로 적용시킨 '이단계 사분류'를 시도하였다고 했다. 시는 '의리(義)'·'감정(情)'·'언어문자(言)'·'성운격률(聲)' 사요소로 구성된다고 인식한 백거이는 일단계 분류로서 '의' 성분이 가장 많은 시를 '풍유시·한적시', '정' 성분이 가장 농후한 시를 '감상시', '언'과 '성'의 형식적 요소가 가장 두드러지는 시를 '잡률시' 등으로 삼분하였다. 그 다음은 '의' 성분이 가장 농후한 작품 즉 '풍유시·한적시' 중에서 '도(道)'의 지향대상이 대타적(겸제)인 것은 '풍유시', 대자적(독선)인 것은 '한적시'로 분류하였다고 했다.

풍유시는 겸제라는 대타적 도의 구현을 지향한다는 의도 하에 "경험하고 느낀 바(所遇所感)"를 가송·풍자하거나 비흥의 방법으로 자신의 특별한 사상 감정과 감흥을 표출한 작품들을 포괄하는 것이다. 한적시는 독선이라는 대자적 도의 구현을 지향한다는 의도 하에 내심의 수양을 추구한 것으로서 감정을 있는 그대로 표출하지 않고 이성적으로 다스리고 제어함으로써 지족보화·낙천지명의 경지를 도모한 시이다. 감상시는 겸제·독선이라는 도의 구현과는 관계없이 외물로 인해 촉발된 감정을 "수감우(隨感遇)" 즉 "감회에 따라" 혹은 "느낀 바 그대로" 가식없이 표출한 서정적 시를 말한다. 잡률시는 운률과 언어의 조탁 등 형식적 요소가 가장 두드러지는 시로서 오언육구·칠언육구·오언절구·칠언절구·오언율시·칠언율시·오언배율·칠언배율 등 잡다한 형식의 '율시(근체시)'를 가리킨다고 하였다.

정진걸의 「백거이 백운배율의 특징 고찰: 章法 분석을 중심으로」 [C118]는 백거이 백운배율 4수 중에서 「代書詩一百韻寄微之」 등 3수만을 대상으로 장법 분석을 통하여 그 특징을 고찰하였다. 쉬운 방식의 시상 전개·감정 토로의 중시·통속성과 염정성 중시가 백거이 백운배율의 특징이라고 하였다.[37] 강민호의 「백거이 칠언배율의 성취와 의미」[C124]는 백거이의 칠언배율 27수를 대상으로 형식 운용의 특징과 제재의 다양성을 살핀 것이다. 단편과 홀수 운의 다용·높은 합률도와 적은 요체(拗體)·측운 칠언배율의 시도 등을 형식 운용의 특징으로 제시하였다.

---

37) 이외에 정진걸의 「백거이 백운배율의 통속성」[C120]은 배율을 의례적·형식적 경향이 농후한 시체로 전제하고 백거이 백운배율의 통속성을 서술한 것이다.

백정희의 「백거이사 소고」[C043]는 백거이의 현존 사(詞) 작품 7조 29수 중 10수에 대한 고찰이다. 백거이 사는 만년 작품인 「長相思」만을 제외하고 시에서 사로 태화(蛻化)되는 과정 중의 특징을 보이고 있으며 내용과 풍격면에서 음풍농월·서정·사경(寫景)의 중당한적시풍을 따른 것이 많다고 평가하였다. 홍병혜의 「유우석과 백거이 詞의 南方性 고찰」[C079]에서는 유우석·백거이 사의 남방성이란 남방문학의 낭만성에 대한 계승과 강화를 의미하며, 이는 양인의 남방 생활경험의 적극 반영과 남방 환경과 정서에 대한 우호적 인식의 축적으로 인한 결과라고 평가하였다.

(5) 평가와 영향

김재승의 「白詩評論小考」[C027]는 백거이 시에 대한 역대 평론을 검토하고 시대별 차이점 등을 고찰한 것이다. 백시에 대한 평론은 '백속(白俗)'·'광대교화주(廣大敎化主)'·'섬염불영(纖艶不逞)'·'패가자(敗家者)' 등으로 문학사조에 따라 시대마다 달리 표현되었다고 하였다. 김경동의 「국내 백낙천 연구의 현황과 문제점: 1945년~2000년 기간을 중심으로」[C053]는 국내의 백거이 연구사 관련 첫 번째 논문으로 국내 백거이 연구기반 확립을 위한 기초작업의 하나이다. 백거이 관련 단행본·학위논문·기간논문의 내용을 정리하고 국내 백거이 연구의 문제점을 회고하며 향후의 전망을 제시했다.

신민야의 「『시원변체』의 중당 원화시기 시인들에 대한 비평: 한유·맹교·백거이를 중심으로」[C100]는 명대 허학이(許學夷; 1563-1633)의 시가비평서 『시원변체(詩源辯體)』의 중당 원화시인에 대한 평가를 고찰한 것이다. 원화시인 중 한유의 시는 기험하고 호방하며 맹교의 시는 기이하고 짧고 다듬었으며 백거이는 문(文)으로써 시를 써서 송시의 문을 열었다는 것이 허학이의 평가라고 하였다. 김지영의 「조익의 『구북시화』에 나타난 백거이 평가 연구」[C116]는 청대 조익(趙翼; 1727-1814)의 시가비평서 『구북시화(甌北詩話)』의 백거이 평론을 논의 대상으로 한다. 백시의 특징·창격(創格)과 창체(創體)·작품 평가 및 백거이의 인생관과 생활상에 대한 조익의 평론 내용을 소개하였다.[38]

정보선의 「조익 『구북시화』의 백거이 시 연구」[C126]는 조익의 『구북시화』권4에 보이는 백거이 평가를 논의 대상으로 한다. 원매의 성령설을 비평의 기준으로 삼았고 전기 형식의 인물 서술이 독특한 점이라고 평가하였다. 또한 백거이 시의 탁월함과 감화력은 평이하고 자연스러우며 진실한 표현 때문이라고 하면서 고시와 근체시를 높이 평가하였다고 했다.

송용준·정진걸의 「백거이 시의 宋詩的 특징 고찰」[C051]은 백시의 송시적 특징을 사회 현실과의 연대감 강화·시의 산문화·시의 설리화로 나누어 정리했다. 문명숙의 「백거이가 송시에 끼친 영향: 왕우칭과 매요신을 중심으로」[C075]는 백거이의 유가적 시관 전승 상황을 왕우칭(王禹偁; 954-1001)과 매요신(梅堯臣; 1002-1060)의 시관을 중심으로 소개하고 백거이 시의 청담(淸談) 풍격과 작시의 생활화 및 소재 확대 그리고 시의 산문화와 의론화라는 특징이 송시 형성에 영향을 끼쳤다고 하였다.

---

38) 정진걸의 「백거이의 후예: 송대 지식인」[C121]은 송대 지식인의 백거이 존중과 백시 애호라는 사실에 기반하여 백거이 존중의 범위·이유·의미를 서술한 것이다.

5. 문학 비교와 문화영역

자국 문학에 대한 진정한 이해는 타국 문학에 대한 학습을 필요로 한다. 역으로 타국 문학에 대한 진정한 이해에는 자국 문학에 대한 학습이 필요하다. 서로의 차이에 대한 올바른 이해는 바로 양국 문학의 특성과 의미에 대한 진정한 이해로 이어지기 때문이다. 이러한 면에서 한중문학 비교연구는 매우 중요하고 유의미한 작업이다. 본장에서는 한중문학 비교차원의 백거이 연구성과를 정리하고 나아가 문화영역으로의 백거이 문학 확장에 관한 연구성과에 대해서도 살펴보기로 한다.

(1) 문학 비교

손팔주의 「한국문학상의 백거이」[C007]는 「장한가」와 「비파행」을 위주로 조선 국문문학에서의 백시 수용양상을 고찰한 것이다. 한국 문학에 대한 백시의 영향은 대부분이 무명씨의 시가나 소설에서 자구의 인습 내지 번역 수준에 불과하다면서 이두(李杜)의 해타(咳唾)에 비해 국문학작품 속에 깊이 파고들어 서식하지 못했다고 평가하였다.

김재승의 「백거이의 신악부와 다산시」[C011]는 백거이의 풍유시와 조선문인 정약용(丁若鏞; 1762-1836)의 사회시에 대한 비교 연구이다. 백거이와 정약용의 문학관은 충군애민의 유가사상에 기반을 두고 있다. 그러나 정약용의 사회비평시는 유배된 죄인의 몸으로 경세제민의 정치이상을 실현하겠다는 의지의 표출이었고 반면에 백거이는 강주 좌천 이후로 독선기신(獨善其身)하며 한적시를 주로 창작하였다고 했다.

김진두의「장한가와 萬福寺樗蒲記의 비교 연구」[C023]는「장한가」와 김시습(金時習; 1435-1493)의 삽입시에 대한 고찰로서 작품에 나타난 애련(愛戀)과 한의 상관성을 중심으로 서술하고 있다. 작가의 패도불의(覇道不義)에 대한 저항의식과 교훈성을 남녀상사에 기탁하였고 이별에 대한 한을 승화시켰다는 점, 이상적 애련과 한의 해소에서 시어에 도가적 색채가 짙다는 점을 두 작품의 상관성으로 평가하였다.

김경동의「백낙천과 고려문인──전래와 수용을 중심으로」[C036]는 백거이 시의 한국 전래·백거이에 대한 고려문인의 수용양상을 고찰한 것이다. 백거이 시가 대량으로 한국에 전래한 것은 현존 문헌에 의하면 대략 11세기말『문원영화(文苑英華)』의 수입 이후이며, 고려문인의 백거이 수용은 전기사실 및 일화·집구·화운·평론 등의 다양한 방식으로 이루어졌다고 하였다. 고려문인에게 있어 백시는 한거람열(閑居覽閱)과 낙천망우(樂天忘憂), 다시 말하면 심심파적 유희와 소요자적한 생활을 위한 수단이라는 의미가 더욱 강하였고 두보나 소식처럼 학시 전범으로서의 가치를 인정받지 못하였다고 평가하였다.

이봉상의「백거이 구로회와 그에 대한 고대 한국 문인의 인식」[C085]은 백거이가 8인의 노인과 낙양에서 결성한 구로회(九老會)의 한국적 수용을 고찰한 것이다. 노인 결사의 모범·상치회의 으뜸 등 구로회에 대한 한국 고대문인의 인식은 매우 긍정적이었다고 평가하였다. 이에 구로회를 모방하여 상치회를 결성하는 등 집회문화를 형성하였다고 했다. 이봉상의「고려·조선 문인의 백거이에 대한 인식」[C086]은 백거이에 대한 한국 고대문인의 인식을 5가지로 정리한 논문이다. 안도만년(安度晩年)의 치사문인·환로불우(宦路不遇)의 좌천문인·생사초연의 향산거사·청렴결백의 정치관리·축기(蓄妓)

와 팔절탄 개수 등 5개 영역으로 나누어 백거이 인식의 구체적 내용을 고찰하였다.

유병례의 「백거이 시의 고려문학에서의 수용양상——임유정·이규보를 중심으로」[C074]는 임유정(林惟正)의 집구시와 이규보(李奎報; 1168-1241)의 차운시를 중심으로 백거이 시에 대한 수용의 일면을 고찰한 것이다. 이봉상의 「對古代韓國文人白居易談論之小考」[C080]는 백거이에 대한 고려·조선문인의 인식과 평가를 서술한 것이다.

유병례의 「『십초시』에 수록된 유우석·백거이 시 선시 양상」[C090]은 고려인 편찬의 『십초시(十抄詩)』가 중·만당 시기의 작품과 칠언율시만을 수록하고 유우석·백거이를 필두로 하였다는 점에 주목하여 선시(選詩) 양상에 대한 논의를 진행한 논문이다. 류기수의 「조선의 시사에 나타난 백거이 「憶江南」의 수용 양상」[C106]은 백거이의 사(詞) 「억강남」과 동조이명(同調異名) 작품을 개괄하고 조선시대 시사(詩詞)에서의 수용양상을 고찰한 것이다.

김경동의 「백거이 「勸酒十四首」의 한국적 수용과 변용」[C110]은 「何處難忘酒」7수와 「不如來飮酒」7수로 구성된 「권주십사수」에 대한 한국 고대문인의 수용과 변용 양상을 고찰한 것이다. 모작의 효시인 고려 예종과 곽여의 창화를 소개하고 형식과 주제 방면에서의 수용과 변용에 대한 고찰을 진행하였다. 제1구와 제7구의 반복구 사용으로 다양한 정서를 표출했다는 점에서는 일치한다. 그러나 「불여래음주」는 비판과 풍자를 위주로 한 반면에 「하처난망주」는 인생의 애환이라는 보편적 정서를 노래하였다. 이에 인생의 애환 표출에 있어 「하처난망주」에 대한 모작의 창작이 조선문단의 트렌드가 되었다고 평가하였다.

다양한 수용 양상 중에서도 화운(和韻)에 의한 수용은 매우 흥미로운 테마이다. 동시대인 간의 창화(唱和)가 아니라 전대문인과의 창화이므로 시공을 초월한 문학 교류라는 점에 의미가 있다. 김경동의 「백거이와 고려문인의 창화시 연구서설——창화시 복원에 관한 제문제를 중심으로」[C062]에서 가장 중점을 둔 것은 고려문인의 화백시(和白詩) 선별과 창화시 복원 작업이다. 특히 화시 제목에 창시가 언급되지 않은 경우에도 백거이 시 작품에 대한 각운 검토를 통해 창시를 밝혀 낸 복원작업은 창화 연구에 큰 의미를 가진다.

이 같은 기초작업을 기반으로 한 후속 연구가 바로 김경동의 「백거이와 고려문인의 창화시 연구——창화의 제양상과 의미를 중심으로」[C069]이다. 우선 창화 행위의 성립 과정에 대한 검토를 통하여 '제삼자 개입형'과 '제삼자 비개입형'이 존재함을 발견하고 각 유형의 특성을 밝혔다. 아울러 창시와 화시의 용운상황을 비교하여 격률형식 방면의 수용양상을 고찰하였다. 창시 작가나 작품에 대한 화시 작가의 태도라는 면에서 고려문인의 화백시에 각운형(脚韻型)과 작가형(作家型) 두 가지 유형이 존재함을 밝혔다. 각운형은 작가나 작품 자체보다는 창시의 각운에만 화시 작가의 관심이 집중되어 있으며 작가형은 창시 작가와 그의 삶 자체에 대한 공감을 바탕으로 제작된 화시라고 규정하였다.

김경동의 「백거이와 조선 전기문인의 창화 예술」[C081]은 두 편의 선행 연구를 기반으로 진행한 후속 작업이다. 우선 조선문단의 창화 인식과 풍조 및 조선전기 화백시 제작 개황을 정리했다. 아울러 조선전기 화백시의 제작배경 및 시제와 용운양상 등의 형식에 관한 논의를 진행했으며 조선전기 화백시에서 고려문인의 화백시에 존재하지 않았던 새로운 유형, 즉 작품형(作品型)을 발굴하였다. 작품형은 창시의 각운이나 작가의 삶보다는 작품 자체에 화시 작가의 관심이

집중되어 있는 화시로 규정하였다.

주호찬의 「이규보의 백낙천 차운시: 불교인식을 중심으로」[C072]는 백거이 시에 대한 이규보의 차운시를 대상으로 불교인식을 논한 것이다. 육신의 병고와 우인들의 서거로 인한 인생무상 절감의 결과로 불교인식이 심화되었다고 하였다. 불교적 내세관을 수용하고 불교적 계율과 수행에 깊은 관심을 보인 것은 노년의 이규보가 취한 불교적 대응이라고 평가하였다.

전영숙의 「백거이의 原詩와 허균 창화시의 비교」[C122]는 허균(許筠; 1569-1618)의 「和白詩」25수와 백거이 원창(原唱)에 대한 내용 비교이다. 좌천이라는 동일한 상황 하의 작품이지만 백거이와 허균의 심리적 대응방식은 달랐다고 하였다. 백거이는 좌천지 강주에서 선종 대사들과 교유를 하며 선의 정수를 배워 자기화하였고, 반면에 허균의 시에는 간신과 소인배에 의해 모함당하고 군왕으로부터 버림받은 억울함이 깔려 있다고 평가하였다.[39]

진혜의 「이규보와 백거이의 嗜酒詩 비교 연구」[B024]는 백거이와 이규보의 기주시(嗜酒詩)를 비교한 석사논문이다. 두 시인의 기

---

39) 전영숙은 김경동의 「백거이와 조선전기 문인의 창화 예술」[C081]을 참고했음을 인정하면서도 오독과 사실 왜곡이 심각하다. "고려시대에 이규보 외에는 백거이의 시에 창화한 시인이 많지 않지만 조선시대에 와서는 백거이 시에 창화한 시가 약 50여 수로 늘어났다"(180쪽)고 하면서 김경동의 논문 95쪽 참고라는 각주를 첨부하였다. 그러나 해당 논문은 "조선전기 화백시는 총 16제 50수이다"(95쪽)라고 하였고 조선전기문인의 범위를 분명하게 밝힌 바(94쪽) 있다. 조선시대 화백시가 약 50수라고 한 적이 없으니 전영숙의 분명한 오독이다. 조선시대 전체로 범위를 확대하면 편수는 훨씬 더 증가할 것이다. 이외에도 각운형·작가형·작품형 화시의 속성과 허균 「화백시」25수의 대제목 및 창작동기로 인한 총괄성과 소제목에 의한 작 작품의 독립성에 관한 각주51의 내용을 정확하게 이해해야 한다. 선행논문에 대한 반론은 매우 훌륭한 학술행위이다. 그러나 올바른 이해와 타당한 근거를 전제로 했을 경우에 한한다.

주시 창작배경을 서술하고 기주시의 주제를 주의시(酒誼詩) · 연향시(宴饗詩) · 영주시(詠酒詩) · 풍유시 · 음주감회시 등으로 나누어 고찰하였다.

박현규의 「새로 발굴된 백거이 관련 신라인의 자료 검토」[C068]에서는 계림육시(鷄林鬻詩) 일화가 사실임을 강조하며 새로 발굴했다는 두 가지 증빙자료를 제시했다.[40] 박현규「백거이 계림육시와 신라 관련 자료 재검증」[C070]의 새로운 내용은 자신의 1년 전 논문 [C068]에서 수원 백씨 시조 백우경이 백거이와 사촌 관계라는 점을 근거의 하나로 제시한 것에 대한 철회이다. 정선모의 「백거이시문집 동전고——"鷄林賈人求詩說"의 진위 문제를 중심으로」[C082]는 계림육시(鷄林鬻詩) 일화에 의혹을 제기한 선행 논문에 대한 반론이다. 당(唐)과의 우호적 외교관계, 시문 능력을 갖춘 사신의 파견, 많은 숙위(宿衛)유학생의 체류, 신라 견당유학생의 시문제작 능력 등 다방면의 정황을 제시하며 계림육시설을 옹호하였다.[41]

---

40) 崔致遠(857-?)의 「朗慧和尙碑」(『孤雲集』作: 「無染和尙碑銘幷序」)에 "爲香山白尙書 樂天空門友者"라는 백거이 관련 기록이 첫 번째 자료이고 두 번째는 본인이 낙양 소재 백거이 묘원에서 韓國白氏全國宗親會의 기념비를 통해 알았다는 사실, 즉 한국의 水原白氏 시조가 바로 백거이와 사촌지간인 白宇經으로서 신라에 귀화하여 벼슬을 받았다는 점이다. 그러나 전자는 10여 년 전의 선행연구에서 이미 언급된 자료이다.(김경동 「백낙천과 고려문인——전래와 수용을 중심으로」[C036]) 후자는 한중 양국에 이미 알려진 내용이므로 새로 발굴된 자료가 아니라 본인이 처음 들은 것일 뿐이며 현재 학술적으로도 증명이 이루어지지 않았다. 두 가지 모두 '계림육시'설에 대한 증빙자료로서의 가치를 인정받기 어렵다.

41) 元稹(779-831)의 「白氏長慶集序」로부터 촉발된 계림육시설에 관한 학계 토론이 활발하였다. 이는 매우 긍정적인 현상으로 현재는 정진모의 논문으로 끝을 맺었다. 그러나 토론의 승부가 확정된 것은 아니다. 계림육시설에 대한 의혹이든 옹호이든 양쪽 모두 여러 가지 정황만을 근거로 제시하였기 때문이다. 결국 장경4년(824) 원진의 기록을 사실로 받아들일 것인가 아니면 의혹을 품을 것인가의 차이로 인한 문제인 것이다. 사실이든 의혹이든 이를 증명할 확실한 증빙자료가 새로 발견되기 이전의

김경동의 『수용과 창화——한중고대문인의 문학교류』[A018]는 수록 문장 7편 중 6편이 백거이와 한국 고대문인 간의 문학 교류를 연구 대상으로 한 것이다. 제2장 「조선문인의 백거이 수용」은 조선문인의 백거이 인식과 평가에 대한 논의와 함께 전기 사실과 일화·집구시와 화운시·사회풍유와 향산체·국문문학과 백거이 등 네 가지 방면에서의 수용 양상을 고찰하였다. 두보 숭상과 학두(學杜) 열기가 뜨거웠던 조선문단에서도 백거이는 선망의 대상이자 흠모의 대상이었으며 때로는 모든 것을 이해해 주는 지음으로서의 인식이 존재하였다고 하였다. 이러한 백거이 인식이 조선후기까지 유지되었던 것은 단순히 삶의 방식에 대한 공감과 정치 상황의 유사성 때문만이 아니라 백거이의 인품과 인생 철학에 대한 흠모의 정 때문이었다고 평가하였다.[42]

다음 3편의 논문은 일본·독일에서의 백거이 수용을 고찰 대상으로 하였다는 점에서 특별하다. 임한순의 「브레히트의 한시 수용: 백거이의 풍유 「寄隱子」의 번역시 「大臣」을 중심으로」[C089]는 백거이의 풍유시 「기은자」에 대한 독일 저명 극작가이자 시인인 브레히트의 번역시 「大臣」을 대상으로 브레히트의 창의적 변형을 고찰한 것이다. 「대신」은 백거이 원작 고유의 대우 구조를 확대 강화하고 원전에 함축된 '사회적 동작법'을 가시화함으로써 백거이의 풍유를 더

재논의는 무의미하다.

42) 김경동의 『수용과 창화——한중고대문인의 문학교류』[A018] 중에서 백거이 관련 다른 문장은 [C036]·[C062]·[C069]·[C081]·[C110] 5편을 기반으로 한 것이다. 그러나 기발표 논문에 대해 새로 발견한 자료의 보충·언어표현의 수정·인용 작품에 대한 재번역 작업을 거친 후에 수록하였다. 참고 시에는 『수용과 창화——한중고대문인의 문학교류』에 수록된 것을 열람하는 것이 더욱 유용하다.

욱 명료하게 드러내었다고 평가하였다.

정태욱의 「문학에 새겨진 도래와 침략: 요쿄쿠『나니와』와『백낙천』」[C097]은 일본 도래인으로서 백제인 왕인(王仁)과 중국인 백낙천의 도일 이야기를 소재로 한 요쿄쿠(謠曲)『나니와(難波)』와『백낙천』을 논의 대상으로 한 것이다. 『나니와』에서는 한적(漢籍)을 전승하고 와카(和歌)를 배워 일본인과 소통함으로써 수용과 교류의 전범을 보여 주고, 반면에『백낙천』에서는 자국 문화의 우수성만을 강조하여 문화제국주의적 입장을 대변함으로써 백낙천의 도일 실패라는 결과를 초래하였다고 했다. 백낙천의 도전과 실패는 문화 교류의 실패가 아니라 문화적 침략의 실패라고 평가하고 있다.

사려매의 「『古今和歌集』에 나타난『白氏文集』의 수용양상 고찰」[B025]은 일본 최초의 칙찬 화가집인『고금화가집』에 나타난『백씨문집』의 수용 및 변용 양상을 고찰한 석사논문이다. 백시를 수용한 화가 67수에 대한 시구의 비교·분석을 통하여 수용양상을 시어·시재(詩材)·표현기법 등 세 가지로 분류하였다. 『고금화가집』의 백시 수용은 번역식 수용·선택적 수용·적극적 변용 등 다양한 방식으로 진행되었고 이는 백시 수용에 있어『고금화가집』의 소외성과 독창성을 보여 주는 것이라고 평가하였다.

(2) 문화영역

여승환의 「백거이 「聽歌六絶句」에 표현된 당대 가곡」[C059]은 백거이 「聽歌六絶句」에 묘사된 당대 가곡을 대상으로 각 가곡의 창작배경·가곡 형식 및 가창 정황을 고찰한 논문이다. 신정수의 「太湖石의 기괴한 형상에 대한 미의식의 변화: 9세기 전반기 백거이와 교유 문인의 작품을 중심으로」[C107]는 괴석문화의 관점에서 태호석(太湖石)에 대한 백거이 · 우승유의 인식을 고찰한 것이다. 백거이는 태호석을 완물(玩物)로 삼아 7편에 이르는 작품 소재로 활용하였고 괴석을 미적 대상으로 승화시켰다는 점에서 태호석 문화의 선구자라고 평가하였다. 이주해의 「取號를 통해 읽는 당대 문인들의 자아의식: 王績과 白居易, 그리고 元結을 중심으로」[C111]는 후대 자호(自號)의 두 가지 유형의 특징을 보여주는 대표 문인으로 왕적(585-644)과 백거이 · 원결(719-772)을 꼽고 호(號)와 관련된 행위와 작품을 통하여 이들의 자아인식과 문화적 상징성을 검토한 것이다.

이원호 외 「백거이의 중은사상과 원림조영」[C112]과 김월회의 「정원의 시적 포착과 표현 양상: 백거이 시를 중심으로」[C114]는 조경학의 관점에서 백거이와 그의 작품을 고찰한 것이다. 전자는 백거이 중은(中隱)사상과 조영활동의 의미를 살피고 후대 영향에 대해 논의하였다. 원림예술의 발전 · 원림조영 공간의 도회지로의 전환 · 한정되고 소형화된 '호중천지(壺中天地)'의 공간원칙 등의 의미를 거론하며 백거이의 원림은 외부 경관만이 아니라 내면세계가 반영된 '심원(心園)'의 공간이 되었다고 평가하였다. 후자는 백거이 시가를 대상으로 정원에 대한 백거이의 공간 경험과 인식의 실제를 제시하였다. 백거이의 정원은 '대화적'으로 구성되는 공간의 성격이 강하며 독립적 공간 구성단위로 정원의 위상을 재설정하였다고 평가하였다.

이화진의 「백거이 시에서 나타나는 胡舞와 大曲樂舞 양상」[C117]과 김성국 · 김성진의 「백거이의 시에 나타나는 霓裳羽衣舞의 형식과 성격」[C129]은 백거이 시와 악무(樂舞)를 대상으로 한다. 전자에서는 자지무(柘枝舞) · 호선무(胡旋舞) · 사자무(獅子舞) 등 서역에서 유입된 호무(胡舞)는 전통악무와는 이질적인 화려함 · 즐거움 · 놀이적 요소가 융합된 춤이며 녹요무(綠腰舞)와 예상우의무(霓裳羽衣舞) 등 대곡악무(大曲樂舞)는 주요 역사적 배경과 인물들의 유기적 관계를 지닌 악무양상임을 밝혔다. 후자는 당대 궁중악곡의 경전과도 같은 예상우의무의 형식과 성격을 고찰한 것이다. 백거이의 「霓裳羽衣舞歌」시에 묘사된 예상우의무는 당대에 번성한 대곡(大曲) 형식의 무용이며 철학적으로 도가사상과 불교사상을 내포하고 있다는 것이다. 예상우의무는 서역 음악과 한족 궁중음악 융합의 산물로서 외래문화와 민간 예술을 궁중에서 수용한 것이라고 평가하였다.

6. 맺음말

백 년이 넘는 기간의 국내 백거이 연구 현황을 일제강점기 · 발아기 · 적응기 · 성장기로 나누어 개괄하고 주제별로 연구 내용을 간략하게 정리하였다. 국내 백거이 연구에 대한 총평을 한다면 이전 시기에 비하면 꾸준하게 발전해 왔으나 향후 국제 무대에서의 위상 확보를 위해서는 백거이 연구자들이 배전의 노력을 해야 한다.

고려 · 조선의 백거이 인식은 한적시인으로서의 면모에 기울어져 있던 것과는 달리 현대 연구자들은 풍유시인으로서의 백거이에게 관심이 집중되었다. 20세기 백거이 연구가 풍유시에 편중되었던 것은 당연한 결과였다. 그러나 21세기에 들어 풍유시의 울타리를 벗어나 한적시 · 감상시 등 비풍유시 계열의 작품에 대한 연구 성과가 증가하고 있는 것은 바람직한 현상이다.

국내 백거이 연구의 개화기를 위해 가장 중요하고 시급한 과제는 백거이 작품에 대한 역주작업이다. 일본의 상황과 비교하면[43] 국내의 역주성과는 아직 빈약하다. 일반 독자를 대상으로 한 번역서도 필요하지만 학술 차원의 연구번역이 무엇보다 중요하다. 소수 인력으로 일시에 해결할 수 있는 문제가 아니다. 중·장기적인 계획을 수립해야 한다. 국외의 선행 역주작업의 성과에만 의존해서는 안된다. 원시 공구서를 최대한 활용하고 시어에 대한 연구 성과를 수용하여 시어의 주석(註釋)과 내용의 전석(詮釋) 방면에서 독창적이고 창의적인 성과를 생산할 수 있도록 해야 한다.

그 다음은 백거이와 작품에 대한 다양한 기초작업과 믿을만한 국문자료의 확보이다. 기초작업은 백거이 연구 기반 확립에 있어 필수불가결한 과제이다. 믿을만한 국문자료의 결핍은 학문후속세대에게 중문자료 의존도를 가중시킨다. 중문자료에 대한 의존은 학문의 종속성으로 이어진다. 연구기반의 확립과 믿을만한 국문자료의 확보는 후학들을 위한 선배들의 배려이자 의무이다.

마지막으로 연구 주제의 발굴과 방법론의 다양화이다. 기존의 연구에서 거론되지 않은 새로운 주제를 찾아내는 일이 중요하다. 연구대상의 의미와 가치를 읽어낼 수 있는 적절한 방법론의 개발도 필요하다. 이러한 점에서 백거이 시어는 매우 중요하고 의미있는 연구 주제이다. 시에 대한 진정한 이해는 시어의 의미와 용법에 대한 정확한 파악이 필수적이기 때문이다.

---

43) 일본에서는 1911년에 이미 支那哲學研究會의 『和譯新註白氏文集』전3책((菊池屋書店)이 출간되었다. 1928년 佐久節의 『白樂天全詩集』(國民文庫刊行會)은 汪立名의 『白香山詩集』을 저본으로 한 백시 완역본이다. 그 후에도 簡野道明의 『白詩新釋』(明治書院, 1933)·大槻徹心의 『白樂天詩集』(京文社, 1942)·田中克己의 『白樂天』(集英社, 1964) 등 많은 선주본들이 출간되었다. 2017년에는 岡村繁의 『白氏文集』전15책(明治書院, 1988-2017)이 완간됨으로써 백거이 시문의 완역이 이루어졌다.

백거이 시는 평이하고 이해하기 쉽다는 것이 전통적 평가이지만 시공을 초월하여 적용될 수 있는 평가는 결코 아니다. 오히려 많은 허사와 구어(口語) 사용으로 인해 현대 독자들에게 독해의 어려움을 야기한다. 백거이 시어에 대한 연구가 중요한 까닭이다. 시어의 연구 성과는 역주작업에 좋은 디딤돌이 될 수 있어 더욱 유의미하다. 백거이 연구 인력의 증가와 함께 다양한 주제로 가치있는 연구성과가 지속적으로 창출될 수 있다면 국내 백거이 연구의 개화기도 멀지 않을 것이라고 기대한다.

번호	저 자 & 제 목
	【단행본】
A001	김 억『白樂天詩選』(『支那名詩選』제2집) 서울, 한성도서주식회사, 1944
A002	김수영『白樂天·蘇東坡』; 서울, 신태양사, 1968
A003	장기근『白樂天』서울, 태종출판사, 1977
A004	釋智覽『長恨歌』서울, 민음사, 1977
A005	김재승『백낙천시 연구』; 서울, 명문당, 1991
A006	심우준『香山三體法研究』; 서울, 일지사, 1997
A007	김경동『백거이시선』서울, 민미디어, 2001
A008	김경동·이의강 외『백거이 한적시선 — 매여있지 않은 배처럼』 　　서울, 성균관대학교출판부, 2003
A009	김경동·이의강 외『백거이 한적시선 — 나 이제 흰구름과 더불어』 　　서울, 성균관대학교출판부, 2003
A010	권영한『백락천 시선집』서울, 전원문화사, 2004
A011	오세주『琵琶行: 백거이시집』서울, 다산초당, 2005
A012	김철수『백거이의 신악부 50수와 진중음 10수』서울, 백산출판사, 2007
A013	유병례『백거이평전 — 세속의 욕망과 그 달관의 노래』 　　서울, 신서원, 2007
A014	강순애『백거이『香山三體法』의 판본과 내용에 관한 연구』 　　파주, 보고사, 2015
A015	정호준『백거이시선』서울, 지식을만드는지식, 2016
A016	오미영·신웅철·문현수·정문호『일본 백씨문집 훈점본의 해독과 번역』 　　서울, 박문사, 2020
A017	강필임『낙천지명: 백거이 감상시 100선』서울, 소명출판, 2022
A018	김경동『수용과 창화 — 한중고대문인의 문학교류』 　　서울, 성균관대학교출판부, 2022
	【학위논문】
B001	양 삼「백낙천과 그의 시」; 서울대 석사논문, 1967.8
B002	김득수「백거이연구」; 성균관대 석사논문, 1968.12
B003	신영애「백거이 신악부 연구」; 숙명여대 석사논문, 1980.12

B004	이근효 「백거이 시의 사회성에 관한 연구」; 성균관대 석사논문, 1981
B005	김재승 「백낙천시 연구」; 서울대 박사논문, 1985.7
B006	안천수 「백거이의 강주폄적도중의 시연구」; 고려대 석사논문, 1986.1
B007	정원호 「백거이 신악부의 재조명」; 경북대 석사논문, 1986.12
B008	임효섭 「백거이 신악부 리얼리즘의 성격연구」; 한국외대 석사논문, 1987.2
B009	정상혁 「백거이의 한적시 연구」; 중앙대 석사논문, 1989.12
B010	현재석 「백거이 신악부 연구」; 국민대 석사논문, 1993.12
B011	신승희 「「비파행」의 음성학적 고찰」; 이화여대 석사논문, 1994.2
B012	고진아 「백거이 서사시 연구」; 한국외대 석사논문, 1995.2
B013	김경동 「원진·백거이 사회시연구」; 성균관대 박사논문, 1996.12
B014	정진걸 「백거이 시풍의 변화 연구: 풍유시 소멸의 이유를 중심으로」; 서울대 석사논문, 2000.2
B015	나영선 「백거이 풍유시의 제재 및 문학사적 의의에 대한 고찰」; 목포대 석사논문, 2000.8
B016	이봉상 「백거이 시의 여성상 연구」; 성균관대 석사논문, 2002.2
B017	윤순일 「백거이의 후기 閑適詩 연구」; 고려대 석사논문, 2003.8
B018	윤석우 「음주시에 나타난 중국시인의 정신세계: 도연명·이백·백거이를 중심으로」; 연세대 박사논문, 2005.2
B019	박병수 「백거이의 山水詩 연구: 左遷·中隱 시기를 중심으로」; 청주대 석사논문, 2006.2
B020	이정은 「백거이 연작영물시 연구」; 성균관대 석사논문, 2007.8
B021	정진걸 「백거이시 연구」; 서울대 박사논문, 2009.2
B022	강석훈 「두보와 백거이 사회시 고찰: 표현기법을 중심으로」; 제주대 석사논문, 2013.2
B023	김성은 「원진·백거이 신악부 특징과 이질성 연구」; 제주대 석사논문, 2013.2
B024	陳 慧 「이규보와 백거이의 嗜酒詩 비교 연구」; 중앙대 석사논문, 2016.8
B025	謝麗梅 「『古今和歌集』에 나타난 『백씨문집』의 수용양상 고찰」; 중앙대 석사논문, 2022.2
【기간논문】	
C001	김 억 「백낙천의 문장과 인물 ── 성당시대의 三文豪」; 『삼천리』제5집, 1940.5

C002	김용섭 「백낙천연구 ── 풍유시의 瞥瞰」;『문리대학보』제5권 제2호, 1957.7
C003	조좌호 「백낙천연구 ── 특히 詩禪一致의 선구적 역할을 중심으로」;『白性郁博士頌壽記念佛教學論文集』, 1959.7
C004	이병한 「이백·두보·백거이 三家詩論 ── 양태진을 중심으로」;『문리대학보』제7권 제2호, 1959.7
C005	김철수 「장한가연구」;『국제문화』제2권 제1호, 1965.3
C006	정래동 「백낙천시의 사회성」;『아세아연구』제8권 제2호, 1965.6
C007	손팔주 「한국문학상의 백거이」;『동악어문논집』제7집, 1971.3
C008	이동향 「백거이의 풍유시와의 결별」;『중국학보』제13집, 1972.12
C009	차주환 「李杜元白의 詩說(하)」;『心象』제2권 제3호, 1974.3
C010	은부기 「백거이의 사회시고」;『전남대논문집』제23집, 1977.8
C011	김재승 「백거이의 신악부와 茶山詩」;『한국언어문학』제15집, 1977.12
C012	김재승 「백거이의 秦中吟考」;『중국학보』제18집, 1977.12
C013	김득수 「백낙천의 문학개혁론」;『중국문학』제4집, 1977.12
C014	김재승 「백거이 新樂府考」;『중국문학』제5집, 1978.12
C015	이근효 「시를 중심으로 본 백거이 연구」;『중국어문학』창간호, 1980.11
C016	김재승 「백거이의 詩論考」;『한당차주환박사송수논문집』, 1981.8
C017	신영애 「백거이 신악부의 분류와 내용에 대하여」;『중국문화』제1집, 1982.6
C018	김재승 「원백왕복서고」;『장기근박사회갑기념논문집』서울, 서울대출판부, 1982.8
C019	김재승 「당대 신악부운동 소고」;『중국인문과학』창간호, 1982.12
C020	이휘교 「백거이와 秦中吟」;『중국어문학』제6집, 1983.10
C021	김재승 「백낙천시연구 ── 한적시를 중심으로」;『중국인문과학』제2집, 1983.12
C022	유병례 「백거이 시어의 특색」;『중어중문학』제5집, 1983.12
C023	김진두 「장한가와 萬福寺樗蒲記의 비교연구」;『공주사범대학논문집』제22집, 1984.12
C024	김재승 「백거이의 格詩考」;『중국인문과학』제3집, 1984.12
C025	유병례 「元和體考」;『중국학보』제25집, 1985.3

C026	유병례 「백거이 詩論의 이중성」;『중국학연구』제2집, 1985.11
C027	김재승 「백시평론 소고」;『중국인문과학』제4집, 1985.12
C028	임효섭 「백거이 신악부의 창작과정 고찰 —— 주제와 제재의 관계를 중심으로」;『중국어문논집』제4집, 1988.2
C029	유병례 「백거이의 仕隱意識」;『성신여대논문집』제27집, 1988.2
C030	강전섭 「번역가사 「장한가」의 점검」;『한국언어문학』제26집, 1988.5
C031	이준식 「두보·백거이시 리얼리즘의 형성과 그 양태」;『대동문화연구』제23집, 1989.2
C032	강창수 「백거이 음주시 소고 —— 권주십사수를 중심으로」;『중국문학연구』제7집, 1989.12
C033	장철호 「백거이 음주시고 —— 권주십사수중심」;『대구어문논총』제8집, 1990.5
C034	유병례 「백거이의 시 속에 나타난 시간우환의식」;『인문과학연구』제11집, 1991.12
C035	김용운 「백거이 사실의식의 定向과 성격」;『石堂論叢』제18집, 1992.12
C036	김경동 「백낙천과 고려문인 —— 전래와 수용을 중심으로」;『중국문학연구』제10집, 1992.12
C037	심우준 「『香山三體法』의 '元本' 해석과 선시」;『문헌정보학보』제5집, 1993.8
C038	김호철 「백거이 열전」;『중국어문학역총』제1집, 1994.8
C039	유성준 「劉白의 창화집과 화운 연구」;『중국학연구』제10집, 1995.6
C040	임효섭 「백거이 '신악부운동'의 시대정신 고찰」;『중국어문논집』제10집, 1995.12
C041	이준식 「백거이론」;『중국문학연구』제14집, 1996.12
C042	김경동 「원백의 사은의식」;『중국인문과학』제15집, 1996.12
C043	백정희 「白居易詞 소고」;『중국학논총』제13집 1997.2
C044	유병례 「백거이 시에 나타난 鶴의 이미지」;『중국어문논총』제13집, 1997.12
C045	권응상 「장한가의 서사성 연구」;『중국어문학』제32집, 1998.12
C046	김경동 「원백 교유사에 있어 두 가지 문제점」;『중국문학연구』제18집, 1999.6
C047	유병례 「중당 우언시 연구: 백거이와 유우석의 우언시를 중심으로」;『중국어문논총』제18집, 2000.6

C048	김경동 「백거이시문연구 서설」;『중국문학연구』제21집, 2000.12.
C049	김경동 「백거이의 시가 사분류에 관한 제문제」; 『중국학보』제42집, 2000.12
C050	김명희 「당 중엽의 정치와 백거이 · 원진의 입장」; 『호남대논문집』제21집, 2000.12
C051	송용준 · 정진걸 「백거이 시의 송시적 특징 고찰」; 『중국문학』제35집, 2001.5
C052	이경일 「白居易中期의 出處意識」;『중국인문과학』제23집, 2001.12
C053	김경동 「국내 백낙천 연구의 현황과 문제점: 1945년~2000년 기간을 중심으로」;『중국학보』제44집, 2001.12
C054	이경일 「白居易詩歌的關心民生主題」;『용봉논총』제30집, 2001.12
C055	정진걸 「백거이 시에 보이는 상반된 반응의 의미 연구」; 『중국문학』제37집, 2002.5
C056	이경일 「白居易的人生哲學小考」;『중국인문과학』제24집, 2002.6
C057	김경동 「백거이 「池鶴八絶句」 소고 —— 그 우의와 창작의도를 중심으로」;『중국학보』제45집, 2002.8
C058	김경동 「백거이 詠鶴詩考 —— 그 유형과 의미를 중심으로」; 『중국문학연구』제25집, 2002.12
C059	여승환 「백거이 「聽歌六絶句」에 표현된 당대 가곡」; 『중국문학연구』제26집, 2003.6
C060	유병례 「백거이 「장한가」의 주제」;『중어중문학』제33집, 2003.12
C061	문관수 「중당시인 백거이와 조선말기 시인 金笠의 풍자성 비교」; 『세명논총』제10집, 2003.12
C062	김경동 「백거이와 고려문인의 창화시 연구 서설 —— 창화시 복원에 관한 제문제를 중심으로」;『중국문학연구』제27집, 2003.12
C063	이상천 「한유와 백거이의 대립여부에 관한 소고」; 『중국어문학』제42집, 2003.12
C064	이우정 「중국 고전시에 있어서 자유의 추구 —— 백거이의 閑適을 중심으 로」;『중국어문학논집』제26호, 2004.2
C065	전보옥 「중국 고전서사시의 고사 성립배경(Ⅳ) —— 「장한가」로 본 당대 서사시의 발전양상」;『중국어문학논집』제28호, 2004.8
C066	박영환 「白居易與洪州禪」;『중국어문학』제44집, 2004.12
C067	김경동 「원백 교유개시 연대에 관한 반론과 재론」; 『중어중문학』35집, 2004.12

C068	박현규 「새로 발굴된 백거이 관련 신라인의 자료 검토」; 『중국어문논총』제27집, 2004.12
C069	김경동 「백거이와 고려문인의 창화시 연구 —— 창화의 제양상과 의미를 중심으로」; 『중국문학연구』제29집, 2004.12
C070	박현규 「백거이 계림육시와 신라 관련 자료 재검증」; 『인문과학논총』제16집, 2005.8
C071	김경동 「백거이 三種年譜 이설비교고 —— 강주사마 이전 시기를 중심으로」; 『중국문학연구』제31집, 2005.12
C072	주호찬 「이규보의 백낙천 차운시: 불교인식을 중심으로」; 『한문교육연구』제25호, 2005.12
C073	김경동 「백거이 三種年譜 이설비교고 Ⅱ —— 충주자사 이후 시기를 중심으로」; 『중어중문학』제38집, 2006.6
C074	유병례 「백거이 시의 고려문학에서의 수용양상: 林惟正·李奎報를 중심으로」; 『중국학보』제53집, 2006.6
C075	문명숙 「백거이가 송시에 끼친 영향: 왕우칭과 매요신을 중심으로」; 『중국문학』제49집, 2006.11
C076	정진걸 「백거이시연구」; 『동아문화』제44집, 2006.12
C077	정진걸 「백거이 詩觀 연구」; 『중국문학』제50집, 2007.2
C078	이태형 「백거이의 눈빛으로 바라본 妓女」; 『한중언어문화연구』제13집, 2007.6
C079	홍병혜 「유우석과 백거이 詞의 南方性 고찰」; 『중국연구』제39집, 2007.6
C080	이봉상 「對古代韓國文人白居易談論之小考」; 『중국문학이론』제10집, 2007.8
C081	김경동 「백거이와 조선 전기문인의 창화 예술」; 『중국학보』제56집, 2007.12
C082	정선모 「白居易詩文集東傳考 —— "鷄林賈人求詩說"의 진위 문제를 중심으로」; 『동방한문학』제35집, 2008.6
C083	허경진 「백낙천 문집의 수입과 한국판본」; 『한문학보』제19집, 2008.12
C084	이봉상 「당대 기녀와 白詩 속의 기녀」; 『중국문학연구』제37집, 2008.12
C085	이봉상 「백거이 九老會와 그에 대한 고대 한국 문인의 인식」; 『동방한문학』제38집, 2009.3

C086	이봉상 「고려·조선 문인의 백거이에 대한 인식」; 『동방한문학』제39집, 2009.6
C087	강순애 「초주갑인자혼입보자본『향산삼체법』에 관한 서지적 연구」; 『서지학연구』제45집, 2010.6
C088	이봉상 「강주좌천 이전 백거이의 질병과 詠病詩」; 『중국문학연구』제41집, 2010.12
C089	임한순 「브레히트의 한시 수용: 백거이의 풍유「寄隱子」의 번역시「大臣」을 중심으로」; 『독일어문화권연구』제19집, 2010.12
C090	유병례 「『十抄詩』에 수록된 유우석·백거이 시 選詩 양상」; 『중국어문논총』제50집, 2011.9
C091	이봉상 「백씨문집 한국 소장 현황 및 그 특징」; 『중국어문논총』제51책. 2011.12
C092	이태형·장수현 「백거이 시에 나타난 기녀 형상과 당대문화」; 『아시아문화연구』제24집, 2011.12
C093	신주석 「白居易新樂府詩的敍事藝術」; 『국제중국학연구』제14권, 2011.12
C094	허권수 「한국한문학에서의 백거이 문학의 수용양상」; 『한문학보』제26집, 2012.6
C095	강민호 「압운의 미학으로 본 차운시의 특성에 대한 연구: 元白과 蘇軾의 차운시를 중심으로」; 『중국문학』제72집, 2012.8
C096	김상홍 「「장한가」와 「비파행」의 풍자와 은유고」; 『한자한문교육』제30집, 2013.1
C097	정태욱 「문학에 새겨진 도래와 침략: 요쿄쿠『나니와』와『백낙천』」; 『일본문화연구』제48집, 2013.10
C098	강순애 「『香山三體法』의 오언율시 텍스트에 대한 서지적 연구」; 『서지학연구』제54집, 2013.6
C099	전보옥 「비파행」의 문학적 성취」; 『중국어문학논집』제80집, 2013.6
C100	신민야 「『詩源辯體』의 중당 원화시기 시인들에 대한 비평: 한유·맹교·백거이를 중심으로」; 『중국어문학논집』제81호, 2013.8
C101	강순애 「『향산삼체법』 칠언율시의 저술, 내용 및 텍스트 비교에 관한 연구」; 『서지학연구』제55집, 2013.9
C102	이봉상 「한국 국립중앙도서관 소장『香山律』의 母本과 선시 경향 탐색」; 『동방한문학』제57집, 2013.12
C103	전원주 「백거이의 음주시 연구」; 『마산대학교논문집』제33집, 2014.2

C104	강순애	「『향산삼체법』 칠언절구의 구성, 내용 및 텍스트 비교에 관한 연구」; 『서지학연구』제57집, 2014.3
C105	정진걸	「"신악부운동", 정말로 있었나?」; 『중국문학』제79집, 2014.5
C106	류기수	「조선의 詞詞에 나타난 백거이 「憶江南」의 수용 양상」; 『중국연구』제61권, 2014.7
C107	신정수	「太湖石의 기괴한 형상에 대한 미의식의 변화: 9세기 전반기 백거이와 교유 문인의 작품을 중심으로」; 『중국문화연구』제25집, 2014.8
C108	김해명	「백거이 樂詩의 '聲情'연구」; 『중국어문학논집』제87호, 2014.8
C109	정진걸	「백거이의 「비파행」에 관한 세 가지 의문」; 『중국문학』제81집, 2014.11
C110	김경동	「백거이 「勸酒十四首」의 한국적 수용과 변용」; 『중어중문학』제59집, 2014.12
C111	이주해	「取號를 통해 읽는 당대 문인들의 자아의식: 왕적과 백거이, 그리고 원결을 중심으로」; 『외국학연구』제34집, 2015.12
C112	이원호 · 안혜인 · 신현실 · 하태일 · 김소현	「백거이의 중은사상과 원림조영」; 『한국전통조경학회지』제33권 제1호, 2015.3
C113	강순애	「호림박물관 소장의 초주갑인자본 『향산삼체법』에 관한 서지적 연구」; 『서지학연구』제62집, 2015.6
C114	김월회	「정원의 시적 포착과 표현 양상: 백거이 시를 중심으로」; 『동서인문』제5집, 2016.4
C115	김경동	「백거이 문집의 성립과정과 제판본」; 『중국학보』제77집, 2016.8
C116	김지영	「趙翼의 『甌北詩話』에 나타난 백거이 평가 연구」; 『중어중문학』제65집, 2016.9
C117	이화진	「백거이 시에서 나타나는 胡舞와 大曲樂舞 양상」; 『무용역사기록학』제45호, 2017.6
C118	정진걸	「백거이 백운배율의 특징 고찰: 章法 분석을 중심으로」; 『중국문학』제92집, 2017.8
C119	김경동	「「비파행」 難句 의미 해석고」; 『중국학보』제78집, 2016.11
C120	정진걸	「백거이 백운배율의 통속성」; 『중국문학』제93집, 2017.11
C121	정진걸	「백거이의 후예: 송대 지식인」; 『중국산문연구집간』제8집, 2018.12

C122	전영숙 「백거이의 原詩와 허균 창화시의 비교」; 『중국어문학논집』제113호, 2018.12
C123	이경일 「중국에서의 백거이 感傷詩 연구 현황」; 『중국인문과학』제71호, 2019.4
C124	강민호 「백거이 七言排律의 성취와 의미」;『중국어문학지』제72호, 2020.1
C125	정원호 「백거이 閑適詩에 나타난 의식의 세계 고찰」; 『중국학』제70집, 2020.3
C126	정보선 「趙翼『甌北詩話』의 백거이시 연구」;『동아인문학』제53호, 2020.12
C127	정원호 「백거이 下邽시절 한적시 고찰」;『중국학』제73집, 2020.12
C128	이수정 「백거이 애도시 소고 —'隨感遇'와 '直'에 따른 직설적인 말하기 방식을 중심으로」;『중국어문학지』제76호, 2021.9
C129	김성국·김성진 「백거이의 시에 나타나는 霓裳羽衣舞의 형식과 성격」; 『우리춤과 과학기술』제55집, 2021.11
C130	이경일 「중국에서의 백거이 「장한가」 주제연구 고찰」; 『인문사회과학연구』제22권 제4호, 2021.11
C131	이경일 「백거이 茶詩 소고」;『동북아문화연구』제69집, 2021.12
C132	이수정 「백거이 작품에 나타난 죽음과 애도의 표현 방식에 대한 연구: 哀悼詩와 哀祭文을 중심으로」;『중국어문학』제88집, 2021.12
C133	이봉상 「백거이 시에 나타난 '비(雨)'의 쓰임새 고찰」; 『중국문학연구』제89집, 2022.11
C134	신의선 「고통과 극복의 시적 체현: 중당 백거이의 선시 속 생로병사의 문제를 중심으로」;『중국학보』제100집, 2022.5
C135	이수정 「사교시를 통한 唐代 문인들의 슬픔 공유에 대한 고찰 — 백거이·유우석·원진의 작품을 중심으로」;『중국어문학지』제79호, 2022.6

2
제2부

작가와 전기

제7장

삼종연보 이설 비교

  작가의 전기(傳記) 자료에 대한 수집·정리를 통하여 이루어지는 소위 '문학적 전기'는 포괄적 연대기와 문학적 초상화 및 비평적 전기 등의 세 가지로 나누어진다. 그중에서 전기 연구의 기초는 수집 자료를 시간의 선후에 따라 배열한 포괄적 연대기이다. 이것이 바로 작가의 연보에 해당한다. 연보를 기초로 문학적 초상화와 비평적 전기가 이루어지기 때문에 연보는 작가의 전기 연구에서 가장 중요한 기초자료이다. 아울러 연보의 적확도는 작품 이해의 심도를 결정하는 주요 요소이기도 하다. 연보 작성에 무엇보다도 엄밀성이 요구되는 이유이다.

  백거이 삼종연보(三種年譜)는 화방영수(花房英樹)의 「백거이연보(白居易年譜)」와 주금성(朱金城)의 『백거이연보(白居易年譜)』, 나련첨(羅聯添)의 『백낙천연보(白樂天年譜)』를 말한다.[1] 이 삼종연보는 각각 일본·중국·대만의 연구성과를 대표하는 업적물로 인정받는다. 그러나 체재·기술방식 방면의 차이가 있고 내용상 적지 않은 이설이 존재한다. 삼종연보의 이설은 연구자의 혼란을 야기한다. 삼종연보의 이설을 비교·검토하려는 이유가 여기에 있다.

---

[1] 花房英樹 「白居易年譜」;『白居易研究』京都, 世界思想社, 1971; 朱金城『白居易年譜』上海, 上海古籍出版社, 1982; 羅聯添 『白樂天年譜』臺北, 國立編譯館, 1989.

삼종연보에는 백거이 사적 외에도 다양한 내용이 포함되어 있다. 그러나 이설의 범주는 백거이 사적과 부모·형제·자손 등의 가족에 관한 것으로만 한정하였다. 삼종연보의 기술 내용에 대한 검토를 통하여 17종의 이설을 선정하였다. 그중 원진(元稹)·백거이 초식(初識) 연대에 관한 문제는 본서 제8장·제9장에서 별도로 논의할 것이다.

본장에서는 우선 백거이 삼종연보의 체재와 기술방식을 검토할 것이다. 다음으로 백거이 삼종연보의 16종 이설을 비교·검토하여 시비를 판단하고 기존의 주장이 모두 타당하지 않다면 새로운 의견을 제기할 것이다. 16종의 이설은 서술의 편의상 작가의 행적·가족의 사적·관직의 제수·관직의 면직 등 네 가지로 분류하여 논의한다.

1. 체재와 기술방식

현존 최초의 백거이 연보는 남송(南宋)·진진손(陳振孫)의 『백문공연보(白文公年譜)』이다. 진진손의 『직재서록해제(直齋書錄解題)』에 의하면 이보다 조금 앞서 이황(李璜)의 연보가 있었고 진진손과 거의 동시대인 하우량(何友諒)의 연보가 있었으나 현재 전해지지 않는다. 청대에 이르러 왕립명(汪立名)의 「백향산연보(白香山年譜)」가 출현하였다. 진진손과 왕립명의 연보는 지극히 소략하고 오류도 적지 않아 참고자료로서 효용가치가 높지 않다.[2] 20세기에 들어 화방영수의 「백거이연보」(1971)·주금성의 『백거이연보』(1982)·나련첨의 『백낙

---

[2] 본고에서 참고한 陳振孫의 『白文公年譜』와 汪立名의 「白香山年譜」는 대만 세계서국본 汪立名 『白香山詩集』(臺北, 世界書局, 1969)에 수록된 것을 저본으로 하였다.

천연보』(1989)가 삼국의 백거이 연보를 대표한다.

백거이 삼종연보 중 시기적으로 가장 앞선 것은 화방영수의 「백거이연보」(이후『화보』로 약칭)이다.『화보』는 단독 저서『백거이연구(白居易研究)』의 일부분으로 수록된 것이고 주금성의『백거이연보』(이후『주보』로 약칭)와 나련첨의『백낙천연보』(이후『나보』로 약칭)는 단행본 저서이다.[3] 분량 면에서『화보』는 76면에 불과한 반면『주보』와『나보』는 각각 335면과 382면에 이르는 방대한 분량이다. 따라서『화보』는 체례와 내용 면에서『주보』·『나보』에 비해 소략할 수밖에 없는 한계가 있다. 다만 주금성이 자신의 연보 저술에『화보』가 참고되었음을 밝혔듯이[4] 근대적 의미의 백거이 연보사에 있어 선구자 역할을 하였다고 평가된다.

『나보』는 서두에 「세계(世系)」 항목을 설정하여 백거이의 선조·가족 및 후사·친족에 관해 13쪽의 분량으로 언급하고 있다. 이를 제외하면 삼종연보 모두 연보 기술의 기본 방식인 편년체를 채택하고 있다는 점에서는 동일하다. 그러나 연보 작성의 방법론에 대한 관점의 차이로 인해 삼종연보의 체재와 기술방식이 적지 않게 다르다. 삼종연보의 체재와 기술방식의 차이를 비교하고 그 장단점을 검토하는 것은 바로 이 때문이다.

체재와 기술방식 면에서『화보』는 가장 간략하다. 기본적인 체재는 각 연도 아래 「기사(記事)」 부분에서 주요 사적을 나열한다. 각

---

3) 화방영수의 「백거이연보」는『京都府立大學學術報告·人文』제14·15호(1962·1963년)에 발표된 「白居易年譜稿(上)·(下)를 기반으로 이루어진 것이다. 나련첨도『백거이연보』(1989)를 출판하기 훨씬 이전 「白香山年譜考辨」(『大陸雜誌』30권 3기, 1965년) 및 「白居易作品繫年」(『大陸雜誌』38권 3기, 1969년)을 발표한 바 있다.

4) 朱金城『白居易年譜』上海, 上海古籍出版社, 1982, 「序例」 3쪽.

「기사」아래에는 관련 시문 혹은 주요 근거를 간단하게 소개하고 있다. 「정원(貞元) 17년」조를 예로 들면 (1) "봄 부리에 있다(春在符離)", (2) "7월 선주에 있다(七月在宣州)", (3) "가을 낙양으로 돌아오다(秋歸洛陽)" 등 세 가지 사적이 제시되어 있다. (1)의 사적 아래에는 정원17년 작품인 「祭符離六兄文」[2875]의 주요 구절, (2)의 사적 아래에는 정원17년 작품 「祭烏江十五兄文」[2878]의 주요 구절 및 "당시 선성에 있었다(時在宣城)"라는 제하 자주가 언급되어 있다. 대부분 근거 자료로서 제시되어 있을 뿐이며 저자의 상세한 고증은 거의 생략되었다.

이외에도 「원화(元和) 4년」조의 "2월 원진은 감찰어사에 제수되었고 3월 7일 동촉 지역으로 출사하였다(二月, 元積除監察御史. 三月七日, 使東蜀)"라는 기술처럼 「기사」에서 백거이와 친밀한 동시대 문인의 사적이 언급되기도 한다. 또 「기사」에 앞서 해당 연도의 주요 시사가 연도 바로 아래에 기술되어 있는 경우도 있다. 예를 들면 「원화1년」조에는 "정월 2일 대사면하고 개원하였다. 19일에 순종이 붕어하였다(正月二日, 大赦改元. 十九日, 順宗崩)"는 시사가 간략하게 기술되어 있다.

『화보』는 『주보』·『나보』에 비해 20%의 분량에 불과하므로 기술이 소략할 수밖에 없다. 그러나 각 사적 바로 아래에 관련 시문이나 주요 근거가 제시되어 있기 때문에 각 사적에 대한 근거 및 관련 시문을 신속하게 확인할 수 있는 장점을 가지고 있다.

『주보』는 기본적으로 연보 본문과 「전증(箋證)」 두 부분으로 구성되어 있다. 「서례(序例)」에서 구체적인 체재에 관해 다음과 같이 밝히고 있다.

1. 본 연보의 체재 : 각 연도 아래 우선 연보 본문을 나열한 후 편년 가능한 시문을 열거하였다. 시문 아래에는 따로 원진과 유우석의 간략한 사적을 나열했으며 다음에는 관련 시사 및 백거이와 교유한 인물의 생애를 약술하였다.

2. 각 연도 말미에는 모두 「전증」 항목을 따로 두어 백거이 생애 및 작품과 관련된 모든 고증자료를 백거이 관련 시문 아래에 나누어 수록하였다.[5)]

『화보』의 경우처럼 「정원17년」조를 예로 들면 연보의 본문에는 "봄, 부리에 있다. 7월, 선주에 있다. 가을 낙양으로 돌아오다. 부리의 여섯째 형 장례지내다. 오강의 열다섯째 형 장례지내다(春, 在符離. 七月, 在宣州. 秋, 歸洛陽. 符離六兄葬. 烏江十五兄葬)"라는 사적이 기술되어 있다. 그 아래에는 「祭符離六兄文」[2875]·「祭烏江十五兄文」[2878]·「歎髮落」[0664] 등 작품 9편의 제목이 열거되어 있다. 작품 편년의 근거는 밝히지 않았다.

다음에는 유우석(劉禹錫; 772-842) 관련 사적과 10월 두우(杜佑; 735-812)의 『통전(通典)』이 편찬되었다는 시사를 언급하였다. 「정원 17년」조의 백거이 사적 관련 기술은 한 줄이 채 되지 않는다. 반면에 「和鄭方及第後秋歸洛下閑居」[0616]와 「與諸同年賀座主侍郎新拜太常同宴蕭尙書亭子」[0617] 등 2수의 시가 정원17년 작품임을 고증한 「전증」은 작은 글자로 21행에 이르고 있다. 또한 「원화10년」조에서 백

---

5) 주금성『白居易年譜』: "一. 本譜體制: 每年之下, 先列譜文, 再列可編年的詩文. 詩文之後單獨另列元稹與劉禹錫的簡歷. 其次則簡述有關時事及白氏交遊人物的生平. 二. 每年之末, 均另列「箋證」一項, 凡屬白氏生平及作品的考證資料, 分納於有關白氏詩文之後."(상해, 상해고적출판사, 1982, 「서례」2-3쪽)

거이 사적이 4행인 반면 「전증」은 10면이 넘고, 「대화2년」조에서는
사적이 3행에 불과한데 「전증」은 무려 14면에 이르고 있다. 『주보』
의 장점은 바로 「전증」의 상세한 고증에 있다. 단점은 백거이 사적
관련 기술이 너무 소략하다는 것이다. 또한 각 연도 바로 아래에 주
요 사적만을 약술함으로써 백거이 주요 사적을 일목요연하게 개관할
수 있다는 점은 장점이지만 사적과 창작연대의 근거를 신속하게 확
인하기에는 매우 불편하다.

『나보』의 기본 체재는 연보 본문과 「작품계년(作品繫年)」으로 구
성되어 있다. 「전언」에서는 체재에 관해 다음과 같이 밝히고 있다.

본 연보의 체재는 각 연도별로 사적과 작품이 별도로 열거되는데, 사
적은 앞에 위치하고 작품은 그 다음이다. 사적 부분에 기술된 것은 바
로 작품 내용 및 작품 고증에 따라 얻어진 결과이다.[6]

백거이 사적에 대한 연보 본문의 기술이 상세하다. 반면에 해당
연도의 작품 편년 및 사적에 대한 논증은 「작품계년」에서 주로 진행
되고 있다. 이것이 체재 면에서 『화보』・『주보』와 크게 다른 점이
다. 백거이 사적에 대한 체재 비교를 위해 「정원17년」조의 원문을
예로 든다.

■ 『나보』・「정원17년」조 :
- 봄, 부리에 있다. 종조육형이 서거하다. 제문이 있다.

---

6) 나련첨 『백낙천연보』: "本譜體例爲事蹟與作品每年分列. 事蹟居前, 作品次後. 事蹟
所記, 乃依據作品內容及作品考證所得之結果."(臺北, 國立編譯館, 1989)

春, 在符離. 從祖六兄卒, 有祭文.

- 다시 선성에 이르다. 7월 7일 종조십오형의 제문이 있다. 40운 시를 지어 선주관찰사 최연에게 올렸는데 목적은 천거 청탁에 있었다.
  重到宣城, 七月七日有祭從祖十五兄文. 作詩四十韻上宣州觀察崔衍, 意在請求辟擧.

- 백거이 스스로 머리가 이미 희끗하다고 했다. 문집 권6 「寄同病者」 [0253]시에 "나이 서른에 머리가 희끗희끗하니, 이른 나이에 노쇠함은 고질병 때문이었네"라고 하였다.('二毛'는 머리가 희끗희끗하다는 의미이다.)
  樂天自言鬢髮已白, 本集六寄同病者詩說: "三十生二毛, 早衰爲沈痾."(案二毛是鬢髮斑白的意思.)

- 원진은 23세, 장안에 있다.
  元微之二十三歲, 在長安.

『화보』·『주보』와 비교하면 백거이 사적의 기술 내용이 매우 풍부하고 상세하다. 그리고 "목적은 천거 청탁에 있었다(意在請求辟擧)"고 했듯이 사적의 단순 나열이 아니라 작품의 창작 의도에 대한 가치판단도 언급되어 있다. 이러한 점은 『나보』의 일관된 기술방식이자 장점이다. "더 나아가 시인의 심정을 분석하였는데 이러한 연보 작성법은 이미 전기에 근접한 것이므로 독자는 작가에 대해 더욱 깊은 이해를 할 수 있게 된다"[7]는 평가도 바로 이 때문이다.

이외에도 각 연도의 본문 말미에는 원진·유우석 등 동시대 문인

---

7) 徐志平「白居易兩種年譜評介」: "更進一步分析了詩人的心情, 此種寫法已接近傳記, 可使讀者對作家有更深一層的了解."(『中國書目季刊』 26권 2기, 1992.8, 69쪽)

의 사적이 간략하게 소개되어 있고 각 연도 바로 아래에 주요 시사를 기재하였다는 점은『주보』와 동일하다. 그러나『주보』와는 달리 각 사적 아래에 주요 근거인 시문의 제목이나 구절을 제시하고 있다. 근거 자료의 신속한 확인이 가능하여 독자에게는 매우 편리하다. 이것도『나보』의 장점이다.

「작품계년」 역시『나보』의 중요한 구성요소이다. 「정원17년」조를 예로 들면, 정원17년 작품인「祭符離六兄文」[2875]・「祭烏江十五兄文」[2878]・「花下自勸酒」[0710] 등 5편의 작품을 차례로 열거하고 각 작품별로 편년의 근거를 제시하면서 고증작업을 진행하였다.『나보』의「작품계년」과『주보』의「전증」은 상세한 고증이라는 학술적 의미는 동일하다. 그러나『나보』의「작품계년」은 시문 편년에 관한 고증을 위주로 하고『주보』의「전증」은 시문의 등장인물과 그 사적에 관한 고증에 중점이 있다는 점이 다르다.[8]

상술한 바와 같이『주보』의 최대 단점은 백거이 사적에 대한 기술의 소략이다. 기술의 소략은 내용만이 아니라 사적의 월일(月日) 표기에서도 드러난다. 예를 들면『화보』와『나보』「장경2년」조에는 7월 14일 항주자사(杭州刺史)에 제수되어 10월 1일 항주 도착이라고 기술되어 있다. 반면에『주보』의「장경2년」조에는 7월에 항주자사로 제수되고 10월에 항주 도착이라고만 기술되어 있다.[9] 또 대화(大

8) 이 점에 관해서는 徐志平의「白居易兩種年譜評介」(『中國書目季刊』26권 2기 1992.8, 69쪽)에도 지적된 바 있다.

9) 화방영수「백거이연보」;『白居易研究』京都, 世界思想社, 1971, 123쪽; 나련첨『백낙천연보』臺北, 國立編譯館, 1989, 196-197쪽; 주금성『백거이연보』上海, 上海古籍出版社, 1982, 129쪽. 이후 삼종연보의 기술에 대한 출처 표기는『화보』・『주보』・『나보』의 약칭과 면수만을 기재하기로 한다.

和) 9년(835) 태자소부분사(太子少傅分司) 제수 시기에 관해서도 『화보』·『나보』에는 10월 23일로 기재되었고 『주보』에서는 10월로만 기술하였다.[10] 『주보』의 소략함은 다방면에 존재하는 현상임을 알 수 있다. 기사의 소략함으로 인해 일관성 결여와 부정확한 기술이 종종 발견된다는 것도 『주보』의 단점이다.

백거이에게는 원화4년(809) 출생한 장녀 금란자(金鑾子) 외에도 강주 좌천 기간에 출생한 3명의 딸이 있었다. 그중 하나는 원화11년(816) 출생한 아라(阿羅)이다. 원화12년·13년에 출생한 나머지 두 딸은 이름이 알려지지 않았다. 『화보』와 『나보』에서는 「원화13년」조에 두 딸의 출생 사실을 언급하고 있다. 특히 『나보』의 「창작계년」에는 「自到潯陽生三女子因詮眞理用遣妄懷」[1095]시의 창작연대 및 강주 출생의 세 딸에 관한 기술이 존재한다.[11] 그러나 『주보』에는 장녀 금란자와 차녀 아라의 출생만을 기술하였고 삼녀와 사녀의 출생에 관한 언급이 없다. 이것은 『주보』가 기술 대상의 선정기준에 일관성이 결여되어 있음을 말해 준다.

이보다 더욱 심각한 경우를 한 가지만 예로 든다. 원화10년(815) 3월 25일, 통주사마(通州司馬)에 제수된 원진은 장안에서 백거이와 이별을 해야 했다. 이에 관해 삼종연보의 기술 방식은 다음과 같다.[12]

■ 『주보』·「원화10년」조 :
(원진은) 다시 통주사마로 나가다. 3월 30일 백거이와 풍수 서안 교변에서 이별하다.

---

10) 『화보』 147쪽, 『나보』 313쪽, 『주보』 253-254쪽.
11) 『화보』 115쪽, 『나보』 158쪽·161-162쪽.
12) 『주보』 64쪽, 『화보』 110쪽, 『나보』 124쪽.

(元稹)復出爲通州司馬. 三月三十日, 與居易別於灃水西岸橋邊.[13]

■ 『화보』・「원화10년」조 :

3월 25일, 원진이 통주사마에 제수되자 29일, 백거이는 호현 동쪽 포지촌에서 원진을 송별하다.……후에 「十年三月三十日別微之於灃上」시가 있다.

三月二十五日, 元稹授通州司馬. 二十九日, 居易送元稹於鄠東蒲池村.……後有「十年三月三十日別微之於灃上.」

■ 『나보』・「원화10년」조 :

3월 25일, 원진이 통주사마로 좌천되었다. 29일, 원진을 호현 동쪽 포지촌에서 전별하며 각각 절구 1수를 지었다. 30일, 다시 원진을 풍수 서쪽에서 송별하였다. 취후에 원진에게 보낸 시가 있다.

三月二十五日, 微之貶通州司馬. 二十九日餞別微之於鄠東蒲池村, 各賦絕句詩一首. 三十日再別微之於灃水西, 有醉後寄微之詩.[14]

원화10년 원진과의 이별에 관한 백거이 사적을 『주보』에서는 원진의 사적으로 처리하였다. 그리고 「원화10년」조 기사 말미에서 3월 30일 사적으로 간략하게 기술했을 뿐이다. 반면에 『화보』와 『나보』의 「원화10년」조에서는 백거이 사적으로 처리하고 더욱 상세하고 정확한 정보를 기재하였다. 이러한 기술 방식은 독자의 이해에 큰 도움을 준다.

---

13) 『주보』는 「전증」(68쪽)에서야 다소 상세하게 언급하고 있는데 29일 전별 장소인 鄠東蒲池村과 30일 송별 장소인 灃水 서쪽을 별개의 장소로 오인하고 있다.
14) 『나보』에는 '灃水'가 '澧水'로 되어 있으나 '灃水'의 잘못이 분명하므로 바로 잡았음을 밝혀둔다.

이러한 점은 『나보』에서 더욱 돋보인다. 『화보』는 29일 호현(鄠縣) 동쪽 포지촌(蒲池村)에서의 전별을 기술하고 「十年三月三十日別微之於澧上」[1115][15)이라는 시제를 제시하였다. 『나보』는 3월 29일 포지촌에서의 전별과 30일 풍수(澧水) 서쪽에서 원진을 송별했던 사적을 정확하게 나누어 기술하고 있다. 그뿐만 아니라 29일 당시 각각 절구 1수씩을 지었다는 사실과 30일 송별 후 술에 취해 원진에게 보내는 시(즉 「醉後却寄元九」[0844])를 지었던 사실도 기재하고 있다. 「작품계년」 부분에서는 다시 이 사적에 대해 관련 작품들을 근거로 상세한 논의를 진행하였다.

이상에서 논의하였듯이 체재와 기술방식 면에서 삼종연보에는 각각 장단점이 존재한다. 그중에서 백거이 사적 관련 기술 내용이 더욱 상세하고 근거자료 확인에 가장 편리하며 시문 창작연대 추정에 관한 근거가 분명하게 제시된 것은 『나보』이다. 그럼에도 불구하고 각 이설을 비교·검토한 결과 삼종연보에는 득실과 장단이 병존하므로 각 연보의 장점을 취하는 것이 마땅하다.

2. 작가의 행적

작가의 행적에 관한 이설은 '월중으로의 피난'·'소주·항주 유람'·'복상 만료와 부량행'·'도연명 고택 방문'·'원진과 이릉 상봉'

---

15) 이 작품의 원제는 「十年三月三十日別微之於澧上. 十四年三月十一日夜遇微之於峽中. 停舟夷陵, 三宿而別. 言不盡者以詩終之. 因賦七言十七韻以贈, 且欲記所遇之地與相見之時, 爲他年會話張本也」이다.

등 다섯 가지이다. 이 외에도 이설로 간주할 수 있는 사례가 있다. 예를 들면 장경1년(821) 백거이는 진사중고시관(進士重考試官)에 위촉되어 진사과 급제자에 대한 재시험을 주관한 적이 있었다. 이에 관해 『주보』는 백거이가 4월 진사중고시관에 위촉되어 주시(主試) 전휘(錢徽; 755-829)·양여사(楊汝士)의 관리하에 진사과 급제자 14명에 대한 재시험을 시행하였다고 기술하였다.

그러나 『나보』와 『화보』에 의하면 진사과 급제자 14명에 대한 재시험을 시행한 일자는 3월 23일이며 왕기(王起; 760-847)와 함께 그들에 대한 관대한 처분을 요청하는 「論重考試進士事宜狀」[3416]을 지은 것이 4월 10일의 일이다.[16] 관련 자료에 대한 필자의 검토에 따르면 『나보』와 『화보』의 기술이 정확하다. 따라서 『주보』에서 진사과 급제자 14명에 대한 재시험을 '4월'의 일로 기술한 것은 앞에서 이미 밝혔듯이 『주보』의 최대 단점인 기술의 소략, 즉 안일한 기술 태도로 인한 결과이다.

또한 대화8년(834) 평천(平泉) 유람에 관해 『나보』는 「4월」조, 『화보』는 「10월」조에서 기술하였고 『주보』에는 이에 관한 언급이 보이지 않는다. 필자의 검토에 따르면 이러한 이설은 단순한 기술 방식의 차이로 인한 결과이다. 백거이 대화8년 작품에 「早夏遊平泉迴」[2302]·「醉遊平泉」[2354]·「冬日平泉路晚歸」[2370] 등의 시가 있다. 특히 「醉遊平泉」시에 "나만이 가장 한가한 낙양 빈객, 일년에 네 번 평천에 유람갔지"[17]라고 하였으니 백거이는 대화8년에 여러 차례 평

---

16) 『주보』 117쪽, 『나보』 182쪽, 『화보』 119쪽.

17) 백거이 「醉遊平泉」[2354]: "洛客最閑唯有我, 一年四度到平泉."(『백거이집전교』제4책, 2195쪽)

천을 유람했던 것이다. 『나보』는 「早夏遊平泉迴」시를 근거로 「4월」
조, 『화보』는 「冬日平泉路晚歸」시를 근거로 「10월」조에 기술한 것
으로 보인다. 이 두 가지 사례는 별도의 논의가 필요한 이설로 간주
하지 않았음을 밝혀 둔다.

(1) 월중(越中)으로의 피난

삼종연보에 의하면 백거이는 소년시절에 월중(지금의 절강성 일대)
으로 피난했던 적이 있었다. 정원2년(786) 작품으로 추정되는 「江樓
望歸」[0687]에 "당시 전란을 피해 월중에 있었다(時避難在越中)"는 제
하 자주가 있으므로 이는 분명한 사실이다. 이와 관련된 삼종연보의
기술내용은 다음과 같다.[18]

■ 『화보』·「건중3년」조 :
　　형양을 떠나 강남에 가다.
　　去滎陽, 行江南.

■ 『나보』·「건중3년」조 :
　　백거이는 형양을 떠나 월중에서 피난하다.
　　樂天去滎陽, 避難於越中.

■ 『주보』·「건중3년」조 :
　　형양을 떠나 부친 백계경의 서주별가 임지에 이르러 부리현에 거주
　　하다.
　　去滎陽, 從父季庚徐州別駕任所, 寄家符離."

---

18) 『화보』 88쪽, 『나보』 18쪽, 『주보』 9-10쪽.

『주보』·「건중4년」조 :

당시 하남도·하북도에 병란이 발생하여 월중으로 피신한 것은 대략 본년에 시작된 것이다.

時兩河用兵, 逃難於越中, 約始於本年.

『화보』와 『나보』에 의하면 형양(滎陽)을 떠나 월중으로 피난한 연도는 건중(建中) 3년(782)이다. 그러나 『주보』에서는 형양을 떠나 부친의 임지 서주(徐州) 부리(符離: 현 안휘성 숙주시)로 간 것이 건중3년의 일이며, 부리에서 월중으로 피난한 시기는 건중4년(783)이라고 주장하였다. 『화보』와 『나보』에서 '건중3년'설의 근거로 제시한 것은 왕립명 「백향산연보」의 주장이다. 「백향산연보」·「건중3년」조에서는 "형양에서 태어나 자랐으나 어린 시절 고향을 떠났다.……떠날 때는 열한두 살이었는데 올해 나이가 쉰여섯"[19]이라는 「宿滎陽」의 시구를 인용한 후 다음과 같이 기술하고 있다.

이때 하남도(河南道)·하북도(河北道)에 전란이 발생하였으니 백거이의 월중 피난은 분명 이해의 일이다.

時兩河用兵, 公避難越中, 當在是年.[20]

『주보』는 「백향산연보」·「건중3년」조를 인용하여 왕립명의 주장을 수용하는 듯 하면서도 결국 『화보』·『나보』와는 다른 견해를 제시하였다. 이에 대한 시비 판단에서 우선적으로 고려해야 할 것은 바

---

19) 백거이 「宿滎陽」[1451]: "生長在滎陽, 少小辭鄕曲.……去時十一二, 今年五十六."(『백거이집전교』제3책, 1441쪽)
20) 왕립명 『백향산시집』 대북, 세계서국, 1969, 10쪽.

로 건중3·4년을 전후로 발생한 병란에 관한 역사적 사실이다. 주금
성의 주장처럼 건중3년 서주 부리에 거주하던 백거이가 건중4년 월
중으로 피난한 것이라면 건중4년 서주에 병란이 발생했어야만 한다.

『자치통감(資治通鑑)』에서 건중 연간(780-783)의 기록을 검토한 결
과, 건중 연간 서주의 병란 발생은 건중2년(781) 11월의 일이다. 건
중2년 정월에 모반한 평로절도사(平盧節度使) 이정기(李正己; 733-781)
가 동년 8월에 서거하자 아들 이납(李納; 758-792)이 지위를 계승하여
반란을 계속 주도하였다. 이때 이정기의 종형(從兄) 서주자사 이유
(李洧; ?-782)가 당시 서주 팽성현령(彭城縣令)이었던 백거이 부친 백
계경(白季庚; 729-794)의 권유로 조정에 귀순하였다. 이에 불만을 품
은 이납이 건중2년 11월 2만 군사를 이끌고 서주를 공격하였다. 서
주에는 이를 방어할 군사가 없었다. 이에 백계경은 관민 천여 명을
모아 서주자사 이유와 함께 42일간 항거하였다. 조정에서 파견한 선
무절도사(宣武節度使) 유흡(劉洽; 735-792)의 원군이 도착하여 이납의
반군을 대파하였다.[21] 이후 건중3년·4년에는 서주에 전란이 발생하
지 않았다. 건중3년 서주 부리에 거주하던 백거이가 건중4년 월중으
로 피난했다는 주금성의 주장은 설득력이 없다.

『화보』와 『나보』에서 '건중3년'설의 근거로 제시되었던 것은 "떠
날 때는 열한두 살이었다(去時十一二)"는 「宿滎陽」[1451]의 시구이다.
이에 의하면 형양을 떠난 것은 11·12세 때이므로 건중3년(782) 혹
은 4년(783)에 해당한다. 형양은 당시 정주(鄭州; 현 하남성 정주시)에
속한 지역이었다.[22] 이희열(李希烈; 750-786) 반군에 의해 정주 인근

---

21) 司馬光 『資治通鑑』권227·「建中二年」조 및 백거이의 「襄州別駕府君事狀」[2926]
참고.

에 전란이 발생한 것은 건중4년의 일이다.

회서절도사(淮西節度使) 이희열은 이납의 반란을 진압하라는 황명을 받았다. 그러나 건중3년(782) 11월, 3만 병사를 허주(許州; 현 하남성 허창시)에 주둔시키고 모반을 꾀하는 한편, 이납과 변주(汴州; 현 하남성 개봉시)를 공습할 것을 모의하였다. 동년 12월 천하도원수(天下都元帥)를 자칭하고 건흥왕(建興王)으로 칭왕한 이희열은 다음해인 건중4년 정월, 여주(汝州; 현 하남성 여주시)를 함락시켰다.[23] 여주와 변주는 정주에 바로 이웃한 지역으로서 정주에 전란의 위기가 고조되었던 시기는 건중4년 정월 무렵이다. 따라서 백거이가 전란을 피해 형양을 떠난 것은 건중4년 초일 가능성이 가장 높다. 따라서 본고에서는 『화보』·『나보』·『주보』의 주장을 조금씩 수정하여 백거이가 어린 시절을 보낸 형양을 떠나 월중으로 피난한 시기는 건중4년 (783) 초의 일로 결론을 내린다.

(2) 소주 · 항주 유람

현존 자료에 의하면 백거이는 월중 피난 기간에 소주(蘇州)·항주(杭州)를 유람한 것으로 알려져 있다. 소주·항주 유람 시기를 『화보』·『주보』는 15세인 정원2년(786)이라고 하였고, 『나보』에서는 17·18세인 정원4년(788)·5년(789)의 일로 기술하였다.[24] 서로 다른 주장의 근거가 모두 동일한 기록이라는 점이 흥미롭다. 백거이는 보

---

22) 『나보』는 "滎陽與新鄭都屬於鄭州."(대북, 국립편역관, 1989, 18쪽)라고 하였고, 주금성의 「宿滎陽」·「箋」에서는 "詩中之滎陽指鄭州新鄭縣."(『백거이집전교』제3책, 1441쪽)이라고 하였다.

23) 司馬光 『資治通鑑』권228 · 「建中四年」조.

24) 『주보』 11쪽, 『화보』 89쪽. 『나보』 22쪽.

력(寶曆) 1년(825) 5월 소주자사에 부임하였다. 그해 7월 지은 「吳郡詩石記」에는 다음과 같은 기록이 있다.

정원 초, 위응물이 소주자사가 되고 방유복이 항주자사가 되었는데 모두 호기가 있는 인물이었다.……그때 내 나이 겨우 14 · 15세로 소주 · 항주 두 곳을 유람하였다. 어리고 미천함으로 인해 유연(遊宴)에 참석할 수는 없었지만 그들의 재능은 뛰어나고 군수의 직책은 존귀한 것임을 알게 되었다. 그 당시 마음으로는 훗날 소주 · 항주 중 한 곳을 얻으면 만족스러울 것이라고 생각했었다. 지금 중서사인(中書舍人)에서 물러난 이후 번갈아 두 곳의 주(州)를 다스리게 되었다. 작년에 항주자사 인수를 벗었는데 금년에는 소주자사 인수를 차게 되었다.……전후 37년의 차이가 있으니 강산은 옛 그대로인데 사람의 형상은 예전 그대로가 아니므로 또 탄식할만 하노라.……보력1년 7월 20일, 소주자사 백거이가 적다.[25]

「오군시석기」가 백거이 자신의 글인 것은 분명하다. 그러나 이 글의 내용에 의하면 백거이가 소주 · 항주를 유람한 연대에 모순이 발생한다. "그때 내 나이 겨우 14 · 15세로 소주 · 항주 두 곳을 유람하였다(時予始年十四五, 旅二郡)"라고 한 앞부분의 기록을 근거로 하면 백거이가 소주 · 항주를 유람했던 때는 14 · 15세인 정원1년(785)

---

25) 백거이 「吳郡詩石記」[3627]: "貞元初, 韋應物爲蘇州牧, 房孺復爲杭州牧, 皆豪人也.……時予始年十四五, 旅二郡, 以幼賤不得與遊宴, 尤覺其才調高而郡守尊. 以當時心言異日蘇杭苟獲一郡, 足矣. 及今自中書舍人間領二州, 去年脫杭印, 今年佩蘇印.……前後相去三十七年, 江山是而齒髮非, 又可嗟矣.……寶曆元年七月二十日, 蘇州刺史白居易題."(『백거이집전교』제6책, 3663쪽)

혹은 정원2년(786)의 일이다. 『화보』와 『주보』의 주장은 바로 이 부분을 근거로 한 것이다.

그런데 이 문장의 뒷부분에는 글을 지은 당시와 소주·항주 유람 시기에 "전후 37년의 차이가 있다(前後相去三十七年)"고 하였다. 백거이는 보력1년(825)에 소주자사에 부임하였고 문장 말미에도 창작연대를 "보력1년 7월 20일"로 분명하게 밝히고 있으니 825년에서 37년을 거슬러 올라가면 백거이의 소주·항주 유람은 그의 나이 17세인 정원4년(788)의 일이 된다. 『나보』에서 제기한 '정원4·5년'설은 바로 이를 근거로 한다. 백거이 자신의 서로 다른 기록 중 하나는 오기일 수밖에 없다. 따라서 오기 판단의 근거가 이설의 시비를 가리는 중요한 기준이다.

우선 『화보』와 『주보』의 주장은 두 가지 면에서 문제가 있다. "그때 내 나이 겨우 14·15세로 소주·항주 두 곳을 유람하였다"는 기록을 근거로 하면 소주·항주 유람은 정원1년(14세) 혹은 정원2년(15세)의 일이다. 그럼에도 단순히 정원2년(15세)으로 단정하였다는 것이 첫 번째 문제이다. 두 번째 문제는 "전후 37년의 차이가 있다"고 한 후반부 기록이 오기라는 근거를 밝히지 않은 채, 「오군시석기」에 대한 기록 상의 모순 혹은 오기 가능성만을 지적하였다는 점이다.[26]

이에 반해 후반부 기록을 근거로 한 『나보』는 "나이 14·15세"라는 기록이 오기라고 하면서[27] 위응물(韋應物; 737-약793)의 소주자사

---

26) 화방영수 「백거이연보」: "然又云, 前後相去三十七年. 逆數之, 當貞元四年, 不合乎十四五."(『白居易研究』 경도, 세계사상사, 1971, 89쪽); 주금성 『백거이연보』: "……而居易是年爲十六歲, 非'十四五', 疑白氏此文所記有誤."(상해, 상해고적출판사, 1982, 12쪽)

27) 나련첨 『백낙천연보』: "'前後相去三十七年'語, 似較可信; '年十四·五'云云, 或一時誤

부임 시기를 근거로 제시하였다.[28] 위응물이 좌사랑중(左司郎中)에서 소주자사로 부임한 것은 정원4년(788) 가을·겨울의 일이므로[29] 백거이의 소주·항주 유람 시에 위응물이 소주자사였다는 「오군시석기」의 기록과 일치한다. 정원4년(788)을 정원4년·5년으로 확대 해석한 점을 제외하면 『나보』의 주장이 타당하다.

"정원 초, 위응물이 소주자사가 되고 방유복이 항주자사가 되었다"라는 「오군시석기」의 기록에 의하면, 백거이의 소주·항주 유람 시에 항주자사는 방유복(房孺復; 756-797)이었다. 방유복의 항주자사 부임 시기는 위응물의 소주자사 부임 시기와 함께 백거이의 소주·항주 유람 시기 고증에 중요한 단서이다.

사서(史書) 기록에 대한 필자의 검색에 의하면 『구당서·방유복전』에 "누차 항주자사에 제수되었다(累拜杭州刺史)"[30]라는 기록이 보일 뿐이며 부임 시기에 관한 명확한 언급은 보이지 않는다. 『당자사고(唐刺史考)』에서도 「오군시석기」의 기록과 위응물의 소주자사 부임 시기를 근거로 방유복의 항주자사 재직 시기를 정원4·5년으로 추정하고 있다.[31] 따라서 「오군시석기」의 "전후 37년의 차이가 있다(前後相去三十七年)"는 기록과 위응물의 소주자사 부임 시기가 정원4

記."(대북, 국립편역관, 1989, 22쪽)

28) 羅聯添 『唐代詩文六家年譜』臺北, 學海出版社, 1986, 127쪽.

29) 傅璇琮의 「韋應物繫年考證」에 의하면 위응물은 정원4년 7월 소주자사에서 桂州刺史·桂管觀察使로 제수된 孫晟(『舊唐書·德宗紀』·「貞元四年」조)의 후임이었으므로 위응물이 소주자사에 부임한 것은 정원4년 7월 이후가 일이라고 고증하고 있어 나련첨의 주장과 거의 일치한다. 傅璇琮 『唐代詩人叢考』북경, 중화서국, 1980, 312쪽.

30) 『舊唐書·房孺復傳』: "孺復以宰相子, 年少有浮名, 而奸惡未甚露, 累拜杭州刺史." (『구당서』권111·「열전」제61)

31) 郁賢皓 『唐刺史考』淮陰, 江蘇古籍出版社, 1987, 제4책 1740쪽.

년 가을·겨울이라는 점을 근거로 하면 백거이의 소주·항주 유람 시기는 17세 때인 정원4년(788) 가을·겨울의 일로 보는 것이 가장 타당하다.[32]

(3) 복상 만료와 부량행

정원10년(794) 5월 부친의 서거 이후 백거이는 서주 부리(符離)에서 3년 동안 복상(服喪)하였다. 삼종연보에 의하면 정원13년(797) 복상 만료 이후 백거이는 부량(浮梁; 현 강서성 부량현)에 가서 잠시 체류하였다고 한다. 장형 백유문(白幼文)이 요주(饒州) 부량현 주부(主簿)로 부임하였기 때문이다. 그러나 부량행 시기에 대한 의견은 다음과 같이 모두 다르다.[33]

■ 『화보』·「정원13년」조 :
복상 만료 후 부량에 가다.
服滿後, 行浮梁.

■ 『주보』·「정원13년」조 :
부친의 복상 기간이 만료된 후 여전히 부리에 거주하다.
父喪服滿後, 仍居符離.

『주보』·「정원14년」조 :
대략 본년 봄, 형 백유문이 요주 부량현 주부로 부임하고, 백거이는

---

32) 이에 관해 謝思煒도 동일한 견해를 피력한 바 있다. 사사위 「吳郡詩石記」·「注」: "時予始年十四五: 此蓋含混言之. 貞元四年(788)居易隨父季庚官衢州, 蓋於其時經蘇·杭, 是年已十七."(『白居易文集校注』제4책, 1840쪽)
33) 『화보』 91쪽, 『주보』 17쪽, 『나보』 28쪽.

대략 이해 여름 부리에서 부량으로 가다.

兄幼文約於本年春赴任饒州浮梁縣主簿. 居易約是年夏自符離赴浮梁.

■ 『나보』·「정원15년」조 :

본년 봄, 맏형 유문이 요주 부량현 주부가 되자 서주에서 종행하다.

本年春, 長兄幼文爲饒州浮梁縣主簿, 樂天自徐州從行.

백거이의 부량행(浮梁行) 시기에 관해 『화보』·『주보』·『나보』는 각각 정원13년(797)·정원14년(798)·정원15년(799)을 주장하고 있다. 세 가지 이설의 주요 근거는 모두 서주에서 부량으로 가던 도중에 지은 「將之饒州江浦夜泊」[0431]이라는 작품이다. 시제에 언급된 요주(饒州)는 구체적으로 부량을 가리킨다. 요주는 수대에 파양군(鄱陽郡)이었으나 무덕(武德) 4년(621)에 요주로 개명·설치되어 파양(鄱陽)·여간(餘干)·악평(樂平)·부량(浮梁) 등 네 개 현을 관할구역으로 하였기 때문이다. 그런데 이 작품의 창작연대에 관해 주금성과 화방영수는 정원14년, 나련첨은 정원15년을 주장하고 있다.[34]

화방영수는 「將之饒州江浦夜泊」시를 정원14년 작품으로 추정하였다. 그럼에도 『화보』·「정원13년」조에서 이 시를 근거로 백거이는 정원13년에 복상 만료 후 부량에 갔다고 한 것은 명백한 오류이다. 그 다음은 『나보』의 '정원15년'설이다. 나련첨의 추정대로 「將之饒州江浦夜泊」시가 정원15년 작품이라면 백거이가 서주에서 장형 임지인 부량으로 떠난 것은 정원15년(799)의 일이 분명하다. 그러나 창작연대에 대한 나련첨의 주장은 논리적으로 타당하지 않다. 나련

---

34) 주금성 『백거이집전교』제1책 495쪽; 화방영수 『白氏文集の批判的研究』·「종합작품표」 514쪽; 나련첨 『백낙천연보』, 29쪽.

첨이 「將之饒州江浦夜泊」시의 창작연대를 정원15년으로 추정한 근거는 백거이의 정원15년(799) 작품인 「傷遠行賦」이다.

정원15년 봄, 나의 형은 부량에서 벼슬살이를 하고 있었다. 얼마 안되는 봉록을 나누어 집에 돌아가 어버이를 봉양하라며 나에게 쌀을 지고 귀향하도록 분부하셨다. 교외를 벗어나니 나를 슬프게 하는구나, 길은 얼마나 망망할까! 망망하구나 이천오백 리 길. 파양(필자 주: 여기서는 요주 부량을 의미함)[35]에서 낙양으로 돌아간다.……아! 예전 내가 떠날 때는 봄풀이 막 향기로웠는데, 지금 내가 이르렀을 때는 가을바람이 서늘하구나.[36]

이 글의 내용에 의하면 정원15년(799) 봄 백거이는 이미 장형의 임지 부량에 도착해 있었다. 그 당시 이미 낙양으로 이주한 모친의 봉양을 위해 장형의 분부대로 쌀을 지고 부량에서 낙양까지 2,500리 먼길을 떠났음을 알 수 있다. 또한 백거이의 「送侯權秀才序」에는 다음과 같은 기록이 있다.

정원15년 가을, 나는 비로소 거진사(擧進士)가 되었는데 후생(侯生)과 와 함께 선성태수에 의해 천거되었다.[37]

---

35) 浮梁縣이 속해 있던 요주는 수대의 鄱陽郡이었으므로 이 작품에서 언급된 '鄱陽'은 요주의 옛 지명을 취한 것이며 구체적으로는 장형 백유문의 임지 부량현을 의미한다.

36) 백거이 「傷遠行賦」[2837]: "貞元十五年春, 吾兄吏于浮梁, 分微祿以歸養, 命予負米而還鄉. 出郊野兮愁予, 夫何道路之茫茫! 茫茫兮二千五百, 自鄱陽而歸洛陽.……噫! 昔我往兮, 春草始芳. 今我來兮, 秋風其涼."(『백거이집전교』제4책, 2594쪽)

37) 백거이 「送侯權秀才序」[2910]: "貞元十五年秋, 予始擧進士, 與侯生俱爲宣城守所貢."(『백거이집전교』제5책, 2763쪽)

이 기록에 의하면 백거이는 정원15년 가을, 선주(宣州; 현 안휘성 선주시) 치소인 선성(宣城; 현 안휘성 선성현)에서 향시에 응시하였다. 따라서 "예전 내가 떠날 때는 봄풀이 막 향기로웠다(惜我往兮, 春草始芳)"는 장형의 분부로 부량에서 낙양으로 떠난 시절을 묘사한 것이며 "지금 내가 이르렀을 때는 가을바람이 서늘하구나(今我來兮, 秋風其涼)"는 향시 응시를 위해 낙양에서 선성으로 온 시절을 말한 것이다. 그런데 『나보』·「정원15년」조에서는 「將之饒州江浦夜泊」[0431]시의 창작연대에 대해 다음과 같이 주장하고 있다.

「傷遠行賦」에 "정원15년 봄, 나의 형은 부량에서 벼슬살이를 하고 있었다. 얼마 안되는 봉록을 나누어 집에 돌아가 어버이를 봉양하라며 나에게 쌀을 지고 귀향하도록 분부하셨다"고 하였고 또 "파양에서 낙양으로 돌아간다.……예전 내가 떠날 때는 봄풀이 막 향기로웠다"라고 하였으니, 정원15년 봄 낙천이 장형 유문을 따라 부량에 도착했음을 증명하기에 충분하다.……시(필자 주: 「將之饒州江浦夜泊」시를 말함)에 "병든 몸은 파양으로 향하고, 집안 식구들은 빈한하게 서주에서 살고 있네"라고 하였으니, 이 시는 정원15년 백거이가 서주에서 부량으로 오던 도중에 지은 작품임을 알 수 있다. 또 시에 "여름 밤이 가을보다 길다"라는 말이 있으니 계절은 여름이었음을 알 수 있다.[38]

---

38) 나련첨 『백낙천연보』·「정원15년」조: "案「傷遠行賦」云: "貞元十五年春, 吾兄吏于浮梁, 分微祿以歸養, 命予負米而還鄉." 又云: "自鄱陽而歸洛陽.……惜我往兮, 春草始芳." 足證貞元十五年春樂天曾經跟隨兄幼文到浮梁.……詩云: "身病向鄱陽, 家貧寄徐州." 可知爲本年樂天自徐州到浮梁途中所賦的作品. 又詩有"夏夜長於秋"語, 知時節在夏天."(대북, 국립편역관, 1989, 29쪽)

『나보』의 주장처럼 백거이는 정원15년(799) 봄 부량에 이미 도착해 있었음이 분명하다. 따라서 백거이가 서주를 떠나 부량으로 오던 도중의 작품「將之饒州江浦夜泊」이 같은 해인 정원15년 여름에 지어졌다는 것은 시간적으로 불가능하다. 따라서『나보』의 주장은 명백한 논리적 오류이다. 이 같은 오류는 진진손『백문공연보』의 구설(舊說)[39]을 무비판적으로 답습하였기 때문이다.

「傷遠行賦」를 근거로 하면 백거이는 정원15년(799) 봄 이미 부량에 도착해 있었다. 서주에서 부량으로 오던 도중의 작품인「將之饒州江浦夜泊」[0431]시의 창작 시기는 "여름 밤이 가을보다 길다(夏夜長於秋)"라는 구절이 있으므로 정원14년(798) 여름임이 확실하다. 따라서 복상을 마친 백거이가 장형 백유문의 임지 부량으로 간 시기를 대략 정원14년 여름으로 추정한 주금성의 견해가 타당하다.

(4) 도연명 고택 방문

백거이는 원화10년(815) 8월 강주(江州)로 좌천되었다. 원화12년(817) 3월, 여산(廬山)에 초당을 완성하고 초당에서의 우거(寓居)를 시작하였다. 이에 앞서 원화11년(816), 백거이는 평소 흠모하던 도연명(陶淵明; 365-427)의 고택을 방문한 적이 있다. 원화11년 작품「訪陶公舊宅序」에서 "지금 여산에 유람을 가는데 시상(柴桑)을 거쳐 율리(栗里)를 지나게 되었다. 그분 생각이 나서 옛집을 찾아가 보았다. 아무 말 하지 않을 수 없어 또 이 시를 짓는다"[40]고 한 것을 보면

---

39) 왕립명『백향산시집』대북, 세계서국, 1969, 22쪽.

40) 백거이「訪陶公舊宅序」[0282]: "今遊廬山, 經柴桑, 過栗里, 思其人, 訪其宅, 不能黙黙, 又題此詩云."(『백거이집전교』제1책, 362쪽)

도연명의 고택 방문은 분명한 사실이다. 이에 관한 삼종연보의 기술은 다음과 같다.[41]

- 『화보』·「원화11년」조 :

    2월, 여산에 가 동림사·서림사를 유람하고 도연명 고택을 방문하다.
    二月, 赴廬山, 遊東林·西林寺, 訪陶潛舊宅.

- 『주보』·「원화11년」조 :

    2월, 여산에 가 동림사·서림사를 유람하고 도연명 고택을 방문하다.
    二月, 赴廬山, 遊東林·西林寺, 訪陶潛舊宅.

- 『나보』·「원화11년」조 :

    가을……, 여산에 유람가다. 시상과 율리를 지나감에 도연명 고택을 방문하다.
    秋……, 遊廬山, 過柴桑栗里訪陶淵明故宅.

도연명 고택 방문을 원화11년(816)의 사적으로 간주한 점은 삼종연보 모두 일치한다. 다만 봄과 가을이라는 시간적 차이가 존재한다. 『화보』와 『주보』의 주장은 구체적으로 원화11년 2월이다. 그런데 『화보』에서 제시한 근거는 화방영수가 원화11년 작품으로 추정한 「宿西林寺」의 "2월 여산의 북쪽은 얼음이 조금씩 녹기 시작하였다"[42]라는 시구이다. 『주보』는 근거를 제시하지 않았고 문자표현도 『화보』와 동일하다. 『화보』의 의견을 답습한 것으로 추정된다. 그런

---

41) 『화보』 111쪽, 『주보』 75쪽, 『나보』 140쪽.

42) 백거이 「宿西林寺」[0920]: "二月匡廬北, 冰雪始消釋."(『백거이집전교』제2책, 979쪽)

데 '원화11년 가을'설을 주장한 『나보』는 「與微之書」를 근거로 제시하였다.

> 나는 작년 가을, 처음으로 여산에 유람하였는데 동림사 · 서림사와 향로봉 아래에 이르렀다.[43)]

「여미지서」는 원화12년(817) 작품이므로 '작년 가을'이란 원화11년 가을을 의미한다. 원화11년(816) 가을이 되어서야 처음으로 여산을 유람했고 원화11년 작품 「訪陶公舊宅序」에서 "지금 여산에 유람가는데 시상을 거쳐 율리를 지나게 되었다"고 했으니 백거이의 도연명 고택 방문은 원화11년 가을의 일이라는 것이다.

그런데 '원화11년 2월'설과 '원화11년 가을'설의 근거에 대한 타당성을 검토하면 서로 모순이 발생한다. 만약 '가을'설의 근거인 "나는 작년 가을, 처음으로 여산에 유람하였다"고 한 원화12년 「여미지서」의 기록이 참이라면, '원화11년 2월'설의 근거인 「宿西林寺」가 원화11년 작품이라는 화방영수의 추정은 거짓이기 때문이다. 또한 「숙서림사」의 창작연대 원화11년은 화방영수와 주금성만의 추정일 뿐[44)] 명확한 근거가 있는 것은 아니다. 반면에 「與微之書」의 창작연대는 분명한 근거가 존재한다. 「여미지서」 모두의 내용은 다음과 같다.

> 4월 10일 밤, 낙천이 말하노라. 미지여 미지여! 그대의 얼굴을 보지 못

---

43) 백거이 「與微之書」[2918]: "僕去年秋, 始遊廬山, 到東西二林間 · 香爐峰下."(『백거이집전교』제5책, 2814쪽)

44) 『나보』에서는 「宿西林寺」의 창작연대에 대한 고증이 진행되지 않았다.

한 것이 이미 삼년이 되었오. …… 내가 구강에 온 이후 이미 삼년이 흘렀다오.[45]

원화10년(815), 백거이는 태자좌찬선대부(太子左贊善大夫)로서 장안 소국리(昭國里)에 거주하고 있었다. 동년 3월, 백거이는 통주사마로 좌천되어 장안을 떠나는 원진과 이별해야만 했다. 몇 달 후인 8월 백거이 역시 구강(九江) 즉 강주로 좌천되었다. 그런데 원진을 만나지 못한 것이 3년이고 강주 도착 이후 3년이라고 하였으니 「여미지서」는 원화12년(817) 4월 10일에 쓰여진 것임이 분명하다. 또한 「여미지서」의 창작연대에 대한 화방영수·주금성·나련첨의 의견은 일치한다. 「여미지서」 기록의 신빙성이 더욱 높다고 판단하는 이유는 여기에 있다. 따라서 본고에서는 근거의 타당성 면에서 더욱 우위에 있는 『나보』의 '가을'설을 따라 백거이가 도연명 고택을 방문한 것은 원화11년 가을의 일이라고 결론을 내린다.

(5) 원진과 이릉 상봉

강주사마 백거이는 원화13년(818) 12월 충주자사(忠州刺史)에 제수되었다. 그 다음해인 원화14년(819) 충주 부임 도중, 통주사마에서 괵주장사(虢州長史)로 부임하던 원진을 이릉(夷陵; 현 호북성 의창시)에서 상봉하였다. 원백의 상봉에 관해 삼종연보에는 다음과 같이 기술되어 있다.[46]

---

45) 백거이 「與微之書」[2918]: "四月十日夜, 樂天白: 微之微之! 不見足下面, 已三年矣. ……僕自到九江, 已涉三載."(『백거이집전교』제5책, 2814쪽)

46) 『주보』 101쪽, 『화보』 116쪽, 『나보』 164쪽.

■ 『주보』·「원화14년」조:

3월 11일 황우협(黃牛峽) 입구 석동(石洞) 안에서 상봉하여 배를 이
릉에 정박시키고 주연을 열어 시를 지었다.

三月十一日相遇於黃牛峽口石洞中, 停舟夷陵, 置酒賦詩.

■ 『화보』·「원화14년」조:

3월 11일, 이릉에 도착하였다. 이때 원진은 통주사마에서 괵주장사
로 옮겨가던 중이었는데 뜻밖에 상봉하였다.

三月十一日, 到夷陵, 時元稹由通州司馬移虢州長史, 不期而遇.

■ 『나보』·「원화14년」조:

이때 원진은 통주에서 괵주장사로 옮겨 가던 중이었는데 3월 10일
원진과 이릉에서 상봉하였다.

時元微之從通州轉虢州長史, 三月十日與微之會於夷陵.

원진과 백거이의 이릉 상봉에 대해 『주보』·『화보』는 원화14년
3월 11일, 『나보』는 3월 10일의 일이라고 기술하고 있다. 비록 하루
차이에 불과하지만 이설 발생의 원인을 확인하고 시비를 가릴 필요
가 있다.

백거이는 당시 아우 백행간(白行簡; 776-826)과 동행하였다. 원진
과 함께 삼일을 유람한 후 다시 이별하였고 이때 백거이는 이별의
아쉬움을 7언 17운 시로 노래했다. 『주보』와 『화보』에서 '3월 11일'
설을 제기한 것은 바로 이 작품의 제목을 근거로 한 것이다.

「원화10년 3월 30일 풍수 가에서 원진과 헤어졌다. 원화 14년 3월 11
일 밤 협중(峽中)에서 원진을 만나 배를 이릉에 정박시키고 삼일 묵은

후에 이별하였다. 그때 말로 다하지 못한 것은 시로 마무리하고자 이에 7언 34구 시를 지어 (원진에게)주고 재회한 장소와 상봉한 시간을 기록하여 훗날 이야깃거리로 삼는다[47]

시제에 의하면 『주보』와 『화보』의 '3월 11일'설은 분명한 근거가 있으므로 의심의 여지가 없다. 그렇다면 『나보』의 '3월 10일'설은 무엇을 근거로 한 것인가 살펴보기로 한다. 이릉에서 원진과 상봉하여 삼일을 유람한 백거이는 위에서 언급된 시만이 아니라 「三遊洞序」라는 제목의 글을 남겼다.

회서(淮西)의 난을 평정한 그 다음해(필자 주: 원화13년) 겨울, 나는 강주사마에서 충주자사로 제수되고 원진은 통주사마에서 괵주장사에 제수되었다. 또한 그 다음해 봄 각각 명을 받들어 부임하였다. (나는)아우 백행간과 동행하였는데 3월 10일 (원진과)이릉에서 상봉하였다.[48]

이 글에 의하면 원백의 이릉 상봉은 3월 10일의 일이 분명하다. 『나보』의 주장에도 근거가 있다. 두 가지 주장은 각각 근거가 있으나 두 가지 근거자료 중 하나는 분명 오류일 수밖에 없다. 소흥본·나파본·마원조본·왕립명본 등 현존 백씨문집의 제판본과 『전당

---

47) 백거이 「十年三月三十日別微之於澧上. 十四年三月十一日夜, 遇微之於峽中. 停舟夷陵, 三宿而別. 言不盡者以詩終之. 因賦七言十七韻以贈, 且欲記所遇之地與相見之時, 爲他年會話張本也.」[1115](『백거이집전교』제2책, 1144쪽)

48) 백거이 「三遊洞序」[2907]: "平淮西之明年冬, 予自江州司馬授忠州刺史, 微之自通州司馬授虢州長史. 又明年春, 各祇命之郡, 與知退偕行, 三月十日, 參會於夷陵."(『백거이집전교』제5책, 2753쪽)

시』·『전당문』등의 총집을 검토한 결과 다른 이문(異文)은 발견되지 않았다. 그러나 '10일'과 '11일' 중 하나는 백거이 자신의 오기이거나 판본상의 문제일 가능성이 높다. 그러나 현존 자료만으로는 진위 판단이 불가능하다. 본고에서는 두 가지 자료를 모두 수용하여 원진과 백거이의 이릉 상봉 시기를 원화14년(819) 3월 10일 혹은 11일로 수정한다.

3. 가족의 사적

가족의 사적과 관련된 이설은 '부친의 양주별가 제수'·'재종형 백호의 하규 내방'·'외손 인주와 각동의 출생'·'사위 서거와 딸 아라의 귀향' 등 네 가지이다. 이외에 이설로 간주할 수 있는 사례가 있다. 모친 진(陳)씨가 영천현군(潁川縣君)에 봉해진 연대를 『화보』·『주보』는 건중1년(780), 『나보』는 건중2년(781)이라고 하였다. 모두 백거이의 「襄州別駕府君事狀」에 "건중 초, 선친의 팽성현 공로로 영천현군에 봉해졌다"[49]는 기록을 근거로 하였다. "선친의 팽성현 공로(府君彭城之功)"는 건중2년(781)의 일이므로 모친이 영천현군에 봉해진 것 역시 건중2년(781)의 일이다. 그 공로로 인해 부친이 서주별가(徐州別駕)로 승진한 것도 건중2년(781)의 일이다.

백거이의 재종제 백민중(白敏中) 전송 시기를 예로 들면 다음과 같다. 회창(會昌) 1년(841) 호부원외랑(戶部員外郎)에 제수되어 장안

---

49) 백거이 「太原白氏家狀二道」2·「襄州別駕府君事狀」[2926]: "建中初, 以府君彭城之功, 封潁川縣君."(『백거이집전교』제5책, 2836쪽)

으로 귀경하려는 백민중을 백거이는 전송하였다. 그 시기에 관해『주보』와『화보』는 여름,『나보』는 7월 가을로 기술하고 있다. 삼종연보의 근거는 회창1년 작품의 "멀고 먼 귀향길에 날씨는 삼복더위"[50]라는 동일한 구절이다. '삼복' 기간은 계절상 가을보다는 여름일 가능성이 높다. '삼복더위(三伏天)'에 대한 해석의 차이에 불과하므로 본고에서는 상세한 고증을 생략하기로 한다.

(1) 부친의 양주별가 제수

백거이의 부친 백계경(白季庚)은 건중1년(780)에 서주 팽성현령(彭城縣令), 건중2년(781)에 서주별가(徐州別駕)에 제수되었고 정원4년(788)에는 구주별가(衢州別駕)로 전임되었다. 이에 관한 삼종연보의 이설은 존재하지 않는다. 그러나 그 후 백계경의 양주별가(襄州別駕) 제수 시기에 대해『주보』는 정원7년(791),『화보』는 정원8년(792),『나보』는 정원9년(793) 등 주장이 서로 다르다. 백계경의 양주별가 제수에 관한 1차 자료는 백거이의「襄州別駕府君事狀」이다.

(구주별가의) 임기가 만료되자 본도관찰사 황보정이 공(즉 백계경)의 업적을 듣고 천거하니 또 검교대리소경 겸 양주별가에 제수되었다. 정원10년 5월 28일 양양 관사에서 서거하니 향년 66세였다.[51]

---

50) 백거이「送敏中新授戶部員外郎西歸」[2727]; "千里歸程三伏天"(『백거이집전교』제4책, 2503쪽)

51) 백거이「襄州別駕府君事狀」[2926]: "(衢州別駕)秩滿, 本道觀察使皇甫政以公政績聞薦, 又除檢校大理少卿兼襄州別駕, 貞元十年五月二十八日, 終於襄陽官舍, 享年六十六."(『백거이집전교』제5책, 2836쪽)

당시 구주(衢州; 현 절강성 구주시)는 절동도(浙東道)에 속했으므로 여기에서 본도관찰사는 절동관찰사(浙東觀察使)를 말한다. 이 1차자료에 의하면 백계경은 구주별가의 임기 만료 후에 절동관찰사 황보정(皇甫政)의 추천으로 양주별가에 제수되었던 것이다. 그러나 제수연도에 관한 언급이 없으므로 왕립명도 "공은 구주별가에서 양주별가로 옮겼으나 그 연월은 고찰할 수 없다"고 하였던 것이다.[52] 이러한 상황에서 삼종연보의 서로 다른 주장은 무엇을 근거로 한 것인가 검증해 볼 필요가 있다.[53]

■『주보』·「정원7년」조 :
이해에 부친 백계경이 양주별가에 제수되다.
是年, 父季庚除襄州別駕.

■『화보』·「정원8년」조 :
이해에 부친 백계경이 양주별가에 제수되다.
是年, 父季庚除襄州別駕.

■『나보』·「정원9년」조 :
백계경이 황보정의 추천으로 인해 양주별가로 전임되자 백거이는 부친을 따라 양주에 갔다.
季庚因皇甫政之薦轉任襄州別駕, 樂天隨父到襄州.

『화보』는 정원8년을 주장했으나 어떤 근거도 제시하지 않았다.

---

52) 왕립명 「백향산연보」·「정원10년」조: "公自衢州移襄州, 其年月不可考."(汪立名『白香山詩集』 대북, 세계서국, 1969, 10-11쪽)
53) 『주보』 15쪽, 『화보』 90쪽, 『나보』 25쪽.

『나보』는 정원9년에 대한 근거로서「襄州別駕府君事狀」의 "(구주별가의) 임기가 만료되자 본도관찰사 황보정이 공의 업적을 듣고 천거하니 또 검교대리소경 겸 양주별가에 제수되었다"고 한 부분을 인용했다. 그러나 이것은 양주별가 제수 연도의 근거로서 아무런 의미가 없다. 정원7년을 주장한 『주보』는「전증」부분에서 나름대로 근거를 제시하고 있다는 점이 『화보』·『나보』와는 다르다. 주금성은「襄州別駕府君事狀」의 해당 부분을 인용한 후 다음과 같이 밝히고 있다.

백계경은 정원4년 구주별가에 제수되었고 임기 중 '삼고' 혹은 '사고'를 거쳤다. 그렇다면 양주별가로 전임된 것은 약 정원7년이다. 『당방진연표』에서도 정원7년으로 편년하였으니 이와 근사하다.[54]

당대 관원은 매년 고과(考課)를 거쳐 근무 성적을 평가받도록 되어 있다.[55] 인용문에서 말하는 '삼고(三考)'란 세 차례의 고과, '사고(四考)'란 네 차례의 고과를 의미하므로 당대 관원의 임기와 관련된다. 그러나 주금성은 '삼고' 혹은 '사고'라고 하였으니 근거가 명확하지 않다. 따라서 백계경의 양주별가 제수 시기를 추정하는 데에는 당시 절동관찰사 황보정의 재임 기간과 당대 관원의 임기에 대한 검증이 필요하다. 『신당서』·『구당서』에는 황보정의 본전이 없어 정확한 상황을 확인할 길이 없다. 그러나 『구당서 · 덕종기(德宗紀)』에 다음과 같은 기록이 남아 있다.

---

54) 주금성『백거이연보』: "季庚貞元四年除衢州別駕, 中經三考或四考, 則移任襄州別駕, 約爲貞元七年. 唐方鎭年表亦繫於貞元七年, 近似."(상해, 상해고적출판사, 1982, 15쪽)
55) 任爽『唐朝典章制度』長春, 吉林文史出版社, 2001, 277쪽; 祝晏君『中國古代人事制度』蘭州, 甘肅人民出版社, 1992, 188쪽 참조.

■ 「정원3년」조 : (정월) 과주자사 백지정(白志貞)을 윤주자사 겸 어사대
부·절서관찰사로 삼고, 선주자사 황보정을 월주자사·절동관찰사
로 삼다.[56]

■ 「정원13년」조 : (3월) 복건도단련사 이약초(李若初)를 명주자사·절동
관찰사로 삼고 무주자사 유면(柳冕)을 복건관찰사로 삼다.[57]

위의 두 기록에 의하면 황보정의 절동관찰사 재임 기간은 정원3
년(787)월부터 정원13년(797)까지인 것이 분명하다.[58] 황보정의 절동
관찰사 재임 기간을 고려하면 삼종연보의 서로 다른 주장이 모두 성
립한다. 따라서 백계경의 양주별가 제수 연도와 관련하여 더욱 중요
한 단서는 당대 지방관원의 임기이다. 백계경이 구주별가 재임 중
'삼고' 혹은 '사고'를 거쳤다는 주금성의 주장을 근거로 하면 구주별
가에 제수된 정원4년(788)부터 만 3년 혹은 4년 후인 정원7년(791)
혹은 정원8년(792)이 되어야 한다.

그럼에도 주금성의 판단이 정원7년으로 기울었던 것은 청(淸)·오
정섭(吳廷燮) 『당방진연표(唐方鎭年表)』의 기록 때문이다. 즉 「절동·
정원7년」조에 "(구주별가의) 임기가 만료되자 본도관찰사 황보정이 공
의 업적을 듣고 천거하니 또 검교대리소경 겸 양주별가에 제수되었
다"는 백거이 「襄州別駕府君事狀」의 구절이 인용되었던 것이다.[59]

---

56) 『舊唐書·德宗紀』: "正月以果州刺史白志貞爲潤州刺史兼御史大夫·浙西觀察使, 宣
州刺史皇甫政爲越州刺史·浙東觀察使."(『구당서』권12·「本紀」제12)

57) 『舊唐書·德宗紀』: "三月以福建都團練使李若初爲明州刺史·浙東觀察使, 以婺州
刺史柳冕爲福建觀察使."(『구당서』권13·「本紀」제13)

58) 이에 관해서는 淸·吳廷燮 『唐方鎭年表』(북경, 중화서국, 1980, 776쪽)에서도 宋·
施宿 『嘉泰會稽志』의 기록을 방증으로 내세워 동일한 결론을 내리고 있다.

그러나 오정섭이 백계경의 양주별가 제수를 「정원7년」조에 기재한 근거가 무엇인지 분명치 않다. 주금성의 '정원7년'설을 신뢰할 수 없는 까닭이다. 백계경의 양주별가 제수 연도와 관련하여 더욱 중요한 것은 구주별가의 임기가 '삼고'를 거치는 것인지 아니면 '사고'를 거치는 것인지이다.

혹자는 『신당서 · 선거지(選擧志)』의 기록[60]을 근거로 당대 관원은 매년 일회의 고과를 거치는데 '사고(四考)' 후에 승진과 강등이 결정되었으므로 당대 관원의 임기는 4년이라고 하였다.[61] 그러나 이같은 견해는 백거이의 사환 상황만을 보더라도 일치하지 않기 때문에 당왕조 내내 모든 관직에 적용되었던 상규는 아니었다고 생각된다. 필자는 당대 주(州) 별가(別駕)의 임기와 관련하여 『당회요(唐會要)』에서 다음과 같은 기록을 찾을 수 있었다.

건중1년 정월 19일 : 모든 주부(州府)의 오품 이상 정원 내에서 상좌는 마땅히 '사고만정'이며 좌천 관원은 제한이 없다.[62]

상좌(上佐)는 당대 주부(州府)의 별가 · 장사(長史) · 사마를 통칭하는 용어이다.[63] 따라서 『당회요』의 이 기록에 의하면 주(州)의 대

---

59) 吳廷燮 『唐方鎭年表』(北京, 中華書局, 1980) · 「浙東 · 貞元7年」조 참조.

60) 『新唐書 · 選擧志』: "凡居官必四考, 四考中中, 進年勞一階敍."(『신당서』권45 · 「志」제35)

61) 祝晏君 『中國古代人事制度』 蘭州, 甘肅人民出版社, 1992, 188쪽.

62) 『唐會要』권69 · 「別駕」조: "建中元年正月十九日, 諸州府五品已上正員內, 上佐宜四考滿停, 左降官不在限."

63) 杜佑 『通典』권33 · 「職官」15 · 「總論郡佐」: "大唐州府佐吏與隋制同, 有別駕 · 長史 · 司馬一人, ……凡別駕 · 長史 · 司馬, 通謂之上佐."

소에 따라 종사품에서 종오품까지의 품계를 지닌[64] 별가의 임기는 "사고만정(四考滿停)" 즉 만 4년이었음을 알 수 있다. 이를 근거로 하면 백계경의 양주별가 제수 연도는 구주별가에 제수된 정원4년(788)으로부터 만 4년 후인 정원8년(792)이 된다. 『화보』에서는 아무런 근거없이 '정원8년'설을 제기하였으나 본고에서는 이 같은 논증 과정을 통해 백계경의 양주별가 제수 연도를 정원8년(792)으로 확정한다.

(2) 재종형 백호의 하규 내방

삼종연보에 의하면 원화6년(811) 4월 모친 진씨(陳氏)가 서거하자 백거이는 복상을 위해 하규(下邽; 당시 화주 관할. 현 섬서성 위남현)로 퇴거하였다. 하규 체류 기간, 재종형 백호(白皞)가 하규에 내방한 적이 있었다. 이에 관한 삼종연보의 기술 내용은 다음과 같다.[65]

■ 『주보』·「원화8년」조 :
복상이 완료되었으나 여전히 하규 김씨촌에 거주하다.……재종형 백호가 화주에서 내방하다.
服除, 仍居下邽金氏村.……從祖兄白皞自華州來訪.

■ 『화보』·「원화8년」조 :
7월, 재종형 백호가 화주에서 내방하여 기거하다.
七月, 從祖兄白皞自華州來訪而居.

---

64) 『唐會要』권69・「別駕」조: "上州從四品, 中州五品, 下州從五品."
65) 『주보』 58쪽, 『화보』 107쪽, 『나보』 117쪽.

■『나보』·「원화9년」조:

9월 7일, 친족 백호가 내방하고 (백거이는)「記異」라는 글을 짓다.
九月七日, 宗人白皞來訪, 作記異文.

『주보』와 『화보』는 원화8년(813), 『나보』는 원화9년(814)의 일로
기술했다. 그 근거는 모두 백거이의 「記異」[2905]이다. 그런데 주금
성과 화방영수는 「기이」의 창작연대를 원화8년, 나련첨은 원화9년으
로 추정하였다.[66] 이로 인해 백호의 내방 시기에 관한 주장이 달라
졌던 것이다. 우선 「기이」의 관련 부분을 인용하면 다음과 같다.

화주 하규현 동남쪽 30여 리는 연평리라고 한다. 마을 서남쪽에 옛 절
이 있는데 거주하는 승려가 없었다. 원화8년 가을 7월, 나의 재종형
백호가 화주에서 나를 내방하였다.[67]

이에 의하면 재종형 백호가 화주에서 하규를 방문한 것은 분명
원화8년 가을 7월의 일이다. 그러나 「기이」의 창작연대는 결코 원화
8년이 아니다. 문장 말미에 "그 다음해 가을, 나는 재종형과 출유하
였다.……9월 7일, 태원 백낙천 쓰다"[68]라고 하였으니 「기이」는 원화
9년 9월 7일에 지어진 글이 분명하다.

주금성과 화방영수가 「기이」의 창작연대를 원화8년으로 추정한

---

66) 화방영수 『白氏文集の批判的研究』·「종합작품표」 561쪽, 주금성 『백거이집전교』제
5책 2747쪽, 나련첨 『백낙천연보』 120쪽.

67) 백거이 「記異」[2905]: "華州下邽縣東南三十餘里曰延平里, 里西南有故蘭若, 而無僧
居。元和八年秋七月, 予從祖兄曰皞, 自華州來訪予."(『백거이집전교』제5책, 2747쪽)

68) 백거이 「記異」[2905]: "明年秋, 予與兄出遊,……九月七日, 太原白樂天云."(『백거이집
전교』제5책, 2747쪽)

것은 아마 진진손『백문공연보』의 구설[69]을 검증없이 그대로 답습하였기 때문일 것이다. 「기이」의 내용을 직접 확인하지 않은 결과이다. 반면 「기이」의 창작연대에 관해 나련첨은 주금성과 화방영수의 오류를 시정한 공로는 있으나 백호의 하규 방문을 「원화9년」조에 기재한 것은 분명한 실수이다. 이 같은 논의 과정을 정리하면 백거이의 재종형 백호는 원화8년(813) 가을 하규에 내방하여 그 다음해까지 머물렀고, 백거이는 원화9년(814) 9월 7일 백호와의 기이한 체험을 기록하여 「記異」[2905]라는 제목의 글을 남겼던 것이다.

(3) 외손 인주와 각동의 출생

백거이는 슬하에 1남 4녀가 있었으나 둘째 딸 아라(阿羅) 이외에는 모두 어린 나이에 세상을 떠났다. 아라는 원화11년(816)에 출생하였다. 다른 세 딸과는 달리 요절하지 않고 20세되던 대화9년(835)에 담홍모(談弘謨)에게 출가하였다. 딸 인주(引珠)와 아들 각동(閣童)[70] 1남 1녀를 출산하였다. 삼종연보에는 인주와 각동의 출생에 관한 기술이 있다. 다만 그 시기에는 약간의 차이가 있다. 독자의 이해 편의를 위해 우선 외손자 각동의 출생 시기부터 논의하기로 한다. 각동의 출생에 관한 삼종연보의 기록은 다음과 같다.[71]

---

69) 陳振孫「白文公年譜」・「원화8년」조: "九月有記異."(왕립명『백향산시집』대북, 세계서국, 1969, 25쪽)

70) 백거이의 「談氏小外孫玉童」[2771]에서는 외손자의 이름을 玉童이라 하였다. 그러나 會昌5년(845) 작품 「白氏長慶集後序」[3834]에 "一本付外孫談閣童"이라 한 것에 의하면 외손자의 이름은 閣童이다. 이에 관해 주금성은 후일 改名한 것으로 추측하고 있다.(『백거이집전교』제4책, 2537쪽 참고)

71) 『화보』154쪽, 『주보』300쪽, 『나보』343쪽.

■ 『화보』・「개성5년」조 :

여름, 담씨 외손자가 출생하여 이를 기뻐하며 시를 짓다.……「白氏
集後記」[3834]에는 "외손 담각동"이라고 하다.

夏, 談氏外孫男生, 喜而成篇.……白氏集後記云, 外孫談閣童.

■ 『주보』・「개성5년」조 :

여름, 담씨 외손 옥동이 출생하여 기뻐하며 시를 짓다(옥동은 「백씨
집후기」에 각동으로 기록되었다.)

夏, 談氏外孫玉童生, 喜而作詩.(按: 玉童, 「白氏集後記」作閣童.)

■ 『나보』・「개성4년」조 :

여름, 외손 담각동이 출생하여 유우석에게 기증한 시가 있다.

夏, 外孫談閣童生, 有詩贈夢得.

외손자 각동의 출생 시기에 관해 『주보』・『화보』에서는 개성5년
(840) 여름, 『나보』에서는 개성4년(839) 여름으로 기술하고 있다. 이
설의 발생 원인은 주요 근거인 「小歲日喜談氏外孫女孩滿月」[2507]・
「談氏外孫生三日喜是男偶吟成篇兼戲呈夢得」[2622]・「談氏小外孫玉
童」[2771]의 창작연대 추정과 관련 어구의 해석에 차이가 있기 때문
이다.

각동의 출생 시기에 대한 주요 근거자료는 「談氏小外孫玉童」시의
제1구 "외옹은 칠십 세, 손자는 세 살(外翁七十孫三歲)"[72]이다. 따라
서 각동의 출생 시기는 이 시의 창작연대와 밀접한 관계가 있다. 『주

---

72) 백거이 「談氏小外孫玉童」[2771]: "外翁七十孫三歲, 笑指琴書欲遣傳. 自念老夫今耄
矣, 因思稚子更茫然. 中郎餘慶鍾羊祜, 子幼能文似馬遷. 才與不才爭料得, 東床空後
且嬌憐."(『백거이집전교』제4책, 2536쪽)

보』와 『화보』는 모두 회창2년(842)으로 단정했다. 따라서 각동의 출생은 3년 전인 개성5년(840) 여름이라는 동일한 결론을 내리고 있다. 『화보』에는 이에 대한 논증 과정이 존재하지 않으므로 『주보』를 예로 든다.

『주보』에서는 회창2년(842) 작품 「담씨소외손옥동」시에 "외옹은 칠십 세, 손자는 세 살"이라고 하였으니 외손자 각동은 개성5년(840)에 출생한 것이 분명하다고 하였다.[73] 그러나 문제는 「담씨소외손옥동」시의 창작연대를 회창2년(842)으로 단정할 수 있는가라는 점이다. 『주보』에 의하면 각동은 개성5년(840)에 출생하였는데 이 시에 "손자는 세 살(孫三歲)"이라고 하였으므로 회창2년(842)에 지은 것이 분명하다고 하였다.[74]

주금성의 이 같은 논리는 바로 '순환논리의 오류'에 속한다. 「담씨소외손옥동」시가 회창2년(842) 작품임을 근거로 삼아 각동이 개성5년(840) 출생이라 하고, 각동이 개성5년 출생임을 근거로 「담씨소외손옥동」시가 회창2년 작품임을 주장했기 때문이다. 따라서 주요 근거자료인 「담씨소외손옥동」시의 창작연대를 회창2년(842)으로 단정하기에는 문제가 있다.

주금성의 주장은 「담씨소외손옥동」의 창작연대를 회창2년으로 추정한 화방영수를 그대로 답습한 것이다. 그리고 "손자는 세 살"라는 표현에만 의존하여 각동의 출생 시기를 추정한 것이 잘못이다. "외옹은 칠십 세(外翁七十)"라는 표현은 무시하였기 때문이다. 이 시를 지

---

73) 『주보』 305쪽. 이에 관해서는 주금성 『백거이집전교』제4책(2418쪽) 「談氏外孫生三日喜是男偶吟成篇兼戲呈夢得」시의 「箋」에서도 동일한 주장을 하고 있다.

74) 『주보』 322쪽. 이에 관해 주금성 『백거이집전교』제4책(2536쪽) 「談氏小外孫玉童」시의 「箋」에서도 동일한 주장을 하고 있다.

은 때가 외조부 백거이가 70세 되던 해라고 했으므로 「담씨소외손옥동」시는 바로 회창1년(841)의 작품이다.[75] 그렇다면 회창1년(841)은 바로 손자가 세 살인 해이므로 각동의 출생 시기는 바로 개성4년(839)이다. 따라서 논리적 오류가 존재하는 『주보』·『화보』의 주장보다는 『나보』의 견해가 타당하다. 「談氏小外孫玉童」시의 창작 연대는 회창1년(841), 각동의 출생 시기는 개성4년(839)으로 확정한다.

외손녀 인주의 출생에 관해 『화보』는 개성2년(837) 10월 27일, 『주보』는 개성2년 11월 22일, 『나보』는 개성2년 12월이라고 주장하였다. 삼종연보의 기술은 다음과 같다.[76]

■ 『화보』·「개성2년」조 :
10월 27일, 담씨 외손녀 출생, 이름을 인주라고 하다.
十月二十七日, 談氏外孫女生, 名引珠.

■ 『주보』·「개성2년」조 :
11월 22일, 담씨 외손녀 인주가 출생하다.
十一月二十二日, 談氏外孫女引珠生.

■ 『나보』·「개성2년」조 :
12월,……외손녀 담인주 출생하다.
十二月,……外孫女談引珠生.

외손녀 인주의 출생 시기와 관련하여 가장 중요한 근거자료는 「談氏外孫生三日喜是男偶吟成篇兼戲呈夢得」[2622]이다. 시제에 의하면

---

75) 왕립명의 「백향산연보」에서도 이 작품의 창작연대를 회창1년으로 추정했다.
76) 『화보』 150쪽, 『주보』 273쪽, 『나보』 330쪽.

이 시는 외손자 각동의 출생 3일째에 지어진 작품이다. 『주보』·『화보』는 개성5년(840), 『나보』는 개성4년(839) 작품으로 추정하였던 것은 바로 이 때문이다. 그런데 작품 말구에 "전년(前年)에 담씨 외손녀가 막 출생하여 유우석이 이를 축하하는 시가 있다"[77)는 자주가 있다. 따라서 외손녀 인주는 이 작품이 지어진 해의 '전년'[78) 즉 재작년에 출생한 것이 분명하다.

그렇다면 개성5년(840) 작품으로 추정한 『주보』와 『화보』에서는 인주의 출생 시기를 개성3년(838)으로 판단했어야 마땅하다. 그러나 『주보』와 『화보』에서 인주의 출생을 개성2년(837)의 일로 기술한 것은 주장과 근거의 상호모순이다. 이러한 점에서도 「談氏小外孫玉童」의 창작연대를 회창2년(842), 외손자 각동의 출생을 개성5년(840)으로 추정한 주금성과 화방영수의 주장은 설득력을 잃는다. 반면에 각동의 출생 시기를 개성4년(839)으로 추정한 나련첨이 「談氏外孫生三日喜是男偶吟成篇兼戲呈夢得」의 창작연대를 개성4년으로 단정하고 아울러 "재작년 담씨 외손녀가 막 출생했다(前年談氏外孫女初生)"는 자주에 의거해 인주의 출생 시기를 개성2년(837)으로 추정한 것은 타당한 논증에 의한 결과이다.

『주보』와 『화보』에서는 인주의 출생 시기에 관한 근거를 제시하지 못하였을 뿐만 아니라 '순환논리의 오류'를 범하였다. 그러나 개

---

77) 백거이 「談氏外孫生三日喜是男偶吟成篇兼戲呈夢得」[2622] 自注: "前年談氏外孫女初生, 夢得有賀詩."(『백거이집전교』제4책, 2417쪽)

78) '前年'의 사전적 의미는 '지난날'·'작년'·'작년의 1년 전' 등이 있다.(羅竹風主編『漢語大詞典』제2책, 123쪽) 그러나 백거이의 「九日宴集醉題郡樓兼呈周殷二判官」[1421] 시에 "前年九日餘杭郡, 呼賓命宴虛白堂. 去年九日到東洛, 今年九日來吳鄕."(『백거이집전교』제3책, 1406쪽)이라고 하였으므로 自注의 '前年'은 '재작년'의 의미로서 '去年(작년)'과 구별되어 사용되었음이 분명하다.

성2년(837)이라는 결론은『나보』와 동일하다. 다만 구체적인 시기는 11월 22일(『주보』), 10월 27일(『화보』), 12월(『나보』) 등으로 일치하지 않는다. 구체적 시기에 대해『화보』와『나보』에서는 근거가 제시되지 않았다.『주보』에는 비교적 상세한 논증 과정이 존재하므로 우선 이에 대한 타당성을 검증하기로 한다.

『주보』의 주요 근거는 백거이의 「小歲日喜談氏外孫女孩滿月」[250]시와 "납일 다음 날을 소세(小歲)라고 한다"[79]·"납(臘)이란 동지 후 세 번째 술일(戌日) 여러 신에게 납제(臘祭)를 지내는 것이다"[80] 등의 고대문헌 기록이다. 이에 의하면 시제에 언급된 소세일(小歲日)은 동지 후 세 번째 술일의 다음 날이다. 화방영수의 편년을 답습하여 「小歲日喜談氏外孫女孩滿月」시를 개성2년(837) 작품으로 추정한 주금성은 개성2년의 동지는 병자일(丙子日; 11월 16일)이고 3번째 술일은 경술일(庚戌日; 12월 21일)이므로 개성2년의 소세일은 12월 22일이라고 하였다. 그런데 시제에 의하면 이날이 인주의 만월(滿月; 출생 후 만 한 달)이므로 인주의 출생일을 11월 22일로 판단했던 것이다.『화보』가 개성2년의 소세일은 11월 26일이고 인주의 출생일이 10월 27일이라고 한 것은 잘못이라고 비판하였다.[81] 필자가 당대(唐代)의 역(曆)을 확인해 본 결과 역일(曆日) 환산에 하자가 없으며 소세일에 관한 근거도 확실하였다.『주보』의 주장은 반론의 여지가 없는 듯 하였다.

그러나 필자는 소세(小歲)에 관한 고대문헌의 정의가 당대 세시풍

---

79) 宗懍『荊楚歲時記』: "按,『四民月令』云: 過臘一日, 謂之小歲."
80) 許愼『說文解字』권4: "臘, 冬至後三戌臘祭百神."
81) 『주보』283쪽. 이에 관해 「小歲日喜談氏外孫女孩滿月」[250]시에 대한 주금성의 「箋」에서도 동일한 주장을 하고 있다.(『백거이집전교』제4책, 2325쪽)

속에도 그대로 적용되었을까라는 의혹을 품었다. 납일(臘日)에 대해 "12월 8일이 납일이다"[82]라는 다른 견해도 존재한다. 또한 두보(杜甫; 712-770)의 「臘日」시에 대해 "당대에는 대한(大寒) 후의 진일(辰日)이 납일이다"[83]라고 한 구조오(仇兆鰲)의 주석은 『주보』의 주장에 대한 의혹을 증폭시킨다. 뿐만 아니라 「小歲日喜談氏外孫女孩滿月」시 제 7·8구에 "신년에 길일을 맞아 생후 만 한 달 이름을 지을 때"[84]라고 하였고 또 자주에 "이에 이름을 인주라고 하였다(因名引珠)"라고 한 것은 시제의 '소세일'을 '동지 후 3번째 술일의 다음 날'인 12월 22일로 이해한 『주보』의 해석과 큰 차이가 있다.

따라서 「小歲日喜談氏外孫女孩滿月」시에서의 '소세'를 반드시 '동지 후 3번째 술일의 다음 날'이라는 고의(古義)로만 해석해야 하는 것은 아니다. 필자의 검색에 의하면 『책부원귀(冊府元龜)』에 "15년 11월 병술일(丙戌日), 막 소세 하례를 마쳤다"[85]라는 기록이 있고 그 아래 "소세는 동지를 말한다(小歲謂冬至)"라는 소주(小注)가 있다. '소세'는 후일 동지의 의미로도 사용되었던 것이다. 또 노조린(盧照鄰; 637-689)은 「元日述懷」 제3·4구에서 "소세일에 사람들은 술 마시고 노래 부르니, 대당(大唐) 제국에 봄꽃이 흐드러지게 피었다"[86]고 노

---

82) 宗懍 『荊楚歲時記』·「十二月」조: "十二月八日爲臘日."

83) 仇兆鰲 『杜詩詳注』권5: "唐大寒後辰日爲臘."

84) 백거이 「小歲日喜談氏外孫女孩滿月」[2507]: "新年逢吉日, 滿月乞名時."(『백거이집전교』제4책, 2324쪽)

85) 王欽若等 『冊府元龜』[崇正初印本]권107. "(後魏孝文太和)十五年十一月丙戌, 初罷小歲賀."

86) 盧照鄰 「元日述懷」: "人歌小歲酒, 花舞大唐春."(『전당시』권42) 盧照鄰의 작품 외에도 백거이의 「小歲日對酒吟錢湖州所寄詩」[1357] 제3·4구에 "一杯新歲酒, 兩句故人詩."(『백거이집전교』제3책, 1350쪽)라고 하였으니 唐代의 '小歲日'은 正月 초하루의 의미로 널리 쓰였음을 알 수 있다.

래하였다. 당대에는 '소세(小歲)'가 원일(元日)과 같은 의미로 사용되었음을 보여준다.[87]

이상의 논의를 정리하면 다음과 같다. 「小歲日喜談氏外孫女孩滿月」시의 '소세(小歲)'는 "신년에 길일을 맞아 생후 만 한 달 이름을 지을 때(新年逢吉日, 滿月乞名時)"라는 시구와 노조린의 「元日述懷」시를 근거로 원일(元日)의 의미로 사용되었음을 알 수 있다. 그렇다면 개성2년(837) 출생한 인주의 생후 만 한 달이 되는 날이 신년 1월 1일, 즉 개성3년의 원일이므로 출생 월일은 한 달 전인 개성2년(837) 12월 1일이다. 그리고 「小歲日喜談氏外孫女孩滿月」시는 개성3년(838)의 소세일, 즉 원일에 지은 것이다.

(4) 사위 서거와 딸 아라의 귀향

백거이의 차녀 아라(阿羅)는 대화9년(835) 20세 나이로 담홍모(談弘謨)에게 출가하였다. 얼마 후 사위 담홍모가 서거하자 딸 아라가 태원(太原; 현 산서성 태원시)에서 낙양 이도리(履道里) 자택으로 돌아왔다. 이와 관련하여 삼종연보에는 다음과 같이 기술되어 있다.[88]

■ 『나보』·「회창1년」조 :

이해 사위 담홍모가 서거하고, 딸 아라가 아들 담각동을 데리고 태원에서 낙양으로 돌아오다.

---

87) 이 같은 사실은 明代 謝肇淛의 『五雜俎·天部』에 "臘之次日謂小歲, 今俗以冬至夜爲小歲. 然盧照鄰元日詩(필자주: 「元日述懷」시를 말함)云: '人歌小歲酒, 花舞大唐春', 則元日亦可謂之小歲矣."라고 한 것에서 더욱 분명해진다. 祝尚書箋注 『盧照鄰集箋注』上海, 上海古籍出版社, 1994, 119쪽 재인용.

88) 『나보』 355쪽, 『화보』 158쪽, 『주보』 319쪽.

是年子婿談弘謨卒, 女阿羅携子談閣童自太原歸洛.

■『화보』·「회창2년」조 :

이때 사위 담홍모도 서거하고 아라와 옥동이 이도리택에 돌아와
살다.

時談弘謨亦沒, 阿羅與玉童, 歸履道里宅居.

■『주보』·「회창2년」조 :

이때 사위 담홍모도 서거하고 딸 아라가 태원에서 돌아오다.

時婿談弘謨亦沒, 女阿羅自太原來歸.

사위 담홍모의 서거와 딸 아라의 귀향 시기는 『나보』에 의하면
회창1년(841), 『화보』와 『주보』에 의하면 회창2년(842)이다. 1년의
시간 차이가 존재한다. 삼종연보의 근거는 모두 동일하다. "담씨가
막 서거했다(談氏初逝)"는 「談氏小外孫玉童」[2771]시 자주와 "이때 담
씨에게 출가했던 딸이 태원에서 막 돌아왔다"[89]는 「病中看經贈諸道
侶」[2759]시의 자주이다. 따라서 두 작품의 창작연대는 바로 사위의
서거 시기이자 차녀 아라의 귀향 연도이기도 하다. 두 작품의 창작
연대를 『나보』는 회창1년(841), 『주보』와 『화보』는 회창2년(842)으로
추정한 것이 이설의 발생 원인이다.

「談氏小外孫玉童」시 제1구에서 "외옹은 칠십 세, 손자는 세 살
(外翁七十孫三歲)"이라고 하였는데 "사위 서거 후엔 손자가 애련해진
다(東床空後且嬌憐)"는 말구 다음에 "담씨는 막 서거했다(談氏初逝)"

---

89) 백거이 「病中看經贈諸道侶」[2759] 자주: "時適談氏女子自太原初歸."(『백거이집전교』
제4책, 2528쪽)

고 한 자주가 있다. 그런데 본고의 「외손 인주와 각동의 출생」 부분에서 언급했듯이 "손자는 세 살(孫三歲)"이라는 표현만을 중시한 『주보』에는 명백한 논리적 오류가 있기 때문에 회창2년 작품으로 보기 어렵다.

반면에 "외옹은 칠십 세(外翁七十)"를 근거로 하면 「談氏小外孫玉童」시는 당연히 회창1년(841) 작품이다. 그리고 「病中看經贈諸道侶」 시의 말구 "여식이 막 돌아와 병든 늙은이와 함께 하네(月上新歸伴病翁)"와 "이때 담씨에게 출가했던 딸이 태원에서 막 돌아왔다(時適談氏女自太原初歸)"고 한 말구 아래의 자주를 함께 고려하면 「談氏小外孫玉童」·「病中看經贈諸道侶」 2수는 사위가 서거하고 딸 아라가 귀향한 직후의 작품으로 보인다. 따라서 사위 담홍모의 서거와 딸 아라의 낙양 친정으로의 귀향은 회창1년(841)의 일이다.

4. 관직의 제수

백거이의 관직 제수 시기에 관한 이설은 상서사문원외랑(尙書司門員外郎)·태자좌서자분사동도(太子左庶子分司東都) 및 비서감(秘書監)의 제수 등 세 가지이다. 상서사문원외랑은 상서성(尙書省)의 속관으로 종육품상(從六品上)이다. 전국 관문의 출입왕래에 관한 장부와 행정을 관장하는 직무를 수행한다. 태자좌서자분사동도는 동도 낙양에서 근무하며 태자를 보필하는 정사품상(正四品上)의 관직이고 비서감은 조정의 도서를 관장하는 비서성(秘書省)의 장관으로 종삼품(從三品)이다.

(1) 상서사문원외랑 제수

원화14년(819) 3월, 충주자사로 부임한 백거이는 그 다음해인 원화 15년(820) 상서사문원외랑에 제수되어 충주(忠州; 현 사천성 충현)를 떠나게 되었다. 같은 해 12월 28일 다시 주객랑중지제고(主客郎中知制誥)에 제수되었다. 이는 삼종연보의 일치된 견해이다. 그러나 사문원외랑 제수의 구체적 시점에 대한 삼종연보의 기술은 서로 다르다.[90]

■ 『주보』·「원화15년」조 :
여름, 충주에서 소환되다.……상서사문원외랑에 제수되다.
夏, 自忠州召還,……除尙書司門員外郞.

■ 『화보』·「원화15년」조 :
(초여름)상서랑에 제수되어 충주를 출발하다.
(夏初)除尙書郞, 發忠州.

■ 『나보』·「원화15년」조 :
본년 겨울, 사문원외랑으로 소환되다.
本年冬, 召爲司門員外郞.

백거이의 사문원외랑 제수를 『주보』와 『화보』는 원화15년 여름, 『나보』는 원화15년 겨울의 일로 기술하고 있다. 진진손 『백문공연보』와 왕립명 「백향산연보」는 원화15년 겨울로 기술하였지만[91] 근거는 제시되지 않았다. 『나보』는 진진손과 왕립명의 구설을 수용한

---

90) 『주보』 110쪽, 『화보』 117-118쪽, 『나보』 174쪽.
91) 陳振孫 「白文公年譜」·「원화15년」조: "冬召爲司門員外郞."; 汪立名 「白香山年譜」·「원화15년」조: "冬自忠州召還拜尙書司門員外郞."

것으로 보인다. 그러나 장경1년(821) 작품 「送侯權秀才序」의 "작년 겨울, 불차탁용(不次擢用)의 은혜를 입어 상서랑(尚書郎)으로 옮겼다"[92]고 한 구절을 근거로 제시하였다. 그리고 『나보』는 "사문원외랑은 바로 상서랑"[93]이라며 백거이의 사문원외랑 제수는 장경1년(821)의 1년 전인 원화15년(820) 겨울의 일이라고 주장하였다.

이에 반해 『주보』와 『화보』의 근거는 「商山路有感序」에 "재작년 여름, 나는 충주자사에서 상서랑에 제수되어 귀경하였다"[94]라고 한 부분이다. 글의 말미에는 "장경2년 7월 30일(長慶二年七月三十日)"이라며 창작연대가 장경2년(822)임을 스스로 밝혔으니 상서원외랑 제수는 "재작년 여름(前年夏)", 즉 원화15년(820) 여름의 일이라는 것이다. 이처럼 두 가지 서로 다른 주장에는 나름대로 근거가 있다. 그러나 필자는 『나보』의 주장과 근거에 타당성이 없다고 판단하였다. 그 이유는 다음의 세 가지이다.

첫째, 『나보』에서 「送侯權秀才序」[2910]의 '상서랑(尚書郎)'을 사문원외랑(司門員外郎)으로 단정했다는 것이 문제이다. 『당육전(唐六典)』 권1 · 「상서도성(尚書都省)」조의 기록에서도 알 수 있듯이[95] 당대의 상서랑은 상서성 각 부서의 시랑(侍郎) · 낭중(郎中) 등의 관원을 통칭

---

92) 백거이 「送侯權秀才序」[2910]: "去年冬, 蒙不次恩, 遷尚書郎."(『백거이집전교』제5책, 2763쪽)

93) 나련첨 『백낙천연보』: "司門員外郎卽爲尚書郎."(대북, 국립편역관, 1989, 178쪽)

94) 백거이 「商山路有感序」[1318]: "前年夏, 予自忠州刺史除書歸闕."(『백거이집전교』제3책, 1315쪽)『백씨문집』제판본에는 거의 모두 "除書歸闕"로 되어 있으나 화방영수는 일본 蓬左文庫本에 의거하여 "除尚書郎歸朝"로 교감하였다.(『화보』117쪽) 謝思煒도 「商山路有感」시 「校」부분에서 "'天海校本'作除尚書郎歸闕"이라고 밝힌 바 있다.(『백거이시집교주』제4책, 1583쪽)

95) 『唐六典』권1 · 「三師三公尚書都省」 · 「尚書都省」조: "自漢以來, 尚書諸曹幷通謂之尚書郎."

하는 용어이다.[96] 「送侯權秀才序」의 '상서랑'이 꼭 사문원외랑을 지칭한 것이라고 단정할 수 없는 까닭이다.

둘째, 『나보』에서 근거로 제시한 "작년 겨울, 불차탁용의 은혜를 입어 상서랑으로 옮겼다(去年冬, 蒙不次恩, 遷尙書郞)"라는 「送侯權秀才序」[2910]의 구절은 단장취의의 혐의가 있다. 이 구절 바로 뒤에는 "장고서액(掌誥西掖)"이라는 표현이 등장하기 때문이다. '서액(西掖)'은 중서성(中書省)의 별칭이며 '장고(掌誥)'는 제고(制誥)를 관장한다는 뜻이다. "중서성에서 제고를 관장(掌誥西掖)"하는 일은 관문 업무를 관장하는 사문원외랑[97]과는 전혀 관계가 없다. 따라서 "상서랑으로 옮겨 중서성에서 제고를 관장(遷尙書郞, 掌誥西掖)"한다는 것은 원화15년(820) 12월 주객랑중·지제고(主客郞中·知制誥) 제수를 말하는 것이다. 주객랑중은 상서성(尙書省) 예부(禮部) 소속의 낭중(郞中)이고, 조령(詔令)의 초안을 담당하는 지제고는 중서성 소속의 관직이기 때문이다.

셋째, 만약 『나보』의 주장대로 "상서랑으로 옮겼다(遷尙書郞)"는 표현이 충주자사에서 사문원외랑으로의 전임을 말하는 것이라면 "몽불차은(蒙不次恩)"의 의미와 모순된다. '불차은(不次恩)'이란 불차탁용(不次擢用), 즉 관직의 단계를 거치지 않고 파격적으로 승진·등용되는 것을 의미한다. 정사품하의 충주자사에서 종육품상 사문원외랑으로 전임한 것을 "몽불차은"으로 표현하는 것은 어불성설이다. 반면에 종육품상(從六品上) 사문원외랑에서 종오품상(從五品上) 주객랑중

96) 柏錚『中國古代官制』北京, 北京大學出版社, 1989, 376쪽; 徐連達『中國歷代官制詞典』合肥, 安徽敎育出版社, 1991, 580쪽.

97) 『唐六典』권6·「尙書刑部」조: "司門郞中·員外郞掌天下諸門及關出入往來之籍賦, 而審其政."

이자 황제 측근으로서 조령의 초안 작성을 담당하는 지제고 겸임은 "몽불차은"이라는 표현에 조금도 부족함이 없다.

이러한 이유로 『나보』의 주장과 근거에는 타당성이 없다고 판단하였던 것이다. 반면에 『주보』와 『화보』에서 주장한 '원화15년 여름'은 「商山路有感序」 외에 근거가 더 존재한다. 장경4년(788) 작품 「洛中偶作」의 초반 6구는 다음과 같다.

五年職翰林,	5년간 한림학사로 근무하고
四年莅潯陽.	4년 동안 강주 심양에 좌천되었지.
一年巴郡守,	1년은 충주에서 자사를 지냈고
半年南宮郎.	반년간은 상서랑으로 있었네.
二年直綸閣,	2년 동안 중서성에서 벼슬하고
三年刺史堂.	3년간은 항주자사를 지냈었지.[98]

한림학사(翰林學士)에 제수된 정원2년(786)부터 항주자사에서 물러난 장경4년(824)까지 백거이 자신이 역임했던 관직이 등장한다. 제3구 "일년파군수(一年巴郡守)"는 충주자사 재임 기간을 의미한다. 제5구 "이년직윤각(二年直綸閣)"은 주객랑중지제고와 중서사인(中書舍人) 재임 기간을 말한다. 윤각(綸閣)은 중서성의 별칭이며 백거이가 주객랑중지제고와 중서사인을 지낸 기간은 대략 2년에 이르기 때문이다.[99]

---

98) 백거이 「洛中偶作」[0384]; 『백거이집전교』제1책, 451쪽.
99) 백거이는 원화15년(820) 12월 主客郎中知制誥에 제수되었고, 장경1년(821) 10월부터 장경2년(822) 7월 항주자사에 제수되기까지 中書舍人으로 재직하였다.

그렇다면 제4구 "반년남궁랑(半年南宮郎)"은 충주자사와 주객랑중지제고 사이의 관직에 대한 언급이 분명하다. 남궁(南宮)이란 상서성을 의미하므로 '반년(半年)'은 사문원외랑 재임 기간을 말한 것이다. 만약 『나보』의 주장처럼 사문원외랑 제수가 원화15년(820) 겨울이라면 주객랑중지제고 제수는 원화15년 12월 28일이니 사문원외랑 재임기간은 결코 반년이라고 할 수 없다. 반면에 원화15년 여름에 사문원외랑에 제수되었다면 주객랑중지제고에 제수된 12월까지 거의 반년이므로 "반년남궁랑(半年南宮郎)"구와 정확하게 일치한다.

이 외에도 '원화15년 여름'설의 또 다른 근거는 충주를 떠난 직후의 작품 「發白狗峽次黃牛峽登高寺却望忠州」이다. 제9·10구에 "파협 구비에는 봄이 모두 지나갔고, 무산 남녘엔 비가 아주 그쳤구나"[100]라고 하였으니 백거이가 충주를 떠난 때는 초여름임을 알 수 있다. 『나보』의 주장처럼 사문원외랑에 제수된 것이 원화15년 겨울이라면 이 시는 다음해인 장경1년(821) 여름의 작품이어야 한다. 또한 사문원외랑에서 주객랑중지제고에 제수된 것은 장경1년(821) 여름 이후의 일이어야 한다. 그러나 이 시가 원화15년(820) 작품이라는 점에 화방영수·나련첨·주금성의 견해가 일치하며 주객랑중지제고 제수가 원화15년 12월의 일이라는 것은 분명한 사실이다. 『나보』의 주장이 여러 면에서 타당성이 부족한 이유이다. 이상의 논의에 의하면 백거이의 사문원외랑 제수 시기는 원화15년(820) 여름이 확실하다.

---

100) 백거이 「發白狗峽次黃牛峽登高寺却望忠州」[1187]: "巴曲春全盡, 巫陽雨半收."(『백거이집전교』제2책, 1206쪽)

(2) 태자좌서자분사동도 제수

장경4년(824) 5월 항주자사 임기가 만료되었다. 그 후 백거이는 태자좌서자분사동도(太子左庶子分司東都) 신분으로 낙양에 거주하였다. 태자좌서자분사동도와 관련된 삼종연보의 기술 내용은 다음과 같다.[101]

■ 『주보』·「장경4년」조 :

5월, 태자좌서자분사동도에 제수되었다. 월말에 항주를 떠나……가을 낙양에 도착하였다.

五月, 除太子左庶子分司東都. 月末離杭,……秋至洛陽.

■ 『나보』·「장경4년」조 :

5월, 항주자사 임기가 만료되자 월말에 항주를 떠났다. 좌서자분사동도에 제수되어,……이해 가을 낙양으로 돌아왔다.

五月, 刺杭州任滿, 月底去杭, 除左庶子分司洛陽,……這一年秋天回到洛陽.

■ 『화보』·「장경4년」조 :

5월 중순, (항주자사의) 임기가 만료되었다. 좌서자에 제수되었으나 여전히 항주에 머물렀다. 5월 말에 항주를 떠났다.……가을, 낙양에 도착하여 이도리에 살 집을 마련하고,……분사동도를 요청하여 윤허 받았다.

五月中旬, 秩滿. 除左庶子, 尙留在杭州. 月末去杭州.……秋, 到洛陽, 卜居履道里,……求分司東都而許.

---

101) 『주보』 146쪽, 『나보』 218-219쪽, 『화보』 126-127쪽.

태자좌서자분사동도 제수에 대해『주보』에서는 장경4년(824) 5월 항주에서의 일,『나보』에서는 같은 해 5월 말 항주를 떠나 낙양 도착 이전의 일로 기술하고 있다. 그러나『화보』의 내용은『주보』·『나보』와 많이 다르다. 원래 항주를 떠나기 전 좌서자(左庶子)에 제수되었지만 가을 낙양 도착 이후에 분사동도(分司東都)를 요청하였으므로 태자좌서자분사동도 제수는 장경4년 가을 낙양에서의 일이라는 것이다.

『주보』는 "(항주자사의) 임기가 만료되고 태자좌서자분사동도에 제수되었다"[102]고 한『구당서·백거이전』기록을 무비판적으로 수용한 것으로 보인다. 「除官去未間」[0377]·「除官赴闕留贈微之」[1573] 등 장경4년(824)의 작품을 근거로 하면『화보』의 신빙성이 가장 높다. 「除官去未間」시는 장경4년, 항주를 떠나기 직전의 작품이다. 제1·2구에서 "새 관직 제수 후 항주를 떠나기 전, 보름간 여기 저기 마음껏 놀러다녔다"[103]고 노래하였다. 백거이는 항주자사 임기 만료 후 바로 다른 관직(즉 좌서자)에 제수되었으나 항주에서 계속 머물렀음을 알 수 있다. 역시 장경4년 작품인「除官赴闕留贈微之」시의 전반 4구는 다음과 같다.

去年十月半,　　작년 10월 중순에는
君來過浙東.　　그대가 절동에 왔는데
今年五月盡,　　금년 5월 말에는

---

102)『舊唐書·白居易傳』: "秩滿, 除太子左庶子分司東都."(『구당서』권166·「열전」제116)
103) 백거이「除官去未間」[0377]: "除官去未間, 半月忘游討."(『백거이집전교』제1책, 446쪽)

我發向關中.　　　내가 관중으로 떠나네.[104]

　제목에 의하면 새 관직에 제수되어 장안으로 돌아가며 원진에게
남겨 준 시이다. 제4구의 '관중(關中)'은 장안을 말한다. 백거이에게
원래 제수된 관직은 낙양의 분사동도가 아니었던 것이다. 그리고 장
안 귀경 도중, 낙양에 머물렀던 백거이가 당시의 재상 우승유(牛僧孺;
780-848)에게 분사동도의 직책을 요청했다는 것은 장경4년 작품 「求
分司東都寄牛相公十韻」에서 분명한 사실로 확인된다. 마지막 4구만
을 인용하면 다음과 같다.

懶慢交遊許,　　　나의 게으름은 벗들이 용납해주고
衰羸相府知.　　　늙고 허약함은 재상이 아시는 것.
官寮幸無事,　　　관직은 다행히 별 일 없는 것이나
可惜不分司.　　　아깝게도 분사동도가 아니랍니다.[105]

　「분사동도를 요청하며 우상공(牛相公)에게 보내는 10운」이라는
의미의 시제, 그리고 "아깝게도 분사동도가 아니랍니다(可惜不分司)"
라는 시구를 고려하면 낙양 도착 직후에도 분사동도가 아니었다. 얼
마 후에 분사동도 요청이 윤허됨으로써 태자좌서자분사동도에 제수
되었던 것이다.[106]

---

104) 백거이 「除官赴闕留贈微之」[1573]; 『백거이집전교』제3책, 1562쪽.
105) 백거이 「求分司東都寄牛相公十韻」[1599]; 『백거이시집교주』제4책, 1842쪽. 마원조
　　본 『백씨장경집』의 제목은 「分司東都寄牛相公十韻」(『백거이집전교』제3책, 1583
　　쪽)이지만 나파본·소흥본 『백씨장경집』의 시제는 「求分司東都寄牛相公十韻」이므
　　로 이를 따랐다.

따라서 백거이의 태자좌서자분사동도 제수는 『주보』・『나보』의 주장처럼 항주자사 임기 만료 직후인 장경4년(824) 5월, 혹은 항주를 떠나 낙양 도착 이전의 일이 아니다. 백거이는 항주에서 태자좌서자에 제수되었으나 같은 해 가을 낙양에 도착한 후 자신의 분사동도 요청으로 인해 태자좌서자분사동도에 다시 제수되었던 것이 분명하다.

(3) 비서감 제수

백거이는 보력(寶曆) 2년(826) 소주자사에서 면직되고 다음해인 대화1년(827) 봄 낙양에 도착하였다. 삼종연보에 의하면 그로부터 얼마 후 백거이는 비서감(秘書監)에 제수되어 금자(金紫), 즉 금인(金印)과 자수(紫綬)를 하사받고 장안으로 귀경하였다고 한다. 비서감 제수 시기에 관한 삼종연보의 기록은 다음과 같다.[107]

■『화보』・「대화1년」조 :
3월 17일, 비서감에 제수되어 금자를 하사받다.
三月十七日, 除秘書監并賜金紫.

■『주보』・「대화1년」조 :
3월 17일, 비서감으로 발탁되어 금자를 하사받다.

---

106) 장경4년 작품 「移家入新宅」[0386]은 낙양의 履道里 새집으로 이주한 것을 노래했다. 그런데 "병은 나았는데 휴가는 만료되지 않았고 직책은 分司이어서 한가롭기만 하다(疾平未還假, 官閑得分司.)"라고 한 제5・6구에 의하면 이 작품은 분사동도에 제수된 후의 작품이다.
107) 『화보』 133쪽, 『주보』 176쪽, 『나보』 248쪽.

三月十七日, 徵爲秘書監, 賜金紫.

■『나보』·「대화1년」조 :

3월 29일, 비서감에 제수되어 금자를 하사받다.

三月二十九日, 除秘書監, 受賜金紫.

『화보』와 『주보』에서는 3월 17일, 『나보』에서는 3월 29일로 기술하여 시간적으로 약간의 차이가 존재한다. 비서감 제수 시기에 관한 삼종연보의 근거는 모두 동일하다. 『구당서·문종기(文宗紀)』의 관련 내용은 다음과 같다.

(대화1년) 3월……무인일, 전 소주자사 백거이를 비서감으로 삼고 이전처럼 금자를 하사하다.[108]

백거이의 비서감 제수는 대화1년 3월 무인일(戊寅日)의 일이다. 무인일을 『주보』·『화보』는 3월 17일, 『나보』는 3월 29일로 판단했던 것이다. 즉 '대화1년 3월 무인일'에 대한 당대 역일(曆日) 환산 결과의 다름이 이설의 발생 원인이었다. 이에 당대 역법을 확인할 필요가 있다. 『신당서·역지(曆志)』 기록에 의하면 당대에는 8회의 개력(改曆)이 행해졌다고 한다.[109] 이를 정리하면 다음과 같다.

---

108) 『舊唐書·文宗紀』: "(大和元年)三月……戊寅, 以前蘇州刺史白居易爲秘書監, 仍賜金紫."(『구당서』권17·「本紀」제17)

109) 『新唐書·曆志』: "唐終始二百九十餘年, 而曆八改. 初曰戊寅元曆, 曰麟德甲子元曆, 曰開元大衍曆, 曰寶應五紀曆, 曰建中正元曆, 曰元和觀象曆, 曰長慶宣明曆, 曰景福崇玄曆而止矣."(『신당서』권25·「志」제15)

역 명	기 간
무인력(戊寅曆)	武德 2년(619) ~ 麟德 1년(664)
인덕력(麟德曆)	麟德 2년(665) ~ 開元16년(728)
대연력(大衍曆)	開元17년(729) ~ 上元 2년(761)
오기력(五紀曆)	寶應 1년(762) ~ 建中 3년(782)
정원력(正元曆)	建中 4년(783) ~ 元和 1년(806)
관상력(觀象曆)	元和 2년(807) ~ 長慶 1년(821)
선명력(宣明曆)	長慶 2년(822) ~ 景福 1년(892)
숭현력(崇玄曆)	景福 2년(893) ~ 五代

비서감 제수 연도 대화1년(827)은 당대력 중에서 선명력(宣明曆)에 속한다. 선명력에 의거하여 당대 역일을 환산하면 대화1년 3월 무인일은 3월 17일(양력 4월 16일)이다.[110] 따라서 『나보』에서 제기한 '3월 29일'설은 단순한 착각으로 인한 결과이었을 것이다. 백거이 비서감 제수는 대화1년(827) 3월 17일이 분명하다.

5. 관직의 면직

백거이 관직의 면직에 관한 이설은 '백일휴가와 소주자사 면직'·'하남윤 면직'·'백일휴가와 태자소부분사 면직' 및 '형부상서 치사와 반봉 지급' 등 네 가지이다. 소주자사는 당대 상주(上州)였던 소주의 지방장관으로 종삼품(從三品)이며, 하남윤은 동도 낙양을 치소로 하는 하남부(河南府)의 종삼품 행정장관이다. 태자소부분사는 태자를

---

110) 平岡武夫『唐代の曆』京都, 京都大學人文科學硏究所, 1954, 5-6쪽, 259쪽.

보좌하고 덕행 교육의 직무를 수행하는 종이품(從二品) 동궁 속관으로 동도 낙양에서 근무한다. 형부상서는 율령과 형법 등을 관장하는 형부(刑部)의 정삼품(正三品) 장관이다.

(1) 백일휴가와 소주자사 면직

낙양에서 태자좌서자분사동도를 지내던 백거이는 보력1년(825) 3월 소주자사에 제수되어 그해 5월 소주에 도착하였다. 이에 관한 삼종연보의 기술은 일치한다. 그러나 다음해인 보력2년(826) '백일휴가(百日假)' 만료 직후, 소주자사 면직 시점에 관해서는 다소 차이가 있다. 삼종연보의 내용은 다음과 같다.[111]

■ 『화보』·「보력2년」조 :

5월 말, 안병·폐질로 백일휴가를 신청하다. 9월 초 휴가가 만료되어 관직에서 면직되다.

五月末, 以眼病肺傷, 請百日假. 九月初, 假滿, 罷官.

■ 『주보』·「보력2년」조 :

5월 말, 또 안병·폐질로 백일 장기휴가를 신청하다. 9월 초 휴가가 만료되어 관직에서 면직되다.

五月末, 又以眼病肺傷, 請百日長假. 九月初, 假滿, 罷官.

■ 『나보』·「보력2년」조 :

안병으로 인해 백일휴가를 고하다. 영회시 2수와 자영시 5수를 지었는데 관직에서 물러나 낙양으로 돌아갈 뜻을 담고 있다. 8월,……

---

111) 『화보』 131쪽, 『주보』 169쪽, 『나보』 239쪽.

백일휴가가 만료되고,······「喜罷郡」시를 짓다.

因眼病告百日假. 作詠懷詩二篇·自詠詩五首, 有休官歸洛之意. 八
月,······百日假滿,······作喜罷郡詩.

『화보』와 『주보』는 보력2년(826) 5월 말 백일휴가를 신청하여 9
월 초 휴가 만료 후에 소주자사에서 면직되었다고 하였다.[112] 반면
에 『나보』는 백일휴가 신청 시기를 언급하지 않았으나 소주자사 면
직을 8월의 일로 기술하고 있다.

『화보』와 『주보』의 근거는 보력2년 작품 「河亭晴望」 시이다. "9월
8일(九月八日)"이라는 제하 자주가 있으니 이 시는 보력2년 9월 8일
작품이다. 그리고 "고을은 태평하고 관직은 막 그만두었다(郡靜官初
罷)"[113]는 시구를 근거로 9월 초 소주자사에서 면직되었다고 추정했
다. 또한 『화보』와 『주보』는 9월 초에서 백일을 역산하여 안병·폐
질을 이유로 한 백일휴가 신청은 5월 말의 일로 기술하였다.

『나보』의 논리는 『화보』·『주보』보다 진일보했다. 시제에 보력2
년(826) 8월 30일 작품임을 분명하게 밝힌 「寶曆二年八月三十日夜夢
後作」 시를 근거로 내세웠다. 제1·2구에 "티끌묻은 관끈 풀어버리
니 정말 기쁘지만 세속의 그물이 다시 올지는 아직 모르겠구나"[114]
라고 하였으니 이 시를 지은 보력2년 8월 30일에는 이미 면직된 상

---

112) 보력2년 작품 「華嚴經社石記」[3626] 말미에 "寶曆二年九月二十五日, 前蘇州刺史白
居易記."(『백거이집전교』제6책, 3661쪽)라고 하였다. 백거이는 9월 25일 이미 소주
자사에서 면직된 상황이었으나 소주에 머물고 있었음을 알 수 있다.

113) 백거이 「河亭晴望」[1717]: "風轉雲頭斂, 煙銷水面開. 晴虹橋影出, 秋雁櫓聲來. 郡靜
官初罷, 鄕遙信未迴. 明朝是重九, 誰勸菊花杯?"(『백거이집전교』제3책, 1685쪽)

114) 백거이 「寶曆二年八月三十日夜夢後作」[1729]: "塵纓忽解誠堪喜, 世網重來未可知."
(『백거이집전교』제3책, 1694쪽)

황이었던 것이다. 그렇다면 소주자사 면직 시기는 절대로 8월 30일 이후가 될 수 없다.『화보』와『주보』의 '9월 초'설이 성립할 수 없는 까닭이다.

이상의 논의를 정리하면 백거이의 소주자사 면직 시기는 8월 하순일 가능성이 높다.「寶曆二年八月三十日夜夢後作」[1729]시는 내용으로 보아 소주자사 면직 직후에 지어진 것으로 판단된다. 특히 면직에 대한 감회는 면직 직후에 읊는 것이 상리이기 때문이다. 따라서 본고에서는 백거이의 소주자사 면직 시기를 보력2년(826) 8월 하순, 백일휴가 신청 시기는 이로부터 대략 백일 전인 보력2년 5월 중순으로 확정한다.

(2) 하남윤 면직

삼종연보에 의하면 백거이는 대화4년(830) 12월 28일 하남윤(河南尹)에 제수되었고 3년 후인 대화7년(833) 신병으로 '오십일 휴가(五旬假)'를 보냈다. 그 후 하남윤 면직과 태자빈객분사동도 제수에 대해 삼종연보에는 다음과 같이 기술되어 있다.[115]

■『주보』·「대화7년」조 :
   2월 병으로 오십일 휴가를 청하다. 4월 25일, 두풍병(頭風病)으로 인해 하남윤에서 면직되고 다시 태자빈객분사동도에 제수되다.
   二月, 以病乞五旬假. 四月二十五日, 以頭風病免河南尹, 再授太子賓客分司東都.

---

115)『주보』230쪽,『나보』296-297쪽,『화보』143쪽.

■ 『나보』·「대화7년」조 :

(2월) 두풍병으로 인해 오십일 휴가를 요청하다.……4월 25일 하남
윤에서 면직되고 다시 태자빈객분사동도에 제수되다.

(二月)因頭風病, 請假五旬.……四月二十五日罷河南尹, 再授賓客分
司.

■ 『화보』·「대화7년」조 :

2월 병으로 오십일 휴가를 청하다. 3월 휴가가 만료되자 (하남윤에
서) 면직되어 이도리 자택으로 돌아가다.……4월 25일, 다시 태자빈
객분사동도에 제수되다.

二月, 以病乞五旬假. 三月, 假滿, 罷官, 歸履道里宅.……四月二十五
日, 再授賓客分司.

『주보』·『나보』는 백거이가 대화7년(833) 4월 25일 하남윤에서
면직되었고 같은 날 바로 태자빈객분사동도에 제수되었다고 하였다.
『화보』에 따르면 하남윤 면직은 오십일 휴가가 만료된 3월의 일이며
4월 25일은 태자빈객분사동도에 제수된 날이다. "(대화7년 4월 여름)
임자일에 하남윤 백거이를 태자빈객으로 삼아 동도에 분사(分司)하
도록 하였다"[116]라는 『구당서』 기록에 의하면 태자빈객분사동도 제
수는 4월 임자일(壬子日)의 일이다. 그런데 임자(壬子)는 임오(壬午;
25일)의 오기라는 것은 이미 밝혀진 사실이다.[117] 따라서 백거이가 4

116) 『舊唐書·文宗紀』: "[夏四月]壬子, 以河南尹白居易爲太子賓客, 分司東都."(『구당서』
권17·「본기」제17)

117) 나련첨 『백낙천연보』: "案此月無壬子, 壬子前爲庚辰(二十三日), 後爲甲申(二十七
日), 據此可知壬子必爲壬午(二十五日)之誤."(대북, 국립편역관, 1989, 300쪽) 주금
성은 '壬子' 아래에 "城案: 沈本作壬午, 是."(『백거이연보』 상해, 상해고적출판사,
1982, 232쪽)라는 주석을 첨가하여 나련첨과 동일한 의견을 제시한 바 있다.

월 25일 태자빈객분사동도에 제수된 것은 분명하다.

그러나 하남윤 면직과 태자빈객분사동도 제수 시기가 같은 날이라는 『주보』·『나보』의 기술은 타당하지 않다. "(대화7년 3월) 병진일, 산기상시 엄휴복을 하남윤으로 삼다"[118]라고 한 『구당서』기록에 의하면 백거이 후임으로 하남윤에 제수된 인물은 엄휴복(嚴休復; ?-835)이며 그 일자는 병진일(丙辰日), 즉 3월 29일이다. 후임자 엄휴복의 하남윤 제수가 3월 29일의 일인데 전임자 백거이가 4월 25일에 면직되었다고 한다면 상리에 부합하지 않는다.

『화보』에 의하면 백거이의 오십일 휴가 만료는 3월의 일이다. 대화7년(833) 작품 「酬舒三員外見贈長句」는 오십일 휴가 만료 직후에 지은 것이 분명하다. 제1·2구에 "휴가 신청한 이래 얼마나 되었는가, 오십일 세월이 찰나와 같구나"[119]라고 하였기 때문이다. 그리고 "바람에 날리는 버들꽃은 막 내린 흰 눈 같고, 가지에 열린 앵두 열매는 붉은 구슬 같네"[120]라는 제5·6구에 대해 주금성이 "분명 3월의 날씨다(當爲三月天氣)"[121]라고 하였듯이 화방영수도 3월의 경물에 대한 묘사로 이해하였던 것이다. 오십일 휴가의 만료가 3월 중의 일이라는 점, 백거이의 후임자 엄휴복이 3월 29일 하남윤에 제수되었다는 점으로 보면 백거이가 하남윤에서 면직된 것은 3월 29일 이전

---

118) 『舊唐書·文宗紀』: "[三月]丙辰, 以散騎常侍嚴休復爲河南尹."(『구당서』권17·「본기」제17)

119) 백거이 「酬舒三員外見贈長句」[2235]: "自請假來多少日, 五旬光景似須臾."(『백거이집전교』제4책, 2107쪽)

120) 백거이 「酬舒三員外見贈長句」[2235]: "楊柳花飄新白雪, 櫻桃子綴小紅珠."(『백거이집전교』제4책, 2107쪽)

121) 주금성 「酬舒三員外見贈長句」·「注」(『백거이집전교』제4책, 2108쪽)

의 3월 중일 가능성이 높다.[122]

결론적으로 하남윤 면직을 전후한 시기의 백거이 사적을 정리하면 다음과 같다. 백거이는 2월 두풍병으로 오십일 휴가를 신청했고 3월 중에 휴가 기간이 만료되었다. 그 후 3월 29일 이전의 3월 중에 하남윤에서 면직되고 이도리 자택에서 지냈다. 그리고 4월 25일 태자빈객분사동도에 다시 제수되었다.

(3) 백일휴가와 태자소부분사 면직

개성(開成) 5년(840) 백거이는 태자소부분사(太子少傅分司)의 신분으로 낙양에서 한적한 노년을 보내고 있었다. 이후 백거이는 백일휴가를 신청하고 휴가 만료 후 태자소부분사에서 면직되었다. 그 시기에 관한 삼종연보의 기록은 다음과 같다.[123]

> ■ 『주보』·「개성5년」조 :
> 이해 겨울, 병으로 백일휴가를 청하다.
> 是年冬, 以病請百日假.
> 『주보』·「회창1년」조 :
> 봄,……백일 장기휴가가 만료되고, 소부 관직이 정직되다.
> 春,……百日長告滿, 停少傅官.

---

122) 백거이의 대화7년(833) 작품 「詠興五首序」[2125]에서는 "7년 4월, 나는 河南府에서 면직되어 이도리 자택으로 돌아왔다(七年四月, 予罷河南府, 歸履道第)"고 하였다. 이에 의하면 백거이의 하남윤 면직은 후임자인 엄휴복이 하남윤에 제수된 3월 29일 이후이므로 상리에 부합하지 않는다. 판본상의 오기일 가능성도 있으나 본고에서는 판단을 보류하고 후일을 기약한다.
123) 『주보』 301·307쪽, 『나보』 354쪽, 『화보』 157쪽.

■ 『나보』·「회창1년」조 :

봄, 백일휴가가 만료되고 태자소부 관직이 정직되다.

春, 長告百日假滿, 停少傅官職.

■ 『화보』·「회창1년」조 :

겨울, 병으로 백일휴가를 청하다.

冬, 以病請百日假.

『화보』·「회창2년」조 :

봄, 백일휴가가 만료되고 태자소부에서 면직되다.

春, 百日假滿, 罷太子少傅官.

『주보』와 『나보』에 의하면 개성5년(840) 겨울 백거이는 병으로 백일휴가를 신청했고 백일휴가가 만료된 다음해 봄, 즉 회창1년(841) 봄에 태자소부분사에서 면직되었다.[124] 그러나 『화보』에서는 회창1년 겨울에 백일휴가를 신청하고 회창2년(842) 봄에 백일휴가가 만료되자 태자소부분사에서 면직되었다고 기술하고 있어 1년의 시간 차이가 존재한다.

이러한 차이는 「官俸初罷親故見憂以詩論之」[2703]시의 창작연대 추정이 서로 다르기 때문이다. 『화보』는 이 작품을 회창2년(842) 작품으로 추정했다. 그 근거는 제시되지 않았다. 왕립명의 「백향산연보」에서도 회창2년 작품으로 추정한 바 있다. "회창2년, 태자소부에서 물러나 백의거사(白衣居士)의 신분이었다"[125]고 한 「香山居士寫眞

---

124) 『나보』·「개성5년」조에는 백일휴가 요청에 관한 기술이 없지만 백일휴가 만료 시기를 『주보』처럼 회창1년 봄이라고 하였으므로 백일휴가 요청 시기도 『주보』와 동일한 견해인 것으로 간주한다.

125) 백거이 「香山居士寫眞詩序」[2714]: "會昌二年, 罷太子少傅爲白衣居士."(『백거이집

詩序」의 기록을 근거로 삼았다. 이 시에 "금년 봄 비로소 병으로 면직하니 갓끈을 이제 막 벗어 버렸노라"[126]고 했으니 백일휴가가 만료되어 태자소부분사에서 면직된 것은 회창2년 봄이라는 것이다. 그런데『화보』의 주장은 논리적으로 문제가 있다. 우선「百日假滿少傅官停自喜言懷」시를 인용한다.

長告今朝滿十旬,　　오늘로 장기휴가 백일기한 만료되니
從玆蕭灑便終身.　　이제부턴 유유자적 여생을 보내리라.
老嫌手重抛牙笏,　　늙으니 손 무거움이 싫어 상아홀을 버리고
病喜頭輕換角巾.　　병드니 머리 가벼움이 좋아 방건으로 바꿨다.
疏傳不朝懸組綬,　　소부는 인끈 걸어두고 조회에 가지 않았고
尙平無累畢婚姻.　　상평은 자녀 혼사 마치고 얽매임이 없었다.
人言世事何時了,　　세속의 일 언제 끝날까 말들 하지만
我是人間事了人.　　나는 세속의 만사를 끝마친 사람이다.[127]

이 시에서는 백일휴가 만기 후 관직에서 해방된 기쁨과 이후 유유자적한 여생을 보낼 수 있으리라는 희망을 노래했다. 그리고 살아 있을 때 해야 할 모든 세상사를 완수했다는 자부심도 드러냈다.『화보』의 주장대로 백거이의 백일휴가 만료와 태자소부 면직이 회창2년의 일이라면 시제의 의미와 작품의 내용 등 모든 면에서「百日假滿少傅官停自喜言懷」도 마땅히 회창2년 작품이어야 한다. 그러나『화

　　전교』제4책, 2490쪽)
126)　백거이「官俸初罷親故見憂以詩諭之」[2703]: "今春始病免, 纓組初擺落."(『백거이집
　　전교』제4책, 2480쪽)
127)　백거이「百日假滿少傅官停自喜言懷」[2662];『백거이집전교』제4책, 2442쪽.

보』에서는 이 시를 회창1년(841) 작품으로 추정하고 있다. 주장과 근거에 치명적인 논리적 오류가 존재한다.

반면에 『주보』와 『나보』의 주장은 타당성이 충분하다. 백거이의 태자소부분사 면직 시기 추정에 가장 중요한 1차자료는 「百日假滿少傅官停自喜言懷」[2662]시와 「官俸初罷親故見憂以詩諭之」[2703]시의 창작연대이다. 상술하였듯이 시제와 내용면에서 백일휴가가 만료되고 태자소부분사에서 면직된 직후의 작품이 분명하기 때문이다. 「官俸初罷親故見憂以詩諭之」시의 일부를 인용하면 다음과 같다.

七年爲少傅,	7년간 태자소부 관직에 있었나니
品高俸不薄.	품계는 높고 봉록은 적지 않다.
……	……
今春始病免,	금년 봄 비로소 병으로 면직하니
纓組初擺落.	갓끈을 이제 막 벗어 버렸노라.[128]

백거이의 태자소부분사 제수 시기는 대화9년(835) 10월이므로 7년째 되는 해는 바로 회창1년(841)이다. 두 작품의 창작연대가 회창1년이라는 것은 부정할 수 없는 사실이다. 다시 말하면 70세가 되던 회창1년(841) 봄 백거이는 백일휴가가 만료되자 태자소부분사에서 면직되었고 따라서 백일휴가는 1년 전인 개성5년(840) 겨울에 신청되었던 것이다.

『주보』와 『나보』의 주장에 걸림돌이 되는 것은 앞에서 언급한 바 있는 "회창2년, 태자소부에서 물러나 백의거사(白衣居士)의 신분이었

---

128) 백거이 「官俸初罷親故見憂以詩諭之」[2703]; 『백거이집전교』제4책, 2480쪽.

다"라는 기술이다. 이것은 71세되던 회창2년(842) 태자소부분사에서 면직되었다는 것을 의미하지 않는다. 이미 면직되어 무관(無官)의 상황임을 말한 것으로 이해해야 한다. 이러한 해석은 「昨日復今辰」[2777]·「達哉樂天行」[2721] 2수를 통해 증명할 수 있다.

昨日復今辰,	어제 그리고 오늘
悠悠七十春.	아득한 70년 세월.
……	……
解珮收朝帶,	패옥 풀어 관복 요대를 치워버리고
抽簪換野巾.	비녀 뽑아 두건으로 바꾸어 썼네.[129]

회창1년(841) 작품 「昨日復今辰」이다. 첫 2구는 70세에 이 시를 지었다는 것을 말하며 다음 2구는 관직에서 물러났음을 의미한다. 백거이는 70세 되던 회창1년(841) 태자소부분사에서 면직되었음을 알 수 있다. 또 회창2년(842) 작품 「達哉樂天行」에서는 "분사동도로서 13년 세월, 칠순이 막 되어 관직에서 물러났다"[130]고 하였다. 그런데 태자빈객분사동도에 제수된 대화3년(829)부터 회창1년(841)까지는 꼭 13년의 기간이므로 백거이는 회창1년(841) 70세 봄에 태자소부분사에서 면직되었음이 확실하다. 이 두 가지 근거만으로도 백일휴가 신청은 개성5년(840) 겨울, 태자소부분사 면직은 회창1년(841) 봄의 일이라는 사실을 부정할 수 없다.

---

129) 백거이 「昨日復今辰」[2777]; 『백거이집전교』제4책, 2544쪽.

130) 백거이 「達哉樂天行」[2721]: "分司東都十三年, 七旬纔滿冠已挂."(『백거이집전교』제4책, 2498쪽)

(4) 형부상서 치사와 반봉 지급

백거이는 태자소부분사 면직 후에 형부상서(刑部尙書)로 치사(致仕)하고 치사관(致仕官)은 반봉(半俸)을 지급받는 당대 관제[131]에 따라 형부상서 봉록의 반을 지급받는다.[132] 그 시기에 관한 삼종연보의 기술은 다음과 같다.[133]

■ 『화보』·「회창2년」조 :
봄 백일휴가가 만료되자 태자소부에서 면직되고 봉록이 정지되다. 형부상서로 치사하고 반봉을 지급받다.
春, 百日假滿, 罷太子少傅官, 停俸. 以刑部尙書致仕, 給半俸.

■ 『주보』·「회창2년」조 :
형부상서로 치사하고 반봉을 지급받다.
以刑部尙書致仕, 給半俸.

■ 『나보』·「회창3년」조 :
금년 형부상서로 치사하고 반봉을 얻다.
今年, 以刑部尙書致仕, 得半俸

형부상서 치사 시기에 관해 『주보』와 『화보』는 회창2년(842), 『나보』는 회창3년(843)을 주장하였다. 1년의 시간적 차이가 존재한다. 『화보』의 근거는 「香山居士寫眞詩序」[2714]와 「刑部尙書致仕」[2780]이

---

131) 『唐六典』권3·「尙書戶部」: "凡致仕之官五品已上及解官充侍者, 各給半祿."

132) 백거이 「狂吟七言十四韻」[2792]시의 "俸隨日計錢盈貫, 祿逐年支粟滿囷."구 자주에도 "尙書致仕, 請半俸, 百斛亦五十千, 歲給祿粟二千, 可爲."라고 했다.

133) 『화보』 157쪽, 『주보』 318쪽, 『나보』 367쪽.

다. 『화보』의 주장은 사실 왕립명 「백향산연보」·「회창2년」조의 기술을 답습한 것으로 내용은 다음과 같다.

■ 『화보』·「회창2년」조 :

「향산거사사진시서」에 "회창2년, 태자소부에서 물러나 백의거사의 신분이었다"라고 하였고 또 「형부상서치사」시에 "15년 동안 낙양에서 거주하였다"라고 하였는데 연도를 따져보면 당연히 회창2년이다. 寫眞詩序, "會昌二年, 罷太子少傅, 爲白衣居士", 又刑部尙書致仕詩, "十五年來洛下居", 以年考之, 自是會昌二年.[134]

『화보』는 "15년 동안 낙양에서 거주하였다(十五年來洛下居)"라는 「형부상서치사」 시구의 의미를 오해하고 있다. 백거이가 분사동도의 신분으로 낙양에 거주한 것은 대화3년(829) 3월 태자빈객분사동도에 제수된 이후이다. 이때부터 15년이 되는 해는 회창3년(843)이므로 회창2년으로 계산한 것은 잘못이다. 또한 『화보』는 "백의거사의 신분이었다"라는 표현이 치사하였음을 의미한다고 생각하였다. 백거이의 치사 시기를 회창2년으로 단정한 것은 이 때문이다. 그러나 "백의거사의 신분이었다"는 것은 태자소부분사에서 면직된 후 무관(無官)의 상황이었음을 말한 것으로 이해해야 한다.

회창2년(842) 「達哉樂天行」시에 "반봉이 나오기 전에 벼슬에서 이미 물러났다"[135]고 했고 역시 회창2년(842) 작품의 제목에 "봉록이 오랫동안 지급되지 않았다(停俸多時)"[136]고 하였다. 이것은 태자소부

---

134) 화방영수 「백거이연보」; 『백거이연구』 경도, 세계사상사, 1971, 157쪽.

135) 백거이 「達哉樂天行」[2721]: "半祿未及車先懸"(『백거이집전교』제4책, 2498쪽)

136) 백거이 「醉中得上都親友書以予停俸多時憂問貧乏偶乘酒興詠而報之」[2761]; 『백거

분사 면직 이후 반봉을 지급받는 치사관이 되기까지 일정한 공백 기간이 있었기 때문이다. 이러한 점으로 보면 『화보』는 「백향산연보」의 구설을 무비판적으로 답습하였다고 추정된다.

『주보』도 치사 시기를 회창2년으로 추정한 왕립명의 구설에 영향을 받은 것이 분명하다. 『주보』의 「회창2년」조에는 「刑部尙書致仕」시가 언급되어 있지 않다. 또 주금성은 「형부상서치사」시에 대한 「箋」에서도 "회창2년 가을에 이르러 비로소 형부상서로 치사하다"[137)라고만 기술했을 뿐 근거는 제시하지 않았다. 『주보』의 근거는 「初致仕後戱酬留守牛相公」[2781]시이다. 이 시는 치사 직후 동도유수(東都留守) 우승유에게 보낸 것이므로 우승유의 동도유수 재임 기간이 백거이 치사 시기를 밝히는 주요 단서이다. 두목(杜牧; 803-852)의 우승유 묘지명에는 다음과 같은 기록이 있다.

회창1년 가을 7월,……면직되어 태자소사(太子少師)가 되었다. 얼마 안 있어 검교사도 겸 태자소보가 되었고, 다음해에는 검교관 겸 태자태부로 동도유수가 되었다.[138)

이를 근거로 『주보』는 우승유가 회창2년(842) 3월 동도유수에 제수되었다고 하였다. 다시 이를 근거로 백거이의 「初致仕後戱酬留守

이집전교』제4책, 2530쪽.

137) 주금성 「刑部尙書致仕」[2780]·「箋」: "至會昌二年秋始以刑部尙書致仕."(『백거이집전교』제4책, 2546쪽)

138) 杜牧「唐故太子少師奇章郡開國公贈太尉牛公墓志銘幷序」: "會昌元年秋七月,……罷爲太子少師. 未幾, 檢校司徒兼太子少保. 明年以檢校官兼太子太傅留守東都."(『全唐文』권755)

牛相公」시를 회창2년 작품으로 단정하고 백거이의 치사를 회창2년
의 일이라고 하였던 것이다.[139] 『주보』의 주장은 논리적으로 큰 문
제가 있다. 우승유가 회창2년에 동도유수가 되었다고 하더라도 이
시를 꼭 회창2년 작품이라고 단정할 수는 없다. 왜냐하면 우승유는
회창2년(842) 12월 말 검교사도(檢校司徒) 겸 태자태부(太子太傅)·동
도유수에 제수되었고 회창4년(844) 10월에 정주자사(汀州刺史)로 좌
천되었다가 11월에 순주장사(循州長史)로 다시 좌천되었으므로[140]
이 시의 창작연대는 회창2년 12월 말부터 회창4년 10월까지의 기간
일 가능성이 높기 때문이다.

　『화보』·『주보』에 비해 『나보』의 주장은 설득력이 있다. 치사 시
기와 관련하여 가장 중요한 근거는 "15년 동안 낙양에서 거주하였다
(十五年來洛下居)"라고 한 「형부상서치사」의 시구이다. 이미 언급하였
듯이 백거이가 분사동도로서 낙양에 거주한 것은 대화3년(829) 3월
태자빈객분사동도 제수 이후의 일이다. 15년이 되는 해는 회창3년
(843)이다. 바로 이 점에 주목한 『나보』는 다음과 같이 주장하였다.

■ 『나보』·「회창3년」조 :
　　70세는 회창1년에 해당한다. 백거이는 대화3년부터 낙양에 퇴거하였
　　으니 회창1년까지 전후 딱 13년이다. 이러한 점은 백거이가 낙양 퇴
　　거의 연수에 대해 분명하게 계산하고 있으며 절대로 기분따라 붓 가
　　는대로 쓴 것이 아님을 증명해 준다. 따라서 이 시(필자 주:「刑部尙書
　　致仕」시를 말함)의 앞부분에서 말한 "十五年來洛下居"구를 근거로 백

139) 주금성 『백거이연보』 상해, 상해고적출판사, 1982, 318·325쪽.
140) 丁鼎 『牛僧孺年譜』 沈陽, 遼海出版社, 1997, 174-179쪽.

거이의 형부상서 치사는 회창3년의 일이라는 추정이 가능하다.

七十歲當會昌元年. 樂天自大和三年退居洛陽, 至會昌元年前後恰好
是十三年. 這一點可以證明樂天對於退居洛陽年數, 算得很淸楚, 絕
不是隨興信筆而書. 因此, 本詩開頭所說: "十五年來洛下居", 可據以
推定樂天刑部尙書致仕是在會昌三年這一年.[141]

회창1년(841) 작품 「逸老」[2700]의 "한직 맡은 이후로 13년 세월
(一閑十三年)"·"호호백발의 70세 늙은이(皤然七十翁)" 2구를 예로 들
어 "15년 동안 낙양에서 거주하였다(十五年來洛下居)"의 '15'가 실수
임을 증명하고 있다. 그러나 숫자 '15'의 실수 여부만이 아니라 산출
방식이 더욱 중요하다. 만약 햇수가 아니라 만(滿)으로 계산한다면
태자빈객분사동도로서 낙양 거주가 시작된 대화3년(829)으로부터 만
15년이 되는 회창4년(844)이 형부상서 치사 시기가 되기 때문이다.
「逸老」시의 주요 구절을 인용한다.

我初五十八,　　　그때 내 나이 막 58세였으니

息老雖非早.　　　휴로하기에 본디 이르진 않았지.

一閑十三年,　　　한직 맡은 이후로 13년 세월

所得亦不少.　　　얻은 바가 역시 적지 않았네.

……　　　　　　……

皤然七十翁,　　　호호백발의 70세 늙은이

亦足稱壽考.　　　장수했다 할만도 하구나.[142]

---

141) 나련첨 『백낙천연보』 대북, 국립편역관, 1989, 368쪽.

142) 백거이 「逸老」[2700]; 『백거이집전교』제4책, 2477쪽.

"호호백발의 70세 늙은이"라고 하였으니 이 시의 창작연대는 70세되던 회창1년(841)이 분명하다. "그때 내 나이 막 58세"라고 한 것은 태자빈객분사동도로서 낙양 거주를 시작한 것은 58세 때임을 말한 것이다. "한직 맡은 이후로 13년 세월"이라고 하였으니 대화3년(829) 58세부터 이 시를 지은 회창1년(841)까지 분사동도 재임 기간은 '13년'이었고 이 '13'은 만이 아니라 햇수로 계산한 것이었다. 이러한 점은 「達哉樂天行」시에서도 재차 확인된다.

> 分司東都十三年,　　　분사동도로서 13년 세월
> 七旬纔滿冠已挂.　　　칠순이 막 되어 관직에서 물러났다.[143]

이 작품에 "지금 내 나이 이미 71세(吾今已年七十一)"라는 구절이 있으니 71세되던 회창2년(842)의 작품이 분명하다. 작품 전체의 의미를 살펴보면 "칠순이 막 되어 관직에서 물러났다(七旬纔滿冠已挂)"는 창작 당시의 상황이 아니라 1년 전인 회창1년(841) 70세 때 태자소부분사 면직을 말한 것이다. 그런데 "분사동도로서 13년 세월(分司東都十三年)"구에서는 태자빈객분사동도에 제수된 대화3년(829) 58세부터 태자소부분사에서 면직된 회창1년(841) 70세까지를 햇수로 계산하여 '13년'으로 표현했다.

그렇다면 「刑部尙書致仕」의 "15년 동안 낙양에서 거주하였다(十五年來洛下居)"라는 시구에 등장하는 숫자 '15' 역시 햇수로 계산한 것이 분명하다. 태자빈객분사동도에 제수된 대화3년(829)부터 햇수로 15년이 되는 해는 회창3년(843)이다. 이상의 논의를 정리하면 백

---

143) 백거이 「達哉樂天行」[2721];『백거이집전교』제4책, 2498쪽.

거이는 회창3년(843) 72세에 형부상서로 치사하고 반봉(半俸)을 지급받기 시작하였다.

6. 맺음말

본고는 백거이 연구를 위한 기초작업 중에서 전기 방면의 연구기반 확립을 목적으로 한다. 고대문인의 작품 연구는 문인 전기에 대한 이해가 필수적이며 문인의 전기는 연보를 기초로 작성된다. 따라서 백거이 연보를 대표하는 삼종연보의 이설에 대한 고찰은 백거이 전기 연구와 문학 연구에 중요한 학술적 의미를 가진다.

본고의 비교 과정을 통하여 일부 이설에 대해 새로운 의견을 제기할 수 있었던 것은 의외의 부산물이다. 비록 삼종연보의 주장에 반론을 제기하고 때로는 논리적 오류를 지적하기도 하였으나 삼종연보의 학술적 가치와 의미는 누구도 부정할 수 없다. 연보의 작성과 고증 작업이 얼마나 지난한 것인지를 잘 알기 때문이다. 삼종연보의 16종 이설에 대한 비교 결과를 간략하게 정리한다.

(1) 백거이는 어린 시절을 보낸 형양(滎陽)을 떠나 월중(越中)으로 피난하였던 적이 있다. 그 시기를 『화보』・『나보』는 건중3년(782)이라고 하였다. 반면에 『주보』는 건중3년에 형양을 떠나 서주(徐州) 부리(符離)로 갔으며 부리에서 월중으로의 피난은 건중4년(783)의 일이라고 주장하였다. 건중3・4년 전후로 발생한 병란에 대한 검증에 의하면 백거이가 어린 시절을 보낸 형양을 떠나 월중으로 피난한 시기는 건중4년(783) 초의 일이다.

(2) 백거이는 월중 피난 기간에 소주(蘇州)・항주(杭州)를 유람하

였다. 그 연도에 관해 『화보』·『주보』는 정원2년(786), 『나보』는 정원4년(788) 혹은 정원5년(789)이라고 하였다. 백거이의 「吳郡詩石記」[362]와 위응물(韋應物)의 소주자사 부임 시기를 고려하면 백거이의 소주·항주 유람은 17세 때인 정원4년(788) 가을·겨울의 일로 보는 것이 가장 타당하다.

(3) 복상 만료 후 백거이는 장형 백유문(白幼文)의 임지 부량(浮梁)에서 잠시 체류한 적이 있다. 『화보』는 정원13년(797), 『주보』는 정원14년(798), 『나보』는 정원15년(799)의 일이라고 주장하였다. 본고에서는 『화보』·『나보』의 근거와 논리에 하자가 있음을 밝혔다. 이 과정을 통해 백거이의 복상 후 부량행은 정원14년(798) 여름의 일이 분명함을 논증하였다.

(4) 강주사마 시절의 백거이가 도연명 고택을 방문한 시기에 대해 『화보』·『주보』는 원화11년(816) 2月, 『나보』는 원화11년 가을의 일로 기술하고 있다. 본고에서는 『화보』·『주보』의 근거에 대한 신뢰성에 문제가 있음을 밝히고, 창작연대가 분명한 「與微之書」[2918]의 기록을 근거로 원화11년(816) 가을에 방문하였음을 확인하였다.

(5) 백거이는 원화14년(819) 충주자사 부임 도중 이릉(夷陵)에서 원진과 상봉하였다. 상봉 일자에 대해 『주보』·『화보』에는 '3월 11일', 『나보』에는 '3월 10일'로 기술되어 있다. 이설 발생의 원인은 『주보』·『화보』와 『나보』에서 근거로 삼은 백거이의 서로 다른 기록에 각각 '삼월십일(三月十日)'과 '삼월십일일(三月十一日)'로 기술되어 있기 때문이다. 두 기록 중 하나는 백거이 자신의 오기이거나 판본상의 문제일 가능성이 높다. 현존 자료만으로는 진위 판단이 불가능하므로 본고에서는 원진과의 이릉 상봉 시기를 원화14년(819) 3월 10일 혹은 11일로 수정하여 두 가지 가능성을 모두 수용하였다.

(6) 부친 백계경의 양주별가 제수 시기에 대해『주보』는 정원7년(791),『화보』는 정원8년(792),『나보』는 정원9년(793)을 주장하였다. 본고에서는 정원7년과 정원9년은 타당하지 않음을 밝혔다. 아울러 근거를 제시하지 않은『화보』의 주장에 대해 당대 지방관원의 임기를 근거로 백계경은 정원8년(792) 양주별가에 제수되었음을 확인하였다.

(7) 백거이의 하규(下邽) 체류 기간에 재종형 백호(白皞)가 하규에 내방한 적이 있었다. 그 시기에 관해『화보』·『주보』는 원화8년(813),『나보』는 원화9년(814)을 주장하였다. 이설 발생의 원인은 백거이「記異」[2905]의 창작연대를『화보』·『주보』는 원화8년,『나보』는 원화9년으로 추정하였기 때문이다. 본고에서는「기이」의 창작연대가 원화9년(814)임은 분명하지만 재종형 백호의 하규 내방은 원화8년(813) 가을의 일임을 확인하였다. 재종형 백호는 원화8년(813) 가을 하규에 내방하여 그 다음해까지 머물렀고, 백거이는 원화9년(814) 9월 7일 백호와의 기이한 체험을「記異」라는 제목의 글로 남겼던 것이다.

(8) 백거이의 외손녀 인주(引珠)는 개성2년(837)에 출생하였다. 그러나 출생 월일에 대해『화보』는 10월 27일,『주보』는 11월 22일,『나보』는 12월 등 서로 다른 주장을 제기하였다. 필자는『주보』와『화보』의 주장과 근거에 상호 모순이 존재함을 밝히고 새로운 근거를 통해 인주는 개성2년(837) 12월 1일에 출생했음을 논증하였다. 또한 외손자 각동(閣童)의 출생에 대해『나보』에는 개성4년(839) 여름,『주보』·『화보』에는 개성5년(840) 여름의 일로 기술되어 있다. 본고에서는『주보』·『화보』의 주장에 논리적 오류가 있음을 증명하고『나보』의 주장이 타당함을 확인하였다.

(9) 사위 담홍모(談弘謨)의 서거와 딸 아라(阿羅)의 귀향 시기에 대해 『나보』는 회창1년(841) 『화보』·『주보』는 회창2년(842), 서로 다른 주장을 제기하였다. 이는 핵심 근거인 작품의 창작연대 추정이 서로 다르기 때문이었다. 본고에서는 『화보』·『주보』의 주장에 명백한 논리적 오류가 존재함을 밝히고 『나보』의 회창1년(841) 주장이 타당함을 확인하였다.

(10) 백거이는 원화14년(819) 충주자사로 부임하였다가 원화15년(820) 상서사문원외랑(尚書司門員外郞)에 제수되었다. 구체적인 시기에 대해 『주보』·『화보』는 원화15년 여름, 『나보』는 원화15년 겨울을 주장하였다. 본고에서는 세 가지 이유로 원화15년 겨울을 주장한 『나보』의 근거에 타당성이 없음을 증명했다. 아울러 새로운 증거를 추가하여 백거이의 상서사문원외랑 제수는 원화15년(820) 여름의 일이 분명함을 밝혔다.

(11) 장경4년(824) 백거이의 태자좌서자분사동도(太子左庶子分司東都) 제수에 대해 『주보』는 5월 항주, 『나보』는 5월 말 항주를 떠나 낙양에 도착하기 이전, 『화보』는 가을 낙양 도착 이후의 일로 기술하였다. 『화보』에는 명확한 논증 과정이 생략되어 있다. 본고에서는 「除官去未間」[0377]·「除官赴闕留贈微之」[1573]·「求分司東都寄牛相公十韻」[1599] 등 장경4년 작품에 대한 분석을 통해 『화보』의 주장이 타당함을 입증했다. 즉 백거이는 원래 장경4년(824) 5월 항주에서 태자좌서자(太子左庶子)에 제수되었으나 같은 해 가을 낙양에 도착한 이후 자신의 분사동도(分司東都) 요청으로 인해 태자좌서자분사동도로 다시 제수되었던 것이다.

(12) 대화1년(827) 비서감(秘書監) 제수 시기에 대해 『화보』·『주보』는 3월 17일, 『나보』는 3월 29일로 기술하고 있다. 이설의 발생

원인은 『구당서·문종기』의 무인일(戊寅日)에 대한 역일(曆日) 환산 결과가 서로 달랐기 때문이었다. 당대 역법에 대한 확인 결과, 대화1년 3월 무인일은 3월 17일(양력 4월 16일)이 분명하므로 『화보』와 『주보』의 주장이 타당하다.

(13) 백거이는 보력2년(826) 백일휴가(百日假) 만료 직후에 소주자사(蘇州刺史)에서 면직되었다. 그 시기에 대해 『화보』·『주보』는 5월 말 백일휴가 신청, 9월 초 휴가 만료 후에 소주자사에서 면직되었다고 하였고 『나보』는 백일휴가 신청 시기를 언급하지 않았으나 소주자사 면직을 8월의 일로 기술하고 있다. 본고에서는 『화보』·『주보』의 논리에 타당성이 부족함을 밝히고 보력2년 8월을 주장한 『나보』의 의견을 수정하였다. 즉 백거이의 백일휴가 신청은 보력2년(826) 5월 중순, 소주자사 면직은 8월 하순의 일이다.

(14) 대화7년(833) 하남윤(河南尹) 면직 시기에 대해 『주보』와 『나보』는 모두 태자빈객분사동도(太子賓客分司東都) 제수 일자와 같은 날인 4월 25일로 기술하였다. 반면에 『화보』는 하남윤 면직이 3월, 태자빈객분사동도 제수가 4월 25일의 일이라고 주장하였다. 하남윤 면직 전후의 사적에 대한 논의 결과를 요약하면 다음과 같다. 백거이는 2월 두풍병(頭風病)으로 오십일 휴가를 신청했고 3월 중에 휴가가 만료되었다. 그리고 3월 29일 이전의 3월 중에 하남윤에서 면직되고 이도리(履道里) 자택에서 지내던 중, 4월 25일 태자빈객분사동도에 다시 제수되었다.

(15) 백일휴가 신청과 태자소부분사(太子少傅分司) 면직 시기에 대해 『주보』와 『나보』에서는 개성5년(840) 겨울과 회창1년(841) 봄으로 기술했다. 반면에 『화보』에서는 회창1년 겨울과 회창2년(842) 봄이라고 주장하였다. 본고에서는 『화보』의 논리에 모순이 있음을 밝히고

근거 자료을 보강하여 개성5년(840) 겨울에 백일휴가를 신청했고 회창1년(841) 봄 태자소부분사에서 면직되었다는 『주보』와 『나보』의 타당성을 입증하였다.

(16) 형부상서(刑部尙書) 치사(致仕)와 반봉 지급 시기는 『주보』와 『화보』에 따르면 회창2년(842), 『나보』에 의하면 회창3년(843)이다. 이설의 발생 원인은 주요 근거인 「刑部尙書致仕」[2780]·「初致仕後戲酬留守牛相公」[2781] 2수의 창작연대 추정이 서로 다르기 때문이다. 본고에서는 『주보』·『화보』의 논증 과정에 오류가 있음을 밝히고 자료 보강을 통해 백거이가 형부상서로 치사하고 반봉을 지급받은 시기는 회창3년(843)이 분명함을 입증하였다.

제8장

원진 · 백거이 초식 연대

　"문인상경, 자고이연(文人相輕, 自古而然)"[1]이라는 말은 문인들이 서로 경시하는 바람직하지 못한 풍조가 일찍부터 존재했던 보편적 현상임을 말해 준다. 그러나 중국문학사에는 평생의 지기이자 시우(詩友)로서 문인상경(文人相輕)의 전통을 무색하게 하였던 문인들도 다수 등장한다. 대표적 문인은 바로 중당시기의 원진(元稹; 779-831)과 백거이(白居易; 772-846)이다.

　원진과 백거이는 중당(中唐) 사회시파의 대표라는 문학사적 평가를 받는다. 그러나 생전에 이미 '원백(元白)'으로 병칭되어 후세에 이름을 남기고 있는 것은 신악부운동(新樂府運動)과 정치풍유(政治諷諭)라는 동일한 취지의 창작활동 때문만은 아니었다. "원진과 백거이는 가장 친밀하였다. 비록 골육지간은 아니지만 아끼고 그리워하는 마음은 금석(金石)보다 훨씬 견고하였다"[2]라고 평가받을 만큼 두 사람의 각별한 우정은 문인교유의 미담으로 전해지고 있기 때문이다.

　원진과 백거이의 교유와 관련하여 흥미로운 이설이 존재한다. 원백의 교유는 대화(大和) 5년(831) 원진의 서거로 막을 내린다. 그렇다면 원진과 백거이는 언제 처음 알게 되었는가, 즉 원백의 초식(初識)

---

1) 曹丕(187-226) 『典論 · 論文』; 『문선』권52
2) 辛文房 『唐才子傳』권6: "微之與白樂天最密, 雖骨肉未至, 愛慕之情, 可欺金石."

연대 혹은 교유개시 연대에 관한 다양한 의견이 제기되어 왔다. 지금까지 이에 관한 학계의 주류는 정원19년(803)설·정원18년(802)설·정원18년(802)이전설 등이다.

본고에서는 우선 원백 교유개시 연대[3]에 관한 기존의 주장과 근거를 소개하고 그 근거의 타당성을 검토할 것이다. 그리고 새로운 근거와 논증으로 기존의 주장과는 다른 원백 교유의 기점(起點)을 밝힐 것이다.

1. 정원19년설 —— 진진손

원백의 교유개시 연대에 관해 가장 전통적·장기적으로 거론되었던 것은 정원19년(803)설이다. 이것은 남송·진진손(陳振孫)의 『백문공연보(白文公年譜)』에서 처음으로 제기된 의견이다. 이후로 후인들에 의해 오랜 기간 정설로 수용되어 왔다.

■ 장달인(張達人):
(정원19년) 처음 백거이를 알다.
(貞元十九年)初識白居易.[4]

---

3) 본고에서 말하는 '교유'는 광의의 개념이다. 중문 혹은 일문으로 '訂交'·'初識'·'相識'이라고 표현되는 교유개시는 원진과 백거이가 처음으로 일면식을 가진 시점을 의미한다. 만약 원백이 언제부터 특수한 관계가 수립되어 정식으로 깊은 교분을 맺었는가라는 문제라면 더 이상 논의할 필요가 없다. 왜냐하면 그것은 書判拔萃科의 '同年'과 秘書省 동료의 관계가 시작된 정원19년(803) 봄부터임이 의심할 여지가 없는 사실이기 때문이다.

4) 張達人 『唐元微之先生積年譜』臺北, 臺灣商務印書館, 1980, 17쪽.

■ **나련첨(羅聯添)** :

(정원19년) 원진도 이해에 급제하여 교서랑에 제수되었다. 백거이는 비로소 원진과 알게 되어 교분을 맺었다.

(貞元十九年)元微之也在本年登第授校書郎. 樂天始與微之相識定交.[5]

■ **왕습유(王拾遺)** :

(정원19년) 이건 · 백거이 등과 알다

(貞元十九年)與李建 · 白居易等人相識.[6]

■ **변효훤(卞孝萱)** :

25세(필자주: 정원19년), 백거이와 함께 서판발췌과에 급제하여 같이 비서성교서랑에 제수되었다. 원진과 백거이는 이때에 교분을 맺기 시작하였다.

二十五歲, 與白居易同登書判拔萃科, 俱授秘書省校書郎, 元白卽始于此時訂交.[7]

중국의 왕습유 · 변효훤과 대만의 장달인 · 나련첨은 '정교(訂交)' · '초식(初識)' · '상식(相識)'이라는 서로 다른 표현을 사용하였으나 원백의 교유개시 연대를 정원19년(803)으로 판단한 점에서는 의견이 일치한다.

| 憶在貞元歲, | 지난날 돌이켜보니 정원연간 |
| 初登典校司. | 막 비서성교서랑에 제수되어 |

5) 羅聯添『白樂天年譜』臺北, 國立編譯館, 1989, 40쪽.

6) 王拾遺『元稹傳』銀川, 寧夏人民出版社, 1985, 198쪽.

7) 卞孝萱「元稹評傳」;『遼寧大學學報』1982년 5기.

身名同日授,　　　일신의 명예를 한날 받았고
心事一言知.　　　한마디 말로 마음을 알았네.[8]

　백거이의 「代書詩一百韻寄微之」[0615]이다. 이 시를 지은 원화5년(810), 백거이는 경조부호조참군(京兆府戶曹參軍) 겸 한림학사(翰林學士)의 신분으로 장안에 거주 중이었다. 당시 원진은 강릉(江陵; 현 호북성 강릉현)으로 좌천되어 있었다. 이 시는 바로 서신 대용으로 좌천된 원진에게 보낸 장편배율이다. 제4구 "한마디 말로 마음을 알았네(心事一言知)" 아래에는 다음과 같은 자주(自注)가 있다.

　정원 연간, 원진과 함께 등과(登科)하여 같이 비서성교서랑에 제수되었고 비로소 알게 되었다.
　貞元中, 與微之同登科第, 俱授秘書省校書郞, 始相識也.

　이것이 바로 정원19년설의 핵심 근거이다. 원진은 정원9년(793)에 명경과(明經科)에 급제하였고 백거이는 정원16년(800) 진사과(進士科)에 급제하였다. 따라서 제4구 자주에서 "함께 등과하였다(同登科第)"는 것은 이부(吏部)의 전선(銓選) 급제를 말한다. 원진과 백거이가 함께 이부 전선의 서판발췌과(書判拔萃科)에 급제하여 비서성교서랑(秘書省校書郞)에 제수된 것은 정원19년(803) 3월의 일이다. 따라서 원백의 교유개시 연대는 정원19년이라는 것이다. 정원19년설은 이렇게 단순한 논리로 출현하였다.

---

8) 白居易 「代書詩一百韻寄微之」[0615]; 『백거이집전교』제2책, 703쪽.

주금성은 정원18년 이전설을 제기하며 이 자주의 신빙성을 부정
하였다. 그러나 어떠한 근거도 제시하지 못하였다. 필자는 다음과
같은 이유에서 정원19년설의 핵심 근거에 문제가 있다고 생각한다.

(가) 貞元中, 與微之同登科第, 俱授秘書省校書郎, 始相識也.

(가1) 貞元中, 與微之A〔同登科第, 俱授秘書省校書郎, 始相識也〕.

(가2) 貞元中, 與微之B〔同登科第, 俱授秘書省校書郎〕, C〔始相識也〕.

(가)는 「代書詩一百韻寄微之」시의 자주이고 (가1)과 (가2)는 문법
적으로 성립 가능한 (가)의 두 가지 의미이다. (가1)은 시간부사 "정
원 연간(貞元中)"이 A 전체를 수식하고 "비로소 알게 된" 것과 "함께
등과하여 같이 비서성교서랑에 제수된" 것은 시간적으로 일치한다.
정원19년설은 (가)를 (가1)의 의미로 해석한 결과이다. (가2)는 시간
부사 "정원 연간(貞元中)"이 B와 C를 각각 수식하고 B와 C는 병렬관
계이다. 즉 "비로소 알게 된" 것과 "함께 등과하여 같이 비서성교서
랑에 제수된" 것은 시간적으로 일치하지 않는다. 다만 "정원 연간(貞
元中)"에 속한 시간일 뿐이다. 「대서시일백운기미지」시의 자주는 하
나의 문장임에도 두 가지 의미로 해석할 수 있다. 이것이 바로 '애매
문의 오류(fallacy of amphiboly)'라는 논리적 오류이다. 그렇다면 백거
이는 (가)를 어떤 의미로 사용한 것일까?

백거이가 다양한 방식으로 작품의 창작연대 혹은 전기(傳記) 관련
시기를 밝히고 있다는 것은 익히 알려진 사실이다.[9] 「代書詩一百韻
寄微之」[0615]시에는 총 22개의 자주가 있고 (가) 외에도 원진·백거

---

9) 洪邁 『容齋隨筆·五筆』권8: "(白樂天)作詩述懷, 好紀年歲."

이 관련 시기를 언급한 자주는 다음과 같다.

■ 제95-96구

東垣君諫諍,　　　그대는 간관되어 직간하였고

西邑我驅馳.　　　나는 주질현위로 수고하였지.

자주(나) : 원화1년 함께 제과에 급제하여 원진은 좌습유에 임명되
고 나는 주질현위에 제수되었다.
元和元年同登制科, 微之拜拾遺, 予授盩厔尉.

■ 제97-98구

再喜登烏府,　　　어사대 오른 것을 다시 기뻐하였고

多慚侍赤墀.　　　황제를 모시는 것에 너무 감사하였다.

자주(다) : (원화) 4년 원진은 다시 감찰어사에 제수되었고 나는 좌
습유 겸 한림학사이었다.
四年, 微之復拜監察, 予爲拾遺·學士也.

이 시는 강릉(江陵)에 좌천된 원진에게 서신을 대신하여 보낸 원
화5년(810) 작품이다. 그간 원진과의 교유 상황이 상세하게 기술되
어 있다. 자주(나)와 (다)는 (가)처럼 백거이 자신과 원진에 관한 특
정 시기를 언급하고 있어 흥미롭다.

(나)는 제95-96구에 대한 자주이다. 원화1년(806) 원진과 백거이
는 비서성교서랑 임기가 만료되어 함께 화양관(華陽觀)에 기거하면
서 황제 주관의 특별인재 선발시험인 제과(制科) 응시를 준비하였다.
그해 4월 재식겸무명어체용과(才識兼茂明於體用科)에서 나란히 합격
하여 원진은 좌습유(左拾遺), 백거이는 주질현위(盩厔縣尉)에 제수되

었다는 것은 이미 알려진 사실이다. (다)는 제97-98구에 대한 자주이다. 원화4년(809) 원진은 모친에 대한 복상(服喪) 기간을 마치고 감찰어사(監察御史)에 제수되었다. 이때 백거이는 좌습유 겸 한림학사(翰林學士)의 신분으로 장안에 거주하고 있었다. 자주(다) 역시 다른 문헌자료에서도 확인되는 분명한 사실이다.

「代書詩一百韻寄微之」[0615]는 좌천된 벗에 대한 위안과 격려의 의미로 안부 서신을 대신하여 지어진 작품이다. 따라서 자신과 벗의 관직 제수와 관련된 (나)·(다)의 자주에서 원화1년(806)·원화4년(809)이라는 분명한 연도를 기재하였던 것이다. 그러한 벗과 함께 이부 전선에 합격하여 생애 첫 관직을 제수받고 비서성(秘書省)의 동료가 되었던 정원19년(803)이라는 연도 대신에 "정원 연간(貞元中)"으로만 표기한 것은 이해가 되지 않는다. (가1)의 해석을 따르면 원백 교유사에서 원진과 "비로소 알게 된" 역사적인 시기이므로 더욱 더 납득되지 않는다. 정원19년의 일이었음을 망각하였던 것은 분명 아닐 것이다.

이것은 정원19년이라는 특정 연도를 기재할 수 없는 이유가 있었기 때문이다. 즉 (가2)의 해석처럼 원진과 "함께 등과하여 같이 비서성교서랑에 제수"된 것과 원진과 "비로소 알게 된" 교유개시 연대는 시간적으로 일치하지 않기 때문이다. 다만 두 가지 모두 "정원 연간(貞元中)"에 발생한 일이었으므로 "정원 연간(貞元中)"으로 기재한 것은 극히 당연한 것이다. 이를 뒷받침하는 근거가 「대서시일백운기미지」시 자체에 존재한다.

■ 제47-48구

風流誇墜髻,　　　추마계를 뽐내고 자랑함이 풍속이고

時世鬪啼眉.　　　제미장을 다투어 하는 게 유행이었다.

자주(라) : 정원말 장안성에는 다시 추마계·제미장이 유행하였다.

貞元末, 城中復爲墜馬髻、啼眉粧也.[10]

추마계(墜馬髻)는 머리를 묶어 올려 좌우 한쪽으로 늘어지게 하는 여성의 헤어스타일이다. 제미장(啼眉粧)은 우는 듯한 표정이 연출되는 여성 눈썹 화장술의 일종이다. 이러한 풍속의 유행 시기는 특정 연대로 확정하여 기재하기 어려울 수 있다. 이에 자주(라)에 "정원말(貞元末)"이라는 표현으로 기재할 수밖에 없었던 것이다. 자주(가)의 "정원 연간(貞元中)"도 이와 유사한 상황에서 등장한 기재 방식이다. (가2)의 해석대로 원진과 "함께 등과하여 같이 비서성교서랑에 제수"된 정원19년은 원진과 "비로소 알게 된" 교유개시 연대가 아니기 때문이다. 이러한 추론이 성립할 수 있다는 것은 다음 예문에서 더욱 확실해진다.

정원19년(803) 봄, 나는 서판발췌과에 급제하여 비서성교서랑에 제수되고 비로소 장안에서 임시 거처를 구하였다.

貞元十九年春, 居易以拔萃選及第, 授校書郎, 始於長安, 求假居處.[11]

백거이의 「養竹記」에 등장하는 구절이다. 문장 구조가 백거이 「代書詩一百韻寄微之」의 자주(가)와 흡사하다. 서판발췌과 급제와 비서성교서랑 제수를 언급한 것은 완전히 같다. 그 다음에 자주(가)는 "비

---

10) 백거이 「代書詩一百韻寄微之」[0615]; 『백거이집전교』제2책, 704쪽.

11) 백거이 「養竹記」[2903]; 『백거이집전교』제5책, 2744쪽.

로소 알게 되었다(始相識)"고 하였고 「양죽기」에서는 "비로소 장안에서 임시 거처를 구하였다(始於長安, 求假居處)"고 하였다. 내용은 다르지만 문장 구조는 동일하다. 그런데 "정원 연간(貞元中)"으로 기재한 자주(가)와는 달리 「양죽기」에서는 "정원19년 봄(貞元十九年春)"으로 시기를 분명하게 밝히고 있다. 그 이유는 단순하다. 서판발췌과 급제·비서성교서랑 제수·장안에서 임시 거처를 구한 행위는 모두 시간적으로 일치하기 때문이다. 필자가 정원19년설의 핵심 근거인 자주(가)를 인정하지 않고 정원16년설을 새로 제기한 것은 바로 이러한 이유에서이다.

상술 내용과 관련하여 한 가지 부연할 점은 왕립명(汪立名)「백향산연보(白香山年譜)」의 기술이다.

정원18년 임오년, 정순유가 이부(吏部)를 관장할 때 공(즉 백거이)은 서판발췌과에 응시·급제하여 교서랑에 제수되었다.
貞元十八年壬午, 鄭珣瑜領選部, 公試判拔萃科入等授校書郎.[12]

이부시랑(吏部侍郎) 정순유(鄭珣瑜; 738-805)의 주시(主試) 하에 서판발췌과에 응시하여 급제한 것을 기술한 것이다. 그런데 흥미로운 것은 이 문장도 두 가지 의미로 해석될 수 있다는 점이다. (1) "정원18년"이라는 부사어는 "서판발췌과에 응시하다"와 "급제하여 교서랑에 제수되다" 모두를 수식한 경우이다. (2) "정원18년"이라는 부사어는 "서판발췌과에 응시하다"만을 수식한 것이고 "급제하여 교서랑에 제수되다"는 정원18년 서판발췌과 응시의 결과와 그 결과로 인한 상

---

12) 汪立名「白香山年譜」;『白香山詩集』臺北, 世界書局, 1969, 11쪽.

황을 기술한 것일 뿐이다. 「백향산연보」의 「정원18년」조 기술 역시 '애매문의 오류(fallacy of amphiboly)'에 해당한다.

만약 (1)의 의미라면 왕립명은 백거이의 교서랑 제수를 정원18년 의 일로 오판한 것이다. 그러나 사실은 그렇지 않다. 「정원19년」조 에서 왕립명은 백거이의 「養竹記」[2903] 인용을 통해 백거이는 정원 19년 봄 서판발췌과에 급제하여 교서랑에 제수되었음을 분명히 밝히 고 있기 때문이다.[13] 그렇다면 왕립명의 「정원18년」조는 (2)의 의미 로 판단해야 한다. '사증문성(事增文省)'이 『신당서(新唐書)』의 최대 단점으로 거론되듯이[14] '애매문의 오류'는 기술의 과도한 간결화로 인해 종종 발생한다. 글을 쓴 사람이 애매문의 오류를 범하여 의미 가 불명확한 글이 되었다 하더라도 글을 읽는 사람은 신중하게 읽어 오독하지 않고 명확한 의미로 해석해야 한다.

2. 정원18년설 ── 화방영수·고학힐

원백 교유개시 연대에 관한 또 다른 주장은 정원19년보다 1년 이 른 정원18년(802)설이다. 예를 들면 다음과 같다.

■ 고학힐(顧學頡) :

(정원18년) 겨울, 서판발췌과에 응시하다.……원진과 백거이가 교분

---

13) 汪立名「白香山年譜」: "公年三十二世,「養竹記」云: 貞元十九年春, 居易以拔萃選及 第, 授校書郎, 始於長安, 求假居處, 得常樂里故關相國私第之東亭而處之. 選制以十 一月爲期, 至三月畢故也."(『白香山詩集』臺北, 世界書局, 1969, 11쪽)

14) 柴德賡『史籍擧要』臺北, 漢京文化事業有限公司, 1985, 142-144쪽.

을 맺은 것은 대략 이때부터이다.

(貞元十八年)冬, 試書判拔萃科.……元白訂交, 約始於此時.[15]

■ 저빈걸(褚斌杰) :

(정원18년) 겨울, 이부 서판발췌과에 응시하다.……원진과 백거이가 교분을 맺은 것은 대략 이해이다.

(貞元十八年)冬, 在吏部試書判拔萃科.……元稹與白居易訂交約在是年.[16]

■ 화방영수(花房英樹) :

(정원18년) 가을, 백거이와 알다.

(貞元十八年)秋, 與白居易相識.[17]

사실 고학힐·저빈걸·화방영수의 주장은 모두 정원18년설에 속한다. 그러나 구체적으로 말하면 고학힐과 저빈걸은 정원18년 겨울, 화방영수는 정원18년 가을이다. 겨울과 가을은 시간적으로 큰 차이가 없으나 그 근거는 서로 완전히 다르다.

(1) 정원18년 겨울설의 근거

고학힐과 저빈걸의 주장은 사실 정원19년설의 근거인 「代書詩一百韻寄微之」[0615]시의 자주를 전제로 한 것이다. 당대 과거제도에 따르면 상서성(尙書省)의 이부 전선은 초겨울(10월)에 시작하여 다음해 늦봄(3월)에 급제자를 발표한다. 따라서 원진과 백거이의 이부 전

---

15) 顧學頡 「白居易年譜簡編」; 顧學頡校點 『白居易集』 臺北, 里仁書局, 1980, 1597쪽.
16) 褚斌杰 「白居易簡譜」; 褚斌杰 『白居易評傳』 北京, 北京大學出版社, 1994, 160쪽.
17) 花房英樹 「元稹年譜稿」[上];『京都府立大學學術報告·人文』제22호, 1970.11

선 급제와 비서성교서랑 제수는 정원19년(803) 3월의 일이지만 이부전선 서판발췌과 응시는 정원18년(802) 겨울의 일이다. 정원18년 겨울의 응시 과정에서 서로 일면식을 갖게 되었을 가능성도 있다는 주장이 바로 고학힐과 저빈걸의 정원18년 겨울설이다. 이는 정원19년설에 대한 수정·보충으로 제기되었던 것이다.[18]

(2) 정원18년 가을설의 근거

정원18년(802) 겨울설은 정원19년설의 근거를 그대로 수용한 결과이었다. 반면에 화방영수의 정원18년 가을설은 새로운 근거를 제시하고 있다. 원진에 대한 백거이의 기증시에 「秋雨中贈元九」[0627] 시가 있다. 화방영수에 의하면 이 작품은 정원18년(802) 가을 작품이며 현존 원백 창화시(唱和詩) 중 최초의 작품이다.[19] 화방영수가 원백의 교유개시 연대를 정원18년 가을로 추정한 것은 바로 이 때문이다. 그러나 논리적 정합성이 부족하다. 원백의 첫 번째 창화시가 설사 정원18년 가을 작품이라고 하더라도 원백이 교분을 맺은 시기는 그 이전일 수도 있기 때문이다. 뿐만 아니라 「추우중증원구」시의 창작연대를 정원18년으로 단정한 근거도 재고의 여지가 있다. 이 점에 대해서는 잠시 후 상세한 논의를 진행할 것이다.

---

18) 金在乘은 이 점에 착안하여 원백의 교유개시 연대는 정원18년 겨울에서 정원19년 봄 사이라고 하였다. 김재승 「白居易と元稹」;『白居易研究講座』[第二卷](東京, 勉誠社, 1993) 30쪽 참조.

19) 花房英樹『白氏文集の批判的研究』京都, 彙文堂書店, 1960, 522쪽.

3. 정원18년 이전설 —— 주금성

정원18년 이전설은 주금성(朱金城)에 의하여 제기되었다. 주금성은 처음 『백거이연보(白居易年譜)』(1982)에서 원백 교유가 "정원18년 혹은 그보다 조금 전에 개시되었다"고 주장하였다.[20] 그 후 『백거이연구』(1987)와 『백거이집전교』(1988)에서는 원백의 교유 개시에 대해 "정원18년 이전에 교분을 맺었다"며 약간의 수정을 가하였다.[21] 또한 주금성은 정원19년설과 정원18년 겨울설의 근거에 대해 다음과 같이 반박하였다.

「대서시일백운기미지」시 자주에 기록된 시간도 정확한 것으로 보이지 않는다. 진진손의 『백문공연보』에서 이를 근거로 원진과 백거이가 정원19년에 교분을 맺었다고 생각한 것은 잘못이다.[22]

"「代書詩一百韻寄微之」시 자주에 기록된 시간"이 "정원 연간(貞元中)"을 말하는 것인지 "원진과 함께 등과하여 같이 비서성교서랑에 제수(與微之同登科第, 俱授秘書省校書郎)"된 시기를 말하는 것인지는 분명하지 않다. 그러나 정원19년설의 근거와 그 주장을 부정한 것은

---

20) 朱金城 『白居易年譜』 · 「정원18년」조: "元白訂交約始於是年或稍前."(上海, 上海古籍出版社, 1982, 24쪽)

21) 주금성 『白居易研究』: "元白相識于貞元十八年前."(西安, 陝西人民出版社, 1987, 6쪽); 주금성 「酬元九對新栽竹有懷見寄」[0027] · 「箋」: "元白相識于貞元十八年前."(『백거이집전교』제1책, 34쪽)

22) 주금성 『白居易研究』: "「代書詩一百韻寄微之」詩自注所記之時間, 亦未見精確. 陳振孫 『白文公年譜』據以謂元白訂交于貞元十九年, 非也."(西安, 陝西人民出版社, 1987, 6쪽)

확실하다. 정원18년 이전설은 이러한 과정을 통해 출현하였다.

(1) 정원18년 이전설의 근거

주금성의 정원18년 이전설에서 제시한 근거는 사실 화방영수의 정원18년 가을설의 근거와 동일하다. "백거이에게는 또 「추우중증원구」시가 있는데 정원18년에 지은 것이다"[23]라는 주금성의 말처럼 원백 최초의 창화시 「추우중증원구」시와 창작연대가 핵심 근거이다. 주금성은 또 다음과 같은 결론을 내리고 있다.

> 정원18년(802)에 지었다.……필자의 판단에 의하면 원진과 백거이는 당연히 정원18년 이전에 교분을 맺었다.[24]

원백 최초의 창화시 「추우중증원구」시가 정원18년(802) 작품이니 원백 교유개시의 기점은 그 이전일 것이라는 논리이다. 이것은 화방영수의 추론보다 합리적이다. 그러나 주금성과 화방영수 주장에는 근본적인 하자가 있다. 「추우중증원구」시의 창작연대를 정원18년으로 단정할 수 없기 때문이다.

(2) 「추우중증원구」시 창작연대의 근거

「秋雨中贈元九」[0627]시의 창작연대를 화방영수는 정원18년(802)

---

23) 주금성 『白居易研究』: "白氏又有「秋雨中贈元九」詩, 作于貞元十八年."(西安, 陝西人民出版社, 1987, 6쪽)
24) 주금성 「秋雨中贈元九」[0627]·「箋」: "作於貞元十八年(802),……城按: 元白當訂交於是年之前."(『백거이집전교』제2책, 727쪽)

으로 단정하였으나 근거는 제시하지 못하였다. 주금성도 정원18년 작품임에는 동의하지만 타당한 근거에 의한 것이 아니라 화방영수의 주장을 그대로 답습한 것이다.

그렇다면 화방영수가 「추우중증원구」시의 창작연대를 정원18년으로 단정한 이유는 무엇일까? 그 이유에 대한 단서는 "그대보다는 이모의 나이에 좀 가까우리니(比君校近二毛年)"라는 제4구에 있다. 전천행웅(前川幸雄)의 글에서 이에 대한 명확한 해답을 얻을 수 있었다.[25]

「秋雨中贈元九」시 제4구에 등장하는 "이모(二毛)"는 원래 백발과 흑발, 즉 '반백(斑白)의 두발'을 의미한다. 그래서 "이모년(二毛年)"은 통상 백발이 생기는 노년 혹은 중노년을 가리킨다"고 하면서도 "그러나 이 시에서는 특별히 32세를 가리킨다"[26]고 전천행웅은 단정하였다. 그리고 "교근(校近)"이라는 표현에 의거하여 "백거이가 이 시를 지을 때 아직 '이모년'에 이르지 않았지만 이미 근접해 있었다"[27]라고 하였다. 그러므로 「추우중증원구」시를 백거이 "이모년(32세)"의 일 년 전인 31세 즉 정원18년(802)의 작품으로 확정하였던 것이다.

그러면 여기에서 또 다른 의혹이 생긴다. 전천행웅은 무엇을 근거로 "이모년"이 32세를 특정한다고 판단하였는가라는 점이다. 그것

---

25) 前川幸雄의 「智慧的技巧的文學——關于元白唱和詩的諸種形式」은 원래 『中國文學의世界』제5집(1981. 5)에 수록된 논문이다. 본서에서는 馬歌東譯 『日本白居易研究論文選』(西安, 三秦出版社, 1995)을 참고하였다.

26) 前川幸雄 「智慧的技巧的文學——關于元白唱和詩的諸種形式」: "'二毛年'通常指生了白髮的老年或中老年而言.……在此詩中則是特指三十二歲." 馬歌東譯 『日本白居易研究論文選』 西安, 三秦出版社, 1995, 196쪽.

27) 前川幸雄, 같은 글: "白居易作此詩時尙不到'二毛年', 但已很接近." 馬歌東譯, 같은 책, 196쪽.

은 바로 반악(潘岳; 247-300)의 「秋興賦序」에 "내 나이 32세에 이모가 보이기 시작하였다(余春秋三十有二, 始見二毛)"라는 기록이었다.

(3) 「추우중증원구」시의 창작연대

그러나 반악의 「추흥부서」만을 근거로 "이모년"이 32세를 지칭하는 것으로 단정하기에는 설득력이 부족하다. 유신(庾信; 513-581)의 「哀江南賦序」를 고려하지 않았기 때문이다. 유신의 「애강남부서」에는 "나는 이모가 나기 시작할 나이에 동란을 겪었다(信年始二毛, 卽逢喪亂)"라는 기록이 있다. 이 구절에 대한 예번(倪璠; 1637-1704)의 주는 다음과 같다.

> 등왕유 서문의 "기해년, 나이 67세"라는 기록으로 역산하면 동란을 겪은 것은 당시 유신의 나이 36세였다.
> 以滕王逌序"己亥, 年六十七歲"逆數之, 逢亂之歲, 子山時年三十有六.[28]

등왕유는 등왕(滕王) 우문유(宇文逌; 557-581)를 말한다. 등왕 유문유는 북주 · 문제(北周 · 文帝)의 아들로서 대상(大象) 1년(579) 『유신집』을 편찬하였다. 당시 지은 서문이 「滕王逌原序」라는 제목으로 전해지고 있다.[29] 유신 생전에 작성된 서문의 기록을 근거로 하였으니 "당시 유신의 나이 36세였다"는 예번의 판단은 의심의 여지가 없다. 이에 의하면 "이모년(二毛年)"이 32세라는 특정 연령을 의미한다

---

28) 庾信撰 · 倪璠注 『庾子山集注』권2; 北京, 中華書局, 1980, 97쪽. 청대 吳兆宜 注의 『庾開府集箋注』(사고전서본)에서도 "繁弨曰: 滕王逌序, 歲在己亥, 信春秋六十有七, 計逢亂之歲年三十六."이라고 하였으니 예반의 의견과 동일하다.
29) 庾信撰 · 倪璠注 『庾子山集注』권2; 北京, 中華書局, 1980, 49쪽.

고 보기 어렵다. 광의로는 흰머리가 나기 시작하는 중년의 나이, 협의로는 30여 세를 지칭하는 것으로 해석하는 것이 타당하다. 백거이 작품에서 "이모"는 「秋雨中贈元九」시를 포함하여 모두 10회 출현한다. 용례를 살펴보면 "이모년"을 32세로 특정할 수 없음은 더욱 확실해진다. 몇 가지 예를 들어 보면 다음과 같다.

(가) 「自歎二首」제2수

二毛曉落梳頭懶,　　새벽에 이모 떨어지니 머리 빗을 생각없고

兩眼春昏點藥頻.　　봄날 두 눈이 침침하니 자주 안약 떨군다.[30]

(나) 「答蘇六」

但喜暑隨三伏去,　　단지 더위가 삼복따라 가는 것 기뻐하며

不知秋送二毛來.　　가을이 이모를 보내오는 것 알지 못한다.[31]

(다) 「寄遠」

兩腋不生翅,　　양쪽 겨드랑이에 날개는 돋지 않고

二毛空滿頭.　　부질없이 이모만 머리에 가득하다.[32]

(라) 「社日關路作」

蕭條秋興苦,　　쓸쓸히 가을날 감흥에 괴로운 것은

漸近二毛年.　　점차 이모년에 가까워지기 때문이지.[33]

---

30) 백거이 「自歎二首」제2수[1405]; 『백거이집전교』제3책, 1389쪽.

31) 백거이 「答蘇六」[1963]; 『백거이집전교』제3책, 1892쪽.

32) 백거이 「寄遠」[1255]; 『백거이집전교』제3책, 1261쪽.

33) 백거이 「社日關路作」[0661]; 『백거이집전교』제2책, 755쪽.

(가)는 장경4년(824) 53세, (나)는 대화3년(829) 58세, (다)장경1년 (821) 50세로 모두 50세 이후의 작품이니 32세와는 거리가 멀다. (라)는 정원16년(800)~17년(801), 29세~30세의 작품이므로 "이모년"이 32세를 특정한다고 볼 수 없다.[34] 시어로서 "이모"의 기능은 단순히 반백의 두발을 의미하거나 혹은 노쇠를 비유하는 데 사용되고 있다. 특정 연령을 지칭하는 용례는 보이지 않는다.[35] 「추우중증원구」 시에 등장하는 "이모년(二毛年)"도 단지 '머리가 희어지기 시작하는 중년의 나이'를 통칭하는 시어이다. 꼭 32세 특정 연령을 의미하는 것은 아니다. 백거이의 「秋雨中贈元九」시와 이에 대한 원진 화시를 살펴보면 이러한 점은 더욱 확실해진다.

不堪紅葉靑苔地,　　어찌 견디랴 푸른 이끼 위에 붉은 낙엽

又是涼風暮雨天.　　게다가 서늘한 바람에 저녁비 내리나니.

莫怪獨吟秋思苦,　　가을날의 고뇌 홀로 읊음을 탓하지마소.

比君校近二毛年.　　그대보다는 이모의 나이에 좀 가까우니.[36]

백거이의 「秋雨中贈元九」는 비추(悲秋) 정서를 노래한 작품이다. 가을날, 붉은 단풍잎이 떨어져 푸른 이끼 낀 땅 위에 가득하다. 이

---

34) 「社日關路作」의 창작연대에 대해 花房英樹는 정원16년(800)으로 추정하였고 羅聯添은 편년하지 않았다. 나머지 3수의 창작연대는 모두 일치한다.

35) 인용 작품 이외의 용례는 "二毛生鏡日"(「新秋」[1128]; 『백거이집전교』제2책, 1163쪽); "前歲二毛生"(「自覺二首」제1수[0488]; 『백거이집전교』제2책, 538쪽); "日夜二毛新"(「羅子」[1008]; 『백거이집전교』제2책, 1049쪽); "三十生二毛"(「寄同病者」[0253]; 『백거이집전교』제1책, 326쪽); "覽鏡生二毛"(「傷楊弘貞」[0398]; 『백거이집전교』제1책, 464쪽) 등이 있다.

36) 백거이 「秋雨中贈元九」[0627]; 『백거이집전교』제2책, 727쪽.

숙살(肅殺)의 계절, 슬픔을 견디기 어려운데 설상가상 해 저물녘 가을바람이 불고 가을비마저 부슬부슬 내린다. 이렇게 가을날의 비애를 홀로 읊조리며 상념에 고뇌하는 나를 탓하지 말라 벗에게 당부한다. 그대보다는 머리 희어질 나이에 가까우니 가을에 더욱 민감하다고 한 것이다. 백거이는 772년, 원진은 779년 출생이니 백거이가 7세 연상이므로 "그대보다는 이모의 나이에 좀 가까우니(比君校近二毛年)"라는 표현이 가능하였던 것이다. 이 시에 대한 원진의 화시는 다음과 같다.

勸君休作悲秋賦,　　　그대에게 권하노니 비추부 짓지 말고
白髮如星也任垂.　　　희끗희끗 백발도 늘어지는 대로 두소.
畢竟百年同是夢,　　　결국 백년 인생 똑같이 한바탕 꿈이니
長年何異少何爲.　　　나이 많고 적음이 다를 게 무엇이리오.[37]

"비추부(悲秋賦)"는 「秋雨中贈元九」시처럼 비추의 정서를 노래한 작품을 염두에 둔 시어이다. 가을날의 상념에 고뇌하고 슬퍼하는 벗에게 세월에 대한 초탈을 권고한다. "그대보다는 이모의 나이에 좀 가까우니(比君校近二毛年)"라며 가을 타는 자신을 합리화한 것에 대해 원진은 길어야 인생 백년 일장춘몽인 것은 마찬가지이니 "나이 많고 적음이 다를 게 무엇이리오(長年何異少何爲)"라고 받아친다. 우인 간의 시적 대화에서 "이모년"을 32세라는 특정 연령으로 해석한 전천행웅의 주장은 사실 억지스럽다.

---

37) 원진 「酬樂天秋興見贈本句云莫怪獨吟秋興苦比君校近二毛年」; 『원진집』상책, 190쪽.

이상의 논의를 요약하면, "이모년(二毛年)"은 결코 32세라는 특정 연령을 지칭하는 것이 아니며 "교근(校近)"을 "이모년"의 1년 전으로 해석한다는 것도 문제가 있다. 백거이의 「秋雨中贈元九」시는 31세, 즉 정원18년(802) 작품이라고 단정할 수 없다. 따라서 「추우중증원구」의 창작연대를 근거로 내린 결론, 즉 화방영수의 정원18년 가을설과 주금성의 정원18년 이전설은 타당하지 않다.

4. 정원16년설의 제기

원백의 교유개시 연대 추정에 좀 더 설득력이 있는 근거가 요구된다. 우선 백거이 작품에서 근거를 제시하면 다음과 같다.

昔我十年前,　　　나는 예전 10년 전에
與君始相識.　　　그대와 처음으로 알게 되었오.
曾將秋竹竿,　　　일찍이 가을 대나무의 줄기로
比君孤且直.　　　그대 절개와 강직 비유하였오.[38]

새로 대나무를 심은 감회를 노래한 원진의 시에 대해 화답한 시이다. 백거이 작품의 창작연대는 원화5년(810)이며 이에 관한 이설은 없다. 원진의 창시 「種竹幷序」 또한 원화5년(810) 작품이다.

중요한 단서는 제1·2구에 있다. "나는 예전 10년 전에 그대와 처음으로 알게 되었오"라고 하였으니 원백의 '상식(相識)', 즉 교유개시

---

38) 백거이 「酬元九對新栽竹有懷見寄」[0027]; 『백거이집전교』제1책, 34쪽.

연대는 원화5년(810)에서 10년을 역산하면 정원16년(800)이다.[39] 주금성도 이 자료를 거론하였지만 정원16년으로 단정하지 않았다. 다만 대략 정원18년 혹은 조금 이른 시기라고 추정하였을 뿐이다. 결국 이 자료를 주요 근거로 채택하지 않았음을 의미한다. 이는 중국 고전시에 출현하는 숫자는 실수(實數)가 아닐 수도 있기 때문이다. 그러나 "석아십년전(昔我十年前)"구의 '10'이 실수일 가능성은 원진의 작품에서 확인할 수 있다.

> 十載定交契,　　십년 세월 교분을 맺었는데
> 七年鎭相隨.　　칠년은 언제나 함께 다녔지.
> 長安最多處,　　가장 많은 곳은 장안이었고
> 多是曲江池.　　그중에 대부분은 곡강이었다.[40]

「和樂天秋題曲江」시의 첫 4구이다. 이 작품의 창작연대는 원화5년(810)이다.[41] 또한 이 작품은 백거이의 「曲江感秋」[0422]에 대한 화답시이다. 백거이 작품에 "오년작(五年作)"이라는 제하 자주가 있으니[42] 원진의 화답시 「和樂天秋題曲江」의 창작연대가 원화5년(810)이

---

39) 일상 언어생활에서 1999년의 '3년 전'은 햇수로 따져 때로는 1997년을 가리키기도 한다. 그러나 1999년의 '1년 전'은 작년, '2년 전'은 재작년, '3년 전'은 재재작년인 1996년이니 810의 10년 전은 당연히 800년이다.

40) 원진 「和樂天秋題曲江」; 『원진집』상책, 66쪽.

41) 花房英樹 · 前川幸雄 『元稹硏究』(경도, 휘문당서점, 1977), 卞孝萱 『元稹年譜』(제남, 제로서사, 1980), 楊軍箋注 『元稹集編年箋注』(서안, 삼진출판사, 2002) 등에서 「和樂天秋題曲江」의 창작연대를 원화5년(810)으로 단정하고 있다.

42) 백거이의 「曲江感秋」[0422]는 '五年作'이라는 題下 自注로 인해 역대 논자들은 모두 원화5년(810) 작품으로 인정하였다. 그러나 주금성은 백거이 「曲江感秋二首序」[0577]에 의하면 「曲江感秋」는 원화4년 작품이 분명하므로 자주의 '五'는 '四'의 오기

라는 것에 이설이 없음은 당연하다. 원백 교유개시와 관련하여 이 작품에서 가장 중요한 것은 숫자 '10'과 '7'의 의미이다.

(1) '7'과 '10'의 의미

"칠년은 언제나 함께 다녔지(七年鎭相隨)"구에서 숫자 '7'의 실질적인 의미에 대한 해답은 30년간에 이르는 원백 교유사(交遊史)에 있다. 이에 교유 상황을 시기별로 구분하여 이해를 도모할 필요가 있다. 원백이 비서성교서랑에 제수된 정원19년(803)을 시점으로 하여 함께 장안에서 생활한 시기와 그렇지 못했던 시기를 기준으로 하면 제1차 장안시기·제1차 별리시기·제2차 장안시기·제2차 별리시기로 구분된다. 이를 정리하면 다음과 같다.

시 기	기 간	사적 내용
제1차장안시기	정원19년(803) 3월 ~원화5년(810) 3월	원백 비서성교서랑 제수 ~원진 江陵 좌천
제1차별리시기	원화5년(810) 3월 ~원화15년(820) 여름	원진 강릉 좌천 ~백거이 司門員外郎 제수
제2차장안시기	원화15년(820) 여름 ~장경2년(822) 6월	백거이 사문원외랑 제수 ~원진 同州刺史 좌천
제2차별리시기	장경2년(822) 6월 ~대화5년(831) 7월	원진 동주자사 좌천 ~원진 鄂州에서 서거

라고 주장하였다.(『백거이집전교』제1책, 485쪽). 한편 일본 학자 西村富美子는 「關于白居易詩歌創作年代的幾個問題——談"寫眞圖"和"曲江的秋"」(『唐代文學硏究』제6집, 계림, 광서사범대학출판사, 1996)에서 주금성의 주장에 의혹을 제기한 바 있으므로 백거이「曲江感秋」의 창작연대를「五年作」이라는 자주를 무시하고 원화4년(809) 작품으로 단정하는 것은 시기상조이다.

여기에서 주목할 것은 제1차 장안시기(803-810)이다. 이 시기는 정원19년(803) 3월 원진과 백거이가 비서성교서랑에 함께 제수된 때로부터 원화5년(810) 3월 원진이 강릉으로 좌천되어 장안을 떠나기까지의 기간이다. 제1차 장안시기는 백거이의 표현대로 "그대와 동심의 벗이 된 이래로(一爲同心友)"[43] "언제라도 잠시 헤어진 적 없었고 어디서나 함께 하지 않은 적 없었던"[44] 기간이었다. 이 시기는 정확히 7년의 세월이었다. 제2구인 "칠년은 언제나 함께 다녔지(七年鎭相隨)"는 바로 제1차 장안시기의 교유 상황을 표현한 것이다. 숫자 '7'은 "가장 많은 곳은 장안이었다(長安最多處)"라고 했던 원진의 표현대로 장안을 중심으로 이루어진 7년간의 교유 기간을 가리키는 실수(實數)임이 분명하다.

그렇다면 제1구 "십년 세월 교분을 맺었다(十載定交契)"에 등장하는 숫자 '10'은 원백 교유의 기점, 즉 교유개시 연대를 밝히는 키워드이다. 원백이 처음 만나 일면식을 가진 시기부터 원진이 강릉으로 좌천당한 원화5년(810)까지의 기간을 의미하는 실수가 확실하다. 원화5년(810)에서 10년을 거슬러 올라가면 바로 정원16년(800)이다.

결론적으로 백거이의 "나는 예전 10년 전에 그대와 처음으로 알게 되었오(昔我十年前, 與君始相識)"구와 원진의 "십년 세월 교분을 맺었다(十載定交契)"구에 등장하는 숫자 '10'은 모두 실수이다. 작품의 창작연대 원화5년(810)에서 10년을 역산하면 정원16년(800), 이해가 바로 원진과 백거이의 교유개시 연대인 것이다.

---

43) 백거이 「贈元稹」[0015]; 『백거이집전교』제1책, 20쪽.
44) 백거이 「代書詩一百韻寄微之」[0615] : "幾時曾暫別, 何處不相隨."(『백거이집전교』제2책, 703쪽)

5. 맺음말

원백의 교유개시 연대에 대해 정원19년설·정원18년 겨울설·정원18년 가을설 및 정원18년 이전설 등 다양한 주장이 지금까지 제기되었다. 본고에서는 기존 제설의 핵심 근거에 문제가 있다는 점을 밝히고 정원16년(800)설을 제기하였다.

이상의 논의를 요약하면 "함께 급제한 후에 서로 의기 투합하였고 처음 관리되었을 땐 콧수염 아직 없었지"[45]라는 원진의 표현대로 원진과 백거이가 동심우(同心友)가 되어 금석지교(金石之交)의 깊은 우정을 맺은 것은 서판발췌과(書判拔萃科)의 동년(同年)이자 비서성(秘書省)의 동료 관계가 시작된 정원19년(803) 3월부터이다. 그러나 원백 두 사람이 일면식을 맺은 교유개시는 마땅히 그로부터 3년을 거슬러 올라간 정원16년(800)의 일이다.

---

45) 원진 「寄樂天」: "同登科後心相合, 初得官時髭未生."(『원진집』상책, 246쪽)

| 제9장 |

원백의 초식 연대 재론

작가의 연보와 작품의 창작연대는 작품과 작가 연구에 매우 중요한 기본 정보이다. 따라서 고전문학 연구에서 작가 연보와 창작연대 고증은 홀시할 수 없는 기초작업에 해당한다. 이 방면에서 기존의 연구성과는 연구기반으로서 상당한 가치가 있다. 어떠한 연구영역에서나 선행 연구에 대한 이견과 반론은 있을 수 있다. 특히 제한된 고문헌 기록에 의존해야 하는 고대문인 및 작품에 관한 연대 고증에서는 더욱 그러하다. 따라서 연대 고증에서 무엇보다 중요한 것은 자료의 신뢰성에 대한 가치 판단과 논리의 타당성이다.

이러한 점에서 한 가지 흥미로운 상황이 있다. 원진(元稹)과 백거이(白居易)의 초식(初識), 즉 교유개시 연대에 관한 새로운 주장과 이에 대한 반론이 제기되었다는 것이다. 새로운 주장[1]이란 원백 초식 연대에 관한 기존 제설과는 다른, 필자의 정원16년(800)설을 말한다. (이후 「졸문」으로 약칭). 이에 대한 반론[2]이란 그로부터 1년 후 중국의 진재지(陳才智)가 제기한 반론을 말한다.(이후 「진문」으로 약칭) 본고는 바로 「진문」에 대한 재반론이다. 문학연구의 영역으로서 연대 고증의 방법론적 제문제 및 논리적 오류를 지적하고자 한다. 「졸문」에

---

1) 金卿東 「元稹白居易"初識"之年考辨」; 『文學遺産』 2000년 6기
2) 陳才智 「元稹白居易"初識"之年再辨」; 『文學遺産』 2001년 5기

대한 반론으로서의 「진문」, 그리고 「진문」에 대한 재반론으로서의
본고는 원백 초식 연대에 관한 재론의 장을 마련하고 반론과 재론의
상세한 경위를 국내 학계에 알리는 데 목적이 있다.[3]

1. 반론의 배경과 의도

원진·백거이의 연보 혹은 평전에는 원백의 초식 연대에 관해 서
로 다른 의견이 존재한다. 원백이 언제 처음 교유를 개시했는가는
원백의 교유사 혹은 중당 원백시파의 형성 시기와도 관련있는 중요
한 문제이다. 그럼에도 상이한 주장이 검증절차 없이 거론되고 있다.
독자와 연구자 입장에서 매우 유감스러운 일이다. 이 같은 동기에서
출발한 「졸문」의 내용을 간략하게 소개하면 다음과 같다.[4]

필자는 우선 원백 초식 연대에 관한 기존의 제설을 정원19년(803)·
정원18년(802)·정원18년(802) 이전 3가지로 크게 분류한 후 기존 제
설의 대표적 출처와 근거를 소개하였다. 정원19년설은 남송(南宋)

---

3) 필자는 「진문」에 대한 재반론의 글을 「元白の"初識"の年をめぐって──陳才智氏の
「元稹白居易"初識"之年再辨」に答える」라는 제목으로 일본 백거이연구회의 『白居易
研究年報』제4호(2003.9)에 발표했다. 그 이유는 첫째, 일본의 백거이 연구성과는 중
국 학계에서도 인정하는 수준이므로 주장→반론→재반론으로 이어지는 논쟁에 대
해 심도있는 평가를 받을 수 있기 때문이다. 둘째는 중국 학자의 반론에 대한 재반론
의 발표지로서는 제3국의 학술지가 공정하고 객관적일 것이며, 마지막으로는 『백거
이연구년보』가 세계 유일의 백거이 전문학술지로서 권위를 인정받고 있기 때문이다.
그러나 일본 학술지에 일문으로 발표된 필자의 논문을 국내 학인들은 쉽게 접할 수
없고 「진문」에 대한 필자의 재반론을 일독하지 못했을 경우 「진문」에 대한 국내 학인
들의 합당한 평가가 불가능하기 때문에 문자 표현의 수정과 보완을 거쳐 국내 학계에
소개한다.

4) 이에 관한 논의는 본서 제8장 「원진·백거이 초식 연대」에 상세하다.

진진손(陳振孫; 1179-약1261)의 『백문공연보(白文公年譜)』에서 제기된 이래 중국·대만 학자들에 의해 수용되었다. 그 근거는 백거이 「代書詩一百韻寄微之」[0615]시의 자주(自注)이다.

정원18년설은 일부 중국학자의 정원18년 겨울설과 일본 화방영수(花房英樹)의 정원18년 가을설로 세분된다. 정원18년 겨울설의 근거는 정원19년설의 근거와 동일하다. 정원18년 가을설은 백거이 「秋雨中贈元九」[0627]의 창작연대가 정원18년 가을이라는 점을 근거로 한다. 마지막으로 정원18년 이전설은 주금성(朱金城)이 제기한 것이다. 화방영수의 정원18년 가을설과 마찬가지로 백거이 「추우중증원구」의 창작연대를 근거로 한다. 원백 최초의 교유시 「추우중증원구」가 정원18년(802) 작품이니 원백의 교유개시는 당연히 그 이전일 것이라는 논리이다.

원백 초식 연대에 관한 필자의 새로운 주장은 일본 화방영수의 정원18년(802) 가을설과 중국 주금성의 정원18년(802) 이전설을 지탱하는 핵심적 근거에 타당성이 없음을 증명함으로써 가능했다. 핵심적 근거란 바로 화방영수에 의해 추정된 「秋雨中贈元九」시의 창작연대이다. 이것은 오랜 기간 정설로서 인정받아 왔으므로 일본 학계의 반론이 있을 수 있다. 이 예상과는 달리 중국 학계에서 반론이 제기되었지만 반론 그 자체를 탓할 수는 없다. 그러나 「진문」에는 여러 가지 의혹과 심각한 논리적 오류가 있어 재반론하지 않을 수 없다.

「진문」이 필자의 주장에 반론을 제기했다고는 하지만 새로운 주장은 아니다. 기존 제설의 하나인 정원19년설을 답습하고 있다. 정원19년설은 13세기 남송의 진진손이 제기한 이래 오랫동안 후인들에 의해 수용되었다. 그 근거는 백거이 「代書詩一百韻寄微之」시의 자주, 즉 "정원 연간, 원진과 함께 등과하여 같이 비서성교서랑에 제수되었고 비로소 알게 되었다"[5]라는 기록이다. 그런데 「진문」에서 "정원19년설을 뒤집기는 어렵다"[6]며 진진손의 구설을 지지한 근거 역시 동일 작품의 자주로서 새로운 근거는 하나도 없다.

만약 「代書詩一百韻寄微之」시의 자주가 원백의 초식 연대 고증에 유일무이한 단서이고 따라서 정원19년설이 「진문」의 표현처럼 절대로 의심의 여지가 없는 것이라면 한 가지 의문이 생긴다. 즉 진진손의 『백문공연보』와 백거이 「대서시일백운기미지」시의 자주는 백거이 연구자라면 누구나 잘 알고 있음에도 불구하고 다수 학자들이 정원18년 겨울설·정원18년 가을설·정원18년 이전설 등 다른 의견을 제기한 이유는 무엇일까?

인문학에 절대 진리는 없다. 여러 가지 가능성 중에서 더 큰 가능성에 대한 모색이 인문학 연구의 본령이다. 타당한 논리와 새로운 근거에 의해 더 큰 가능성을 발견했을 때 연구자가 기존과는 다른 주장을 제기하는 것은 당연한 일이다. 진진손 정원19년설 이후의 새로운 의견들은 나름대로 근거를 제시했고 이로 인해 각 주장에 동조하는 연구자들이 존재했던 것이다.

「졸문」은 필자의 논리와 근거만을 주장하기 보다는 기존 제설의 근거에 대한 타당성 검증을 우선적으로 진행하였다. 자신의 논리와 근거에만 집착하여 타인의 논리와 근거를 도외시한다면 설득력이 부족하기 때문이다. 이에 「졸문」에서는 우선 기존 제설의 근거를 소개

5) 백거이 「代書詩一百韻寄微之」[0615]·"心事一言知"句自注: "貞元中, 與微之同登科第, 俱授秘書省校書郎, 始相識也."(『백거이집전교』제2책, 703쪽)
6) 陳才智 「元稹白居易"初識"之年再辨」: "難以推翻'貞元十九年'說."(『文學遺産』2001년 5기)

하고 그 근거의 타당성에 대한 반론을 제기하였다. 이 부분의 분량이 60%를 넘을 정도로 큰 비중을 차지하고 있다.

「진문」이 원백 초식 연대에 대한 '재변(再辨)'에 목적이 있다면 정원19년설을 제외한 다른 주장의 근거에 대해 타당성 여부를 논해야 마땅하다. 그러나 「졸문」의 정원16년설 이외의 이설, 즉 정원18년 겨울설·정원18년 가을설·정원18년 이전설 등에 대한 언급은 존재하지 않았다. 그 이유는 아마도 다음 두 가지 중의 하나일 것으로 생각된다.

첫째, 기타 이설에 대한 필자의 반론에 공감했을 가능성이다. 그렇다면 공감 사실을 분명하게 밝혔어야 하는데 일언반구의 언급도 없었다. 여기에서 또 한 가지 의문은 여전히 남아 있다. 「진문」의 주장처럼 정원19년설이 그렇게 의심의 여지가 없는 것이라면 진진손 이후로 여러 가지 이설이 제기되어 혼란을 야기했음에도 「진문」류의 글이 「졸문」 발표 이후에야 등장한 이유는 무엇일까?

필자가 가장 신중을 기한 부분은 정원16년설의 증거 확보와 분석 작업이 아니라 기존 제설의 타당성에 대한 검토였다. 특히 화방영수의 정원18년 가을설과 주금성의 정원18년 이전설의 근거 반박에 많은 시간과 지면이 할애되었다. 백거이 연구에서 탁월한 업적을 남긴 선배 학자의 주장이기도 하지만 근거로서 제시된 백거이의 「秋雨中 贈元九」는 이미 오래전에 정원18년(802) 작품으로 추정됨에 따라 현존 최초의 원백 창화시로 인정받기 때문이다. 만약 「추우중증원구」 시의 창작연대에 대한 반론이 가능하지 않았다면 필자의 정원16년설은 절반의 논리에 머물렀을 것이다. 「추우중증원구」가 정말 정원18년(802) 작품이라면 정원19년설은 절대로 성립할 수 없다. 만약 「졸문」이 발표되지 않았다면 「진문」의 저자는 「추우중증원구」 시를 어떻게 처리했을까 궁금하다.

둘째, 전자의 경우가 아니라면 고의적인 혹은 부득이한 회피일 것이다. 「졸문」에서 이미 밝혔듯이 주금성은 「代書詩一百韻寄微之」시 자주에 기재된 시간이 정확하지 않은데 진진손이 『백문공연보』에서 이를 근거로 원백의 교유개시는 정원19년의 일이라고 한 것은 잘못이라고 단정했다.[7] 이러한 논리에 의거하여 원백 초식 연대는 정원 18년 이전이라는 결론을 내렸던 것이다. 따라서 진진손의 정원19년 설을 직접 반박한 것은 주금성이었다. 주금성은 또 다음과 같이 말하고 있다.

> 원화5년(810), 39세 작품이다.……내 생각으로는 이 시에 "나는 예전 10년 전에 그대와 처음으로 알게 되었지"라고 한 시구가 있으므로 원백은 정원18년 이전에 교분을 맺었음을 알 수 있다. 백거이의 「秋雨中贈元九」시(권13)에 "나 홀로 시 읊조리며 가을날 상념으로 번뇌함을 탓하지 마소. 그대보다 머리 희어질 나이에 가깝기 때문이라네"라는 구절이 있다. 이 시는 정원18년 31세 때에 지어졌으니 원진과 백거이는 교서랑에 제수되기 전 이미 교분을 맺었음을 증명할 수 있다. 「酬元九對新栽竹有懷見寄」시에 기록된 시간과 부합하므로 진진손 『백문공연보』에서 정원19년에 교분을 맺었다고 한 것은 옳지 않다.[8]

---

7) 朱金城 『白居易硏究』: "「代書詩一百韻寄微之」詩自注所記之時間, 亦未見精確. 陳振孫 『白文公年譜』據以謂元白訂交于貞元十九年, 非也."(西安, 陝西人民出版社, 1987, 6쪽)

8) 朱金城 「酬元九對新栽竹有懷見寄」·「箋」: "作於元和五年(八一〇), 三十九歲…… 城按: 此詩有"昔我十年前, 與君始相識"句, 則知元白相識於貞元十八年前. 白氏有「秋雨中贈元九」詩(卷十三)云: "莫怪獨吟秋思苦, 比君校近二毛年." 此詩作於貞元十八年, 三十一歲, 可證元白在授校書郎前已相識, 與「酬元九對新栽竹有懷見寄」詩所記

394

주금성은 진진손의 정원19년설에 대해 강력한 반론을 재차 제기했다. 「진문」의 목적이 원백 초식 연대에 대한 '재변'에 있다면 진진손의 정원19년설을 최초로 강하게 반박한 주금성의 주장에도 반론을 제기했어야 한다. 그러나 「진문」에서는 백거이 시를 인용할 때마다 주금성의 『백거이집전교』 책수와 면수로 출처를 밝히면서도 정원19년설을 강력하게 비판한 사실에 대해서는 전혀 언급하지 않았다. 석연치 않은 이 상황은 무엇을 의미하는 것인가?

뿐만 아니라 독자의 오해를 야기할 수 있는 무책임한 서술도 존재한다. 「진문」에 대한 정식 재반론 전에 우선 분명히 할 필요가 있다. 「진문」은 서두에서 「졸문」의 정원16년설을 간략하게 소개한 후 "원백 초식 연대가 정원16년(800)이라는 것은 1980년 10월 상해고적출판사가 출판한 왕여필(王汝弼)의 『백거이선집(白居易選集)』에서 이미 언급한 것이며 그 증거는 상기 논문에서 언급한 첫 번째 증거이다"[9]라고 하였다. 마치 20여 년 전 이미 정원16년설이 존재했던 것처럼 서술했다. 만약 이것이 사실이라면 기존 제설에 포함시키는 것이 마땅했다. 필자의 소홀로 인한 누락인가 우려하는 마음으로 왕여필의 『백거이선집』을 확인했다.

『당등과기(唐登科記)』에 의하면 백거이는 정원16년(800) 2월 고영(高郢)의 주시(主試)하에 진사 급제하였고 원진과 알기 시작한 것은 마땅히

時間正合, 陳譜云訂交於貞元十九年, 非是."(『백거이집전교』제1책, 34쪽)

9) 陳才智 「元稹白居易"初識"之年再辨」: "謂元白"初識"之年在貞元十六年, 1980年10月 上海古籍出版社出版的王汝弼『白居易選集』既已言之, 證據就是上文所言的第一點證據."(『文學遺産』 2001년 5기)

이때이다. 이후 원진이 원화5년 강릉사조참군으로 폄적되어 「種竹」시를 지은 시기와는 이미 만 10년의 차이가 있다.[10]

백거이 「酬元九對新栽竹有懷見寄」[0027]시의 "나는 예전 10년 전에 그대와 처음으로 알게 되었오(昔我十年前, 與君始相識)"구에 대한 주석이다. 문맥상 정원16년(800) 백거이의 진사과 급제 이후 원백이 처음으로 알게 되었다는 의미이다. 그러나 주장의 근거와 분명한 논증 과정이 존재하지 않는다. 심지어는 정원16년에 백거이가 진사 급제하였으므로 원백 초식 연대가 정원16년이라는 것인가 오해할 수 있을 정도로 표현이 애매하다. 또한 작품의 창작연대에 관한 언급도 보이지 않는다. 왕여필의 『백거이선집』은 백거이 시에 대한 선주본일 뿐이다. 백거이 전기 혹은 작품 편년에 대한 고증을 목적으로 한 연구 저서가 아니므로 크게 탓할 바는 아니다. 왕여필의 주석을 원백 초식 연대에 관한 기존 제설의 하나로 간주할 수 없는 이유가 여기에 있다. 그러나 이외에도 여러 가지 문제가 있다. 왕여필 주석에서 누락된 의미 맥락을 추론해보면 다음과 같다.

왕여필은 이에 앞서 「酬元九對新栽竹有懷見寄」시가 원진의 「種竹」시에 대한 화시라고 했고 해당 주석에서 원진의 「종죽」은 원화5년(810) 작품이라고 했다. 따라서 왕여필은 왕립명(汪立名)·화방영수·주금성의 의견을 수용하여 「酬元九對新栽竹有懷見寄」시를 원화5년(810) 작품으로 간주했다고 추정된다. 아울러 "昔我十年前, 與君

---

10) 王汝弼 『白居易選集』: "據 『唐登科記』, 白居易以貞元十六年(800)二月在高郢主試下進士及第, 和元稹開始相識, 當在此時. 下距元稹於元和五年被貶江陵士曹參軍寫「種竹」詩, 已滿十年之數."(上海, 上海古籍出版社, 1980, 111쪽)

始相識"구를 근거로 810년의 10년 전인 정원16년(800)이 원백 초식 연대라고 생각한 듯 하다. 그러나 '10'이라는 숫자의 실수(實數) 여부와 기존 제설의 타당성에 대한 논증 없이 단순히 810년의 10년 전이라는 단순 산술만이 존재하고 있다. 810에서 10을 빼면 800이라는 단순 산술은 삼척동자도 가능하다.

그뿐만이 아니다. 백거이의 "昔我十年前, 與君始相識"구는 백거이 전기 관련 논저에 자주 거론되는 자료이며 창작연대는 원화5년(810)으로 널리 알려져 있다. 많은 백거이 연구자들이 정원16년(800)설을 주장하지 않은 것은 810년-10년=800년이라는 단순 산술을 할 줄 몰라서가 아니다. 「酬元九對新栽竹有懷見寄」시의 "석아십년전, 여군시상식"구와 단순 산술만으로는 연구 결과로 인정받을 수 없기 때문이다. 필자의 정원16년(800)설이 단술 산술의 결과물이 아님은 「졸문」에 잘 드러나 있다.

주금성도 비록 이 자료를 거론하였지만 원백의 교유개시가 정원16년의 일이라고 단정하지 못하고 정원18년 이전이라고 했을 뿐이다. 그 원인을 따져보면 아마 주금성은 시에 사용된 숫자가 반드시 실수(實數)인 것은 아니라는 점을 고려했기 때문이다. 시 속의 숫자는 어떤 때는 실수를 나타내며 어떤 때는 허수(虛數)를 나타낸다. 또 어떤 때는 어림수를 언급하고 어떤 때는 극히 많음을 말하여 과장의 언사가 되기도 한다. 그러므로 "석아십년전(昔我十年前)"의 '10'은 아마 대략적인 숫자일 수도 있지만 절대로 실수가 아니라고 말할 수도 없다. 이 문제에 관해 원진의 시에서 더욱 신빙성 있는 근거를 찾을 수 있었다.[11]

---

11) 金卿東 「元稹白居易"初識"之年考辨」: "雖朱金城亦擧此一資料, 但未能斷定元白相識

상술 인용문에서 언급한 대로 주금성은 여러 논저에서 "昔我十年前, 與君始相識"구를 거론하고 있다. 그러면서도 주금성이 정원16년(800)설이 아니라 정원18년(802) 이전설을 주장한 것은 810-10=800이라는 단순 산술을 할 줄 몰라서가 아니라 「酬元九對新栽竹有懷見寄」[0027]보다 「秋雨中贈元九」[0627]시를 더욱 가치있는 자료로 판단했기 때문이다. 다시 말하면 "석아십년전, 여군시상식"구에 대한 왕여필의 주석은 원백 초식 연대에 관한 학술적 주장으로 인정받을 수 없는 것이다.

2. 백거이 시구의 자주(自注)

「진문」의 첫 번째 반론 근거는 백거이 「代書詩一百韻寄微之」[0615] 제3・4구에 대한 자주 "정원 연간, 원진과 함께 등과(登科)하여 같이 비서성교서랑에 제수되었고 비로소 알게 되었다"[12]이다. 이 자주를 근거로 원백이 "함께 급제하여 비서성교서랑에 제수"된 것은 정원19년 봄의 일이므로 백거이와 원진이 "비로소 알게 된(始相識)" 것도 정원19년 봄의 일이고 백거이 자신이 말한 것이므로 의심의 여지가 없다고 「진문」은 서술하고 있다.[13] 백거이 자신의 진술이기 때문에

在于貞元十六年, 而只說'貞元十八年前', 究其原因, 則可能在于朱先生考慮到詩歌所見數字, 不一定是確數這一點. 數字在詩歌中, 有時是確指, 有時是虛指, 有時擧其成數, 有時極言其多, 而成爲誇飾之詞. 故「昔我十年前」的'十', 或許是約數, 但亦不能說絶非確數. 關于此一問題, 從元積的一首詩歌中, 可以找到更爲可靠的根據."(『文學遺產』 2000년 6기)

12) 백거이 「代書詩一百韻寄微之」[0615] 自注; "貞元中, 與微之同登科第, 俱授秘書省校書郎, 始相識也."(『백거이집전교』제2책, 703쪽)

이 자주는 송대 진진손 이래 정원19년설의 가장 유력한 근거로 사용되었다.

그런데 「代書詩一百韻寄微之」시의 자주가 널리 알려진 것임에도 많은 백거이 연구자들은 왜 이설을 제기했을까? 백거이 자신의 진술임을 몰라서가 아니라 또 다른 가능성을 발견했기 때문이다. 모든 기록은 여러 가지 원인으로 인해 오류가 존재한다. 심지어는 작가의 고의로 인해 기록 내용이 사실과 다를 수도 있다. 작가 자신의 기록이라 하더라도 진위를 가리는 것이 연구의 본분이다. 학술 연구의 필요성과 가치가 여기에 있다. 여러 가지 상황을 감안하면 백거이 자신의 기록중에도 판본상의 문제 혹은 작가 자신의 착오에 의한 오기 등으로 인해 사실과 다른 경우가 있을 수 있다.

판본 문제인 경우로는 「曲江感秋」[0422]시의 창작연대에 관한 주금성의 고증작업을 예로 든다. 원래 이 작품의 제목 아래에는 "오년작(五年作)"이라는 백거이 자주가 기재되어 있다. 그러나 주금성은 백거이의 「曲江感秋二首序」[0577]와 「曲江感秋」시의 내용을 근거로 원화4년(788) 작품이 분명하므로 자주의 '오(五)'는 '사(四)'의 오기라고 주장하였다.[14] 이 주장에 대한 반론이 있기는 하지만[15] 백거이 자주를 맹신하지 않고 판본의 오기일 가능성이 높다는 점을 밝혔다

---

13) 陳才智 「元稹白居易"初識"之年再辨」: "白居易自道其與元稹'始相識'在貞元十九年春, 應該是不容置疑的."(『文學遺産』2001년 5기)

14) 주금성 「曲江感秋」[0422]・「箋」: "此詩題下原注'五年作', 當係'四年'之訛文. 白氏「曲江感秋二首」詩序(卷十一): '元和二年・三年・四年, 予每歲有曲江感秋詩, 凡三篇, 編在第七集卷. 是時予爲左拾遺・翰林學士.' 此詩云: '前秋去秋思, 一一生此時.'則當作於元和四年."(『백거이집전교』제1책, 484쪽)

15) 西村富美子 「關于白居易詩歌創作年代的幾個問題——談"寫眞圖"和"曲江的秋"」; 『唐代文學研究』제6집, 桂林, 廣西師範大學出版社, 1996.

는 면에서 본보기가 될 만하다.

　단순히 판본 문제가 아니라 백거이 자신의 오기인 경우도 있다.
예를 들어 백거이가 보력1년(825) 소주자사로 부임한 후에 쓴「吳郡
詩石記」에는 다음과 같은 기록이 있다.

　정원 초, 위응물이 소주자사가 되고 방유복이 항주자사가 되었는데 모
　두 호기가 있는 인물이었다.……그때 내 나이 겨우 14·15세로 소주·
　항주 두 곳을 유람하였다. 어리고 미천함으로 인해 유연(遊宴)에 참석
　할 수는 없었지만 그들의 재능은 뛰어나고 군수의 직책은 존귀한 것임
　을 알게 되었다. 그 당시 마음으로는 훗날 소주·항주 중 한 곳을 얻
　으면 만족스러울 것이라고 생각했다. 지금 중서사인(中書舍人)에서
　물러난 이후 번갈아 두 곳의 주(州)를 다스리게 되었다. 작년에 항주
　자사 인수를 벗었는데 금년에는 소주자사 인수를 차게 되었다.……전
　후 37년의 차이가 있으니 강산은 옛 그대로인데 사람의 형상은 예전
　그대로가 아니므로 또 탄식할만 하노라.……보력1년 7월 20일, 소주자
　사 백거이가 적다.[16)]

　이 글은 분명 백거이 자신의 기록이다. 그러나 백거이의 소주·
항주 유람 연대에는 모순이 존재한다. 전반부 내용에 의하면 백거이
소주·항주 유람 시기는 14·15세인 정원1년(785) 혹은 정원2년(786)

---

16) 백거이「吳郡詩石記」[3627]: "貞元初, 韋應物爲蘇州牧, 房孺復爲杭州牧, 皆豪人也.
　　……時予始年十四五, 旅二郡, 以幼賤不得與遊宴, 尤覺其才調高而郡守尊. 以當時心
　　言異日蘇杭苟獲一郡, 足矣. 及今自中書舍人間領二州, 去年脫杭印, 今年佩蘇印.
　　……前後相去三十七年, 江山是而齒髮非, 又可嗟矣.……寶曆元年七月二十日, 蘇州
　　刺史白居易題."(『백거이집전교』제6책, 3663쪽)

이다. 반면에 창작 연대가 보력1년(825)이라는 점과 "전후 37년의 차이가 있다"는 후반부 내용을 근거로 하면 백거이의 소주·항주 유람은 17세인 정원4년(788)의 일이 된다. 백거이 자신의 두 가지 기록 중에서 하나는 잘못된 것이 분명하다. 사사위(謝思煒)는 "그때 내 나이 겨우 14·15세"는 모호하게 한 말이며 정원4년(788) 부친의 구주별가(衢州別駕) 부임 도중에 소주·항주를 경유했으므로 이때 백거이 나이는 이미 17세였다고 했다.[17] 전반부의 백거이 진술이 잘못된 것임을 지적한 것이다.[18]

홍미로운 사실은 소주·항주 유람 시기에 관한 백거이 자신의 또 다른 기록이 존재한다는 것이다. 장경2년(822) 7월 항주자사 부임 도중에 지은 「長慶二年七月自中書舍人出守杭州路次藍溪作」(이하 「長慶二年七月」로 약칭) 시에서는 이렇게 노래했다.

餘杭乃名郡,	항주는 널리 이름있는 고을
郡郭臨江沘.	성곽은 전당강 강변에 있다.
已想海門山,	또 해문산의 조수 소리가
潮聲來入耳.	내 귀에 들려오는 듯하다.
昔予貞元末,	지난 날 나는 정원말 시기에
羈旅曾遊此.	나그네로 이곳을 유람했었다.
甚覺太守尊,	자사의 존귀함을 깊이 깨달았고

---

17) 사사위 「吳郡詩石記」·「注」: "時予始年十四五: 此蓋含混言之. 貞元四年(788)居易隨父季庚官衢州, 蓋於其時經蘇·杭, 是年已十七."(『白居易文集校注』제4책, 1840쪽)

18) 이에 관해 羅聯添과 朱金城도 동일한 견해를 피력한 바 있다. 나련첨 『白樂天年譜』·「정원4년」조: "'前後相去三十七年'語, 似較可信; '年十四·五'云云, 或一時誤記."(臺北, 國立編譯館, 1989, 22쪽); 주금성 『白居易年譜』·「정원2년」조: "居易是年爲十六歲, 非'十四五', 疑白氏此文所記有誤."(西安, 陝西人民出版社, 1987, 12쪽)

亦諳魚酒美.　　　생선요리와 술맛도 알게 되었다.[19]

　위에 인용한 「오군시석기」를 근거로 하면 백거이의 소주 · 항주 유람 시기는 '정원초(貞元初)'인 것은 분명하므로 「長慶二年七月」시의 "정원말(貞元末)"은 오기가 확실하다. 소흥본(紹興本) · 나파본(那波本) · 마원조본(馬元調本) · 왕립명본(汪立名本) 등 주요 판본에는 모두 "정원말"로 되어 있다. '초(初)'와 '말(末)'은 형사(形似) 혹은 음사(音似)에도 속하지 않으므로 판본 상의 오기일 가능성은 높지 않다. 격률 면에서 평측이나 압운 문제로 인한 부득이한 결과는 더더욱 아니다.

　「장경이년칠월」시에 "정원말"로 기록된 원인은 판본 상의 오기인지 백거이 자신의 오기인지 현재 단정하기 어렵다. 다만 백거이 현존 문집에 의하면 「장경이년칠월」시의 기록이 사실과 다르다는 점만은 분명하다. 따라서 "지난 날 나는 정원말 시기에 나그네로 이곳에 유람했었다(昔予貞元末, 羈旅曾遊此)"는 시구만을 맹신하여 소주 · 항주 유람이 정원 말의 일이라고 주장하는 것은 어리석은 일이다.[20]

　유사한 종류의 오기로 추정되는 사례가 또 존재한다. 보력1년(825) 원종간(元宗簡; ?-822) 문집 편찬 후에 지은 「故京兆元少尹文集序」에 다음과 같은 내용이 있다.

---

19) 백거이 「長慶二年七月自中書舍人出守杭州路次藍溪作」[0340]; 『백거이집전교』제1책, 412쪽.

20) 이에 관해 顧學頡은 원문을 '貞元初'로 수정하고 "原本誤作'貞元末'. 按: 據本集「吳郡詩石記」, 白居易旅居蘇 · 杭, 在貞元初年, 故'末'應作'初'"라고 하였다.(『白居易集』, 北京, 中華書局, 1979, 148쪽)

(원종간은) 장경3년 겨울, 오랜 병이 쾌유되지 않아 곧 임종하려고 할 때 다른 말은 없이 아들 도에게 "나는 평생 시를 매우 좋아했는데 백거이는 나를 잘 이해하는 사람이다. 내가 죽고나서 백거이가 유문의 서문을 써준다면 여한이 없을 것이다"라고 말했다.[21]

여기에서 "장경3년 겨울(長慶三年冬)"은 소흥본·나파도원본·마원조본만이 아니라 『문원영화(文苑英華)』·『전당문(全唐文)』에도 이 문은 존재하지 않는다. 이를 근거로 하면 원종간은 장경3년(823) 겨울 이후에 서거한 것이다. 그러나 장경2년(822) 작품 「晚歸有感」제 9·10구 자주에 "유돈질은 서거 후에 꿈에서 본 적이 있고, 원종간은 금년 봄 앵두꽃이 피었을 때 세상을 떠났다"[22]고 했다. 또 같은 해 작품 「元家花」에서는 이렇게 노래했다.

今日元家宅,	오늘 원종간이 살던 자택에는
櫻桃發幾枝.	앵두 몇 가지에 꽃이 피었네.
稀稠與顔色,	소밀함의 정도와 꽃의 색깔은
一似去年時.	작년 이 맘때와 다를 바 없네.
失却東園主,	동쪽 정원의 주인이 떠났음을
春風可得知.	이 봄바람은 알고나 있으려나?[23]

---

21) 백거이 「故京兆元少尹文集序」[3623]: "長慶三年冬, [遘]疾彌留, 將啓手足, 無他語. 語 其子途云: 吾平生酷嗜詩, 白樂天知我者, 我歿, 其遺文得樂天爲之序, 無恨矣."(『백거 이집전교』제6책, 3653쪽)

22) 백거이 「晚歸有感」[0576]自注: "劉三十二校書沒後, 嘗夢見之, 元八少尹, 今春櫻桃花 時長逝."(『백거이집전교』제2책, 621쪽)

23) 백거이 「元家花」[1278]; 『백거이집전교』제3책, 1283쪽.

이에 의하면 원종간의 서거는 분명 장경2년(822)의 일이다. 고학힐(顧學頡)도 "원본에는 '삼년(三年)'으로 오기되어 있다. 백거이집「晚歸有感」시의 '원종간은 금년 봄 앵두꽃이 피었을 때 세상을 떠났다'는 자주를 근거로 하면 이 시는 장경2년 봄에 지어진 것이므로 원종간은 장경1년 겨울 병석에 있었고 2년 봄에 서거했음을 알 수 있다. 따라서 '삼(三)'자는 오기이다"[24]라고 했다. 따라서 「故京兆元少尹文集序」[3623]의 "장경3년 겨울(長慶三年冬)"이라는 기록만을 근거로 원종간이 장경3년 겨울 이후에 서거했다고 주장하는 것은 잘못이다.

평생의 지기였던 원진의 서거에 대해 백거이「感舊」시의 서문에는 "원상공 미지는 대화6년 가을 서거했다"[25]고 기록되어 있다. 소흥본・나파도원본・마원조본・왕립명본 등 제판본의 기록은 모두 동일하다. 그러나 원진에 대한 묘지명[26]과 제문[27] 등 백거이 자신의 다른 기록에 의하면 원진의 서거는 대화5년(831) 7월의 일이다. 「感舊」가 원진 서거 후 10년이 지난 회창2년(842)의 작품임을 감안하면 백거이 자신의 오기일 수도 있고 단순한 판본상의 오기일 수도 있다. 주금성이 대화6년을 대화5년의 와전으로 단정한 것은 바로 이러한 이유 때문이다.[28]

---

24) 顧學頡「故京兆元少尹文集序」・「校」: "原本誤作'三年'. 據白集「晚歸有感」詩注'元八少尹, 今春櫻桃花時長逝.' 此詩作於長慶二年春, 知元宗簡於元年冬寢疾, 二年春逝世. 故'三字誤."(『白居易集』北京, 中華書局, 1979, 1426쪽)

25) 백거이「感舊序」[2718]: "元相公微之, 大和六年秋薨."(『백거이집전교』제4책, 2493쪽)

26) 백거이「唐故武昌軍節度處置等使正議大夫檢校戶部尚書鄂州刺史兼御史大夫賜紫金魚袋贈尚書右僕射河南元公墓誌銘」[3651]: "大和五年七月二十二日遇暴疾, 一日薨於位, 春秋五十三."(『백거이집전교』제6책, 3735쪽)

27) 백거이「祭微之文」[3646]: "維大和五年歲次己亥十月乙丑朔十七日辛巳,……以淸酌庶羞之奠, 敬祭於故相國鄂岳節度使贈尚書右僕射元相微之."(『백거이집전교』제6책, 3721쪽)

현존 기록에는 필자 자신의 오기 혹은 판본상의 오기로 인해 사실과 다른 기록이 있을 가능성을 배제할 수 없다. 따라서 백거이 자신의 기록이라는 점만으로 한 가지 자료를 맹신하는 것은 바람직하지 않다. 관련 자료에 대한 철저한 검증과 세심한 주의를 통해 시비와 진위를 분명하게 판별하는 것이 연구자의 책무이다. "진신서즉불여무서(盡信書則不如無書)"라는 맹자(孟子)의 권고는 아직도 우리에게 유효하다.[29]

3. 원진자우설(元稹自寓說)과 장안

「진문」은 원진과 백거이의 행적을 고려하면 정원16년(800) 두 사람이 상봉할 인연은 없었다면서 원진의 전기소설 「鶯鶯傳」을 거론하였다. 「앵앵전」의 주인공 장생은 바로 원진 자신의 기탁이라는 원진자우설(元稹自寓說)을 근거로 소설 속 장생의 행적을 작가 원진과 동일시한 것이다.[30]

백거이는 정원16년 2월 14일 진사 급제 후 "즉시 장안을 떠났으며 정원18년 늦가을이 되어서야 장안으로 돌아와 이부 서판발췌과

---

28) 주금성 「感舊幷序」·「箋」: "此詩序云: '大和六年秋薨', 則'六年'當係'五年'之訛."(『백거이집전교』제4책, 2494쪽)

29) 백거이 「代書詩一百韻寄微之」[0615]시의 自注 "貞元中, 與微之同登科第, 俱授秘書省校書郎, 始相識也."는 하나의 문장임에도 두 가지 의미로 해석할 수 있는 '애매문의 오류(fallacy of amphiboly)'에 해당한다. 이에 관한 논의는 본서 제8장 「원진·백거이 초식 연대」에 상세하다.

30) 陳才智 「元稹白居易"初識"之年再辨」: "這是以「鶯鶯傳」"張生郎元稹自寓"所作出的推斷."(『文學遺産』 2001년 5기)

에 응시하였다. 그리고 손망(孫望)의 「앵앵전사적고(鶯鶯傳事迹考)」
에 의하면 원진은 정원16년 3 · 4월경에서야 장안에 갔다가 가을에
서 겨울 무렵에 다시 장안에 와 응시하였으므로 정원16년 원진과
백거이는 장안에서 교분을 맺을 기회가 없었다"[31]고 「진문」은 주장
하였다.

또한 오위빈(吳偉斌) · 황충정(黃忠晶)의 다수 논문[32]에서 제기했
던 "장생은 원진 자신의 기탁이 아니다"라는 장생비원진자우설(張生
非元積自寓說)에 의하면 "현재로는 원진이 정원16년 장안에 가서 응
시했다는 것을 증명할 자료가 아직 없으므로 원백이 그해 장안에서
교분을 맺을 기회는 더욱 없었다"[33]고 하였다. 이러한 서술과 관련
하여 우선 의심스러운 것은 「진문」의 저자가 「졸문」을 정말 읽었는
가라는 점이다. 왜냐하면 「졸문」의 결론은 다음과 같기 때문이다.

원진과 백거이가 서판발췌과의 동년(同年) 및 비서성의 동료 관계로서
동심우(同心友)가 되어 금석지교를 맺은 것은 정원19년(803) 봄부터이
다. 그러나 원백 두 사람이 일면식을 맺은 교유개시 연대는 마땅히 그

---

31) 陳才智 「元積白居易"初識"之年再辨」: "(白居易)旋卽離京, 直到貞元十八年秋末, 方
    歸長安, 于吏部試書判拔萃科. 而據孫望「鶯鶯傳事迹考」, 元積貞元十六年三 · 四月
    之交方往長安; 秋冬之交, 再至長安應試. 故貞元十六年, 元白沒有機會在長安結識."
    (『文學遺産』 2001년 5기)
32) 「진문」에 거론된 논문은 吳偉斌 「鶯鶯傳寫作時間淺探」(『南京師院學報』1986.1) ·
    「張生卽元積自寓」說質疑」(『中州學刊』1987.2) · 「再論張生非元積自寓」(『貴州文史
    叢刊』1990.2) · 「論鶯鶯傳」(『揚州師院學報』1991.1) · 「關于元積婚外的戀愛生涯:『元
    積年譜』疏誤辯證」(『文學遺産』2001.1) 및 黃忠晶의 「對陳寅恪先生「讀鶯鶯傳」的質
    疑」(『江漢論壇』1989.8) 등이다.
33) 陳才智 「元積白居易"初識"之年再辨」: "目前尙無資料證明元積貞元十六年曾赴京應
    試, 元白更無機會於此年在長安結識."(『文學遺産』 2001년 5기)

로부터 3년을 거슬러 올라간 정원16년(800)의 일이다.[34]

결론에서만이 아니라 「졸문」 어느 곳에서도 원백의 교유개시 장소에 대해 언급한 적이 없다. 따라서 장안에서 처음 일면식을 가졌다고 한 적은 더욱 없다. 따라서 「진문」의 두 번째 반론은 답변할 가치와 필요를 전혀 느끼지 못한다. 그러나 논리적인 면에서 「진문」에 큰 문제가 있어 이를 지적하면 다음과 같다.

「진문」에서는 「앵앵전」의 주인공 장생은 바로 원진 자신의 기탁이라는 원진자우설(元稹自寓說)을 근거로 "정원16년 원진과 백거이는 장안에서 교분을 맺을 기회가 없었다"고 하였다. 그러나 설사 장생이 원진 자신의 기탁이라 하더라도 소설 「앵앵전」에 허구적 성분이 전혀 없다고 단정할 수 없다. 다시 말하면 소설 속 장생의 행적 연대가 원진의 행적 연대와 일치한다고 할 수 없다.

더욱 심각한 문제는 "장생은 원진 자신의 기탁이 아니다"라는 장생비원진자우설(張生非元稹自寓說)에 의하면 "현재로는 원진이 정원16년 장안에 가서 응시했다는 것을 증명할 자료가 아직 없기" 때문에 "원백이 그해 장안에서 교분을 맺을 기회는 더욱 없었다"는 주장이다. 원진과 백거이 교유개시의 장소는 반드시 장안일 것이라는 전제도 논리적 하자이다. 그런데 '어떤 A라는 사실을 증명할 근거가 없다면 A라는 사실은 존재하지 않는다'는 것은 명백한 논리적 오류이다. 이러한 논리는 바로 '신(神)이 존재하지 않는다는 증거는 하나도

---

34) 金卿東 「元稹白居易"初識"之年考辨」: "元稹與白居易以書判拔萃科的'同年'以及秘書省的'同事'關係, 作爲'同心友'而訂金石之交, 始于貞元十九年(803)春. 但是, 元白二人結成一面之交, 卽'初識'之年歲, 當自此上遡三年, 在于貞元十六年(800)."(『文學遺産』 2000년 6기)

없다. 따라서 신은 존재한다'처럼 '무지에의 호소(Fallacy of argument from ignorance)'라는 논리적 오류이다. 「진문」의 저자는 논리적 타당성에 대한 더욱 깊은 사고를 필요로 한다.

4. 시어 '칠(七)'과 '삼(三)'의 의미

「진문」의 세 번째 반론은 백거이의 원화1년(806) 작품 「贈元稹」과 관련이 있다. 이 시는 총 24구 작품이다. 그중 "타향에서 벼슬살이를 한 이래 칠년 동안 장안에서 지냈었지. 그간 얻은 건 오직 그대뿐이니 교분 맺음이 어려움을 알았다네.……그대와 동심의 벗이 된 이래로 꽃다운 시절 삼년 세월 흘렀지"[35]라고 한 6구만을 인용한 후 「진문」은 다음과 같이 말하고 있다.

> 정원16년 "백거이가 거진사(擧進士)로서 급제한" 이후부터 원화1년까지는 도합 7년이므로 바로 "自我從宦遊, 七年在長安"구와 부합하며 정원19년 원백이 "처음 알게 된" 때부터 원화1년까지는 도합 3년이므로 "一爲同心友, 三及芳歲闌"구와 딱 부합한다.[36]

---

35) 백거이 「贈元稹」[0015]: "自我從宦遊, 七年在長安. 所得唯元君, 乃知定交難.……一爲同心友, 三及芳歲闌."(『백거이집전교』제1책, 20쪽)

36) 陳才智 「元稹白居易"初識"之年再辨」: "自貞元十六年"居易以進士擧一上登第"至元和元年, 共計七年, 正合"自我從宦遊, 七年在長安"之詩句. 自貞元十九年元白"始相識"至元和元年, 共計三年, 正合"一爲同心友, 三及芳歲闌"之詩句."(『文學遺產』2001년 5기)

「진문」의 이 서술은 일견 하자가 없는 듯 하지만 철저히 따져보면 논리 면에서 문제가 매우 많다. 첫 번째는 정원16년(800)부터 원화1년(806)까지는 햇수로 계산하여 7년이라고 한 반면에 정원19년(803)에서 원화1년(806)까지는 만으로 계산하여 3년이라고 했다는 것이다. 전자의 방식으로 계산한다면 후자는 4년이 되고 후자의 방식으로 따진다면 전자는 6년이 된다. 어떠한 경우이든 백거이 시 내용과 일치하지 않는다. 이러한 이유로 「진문」에서는 억지로 맞추기 위해 다른 방식의 계산법을 적용했다고 생각된다.

두 번째 문제는 「贈元積」[0015]의 창작연대와 그 근거에 관한 것이다. 「진문」은 "주금성의 『백거이연보』(36쪽)·『백거이집전교』(1책 21쪽)에서 원화1년(806) 작품으로 편년하였는데 참으로 옳다[37]"고 서술하고 있다. 주금성은 그 근거를 다음과 같이 밝히고 있다.

원화1년(806) 작품이다.……나의 생각으로는 백거이가 정원19년 원진과 함께 등제하여 함께 교서랑에 제수되었는데 교분을 맺은 것은 그 해 이전에 시작되었다. 시에 "타향에서 벼슬살이를 한 이래 칠년 동안 장안에서 지냈었지"라고 하였는데 백거이가 정원15년 겨울 장안에 와 진사과에 응시하였는데 원화1년까지는 마침 7년이 되므로 이를 근거로 하면 이 시는 이해에 지었다는 것을 알 수 있다.[38]

---

37) 陳才智「元積白居易"初識"之年再辨」: "朱金城『白居易年譜』(36頁)·『白居易集箋校』(1冊21頁)繫于元和元年(806), 良是."(『文學遺産』2001년 5기)

38) 주금성「贈元積」·「箋」: "作於元和元年(806)……. 城按: 白居易貞元十九年與元積同登第, 同授校書郎, 而訂交始於是年之前. 詩云: '自我從宦遊, 七年在長安.' 白氏貞元十五年冬至長安應進士試, 至元和元年適爲七年. 據此, 可知此詩爲是年作."(『백거이집전교』제1책, 20쪽)

이에 의하면 주금성이 「贈元稹」의 창작연대를 원화1년으로 단정한 것은 장안에서 진사과에 응시한 정원15년(799)부터 원화1년(806)까지 만으로 계산하면 7년이기 때문이다. 「증원진」시의 창작연대에 대한 주금성의 주장을 「진문」은 "참으로 옳다(良是)"고 하였으니 주금성처럼 만으로 계산한다면 「진문」에서 말한 정원16년(800)에서 원화1년(806)까지는 6년이다. 이와 반대로 「진문」처럼 햇수로 계산한다면 주금성이 말한 정원15년(799)부터 원화1년(806)까지는 8년이고 7년이 되는 해인 정원21년(805)이 「증원진」의 창작연대이다.[39] 자신의 논리가 자신이 근거로 삼은 것과 서로 모순이 된다는 것을 「진문」의 저자는 모르고 있다.

셋째, 상술한 것보다 더욱 심각한 문제는 고의적인 단장취의가 존재한다는 점이다. 「진문」에서는 "그간 얻은 건 오직 그대 뿐이니 교분 맺음이 어려움을 알았다네(所得唯元君, 乃知定交難)"라는 시구 다음 8구를 생략한 후 "그대와 동심의 벗이 된 이래로 꽃다운 시절 삼년 세월 흘렀지(一爲同心友, 三及芳歲闌)"라는 2구를 인용함으로써 마치 원백이 "교분을 맺은(定交)" 것과 "꽃다운 시절 삼년 세월 흘렀음(三及芳歲闌)"이 직접적인 관련이 있을 것이라는 오해를 야기한다. 다시 말하면 원백이 "교분을 맺은(定交)" 이후 "꽃다운 시절 삼년 세월 흐른(三及芳歲闌)" 해는 원화1년(806)이므로 원백이 "교분을 맺은(定交)" 것은 정원19년(803)의 일이라는 착각을 하게 한다. 그러나 「증원진」시에서 생략된 부분을 살펴보면 「진문」의 해석에 큰 문제가 있다. "所得唯元君, 乃知定交難"구 다음에는 원래 아래의 8구가 있다.

---

39) 이러한 논리로 王汝弼은 「贈元稹」의 창작 연대를 "永貞元年冬"이라고 하였다. 王汝弼 『白居易選集』上海, 上海古籍出版社, 1980, 13-14쪽.

豈無山上苗,	어찌 산위 어린 나무 없으리오만
徑寸無歲寒.	가는 줄기로 추위 견디는 것 없소.
豈無要津水,	어찌 요로진의 물이 없으리오만
咫尺有波瀾.	사소한 것에도 거센 물결 친다오.
之子異於是,	오직 그대 만은 이런 것과는 달리
久要誓不諼.	오랜 약속 잊지 않을 것 맹세했지.
無波古井水,	그대 잔잔함은 옛우물의 물과 같고
有節秋竹竿.	그대 지조는 가을 대나무 줄기같네.[40]

진정한 벗을 사귀기 어려운 세태와 이와는 다른 사람됨을 가진 원진을 높이 평가하는 내용이다. 따라서 "교분 맺음이 어려움을 알 았다네(乃知定交難)"의 "정교(定交)"는 원백 두 사람의 교분을 말하는 것이 아니라 단순히 "교분을 맺다"라는 일반적인 의미로 쓰인 것이 다. 또한 "一爲同心友, 三及芳歲闌"구 다음의 10구는 아래와 같다.

花下鞍馬遊,	꽃피는 계절엔 말을 타고 유람했고
雪中盃酒歡.	눈내리는 날 술잔 들며 즐거워했지.
衡門相逢迎,	누추한 거처를 서로 오고가며
不具帶與冠.	의관도 제대로 갖추지 않았지.
春風日高睡,	봄바람 불때는 해 높도록 잠자고
秋月夜深看.	가을날 깊은 밤에 달을 구경했지.
不爲同登科,	이 우정은 함께 등과해서도 아니고
不爲同署官.	같은 관서에서 벼슬 해서도 아니며

---

40) 백거이 「贈元稹」[0015]; 『백거이집전교』제1책, 20쪽.

所合在方寸,　　일치하는 바가 서로의 마음에 있고

心源無異端.　　마음 속에는 다른 뜻이 없어서였지.[41]

「진문」에서 생략된 10구는 원진과 동심우로서 깊은 교분을 맺을 수 있었던 이유와 3년간의 교유생활을 노래한 것이다. 이러한 내용에 의하면 "一爲同心友, 三及芳歲闌"구는 이 10구와 연계하여 이해해야 한다. 「졸문」에서 밝힌 대로 "함께 급제한 후에 서로 의기 투합하였고 처음 관리되었을 땐 콧수염 아직 없었지"[42]라는 원진의 표현처럼 원진과 백거이가 동심우가 되어 금석지교(金石之交)의 깊은 우정을 맺은 것은 서판발췌과(書判拔萃科)의 동년(同年)이자 비서성 동료의 관계가 시작된 정원19년(803) 봄부터였다. 따라서 「증원진」시는 단순히 정원19년 비서성교서랑에 함께 제수된 이후 동심우로서 3년간의 교유 상황과 우정의 깊이가 어떠했는가를 알 수 있는 자료일 뿐 정원19년설의 증빙자료로 삼을 수 없다. 「진문」의 저자가 고의적으로 단장취의한 것이 아니라면 작품 내용에 대한 이해 부족으로 인한 결과이다.

5. 백거이 화답시의 창작연대

「진문」의 네 번째 반론에도 심각한 논리적 하자가 존재한다. 「진문」의 내용은 다음과 같다.

---

41) 백거이 「贈元稹」[0015]; 『백거이집전교』제1책, 20쪽.
42) 원진 「寄樂天」: "同登科後心相合, 初得官時髭未生."(『원진집』상책, 246쪽)

백거이「酬元九對新栽竹有懷見寄」시에서 만약 '나는 예전 10년 전에 그대와 처음으로 알게 되었오(昔我十年前, 與君始相識)'구의 '10년'이 개 략적인 숫자가 아니라 실수(實數)라면 이 시는 원화8년(813) 작품으로 편년해야만 한다. 원화8년에서 10년을 역산하면 정원19년이 되므로 바로 '정원19년에 처음으로 알았다'라고 한 백거이의 말과 부합한다.[43]

다시 말하면「酬元九對新栽竹有懷見寄」[0027]시는 원화8년(813) 작 품이므로 813년에서 10년을 거슬러 올라가면 정원19년(803)에 "처음 으로 알았다"는 것이「진문」의 논리이다. 이러한 결론의 전제는 "만 약 '석아십년전, 여군시상식'구의 '10년'이 실수라면"이라는 가정이다. 이러한 가정이 참이 아닐 때는 그 가정을 전제로 한 결론 역시 참이 아니다.「진문」은 '10년'이 실수임을 증명하지도 않았고 실수가 아닌 경우에 관한 언급도 하지 않았다.「진문」은 이른 바 '가정 망각의 오 류(Fallacy of ignoring the assumption)'를 범하고 있는 것이다.

그러나「진문」에는 이보다 더욱 황당무계한 논리가 존재한다. 즉 백거이의「酬元九對新栽竹有懷見寄」시의 창작연대를 원화8년(813) 으로 단정하고 813년에서 10년을 거슬러 올라가 정원19년(803)이 원 백의 교유개시 연대라고 주장하고 있다. 왕립명·화방영수·주금 성·나련첨 등의 연구자들은 모두 원화5년(810) 작품으로 인정한 다.[44] 지금까지 다른 이설은 발견되지 않았다. 그럼에도「진문」에서

---

43) 陳才智「元稹白居易"初識"之年再辨」: "白居易「酬元九對新栽竹有懷見寄」一詩, 如果 詩中'昔我十年前, 與君始相識'之'十年'不是約數, 而是確數, 則此詩應繫于元和八年 (813), 自元和八年逆數十年, 卽爲貞元十九年, 正可合白居易所言: 貞元十九年'始相 識'."(『文學遺産』2001年 5기)

44) 汪立名「白香山年譜」;『白香山詩集』臺北, 世界書局, 1969, 12쪽; 花房英樹『白氏

원화8년(813)으로 단정한 근거에 대해 일언반구도 언급하지 않았다.

「진문」에서는 원백 교유개시 연대가 정원19년(803)이라는 자신의 주장을 다시 근거로 삼았던 것이 분명하다. 시에서 "나는 예전 10년 전에 그대와 처음으로 알게 되었오(昔我十年前, 與君始相識)"라고 했으니 803년에 10년을 더하면 813년, 즉 원화8년(813)을 「酬元九對新栽竹有懷見寄」[0027]시의 창작연대라고 단정한 것이다. 그렇다면 「진문」의 논리를 순서대로 정리하면 다음과 같다.

[1] 원백의 교유개시 연대는 정원19년(803)이다.

[2] 따라서 「酬元九對新栽竹有懷見寄」시의 창작연대는 원화8년(813) 이다.

[3] 시에서 "昔我十年前, 與君始相識"이라고 했으니 813년에서 10년을 거슬러 올라가면 803년, 즉 정원19년(803)이 원백의 교유개시 연대 이다.

「진문」은 원백의 교유개시 연대에 관한 '재변(再辨)'이 목적이고 비록 남송·진진손이 주장한 구설이기는 하지만 정원19년(803)을 결론으로 한다. 그런데 「진문」에서는 자신의 결론을 전제로 삼아 원화5년(810) 작품 「酬元九對新栽竹有懷見寄」시의 창작연대를 원화8년(813)으로 단정한 후 다시 이것을 근거로 결론을 도출하는 우를 범하였다. 이를 '순환논리의 오류(Fallacy of circular argument)'라고 부른다. 이 같

文集の批判的研究』京都, 彙文堂書店, 1960, 498쪽; 朱金城 『白居易集箋校』上海, 上海古籍出版社, 1988, 제1책 34쪽; 羅聯添 『白樂天年譜』臺北, 國立編譯館, 1989, 102쪽.

은 논리적 오류는 결론에서 주장하고자 하는 것을 전제로 제시하는, 다시 말하면 어떤 논증이 증명하려고 하는 것을 이미 받아들임으로써 발생하는 오류로서 일명 '선결문제 요구의 오류(Fallacy of begging the question)'라고도 하는 대표적인 형식적 오류이다. 논리를 생명으로 하는 논문에서 절대로 있어서는 안되는 오류이다.

또 「진문」에서는 왕립명 「백향산연보(白香山年譜)」에서 「酬元九對新栽竹有懷見寄」시를 원화5년(810) 작품으로 편년하였지만 "근거를 말하지 않았다(未言根據)"고 하면서 원화8년(813) 작품임을 더욱 강조하였다. 그러나 "근거를 말하지 않은 것"은 '근거가 없는 것'과 다르다. 설사 근거가 없더라도 '근거가 없다'라는 것만으로 부정해서는 안된다. 따라서 "근거를 말하지 않았다"는 것을 이유로 부정해서는 더더욱 안된다. 왜냐하면 선배 학자들의 백거이 작품 편년은 일일이 근거를 밝히지 않았어도 나름대로 근거가 있는 경우도 적지 않기 때문이다. 예를 들면 백거이의 「秋雨中贈元九」[0627]시의 창작 연대를 화방영수와 주금성은 정원18년(802)[45]으로 단정하였지만 모두 "근거를 말하지 않았다". 그럼에도 그들은 「秋雨中贈元九」시의 창작연대를 전제로 각각 정원18년 가을설과 정원18년 이전설을 주장하였다.

그러나 「졸문」에서는 정원16년설을 제기하며 화방영수와 주금성의 주장을 "근거를 말하지 않았다"는 이유만으로 부정하지 않았다. '무지에의 호소(Fallacy of argument from ignorance)'라는 논리적 오류

---

45) 花房英樹 『白氏文集の批判的研究』京都, 彙文堂書店, 1960, 522쪽; 朱金城 『白居易年譜』上海, 上海古籍出版社, 1982, 25쪽; 朱金城 『白居易集箋校』上海, 上海古籍出版社, 1988, 제2책 727쪽.

를 범해서는 안되기 때문이었다. 「졸문」에서는 「秋雨中贈元九」[0627]
시에 대한 화방영수와 주금성의 편년에 나름대로 근거가 있다고 전
제하고 그 근거가 무엇인지 추론하였다. 그 결과 "그대보다는 이모
(二毛)의 나이에 좀 가까우리니(比君校近二毛年)"라고 한 제4구가 그
들의 근거임을 밝혀내었다. 마지막으로 근거에 타당성이 없음을 논
증한 후에야 선배 학자의 주장을 부정하였던 것이다.

"근거를 말하지 않았다"는 이유만으로 선배 학자의 주장을 무시하
고 결론을 전제로 삼아 다시 결론을 도출하는 논리적 오류를 범한
「진문」은 연구태도에 근본적인 문제가 있다. 창작연대에 관한 다른
연구자의 성과는 타당한 근거가 아님을 증명하거나 별도의 새로운
근거를 발견한 경우가 아니라면 선배 학자의 노고를 존중하는 의미
에서라도 신중해야 한다. 다양한 논리적 오류를 범하면서 함부로 부
정하는 것은 만용에 불과하다.

6. 원진 화답시의 창작연대

「진문」의 다섯 번째 반론은 원진의 「和樂天秋題曲江」시가 원화8
년(813) 작품이라는 단정으로 시작한다. 그러나 원진의 화답시 창작
연대에 대한 이 같은 주장은 상술한 「酬元九對新栽竹有懷見寄」시의
경우처럼 '순환논리의 오류'를 범하고 있다. 「진문」의 내용은 다음과
같다.

원진의 「和樂天秋題曲江」시도 마땅히 원화8년 작품이다. "十載定交
契, 七年鎭相隨"구의 "10년"은 응당 원백이 "처음 알게 된" 정원19년부

416

터 원화8년까지의 10년을 가리키고 "7년"은 원백이 "처음 알게 된" 정원19년부터 원화5년까지 두 사람이 함께 장안에 있던 7년을 말하는 것이 분명하다. 화방영수의 「원진연보고(元稹年譜稿)」·변효훤의 『원진연보(元稹年譜)』에서는 백거이의 「曲江感秋」의 제하 자주 "오년작(五年作)"을 근거로 원진의 「和樂天秋題曲江」시를 원화5년 작품으로 편년한 것은 아마 재론의 여지가 있을 수 있다. 「和樂天秋題曲江」이 반드시 「曲江感秋」와 같은 해 지어진 것은 아니기 때문이다.[46]

「진문」에서 원진의 「和樂天秋題曲江」시를 원화8년(813) 작품으로 단정한 근거는 분명하게 제시되지 않았다. 다만 화방영수와 변효훤이 백거이의 창시 「曲江感秋」[0422]가 원화5년 작품인 것을 근거로 화시 「和樂天秋題曲江」의 창작연대를 원화5년(810)으로 판단한 것을 부정하면서 원진의 화시 「和樂天秋題曲江」이 반드시 창시와 같은 해 지어진 것은 아니기 때문이라고 하였다. 물론 화시의 창작연대가 창시와 꼭 동일하지 않을 수도 있다. 그러나 이를 근거로 원진의 「和樂天秋題曲江」이 백거이 창시보다 반드시 3년 후에 지어졌다고 주장하는 것은 어불성설이다.

그럼에도 「和樂天秋題曲江」시를 원화8년(813) 작품으로 단정한 근거는 무엇인가? 필자의 추론에 의하면 원백의 교유개시 연대가 정

---

46) 陳才智 「元稹白居易"初識"之年再辨」: "元稹「和樂天秋題曲江」一詩亦應繫于元和八年, '十載定交契, 七年鎮相隨.' '十載'應指貞元十九年元白'始相識'至元和八年這十年, '七年'應指貞元十九年元白'始相識'至元和五年二人同在長安這七年. 花房英樹「元稹年譜稿」·卞孝萱『元稹年譜』據白居易「曲江感秋」詩題下原注'五年作', 繫元稹「和樂天秋題曲江」于元和五年, 恐尚有商榷之餘地, 因爲「和樂天秋題曲江」未必一定與「曲江感秋」作于同一年."(『文學遺産』 2001년 5기)

원19년(803)이라는 자신의 결론을 전제로 삼았던 것이다. 즉 시에 "십년 세월 교분을 맺었다(十載定交契)"고 하였는데 '10년'은 원백이 "처음 알게 된" 정원19년(803)부터 이 시를 지은 원화8년(813)까지의 10년을 가리킨다고 하였기 때문이다.

그런데 원백의 교유개시 연대 "재변(再辨)"에 목적이 있는 「진문」에서 굳이 「和樂天秋題曲江」시의 창작연대를 원화8년(813)으로 주장한 것은 다시 이를 근거로 원백의 교유개시 연대는 원화8년(813)으로부터 10년 전인 정원19년(803)이라는 것을 암시하려는 의도가 있었기 때문이다. 이 역시 '순환논리의 오류(Fallacy of circular argument)'에 해당한다. 「진문」의 저자가 정원19년설을 옹호하고 필자의 정원16년설을 반박하고자 한다면 최소한 원진의 「和樂天秋題曲江」시가 원화5년(810)이 아니라 원화8년(813) 작품임을 증명할 새로운 근거를 확보했어야 했다. 현재까지 정설로 인정받는 창작연대 원화5년(810)을 확실한 근거 없이 부정하면서 자신의 주장인 정원19년설을 전제로 「和樂天秋題曲江」시의 창작연대를 다시 추정하는 것은 심각한 논리적 오류이다.

「졸문」의 정원16년설은 백거이의 「酬元九對新栽竹有懷見寄」[0027] 시와 원진의 「和樂天秋題曲江」시를 주요 근거로 하였다. 원백 교유개시와 관련해 이미 널리 알려진 백거이 작품보다 한 번도 거론되지 않은 원진의 작품을 더욱 핵심적인 근거로 사용했다. 「졸문」에서는 원백 교유사에 대한 검토를 통하여 "칠년은 언제나 함께 다녔지(七年 鎭相隨)"[47]구에 등장하는 숫자 '7'의 의미를 밝혔다. 원진과 백거이가 비서성교서랑에 함께 제수된 정원19년(803) 3월부터 원진이 강릉으

---

47) 원진 「和樂天秋題曲江」; 『원진집』상책, 66쪽.

로 좌천되어 장안을 떠난 원화5년(810) 3월까지의 7년 기간, 즉 제1
차 장안시기를 의미하므로 숫자 '7'은 실수(實數)임이 분명하다는 점
을 증명하였다.

이를 근거로 "십년 세월 교분을 맺었다(十載定交契)"⁴⁸⁾라는 구절
의 숫자 '10'도 실수로서 원백의 교유개시 시기부터 원진이 강릉으로
좌천된 원화5년(810)까지의 기간을 의미한다는 것을 밝혔다. 따라서
810년에서 10년을 거슬러 올라가면 바로 정원16년(800)이고, 이해가
원백의 교유개시 연대라는 새로운 주장을 제기하였던 것이다. 물론
이러한 결론은 원진의 「和樂天秋題曲江」시의 창작연대가 원화5년
(810)이라는 점을 전제로 삼은 것이다. 이것은 이미 화방영수·전천
행웅(前川幸雄) 및 변효훤(卞孝萱) 등 선배 학자⁴⁹⁾부터 최근의 양군
(楊軍)⁵⁰⁾에 이르기까지 공통된 견해이다. 그 근거는 모두 「和樂天秋
題曲江」의 창시인 백거이 「曲江感秋」[0422]시의 원화 "오년작(五年
作)"이라는 제하 자주이다.

「진문」은 네 번째 반론 마지막 부분에서도 원진의 「種竹」시와 그
에 대한 백거이 화시 「酬元九對新栽竹有懷見寄」[0027]의 창작연대에
관해 다음과 같이 말하고 있다.

여기에는 두 가지 가능성이 존재한다. 하나는 「種竹」과 「酬元九對新栽

48) 원진 「和樂天秋題曲江」; 『원진집』상책, 66쪽.
49) 花房英樹 「元稹年譜稿」[上] 『京都府立大學術報告·人文』제22호, 1970.11, 64쪽;
卞孝萱 『元稹年譜』濟南, 齊魯書社, 1980, 179쪽; 花房英樹·前川幸雄 『元稹研究』
京都, 彙文堂書店, 1977, 24쪽.
50) 楊軍箋注 『元稹集編年箋注』: "白居易原唱「曲江感秋」, 見『白居易集』卷九. 題下注:
'(元和)五年作.' 元稹和作當在同年."(西安, 三秦出版社, 2002, 306쪽)

竹有懷見寄」가 모두 원화8년에 지어졌을 가능성이다. 둘째는 「種竹」
은 원화5년에 지어지고 「酬元九對新栽竹有懷見寄」는 원화8년에 지어
졌을 가능성이다.[51]

그런데 인용문 바로 앞 부분에서 「진문」은 원진의 창시 「種竹」을
원화5년 작품이라고 한 변효원의 주장과 백거이의 화시 「酬元九對新
栽竹有懷見寄」의 창작연대를 원화5년(810)으로 편년한 왕립명의 주
장에 대해 근거를 말하지 않았다는 점을 이유로 부정하였으니 두 번
째 경우는 스스로 이미 부정한 셈이다. 또한 다섯 번째 반론 부분에
서 화시가 반드시 창시와 같은 해에 지어지는 것은 아니라고 하였으
니 「진문」이 말한 첫 번째 경우의 가능성도 이미 스스로 부정한 것
이다. 이처럼 논증 과정에 서로 모순되는 주장의 존재로 인해 발생
하는 '비정합성의 오류(Fallacy of incoherence)'가 「진문」에는 적지 않
게 존재한다.

❊ 여론(餘論) ── '계년(季年)'의 의미

대화5년(831) 원진의 서거 후 백거이가 지은 「祭微之文」[3646]에
"오호, 미지여! 정원 계년(季年)에 비로소 교분을 맺었다"[52]라고 술회

---

51) 陳才智 「元稹白居易"初識"之年再辨」: "這裏存在兩種可能: 一, 「種竹」和 「酬元九對新
栽竹有懷見寄」均作于元和八年; 二, 「種竹」作于元和五年, 「酬元九對新栽竹有懷見
寄」作于元和八年."(『文學遺産』 2001년 5기)
52) 백거이 「祭微之文」[3646]: "嗚呼微之! 貞元季年, 始定交分."(『백거이집전교』 제6책,
3721쪽)

한 부분이 있다. 「진문」에서는 문미에 이 부분을 인용하였다. 그러나 그 의도가 무엇인지 문맥상 분명치 않다. 만약 「진문」의 저자가 "정원 계년"이 정원19년(803)을 말하는 것으로 이해했거나 혹은 독자들의 착각을 유도하기 위한 의도로 인용한 것이라면 필자도 마지막으로 약간의 보충을 하지 않을 수 없다.

"계년(季年)"의 사전적 의미는 '말년(末年)', 즉 "한 군주의 재위 혹은 한 연호의 마지막 일정 기간"[53]이다. 정원(貞元)은 덕종(德宗)의 연호로서 정원1년(785)부터 정원21년(805)까지의 기간이다. 일반적인 용례로 보면 정원16년(800)도 물론 "정원 계년"으로 표현될 수 있다. 뿐만 아니라 백거이 작품에는 이보다 더욱 명확한 증거가 있다. 「新樂府」제16수 · 「馴犀」[0144]의 제하 자주에 "(정원)13년 겨울, 날씨가 크게 추워 길들여진 코뿔소가 죽었다(至十三年冬, 大寒, 馴犀死矣)"라고 하였다. 그런데 작품 본문에서는 이 역사적 사실에 대해 "그대는 보지 못했는가 정원 말년에 길들여진 코뿔소 얼어 죽어 만인(蠻人)들이 통곡함을(君不見, 貞元末, 馴犀凍死蠻兒泣)"이라고 노래하고 있다. 이에 의하면 적어도 백거이의 언어 습관에서는 정원13년(797)도 "정원말(貞元末)"에 포함되는 것이다.[54] 따라서 백거이 「祭微之文」에서 "정원 계년에 비로소 교분을 맺었다(貞元季年, 始定交分)"라고 한 것은 원백 교유개시 연대 고증에 아무런 가치가 없는 자료이다. 그럼에도

---

53) 羅竹風主編 『漢語大詞典』: "一個君主在位或一個年號的最後一段時期."(上海, 漢語大詞典出版社, 1986-1993. 제4책, 695쪽)

54) 『舊唐書 · 德宗紀』에 의하면 "馴犀凍死"는 정원12년 12월의 史實이다.(『구당서』권12 · 「本紀」제12) 陳寅恪의 『元白詩箋證稿』에서도 "貞元十三年"은 "貞元十二年"으로 고쳐야 한다고 하였다.(北京, 三聯書店, 2001, 199쪽) 만약 판본상의 오기라면 정원12년(796)도 "貞元末", 즉 "貞元季年"에 포함되는 것임을 알 수 있다.

「진문」에서 결론에 언급한 것은 "계년(季年)"의 의미에 대한 「진문」 저자의 이해 부족이 아니면 독자의 착각을 유도하기 위한 의도적인 행위라고 생각된다.

7. 맺음말

「졸문」의 결론에서는 원진과 백거이의 교유개시 연대는 정원16 년(800)임을 밝히는 동시에 원백 교유사에 있어 정원19년(803)의 의 미를 새로 규정한 바 있다. 즉 정원19년(803)은 원진과 백거이가 서 판발췌과의 동년(同年)이자 비서성의 동료 관계를 맺은 해이며 이로 부터 두 사람은 동심(同心)의 벗이 되어 금석지교의 깊은 우정을 나 누었던 것이다. 또한 원진이 "나는 예전 백거이와 함께 비서성교서 랑에 재직하면서 많은 시를 서로 증답하였다"[55]고 하였듯이 원백의 창화와 교유 및 원백시파(元白詩派)의 형성에 더욱 중요한 시기는 서 판발췌과의 동년과 비서성 동료의 관계로 "사생지계(死生之契)"[56]를 맺은 정원19년(803)이다. 원백 교유사에 있어 이러한 의미가 있는 정 원19년(803)과는 별도로 원백의 초식(初識) 연대, 즉 교유개시 연대 가 존재하는 것은 지극히 상식적인 일이다.

연대 고증이란 참으로 지난한 작업이다. 특히 한정된 자료의 범 위안에서 이루어지는 고증 작업은 더욱 그러하다. 따라서 무엇보다

---

55) 元稹 「白氏長慶集序」: "予始與樂天同校秘書之名, 多以詩章相贈答."(『원진집』하책, 554쪽)

56) 元稹 「祭翰林白學士太夫人文」: "遂定死生之契, 期於日月可盟, 堅同金石, 愛等弟 兄."(『원진집』하책, 626쪽)

중요한 것은 논리이다. 논리적으로 하자가 많은 글은 더 이상 논문이라고 말할 수 없다. 이러한 점에서 볼 때 연구 논문은 참으로 신중하게 써야 하지만 타인의 논문에 대한 반론은 훨씬 더 신중해야 한다.

제10장

백거이의 사환생애

중국 지식인들의 지식은 지식 자체를 위한 순수한 지식이 아니라 정치이상의 실현을 위한 도구로서 정치와 긴밀한 관계를 가지고 있었다. 문학이 언어를 통해 작가의 사상감정을 표출하고 작가의 인생과 체험을 반영한 것이라면 문인이자 관리이며 정치가로서 당대 지식인에게 있어 사환(仕宦)생애는 창작의 원천이라고 해도 과언이 아니다. 특히 출사(出仕)를 통하여 겸제천하(兼濟天下)의 정치이상을 실현하고자 했던 당대 문인의 사환생애는 작가와 작품 연구의 자료로서 중요한 가치를 가지고 있다.

이러한 점에서 보면 백거이 삶의 여러 방면에서 무엇보다 상세한 고찰이 필요한 것은 사환생애이다. 그의 사환생애는 단순한 문인 전기(傳記)로서의 의미보다 당대 지식인으로서의 삶과 문학 그리고 의식세계 이해에 좋은 척도가 되기 때문이다. 강렬한 참정의식으로 출발한 백거이의 사환생애는 정치이상의 실현과 좌절이란 면에서 각별한 주의를 끈다. 백거이는 정원19년(803) 32세 비서성교서랑(秘書省校書郎)에서부터 회창3년(843) 72세 형부상서(刑部尙書)로 치사(致仕)[1]하기까지 만 40년 동안 많은 우여곡절을 겪었다. 이러한 사환생

---

1) 백거이의 치사 시기에 대해 朱金城·花房英樹는 회창2년(842), 羅聯添은 회창3년(843)을 주장하였다. 필자의 고증에 의하면 백거이는 회창3년(843) 72세에 형부상서

애에서의 백거이 행적과 처세는 문인이기 이전에 정치가이자 지식인으로서 백거이의 삶을 이해할 수 있는 좋은 자료이다. 본고에서는 정치적 체험과 처세 태도를 중심으로 백거이의 사환생애를 고찰할 것이다.

1. 백거이 가계와 가족

백거이는 대력(大曆) 7년(772) 정월 20일, 정주(鄭州) 신정현(新鄭縣; 현 하남성 신정현) 하급관리의 가문에서 출생하였다. 백거이 출생 당시 조부 백굉(白鍠)은 67세였고 부친 백계경(白季庚)은 44세, 모친 진(陳)씨는 18세였다.

백거이를 자칭 혹은 타칭 태원인(太原人)이라고 부르는 것은 선조 백기(白起)의 공로로 진시황에 의해 태원(현 산서성 태원시)에 봉해졌기 때문이다.[2] 태원(太原)은 바로 일종의 군망(郡望)이다. 또한 백거이를 하규인(下邽人)이라고 부르는 것은 증조부 백온(白溫)이 화주(華州) 하규(현 섬서성 위남시)로 이거하였기 때문이다.[3] 조부 백굉 때에 이르러 백거이의 출생지인 정주 신정현에 정착하였다.

로 치사하고 반봉(半奉)을 지급받기 시작하였다. 이에 관해서는 본서 제7장 「삼종연보 이설비교」에 상세하다.

2) 백거이 「故鞏縣令白府君事狀」[2925]: "裔孫白起, 有大功於秦, 封武安君.……及始皇思武安之功, 封其子仲於太原, 子孫因家焉, 故今爲太原人."(『백거이집전교』제5책, 2832쪽)

3) 『舊唐書·白居易傳』: "白居易字樂天, 太原人.……至溫徙於下邽, 今爲下邽人焉."(『구당서』권166·「열전」제116)

백거이의 조부와 부친은 모두 명경과(明經科) 출신이다.[4] 백거이의 조부[5] 백황(白鍠)(706-773)은 개원(開元)년간 17세 때 명경과에 급제하였다. 어려서부터 호학하여 글재주가 뛰어났고 특히 오언시를 잘 지었다고 한다. 정육품상 산조현령(酸棗縣令), 종칠품상 전중시어사(殿中侍御史) 등을 거쳐 정육품상 하남부(河南府) 공현령(鞏縣令)으로 관직생활을 마쳤다. 조부 백황의 형제로는 양주녹사참군(揚州錄事參軍) 백린(白鏻) · 연안령(延安令) 백모(白某; 이름 미상)가 있다. 백린의 아들로는 선주(宣州) 율수령(溧水令) 백계강(白季康)이 있다. 백거이 당숙인 백계강의 아들로는 후일 재상을 역임한 백민중(白敏中; 792-861)이 있으니 백거이의 재종제이다.[6]

조부 백황은 계경(季庚) · 계반(季般) · 계진(季軫) · 계녕(季寧) · 계평(季平) 등 다섯 아들을 두었다. 백거이에게는 4명의 숙부가 있었던 것이다. 조부는 백거이 출생 다음해인 대력8년(773) 5월 3일, 향년 68세로 장안에서 병사하였다. 백거이의 조모 하동(河東) 설씨(薛氏)

---

4) 『舊唐書 · 白居易傳』: "自鍠至季庚, 世敦儒業, 皆以明經及第."(『구당서』권166 · 「열전」제116) 백거이는 원화6년(811) 40세 때 두 편의 가장(家狀) 「太原白氏家狀二道」를 지었다. 하나는 조부 백황의 행적을 기술한 「故鞏縣令白府君事狀」[2925]이고 다른 하나는 부친 백계경을 위한 「襄州別駕府君事狀」[2926]이다. 조부 백황과 부친 백계경을 중심으로 한 백거이 가계(家系)의 일부 내용은 이 두 편의 가장을 근거로 한다.

5) 백거이가 조부 백황의 행적을 기술한 「故鞏縣令白府君事狀」[2925]에 의하면 6대조 白建은 北齊의 五兵尙書, 5대조 白士通은 利州都督(종삼품), 고조부 白志善은 尙衣奉御(종오품하), 증조부 白溫은 檢校都官郞中(종오품상)을 지냈다.

6) 백거이의 「唐故溧水縣令太原白府君墓誌銘幷序」[3653]는 대화8년(834)에 당숙 白季康을 위해 지은 묘지명이다. 백린 · 백계강 · 백민중에 관한 정보는 이 묘지명을 근거로 한다. 백거이의 「唐故坊州鄜城縣尉陳府君夫人白氏墓誌銘幷序」[2898]는 원화8년(813) 외조모 태원 백씨를 위해 지은 묘지명이다. 조부 백황의 형제로 추정되는 延安令 白某(본 묘지명에는 '延安令諱鍠'으로 오기됨), 즉 백거이의 외조모 태원 백씨의 부친 등에 관한 정보는 이 묘지명을 근거로 한 것이다.

는 조부 서거 4년 후인 대력12년(777) 신정현 사저에서 향년 70세로 서거하였다.

백거이의 부친 백계경(729-794)은 백굉의 장자로 천보(天寶) 15년(756) 28세 때 명경과에 급제하여 종구품상(從九品上) 소산현위(蕭山縣尉)에 제수되었다. 대력4년(769) 백계경은 영천(潁川) 진씨(陳氏) 가문의 여식과 결혼하였다. 당시 백계경은 41세, 부인 진씨는 15세였다.

백계경은 건중1년(780) 종칠품하(從七品下) 송주사호참군(宋州司戶參軍)에서 정육품상(正六品上) 서주(徐州) 팽성현령(彭城縣令)에 제수되었다. 건중2년(781) 정월부터 절도사(節度使) 이정기(李正己)와 그의 아들 이납(李納)의 반란이 계속되었다. 당시 서주 팽성현령(彭城縣令)이었던 백계경이 이정기의 종형(從兄) 서주자사 이유(李洧)를 조정에 귀순하도록 권유하였고 관민 천여 명을 모아 이유와 함께 반란군 공격에서 서주를 지키는 공을 세웠다. 그 공로로 백계경은 종사품하(從四品下) 서주별가(徐州別駕)로 승진하였다. 백거이 나이 10세 때의 일이었다.

백계경은 정원4년(788) 검교대리소경(檢校大理小卿) 겸 구주별가(衢州別駕)로 전임되었다. 정원8년(792) 64세 나이에 다시 검교대리소경 겸 양주별가(襄州別駕)에 제수되었다.[7] 2년 후인 정원10년(794) 양주 관사에서 향년 66세로 서거하였다. 당시 백거이 나이는 23세였다. 백계경의 영구는 양양(襄陽) 동진향(東津鄉)에 안장되었고 원화6

---

7) 백계경의 양주별가 제수 시기는 정원7년(朱金城), 정원8년(花房英樹), 정원9년(羅聯添) 등 이설이 분분하다. 필자의 검증에 의하면 백계경의 양주별가 제수는 정원8년의 일로 판단하는 것이 타당하다. 이에 관한 논의는 본서 제7장 「삼종연보 이설비교」에 상세하다.

년(811)에 하규현 의진향(義津鄕) 북원(北原)으로 이장되었다.

백거이 모친 진(陳)씨는 부성현위(鄜城縣尉) 진윤(陳潤)과 태원(太原) 백씨(白氏)의 무남독녀이다. 태원 백씨는 백거이 조부 백황에게는 질녀이므로 부친 백계경의 종매(從妹)이며 백거이에게는 당고모이다. 따라서 부친 백계경은 모친 진씨의 외당숙이다. 혈연관계로 말하면 백거이의 부친과 모친은 오촌지간이며 백거이에게 모친 진씨는 당고모의 딸이니 육촌누님이기도 하다.[8] 15세 어린 나이에 외당숙과 결혼한 모친에 대해 백거이는 이렇게 기록하고 있다.

양주별가 선친께서 별세하셨을 때 여러 자식이 아직 어린 나이여서 스승을 따라 학습할 정도가 되지 않았다. 그래서 부인(즉 모친)께서는 친

---

8) 백거이 「唐故坊州鄜城縣尉陳府君夫人白氏墓誌銘幷序」[2898]: "夫人太原白氏, 其出昌黎韓氏, 其適潁川陳氏, 享年七十. 唐和州都督諱士通之曾孫, 尚衣奉御諱志善之玄孫, 都官郎中諱溫之孫, 延安令諱鍠之第某女, 韓城令諱欽之外孫, 故鄜城尉諱潤之夫人, 故潁川縣君之母, 故大理少卿襄州別駕諱季庚之姑, 前京兆府戶曹參軍翰林學士白居易, 前秘書省校書郎行簡之外祖母也."(『백거이집전교』제5책, 2726쪽) 이 글은 원화8년(813) 백거이가 외조모 태원 백씨를 위해 지은 묘지명이다. 모친과 외가, 그리고 백거이 부친과의 혈연관계는 모두 이 묘지명을 근거로 한다. 본문의 '曾孫'은 '玄孫'의 오기, '玄孫'은 '曾孫'의 오기임을 쉽게 알 수 있다. "延安令諱鍠"의 '鍠'과 "季庚之姑"의 '姑' 역시 모두 판본상의 오류라는 것이 현재 학계의 정설이다. 즉 '鍠'은 백거이 조부 백황을 말하는 것이 아니고 백황의 형제 중 연안령을 역임한 바 있는 모인을 말하는 것이다. '姑'는 일본 蓬左文庫本의 校記에 '外姑'로 되어 있는 바 '外姑'는 바로 아내의 모친, 즉 장모를 의미한다. 이에 의하면 태원 백씨는 혈연관계로는 백계경의 從妹 즉 사촌 여동생이고 백거이의 당고모이며, 혼인관계로는 백계경의 장모이고 백거이의 외조모이다. 일찍이 羅振玉과 陳寅恪은 백거이 부모의 혈연관계를 외숙과 질녀의 관계라고 주장한 바 있고 이에 대해 岑仲勉은 반론을 제기하며 오촌지간임을 주장한 바 있다. 현재 학계의 정설은 후자이다. 이에 관한 상세한 논의는 平岡武夫 「白居易の家庭環境に關する問題」, 『東方學報』제34호, 1964.3; 花房英樹 『白居易研究』京都, 世界思想社, 1971, 25-34쪽; 羅聯添 『白樂天年譜』臺北, 國立編譯館, 1989, 6-8쪽; 謝思煒 『白居易文集校注』北京, 中華書局, 2011, 245-246쪽 참조.

히 『시경』과 『서경』 책을 손에 들고 밤낮으로 교육하고 훈도하며 성심껏 선도하여 한 번의 꾸짖음이나 한 번의 회초리도 가한 적이 없었다. 이렇게 십여 년 세월이 흘러 자식들 모두 학문으로 관리가 되었고 관직은 황제 측근의 고위직에 이르렀으니 실로 부인의 자애로운 훈육의 소치이다. 부인께서는 딸로서는 이처럼 효성스러웠고 아내로서는 이처럼 순종적이었으며 어머니로서는 이렇듯 자애로우셨다. 거론한 이 세 가지 덕으로 다른 모든 행실을 미루어 알 수 있다.[9]

백거이 부친의 서거는 정원10년(794) 66세의 일이다. 당시 모친은 40세 젊은 나이에 자녀 양육과 집안 가계를 책임져야 했다. 후일 백거이가 정칠품하(正七品下)의 경조부호조참군(京兆府戶曹參軍)을 요청하면서 "신의 모친께서는 병이 많으시고 신의 집은 본디 가난합니다. 더러는 어버이께 올릴 것이 없어 효양할 방도가 없었고 때로는 약되는 음식이 부족하여 공연히 근심걱정이 생겨납니다.……자격과 경력은 유사하나 봉록이 다소 많으니 만약 이 관직을 제수받는다면 신에게는 실로 매우 다행스러운 일입니다. 그렇게 된다면 어버이께 효양할 봉록이 다소 넉넉해지리니 은덕을 입은 저의 마음은 감격스럽기 그지없을 것입니다"[10]라며 모친 봉양에 지극 정성을 다하였다.

원화6년(811) 4월 3일, 백거이 모친 진씨는 장안 선평리(宣平里)

---

9) 백거이 「襄州別駕府君事狀」[2926]: "及別駕府君即世, 諸子尚幼, 未就師學, 夫人親執詩書, 晝夜教導, 恂恂善誘, 未嘗以一呵一杖加之. 十餘年間, 諸子皆以文學仕進, 官至淸近, 實夫人慈訓所致也. 夫人為女孝如是, 為婦順如是, 為母慈如是, 舉三者而百行可知矣."(『백거이집전교』제5책, 2836쪽)

10) 백거이 「奏陳情狀」[3400]: "臣母多病, 臣家素貧. 甘旨或虧, 無以為養, 藥餌或闕, 空致其憂,……資序相類, 俸祿稍多. 儻授此官, 臣實幸甚. 則及親之祿, 稍得優豐, 荷恩之心, 不勝感激."(『백거이집전교』제6책, 3375쪽)

자택에서 향년 57세로 서거하였다. 당시 40세의 백거이는 장안에서 경조부호조참군 겸 한림학사(翰林學士)의 관직에 있었다. 백거이는 모친의 영구를 하규 의진향(義津鄕) 북원(北原)에 모셨다. 이때 조부 백굉·부친 백계경도 모두 하규로 이장하였다.

백거이의 형제는 장형 백유문(白幼文)·아우 백행간(白行簡)과 백유미(白幼美)가 있다. 백유문(?-817)은 부량현(浮梁縣) 주부(主簿)를 지냈다. 현재 학계의 정설에 의하면 백거이 모친 진씨 소생이 아니고 백거이의 이복형이다.[11] 원화12년(817) 윤5월 백유문이 부량에서 서거하였고 10일 백거이는 형을 위한 제문을 지었다.[12]

아우 백행간(776-826)은 원화2년(807) 32세에 진사과에 급제하였고 비서성교서랑·좌습유·사문원외랑·주객랑중(主客郞中)을 역임하였다. 원화8년(813), 38세에 아들 미도(味道)가 출생하였다. 미도의 아명은 귀아(龜兒)·아귀(阿龜)이다. 보력2년(826) 겨울, 향년 51세로 장안에서 서거하였다. 백거이는 대화2년(828) 12월 아우 백행간을 위한 제문[13]을 지었다. 막내 아우 백유미(784-792)는 아명을 금강노(金剛奴)라고 하였다. 정원8년(792) 9월 서주 부리에서 9세 나이로 요절하였다. 백거이는 원화8년(813) 2월 25일, 아우 백유미를 화주 하규현 의진향 북원에 이장하고 제문과 묘지명을 지었다.[14]

백거이는 원화3년(808) 7·8월 37세 나이에 양여사(楊汝士)의 누

---

11) 이에 관해서는 謝思煒 「白居易的家世和早年生活」(『白居易集綜論』北京, 中國社會科學出版社, 1997); 愛甲弘志 「白氏の子たるに負かず一白氏の墓から見た白居易とその兄との関係について」(『中國の禮制と禮學』東京, 朋友書店, 2001)에 상세하다.

12) 백거이 「祭浮梁大兄文」[2879];『백거이집전교』제5책, 2661쪽.

13) 백거이 「祭弟文」[3644];『백거이집전교』제6책, 3716쪽.

14) 백거이 「祭小弟文」[2877];『백거이집전교』제5책, 2656쪽; 백거이 「唐太原白氏之殤墓誌銘幷序」[2899];『백거이집전교』제5책, 2730쪽.

이동생[15] 홍농(弘農) 양씨(楊氏)와 혼인하였다. 양씨는 양우경(楊虞卿)의 종매이기도 하였다.[16] 생졸년은 알 수 없으나 백거이보다 최소한 15세 연하이다.[17] 장경1년(821) 백거이가 산관(散官) 품계 종오품하의 조산대부(朝散大夫)에 오르자 아내 양씨는 홍농현군(弘農縣君)의 봉호를 수여받았다. 그 후 정확한 시기는 알 수 없지만 사품(四品) 관원의 부인에게 수여되는 홍농군군(弘農郡君)에 봉해졌다.[18] 백거이 서거 3년 후인 대중(大中) 3년(849), 양씨 부인은 양자 경수(景受)와 함께 장안으로 상경하였다고 하니[19] 이때가 대략 회갑을 넘긴 나이였다.[20]

백거이는 슬하에 1남 4녀가 있었다. 장녀 금란자(金鑾子)·차녀

---

15) 백거이 「楊六尙書新授東川節度使代妻戲賀兄嫂二絶」제2수[2472]: "覓得黔妻爲妹壻, 可能空寄蜀茶來."(『백거이집전교』제4책, 2290쪽)

16) 백거이 「與楊虞卿書」[2912]: "僕之妻, 卽足下從父妹, 可謂親矣."(『백거이집전교』제5책, 2769쪽) 『文苑英華』에서의 제목은 「與師皋書」이다.(師皋는 양우경의 字)

17) 백거이의 처남 楊汝士는 「以詩代書酬慕巢尙書見寄」[2754]에 "老校於君六七年"이라고 하였으니 백거이보다 6·7세 아래이다.('慕巢'는 양여사의 字) 백거이의 사촌처남 楊虞卿은 백거이보다 12살 아래이다. 대화7년(833) 백거이 62세 때의 작품 「送楊八給事赴常州」[2255]의 "五十得三品, 百千無一人."구를 근거로 한다. 백거이의 처 양씨는 양여사의 누이동생이고 양우경의 종매이니 백거이보다 최소 15세 가량 연하로 추정된다. 이에 관한 논의는 花房英樹 『白居易硏究』京都, 世界思想社, 1971, 16-18쪽 참조.

18) 대화2년(828)~개성4년(839) 작품인 「繡西方幀讚幷序」[3656]에 "有女弟子宏農郡君姓楊, 號蓮花性."구가 있고 회창2년(842) 작품에 「二年三月五日齋畢開素當食偶吟贈妻弘農郡君」[2716]이 있다.

19) 李商隱 「唐刑部尙書致仕贈尙書右僕射太原白公墓碑銘」: "子景受, 大中三年,……侍太夫人弘農郡君楊氏來京師."(『전당문』권780)

20) 백거이 혼인에 관해 王輝斌은 새로운 의견을 제기한 바 있다. 백거이는 평생 두 차례 결혼했다고 하면서 본처는 원화3년 여름 결혼한 楊虞卿의 종매 양씨이고, 후처는 대화1년 전후 혼인한 양여사의 누이 동생이라고 주장하였다. 王輝斌 「白居易的婚姻問題」; 『雲南敎育學院學報』제10권 제4기, 1994.8.

아라(阿羅) 그리고 이름이 알려지지 않은 두 딸과 아들 아최(阿崔)가 있었다. 그러나 차녀 아라 이외에는 모두 요절하였다. 장녀 금란자(金鑾子)는 원화4년(809) 출생하였으나 원화6년(811) 3세 어린 나이에 세상을 떠났다. 같은 해 4월, 설상가상 모친마저 서거하였으니 백거이는 그 비통함을 이렇게 노래하였다.

朝哭心所愛,	아침에는 사랑하는 이를 잃어서 울고
暮哭心所親.	저녁에도 사랑하는 이를 잃고 울었다.
親愛零落盡,	사랑하는 사람들을 모두 다 잃었나니
安用身獨存.	어찌 나홀로 살아 있을 필요 있을까.
幾許平生歡,	한 평생 즐거움이 그 얼마나 되는가?
無限骨肉恩.	골육간의 은정은 끝도 한도 없는 것.
結爲腸間痛,	그 비통함은 가슴에 맺혀 있고
聚作鼻頭辛.	그 시큰함은 코끝에 서려 있다.
悲來四支緩,	슬픔 몰려오니 사지는 나른해지고
泣盡雙眸昏.	울고 울다 지친 두 눈은 침침하다.
所以年四十,	그러기에 나이 이제 사십이건만
心如七十人.	마음만은 칠십 노인과 다름없네.
我聞浮圖敎,	내가 듣기로는 부처의 가르침에
中有解脫門.	해탈에 이르는 문이 있다고 하네.[21]

차녀 아라는 원화11년(816)에 출생하였다. 대화9년(835) 20세에 담홍모(談弘謨)에게 출가하여 딸 인주(引珠)와 아들 옥동(玉童)[22] 1남

---

21) 백거이 「自覺二首」제2수[0489];『백거이집전교』제2책, 538쪽.

1녀를 출산하였다. 아라와 함께 강주 좌천 중에 출생한 다른 두 딸이 있었다.

> 宦途本自安身拙,　벼슬길은 본래 몸 편안히 하기엔 부족하고
> 世累由來向老多.　번잡한 세사는 자고로 나이 먹을수록 많다.
> 遠謫四年徒已矣,　멀리 귀양와서 4년 세월 헛되이 흘러 갔고
> 晚生三女擬如何.　늦은 나이 딸 셋이 출생하니 이를 어찌하랴?[23]

원화13년(818), 강주에서 지은 작품이다. '사년(四年)'은 강주로 좌천된 원화10년(815)부터 원화13년(818)까지의 4년 기간을 말한다. '삼녀(三女)'는 셋째 딸의 의미가 아니라 제목의 '삼여자(三女子)' 즉 세명의 딸이라는 뜻이다. 차녀 아라가 원화11년(816) 출생이므로 원화12년·원화13년에 두 명의 딸이 출생했던 것이다. 원화15년(820) 작품에서 "어쩔 수 없구나 순진무구한 세 살배기 딸(無奈嬌癡三歲女)"[24]이라고 했으니 원화13년(818) 딸의 출생은 분명한 사실이다. 차녀 아라의 동생인 이 두 딸에 관해서는 원화12년·13년 출생이라는 것 외에 이름도 졸년도 알려지지 않았다. 관련 자료가 남아 있지 않으므로 요절하였을 것으로 추정한다.

대화3년(829) 백거이는 태자빈객분사(太子賓客分司)로 낙양에 거

---

22) 백거이의 「談氏小外孫玉童」[2771]에서는 외손자의 이름을 玉童이라 하였다. 그러나 회창5년(845) 작품 「白氏長慶集後序」[3834]에 "一本付外孫談閣童"이라 한 것에 의하면 외손자의 이름은 閣童이다. 이에 관해 주금성은 후일 改名한 것으로 추측하였다. 주금성 「談氏小外孫玉童」[2771]·「校」; 『백거이집전교』제4책, 2537쪽 참조.
23) 백거이 「自到潯陽生三女子因詮眞理用遣妄懷」[1095]; 『백거이집전교』제2책, 1125쪽.
24) 백거이 「初除尙書郎脫刺史緋」[1182]; 『백거이집전교』제2책, 1202쪽.

주하고 있었다. 바로 이해, 백거이는 58세 늦은 나이에 아들 아최(阿崔)를 얻었다. 백거이는 그 기쁨을 이렇게 노래하였다.

五十八翁方有後,　　오십팔세 늙은이 이제서야 후사를 얻었는데
静思堪喜亦堪嗟.　　가만히 생각하니 기쁘고 또 감탄할 만 하다.
一珠甚小還慚蚌,　　아주 작은 진주 한알 그래도 아내에게 감사하고
八子雖多不羨鴉.　　새끼 여덟마리 다산하는 까마귀도 부럽지 않다.[25]

　같은 해 오랜 벗 원진(元稹; 779-831)도 아들 도보(道保)를 얻었다. 백거이와 원진은 늙어서도 아들이 없어 "아들 없이 모두 백두옹이 되어 버렸다(無兒俱作白頭翁)"[26], "하늘이 두 집에 대 이을 아들 없게 하였다(天遣兩家無嗣子)"[27]며 한탄하던 차에 두 집에 아들이 출생하였던 것이다. 백거이는 백발이 성성한 나이에 대 이을 아들을 얻었으니 보배처럼 애지중지 아끼고 사랑하였다. 그러나 불행히도 외아들 아최는 3살 어린 나이에 예순 살 아비보다 먼저 세상을 떠나버렸다. 백거이는 그 슬픔을 이렇게 노래하였다.

掌珠一顆兒三歲,　　애지중지 아끼는 아들은 세 살배기
髮雪千莖父六旬.　　하얀 백발 성성한 아비는 예순 살.
豈料汝先爲異物,　　네가 먼저 세상 떠날 줄은 모르고
常憂吾不見成人.　　어른된 모습 못볼까 늘 걱정했었지.

---

25) 백거이「予與微之老而無子發於言歎著在詩篇今年冬各有一子戲作二什一以相賀一以自嘲」제2수[2034];『백거이집전교』제4책, 1935쪽.
26) 백거이「醉封詩筒寄微之」[1545];『백거이집전교』제3책, 1537쪽.
27) 원진「郡務稍簡因得整比舊詩因寄樂天」;『원진집』상책, 247쪽.

悲腸自斷非因劍,	애를 끊는 슬픔은 칼 때문이 아니고
啼眼加昏不是塵.	울어 눈앞 흐릿함은 먼지탓이 아니다.
懷抱又空天黙黙,	마음은 또 공허한데 하늘은 침묵하고
依前重作鄧攸身.	예전처럼 다시 등유의 신세가 되었다.[28]

　등유(鄧攸; ?-326)는 진(晉)나라 사람으로 자(字)는 백도(伯道)이다. 전란이 발발하자 아들과 조카를 데리고 피난을 떠났다. 도중에 하나를 포기해야 할 상황에 이르자 등유는 이미 세상을 떠난 동생의 외동아들인 조카를 택하였다. 그 후 등유가 끝내 아들을 얻지 못해 대를 잇지 못하게 되자 세상 사람들은 그의 처지를 안타까워하며 "하늘이 무심도 하여 백도가 아들이 없게 되었네"[29]라고 하였다. 백거이는 가까스로 얻은 아들을 잃은 허망함을 등유의 슬픔에 비유하였던 것이다. 부모가 죽으면 땅에 묻고 자식이 죽으면 가슴에 묻는다고 하였다. 다섯 자식 중 외아들 아최를 포함한 자식 넷을 먼저 보냈으니 백거이는 어쩌면 더없이 불행하고 가련한 사람이었다.

　백거이 후사에 관한 고대문헌의 기록은 대체로 (1) 질손(姪孫) 아신(阿新), (2) 조카 경수(景受), (3) 질손 경수 등 세 가지로 구분된다.[30] 서로 다른 기록으로 인해 학계의 의견이 분분할 수밖에 없었

---

28) 백거이 「哭崔兒」[2093]; 『백거이집전교』제4책, 1976쪽.

29) 『晉書·鄧攸傳』: "天道無知, 使鄧伯道無兒."(『진서』권90·「열전」제60)

30) (1) 백거이 「醉吟先生墓誌銘幷序」[3686]: "樂天無子, 以姪孫阿新爲之後."(『백거이집전교』제6책 3815쪽); 『舊唐書·白居易傳』: "無子, 以其姪孫嗣."(『구당서』권166·「열전」제116)
　　(2) 『新唐書·宰相世系表』: "居易字樂天, 刑部尚書. 景受, 孟懷觀察支使, 以從子繼."(『신당서』권75하·「표」제15하); 李商隱 「唐刑部尙書致仕贈尙書右僕射太原白公墓碑銘幷序」: "子景受, 大中三年, 自潁陽尉典治集賢御書, 侍太夫人宏農郡君楊氏來京師."(『전당문』권780)

다. 아신은 누구의 손자이며 경수가 형제의 아들인지 손자인지 확실하지 않았다. 조카라면 형제 중 누구의 아들이며 형제의 손자라면 형 백유문의 손자인지 동생 백행간의 손자인지 분명하지 않아 오랜 기간 학계의 논쟁거리가 되었다.

1980년 7월 낙양 백적촌(白磧村)에서 백거이 52대손 백서재(白書齋) 소장의 『낙천후예백씨가보(樂天後裔白氏家譜)』가 발견되었다. 이 가보에 백거이는 낙양 백씨(白氏)의 시조이고 2대조 즉 백거이의 후사는 형 백유문의 차남 경수(景受)로 기재되어 있다.[31] 또한 백거이 36대손 백자성(白自成)이 지은 「백씨중수보계서(白氏重修譜系序)」에 의하면 형 유문에게는 장남 경회(景回)·차남 경수(景受)·삼남 경연(景衍) 세 아들이 있었고 백거이는 그 중 차남 경수를 후사로 삼았던 것이다.[32] 본고에서는 또 다른 확증이 발견되지 않는 한 『낙천후예백씨가보』의 기록을 수용하여 백거이의 후사는 형 백유문의 차남 경수인 것으로 결론 내린다.[33]

---

(3) 『冊府元龜』권862·「總錄部·爲人後」條: "白景受, 刑部尚書致仕白居易之侄孫. 居易卒, 無子, 以景受爲嗣."

31) 「樂天後裔白氏家譜」: "(白居易)配楊氏, 生一子, 少亡.……取胞兄白幼文次子景受嗣." (白書齋·顧學頡 『白居易家譜』 上海, 中國旅遊出版社, 1983, 51쪽)

32) 白自成 「白氏重修譜系序」: "幼文長子諱景回, 淄州司兵參軍; 次子諱景受, 字孟懷, 觀察使; 三子諱景衍.……我始祖樂天, 官居太子少傅·刑部尙書……會昌元年, 以兄幼文次子景受嗣."(白書齋·顧學頡 『白居易家譜』 上海, 中國旅遊出版社, 1983, 2쪽)

33) 『樂天後裔白氏家譜』의 발견 이후에도 백거이 후사에 관한 의견은 일치하지 않는다. 褰長春의 『白居易評傳』(南京, 南京大學出版社, 2002)에서는 가보의 기록을 받아들인 반면 文艶蓉의 「白居易子嗣考辨」(『重慶社會科學』 2009년 제2기)에서는 「醉吟先生墓誌銘幷序」[3686]의 기록처럼 姪孫 阿新을 후사로 삼은 것이 분명하다고 하면서 아신은 백경수의 아들 白邦翰을 말한다고 주장하였다.

2. 급제와 간관 시기

백거이의 회고에 의하면 생후 6 · 7개월에 병풍에 쓰여 있는 '지
(之)'자와 '무(無)'자를 보고 말로 표현하지는 못하였으나 마음속으로
는 그 글자를 알고 있었다고 한다. 이 총명함으로 5 · 6세가 되어 시
짓기를 학습하였고 9세 때에는 성운에 통달하였다.[34] 10대에 들어
백거이는 부친 백계경의 임지 변경과 주도(朱滔) · 주체(朱泚) · 이희
열(李希烈) 등의 빈진 반란으로 인해 강남 여러 지역에서 소년 시절
을 보내야 했다. 백거이는 15 · 6세에 이르러 진사 응시에 뜻을 품고
공부에 전념하였다.

15 · 6세에 비로소 진사시(進士試)가 있다는 것을 알고서 힘써 글공부
를 했습니다. 그리고 20세 이후로 낮에는 부(賦), 밤에는 서(書)를 공
부하고 또 틈틈이 시(詩)를 공부하느라 잠자고 쉴 겨를도 없이 열심히
하여 입속이 헐고 팔꿈치에 굳은살이 생기기에 이르렀습니다.[35]

백거이는 진사과 응시를 위해 각고의 노력을 기울였다. 제대로
수면과 휴식도 취하지 못하면서 입속이 헐고 팔꿈치에 굳은살이 생
길 정도로 힘써 공부하였다. 한미한 가문 출신으로서 혼자의 힘으로
분투해야 하는 고충은 남달랐다. "처음 진사과에 응시했을 때 조정

---

34) 백거이 「與元九書」[2915]: "僕始生六七月時, 乳母抱弄於書屏下, 有指無字之字示僕
者, 僕雖口未能言, 心已黙識.……五六歲, 便學爲詩. 九歲, 諳識聲韻."(『백거이집전
교』제5책, 2789쪽)
35) 백거이 「與元九書」[2915]: "十五六, 始知有進士, 苦節讀書. 二十已來, 晝課賦, 夜課書,
間又課詩, 不遑寢息矣, 以至於口舌成瘡, 手肘成胝."(『백거이집전교』제5책, 2789쪽)

에는 촌수가 먼 일가친척도 없었고 고관 중에 일면식이라도 있는 사람이 없었다. 준족들이 달리는 길에서 절름발이에 채찍질하는 듯하였고 전장에서 화살 없는 활시위를 당기는 것과 같았다"[36)는 회고는 취약한 가문 배경의 서족 출신이 과거 급제를 위해 겪어야만 하는 고통을 잘 대변해 주고 있다.

당대(唐代) 과거에서는 북송(北宋) 이후와는 달리 호명(糊名) 제도와 등록(謄錄) 제도[37)를 시행하지 않았다. 응시자의 성명이나 필적이 노출됨으로써 고관(考官)이 당락을 결정할 때 답안의 내용보다 사람에 의해 영향받는 경향이 있었다. 또한 주고관(主考官)이 거자(擧子)들의 사회적인 명성과 재덕을 탐문하여 명단을 만들고 급제 여부를 판단할 때 참고로 삼는 통방(通榜)이라는 방법을 공개적으로 사용하였다.[38) 따라서 거자들은 과거 응시 전에 사회의 유명 인사나 문인 혹은 공경 대부에게 시문을 지어 보내 자신의 재능을 드러내고 명성을 얻어 주고관에게 천거되기를 도모하였다. 과거 급제의 가능성을 높이기 위한 사인들의 이 같은 행위를 '행권(行卷)'이라고 한다.

행권 풍조는 일반적으로 진사과에 응시하려는 거자들 사이에 성행하였다. 가문의 배경 없이 오로지 자신의 재능에만 의지하여야 하

---

36) 백거이 「與元九書」[2915]: "初應進士時, 中朝無緦麻之親, 達官無半面之舊, 策蹇步於利足之途, 張空拳於戰文之場."(『백거이집전교』제5책, 2789쪽)

37) 北宋 이후로 과거시험의 채점에는 우선 답안지 표지에 쓰인 응시자의 성명·연령 등을 풀을 칠해 봉하는데 이를 '糊名'이라고 한다. 다음에는 필적 등으로 답안 작성자를 판별하는 것을 방지하기 위해 많은 심사원을 동원하여 답안을 모두 옮겨 적었는데 이것이 바로 '謄錄'이다. 응시자가 처음 작성한 답안은 검은 먹을 사용하므로 '墨卷'이라 하고 다시 옮겨 써진 답안은 붉은 색을 사용하므로 '硃卷'이라고 부른다. 宮崎市定 저, 중국사연구회 옮김 『중국의 시험지옥——科擧』 서울, 청년사, 1993, 104-105쪽.

38) 金諍 『科擧制度與中國文化』上海, 上海人民出版社, 1990. 72쪽.

는 서족출신 사인으로서는 무엇보다도 중요한 의미를 갖는 활동이었다. 백거이가 저작랑(著作郎) 고황(顧況; ?-820)과 급사중(給事中) 진경(陳京; ?-805)에게 작품을 헌상한 것도 일종의 행권이었다.

당시 문단의 저명인사였던 고황에게 행권을 시도한 것은 정원3년(787) 16세의 어린 나이였다. 고황은 처음 거이(居易)라는 이름을 보고 "장안에 쌀이 귀하니 살기가 쉽지 않겠다(長安米貴, 居大不易)"라고 농담을 하였다. 그러나 백거이가 올린 「賦得古原草送別」 시를 읽고 "정통 문장이 끊기는 줄 알았는데 이제 다시 그대를 얻었다(吾謂斯文逾絶, 今復得子矣)"라며 어린 백거이의 재능에 감탄하였다고 한다.[39]

離離原上草,	푸릇푸릇 들판에 우거진 풀은
一歲一枯榮.	해마다 시들고 또 무성해진다.
野火燒不盡,	들불로도 다 태워 없애지 못해
春風吹又生.	봄 바람 불면 또다시 살아난다.
遠芳侵古道,	풀향기 저멀리 옛길을 뒤덮었고
晴翠接荒城.	푸른 풀빛 황성옛터에 이어졌다.
又送王孫去,	이제 또 그대를 떠나 보내려니
萋萋滿別情.	들풀처럼 석별의 정 가득 차다.[40]

백거이는 고황의 인정을 받음으로써 어린 나이에 명성을 얻었다.

---

39) 고황 관련 일화는 唐·張固 『幽閒鼓吹』, 五代·王定保 『唐摭言』 권7, 宋·尤袤의 『全唐詩話』 권2 등에 기록되어 있다.

40) 백거이 「賦得古原草送別」[0678]; 『백거이집전교』제2책, 768쪽.

그러나 넉넉하지 못한 가정 형편과 정원10년(794) 23세 때의 부친상으로 인해 과거 응시의 길은 멀기만 하였다. 정원16년(800) 정월, 백거이는 급사중 진경에게 다시 행권을 시도하였다. "위로는 조정에 의지하여 도움도 받을 수 없고, 다음으로 향리(鄕里)에 은혜를 베푼 명예도 없습니다. ……믿을 것이라곤 문장 실력이고 바라는 것은 시험관이 공정한 것 뿐입니다"[41]라며 자신의 재능 이외에는 달리 도움을 청할 길 없는 처지임을 간곡히 밝혔다.

당대 과거제의 주요 과목은 경전 지식을 시험하는 명경과(明經科)와 시부(詩賦) 재능을 측정하는 진사과(進士科)였다. 당시 "서른 살에 명경 급제는 늦은 것이요, 쉰 살에 진사 급제는 이른 것이다(三十老明經, 五十少進士)"[42]라는 속담이 있을 정도로 진사과에 급제하기가 어려웠다. 그러므로 당인들은 명경과 출신보다는 진사과 출신을 더욱 높이 평가하였고 진사과 급제자를 '백의공경(白衣公卿)'·'일품백삼(一品白衫)'[43]으로 부르며 중시하였다. 조정에서도 임관과 승관(升官)면에서 진사과 출신들을 훨씬 우대하였다. 이러한 사회 풍조로 인하여 당대 사인들은 특히 진사 급제에 대한 강렬한 열망을 품었던 것이다.

백거이는 드디어 정원15년(798) 선주(宣州)에서 선흡관찰사(宣歙觀察使) 최연(崔衍) 주관의 향시에 응시하여 급제하였다.[44] 그 다음해

---

41) 백거이 「與陳給事書」[2913]: "上無朝廷附離之援, 次無鄕曲吹煦之譽.……蓋所仗者文章耳, 所望者主司至公耳."(『백거이집전교』제5책, 2776쪽)

42) 王定保 『唐摭言』권1·「散序進士」조.

43) 王定保 『唐摭言』권1·「散序進士」조.

44) 백거이 「送侯權秀才序」[2910]: "貞元十五年秋, 予始擧進士, 與侯生俱爲宣城守所貢."(『백거이집전교』제5책, 2763쪽) 선주 향시의 시제에 대한 답안으로 지어진 작품은 「宣州試射中正鵠賦」[2838]·「窓中列遠岫詩」[2839]이다.

정원16년(800) 정월 진사과 응시 전, 백거이는 급사중 진경에게 행권
용 작품 시 100수·잡문 20편을 헌상하였다. 같은 해 2월 14일, 예부
시랑(禮部侍郞) 고영(高郢; 740-811)의 주시(主試)하에 진사과에 응시
하였다. 『논어』의 구절과 남조·안연지(顔延之; 384-456)의 시구가 시
제로 제시되었다. 당시 백거이의 답안은 「玉水記方流詩」[45]·「省試性
習相遠近賦」[46]라는 제목으로 전해진다. 이와 함께 시책(試策) 5편[47]
을 답안으로 제출한 백거이는 제사등(第四等)의 성적으로 급제하였
다. 이때가 그의 나이 29세, 17인의 급제자 중 백거이가 최연소였다.

진사과 급제는 정식적인 출사를 의미하지 않는다. 당대 과거제에
의하면 과거 급제 후에 이부(吏部) 주관의 전선(銓選)을 통과해야만
실제 관직에 제수되기 때문이다. 이부 전선을 '석갈시(釋褐試)'라고
부르는 것은 바로 이 시험에 급제해야만 평민에서 관리가 될 수 있
기 때문이다. 진사과에 급제했지만 이부 전선을 통과하지 못한 자는
전진사(前進士)라고 불렀다.[48] 이부 전선에 급제하기 위해 백거이는
시판(試判)의 예상 답안문으로 100편의 과판(科判)[49]을 작성하는 등

---

45) 백거이 「玉水記方流詩」[2841]는 안연지 「贈王太常」의 제1·2구 "玉水記方流, 璿源載
圓折"(『문선』권26)에 대한 試帖詩이다. 題下에 "以流字爲韻, 六十字成."(『백거이집
전교』제4책, 2602쪽)이라는 자주가 있다.

46) 백거이 「省試性習相遠近賦」[2840]는 "子曰, '性相近也, 習相遠也.'"(『論語·陽貨』)라
는 試題에 대해 작성한 律賦이다. 題下에 "以'君子之所愼焉'爲韻, 依次用, 限三百五
十字已上成. 中書侍郎高郢下試, 貞元十六年二月十四日及第第四人."(『백거이집전
교』제4책, 2599쪽)이라는 자주가 있다.

47) 백거이 「禮部試策五道」[2928~2932]·題下自注: "貞元十六年二月, 高侍郎試及第."
(『백거이집전교』제5책, 2854쪽)

48) 陳茂同 『中國歷代選官制度』上海, 華東大學出版社, 1994, 146쪽.

49) 100편의 科判은 소위 「百道判」[3522~3622]을 말한다. 백거이가 과거 응시를 위해
준비한 예상 답안은 「百道判」[3522~3622]과 「策林」[3443~3521] 75편이 있다. 「策林」
은 제과 응시를 위한 것이고 「백도판」은 이부 전선의 서판발췌와 응시 준비를 위한

많은 노력을 기울였다.

　정원18년(802) 겨울, 이부시랑(吏部侍郎) 정순유(鄭珣瑜) 문하에서 서판발췌과(書判拔萃科)에 응시하였다. 당시 서판발췌과와 함께 박학굉사과(博學宏辭科) 시험이 시행되었다. 백거이가 박학굉사과(博學宏辭科)를 선택하지 않은 이유는 '굉(宏)'이 조부 백굉(白鍠)의 '굉(鍠)'과 동음(同音)인 관계로 피휘(避諱)해야 했기 때문이었다.[50] 정원19년(803) 3月, 32세의 백거이는 원진과 함께 서판발췌과에 급제하여 비서성교서랑(秘書省校書郎)에 제수되었다. 비서성교서랑 시기의 생활을 이렇게 노래하였다.

茅屋四五間,	너다섯 칸짜리 허름한 집에
一馬二僕夫.	말은 한필이고 하인은 두명.
俸錢萬六千,	월봉은 일만 육천전이 되니
月給亦有餘.	매달 충분하여 남음이 있다.
旣無衣食牽,	먹고 입는 일에 구애받지 않고
亦少人事拘.	세상사로 구속 받을 일도 없다.
遂使少年心,	이에 한창 젊은 시절의 마음이
日日常晏如.	언제나 항상 한가롭고 태평하다.
……	……
誰能讎校間,	어느 누가 교감작업 중 짬을 내어
解帶臥吾廬.	허리띠 풀고 내 거처에 누우려나.

것이다.

50) 李商隱 「唐刑部尙書致仕贈尙書右僕射太原白公墓碑銘」: "公字樂天, 諱居易, 前進士避祖諱選書判拔萃, 注秘省校書."(『전당문』권780)

442

窗前有竹玩,　　창 앞엔 좋아하는 대나무가 있고

門外有酒沽.　　문 밖에는 술 파는 곳도 있으니.

何以待君子,　　무엇으로 그대들을 대접하려나

數竿對一壺.　　몇 줄기 대나무와 한 단지의 술.[51]

　　교서랑은 황궁 도서의 교감 업무를 수행하는 정구품상(正九品上)의 하급 관직이었다. 백거이는 후일 교서랑 시절에 대해 "젊은 나이 거침없이 호방하였고 관위는 낮아 한가로이 지내었다"[52]라고 회상하였다. 비서성교서랑은 참정과는 거리가 있는 한직이지만 문사(文詞) 방면의 재능을 인정받은 결과라는 면에서 의미가 있다.

　　정원21년(805) 1월 23일 덕종(德宗)이 서거하자 26일 태자 이송(李誦)이 황제에 즉위하였다. 바로 순종(順宗)이다. 순종은 왕숙문(王叔文; 753-806)·왕비(王伾; ?-806)와 유종원(柳宗元; 773-819)·유우석(劉禹錫; 772-842) 등의 혁신파를 신임하였다. 왕숙문을 중심으로 한 혁신파는 덕종 시기의 정치적 폐단을 바로잡고자 하였다. 혁신의 주요 내용은 중앙집권 강화로 번진 세력을 억제하고 환관의 병권을 제거하여 세력을 약화하며 이 밖에도 궁시(宮市)의 금지·부패한 관리에 대한 엄벌·양세(兩稅) 외의 착취 엄금·불필요한 관리의 파면 등이었다.[53]

　　이러한 정치혁신이 급격하게 진행되던 때, 비서성교서랑이던 백

---

51) 백거이 「常樂里閑居偶題十六韻兼寄劉十五公興王十一起呂二炅呂四穎崔十八玄亮元九稹劉三十二敦質張十五仲方時爲校書郎」[0179]; 『백거이집전교』제1책, 265쪽.

52) 白居易 「代書詩一百韻寄微之」[0615]: "疎狂屬年少, 閑散爲官卑."(『백거이집전교』제2책, 703쪽)

53) 王壽南 『隋唐史』臺北, 三民書局, 1986, 311-314쪽.

거이는 직접적인 정치 참여가 불가능한 지위에 있었으나 나름대로 지지 입장을 표명하였다. 막 재상 지위에 오른 혁신파 위집의(韋執誼)에게 「爲人上宰相書一首」[2914]를 올려 백성을 이롭게 하는 정치를 촉구하였다. 직언 가능한 사회 풍토를 조성하고 권선징악과 시비·상벌을 분명히 하며 잦은 징벌·생산의 감소·가혹한 조세·불안정한 변경 상황 등의 사회 모순을 조속히 바로 잡아 재상은 "장래의 평안을 도모하고 지난 실패를 보충해야"[54]한다고 주장하였다. 그러나 이 영정혁신(永貞革新)은 환관과 번진 등 기득권의 강한 반발로 인해 실패하고 말았다. 그 결과 이왕(二王) 즉 왕숙문과 왕비는 죽임을 당했고 팔사마(八司馬) 즉 유종원·유우석·위집의 등 8인은 사마(司馬)로 좌천되었다.

원화(元和) 1년(806) 봄, 비서성교서랑에서 면직되었다. 백거이는 원진과 함께 화양관(華陽觀)에서 기거하며 제과(制科) 응시를 준비하기 시작하였다. 소위 제과는 일명 제거(制擧)라고도 한다. 제과는 황제가 친히 주관하는 특수인재 선발시험이다. 일시나 과목은 황제가 임의로 결정한다. 주로 일정한 시기의 정치적 필요에 의하여 실시되므로 여타의 시험보다는 현실 정치와의 관계가 밀접하다.[55] 이 제과에 합격한다는 것은 황제가 자신의 존재와 재능을 인정함을 의미하며 나아가서는 황제의 총애와 중용을 보장받을 수 있는 절호의 기회였다.

백거이는 제과 급제를 위하여 두문불출 각고의 노력을 기울였다.

---

54) 백거이 「爲人上宰相書一首」[2914]; "圖將來之安, 補旣往之敗."(『백거이집전교』제5책, 2779쪽)
55) 傅璇琮 『唐代科擧與文學』 西安, 陝西人民出版社, 1986, 137쪽.

시험의 주요 내용은 시험관이 제시한 국사(國事)와 민생 문제에 대하여 자신의 정치적 주장을 펴는 대책(對策)이었다. 원진과 백거이는 공동으로 「策林」75편을 지어 시험에 대비하였다.[56] 당시의 한림학사(翰林學士) 배기(裴垍; ?-811)가 소신껏 자신의 주장을 개진하라는 조언에 힘을 얻어 "당시의 병폐를 지적하고 언사를 엄정히 하며 성패에 연연하지 않는" 태도로 책문(策文)을 작성하였다.[57] 당시는 헌종(憲宗)이 막 즉위하여 중흥의 의지가 강하였고 배기와 같은 소신파 인재가 조정 요직에 있으면서 제과 응시자들을 독려하던 때였다. 원진과 백거이는 기탄없이 정치주장을 피력할 수 있었다.

마침내 원화1년(806) 4월 제과의 재식겸무명어체용과(才識兼茂明於體用科)에서 18명의 급제자 중 원진은 수석, 백거이는 차석으로 합격하였다.[58] 제과 급제를 계기로 백거이는 실질적인 정치 참여의 발판을 마련하였던 것이다. 같은 달 28일 백거이는 주질현위(盩厔縣尉)에 제수되었다. 주질현은 지금의 서안시(西安市) 주지현(周至縣)으로 당대의 기현(畿縣)이다. 백거이는 정구품하(正九品下) 미관말직의 지방 관리로서 분주한 일상을 이렇게 노래하였다.

---

56) 백거이 「策林序」[3442]: "元和初, 予罷校書郎, 與元微之將應制擧, 退居於上都華陽觀, 閉戶累月, 揣摩當代之事, 構成策目七十五門. 及微之首登科, 予次焉."(『백거이집전교』제6책, 3436쪽)

57) 원진 「酬翰林白學士代書一百韻」自注: "予與樂天, 指病危言, 不顧成敗, 意在決求高等. 初就業時, 今裴相公戒予, 愼勿以策苑爲美, 予深佩其言."(『원진집』상책, 116쪽)

58) 『舊唐書・元稹傳』: "二十八, 應制擧才識兼茂明於體用科, 登第者十八人, 稹爲第一, 元和元年四月也. 制下, 除左拾遺."(『구당서』권166・「열전」제116); 『舊唐書・白居易傳』: "元和元年四月, 應才識兼茂明於體用科, 策入第四等, 授盩厔縣尉・集賢校理."(『구당서』권166・「열전」제116) 이상의 역사 기록에 의하면 제과 합격자는 5등급으로 구분되는데 第一・二等은 두지 않는 것이 관례였다. 따라서 원진의 "第一"은 가장 우수한 성적이었다는 뜻이며 급제 등급은 第三等이다. 백거이의 "第四等"은 급제 등급을 말하는 것이니 사실상 차석의 성적이다.

一爲趨走吏,	잡무로 분주한 고을 관리 된 이래
塵土不開顔.	세상사로 얼굴에 웃음짓지 못했네.
孤負平生眼,	평소에는 내 눈에 들어오지 않더니
今朝始見山.	오늘에서야 비로소 저 산이 보이네.[59]

잡무 번다한 현위 생활이 만족스럽지는 않았지만 문학사에 길이 남을 큰 성과를 거둘 수 있었다. 이 기간에 진홍(陳鴻)·종남산(終南山)의 은사 왕질부(王質夫)와 맺은 교분으로 인해 명작「長恨歌」[0603]를 창작할 수 있었기 때문이다.

원화2년(807) 가을, 백거이는 경조부향공진사시관(京兆府鄕貢進士試官)에 위촉되었다. 장안으로 소환되어 경조부시관으로 출제 업무를 수행하였다. 당시 백거이의 시제(試題)는「進士策問五道」[2933~2937]라는 제목으로 전해진다. 부시 종료 후인 11월 4일, 백거이는 주질현위 외에 집현전교리(集賢殿校理)를 겸직하게 되었다.[60] 다음 날인 11월 5일에는 한림원(翰林院)에 소환되어 제(制)·서(書)·조(詔)·표(表) 및 시(詩)를 작성하였고[61] 그 결과 한림학사(翰林學士)에 제수되었다. 이에 관한 역사 기록은 다음과 같다.

교서랑 시절부터 주질현위를 제수받은 기간에 지은 시가 근 백 편에

---

59) 백거이「盩厔縣北樓望山」[0642];『백거이집전교』제5책, 2776쪽.

60) 원화2년(807) 11월 작품「奉勅試邊鎭節度使加僕射制」[2938]의 제하 자주에 "將仕郞守京兆府盩厔縣尉集賢殿校理臣白居易進"(『백거이집전교』제5책, 2868쪽)이라는 기술을 근거로 하면 集賢殿校理는 주질현위 관직에 추가된 겸관이다.

61) 당시 작성한 5종 문체의 글은「奉勅試制書詔批答詩等五首」[2938~2942]라는 제목으로『백씨문집』에 수록되어 있다.

이른다. 모두 풍간의 뜻이 있어 당시의 병폐를 지적하고 정치의 결점을 보충하였으니 사대부들이 훌륭하게 생각하여 왕왕 황궁에 전해지게 되었다. 헌종은 간언을 용납하고 다스림의 도리를 생각하며 직언 듣기를 갈구하여 원화2년 11월 (백거이를) 한림원으로 초치하여 한림학사로 삼았고 3년 5월에는 좌습유에 제수하였다.[62]

한림학사 제수에는 두 가지 이유가 있었다. 5종 문체에 대한 작성 능력을 인정받은 것이 첫 번째 이유이다. 두 번째는 당시 당왕조 중흥을 꿈꾸던 헌종이 이미 풍유시 작가로 명성이 있던 백거이를 높이 평가하였기 때문이기도 하다.[63]

한림학사는 품계가 부여되지 않는 겸관에 불과하였지만 정치적으로는 요직에 해당한다. 당대 초기의 한림학사는 정치활동에 참여하지 않고 황제의 조칙(詔勅)을 기초하는 직무만을 수행하였다. 그러나 전제군주제에서의 제조권(制詔權)은 황권 강화에 중요한 요소였다. 초기에는 제조권과 이를 의론·시행하는 의정권(議政權)이 모두 재상의 권한에 속하였으나 점차 황권 강화에 따라 재상의 제조권과 의정권을 분할·약화시킬 필요성이 대두되었다. 당대에 이러한 역할을 담당한 것이 바로 한림학사였다. 따라서 한림학사는 내정(內廷)에서 제조와 의정을 직무로 하는 황제의 개인집단으로서 외조(外朝)의 재

---

62) 『舊唐書·白居易傳』: "雠校至結綬畿甸, 所著詩歌數十百篇, 皆意存諷賦, 箴時之病, 補政之缺, 而士君子多之, 而往往流聞禁中. 章武皇帝納諫思理, 渴聞讜言, (元和)二年十一月, 召入翰林爲學士. 三年五月, 拜左拾遺."(『구당서』권166·「열전」제116)

63) 한림학사 제수 원인에 대해 司馬光의 『資治通鑑』·「唐憲宗元和二年」조에서도 "盩厔尉集賢校理白居易, 作樂府及詩百餘篇, 規諷時事, 流聞禁中, 上見而悅之召入翰林學士."(『자치통감』권237·「唐紀」53)라고 기록하고 있다.

상 임면에 관여하는 막대한 권력을 행사하였다.[64] 덕종(德宗) 이후 한림학사의 지위는 더욱 강화되어 항상 내정에서 재상을 대신하여 의정의 가부를 재결하였으므로 '내상(內相)'이라고도 일컬어졌다.

헌종(憲宗) 초에는 한림학사의 수장 즉 한림학사승지(翰林學士承旨)가 출현하여 국가 기밀을 관장하고 조칙의 인장(印章)을 보존하는 권한을 소유하게 되었다.[65] 한림학사의 지위 강화에 따라 한림학사를 거쳐 요직을 맡게 되는 경우가 많았다. 더욱이 헌종 이후의 한림학사승지는 대부분 재상에 임명되는 등 한림학사는 장래의 사도를 보장해 주는 중요한 관직으로 부상하였다.[66] 황제의 조칙 기초는 중요한 정치 행위로서 한림학사 백거이는 실질적인 참정의 길에 들어선 것이다.

백거이의 더욱 적극적인 정치 참여는 원화3년(808) 4월 28일, 한림학사를 겸직한 채 좌습유(左拾遺)에 제수됨으로써 실현되었다. 비록 종팔품상(從八品上)의 하위 품계이지만 황제에 대한 간언과 정치 비판의 권한이 주어진 간관(諫官)이기 때문이다. 백거이는 바로「謝官狀」[3399]을 올려 관직 제수에 대한 감사의 뜻을 표했다. 십 일이 지난 5월 8일, 다시「初授拾遺獻書」[3376]를 지어 좌습유 직무 수행에 대한 결의를 다지기도 하였다. "먹어도 맛을 모르고 잠을 자도 편안치 않으며, 오직 분골쇄신하여 각별한 총애에 보답할 것만을 생각하였다"[67]라는 말로 간관으로서의 포부와 각오를 표현하였다.

---

64) 程宗才「唐代的翰林學士與宰相」;『魏晉南北朝隋唐史』1991년 12기, 31-35쪽.

65) 王永平「論翰林學士與中晚唐政治」;『魏晉南北朝隋唐史』1990년 6기, 68-69쪽.

66) 程宗才「唐代的翰林學士與宰相」;『魏晉南北朝隋唐史』1991년 12기, 36쪽.

67) 백거이「初授拾遺獻書」[3376]: "食不知味, 寢不遑安, 唯思粉身, 以答殊寵."(『백거이집전교』제5책, 3323쪽)

이 무렵 의외의 사건이 발생하였다. 원화3년(808) 4월, 헌종은 제과(制科)를 실시하였다. 이부시랑(吏部侍郎) 양오릉(楊於陵; 753-830)[68]과 이부원외랑(吏部員外郎) 위관지(韋貫之; 760-821) 등이 고책관(考策官)에 임명되었고 백거이·배기·왕애(王涯; 764-835) 등 6인의 한림학사가 제책고복관(制策考覆官), 즉 재심사관에 위촉되었다. 이때 현량방정능직언극간과(賢良方正能直言極諫科)에 응시한 황보식(皇甫湜; 777-835)·우승유(牛僧孺; 780-848)·이종민(李宗閔; 약783-846)은 격렬한 어조로 시정(時政)과 권귀(權貴)을 비판하였고 그 결과 상위권으로 급제하였다. 그러자 급제자의 직언극간에 분노한 재상 이길보(李吉甫; 758-814)가 심사 결과에 이의를 제기하였고 헌종은 백거이·배기·왕애 등 6인의 한림학사에게 재심사를 맡겼다. 재심사 결과, 심사에는 잘못이 없다는 사실을 확인하였을 뿐이었다.

그러나 이길보와 구관료 집단에서는 한림학사 배기와 왕애의 재심사에 부정이 있다며 황제에게 읍소하였다. 급제자 황보식은 왕애의 생질이라는 사실을 사전에 고지하지 않았고 배기도 이에 대해 이의를 제기하지 않았다는 것이다. 이에 황제는 부득이 양오릉과 위관지를 비롯하여 배기·왕애 등을 좌천시켰다.[69] 백거이도 재심관 중의 한 사람이었으나 처분받지 않았다.

사건 종료 직후인 4월 28일, 한림학사 겸 좌습유에 제수된 백거이는「論制科人狀」을 상주하여 고책관과 재심사관 모두 "공정·충실하

---

68) 胡三省의 音注에 의하면 "於, 音烏"라고 했으니 楊於陵의 한국한자음은 양오릉이다. 司馬光『資治通鑑』권237·「唐紀」53·「唐憲宗元和三年」조 참조.

69) 司馬光『資治通鑑』·「唐憲宗元和三年」조: "李吉甫惡其直言, 泣訴於上, 且言翰林學士裴垍·王涯覆策. 湜, 涯之甥也, 涯不先言, 垍無所異同. 上不得已, 罷垍·涯學士, 垍為戶部侍郎, 涯為都官員外郎, 貫之為果州刺史."(『자치통감』권237·「唐紀」53)

고 바르고 곧았음은 내외 인사들이 모두 알고 있는 바"[70]라며 처분이 부당하다고 극력 간언하였다. 그러나 황제의 결정은 바뀌지 않았다. 제과로 인해 발발한 이 사건은 단지 채점 결과의 공정성 여부에 관한 논쟁이 아니었다. 사실은 정치혁신을 주장하는 서족(庶族) 출신의 신진사인 세력과 기득권을 유지하려는 세족(世族)출신 구관료 세력간의 불화가 표출된 것이었다. 정권 투쟁의 의미를 내포한 이 사건은 이후 중당(中唐) 40여 년 동안 지속되었던 우리당쟁(牛李黨爭)의 원인(遠因)이 되었다.

원화3년(808) 9월 회남절도사(淮南節度使) 왕악(王鍔)이 입조하여 황제에게 재물을 헌상하고 환관에게 뇌물을 증여하며 재상의 지위를 얻고자 하였다. 이에 "재상은 천하 사람들이 모두 우러러보는 자리이니 두터운 명망과 뛰어난 공훈이 없으면 맡을 수가 없다"[71]고 생각한 백거이는 「論王鍔欲除官事宜狀」을 올려 그 부당함을 다음과 같이 간언하였다.

왕악은 절도사 재임 시에 피폐한 백성들을 구휼하지 않고 오로지 부려 먹고 착취하는 데에 힘을 쓰니 회남 백성들은 밤이나 낮이나 항상 의지할 곳이 없었습니다. 재임 5년 동안 온갖 방법으로 착취하고 수탈하여 재물이 풍족해지자 수하들을 대동하고 입조하여 잉여물이라고 하면서 스스로 진상합니다. 귀가 있는 자는 모두 그런 사실을 알고 있습니다. 그런데 지금 만약 동평장사(同平章事)에 제수하신다면 천하 사람

---

70) 백거이 「論制科人狀」[3377]: "臣伏以裴坰·王涯·盧坦·韋貫之等, 皆公忠正直, 內外咸知."(『백거이집전교』제5책, 3326쪽)

71) 『新唐書·白居易傳』: "河東王鍔將加平章事, 居易以爲宰相天下具瞻, 非有重望顯功不可任."(『신당서』권119·「열전」제44)

들이 이를 듣고 모두 폐하가 왕악의 헌상을 받고 재상 직위를 수여한 것으로 생각할까 두렵습니다.[72)]

원화4년(809) 3월, 심한 가뭄이 들자 백거이는 「奏請加德音中節目二件」[3383·3384]을 상주하여 강회(江淮) 지방의 조세 면제와 후궁 근무의 여관(女官) 방면을 주청하였다. 4월에는 산남동도절도사(山南東道節度使) 우적(于頔; ?-818)이 입조하여 자신의 애첩을 후궁으로 헌상하자 「論于頔所進歌舞人事宜狀」[3385]을 올려 그 행위의 부당함을 간언하였다.

간관 백거이는 준엄한 논리로 황제에게 간언을 서슴치 않았다. 그리고 시정(時政)의 폐단 중에 말로 전달하기 어려운 것은 시가의 형식을 빌어 표출함으로써[73)] "과실이 있으면 반드시 바로 잡고 어긋남이 있으면 반드시 간언한다. 조정의 득실을 살피지 않음이 없고 천하의 이로움과 해로움을 말하지 않음이 없다"[74)]라는 간관의 직분을 충실히 수행하였다. 한편으로 이것은 자신의 정치주장을 개진하고 자신의 이상과 포부를 실현시키기 위한 수단이기도 하였지만 전제군주제하의 관리로서 명백한 한계를 체험하지 않을 수 없었다.

---

72) 백거이 「論王鍔欲除官事宜狀」[3387]: "王鍔在鎭日, 不卹凋殘, 唯務差稅. 淮南百姓, 日夜無憀. 五年誅求, 百計侵削, 錢物旣足, 部領入朝, 號爲羨餘, 親自進奉. 凡有耳者, 無不知之. 今若授同平章事, 臣恐四方聞之, 皆謂陛下得王鍔進奉而與宰相也."(『백거이집전교』제5책, 3344쪽)

73) 백거이 「與元九書」[2915]: "僕當此日, 擢在翰林, 身是諫官, 月請諫紙, 啓奏之外, 有可以救濟人病, 裨補時闕, 而難於指言者, 輒詠歌之. 欲稍稍遞進聞於上."(『백거이집전교』제5책, 2789쪽)

74) 백거이 「初授拾遺獻書」[3376]: "有闕必規, 有違必諫. 朝廷得失無不察, 天下利病無不言."(『백거이집전교』제5책, 3323쪽)

원진은 감찰어사(監察御史)로서 직무 수행에 충실했지만 환관과 권신(權臣)의 미움을 받아 결국 원화5년(810) 강릉(江陵)으로 좌천되었다. 이에 백거이는 "여러 차례 상소를 올려 간절히 간언하였으나"[75] 끝내 받아들여지지 않았다. 또 왕승종(王承宗) 토벌을 위한 용병(用兵)의 폐해를 거론하며 하북용병(河北用兵) 정책의 취소를 거듭 상주하였다.[76] 이는 모두 다른 사람들이 감히 하기 어려워하는 말들이었다.[77] 그러나 간관으로서의 직분을 다하기 위해 "아는 것을 말하지 않음이 없고, 말을 하면 다하지 않음이 없는(知無不言, 言無不盡)" 태도는 오히려 황제의 노여움을 촉발시켰다. 이에 관한 역사 기록은 다음과 같다.

그 후 궁중에서 자신의 의견을 완강하게 주장하며 양보하지 않았다. 그래도 천자가 납득하지 못하면 앞으로 나아가 말하기를 "폐하가 틀렸습니다"라고 하였다. 천자는 안색이 바뀌어 조회를 파하고는 이강에게 "이 자는 내가 친히 발탁하였거늘 감히 이러하다니 나는 참을 수가 없도다. 반드시 그를 내칠 것이다"라고 말하였다. 이강이 "폐하께서 간언하는 자의 언로를 열어 주셨기 때문에 군신(群臣)들이 과감히 득실을 의론하는 것입니다. 만약 백거이를 축출하신다면 이것은 그 입에 재갈을 물리고 자신을 위해 도모케 하는 것과 같으니 천자의 성덕(盛德)을

---

75) 『舊唐書·白居易傳』: "累疏切諫."(『구당서』권166·「열전」제116) 당시 백거이는 세 차례의 상소를 올렸으나 지금은 「論元稹第三狀」[3394]만이 전해진다.

76) 이에 관한 백거이의 상주문은 「請罷兵第二狀」[3395]·「請罷兵第三狀」[3396] 등이 현존한다.

77) 『舊唐書·白居易傳』: "又請罷河北用兵, 凡數千百言, 皆人之難言者."(『구당서』권166·「열전」제116)

선양하는 방법이 아닙니다"라고 하였다. 이에 황제는 깨닫고 백거이를 처음처럼 대하였다.[78]

한림학사 이강(李絳; 764-830)의 중재로 정치적 처분을 모면하기는 했으나 헌종의 이 같은 언사와 태도는 전제군주제하에서 군신관계의 본질을 보여주는 일면이었다.

귀족 신분제도가 와해되기 이전의 봉건시대에 정권은 결코 군왕에게만 집중되어 있지 않았다. 군왕에서 사대부에 이르기까지 각 계층의 귀족들이 일정한 범위 안에서 각자의 정권을 소유·행사하였던 것이다. 그 후 봉건이 해체되자 황권(皇權)이 형성되어 황제는 정권의 독점자로서 군림하였다. 황제는 정무 처리를 위해 조수를 고용해야만 했는데 그들이 바로 관료 계층이었다. 관료는 황제의 도구에 불과하였다. 도구는 단지 정권을 행사할 수 있을 뿐 정권을 소유할 수 없었다.[79] 그 대가로 작위와 봉록을 받는 관료 계층은 비록 황제에게 간언할 권한이 주어진 간관이라도 "짐이 바로 국가이다(朕卽國家)"라는 황권을 본질적으로 제약할 수는 없었다. 이 같은 정치적·신분적 한계를 백거이는 이미 좌습유 시절에 체험하였던 것이다.

78) 『新唐書·白居易傳』: "後對殿中, 論執彊鯁, 帝未諭, 輒進曰: 陛下誤矣. 帝變色罷, 謂李絳曰: 是子我自拔擢, 乃敢爾. 我叵堪此, 必斥之. 絳曰: 陛下啓言者路, 故群臣敢論得失. 若黜之, 是箝其口, 使自爲謀, 非所以發揚盛德也. 帝悟, 待之如初."(『신당서』 권119·「열전」제44)
79) 費孝通 「論紳士」; 吳晗·費孝通等著 『皇權與紳權』 上海, 觀察社, 1948, 1-2쪽.

3. 복상과 강주 좌천

원화5년(810) 4월 좌습유 임기가 만료되었다. 백거이는 황제에게
「奏陳情狀」[3400]을 상주하여 모친 봉양을 위해 봉록이 다소 많은
경조부호조참군(京兆府戶曹參軍)을 요청하였다.[80] 같은 해 5월 백거
이의 요청대로 경조부호조참군에 제수되었다. 경조부호조참군은 경
조부의 호구(戶口)·호적(戶籍)·부세(賦稅)·창고출납 등을 관장하
며[81] 월봉 4·5만전에 매년 200섬의 녹미를 받는[82] 관직으로 경제
적으로 큰 도움을 받을 수 있게 되었다.

그러나 정치이상의 실현과는 동떨어진 자리였기 때문에 백거이의
정치적 입지는 그만큼 약화되었다. 이번 인사는 표면적으로 차기 관
직을 선택하도록 배려하고 백거이의 요청을 수용한 것이었으나[83] 실
질적으로 백거이에 대한 은총은 아니었다. 간관 임기 중에 황제의
잘못을 서슴치 않고 간언하는 백거이에 대해 황제는 자신이 발탁하
여 관직을 주었음에도 자기에게 무례하다며 불쾌함을 보였다.[84] 또
"다만 백성들의 고통을 마음 아파하고 당시 세상에서 꺼리던 일은
아랑곳하지 않는"[85] 태도로 시정을 비판한 풍유시(諷諭詩)는 권귀들

---

80) 백거이 「奏陳情狀」[3400]: "伏以自拾遺授京兆府判司, 往年院中, 曾有此例. 資序相類,
俸祿稍多. 儻授此官, 臣實幸甚. 則及親之祿, 稍得優豐, 荷恩之心, 不勝感激."(『백거
이집전교』제6책, 3375쪽)

81) 沈起煒·徐光烈『中國歷代職官詞典』上海, 上海辭書出版社, 1992, 130쪽.

82) 백거이 「初除戶曹喜而言志」[0201]: "俸錢四五萬, 月可奉晨昏. 廩祿二百石, 歲可盈倉
囷."(『백거이집전교』제1책, 287쪽)

83) 『新唐書·白居易傳』: "歲滿當遷, 帝以資淺, 且家素貧, 聽自擇官."(『신당서』권119·
「열전」제44)

84) 『舊唐書·白居易傳』: "白居易小子, 是朕拔擢致名位, 而無禮於朕, 朕實難奈."(『구당
서』권166·「열전」제116)

의 원한과 분노를 야기하였다.[86) 따라서 황제는 백거이를 더이상 측근으로 중용하기를 꺼리었고 권귀들은 그의 정치참여를 막고자 하였다. 바로 이러한 정치적 상황이 근신(近臣)으로서의 정치참여를 가로막는 외인(外因)으로 작용하였던 것이다.

이 같은 정치적 입지의 변화를 느낀 백거이 자신도 "신의 모친께서는 병이 많고 신의 집은 본디 가난하다"[87)는 구실로 경조부호조참군의 관직을 청하였던 것이다.[88) 경조부호조참군에 제수된 백거이는 그 감회를 이렇게 서술하고 있다.

人生百歲期,	한평생 백년 세월이라 하지만
七十有幾人.	칠십 사는 사람 몇이나 될까?
浮榮及虛位,	인생에서 헛된 명예와 지위는
皆是身之賓.	모두가 우리 몸의 길손이어라.
唯有衣與食,	오로지 입는 것과 먹는 것만이
此事粗關身.	비로소 이 육신과 관계 있나니
苟免飢寒外,	굶주림과 추위를 면하는 것외에
餘物盡浮雲.	나머지는 모두가 뜬 구름이어라.[89)

---

85) 백거이 「傷唐衢二首」제2수[0035]: "但傷民病痛, 不識時忌諱."(『백거이집전교』제1책, 47쪽)

86) 백거이 「與元九書」[2915]: "凡聞僕賀雨詩, 衆口籍籍, 已謂非宜矣; 聞僕哭孔戡詩, 衆面脈脈, 盡不悅矣; 聞秦中吟, 則權豪貴近者, 相目而變色矣; 聞登樂遊園寄足下詩, 則執政柄者扼腕矣; 聞宿紫閣邨詩, 則握軍要者切齒矣."(『백거이집전교』제5책, 2789쪽)

87) 백거이 「奏陳情狀」[3400]: "臣母多病, 臣家素貧."(『백거이집전교』제6책, 3375쪽)

88) 『新唐書·白居易傳』: "居易請如姜公輔以學士兼京兆戶曹參軍, 以便養."(『신당서』권119·「열전」제44)

89) 백거이 「初除戶曹喜而言志」[0201]; 『백거이집전교』제1책, 287쪽.

작품의 제목을 「初除戶曹喜而言志」라고 하였다. 경조부호조참군이라는 관직 제수에 대해 '기뻐한다(喜)'고 하였지만 표출된 '뜻(志)'에는 인생의 비애가 담겨 있다. 일신에 있어 "헛된 명예(浮榮)"와 "헛된 지위(虛位)"는 단지 지나쳐 가는 길손에 지나지 않는다고 했다. 짧은 인생에서 헛된 명예와 지위를 추구하는 것은 부질없는 일이니 "뜬 구름(浮雲)"과도 같은 것이라고 했다. 정치 일선에서 배척 당한 울분에 대한 조소적 표현일 수도 있으나 정치 참여에 대한 의지가 이미 소극적인 성향을 띠고 있음을 보여 준다.

이 같은 사상적 변화는 "나의 뜻을 실현하기도 전에 이미 재앙이 발생하고 나의 말이 황제에게 전달되기도 전에 이미 비방이 생겨나는"[90] 상황속에서 어쩔 수 없는 필연적인 귀결이었다. 간관으로서 충실한 직무 수행이 오히려 황제의 노여움과 권귀들의 미움을 사게 되었다. 이것은 그로 하여금 전제군주제하에서 자신의 한계를 절감하는 계기가 되었다. 이로 인한 정치이상의 실현에 대한 절망은 자기 스스로 봉록이 후한 경조부호조참군이란 관직을 자청하여 녹사(祿仕)[91]의 길로 들어서게 한 내인(內因)이었다.

獨上樂遊園,	나 홀로 낙유원에 올라 와서
四望天日曛.	사방을 바라보니 황혼이 진다.
東北何靄靄,	어이해 동북쪽 안개 자욱하고
宮闕入煙雲.	궁궐은 운연 속에 파묻혔는가.

---

90) 백거이 「與元九書」[2915]: "志未就而悔已生, 言未聞而謗已成矣!"(『백거이집전교』제5책, 2789쪽)

91) 祿仕에 대한 개념은 본서 제11장 「백거이의 사은의식」에 상세하다.

愛此高處立,	이곳 좋아하여 이 높은 곳에 서면
忽如遺垢氛.	마치 혼탁한 기운 벗어난 듯 하다.
耳目暫清曠,	귀와 눈이 잠깐 동안 시원하지만
懷抱鬱不伸.	내 마음은 울적하고 답답하구나.
下視十二街,	장안성 대로를 아래로 굽어 보니
綠樹間紅塵.	푸른 나무 사이로 흙먼지 날린다.
車馬徒滿眼,	거마들은 부질없이 눈에 가득한데
不見心所親.	마음으로 친애하는 이 보이지 않네.
孔生死洛陽,	공감은 낙양에서 세상을 등졌고
元九謫荊門.	원진은 강릉으로 좌천되었다네.
可憐南北路,	괴이하구나 황궁 가는 남북 대로를
高蓋者何人.	높은 수레타고 다니는 자 누구인가?[92]

원화5년(810) 작품 「登樂遊園望」[0026]이다. 낙유원(樂遊園)은 장안 서남 쪽에 위치한 장안 최고(最高) 지점으로 등고(登高)의 명승지이다. 백거이는 유람의 즐거움이 아니라 미래의 사도(仕途)에 대해 불안과 회의를 느꼈다. 그 불안과 회의는 당시 정국에 대한 백거이의 비관적 인식에서 야기되었다. 원화5년(810) 정월에는 강직의 아이콘 공감(孔戡; 754-810)이 세상을 떠났고 3월에는 동심우(同心友) 원진이 좌천되어 장안을 떠났던 것이다.

공감은 공자(孔子)의 38대손, 정의롭고 강직하기로 명성이 높았다. 소의절도사(昭義節度使) 노종사(盧從史) 막부에서 보좌관으로 근무하면서 노종사의 불법행위에 대해 직언극간하였으나 소용이 없었

---

92) 백거이 「登樂遊園望」[0026]; 『백거이집전교』제1책, 32쪽.

다. 병을 핑계로 사직하고 낙양으로 물러났으나 노종사는 계속 중상
모략으로 앞길을 막았다. 결국 공감은 원화5년 정월 향년 57세로
낙양에서 급사하였다. 원진은 간관 좌습유로서 직언극간에 과감하
였지만 4개월 만에 하남현위(河南縣尉)로 좌천되었다. 또 감찰어사
(監察御史)로서 고관의 부정 탄핵에 충실하였지만 환관과 권신(權臣)
의 원한을 샀다. 결국 그로 인해 발발한 쟁청사건(爭廳事件)[93]의 책
임을 지고 강릉(江陵)으로 좌천되었다. 이것이 원화5년(810년) 3월의
일이었다.

　백거이가 낙유원(樂遊園)에 올라 장안성을 내려다보면서 "마음이
울적하고 답답하였던(懷抱鬱不伸)" 것은 바로 미래에 대한 불안과 정
국에 대한 비관적 인식 때문이었다. 마지막에 "괴이하구나 황궁 가
는 남북 대로를 높은 수레 타고 다니는 자 누구인가?(可憐南北路, 高
蓋者何人)"라는 탄식은 당시 정국에 대한 비판이자 권세가들에 대한
반감의 표현이기도 하였다. 원진은 이 시를 받아 읽고 "머리카락 같
은 그대의 곧음 아끼나니 강호에 사는 이 사람 걱정하지 말게"[94]라
며 오히려 백거이의 상심을 위로하고 격려하였다.

　원화6년(811) 4월, 백거이의 모친이 장안 선평리(宣平里) 자택에서
향년 57세로 서거하였다. 백거이는 다음날 사직하고 고향 하규(下邽)
에 내려가 3년간의 복상(服喪) 기간을 지냈다. 조부모와 부모를 모신
하규의 시골집에 내려와 지내는 감회는 남달랐다.

　　十年爲旅客,　　　십년 세월 나그네로 살아 오면서

---

93) 쟁청사건에 대한 논의는 본서 제12장 「원진·백거이 교유사」에 상세하다.
94) 원진 「酬樂天登樂游園見憶」: "愛君直如髮, 勿念江湖人."(『원진집』상책, 64쪽)

常有飢寒愁.	항상 기한(飢寒)의 근심이 있었다.
三年作諫官,	삼년 동안 간관(諫官)으로 있으며
復多尸素羞.	봉록만 축내는 부끄러움도 많았다.
有酒不暇飮,	술이 있어도 마실 겨를이 없었고
有山不得遊.	산이 있어도 유람할 수가 없었다.
豈無平生志,	어찌 평소에 뜻한 바가 없겠냐만
拘牽不自由.	자리에 얽매여 자유롭지 못했다.
一朝歸渭上,	어느 날 위수(渭水)가로 돌아오니
泛如不繫舟.	매여있지 않은 배처럼 자유로웠고
置心世事外,	마음을 세상일 바깥에 내버려 두니
無喜亦無憂.	기쁠 것도 없고 근심걱정도 없구나.[95]

원화7년(812), 하규에서 지은 작품이다. 관직의 무게를 내려놓고 번다한 이 세상 속사(俗事)에서 멀어지니 매이지 않은 배처럼 홀가분하고 자유롭다고 하였다. 바로 그것이 자적(自適)의 즐거움이라는 것이다. 한편 백거이는 하규에서 지내는 기간, 백성의 어려운 생활을 목도하고 다시 겸제(兼濟)의 의지를 다지기도 하였다.

乃知大寒歲,	이제 알겠노라 큰 추위 오는 해엔
農者尤苦辛.	농민들이 더욱 고생스럽다는 것을.
顧我當此日,	나를 돌아보나니 이러한 때에
草堂深掩門.	초당의 대문을 꼭 걸어 닫고
褐裘覆紬被,	베옷과 갖옷에 비단이불 덮으니

---

95) 백거이 「適意二首」제1수[0240]; 『백거이집전교』제1책, 317쪽.

坐臥有餘溫.	앉으나 누우나 더없이 포근하다.
幸免飢凍苦,	다행히 춥고 배고픈 고통 면하고
又無壟畝勤.	또 농사지을 수고로움도 없으니
念彼深可愧,	농부들 생각하면 심히 부끄러워
自問是何人.	난 뭐하는 사람인가 자문해본다.[96]

원화8년(813) 하규에서 지은 「村居苦寒」이다. 엄동설한 추위에 떠는 농민의 고통과 자신의 안락한 생활을 비교하였다. 백거이는 "춥고 배고픈 고통(飢凍苦)"과 "농사지을 수고로움(壟畝勤)"이 없는 지식인으로서 농부들에 대해 부끄러움을 느낀다고 하였다. 이 같은 자괴감은 지식인으로서의 자아성찰과 유가의 수기안인(修己安人) 사상에 기인하는 것이다.

원화9년(814) 겨울, 백거이는 태자좌찬선대부(太子左贊善大夫)에 제수되었다. 4년 만에 장안으로 귀환하여 입조할 수 있었다. 그러나 동궁 속관으로 태자 교육을 담당하는 한직에 불과하여 실질적인 국정 참여는 불가능하였다. 백거이는 태자좌찬선대부에 막 제수되어 조회에 참석하고 이신(李紳; 772-846)에게 보낸 시에서 당시의 심정을 이렇게 노래하였다.

病身初謁靑宮日,	병든 몸으로 처음 동궁에 들었던 날
衰貌新垂白髮年.	노쇠하여 새로 백발 드리운 나이였다.
寂寞曹司非熱地,	동궁은 권세없는 관서라서 적막하고
蕭條風雪是寒天.	풍설 몰아치는 추운 날엔 쓸쓸하다.

---

96) 백거이 「村居苦寒」[0046]; 『백거이집전교』제1책, 57쪽.

遠坊早起常侵鼓,	집이 멀어 늘 이른 아침 일찍 일어나고
瘦馬行遲苦費鞭.	여윈 말이 걸음 느려 자주 채찍질한다.
一種共君官職冷,	나도 그대처럼 관직이 한가롭나니
不如猶得日高眠.	해가 높도록 잠을 자는게 좋으리라.[97]

태자좌찬선대부에 제수된 다음해 즉 원화10년(815) 6월 3일, 성덕절도사(成德節度使) 왕승종(王承宗; ?-820)이 파견한 자객에 의해 재상무원형(武元衡; 758-815)이 피살당하고 어사중승(御史中丞) 배도(裴度; 765-839)도 중상을 입는 대사건이 발생하였다. 백거이는 당시 국정에 참여할 수 없는 동궁 소속의 태자좌찬선대부에 재직 중이었다. 그러나 이 사건을 국치(國恥)로 인식하고 다음날 상소를 올려 도적의 체포를 주청하였다.[98] 이 일은 백거이의 사환생애와 인생관에 가장 큰 굴절을 초래하였다. 이에 관한 역사 기록은 다음과 같다.

궁관(宮官)은 간관의 직책이 아니므로 간관보다 먼저 사건을 언급하는 것은 마땅치 않다고 재상은 생각하였다. 마침 평소 백거이를 미워하는 자가 있었는데 백거이는 말이 부화(浮華)하여 실행이 없으며 어머니가 꽃을 구경하다 우물에 빠져 죽었는데도 백거이는 「賞花」 및 「新井」시를 지어 심히 명교를 해쳤으니 조정에 두어서는 안된다고 지적하였다.[99]

---

97) 백거이 「初授贊善大夫早朝寄李二十助敎」[0819]; 『백거이집전교』 제2책, 886쪽.

98) 『舊唐書·白居易傳』: "盜殺宰相武元衡, 居易首上疏論其冤, 急請捕賊, 以雪國恥." (『구당서』권166·「열전」제116)

99) 『舊唐書·白居易傳』: "宰相以宮官非諫職, 不當先諫官言事. 會有素惡居易者, 掎摭居易言浮華無行, 其母因看花墮井而死, 而居易作賞花及新井詩, 甚傷名敎, 不宜實彼周行."(『구당서』권166·「열전」제116)

백거이도 이 사건의 경과를 기록한 글에서 "시사의 크고 작음과 내 말의 옳고 그름을 헤아리지 않고 모두가 '승(丞)·시랑(侍郎)·급사중(給事中)·중서사인(中書舍人)·간관(諫官)·어사(御史)가 아직 주청하지 않았는데 찬선대부가 어찌 오히려 과분하게 나라를 근심하는가'라고 하였다"[100]고 술회하였다. 사건 발발 초기에는 월권 행위가 큰 문제로 대두되었던 것이다.

얼마 지나지 않아 백거이에 대한 비난은 월권에 대한 시비에서 사대부로서의 자질과 명교(名敎) 문제로 확대되어 갔다. 백거이를 비방하는 자들은 그를 "말이 부화하여 실행이 없다(言浮華無行)"라고 힐난하였다. "말만 있고 실행이 없는 것을 군자는 부끄러워한다"[101]라는 유가적 전통 관념에서 보면 이는 군자로서의 자질을 의심받는 치욕적인 것이었다.

또 백거이 모친이 꽃을 구경하다 우물에 빠져 죽었음에도 「賞花」와 「新井」시를 지어 명교를 해쳤다고 비판당하였다. '명교'란 인륜을 핵심으로 하는 유가의 예교(禮敎)를 가리킨다. 따라서 "명교를 해쳤다(傷名敎)"는 것은 바로 인륜을 저버린 패륜 행위에 해당한다. 당시 사대부에게는 가장 치명적인 죄명으로 작용하였고 결국 백거이는 조정에서 축출되었다.

당초에는 주자사(州刺史)로 좌천되었으나 지방 장관의 자격도 없다는 중서사인(中書舍人) 왕애의 상소로 인해 강주사마(江州司馬)라는 미관 말직으로 강등되었다.[102] 죄목을 날조하여 정치적 탄압을

---

100) 백거이 「與楊虞卿書」[2912]: "不酌時事大小, 與僕言當否, 皆曰: 「丞郎·給舍·諫官·御史尚未論請, 而贊善大夫何反憂國之甚也?」"(『백거이집전교』제5책, 2769쪽) 「與楊虞卿書」는 『文苑英華』에 「與師皐書」라는 제목으로 수록되어 있다.

101) 『禮記·雜記下』: "有其言無其行, 君子恥之."

서슴치 않는 권력 앞에서 백거이는 조금도 저항할 수가 없었다. "시비 다툼이 자신으로 인한 것이 아니니 재앙과 우환을 어떻게 막을 수 있으리오"[103]라는 그의 회고는 어쩔 수 없는 정치 상황속에서의 무력감을 토로한 것이다. 분하고 억울한 마음으로 장안을 떠나야만 했던 것은 그의 나이 44세 때의 일이었다.

4. 강주사마와 자사

강주사마 좌천의 표면적 이유는 사실 구실에 불과하였다.[104] 진정한 원인은 간관 시절의 강직함으로 인해 권귀들의 원한을 샀던 것에 있었다. 원진의 강릉 좌천 원인과 다를 바가 없었다. 원진의 경우에도 표면적으로는 환관과의 쟁청사건이 발단이었으나 실질적으로는 간관·감찰어사로서의 충실한 직무 수행으로 인해 환관 및 구관료 집단으로부터 미움을 받았기 때문이었다. 백거이 자신도 이미 이러한 상황을 예상한 듯 하였다.

| 我貌不自識, | 내 생김새를 나 자신도 몰랐는데 |
| 李放寫我眞. | 화가 이방이 내 초상화를 그렸다. |

---

102) 『舊唐書·白居易傳』: "執政方惡其言事, 奏貶爲江表刺史. 詔出, 中書舍人王涯上疏論之, 言居易所犯狀迹, 不宜治郡. 追詔授江州司馬."(『구당서』권166·「열전」제116)

103) 백거이 「雜感」[0127]: "是非不由己, 禍患安可防."(『백거이집전교』제1책, 134쪽)

104) 가장 심각한 죄목으로 거론된 "傷名敎"에 대해 唐末 高彦休(854-?)의 『闕史』에서는 "樂天長於情, 無一春無詠花之什. 又驗新井篇, 是尉盩厔時作. 隔宮三政, 不同時矣." 라고 하여 문제가 된 작품들은 모친이 서거하기 이전에 지어진 것이라 하였다.

靜觀神與骨,	자세하게 표정과 골상을 살펴보니
合是山中人.	영락없이 산속 은자의 모습이었다.
蒲柳質易朽,	수양버들같은 체질은 쉽게 시들고
麋鹿心難馴.	고라니같은 심성 길들이기 어렵다.
何事赤墀上,	어인 일로 붉은 섬돌의 궁궐에서
五年爲侍臣.	오년 동안 황제 측근으로 지냈나.
況多剛狷性,	더구나 강직하고 고집 센 성품으로
難與世同塵.	때 묻은 세상과 어울리기 어려웠다.
不惟非貴相,	귀인의 상이 아닐뿐만 아니라서
但恐生禍因.	다만 화근을 불러올까 두려웠다.
宜當早罷去,	마땅히 일찌감치 벼슬에서 물러나
收取雲泉身.	구름과 샘물이랑 함께 살아야하리.[105]

원화6년(811), 자신의 초상화를 보고 난 후의 감회를 토로한 작품이다.[106] "강직하고 고집 센 성품(剛狷性)"으로 인해 세상의 홍진과 섞여 사는 것이 어려움을 이미 잘 알고 있었다. 벼슬에서 물러나 자연과 더불어 살아야 한다고 했던 것은 바로 이 때문이었다. 이 세상에 살며 환난을 면할 길은 첨예한 정치 일선에서 멀어지는 것이며 낙천지명(樂天知命) · 지족보화(知足保和)의 인생철학을 정신적 지주

---

105) 백거이 「自題寫眞」[0233]; 『백거이집전교』제1책, 311쪽.

106) 화방영수 · 주금성은 원화5년(810) 작품으로 편년하였다. 반면에 나련첨에 의하면 원화6년(811) 4월 모친 서거 직전의 작품이다. "時爲翰林學士"라는 제하 자주와 "五年爲侍臣"이라고 한 제8구에 의하면 이 작품은 한림학사 재직 5년째의 작품이다. 백거이는 원화2년(807) 11월에 한림학사에 제수되었으므로 5년째 되는 해는 원화6년(811)이 분명하다.

로 삼아 명철보신하는 것임을 깨달았던 것이다.

강주 좌천 시기는 비록 정치적으로 좌절과 고초의 시간이었으나 문학적으로는 큰 성취를 이루었다. 강주 도착 직후인 원화10년(815) 12월에는 약 800수 시를 풍유시·한적시·감상시·잡률시로 사분류하여 15권 시집을 편찬하였고, 자신의 문학주장을 피력한 「與元九書」[2915]를 지었다. 다음해 가을에는 좌천관리의 비애를 노래한 불후의 명작 「琵琶行」[0610]이 창작되었다. 이것은 '시궁이후공(詩窮而後工)' 이론의 대표적 사례로 거론될 만한 문학적 성취가 분명하다.

원화13년(818) 12월, 재상 최군(崔群; 772-832)의 도움으로 백거이는 충주자사(忠州刺史)에 제수되었다.[107] 최군에게 감사하는 시를 지어 보내며 "충주가 좋은지 나쁜지 물을 필요 없나니 새장을 벗어난 새는 숲을 가리지 않는다"[108]며 감회를 표출하였다. 충주(지금의 사천성 충현)는 비록 편벽한 남방의 산간 지역이었으나 강주를 벗어나 충주자사로의 승관은 백거이에게 위안과 희망을 주었던 것이다.

재임 후반기의 헌종은 자신의 치적에 자만하여 사치와 방종으로 기울어갔다. 특히 원화13년(818)부터 궁내에 대형 토목공사를 시행하고 탐관 황보박(皇甫鎛; ?-820)을 재상으로 등용하였으며 방사(方士) 유비(柳秘)를 신임하여 단약 제조를 지시하는 등 실정은 누적되어 갔다.[109] 헌종의 원화 개혁은 당조 중흥에 대한 희망과 기대를 잠시 품

---

107) 崔群은 한림학사 시절에 교분을 맺은 우인으로 원화12년(817) 재상이 되었다. 백거이의 원화13년(818) 작품 「除忠州寄謝崔相公」[1098]에서 "提拔出泥知力竭, 吹噓生翅見情深."(『백거이집전교』제2책, 1128쪽)이라고 하였으니 충주자사 제수는 최군의 조력에 의한 것이 분명하다.

108) 백거이 「除忠州寄謝崔相公」[1098]: "忠州好惡何須問, 鳥得辭籠不擇林."(『백거이집전교』제2책, 1128쪽)

109) 司馬光 『資治通鑑』·「唐憲宗元和十三年」조; 『자치통감』권240·「唐紀」56.

게 하였을 뿐이었다. 헌종 이후의 정국은 당쟁의 소용돌이에 휘말렸고 당왕조는 점차 쇠망의 길로 접어들었다.

원화15년(820) 정월, 헌종이 시해되고 환관 왕수징(王守澄)·진홍지(陳弘志) 등에 의해 목종(穆宗)이 옹립되었다. 백거이는 목종의 태자 시절 동궁 속관인 좌찬선대부를 지낸 적이 있었다. 이러한 인연으로 같은 해 여름, 백거이는 충주자사의 임기 만료 전에 장안으로 소환되어 사문원외랑(司門員外郎)에 제수되었고 12월에는 주객랑중지제고(主客郎中知制誥)에 제수되었다.

장경1년(821) 3월 실시된 진사과 시험에서 예상하지 못한 사건이 발발하였다. 당시 주고관은 우보궐(右補闕) 양여사와 예부시랑(禮部侍郎) 전휘(錢徽; 755-829)였다. 서천절도사(西川節度使) 단문창(段文昌; 773-835)과 한림학사 이신이 각각 전휘에게 사신을 보내 인물을 추천하였다. 그러나 단문창과 이신이 추천한 인물은 모두 낙방하고 급제자는 대부분 공경대부의 자제였다.[110]

단문창이 목종에게 시험이 불공정하다 고하였다. 목종은 한림학사 이덕유(李德裕; 787-50)·원진·이신 등에게 사실 여부를 묻자 그들이 단문창의 주장에 동의하였다. 3월 23일, 목종은 주객랑중지제고 백거이와 중서사인 왕기(王起; 760-847)를 진사중고시관(進士重考試官)에 임명하여 재시험 실시를 명하였다. 재시험 결과, 앞서 급제하였던 인물들이 대부분 낙방하였다. 3월 진사과 시험 결과에 확실히 문제가 있었음이 입증된 것이다. 4월 10일, 백거이는 왕기와 함께 「論重考試進士事宜狀」[111]을 목종에게 상주하여 관대한 처분을 요청

---

110) 대표적 인물로는 鄭覃의 아우 鄭朗, 裵度의 아들 裵撰, 李宗閔의 사위 蘇巢, 楊汝士의 아우 楊殷士 등이 있다.

하였으나 목종은 수용하지 않았다. 4월 12일, 주고관 전휘와 양여사는 물론 급제자와 관련있는 이종민 등은 좌천되었다.[112]

이 사건은 원화3년(808) 제과 시험으로 촉발된 신구세력 정쟁의 재현이었다. 장경1년 한림학사 이덕유는 원화3년 사건 당시 재상이었던 이길보의 아들이었다. 원화3년 이종민이 우승유와 함께 제과 대책(對策)에서 자신의 부친을 비판한 것에 대해 반감을 품고 있었다. 따라서 이종민의 사위가 급제한 장경1년 진사과 시험의 공정성을 부정하였고 그 결과는 이종민의 좌천이었다. 이로 인해 더욱 원한이 깊어진 이덕유(李德裕)와 이종민(李宗閔)은 따로 붕당을 결성하여 상호 비방하고 배척하는 등 격렬한 정쟁을 전개하였다. 이것이 바로 40년간 지속된 우리당쟁(牛李黨爭)의 시초였다.[113]

재시험을 주관한 백거이는 양편에 모두 지인이 있어 매우 난처한 입장이었다. 주고관 양여사는 백거이의 처남이었고 반대편의 원진은 친분이 두터운 오랜 벗이었다. 원화3년(808) 제과 사건 당시 백거이를 포함한 재심사관 6인의 재심 판결은 이종민에게 유리했던 관계로 백거이와 이종민은 교분이 있었다. 반면에 상대편의 이덕유는 백거이에 대한 반감을 가지고 있었다. 이렇게 복잡하게 얽힌 인간관계 속에서 백거이는 중립적인 태도로 사건을 공정하게 처리하였다. 그

---

111) 백거이 「論重考試進士事宜狀」[3416];『백거이집전교』제6책, 3393쪽.

112) 司馬光『資治通鑑』·「唐穆宗長慶元年」조;『자치통감』권241·「唐紀」57.

113) 장경1년의 進士試로 표면화된 당쟁의 본질은 新舊官僚 간의 정치권력 투쟁이었다. 이덕유 일파는 대부분 關東 명문세족 출신이며 門蔭을 통해 출사하는 경우가 많았다. 이들은 과거 급제를 통해 출사한 신진사인들이 浮華하고 실질적인 재능이 부족하다며 반감을 느끼고 있었다. 특히 李德裕는 조정 대소사에 익숙한 公卿子弟들이 조정 顯官으로 임명되어야 한다고 주장할 정도였다. 반면에 거의 과거를 통해 출사한 신진사인 李宗閔 일파는 과거제도를 옹호하고 庶族과 과거 출신이라는 신분 관계를 통하여 지지 기반을 다지며 방대한 세력을 구축하고자 하였다.

럼에도 이 진사과 시험으로 인해 야기된 당쟁의 추악함과 암울한 정치현실은 백거이를 회의에 빠지게 하였다.

사건이 종료된 후 같은 해 10월 19일, 백거이는 중서사인에 제수되었다. 중서사인의 품계는 정오품상(正五品上), 조서(詔書) 작성·칙령(勅令) 제정·소송과 상소 등을 관장하는 관직이었다. 당시 사인들은 중서사인을 조정의 핵심이자 최고의 관직으로 인식했다. 그럼에도 불구하고 백거이는 외직을 자청하여 항주자사(杭州刺史)에 제수되었다. 장경2년(822) 7월, 나이 51세 때의 일이었다. 이에 대해 역사는 이렇게 기록하고 있다.

당시 천자는 황음·방종하였으며 재상은 무능하여 상벌에 공정을 잃고 적신(賊臣)을 눈앞에 두고도 속수무책이었다. 백거이는 비록 충언을 진언하였으나 천자에게 받아들여지지 않자 외직을 요청하여 항주자사로 옮겼다.[114]

목종은 환관이 옹립한 황제였다. 자질 면에서 당왕조의 중흥을 도모했던 헌종과는 현저하게 달랐던 무능한 혼주(昏主)였다. 연회를 열어 음주를 즐기며 수렵을 일삼았다. 목종이 즉위한 원화15년(820), 백거이는 「續虞人箴」[115]을 올려 풍간하였으나 납간(納諫)되지 않았다. 하삭(河朔; 황하 이북지역)에서 재차 반란이 발생하자[116] 목종은

114)『新唐書·白居易傳』: "於是天子荒縱, 宰相才下, 賞罰失所宜, 坐視賊, 無能爲. 居易雖進忠, 不見聽, 乃丐外, 遷爲杭州刺史."(『신당서』권119·「열전」제44)

115) 백거이 「續虞人箴」[2854];『백거이집전교』제5책, 2632쪽.

116) 成德鎭에서는 당왕조에 귀순한 절도사 田弘正이 살해되고 王廷湊가 실권을 장악한 후 深州(현 하북성 安平縣)를 포위하였다. 幽州에서는 朱克融이 張弘靖을 쫓아내고

이광안(李光顔; 762-826)과 배도 등에게 병권을 위임하여 토벌하게 하였으나 전과를 올리지 못하였다. 이에 백거이는 군비를 낭비하지 말 것을 상주하였으나 채택되지 않았다.[117] 황제에 대한 백거이의 기대와 희망은 처참하게 무너져 내렸다. 백거이는 항주 가는 도중 남계(藍溪)에 묵으며 속마음을 이렇게 노래했다.

旣居可言地,	진언할 수 있는 자리에 있는 바에
願助朝廷理.	조정의 정사에 도움되기를 원했다.
伏閤三上章,	편전에 엎드려 세번 상주하였건만
戇愚不稱旨.	우직함이 황제의 뜻과 맞지않았다.
聖人存大體,	황제는 정사의 대승적인 차원에서
優貸容不死.	관용을 베푸시어 죽을죄 면하였다.
鳳詔停舍人,	조서 내려 중서사인에서 면직하고
魚書除刺史.	어부(魚符)로 항주자사 제수하셨다.[118]

백거이 외직 자청의 또 다른 이유는 장경1년(821) 3월의 진사과 시험 결과를 둘러싼 신구관료의 마찰이었다. 장경과시안(長慶科試案)으로 불리며 우리당쟁의 도화선이 된 이 사건을 겪으며 백거이는 정치와 권력에 대한 환멸과 절망을 느꼈을 것이다. "위험한 길은 피해다녀야만 하고 미망(迷妄)의 세상에서는 다투지 말아라. 이러한 마음

절도사가 되어 弓高(현 하북성 東光縣)를 함락시켰다.

117) 백거이 「論行營狀」[3419~3423]; 『백거이집전교』제6책, 3401쪽.

118) 백거이 「長慶二年七月自中書舍人出守杭州路次藍溪作」[0340]; 『백거이집전교』제1책, 412쪽.

으로 멈춤과 족함을 안다면 어떤 것에도 연연할 필요가 없다"[119]고 하였듯이 일신을 보전하기 위해서는 험로(險路)를 피하는 것 외에 다른 방법이 없었다. 이 당시 백거이의 심정은 항주자사 부임 도중의 작품 「馬上作」에 잘 드러나 있다.

一列朝士籍,	벼슬아치 명부에 이름오른 후로
遂爲世網拘.	마침내 세상 그물에 속박되었다.
高有罾繳憂,	위로는 새그물에 걸릴까 근심하고
下有陷穽虞.	아래로는 함정에 빠질까 염려했다.
每覺宇宙窄,	언제나 천지가 비좁다고 느끼며
未嘗心體舒.	심신의 편안함을 맛보지 못했다.
蹉跎二十年,	20년 세월을 헛되이 보내고나니
頷下生白鬚.	내 턱밑에는 흰수염이 생겨났다.
何言左遷去,	어찌 알았으리 좌천되어 가면서도
尙獲專城居.	지방 수령의 자리를 얻게 될 줄을.
杭州五千里,	항주 5천리 길을 가는 내 심정은
往若投淵魚.	연못을 향해 가는 물고기와 같다.[120]

출사한 이후에는 언제나 속박을 받고 항상 전전긍긍하며 마음 편한 적이 없는 생활이었다고 했다. 20년 허송세월하며 그저 나이만 먹었다며 탄식했다. 그럼에도 항주로 떠나는 자신을 물을 만난 물고

119) 백거이 「江州赴忠州至江陵以來舟中示舍弟五十韻」[1112]: "險路應須避, 迷途莫共爭, 此心知止足, 何物要經營."(『백거이집전교』제2책, 1139쪽)
120) 백거이 「馬上作」[0352]; 『백거이집전교』제1책, 423쪽.

기에 비유했다. 백거이에게 항주 가는 길은 불안과 번뇌로부터 벗어나 심신의 평안을 누릴 수 있는 유일한 길이었다. 조관(朝官)의 지위는 정당한 이유없이도 곤경에 빠질 수 있는 위태로운 자리라는 위기의식이 있었기 때문이었다.

항주자사로서 백거이는 "마음으론 처지 어려운 이를 염려하며 손으론 공문서를 스스로 처리한다"[121]고 했던 것처럼 목민관의 직분을 충실하게 수행하였다. 가뭄으로 고통받는 항주 백성들을 위해 "우선 제방을 수축하여 서호(西湖)를 막고 그 물을 모아 십만 무(畝) 넓은 밭에 관개하였다. 또 이필(李泌)이 판 여섯 곳의 우물을 다시 쳐내어 백성들이 물을 길어 마시게 하는"[122] 등 관개 수리 사업에서 큰 업적을 남겼다. 뿐만 아니라 서호의 수리와 치수에 관해 후임 자사가 알아야 할 네 가지 사항을 담은 「錢塘湖石記」[3629]를 지어 석각으로 남겼다.

장경4년(824) 정월, 목종이 복식(服食) 부작용으로 서거하였다. 태자가 16세의 나이로 즉위하였는데 이가 바로 경종(敬宗)이었다. 나이 어린 경종은 목종보다도 더욱 혼용(昏庸)하여 환관 왕수징과 결탁한 재상 이봉길(李逢吉; 758-835)이 권력을 남용하였고, 우당(牛黨)과 이당(李黨)의 권력 투쟁은 더욱 심화되었다.

같은 해 5월, 항주자사 임기가 만료된 백거이는 태자좌서자(太子左庶子)에 제수되었다. 태자좌서자는 정사품상(正四品上)의 동궁관(東宮官)으로 정권 투쟁과는 관계가 없는 직책이었다. 그럼에도 백거

---

121) 백거이 「初領郡政衙退登東樓作」[0360]: "鰥惸心所念, 簡牘手自操."(『백거이집전교』 제1책, 431쪽)

122) 『新唐書·白居易傳』: "始築隄捍錢唐湖, 鍾洩其水, 溉田千頃, 復浚李泌六井, 民賴 其汲."(『신당서』권119·「열전」제44)

이는 장안으로 귀경하지 않고 분사동도(分司東都)로서 낙양(洛陽)에 근무하기를 자청하였다.[123] 당시 혼란한 정치 상황으로부터 벗어나고 싶은 마음 때문이었다. 결국 분사동사를 허락받고 낙양 이도리(履道里)에 마련한 새집으로 이주하였다. "다행이 봉록이 있으면서도 속박되어 부림당할 직책이 없는"[124] 여유롭고 한적한 생활을 즐길 수 있었다.

그러나 이처럼 평온한 이은(吏隱) 생활은 길지 않았다. 다음해인 보력1년(825) 3월, 백거이는 소주자사(蘇州刺史)에 제수되었다. "소주 십만 호 백성들이 모두 어린아이처럼 울었다"[125]라는 이임 때의 정경이 말해 주듯 지방장관으로서 백거이는 충주자사·항주자사 시절처럼 변함없이 백성을 위해 선정을 베풀었다. 그러나 다음해인 보력 2년(826) 5월, 백거이는 신병으로 백일 휴가를 신청하였다.

백일 휴가가 만료된 8월 하순, 백거이는 소주자사에서 면직되었다. "티끌 묻은 관끈 풀어버리니 정말 기쁘지만 세속의 그물이 다시 올지는 아직 모르겠다"[126]는 술회에는 험난한 사도(仕途)에서의 불안을 떨쳐버린 기쁨과 다시 그 불안 속에서 살게 될 지 모른다는 우려가 담겨 있다. 그의 인생 최대 좌절이었던 강주좌천 이후 언제나 뇌리에서 사라지지 않았던 것은 바로 이 같은 불안감이었다.

123) 백거이 「分司東都寄牛相公十韻」[1599];『백거이집전교』제3책, 1583쪽. 謝思煒『白居易詩集校注』(제4책, 1842쪽)는 「求分司東都寄牛相公十韻」을 제목으로 한다.

124) 백거이 「移家入新宅」[0386]: "幸有祿俸在, 而無職役羈."(『백거이집전교』제1책, 454쪽)

125) 劉禹錫 「白太守行」: "蘇州十萬戶, 盡作小兒啼."(『劉禹錫集箋證』외집권1)

126) 백거이 「寶曆二年八月三十日夜夢後作」[1729]: "塵纓忽解誠堪喜, 世網重來未可知."(『백거이집전교』제3책, 1694쪽)

5. 낙양과 분사동도

백거이가 소주를 떠나 낙양으로 돌아오던 도중, 즉 보력2년(826) 12월 조정에 정변이 발생하였다. 환관 유극명(劉克明) 등이 경종을 살해하고 강왕(絳王) 이오(李悟; ?-826)를 옹립하려 하자 추밀사(樞密使) 왕수징ㆍ중위(中尉) 위종간(魏從簡) 등이 유극명을 주살하고 강왕(江王) 이앙(李昂; 809-840)을 옹립하여 문종(文宗)이 황제로 즉위하였다. 그리고 얼마 후 위처후(韋處厚; 773-828)와 배도가 재상 지위에 올랐다. 백거이는 제과 동년(同年)이자 장경 연간 함께 중서사인을 지냈던 위처후와 오랜 교분이 있었다.

이러한 인연으로 백거이는 비서감(秘書監)에 제수되어 귀경하였다. 대화1년(827) 3월, 그의 나이 56세 때의 일이었다. 비서감은 도서ㆍ전적을 관장하는 비서성(秘書省)의 장관으로 종삼품(從三品)의 고관이었다. 그러나 "하루종일 후청에서 아무런 일이 없어 흰머리 늙은 비서감이 책을 베개삼아 낮잠을 자는"[127] 한직이었다. 그러던 중 대화2년(828) 2월, 백거이는 정사품하(正四品下)의 형부시랑(刑部侍郎)에 제수되었을 뿐 아니라 진양현남(晉陽縣南)에 봉해지고 식읍(食邑) 300호를 수여받았다. 형부시랑은 국가의 형법을 주관하는 실권이 주어진 막중한 자리였다. 그러나 마음은 편치 않았다.

高竹籠前無伴侶,　키큰 대나무 새장에 함께 할 짝 없고
亂雞群裏有風標.　닭무리속에 있어도 품격 잃지 않는다.

---

127) 백거이 「秘省後廳」[1751]: "盡日後廳無一事, 白頭老監枕書眠."(『백거이집전교』제3책, 1713쪽)

低頭乍恐丹砂落,　　고개 숙여 단사 떨어질까 언제나 걱정하고

曬翅常疑白雪銷.　　깃털 햇빛 쬐다 흰눈 녹을까 늘 우려했다.

轉覺鸕鷀毛色下,　　가마우지 털색이 오히려 저급하다 느꼈고

苦嫌鸚鵡語聲嬌.　　앵무새의 울음소리 간드러져 너무 싫었다.

臨風一唳思何事,　　바람 맞으며 홀로 우니 무엇이 그리운 건가?

悵望青田雲水遙.　　저멀리 청전의 구름과 물을 슬프게 바라본다.[128]

　장안 신창리(新昌里) 자택에 거주하며 형부시랑에 재직하던 시기의 작품이다. 이 시는 표면적으로는 학의 물상과 물성을 노래한 영물시이다. 그러나 사실은 영물을 통해 시인의 감회를 기탁한 것이다. 백거이는 형부시랑으로 장안에 거주하는 자신을 대나무 새장 속에 갇혀 사는 학과 다를 바 없는 신세로 인식했다. 학에게 청전(青田)은 돌아가고 싶은 고향이며 그 곳의 "구름과 물(雲水)"은 자연을 의미한다. 백거이는 새장과 같은 장안을 떠나 자연 속에서 고향의 정취를 느끼며 살고 싶은 마음이 간절했던 것이다. "새장 속에서 잠시 배회하며 묵고 있으나 결국에는 기세 좋게 하늘로 날아 오르리"[129]라고 노래한 것도 바로 이 같은 이유에서이다.

　당시의 정치 상황은 혼란이 더욱 가중되었다. "천자의 옹립을 장악하고 권위가 황제보다 높아도 사람들이 감히 말하지 못할"[130] 정도로 환관의 권세가 극성하였으며 재상 배도와 이부시랑 이종민 등

---

128) 백거이 「池鶴二首」제1수[1894]; 『백거이집전교』제3책, 1840쪽.

129) 백거이 「池鶴二首」제2수[1895]: "低徊且向籠間宿, 奮迅終須天外飛."(『백거이집전교』제3책, 1840쪽)

130) 사마광 『資治通鑑』·「唐文宗大和二年」조: "建置天子, 在其掌握, 威權出人主之右, 人莫敢言."(『자치통감』권243·「唐紀」59)

의 관계가 점점 악화되던 시기였다. 같은 해 제과 시험에서 현량방정과(賢良方正科)에 응시한 유분(劉蕡; ?-848)이 환관 전횡의 폐해에 대해 격렬하게 비판하였다.[131] 그 결과 환관의 권세하에서 급제할리 없었다. 이 같은 환관의 전횡과 정쟁 발생의 위기감은 백거이를더욱 불안하게 하였다. 당시 정치상황에 대한 감회를 다음과 같이노래했다.

人間禍福愚難料,　　어리석어 세간 화복 예측할 수 없고
世上風波老不禁.　　노쇠하여 세상 풍파를 견딜 수 없네.
萬一差池似前事,　　만일 예전 일처럼 어그러지게 되면
又應追悔不抽簪.　　사직하지 않음을 분명 또 후회하리.[132]

"예전 일(前事)"이란 원화10년(815) 44세 때의 강주 좌천을 말한다. 그로부터 13년이 흐른 57세 한 해를 마감하는 세모였다. 아직도강주 좌천이라는 일생 최대의 시련은 그에게 뼈아픈 기억으로 남아있었다. 인간 세상의 길흉화복도, 사환 세계에서의 부침도 예측할 수없다고 했다. 그 풍파의 고통은 육순을 바라보는 노년의 그로서는감당하기 어려운 것이라고도 했다. 모든 번뇌로부터의 초탈은 벼슬을 내려놓아야 가능하다고 생각했던 것이다. 이러한 의식은 첨예한정쟁의 중심지 장안을 떠나 동도 낙양에서 이은(吏隱)의 길을 선택함으로써 가시화되었다. '이은'이란 이(吏)와 은(隱)의 결합 즉 한직에

---

131) 사마광『資治通鑑』·「唐文宗大和二年」조: "上親策制擧人, 賢良方正, 昌平劉蕡對策極言其禍, 其略曰: 陛下宜先憂者, 宮闈將變, 社稷將危, 天下將傾, 海內將亂."(『자치통감』권243·「唐紀」59)
132) 백거이「戊申歲暮詠懷三首」제3수[1935];『백거이집전교』제3책, 1869쪽.

서의 은일생활을 말한다.

대화2년(828) 12월, 백거이는 안병으로 백일휴가를 신청하였다. 다음해인 대화3년(829) 3월 백일휴가 기간이 만료되자 형부시랑에서 면직되고 태자빈객분사동도(太子賓客分司東都)에 제수되었다. 정삼품(正三品)의 고위관직이었으나 현실정치와 얽힐 일 없는 한직 중의 한직이었다. "늙어서는 한산한 관직이 어울리고, 빈한하니 넉넉한 봉급에 의지한다. 더운 계절에는 쌓인 공문서 없고 추운 날씨엔 조회에 가지 않는다"[133]고 할 정도로 유유자적한 이은의 생활이었다. 이후 75세로 서거할 때까지 여생을 보낸 동도 낙양은 이은의 최적지임이 분명했다. 이 시기 백거이 사환 태도에 대해 역사는 이렇게 기록하고 있다.

대화 이후 이종민과 이덕유의 붕당사건이 일어나 시비와 배척·모함이 난무하고 아침에 승진했다가 저녁에 파면당하는 사태가 발생하니 천자 또한 어찌할 도리가 없었다.……백거이는 갈수록 불안하고 당인(黨人)으로 몰려 배척당할까 두려웠다. 이에 한직에 몸을 둠으로써 화를 모면하기를 바랐다. 무릇 관직을 지냄에 있어 임기를 끝마친 적이 없었으니 대개는 병을 구실로 면직하고 한사코 분사동도를 청하였음을 아는 사람은 대개 알고 있었다.[134]

---

133) 백거이 「自題」[1960]: "老宜官冷靜, 貧賴俸優饒. 熱月無堆案, 寒天不趁朝."(『백거이집전교』제3책, 1891쪽)

134) 『舊唐書·白居易傳』: "大和以後, 李宗閔·李德裕朋黨事起, 是非排陷, 朝升暮黜, 天子亦無如之何.……居易愈不自安, 懼以黨人見斥, 乃求致身散地, 冀於遠害, 凡所居官, 未嘗終秩, 率以病免, 固求分務, 識者多知."(『구당서』권166·「열전」제116)

백거이는 한때 강직한 태도로 간관의 직무를 수행하였고 정치폐단에 대한 개혁 의지가 충만하였다. 그러나 바로 이 때문에 강주 좌천이라는 정치적 좌절을 겪었다. 일찍이 강주에서 "가슴속에는 시비심이 다 소멸되었다(胸中消盡是非心)"[135]고 하였고 "세상일 이제부턴 입에 담지 않으리(世事從今口不言)"[136]라고 맹세했던 터였다. 오랜 낙양 생활은 이미 강주 좌천 시절에 잉태되었던 것이다.

대화4년(830) 12월 28일, 백거이는 하남윤(河南尹)에 제수되었다. 하남윤은 동도(東都) 낙양을 중심지역으로 하는 하남부(河南府)의 장관으로 자사(刺史)처럼 실질 업무를 수행하는 행정직이었다. 대화5년(831) 작품에서 "많은 백성이 추워해도 구제할 도리 없으니 내 한 몸만은 따뜻하더라도 어떤 마음이리오. 마음으로 농사짓고 누에치는 고통 생각하니 귀에는 굶주리고 추워하는 소리가 들리는 듯. 어찌하면 만장 길이 커다란 갖옷을 구하여 그대들을 위해 낙양성을 덮어줄 수 있으랴"[137]라고 하며 새로 지은 비단 옷을 입은 후의 감회를 노래하였다. 자기 혼자만의 여유롭고 안락한 생활에 만족하지 않고 천하 백성들의 고통에 대한 관심을 표명한 것이다. 젊은 시절 겸제천하(兼濟天下)와 수기안인(修己安人)의 정치이상을 아직 가슴속에 품고 있었음을 의미한다.

六十河南尹,　　　60세 나이에 하남윤 되었나니

---

135) 백거이 「詠懷」[0978]; 『백거이집전교』제2책, 1024쪽.
136) 백거이 「重題」제1수[0984]; 『백거이집전교』제2책, 1029쪽.
137) 백거이 「新製綾襖成感而有詠」[2106]: "百姓多寒無可救, 一身獨暖亦何情. 心中爲念農桑苦, 耳裏如聞飢凍聲. 爭得大裘長萬丈, 與君都蓋洛陽城."(『백거이집전교』제4책, 1986쪽)

前途足可知.	앞길은 족히 예상할 수 있다네.
老應無處避,	늙음은 분명 피할 곳이 없으며
病不與人期.	질병은 사람과 약속하지 않는다.
……	……
流水光陰急,	세월은 유수처럼 빨리 흐르고
浮雲富貴遲.	부귀는 부운처럼 더디게 온다.
人間若無酒,	인간세상에 만약 술이 없었다면
盡合鬢成絲.	머리는 모조리 백발이 되었으리.[138]

　대화5년(831) 나이 60세, 낙양에서 하남윤 재직 시의 감회를 노래한 작품이다. 종삼품(從三品)의 고관임에도 사도(仕途)에 대한 불안감과 인생에 대한 무상감은 깊었다. 더욱 격렬해지는 우리당쟁의 막후에는 당시 무소불위의 권력을 장악한 환관집단이 도사리고 있었기 때문이다.

　환관집단도 조정 관리의 당파처럼 파벌을 형성하고 있었다. 즉 우리당쟁은 환관파벌 간의 투쟁이 조정 관리인 이당과 우당에 의해 표면화된 것이라고 할 수 있을 정도로 우리(牛李) 양당과 환관의 관계는 긴밀하였다.[139] 예를 들면 대화2년(828)에는 환관 위원소(韋元素)·왕천언(王踐言) 등이 우당의 이종민을 재상으로 천거하였고 개성5년(840)에는 이당의 이덕유가 환관 양흠의(楊欽義)·구사량(仇士良; 781-843)의 협조로 권력을 잡았다.

---

138) 백거이 「六十拜河南尹」[2099]: 『백거이집전교』제4책, 1982쪽.

139) 陳寅恪 『唐代政治史述論稿』; 『陳寅恪先生文集』臺北, 里仁書局, 1981, 제3책, 111-112쪽.

한편 황제는 우당과 이당 양편 인사들을 적당히 번갈아 기용함으로써 상호 견제를 유도하기도 하였다. 경종(敬宗) 보력1년(825)에는 권력이 비대해진 우당 이봉길을 견제하기 위해 이당의 배도를 기용하였고, 문종(文宗) 대화7년(833)에는 우당 이종민의 세력 확장을 막기 위해 이당 이덕유를 중용하는 등 권력의 분산과 균형을 꾀하였다.[140] 그러나 문종이 "하북(河北)의 적을 없애기는 쉬워도 조정의 붕당을 없애기는 어렵구나"[141]라고 개탄하였을 정도로 당쟁은 더욱 치열해졌다. 우리당쟁은 목종(820-824) 시기 표면화된 이후 경종(824-827)·문종(827-840) 시기에는 양당의 격렬한 정쟁이 혼전을 거듭하였다. 무종(武宗; 840-846) 시기에는 이당이 득세하였고 선종(宣宗; 846-859) 시기에는 우당이 전성기를 지냈다. 40년 지속된 당쟁은 선종 이후 점차 소멸하는 양상을 보였다.

去年八月哭微之,	작년 8월엔 미지가 죽어 슬피울고
今年八月哭敦詩.	올해 8월엔 돈시가 떠나 통곡했네.
何堪老淚交流日,	늙은이 눈에선 눈물이 줄줄 흘러내렸고
多是秋風搖落時.	가을 바람에 낙엽은 이리저리 떨어졌지.
泣罷幾回深自念,	울음 멈추곤 몇번 그대 더욱 그리웠고
情來一倍苦相思.	슬픔 몰려오니 그대 정말 보고 싶었네.
同年同病同心事,	동갑의 나이에 처지도 뜻도 같은 사람
除卻蘇州更是誰.	소주자사 그대 이외에 또 누가 있으랴?[142]

---

140) 傅錫壬 『牛李黨爭與唐代文學』 臺北, 東大圖書公司, 1984, 18-23쪽.

141) 司馬光 『資治通鑑』·「唐文宗太和八年」조: "去河北敵易, 去朝廷朋黨難."(『자치통감』 권245·「唐紀」61)

142) 백거이 「寄劉蘇州」[1920]; 『백거이집전교』제3책, 1857쪽.

대화6년(832), 소주자사 유우석에게 보낸 작품이다. 회갑의 나이, 혼란스러운 정국 속에서 생각나는 것은 평생의 벗, 그러나 지금은 세상을 떠나고 없는 원진과 최군이었다. 원진은 정원19년(803) 비서성 교서랑 동기, 최군은 원화2년(807) 한림학사 동기로서 오랜 세월 함께 한 벗이었다. 원진은 작년, 최군은 금년에 세상을 떠나고 없는 슬픔을 노래했다. 오랜 벗을 떠나 보낸 그 슬픔은 살아있는 다른 벗에 대한 그리움으로 변해 마음속 깊이 사무쳤던 것이다.

대화7년(833) 2월, 백거이는 신병을 이유로 오십일휴가(五旬假)를 신청하였다. 그러나 사실 신병은 구실에 불과하였다. 진정한 이유는 대화7년 초 다시 재상의 지위에 오른 이당 이덕유가 이종민을 산남서도절도사(山南西道節度使), 양우경(楊虞卿)을 원주(遠州)로 축출하는 등 반대파 우당 인사들에 대한 배척과 탄압을 개시하였기 때문이었다. 정국이 또 다시 정쟁의 소용돌이에 빠져들었던 것이다. 병가를 마친 백거이는 같은 해 4월 태자빈객분사(太子賓客分司)에 제수되었다.

대화8년(834) 가을, 정세가 역전되어 다시 재상에 제수된 이종민은 이덕유와 이당 인사들을 축출하였다. 그러나 이종민과 우당 인사들은 얼마 지나지 않아 정주(鄭注; ?-835)·이훈(李訓; ?-835) 등에 의해 또 외지로 축출되었다. 이처럼 냉혹한 권력 투쟁으로 인해 "권세 있는 지위는 몸의 재앙이며 한산한 지위에 있으면 화근이 적다"[143]는 백거이의 인식은 더욱 확고해졌다. "비로소 알았노라 낙양 분사 자리는 안락하고 한가하여 하루에 만금의 가치있음을"[144]이라고 노

---

143) 백거이 「閑臥有所思二首」제2수[2330]: "權門要路是身災, 散地閑居少禍胎."(『백거이 집전교』제4책, 2176쪽)

래한 것은 분사동도(分司東都)의 한적한 생활을 즐기고 있음을 말한 것이다.

그러나 수기안인(修己安人)·겸제천하(兼濟天下)의 정치이상과 포부를 실현하고자 했던 지식인으로서 백거이의 내심은 결코 편안할 수 없었다. 현실적으로 병행할 수 없는 겸제(兼濟)와 독선(獨善)의 기로에서 백거이는 항상 갈등과 번뇌에 시달려야 했다.

愛琴愛酒愛詩客,	금(琴)과 술 그리고 시를 좋아하는 이는
多賤多窮多苦辛.	대부분 미천하고 곤궁하고 고생스러웠다.
中散步兵終不貴,	혜강과 완적은 끝내 고귀하지 못했고
孟郊張籍過於貧.	맹교와 장적은 너무 가난하게 살았다.
一之已嘆關於命,	그중 하나도 이미 박명이라 탄식하거늘
三者何堪併在身.	세 가지 내게 다 있으니 어찌 감당하랴.
只合飄零隨草木,	본디 초목 따라 이리저리 표락해야 했는데
誰敎凌勵出風塵.	어찌 벼슬 길에 나와 높이 오를 수 있었나.
榮名厚祿二千石,	봉록 이천석의 높은 관직과 명예를 누렸고
樂飮閑遊三十春.	삼십년 마음껏 술 마시며 한가로이 놀았다.
何得無厭時咄咄,	어찌해 만족하지 못하고 언제나 투덜대며
猶言薄命不如人.	오히려 박명하여 남들만 못하다고 하는가.[145]

대화8년(834) 태자빈객분사 시절의 작품이다. 백거이는 자신이 빈

144) 백거이 「閑臥有所思二首」제1수[2329]: "始知洛下分司坐, 一日安閑直萬金."(『백거이집전교』제4책, 2176쪽)
145) 백거이 「詩酒琴人例多薄命予酷好三事雅當此科而所得已多爲幸斯甚偶成狂詠聊寫愧懷」[2332]; 『백거이집전교』제4책, 2178쪽.

천하고 고생스럽게 살아야 할 박명(薄命)이라고 했다. 본래는 자연의 순리대로 살아야 했음에도 출사(出仕)하여 고관의 지위에 오르는 행운을 얻었다고 하였다. 그럼에도 만족하지 못하고 박명하다 탄식하였음을 자책한다고 했다. 그 자책 속에는 풍요롭고 한적한 생활만으로 채워질 수 없는 공허함이 숨겨져 있다. 이는 백거이 마음 한편에 겸제천하의 정치이상에 대한 미련을 완전히 떨쳐버리지 못했음을 의미한다. 백거이의 이러한 심리적 갈등은 개성5년(840)의 작품에서도 나타난다.

千年鼠化白蝙蝠,　　천년동안 살아온 쥐가 흰 박쥐로 변하여
黑洞深藏避網羅.　　어두운 동굴에 깊이 숨어 그물을 피했다.
遠害全身誠得計,　　화를 피해 일신을 보전하기엔 묘책이나
一生幽暗又如何.　　평생 암흑속에서 살아야함은 어찌 하랴.[146]

　　세상의 그물을 피하여 동굴 속에 숨어 사는 박쥐가 "화를 피해 일신을 보전하기(遠害全身)"는 하지만 "평생 암흑 속에서 살아야 하는(一生幽暗)" 안타까움을 노래했다. 박쥐는 정쟁의 화를 피해 낙양에서 명철보신(明哲保身)의 소극적 태도를 견지하는 시인 자신을 비유한다. 평생 암흑 속에서 살아야 하는 박쥐처럼 지식인으로서의 정치이상을 포기하고 반은둔식 중은생활을 선택한 것에 대한 자괴감을 표출한 것이다.

　　대화9년(835) 9월, 백거이는 동주자사(同州刺史)에 제수되었지만 병을 구실로 사양하였다. 같은 해 10월 23일, 태자소부분사(太子少傅

───────────

146) 백거이 「山中五絶句」제5수·「洞中蝙蝠」[2651]; 『백거이집전교』제4책, 2436쪽.

分司)에 제수되고 풍익현(馮翊縣) 개국후(開國侯)에 봉해졌다. 태자소부분사는 종이품(從二品), 풍익현 개국후는 종삼품의 봉작(封爵)이니 품계로는 백거이 일생 중 최고의 관위에 오른 것이다. "월봉 백천(百千)에 관위는 이품(二品)의 벼슬, 조정은 나를 한인(閑人)으로 고용했네"[147]라고 노래하면서도 "묵묵히 마음속으로 나에게 묻나니 이 나라에 무슨 공로가 있었던가"[148]라며 자책하기도 하였다. 정쟁에서 벗어나 고결함을 보전하고자 하는 마음과 제세안민(濟世安民)이라는 정치이상에서 멀어지는 현실 사이에서 발생하는 지식인의 갈등을 보여 주고 있다.

백거이의 태자소부분사 제수 이후 거의 한 달이 지난 11월 21일, 장안에서는 감로지변(甘露之變)이 발발하였다. 27세의 젊은 황제 문종이 정주·이훈 등과 함께 환관 주살을 도모했으나 환관 구사량(仇士良)에게 발각되었다. 그 결과 환관 세력에 의해 정주·이훈·왕애·서원여(舒元輿) 등 조정 대신은 물론 그들의 가족까지 포함하여 천 명 넘게 죽임을 당한 사건이 바로 감로지변이다. 이렇게 참혹한 정변의 발생에도 이미 "내 마음은 세상을 까맣게 잊어버렸으니 시사를 들어도 안들은 것과 같은"[149] 경지에 진입한 백거이의 생활은 달라질 것이 없었다. 불도(佛道)에 더욱 심취하여 자호(自號)를 취음선생(醉吟先生)이라 하고 스님 여만(如滿)을 공문우(空門友), 처사 위초

---

147) 백거이 「從同州刺史改授太子少傅分司」[2404]: "月俸百千官二品, 朝廷雇我作閑人." (『백거이집전교』제4책, 2237쪽)

148) 백거이 「自賓客遷太子少傅分司」[2207]: "默然心自問, 於國有何勞."(『백거이집전교』 제4책, 2080쪽)

149) 백거이 「詔下」[2204]: "我心與世兩相忘, 時事雖聞如不聞."(『백거이집전교』제4책, 2077쪽)

(韋楚)를 산수우(山水友), 유우석(劉禹錫)을 시우(詩友), 황보랑지(皇甫朗之)를 주우(酒友)로 삼아 만날 때마다 즐거워하며 돌아갈 것을 잊어버리는 소요자적(逍遙自適)의 생활을 지냈다.[150]

개성5년(840) 9월, 낙양 향산사 경장당(經藏堂)이 축성되자 「香山寺新修經藏堂記」를 짓고 스스로 향산거사(香山居士)로 호칭하였다.[151] 겨울, 백거이는 신병으로 백일휴가를 신청하였다.[152] 다음해인 회창1년(841) 봄, 백일휴가 만료 후 태자소부분사에서 면직되었다. 평생의 지기 원진은 10년 전 이미 저세상으로 떠났고 아직 살아야 할 사위는 이해에 먼저 이 세상을 떠났다. 이해 고희(古稀)를 맞이한 백거이는 인생을 한 번 되돌아 볼 나이였다. 마침 동도유수(東都留守) 이정(李程; 766-842?)이 백거이의 이도리(履道里) 자택을 방문하였다. 함께 연못에 배를 띄우고 술을 마시며 한림학사 시절의 옛 이야기를 나누었다. 당시의 감회를 이렇게 노래했다.

引棹尋池岸,	나의 연못에 찾아와서 배를 젓고
移樽就菊叢.	국화 만발한 곳에서 술을 마신다.
何言濟川後,	어찌 알았으랴 재상 물러난 이후
相訪釣船中.	낚싯배에 찾아와 날 방문할 줄을.

---

150) 백거이 「醉吟先生傳」[3666]: "與嵩山僧如滿爲空門友, 平泉客韋楚爲山水友, 彭城劉夢得爲詩友, 安定皇甫朗之爲酒友. 每一相見, 欣然忘歸.……故自號爲醉吟先生." (『백거이집전교』제6책, 3782쪽)

151) 백거이 「香山寺新修經藏堂記」[3673]: "先是, 樂天發願修香山寺既就, 迨今七八年.……爾時道場主佛弟子香山居士樂天, 欲使浮圖之徒游者歸依, 居者護持, 故刻石以記之."(『백거이집전교』제6책, 3804쪽)

152) 백일휴가 신청 시기를 주금성 『백거이연보』·나련첨 『백낙천연보』는 개성5년 겨울, 화방영수 「백거이연보」는 회창1년 겨울의 일로 기술하였다. 이에 관한 논의는 본서 제7장 「삼종연보 이설비교」에 상세하다.

白首故情在,	백발 성성한 난 옛정이 그대론데
靑雲往事空.	재상지낸 그댄 지난 일 잊었으리.
同時六學士,	함께 한림학사 되었던 여섯 사람
五相一漁翁.	다섯은 재상 한 사람만 어옹이네.[153]

    백거이는 원화2년(807) 한림학사에 제수되었다. 그 당시 함께 한림학사가 된 사람은 이정(李程)·왕애(王涯)·배기(裴垍)·이강(李絳)·최군(崔群)이었다.[154] "육학사(六學士)"란 바로 백거이를 포함한 6인의 한림학사를 말한다. 어느 가을날, 이도리 자택을 방문한 한림학사 옛 동료는 동도유수로 부임한 이정이었다. 금년 봄에 면직된 "백발 성성한" 백거이는 무관(無官)의 상태였다. 백거이는 "옛정이 그대로인데(故情在)" 재상을 지냈던 옛 동료는 "지난 일 잊었으리(往事空)"라고 노래하였다. 이 말 속에는 지식인으로서의 비애가 담겨져 있다. 6인의 한림학사 중 다섯 사람은 모두 "일인지하, 만인지상(一人之下, 萬人之上)"의 재상을 역임했었다. 백거이는 일찍이 정쟁의 중심 장안을 떠나 동도 낙양에서의 한직으로 세월을 보냈던 것이다. 이러한 자신을 "어옹(漁翁)"이라고 하였다. "오상일어옹(五相一漁翁)", 이는 자신의 자발적 선택에 의한 결과였지만 정치 현장의 뒤안길에서 백발이 성성한 칠순 "어옹"의 감회와 탄식이기도 했다.

    회창1년(841) 봄 면직 이후로 봉록 지급이 정지되었다. 전답을 팔고 집을 처분하여 가솔들의 의식 비용과 자신의 술값으로 충당하려

---

153) 백거이 「李留守相公見過池上汎舟擧酒話及翰林舊事因成四韻以獻之」[2730]; 『백거이집전교』제4책, 2505쪽.

154) 朱金城 『白居易年譜』上海, 上海古籍出版社, 1982, 317쪽. 이에 관해서는 花房英樹 「白居易年譜」와 羅聯添 『白樂天年譜』의 의견도 동일하다.

는 생계 유지 방안을 농반진반으로 고민하기도 하였다.[155] 회창2년(842) 2월, 재가(在家) 수행자를 위한 팔관재계(八關齋戒)에 들어갔다. 이번에는 무려 "30일(三旬)"에 이르는 장기간의 재계였다.[156] 3월 5일 재계를 마친 백거이는 채식이 아닌 정상 식사를 하는 감회를 노래하여 아내에게 주기도 하였다.[157]

이해 7월, 동갑내기 오랜 시우(詩友) 유우석이 낙양에서 서거하였다. 백거이는 애도시를 지어 "세상에서 유백으로 이름을 나란히 했고 우리 두 사람 평생의 우정은 깊고도 두터웠지. 물러나 한거할 적 함께 가난하고 병약했는데 백발이 되어 하나는 죽고 하나는 살아 있네"라며 애통해 하였다.[158]

백거이는 이렇게 유우석을 떠나보낸 후, 살아온 지난날을 회상하며 평생의 지기 네 사람을 떠올렸다. 그러나 이건(李建)은 장경1년(821), 원진(元稹)은 대화5년(831), 최현량(崔玄亮)은 대화7년(833)에 이미 세상을 떠났고 마지막으로 유우석은 회창2년(842) 올해 백거이 곁을 떠났던 것이다.[159] 고희를 넘긴 나이, 평생 동고동락했던 벗들

---

155) 백거이 「達哉樂天行」[2721]: "起來與爾劃生計, 薄産處置有後先. 先賣南坊十畝園, 次賣東郭五頃田, 然後兼賣所居宅, 勞粼獲縉二三千. 半與爾充衣食費, 半與吾供酒肉錢."(『백거이집전교』제4책, 2498쪽)

156) 백거이 「出齋日喜皇甫十早訪」[2749]: "三旬齋滿欲銜杯, 平旦敲門門未開."(『백거이집전교』제4책, 2520쪽)

157) 백거이 「二年三月五日齋畢開素當食偶吟贈妻弘農郡君」[2716]; 『백거이집전교』제4책, 2491쪽.

158) 백거이 「哭劉尙書夢得二首」제1수[2775]: "四海齊名白與劉, 百年交分兩綢繆. 同貧同病退閑日, 一死一生臨老頭."(『백거이집전교』제4책, 2541쪽)

159) 백거이 「感舊序」[2718]: "故李侍郎杓直, 長慶元年春薨. 元相公微之, 大和六年秋薨. 崔侍郎晦叔, 大和七年夏薨. 劉尙書夢得, 會昌二年秋薨. 四君子, 予之執友也."(『백거이집전교』제4책, 2493쪽) 원진은 대화5년 7월에 서거하였고 다음해인 대화6년 7월 咸陽에 안장되었으므로 「感舊序」의 "大和六年"은 "大和五年"의 오기이다.

을 잃은 슬픔을 이렇게 노래하였다.

晦叔墳荒草已陳,	현량의 분묘는 황폐해 이미 풀은 시들고
夢得墓濕土猶新.	우석의 묘지는 축축해 아직 흙이 새롭다.
微之捐館將一紀,	원진은 관사에서 서거한 지 12년 흘렀고
杓直歸丘二十春.	이건은 선영에 묻혀서 20번 봄을 지냈다.
城中雖有故第宅,	장안성에는 오래전 살던 옛집이 있으나
庭蕪園廢生荊榛.	정원은 황폐해지고 잡목이 우거져 있다.
篋中亦有舊書札,	상자에는 아직 예전 서찰이 들어있는데
紙穿字蠹成灰塵.	책장마다 구멍나고 좀먹어 재가 되었다.
平生定交取人窄,	평소에 사람을 가려 친구를 사귀었는데
屈指相知唯五人.	손가락을 꼽아보니 지기는 오직 다섯뿐.
四人先去我在後,	네 친구 먼저 떠나보내고 난 뒤에 남아
一枝蒲柳衰殘身.	한 줄기 수양버들인듯 육신은 쇠잔했네.
豈無晚歲新相識,	나이먹어 새로 사귄 사람 어찌 없겠냐만
相識面親心不親.	알아도 얼굴만 볼뿐 마음은 가깝지 않네.
人生莫羨苦長命,	세상 살며 명줄 너무 긴 것 부러워 말라
命長感舊多悲辛.	오래 살며 옛친구 그리워 너무 슬프다네.[160]

누구나 백세 장수를 꿈꾸기 마련이다. 그럼에도 "명줄 너무 긴 것 부러워 말라(莫羨苦長命)"는 것은 모든 벗들이 세상을 떠나고 홀로 살아 남은 자는 그 슬픔이 너무 깊기 때문이다. 같은 해 9월, 2년 전인 개성5년(840) 즉위한 무종(武宗)이 백거이의 명성을 익히 듣고 재

---

160) 백거이 「感舊」[2719]; 『백거이집전교』 제4책, 2493쪽.

상으로 등용하고자 하였다. 그러나 재상 이덕유가 백거이의 노쇠와
신병을 이유로 만류하여 무산되었다.[161]

평생의 지기를 모두 잃은 아픔을 보상받으려는 듯, 백거이는 유우
석이 서거한 회창2년(842) 70권본『백씨문집』을 완성하였다. 장경4년
(824) 전집 50권 편찬 이후 근 20년 동안 여러 번의 증보를 거친 후집
20권의 완성으로 인한 결과물이다. 약 3,691편이 수록된[162]『백씨문
집』70권본을 여산(廬山) 동림사(東林寺)에 봉납하였다.

회창3년(843), 백거이는 비로소 형부상서(刑部尚書)로 치사(致仕)
하였다.[163] 이로써 40년간의 사환생애는 막을 내렸다. 치사관(致仕
官)은 반봉(半俸)을 지급받는 당대 관제[164]에 따라 형부상서 봉록의
반을 지급받기 시작하였다.[165] 회창4년(844) 73세, 낙양 용문담(龍門
潭) 남쪽 팔절탄(八節灘)에 돌이 많고 물길이 거세어 배들이 잘 파손
되자 사재를 들여 팔절탄을 개수하였다.[166] 백거이는 치사관(致仕官)
으로서 백성을 위한 선행을 베푸는 한편 "온 집안이 세상을 피해 번

161)『舊唐書·白居易傳·附白敏中傳』: "武宗皇帝素聞居易之名, 及即位, 欲徵用之. 宰
　　相李德裕言居易衰病, 不任朝謁."(『구당서』권166·「열전」제116); 司馬光『資治通
　　鑒』·「唐武宗會昌二年」조: "(九月)上聞太子少傅白居易名, 欲相之, 以問李德裕. 德
　　裕素惡居易, 乃言居易衰病, 不任朝謁."(『자치통감』권246·「唐紀」62)

162) 謝思煒『白居易集綜論』北京, 中國社會科學出版社, 1997, 10쪽.

163) 형부상서 치사 연도에 대해 朱金城의『백거이연보』와 花房英樹의 「백거이연보」는
　　회창2년, 羅聯添의『백낙천연보』는 회창3년을 주장한다. 필자의 검증에 의하면
　　회창3년이 타당하다. 이에 관한 논의는 본서 제7장 「삼종연보 이설비교」에 상세하다.

164)『唐六典』권3·「尚書戶部」: "凡致仕之官五品已上及解官充侍者, 各给半禄."

165) 백거이 「狂吟七言十四韻」[2792]·「俸隨日計錢盈貫, 祿逐年支粟滿困」句自注: "尚書
　　致仕, 請半俸, 百斛亦五十千, 歲給祿粟二千, 可爲."(『백거이집전교』제4책, 2555쪽)

166) 백거이 「開龍門八節灘詩二首并序」[2785]: "東都龍門潭之南, 有八節灘·九峭石, 船
　　筏過此, 例反破傷, 舟人機師, 推挽束縛. 大寒之月, 躶跣水中, 飢凍有聲, 聞於終夜.
　　予嘗有願, 力及則救之."(『백거이집전교』제4책, 2550쪽)

뇌가 없고 절반의 봉록은 생활하기에도 남음이 있는"[167] 평온하고 여유로운 여생을 지냈다.

회창5년(845) 봄, 백거이는 30일 장기 재계(齋戒)를 수행하였다.[168] 3월에는 낙양 이도리 자택에서 6인의 노우(老友)와 상치회(尚齒會)를 결성하고 풍류를 즐겼다. 같은 해 여름에는 2인이 추가 합류하여 구로(九老)가 모임을 갖고 구로도(九老圖)를 그리며 노년을 유유자적하게 지냈다.[169] 5월 1일에는 회창2년(842) 편찬된 70권본 『백씨문집』에 속후집 5권을 추가하여 총 3,840편의 75권본 『백씨문집』을 완성하였다. 이때 백거이 나이 74세였다. 원화10년(815) 44세의 나이, 강주에 좌천되어 15권 시집을 편찬한 이래 만 30년의 세월이 흘렀다. "세상의 부귀는 나와 연분이 없으나 사후 나의 문장은 분명 명성을 얻으리라"[170]는 꿈이 이루어진 것이다.

회창6년(846) 3월, 무종(武宗)이 붕어하고 선종(宣宗)이 즉위하였다. 8월, 백거이는 낙양 이도리 자택에서 향년 75세로 영면하였다. 상서우복야(尚書右僕射)에 추증되었다. 같은 해 11월, 백거이의 유언에 따라 낙양 용문산(龍門山) 향산여만사탑(香山如滿師塔) 옆에 안장되었다.[171] 백거이 서거 3년 후인 대중(大中) 3년(849), 이상은(李商隱)

---

167) 백거이 「刑部尙書致仕」[2780]: "全家通世曾無悶, 半俸資身亦有餘."(『백거이집전교』 제4책, 2546쪽)

168) 백거이 「齋居春久感事遣懷」[2799]: "齋戒坐三旬, 笙歌發四鄰.……風光拋得也, 七十四年春."(『백거이집전교』제4책, 2561쪽)

169) 백거이 「九老圖詩幷序」[3742]: "會昌五年三月, 胡 · 吉 · 劉 · 鄭 · 盧 · 張等六賢於東都敝居履道坊合尙齒之會. 其年夏, 又有二老, 年貌絶倫, 同歸故鄉, 亦來斯會. 續命書姓名年齒, 寫其形貌, 附於圖右, 與前七名題為九老圖, 仍以一絕贈之."(『백거이집전교』제6책, 3861쪽)

170) 백거이 「編集拙詩成一十五卷因題卷末戲贈元九李二十」[1014]: "世間富貴應無分, 身後文章合有名."(『백거이집전교』제2책, 1053쪽)

이 묘비명을 지었다.[172] 12월에는 중서시랑평장사(中書侍郎平章事) 백
민중이 시호를 청하는 상소를 올려 시호 '문(文)'을 추증받았다.

綴玉聯珠六十年,	60년 세월 주옥같은 시문을 지었는데
誰教冥路作詩仙.	어찌하여 황천에서 시선이 되었는가?
浮雲不繫名居易,	이름은 거이, 뜬구름처럼 매이지 않고
造化無爲字樂天.	자는 낙천, 조화와 무위자연을 따랐다.
童子解吟長恨曲,	아이들도 「장한가」를 읊을 줄 알았으며
胡兒能唱琵琶篇.	호인들도 「비파행」을 가창할 수 있었다.
文章已滿行人耳,	그대 문장이 행인의 귀에 이미 가득하니
一度思卿一愴然.	그대 생각할 때마다 내 마음이 슬퍼진다.[173]

　　백거이 죽음을 슬퍼하는 이 중에는 당시의 황제도 있었다. 선종
(李忱; 810-859)은 백거이를 애도하는 시를 지어[174] 백거이의 문학과
가치, 그리고 인생철학을 개괄하고 그에 대한 흠모의 정을 드러내었
다. 백거이는 세상을 떠났지만 이로 인해 또 다른 지음을 얻을 수
있었다.

171) 『舊唐書・白居易傳』: "遺命不歸下邽, 可葬於香山如滿師塔之側, 家人從命而葬焉."
　　(『구당서』권166・「열전」제116)

172) 李商隱 「唐刑部尙書致仕贈尙書右僕射太原白公墓碑銘幷序」: "子景受, 大中三年,
　　自潁陽尉典治集賢御書, 侍太夫人宏農郡君楊氏來京師,……以命其客取文刻碑."(『
　　전당문』권780)

173) 唐宣宗・李忱 「吊白居易」; 『全唐詩』권4.

174) 『新唐書・白居易傳』: "(會昌)六年卒, 年七十五, 贈尙書右仆射, 宣宗以詩吊之."(『신
　　당서』권119・「열전」제44)

6. 맺음말

백거이의 이름은 거이(居易)이고 자(字)는 낙천(樂天)이다. 이름은 『예기·중용(禮記·中庸)』의 "군자거이이사명(君子居易以俟命)"구에서 유래한다. "군자는 평안하게 살며 천명을 기다린다"는 뜻이니 평온하고 안분(安分)의 삶을 바랐기 때문일 것이다. 자는 『주역·계사(周易·繫辭)』의 "낙천지명고불우(樂天知命故不憂)"구에서 취한 것이다. "천명을 알고 즐기며 사니 우려할 일이 없다"는 의미이니 문자 그대로 낙천지명의 태도로 살아야 한다는 가르침을 담고 있다. 백거이는 거이(居易)의 삶을 살지는 못했지만 낙천(樂天)의 마음으로 살고자 노력했다. 낙천지명(樂天知命)을 추구하였기에 백거이는 지족상락(知足常樂)의 도리를 잘 알고 있었다.

心爲身君父,	마음은 육신의 군왕·부모이고
身爲心臣子.	육신은 마음의 신하·자식이라.
不得身自由,	육신이 자유로울 수 없는 것은
皆爲心所使.	모두 마음에 부림을 당해서라.
我心既知足,	내 마음은 이미 족함을 알고있나니
我身自安止.	내 육신은 이미 머무름에 편안하네.[175]

백거이는 일찍이 중은(中隱)의 길을 택했다. 출사와 퇴은의 장점을 취한 길이지만 겸제천하의 정치이상을 포기한 삶이었다. 이로 인한 공허함을 달래며 정치권력에 집착하지 않고 정쟁의 그물에 빠져

---

175) 백거이 「風雪中作」[2182]; 『백거이집전교』제4책, 2059쪽.

들지 않을 수 있었던 것은 바로 지족상락의 인생철학 때문이었다. 이로 인해 백거이에 대한 역사의 평가는 다음과 같을 수 있었다.

돌이켜 보면 백거이는 출사 초기에 정도(正道)로써 분발하며 천자 앞에서 국가의 안위를 쟁론하여 공을 세우기를 희망하였다. 비록 도중에 배척을 당하였으나 그의 초지(初志)는 만년에 들어 전혀 쇠락하지 않았다. 이종민(李宗閔)이 국정을 장악하여 권세가 당당할 때에도 끝내 그에 의탁하여 출세를 위한 계략을 도모하지 않았으니 스스로 고결한 절의(節義)를 보전하였던 것이다.[176)]

강주 좌천이라는 정치적 좌절을 백거이는 독선기신(獨善其身)과 낙천지명의 달관된 인생철학으로 극복하였다. 평생 지족(知足)하고 자족(自足)하려 노력하였다. 개성2년(837) 66세 나이에 살아온 날을 회고하며 "나처럼 복 있는 사람은 열 명 중에 일곱은 되지만 나처럼 족함을 아는 사람은 백 명 중에 하나도 없구나"[177)]라고 말할 수 있었던 것은 이 때문이다. 백거이는 바로 지족상락의 시인이었다.

---

176) 『新唐書·白居易傳』: "觀居易始以直道奮, 在天子前爭安危, 冀以立功. 雖中被斥, 晚益不衰. 當宗閔時, 權勢震赫, 終不附離爲進取計, 完節自高."(『신당서』권119·「열전」제44)

177) 백거이 「狂言示諸姪」[2220]: "如我優幸身, 人中十有七. 如我知足心, 人中百無一."(『백거이집전교』제4책, 2093쪽)

	관직명·품계	관장업무	기간
1	秘書省校書郎 正九品上	궁중 도서관의 서적 교감	정원19년(803) 3월 ~원화1(806) 봄
2	盩厔縣尉 正九品下	縣의 兵事·刑獄 업무 관장	원화1년(806) 4월 ~원화3년 4월
3	翰林學士	詔令의 기초 담당	원화2년(807) 11월 ~원화6년 4월
4	左拾遺 從八品上	관리 탄핵 및 황제에 대한 간언을 수행하는 諫官	원화3년(808) 4월 ~원화5년 4월
5	京兆府戶曹參軍 正七品下	京兆府의 호구, 호적, 혼인, 田宅, 徭役 등의 업무 관장	원화5년(810) 5월 ~원화6년 4월
6	太子左贊善大夫 正五品上	동궁 속관으로 전령·규간 및 예법 교육 담당	원화9년(814) 겨울 ~원화10년 8월
7	江州司馬 從五品下	각 州의 軍務를 수행하는 관직	원화10년(815) 8월 ~원화13년 12월
8	忠州刺史 正四品下	당대 下州인 忠州의 장관	원화13년(818) 12월 ~원화15년 여름
9	司門員外郎 從六品上	전국 관문의 출입왕래에 관한 장부와 행정 관장	원화15년(820) 여름* ~원화15년 12월
10	主客郎中 從五品上	상서성 禮部 소속. 二王后와 사신 접대의 직책	원화15년(820) 12월 ~장경1년(821) 10월
	知制誥	중서성 소속. 詔令의 기초 담당	상동
11	中書舍人 正五品上	중서성 소속. 詔書 작성과 勅令 제정의 직책	장경1년(821) 10월 ~장경2년 7월
12	杭州刺史 從三品	당대 上州인 杭州의 장관	장경2년(822) 7월 ~장경4년 5월

	관직명·품계	관장업무	기간
13	太子左庶子分司 東都　　正四品上	東宮 속관으로 右庶子와 함께 태자 보필의 직책	장경4년(824) 가을* ~보력1년(825) 3월
14	蘇州刺史 　　　從三品	당대 上州인 蘇州의 장관	보력1년(825) 3월 ~보력2년 8월하순*
15	秘書監 　　　從三品	秘書省 장관. 비서성은 도서 전적 등을 관장하는 관서	대화1년(827) 3월* ~대화2년 2월
16	刑部侍郎 　　　正四品下	律令과 刑名을 관장하는 刑部의 부장관	대화2년(828) 2월 ~대화3년 3월
17	太子賓客分司 　　　正三品	동궁 속관으로 태자에 대한 보필·시종·규간의 직책	대화3년(829) 3월 ~대화4년 12월
18	河南尹 　　　從三品	東都 洛陽을 치소로 하는 河南府의 장관	대화4년(830) 12월 ~대화7년 3월*
19	太子賓客分司 　　　正三品	동궁 속관으로 태자에 대한 보필·시종·규간의 직책	대화7년(833) 4월 ~대화9년 10월
20	太子少傅分司 　　　從二品	동궁 속관으로 太子太傅를 보좌하여 태자 훈도의 직책	대화9년(835) 10월 ~회창1년(841) 봄*
21	刑部尚書 　　　正三品	致仕官. 律令과 刑名을 관장하는 刑部의 장관	회창3년(843)* ~회창6년(846) 8월

❏ 관직의 품계는 『구당서·직관지(舊唐書·職官志)』를 근거로 하였다.

❏ 제시된 백거이 관력은 직사관(職事官)을 위주로 한다.

❏ 한림학사(翰林學士) : 당대의 한림원(翰林院)은 조정의 정식 관서가 아니었다. 이에 한림학사는 '내상(內相)'으로 불려질 만큼 중요한 직책이지만 정식 관원이 아니라 임시파견직에 해당한다. 본관에 추가되는 겸관이므로 별도의 품계는 없다.

▢ 지제고(知制誥) : 원래는 중서성(中書省) 소속으로 중서사인(中書舍人)이 담당하였다. 다른 부서의 관리가 지제고를 겸직하는 경우도 있다. 중서사인보다 품계가 낮은 원외랑(員外郞)이나 낭중(郞中)이 겸직할 때는 관명(官名)과 함께 지제고 직함을 사용한다. 본직에 추가되는 겸직이므로 별도의 품계는 없다.

▢ '*'표시는 이설이 있음을 나타낸다. 본표의 기재 내용은 본서 제3장 「백거이 작품 개설」 및 제7장 「삼종연보 이설 비교」의 논의 결과를 근거로 하였다.

| 제11장 |

백거이의 사은의식

　출사(仕)와 퇴은(隱)은 중국 고대 사인(士人)에게 있어 병행할 수 없는 두 갈래 길이었다. 출사는 정치이상을 실현하고 부귀공명을 누릴 수 있는 길이자 정치투쟁에 시달리는 험난한 인생을 의미한다. 퇴은은 험난한 환로(宦路)를 피하여 한적한 생활을 즐길 수 있으나 세상과의 모든 인연을 끊고 공명이록(功名利祿)을 포기한 고적한 생활을 예고한다. 이 같은 양자택일의 기로에서 사(仕)와 은(隱)에 대한 사인의 관념과 태도는 정치 품격과 행위 양식을 결정짓는 중요한 요소이다. 본고에서는 출사(仕)와 퇴은(隱)에 대한 백거이의 관념, 즉 사은의식(仕隱意識)을 고찰하고자 한다. 이를 통해 백거이의 사상과 의식세계의 일면을 가늠하고 강주 좌천 이후의 사환태도에 대한 이해를 도모할 것이다.

1. 출사와 퇴은의 전통관념

　출사는 중국 고대 사인의 인생에서 피해갈 수 없는 관문이었다. "사인이 벼슬자리를 잃는 것은 마치 제후가 나라를 잃는 것과 같다"[1)

---

1) 『孟子・滕文公下』: "士之失位也, 猶諸侯之失國也."

는 맹자의 말처럼 중국 고대 사인에게 있어 출사는 그들의 숙명이자 존재 가치를 인정받는 행위이기 때문이다.

그러나 전제군주제에서 관료계층은 단지 "통치계급의 조수"[2]일 뿐이다. 군권(君權)의 비호 아래 마련된 정치제도 하에서 관료는 정치이상의 좌절을 당할 수밖에 없었다. 비록 진간(進諫) 제도가 군권에 대한 제어를 목적으로 하지만 실질적 구속력을 발휘하지 못하였다. 군주의 권력이란 결국 나누어 가질 수 없는 것이기 때문이다.[3]

군신 간의 주종관계가 형성된 상황에서 현실 정치사회에 응당 있어야 할 질서가 상실되면 사인들은 자신의 정치이상을 실현하기 어렵다. 나아가 부당한 정치질서에 대한 개혁 역량이 부족함을 자각하게 된다. 바로 이러한 때 비록 출사가 인생의 목표이기는 하지만 퇴은은 사인들에게 현명한 선택이 될 수도 있다. 이러한 점에서 "지식인이 정치사회의 참여로부터 퇴은하는 것은 일종의 부득이한 선택이며 집정자에 대한 간접적인 항의와 비판이기도 하다"[4]는 평가는 설득력이 있다. 결국 출사와 퇴은은 중국 고대 사인의 의식에서 동전의 양면인 셈이다.

출사와 퇴은의 발생 배경보다 더욱 중요한 것은 양자에 대한 전통적 관념이다. 사은(仕隱)에 대한 유가·도가·법가의 관점과 태도는 서로 분명한 차이가 있으며 후대 사인들의 관념에 적지 않은 영

---

2) 李樹青「論知識份子」; 徐復觀 等『知識份子與中國』臺北, 時報出版社, 1983, 11쪽.

3) 吳璧雍「人與社會──文人生命的二重奏: 仕與隱」; 蔡英俊 主編『抒情的境界』臺北, 聯經出版事業公司, 1982, 172쪽.

4) 王國瓔『中國山水詩研究』: "知識分子從政治社會的參與中引身而退, 是一種不得已 的選擇, 也是一種對當政者不滿的間接抗議和批判."(臺北, 聯經出版事業公司, 1986, 102쪽)

향을 끼쳤기 때문이다. 본고에서는 사은의 전통관념에 대해 유가의 도사(道仕)와 시은(時隱), 도가의 반사(反仕)와 신은(身隱), 법가의 녹사(祿仕)와 반은(反隱) 등으로 나누어 서술한다.[5]

출사에 대한 필요성은 출사의 의의를 적극적으로 제창한 공자(孔子)로부터 사상적 근거를 확보하였다. "출사하지 않으면 군신의 의(義)가 없다.······군자가 출사하는 것은 그러한 군신의 의를 지키기 위해서이다"[6]라거나 "신하가 군주를 섬기는 것은 의(義)이다"[7]라는 말에서 공자에게 있어 출사는 바로 군신지의(君臣之義)를 다하는 길이었음을 알 수 있다. 이러한 사상은 맹자(孟子)에게서도 발견된다. "사인이 출사하는 것은 마치 농부가 농사 짓는 것과 같다"[8]라는 맹자의 말은 출사는 사인의 본분이며 당연한 임무임을 의미한다. 공맹(孔孟)의 이러한 주장으로 인해 사인의 의식 속에서 출사는 인생의 필수불가결한 과정으로 자리잡았던 것이다.

공자에게 출사의 목적은 "의(義)를 행함으로써 도(道)를 이루는"[9] 데에 있었다. 즉 출사의 목적은 단지 봉록을 받기 위해서가 아니라 도의 추구와 실현에 있다는 것이다. 중국 고대 사인이 출사를 통하여 도의 실현을 추구했던 것은 왕후(王侯)에 대응하여 정치사회를 비평할 정신적 지주로서의 도의 가치를 인식하였기 때문이다.[10] 따라

---

5) 道仕와 時隱, 反仕와 身隱, 祿仕와 反隱이라는 용어는 劉紀曜의 분류를 수용한 것이다. 劉紀曜「仕與隱——傳統中國政治文化的兩極」; 黃俊傑主編『理想與現實』臺北, 聯經出版事業公司, 1982, 291-313쪽.

6) 『論語・微子』: "不仕無義······君子之仕也, 行其義也."

7) 『莊子・人間世』: "(仲尼曰:) 臣之事君, 義也."

8) 『孟子・滕文公下』: "士之仕也, 猶農夫之耕也."

9) 『論語・季氏』: "行義以達其道."

10) 余英時「道統與政統之間」; 『史學與傳統』臺北, 時報出版公司, 1982, 51쪽.

서 공자는 "군자는 도를 구하고 먹을 것을 구하지 않는다. 농사를 지어도 굶주릴 수 있으나 학문을 하면 저절로 녹(祿)을 얻을 수 있다. 군자는 도를 염려할 뿐 가난을 염려하지 않는다"[11]라고 하였다. 또한 "선비로서 도에 뜻을 두고도 나쁜 옷·나쁜 음식을 부끄럽게 여기는 이는 더불어 말할 수가 없다"[12]며 도를 사인의 필수조건으로 강조하였다. 이에 사인은 도의 전승자[13]로 자처하며 "이도자임(以道自任)"의 정신을 그들의 특성으로 부각시켰던 것이다.

맹자 역시 "출사는 가난 때문에 하는 것이 아니다"[14]라며 봉록을 위한 출사를 반대하였다. "군자가 군주를 섬김에 있어서는 그 군주가 도에 맞게 행하며 뜻을 인(仁)에 두도록 힘써 인도해야 한다"[15]라고 하면서 출사에 대해 공자와 동일한 입장을 보였다. 출사에 대한 유가의 관념·태도 면에서 이처럼 사인의 정신적 지주인 도(道)의 실현을 위한 출사를 도사(道仕)라고 한다.

유가에서 표방하는 도사는 우선 객관적 전제 조건을 필요로 한다. 그것은 바로 도사의 이상 실현이 가능한가의 문제이다. 사인과 군주의 결합은 오직 도라는 공통적 기반 위에서만 건립될 수 있다는 유가의 입장에서 보면 결정권은 군주에게 있었다. 만약 군주에게 도를 실행할 의지가 없어 천하가 도의 실현이 불가능한 상황이라면 출사할 필요가 없다는 것이다. "도로써 군주를 섬기고 그렇지 못하면 물

---

11) 『論語·衛靈公』: "君子謀道不謀食. 耕也, 餒在其中矣, 學也, 祿在其中矣. 君子憂道不憂貧."

12) 『論語·里仁』: "士志於道, 而恥惡衣惡食者, 未足與議也."

13) 余英時 「古代知識份子的古代傳統」; 『史學與傳統』臺北, 時報出版公司, 1982, 71-92쪽.

14) 『孟子·萬章句下』: "仕非爲貧也."

15) 『孟子·告子下』: "君子之事君也, 務引其君以當道, 志於仁而已."

러난다"16)라거나, "천하에 도가 있으면 나아가 벼슬을 하고 도가 없으면 숨어 산다"17)는 공자의 말은 도의 실현 가능성이 있다면 출사하고 도의 실현 가능성이 없으면 퇴은해야 함을 말한다. 다시 말해서 "의를 행함으로써 도를 이루는" 것이 불가능하다면 "은거하여 그 뜻을 지켜야"18) 한다는 것이다.

맹자도 "천하에 도가 있으면 그 도를 나의 몸이 따르게 하고 천하에 도가 없으면 바른 도를 지키는 나의 몸을 흐트러진 도가 따르도록 한다"19)라고 하여 동일한 입장을 보이고 있다. 이처럼 천하무도(天下無道)의 상황에서는 도를 지키기 위해 퇴은할 수밖에 없다는 입장을 도은(道隱)이라고 한다. 그러나 유가의 퇴은은 단지 현실정치에 대한 불만으로 인해 현실사회를 잠시 피하는 것일 뿐, 사회 전체를 부정하며 지식인으로서의 사회 책임을 포기한다는 것은 결코 아니었다. 즉 무도한 정치현실에서 자신의 이상 실현과 인격 존엄을 고수하고, 군주에게 자신의 도를 굽히지 않기 위해 부득이하게 선택된 것이었다. 따라서 유가의 도은은 은거의 태도 면에서 도(道)의 실현에 대한 희망과 기대는 포기하지 않은 채 천하유도(天下有道)의 때(時)를 기다려 다시 출사할 수 있다는 융통성을 포함하고 있다. 이런 의미에서 퇴은에 대한 유가의 관점과 태도를 시은(時隱)이라고도 한다.

유가에서는 인간의 주재가 가능한 자각적 영역인 의(義)를 중시하면서도 한편으로는 인간이 주재할 수 없는 객관적 제한의 영역인 명

---

16) 『論語·先進』: "以道事君, 不可則止."
17) 『論語·泰伯』: "天下有道則見, 無道則隱."
18) 『論語·季氏』: "行義以達其道, 隱居以求其志."
19) 『孟子·盡心上』: "天下有道, 以道殉身; 天下無道, 以身殉道."

(命) 즉 천명을 중시한다.[20] "50세가 되면 천명을 안다"[21] 혹은 "명 (命)을 알지 못하면 군자가 될 수 없다"[22]는 공자의 말은 천명 중시 의 관점을 보여준다. '천명을 안다'는 것은 바로 인간이 주재할 수 없 는 객관적 제한의 영역을 안다는 것이며 이것이 군자의 조건이라는 것이다. 그런데 공자는 천하에 도가 행해지고 행해지지 않는 것은 바로 명(命)에 의한 것이라고 하였으며[23] 맹자는 천하에 도가 있고 없고는 천(天) 즉 천명에 달려 있다고 하였다.[24] 다시 말하면 도를 실현할 수 없는 상황 즉 '천하무도(天下無道)'의 시기에는 도의 수호 를 위해 퇴은하고 '천하유도(天下有道)'의 시기를 기다려야 한다는 것 이다. 이것을 결정하는 것은 바로 명(命)이므로 인간으로서는 주재 할 수 없는 영역이라는 것이다. 따라서 유가의 사은관에는 때(時)를 가려야 하는 출사도 무도(無道)한 때(時)의 부득이한 퇴은도 바로 명 (命)에 의한 것이라는 달관적인 인식이 존재하였다.

장자(莊子)는 초탈과 자적(自適)의 소요유(逍遙遊)를 개인이 추구 할 최고의 이상으로 간주하고 무위자연(無爲自然)의 경지를 주장했 다. 따라서 장자는 기본적으로 정치 세계를 인정하면서도 현실정치 에 대한 참여를 부정하며 자아 추구의 세계를 갈망한다. 또한 당시 사회를 어리석은 임금과 재상이 통치하고 도덕은 있으나 실행되지 않아 분쟁이 종식되지 않는 사회로 인식하였다.[25] 사회 혼란과 불화

---

20) 勞思光저, 정인재역 『중국철학사』(고대편) 서울, 探求堂, 1989, 94-95쪽.

21) 『論語 · 爲政』: "五十而知天命."

22) 『論語 · 堯曰』: "不知命, 無以爲君子也."

23) 『論語 · 憲問』: "道之將行也與, 命也; 道之將廢也與, 命也."

24) 『孟子 · 離婁章句上』: "天下有道, 小德役大德, 小賢役大賢; 天下無道, 小役大, 弱役 強. 斯二者, 天也. 順天者存, 逆天者亡."

25) 王處輝 지음, 심규득 · 신하령 옮김 『중국사회사상사』(상) 서울, 까치, 1992, 126쪽.

의 원인이 인의예지 등의 각종 사회 규범과 문화에 있다고 장자는 생각하였다. 이에 백해무익한 현실정치에 참여하는 것을 원하지 않았다. 이것을 반사(反仕)라고 일컫는다.

이러한 입장에서 현실 정치사회를 피해 개인의 양생과 소요·보신을 위한 은거를 신은(身隱)이라고 부른다. 현실 정치사회에 대한 완전한 부정으로부터 출발한 피세적 신은은 도의 실행이 가능할 때를 기다리는 유가의 도은·시은과는 근본적으로 다르다. 장자의 신은 관념은 위진(魏晉) 이후의 은일 인물에 의해 험난한 현실정치로부터 화를 모면하여 몸을 보전하기 위한 극단적인 절세피화(絶世避禍)의 은일관으로 계승되기도 하였다.

한비자(韓非子)의 출사에 대한 관점과 태도는 인간과 인간 사이의 관계는 모두 이해관계라는 인식에서 비롯된다. 수레를 만드는 사람은 사람들이 부귀해지기를 바라고 관을 만드는 사람은 사람들이 사망하기를 바란다. 이것은 마음이 인자하고 인자하지 않기 때문이 아니라 그들의 현실적 이익에 따라 마음이 결정되기 때문이라고 한비자는 생각하였다. 따라서 군신관계도 "군주는 관작(官爵)을 팔고 신하는 지력(智力)을 파는"[26] 매매 관계에 불과하다고 인식하였다.[27]

그래서 한비자는 "신하는 사력을 다하여 군주의 작록(爵祿)과 바꾸고 군주는 작록을 만들어 신하의 지력과 바꾼다. 군신의 관계는 부자지간과 같은 친속관계가 아니라 이해 계산에서 출발하는 것이다"[28]라고 하였다. 다시 말하면 신하는 출사하여 군주의 이익을 위

---

26) 『韓非子·難一』: "主賣官爵, 臣賣智力."

27) 方克立 『中國哲學小史』臺北, 木鐸出版社, 1986, 79쪽.

28) 『韓非子·難一』: "臣盡死力以與君市, 君垂爵祿以與臣市. 君臣之際, 非父子之親也, 計數之所出也."

해 헌신하고 군주는 작록을 신하 양육의 수단으로 삼는다. 이러한 군신관계에서 출사의 유일한 목적은 바로 부귀를 얻기 위한 것이다. 이처럼 작록을 위한 출사를 녹사(祿仕)라고 부른다.

법가 정치사상의 핵심은 군주의 절대적 권위와 세력을 인정하는 존군(尊君)사상이다. 이러한 군주지상(君主至上)의 입장에서 보면 은자는 군주의 통치 범위를 벗어나 혹세무민하는 존재이며 심지어는 법령 체제에 대한 도전자였다. 따라서 한비자는 허유(許由)와 백이(伯夷)·숙제(叔齊) 등의 은사를 "명령에 복종하지 않는 백성"[29] 혹은 "무익한 신하"[30]라고 비판한다. 그리고 그러한 부류의 인간들은 형벌과 주륙(誅戮)으로 다스려 군주와 법령의 권위를 세워야 한다고 주장하였다. 이처럼 퇴은에 대한 한비자의 부정적인 관점을 반은(反隱)이라고 한다.

출사와 퇴은에 대한 전통관념을 요약하면 다음과 같다. 출사에 대해 유가는 도(道)의 실현을 위하여 출사하는 도사(道仕), 도가는 현실정치를 반대하는 반사(反仕), 법가는 부귀를 위하여 출사하는 녹사(祿仕)의 관념을 가지고 있다. 퇴은에 대해 유가는 수도(守道)를 위해 퇴은하는 도은(道隱) 혹은 시은(時隱), 도가는 몸을 보전하기 위해 퇴은하는 신은(身隱), 법가는 근본적으로 퇴은을 반대하는 반은(反隱)의 입장을 취하였다. 그러면 출사(仕)와 퇴은(隱)에 대한 백거이의 관념과 태도는 어떠했는가? 이에 대한 고찰은 백거이의 의식사상의 일면을 이해하는 데 도움이 될 것이다.

---

29) 『韓非子·說疑』: "不令之民."
30) 『韓非子·姦劫弑臣』: "無益之臣."

2. 백거이의 출사관 ─ 겸제

유가 경전을 학습한 당대 사인으로서 백거이의 사은의식은 기본적으로 유가사상의 영향을 받았다. 백거이에게 있어 도의 실현과 추구는 왕왕 겸제(兼濟), 퇴은에 대한 의식은 독선(獨善)으로 표현되고 있는 것도 바로 이러한 이유에서이다. 겸제와 독선은 바로 출사와 퇴은에 대한 유가의 관점과 태도를 대표하기 때문이다. 따라서 출사와 퇴은에 대한 백거이의 의식은 우선 맹자의 겸제와 독선에 대한 이해를 필요로 한다.

> 선비는 궁(窮)해도 의(義)를 잃지 않고 달(達)하여도 도에서 벗어나지 않는다. 궁해도 의를 잃지 않으니 자신을 지킬 수 있고 달하여도 도에서 벗어나지 않으니 백성들이 실망하지 않는다. 옛사람은 뜻을 얻으면 백성에게 더욱 은택을 베풀어주고 뜻을 얻지 못하면 자신의 몸을 수양하여 (덕성을) 세상에 드러낸다. 궁하면 자기 일신을 수양하고 달하면 천하를 두루 다스린다.[31]

조기(趙歧)의 주에 "달은 자신의 도를 행할 수 있음을 말한다(達謂得行其道)"라고 하였다. 즉 여기에서 '궁(窮)'과 '달(達)'은 관직과 지위의 고하를 말하는 것이 아니라 지식인으로서 자신의 정치이상, 즉 도(道)의 실현 가능성 여부를 말하는 것이다. 다시 말하면 '달'이란 자신의 정치이상을 실현할 수 있는 "뜻을 얻은(得志)" 상황을 말하며

---

31) 『孟子·盡心上』: "士窮不失義, 達不離道. 窮不失義, 故士得己焉; 達不離道, 故民不失望焉. 古之人, 得志, 澤加於民, 不得志, 修身見於世. 窮則獨善其身, 達則兼善天下."

'궁'은 "뜻을 얻지 못한(不得志)" 처지에 있음을 의미한다. 따라서 자신의 정치이상을 실현할 수 있는 '달'의 상황에서는 그 도를 실행하여 백성들에게 은택을 베푸는 것이 겸선천하(兼善天下), 즉 겸제천하(兼濟天下)이다. 반대로 정치이상을 실현할 수 없는 '궁'한 처지에서는 자신의 절조를 잃지 않고 품덕을 수양하며 도의에 위배되는 일을 하지 않는 것을 독선기신(獨善其身)이라고 한다.

겸선천하와 독선기신은 바로 "천하에 도가 있으면 나아가 벼슬을 하고 도가 없으면 숨어 산다"[32]는 유가의 도사와 시은의 관점을 표현한 것이다. 이것이 바로 맹자가 말한 겸제천하와 독선기신의 본의이다. 양자는 결코 모순되는 대립적인 개념이 아니었다. 그러나 후대에 들어 독선은 종종 맹자의 본의와는 다른 개념으로도 사용되어 왔다. 사인들이 개인적 원인으로 곤궁한 상황에 처하면 스스로 독선기신을 표방하곤 하는데 이때의 독선은 바로 명철보신(明哲保身)을 위한 현실도피적 은사의 길을 의미한다.[33]

백거이는 혹한의 추위에 입을 옷이 없는 백성들을 보고 「新製布裘」라는 제목의 시를 지었다. 여기에서 그는 겸제천하의 정치포부를 이렇게 말하고 있다.

丈夫貴兼濟,	장부는 겸제를 귀히 여기나니
豈獨善一身.	어찌 한몸만을 편안케 하리오?
安得萬里裘,	어찌하면 커다란 갖옷 구하여
蓋裹周四垠.	두루 사방 끝까지 덮어감싸서

---

32) 『論語・泰伯』: "天下有道則見, 無道則隱."
33) 張安祖 「"兼濟"與"獨善"」; 『中國古代近代文學研究』1983년 4기, 33-34쪽.

穩暖皆如我,　　모두 나처럼 포근하게 만들어

天下無寒人.　　세상에 추운 사람 없게 하리오.[34]

　추운 겨울날 자기 한 몸만을 따스히 할 갖옷에 만족하지 않고 천하 백성들을 모두 포근히 해줄 '만리구(萬里裘)'를 염원한다. 이것은 바로 출사의 목적이 겸제, 즉 도(道)의 실현에 있음을 드러낸 것이다. "장부는 겸제를 귀히 여긴다(丈夫貴兼濟)"는 인식은 「月夜登閣避暑」시[35]에서도 잘 표현된다. "가뭄이 오래되어 열기가 심하자" 누각에 올라 더위를 피했던 백거이는 "곡식이 모두 말라 버린" 상황을 목격하고 "일신의 수양에는 실로 방법이 있으나 가뭄에 마른 곡식을 어떻게 구제할 것인가?"라고 하며 겸제의 포부를 표출하고 있다.

　출사에 대한 백거이의 관념은 양면적이다. 도의 실현을 목적으로 하는 도사(道仕)만이 아니라 부귀를 위한 녹사(祿仕)의 입장도 보인다. 출사 초기에 지은 작품을 예로 든다.

養無晨昏膳,　　봉양하려 해도 조석 찬거리가 없고

隱無伏臘資.　　은둔하려 해도 먹고살 밑천이 없네.

遂求及親祿,　　드디어 어버이 섬길 봉록을 구하러

僶俛來京師.　　부지런히 공부하여 장안성에 왔네.

---

34) 백거이 「新製布裘」[0055]; 『백거이집전교』제1책, 65쪽. 이 시는 화방영수와 주금성의 편년에 의하면 원화2년(807)에서 10년(815) 사이의 작품이다.

35) 백거이 「月夜登閣避暑」[0013]: "旱久炎氣盛, 中人若燔燒. ……迴看歸路傍, 禾黍盡枯焦. 獨善誠有計, 將何救旱苗."(『백거이집전교』제1책, 19쪽) 『백거이문집』제판본에는 제목이 「月夜登閣避暑」이지만 사사위『백거이시집교주』에는 제목이 「月燈閣避暑」로 되어 있다. 이에 관한 논의는 본서 제3장 「백거이 작품 개설」에 상세하다.

薄俸未及親,　　박봉이라 어버이 봉양에 부족하고

別家已經時.　　집 떠난지 이미 오랜 세월 지났네.[36]

비서성교서랑에 제수된 정원19년(803) 작품 「思歸」이다. 고향에 대한 그리움을 노래했다. 부지런히 공부하여 과거에 응시한 것은 "어버이를 섬길 봉록(及親祿)"을 얻기 위해서라고 하였다. "은둔하려 해도 먹고살 밑천이 없는" 그에게 있어 출사는 생계 유지를 위한 유일한 길이었다. 이처럼 봉록을 얻기 위한 출사는 그외에 다른 생활 기반을 갖지 못한 사인의 입장에서는 보편적인 현상이었다.

원화5년(810) 4월 백거이의 좌습유 임기가 만료될 무렵 헌종(憲宗)은 전관(轉官)에 대한 백거이의 의향을 타진하였다.[37] 이에 백거이는 4월 26일 「奏陳情狀」을 올려 다음과 같이 주청하였다.

신의 모친께서는 병이 많으시고 신의 집은 본디 가난합니다. 더러는 어버이께 올릴 것이 없어 효양할 방도가 없었고 때로는 약되는 음식이 부족하여 공연히 근심걱정이 생겨나니 슬픈 감정이 마음속에 북받쳐 말이 되어 입에 오르기도 하였습니다. 엎드려 생각하오니 좌습유에서 경조부(京兆府)의 판사(判司)를 제수받은 일은 예전 한림원 내에서도 일찍이 이 같은 전례가 있었습니다. 자격과 경력은 유사하나 봉록이 다소 많으니 만약 이 관직을 제수받는다면 신에게는 실로 매우 다행스

---

36) 백거이 「思歸」[0432]; 『백거이집전교』제1책, 496쪽.

37) 『舊唐書·白居易傳』: "五年, 當改官, 上謂崔群曰: "居易官卑俸薄, 拘於資地, 不能超等, 其官可聽自便奏來." 居易奏曰 : 臣聞姜公輔爲內職, 求爲京府判司, 爲奉親也. 臣有老母, 家貧養薄, 乞如公輔例. 於是, 除京兆府戶曹參軍. "(『구당서』권166·「열전」제116)

러운 일입니다. 그렇게 된다면 어버이를 효양할 봉록이 다소 넉넉해지리니 은덕을 입은 저의 마음은 감격스럽기 그지없을 것입니다.[38]

　좌습유(左拾遺)는 종팔품상(從八品上)의 품계에 불과하지만 황제에 대한 간언과 시정(時政) 비판의 권한이 부여된 관직이다. 반면에 정칠품하(正七品下)의 경조부호조참군(京兆府戶曹參軍)은 호구(戶口)·호적(戶籍) 등의 장부관리 업무를 관장하여 실질적인 참정(參政)과는 거리가 있는 관직이었다. 그러나 백거이는 "신의 모친께서는 병이 많으시고 신의 집은 본디 가난하다(臣母多病, 臣家素貧)"는 현실을 구실로 "봉록이 다소 많은(俸祿稍多)" 경조부(京兆府) 속관을 자청하였다.

　이것은 도(道)의 실현 가능성에 대한 믿음보다 "어버이를 효양할 봉록이 다소 넉넉해질(及親之祿, 稍得優豊)" 것에 대한 인간적 소망이 더 강하였음을 의미한다. 백거이 의식 속에 존재하는 녹사(祿仕) 관념의 발현인 것이다. 황제는 백거이의 주청을 수용하여 동년 5월 5일 경조부호조참군에 제수하였다. 백거이는 「初除戶曹喜而言志」시에서 당시의 심정을 이렇게 노래하였다.

詔授戶曹掾,	조서 내려 호조참군에 제수하시니
捧詔感君恩.	두손 받들어 군왕 은덕에 감사하네.
感恩非爲己,	은덕에 감사함은 나 때문이 아니라
祿養及吾親.	녹봉으로 부모 봉양할 수 있어서라.

---

38) 백거이 「奏陳情狀」[3400]: "臣母多病, 臣家素貧. 甘旨或虧, 無以爲養, 藥餌或闕, 空致其憂, 情迫於中, 言形於口. 伏以自拾遺授京兆府判司, 往年院中, 曾有此例. 資序相類, 俸祿稍多. 儻授此官, 臣實幸甚. 則及親之祿, 稍得優豊, 荷恩之心, 不勝感激."(『백거이집전교』제6책, 3375쪽)

弟兄俱簪笏,	형제들은 예복을 단정하게 입고
新婦儼衣巾.	아내는 의복과 패건을 정제하여
羅列高堂下,	모친의 고당(高堂)아래 늘어서서
拜慶正紛紛.	인사를 올리느라 정말 분주하네.
俸錢四五萬,	호조참군 월봉은 사·오만전이라
月可奉晨昏.	매월 조석으로 봉양할 수 있으며
廩祿二百石,	호조참군 녹미는 일년에 200섬
歲可盈倉囷.	해마다 곳간을 채울 수 있다네.[39]

호조참군에 막 제수된 기쁨을 노래한 시이다. 백거이는 "녹봉으로 부모 봉양할 수 있어서(祿養及吾親)"라는 이유로 정치이상의 실현을 위한 도사(道仕)의 길보다는 월봉 4·5만전에 매년 200섬의 녹미를 받을 수 있는 녹사(祿仕)의 길을 선택하였던 것이다.

그러나 백거이가 보여준 녹사의 경향은 표면적인 것일 뿐이다. 실질적으로는 만년의 중은(中隱)과 유사하다. 도의 실현을 위한 출사를 표방한 유가에서도 사실 생계 유지를 위한 출사라는 현실적 문제에 대한 인식이 없었던 것은 아니다. "출사는 가난 때문에 하는 것은 아니나 때로는 가난 때문에 하는 수도 있다"[40]라는 맹자의 말은 현실적인 면에서 출사가 생계 도모의 기본수단이 될 수 있음을 말한 것이다.

이 같은 현실적 필요에 의해 발생한 녹사 관념은 때때로 도의 실현이 불가능한 정치상황, 즉 무도(無道)한 상황에 직면한 지식인이

---

39) 백거이 「初除戶曹喜而言志」[0201]; 『백거이집전교』제1책, 287쪽.
40) 『孟子·萬章下』: "仕非爲貧也, 而有時乎爲貧."

"도가 없으면 숨어 산다(無道則隱)"라는 유가의 퇴은사상과 생계 유지를 위해 퇴은할 수 없는 현실적 모순을 융화시켜주는 수단이 되기도 하였다. "군자가 난을 당하면 서로 불러 녹사(祿仕)가 되어 몸을 보전하고 화를 모면할 따름이다"[41]라는 말처럼 '행도(行道)'를 내세우지 않고 단지 '구록(求祿)'을 표방함으로써 무도한 정치상황으로부터 몸을 보전하고 화를 면할 수 있기 때문이었다. 백거이의 녹사 관념은 이러한 면에서도 유의미하다.

3. 백거이의 퇴은관 —— 독선

퇴은(隱)에 대한 백거이의 관념은 출사 관념과 마찬가지로 도(道)의 유무와 궁(窮)·달(達)의 여부가 중요한 기준이 된다. 「與元九書」에서 출사와 퇴은에 대해 다음과 같이 밝히고 있다.

고인이 말하기를 "뜻을 얻지 못하여 곤궁할 때는 홀로 자신을 수양하고, 뜻을 얻어 현달하게 될 때는 천하를 구제한다"라고 하였는데 내가 비록 불초하지만 항상 이 말을 스승으로 삼았습니다. 대장부는 도를 지키며 때(時)를 기다리니, 때가 오면 구름 속의 용이 되고 바람 속의 붕(鵬)이 되어 힘차게 역량을 발휘하여 나아가야 하고 때가 오지 않을 때는 안개 속으로 숨은 표범이 되고 높은 하늘을 나는 기러기가 되어 조용히 몸을 받들어 물러나야 합니다. 이렇게 하면 출사와 퇴은에서

---

41) 『詩經·王風』·「君子陽陽」序: "君子遭亂, 相招爲祿仕, 全身遠害而已." 鄭玄의 箋에는 "祿仕者, 苟得祿而已, 不求道行."이라고 하였다.

어느 쪽을 택하든 마음에 만족을 얻지 못하겠습니까? 그러므로 나는 뜻을 겸제에 두고 행동은 독선에 두었던 것입니다.[42]

출사(仕)와 퇴은(隱)에 대한 백거이의 입장은 바로 유가에서 표방하는 도사(道仕)와 시은(時隱)의 관념과 다르지 않다. 시은이란 맹자의 말대로 "궁즉독선기신(窮則獨善其身)"하는 것이다. 즉 대장부는 도의 실현을 이상으로 하지만 그것은 때(時)라는 시대 조건과 환경의 제약을 받으므로 "때가 오지 않으면(時之不來)" 퇴은하여 도의 실현이 가능한 시기를 기다려야 한다는 것이다. 여기에서 말하는 겸제(兼濟)와 독선(獨善)은 바로 맹자의 본의와 부합한다.

헌종 시대 중흥의 기상으로 인해 정치이상 실현에 대한 희망을 품었던 백거이는 비록 팔품(八品)에 불과한 미관이었으나 겸제의 뜻을 실천하고자 하였다. 그러나 원화15년(820), 혼군 목종(穆宗)의 즉위로 환관의 전횡이 극심해지고 정국이 혼란해지자 백거이는 겸제천하라는 정치이상의 실현 가능성이 상실되었다고 생각하였다. 이러한 인식으로 인해 백거이는 독선기신의 태도를 취하였으며 이를 자신의 이상과 절조를 유지하는 정신적 지주로 삼았던 것이다.

백거이가 「여원구서」를 쓴 것은 원화10년(815), 강주로 좌천된 바로 그해 겨울이었다. 백거이는 때(時)를 가려 출사할 수도 있고 퇴은할 수도 있다는 달관된 사은의식(仕隱意識)의 소유자였다. 이와 같은 사은의식의 심리적 배경은 좌천에 대한 백거이의 태도를 통해 이해

---

42) 백거이 「與元九書」[2915]: "古人云: "窮則獨善其身, 達則兼濟天下." 僕雖不肖, 常師此語. 大丈夫所守者道, 所待者時. 時之來也, 爲雲龍, 爲風鵬, 勃然突然, 陳力以出; 時之不來也, 爲霧豹, 爲冥鴻, 寂兮寥兮, 奉身而退. 進退出處, 何往而不自得哉! 故僕志在兼濟, 行在獨善."(『백거이집전교』제5책, 2789쪽)

할 수 있다. 좌천은 중국 고대 사인에게 있어 최대의 시련이자 좌절이기 때문이다.

贈君一法決狐疑,　　망설임 결정할 방법 그대에게 주니
不用鑽龜與祝蓍.　　거북이와 시초로 점칠 필요 없다네.
試玉要燒三日滿,　　옥의 진위는 사흘 꼬박 태워야 하고
辨材須待七年期.　　재목 판단은 칠 년을 기다려야 하네.
周公恐懼流言後,　　주공은 유언비어 두려워 피신하였고
王莽謙恭未篡時.　　왕망은 겸양하며 찬탈하지 않았었지.
向使當初身便死,　　만약 그때 당시 그들 모두 죽었다면
一生眞僞復誰知.　　일생의 참과 거짓 대체 누가 알리오?[43]

　　원화10년(815) 강주 좌천 도중에 지은 「放言五首」제3수이다. 이 시는 원진이 강릉 좌천 길에 지은 동일 제목 시에 대한 화답시이기도 하다.[44] 제1구의 "호의(狐疑)"는 의심으로 인해 주저하며 머뭇거리는 것을 뜻한다.[45] 원진에게 강릉 좌천은 최대의 정치적 좌절이었다. 이로 인해 원진은 예전의 강인한 의지를 상실한 채 마음의 동요와 심리적인 방황을 겪었다. 이 같은 원진에게 백거이는 심리적 방황과 의혹에 대한 해결책을 제시하며 한 인간의 진위와 시비에 대한 자신의 인식 방법을 천명하였다.

―――――――――――

43) 백거이 「放言五首」제3수[0903]; 『백거이집전교』제2책, 953쪽.
44) 백거이 「放言五首序」[0900]: "元九在江陵時, 有放言長句詩五首,……予出佐潯陽, 未屆所任. 舟中多暇, 江上獨吟, 因綴五篇, 以續其意耳."(『백거이집전교』제2책, 952쪽)
45) '狐疑'는 屈原의 "心猶豫而狐疑"(「離騷」)구에서 유래한다. 여우의 속성은 의심이 많으므로 일을 앞에 두고 주저하며 결정하지 못하는 것을 '狐疑'라고 한다.

사물의 진위와 우열에 대한 정확한 판단은 장기간의 시간과 관찰을 필요로 한다고 하였다. 옥석(玉石)의 진위는 사흘 동안 불에 태워 봐야 알 수 있고 장목류(樟木類)에 속하는 예목(豫木)과 장목(章木)은 칠 년을 자라난 후에야 재목 여부를 판별할 수 있는 것과 같다고 하였다.[46] 백거이는 사물에 대한 이 같은 인식방법을 통하여 인간의 진위(眞僞)·사정(邪正)에 대한 인식방법을 제시하였다. 바로 인간의 진실한 면모는 현재의 일시적인 상황에 의해서가 아니라 오직 장기간의 체험과 관찰을 통해서 정확한 인식과 판단이 가능하다는 것이다. 이러한 논리를 증명하기 위해 그는 주공(周公)과 왕망(王莽; BC45-23)에 관한 두 가지 역사적 사실을 예로 들고 있다.

주공은 주문왕(周文王)의 아들이자 주무왕(周武王)의 아우로서 유가에서 고대 성인으로 추앙하는 인물이다. 주공은 무왕이 서거한 후 어린 조카 성왕(成王)을 도와 섭정을 하였다. 이를 시기한 그의 아우 관숙(管叔)·채숙(蔡叔)은 주공이 제위 찬탈의 야심을 갖고 있다는 유언비어를 퍼뜨렸다. 이에 두려워진 주공은 화를 면하기 위해 동쪽으로 피난하여 3년간을 숨어 지냈다. 그 후 성왕의 부름을 받고 돌아온 주공은 충심으로 성왕을 보좌하여 국가를 다스리고 선정을 베풀어 성인으로 존경받았다.[47] 서한(西漢)말기의 외척 왕망은 9세의 평제(平帝)를 옹립하여 섬기면서 겸허하고 공손한 태도로 현사(賢士)를 예우하여 신망을 얻었다. 그러나 그 후 평제를 시해하고 제위를 찬탈하여 신(新; 8-23)을 국호로 삼았다.[48]

---

46) 제3구 자주에 "진정한 옥은 사흘을 태워도 색채·형태가 변하지 않는다(眞玉燒三日滿不熱)"고 하였고 제4구 자주에는 "豫木과 章木은 7년을 자라난 후에야 알 수 있다(豫章木生七年而後知)"라고 하였다.

47) 司馬遷 『史記』권33·「魯周公世家」 참조.

이러한 역사적 사실은 주공에게 있어 어린 성왕에 대한 충심이 참(眞)이었고 제위 찬탈의 야심은 거짓(僞)이었음을 확인시켜 준다. 그리고 제위 찬탈 이전의 왕망이 겸공(謙恭)의 태도로 보여준 정인군자(正人君子)의 면모는 거짓(僞)이었음을 증명하고 있다. 이 같은 역사적 평가를 통해 인간의 진위와 사정(邪正)·충간(忠奸)은 당시의 일시적 태도로 결정되는 것이 아니라 오랜 시간이 지나야 드러난다고 인식하였던 것이다. 백거이의 이러한 인식은 좌천이라는 정치적 좌절을 극복하고 현실의 고난을 초탈하게 하는 정신적 지주로 작용하였다.

백거이의 퇴은관은 사호(四皓)에 대한 태도에서도 잘 드러난다. 사호는 진말(秦末)·한초(漢初)의 국란을 피하여 상산(商山; 현 섬서성 상현 동쪽)에 은거하였던 동원공(東園公)·기리계(綺里季)·하황공(夏黃公)·녹리선생(甪里先生) 등 후세의 칭송을 받는 4인의 은자를 말한다. 상산사호에 대한 백거이의 인식은 매우 긍정적이다. "상산 은거로 진(秦)의 국란(國亂)을 피하고 산에서 나와 유씨(劉氏) 천하를 안정시켰으니 출처진퇴(出處進退)가 구름처럼 뜻대로 자유로웠다. 만약 사호의 영혼이 있다면 응당 나를 비웃을 것이니 한 가지 일도 이루지 못하고 강주로 좌천되었음을"[49]이라고 노래한 것은 그들을 큰 업적을 이룬 인물로 높이 평가한 것이다.

사호에 대한 백거이의 인식과 평가는 「答四皓廟」[0108]시에서도 확인할 수 있다. 이 시는 원화5년(810) 원진이 강릉 좌천 도중에 지

---

48) 班固 『漢書』권99·「王莽傳」 참조.
49) 백거이 「題四皓廟」[0877]: "臥逃秦亂起安劉, 舒卷如雲得自由. 若有精靈應笑我, 不成一事謫江州."(『백거이집전교』제2책, 935쪽)

은 「四皓廟」시에 대한 화답이다. 원진은 "선생들의 도는 어디에 존재하는가? 출처(出處)는 명백히 함을 귀히 여긴다"[50]라며 사호를 비판하였다. 백거이의 출사관과 퇴은관에 대한 심도있는 이해를 위해 원진의 「四皓廟」시 일부를 인용한다. 사호에 대한 원진·백거이 인식의 차이는 출사와 퇴은에 대한 관념의 다름으로 인해 발생하는 것이기 때문이다.

秦政虐天下,	진왕 정치는 천하백성을 학대하고
黷武窮生民.	무력남용은 백성을 곤궁하게 했다.
諸侯戰必死,	제후들은 전쟁으로 반드시 죽게되고
壯士眉亦顰.	장사들도 눈썹을 찌푸리며 근심한다.
張良韓孺子,	장량은 한(韓)나라 귀족이었음에도
椎碎屬車輪.	철퇴로 진왕 부거의 바퀴 부수었고
遂令英雄意,	마침내 영웅 유방의 마음으로 하여금
日夜思報秦.	밤낮 진나라의 응징을 생각케 하였다.
先生相將去,	선생들은 서로 어울려 세속을 떠나
不復嬰世塵.	다시는 세상 먼지 덮어쓰지 않았다.
……	……
秦皇轉無道,	진시황은 더욱 포악무도해지니
諫者鼎鑊親.	간언하는 자는 팽형에 처해졌다.
茅焦脫衣諫,	모초는 옷을 벗고 간언하였거늘
先生無一言.	선생들은 한마디 말도 없었으며
趙高殺二世,	조고가 이세황제를 시해하였건만

---

50) 원진 「四皓廟」: "先生道何屯, 出處貴明白."(『원진집』권1)

先生如不聞.	선생들은 듣지 못한 듯이 하였다.
劉項取天下,	유방과 항우가 천하 쟁탈할 적도
先生游白雲.	선생들은 흰구름 속에서 노닐었고
海內八年戰,	전국이 8년간 전화에 쌓였을 적도
先生全一身.	선생들은 일신의 보전만을 꾀했다.[51]

    사호 비판의 근본 이유는 사호가 진시황의 폭정으로부터 세상을 구제하려 하지 않고 "일신의 보전만을 꾀했기(全一身)" 때문이었다. 당시 많은 제후들과 장사들은 난세를 우려하여 목숨을 걸었고 장량(張良; ?-BC186)은 진시황(秦始皇; BC259-BC210)을 철퇴로 저격하였으며[52] 유방(劉邦; BC256/247-BC195)은 진(秦)의 폭정을 응징할 기개를 품었다. 그러나 사호는 이러한 난세를 도피함으로써 자신들의 목숨을 보전하였을 뿐이라는 것이다. 또 제(齊)나라 모초(茅焦)가 죽음을 무릅쓰고 진시황의 무도함을 간언할 때도,[53] 조고(趙高; ?-BC207)가 이세황제(二世皇帝) 호해(胡亥; BC230-BC207)를 시해하는 극악무도함

---

51) 원진 「四晧廟」; 『원진집』 권1.
52) 장량은 원래 韓나라 귀족 출신이다. 秦나라에 의해 한나라가 멸망하자 진시황에게 원한을 갚고자 하였던 장량은 자객을 보내 진시황을 철퇴로 저격하였다. 그러나 황제 수레를 뒤따르는 副車를 파손하였을 뿐이며 저격에는 실패하였다. 소위 '張良椎'는 장량이 진시황 저격에 사용한 철퇴를 말한다. 이에 관한 사적은 『史記·留侯世家』에 상세하다.
53) 모초는 戰國 齊나라 사람으로 과감한 諫言으로 유명하다. 진시황의 母后가 노애(嫪毒)와 은밀히 정을 통하였다. 이에 노애는 자신이 황제의 義父라는 명목으로 國政을 전횡하고 교만방자하게 행동함으로써 나라를 어지럽혔다. 이에 진시황은 노애를 車裂刑에 처하고 太后를 萯陽宮에 유폐시키며 "감히 태후의 일로 간언하는 자는 사형에 처한다. 이미 죽은 이가 27명이다"라고 영을 내렸다. 그러나 모초는 죽음을 각오하고 옷을 벗은 채로 엎드려 간언하였다고 한다. 사적은 劉向 『說苑·正諫』과 『史記·秦始皇本紀』에 상세하다.

을 자행할 때도 사호는 한 마디 말도 없이 무관심한 태도로 일관하였다는 것이다. 바로 진시황의 폭정과 난세를 바로잡기 위한 8년간의 투쟁 속에서 사호는 아무런 공적도 없이 산중에 은거하여 일신의 보전만을 도모하였다. 사호의 이러한 태도에 대해 원진은 혹독한 비판을 내리고 있다.

원진의 의식 속에서 독선(獨善)은 단지 일신의 안일을 위한 것이었다. 따라서 원진은 퇴은을 거부하며 궁(窮)하든 달(達)하든 제세(濟世)에 뜻을 두어야 한다고 생각하였다. 사호에 대한 비판은 바로 이러한 의식에 기인한다. 이처럼 강렬한 "겸제지지(兼濟之志)"는 전기 인생에서 강직한 직무 수행으로 긍정적 평가를 받는 원동력이 되었다. 이것이 바로 원진의 출사관, 즉 도사(道仕) 관념이다. 그러나 때(時)를 가리지 않고 천명(命)을 무시한, 지나치게 강렬한 겸제 의식은 강릉 좌천 이후의 후반 인생을 권세와의 타협과 변절이라는 오명으로 얼룩지게 한 계기가 되었다. 이것은 바로 도를 실행할 수 없는 궁(窮)의 상황에서 무리한 겸제 추구가 초래한 당연한 결과였다. 바로 맹자가 우려한 "왕도이종세(枉道以從勢)"[54] 즉 권세(勢)에 대한

---

54) 道의 실현에 대한 士人의 추구에 현실적으로 문제가 되는 것은 정치 권세와의 충돌이다. 이른바 道와 勢의 대립 관계이다. 비록 道의 실현을 소임으로 삼고 있지만 경제기반이 박약한 사인에게 "無恒産而有恒心"이라는 孟子의 말은 단지 상징적인 의미가 있을 뿐이었다. 맹자가 우려한 "枉道以從勢"(『孟子·滕文公下』) 현상은 언제나 발생하기 마련이었다. 따라서 "枉道以從勢" 현상을 방지하기 위하여 중국의 고대 사인들은 객관·주관 양 방면으로 노력을 기울였다. 객관적 측면에서 그들은 "道尊於勢"의 관념을 건립하여 정치 권세를 소유한 사람들이 도를 존중하도록 만들었다. 주관적 측면에서는 바로 修身이라는 내심 수양을 제창하여 道를 수호할 수 있는 내재적 기반을 마련하고자 하였다. 道와 勢의 대립으로 인한 修身 중시의 전통에 관해서는 余英時「古代知識份子的古代傳統」;『史學與傳統』臺北, 時報出版公司, 1982, 82-91쪽 참조.

도(道)의 굴복이었던 것이다.

반면에 백거이의 퇴은관은 원진과 많이 달랐다. 원화15년(820),
원진이 좌천 도중에 지은 「四皓廟」에 대해 백거이는 즉시 화답하였
다. "선생들의 도는 매우 분명한데 그대는 오히려 그르다 여기니, 그
대 의혹이 풀리기 바라면서 이를 위해 난 이 시를 읊는다"[55]고 하며
자신의 견해를 밝혔다.

天下有道見,	천하에 도가 있으면 출사하고
無道卷懷之.	도가 없으면 재능을 숨겨둔다.
此乃聖人語,	이것은 성인이 하신 말씀으로
吾聞諸仲尼.	나는 중니 공자에게 들었노라
矯矯四先生,	속기 초탈한 네분의 선생들은
同稟希世資.	모두 희대의 자질을 부여받았다.
隨時有顯晦,	때(時)를 따라 출사·은둔하였고
秉道無磷緇.	도를 지킴에 언제나 절조있었다.
秦皇肆暴虐,	진시황은 포학함 마음껏 부렸고
二世遭亂離.	이세황제 호해는 변란을 당했다.[56]

상산사호에 대한 백거이의 평가는 바로 유가의 사은관(仕隱觀)을
기준으로 한 것이다. "천하에 도가 있으면 출사한다"는 것은 "위험한
나라에는 들어가지 말며 혼란한 나라에는 머물지 않는다. 천하에 도

---

55) 백거이 「和答詩十首」·「答四皓廟」[0108]: "先生道甚明, 夫子猶或非. 願子辨其惑, 爲
予吟此詩."(『백거이집전교』제1책, 119쪽)
56) 백거이 「和答詩十首」·「答四皓廟」[0108]; 『백거이집전교』제1책, 119쪽.

가 있으면 나아가 벼슬을 하고 도가 없으면 숨어 산다"[57]는 공자의 말을 출처로 한다. "도가 없으면 재능을 숨겨둔다"라는 말은 "나라에 도가 있으면 출사하고 나라에 도가 없으면 재능을 거두어 숨긴다"[58]는 공자의 말을 인용한 것이다. 정치이상의 실현이 가능한 객관적 상황이 존재하면 출사하지만 그렇지 않을 때는 퇴은하여 자신의 재능을 감추어야 한다고 생각하였다.

이것은 출사와 퇴은에 대한 백거이의 기본인식이면서 원진의 사은관에 대한 반론의 근거였다. 이러한 인식에 의하면 사호는 바로 "때(時)를 따라 출사·은둔하였고 도를 지킴에 언제나 절조있었던" 은자인 것이다. 백거이는 당시 정치 상황을 "진시황은 포학함 마음껏 부리고, 이세황제는 변란을 당하는" 무도한 상황으로 인식하였기 때문이다.

先生相隨去,	선생들은 서로를 따라 떠나가
商嶺采紫芝.	상산에서 자색 약초를 캐었네.
君看秦獄中,	그대는 보라 진나라 옥중에서
戮辱者李斯.	사형당한 이는 승상 이사임을.
劉項爭天下,	유방과 항우가 천하를 다투니
謀臣競悅隨.	책사들이 다투어 따르려 했네.
先生如鸞鶴,	선생들은 봉황새와 두루미처럼
去入冥冥飛.	저 먼 하늘을 날아 들어갔다네.
君看齊鼎中,	그대는 보라 제나라 솥속에서

---

57) 『論語·泰伯』: "危邦不入, 亂邦不居. 天下有道則見, 無道則隱."
58) 『論語·衛靈公』: "邦有道則仕, 邦無道則可卷而懷之."

焦爛者酈其.　　불에 타죽은 이는 역이기임을.[59]

　　이사(李斯: ?-BC208)는 진시황을 보좌한 승상이었으나 결국 하옥되어 사형에 처해졌다. 역이기(酈食其; ?-BC204)는 유방을 도와 제(齊)나라 70여 성을 함락시키는 활약을 하였으나 결국 제나라 땅에서 팽살당하였다. 이처럼 무도한 정치상황에서 "서로를 따라 떠나가 상산에서 자색 약초를 캐었던" 사호가 올바른 길을 택한 것이라며 원진을 반박하였다.

　　천하를 통일한 유방 한고조(漢高祖)는 척부인(戚夫人)을 총애하여 후일 효혜제(孝惠帝)가 된 태자를 폐위시키고 척부인의 아들 조왕(趙王) 여의(如意)를 태자로 삼으려 하였다. 그러자 여후(呂后)는 장량에게 자기 소생의 태자가 황위를 계승할 수 있는 계책을 자문하였다. 이에 장량은 상산에 은둔한 사호를 태자가 초치한다면 태자 지위를 유지할 수 있다고 조언하였다. 한고조가 예전에 몇 번이나 상산사호를 초치하려 하였으나 모두 실패하였기 때문이다. 결국 사호는 태자의 초치를 받아들였다. 이에 한고조는 태자를 폐위시키지 못하였고 태자의 황제 즉위 후 여후는 척부인과 여의를 잔혹하게 살해하였다. 효혜제가 일찍 서거하자 여후는 정권을 장악하여 자기 형제들을 왕위에 봉하는 등 전횡을 일삼았다.[60]

　　이에 대해 원진은 "난세를 구제할 수 없었기에 은사가 된 것이 지당하거늘 어찌하여 한 왕조가 흥기하자 몸 굽혀 태자 빈객이 되었는

<hr>

59) 백거이 「和答詩十首」·「答四皓廟」[0108]; 『백거이집전교』제1책, 119쪽.

60) 이에 관한 사적은 『史記·留侯世家』·『史記·呂太后本紀』·『漢書·張陳王周傳』 등에 상세하다.

가"[61]라며 사호의 출사를 비판하였다. "혜제는 결국 뒤를 잇지 못하였으니 여씨(呂氏)의 화(禍)에는 원인이 있는 것이다"[62]라며 여후의 난은 출사와 퇴은에 대한 분명한 기준이 없는 사호에게 책임이 있다고 인식하였다.

그러나 백거이는 "슬며시 천하의 근본을 세워서 위태로운 유씨 강산을 안정시켰다"고 하면서 사호의 공로를 인정하였다. 이것은 "꼭 오래도록 은둔할 것도 없고 꼭 오래도록 겸제할 것도 없네"라는 사은(仕隱)에 대한 백거이의 인식이 있었기 때문이다.[63] 이것은 천하 유도(天下有道)의 상황에서는 출사하여 겸제(兼濟)의 정치이상을 실현하고 천하무도(天下無道)의 상황에서는 퇴은하여 독선(獨善)한다는 유가적 사상의식의 발로인 것이다.

백거이는 강주 좌천 시기에 「예전 원진과 조정 관직에 있을 때 함께 사직하고 싶은 마음을 품었는데 10년이 지난 지금 영락하고 늙어버린 신세로 지난날의 약속을 떠올리며 후일의 기약을 맺는다」라는 긴 제복의 시를 지었다. 제복을 근거로 하면 원진과 백거이는 한때 함께 은퇴할 것을 약속한 적이 있었다. "예전에 그대는 감찰어사가 되었고, 나는 좌습유의 관직에 올랐지"[64]라고 하였으니 사직하고 싶었던 마음을 품었던 때는 그들이 감찰어사와 좌습유로서 적극적인 참정(參政) 시기였다. 근신(近臣)으로서 정치이상 실현의 호기임에도

---

61) 원진 「四晧廟」: "不得爲濟世, 宜哉爲隱淪. 如何一朝起, 屈作儲貳賓?"(『원진집』권1)

62) 원진 「四晧廟」: "惠帝竟不嗣, 呂氏禍有因."(『원진집』권1)

63) 백거이 「和答詩十首」・「答四晧廟」[0108]: "暗定天下本, 遂安劉氏危.……何必長隱逸? 何必長濟時?"(『백거이집전교』제1책, 119쪽)

64) 백거이 「昔與微之在朝日同蓄休退之心追今十年淪落老大追尋前約且結後期」[0321]: "往子爲御史, 伊余忝拾遺."(『백거이집전교』제1책, 397쪽)

퇴은을 약속한 이유는 무엇일까? 바로 그 작품에서 다음과 같이 밝히고 있다.

朝見寵者辱,	아침엔 총애받던 자가 욕당함을 보고
暮見安者危.	저녁엔 평안하던 자 위태해짐을 본다.
紛紛無退者,	무사히 퇴은하는 이가 거의 없으니
相顧令人悲.	서로 마주보며 슬퍼하게 하는구나.
宦情君早厭,	그댄 일찍 벼슬에 혐오 느꼈고
世事我深知.	나는 세상사를 깊이 알았노라.
常於榮顯日,	이전에 영달하여 명성있을 때
已約林泉期.	이미 퇴은할 약속을 하였다네.[65]

원진과 백거이가 체험한 사환세계는 예측불허의 험난한 세상이었다. 황제에게 총애를 받던 자가 갑자기 총애를 잃어 목숨을 잃는다. 안전한 관위에 있던 자가 하루아침에 자리에서 쫓겨나기도 한다. 이같은 조불모석의 상황에서 무사하게 임기를 마치는 벼슬아치가 없다고 하였다. 이러한 세상사 이치를 통감한 그들이기에 관직생활에 대한 염증과 회의를 느꼈을 것이다. 이것이 결국 원진과 백거이가 영달의 시기에 퇴은을 약속하였던 이유이다.

그러나 출사와 퇴은에 대한 기본인식의 차이로 인하여 후일 이 약속에 대한 원진과 백거이의 태도는 서로 달랐다. 백거이의 퇴은관은 유가의 도은(道隱)·시은(時隱)의 입장과 동일하면서도 다른 한편

---

65) 백거이 「昔與微之在朝日同蓄休退之心迨今十年淪落老大追尋前約且結後期」[0321];
『백거이집전교』제1책, 397쪽.

으로는 도가 신은(身隱)의 경향도 드러내고 있다. 그에게 있어 "아침엔 총애받던 자가 욕당함을 보고 저녁엔 평안하던 자 위태해짐을 보는" 사도(仕途)는 바로 험난한 길이었다. 이러한 험로(險路)에서 일신 보전을 위해서는 그 험로를 피하는 것 이외에 다른 방법은 없었다.

險路應須避,　　위험한 길은 피해 다녀야만 하고
迷途莫共爭,　　미망의 세상에선 다투지 말아라.
此心知止足,　　이러한 마음으로 멈춤과 족함 안다면
何物要經營.　　어떤 것에도 연연해할 필요가 없다네.
……　　　　　……
知之一何晩,　　이 도리 깨달음이 어찌 늦었는가
猶足保餘生.　　아직 여생을 보전할 수 있으리라.[66]

환로(宦路)는 위험한 길이니 피해야 할 때는 피해야만 하고 미혹과 번뇌에 시달려야 하는 미망(迷妄)의 속계(俗界)에서는 명리(名利)를 탐내어 다투지 말라고 하였다. "족(足)함을 알면 욕을 당하지 않으며 멈춤(止)을 알면 위태롭지 않다"[67]는 노자(老子)의 말처럼 "멈춤과 족함을 안다면 어떤 것에도 연연해할 필요가 없다"고 하였다. 퇴은에 대한 백거이의 관념은 유가의 도은을 이상으로 표방하면서 현실적으로는 명철보신을 위한 신은(身隱)의 경향이 내재된 이중적인 것임을 알 수 있다. 백거이는 "저자에 은둔하는 것도 무방하니

---

66) 백거이 「江州赴忠州至江陵以來舟中示舍弟五十韻」[1112];『백거이집전교』제2책, 1139쪽.
67) 老子『道德經』제44장: "知足不辱, 知止不殆."

꼭 속된 세상 끊을 것은 아니네"[68]라며 출사(仕)와 퇴은(隱) 양자를 절충한 중은(中隱)사상으로의 전환을 도모한다.

4. 백거이의 중은사상

고대 사인들은 사환(仕宦)의 험로에서 항상 보신(保身)에 대한 불안감을 느끼며 살아야 했다. 권력자에 의해 죽임을 당하거나 하루아침에 좌천되는 정치적 좌절을 언제 겪게 될지 모르기 때문이다. 이에 은일사상은 세속의 분쟁과 내심의 고통으로부터 탈출하여 심리적인 안식을 누릴 수 있는 정신적 공간으로 대두되었다. 은일의 세계는 그들에게 동경과 희구의 대상이 되곤 하였다.

그러나 한편으로 은일은 현실세상으로부터 이탈하여 부귀공명을 포기한 채 고적한 일생을 보냄을 의미한다. 여기에서 출사와 은일 문제에 대한 모순 심리가 발생한다. 출사하자니 예측 불가능한 인심과 변화무쌍한 분쟁으로 가득한 정치 상황이 걱정된다. 은일하자니 자신의 재능을 발휘하여 제세구민(濟世救民)할 기회를 잃는 것이 근심스럽다. "깊은 산은 너무나 적막하고 요로(要路)는 너무나 험난하다"[69]는 고백처럼 사(仕)와 은(隱) 사이에서 모순심리의 발생은 백거이도 예외가 아니었다.

---

68) 백거이 「江州赴忠州至江陵以來舟中示舍弟五十韻」[1112]: "無妨隱朝市, 不必謝寰瀛."(『백거이집전교』제2책, 1139쪽)

69) 백거이 「閑題家池寄王屋張道士」[2706]: "深山太濩落, 要路多艱難."(『백거이집전교』제4책, 2483쪽)

大隱住朝市,	대은은 조시에 거처하며
小隱入丘樊.	소은은 산림에 은둔한다.
丘樊太冷落,	산림은 너무나 쓸쓸하고
朝市太囂諠.	조시는 너무나 시끄럽다.
……	……
人生處一世,	사람이 태어나 한세상 살면서
其道難兩全.	도를 양전(兩全)하기 어렵나니
賤卽苦凍餒,	비천하면 추위와 기아에 고달프고
貴則多憂患.	고귀하면 근심과 걱정이 많아진다.[70]

대은(大隱)과 소은(小隱)은 "소은은 산야에서 은둔하고 대은은 조시에서 은둔한다(小隱隱陵藪, 大隱隱朝市)"[71]는 말에서 유래한다. 소은은 현실의 속세를 초탈하여 산림에 은거하는 일반적인 은일(隱)을 가리킨다. 대은은 산림에 은둔하는 소은과는 상반된 은일관으로 사실상 출사를 의미한다. 즉 대은은 은둔의 장소보다 은둔의 정신을 중요시하는 관념에서 등장한 것이다. 출사하여 산림이 아닌 조시(朝市)에서 생활하여도 속세의 탁류에 휩쓸리지 않고 명리에 담박한 태도를 유지한다면 은일과 다를 바 없다는 것이다.

백거이에게 있어 대은('仕')은 세사에 얽매여 우환에 시달리게 될 험로이다. 소은('隱')의 산림생활은 너무 쓸쓸하고 적막하며 기본적인 생존 자원의 결핍으로 추위와 굶주림에 고달플 수도 있는 길이다. 그러나 사(仕)의 단점을 피하기 위해서는 은(隱)을 택해야 하고

---

70) 백거이 「中隱」[1500]; 『백거이집전교』제3책, 1493쪽.
71) 王康琚 「反招隱詩」; 『文選』권22

은(隱)의 단점을 피하기 위해서는 사(仕)를 택해야 했다. 이 같이 출사와 은둔 "두 가지를 온전히 하는 것이 어려운(難兩全)" 상황에서 백거이가 택한 것은 출사와 은둔의 장점만을 취하여 "벼슬해도 요로에는 나아가지 않고 물러나도 깊은 산에는 들어서지 않는"[72] 중은(中隱)의 길이었다. 은둔에 대한 이 같은 관념은 바로 출사와 은둔 간의 모순에 대한 절충으로부터 발생한 것이다. 백거이는 이렇게 술회한다.

不如作中隱,	차라리 중은 생활을 하여
隱在留司官.	분사동도 은둔이 나으리라.
似出復似處,	출사한 듯 또는 퇴은한 듯
非忙亦非閑.	바쁘지도 한적하지도 않고
不勞心與力,	심신이 고달프지 않더라도
又免飢與寒.	기아와 추위 면할 수 있다.
終歲無公事,	일년 내내 공무가 없어도
隨月有俸錢.	달마다 봉급을 받을수 있다.
君若好登臨,	만약 등산하는 것 좋아하면
城南有秋山.	성곽 남쪽에 가을 산이 있고
君若愛遊蕩,	만약 유람하는 것 좋아하면
城東有春園.	성곽 동쪽에 봄 동산이 있다.
……	……
唯此中隱士,	오로지 이 중은하는 은사만이

---

72) 백거이 「閑題家池寄王屋張道士」[2706]: "進不趨要路, 退不入深山." (『백거이집전교』 제4책, 2483쪽)

致身吉且安.   일신의 행운과 평안을 누린다.[73]

　대화3년(829)의 작품 「中隱」이다. 당시 백거이는 대화3년(829) 형부시랑(刑部侍郎)에서 태자빈객분사(太子賓客分司)에 제수되어 낙양으로 부임한 상황이었다. 동도 낙양에서 지내는 것이 바로 은둔('隱')이며 실질적인 은둔생활에서 한직 태자빈객의 신분을 유지하는 것이 바로 중은(中隱)이라고 하였다.

　중은(中隱)은 바로 관직('吏')과 은둔('隱')의 결합이다. 중은을 이은(吏隱)이라고도 부르는 이유이다. 그러나 그 이(吏)는 요로의 관직이 아니다. 첨예한 분쟁이 빈번한 정치중심으로부터 벗어난 한직이다. 따라서 백거이의 중은은 실질적으로 분사동도(分司東都)와 같은 한산한 관직을 맡는 것으로 실현된다. 관리로서 받는 고정적인 봉록으로 생계를 해결하고 자신의 심신을 수고롭게 하지 않아도 기한(飢寒)의 고통에서 자유로울 수 있다. 또한 한직이기 때문에 과다한 공무의 구속을 받지 않으며 더욱이 시기와 중상의 화를 당하기 쉬운 정쟁으로부터 벗어나 유유자적한 생활을 즐길 수 있다. "빈궁하면 마음이 고달퍼 흥취가 없고 부귀하면 육신이 바빠 자유롭지 않은"[74] 출사와 은둔의 단점을 백거이는 중은의 방식으로 해결하였던 것이다. 이에 관해 백거이는 다음과 같이 밝히고 있다.

高人樂丘園,   고사(高士)는 자연을 좋아하고
中人慕官職.   범인(凡人)은 관직을 흠모한다.

---

73) 백거이 「中隱」[1500]; 『백거이집전교』제3책, 1493쪽.
74) 백거이 「勉閑遊」[1994]: "貧窮心苦多無興, 富貴身忙不自由."(『백거이집전교』제3책, 1906쪽)

一事尙難成,	한 가지도 이루기가 어려운데
兩途安可得.	어찌 둘 다 얻을 수 있겠는가.
遑遑干世者,	허둥대며 벼슬살이 하는 자는
多苦時命塞.	시운이 막혀 얼마나 괴로운가.
亦有愛閑人,	한적함 좋아하는 이도 있으나
又爲窮餓逼.	또 가난과 기아에 핍박당한다.
我今幸雙遂,	이제 난 다행히 둘 다 얻으니
祿仕兼游息.	봉록과 안식 다 누릴 수 있다.
未嘗羨榮華,	부귀영화 부러워한 적 없으며
不省勞心力.	심신의 수고로움 알지 못했다.
妻孥與婢僕,	아내와 자식 그리고 하인들도
亦免愁衣食.	먹고 옷입을 걱정을 면하였다.
所以吾一家,	이러한 이유로 내 집안사람의
面無憂喜色.	낯빛에는 근심도 기쁨도 없다.[75]

대화9년(835) 작품 「詠懷」이다. 백거이는 대화7년(833) 하남윤(河南尹)에서 태자빈객분사에 다시 제수되어 낙양에서 한적한 생활을 지내던 중이었다. 고상하고 덕망있는 고사(高士)는 산수자연에서 은둔하기를 좋아하고 범속한 필부는 관청에서 벼슬하기를 좋아한다는 말로 시는 시작된다.

고대 사인에게 있어 출사와 퇴은은 동시에 누릴 수 없는 동떨어진 세계이다. 그러나 백거이는 겸유할 수 없는 두 가지 경지를 모두 이루었다고 자부한다. 적막하고 생계 수단이 결핍된 퇴은의 단점을

---

75) 백거이 「詠懷」[2165]; 『백거이집전교』제4책, 2042쪽.

녹사(祿仕)의 방법으로 해결하고, 조불모석의 불안한 출사의 단점을 한직에서 오는 반은둔식 한가로운 생활로 해결하였던 것이다. 따라서 퇴은(隱)에 대한 관념 면에서 백거이의 중은은 바로 봉록을 위해 출사하는 녹사와 명철보신을 위한 신은(身隱)이 결합한 독특한 양상을 띠고 있다. 만년의 백거이는 바로 이러한 중은(中隱)의 방법으로 출사(仕)와 퇴은(隱) 사이에 존재하는 모순을 해결하고 자족(自足)과 낙천(樂天)의 생활을 즐길 수 있었던 것이다.

5. 맺음말

백거이는 서족출신 신흥사인으로 강렬한 참정의식을 가지고 사환생애의 첫발을 내딛었다. 사환생애 전기는 겸제천하의 정치이상 실현을 추구하는 과정이었다. 그러나 강주 좌천이라는 정치적 좌절을 계기로 백거이의 후기 사환태도는 낙천지명과 명철보신(明哲保身)으로 변모하였다. 이러한 변화는 바로 사(仕)와 은(隱)에 대한 백거이의 관념과 의식으로 인해 발생한 것이다.

백거이의 출사관은 도사(道仕)와 녹사(祿仕) 두 가지 관념을 겸유하고 있다. 자신의 도(道), 즉 정치이상의 실현을 위하여 겸제천하의 포부를 품고 있으면서도 한편으론 생계 유지를 위한 녹사의 성분을 완전히 배제하지는 못하였던 것이다. 백거이의 퇴은관은 도은(道隱) 즉 시은(時隱)의 관념을 소유하고 있다. 출사의 객관적 기준인 도(道)의 유무에 따라 퇴은할 수 있다는 것이다. 따라서 좌천이라는 정치적 좌절에 대한 대응방식은 자신의 도를 수호하고 도덕 수양을 위한 기회로 받아들인 것이었다. 백거이에게는 "부귀를 숭상하지 말며 빈

천을 근심하지 말라. 도(道)가 어떠한가 스스로 묻나니 귀천을 어찌 말할 수 있겠는가"[76]라는 가치지향 의식이 있었기 때문이다.

백거이는 달즉겸제(達則兼濟)라는 지식인으로서의 정치포부와 궁즉독선(窮則獨善)이라는 달관된 인생철학을 겸유하고 있었다. 그래서 정치적 좌절을 당했을 때나 환로의 험난함에 불안을 느꼈을 때 백거이는 낙천지명(樂天知命)·명철보신(明哲保身)의 태도로 중은(中隱)이라는 반은둔식 생활을 택하였던 것이다. 전후기 사환생애에 존재하는 상이한 태도는 물론, "비록 도중에 배척당하였으나 그의 초지(初志)는 만년에 들어서도 전혀 쇠락하지 않았다"[77]는 백거이 정치 품격에 대한 역사적 평가는 바로 출사('仕')·퇴은('隱')에 대한 관념과 의식으로 인한 결과이다.

---

76) 백거이 「續座右銘幷序」[2850]: "勿慕貴與富, 勿憂賤與貧. 自問道何如, 貴賤安足云?" (『백거이집전교』제5책, 2625쪽)
77) 『新唐書·白居易傳』: "雖中被斥, 晚益不衰."(『신당서』권119·「열전」제44)

제12장

원진·백거이 교유사

불가에서는 "좋은 친구를 두는 일은 수행의 절반이 아니라 수행의 대부분을 이룬 것이다"라고 한다. 노신(魯迅; 1881-1936)은 "인생은 지기 한 사람 얻는 것만으로도 족하다(人生得一知己足矣)"라고 말한 바 있다. 나를 알아주는 진실한 벗이 있다는 것은 득도한 수행과 더없이 만족한 삶에 비유될 정도로 등가적인 가치가 있음을 의미한다. 이러한 면에서 보면 백거이의 인생은 타의 추종을 불허할 정도로 성공적이다.

백거이(白居易; 772-846)는 71세 고령의 나이에 평생의 교유관계를 회고하면서 이건(李建; 764-821)·원진(元稹; 779-831)·최현량(崔玄亮; 768-833)·유우석(劉禹錫; 772-842) 네 사람을 평생의 지기이자 동지로 꼽았다.[1] 평생 네 명의 지기가 있었다고 공언하였으니 성공적인 인생이 아닐 수 없다. 네 명의 지기 중에서도 가장 먼저 손꼽아야 할 벗은 원진이다. 원진과 백거이는 생존 당시 이미 세인들에게 원백(元白)으로 병칭되었고 각별한 우정은 역사에 기록될 만큼 문인교유의

---

1) 백거이의 「感舊」[2719]에서는 "平生定交取人窄, 屈指相知唯五人. 四人先去我在后, 一枝蒲柳衰殘身."(『백거이집전교』제4책, 2493쪽)이라고 하였다. "故李侍郎杓直, 長慶元年春薨. 元相公微之, 大和六年秋薨. 崔侍郎晦叔, 大和七年夏薨. 劉向書夢得, 會昌二年秋薨. 四君子, 予之執友也."라고 한 「感舊序」[2718]에 의하면 '五人'은 이건·원진·유우석·최현량에 백거이를 포함한 것이다.

미담으로 전해지고 있기 때문이다.[2]

원백의 교유는 서로 간의 시문 왕래, 특히 창화(唱和)라는 문학행위를 통하여 진행되었다. 현존하는 다량의 교유시와 창화시는 바로 원백 교유의 부산물인 것이다. 따라서 본고에서는 관련 작품을 통하여 원백 우정의 실질적 면모와 구체적인 교유상황을 살펴볼 것이다. 원백 교유사는 작가연구의 차원만이 아니라 작품연구라는 면에서도 고찰의 의미가 있다.

1. 원백의 창화와 교유

시가 창작이 일상생활의 일부였던 당대문인이 우인에게 시를 기증하고 또는 그에 화답하는 일은 보편적인 현상이다. 원진과 백거이는 이러한 현상의 선두에 있던 문인이었다. "그대와 더불어 다소 정치적으로 득의하였을 때 시로 서로 경계하고 다소 좌절하였을 때에 시로써 서로 격려하였습니다. 이별하여 홀로 지낼 때 시로 서로 위로하고 함께 지낼 적에 시로써 서로 즐거워하였습니다"[3]라는 백거이의 말은 원백의 교유와 창화 행위가 밀접한 관계에 있음을 단적으로 보여준다.

정원19년(803) 봄, 원진과 백거이는 비서성교서랑(秘書省校書郎)에

---

2) 『舊唐書・元稹傳』: "稹聰警絶人, 年少有才名, 與太原白居易友善. 工爲詩, 善狀詠風態物色, 當時言詩者稱元白焉."(『구당서』권166・「열전」제116); 『舊唐書・白居易傳』: "居易與河南元稹相善, 同年登制擧, 交情隆厚."(『구당서』권166・「열전」제116)

3) 백거이 「與元九書」[2915]: "與足下小通則以詩相戒, 小窮則以詩相勉, 索居則以詩相慰, 同處則以詩相娛."(『백거이집전교』제5책, 2789쪽)

함께 제수되어 같은 관서에서 근무를 시작하였다. "나는 예전 백거이와 함께 비서성교서랑에 재직하면서 많은 시를 서로 증답하였다"[4]는 원진의 회고처럼 비서성 동료가 된 이후 원백의 창화가 더욱 활발하게 진행되었던 것이다.

원백 창화시의 정확한 편수는 알 수 없지만 대화(大和) 5년(831) 원진을 위한 제문에서 "생사를 걸고 동고동락한 30년 세월, 창화한 시가가 9백 편"[5]이라고 하였으니 상당한 수량에 이른다는 것을 알 수 있다. 그러나 '9백 편'도 대략적인 수치일 뿐이다. 백거이는 원진과의 창화시를 모아 별도의 시집을 엮었다고 한다. 백거이의 관련 기록은 다음과 같다.

 (가) 예전 창화한 것과 근래 그 뒤를 이어 지어진 것이 이미 16권으로 모두 천여 수에 이른다. 이것에 필적할 것은 현재 보이지 않고 그 수량의 많음은 지금까지 들은 바가 없다.

 曩者唱酬, 近來因繼, 已十六卷, 凡千餘首矣. 其爲敵也, 當今不見, 其爲多也, 從古未聞.[6]

 (나) 또 『원백창화인계집』17권, 『유백창화집』5권, 『낙하유상연집』10권이 있다. 그 작품들은 모두 대집(大集) 속에 수록되어 있으며 당시에 별도로 유행되었다.

---

4) 元稹 「白氏長慶集序」: "予始與樂天同校秘書之名, 多以詩章相贈答."(『원진집』하책, 554쪽)

5) 백거이 「祭微之文」[3646]: "死生契闊者三十載, 歌詩唱和者九百章."(『백거이집전교』제6책, 3721쪽)

6) 백거이 「和微之詩二十三首序」[1472]; 『백거이집전교』제3책, 1463쪽.

又有元白唱和因繼集共十七券, 劉白唱和集五卷, 洛下遊賞宴集十
券, 其文盡在大集內錄出, 別行於時.[7]

(가)는 「和微之詩二十三首」의 서문으로 대화3년(829)에 지은 것이
다.[8] 원진이 최근 작품 43수를 백거이에게 보내 화답할 것을 요구하
였고[9] 이에 백거이는 그 중 23수를 선택하여 화답하였던 것이다.
"예전 창화한 것(曩者唱酬)"은 대화1년(827) 이전의 『창화집(唱和集)』
12권을 말하고 "근래 그 뒤를 이어 지어진 것(近來因繼)"은 대화1년
이후의 원백 창화시를 모은 『인계집(因繼集)』4권을 말한다.[10] 원진
의 서거 2년 전인 대화3년(829) 당시 『원백창화인계집(元白唱和因繼
集)』은 16권이었고 편수는 이미 천 편이 넘었던 것이다.

(나)는 백거이 서거 1년 전인 회창(會昌) 5년(845)의 「白氏長慶集
後序」이다. 이때에 『원백창화인계집(元白唱和因繼集)』17권이 있었다
고 하니 대화3년(829)의 16권에 대화5년(831) 원진 서거 이전 1권이
더 추가되었던 것이다. 현존 원백 창화시는 천 편에 훨씬 미치지 못
하지만 대화3년(829)의 『원백창화인계집』16권 수록 편수만 해도 이
미 천여 편에 이르렀다고 하니 원백의 창화 활동이 얼마나 활발하였
는지 알 수 있다.

---

7) 백거이 「白氏長慶集後序」[3834]; 『백거이집전교』제6책, 3916쪽.
8) 주금성 『백거이집전교』에 의하면 「和微之詩二十三首序」[1472]의 창작연대는 대화2
   년(829)이다. 그러나 23수 중 「和望曉」·「和李勢女」·「和自勸二首」를 포함한 여러
   작품이 대화3년(829)에 창작되었음을 인정하고 있다. 그렇다면 서문의 창작연대는
   나련첨 『백낙천연보』에서처럼 대화3년으로 간주하는 것이 타당하다.
9) 백거이 「和微之詩二十三首序」[1472]: "微之又以近作四十三首寄來, 命僕繼和."(『백
   거이집전교』제3책, 1463쪽)
10) 花房英樹 『白氏文集の批判的研究』東京, 彙文堂書店, 1960, 323-324쪽.

창화는 시를 지어 기증하고 그에 대해 시로 화답함으로써 쌍방간에 이루어지는 창작 활동이다. 따라서 창화시는 창시(唱詩)와 화시(和詩) 쌍방의 작품 모두를 포괄한다. 화시는 창시에 대해 어떠한 방식으로 화답했는가에 따라 다양한 유형이 존재한다. 우선 화운(和韻) 여부에 따라 비화운시와 화운시로 나뉘고 화운시는 다시 화운방식에 따라 다음의 세 가지로 분류된다. 서사증(徐師曾; 1517-1580)은 다음과 같이 구분하고 있다.

> 화운시에는 세 종류가 있다. 첫째는 의운인데 동일한 운목에 함께 속해 있으나 동일한 운자를 반드시 사용한 것은 아닌 것을 말한다. 둘째는 차운인데 원창의 운자를 사용하면서 선후 순서를 모두 따른 것을 말한다. 셋째는 용운인데 원창의 운자를 사용하지만 선후는 반드시 차례대로 하지는 않은 것을 말한다.[11]

화운시는 창시와 화시의 각운(脚韻) 관계에 따라 의운(依韻)·용운(用韻)·차운(次韻)으로 구별된다. 의운은 화시가 창시와 동일한 운목(韻目)의 글자를 각운으로 쓰지만 반드시 동일한 운자(韻字)를 사용하는 것은 아니다. 용운은 화시가 창시의 모든 운자를 각운으로 사용하지만 그 순서가 창시와 꼭 동일한 것은 아니다. 차운은 화시가 창시의 모든 운자를 각운으로 사용하면서 그 순서도 완전히 일치하는 것이다. 즉 화운 방식의 난이도는 의운·용운·차운의 순서대

---

11) 明·徐師曾「和韻詩」: "和韻詩有三體, 一曰依韻, 謂同在一韻中而不必用其字也. 二曰次韻, 謂和其原韻而先後次第皆因之也. 三曰用韻, 謂用其韻而先後不必次也."(『文體明辯』권14)

로 높아진다.[12] 이처럼 다양한 형식의 화운시는 원백 창화시에도 존재한다. 단순한 화시 즉 비화운시와 의운·용운·차운의 차이에 대한 이해를 위해 예를 든다.

(A) 창시 : 원진

憶君無計寫君詩, 寫盡千行說向誰,
題在閬州東寺壁, 幾時知是見君時.[13]

(A) 화시 : 백거이

君寫我詩盈寺壁, 我題君句滿屛風.
與君相遇知何處, 兩葉浮萍大海中.[14]

(B) 창시 : 원진

仙都難畫亦難書, 暫合登臨不合居.
繞郭煙嵐新雨後, 滿山樓閣上燈初.
人聲曉動千門闢, 湖色宵涵萬象虛.
爲問西州西刹岸, 濤頭衝突近何如.[15]

(B) 화시 : 백거이

君問西州城下事, 醉中疊紙爲君書.
嵌公石面標羅刹, 壓捺潮頭敵子胥.
神鬼曾鞭猶勿動, 波濤誰打欲何如.
誰知太守心相似, 抵滯堅頑兩有餘.[16]

---

12) 의운·용운·차운의 차이에 대해 宋·劉攽도 동일한 견해를 피력한 바 있다. 劉攽
『中山詩話』: "唐詩賡和, 有次韻[先後無易], 有依韻[同在一韻], 有用韻[用彼韻不必次],"
(何文煥 『歷代詩話』上冊)

13) 원진 「閬州開元寺壁題樂天詩」; 『원진집』상책, 226쪽.

14) 백거이 「答微之」[1056]; 『백거이집전교』제2책, 1092쪽.

15) 원진 「重誇州宅旦暮景色兼酬前篇末句」; 『원진집』상책, 245쪽.

(A)는 창시와 화시가 서로 다른 운목의 운자를 사용하여 각운 상
어떠한 관계도 없는 경우이다. 창시의 운자 시(詩)·수(誰)·시(時)
는 상평성(上平聲) 지운(支韻)이고 반면에 화시의 운자 풍(風)·중
(中)은 상평성 동운(東韻)에 속한다. 화시는 창시의 각운과 완전히
무관한 비화운시이다. 원진의 창시는 수구입운식(首句入韻式), 백거
이 화시는 수구불입운식(首句不入韻式)이다. 수구, 즉 제1구의 압운
은 시인의 선택이다. 반드시 압운해야만 하는 것도 아니고 압운하면
절대로 안되는 것도 아니다. 따라서 창시 제1구는 압운하였지만 화
시 제1구에는 압운하지 않아도 무방하다.

　(B)는 창시와 화시가 동일한 운목의 운자를 사용하였으나 서로
다른 운자를 사용한 것이다. 즉 화시의 운자가 창시와 동일한 운목
에 속하기만 한다면 사용 운자에는 특별한 제한이 없다. 원진 창시
의 운자 서(書)·거(居)·초(初)·허(虛)·여(如)와 백거이 화시의 운
자 서(書)·서(胥)·여(如)·여(餘)는 모두 상평성 어운(魚韻)에 속하
지만 창시·화시의 운자는 일치하지 않는다. 이러한 화운방식이 바
로 의운에 해당한다.

　(C) 창시 : 백거이

　　銀臺金闕夕沈**沈**, 獨宿相思在翰**林**.
　　三五夜中新月色, 二千里外故人**心**.
　　渚宮東面煙波冷, 浴殿西頭鐘漏**深**.
　　猶恐淸光不同見, 江陵卑濕足秋**陰**.[17]

---

16) 백거이 「微之重誇州居其落句有西州羅刹之謔因嘲妓石聊以寄懷」[1538]; 『백거이집전
　　교』제3책, 1529쪽.
17) 백거이 「八月十五日夜禁中獨直對月憶元九」[0731]; 『백거이집전교』제2책, 806쪽.

(C) 화시 : 원진

一年秋半月偏**深**, 況就煙霄極賞**心**.

金鳳臺前波漾漾, 玉鉤簾下影沈**沈**.

宴移明處淸蘭路, 歌待新詞促翰**林**.

何意枚皋正承詔, 瞥然塵念到江**陰**.[18]

(D) 창시 : 백거이

憑伏江波寄一**辭**, 不須惆悵報微**之**.

猶勝往歲峽中別, 灩澦堆邊招手**時**.[19]

(D) 화시 : 원진

却報君侯聽苦**辭**, 老頭抛我欲何**之**.

武牢關外雖分手, 不似如今衰白**時**.[20]

(C)의 경우는 용운이다. 창시의 운자를 모두 사용해야만 하지만 사용 순서는 화시 작가 임의대로 변경할 수 있는 방식이다. 창시와 화시의 운자는 모두 하평성(下平聲) 침운(侵韻)에 속하는 침(沈)·임(林)·심(心)·심(深)·음(陰)이다. 사용된 운자는 동일하지만 각운으로 사용된 순서는 다르다. (D)는 창시와 화시의 운자가 모두 상평성 지운에 속하는 사(辭)·지(之)·시(時)이다. 동일한 세 개의 운자를 창시와 동일한 순서로 사용하였다. 이것이 바로 차운이다.

창시의 각운에 맞추어야 하는 화운(和韻) 자체가 창작 면에서 많은 제약이 따르는 작법이다. 동일한 운자를 사용하고 운자의 순서도

---

18) 원진 「酬樂天八月十五夜禁中獨直玩月見寄」; 『원진집』상책, 202쪽.

19) 백거이 「重寄別微之」[1578]; 『백거이집전교』제3책, 1567쪽.

20) 원진 「酬樂天重寄別」; 『원진집』상책, 250쪽.

따라야 하는 차운은 화시 작가에게는 가장 어려운 화운방식이다. 몇 십 운 혹은 일백 운에 이르는 장편배율 작품에 대한 차운은 최고난 도라는 표현도 부족할 정도이다. 혹자는 원백의 창화시를 "지적(知 的) 유희의 문학"[21]이라고 평가한 바 있는데 차운시(次韻詩)는 탁월 한 작시 능력과 기교를 필수로 한다는 점에서 전형적인 '지적 유희의 문학'이라고 하여도 과언이 아니다.

"예전에는 단지 화시만이 있었고 화운은 없었다. 당인(唐人)에게 화운은 있었으나 아직 차운은 없었다. 차운은 사실 원진과 백거이로 부터 시작된 것이다. 순서에 따라 압운하여 선후 작품의 용운에 차 이가 없으니 이는 예전에 존재하지 않았던 방식이다"[22]라는 조익(趙 翼; 1727-1814)의 평가처럼 원진·백거이의 창화는 최고난도의 차운 시 제작을 선도하였다는 점에서 중요한 의미를 가진다. 변효훤(卞孝 萱)의 통계[23]에 의하면 원진 시에 대한 백거이 차운시는 26수,[24] 백 거이 시에 대한 원진의 차운시는 55수에 이른다고 한다. 차운에 의 한 원백의 창화시는 바로 원화체(元和體)로 일컬어지며 많은 이들의 애호를 받았다.[25]

---

21) 前川幸雄「知的遊戲の文學——元白唱和詩の一例」;『漢文學會會報』(國學院大學) 22 기, 1976, 96-105쪽.

22) 趙翼「白香山詩」: "古來但有和詩, 無和韻. 唐人有和韻, 尚無次韻. 次韻實自元白始. 依次押韻, 前後不差, 此古所未有也. 而且長篇累幅, 多至百韻, 少亦數十韻, 爭能鬪 巧, 層出不窮, 此又古所未有也."(『甌北詩話』권4)

23) 卞孝萱「元白次韻詩新探」;『漢唐文史漫論』西安, 陝西人民出版社, 1986, 357-371쪽.

24) 원진 시에 대한 백거이 차운시 26수에는 백거이「和春深二十首」[1873~1892]가 포함 되어 있다. 그러나 원진의 창시「春深二十首」는 현존하지 않으므로 본고의「원백 창화시 목록」을 기준으로 하면 원진 시에 대한 백거이 차운시는 6수이다.

25) 소위 원화체는 광의와 협의 두 가지 의미가 존재한다. 광의의 원화체는 天寶(742- 756)·大曆(766-779)·貞元(785-805) 연간 등 전대 시문과 비교할 때 元和(806-820)

예를 들면 백거이의 「代書詩一百韻寄微之」[0615]·「東南行一百韻」
[0916]26)·「和夢遊春詩一百韻」[0812], 원진의 「酬翰林白學士一百韻」·
「酬樂天東南行一百韻」·「夢遊春七十韻」 등 장편배율 차운시는 전대
에는 존재하지 않았던 참신한 시체였다. 두보(杜甫; 712-770)에게도
장편배율 작품은 있다. 그러나 20운·30운 정도에 불과하며 100운
에 이르는 것은 없다. 무려 100운의 장편, 그리고 최고난도의 차운
방식에 의한 원백의 창화시는 전대미문의 시체이므로 당시 세간의
이목이 집중되었던 것이다.

생존 당시에 1,000여 수에 이르렀다는 원백 창화시는 화방영수(花
房英樹)·전천행웅(前川幸雄)의 복원 작업에 의하면 각각 134수가 현
존한다고 한다.27) 그러나 복원 기준이 모호하고 판단이 부적절한 경
우가 있다. 예를 들면 백거이 「新樂府」50수 중 「上陽白髮人」[0135]·
「西涼伎」[0153] 등의 12수를 원진 「和李校書新題樂府十二首」의 「上
陽白髮人」·「西涼伎」 등 동일 제목의 시에 대한 화시로 간주하여 각
12수를 원백의 창화시에 포함시켰다. 원진의 「和李校書新題樂府十
二首」가 이신(李紳; 772-846)의 「新題樂府二十首」에 대한 화시임은
분명하다.28) 그러나 「新樂府」 제목과 서문에 의하면 백거이의 「上陽

시기의 새로운 풍격의 시문, 즉 韓愈·樊宗師의 산문과 張籍의 歌行, 孟郊·白居
易·元稹의 시를 모두 포괄한다. 협의의 원화체는 당시 세인들이 앞다투어 모방할
정도로 유행하였던 원진·백거이의 음주풍월의 단편 잡체시와 장편배율 차운시를
말한다.

26) 원제는 「東南行一百韻寄通州元九侍御澧州李十一舍人果州崔二十二使君開州韋大員
外庚三十二補闕杜十四拾遺李二十助教員外竇七校書」(『백거이집전교』제2책, 965쪽)
이다.

27) 花房英樹·前川幸雄 『元稹研究』 京都, 彙文堂, 1977, 213-227쪽.

28) 원진 「和李校書新題樂府十二首序」: "予友李公垂貺予樂府新題二十首, 雅有所謂, 不
虛為文. 予取其病時之尤急者, 列而和之, 蓋十二而已."(『원진집』상책, 277쪽)

白髮人」[0135] · 「西涼伎」[0153] 등 12수의 신악부 작품이 원진 시에
대한 화답시라고 단정할 수 없다. 예를 하나 더 들면 백거이의 「酬嚴
給事」[1810]와 원진의 「和嚴給事聞唐昌觀玉蕊花下有遊仙」을 원백 창
화시로 복원하였으나 두 작품 모두 엄급사(嚴給事), 즉 엄휴복(嚴休
復; ?-835) 시에 대한 화시일 뿐이다.

본고에서는 가장 엄격한 기준을 적용하여 「원백 창화시 목록」을
작성하였다. 다시 말하면 창시와 화시가 완벽한 형태로 현존하고 창
화 관계가 분명한 작품만으로 원백 창화시를 선별하였다. 상술한 두
가지 경우의 작품은 물론 창시와 화시 한 쪽이라도 잔구(殘句)의 형
태로 남아 있거나 위작으로 의심받는 작품도 제외하였다.[29]

반면에 원백 창화시로 추가된 작품도 있다. 백거이의 「山枇杷花二
首」[0766~0767]는 「酬和元九東川路詩十二首」의 제3 · 4수이다. 원진의
창시는 현존하지 않아 화방영수 · 전천행응의 원백 창화시 복원에 포
함되지 않았다. 그러나 원진의 창시 「山枇杷花二首」가 송(宋) · 완열
(阮閱)의 『시화총귀(詩話總龜)』권27에 수록되어 있었고 『원진집편년
전주(元稹集編年箋注)』에서 보유작품으로 채록하였다.[30] 이로 인해
본고에서 원백 창화시 목록에 포함시킬 수 있었다. 그 결과 백거이의
창화시는 117수, 원진의 창화시는 119수로 집계되었다.

「원백 창화시 목록」의 창화 관계에 대한 이해를 돕기 위해 백거
이의 「贈元稹」[0015]을 예로 들면 다음과 같다. 「贈元稹」에 대해 원

---

29) 예를 들면 전자는 백거이의 「和微之十七與君別及朧月花枝之詠」[2071] · 「藍橋驛見
元九詩」[0872]에 대한 원진의 창시이며, 위작으로 의심받는 작품으로는 백거이의 「一
字至七字詩」[3744]와 원진의 「一字至七字詩 · 茶」시가 있다.

30) 원진의 「山枇杷花二首」는 楊軍箋注 『元稹集編年箋注』 · 「원화4년」조(西安, 三秦出
版社, 2002, 159-160쪽)에 수록되어 있다.

진이 「種竹」시로 화응하였고 다시 「種竹」에 대해 백거이가 「酬元九
對新栽竹有懷見寄」[0027]시로 화답하였다. 원진의 「種竹」시는 백거
이 시에 대한 화시이자 창시이기도 하다. 좌측 백거이 시가 창시이
고 우측 원진 시가 화시일 때의 창화 관계를 '唱→和'로 표시하였다.
좌측 백거이 시가 화시이고 우측 원진 시가 창시일 경우에는 '화←
창'으로 표시하였다.

【표】「원백 창화시 목록」

작품 번호	백 거 이	창화 관계	원 진
[0015]	贈元稹	唱→和	種竹
[0027]	酬元九對新栽竹有懷見寄	화←창	
[0023]	贈樊著作	唱→和	和樂天贈樊著作
[0025]	折劍頭	唱→和	和樂天折劍頭
[0026]	登樂遊園望	唱→和	酬樂天登樂游園見憶
[0028]	感鶴	唱→和	和樂天感鶴
[0104]	和答詩十首1、和思歸樂	화←창	思歸樂
[0105]	和答詩十首2、和陽城驛	화←창	陽城驛
[0106]	和答詩十首3、答桐花	화←창	桐花
[0107]	和答詩十首4、和大嘴烏	화←창	大嘴烏
[0108]	和答詩十首5、答四皓廟	화←창	四皓廟
[0109]	和答詩十首6、和雉媒	화←창	雉媒
[0110]	和答詩十首7、和松樹	화←창	松樹
[0111]	和答詩十首8、答箭鏃	화←창	箭鏃
[0112]	和答詩十首9、和古社	화←창	古社
[0113]	和答詩十首10、和分水嶺	화←창	分水嶺
[0200]	贈吳丹	唱→和	和樂天贈吳丹
[0201]	初除戶曹喜而言志	唱→和	和樂天初授戶曹喜而言志
[0378]	三年爲刺史二首1	唱→和	代杭民作使君一朝去二首1
[0379]	三年爲刺史二首2	唱→和	代杭民作使君一朝去二首2

[0399]	權攝昭應早秋書事寄元拾遺兼呈李司錄	唱→和	酬樂天
[0413]	春暮寄元九	唱→和	酬樂天早夏遣懷
[0416]	別舍弟後月夜	唱→和	和樂天別弟後月夜作
[0420]	秋題牡丹叢	唱→和	和樂天秋題牡丹叢
[0421]	勸酒寄元九	唱→和	酬樂天勸醉
[0422]	曲江感秋	唱→和	和樂天秋題曲江
[0426]	初與元九別後忽夢見之及寤而書適至兼寄桐花詩悵然感懷因以此寄	화←창	三月二十四日宿曾峰館夜對桐花寄樂天
		唱→和	酬樂天書懷見寄
[0427]	和元九悼往	화←창	張舊蚊幬
[0499]	寄微之三首1	唱→和	酬樂天赴江州路上見寄三首1
[0500]	寄微之三首2	唱→和	酬樂天赴江州路上見寄三首2
[0501]	寄微之三首3	唱→和	酬樂天赴江州路上見寄三首3
[0615]	代書詩一百韻寄微之	唱→和	酬翰林白學士代書一百韻
[0627]	秋雨中贈元九	唱→和	酬樂天秋興見贈本句云莫怪獨吟秋興苦比君校近二毛年
[0719]	絶句代書贈錢員外	唱→和	和樂天招錢蔚章看山絶句
[0730]	禁中夜作書與元九	唱→和	書樂天紙
[0731]	八月十五日夜禁中獨直對月憶元九	唱→和	酬樂天八月十五夜禁中獨直玩月見寄
[0737]	聞微之江陵臥病以大通中散碧腴垂雲膏寄之因題四韻	唱→和	予病瘴樂天寄通中散碧腴垂雲膏仍題四韻……因有酬答
[0764]	酬和元九東川路詩十二首1、駱口驛舊題詩	화←창	駱口驛二首1
[0765]	酬和元九東川路詩十二首2、南秦雪	화←창	南秦雪
[0766]	酬和元九東川路詩十二首3、山枇杷花二首1	화←창	山枇杷花二首1
[0767]	酬和元九東川路詩十二首4、山枇杷花二首2	화←창	山枇杷花二首2
[0768]	酬和元九東川路詩十二首5、江樓月	화←창	江樓月
[0769]	酬和元九東川路詩十二首6、亞枝花	화←창	亞枝紅
[0770]	酬和元九東川路詩十二首7、江上笛	화←창	漢江上笛

[0771]	酬和元九東川路詩十二首8、嘉陵夜有懷二首1	화←창	嘉陵驛二首1
[0772]	酬和元九東川路詩十二首9、嘉陵夜有懷二首2	화←창	嘉陵驛二首2
[0773]	酬和元九東川路詩十二首10、夜深行	화←창	夜深行
[0774]	酬和元九東川路詩十二首11、望驛臺	화←창	望驛臺
[0775]	酬和元九東川路詩十二首12、江岸梨	화←창	江花落
[0776]	感元九悼亡詩因爲代答三首1、答謝家最小偏憐女	화←창	三遣悲懷1
[0777]	感元九悼亡詩因爲代答三首2、答騎馬入室臺	화←창	空屋題
[0778]	感元九悼亡詩因爲代答三首3、答山驛夢	화←창	感夢
[0779]	和元九與呂二同宿話舊感贈	화←창	贈呂二校書
[0812]	和夢遊春詩一百韻	화←창	夢遊春七十韻
[0816]	酬盧秘書二十韻	唱→和	酬盧秘書
[0823]	重過祕書舊房因題長句	唱→和	和樂天過秘閣書省舊廳
[0825]	重到城七絶句2、高相宅	唱→和	和樂天高相宅
[0827]	重到城七絶句4、劉家花	唱→和	和樂天劉家花
[0829]	重到城七絶句6、仇家酒	唱→和	和樂天仇家酒
[0830]	重到城七絶句7、恆寂師	唱→和	和樂天贈雲寂僧
[0844]	醉後却寄元九	唱→和	酬樂天醉別
[0849]	題王侍御池亭	唱→和	和樂天題王家亭子
[0851]	雨夜憶元九	唱→和	酬樂天雨後見憶
[0853]	贈楊秘書巨源	唱→和	和樂天贈楊秘書
[0855]	寄生衣與微之因題封上	唱→和	酬樂天寄生衣
[0861]	微之到通州日授館未安見塵壁間……因酬長句	화←창	見樂天詩
[0862]	得微之到官後書備知通州之事悵然有感因成四章1	唱→和	酬樂天得微之詩知通州事因成四首1
[0863]	得微之到官後書備知通州之事悵然有感因成四章2	唱→和	酬樂天得微之詩知通州事因成四首2
[0864]	得微之到官後書備知通州之事悵然有感因成四章3	唱→和	酬樂天得微之詩知通州事因成四首3

[0865]	得微之到官後書備知通州之事悵然有感因成四章4	唱→和	酬樂天得微之詩知通州事因成四首4
[0875]	武關南見元九題山石榴花見寄	唱→和	酬樂天武關南見微之題山石榴花詩
[0891]	舟中讀元九詩	唱→和	酬樂天舟泊夜讀微之詩
[0901]	放言五首1	화←창	放言五首1
[0902]	放言五首2	화←창	放言五首2
[0903]	放言五首3	화←창	放言五首3
[0904]	放言五首4	화←창	放言五首4
[0905]	放言五首5	화←창	放言五首5
[0916]	東南行一百韻寄通州元九侍御……竇七校書	唱→和	酬樂天東南行詩一百韻
[0939]	憶微之傷仲遠	唱→和	酬樂天見憶兼傷仲遠
[0947]	寄蘄州簟與元九因題六韻	唱→和	酬樂天寄蘄州簟
[0971]	憶微之	唱→和	酬樂天春寄微之
[0993]	山中與元九書因題書後	唱→和	酬樂天書後三韻
[1017]	江樓夜吟元九律詩成三十韻	唱→和	酬樂天江樓夜吟積詩因成三十韻
[1019]	元九以綠絲布白輕裕見寄製成衣服以詩報知	唱→和	酬樂天得積所寄紵絲布白輕庸製成衣服以詩報之
[1024]	送客春遊嶺南二十韻	唱→和	和樂天送客遊嶺南二十韻
[1027]	尋郭道士不遇	唱→和	和樂天尋郭道士不遇
[1031]	夢微之	唱→和	酬樂天頻夢微之
[1045]	夢亡友劉太白同遊章敬寺	唱→和	和樂天夢亡友劉太白同遊二首1
		唱→和	和樂天夢亡友劉太白同遊二首2
[1056]	答微之	화←창	閬州開元寺壁題樂天詩
[1060]	聞李尚書拜相因以長句寄賀微之	唱→和	酬樂天聞李尚書拜相以詩見賀
[1071]	寄微之	唱→和	酬樂天歎窮愁見寄
[1089]	三月三日憶微之	唱→和	酬樂天三月三日見寄
[1137]	卽事寄微之	唱→和	酬樂天見寄
[1151]	寄微之	唱→和	酬樂天歎損傷見寄
[1232]	待漏入閣書事奉贈元九學士閣老	唱→和	酬樂天待漏入閣見贈
[1312]	寄李蘇州兼示楊瓊	唱→和	和樂天示楊瓊

[1533]	元微之除浙東觀察使喜得杭越鄰州先贈長句	唱→和	酬樂天喜隣郡
[1536]	答微之泊西陵驛見寄	화←창	別後西陵晚眺
[1537]	答微之誇越州州宅	화←창	以州宅誇於樂天
		唱→和	重誇州宅旦暮景色兼酬前篇末句
[1538]	微之重誇州居其落句有西州羅刹之謔因嘲玆石聊以寄懷	화←창	
[1539]	張十八員外以新詩二十五首見寄……因題卷後封寄微之	唱→和	酬樂天吟張員外詩見寄因思上京每與樂天……詠張新詩
[1540]	酬微之	화←창	郡務稍簡因得整比舊詩並連綴焚削……偶成自歎因寄樂天
[1541]	餘思未盡加爲六韻重寄微之	화←창	
		唱→和	酬樂天餘思不盡加爲六韻之作
[1542]	答微之詠懷見寄	화←창	寄樂天
[1543]	酬微之誇鏡湖	화←창	戲贈樂天復言
		唱→和	重酬樂天
[1544]	雪中卽事答微之	唱→和	酬樂天雪中見寄
[1546]	除夜寄微之	唱→和	除夜酬樂天
[1548]	早春西湖閑遊悵然興懷憶與微之……偶成十八韻寄微之	唱→和	酬樂天早春閑遊西湖頗多野趣恨不得與微之……恬養之贈耳
[1549]	答微之見寄	화←창	寄樂天
[1554]	早春憶微之	唱→和	和樂天早春見寄
[1574]	留題郡齋	唱→和	代郡齋神答樂天
[1575]	別州民	唱→和	代杭民答樂天
[1578]	重寄別微之	唱→和	酬樂天重寄別
[1579]	重題別東樓	唱→和	和樂天重題別東樓
[1801]	杏園花下贈劉郎中	唱→和	酬白樂天杏園園
[1871]	和微之春日投簡陽明洞天五十韻	화←창	春分投簡明洞天作
[2057]	戲和微之答竇七行軍之作	화←창	戲酬副使中丞竇羣見示四韻

* 장문의 제목은 편의상 중간부분을 생략하고 부호 '……'를 표기하였다.
* 백거이 작품은 주금성의 『백거이집전교』, 원진 작품은 冀勤의 『元稹集』을 저본으로 하였다.

현존 창화시 외에도 원백의 교유와 관련있는 작품 또한 적지 않다. 창시와 화시 중 한쪽이 현존하지 않거나 애초에 화시가 지어지지 않아 기증시만 남아 있는 경우도 있다. 시제 중에 상대방이 직접 언급되었거나 시제에 거론되지 않았지만 내용상 명백히 원백과 관련된 것도 있다. 이러한 작품들은 모두 원백의 교유와 관련된 소위 교유시(交遊詩)이다.[31] 본고의 원진·백거이 교유사는 주로 원백의 창화시와 교유시를 중심으로 논의가 전개될 것이다.

비서성(秘書省) 동료로서 동심우(同心友)의 깊은 교분이 맺어진 정원19년(803)부터 원진이 서거한 대화5년(831)까지는 근 30년 세월이었다. 그러나 30년 기간에서 근 20년은 사도(仕途)의 부침에 의해 서로 다른 지역에서 지내야만 했다. 장안(長安)은 정치의 중심지이자 문인 활동의 중심지이기도 하였다. 원진과 백거이가 함께 중앙 내직에 재임할 적에는 관직 생활과 문학 창작 및 교유 활동이 모두 장안을 중심으로 이루어졌다. 그러나 일인이라도 지방 외직으로 물러나면 원백의 교유는 이별의 상황에서 진행될 수밖에 없었다. 그들은 사도의 변화에 따라 만남과 이별의 곡절을 겪어야 했다. 따라서 원백의 교유사는 서술의 편리를 위해 원백 두 사람이 모두 장안을 활동 무대로 하였을 때와 그렇지 않을 때를 기준으로 다음과 같이 네 시기로 나눌 수 있다.

첫째는 정원19년(803) 3월에서 원화5년(810) 3월까지의 7년간을 제1차 장안시기로 한다. 이 시기는 정원19년 3월 원진과 백거이가

---

31) 예를 들면 백거이의 「和微之詩二十三首」[1473~1495]·「答微之上船後留別」[1535]과 원진의 「酬樂天初冬早寒見寄」는 창시가 현존하지 않는다. 백거이의 「歲暮寄微之三首」[1673~1675]와 원진의 「寄樂天二首」는 화시가 실전되었거나 혹은 애초 지어지지 않은 경우이다. 백거이의 「別元九後詠所懷」[0409]·「獨酌憶微之」[0740]와 원진의 「得樂天書」·「過東都別樂天二首」는 제목에 의해 원백 교유와 관계있는 작품임을 알 수 있다. 백거이의 「題詩屛風絶句」[1055]와 원진의 「梁州夢」은 내용 면에서 그들의 교유와 관계가 있는 작품이다.

함께 비서성교서랑에 제수되고부터 원화5년 3월 원진의 강릉 좌천 이전까지의 기간이다. 물론 이 7년 동안 원진과 백거이 모두 장안에서만 생활한 것은 아니었다. 그러나 짧은 이별이거나 이후 장기간의 별리시기와 비교하면 교유활동과 관직생활이 장안을 중심으로 이루어졌던 기간이므로 모두 제1차 장안시기에 포함시킨다.

둘째는 원화5년(810) 3월에서 원화15년(820) 여름까지의 10여 년간을 제1차 별리시기로 규정한다. 이 시기는 원화5년 3월 원진의 강릉 좌천부터 원화15년 여름 백거이가 충주자사(忠州刺史)에서 사문원외랑(司門員外郞)에 제수되어 귀경하기 이전의 기간이다. 이 10년 이별 기간에 원백의 상봉은 두 차례가 있었으나[32] 모두 짧은 만남에 불과하였을 뿐이었다.

셋째는 원화15년(820) 여름에서 장경2년(822) 6월 이전까지의 근 2년 기간을 제2차 장안시기로 명명한다. 이 시기는 원화15년 여름 사문원외랑 제수로 인해 장안으로 돌아온 백거이가 1년 전인 원화14년(819) 12월 괵주장사(虢州長史)에서 선부원외랑(膳部員外郞)에 제수되어 귀경한 원진과 함께 장안에서 생활한 시기이다. 원백 교유사에서 제2차 장안시기는 장경2년(822) 6월 원진이 다시 동주자사(同州刺史)로 좌천되어 장안을 떠남으로써 2년 만에 막을 내린다.

넷째는 장경2년(822) 6월에서부터 대화5년(831) 7월까지의 9년간을 제2차 별리시기로 분류한다. 이 시기는 장경2년(822) 6월 원진의 동주자사 좌천 이후부터 대화5년(831) 7월 원진이 악주(鄂州: 현 호북

---

32) 첫 번째는 원화10년(815) 정월, 원진이 강릉에서 장안으로 소환되었다가 동년 3월 다시 通州司馬로 좌천되기 전까지이다. 이때 백거이는 左贊善大夫로 장안에 거주하고 있었다. 두 번째는 원화14년(819) 3월 백거이는 충주자사, 원진은 虢州長史로 부임하던 도중 장강 夷陵에서의 우연한 상봉이었다.

성 무한시)에서 서거하기까지의 기간이다. 이 제2차 별리시기 중에 원진과 백거이는 두 차례 해후한다.[33] 원백 교유의 시기 구분을 도표로 정리하면 다음과 같다.

시기 분류	기 간	관직 상황
제1차 장안시기	정원19년(803) 3월 ~원화5년(810) 3월	원백 비서성교서랑 제수 ~원진 강릉 좌천
제1차 별리시기	원화5년(810) 3월 ~원화15년(820) 여름	원진 강릉 좌천 ~백거이 사문원외랑 제수
제2차 장안시기	원화15년(820) 여름 ~장경2년(822) 6월	백거이 사문원외랑 제수 ~원진 동주자사 좌천
제2차 별리시기	장경2년(822) 6월 ~대화5년(831) 7월	원진 동주자사 좌천 ~원진 악주에서 서거

2. 어디서나 함께 하며(何處不相隨) ── 제1차 장안시기

정원19년(803) 3월, 비서성교서랑에 함께 제수된 원진과 백거이는 동일 관서에서 근무하는 동료가 되었다. 이후로 서로 시를 주고 받으며 굳건하고 깊은 교분을 맺게 된다. 원화5년(810), 장안에서 경조부호조참군으로 재직하던 백거이는 강릉에 좌천된 원진을 그리워하며 교서랑 시기의 교유를 다음과 같이 회상하였다.

---

33) 장경3년(823) 10월, 越州刺史로 부임하던 원진이 항주에 들러 백거이를 만나 3일 밤을 지낸 적이 있으며 대화3년(829) 9월, 越州刺史에서 尚書左丞에 제수되어 장안으로 귀환하던 중 낙양에서 백거이와 상봉한 적이 있다.

肺腑都無隔,	두사람 마음은 벌어짐이 없었고
形骸兩不羈.	두사람 육신도 얽매임이 없었다.
疏狂屬年少,	젊은 나이 거침없이 호방하였고
閑散爲官卑.	관위는 낮아 한가로이 지내었다.
分定金蘭契,	동일한 신분에 굳은 우정 맺었고
言通藥石規.	말로 서로의 잘못을 바로 잡았다.
交賢方汲汲,	어진이 사귀며 여전히 노력하고
友直每偲偲.	정직한 벗으로 언제나 격려했다.
有月多同賞,	달밝은 밤 항상 함께 달 구경하고
無盃不共持.	술잔 함께 하지 않은 적이 없었다.
秋風拂琴匣,	가을바람 불어오면 거문고를 닦고
夜雪卷書帷.	밤에 눈 내리면 서재 휘장 걷었다.[34]

'금란계(金蘭契)'는 "두 사람의 마음이 같으면 그 날카로움은 쇠를 자르고 동심(同心)의 말은 그 향기가 난과 같다"[35]는 말에서 유래한 다. 굳건하고 변함없는 우정을 의미하며 금란지계(金蘭之契) 혹은 금 란지우(金蘭之友)라고도 한다. 원백의 우정은 바로 금란지계로서 서 로의 잘못을 바로잡아 주는 진실한 우정이었다고 하였다. 원진과 백 거이는 서로에게 어질고 정직한 벗으로서 서로를 존중하며 언제나 함께 달구경하고 술잔을 기울였다. 교서랑 시기 "언제라도 잠시 헤 어진 적 없었고 어디서나 함께 하지 않은 적 없었던(幾時曾暫別, 何處 不相隨)"[36] 원백의 교유는 굳건한 우정이 향기로운 금란지교(金蘭之

---

34) 백거이 「代書詩一百韻寄微之」[0615]; 『백거이집전교』제2책, 703쪽.
35) 『易經·繫辭上』: "二人同心, 其利斷金; 同心之言, 其臭如蘭."

交)임에 손색이 없었다.

　원백의 우정은 단지 함께 급제한 동년(同年)의 관계와 비서성교서
랑으로 같은 관서에서 근무하는 동료의 관계 때문에 맺어진 것은 아
니었다. 서족(庶族) 출신의 신흥사인으로서 동일한 신분계급에 속하
고 정치이상과 목표·취향이 일치한다는 동질감으로 인해 의기투합
하였기 때문이다.

自我從宦遊,	타향에서 벼슬살이를 한 이래
七年在長安.	칠년 동안 장안에서 지냈었지.
所得唯元君,	그간 얻은 건 오직 그대 뿐이니
乃知定交難.	교분 맺음이 어려움을 알았다네.
豈無山上苗.	어찌 산위 어린 나무 없으리오만
徑寸無歲寒.	가는 줄기로 추위 견디는 것 없소.
豈無要津水.	어찌 요로진의 물이 없으리오만
咫尺有波瀾.	사소한 것에도 거센 물결 친다오.
之子異於是,	오직 그대 만은 이런 것과는 달리
久要誓不諼.	오랜 약속 잊지 않을 것 맹세했지.
無波古井水,	그대 잔잔함은 옛우물의 물과 같고
有節秋竹竿.	그대 절조는 가을 대나무 줄기같네.
一爲同心友,	그대와 동심의 벗이 된 이래로
三及芳歲闌.	꽃다운 시절 삼년 세월 흘렀지.
花下鞍馬遊,	꽃피는 계절엔 말을 타고 유람했고
雪中盃酒歡.	눈내리는 날 술잔 들며 즐거워했지.

---

36) 백거이 「代書詩一百韻寄微之」[0615]; 『백거이집전교』제2책, 703쪽.

衡門相逢迎,	누추한 거처를 서로 오고가며
不具帶與冠.	의관도 제대로 갖추지 않았지.
春風日高睡,	봄바람 불때는 해 높도록 잠자고
秋月夜深看.	가을날 깊은 밤에 달을 구경했지.
不爲同登科,	이 우정은 함께 등과해서도 아니고
不爲同署官.	같은 관서에서 벼슬 해서도 아니니
所合在方寸,	일치하는 바가 서로의 마음에 있고
心源無異端.	마음 속에는 다른 뜻이 없어서였지.[37]

원화1년(806) 작품 「贈元稹」이다. 변하지 않는 두터운 우정을 술회하였다. 정원19년(803) 원진과 함께 비서성교서랑에 제수된 지 꼭 3년째 되는 해이다. "그대와 동심의 벗이 된 이래로 꽃다운 시절 삼년 세월 흘렀지(一爲同心友, 三及芳歲闌)"라고 한 것은 이 때문이다. 정원16년(800) 2월, 장안에서 진사과에 급제한 이래 "칠년 동안 장안에서 지내면서(七年在長安)" "그간 얻은 건 오직 그대 뿐이다(所得唯元君)"라고 하였으니 백거이에게 원진은 둘도 없는 소중한 벗이자 동지였다.

"산위 어린 나무(山上苗)"는 지위 높은 집안의 자제(子弟)를 말하며 "요로진의 물(要津水)"은 권세가의 연줄이 되어 줄 사람을 비유한다. 이러한 부류와의 사귐은 '추위(歲寒)'와 '거센 물결(波瀾)' 등 다른 외물의 영향으로 신의와 우정을 저버리므로 교분을 맺을 수 없다고 하였다. 그러나 손바닥 뒤집듯 인심이 변하는 세상에서 원진은 잔잔한 "옛 우물의 물(古井水)"과 꼿꼿한 "가을 대나무 줄기(秋竹竿)"처럼

---

37) 백거이 「贈元稹」[0015]; 『백거이집전교』제1책, 20쪽.

변심하지 않을 굳은 지조를 갖고 있다고 높이 평가한다. 원진과 "마음을 함께 하는 벗(同心友)"이 되었던 것은 뜻과 마음이 일치하여 의기투합하였기 때문이었던 것이다.

원화1년(806) 봄, 원진과 백거이는 비서성교서랑 임기가 만료되었다. 두 사람은 제과(制科) 준비를 위하여 함께 영숭리(永崇里)의 화양관(華陽觀)에서 두문불출하며 각고의 노력을 기울였다. 75편의 책문(策文)은 바로 이때 작성한 예상문제에 대한 모범답안이었다.[38] 소위 제과는 황제가 친히 주관하는 특수인재 선발시험으로 당시 사인(士人)들이 가장 중시하던 과거시험이었다.[39] 그런 만큼 원진과 백거이는 적어도 이번에는 경쟁자일 수밖에 없었다. 그럼에도 제과 준비를 위해 함께 예상문제 답안을 작성했다는 것은 세속적인 경쟁을 초월한 동심우(同心友)로서 각별한 우정이 있었기 때문이었다.

동년 4월 백거이는 원진과 함께 재식겸무명어체용과(才識兼茂明於體用科)에 응시하여 나란히 급제하였다. 결과 원진은 좌습유(左拾遺)에 제수되어 장안에 남고 백거이는 주질위(盩厔尉)에 제수되어 장안을 떠나야 했다. 주질현은 지금의 섬서성(陝西省) 주지현(周至縣)으로 장안 서남방 근교에 위치한 지역이다. 지척의 거리이지만 비서성(秘書省) 동료로 함께 근무한 지 3년만의 첫 번째 이별이었다.

---

38) 백거이 「策林序」[3442]: "元和初, 予罷校書郎, 與元微之將應制擧, 退居於上都華陽觀, 閉戶累月, 揣摩當代之事, 構成策目七十五門."(『백거이집전교』제6책, 3436쪽)

39) 杜佑(735-812) 『通典·選擧·歷代制下』: "其制詔擧人, 不有常科, 皆標其目而搜揚之. 試之日, 或在殿廷, 天子親臨觀之. 試已, 糊其名於中考之, 文策高者特授以美官, 其次與出身. 開元以後, 四海晏情, 士無賢不肖, 恥不以文章達, 其應詔而擧者, 多則二千人, 少猶不減千人, 所收百纔有一."(『통전』권15)

昔作芸香侶,　　예전에는 운향각 동료의 신분으로

三載不暫離.　　삼년간 잠시도 이별하지 않았건만

逮兹忽相失,　　지금에 이르러 갑자기 서로 헤어져

旦夕夢魂思.　　아침저녁으로 꿈속에서 그리워하네.[40]

원진의 원화1년(806) 작품 「酬樂天」이다.[41] 운향각(芸香閣)은 비서성의 별칭으로 비서성교서랑으로 함께 근무한 것을 말한다. 3년 동안 항상 가까이 지내다 이제 서로 헤어져 꿈에서나 그리워해야 하는 아쉬움을 노래하였다. 벗에 대한 그리움은 단순한 아쉬움으로만 끝나지 않는다. "관가의 공무에 얽매인 몸으로 만날 날을 기약할 수 없으니, 원컨대 구름과 비가 되어 저 하늘가에서 만나고 싶다"[42]는 것은 두 사람의 우정이 시공을 초월할 만큼 깊은 것임을 의미한다.

원화1년(806) 9월 13일, 원진은 하남위(河南尉)로 좌천되었다. 하남현은 지금의 하남성(河南省) 낙양(洛陽) 일대 지역으로 당시 주질현에 있던 백거이는 직접 전송할 수 없었다. 원진이 장안을 떠난 직후인 16일 원진의 모친 정씨(鄭氏)가 서거하였다. 원진은 장안으로 돌아와 상례를 치르고 다음해 2월 함양(咸陽: 현 섬서성 함양시)에서 장례를

---

40) 원진 「酬樂天」; 『원진집』상책, 54쪽.

41) 題下 自注에 "時樂天攝尉, 予爲拾遺"라고 하였다. 원진은 원화1년 4월, 제과에 급제하여 左拾遺에 제수되었다가 동년 9월 하남위로 좌천되었으므로 「酬樂天」은 원화1년 작이다. 백거이는 원화1년 4월 주질위에 제수되었으나 같은 해 7월경, 잠시 昭應縣(지금의 陝西省 臨潼縣)에서 縣尉의 직무를 대리한 적이 있었다.(주금성 『백거이연보』上海, 上海古籍出版社, 1982. 36쪽) 이때 백거이가 원진에게 「權攝昭應早秋書事寄元拾遺兼呈李司錄」[0399]시를 기증하였는데 원진의 「酬樂天」은 이에 화답한 작품이다.

42) 원진 「酬樂天」: "官家事拘束, 安得攜手期. 願爲雲與雨, 會合天之垂."(『원진집』상책, 54쪽)

지냈다. 원화2년(807) 가을, 백거이는 경조부시관(京兆府試官)의 신분으로 귀경하였다.[43] 그러나 복상(服喪) 중인 원진은 장안에 없었다.

況如故人別,	하물며 정든 옛친구와 헤어져
中懷正無悰.	마음 속에 즐거움이 없음에랴.
勿云不相送,	배웅하지 않았다 말하지 마소
心到青門東.	마음은 장안성 동문 갔었다오.
相知豈在多,	지기란 많음이 중요하지 않으며
但問同不同.	마음이 같은가 아닌가 문제일뿐.
同心一人去,	동심우 하나가 떠나가고 없으니
坐覺長安空.	갑자기 장안이 텅빈 듯 느꼈다오.[44]

백거이의 원화2년(807) 작품 「別元九後詠所懷」이다. 작년 가을 하남위로 좌천된 원진을 전송하지 못한 아쉬움과 금년 가을 장안에 돌아왔으나 원진이 떠나고 없는 적막함을 노래하였다. 지방에서 도성으로 돌아온 기쁨보다도 동심(同心)의 벗이 떠나고 없는 장안에서의 적막감이 더욱 크다고 했다.

원진의 궁핍한 복상 기간에 백거이의 우정은 더욱 각별하였다. 백거이는 친히 원진 모친을 위한 묘지명(墓誌銘)을 지었으며[45] 백거이의 모친 진씨(陳氏) 또한 물심양면으로 원진을 보살펴 주었다. 원화6년(811) 4월, 백거이의 모친이 서거하자 당시 강릉(江陵; 현 호북성

---

43) 朱金城『白居易年譜』上海, 上海古籍出版社, 1982, 37쪽.

44) 백거이「別元九後詠所懷」[0409];『백거이집전교』제1책, 473쪽.

45) 백거이「唐河南元府君夫人滎陽鄭氏墓誌銘幷序」[2896];『백거이집전교』제5책, 2715쪽.

형주시)에 좌천되어 있던 원진은 제문을 지어 보내 당시의 보살핌을 회상하며 후의에 대한 감사의 마음을 표시하였다.[46]

복상을 마친 원진은 원화4년(809) 2월 감찰어사(監察御史)에 제수되어 장안으로 돌아왔다. 이때 백거이는 한림학사(翰林學士) 겸 좌습유(左拾遺)로 장안에 있었으나 원백의 장안 생활은 길지 않았다. 얼마 후인 3월 7일 동천(東川)[47] 출사(出使)의 명을 받은 원진이 다시 장안을 떠나야 했기 때문이었다.

출사 도중 낙구역(駱口驛)에 도착한 원진은 역참 북쪽 벽에 적힌 백거이 시를 보고 「駱口驛二首」[48]를 지어 그리움을 표현했다. 또 한수(漢水) 강변과 포성역(褒城驛)·가천역(嘉川驛)에 도착했을 때는 백거이와 유람하던 때를 그리워하며 32편의 시를 지었다.[49] 한편 원진이 장안을 떠나고 얼마 후 백거이는 이건(李建; 764-821)·백행간(白行簡; 776-826)과 함께 곡강(曲江)과 자은사(慈恩寺)를 유람하면서 먼 곳으로 떠난 원진을 그리워하며 시를 지었다.

---

46) 원진 「祭翰林白學士太夫人文」: "逮稹謫居東洛, 泣血西歸, 無天可告, 無地可依, 喘息未盡, 心魂已飛. 太夫人推擠堅之念, 憫絶縶之遲, 問訊殘疾, 告諭禮儀, 減旨甘之直, 續鹽酪之資. 寒溫必服, 藥餌必時. 雖白日屢化, 而深仁不衰."(『원진집』하책, 626쪽)

47) 東川은 '劍南東川'의 약칭으로 唐代 方鎭의 명칭이다. 치소는 梓州(현 사천성 三臺縣)이다. 梓州·遂州·綿州·普州·陵州·瀘州·榮州·劍州·龍州·昌州·渝州 등 12州를 관할하였다.

48) 원진 「駱口驛二首」題下自注: "東壁上有李二十員外逢吉·崔二十二侍御詔使雲南題名處, 北壁有翰林白二十二居易題「擁石」·「關雲」·「開雪」·「紅樹」等篇, 有王質夫和焉. 王不知是何人也."(『원진집』상책, 194쪽)

49) 원진 「使東川二十二首」序: "元和四年三月七日, 予以監察御史使東川, 往來鞍馬間, 賦詩凡三十二章."(『원진집』상책, 194쪽) 이에 의하면 원진은 동천 출사 도중 총 32수의 시를 지었음을 알 수 있다. 그러나 현존하는 것은 단지 22수로『元稹集』권17에 수록되어 있다. 백거이의 「酬和元九東川路詩十二首」[0764~0775]는 바로 이 시에 화답한 작품이다.

花時同醉破春愁,   꽃핀 봄날 함께 술마시며 시름을 잊고자
醉折花枝作酒籌.   술에 취해 꽃가지 꺾어 산가지로 삼았다.
忽憶故人天際去,   불현듯 먼곳으로 떠나간 친구가 생각나
計程今日到梁州.   여정 헤아리니 오늘 양주에 도착했으리.[50]

"술마시며 시름을 잊고자" 했지만 "먼 곳으로 떠나간" 친구를 잊을 수 없었다. 백거이는 원진의 여정을 꼽아 보고 오늘 쯤에는 양주(梁州; 현 섬서성 남정현)에 도착하였을 것이라 추측해 본다. 그런데 공교롭게도 바로 이날(3월 21일), 원진은 정말 양주에 도착하여 한 역참에서 하룻밤을 묵었다. 그리고 그날 밤 백거이·이건과 함께 곡강과 자은사를 유람하는 꿈을 꾸었다. 꿈에서 깨어난 원진은 「感夢記」를 지어 이 일을 기록하고[51] 시를 지었다.

夢君同遶曲江頭,   꿈속에서 그대와 곡강가를 다니고
也向慈恩院院遊.   자은사의 승원 곳곳을 유람하였네.
亭吏呼人排去馬,   역참 아전 말 준비했다 소리 치고
忽驚身在古梁州.   놀라 깨니 나는 옛 양주땅에 있네.[52]

원진의 원화4년 작품 「梁州夢」이다. 제하(題下) 자주(自注)에 "이날 밤 한천(漢川)의 역참에서 묵었는데 꿈속에서 이건·백거이와 함

---

50) 백거이 「同李十一醉憶元九」[0717]; 『백거이집전교』제2책, 796쪽.
51) 원진의 「感夢記」는 현존하지 않는다. 백거이의 아우 白行簡의 「三夢記」(『全唐文』권692)에 관련 기록이 상세하다. 唐·孟棨의 『本事詩』와 宋·計有功의 『唐詩紀事』(권37)에도 기록되어 있다.
52) 원진 「梁州夢」; 『원진집』상책, 195쪽.

께 곡강을 유람하고 또 자은사 여러 승원에 갔었다. 그리고 나서 갑자기 잠에서 깨어나 보니 바꿔 탈 말이 섬돌 앞에 와 있고 공문 서신을 배달하는 사자가 이미 날이 밝았음을 알리고 있었다"[53]라고 하였다. 소위 "주소사, 야소몽(畫所思, 夜所夢)"이라는 말처럼 꿈이란 잠재의식 속의 욕구를 충족시켜 주는 수단이다. 백거이가 곡강을 유람하며 원진을 그리워할 때 원진은 먼 양주 땅에서 백거이와 곡강에서 노니는 꿈을 꾸었던 것이다. 이처럼 신기한 사실은 원백의 우정이 매우 깊은 정신적 교감을 바탕으로 하고 있음을 말해 준다. 후인은 이 일을 기록하여 "천리 먼 곳에서의 신교가 부절을 맞춘 듯 일치했다(千里神交, 合若符契)"[54]라고 경탄하였다.

같은 해 6월 원진은 장안으로 돌아왔다. 그러나 원진은 동천 출사 시의 과감한 탄핵으로 권세가의 원한과 증오의 대상이 되었다. 그 결과 같은 해 7월 다시 감찰어사분사동도(監察御史分司東都)에 제수되어 낙양으로 밀려나는 불운을 겪어야 했다. 당시 장안에서 좌습유·한림학사로 재직하던 백거이는 절친(切親)의 계속되는 정치적 비극에 속수무책이었다. 원화4년(809) 작품 「寄元九」에서 벗과 이별 후의 쓸쓸함과 그리움을 이렇게 노래하였다.

身爲近密拘,	몸은 천자의 근신으로 얽매이고
心爲名檢縛.	마음은 관리의 명절에 속박되어
月夜與花時,	달 밝은 밤이나 꽃이 피었을 때

---

53) 원진 「梁州夢」題下自注: "是夜宿漢川驛, 夢與杓直·樂天同遊曲江, 兼入慈恩寺諸院. 悠然而寤, 則遞乘及階, 郵使已傳呼報曉矣."(『원진집』상책, 195쪽)
54) 唐·孟棨 『本事詩·徵異』; 丁福保 『歷代詩話續編』上冊.

少逢盃酒樂.	술 한잔의 즐거움은 거의 없었네.
唯有元夫子,	오로지 원미지 그대만이
閑來同一酌.	한가할 때 술 함께 마시며
把手或酣歌,	항상 손을 맞잡고 흥겹게 노래부르고
展眉時笑謔.	늘 즐거운 마음으로 웃으며 농담했네.
今春除御史,	올해 봄 그대 감찰어사에 제수되어
前月之東洛.	지난 달 동도 낙양으로 떠나버렸지.
別來未開顔,	헤어진 이후 나는 웃음을 잃었고
塵埃滿樽杓.	술통과 술잔엔 먼지만 가득하다네.
蕙風晚香盡,	바람부니 혜초의 잔향도 소진하고
槐雨餘花落.	비내리니 회나무 잔화도 떨어졌지.
秋意一蕭條,	가을날의 기운은 이미 소슬해지고
離容兩寂寞.	이별한 우리 모습은 쓸쓸함이로세.
況隨白日老,	더욱이 세월 따라 나날이 늙어가며
共負靑山約.	청산 은둔의 약속도 모두 저버렸네.
誰識相念心,	누가 알리오 서로 그리워하는 마음
韝鷹與籠鶴.	토시위 매, 조롱속에 갇힌 학이여.[55]

원진은 낙양에서도 감찰어사의 직무를 강직하게 수행하여 수십
건의 관리 불법행위에 대해 국법에 따라 탄핵하였다. 그러나 원화5
년(810) 2월, 하남윤(河南尹) 방식(房式; ?-812)의 불법행위를 처리하는
과정에서 조정의 비준을 받기 전에 방식의 직무를 정지시키는 과오
를 저질렀다. 방식에게는 단지 일 개월 감봉 처분만을 내린 조정은

---

55) 백거이 「寄元九」[0412]; 『백거이집전교』제1책, 475쪽.

원진의 월권행위를 빌미로 소환 명령을 내렸다.[56] 원진이 귀경 도중
부수역(敷水驛)에 도착했을 때 소위 쟁청사건(爭廳事件)이 발생하였
다. 이 사건의 자초지종은 다음과 같다.

부수역에 투숙하였을 때 환관 유사원이 늦게 도착하여 원진과 본관을
다투었다. 유사원이 화가 나서 본관 문을 밀치니 원진은 버선발로 본
관 뒤편으로 달아났다. 유사원이 그 뒤를 쫓아와 대채찍으로 쳐서 원
진의 얼굴에 상처를 입혔다.[57]

백거이의 「論元稹第三狀」에 의하면 당시 상황은 더욱 험악하였
다.[58] 또 유사원(劉士元) 뿐만 아니라 환관 구사량(仇士良; 781-843)도
가담한 전대미문의 사건이었다.[59] 어사(御史)와 중사(中使; 황제의 사
적인 사신으로 환관이 담당)가 역참(驛站) 객사에 동시 투숙할 때에는
선착자가 본관을 사용하고 나중에 도착한 자가 별관을 사용하는 것
이 당시의 관례였다.[60] 그럼에도 일개 환관이 선착자인 조정 관리에

---

56) 『舊唐書·元稹傳』: "河南尹房式爲不法事, 稹欲追攝, 擅令停務, 旣飛表聞奏. 罰式一
月奉, 仍召稹還京."(『구당서』권166·「열전」제116)

57) 『舊唐書·元稹傳』: "宿敷水驛, 內官劉士元後至, 爭廳. 士元怒排其戶, 稹襪而走廳後.
士元追之後, 以箠擊稹傷面."(『구당서』권166·「열전」제116)

58) 백거이 「論元稹第三狀」[3394]: "況聞劉士元踏破驛門, 奪將鞍馬, 仍索弓箭, 嚇辱朝官.
承前以來, 未有此事."(『백거이집전교』제6책, 3360쪽)

59) 『新唐書·元稹傳』: "次敷水驛. 中人仇士良夜至, 稹不讓, 中人怒, 擊稹敗面."(『신당
서』권174·「열전」제99); 『新唐書·仇士良傳』: "嘗次敷水驛, 與御史元稹爭舍上廳,
擊傷稹."(『신당서』권207·「열전」제132) 이러한 기록에 의하면 환관 구사량도 당일
사건현장에 있었던 것으로 보인다. 趙翼의 『二十二史劄記』에도 "劉士元隨仇士良而
擊稹"이라고 기록을 남기고 있다.

60) 王溥 『唐會要』권61·「御史臺」·「館驛」條: "御史出使及却回, 所在館驛, 逢中使等,
舊例御史到館驛, 已於上廳下了, 有中使後到, 卽就別廳; 如有中使先到上廳, 御史亦

게 매질을 한 것은 강력한 권세를 등에 업은 환관들의 횡포였다. 그러나 조정에서는 환관에게 아무런 처벌도 내리지 않았다. "어린 후배로서 세도를 부린다"라는 것을 구실로 원화5년(810) 3월 원진을 강릉부사조참군(江陵府士曹參軍)으로 좌천시켰다.[61] 당시 한림학사 이강(李絳; 764-830)·최군(崔群; 772-832)을 비롯하여 좌습유 겸 한림학사 백거이도 세 차례나 상소를 올렸다.

지금 중관(中官; 환관을 말함)에게 죄가 있음에도 처벌하지 않으시고 오히려 잘못 없는 어사(御史)를 좌천시키시니 천하 사람들이 이 일을 알면 실로 성덕(聖德)이 손상될 것입니다. 신이 걱정하는 것은 이후로 중관이 출사하여 횡포가 더욱 심해지고 조정 관원이 욕을 당해도 감히 말하지 못할 것이 분명하며 설사 능멸 당하고 구타를 당한다 해도 원진의 경우를 거울로 삼아 단지 침묵할 뿐이라는 것입니다. 이렇게 되면 폐하께서는 이후로 진상을 알 길이 없게 되니 이것이 원진을 좌천시켜서는 안될 두 번째 이유이옵니다.[62]

백거이는 원진을 옹호하며 무죄를 강력히 간언하였다. 그러나 간절한 상소는 끝내 수용되지 않았다.[63] 비록 강릉 좌천이라는 원진의

就別廳."

61) 『舊唐書·元稹傳』: "執政以稹少年後輩, 務作威福, 貶爲江陵府士曹參軍."(『구당서』 권166·「열전」제116); 『新唐書·元稹傳』: "宰相以稹年少輕樹威, 失憲臣禮, 貶江陵土曹參軍."(『신당서』 권174·「열전」제99)

62) 백거이 「論元稹第三狀」[3394]: "今中官有罪, 未見處置, 御史無過, 却先貶官. 遠近聞知, 實損聖德. 臣恐從今已後, 中官出使, 縱暴益甚, 朝官受辱, 必不敢言. 縱有被凌毆打者, 亦以元稹爲戒, 但呑聲而已. 陛下從此, 無由得聞. 其不可者二也."(『백거이집전교』제6책, 3360쪽)

정치적 불운을 돌이키지는 못하였지만 백거이의 상소는 동심우의 무고함에 최선의 노력을 기울이는 우정을 보여준 것이었다. "선비는 자기를 알아주는 사람을 위해 죽는다(士爲知己者死)"[64]라는 옛말처럼 백거이에게는 벗을 위해 목숨을 건 직언이었다.

3. 거의 그대 그리는 시(半是憶君詩) ── 제1차 별리시기

원진이 장안을 떠나던 날, 퇴궐하던 백거이는 우연히 길에서 원진을 만났다. 당시 이별의 장면을 백거이는 다음과 같이 기록하고 있다.

5년 봄 미지는 동도낙양의 어사대에서 돌아왔으나 얼마 지나지 않아 다시 강릉사조참군으로 좌천되었다. 조서가 내려온 날, 마침 나는 내직 근무를 마치고 퇴궐하였는데 미지는 이미 좌천 길에 올라 거리에서 우연히 상봉하게 되었다. 우리는 영수사(永壽寺) 남쪽에서 신창리(新昌里) 북쪽에 이르기까지 말 위에서 이별의 말을 나누었다. 이별의 말은 단지 "마음을 보전하고 육신에 신경쓰지 말라" 격려하는 것이었고 다른 말은 할 겨를이 없었다. 그날 밤 그대는 산북사(山北寺)에 투숙하였는데 나는 직무를 벗어날 수 없었기에 아우를 보내 전송하고 새로 지은 시 한 축을 받들어 그대에게 증정하니 모두 20편이었다.[65]

---

63) 『舊唐書 · 白居易傳』: "婁疏切諫,⋯⋯疏入不服."(『구당서』권166 · 「열전」제116)

64) 劉向 『戰國策 · 趙策』: "士爲知己者死, 女爲悅己者容."

65) 백거이 「和答詩十首幷序」[0103]: "五年春, 微之從東臺來, 不數日, 又左轉爲江陵士曹掾. 詔下日, 會予下內直歸, 而微之已卽路, 邂逅相遇於街衢中, 自永壽寺南, 抵新昌里北, 得馬上語別, 語不過相勉保方寸 · 外形骸而已, 因不可及他. 是夕, 足下次于山

당시 백거이는 좌습유 겸 한림학사로 장안에 거주하고 있었다. 낙양에서 돌아온 직후의 갑작스런 좌천, 그것도 멀고 먼 남방 강릉으로 좌천 길을 떠나는 원진에게 무한한 동정과 연민을 느꼈다. "마음을 보전하고 육신에 신경쓰지 말라(保方寸, 外形骸)"는 임별증언(臨別贈言)은 바로 권세가에 대한 원진의 비판과 탄핵을 지지하는 것이자 앞으로도 지조와 절개를 잃지 말라는 충심의 격려였다. 새로 지은 시 20편을 보낸 것은 먼 길 가면서 소일거리로 삼아 울분을 해소하고 기개를 잃지 않도록 하기 위함이었다.[66] 백거이는 불공정한 조치로 인한 희생을 슬퍼하며 눈물을 흘렸다.[67] 이렇듯 원진에게 있어 백거이는 둘도 없는 지기였던 것이다. 원화5년(810) 3월 24일 원진은 강릉 좌천 도중 증봉관(曾峰館)에서 하룻밤을 묵었다. 그날 밤 16구 8운의 「三月二十四日宿曾峰館夜對桐花寄樂天」시를 지었다. 후반 8구를 인용한다.

是夕遠思君,	오늘밤 저멀리 그대 그리워하니
思君瘦如削.	그대 그리움에 몹시 여위었다네.
但感事暌違,	단지 일 어그러짐이 마음 아플뿐
非言官好惡.	관직의 호불호 말하는 것 아니네.
奏書金鑾殿,	그대는 금란전에서 상소 올리고

北寺. 僕職役不得去, 命季弟送行, 且奉新詩一軸, 致於執事, 凡二十章."(『백거이집전교』제1책, 104쪽)

66) 백거이「和答詩十首幷序」[0103]: "意者欲足下在途諷讀, 且以遣日時, 銷憂懣, 又有以張直氣而扶壯心也."(『백거이집전교』제1책, 104쪽)

67) 백거이「初與元九別後忽夢見之及寤而書適至兼寄桐花詩悵然感懷因以此寄」[0426]: "永壽寺中語, 新昌坊北分. 歸來數行淚, 悲事不悲君."(『백거이집전교』제1책, 489쪽)

步屧靑龍閣.　　　청룡사에서 산보를 할 것이리니.

我在山館中,　　　내가 있는 곳은 산 속 객사인데

滿地桐花落.　　　오동나무 꽃이 땅위에 가득하다.[68]

객사 마당 위에 가득 떨어진 동화(桐花)를 바라보며 백거이에 대한 사무치는 그리움을 노래하였다. 그리고 어느 날 새벽 백거이는 원진을 만나는 꿈을 꾸었다. 꿈에서 깨어나 가족에게 꿈 이야기를 하기도 전에 원진의 이 시와 서신을 받았다. 침상에서 일어나 의복도 거꾸로 입은 채 원진의 서찰을 읽었다.[69] 천리 머나먼 곳으로 좌천되어 가는 벗의 시와 서신을 받으니 감회와 비감이 동시에 밀려왔다. 「막 원진과 헤어진 후 홀연히 꿈에서 그를 만났다. 잠에서 깨어나니 동화시(桐花詩)와 함께 보내온 서신이 마침 도착하였다. 슬픔과 감회에 젖어 이 시를 보낸다」라는 뜻을 가진 긴 제목의 시를 지어 벗에 대한 애틋한 그리움을 노래하였다.

曉來夢見君,　　　새벽녘 꿈속에서 그대 보았는데

應是君相憶.　　　물론 그대도 나를 그리워했으리.

夢中握君手,　　　꿈속에서 그대의 손을 꼭 잡고서

問君意何如?　　　마음이 어떤가 그대에게 물었네.

君言苦相憶,　　　그대 말하길 "너무나 그리웠지만

無人可寄書.　　　서신 전해줄 사람이 없었노라"고.

---

68) 원진「三月二十四日宿曾峰館夜對桐花寄樂天」;『원진집』상책, 63쪽.

69) 백거이「初與元九別後忽夢見之及寤而書適至兼寄桐花詩悵然感懷因以此寄」[0426]: "覺來未及說, 叩門聲冬冬. 言是商州使, 送君書一封. 枕上忽驚起, 顚倒著衣裳. 開緘見手扎, 一紙十三行."(『백거이집전교』제1책, 489쪽)

覺來未及說,	깨어난 후 꿈 이야기하기도 전에
叩門聲鼕鼕.	똑똑 문 두드리는 소리가 나더니
言是商州使,	말하길 "상주에서 온 사신이온데
送君書一封.	그대에게 편지 한통 가져왔다"고.
......	......
桐花詩八韻,	그대 동화시(桐花詩) 8운 16구에
思緒一何深.	날 그리는 마음 얼마나 깊었는가?
以我今朝意,	오늘 그대 그리는 나의 마음으로
憶君此夜心.	그날 밤 그대 마음을 생각한다오.
一章三遍讀,	그대 서신 한 편을 세 차례 읽고
一句十迴吟.	그대 시 한 구절 열 번씩 읊었오.
珍重八十字,	진귀하고 소중한 팔십 글자의 시
字字化爲金.	한 자 한 자 모두 황금이 되었오.[70]

　　원진의 강직한 직무 수행이 강릉 좌천이라는 결과를 초래하였음을 백거이는 잘 알고 있었다. 조정의 부당한 처사에 대해 백거이는 "원진이 관직 수행에 있어 바르고 곧았음은 모든 사람들이 다 알고 있으며 어사에 제수된 이래로 상소문을 올림에 권세를 피하지 않았습니다"[71]라며 황제에게 간언하였던 것도 이 때문이었다. 원진의 강릉 좌천 이후 백거이는 언제나 원진을 그리워하였고, 그 그리움은 벗에 대한 안쓰러움과 연민으로 인해 더욱 짙어져 갔다. 그래서 시를

---

70) 백거이 「初與元九別後忽夢見之及寤而書適至兼寄桐花詩悵然感懷因以此寄」[0426]; 『백거이집전교』제1책, 489쪽.

71) 백거이 「論元稹第三狀」[3394]: "元稹守官正直, 人所共知. 自授御史已來, 擧奏不避權勢."(『백거이집전교』제6책, 3360쪽)

지어도 거의 모두 원진을 그리워하는 내용일 정도였다. 백거이는 「憶元九」에서 이처럼 간절한 마음을 노래하였다.

渺渺江陵道,　　　강릉가는 길 아득히 멀고 멀어
相思遠不知.　　　나의 그리움 그댄 알지 못하리.
近來文卷裏,　　　요즘 들어 내가 지은 작품들은
半是憶君詩.　　　거의 모두 그대 그리는 시라네.[72]

원화5년(810) 5월 5일, 백거이는 좌습유에서 경조부호조참군(京兆府戶曹參軍)으로 제수되었다. 경조부호조참군은 그다지 영예로운 관직은 아니었다. 노모를 봉양하며 곤궁한 생활을 하던 백거이는 자신의 영예보다는 노모 봉양에 충분한 봉록을 얻기 위해 월봉 4·5만전에 녹미(祿米)가 매년 2백 섬[73]인 경조부호조참군을 자청하였던 것이다. 당시 강릉에서 이 소식을 들은 원진은 백거이의 효성에 대한 감동을 이렇게 표현하였다.

君求戶曹掾,　　　그대가 호조참군 관직을 요청한 것은
貴以祿奉親.　　　봉록으로 어버이 섬기기 위함이었지.
聞君得所請,　　　그대 요청이 받아들여졌음을 알고서
感我欲霑巾.　　　감동의 눈물로 수건 적실 뻔 하였네.
……　　　　　　……

---

72) 백거이 「憶元九」[0780]; 『백거이집전교』제2책, 844쪽.
73) 백거이 「初除戶曹喜而言志」[0201]: "感恩非爲己, 祿養及吾親.……俸錢四五萬, 月可奉晨昏. 廩祿二百石, 歲可盈倉困."(『백거이집전교』제1책, 287쪽)

棄名不棄實,	명예버리고 본질을 버리지 않았고
謀養不謀身.	일신의 도모보다 봉양을 도모하니
可憐白華士,	가상하다 효성스런 선비 백거이여
永願凌靑雲.	원대한 포부가 영원하기를 바라네.[74]

　출세를 위해 영예로운 관직을 선호하는 세태 속에서 백거이는 일신의 영예보다는 충분한 봉록에 의한 충실한 노모 봉양이라는 본질을 선택하였던 것이다. 원진이 감동한 것은 벼슬을 구하는 백거이의 목적이 다른 사람들이 벼슬을 구하는 뜻과는 전혀 달랐기 때문이었다.[75]

　원진의 강릉 좌천은 자신에게 있어 일생 최대의 시련이었음은 물론 백거이에게도 적지 않은 정신적 타격과 고통을 안겨 주었다. 그것은 벗에 대한 연민과 동정 때문만이 아니라 자신이 몸담고 있고 또한 앞으로 가야 할 사도(仕途)에 대한 불안과 회의를 느꼈기 때문이었다. 그 불안과 회의는 당시 정국에 대한 백거이의 비관적 인식에서 야기된 것이다. 원진의 강릉 좌천 이후 백거이는 장안에서 제일 높은 낙유원(樂遊園)에 올랐다. 낙유원에 오른 것은 바로 "마치 혼탁한 기운 벗어난 듯(忽如遺垢氛)"한 기분을 느끼기 위해서였다. 그러나 끝내 울적한 마음을 떨칠 수 없었던 것은 뜻을 같이하는 벗들이 장안을 떠나고 없었기 때문이었다.[76] 이에 대해 원진은 "터럭 같은 그대 강직함 아끼나니 강호의 이 사람 걱정하지 마시게"[77]라며

---

74) 원진 「和樂天初授戶曹喜而言志」; 『원진집』상책, 65쪽.

75) 원진 「和樂天初授戶曹喜而言志」: "感君求祿意, 求祿殊衆人."(『원진집』상책, 65쪽)

76) 백거이 「登樂遊園望」[0026]: "愛此高處立, 忽如遺垢氛. ……車馬徒滿眼, 不見心所親. 孔生死洛陽, 元九謫荊門."(『백거이집전교』제1책, 32쪽)

상심하는 백거이를 위로하고 격려하였다. 원백의 우정은 권세와 이익을 위한 세리지교(勢利之交)가 아니었다. 그것은 강직한 성품과 지조에 대한 서로의 믿음에 바탕을 둔 것이었다.

원화5년(810) 어느 가을날 원진은 강릉 적소에 심은 대나무를 바라보았다. 예전 백거이가 자신의 강직한 성품에 대해 "그대 잔잔함은 옛 우물의 물과 같고 그대 절조는 가을 대나무 줄기같네"[78]라고 칭찬했던 일을 회상하며 「種竹」시를 지었다.

昔公憐我直,	예전 그대는 나의 강직함 아끼어
比之秋竹竿.	가을 대나무 줄기에 비유하였지.
秋來苦相憶,	가을이 되니 너무 그대가 그리워
種竹廳前看.	청사 앞에 대나무 심고 감상하네.
失地顔色改,	있던 곳 떠난 대나무는 색 바래고
傷根枝葉殘.	뿌리 상해 가지와 잎은 시들었네.[79]

원진은 이미 여러 차례의 좌절로 인해 강인한 의지가 꺾인 듯 하였다. 옮겨 심은 대나무가 색이 바래고 뿌리가 상해 가지와 잎이 시들었다는 것은 강릉 좌천으로 장안을 떠나야 했던 마음의 상처를 말해 준다. 자신의 강직함을 가을 대나무 줄기에 비유하며 높이 평가해 주던 벗에 대한 그리움은 깊어만 갔다. 강릉 관청 앞 뜰에 대나무를 심어 두고 바라본 것은 이 때문이었다. 이처럼 애틋한 원진의 우

---

77) 원진 「酬樂天登樂遊園見憶」: "愛君直如髮, 勿念江湖人."(『원진집』상책, 64쪽)
78) 백거이 「贈元稹」[0015]; "無波古井水, 有節秋竹竿."(『백거이집전교』제1책, 20쪽)
79) 원진 「種竹幷序」; 『원진집』상책, 18쪽.

정에 백거이는 흐뭇해 하면서도 예전의 「贈元稹」[0015] 시를 읽으며 좌천으로 의기소침한 벗의 처지를 비통해 하였다. 원진의 「種竹」시에 화답한 시를 지어 벗을 격려하고 위로하였다.

中心一以合,	우린 마음이 하나로 일치하였지
外事紛無極.	세사가 아무리 혼란하다고 해도.
共保秋竹心,	가을 대나무같은 마음 함께 보존하니
風霜侵不得.	그 어떤 풍상도 우릴 꺾을 수 없었지.
始嫌梧桐樹,	당초에 오동나무를 혐오하였던 것은
秋至先改色.	가을 되면 먼저 색 변하기 때문이며
不愛楊柳枝,	버들 가지를 좋아하지 않았던 것은
春來軟無力.	봄 되면 연약하고 힘없기 때문이오.
憐君別我後,	흐뭇했던 건 그대가 나와 이별한 후
見竹長相憶.	대나무를 보며 늘 나를 생각해 주고
常欲在眼前,	언제나 눈앞에 두고 보고 싶어서
故栽庭戶側.	청사 옆에 대나무 심었던 것이오.
分首今何處,	이별한 후 우린 지금 어디 있는가?
君南我在北.	그대는 강릉에 나는 장안에 있다오.
吟我贈君詩,	내가 그대에게 기증한 시를 읽으니
對之心惻惻.	시를 대하는 내 마음은 비통하다오.[80]

원래 '오동나무(梧桐樹)'와 '버들 가지(楊柳枝)'를 싫어했다는 것은 변함없는 지조와 절개를 소중히 여겼음을 의미한다. 그래서 마음이

---

80) 백거이 「酬元九對新栽竹有懷見寄」[0027]; 『백거이집전교』제1책, 34쪽.

일치하고 의기가 투합한 두 사람은 가을 대나무같은 강직함을 잃지 않음으로써 혼란스럽고 험난한 세상의 풍상을 견딜 수 있었다는 것이다. 지난 시절을 언급한 것은 권세에 굴복하지 않고 직언극간하던 강직함과 고관의 비리를 과감히 탄핵하던 기개를 상실할까 백거이는 우려하였기 때문이다.

원화6년(811) 4월, 모친 진씨(陳氏)가 서거하자 백거이는 고향 하규(下邽)에서 복상에 들어갔다. 원진은 예전 모친상을 당하였을 때 백거이와 그의 모친이 베푼 후의를 잊지 않았다. 강릉에 좌천되어 있는 처지임에도 친히 제문[81]을 지어 보냈다. 봉록이 지급되지 않는 복상 기간 경제적으로 어려운 백거이를 위해 원진은 물질적 도움을 아끼지 않았다. 백거이는 감사한 마음을 다음과 같이 노래하였다.

一病經四年,	병에 걸린 이후 4년 지나니
親朋書信斷.	벗들의 서신은 끊겨 버렸오.
窮通合易交,	교우도 궁달에 따라 변한다는 걸
自笑知何晚.	얼마나 늦게 알았나 웃음이 나오.
元君在荊楚,	다만 그대만은 먼 강릉에 있으며
去日唯云遠.	지나간 세월 오래되었다 말할 뿐,
彼獨是何人,	그대는 유독 어떠한 사람이길래
心如石不轉.	마음이 돌덩이처럼 변치 않는지.
憂我貧病身,	나의 빈곤과 병든 몸을 걱정하여
書來唯勸勉.	편지 보내 한결같이 권면하였지.

---

81) 원진 「祭翰林白學士太夫人文」; 『원진집』하책, 626쪽.

上言少愁苦,	처음엔 너무 근심하지 말라더니
下道加殘飯.	끝에선 식사 거르지 말라 하였지.
憐君爲謫吏,	애석하다 그대는 좌천 관리로서
窮薄家貧褊.	집안 살림이 매우 궁핍할터인데
三寄衣食資,	먹고 입을 것 세차례 보내 주니
數盈二十萬.	그 액수가 이십만전을 채웠다네.
豈是貪衣食,	내 어찌 먹고 입는 것을 탐하리오
感君心繾綣.	그대의 정이 두터움에 감동하였오.
念我口中食,	나의 입이 먹을 것을 신경써 주고
分君身上暖.	그대의 입을거리를 나누어 주었소.
不因身病久,	내가 병이 오래 되지 않았더라면
不因命多蹇.	운명이 이리도 기구하지 않았다면
平生親友心,	평소에 교제하던 친구들의 마음이
豈得知深淺.	깊고 얕음을 어찌 알 수 있었으랴.[82]

강릉 먼 곳으로 보내진 이 시에는 물질적 후원에 대한 감사의 마음만이 아니라 원진의 참된 우정에 대한 깊은 감동의 마음이 절절하다. 세상 인심은 경제적·정치적 궁(窮)과 통(通)에 따라 쉽게 변하는데 교우관계도 마찬가지라고 했다. 유독 원진만이 "마음이 돌덩이처럼 변치 않는"다며 깊고 두터운 우정에 감복하였다. 오랜 기간 병으로 고생하지 않았다면 그리고 복상을 위해 관직을 떠나 있지 않았다면 교우관계의 참과 거짓을 알 수 없었을 것이라는 말은 원진이야말로 둘도 없는 환난지교(患難之交)이었음을 고백한 것이다.

---

82) 백거이 「寄元九」[0470]; 『백거이집전교』제2책, 526쪽.

원진에게 있어 백거이도 환난지교임에 틀림없다. 원화8년(813) 원진의 득병 소식을 전해 들은 백거이는 대통중산(大通中散)과 벽유수운고(碧腴垂雲膏)라는 약을 지어 강릉으로 보냈다. "강릉 풍토병 꼭 치료할 수 있는 건 아니나 멀리서 병석의 그대 마음 위로하고자 하네"[83]라고 하였다. 또 "삼 년간 돌아오지 못하였으니 장독으로 안색이 상하였을" 원진을 염려하며 "원하노니 그대 근심 덜하게나 나 또한 식사 거르지 않을테니. 각자 금석처럼 육신을 보전하여 우리 긴 긴 그리움을 위로해보세"[84]라고 하였다. 이러한 위로와 격려는 강릉 좌천 시기의 원진에 대한 백거이의 변함없는 마음의 표현이었다.

원화10년(815) 정월, 원진은 5년간의 좌천생활을 마치고 장안으로 소환되었다. 당시 백거이는 이미 복상을 마치고 좌찬선대부(左贊善大夫)로 장안 소국리(昭國里)에 거주하고 있었다. 원화5년(810) "신창방 북쪽에서 이별하고 집에 돌아와 눈물을 줄줄 흘렸다"[85]는 백거이가 원진을 떠나 보낸 후 5년 만에 두 사람은 해후할 수 있었다. 원진과 백거이는 말 위에서 시를 창화하며 성남(城南)을 유람하는 등 오랜 이별 뒤 상봉의 기쁨을 나누었다.[86] 그러나 장안에서의 재회는

83) 백거이 「聞微之江陵臥病以大通中散碧腴垂雲膏寄之因題四韻」[0737]: "未必能治江上瘴, 且圖遙慰病中情."(『백거이집전교』제2책, 811쪽) 이 작품은 주금성·화방영수에 의하면 원화5년(810), 나련첨에 의하면 원화8년(813) 작품이다. 필자의 검증에 의하면 나련첨의 의견이 타당하다. 이에 관해서는 본서 제3장 「백거이 작품 개설」에 상세하다.

84) 백거이 「寄元九」[0454]: "三年不放歸, 炎瘴銷顔色. ……願君少愁苦, 我亦加餐食. 各保金石軀, 以慰長相憶."(『백거이집전교』제2책, 514쪽)

85) 백거이 「初與元九別後忽夢見之及寤而書適至兼寄桐花詩悵然感懷因以此寄」[0426]: "新昌坊北分, 歸來數行淚."(『백거이집전교』제1책, 489쪽)

86) 백거이 「與元九書」[2915]: "如今年春遊城南時, 與足下馬上相戲, 因各誦新艶小律, 不雜他篇. 自皇子陂歸昭國里, 迭吟遞唱, 不絶聲者二十里餘."(『백거이집전교』제5책, 2789쪽); 백거이 「遊城南留元九李二十晚歸」[0821]; 『백거이집전교』제2책, 888쪽.

길지 않았다. 같은 해 3월 25일 원진이 다시 통주사마(通州司馬)에 제수되어 장안을 떠나야 했던 것이다. 백거이는 당시 석별의 정을 이렇게 술회하였다.

蒲池村裏匆匆別,　　포지촌에서 그대와 총총히 이별하고
澧水橋邊兀兀回.　　풍수교변에서 비틀거리며 돌아 왔다.
行到城門殘酒醒,　　성문에 이르러 남은 취기 깨고나니
萬重離恨一時來.　　만첩 이별의 한이 동시에 몰려온다.[87]

　　3월 29일 원진은 장안을 떠나 통주(通州; 현 사천성 달현)로 향하였다. 백거이는 풍수(澧水) 서안(西岸) 교변의 포지촌(蒲池村)까지 원진을 배웅하였다. 원진과 백거이는 "술 마시고 시 짓는 것으로 이별의 시름을 대신하며(酒語詩情替別愁)"[88] 하룻밤을 함께 보냈다. 그 다음 날 3월 30일[89] 백거이는 풍수 서안 교변의 포지촌에서 원진을 떠나 보내고 술이 채 깨지도 않은 상태에서 장안성으로 돌아왔다.[90] 원백

---

87) 백거이 「醉後却寄元九」[0844]; 『백거이집전교』제2책, 906쪽.

88) 원진 「澧西別樂天博載樊宗憲李信宗兩秀才姪谷三月三十日相餞送」; 『원진집』상책, 222쪽.

89) 백거이 「十年三月三十日別微之於澧上十四年三月十一日夜遇微之於峽中停舟夷陵三宿而別言不盡者以詩終之因賦七言十七韻以贈且欲記所遇之地與相見之時爲他年會話張本也」[1115]; 『백거이집전교』제2책, 1144쪽.

90) 주금성 「醉後却寄元九」[0844]·「箋」; 『백거이집전교』제2책, 906-907쪽. 아울러 주금성은 자신의 『백거이연보』(상해, 상해고적출판사, 1982, 68쪽)에서 "백거이 등은 3월 29일 원진을 호현(鄠縣) 동쪽 포지촌까지 전송하였지만 차마 떠나지 못해 다시 풍수까지 배웅하였고 30일 비로소 풍수 서안 교변에서 헤어졌다"고 한 것은 蒲池村과 澧水 西岸 橋邊을 서로 다른 지역으로 오인했기 때문이라고 고백하였다. 필자는 포지촌이 풍수 서안 교변에 있는 마을이므로 제1·2구는 互文見義 수사법이 사용된 것이라고 생각한다. 즉 "풍수교변의 포지촌에서 그대와 총총히 이별하고 비틀거리며

에게 있어 이번의 이별은 단순한 아쉬움이 아니라 한(恨)이 되어 가슴에 남았다. 그러나 "아득히 광활한 이 세상, 살아 있다면 다시 만나게 될 것"[91]이라는 기약없는 재회에 대한 희망으로 이별의 정한을 위로할 수밖에 없었다.

통주는 장기(瘴氣)가 많고 교통이 불편한 남방 내륙지방이었다. 그처럼 열악한 기후의 벽지에서 사마(司馬)라는 한직으로 인해 원진은 더욱 의기소침하였다.[92] 윤6월 통주에 도착한 원진은 잇달은 좌천으로 인한 정신적 타격과 열악한 환경 때문에 중병을 앓았다.[93] 백거이는 "무슨 죄가 있어 그대를 이런 곳에 살게 하는가? 하늘은 높기만 하여 이유를 물을 곳이 없구나"[94]라며 원통해 하였다. 백거이는 원진에게 위로와 격려만이 아니라 남방 통주의 무더운 날씨에 고생할 것을 염려해 여름옷(生衣)을 보내 주는[95] 등 어려운 처지의 벗을 위해 물질적인 후원도 아끼지 않았다.

얼마 후 원진에게 마음 아픈 소식이 전해졌다. 간관시절의 강직함으로 권귀들의 원한을 샀던 것이 원인이 되어 원화10년(815) 8월 백거이가 강주사마로 좌천되었던 것이다. 이는 원진의 강릉 좌천 원인과 다를 바가 없었다. 원진은 비바람 몰아치는 한밤중 강릉 병석

돌아왔다"로 이해해야 한다.

91) 백거이 「重寄」[0845]: "悠悠天地内, 不死會相逢."(『백거이집전교』제2책, 908쪽)

92) 백거이 「得微之到官後書備知通州之事悵然有感因成四章」제4수[0865]: "通州海內恓惶地, 司馬人間冗長官."(『백거이집전교』제2책, 923쪽)

93) 원진 「酬樂天東南行詩一百韻幷序」 "我病方吟越"句自注: "元和十年閏六月至通州染瘴危重."(『원진집』상책, 135쪽)

94) 백거이 「得微之到官後書備知通州之事悵然有感因成四章」제1수[0862]: "何罪遣君居此址? 天高無處問來由."(『백거이집전교』제2책, 923쪽)

95) 백거이 「寄生衣與微之因題封上」[0855]: "淺色縠衫輕似霧, 紡花紗袴薄於雲. 莫嫌輕薄但知著, 猶恐通州熱殺君."(『백거이집전교』제2책, 917쪽)

에서 이 소식을 전해 듣고 충격과 함께 비통함을 느꼈다.[96)]

원진이 정치적 좌절과 좌천을 겪는 동안 백거이는 비교적 평탄한 환로(宦路)를 걸으며 장안에서 지내 왔다. 그러나 이번 강주 좌천은 백거이에게 일생 최대의 좌절이자 인생관과 사환관에 커다란 변화를 가져다 준 사건이었다. 강주로 향하던 도중 백거이는 첫날 밤을 남교역(藍橋驛)에서 묵었다. 이곳에서 원진이 강릉에서 돌아올 때 지은 시를 보게 된 백거이는 감개에 젖어 「藍橋驛見元九詩」라는 제목의 시를 지었다.

> 藍橋春雪君歸日,　　남교에 봄눈 내리던 날 그대 돌아왔고
> 秦嶺秋風我去時.　　진령에 가을바람 불 때는 내가 떠나네.
> 每到驛亭先下馬,　　역사에 이를 때마다 우선 말에서 내려
> 循牆遶柱覓君詩.　　담장과 기둥 둘러보며 그대 시 찾았네.[97)]

평생 처음으로 좌천 길을 가는 백거이는 장안에서 멀어질수록 사람에 대한 그리움이 커져 갔고, 그 그리움은 바로 통주에 좌천되어 있는 원진에 대한 그리움으로 표출되었다.[98)] 강주행 주중(舟中)에서도 희미한 등잔 불을 앞에 두고 날 새도록 원진의 시를 읽으며[99)] 좌천 도중의 쓸쓸함을 달래보고자 하였다. 그해 겨울 원진은 통주에서

---

96) 원진 「聞樂天授江州司馬」: "殘燈無焰影憧憧, 此夕聞君謫九江. 垂死病中驚坐起, 暗風吹雨入寒窓."(『원진집』상책, 225쪽)

97) 백거이 「藍橋驛見元九詩」[0872]; 『백거이집전교』제2책, 931쪽.

98) 백거이 「寄微之三首」제3수[0501]: "去國日已遠, 喜逢物似人. 如何含此意? 江上坐思君."(『백거이집전교』제2책, 550쪽)

99) 백거이 「舟中讀元九詩」[0891] : "把君詩卷燈前讀, 詩盡燈殘天未明. 眼痛滅燈猶闇坐, 逆風吹浪打船聲."(『백거이집전교』제2책, 947쪽)

「叙詩寄樂天書」를 백거이에게 보냈고 백거이는 이에 답하여 「與元九書」[2915]를 지었다. 여기에는 각각 자신의 학시(學詩) 과정과 시가 주장이 담겨져 있어 중당 시가이론의 중요한 자료로서 큰 가치를 가지고 있다.

원화12년(817), 통주의 원진과 강주의 백거이는 이별한 이래 3년의 세월이 흘렀지만 한 번도 만날 기회가 없었다.[100] 서로에 대한 그리움을 표현하고 해소하는 길은 오직 시를 통해서만 가능하였다. 이해 9월 잠시 낭주(閬州; 현 사천성 낭중현)에 들른 원진은 개원사(開元寺) 벽에 백거이 시를 적고 이 일을 시로 기록하였다.

憶君無計寫君詩,　　그대 그리워도 만날수 없어 그대 시 쓰고
寫盡千行說向誰.　　천 줄을 다 쓰고도 말 건낼 그대는 없다오.
題在閬州東寺壁,　　낭주 개원사 동쪽 벽에 그대 시 쓰면서
幾時知是見君時.　　언제가 그대를 만날 때인지 헤아려 보노라.[101]

이에 백거이는 그간 원진이 기증한 시에서 100편을 모아 병풍을 만들었다.[102] 그리고 시를 지어 "그리움에 그대 시를 모아 병풍을 만들며 스스로 쓰고 교감하는 수고 사양치 않네"[103]라고 하였고 또 「答

---

100) 백거이 「與微之書」[2918]: "微之微之! 不見足下面已三年矣."(『백거이집전교』제5책, 2814쪽)

101) 원진 「閬州開元寺壁題樂天詩」; 『원진집』상책, 226쪽.

102) 백거이 「題詩屛風絶句幷序」[1054]: "前後辱微之寄示之什, 殆數百篇, 誰藏於篋中, 永以爲好, 不若置之座右, 如見所思. 由是掇律句短小麗絶者, 凡一百數, 題錄合爲一屛風, 擧目會心, 參若其人在於前矣."(『백거이집전교』제2책, 1091쪽)

103) 백거이 「題詩屛風絶句」[1055]: "相憶采君詩作鄣, 自書自勘不辭勞."(『백거이집전교』제2책, 1091쪽)

『微之』시를 지어 원진에게 화답하였다.[104]

君寫我詩盈寺壁,   그대는 사찰벽 가득히 내 시 적었고
我題君句滿屏風.   나는 그대 시구 병풍 가득히 채웠네.
與君相遇知何處,   그대와 언제 어디서 만날 수 있으랴.
兩葉浮萍大海中.   망망대해 떠도는 두 잎새 부평초일세.[105]

통주로 좌천된 원진과 강주에 좌천된 백거이는 망망대해를 떠다니는 부평초와 다름이 없었다. 언제 어디에서 다시 만날 수 있을지 기약이 없기 때문이다. 이러한 상황에서 서로 바랄 수 있는 유일한 것은 오직 벗의 소식을 담은 글 뿐이었다. 벗에 대한 애틋한 그리움은 소식에 대한 간절한 기다림으로 나타난다. 강주의 백거이에게서 서신을 받은 원진은 "멀리서 서신이 당도하자 먼저 눈물 흘리니 아내는 놀라고 딸은 울며 무슨 일인가 물어본다. 평소엔 이와 같은 일 없었으니 이는 틀림없이 강주사마의 서신이리라"[106]며 그 감격과 기쁨을 노래하였다.

원진과 백거이는 각각 4년에 걸쳐 통주와 강주에서 좌천생활을 지냈다. 이 기간에 그들의 몸은 비록 멀리 떨어져 있었지만 우정은 더욱 깊어져 갔다. 그리고 서로에 대한 그리움을 시를 통해 끊임없이 전달하였다. 이 시기 원백의 교유에 대한 역사 기록은 다음과 같다.

---

104) 백거이 「答微之」[1056] 題下自注: "微之於閬州西寺, 手題予詩, 予又以微之百篇題此 屏上, 各以絶句相報答之."(『백거이집전교』제2책, 1092쪽)

105) 백거이 「答微之」[1056]; 『백거이집전교』제2책, 1092쪽.

106) 원진 「得樂天書」: "遠信入門先有淚, 妻驚女哭問何如. 尋常不省曾如此, 應是江州司 馬書."(『원진집』상책, 227쪽)

얼마 후 백거이도 강주사마로 폄적되고 원진은 사면으로 죄가 경감되어 통주사마로 전직되었다. 통주와 강주는 비록 멀리 떨어져 있었지만 두 사람은 끊임없이 시를 주고 받았다. 당시 그들이 지은 시에는 30운과 50운 심지어는 100운에 이르는 것도 있었다. 강남 인사들이 서로 돌려 가며 읽었고 조정에도 전해졌다. 일반 서민에게도 전해져 이로 인해 종이 값이 비싸졌다. 그들 시 중에 머나먼 외지로의 좌천에 대한 내용을 읊은 것을 보면 비통하고 애처롭지 않은 것이 없다.[107]

원화13년(818) 12월, 원진은 괵주장사(虢州長史), 백거이는 충주자사(忠州刺史)에 제수되었다. 다음해 3월 장강을 따라 자신들의 임지인 괵주(虢州: 현 하남성 영보현)와 충주(忠州: 현 사천성 충현)로 부임하던 도중, 원진과 백거이는 장강의 이릉(夷陵; 현 호북성 의창시)에서 해후하였다. 이때가 원화14년(819) 3월, 원화10년 장안 이별로부터 5년 만의 만남이었다. 원진과 백거이는 사흘 밤낮을 함께 지냈다. 그러나 원진은 괵주로 백거이는 충주로 각자 가야 할 길이 달랐다. 언제 어디서 다시 만날 수 있을지 모르는, 기약 없는 이별이었던 것이다. 백거이는 해후의 기쁨과 이별의 아쉬움을 이렇게 노래하였다.

灃水店頭春盡日,	3월 30일 봄이 다하는 날 풍수변 객사에서
送君上馬謫通川.	말에 올라 통주로 좌천가는 그댈 배웅했네.
夷陵峽口明月夜,	달 밝은 밤에 이릉(夷陵)의 협곡 입구

---

107) 『舊唐書·元稹傳』: "俄而白居易亦貶江州司馬, 稹量移通州司馬. 雖通江懸邈, 而二人來往贈答, 凡所爲詩, 有自三十·五十韻乃至百韻者. 江南人士, 傳道諷誦, 流聞闕下, 里巷相傳, 爲之紙貴. 觀其流離放逐之意, 靡不悽惋."(『구당서』권166·「열전」제116)

此處逢君是偶然.	이곳에서 그대와의 만남은 우연이었소.
一別五年方見面,	이별한 후로 오년 만에 비로소 얼굴 보니
相攜三宿未迴船.	손잡고 삼일 밤 묵으며 배 돌리지 않았지.
坐從日暮唯長歎,	해질녘부터 앉아 오로지 길게 탄식하였고
語到天明竟未眠.	날 밝도록 이야기하다 결국 잠 못 이뤘지.
……	……
君還秦地辭炎徼,	그댄 곽주로 돌아가려 무더운 통주 떠나고
我向忠州入瘴煙.	난 충주 향하여 독기서린 안개속 들어선다.
未死會應相見在,	살아 있다면 반드시 만나게 될 터이나
又知何地復何年.	대체 언제 어느 곳에서 만나게 되려나?[108]

　원진은 원화14년(819) 겨울, 장안으로 소환되어 선부원외랑(膳部員外郞)에 제수되었다. 10년 만에 얻은 조정의 관직이었다. 그리고 다음해인 원화15년(820) 5월 원진은 다시 사부랑중지제고(祠部郞中知制誥)로 승진되었으나 백거이는 아직 충주에서 좌천생활을 보내고 있었다.

4. 그대만이 나를 아껴주니(唯應鮑叔猶憐我) —— 제2차 장안시기

　원화15년(820) 여름, 백거이가 사문원외랑(司門員外郞)에 제수되어 장안으로 귀환하였다. 이로써 원백 교유의 제2차 장안시기가 시작된

---

108) 백거이 「十年三月三十日別微之於澧上十四年三月十一日夜遇微之於峽中停舟夷陵三宿而別言不盡者以詩終之因賦七言十七韻以贈且欲記所遇之地與相見之時爲他年會話張本也」[1115]; 『백거이집전교』제2책, 1144쪽.

다. 동년 정월 환관 진홍지(陳弘志; ?-835) 등이 헌종(憲宗)을 시해하고 태자를 옹립하여 목종(穆宗)이 제위에 올랐다. 백거이의 장안 소환은 당시 목종의 신임을 얻은 원진이 순조롭게 사부랑중지제고로 승진한 직후였다. 백거이는 다시 원화15년 12월, 49세의 나이에 주객랑중지제고(主客郎中知制誥)로 전직되었고 원진은 백거이를 위해 제고문(制誥文)을 지었다.[109] 지제고(知制誥)란 조칙(詔勅)·책명(策命)을 관장하는 직위로서 다른 관직과의 겸임이 가능하다. 지제고를 겸임한 원진과 백거이는 중서성(中書省)에서 함께 숙직하며 회포를 풀기도 하였다.[110] 다음해인 장경(長慶) 1년(821) 2월, 원진은 중서사인·한림학사승지(中書舍人·翰林學士承旨)에 제수되었고 백거이는 원진을 위해 제고문을 지어 원진의 문재를 찬양하였다.[111]

그러나 원진의 절개와 지조는 예전과 달랐다. 환관 위홍간(魏弘簡) 등과 교분을 맺고 재상이 되기 위해 배도(裴度; 765-839)와 잦은 마찰을 일으켰다. 명리 추구에 급급한 원진의 행위에 대해 백거이는 "몸 밖의 명예는 부질없는 것이고 인간 세상의 일은 우연한 것이다"[112]라며 충언을 하기도 하였다. 그러나 원진은 받아들이지 않았다. 결국 부귀공명에 집착한 원진은 장경2년(822) 2월, 공부시랑동평장사(工部侍郎同平章事)에 제수되어 재상이 되었다. 그러나 이처럼

---

109) 원진 「白居易授尙書主客郎中知制誥」; 『원진집』하책, 491쪽.

110) 백거이 「初除主客郎中知制誥與王十一李七元九三舍人中書同宿話舊感懷」[1222]; 『백거이집전교』제3책, 1228쪽.

111) 백거이 「元稹除中書舍人翰林學士賜紫金魚袋制」[3006]; 『백거이집전교』제5책, 2954쪽.

112) 백거이 「初著緋戱贈元九」[1244]: "身外名徒爾, 人間事偶然."(『백거이집전교』제3책, 1251쪽)

끝임없는 승진이 환관과의 결탁이라는 오명으로 인하여 조정 대신과 재야 사인들의 비웃음을 받기에 이르렀다.[113] 백거이는 원진을 대신해 「爲宰相謝官表」[3441]를 지었다. 이것은 오랜 세월 둘도 없는 지기였던 원진에 대한 최대한의 배려였다.

재상의 지위에 오른 원진은 배도의 병권을 빼앗기 위해 목종에게 파병(罷兵)을 종용하였고 급기야는 배도 암살음모 사건에 연루되었다. 조정에는 원진에 대한 거센 비판이 일었다. 이러한 상황을 배경으로 원진과 백거이의 불화설이 제기되었다.

백거이는 원진과 관계가 매우 좋았고 시로 이름을 날려 당시 '원백'으로 불려졌다. 백거이 문집에 원진의 서거를 애도한 시가 있는데 "서로 보고 눈물 닦으며 함께 할 말을 잃었고, 사별한 후 마음 아프니 그 일을 어찌 알리오? 함양의 원진 분묘에 심은 나무, 그 백양나무 가지가 이미 30자나 뻗었다네"라고 하였다. 그런데 스스로 묘지명을 지어 말하기를 "팽성 유우석과 시우(詩友)이다"라고 하고 끝내 원진을 언급하지 않았으니 당시 사람들은 그들의 우정이 끝에 가서는 깨어진 것이 아닌가 의심하였다.[114]

이 글에 등장하는 백거이 시를 "원진의 서거를 애도한 시"라고 하

---

113) 『舊唐書 · 元稹傳』: "長慶二年, 拜平章事, 詔下之日, 朝野無不輕笑之."(『구당서』권 166 · 「열전」제116)

114) 宋 · 孫光憲(?-968) 「白太傅墓銘」: "白太傅與元相國友善, 以詩道著名, 時號元白. 其集內有詩輓元相云: '相看掩淚俱無語, 別後傷心事豈知? 想得咸陽原上樹, 已抽三丈白楊枝.' 洎自撰墓誌云: '與彭城劉夢得爲詩友', 殊不言元公. 時人疑其隙終也."(『北夢瑣言』권6)

였으나 사실은 10년 전에 서거한 원진을 그리워하는 시[115]이다. "스스로 묘지명을 지어"라고 하였지만 묘지명(墓誌銘)이 아니라 백거이 67세 때의 자전(自傳) 「醉吟先生傳」[3666]을 말하는 것이다. 이 자전에 의하면 백거이는 만년에 향산사(香山寺)의 승려 여만(如滿)을 공문우(空門友), 위초(韋楚)를 산수우(山水友), 유우석(劉禹錫)을 시우(詩友), 황보랑지(皇甫朗之)를 주우(酒友)로 삼고 이 사우(四友)와 더불어 소요와 자적의 생활을 지냈다.[116] 그런데 시벗을 원진이 아니라 유우석으로 하였고 사우 어디에도 원진은 포함되지 않았기 때문에 원백 불화설이 제기되었던 것이다. 원백 불화설을 뒷받침하는 증거로 백거이의 「諫請不用奸臣表」가 등장한다.

속이고 어지럽힘은 실로 원진의 잘못이라 조정 모든 사람들이 미워하며 경사(卿士)들이 함께 원한을 갖고 있습니다.……신은 평소 원진과 교분이 지극하였는데 드러내려 하지 않았습니다. 엎드려 생각컨대 대신이 억울해지면 나라에 이롭지 않으니 지난날의 교분을 끊어 국가의 정사를 보존하고자 합니다.[117]

이 문장은 『백씨장경집(白氏長慶集)』에는 수록되지 않았으나 『문

115) 백거이 「覽盧子蒙侍御舊詩多與微之唱和感今傷昔因贈子蒙題於卷後」[2732]; 『백거이집전교』제4책, 2507쪽.

116) 백거이 「醉吟先生傳」[3666]: "與嵩山僧如滿爲空門友, 平泉客韋楚爲山水友, 彭城劉夢得爲詩友, 安定皇甫朗之爲酒友. 每一相見, 欣然忘歸."(『백거이집전교』제6책, 3782)

117) 백거이 「諫請不用奸臣表」[3848]: "矯詐亂邪, 實元稹之過. 朝廷俱惡, 卿士同冤.……臣素與元稹至交, 不欲發明. 伏以大臣沈屈, 不利於國, 方斷往日之交, 以存國章之政."(『백거이집전교』제6책, 3933쪽)

원영화(文苑英華)』와 『전당문(全唐文)』에 수록되어 전해진다.[118] "대신(大臣)이 억울해지면 나라에 이롭지 않으니"의 대신은 배도를 지칭하는 것으로 보이며 "국가의 정사를 보존하기" 위하여 원진과 "지난날의 교분을 끊"겠다는 충격적인 내용이다. 혹자는 이를 근거로 백거이가 원진의 행위에 분개하여 단교하려 했다고 주장하였다.[119] 그러나 이 문장은 송대에 이미 후인의 위작이라는 주장이 제기되었고[120] 그 후 청대에 들어 『전당문』에서도 백거이 작품이라는 점에 강한 의혹을 제기하고 있다.[121] 또한 고학힐(顧學頡)은 틀림없는 위작이라고 단정하면서 자신의 교점본 『백거이집(白居易集)』에 이 문장을 수록한 것은 위작임을 밝히기 위해서라고 하였다.[122]

백거이의 「간청불용간신표」는 과연 위작인가? 설사 위작이라도 원백 불화설을 부정할 핵심 근거는 아닐 수 있다. 이에 대한 해답은 당시 그리고 후일 원진에 대한 백거이 태도가 관건이다. 장경2년(822) 6월, 재상에서 물러나 동주자사(同州刺史)로 좌천되고 이듬해인 장경3년(823), 백거이에게 보낸 시에서 원진은 다음과 같이 밝히고 있다.

---

118) 『文苑英華』권625에는 「諫請不用奸臣表」, 『全唐文』권666에는 「論請不用奸臣表」라는 제목으로 수록되어 있다.

119) 王拾遺 『元稹傳』 銀川, 寧夏人民出版社, 1985, 168쪽.

120) 彭叔夏 『文苑英華辨證』권6・「名氏三」: "白居易請不用奸臣表: 按表言元稹尙居台司, 裴度爲東都留守事, 又云職當諫列, 然元白交分, 始終不替, 方元傾裴時, 白亦不在諫列, 而本集亦無之."

121) 董誥等編 『全唐文』권666・「論請不用奸臣表」文末: "謹案……光謂君直友逆則順君以誅友, 古有行之者, 則此奏亦不爲過, 但白非其人也. 與元稹二表俱非是, 當以唐書爲正."

122) 顧學頡校點 『白居易集』北京, 中華書局, 1979, 제4책 1548쪽.

榮辱升沈影與身,　　영욕과 부침은 몸과 그림자 관계이니

世情誰是舊雷陳.　　세상인심 그 누가 예전의 뇌진같으랴?

唯應鮑叔猶憐我,　　포숙아만이 변함없이 나를 아껴주었고

自保曾參不殺人.　　증삼이 살인하지 않았다 혼자 보증했지.[123]

　'뇌진(雷陳)'은 후한(後漢)의 뇌의(雷義)와 진중(陳重)을 말한다. 두 사람은 어릴 적부터 한 마을에서 자란 죽마고우였다. 진중은 태수가 자기를 효렴(孝廉)으로 천거하자 뇌의에게 양보하였다. 뇌의는 태수가 무재(茂才)로 천거하자 진중에게 양보하였다. 세상 사람들이 "아교와 옻이 스스로 견고하다 하지만 뇌의와 진중만은 못하다"[124]고 하였다. 후세에 '뇌진'은 변함없이 두터운 교분과 우정의 대명사로 쓰이게 되었다.[125] 제1·2구는 바로 교칠지교(膠漆之交) 전고를 사용한 것이다. 험난한 사환(仕宦) 세계에서의 부침에 따라 영예와 치욕은 마치 그림자와 몸의 관계처럼 항상 뒤따르는 것이라고 하였다. 그런데 세상 인심도 그에 따라 변하기 마련이니 예전 뇌의와 진중처럼 변함없이 두터운 우정이 존재하기 어렵다는 것이다.

　그럼에도 원진은 백거이를 포숙아(鮑叔牙)에 비유하였다. 세상 인심은 사환의 부침에 따라 변했지만 백거이만은 자신을 이해하고 아껴주었다고 하였다. 관중이 "나를 낳은 것은 부모이지만 나를 알아주는 것은 포숙아다"[126]라고 하였듯이 원진에게 있어 백거이는 포숙아와 다를 바 없었던 것이다. 증삼살인(曾參殺人)의 전고를 이용하여

123) 원진 「寄樂天二首」제1수; 『원진집』상책, 241쪽.

124) 『後漢書·雷義傳』: "膠漆自謂堅, 不如雷與陳."(『후한서』권81·「열전」제71)

125) 范之麟·吳庚舜 『全唐詩典故辭典』武漢, 湖北辭書出版社, 1989, 하책 2184쪽.

126) 司馬遷 『史記·管晏列傳』: "生我者父母, 知我者鮑子也."(『사기』권62·「열전」제2)

백거이는 자신의 결백을 끝까지 믿어준 유일한 벗이었다는 것으로
시는 마무리된다. 이 시에 의하면 백거이가 「諫請不用奸臣表」와 같
은 내용의 글을 지었다고 생각하는 것은 억측이다. 원진에 대한 백
거이의 우정은 바로 관포지교(管鮑之交)와 같은 것이었기 때문이다.
원백 불화설이 사실무근의 날조라는 것은 이후에 이어진 원백의 깊
은 우정이 증명한다.

　배도 암살 계획은 무고한 것으로 판명되었지만 결국 배도와의 불
화에 대한 책임을 물어 원진은 재상 자리에 오른 지 3개월 만인 장
경2년(822) 6월 동주자사로 좌천되었다. 원진이 동주(同州; 현 섬서성
대려현)로 떠난 이후 원진과 백거이 생전에 장안에서의 재회는 다시
없었다.

5. 등불앞 십년 시를 다 읽고(燈前讀盡十年詩) —— 제2차 별리시기

　원진의 동주 좌천 한달 후인 장경2년(822) 7월, 백거이는 항주자
사(杭州刺史)에 제수되어 장안을 떠나야 했다. 다음해인 장경3년
(823) 8월, 원진은 다시 월주자사(越州刺史) 겸 절동관찰사(浙東觀察
使)에 제수되었다. 항주(현 절강성 항주시)와 월주(현 절강성 소흥시)는
전당강(錢塘江)을 사이에 둔 인접 지역이었다. 원진의 월주자사 제수
소식을 들은 백거이는 "관직이 비록 그대보다 조금 낮지만 근무 지
역은 나와 이웃하였네"[127]라며 기쁨을 감추지 못했다.

---

127) 백거이 「元微之除浙東觀察使喜得杭越鄰州先贈長句」[1533]: "官職比君雖校小, 封疆
　　 與我且爲鄰."(『백거이집전교』제3책, 1524쪽)

동주에서 월주로 부임하던 도중, 원진은 항주에 들러 백거이와 상봉하였다. 원진의 동주자사 좌천으로 인해 이별한 후 2년 만의 만남이었다. 그동안 꿈속에서나 그리던 그들은 사흘 밤 동안 침상을 함께 쓰며 지난날의 일에 대해 이야기를 나누었다.[128] 이때 백거이는 52세, 원진은 45세의 나이였다. 이미 백발이 된 그들은 각자 외지를 떠도는 지방관으로 또다시 이별해야만 했다. 이번의 이별이 더욱 서러운 것은 다시는 재회의 기회가 없을 수도 있기 때문이었다. 원진은 백거이에게 증별시 한 수를 주었다.

莫言鄰境易經過,	인접지역이니 들르기 쉽다 말하지 마소
彼此分符欲奈何.	각자 맡은 직책이 있으니 어쩔 수 없네.
垂老相逢漸難別,	늙어서 상봉하면 점점 이별이 어렵나니
白頭期限各無多.	흰머리에 남은 인생 모두 길지 않아서네.[129]

근무 지역은 비록 이웃하고 있는 가까운 곳이지만 지방장관으로서의 직책이 있으니 만나기 어려울 것이라는 아쉬움을 노래했다. 평생의 지기로 살아온 그들을 더욱 슬프게 하는 것은 단순히 이별의 아쉬움 때문만은 아니었다. 이미 자신들의 인생이 황혼기에 들어섰음을 자각하였던 것이다. 그러기에 더욱 더 이별하기 어려웠던 원진은 또 증별시 한 수를 지었다.

---

128) 백거이 「答微之詠懷見寄」[1542]: "分袂二年勞夢寐, 並牀三宿話平生."(『백거이집전교』제3책, 1534쪽)
129) 원진 「贈樂天」; 『원진집』상책, 244쪽.

休遣玲瓏唱我詩,	상영롱이 내 시를 부르게 하지마소
我詩多是別君詞.	내 시는 대개 그대와의 이별시라네.
明朝又向江頭別,	내일이면 또 강변에서 이별하리니
月落潮平是去時.	달기울고 물이 차면 떠나야 할 때.[130]

백거이와 헤어져 월주로 향하는 원진의 마음은 더욱 애상감에 젖었다. "그대와 다시 만날 날 언제이려나? 저녁이면 돌아오는 조수와 다르네"[131]라며 안타까움을 감추지 못했다. 바닷물은 밀려 나갔다가 때가 되면 다시 되돌아오지만 재회의 시간은 다시 돌아올 기약이 없기 때문이었다.

이후 항주의 백거이와 월주의 원진은 죽통에 시를 담아 끊임없이 창화하며[132] 그리움과 우정을 표출하였다. 당시 원진과 백거이 모두 후사도 없이 백두옹이 되어 버린 처지였다.[133] 어느 날 원진은 군무(郡務)가 한가할 때 옛 시를 정리한 후 "하늘이 두 집에 후사 없게 하였으니 문집을 그 누구에게 물려줄 것인가"[134]라며 한탄하였다. 이에 백거이는 "자고이래 재능과 운명은 함께 할 수 없는 것, 하늘이 아들없게 하였으니 누구를 원망하리오"[135]라며 딸에게 물려주어도

---

130) 원진 「重贈」; 『원진집』상책, 244쪽.

131) 원진 「別後西陵晚眺」: "與君後會知何日, 不似潮頭暮却迴."(『원진집』상책, 244쪽)

132) 백거이 「醉封詩筒寄微之」[1545]: "爲向兩州郵吏道, 莫辭來去遞詩筒."(『백거이집전교』제3책, 1537쪽); 「與微之唱和來去常以竹筒貯詩陳協律美而成篇因以此答」[1562]; 『백거이집전교』제3책, 1552쪽.

133) 백거이 「醉封詩筒寄微之」[1545]: "未死又鄰滄海郡, 無兒俱作白頭翁."(『백거이집전교』제3책, 1537쪽)

134) 원진 「郡務稍簡因得整比舊詩因寄樂天」: "天遣兩家無嗣子, 欲將文集與它誰."(『원진집』상책, 247쪽)

135) 백거이 「酬微之」[1540]: "由來才命相磨折, 天遣無兒欲怨誰."(『백거이집전교』제3책,

무방하다고 원진을 위로하였다.[136] 어느 날 잠을 이루지 못하던 원진은 시 한 수를 지어 백거이에게 보냈다.

閑夜思君坐到明,　　고요한 밤 새벽녘까지 앉아 그대 그리며
追尋往事倍傷情.　　지난 날을 돌이켜보니 마음 더욱 아프네.
同登科後心相合,　　함께 급제한 후에 서로 의기 투합하였고
初得官時髭未生.　　처음 관리되었을 땐 콧수염 아직 없었지.
二十年來諳世路,　　이십년 세월동안 세상의 이치를 깨달았고
三千里外老江城.　　삼천리 바깥 전당강변 월주에서 늙어간다.
猶應更有前途在,　　그럼에도 응당 다시 앞길이 있을 것이니
知向人間何處行.　　이 세상에서 어디 곳을 향해 가야하는가?[137]

잠 못 이루는 것은 벗에 대한 그리움 때문만은 아니었다. 처음 관리가 되어 의기투합하였던 젊은 시절, 그때 품었던 정치이상 실현에 대한 희망은 남방 한 고을의 관리로 늙어가는 현재의 처지에서는 더 이상 이룰 수 없는 꿈이었기 때문이다. 이렇게 잠 못드는 밤 더욱 그리운 것은 바로 강 하나를 사이에 두고도 자주 만날 수 없었던 동심(同心)의 벗이었다. 장경4년(824) 5월, 항주자사의 임기가 만료된 백거이는 태자좌서자(太子左庶子)에 제수되었다. 항주를 떠나기 전 백거이는 월주의 원진에게 이별의 시를 기증하였다.

1531쪽)

136) 백거이 「餘思未盡加爲六韻重寄微之」[1541]: "琴書何必求王粲? 與女猶勝與外人."
(『백거이집전교』제3책, 1532쪽)

137) 원진 「寄樂天」; 『원진집』상책, 246쪽.

去年十月半,	작년 10월 중순에는
君來過浙東.	그대가 절동에 왔는데
今年五月盡,	금년 5월 말에는
我發向關中.	내가 관중으로 떠나네.
兩鄕黙黙心相別,	우리 두 사람 묵묵히 마음 이별하는데
一水盈盈路不通.	강물이 넘실거려 갈 길이 열리지 않네.
從此津人應省事,	이후 뱃사공은 응당 일을 덜게 되겠지만
寂寥無復遞詩筒.	다시는 시통 전할 일이 없어 적막하리라.[138]

평생의 지기와 인접 지역에 거주하면서도 공무로 인해 상봉의 기쁨을 마음껏 누릴 수 없었다. 이에 시통을 이용한 창화 행위로나마 지방관리로서의 좌절감과 적막감을 달랬던 것이다. 둘도 없는 벗의 귀경은 분명 축하할 일이지만 많은 이별의 고통을 겪어 왔던 원진에게는 더없는 슬픔이자 아쉬움이었다. 백발의 나이 원진에게 젊은 시절의 이별과는 또 다른 침통함이 있기 때문이었다.

却報君侯聽苦辭,	그대께 다시 말하니 나의 고충을 들어보소.
老頭抛我欲何之.	백두 노인이 나를 버리고 어디로 가려하오?
武牢關外雖分手,	본래는 무뢰관에서 이별해야 하는 것인데
不似如今衰白時.	노쇠하고 머리 센 지금 예전 같지 않다오.[139]

당대의 무뢰관(武牢關; 일명 虎牢關)은 낙양 동편에 위치한 관문이

138) 백거이 「除官赴闕留贈微之」[1573]; 『백거이집전교』제3책, 1562쪽.
139) 원진 「酬樂天重寄別」; 『원진집』상책, 250쪽.

다. 마음으로는 무뢰관까지 벗을 배웅하고 싶었지만 노쇠한 지금은 예전처럼 먼 곳까지 배웅할 수 없는 안타까움을 노래했다. 백거이는 항주를 떠나 먼길 가는 도중에 원진에 대한 그리움을 떨쳐 버릴 수 없었다. 달 밝은 어느 날 밤, 하음(河陰; 현 하남성 정주시 서북)에 이르러 "마침 배를 정박하여 난 그대를 그리워하고 그대는 응당 군루에 올라 나를 바라보리라"[140]라는 말로 변하지는 않는 우정을 노래하였다. 백거이가 항주를 떠난 장경4년(824), 원진은 그해 12월에 벗이 맡겨 둔 시문을 정리하여 『백씨장경집(白氏長慶集)』50권을 편찬하고 서문[141]을 짓는 등 우인에 대한 배려를 잊지 않았다.

보력(寶曆) 1년(825) 3월, 백거이는 소주자사(蘇州刺史)에 제수되었다. 백거이는 아직 월주자사 재직 중인 원진에게 "아침에는 공문이 책상에 쌓여있고 황혼녘 되어서 비로소 퇴청한다네. 애석하구나 아침 저녁의 풍광이여 하루종일 공무로 청사에 갇혀있네"[142]라며 소주자사로서의 근무 상황을 전했다. 그리고 "어찌 그대가 나처럼 귀밑머리 희어지도록 아들이 없게 되었던가"[143]라며 원진을 위로하기도 하였다. 그 해 연말에 백거이는 "헤어진 지 오래 되었으니 미지가 탄식할 것이리"[144]라며 원진에게 세 편의 시를 보냈다.

---

140) 백거이 「河陰夜泊憶微之」[1585]: "憶君我正泊行舟, 望我君應上郡樓."(『백거이집전교』제3책, 1573쪽)

141) 원진 「白氏長慶集序」; 『원진집』하책, 554쪽.

142) 백거이 「秋寄微之十二韻」[1649]: "淸旦方堆案, 黃昏始退公. 可憐朝暮景, 銷在兩衙中."(『백거이집전교』제3책, 1631쪽)

143) 백거이 「吟前篇因寄微之」[1642]: "何事遣君還似我, 鬢鬚早白亦無兒."(『백거이집전교』제3책, 1622쪽)

144) 백거이 「歲暮寄微之三首」제1수[1673]: "微之別久能無歎."(『백거이집전교』제3책, 1650쪽)

白頭歲暮苦相思,　　연말 백두 노인 사무치는 그리움에
除却悲吟無可爲.　　슬픈 노래 외에 달리 할 일이 없네.
枕上從妨一夜睡,　　침상에 들어도 밤새 잠 이루지 못해
燈前讀盡十年詩.　　등불앞 십년 간 창화시를 다 읽었네.[145]

　한 해가 다 저물어 가는 세모, 백발이 성성한 나이에 벗에 대한 사무치는 그리움을 노래하였다. 잠 못 이루는 밤, 그 그리움을 해소하는 길은 십년 동안 주고 받았던 벗과의 창화시를 읽는 것이었다. 원백의 우정은 언제나 변치 않는 것임을 보여주고 있다.

　월주에서 7년이란 긴 세월을 보낸 원진은 대화(大和) 3년(829) 9월, 상서좌승(尚書左丞)에 제수되어 장안으로 돌아왔다. 장경2년(822) 동주자사에 제수되어 장안을 떠난 지 8년 만의 귀경이었다. 당시 백거이는 태자빈객분사(太子賓客分司)로서 낙양에 거주하고 있었다. 귀경 도중 원진은 낙양에 들러 백거이와 상봉하였다. 장경3년(823) 월주자사 부임 도중 항주에서 재회한 후 7년 만의 만남이었다.

　월주에서 장안 가는 길은 반드시 낙양을 경유해야 했다. 백거이는 새 술을 담가 놓고 원진이 오기만을 기다렸다.[146] 원진은 낙양에 잠시 머물며 회포를 풀었으나 또다시 벗과 헤어져 길을 떠나야 했다. 백거이는 낙양 근교의 임도역(臨都驛)까지 배웅하고 벗을 전별(餞別)하였다. 그럼에도 "여전히 분사동도의 관직에 속박되어 그대를 감천궁까지 배웅하지 못하네"[147]라며 더 멀리 장안성 가까운 곳까지

---

145) 백거이 「歲暮寄微之三首」제2수[1674]・"燈前讀盡十年詩"句自注: "讀前後唱和詩." (『백거이집전교』제3책, 1650쪽)

146) 백거이 「嘗黃醅新酎憶微之」[2029]: "元九計程殊未到, 甕頭一盞共誰嘗."(『백거이집전교』제4책, 1931쪽)

전송하지 못하는 안타까움을 노래하였다.

　원진은 짧은 상봉 후의 이별을 더욱 비통해하였다. 이때가 그의 나이 51세, 백거이는 58세였다. 오늘의 이별이 어쩌면 영원한 이별이 될지도 모르는 나이였다.

君應怪我留連久,　　내가 한참 머뭇거림 괴이하다 하겠지만
我欲與君辭別難.　　그대와 이별하는 것이 어렵기 때문이네.
白頭徒侶漸稀少,　　백발의 친구들이 점점 더 드물어지리니
明日恐君無此歡.　　앞으로 그댄 아마 이 즐거움 없으리라.[148]

　원진은 이별주를 마시고 취해 이 시를 애절하게 읊었다. 그리고는 눈물을 흘리며 백거이 손을 잡아본 후에 떠나갔다고 백거이는 술회하였다.[149] "아쉬움에 떠나지 못함을 그대는 알고 있으리니 다음에 다시 만날 수 있을지 모르기 때문이네"[150]라는 원진의 불길한 예언은 정말 현실이 되어 버렸다. 이번이 30년간에 걸친 원백 교유사에 있어 마지막 만남이자 최후의 이별이 되었다. "처음에 시로 교분을 맺었고 마지막에도 시로 결별하였다"[151]는 백거이의 회고처럼 이 시는 원백 증별시(贈別詩)의 마지막 작품이 되었고 영원한 이별을 예고

---

147) 백거이 「酬別微之」[2032]: "猶被分司官繫絆, 送君不得過甘泉."(『백거이집전교』제4책, 1934쪽)

148) 원진 「過東都別樂天二首」제1수; 『원진집』하책, 692쪽.

149) 백거이 「祭微之文」[3646]: "唯近者, 公拜左丞, 自越過洛, 醉別悲吒, 投我二詩,……吟罷涕零, 執手而去."(『백거이집전교』제6책, 3721쪽)

150) 원진 「過東都別樂天二首」제2수: "戀君不去君須會, 知得後迴相見無."(『원진집』하책, 693쪽)

151) 백거이 「祭微之文」[3646]: "始以詩交, 終以詩訣."(『백거이집전교』제6책, 3721쪽)

한 애도사가 되었다.

대화4년(830) 정월, 원진은 악주자사(鄂州刺史) 겸 무창절도사(武昌節度使)에 제수되어 또 다시 장안을 떠나게 되었다. 같은 해 12월 백거이는 하남윤(河南尹)에 제수되었다. 그리고 다음해인 대화5년 (831) 7월 22일, 원진은 무창(현 호북성 악주시) 임소에서 폭질로 서거하였다. 부음을 접한 백거이는 원진의 서거에 평생의 지기로서 비통해하며 3편의 시[152]로 벗의 죽음을 애도하였다.

今生豈有相逢日,　　어찌 지금 생에 상봉할 날이 있으리오?
未死應無暫忘時.　　살아있는 한 잠시도 그대 잊지 않으리.
從此三篇收淚後,　　이 세편의 시를 쓰고 눈물 거둔 후엔
終身無復更吟詩.　　내 평생 시 읊을 일 다시는 없으리오.[153]

백거이는 제문을 지어 애통한 심정을 토로하고 원진과의 우의를 술회하며 망자의 혼백을 위로하였다.[154] 다음해인 대화6년(832) 7월 12일, 원진은 함양(咸陽; 현 섬서성 함양시) 선영에 안장되었고 백거이는 묘지명과 만시(挽詩)[155]를 지어 30년 금석지교(金石之交)에 대한

---

152) 「哭微之二首」[1998·1999]와 「哭微之」[3775]를 말한다. 전자는 『백씨장경집』권27에 수록되어 있고 후자는 『文苑英華』의 백거이 「祭微之文」[3646]에 수록되어 후세에 전해진다. 「祭微之文」은 『문원영화』에 「祭元相公文」이라는 제목으로 수록되어 있다.

153) 백거이 「哭微之」[3775]; 『백거이집전교』제6책, 3890쪽.

154) 백거이 「祭微之文」[3646]; 『백거이집전교』제6책, 3721쪽.

155) 백거이 「唐故武昌軍節度處置等使正議大夫檢校戶部尙書鄂州刺史兼御史大夫賜紫金魚袋贈尙書右僕射河南元公墓誌銘幷序」[3651]; 『백거이집전교』제6책, 3735쪽; 백거이 「元相公挽歌詞三首」[1914~1916]; 『백거이집전교』제3책, 1853쪽.

도리를 다하였다.

젊은 날 사생지교를 맺어 혈육간의 우애와 다를 바 없었던[156] 그들의 교유는 원진의 이른 서거로 30년 만에 마감되었다. 그러나 "살아있는 한 잠시도 그대 잊지 않으리(未死應無暫忘時)"라고 했던 다짐대로 원진에 대한 백거이의 우정과 그리움은 식지 않았다. 원진을 안장하고 1년이 지났다. 누군가 원진의 시를 읊는 소리가 들릴 때면 귀를 기울이기도 전에 마음 아파했다.[157] 10년이 흐른 어느 날 밤 꿈에 원진을 만나 함께 손을 잡고 유람도 하였다. 꿈에서 깬 백거이는 수건이 젖을 정도로 하염없이 눈물을 흘렸다.

夜來攜手夢同遊,	어젯 밤 꿈속에서 손잡고 함께 놀았는데
晨起盈巾淚莫收.	아침엔 수건 흠뻑 적신 눈물 멈추지않네.
漳浦老身三度病,	장수 강변의 늙은이는 세번 병이 들었고
咸陽宿草八迴秋.	함양 무덤가 풀은 여덟번 가을을 보냈다.
君埋泉下泥銷骨,	황천에 묻힌 그대 뼈는 진흙 속에서 삭고
我寄人間雪滿頭.	이 세상 사는 내 머리엔 흰눈이 가득하다.
阿衛韓郎相次去,	그대 딸과 사위가 차례로 세상 떠났는데
夜臺茫昧得知不.	어두운 땅속 무덤에서 그대는 알고 있을까?[158]

개성5년(840) 백거이 69세 때의 작품 「夢微之」이다. 원진은 대화5

156) 원진 「祭翰林白學士太夫人文」: "遂定死生之契, 期於日月可盟, 堅同金石, 愛等弟兄." (『원진집』하책, 626쪽)

157) 백거이 「聞歌者唱微之詩」[2256]: "時向歌中聞一句, 未容傾耳已傷心."(『백거이집전교』제4책, 2127쪽)

158) 백거이 「夢微之」[2631]; 『백거이집전교』제4책, 2423쪽.

년(831) 7월 서거하였으니 10년의 세월이 지났다. 그간 "장수 강변의 늙은이(漳浦老身)" 백거이는 잦은 병치레로 백발이 성성해졌다. 원진의 함양 장례는 서거 1년 후인 대화6년(832) 7월의 일이다.[159] 그로부터 "함양 무덤가 풀(咸陽宿草)"이 8년의 가을을 겪었으니 망자의 시신은 이미 삭아 버렸을 짧지 않은 시간이 흘렀던 것이다. 그럼에도 벗의 손을 잡고 함께 노니는 꿈을 꾸었고, 잠에서 깨어나 벗에 대한 그리움에 수건이 젖도록 눈물을 흘렸다고 한다. 속인들은 그 우정의 깊이를 헤아릴 수 없는 경지였다 해도 과언이 아니다.

회창(會昌) 1년(841) 백거이는 낙양에서 한적한 노년을 보내고 있었다. 어느 날 생전의 원진과 빈번하게 창화했다는 이를 만났다. 백거이는 그의 옛 시집에서 제목에 '원진에게 주다(贈微之)'라는 말이 포함된 시를 발견했다. 이미 10여 년 전에 세상 떠난 친구 생각에 시를 지어 그리움과 비통함을 노래하였다.

早聞元九詠君詩,	일찍이 원진이 그대 시 읽는다 들었는데
恨與盧君相識遲.	그대와 알게 된 것 늦었음이 유감스럽네.
今日逢君開舊卷,	오늘 그대를 만나 옛 시집을 펼쳐 보니
卷中多道贈微之.	그중엔 원진에게 준다고 말한 시가 많네.
相看掩淚情難說,	바라보며 눈물 닦고 함께 할 말 잃었고
別有傷心事豈知.	달리 마음 아픈 일 있음을 어찌 알리오?
聞道咸陽墳上樹,	듣자하니 함양 원진 분묘가에 심은 나무
已抽三丈白楊枝.	백양나무 가지가 이미 30자나 뻗었다네.[160]

159) 백거이 「元相公挽歌詞三首」제1수[1914]: "後魏帝孫唐宰相, 六年七月葬咸陽."(『백거이집전교』제3책, 1853쪽), 卞孝萱 『元稹年譜』 濟南, 齊魯書社, 1980, 506쪽.

이때 백거이 나이 70세, 인생의 황혼기였다. 그러기에 옛 친구에 대한 그리움은 더욱 짙은 애상(哀傷)의 정서로 표현되었다. 타인의 시를 읽고 눈물을 흘린 것은 그 시가 평생의 동심우(同心友)에게 기증된 것이기 때문이다. 그 눈물에는 말로는 다 못할 정과 남들은 알 수 없는 그만의 슬픔이 담겨져 있었다. 원진이 서거한 후 세월은 이미 10년이 넘게 흘렀다. 분묘가에 심었던 백양나무 묘목이 30자나 자랐건만 원진에 대한 백거이의 그리움은 변함이 없었다. 원백의 교유와 우정은 세사와 시공을 초월한 영원한 것이었다.

6. 맺음말

"교우(交友)의 어려움은 쉽게 말할 수 있는 것이 아니다. 세상 사람들은 관중과 포숙아를 칭송하고 그 다음으로는 왕길(王吉)과 공우(貢禹)이다. 그러나 장이와 진여는 그 끝이 흉측하였고 소육과 주박은 마지막에 반목하는 사이가 되었다. 시종일관 우정을 유지하는 자는 매우 드물다."[161] 후한(後漢)·왕단(王丹)의 말이다. 장이(張耳)와 진여(陳餘)는 모두 전국(戰國) 말기의 위(魏)나라 대량(大梁) 사람이다. 교유 초기에는 부자지간처럼 친밀하여 문경지교(刎頸之交)라고 하여도 과언이 아니었다. 그러나 권력 투쟁으로 인해 두 사람은 점점 철천지 원수가 되어 서로를 죽이려고 하였다.

---

160) 백거이 「覽盧子蒙侍御舊詩多與微之唱和感今傷昔因贈子蒙題於卷後」[2732]; 『백거이집전교』제4책, 2507쪽.

161) 『後漢書·王丹傳』: "交道之難, 未易言也. 世稱管鮑, 次則王貢. 張陳凶其終, 蕭朱隙其末, 故知全之者鮮矣."(『후한서』권27·「열전」제17)

서한(西漢)의 주박(朱博)은 두릉(杜陵) 사람으로 빈한한 집안 출신이었다. 그러나 관리로서의 재능과 친교를 맺은 소육(蕭育)의 추천에 힘입어 미관말직 정장(亭長)의 직위에서 빠른 속도로 승진하여 승상의 자리까지 올랐다. 소주결수(蕭朱結綬)라는 성어가 탄생할 정도로 소육과 주박의 우정은 남달랐다. 그러나 작은 일로 오해가 발생하여 결국 그들의 우정은 깨지고 말았다. 장이와 진여·소육과 주박의 경우처럼 유종의 미를 거두지 못하고 최후에는 파탄을 맞이한 비극적 교우를 흉종극말(凶終隙末)이라고 부른다.

왕단은 이 인간 세상에 관포지교(管鮑之交)의 우정은 흔하지 않다고 하였지만 그가 원진·백거이 이후에 살았다면 원백의 우정으로 인해 생각이 달라졌을 것이다. 원진과 백거이는 함께 급제한 동년(同年)의 관계와 비서성 동료로서 금석지교의 깊은 우정을 맺기 시작하였다. 그들은 7세의 연령 차이도 있었고 관위(官位)의 고하도 달랐다. 그럼에도 원진과 백거이는 연령 차이를 넘어선 망년우(忘年友)이자 지위 고하를 초월한 망형교(忘形交)로서 생전과 사후 그 우정은 변하지 않았다.

원백의 교유는 당대 지식인이자 문인으로서 삶의 일면을 반영한다는 점에서 우선 그 의미가 있다. 그러나 원백의 교유사는 작가 연구의 차원만이 아니라 작품 연구 차원에서도 매우 중요하다. 두텁고 깊은 우정이 구구절절 노래된 그들의 창화시와 교유시는 당시 연구의 중요 과제라는 점에서도 원백의 교유는 문학사적 의미와 가치가 있기 때문이다.

제3부

연보와 작품표

| 제13장 |

백거이 연보

범례

❏ 각 연도의 표제어는 "당대연호(서기) + 연령"으로 한다.

❏ 각 연도는 백거이 관련 기사(記事)를 최우선으로 한다. 그 다음은 가족 관련 기사로 한다. 마지막은 원진(元稹)·유우석(劉禹錫)을 중심으로 백거이의 우인 및 황제 즉위·개원 등 기술 가치가 있는 것으로 제한한다.

❏ 각 연도 기사 다음에는 해당 연도의 창작 작품 중 기사 관련 작품 혹은 일부 주요 작품을 '제목[작품번호]'의 형식으로 기재한다.

❏ 화방영수(花房英樹)의 「백거이연보(白居易年譜)」는『화보』, 주금성(朱金城)의『백거이연보(白居易年譜)』는『주보』, 나련첨(羅聯添)의『백낙천연보(白樂天年譜)』는『나보』로 약칭한다.

❏ 각 연도별 기사는 삼종연보(三種年譜)를 기반으로 하되 비교·검증을 통하여 선별한다. 이 외에도 필자가 유의미하다고 인정하는 기사를 추가한다. 각 기사에는 제시할 필요가 있다고 판단되는 근거 자료와 관련 자료를 각주로 처리한다.

❏ 삼종연보(三種年譜)의 이설은 본서 제7장「삼종연보 이설 비교」의 논의 결과에 의거하여 기술하고 문말에【이설□-□】과 같은 표식을 부기한다. 예를 들면【이설3-0】은「삼종연보 이설 비교」제3절 머릿말,

【이설4-2】는「삼종연보 이설 비교」제4절 제2소절을 가리킨다. 이외의 것은 '【이설】'로 표기하고 구체적인 내용은 각주로 처리한다.

☐ 연도별 주요작품 중 창작연대에 이설이 있는 경우에는 '【편년】'으로 표기하고 구체적인 내용은 각주로 처리한다.

☐ 각 연도 표제어의 핵심어는 당대 연호(年號)이다. 연호는 군주국가에서 사용하던 독자적 기년법(紀年法)으로 특정 군주 재위 기간의 사실(史實) 기술에 등장한다. 고대 문인의 연보 기술에도 불가결한 구성요소가 되었다. 이에 본 연보에서도 당대 연호를 표제어의 핵심어로 사용한다. 백거이 연보에 등장하는 당대 연호를 중심으로 정리하면 다음과 같다.

	황 제	연 호	기 간	改元 시기
8대	대종(代宗) 이예(李豫)	광덕(廣德)	1년(763)~ 2년(764)	7월 개원
		영태(永泰)	1년(765)~ 2년(766)	정월 개원
		대력(大曆)	1년(766)~14년(779)	11월 개원
9대	덕종(德宗) 이괄(李适)	건중(建中)	1년(780)~ 4년(783)	정월 개원
		흥원(興元)	1년(784)	정월 개원
		정원(貞元)	1년(785)~21년(805)	정월 개원
10대	순종(順宗) 이송(李誦)	영정(永貞)	1년(805)	8월 개원
11대	헌종(憲宗) 이순(李純)	원화(元和)	1년(806)~15년(820)	정월 개원
12대	목종(穆宗) 이긍(李恆)	장경(長慶)	1년(821)~ 4년(824)	정월 개원
13대	경종(敬宗) 이담(李湛)	보력(寶曆)	1년(825)~ 2년(826)	정월 개원
14대	문종(文宗) 이앙(李昂)	대화(大和)	1년(827)~ 9년(835)	정월 개원
		개성(開成)	1년(836)~ 5년(840)	정월 개원
15대	무종(武宗) 이염(李炎)	회창(會昌)	1년(841)~ 6년(846)	정월 개원
16대	선종(宣宗) 이침(李忱)	대중(大中)	1년(847)~13년(859)	정월 개원

연호를 개정하는 것을 개원(改元)이라고 한다. 황제가 즉위하고 바로 개원하여 즉위 연도를 원년으로 정할 수도 있고 즉위한 다음해를 원년으로 정하여 정월에 개원할 수도 있다. 전자를 즉위년칭원법(卽位年稱元法)이라고 하며 후자를 유년칭원법(踰年稱元法)이라고 한다. 대종 광덕1년(763)은 즉위년 7월 개원이고 순종 영정1년(805) 역시 즉위년 8월 개원이므로 즉위년칭원법에 속한다. 나머지는 대부분 즉위 다음해 정월 개원하여 원년으로 삼았으니 유년칭원법(踰年稱元法)에 해당한다. 전통적 유교 예법에 의하면 유년칭원법이 정통이다. 다만 대종 대력1년(766)처럼 재위 중 여러 이유로 개원하는 경우도 있다.

즉위년 개원은 한 해에 두 가지 연호가 사용되므로 주의를 요한다. 예를 들면 805년은 정원21년이자 영정1년이다. 덕종 재위 마지막 해인 정원21년(805) 정월 23일 덕종이 붕어하자 순종이 정월 26일 즉위하였고 8월에 영정1년으로 개원하였다.

백거이 연보

대력7년 (772) 1세

☐ 정월 20일, 정주(鄭州) 신정현(新鄭縣) 동곽택(東郭宅)에서 출생하다. 당시 부친 백계경(白季庚)은 44세, 모친 진(陳)씨는 18세였다.

☐ 생후 6·7개월에 '지(之)'자와 '무(無)'자를 식별하다.[1]

☐ 유우석(劉禹錫)·최군(崔群)이 출생하다.

대력8년 (773) 2세

☐ 5월 3일, 조부 백굉(白鍠)이 장안(長安)에서 향년 68세로 서거하다. 이해 하규현(下邽縣) 하읍리(下邑里)에 임시로 관을 안장하다.[2]

☐ 유종원(柳宗元)이 출생하다.

대력11년 (776) 5세

☐ 5·6세에 시 짓기를 학습하다.[3]

☐ 아우 백행간(白行簡)이 출생하다.

---

1) 백거이 「與元九書」[2915]: "僕始生六七月時, 乳母抱弄於書屛下, 有指無字之字示僕者, 僕雖口未能言, 心已黙識."(『백거이집전교』제5책, 2789쪽)

2) 백거이 「故鞏縣令白府君事狀」[2925]: "公諱鍠,……大歷八年五月三日, 遇疾歿於長安, 春秋六十八. 以其年權厝於下邽縣下邑里."(『백거이집전교』제5책, 2832쪽)

3) 백거이 「與元九書」[2915]: "五六歲, 便學爲詩."(『백거이집전교』제5책, 2789쪽)

대력12년 (777) 6세

❑ 6월 19일, 조모 설(薛)씨가 정주 신정현 자택에서 향년 70세로 서
거하다. 이해에 신정현 임유리(臨洧里)에 임시 안장하다.[4]

대력14년 (779) 8세

❑ 5월, 대종(代宗)이 서거하고 덕종(德宗)이 즉위하다.

❑ 원진(元稹)이 출생하다.

건중1년 (780) 9세

❑ 9세 이른 나이에 성운학을 이해하다.[5]

❑ 부친 백계경 55세, 송주사호참군(宋州司戶參軍)에서 서주(徐州)
팽성현령(彭城縣令)에 제수되다.[6]

❑ 정월, 건중(建中)으로 개원하다.

건중2년 (781) 10세

❑ 10월, 부친 백계경이 서주자사 이유(李洧)와 함께 이납(李納)의 반
란군으로부터 서주 수호에 공을 세워 서주별가(徐州別駕)에 제수
되고 산관(散官) 품계 종오품하 조산대부(朝散大夫)를 겸관하다.[7]

---

4) 백거이 「故鞏縣令白府君事狀」[2925]: "夫人河東薛氏,……大歷十二年六月十九日, 歿
於新鄭縣私第, 享年七十. 以其年權窆厝於新鄭縣臨洧里."(『백거이집전교』제5책, 2832
쪽)

5) 백거이 「與元九書」[2915]: "九歲, 諳識聲韻."(『백거이집전교』제5책, 2789쪽)

6) 백거이 「襄州別駕府君事狀」[2926]: "公諱季庚……建中元年授彭城縣令."(『백거이집
전교』제5책, 2836쪽)

7) 백거이 「襄州別駕府君事狀」[2926]: "德宗嘉之, 命公自朝散郎超授朝散大夫, 自彭城
令擢拜本州別駕, 賜緋魚袋."(『백거이집전교』제5책, 2836쪽)

□ 모친 진씨는 부친의 공로로 영천현군(潁川縣君)에 봉해지다.【이설 3-0】[8]

□ 본년 정월, 평로절도사(平盧節度使) 이정기(李正己)가 모반하다. 8월, 이정기가 서거하자 지위를 계승한 아들 이납(李納)이 반란을 주도하다.

건중3년 (782) 11세

□ 11월, 회서절도사(淮西節度使) 이희열(李希烈)이 3만 병사를 허주(許州)에 주둔시키고 모반을 꾀하다. 12월, 천하도원수(天下都元帥)를 자칭하고 건흥왕(建興王)으로 칭왕하다.

건중4년 (783) 12세

□ 연초 어린 시절을 보낸 형양(즉 신정)을 떠나 월중(越中)으로 피난하다.【이설2-1】[9] 「宿滎陽」시에 "형양에서 태어나 자랐으나 어린 시절 고향을 떠났다.……떠날 때는 열한두 살이었는데 올해 나이 쉰 여섯"[10]이라고 하다. 이 시구에 의하면 형양은 신정(新鄭)을 의미한다.[11]

---

8) 백거이 「襄州別駕府君事狀」[2926]: "建中初, 以府君彭城之功, 封潁川縣君."(『백거이집전교』제5책, 2836쪽) 『화보』·『주보』에서는 건중1년(780)의 일로 기술하였다.

9) 『주보』에 의하면 백거이는 건중3년(782) 형양을 떠나 서주(徐州) 부리(符離)로 갔고 건중4년(783) 부리에서 越中으로 피난하였다. 반면에 『화보』·『나보』는 월중 피난 시기를 건중3년(782)으로 추정하였다.

10) 백거이 「宿滎陽」[1451]: "生長在滎陽, 少小辭鄕曲.……去時十一二, 今年五十六."(『백거이집전교』제3책, 1441쪽)

11) 羅聯添 『白樂天年譜』: "滎陽與新鄭都屬於鄭州……兩地相隔不甚遠."(臺北, 國立編譯館, 1989, 18쪽); 朱金城 「宿滎陽」·「箋」: "詩中之滎陽指鄭州新鄭縣."(『백거이집전교』제3책, 1441쪽)

□ 정월, 이희열은 여주(汝州)를 함락시키다. 10월, 경원절도사(涇原
　　節度使) 요령언(姚令言)의 경원병변(涇原兵變)으로 인해 덕종(德
　　宗)이 봉천(奉天)으로 피난하다.

흥원1년 (784) 13세

□ 강남 월중에 거류하다.
□ 동생 백유미(白幼美)가 출생하다. 아명은 금강노(金剛奴)이다.[12]
□ 양우경(楊虞卿)이 출생하다.[13]
□ 정월, 흥원(興元)으로 개원하다.

정원1년 (785) 14세

□ 강남 월중에 거류하다.
□ 부친 백계경은 예전대로 서주별가로 재직하며 검교대리소경(檢校
　　大理少卿)의 봉작(封爵)이 추가되다.[14]
□ 정월, 정원(貞元)으로 개원하다.

　　【주요작품】「江樓望歸」[0687]

---

12) 백거이 「唐太原白氏之殤墓誌銘幷序」[2899]: "白氏下殤曰幼美, 小字金剛奴. ……九歲
　　不幸遇疾, 歿徐州符離縣私第."(『백거이집전교』제5책, 2730쪽)
13) 이 기사는 주금성의 『백거이연보』에만 근거없이 기재되었다. 필자의 검증에 의하면
　　대화7년(833) 작품에 "五十得三品, 百千無一人."(「送楊八給事赴常州」[2255]; 『백거
　　이집전교』제4책, 2126쪽)이라고 하였으니 833년에서 50세를 역산하면 흥원1년(784)
　　이다.
14) 백거이 「襄州別駕府君事狀」[2926]: "貞元初, 朝廷念公前功, 加檢校大理少卿, 依前徐
　　州別駕當道團練判官, 仍知州事."(『백거이집전교』제5책, 2836쪽)

정원2년 (786) 15세

❏ 강남 월중에 거류하다.

❏ 부친 백계경은 서주별가로 재직하다.

❏ 15·6세에 진사시(進士試)가 있음을 알고 힘써 글공부를 하다.[15]

【주요작품】 「江南送北客因憑寄徐州兄弟書」[0677], 「江樓望歸」[0687]

정원3년 (787) 16세

❏ 고황(顧況; ?-820)을 만나 행권(行卷)을 시도하다.

【주요작품】 「賦得古原草送別」[0678]

정원4년 (788) 17세

❏ 부친 백계경은 검교대리소경(檢校大理小卿) 겸 구주별가(衢州別
駕)로 전임되다.

❏ 본년 가을·겨울, 월중 피난 중에 소주(蘇州)·항주(杭州)를 유람
하다.【이설2-2】[16]

【주요작품】 「王昭君二首」[0813·0814]

정원5년 (789) 18세

❏ 강남 월중에 거류하다.

【주요작품】 「病中作」[0680]

---

15) 백거이 「與元九書」[2915]: "十五六, 始知有進士, 苦節讀書. 二十已來."(『백거이집전
교』제5책, 2789쪽)

16) 소주·항주 유람 시기에 대해 『화보』·『주보』는 정원2년(786), 『나보』는 정원4년
(788)·5년(789)의 일로 기술하였다.

정원7년 (791) 20세

☐ 서주(徐州) 부리(符離)에 거류하다. 유오주부(劉五主簿)와 장철(張徹)·가속(賈餗) 등과 교유하다.[17]

☐ 20세 이후로 쉴 틈도 없이 시(詩)·서(書)·부(賦)를 공부하느라 입속이 헐고 팔꿈치에 굳은살이 생기다.[18]

정원8년 (792) 21세

☐ 부친 백계경이 검교대리소경 겸 양주별가(襄州別駕)에 제수되다. 【이설3-1】[19]

☐ 본년, 아우 백유미(白幼美)가 9세 나이로 서주 부리(符離)에서 병사하다. 9월, 부리현 남원(南原)에 안장되다.[20]

정원9년 (793) 22세

☐ 원진 15세, 명경과(明經科)에 급제하다.

☐ 유우석 22세, 진사과에 급제하다.

---

17) 백거이 「醉後走筆酬劉五主簿長句之贈兼簡張大賈二十四先輩昆季」[0590]: "是時相遇在符離, 我年二十君三十. 得意忘年心跡親, 寓居同縣日知聞. 衡門寂寞朝尋我, 古寺蕭條暮訪君.……張賈弟兄同里巷, 乘閑數數來相訪. 雨天連宿草堂中, 月夜徐行石橋上."(『백거이집전교』제2책, 636쪽)

18) 백거이 「與元九書」[2915]: "二十已來, 晝課賦, 夜課書, 間又課詩, 不遑寢息矣, 以至於口舌成瘡, 手肘成胝."(『백거이집전교』제5책, 2789쪽)

19) 부친의 양주별가 제수 시기는 정원7년(『주보』), 정원8년(『화보』), 정원9년(『나보』) 등 이설이 분분하다.

20) 백거이 「唐太原白氏之殤墓誌銘幷序」[2899]: "白氏下殤曰幼美, 小字金剛奴.……九歲不幸遇疾, 夭徐州符離縣私第. 貞元八年九月, 權窆于縣南原. 元和八年春二月二十五日, 改葬于華州下邽縣義津鄉北岡."(『백거이집전교』제5책, 2730쪽)

정원10년 (794) 23세

❑ 5월 28일, 부친 백계경이 양양 관사에서 향년 66세로 서거하다. 영구를 양양(襄陽) 동진향(東津鄉)에 안장하다.[21]

❑ 양양(襄陽)에서 부친의 상례를 지내다. 겨울, 양양에서 강릉(江陵)을 지나 서주 부리로 돌아오다.

❑ 유우석이 박학굉사과(博學宏辭科)에 급제하다.

【주요작품】「遊襄陽懷孟浩然」[0435]

정원11년 (795) 24세

❑ 서주 부리(符離)에서 복상하다.

❑ 유우석이 이부취사과(吏部取士科)에 급제하여 태자교서(太子校書)에 제수되다.

정원12년 (796) 25세

❑ 서주 부리(符離)에서 복상하다.

정원13년 (797) 26세

❑ 복상이 만료되다. 여전히 서주 부리에 거주하다.

정원14년 (798) 27세

❑ 서주 부리에 거주하다.

❑ 봄, 장형 백유문(白幼文)이 요주(饒州) 부량현(浮梁縣) 주부(主簿)

---

21) 백거이「襄州別駕府君事狀」[2926]:"貞元十年五月二十八日, 終於襄陽官舍, 享年六十六. 其年權窆於襄陽縣東津鄉南原."(『백거이집전교』제5책, 2836쪽)

로 부임하다.

□ 여름, 서주 부리에서 장형 백유문의 임지인 부량(浮梁)으로 가다.
【이설2-3】[22]

【주요작품】「將之饒州江浦夜泊」[0431]【편년】[23]

정원15년 (799) 28세

□ 봄, 장형 백유문의 임지 부량현을 떠나다. 모친 봉양을 위해 장형
이 준 쌀을 가지고 낙양(洛陽)으로 귀성하다.[24]

□ 가을, 선주(宣州)에서 선흡관찰사(宣歙觀察使) 최연(崔衍) 주관의
향시(鄕試)에 응시하여 급제하다.[25]

□ 선주에서 양우경(楊虞卿)과 교분을 맺다.[26]

□ 향시 급제 후 낙양으로 귀성하다.[27] 얼마 후 진사과 응시를 위해
장안으로 떠나다.

【주요작품】「自河南經亂關內阻饑兄弟離散各在一處因望月有感聊書所懷

---

22) 백거이의 부량행(浮梁行) 시기는 정원13년(『화보』)·정원14년(『주보』)·정원15년
(『나보』) 등 삼종연보의 주장이 모두 다르다.

23) 이 작품의 창작연대에 대해 주금성·화방영수는 정원14년, 나련첨은 정원15년으로
추정하였다. 필자의 검증에 의하면 정원14년이 타당하다. 이에 관한 논의는 본서 제7
장 「삼종연보 이설비교」에 상세하다.

24) 백거이 「傷遠行賦」[2837]: "貞元十五年春, 吾兄吏于浮梁, 分微祿以歸養, 命予負米而
還鄕.……茫茫兮二千五百, 自鄱陽而歸洛陽."(『백거이집전교』제4책, 2594쪽)

25) 백거이 「送侯權秀才序」[2910]: "貞元十五年秋, 予始擧進士, 與侯生俱爲宣城守所
貢."(『백거이집전교』제5책, 2763쪽)

26) 백거이 「與楊虞卿書」[2912](일명 「與師皐書」): "且與師皐始於宣城相識, 迨于今十七
八年, 可謂舊矣."(『백거이집전교』제5책, 2769쪽) 사고(師皐)는 양우경의 字.

27) 백거이 「及第後歸覲留別諸同年」[0214]: "十年常苦學, 一上謬成名.……翩翩馬蹄疾,
春日歸鄕情."(『백거이집전교』제1책, 302쪽)

寄上浮梁大兄於潛七兄烏江十五兄兼示符離及下邽弟妹」[0698], 「傷遠行賦」[2837], 「宣州試射中正鵠賦」[2838], 「窗中列遠岫詩」[2839]

정원16년(800) 29세

❑ 정월, 장안에 거류하다. 진사과 응시 전에 급사중(給事中) 진경(陳京; ?-805)에게 행권용 작품 "잡문 20편ㆍ시 100수"를 헌상하다.[28]

❑ 2월 14일, 예부시랑(禮部侍郎) 고영(高郢; 740-811)의 주시(主試)하에 급제하다. 급제자 17인 중 최연소이다. 진사과 급제 후 낙양으로 귀성하다.[29]

❑ 늦봄, 남유(南遊)하여 부량(浮梁)에 이르다. 9월, 서주 부리(符離)에 이르다.

❑ 4월 1일, 외조모 진부인(陳夫人) 백씨(白氏)가 서주 고풍현(古豐縣) 관사에서 병사하다. 11월, 부리현 남측에 안장하다.[30]

❑ 본년, 원진(元稹)과 초식(初識) 즉 처음으로 교분을 맺다.【이설】[31]

【주요작품】「及第後歸覲留別諸同年」[0214], 「亂後過流溝寺」[0663], 「旅次景空寺宿幽上人院」[0682], 「長安正月十五日」[0683], 「長安早春旅懷」[0699], 「及第後憶舊山」[0708], 「與陳給事書」[2913], 「省試性習相遠近賦」

---

28) 백거이 「與陳給事書」[2913]: "謹獻雜文二十首, 詩一百首, 伏願俯察悃誠, 不遺賤小, 退公之暇, 賜精鑒之一加焉."(『백거이집전교』제5책, 2776쪽)

29) 백거이 「及第後歸覲留別諸同年」[0214]: "十年常苦學, 一上謬成名.……翩翩馬蹄疾, 春日歸鄕情."(『백거이집전교』제1책, 302쪽)

30) 백거이 「唐故坊州鄜城縣尉陳府君夫人白氏墓誌銘幷序」[2898]: "夫人太原白氏,……貞元十六年夏四月一日, 疾歿于徐州古豐縣官舍. 其年冬十一月, 權窆于符離縣之南偏."(『백거이집전교』제5책, 2726쪽)

31) 원진ㆍ백거이의 교유개시 연대는 정원19년설(陳振孫ㆍ羅聯添)ㆍ정원18년 겨울설(顧學頡ㆍ褚斌杰)ㆍ정원18년 가을설(花房英樹) 및 정원18년 이전설(朱金城) 등 다양한 의견이 존재한다. 이에 관한 논의는 본서 제8장 「원진ㆍ백거이 초식 연대」에 상세하다.

[2840], 「玉水記方流詩」[2841], 「哀二良文幷序」[2873], 「箴言幷序」[2921], 「禮部試策五道」[2928~2932]

정원17년 (801) 30세

□ 봄, 서주 부리에 거류하다. 재종형 부리주부(符離主簿) 육형(六兄) 이 서거하여 상례를 지내고 제문을 짓다.[32]

□ 7월, 선주(宣州)에 거류하다. 재종형 오강주부(烏江主簿) 십오형 (十五兄)이 서거하여 상례를 지내고 제문을 짓다.[33]

【주요작품】「和鄭方及第後秋歸洛下閑居」[0616], 「與諸同年賀座主侍郎新 拜太常同宴蕭尙書亭子」[0617]【편년】[34], 「歎髮落」[0664], 「花下自勸酒」 [0710], 「祭符離六兄文」[2875], 「祭烏江十五兄文」[2878]

정원18년 (802) 31세

□ 장안에 거류하다.

□ 봄, 숙부 백계진(白季軫)이 서주사조연(徐州士曹掾)에서 허창현령 (許昌縣令)으로 전임하다.[35]

□ 겨울, 이부시랑(吏部侍郎) 정순유(鄭珣瑜) 문하에서 서판발췌과(書

---

32) 백거이 「祭符離六兄文」[2875]: "維貞元十七年某月某日, 從祖弟居易等, 謹祭于符離 主簿六兄之靈.……旣卜遠日, 旣宅新阡, 春草之中, 畫為墓田."(『백거이집전교』제5책, 2652쪽)

33) 백거이 「祭烏江十五兄文」[2878]: "維貞元十七年七月七日, 從祖弟居易, 謹以清酌庶 羞之奠, 敬祭于故烏江主簿十五兄之靈."(『백거이집전교』제5책, 2658쪽)

34) 이 작품의 창작연대에 대해 화방영수는 정원16년(800), 주금성은 정원17년(801)으로 추정하였고 나련첨은 편년하지 않았다. 필자의 검증에 의하면 정원17년이 옳다. 이에 관한 논의는 본서 제3장 「백거이 작품 개설」에 상세하다.

35) 백거이 「許昌縣令新廳壁記」[2902]: "去年春, 叔父自徐州士曹掾選署厥邑令,……時貞 元十九年冬十一月一日記."(『백거이집전교』제5책, 2742쪽)

判拔萃科)에 응시하다.

❏ 유우석이 경조부(京兆府) 위남현(渭南縣) 주부(主簿)로 충원되다.

【주요작품】「百道判」[3522~3622]

정원19년(803) 32세

❏ 장안에 거류하다.

❏ 3월, 서판발췌과에 급제하여 비서성교서랑(秘書省校書郎)에 제수
되다. 본년 이부 전선에 급제한 이는 백거이·원진·최현량(崔玄
亮) 등 총 8인이다.[36]

❏ 백거이와 원진이 금석지교(金石之交)의 깊은 교분을 맺은 것은 서
판발췌과의 동년(同年)이자 비서성의 동료 관계가 시작된 본년 3
월부터이다. 【이설】[37]

❏ 3월, 장안 상락리(常樂里) 소재 전 재상 관파(關播) 사저의 동정
(東亭)을 빌려 거주하다.[38]

❏ 가을, 장안 영숭리(永崇里) 화양관(華陽觀)으로 이거하다.[39]

❏ 11월 1일, 숙부 백계진이 현령으로 재직하는 허창(許昌)을 방문하
여 「許昌縣令新廳壁記」를 짓다.[40]

36) 백거이 「養竹記」[2903]: "貞元十九年春, 居易以拔萃選及第, 授校書郎."(『백거이집전
교』제5책, 2744쪽), 酬哥舒大見贈」[0623]·題下自注: "去年與哥舒等八人同共登科
第, 今敍會散之意."(『백거이집전교』제2책, 724쪽)

37) 이에 관한 논의는 본서 제8장 「원진·백거이 초식 연대」에 상세하다.

38) 백거이 「養竹記」[2903]: "貞元十九年春, 居易……始於長安, 求假居處, 得常樂里故關
相國私第之東亭而處之."(『백거이집전교』제5책, 2744쪽)

39) 백거이 「重到華陽觀舊居」[0847]: "憶昔初年三十二, 當時秋思已難堪. 若為重入華陽
院, 病鬢愁心四十三."(『백거이집전교』제2책, 910쪽)

40) 백거이 「許昌縣令新廳壁記」[2902]: "許昌縣,……去年春, 叔父自徐州士曹掾選署厥邑

□ 윤10월, 유우석이 감찰어사(監察御使)로 전임되다.

【주요작품】「常樂里閑居偶題十六韻兼寄劉十五公興王十一起呂二炅呂四潁崔十八玄亮元九積劉三十二敦質張十五仲方時爲校書郎」[0179], 「思歸」[0432], 「和渭北劉大夫借便秋遮虜寄朝中親友」[0620]**【편년】**[41], 「許昌縣令新廳壁記」[2902], 「養竹記」[2903], 「記畵」[2904]

정원20년 (804) 33세

□ 장안 영숭리 화양관에 기거하며 비서성교서랑으로 재직하다.

□ 2월, 정원15년 선주 향시 급제 후 귀향 도중, 낙양 성선사(聖善寺)를 방문하여 응공대사(凝公大師)의 여덟 가지 가르침을 받은 적이 있었다. 대사가 작년 8월 성선사 발탑원(鉢塔院)에서 입적하니 그 가르침을 발양하기 위해 「八漸偈」를 짓다.[42]

□ 3월, 부리(符離)에 거주하던 가족이 하규현(下邽縣) 의진향(義津鄉) 김씨촌(金氏村)으로 이거하다.[43]

【주요작품】「哭劉敦質」[0016], 「酬哥舒大見贈」[0623], 「下邽莊南桃花」[0637], 「汎渭賦幷序」[2836], 「八漸偈幷序」[2861~2869]

令.……時貞元十九年冬十一月一日記."(『백거이집전교』제5책, 2742쪽)

41) 이 작품의 창작연대에 대해 화방영수는 원화10년(815) 이전, 주금성은 정원19년(803)으로 추정했고 나련첨은 편년하지 않았다. 필자의 검증에 의하면 정원19년이 타당하다. 이에 관한 논의는 본서 제3장 「백거이 작품 개설」에 상세하다.

42) 백거이 「八漸偈幷序」[2861]: "唐貞元十九年秋八月, 有大師曰凝公, 遷化於東都聖善寺塔院. 越明年二月, 有東來客白居易作八漸偈.……初居易常求心要於師, 師賜我八言焉.……廣一言為一偈, 謂之八漸偈. 蓋欲以發揮師之心教, 且明居易不敢失墜也."(『백거이집전교』제5책, 2641쪽)

43) 백거이 「汎渭賦幷序」[2836]: "十九年, 天子並命二公對掌鈞軸, 朝野無事, 人物甚安. 明年春, 予為校書郎, 始徙家秦中, 卜居於渭上."(『백거이집전교』제4책, 2591쪽)

정원21년 · 영정1년(805) 34세

❏ 장안 영숭리 화양관에 기거하며 비서성교서랑으로 재직하다.

❏ 봄, 노주량(盧周諒)과 영숭리 화양관에서 함께 우거하다.[44]

❏ 2월 11일, 위집의(韋執誼)가 재상이 되다. 같은 달 19일, 백거이는 위집의에게 상서를 올려 정치혁신을 촉구하다.[45]

❏ 9월, 유우석이 연주자사(連州刺史)로 좌천되었다가 11월에 다시 낭주사마(朗州司馬)로 좌천되다.

❏ 정월 23일 덕종(德宗)이 붕어하고 26일 순종(順宗)이 즉위하다. 8월 4일, 순종이 선위하고 5일에 영정(永貞)으로 개원하다. 8월 9일 헌종(憲宗)이 즉위하다. 영정혁신의 실패로 위집의 · 유종원 · 유우석 등 8인이 사마(司馬)로 좌천되다.

【주요작품】 「寄隱者」[0058], 「感時」[0181], 「首夏同諸校正遊開元觀因宿玩月」[0182], 「永崇里觀居」[0183], 「早送擧人入試」[0184], 「西明寺牡丹花時憶元九」[0397], 「春題華陽觀」[0626], 「華陽觀中八月十五日夜招友玩月」[0634], 「春中與盧四周諒華陽觀同居」[0640], 「德宗皇帝挽歌詞四首」[1192~1195], 「爲人上宰相書一首」[2914]

원화1년(806) 35세

❏ 장안 영숭리 화양관에 기거하다. 비서성교서랑에서 면직되다.

❏ 원진과 함께 화양관에서 제과(制科) 응시를 위해 「策林」75편을 예상답안으로 작성하다.[46]

---

44) 백거이 「春中與盧四周諒華陽觀同居」[0640]: "性情懶慢好相親, 門巷蕭條稱作鄰.……杏壇住僻雖宜病, 芸閣官微不救貧."(『백거이집전교』제2책, 738쪽)

45) 백거이 「爲人上宰相書一首」[2914]: "二月十九日, 某官某乙謹拜手奉書獻於相公執事.……然則為宰相者, 得不圖將來之安, 補既往之敗乎."(『백거이집전교』제5책, 2779쪽)

46) 백거이 「策林序」[3442]: "元和初, 予罷校書郎, 與元微之將應制擧. 退居於上都華陽觀,

□ 4월 13일, 재식겸무명어체용과(才識兼茂明於體用科)에 제사등(第四等) 즉 차석의 성적으로 급제하다. 같은 달 28일 주질현위(盩厔縣尉)에 제수되다.

□ 7월, 소응현(昭應縣) 현위 직무를 잠시 대리하다.[47)]

□ 8월, 주질현으로 귀환 도중 선유산(仙遊山)에 들러 윤종지(尹縱之)의 산거를 방문하다.[48)]

□ 주질현위 시절 진홍(陳鴻)·왕질부(王質夫)와 교분을 맺고 함께 창화하다. 12월에는 함께 선유사(仙遊寺)를 유람하고 「長恨歌」를 짓다.

□ 정월, 순종이 붕어하다. 원화(元和)로 개원하다.

□ 4월 13일, 원진은 제과(制科)에 응시, 제삼등(第三等) 즉 수석으로 급제하여 좌습유(左拾遺)에 제수되다. 9월 13일, 하남위(河南尉)로 좌천되다. 9월 16일, 모친 정씨(鄭氏)가 장안 정안리(靖安里)에서 서거하다.

【주요작품】 「權攝昭應早秋書事寄元拾遺兼呈李司錄」[0399], 「新栽竹」[0400], 「秋霖中過尹縱之仙遊山居」[0401], 「祇役駱口驛喜蕭侍御書至兼視新詩吟諷通宵因寄八韻」[0440], 「長恨歌」[0603], 「盩厔縣北樓望山」[0642], 「酬王十八李大見招遊山」[0646], 「驃虞畫贊幷序」[2851], 「才識兼茂明於體用科策一道」[2927], 「策林」[3443~3521]

閉戶累月, 揣摩當代之事, 搆成策目七十五門.”(『백거이집전교』제6책, 3436쪽)

47) 백거이 「權攝昭應早秋書事寄元拾遺兼呈李司錄」[0399]: “丹殿子司諫, 赤縣我徒勞. 相去半日程, 不得同遊遨. 到官來十日, 覽鏡生二毛. 可憐趨走吏, 塵土滿青袍.”(『백거이집전교』제1책, 465쪽)

48) 백거이 「秋霖中過尹縱之仙遊山居」[0401]: “慘慘八月暮, 連連三日霖. 邑居尚愁寂, 況乃在山林. ……憐君寂寞意, 攜酒一相尋.”(『백거이집전교』제1책, 467쪽)

원화2년 (807) 36세

❑ 경조부(京兆府) 주질현(盩厔縣)에서 현위(縣尉)로 재직하다.

❑ 2월 15일, 함양현(咸陽縣)에 안장된 원진의 모친 정씨(鄭氏)를 위해 묘지명을 짓다.[49]

❑ 봄, 장안 정공리(靖恭里)의 양여사(楊汝士) 집에서 양여사・양우경(楊虞卿) 형제와 자주 교유하다. 3월 20일에는 술에 취해 이별하고 주질현으로 돌아가다.[50]

❑ 여름, 낙구역(駱口驛)에 공무로 출사하다.[51]

❑ 가을, 경조부향공진사시관(京兆府鄉貢進士試官)에 위촉되어 장안에서 경조부시관의 임무를 수행하다.[52]

❑ 가을 이후 장안 신창리(新昌里)에 거주하다.

❑ 11월 4일, 주질현위와 집현전교리(集賢殿校理)를 겸직하다. 11월 5일에는 배기(裴垍)・이강(李絳)・최군(崔群)・이정(李程)・왕애(王涯)와 함께 한림학사(翰林學士)에 제수되어 주질현위와 겸직하다.[53]

❑ 본년, 이방(李放)이 백거이 초상화를 그리다.[54]

---

49) 백거이「唐河南元府君夫人滎陽鄭氏墓誌銘幷序」[2896]: "有唐元和元年九月十六日, ……夫人滎陽縣太君鄭氏……歿于萬年縣靖安里私第. 越明年, 二月十五日, 權祔于咸陽縣奉賢鄉洪瀆原, 從先姑之塋也."(『백거이집전교』제5책, 2715쪽.)

50) 백거이「醉中留別楊六兄弟」[0649]・題下自注: "三月二十日別"(『백거이집전교』제2책, 746쪽),「醉中歸盩厔」[0650]: "金光門外昆明路, 半醉騰騰信馬迴. 數日非關王事繫, 牡丹花盡始歸來."(『백거이집전교』제2책, 747쪽)

51) 백거이「再因公事到駱口驛」[0653]: "今年到時夏雲白, 去年來時秋樹紅. 兩度見山心有愧, 皆因王事到山中."(『백거이집전교』제2책, 749쪽)

52) 백거이「進士策問五道」[2933~2937]・題下自注: "元和二年爲府試官"(『백거이집전교』제5책, 2863쪽)

53) 백거이「奉勅試邊鎭節度使加僕射制」[2938]・題下自注: "將仕郎守京兆府盩厔縣尉集賢殿校理臣白居易進"(『백거이집전교』제5책, 2868쪽), 『舊唐書・白居易傳』: "[元和二年十一月, 召入翰林爲學士."(『구당서』권166・「열전」제116)

□ 본년, 아우 백행간이 진사과에 급제하다.

【주요작품】「觀刈麥」[0006], 「京兆府新栽蓮」[0012], 「月夜登閣避暑」[0013],[55] 「曲江早秋」[0403], 「別元九後詠所懷」[0409], 「宿楊家」[0648], 「醉中留別楊六兄弟」[0649], 「醉中歸盩厔」[0650], 「再因公事到駱口驛」[0653], 「唐河南元府君夫人滎陽鄭氏墓誌銘幷序」[2896], 「進士策問五道」[2933~2937], 「奉勅試制書詔批答詩等五首」[2938~2942]

원화3년 (808) 37세

□ 장안 신창리에 거주하며 주질현위 겸 한림학사로 재직하다.

□ 4월, 헌종이 제과(制科)를 실시하다. 백거이는 제책고복관(制策考覆官)에 위촉되어 현량방정능직언극간과(賢良方正能直言極諫科) 급제자들에 대한 재심사를 시행하다.

□ 4월 28일, 좌습유(左拾遺)에 제수되고 한림학사를 겸직하다. 최군(崔群)과 함께 「謝官狀」을 올리다.[56]

□ 7월, 곡강(曲江)을 유람하다.[57]

□ 7·8월, 양여사(楊汝士)의 누이동생이자 양우경(楊虞卿)의 종매인 양씨와 혼인하다. 아내에게 주는 「贈內」시를 짓다.[58]

---

54) 백거이 「題舊寫眞圖」[0330]: "我昔三十六, 寫貌在丹靑. 我今四十六, 衰顇臥江城. 豈止十年老, 曾與衆苦幷."(『백거이집전교』제1책, 403쪽)

55) 제판본에 의하면 제목은 「月夜登閣避暑」이지만 謝思煒 『백거이시집교주』에서는 일본의 文集抄本을 근거로 「月燈閣避暑」로 교감하였다. 이에 관한 논의는 본서 제3장 「백거이 작품 개설」·「백거이 작품의 제목 비교」에 상세하다.

56) 백거이 「謝官狀」[3399]: "新授將仕郎·守左拾遺翰林學士臣白居易, 新授朝議郎·守尚書庫部員外郎翰林學士臣雲騎尉臣崔羣."(『백거이집전교』제6책, 3373쪽)

57) 백거이 「早秋曲江感懷」[0411]: "靑蕪與紅蓼, 歲歲秋相似. 去歲此悲秋, 今秋復來此."(『백거이집전교』제1책, 474쪽)

58) 백거이 「贈內」[0032]: "君家有貽訓, 淸白遺子孫. 我亦貞苦士, 與君新結婚. 庶保貧與素, 偕老同欣欣."(『백거이집전교』제1책, 42쪽)

□ 8월, 처형 양씨가 서거하여 제문을 짓다.[59]

□ 본년, 아우 백행간이 비서성교서랑에 제수되다.

【주요작품】「初授拾遺」[0014], 「贈內」[0032], 「早秋曲江感懷」[0411], 「祭楊
夫人文」[2876], 「初授拾遺獻書」[3376], 「論制科人狀」[3377], 「論于頔裴均
狀」[3378], 「論王鍔欲除官事宜狀」[3387], 「謝官狀」[3399]

원화4년(809) 38세

□ 장안 신창리에 거주하며 좌습유 겸 한림학사로 재직하다.

□ 장녀 금란자(金鑾子)가 출생하다.[60]

□ 2월, 원진이 감찰어사(監察御使)에 제수되고 3월 7일에 동천(東川)
지역으로 출사하다. 백거이는 이건(李建)·백행간과 함께 곡강 자
은사(慈恩寺)를 유람하며 원진을 그리는 「同李十一醉憶元九」시를
짓다.

□ 본년 7월 9일, 원진의 아내 위총(韋叢)이 서거하다. 10월 13일 함
양에 안장하다.

□ 본년, 양여사가 진사과에 급제하다.

【주요작품】「賀雨」[0001], 「題海圖屛風」[0007], 「新樂府」[0129~0178], 「寄
元九」[0412], 「同李十一醉憶元九」[0717], 「同錢員外題絶糧僧巨川」[0718],
「答張籍因以代書」[0723], 「酬和元九東川路詩十二首」[0764~0775], 「答謝
家最小偏憐女」[0776], 「答騎馬入空臺」[0777], 「和元九與呂二同宿話舊感
贈」[0779], 「奏請加德音中節目二件」[3383·3384], 「論于頔所進歌舞人事
宜狀」[3385]

---

59) 백거이 「祭楊夫人文」[2876]: "維元和三年歲次戊子, 八月辛亥朔, 十九日己巳, ……謹
以清酌庶羞之奠, 敬祭于陳氏楊夫人之靈."(『백거이집전교』제5책, 2654쪽)

60) 백거이 「金鑾子晬日」[0418]: "行年欲四十, 有女曰金鑾. 生來始周歲, 學坐未能言."
(『백거이집전교』제1책, 480쪽)

원화5년 (810) 39세

❑ 장안 신창리에 거주하며 좌습유 겸 한림학사로 재직하다.

❑ 정월, 공감(孔戡)이 서거하자 「哭孔戡」시를 지어 애도하다.

❑ 3월, 원진이 강릉사조참군(江陵士曹參軍)으로 좌천되다. 백거이는 「論元積第三狀」을 상주하여 좌천의 부당함을 간언하다. 좌천된 우인에 대한 안부 서신으로 200구의 장편시 「代書詩一百韻寄微之」를 짓다. 원진도 이에 차운하여 200구의 장편배율 「酬翰林白學士代書一百韻」으로 화답하다.

❑ 4월, 좌습유 임기가 만료되다. 5월 5일, 경조부호조참군(京兆府戶曹參軍)에 제수되고 한림학사를 겸직하다. 6일,「謝官狀」을 올리다.[61]

❑ 5월 이후, 장안 선평리(宣平里)에 거주하다.[62]

❑ 본년, 양우경이 진사과에 급제하다.

【주요작품】「哭孔戡」[0003],「登樂遊園望」[0026],「酬元九對新栽竹有懷見寄」[0027],「秦中吟十首幷序」[0076~0086],「和答詩十首」[0104~0113],「初除戶曹喜而言志」[0201],「春暮寄元九」[0413],「金鑾子晬日」[0418],「初與元九別後忽夢見之及寤而書適至兼寄桐花詩悵然感懷因以此寄」[0426],「代書詩一百韻寄微之」[0615],「八月十五日夜禁中獨直對月憶元九」[0731],「憶元九」[0780],「和夢遊春詩一百韻」[0812],「論元積第三狀」[3394],「請罷兵第二狀」[3395],「請罷兵第三狀」[3396],「奏陳情狀」[3400]

---

61) 백거이 「謝官狀」[3401](題下自注: "元和五年五月六日進"): "新授京兆府戶曹參軍翰林學士臣白居易."(『백거이집전교』제6책, 3376쪽)

62) 원화6년(811) 4월, 백거이 모친은 장안 선평리에서 서거하였으니 그 당시 이미 선평리에 거주했음을 알 수 있다. 선평리 거주 시점은 확실한 자료가 현존하지 않으나 경조부호조참군에 제수된 원화5년 5월로 추정된다. 妹尾達彦「白居易と長安·洛陽」;『白居易研究講座』제1권 東京, 勉誠社, 1993, 272쪽 참조.

원화6년 (811) 40세

❑ 장안 선평리에 거주하며 경조부호조참군 겸 한림학사로 재직하다.

❑ 4월 3일, 모친 진씨가 장안 선평리(宣平里) 자택에서 향년 57세로 서거하다.[63] 백거이는 모친 서거 다음날 사직하고 모친 복상(服喪)을 위해 하규(下邽) 의진향(義津鄕) 김씨촌(金氏村)으로 퇴거하다. 김씨촌은 위수(渭水) 북안에 소재한 마을로 일명 위촌(渭村)[64]이라고도 한다.

❑ 7월, 원진이 강릉에서 백거이 모친의 제문을 지어 보내다.[65]

❑ 10월 8일, 모친을 하규 의진향 북원(北原)에 안장하다. 아울러 조부모와 부친을 같은 곳으로 이장하다.[66] 조부와 부친을 위해「太原白氏家狀二道」를 짓다.

❑ 본년, 장녀 금란자(金鑾子)가 3세로 요절하다. 딸의 죽음을 애도하며「病中哭金鑾子」시를 짓다.

【주요작품】「春雪」[0029],「慈烏夜啼」[0040],「自題寫眞」[0233]【편년】[67],

---

63) 백거이「襄州別駕府君事狀」[2926]: "夫人穎川陳氏,……元和六年四月三日, 歿於長安宣平里第, 享年五十七. 其年十月八日, 從先府君祔於皇姑焉."(『백거이집전교』제5책, 2836쪽)

64) 시제와 제하자주에 '渭村'을 언급한 작품은「渭村雨歸」[0476],「渭村退居寄禮部崔侍郎翰林錢舍人詩一百韻」[0815],「渭村酬李二十見寄」[0818] 등 총 8편이다.

65) 원진「祭翰林白學士太夫人文」: "維元和六年七月某日. 文林郎守江陵府士曹參軍元稹, 謹遣弟某姪男, 祇酌捧饌, 敢昭告于白氏太夫人之靈."(『원진집』하책, 626쪽)

66) 백거이「故鞏縣令白府君事狀」[2925]: "元和六年十月八日, 孫居易等始發護靈襯, 遷葬於下邽縣北義津鄕北原而合祔焉."(『백거이집전교』제5책, 2832쪽);「襄州別駕府君事狀」[2926]: "至元和六年十月八日, 嗣子居易等遷護於下邽縣義津鄕北原, 從鞏縣府君宅兆而合祔焉."(『백거이집전교』제5책, 2836쪽)

67) 화방영수·주금성은 淸·汪立名의 주장을 답습하여 원화5년(810) 작품으로 편년하였다. 그러나 나련첨은 원화6년(811) 4월 모친 서거 직전의 작품이라고 하였다. "時爲翰林學士"라는 제하 자주와 "五年爲侍臣"라고 한 제8구에 의하면 이 작품은 한림

「首夏病間」[0242], 「重到渭上舊居」[0428], 「白髮」[0429], 「病中哭金鑾子」[0783], 「自覺二首」[0488 · 0489], 「故鞏縣令白府君事狀」[2925], 「襄州別駕府君事狀」[2926]

원화7년 (812) 41세

❑ 하규 김씨촌에 거주하며 복상하다.

❑ 본년, 원진이 시집 20권을 자편하다.

【주요작품】「適意二首」[0240 · 0241], 「秋遊原上」[0251], 「寄同病者」[0253], 「聞哭者」[0258], 「自吟拙什因有所懷」[0260], 「秋日」[0430], 「寄元九」[0454], 「溪中早春」[0462], 「同友人尋澗花」[0463]

원화8년 (813) 42세

❑ 하규 김씨촌에 거주하다. 복상 기간이 만료되다.

❑ 2월 25일, 외조모 진부인(陳夫人) 백씨(白氏)와 아우 백유미(白幼美)의 영구를 하규 의진향 북원으로 이장하다. 외조모의 묘지명과 아우 백유미의 제문 및 묘지명을 짓다.[68]

❑ 가을, 재종형 백호(白皥)가 화주(華州)에서 하규에 내방하여 다음 해까지 머물다. 【이설3-2】[69]

학사 재직 5년째의 작품이다. 백거이는 원화2년(807) 11월, 한림학사에 제수되었으므로 5년째 되는 해는 원화6년(811)이다. 즉 이 작품은 나련첨의 주장처럼 원화6년(811) 4월 모친 서거 직전에 지은 것이다.

68) 백거이 「唐故坊州鄜城縣尉陳府君夫人白氏墓誌銘幷序」[2898]: "夫人太原白氏……至元和八年春二月二十五日, 改卜宅兆于華州下邽縣義津鄉北原."(『백거이집전교』제5책, 2726쪽), 「唐太原白氏之殤墓誌銘幷序」[2899]: "白氏下殤曰幼美, 小字金剛奴. ……元和八年春二月二十五日, 改葬于華州下邽縣義津鄉北岡."(『백거이집전교』제5책, 2730쪽), 「祭小弟文」[2877]: "維元和八年歲次癸巳, 二月某朔二十五日,……以清酌之奠, 致祭于亡弟金剛奴."(『백거이집전교』제5책, 2656쪽)

□ 12월, 대설이 내리고 대나무·잣나무마저 동사하다. 백성들의 고초에 마음 아파하며 「村居苦寒」을 짓다.[70]

□ 본년, 아우 백행간의 아들 미도(味道)가 출생하다. 아명은 귀아(龜兒)·아귀(阿龜)이다.[71]

【주요작품】 「采地黃者」[0042], 「村居苦寒」[0046], 「效陶潛體詩十六首」[0217~0232], 「東園玩菊」[0256], 「登村東古塚」[0464], 「晝寢」[0466], 「聞微之江陵臥病以大通中散碧腴垂雲膏寄之因題四韻」[0737]**【편년】**[72], 「祭小弟文」[2877], 「唐故坊州鄜城縣尉陳府君夫人白氏墓誌銘幷序」[2898], 「唐太原白氏之殤墓誌銘幷序」[2899]

원화9년 (814) 43세

□ 하규 김씨촌에 거주하다.

□ 봄, 안병(眼病)에 걸리다.[73]

□ 봄, 아우 백행간이 동천(東川) 노탄(盧坦) 막부의 서기(書記)가 되다. 안병이 낫지 않았으나 재주(梓州)로 떠나는 아우를 전송하며

---

69) 재종형 백호의 하규 내방 시기에 대해 『주보』·『화보』는 원화8년, 『나보』는 원화9년 이라고 주장하였다.

70) 백거이 「村居苦寒」[0046]: "八年十二月, 五日雪紛紛. 竹柏皆凍死, 況彼無衣民."(『백 거이집전교』제1책, 57쪽)

71) 백거이 「祭弟文」[3644]: "龜兒頗有文性, 吾每自教詩書."(『백거이집전교』제6책, 3716 쪽); 「劉白唱和集解」[3642]: "因命小姪龜兒編錄, 勒成兩卷, 仍寫二本, 一付龜兒, 一授夢得小兒崙郎, 各令收藏, 附兩家集."(『백거이집전교』제6책, 3711쪽); 「弄龜羅」 [0317]: "有姪始六歲, 字之爲阿龜. 有女生三年, 其名曰羅兒."(『백거이집전교』제1책, 393쪽) 「弄龜羅」는 원화13년(818) 작품.

72) 이 작품의 창작연대에 대해 주금성·화방영수는 원화5년(810), 나련첨은 원화8년 (813)으로 추정했다. 필자의 검증에 의하면 나련첨의 의견이 타당하다. 이에 관해서는 본서 제3장 「백거이 작품 개설」에 상세하다.

73) 백거이 「得錢舍人書問眼疾」[0804]: "春來眼闇少心情, 點盡黃連尚未平."(『백거이집전 교』제2책, 859쪽)

「別行簡」시를 짓다.[74]

❑ 8월, 남전현(藍田縣) 왕순산(王順山)에 있는 오진사(悟眞寺)를 유람하며 130운의 장편 「遊悟眞寺詩」를 짓다.

❑ 9월 7일, 하규에서 재종형 백호와의 기이한 체험을 기록하여 「記異」를 짓다. 【이설3-2】

❑ 9월 9일 중양절, 아우 백행간을 그리며 「九日寄行簡」시를 짓다.

❑ 11월, 첫눈이 내리는 날 하규에서의 생활에 대한 감회를 노래한 「冬夜」시를 짓다.[75]

❑ 늦겨울, 태자좌찬선대부(太子左贊善大夫)에 제수되어 입조하다.

❑ 늦겨울, 장안 소국리(昭國里)의 차가(借家)로 이거하다.

❑ 본년, 하규 복상 기간 생계 유지에 도움을 준 원진·최군(崔羣)·전휘(錢徽) 등의 우인에게 감사의 뜻을 표한 시를 지어 보내다.[76]

【주요작품】 「冬夜」[0265], 「遊悟眞寺詩」[0268], 「酬張十八訪宿見贈」[0269], 「別行簡」[0467], 「寄元九」[0470], 「念金鑾子二首」[0473-0474]【편년】[77], 「歎元九」[0786], 「眼暗」[0787], 「遊悟眞寺迴山下別張殷衡」[0791], 「得錢舍人書問眼疾」[0804], 「九日寄行簡」[0806], 「渭村退居寄禮部崔侍郎翰林錢舍

---

74) 백거이 「別行簡」[0467](題下自注: "時行簡辟盧坦劍南東川府"): "漠漠病眼花, 星星愁鬢雪. ⋯⋯梓州二千里, 劍門五六月."(『백거이집전교』제2책, 524쪽)

75) 백거이 「冬夜」[0265]: "家貧親愛散, 身病交遊罷. ⋯⋯策策窗戶前, 又聞新雪下. ⋯⋯如此來四年, 一千三百夜."(『백거이집전교』제1책, 336쪽) 모친이 서거한 원화6년(811) 4월 3일 직후에 백거이는 하규로 퇴거하였다. 이 작품은 그로부터 1,300일이 지난 시점, 즉 대략 원화9년(814) 11월 중에 지은 것으로 추정된다.

76) 백거이 「寄元九」[0470]: "三寄衣食資, 數盈二十萬. 豈是貪衣食, 感君心繾綣."(『백거이집전교』제2책, 526쪽), 「渭村退居寄禮部崔侍郎翰林錢舍人詩一百韻」[0815]: "卹寒分賜帛, 救餒減餘糧."(『백거이집전교』제2책, 874쪽)

77) 『주보』·『화보』는 원화8년, 『나보』는 원화9년 작품으로 편년하였다. 금란자는 원화6년(811) 3세 나이에 세상을 떠났다. 「念金鑾子二首」제1수[0473]의 "忘懷日已久, 三度移寒暑."구에 의하면 금란자 서거 후 만 3년이 지났으니 원화9년(814)에 지은 작품이 분명하다.

人詩一百韻」[0815], 「初授贊善大夫早朝寄李二十助敎」[0819], 「重到華陽
觀舊居」[0847], 「記異」[2905]【편년】[78]

원화10년(815) 44세

❑ 장안 소국리(昭國里)에 거주하며 태자좌찬선대부로 재직하다.

❑ 정월, 원진·이신(李紳)·번종사(樊宗師) 등과 함께 성남(城南)을
유람하다.[79]

❑ 3월 25일, 원진이 통주사마(通州司馬)에 제수되다. 29일, 백거이
는 원진을 풍수(澧水) 서쪽 포지촌(蒲池村)까지 전송하고 하룻밤
을 함께 묵다. 다음날 30일, 원진과 풍수 서쪽 포지촌에서 이별하
다.【이설】[80]

❑ 6월 3일, 성덕절도사(成德節度使) 왕승종(王承宗)이 파견한 자객
에게 재상 무원형(武元衡)이 살해당하고 어사중승(御史中丞) 배도
(裴度)가 중상을 입는 사건이 발생하다. 백거이는 다음날 바로 상
소를 올려 자객의 체포를 주청하다.[81]

❑ 8월, 강주사마(江州司馬)로 좌천되다. 다음날 바로 장안을 떠나

---

78) 이 작품의 창작연대에 대해 주금성·화방영수는 원화8년(813), 나련첨은 원화9년
(814)으로 추정했다. 필자의 검증에 의하면 원화9년이 타당하다. 이에 관한 논의는
본서 제7장 「삼종연보 이설비교」 3-(2) 「재종형 백호의 하규 내방」 참조.

79) 백거이 「與元九書」[2915]: "如今年春遊城南時, 與足下馬上相戱, 因各誦新豔小律, 不
雜他篇. 自皇子陂歸昭國里, 迭吟遞唱, 不絶聲者二十里餘. 樊·李在傍, 無所措口."
(『백거이집전교』제5책, 2789쪽)

80) 본 사적에 관한 논의는 본서 제7장 「삼종연보 이설비교」 제1절 「체재와 기술방식」에
상세하다.

81) 백거이 「與楊虞卿書」[2912]: "僕以爲書籍以來, 未有此事, 國辱臣死, 此其時耶. 苟有
所見, 雖畎畝皁隷之臣, 不當默默, ……僕之書奏日午入, 兩日之內, 滿城知之."(『백거
이집전교』제5책, 2769쪽)

남전(藍田)을 지나다. 양양(襄陽)에 이르러 배를 타고 악주(鄂州)를 경유하여 초겨울 강주(江州)에 도착하다.

❑ 12월, 강주에서 약 800수 시를 풍유시·한적시·감상시·잡률시로 사분류하여 15권 시집을 편찬하다.[82]

❑ 본년 정월, 원진은 당주(唐州)에서 장안으로 소환되었으나 다시 통주사마에 제수되다.

❑ 본년 2월, 유우석이 귀경하다. 3월에 다시 파주자사(播州刺史)에 제수되었으나 연주자사(連州刺史)로 변경되다.

【주요작품】「贈友五首」[0088~0092]【편년】[83],「朝歸書寄元八」[0270],「昭國閑居」[0272],「送春」[0492],「再到襄陽訪問舊居」[0498],「寄微之三首」[0499~0501],「遊城南留元九李二十晚歸」[0821],「重到城七絶句」[0824~0830],「醉後却寄元九」[0844],「重寄」[0845],「寄生衣與微之因題封上」[0855],「得微之到官後書備知通州之事悵然有感因成四章」[0862~0865],「藍橋驛見元九詩」[0872],「題四皓廟」[0877],「舟中讀元九詩」[0891],「放言五首」[0901~0905],「初到江州」[0913],「編集拙詩成一十五卷因題卷末戲贈元九李二十」[1014],「自誨」[2860],「與元九書」[2915],「城西別元九」[3767]

원화11년 (816) 45세

❑ 강주에서 강주사마로 재직하다.

❑ 2월, 동림사(東林寺)·서림사(西林寺)를 유람하다.[84]

---

82) 백거이「與元九書」[2915]: "僕數月來, 檢討囊袠中, 得新舊詩.……一百五十首, 謂之諷諭詩.……一百首, 謂之閑適詩.……一百首, 謂之感傷詩.……四百餘首, 謂之雜律詩. 凡爲十五卷, 約八百首."(『백거이집전교』제5책, 2789쪽)

83) 이 작품의 창작연대에 대해 화방영수는 원화1년(806)에서 원화10년(815) 사이, 주금성·나련첨은 원화10년(815)으로 추정했다. 필자의 검증에 의하면 원화10년이 타당하다. 이에 관한 논의는 본서 제3장「백거이 작품 개설」에 상세하다.

84) 백거이「春遊西林寺」[0297]: "下馬西林寺, 翛然進輕策.……二月匡廬北, 冰雪始消

❑ 여름, 장형 백유문이 일가 제질(弟侄) 6·7명과 함께 부리(符離)
에서 오다.[85]

❑ 가을, 심양강변에서 손님을 전송하며 「琵琶引」을 짓다.

❑ 가을, 여산(廬山) 유람 길에 시상(柴桑) 율리(栗里)를 지나며 도연
명 고택을 방문하다. 【이설2-4】[86]

❑ 가을, 여산 동림사·서림사를 유람하고 다음해 봄 여산 부근에
초당(草堂) 한 채 지을 것을 계획하다.[87]

❑ 본년, 차녀 아라(阿羅)가 출생하다.[88]

釋."(『백거이집전교』제1책, 374쪽) 「春遊西林寺」는 원화11년 작품이며 南宋·紹興
本에는 제목이 「春遊二林寺」(謝思煒 『백거이시집교주』제2책, 609쪽)로 되어 있다.
'二林寺'는 '雙林寺'와 더불어 西林寺·東林寺에 대한 병칭으로 백거이 작품에 자주
등장한다. 「東南行一百韻」[0916]의 "林對東西寺"句 自注에 "東林·西林寺在廬山北"
이라고 하였듯이 사실 서림사와 동림사는 지척에 있다. 「宿西林寺早赴東林滿上人之
會因寄崔二十二員外」[0932]시의 제목에서 알 수 있듯이 서림사에서 숙박하고 다음날
아침 동림사 법회에 참석할 수 있었던 것은 바로 이 때문이다. 「春憶二林寺舊遊因寄
朗滿晦三上人」[1226]의 "一別東林三度春", 「寄題廬山舊草堂兼呈二林寺道侶」[2644]
의 "爲報東林長老知"처럼 제목에 '二林寺'를 거론했다 해도 내용에는 하나만 언급되
기도 한다. 같은 이치로 제목에 하나만을 언급했다 해도 실제로는 두 사찰을 모두
방문하였을 것으로 추정하는 것이 합리적이다.

85) 백거이 「與微之書」[2918]: "僕自到九江, 已涉三載.……長兄去夏自徐州至, 又有諸院
孤小弟妹六七人, 提挈同來."(『백거이집전교』제5책, 2814쪽); 「答戶部崔侍郎書」[29
16]: "戶部牒中孟八月十七日書,……前月中, 長兄從宿州來, 又孤幼弟姪六七人, 皆自
遠至."(『백거이집전교』제5책, 2806쪽) '徐州'와 '宿州'는 결국 符離가 소속되었던 상위
행정구역의 명칭인 것으로 추정된다.

86) 백거이의 도연명 고택 방문은 『화보』·『주보』에 의하면 원화11년 2월, 『나보』에 의하
면 원화11년 가을의 일이다.

87) 백거이 「與微之書」[2918]: "僕去年秋, 始遊廬山, 到東西二林間香爐峯下, 見雲水泉石,
勝絶第一."(『백거이집전교』제5책, 2814쪽); 「四十五」[0960]: "行年四十五, 兩鬢半蒼
蒼.……或擬廬山下, 來春結草堂."(『백거이집전교』제2책, 1010쪽)

88) 백거이 「羅子」[1008]: "有女名羅子, 生來纔兩春."(『백거이집전교』제2책, 1049쪽); 「弄
龜羅」[0317]: "有女生三年, 其名曰羅兒."(『백거이집전교』제1책, 393쪽) 「羅子」는 원
화12년(817), 「弄龜羅」는 원화13년(818) 작품.

❑ 본년, 함께 한림학사에 제수되었던 최군에게 보내는 「答戶部崔
侍郎書」에서 강주 좌천 후의 심경을 토로하다. 「與楊虞卿書」를
써서 아내의 종형 양우경에게 좌천의 구체적 배경과 원인을 서
술하다.[89]

【주요작품】「訪陶公舊宅」[0283], 「北亭」[0284], 「遊溢水」[0285], 「春遊西林
寺」[0297], 「歲暮」[0299], 「憶洛下故園」[0506], 「春晚寄微之」[0508], 「寄行
簡」[0512], 「送春歸」[0598], 「琵琶引」[0610], 「宿西林寺」[0920], 「宿西林寺
早赴東林滿上人之會因寄崔二十二員外」[0932], 「憶微之傷仲遠」[0939], 「夜
宿江浦聞元八改官因寄王十五歸京」[0965], 「除夜」[0966], 「與楊虞卿書」[29
12], 「答戶部崔侍郎書」[2916]

원화12년 (817) 46세

❑ 강주에서 강주사마로 재직하다.

❑ 3월 3일 상사일(上巳日), 유루(庾樓)에 올라 유경휴(庾敬休)를 그
리며 시를 지어 보내다.[90]

❑ 3월 27일, 여산(廬山)에 방 2개 삼간(三間) 초당을 완공하고 초당
에서의 우거(寓居)를 시작하다.[91]

❑ 4월 9일, 하남(河南)의 원집허(元集虛) 및 동림사·서림사 장로
등 22인과 함께 낙성연을 열고 「草堂記」를 짓다.[92] 같은 날, 유애

---

89) 백거이 「與楊虞卿書」[2912]; 『백거이집전교』제5책, 2769쪽.(『文苑英華』의 제목은 「與
師皋書」), 「答戶部崔侍郎書」[2916]; 『백거이집전교』제5책, 2806쪽.

90) 백거이 「三月三日登庾樓寄庾三十二」[0974]: "三日歡遊辭曲水, 二年愁臥在長沙. 每
登高處長相憶, 何況茲樓屬庾家."(『백거이집전교』제2책, 1020쪽)

91) 백거이 「草堂記」[2901]: "元和十一年秋, 太原人白樂天見而愛之,……因面峰腋寺, 作
爲草堂. 明年春, 草堂成, 三間兩柱, 二室四牖.……時三月二十七日, 始居新堂."(『백
거이집전교』제5책, 2736쪽)

92) 백거이 「草堂記」[2901]: "四月九日, 與河南元集虛·范陽張允中·南陽張深之·東西

사(遺愛寺) 부근 초당에서부터 동림사·서림사를 거쳐 향로봉에 오르고 대림사(大林寺)에서 숙박하다.[93]

☐ 4월 10일 밤, 초당에서 「與微之書」를 짓다.[94]

☐ 윤5월 10일, 장형 백유문이 부량(浮梁)에서 서거하여 제문「祭浮梁大兄文」을 짓다.[95]

【주요작품】「題元十八溪亭」[0307], 「香鑪峯下新置草堂卽事詠懷題於石上」[0308], 「閉關」[0316], 「題舊寫眞圖」[0330], 「東南行一百韻*」[0916][96], 「元和十二年淮寇未平詔停歲仗憤然有感率爾成章」[0968], 「庾樓新歲」[0969], 「三月三日登庾樓寄庾三十二」[0974], 「大林寺桃花」[0977], 「詠懷」[0978], 「香爐峯下新卜山居草堂初成偶題東壁」[0983], 「重題」4수[0984~0987], 「山中與元九書因題書後」[0993], 「羅子」[1008], 「潯陽春三首」[1028~1030], 「題詩屛風絶句」[1055], 「答微之」[1056], 「草堂記」[2901], 「遊大林寺序」[2908], 「代書」[2909]【편년】[97], 「與微之書」[2918], 「祭浮梁大兄文」[2879]

二林寺長老湊·朗·滿·晦·堅等凡二十有二人, 具齋施茶果以落之, 因為草堂記." (『백거이집전교』제5책, 2736쪽)

93) 백거이 「遊大林寺序」[2908]: "(余)自遺愛草堂歷東西二林, 抵化城, 憩峯頂, 登香爐峯, 宿大林寺.……時元和十二年四月九日, 太原白樂天序."(『백거이집전교』제5책, 2755쪽)

94) 백거이 「與微之書」[2918]: "四月十日夜樂天白, 微之微之, 不見足下面, 已三年矣." (『백거이집전교』제5책, 2814쪽)

95) 백거이 「祭浮梁大兄文」[2879]: "維元和十二年歲次丁酉, 閏五月己亥, 居易等謹以清酌庶羞之奠, 再拜跪奠大兄于座前"(『백거이집전교』제5책, 2661쪽)

96) 백거이 「東南行一百韻寄通州元九侍御灃州李十一舍人果州崔二十二使君開州韋大員外庾三十二補闕杜十四拾遺李二十助教員外竇七校書」[0916]; 『백거이집전교』제2책, 965쪽.

97) 이 작품의 창작연대에 대해 화방영수는 원화13년(818), 주금성·나련첨은 원화12년(817)으로 추정했다. 필자의 검증에 의하면 원화12년이 옳다. 이에 관한 논의는 본서 제3장 「백거이 작품 개설」에 상세하다.

원화13년 (818) 47세

☐ 강주에서 강주사마로 재직하다. 여산 초당에 우거하다.

☐ 봄, 아우 백행간이 재주(梓州)를 떠나 강주에 오다. 때로 아우와
함께 여산 초당에서 묵다.[98]

☐ 봄, 밤비 내리는 여산 초당에서 독숙하며 시를 지어 장안의 우승
유(牛僧孺) · 이종민(李宗閔) · 유경휴(庾敬休)에게 보내다.[99]

☐ 7월 8일, 강주사마 관사에 대한 기(記)를 지어 사회현실에 대한
인식과 자신의 심경을 토로하다.[100]

☐ 12월 20일, 재상 최군(崔羣)의 추천을 받아 이경검(李景儉)의 후
임으로 충주자사(忠州刺史)에 제수되다.[101]

☐ 본년, 강주에서 딸이 또 출생하다.[102] 원화10년(815) 강주 좌천
이후 4년 동안 세 번째 딸이 출생한 것이다.[103]

---

98) 백거이 「對酒示行簡」[0332]: "兄弟唯二人, 遠別恆苦悲. 今春自巴峽, 萬里平安歸."(『백
거이집전교』제1책, 404쪽), 「湖亭與行簡宿」[1076]; 『백거이집전교』제2책, 1109쪽.

99) 백거이 「廬山草堂夜雨獨宿寄牛二李七庾三十二員外」[1087]; 『백거이집전교』제2책,
1117쪽.

100) 백거이 「江州司馬廳記」[2900]: "予佐是郡, 行四年矣.……因書所得, 以告來者. 時元
和十三年七月八日記."(『백거이집전교』제5책, 2732쪽)

101) 백거이 「忠州刺史謝上表」[3432](題下自注: "元和十四年三月二十八日"): "臣以去年
十二月二十日伏奉勅旨, 授臣忠州刺史."(『백거이집전교』제6책, 3423쪽)

102) 『나보』 · 「원화13년」조에는 "是年在潯陽又生一女", 『화보』 · 「원화13년」조에는 "女
生.……第一女名阿羅, 此女乃爲第三女歟. 其名亦不詳."이라고 기술하였다. 『주보』
에는 관련 기술이 존재하지 않는다.

103) 백거이 「自到潯陽生三女子因詮眞理用遣妄懷」[1095]: "遠謫四年徒已矣, 晚生三女擬
如何."(『백거이집전교』제2책, 1125쪽) 또한 원화15년(820) 작품 「初除尙書郎脫刺
史緋」[1182]의 "無奈嬌癡三歲女, 繞腰啼哭覓銀魚."(『백거이집전교』제2책, 1202쪽)
에 의하면 원화13년(818) 딸의 출생은 분명한 사실이다. 원화11년(816) 차녀 아라가
출생하였으니 원화12년(817) 출생한 딸이 하나 더 있음을 알 수 있다. 4명의 여식
중 차녀 아라만이 성장하였고 다른 여식은 모두 요절하였다.

❑ 본년 12월, 원진은 통주사마에서 괵주장사(虢州長史)에 제수되다.

【주요작품】「弄龜羅」[0317], 「對酒示行簡」[0332], 「早秋晚望兼呈韋侍御」[05
24], 「浩歌行」[0586], 「聞李尙書拜相因以長句寄賀微之」[1060], 「對酒」[10
65], 「醉吟二首」[1072 · 1073], 「湖亭與行簡宿」[1076], 「廬山草堂夜雨獨宿
寄牛二李七庾三十二員外」[1087], 「自到潯陽生三女子因詮眞理用遣妄懷」
[1095], 「自江州司馬授忠州刺史仰荷聖澤聊書鄙誠」[1097], 「除忠州寄謝崔
相公」[1098], 「洪州逢熊孺登」[1100], 「初著刺史緋答友人見贈」[1101], 「江州
司馬廳記」[2900]

원화14년 (819) 48세

❑ 봄, 강주를 떠나 충주자사에 부임하다. 가족은 물론 아우 백행간
이 동행하다.[104]

❑ 본년 3월 10일 혹은 11일, 충주자사 부임 도중 괵주장사로 부임
하던 원진과 이릉(夷陵)에서 상봉하다.【이설2-5】[105] 원진을 황우
협(黃牛峽) 입구 석동(石洞) 안에서 만나 이릉에 배를 정박하고 3
일을 함께 지낸 후에 다시 이별하다.

❑ 3월 28일, 충주에 도착하여 「忠州刺史謝上表」를 올리다.[106] 도착
직후 시를 지어 전임 충주자사 이경검에게 증정하다.[107]

---

104) 백거이 「江州赴忠州至江陵以來舟中示舍弟五十韻」[1112]: "昔作咸秦客, 常思江海
行. 今來仍盡室, 此去又專城.……共載皆妻子, 同遊即弟兄."(『백거이집전교』제2책,
1139쪽)

105) 이릉에서 원진과 상봉한 것은 『나보』는 3월 10일, 『화보』·『주보』는 3월 11일의
일이라고 주장하였다.

106) 백거이 「忠州刺史謝上表」[3432](題下自注: "元和十四年三月二十八日"): "臣……以
今月二十八日到本州, 當日上任訖."(『백거이집전교』제6책, 3423쪽)

107) 백거이 「初到忠州贈李六」[1118]: "好在天涯李使君, 江頭相見日黃昏."(『백거이집전
교』제2책, 1150쪽)

□ 본년 겨울, 원진은 장안으로 소환되어 선부원외랑(膳部員外郎)에
제수되다.

【주요작품】 「過昭君村」[0531], 「初到忠州登東樓寄萬州楊八使君」[0533], 「九
日登巴臺」[0543], 「別草堂三絶句」[1103~1105], 「鍾陵餞送」[1106], 「潯陽宴
別」[1107], 「行次夏口先寄李大夫」[1109], 「江州赴忠州至江陵以來舟中示舍
弟五十韻」[1112], 「十年三月三日別微之於澧上*」[1115][108], 「初到忠州贈李
六」[1118], 「木蓮樹生巴峽山谷間*」[1124~1126][109], 「新秋」[1128], 「送蕭處
士遊黔南」[1149], 「寄微之」[1151], 「東林寺經藏西廊記」[2906], 「三遊洞序」
[2907], 「忠州刺史謝上表」[3432]

원화15년 (820) 49세

□ 충주에서 충주자사로 재직하다.

□ 여름, 상서사문원외랑(尚書司門員外郎)에 제수되어 충주를 떠나
다. 【이설4-1】[110] 장강 협곡 백구협(白狗峽)을 출발하여 황우협(黃
牛峽)에서 숙박하고 상산로(商山路)를 경유하여 장안에 도착하다.

□ 가을, 「續虞人箴」[111]을 올려 풍간하였으나 납간(納諫)되지 않다.

□ 12월, 이우중(李虞仲)과 함께 이부(吏部) 시험답안을 재심사하는
중고정과목관(重考定科目官)으로 위촉되다. 12월 13일, 과거 급제

---

108) 백거이 「十年三月三十日別微之於澧上十四年三月十一日夜遇微之於峽中停舟夷陵
三宿而別言不盡者以詩終之因記所遇之地與相見之時爲他年
會話張本也」[1115]; 『백거이집전교』제2책, 1144쪽.

109) 백거이 「木蓮樹生巴峽山谷間巴民亦呼為黃心樹大者高五丈涉冬不凋身如青楊有白
文葉如桂厚大無脊花如蓮香色豔膩皆同獨房蕊有異四月初始開自開迨謝僅二十日忠
州西北十里有鳴玉谿生者穠茂尤異元和十四年夏命道士毋丘元志寫惜其湮僻因題三
絶句云」[1124~1126]; 『백거이집전교』제2책, 1160쪽.

110) 백거이의 사문원외랑 제수 시기에 관해 『주보』와 『화보』는 원화15년 여름, 『나보』는
원화15년 겨울의 일로 기술하였다.

111) 백거이 「續虞人箴」[2854]; 『백거이집전교』제5책, 2632쪽.

자에 대한 재심사를 비판하는 「論重考科目人狀」을 짓다.[112)]

- ❑ 12월 28일, 주객랑중지제고(主客郎中知制誥)에 제수되다.
- ❑ 본년 겨울, 아우 백행간이 귀경하여 임관을 대기하다.
- ❑ 본년 정월, 헌종(憲宗)이 시해되다. 왕수징(王守澄)·진홍지(陳弘志) 등의 환관세력이 이항(李恒)을 옹립하여 목종(穆宗)이 즉위하다.
- ❑ 본년 5월, 원진은 다시 사부랑중지제고(祠部郎中知制誥)로 승진·제수되다.

【주요작품】 「東城尋春」[0544], 「花下對酒二首」[0548~0549], 「哭王質夫」[0552], 「東坡種花二首」[0553~0554], 「郡中春宴因贈諸客」[0557], 「步東坡」[0561], 「登龍昌上寺望江南山懷錢舍人」[0564], 「重過壽泉憶與楊九別時因題店壁」[0571], 「題東樓前李使君所種櫻桃花」[1167], 「三月三日」[1175], 「寒食夜」[1176], 「荔枝樓對酒」[1179], 「初除尙書郎脫刺史緋」[1182], 「別種東坡花樹兩絶」[1184], 「發白狗峽次黃牛峽登高寺却望忠州」[1187], 「商山路有感」[1189], 「商山路驛桐樹昔與微之前後題名處」[1190], 「續虞人箴」[2854], 「論重考科目人狀」[3414]

장경1년(821) 50세

- ❑ 장안에서 주객랑중지제고(主客郎中知制誥)로 재직하다.
- ❑ 정월 4일, 산관(散官) 품계 종구품하 장사랑(將仕郎)에서 정육품상 조의랑(朝議郎)으로 진급하다.[113)]
- ❑ 2월, 장안 신창리(新昌里)에 주택을 매입하여 일가 20명이 이사하다.[114)] 백거이 일생에서 장안·낙양에서의 자가 소유는 이번이

---

112) 백거이 「論重考科目人狀」[3414]: "元和十五年十二月十三日, 重考定科目官, 將仕郎·守尙書司門員外郎臣白居易等狀奏."(『백거이집전교』제6책, 3390쪽)

113) 백거이 「擧人自代狀」[3415]: "長慶元年正月四日, 新授朝議郎·守尙書主客郎中知制誥臣白居易狀奏."(『백거이집전교』제6책, 3392 쪽)

114) 백거이 「竹窗」[0574]: "今春二月初, 卜居在新昌. 未暇作廄庫, 且先營一堂."(『백거이

처음이다.

□ 2월 17일, 원진이 중서사인 겸 한림학사에 제수되고 백거이는「元稹除中書舍人翰林學士賜紫金魚袋制」를 짓다.

□ 2월 23일, 이건(李建)이 장안 수행리(修行里) 거처에서 향년 58세로 서거하다. 5월 10일, 이건을 위해 제문을 짓다. 같은 달 25일, 이건의 장례를 지내고 묘비명을 짓다.[115]

□ 3월 23일, 진사중고시관(進士重考試官)에 위촉되어 전휘·양여사 주관하의 진사과 급제자 14명에 대한 재시험을 시행하다. 그 결과 기존 급제자들은 대부분 낙방하다. 【이설2-0】[116]

□ 4월 10일, 중서사인(中書舍人) 왕기(王起)와 함께 관대한 처분을 요청하는「論重考試進士事宜狀」을 지어 목종에게 상주하였으나 수용되지 않다. 같은 달 12일, 전휘·양여사·이종민 등이 좌천당하다. 이로부터 우승유(牛僧孺)·이종민(李宗閔)을 중심으로 하는 우당과 이덕유(李德裕)·정담(鄭覃)을 중심으로 하는 이당(李黨) 간의 우리당쟁(牛李黨爭)이 40년 동안 지속되다.

□ 가을, 아우 백행간이 좌습유(左拾遺)에 제수되어 함께 조회 참석하러 편전에 들다.[117]

집전교』제2책, 619쪽)

115) 백거이 「有唐善人墓碑」[2887]: "長慶元年二月二十三日夜, 無疾卽世于長安修行里第. 是歲五月二十五日, 歸祔于鳳翔某縣某鄉某原之先塋, 春秋五十八."(『백거이집전교』제5책, 2676쪽), 「祭李侍郞文」[2882]: "維長慶元年歲次辛丑, 五月丙申朔十月乙巳,……敬祭于……李公杓直之靈."(『백거이집전교』제5책, 2666쪽)

116) 進士重考試官 위촉과 진사 급제자 14명에 대한 재시험 시행에 대해 『주보』에서는 4월의 일로 간략하게 기술하고 있다. 『주보』의 최대 단점인 기술의 소략, 즉 안일한 기술 태도로 인한 결과이다. 필자의 검증에 의하면 『화보』·『나보』의 기술이 타당하다.

117) 백거이 「行簡初授拾遺同早朝入閣因示十二韻」[1248]: "宿雨沙堤潤, 秋風樺燭香."

❑ 10월 19일, 중서사인(中書舍人)에 제수되다. 본년 5월 10일부터 중서사인 제수 사이에 원종간(元宗簡)과 함께 산관 품계 종오품하의 조산대부(朝散大夫)를 겸직하고 비색(緋色) 관복을 입기 시작하다. 또 훈관(勳官)은 정이품의 상주국(上柱國)으로 전관되다.[118] 아내 양씨는 홍농현군(弘農縣君)에 봉해지다.[119]

❑ 11월 28일, 가속(賈餗)・진호(陳岵) 등과 함께 제책고관(制策考官)에 위촉되다.[120]

❑ 본년, 중서사인 동료 위처후(韋處厚)와 함께 팔계(八戒)를 받고 십일간 지재(持齋)하다.[121]

(『백거이집전교』제3책, 1254쪽)

118) 백거이 장경1년 작품 「酬元郞中同制加朝散大夫書懷見贈」[1243]・「初加朝散大夫又轉上柱國」[1247] 등이 있으니 朝散大夫와 上柱國의 겸직은 장경1년의 일이 분명하다. 장경1년 5월 10일 「祭李侍郞文」[2882]에 "朝議郞守尙書主客郞中白居易"라고 하였고 「論行營狀」[3419~3423]에 "長慶二年正月五日, 朝散大夫・守中書舍人上柱國臣白居易狀奏."라고 하였으니 백거이의 조산대부・상주국 겸직은 장경1년 5월 10일부터 장경2년 정월 5일 사이의 일이다. 또한 「聞行簡恩賜章服喜成長句寄之」[1658]의 "吾年五十加朝散"구와 自注 "予與行簡, 俱年五十, 始著緋, 皆是主客郞中."에 의하면 조산대부・상주국의 겸직은 50세인 장경1년 5월 10일부터 중서사인에 제수된 장경1년 10월 19일 사이의 일이다.

119) 그 후 정확한 시기는 알 수 없지만 처 양씨는 다시 弘農郡君에 봉해졌다. 郡君은 四品 관원의 모친・부인에게 수여되는 봉호이다. 대화2년(828)~개성4년(839) 작품인 「繡西方幀讚幷序」[3656]에 "有女弟子宏農郡君姓楊, 號蓮花性."구가 있고 회창2년(842) 작품에 「二年三月五日齋畢開素當食偶吟贈妻弘農郡君」[2716]이 있다. 이에 관해서는 삼종연보에도 언급되어 있지 않다.

120) 『舊唐書・白居易傳』: "十月, 轉中書舍人. 十一月, 穆宗親試制擧人, 又與賈餗・陳岵爲考策官."(『구당서』권166・「열전」제116), 『舊唐書・穆宗紀』: "[長慶元年十月]壬午, 以尙書主客郞中知制誥白居易爲中書舍人.……[十一月]戊午, 上御宣政殿, 試制科擧人.……詔中書舍人白居易・繕部郞中陳岵・考功員外郞賈餗同考制策."(『구당서』권16・「本紀」제16)

121) 백거이 「祭中書韋相公文」[3643]: "長慶初, 俱爲中書舍人日, 尋詣普濟寺宗律師所, 同受八戒, 各持十齋. 繇是香火因緣, 漸相親近."(『백거이집전교』제6책, 3713쪽)

□ 2월, 원진이 중서사인·한림학사승지(翰林學士承旨)에 제수되다.

□ 겨울, 유우석이 기주자사(夔州刺史)에 제수되다.

□ 정월, 장경(長慶)으로 개원하다.

【주요작품】「西掖早秋直夜書意」[0572], 「竹窗」[0574], 「西省對花憶忠州東坡新花樹因寄題東樓」[1223], 「中書連直寒食不歸因憶元九」[1225], 「春憶二林寺舊遊因寄朗滿晦三上人」[1226], 「和元少尹新授官」[1227], 「朝迴和元少尹絶句」[1228], 「重和元少尹」[1229], 「待漏入閣書事奉贈元九學士閣老」[1232], 「卜居」[1236], 「酬元郎中同制加朝散大夫書懷見贈」[1243], 「初著緋戲贈元九」[1244], 「初加朝散大夫又轉上柱國」[1247], 「妻初授邑號告身」[1252], 「寄遠」[1255], 「慈恩寺有感」[1259], 「自問」[1263], 「祭李侍郎文」[2882], 「有唐善人墓碑」[2887], 「送侯權秀才序」[2910], 「元稹除中書舍人翰林學士賜紫金魚袋制」[3006], 「擧人自代狀」[3415], 「論重考試進士事宜狀」[3416]

장경2년 (822) 51세

□ 장안 신창리에 거주하며 중서사인으로 재직하다.

□ 2월, 재종제 백민중(白敏中)이 진사과에 급제하다. 이에 기뻐하며 시를 지어 감회를 노래하다.[122]

□ 2월 19일, 원진이 공부시랑동평장사(工部侍郎同平章事)에 제수되다. 백거이는 원진을 위해 「爲宰相謝官表」[123]를 짓다.

□ 봄, 경조소윤(京兆少尹) 원종간(元宗簡)이 서거하다. 백거이는 「晩歸有感」·「元家花」시를 지어 애도의 마음을 표현하다.[124]

---

122) 백거이 「喜敏中及第偶示所懷」[1268]: "自知群從爲儒少, 豈料詞場中第頻.……莫學爾兄年五十, 蹉跎始得掌絲綸."(『백거이집전교』제3책, 1272쪽).

123) 백거이 「爲宰相謝官表」[3441]; 『백거이집전교』제6책, 3433쪽.

124) 백거이 「晩歸有感」[0576]: "劉曾夢中見, 元向花前失." 自注: "劉三十二校書沒後, 嘗夢見之, 元八少尹, 今春櫻桃花時長逝."(『백거이집전교』제2책, 621쪽), 「元家花」

□ 7월 10일, 곡강을 유람하다. 「曲江感秋二首」를 지어 인생무상에 대한 감회를 토로하다.[125]

□ 7월 14일, 외직을 자청하여 항주자사(杭州刺史)에 제수되다. 당시 변주(汴州) 군란으로 변주 경유의 길이 막혀 양주(襄州)를 경유하는 수륙 7,000여 리 길을 택하다.(당시 10리는 대략 5.5Km) 10월 1일, 드디어 항주에 도착하다.[126] 항주 부임 도중 「馬上作」시를 지어 감회를 서술하다.

□ 가을, 항주 부임 도중 수부원외랑 장적(張籍)을 만난 기쁨을 노래하다.[127] 강주에 이르러 구유(舊遊)를 추억하며 감회를 군루(郡樓)에 쓰고, 강주자사(江州刺史) 이발(李渤)을 만나 시를 기증하고 함께 초당을 방문하다.[128]

□ 2월, 원진이 공부시랑동평장사(工部侍郎同平章事)에 제수되다. 6월, 동주자사(同州刺史)로 좌천되다.

【주요작품】「長慶二年七月自中書舍人出守杭州路次藍溪作」[0340], 「初出城留別」[0341], 「馬上作」[0352], 「初下漢江舟中作寄兩省給舍」[0358], 「初領郡政衙退登東樓作」[0360], 「晚歸有感」[0576], 「曲江感秋二首」[0578·05

[1278]: "失却東園主, 春風可得知."(『백거이집전교』제3책, 1283쪽)

125) 백거이 「曲江感秋二首幷序」[0577]: "今遊曲江, 又値秋日, 風物不改, 人事屢變. 況予中否后遇, 昔壯今衰, 慨然感懷, 復有此作. 噫! 人生多故, 不知明年秋又何許也? 時二年七月十日云耳."(『백거이집전교』제2책, 622쪽)

126) 백거이 「杭州刺史謝上表」[3435]: "去七月十四日蒙恩除授杭州刺史. 屬汴路未通, 取襄漢路赴任. 水陸七千餘里, 晝夜奔馳, 今月一日到本州."(『백거이집전교』제6책, 3427쪽)

127) 백거이 「逢張十八員外籍」[1321]: "旅思正茫茫, 相逢此道傍.……客亭同宿處, 忽似夜歸鄕."(『백거이집전교』제3책, 1317쪽)

128) 백거이 「重到江州感舊遊題郡樓十一韻」[1329]; 『백거이집전교』제3책, 1323쪽. 「贈江州李十使君員外十二韻」[1330]; 『백거이집전교』제3책, 1324쪽. 「題別遺愛草堂兼呈李十使君」[1331]; 『백거이집전교』제3책, 1326쪽.

79], 「喜敏中及第偶示所懷」[1268], 「久不見韓侍郎戲題四韻以寄之」[1269]
【편년】129), 「元家花」[1278], 「初罷中書舍人」[1316], 「宿陽城驛對月」[1317],
「商山路有感」[1319], 「重感」[1320], 「逢張十八員外籍」[1321], 「重到江州感
舊遊題郡樓十一韻」[1329], 「贈江州李十使君員外十二韻」[1330], 「題別遺
愛草堂兼呈李十使君」[1331], 「重題」[1332], 「夜泊旅望」[1333], 「九江北岸
遇風雨」[1334], 「論行營狀」[3419~3423], 「杭州刺史謝上表」[3435], 「爲宰相
謝官表」[3441]

장경3년(823) 52세

❏ 항주에서 항주자사(杭州刺史)로 재직하다.

❏ 정월 1일, 호주자사(湖州刺史) 전휘(錢徽)가 보내온 시를 읽으며
  독작(獨酌)하다.130)

❏ 2월 5일, 눈처럼 떨어지는 흰 꽃을 보고 백발이 성성한 자신의
  감회를 노래하다.131)

❏ 여름, 천축사(天竺寺) 칠엽당(七葉堂)에서 더위를 피하다.132)

❏ 7월, 보름 넘게 와병하고 병석에서 일어난 감회를 노래하다.133)

---

129) 이 작품의 창작연대에 대해 화방영수는 장경1년(821), 주금성·나련첨은 장경2년
  (822)을 주장했다. 필자의 검증에 의하면 장경2년이 옳다. 이에 관한 논의는 본서
  제3장 「백거이 작품 개설」에 상세하다.

130) 백거이 「小歲日對酒吟錢湖州所寄詩」[1357]: "獨酌無多興, 閑吟有所思. 一杯新歲酒,
  兩句故人詩."(『백거이집전교』제3책, 1350쪽)

131) 백거이 「二月五日花下作」[1367]: "二月五日花如雪, 五十二人頭似霜. ……只有且來
  花下醉, 從人笑道老顚狂."(『백거이집전교』제3책, 1359쪽)

132) 백거이 「天竺寺七葉堂避暑」[1517]: "鬱鬱復鬱鬱, 伏熱何時畢. 行入七葉堂, 煩暑隨
  步失."(『백거이집전교』제3책, 1507쪽)

133) 백거이 「病中逢秋招客夜酌」[0371]: "不見詩酒客, 臥來半月餘. 合和新藥草, 尋檢舊
  方書."(『백거이집전교』제1책, 440쪽), 「新秋病起」[1384]: "病瘦形如鶴, 愁焦鬢似
  蓬. ……猶須自慚愧, 得作白頭翁."(『백거이집전교』제3책, 1373쪽)

❑ 8월 13일, 영은사(靈隱寺) 냉천정(冷泉亭)을 유람하고 기(記)를 짓다.[134]

❑ 9월, 항주 부임 1년 만에 주원범(周元範) · 소열(蕭悅) 등 5인과 함께 은덕사(恩德寺)의 천동(泉洞)을 유람하다.[135]

❑ 10월, 월주자사 부임 길에 항주를 경유한 원진과 상봉하여 삼일 밤을 함께 묵다.[136] 원진의 월주 도착 후에는 시통(詩筒)으로 자주 창화하다.[137]

❑ 본년, 아우 백행간이 탁지원외랑(度支員外郎)에 제수되다.

❑ 본년 8월, 원진이 절동관찰사(浙東觀察使) 겸 월주자사(越州刺史)에 제수되다.

【주요작품】「病中逢秋招客夜酌」[0371], 「小歲日對酒吟錢湖州所寄詩」[1357], 「錢塘湖春行」[1358], 「餘杭形勝」[1382], 「新秋病起」[1384], 「江樓晚眺景物鮮奇玩成篇寄水部張員外」[1387], 「予以長慶二年冬十月到杭州明年秋九月＊」[1394][138], 「天竺寺七葉堂避暑」[1517], 「元微之除浙東觀察使喜得

---

134) 백거이 「冷泉亭記」[2911]: "東南山水, 餘杭郡為最, 就郡言, 靈隱寺為尤, 由寺觀, 冷泉亭為甲.……長慶三年八月十三日記."(『백거이집전교』제5책, 2764쪽)

135) 백거이 「予以長慶二年冬十月到杭州明年秋九月始與范陽盧賈 · 汝南周元範 · 蘭陵蕭悅 · 清河崔求 · 東萊劉方輿同遊恩德寺之泉洞……」[1394]; 『백거이집전교』제3책, 1380쪽.

136) 백거이 「席上答微之」[1534]: "我住浙江西, 君去浙江東.……富貴無人勸君酒, 今宵為我盡杯中."(『백거이집전교』제3책, 1526쪽), 「答微之詠懷見寄」[1542]: "分袂二年勞夢寐, 並牀三宿話平生."(『백거이집전교』제3책, 1534쪽)

137) 백거이 「醉封詩筒寄微之」[1545]: "爲向兩州郵吏道, 莫辭來去遞詩筒."(『백거이집전교』제3책, 1537쪽); 「與微之唱和來去常以竹筒貯詩陳協律美而成篇因以此答」[1562]; 『백거이집전교』제3책, 1552쪽.

138) 백거이 「予以長慶二年冬十月到杭州明年秋九月始與范陽盧賈汝南周元範蘭陵蕭悅清河崔求東萊劉方輿同遊恩德寺之泉洞竹石籍甚久矣及茲目擊果愜心期因自嗟云到郡周歲方來入寺半日復去俯視朱綬仰睇白雲有愧於心遂留絶句」[1394]; 『백거이집전교』제3책, 1380쪽.

杭越鄰州先贈長句」[1533], 「席上答微之」[1534], 「答微之上船後留別」[1535], 「答微之泊西陵驛見寄」[1536], 「答微之誇越州州宅」[1537], 「微之重誇州居其落句有西州羅刹之譴因嘲妓石聊以寄懷」[1538], 「酬微之」[1540], 「餘思未盡加爲六韻重寄微之」[1541], 「答微之詠懷見寄」[1542], 「醉封詩筒寄微之」[1545], 「冷泉亭記」[2911]

장경4년 (824) 53세

❑ 항주에서 항주자사로 재직하다.

❑ 3월 10일, 서호(西湖) 제방 수축 등 치수 사업에 노력한 백거이는 서호의 수리와 치수에 관해 후임 자사가 알아야 할 네 가지 사항을 돌에 새긴 「錢塘湖石記」를 짓다.[139]

❑ 봄, 안병과 폐질(肺疾)을 앓고 노쇠함을 탄식하는 시를 짓다.[140]

❑ 5월 중순, 항주자사 임기가 만료되어 태자좌서자(太子左庶子)[141]에 제수되다. 떠나기 전에 보름 동안 항주를 유람하다. 월주의 원진에게 이별의 시를 기증하다.[142]

❑ 5월 말, 항주를 떠나 가을 낙양에 도착하여 분사동도(分司東都)를 요청한 결과 태자좌서자분사동도에 제수되다. 【이설4-2】[143]

---

139) 백거이 「錢塘湖石記」[3629]: "錢塘湖事, 刺史要知者四條, 其列如左.……長慶四年三月十日, 杭州刺史白居易記."(『백거이집전교』제6책, 3668쪽)

140) 백거이 「自歎二首」제2수 [1405]: "二毛曉落梳頭懶, 兩眼春昏點藥頻."(『백거이집전교』제3/1389쪽), 「病中書事」[1561]: "氣嗽因寒發, 風痰欲雨生. 病身無所用, 唯解卜陰晴."(『백거이집전교』제3책, 1551쪽)

141) 원진 「白氏長慶集序」에는 '右庶子'로 기재되어 있고 陳振孫 『白文公年譜』에서는 이를 따랐다. 현재 학계의 통설 '左庶子'는 『구당서·백거이전』의 기록을 근거로 한 것이다.

142) 백거이 「除官赴闕留贈微之」[1573]: "去年十月半, 君來過浙東. 今年五月盡, 我發向關中."(『백거이집전교』제3책, 1562쪽)

143) 태자좌서자분사동도 제수에 대해 『주보』는 장경4년 5월 항주, 『나보』는 동년 5월

□ 가을, 낙양 이도리(履道里)에 있는 고(故) 산기상시(散騎常侍) 양
빙(楊憑)의 주택을 구입하여 거주하다. 주택 대금이 부족하여 말
두 필로 배상하다.[144]

□ 12월 10일, 『백씨장경집(白氏長慶集)』50권이 편찬되어 원진이 서
문을 짓다.[145]

□ 본년 정월, 목종이 붕어하고 경종(敬宗)이 즉위하다.

□ 본년 8월, 유우석이 화주자사(和州刺史)에 제수되다.

□ 본년 8월, 양우경이 이부원외랑(吏部員外郎)에 제수되다.

【주요작품】「除官去未間」[0377], 「三年爲刺史二首」[0378·0379], 「洛中偶
作」[0384], 「移家入新宅」[0386], 「鶴」[0388], 「正月十五日夜月」[1401], 「自
歎二首」[1404·1405], 「湖上招客送春汎舟」[1411], 「病中書事」[1561], 「與
微之唱和來去常以竹筒貯詩陳協律美而成篇因以此答」[1562], 「除官赴闕留
贈微之」[1573], 「留題郡齋」[1574], 「別州民」[1575], 「留題天竺靈隱兩寺」
[1576], 「西湖留別」[1577], 「重寄別微之」[1578], 「重題別東樓」[1579], 「河陰
夜泊憶微之」[1585], 「分司東都寄牛相公十韻」[1599][146], 「履道新居二十韻」
[1601], 「九日思杭州舊遊寄周判官及諸客」[1602], 「題新居寄宣州崔相公」
[1609], 「錢塘湖石記」[3629]

말 항주를 떠나 낙양 도착 이전의 일로 기술하였다. 『화보』는 항주를 떠나기 전
太子左庶子에 제수되었지만 가을 낙양 도착 이후 分司東都를 요청하였으니 태자좌
서자분사동도 제수는 장경4년 가을 낙양에서의 일이라고 기술하였다.

144) 백거이 「洛下卜居」[0383]·"且脫雙驂易"句下自注: "買履道宅, 價不足, 因以兩馬償
之."(『백거이집전교』제1책, 449쪽)

145) 원진 「白氏長慶集序」; "予時刺會稽, 因得盡徵其文, 手自排纘, 成五十卷,……因號曰
白氏長慶集.……長慶四年冬十二月十日微之序."(『원진집』하책, 554쪽)

146) 謝思煒『白居易詩集校注』(제4책, 1842쪽)는 「求分司東都寄牛相公十韻」을 제목으
로 한다.

보력1년(825) 54세

□ 낙양 이도리에 거주하며 태자좌서자분사동도(太子左庶子分司東都)로 재직하다.

□ 봄, 작년 가을 구입한 이도리 새집을 수리하다.[147] 작년 하남윤으로 부임한 왕기(王起)가 정원의 교량 가설과 식수(植樹) 등에 도움을 주다.[148]

□ 3월 4일, 소주자사(蘇州刺史)에 제수되다. 29일 낙양을 출발하여 5월 5일, 소주에 도착하다.[149]

□ 여름, 15일간의 병가(病假)를 얻어 북정(北亭)에서 10일을 누워 지내다.[150]

□ 7월 20일, 정원4년(788)부터 정원6년(790) 소주자사에 재임한 위응물(韋應物)의 시를 석각하고 경위를 서술한 기(記)를 짓다.[151]

□ 가을, 태호(太湖)를 유람하다. 태호 동정산(洞庭山: 일명 包山)에서 묵으며 동정산 특산품 공귤(貢橘)을 친히 정선하다.[152]

---

147) 백거이 「春葺新居」[0394]: "況兹是我宅, 葺藝固其宜. 平旦領僕使, 乘春親指揮."(『백거이집전교』제1책, 459쪽)

148) 백거이 「題新居呈王尹兼簡府中三掾」[1621]: "弊宅須重葺, 貧家乏羨財. 橋憑川守造, 樹倩府寮栽."(『백거이집전교』제3책, 1603쪽)

149) 백거이 「蘇州刺史謝上表」[3630]: "伏奉三月四日恩制, 授臣使持節蘇州諸軍事守蘇州刺史. 臣以某月二十九日發東都, 今月五日到州."(『백거이집전교』제6책, 3672쪽). 「除蘇州刺史別洛城東花」[1633]: "老除吳郡守, 春別洛陽城. 江上今重去, 城東更一行."(『백거이집전교』제3책, 1612쪽)

150) 백거이 「北亭臥」[1418]: "樹綠晚陰合, 池涼朝氣清. 蓮開有佳色, 鶴唳無凡聲.……病假十五日, 十日臥兹亭."(『백거이집전교』제3책, 1403쪽)

151) 백거이 「吳郡詩石記」[3627]: "貞元初, 韋應物爲蘇州牧,……寶曆元年七月二十日, 蘇州刺史白居易題."(『백거이집전교』제6책, 3663쪽)

152) 백거이 「早發赴洞庭舟中作」[1662]: "漸看海樹紅生日, 遙見包山白帶霜."(『백거이집전교』제3책, 1640쪽), 「宿湖中」[1663]: "十隻畫船何處宿, 洞庭山脚太湖心."(『백거이집전교』제3책, 1641쪽), 「揀貢橘書情」[1664]: "洞庭貢橘揀宜精, 太守勤王請自行."

□ 가을, 원진이 월주에서「霓裳羽衣譜」를 보내고 백거이는 이에 화답하여「霓裳羽衣歌」를 짓다.[153]

□ 12월 10일, 고 원종간(元宗簡)의 문집에 서문을 짓다. 장경2년 (822) 원종간이 임종 시 아들에게 자기 문집의 서문을 백거이에게 당부하는 유언을 실행한 것이다.[154]

□ 본년, 아우 백행간이 주객랑중(主客郎中)에 제수되고 조산대부(朝散大夫)를 겸직하여 비색(緋色) 관복을 입게 되다. 장안에 있는 아우 백행간을 꿈에 보다.[155]

□ 정월, 보력(寶曆)으로 개원하다.

【주요작품】「春葺新居」[0394],「郡齋旬假命宴呈座客示郡寮」[1415],「北亭臥」[1418],「崔湖州贈紅石琴薦煥如錦文無以答之以詩酬謝」[1420],「九日宴集醉題郡樓兼呈周殷二判官」[1421],「同微之贈到郭虛舟鍊師五十韻」[1422],「霓裳羽衣歌」[1423],「夢行簡」[1620],「題新居呈王尹兼簡府中三掾」[1621],「與皇甫庶子同遊城東」[1627],「寄皇甫七」[1631],「除蘇州刺史別洛城東花」[1633],「吟前篇因寄微之」[1642],「自到郡齋僅經旬日方專公務未及宴遊偸閑走筆題二十四韻兼寄常州賈舍人湖州崔郎中仍呈吳中諸客」[1644],「秋寄微之十二韻」[1649],「聞行簡恩賜章服喜成長句寄之」[1658],「早發赴洞庭舟中作」[1662],「宿湖中」[1663],「揀貢橘書情」[1664],「歲暮寄微之三首」[1673~1675],「故京兆元少尹文集序」[3623],「吳郡詩石記」[3627],「蘇州刺史謝上表」[3630]

(『백거이집전교』제3책, 1642쪽)

153) 백거이「霓裳羽衣歌」[1423](題下自注: "和微之"): "今年五月至蘇州, 朝鍾暮角催白頭.……秋來無事多閑悶, 忽憶霓裳無處問."(『백거이집전교』제3책, 1410쪽)

154) 백거이「故京兆元少尹文集序」[3623]: "[遘]疾彌留, 將啓手足, 無他語. 語其子途云: 吾平生酷嗜詩, 白樂天知我者, 我歿, 其遺文得樂天爲之序, 無恨矣."(『백거이집전교』제6책, 3653쪽)

155) 백거이「聞行簡恩賜章服喜成長句寄之」[1658]: "吾年五十加朝散, 爾亦今年賜服章. 齒髮恰同知命歲, 官銜俱是客曹郎."(『백거이집전교』제3책, 1637쪽),「夢行簡」[1620]: "池塘草綠無佳句, 虛臥春窗夢阿憐."(『백거이집전교』제3책, 1602쪽)

보력2년 (826) 55세

☐ 소주에서 소주자사로 재직하다.

☐ 2월 말, 낙마로 발과 허리를 다치고도 매화 구경하러 무리하게 외출하다. 30일 동안 와병하다.[156]

☐ 본년 5월 중순, 안병[157]으로 백일휴가를 신청하다. 8월 하순 휴가 기간이 만료되어[158] 소주자사에서 면직되다. 【이설5-1】[159]

☐ 본년 9월 말 혹은 10월 초 소주를 떠나다. 【이설】[160] 소주 백성들이 강변에 와 작별 인사를 하였고 전송하기 위해 10리 길을 배를 따라 오다.[161]

☐ 소주를 떠나 양주(揚州)에 도착하다. 화주자사(和州刺史)에서 면

---

156) 백거이 「馬墜强出贈同座」[1682]: "足傷遭馬墜, 腰重倩人擡.……强出非他意, 東風落盡梅."(『백거이집전교』제3책, 1658쪽), 「病中多雨逢寒食」[1685]: "水國多陰常懶出, 老夫饒病愛閑眠. 三旬臥度鶯花月, 一半春銷風雨天."(『백거이집전교』제3책, 1661쪽)

157) 백거이 「眼病二首」제2수[1701]: "眼藏損傷來已久, 病根牢固去應難."(『백거이집전교』제3책, 1672쪽)

158) 백거이 「百日假滿」[1706]: "心中久有歸田計, 身上都無濟世才. 長告初從百日滿, 故鄕元約一年回."(『백거이집전교』제3책, 1676쪽)

159) 『화보』·『주보』는 보력2년 5월 말 백일휴가 신청, 휴가 기간이 만료된 9월 초에 소주자사 면직으로 기술하였고 『나보』는 백일 휴가 신청 시기를 언급하지 않고 소주자사 면직을 8월의 일로 기술하고 있다.

160) 소주자사 면직 후 소주를 떠난 시기에 대해 『주보』는 "十月初", 『나보』는 "九月底或十月初"로 기술하였으나 모두 근거는 제시되지 않았다. 아마도 「答劉禹錫白太守行」[1442]의 "今年去郡日, 稻花白霏霏."구에서 "하얀 벼꽃이 무성하게 피었을 때"를 『주보』는 "十月初", 『나보』는 "九月底或十月初"로 해석하였던 것으로 보인다. 반면에 『화보』는 "9월 25일"조 다음 행에 "稻花白時, 將發蘇."로만 기술하였다. 본고에서는 『나보』를 따랐다.

161) 백거이 「答劉禹錫白太守行」[1442]: "去年到郡時, 麥穗黃離離. 今年去郡日, 稻花白霏霏."(『백거이집전교』제3책, 1433쪽), 「別蘇州」[1443]: "一時臨水拜, 十里隨舟行."(『백거이집전교』제3책, 1434쪽)

직되어 낙양으로 가던 유우석과 양자진(揚子津)에서 상봉하다. 보름 동안 함께 지내며 양주(揚州)를 유람하다.[162]

☐ 본년, 아우 백행간이 선부랑중(膳部郞中)에 제수되다. 겨울, 장안에서 향년 51세로 병사하다.[163]

☐ 본년 가을, 유우석이 화주자사에서 면직되다.

☐ 본년 12월, 경종(敬宗)이 유극명(劉克明) 등의 환관에 의해 시해당하다. 왕수징(王守澄)·위종간(魏從簡)이 유극명 등을 살해하고 강왕(江王) 이앙(李昂)을 옹립하여 문종(文宗)이 즉위하다.

【주요작품】「自詠五首」[1431~1435], 「答劉禹錫白太守行」[1442], 「別蘇州」[1443], 「自歎」[1679], 「馬墜强出贈同座」[1682], 「病中多雨逢寒食」[1685], 「三月二十八日贈周判官」[1688], 「六月三日夜聞蟬」[1698], 「仲夏齋居偶題八韻寄微之及崔湖州」[1696], 「眼病二首」[1700·1701], 「詠懷」[1704], 「重詠」[1705], 「百日假滿」[1706], 「九日寄微之」[1707], 「武丘寺路」[1715], 「齊雲樓晚望偶題十韻兼呈馮侍御周殷二協律」[1716], 「河亭晴望」[1717], 「武丘寺路宴留別諸妓」[1720], 「望亭驛酬別周判官」[1723], 「寶曆二年八月三十日夜夢後作」[1729], 「與夢得同登棲靈塔」[1730], 「喜罷郡」[1732], 「華嚴經社石記」[3626]

대화1년(827) 56세

☐ 봄, 낙양으로 돌아오는 길에 형양(滎陽)에 들러 숙박하다.[164] 낙양에 도착하여 이도리(履道里) 자택에서 한거(閑居)하다.[165]

---

162) 백거이 「與夢得同登棲靈塔」[1730]: "半月悠悠在廣陵, 何樓何塔不同登. 共憐筋力猶堪在, 上到棲靈第九層."(『백거이집전교』제3책, 1695쪽)

163) 백거이 「祭弟文」[3644]: "自爾去來, 再周星歲."(『백거이집전교』제6책, 3716쪽) 백행간 관련 기사는 黃大宏 「白行簡年譜」; 『文獻』2002년 3기, 2002.7 참조.

164) 백거이 「宿滎陽」[1451]: "生長在滎陽, 少小辭鄕曲. ……去時十一二, 今年五十六."(『백거이집전교』제3책, 1441쪽)

□ 3월 17일, 비서감(秘書監)에 제수되어 금자(金紫)를 하사받고 【이설 4-3】[166] 그 감회를 서술한 시를 짓다.[167] 이때 산관 품계 종사품하(從四品下)인 중대부(中大夫)를 겸직하다.[168]

□ 4월, 낙양을 출발하여 서쪽으로 부수(敷水)를 지나다.[169]

□ 여름, 장안 신창리 자택에 세 번째로 거주하다. 신창리 자택에서 한거하며 양여사(楊汝士) 형제를 초대하다.[170]

□ 10월 10일, 문종(文宗) 탄생일에 안국사(安國寺) 승려 의림(義林)·태청궁(太淸宮) 도사 양홍원(楊弘元)과 인덕전(麟德殿)에서 유불도(儒佛道) 삼교의 교의(敎義)에 대해 토론하다. 토론 내용을 간략하게 기록하여 「三敎論衡」을 짓다.[171]

□ 12월, 동도 낙양에 출사하다. 도중에 시를 지어 장정보(張正甫)에

---

165) 백거이 「初到洛下閑遊」[1743]: "趁伴入朝應老醜, 尋春放醉尙粗豪. 詩攜綵紙新裝卷, 酒典緋花舊賜袍."(『백거이집전교』제3책, 1706쪽)

166) 비서감 제수일에 대해 『주보』·『화보』는 3월 17일, 『나보』는 3월 29일로 기술하였다.

167) 백거이 「初授秘監幷賜金紫閑吟小酌偶寫所懷」[1749]: "紫袍新祕監, 白首舊書生. 鬢雪人間壽, 腰金世上榮."(『백거이집전교』제3책, 1711쪽)

168) 백거이의 「三敎論衡」[3631]에 "大和元年十月, 皇帝降誕日,……對御三敎談論."이라고 하면서 자신을 "中大夫·守秘書監·上柱國·賜紫金魚袋臣白居易"라고 기술하였으니 대화1년(827) 10월 이전 이미 中大夫를 겸직하였음을 알 수 있다. 비서감 제수와 동시에 中大夫를 겸직하였을 가능성이 제일 높다.

169) 백거이 「過敷水」[1746]: "垂鞭欲渡羅敷水, 處分鳴騶且緩驅. 秦氏雙蛾久冥漠, 蘇臺五馬尚跼蹰."(『백거이집전교』제3책, 1709쪽)

170) 백거이 「新昌閑居招楊郎中兄弟」[1750]: "紗巾角枕病眠翁, 忙少閑多誰與同.……暑月貧家何所有, 客來唯贈北窗風."(『백거이집전교』제3책, 1712쪽)

171) 백거이 「三敎論衡」[3631]: "大和元年十月, 皇帝降誕日, 奉勅召入麟德殿內道場, 對御三敎談論, 略錄大端, 不可具載.……秘書監·賜紫金魚袋白居易. 安國寺賜紫引駕沙門義林, 太淸宮賜紫道士楊弘元."(『백거이집전교』제6책, 3673쪽) 『백거이집전교』에서는 마원조본에 따라 '義林'을 '義休'로 기재하였으나 오기이므로 '義林'으로 바꾼다. 謝思煒 『白居易文集校注』北京, 中華書局, 2011, 제4책, 1849쪽.

게 기증하다.[172] 조상역(稠桑驛)에 도달했을 때 타고 가던 백마가 갑자기 사망하여 애도하는 시를 짓다.[173]

☐ 본년, 원진이 『백씨장경집』 중 화답하지 않았던 작품 57수에 추화(追和)하여 114수를 보내오다. 이에 『인계집(因繼集)』권지일(卷之一)로 제목을 삼다.[174]

☐ 본년 봄, 유우석이 낙양에 도착하다. 6월에 주객랑중분사동도에 제수되다.

☐ 본년 9월, 절동관찰사 원진이 검교예부상서(檢校禮部尙書)를 겸직하다.

☐ 정월, 대화(大和)로 개원하다.

【주요작품】 「宿滎陽」[1451], 「經溱洧」[1452], 「初到洛下閑遊」[1743], 「過敷水」[1746], 「初授秘監幷賜金紫閑吟小酌偶寫所懷」[1749], 「新昌閑居招楊郎中兄弟」[1750], 「秘省後廳」[1751], 「和楊郎中賀楊僕射致仕後楊侍郎門生合宴席上作」[1753], 「松下琴贈客」[1754], 「秋齋」[1755], 「塗山寺獨遊」[1756], 「登觀音臺望城」[1757], 「登靈應臺北望」[1758], 「酬裴相公題興化小池見招長句」[1759], 「閑行」[1760], 「閑出」[1761], 「與僧智如夜話」[1762], 「憶廬山舊隱及洛下新居」[1763], 「晚寒」[1764], 「偶眠」[1765], 「奉使途中戲贈張常侍」[1767], 「有小白馬乘馭多時奉使東行至稠桑驛溘然而斃足可驚傷不能忘情題二十韻」[1768], 「酬皇甫賓客」[1770], 「答蘇庶子」[1772], 「三教論衡」[3631]

---

172) 백거이 「奉使途中戲贈張常侍」[1767]: "早風吹土滿長衢, 驛騎星軺盡疾驅. 共笑籃昇亦稱使, 日馳一驛向東都."(『백거이집전교』제3책, 1727쪽)

173) 백거이 「有小白馬乘馭多時奉使東行至稠桑驛溘然而斃足可驚傷不能忘情題二十韻」[1768]: "稠桑驛門外, 吟罷涕雙垂."(『백거이집전교』제3책, 1728쪽)

174) 백거이 「因繼集重序」[3641]: "去年, 微之取予長慶集中詩未對答者五十七首追和之, 合一百一十四首寄來, 題爲因繼集卷之一."(『백거이집전교』제6책, 3709쪽)

대화2년 (828) 57세

❑ 장안 신창리에 거주하며 비서감으로 재직하다.

❑ 봄, 낙양에서 장안으로 귀환하다. 당시 주객랑중분사동도로 재직 중이던 유우석(劉禹錫)과 낙양 서쪽 근교의 제1역참 임도역(臨都驛)에서 묵으며 유우석의 송별시에 화답하다.[175]

❑ 2월 19일, 형부시랑(刑部侍郎)에 제수되고 진양현남(晋陽縣南)에 봉해지다. 식읍(食邑) 300호를 수여받다. 작년 9월, 원진의 검교예부상서(檢校禮部尙書) 겸직과 자신의 형부시랑 제수에 대한 하의(賀意)를 시로 짓다.[176]

❑ 가을, 『백씨장경집』50권에 이어 후집(後集) 5권을 자편하고 「後序」를 짓다.[177]

❑ 10월 15일, 최근작 50수에 대해 원진이 화답하여 100수를 보내오니 이것을 『인계집(因繼集)』권지이(卷之二)로 명명하고 「因繼集重序」를 짓다.[178]

❑ 12월, 안병으로 백일휴가를 신청하다. 병가 중에 경조소윤(京兆少尹) 방엄(龐嚴)이 생선과 술을 가지고 방문하다.[179]

---

175) 백거이 「臨都驛答夢得六言二首」제1수[1791]: "揚子津頭月下, 臨都驛裏燈前. 昨日老於前日, 去年春似今年."(『백거이집전교』제3책, 1749쪽)

176) 백거이 「微之就拜尙書居易續除刑部因書賀意兼詠離懷」[1803]: "我爲憲部入南宮, 君作尙書鎭浙東."(『백거이집전교』제3책, 1758쪽)

177) 백거이 「後序」[1414]: "邇來復有格詩·律詩·碑誌·序記·表贊, 以類相附, 合爲卷軸, 又從五十一以降, 卷而第之. 是時大和二年秋, ……因附前集報微之, 故復序于卷首云爾."(『백거이집전교』제3책, 1396쪽)

178) 백거이 「因繼集重序」[3641]: "今年, 予復以近詩五十首寄去, 微之不逾月依韻盡和, 合一百首, 又寄來, 題爲因繼集卷之二. ……二年十月十五日, 樂天重序."(『백거이집전교』제6책, 3709쪽)

179) 백거이 「病假中龐少尹攜魚酒相過」[1863]: "宦情牢落年將暮, 病假聯綿日漸深. ……

❏ 12월, 아우 백행간을 위해 문집 20권을 편찬하고 『백낭중집(白郎中集)』으로 명명하다. 12월 30일, 제사지내고 제문을 짓다.[180]

❏ 본년 봄, 유우석이 주객랑중·집현학사(集賢學士)에 제수되다.

【주요작품】「後序」[1414], 「和我年三首」[1477~1449], 「臨都驛答夢得六言二首」[1791·1792], 「喜錢左丞再除華州以詩伸賀」[1793], 「和錢華州題少華淸光絶句」[1794], 「送陝府王大夫」[1795], 「曲江有感」[1800], 「杏園花下贈劉郎中」[1801], 「花前有感兼呈崔相公劉郎中」[1802], 「微之就拜尙書居易續除刑部因書賀意兼詠離懷」[1803], 「喜與韋左丞同入南省因敍舊以贈之」[1804], 「酬嚴給事」[1810], 「大和戊申歲大有年詔賜百寮出城觀稼謹書盛事以俟采詩」[1833], 「贈悼懷太子挽歌辭二首」[1834·1835], 「令狐相公拜尙書後有喜從鎭歸朝之作劉郎中先和因以繼之」[1847], 「送河南尹馮學士赴任」[1848], 「病假中龐少尹攜魚酒相過」[1863], 「戊申歲暮詠懷三首」[1933~1935], 「因繼集重序」[3641], 「祭弟文」[3644]

대화3년 (829) 58세

❏ 장안 신창리에 거주하며 백일휴가를 보내다.

❏ 봄, 『원백창화인계집(元白唱和因繼集)』16권을 완성하다.[181]

❏ 3월 5일, 『유백창화집(劉白唱和集)』2권을 완성하다.[182]

❏ 3월, 백일휴가 만기로 형부시랑(刑部侍郞)에서 면직되고 태자빈객분사(太子賓客分司)에 제수되다.[183]

勞動故人龐閣老, 提魚攜酒遠相尋."(『백거이집전교』제3책, 1814쪽)

180) 백거이 「祭弟文」[3644]: "維大和二年歲次戊申, 十二月壬子朔, 三十日辛巳, 二十二哥居易以淸酌庶羞之奠致祭于郎中二十三郎知退之靈."(『백거이집전교』제6책, 3716쪽)

181) 백거이 「和微之詩二十三首序」[1472]: "曩者唱酬, 近來因繼, 已十六卷, 凡千餘首矣. 其爲敵也, 當今不見, 其爲多也, 從古未聞."(『백거이집전교』제3책, 1463쪽)

182) 백거이 「劉白唱和集解」[3642]: "至太和三年春以前, 紙墨所存者, 凡一百三十八首. ……因命小姪龜兒編錄, 勒成兩卷, 仍寫二本, 一付龜兒, 一授夢得小兒崙郞, 各令收藏, 附兩家集.……己酉歲三月五日, 樂天解."(『백거이집전교』제6책, 3711쪽)

□ 3월, 장안 흥화리(興化里)의 배도(裴度) 저택에서 송별연을 하다. 백거이·배도·유우석·장적 4인이 연구시(聯句詩)를 짓다.[184]

□ 4월 초, 장안을 출발하여 낙양에 도착하다. 이도리(履道里) 자택에서 거주하며 이후 18년간 낙양에서 여생을 보내다.[185]

□ 6월 30일, 작년 12월 서거한 중서시랑 위처후(韋處厚)의 제문「祭中書韋相公文」을 짓다.[186]

□ 9월 20일, 월주자사에서 상서좌승(尙書左丞)에 제수되어 귀경하던 원진과 낙양에서 상봉하다.[187]

□ 겨울, 아들 아최(阿崔)가 출생하다.[188] 같은 해 원진도 아들 도보(道保)를 얻자 축하와 자조의 시 2수를 짓다.[189]

□ 본년, 유우석이 예부랑중(禮部郎中)·집현학사에 제수되다.

【주요작품】「和三月三十日四十韻」[1480]【편년】[190], 「和望曉」[1486], 「中

---

183) 백거이「病免後喜除賓客」[1939]: "臥在漳濱滿十旬, 起為商皓伴三人. 從今且莫嫌身病, 不病何由索得身."(『백거이집전교』제3책, 1876쪽)

184) 백거이「宴興化池亭送白二十二東歸聯句」[3745]: "東洛言歸去, 西園告別來. ……會當重入用, 此去背悠哉."(『백거이집전교』제6책, 3863쪽)

185) 백거이「歸履道宅」[1946]: "往時多暫住, 今日是長歸. 眼下有衣食, 耳邊無是非."(『백거이집전교』제3책, 1882쪽)

186) 백거이「祭中書韋相公文」[3643]: "維大和三年歲次己酉, 六月己酉朔, 三十日戊寅, ……白居易, 謹以茶果之奠, 敬祭于故中書侍郎平章事·贈司空韋公德載."(『백거이집전교』제6책, 3713쪽)

187) 백거이「嘗黃醅新酎憶微之」[2029]: "元九計程殊未到, 甕頭一盞共誰嘗."(『백거이집전교』제4책, 1931쪽), 「酬別微之」[2032]: "猶被分司官繫絆, 送君不得過甘泉."(『백거이집전교』제4책, 1934쪽)

188) 백거이「阿崔」[2038]: "豈料鬢成雪, 方看掌弄珠. 已衰寧望有, 雖晚亦勝無."(『백거이집전교』제4책, 1938쪽)

189) 백거이「予與微之老而無子發於言歎著在詩篇今年冬各有一子戲作二什一以相賀一以自嘲」제1수[2033]: "常憂到老都無子, 何況新生又是兒."(『백거이집전교』제4책, 1935쪽)

隱」[1500], 「和春深二十首」[1873~1892], 「病免後喜除賓客」[1939], 「自題新
昌居止因招楊郎中小飮」[1869], 「池鶴二首」[1894~1895], 「想東遊五十韻」
[1938], 「病免後喜除賓客」[1939], 「長樂亭留別」[1940], 「陝府王大夫相迎偶
贈」[1941], 「別陝州王司馬」[1942], 「將至東都先寄令狐留守」[1943], 「答崔
十八見寄」[1944], 「歸履道宅」[1946], 「自題」[1960], 「答蘇六」[1963], 「嘗黃
酺新酎憶微之」[2029], 「酬別微之」[2032], 「予與微之老而無子發於言歎著
在詩篇今年冬各有一子戲作二什一以相賀一以自嘲」[2033・2034], 「阿崔」
[2038], 「池上篇」[3640], 「劉白唱和集解」[3642], 「祭中書韋相公文」[3643],
「宴興化池亭送白二十二東歸聯句」[3745]

대화4년 (830) 59세

□ 낙양 이도리(履道里)에 거주하며 태자빈객분사로 재직하다.

□ 3월 30일, 낙양 동남 근교 옥천산(玉泉山)에 있는 옥천사(玉泉寺)
를 혼자 유람하다. 지나가는 봄을 아쉬워하며 독작하다.[191]

□ 7월 19일, 원화2년 함께 한림학사에 제수되었던 이강(李絳)의 제
문을 짓다.[192]

□ 12월 28일, 하남윤(河南尹)에 제수되다. 조주(朝酒)를 마시고 취
중에 하남윤 제수 조서를 받고 시를 짓다.[193]

---

190) 이 작품의 창작연대에 대해 주금성·화방영수는 대화2년(828), 나련첨은 대화3년
(829) 봄으로 추정했다. 필자의 검증에 의하면 대화3년이 옳다. 이에 관한 논의는
본서 제3장 「백거이 작품 개설」에 상세하다.

191) 백거이 「獨遊玉泉寺」[2048](題下自注: "三月三十日"): "更無人作伴, 祇共酒同行."
(『백거이집전교』제4책, 1945쪽), 「三月三十日作」[1513]: "半百過九年, 艶陽殘一
日.……且遣花下歌, 送此杯中物."(『백거이집전교』제3책, 1505쪽)

192) 백거이 「祭李司徒文」[3645]: "維大和四年歲次庚戌, 七月癸酉朔, 十九日辛卯, 中大
夫・守太子賓客分司東都・上柱國・賜紫金魚袋白居易,……謹以清酌庶羞之奠敬
祭于故相國・興元節度・贈司徒李公."(『백거이집전교』제6책, 3719쪽)

193) 백거이 「早飲醉中除河南尹敕到」[2085]: "綠酺新酎嘗初醉, 黃紙除書到不知."(『백거
이집전교』제4책, 1970쪽)

□ 겨울, 안병이 재발하다. 섣달 그믐날 밤 감회를 시로 짓다.[194]

□ 본년 정월, 원진은 악주자사(鄂州刺史) 겸 무창절도사(武昌節度使)에 제수되다.

【주요작품】「三月三十日作」[1513], 「勉閑遊」[1994], 「恨去年」[2026], 「閑吟二首」[2046·2047], 「獨遊玉泉寺」[2048], 「同王十七庶子李六員外鄭二侍御同年四人遊龍門有感而作」[2053], 「戲和微之答寶七行軍之作」[2057], 「早飮醉中除河南尹敕到」[2085], 「除夜」[2086], 「勸酒十四首」[1972~1985], 「祭李司徒文」[3645], 「夜題玉泉寺」[3713]

대화5년 (831) 60세

□ 낙양에서 하남윤으로 재직하다.

□ 여름, 하남부 서쪽 연못의 북편에 수정(水亭)을 새로 짓고 연못의 학과 물고기를 관상하는 즐거움을 누리다.[195]

□ 7월 22일, 원진이 무창(武昌) 임소에서 폭질로 서거하고 백거이는 벗을 위해 애도시를 쓰다.[196] 10월 10일, 제문을 짓다.[197]

□ 늦가을, 빈녕절도사(邠寧節度使) 막부에 있던 재종제 백민중(白敏

---

194) 백거이 「除夜」[2086]: "病眼少眠非守歲, 老心多感又臨春. 火銷燈盡天明後, 便是平頭六十人."(『백거이집전교』제4책, 1971쪽)

195) 백거이 「府西池北新葺水齋卽事招賓偶題十六韻」[2092]: "直衝行徑斷, 平入臥齋流. ……枕前看鶴浴, 床下見魚遊."(『백거이집전교』제4책, 1974쪽)

196) 백거이 「元公墓誌銘*」[3651]: "大和五年七月二十二日, 遇暴疾. 一日薨于位, 春秋五十三. 上聞之, 軫悼不視朝, 贈尙書右僕射, 加賻贈焉."(『백거이집전교』제6책, 3735쪽), 「哭微之二首」제1수[1998]: "八月涼風吹白幕, 寢門廊下哭微之. 妻孥朋友來相弔, 唯道皇天無所知."(『백거이집전교』제3책, 1908쪽)

197) 백거이 「祭微之文」[3646]: "維大和五年歲次辛亥, 十月乙丑朔, 十日辛巳, ……白居易, 以淸酌庶羞之奠, 敬祭于故相國·鄂岳節度使·贈尙書右僕射·元公微之."(『백거이집전교』제6책, 3721쪽) 원진 관련 기사는 楊軍箋注『元稹集編年箋注』(西安, 三秦出版社, 2002)·「元稹譜略」을 위주로 하였다.

中)이 낙양에 오다. 빈녕으로 돌아가는 민중을 전송하다.[198]

☐ 10월, 소주자사 부임 도중 낙양을 방문한 유우석과 상봉하여 15일간 접대하다. 대설이 내리는 날, 낙양 연복리(延福里)에 있는 복선사(福先寺)에서 유우석을 위한 전별연을 열다.[199]

☐ 본년, 아들 아최(阿崔)가 3세 나이에 세상을 떠나다. 애도시를 짓다.[200]

☐ 본년, 양우경이 홍문관학사(弘文館學士)에 제수되다.

☐ 본년 10월, 유우석이 소주자사에 제수되다.

【주요작품】「遊坊口懸泉偶題石上」[1524], 「送敏中歸鬮寧幕」[1821], 「題崔常侍濟源莊」[1827], 「哭微之二首」[1998・1999], 「醉中重留夢得」[2001], 「歸來二周歲」[2081], 「府西池」[2087], 「不准擬二首」[2089・2090], 「府西池北新葺水齋卽事招賓偶題十六韻」[2092], 「哭崔兒」[2093], 「初喪崔兒報微之晦叔」[2094], 「府齋感懷酬夢得」[2095], 「六十拜河南尹」[2099], 「歲暮言懷」[2103], 「新製綾襖成感而有詠」[2106], 「祭微之文」[3646], 「唐故湖州長城縣令贈戶部侍郎博陵崔府君神道碑銘幷序」[3647], 「送劉郎中赴任蘇州」[3697], 「福先寺雪中餞劉蘇州」[3698], 「初見劉二十八郎中有感」[3712], 「哭微之」[3775]

대화6년 (832) 61세

☐ 낙양에서 하남윤으로 재직하다.

---

198) 백거이 「送敏中歸鬮寧幕」[1821]: "六十衰翁兒女悲, 傍人應笑爾應知.……司徒知我難為別, 直過秋歸未訝遲."(『백거이집전교』제3책, 1773쪽)

199) 백거이 「與劉蘇州書」[3636]: "夢得由禮部郎中集賢學士遷蘇州刺史. 冰雪塞路, 自秦徂吳. 僕方守三川, 得為東道主. 閣下為僕稅駕十五日, 朝觴夕詠, 頗極平生之歡." (『백거이집전교』제6책, 3696쪽), 「福先寺雪中餞劉蘇州」[3698]: "送君何處展離筵, 大梵王宮大雪天."(『백거이집전교』제6책, 3831쪽)

200) 백거이 「哭崔兒」[2093]: "掌珠一顆兒三歲, 髮雪千莖父六旬."(『백거이집전교』제4책, 1976쪽), 「初喪崔兒報微之晦叔」[2094]: "世間此恨偏敎我, 天下何人不哭兒."(『백거이집전교』제4책, 1978쪽)

❏ 7월 12일, 원진이 함양(咸陽) 선영에 안장되고 백거이는 원진을 위한 묘지명(墓誌銘)과 만시(挽詩) 3수를 짓다.[201]

❏ 8월 1일, 원진 유족이 지급한 묘지명 윤필료(潤筆料)를 기부하여 용문산 향산사(香山寺)를 수축하고 「修香山寺記」를 짓다.[202]

❏ 8월, 최군(崔群)이 서거하다. 동갑이자 한림학사 동기인 최군의 서거를 슬퍼하는 마음을 유우석에게 토로하다.[203] 10월 24일, 최군을 위한 제문을 짓다.[204]

❏ 여름, 종질(從姪)인 행각승 적연(寂然)의 요청으로 월주(越州) 섬현(剡縣) 소재 옥주산(沃洲山) 선원(禪院)의 기(記)를 짓다.[205]

❏ 10월, 왕옥현(王屋縣)에 있는 왕옥산(王屋山)을 유람하며 영도관(靈都觀)·양대궁(陽臺宮)을 참관하다.[206]

【주요작품】「六年春贈分司東都諸公」[1466], 「憶舊遊」[1468], 「答崔賓客晦

---

201) 백거이 「元公墓誌銘*」[3651]: "以六年七月十二日, 祔葬於咸陽縣奉賢鄉洪瀆原, 從先宅兆也."(『백거이집전교』제6책, 3735쪽), 「元相公挽歌詞三首」제1수[1914]: "後魏帝孫唐宰相, 六年七月葬咸陽."(『백거이집전교』제3책, 1853쪽)

202) 백거이 「修香山寺記」[3633]: "去年秋, 微之將薨, 以墓誌文見託.……價當六七十萬, 爲謝文之贄, 來致於予. 予念平生分, 文不當酬, 贄不當納.……唐大和六年八月一日, 河南尹太原白居易記."(『백거이집전교』제6책, 3689쪽)

203) 백거이 「寄劉蘇州」[1920]: "去年八月哭微之, 今年八月哭敦詩. 何堪老淚交流日, 多是秋風搖落時."(『백거이집전교』제3책, 1857쪽)

204) 백거이 「祭崔相公文」[3657]: "維大和六年歲次壬子, 十月庚申朔, 二十四日癸未,……白居易, 謹以清酌庶羞之奠, 敬祭于故相國·吏部尚書·贈司空崔公敦詩."(『백거이집전교』제6책, 3762쪽)

205) 백거이 「沃洲山禪院記」[3632]: "沃洲山在剡縣南三十里, 禪院在沃洲山之陽.……六年夏, 寂然遣門徒僧常贄自剡抵洛, 持書與圖, 詣從叔樂天乞爲禪院記云."(『백거이집전교』제3책, 1856쪽)

206) 백거이 「早冬遊王屋自靈都抵陽臺上方望天壇偶吟成章寄溫谷周尊師中書李相公」[1531]: "霜降山水清, 王屋十月時. 石泉碧漾漾, 巖樹紅離離. 朝爲靈都遊, 暮有陽臺期."(『백거이집전교』제3책, 1456쪽)

叔十二月四日見寄」[1469], 「早冬遊王屋自靈都抵陽臺上方望天壇偶吟成章
寄溫谷周尊師中書李相公」[1531], 「洛橋寒食日作十韻」[1903], 「六年秋重
題白蓮」[1913], 「元相公挽歌詞三首」[1914~1916], 「五鳳樓晩望」[1919], 「寄
劉蘇州」[1920], 「從龍潭寺至少林寺題贈同遊者」[2007], 「夜從法王寺下歸
嶽寺」[2008], 「天壇峯下贈杜錄事」[2015], 「十二月二十三日作兼呈晦叔」
[2224], 「修香山寺記」[3633], 「重修香山寺畢題二十二韻以紀之」[2254], 「沃
洲山禪院記」[3632], 「與劉蘇州書」[3636], 「元公墓誌銘*」[3651][207], 「祭崔
相公文」[3657]

대화7년 (833) 62세

❑ 낙양에서 하남윤으로 재직하다.

❑ 2월, 두풍병(頭風病)으로 오십일휴가(五旬假)를 신청하다.[208] 3월,
휴가 기간이 만료된 후부터 3월 29일 사이에 하남윤에서 면직되
다. 【이설5-2】[209] 이도리 자택으로 귀가하여 지내다.[210]

❑ 4월 25일, 태자빈객분사에 다시 제수되다.[211]

❑ 7월 11일, 서판발췌과 급제 동기 최현량(崔玄亮)이 괵주(虢州) 관
사에서 병사하다.[212] 애도시를 짓다.[213]

---

207) 백거이 「唐故武昌軍節度處置等使正議大夫檢校戶部尙書鄂州刺史兼御史大夫賜紫
金魚袋贈尙書右僕射河南元公墓誌銘幷序」[3651];『백거이집전교』제6책, 3735쪽.

208) 백거이 「酬舒三員外見贈長句」[2235]: "自諸假來多少日, 五旬光景似須臾. ……楊柳
花飄新白雪, 櫻桃子綴小紅珠."(『백거이집전교』제4책, 2107쪽)

209) 백거이의 하남윤 면직 일자에 대해 『화보』는 3월, 『주보』·『나보』는 4월 25일을
주장하였다.

210) 백거이 「罷府歸舊居」[2237]: "陋巷乘籃入, 朱門挂印迴. ……此生終老處, 昨日却歸
來."(『백거이집전교』제4책, 2109쪽)

211) 백거이 「再授賓客分司」[2133]: "優穩四皓官, 淸崇三品列. ……俸錢七八萬, 給受無虛
月. 分命在東司, 又不勞朝謁."(『백거이집전교』제4책, 2005쪽)

212) 백거이 「唐故虢州刺史贈禮部尙書崔公墓誌銘幷序」[3652]: "大和七年七月十一日遇
疾, 薨于虢州廨舍. 天子廢朝一日, 贈禮部尙書."(『백거이집전교』제6책, 3748쪽)

□ 겨울, 소주자사 유우석이 금자(金紫) 하사받음을 기뻐하며 시를 지어 축하하다.[214]

□ 본년 3월, 양우경이 상주자사(常州刺史)에 제수되다.

□ 본년 4월, 양여사가 공부시랑(工部侍郎)에 제수되다.

【주요작품】「詠興五首」[2126~2130],「再授賓客分司」[2133],「哭崔常侍晦叔」[2138],「七年元日對酒五首」[2225~2229],「七年春題府廳」[2230],「早春醉吟寄太原令狐相公蘇州劉郞中」[2231],「洛下春遊呈諸親友」[2234],「酬舒三員外見贈長句」[2235],「將歸一絶」[2236],「罷府歸舊居」[2237],「微之敦詩晦叔相次長逝歸然自傷因成二絶」[2248·2249],「送楊八給事赴常州」[2255],「聞歌者唱微之詩」[2256],「秋夜聽高調涼州」[2271],「喜劉蘇州恩賜金紫遙想賀宴以詩慶之」[2276]

대화8년 (834) 63세

□ 낙양 이도리에 거주하며 태자빈객분사로 재직하다.

□ 2월 혹은 3월, 용문(龍門)의 사찰에서 낙양 봉국사의 승려 신조선사(神照禪師)를 만나 함께 묵다.[215]

□ 4월과 10월 등 여러 차례 평천(平泉)을 유람하다.【이설2-0】[216]

---

213) 백거이「哭崔常侍晦叔」[2138]: "風月共誰賞, 詩篇共誰吟. 花開共誰看, 酒熟共誰斟. ……唯將病眼淚, 一灑秋風襟."(『백거이집전교』제4책, 2009쪽)

214) 백거이「喜劉蘇州恩賜金紫遙想賀宴以詩慶之」[2276]: "海內姑蘇太守賢, 恩加章綬豈徒然. ……莫嫌鬢上些些白, 金紫由來稱長年."(『백거이집전교』제4책, 2145쪽)

215) 백거이「神照禪師同宿」[2148]: "八年三月(소흥본·나파본에 의하면 '二月')晦, 山梨花滿枝. 龍門水西寺, 夜與遠公期."(『백거이집전교』제4책, 2019쪽)

216) 대화8년(834) 平泉 유람에 관해 『나보』는 「4월」조, 『화보』는 「10월」조에 기술하였고 『주보』에는 이에 관한 언급이 보이지 않는다. 대화8년 작품「醉遊平泉」[2354]의 "洛客最閑唯有我, 一年四度到平泉."(『백거이집전교』제4책, 2195쪽)구에 의하면 백거이는 여러 차례 평천을 유람하였다. 그러나 『나보』는 「早夏遊平泉迴」[2302]시를 근거로 「4월」조, 『화보』는 「冬日平泉路晚歸」[2370]시를 근거로 「10월」조에 기술한 것으로 보인다.

□ 7월 10일, 대화3년부터 대화8년 여름까지 낙양에서 지은 시 432
수를 모아 편찬하고 서(序)를 짓다.²¹⁷⁾

□ 11월, 피부병을 앓고 백일재계(百日齋戒)에 들어가다.²¹⁸⁾

□ 7월, 유우석이 소주자사에서 여주자사(汝州刺史)에 제수되다.

【주요작품】「神照禪師同宿」[2148], 「思舊」[2153], 「寄盧少卿」[2154], 「吟四
雖」[2158], 「飽食閑坐」[2179], 「風雪中作」[2182], 「早春憶蘇州寄夢得」[22
79], 「池上閑吟二首」[2283・2284], 「早春招張賓客」[2285], 「家釀新熟每嘗
輒醉妻姪等勸令小飲因成長句以諭之」[2291], 「早夏遊平泉迴」[2302], 「冬
日平泉路晚歸」[2370], 「詩酒琴人例多薄命予酷好三事雅當此科而所得已多
爲幸斯甚偶成狂詠聊寫愧懷」[2332], 「哭崔二十四常侍」[2340], 「醉遊平泉」
[2354], 「除夜言懷兼贈張常侍」[3699], 「唐故溧水縣令太原白府君墓誌銘幷
序」[3653], 「序洛詩」[3654]

대화9년 (835) 64세

□ 낙양 이도리에 거주하며 태자빈객분사로 재직하다.

□ 봄, 하규에서 모친 복상 중인 재종제 백민중(白敏中)에게 한식 무
렵 하규행을 미리 알리다. 낙양에서 서쪽으로 유람하여 수안(壽
安)・협석(硤石) 등의 지역을 거쳐 하규(下邽)에 도착하다. 3월
말, 하규를 출발하여 낙양으로 돌아오다.²¹⁹⁾

---

217) 백거이 「序洛詩」[3654]: "自三年春至八年夏, 在洛凡五周歲, 作詩四百三十二首. ……
集而序之. 以俟夫采詩者. 甲寅歲七月十日云爾."(『백거이집전교』제6책, 3757쪽)

218) 백거이 「二月一日作贈韋七庶子」[2188]: "去冬病瘡痏, 將養遵醫術. ……遂使愛酒人,
停杯一百日. 明朝二月二, 疾平齋復畢."(『백거이집전교』제4책, 2065쪽)

219) 백거이 「將歸渭村先寄舍弟」[2400]: "爲報阿連寒食下, 與吾釀酒掃柴扉."(『백거이집
전교』제4책, 2233쪽), 「西行」[2192]: "藹藹三月天, 閑行亦不惡. 壽安流水館, 硤石靑
山郭."(『백거이집전교』제4책, 2068쪽), 「東歸」[2193]: "殘春三百里, 送我歸東都."(『
백거이집전교』제4책, 2069쪽)

□ 4월 28일, 대화7년 서거한 최현량(崔玄亮)의 묘지명을 짓다.[220]

□ 여름, 『백씨문집』60권을 편찬하여 여산 동림사(東林寺) 경장(經藏)에 봉납하다.[221]

□ 9월, 호부시랑(戶部侍郎)에 제수된 양여사(楊汝士) 후임으로 동주자사(同州刺史)에 제수되었으나 신병을 이유로 사양하다.[222]

□ 10월 23일, 태자소부분사(太子少傅分司)에 제수되고 풍익현(馮翊縣) 개국후(開國侯)에 봉해지다.[223]

□ 10월 23일, 여주자사 유우석이 백거이 대신 동주자사에 제수되다. 백거이는 동주 부임 길에 낙양에 들른 유우석과 상봉하다. 동도유수(東都留守) 배도(裴度) · 태자빈객분사 이신(李紳) · 동주자사 유우석와 함께 연구시(聯句詩)를 짓다.[224]

□ 11월 21일, 감로지변(甘露之變)이 발발하다. 구사량(仇士良)의 환관 세력에 의해 정주 · 이훈 · 왕애 · 서원여(舒元輿) 등 수많은 조

---

220) 백거이 「唐故虢州刺史贈禮部尙書崔公墓誌銘幷序」[3652]: "以九年四月二十八日, 用大葬之禮, 歸窆于磁州昭義縣磁邑鄕北原."(『백거이집전교』제6책, 3748쪽)

221) 백거이 「東林寺白氏文集記」[3660]: "昔余爲江州司馬時, 常與廬山長老於東林寺經藏中披閱遠大師與諸文士唱和集卷. 今余前後所著文大小合二千九百六十四首, 勒成六十卷. 編次旣畢, 納于藏中.……大和九年夏, 太子賓客 · 晉陽縣開國男太原白居易樂天記."(『백거이집전교』제6책, 3768쪽)

222) 백거이 「詔授同州刺史病不赴任因詠所懷」[2394]: "同州慵不去, 此意復誰知."(『백거이집전교』제4책, 2227쪽), 「寄楊六侍郎」[2395](題下自注: "時楊初授戶部, 予不赴同州"): "西戶最榮君好去, 左馮雖穩我慵來."(『백거이집전교』제4책, 2395쪽)

223) 백거이 「自賓客遷太子少傅分司」[2207]: "勿謂身未貴, 金章照紫袍."(『백거이집전교』제4책, 2080쪽), 「從同州刺史改授太子少傅分司」[2404]: "承華東署三分務, 履道西池七過春.……月俸百千官二品, 朝廷雇我作閑人."(『백거이집전교』제4책, 2237쪽)

224) 백거이 「喜見劉同州夢得」[2411]: "紫綬白髭鬚, 同年二老夫."(『백거이집전교』제4책, 2243쪽), 「劉二十八自汝赴左馮塗經洛中相見聯句」[3752]: "不歸丹掖去, 銅竹漫云云.唯喜因過我, 須知未賀君.……欲自函關路, 來披廠嶺雲.……萬頃徒稱量, 滄淇詎有垠."(『백거이집전교』제4책, 3871쪽)

정 대신과 가족들이 죽임을 당하다. 바로 이날, 향산사를 홀로 유람했던 백거이는 정국에 대한 감회를 시로 짓다.[225]

□ 겨울, 딸 아라(阿羅)가 20세 나이에 담홍모(談弘謨)에게 출가하다.[226]

□ 4월, 공부시랑 양우경이 경조윤(京兆尹)에 제수되다. 7월에는 건주사마(虔州司馬)로 좌천되다.

【주요작품】「詠懷」[2165], 「覽鏡喜老」[2181], 「二月一日作贈韋七庶子」[2188], 「閑吟」[2191], 「西行」[2192], 「東歸」[2193], 「途中作」[2194], 「自賓客遷太子少傅分司」[2207], 「詔下」[2204], 「詠史」[2209], 「閑臥有所思二首」[2329~2330], 「五月齋戒罷宴徹樂聞韋賓客皇甫郎中飮會亦稀又知欲攜酒饌出齋先以長句呈謝」[2382], 「詔授同州刺史病不赴任因詠所懷」[2394], 「寄楊六侍郎」[2395], 「韋七自太子賓客再除秘書監以長句賀而餞之」[2396], 「九年十一月二十一日感事而作」[2398], 「將歸渭村先寄舍弟」[2400], 「詠懷」[2402], 「從同州刺史改授太子少傅分司」[2404], 「喜見劉同州夢得」[2411], 「唐故虢州刺史贈禮部尙書崔公墓誌銘幷序」[3652], 「東林寺白氏文集記」[3660], 「劉二十八自汝赴左馮翊經洛中相見聯句」[3752]

개성1년 (836) 65세

□ 낙양 이도리에 거주하며 태자소부분사로 재직하다.

□ 초봄, 낙양 숭산(嵩山) 서측 소실산(少室山)에 유람하여 삼 일을

_____

225) 백거이 「九年十一月二十一日感事而作」[2398](題下自注: "其日獨遊香山寺"): "禍福茫茫不可期, 大都早退似先知. 當君白首同歸日, 是我靑山獨往時."(『백거이집전교』제4책, 2230쪽), 「詠史」[2209](題下自注: "九年十一月作"): "彼爲菹醢机上盡, 此爲鷰凰天外飛. 去者逍遙來者死, 乃知禍福非天爲."(『백거이집전교』제4책, 2082쪽)

226) 백거이 「詠懷」[2402]: "尙平婚嫁了無累, 馮翊符章封却還." · 句下自注: "時阿羅初嫁, 及同州官吏放歸."(『백거이집전교』제4책, 2235쪽), 「醉吟先生墓誌銘幷序」[3686]: "一女, 適監察御史談弘謩."(『백거이집전교』제6책, 3815쪽)

660

묵고 동암(東巖) 벽에 제명(題名)하다.²²⁷⁾

❏ 4월, 낙양 천축사(天竺寺)를 유람하고 남원(南院)에 시를 적어 4
인의 승려에게 주다.²²⁸⁾

❏ 윤5월 12일, 『백씨문집』65권을 편찬하여 낙양 성선사(聖善寺) 율
소고루(律疏庫樓)에 봉납하다.²²⁹⁾

❏ 6월, 향산사(香山寺)에서 피서하며 창사방(暢師房)에서 묵다.²³⁰⁾

❏ 본년, 양우경이 건주(虔州)에서 서거하여 애도시를 짓다.²³¹⁾

❏ 가을, 동주자사 유우석이 태자빈객분사에 제수되다.

❏ 정월, 개성(開成)으로 개원하다.

【주요작품】「新秋喜涼因寄兵部楊侍郎」[2168], 「春遊」[2211], 「題天竺南院
贈閑元旻淸四上人」[2212], 「哭師皐」[2213], 「閑臥寄劉同州」[2409],「裴令公
席上贈別夢得」[2412], 「早春題少室東巖」[2419], 「喜與楊六侍御同宿」[2430],
「殘春詠懷贈楊慕巢侍郎」[2431], 「春盡日天津橋醉吟偶呈李尹侍郎」[2433],
「香山避暑二絕」[2436·2437], 「喜夢得自馮翊歸洛兼呈令公」[2452], 「和令
公問劉賓客歸來稱意無之作」[2454], 「酬夢得窮秋夜坐卽事見寄」[2455], 「楊
六尙書新授東川節度使代妻戲賀兄嫂二絕」[2471·2472], 「聖善寺白氏文集
記」[3661]

---

227) 백거이「早春題少室東巖」[2419]: "月留三夜宿, 春引四山行. ……東巖最高石, 唯我有
題名."(『백거이집전교』제4책, 2248쪽)

228) 백거이 「題天竺南院贈閑元旻淸四上人」[2212]: "山深景候晩, 四月有餘春. ……白衣
一居士, 方袍四道人."(『백거이집전교』제4책, 2085쪽)

229) 백거이「聖善寺白氏文集記」[3661]: "其集七帙六十五卷, ……題爲『白氏文集』納於律
疏庫樓. ……開成元年閏五月十二日樂天記."(『백거이집전교』제6책, 3770쪽)

230) 백거이「香山避暑二絕」제1수[2436]: "六月灘聲如猛雨, 香山樓北暢師房, 夜深起凭
闌干立, 滿耳潺湲滿面涼."(『백거이집전교』제4책, 2261쪽)

231) 백거이「哭師皐」[2213]: "往者何人送者誰, 樂天哭別師皐時. ……更就墳前哭一聲, 與
君此別終天地."(『백거이집전교』제4책, 2086쪽)

개성2년 (837) 66세

❑ 낙양 이도리에 거주하며 태자소부분사로 재직하다.

❑ 3월 3일 상사일(上巳日), 백거이와 하남윤 이각(李珏)·동도유수 배도·태자빈객분사 유우석 등 15인이 모여 낙수(洛水)에서 수계 (修禊)를 행하고 주중(舟中)에서 주연을 열다.[232]

❑ 11월 17일, 산남서도절도사(山南西道節度使) 영호초(令狐楚)가 임 지에서 서거하다. 유우석의 애도시에 백거이가 화답하다.[233]

❑ 12월 1일, 외손녀 담인주(談引珠)가 출생하다. 【이설3-3】[234]

【주요작품】「六十六」[2171], 「洛陽春贈劉李二賓客」[2173], 「狂言示諸姪」 [2220], 「惜春贈李尹」[2468], 「對酒勸令公開春遊宴」[2469], 「與夢得偶同到 敦詩宅感而題壁」[2470], 「六十六」[2474], 「三月三日祓禊洛濱幷序」[2482·2483], 「同夢得寄賀東西川二楊尙書」[2484], 「感事」[2487], 「同夢得酬牛相公初到洛中小飮見贈」[2495], 「長齋月滿寄思黯」[2501], 「歲除夜對酒」[2503], 「令狐相公與夢得*」[2512][235], 「齒落辭幷序」[3664·3665], 「蘇州南禪院千佛堂轉輪經藏石記」[3667]

개성3년 (838) 67세

❑ 낙양 이도리에 거주하며 태자소부분사로 재직하다.

❑ 정월, 장기 재계(齋戒)를 수행하다.[236]

---

232) 백거이 「三月三日祓禊洛濱序」[2482]: "開成二年三月三日, 河南尹李侍價以人和歲 稔, 將禊於洛濱.……一十五人, 合宴於舟中."(『백거이집전교』제4책, 2298쪽)

233) 백거이 「令狐相公與夢得*」[2512]: "前月使來猶理命, 今朝詩到是遺文.……最感一行 絕筆字, 尙言千萬樂天君."(『백거이집전교』제4책, 2330쪽)

234) 외손녀 인주의 출생 시기에 관해 『화보』는 개성2년 10월 27일, 『주보』는 개성2년 11월 22일, 『나보』는 개성2년 12월이라고 주장하였다.

235) 백거이 「令狐相公與夢得交情素深眷予分亦不淺一聞薨逝相顧泫然旋有使來得前月 未歿之前數日書及詩寄贈夢得哀吟悲歎寄情於詩詩成示予感而繼和」[2512]; 『백거이 집전교』제4책, 2330쪽.

- 3월 3일 상사일, 홀로 용문 향산사를 유람하다. [237]
- 5월, 장기 재계를 수행하다. 유우석이 교우를 단절한다며 농을 걸자 이에 화답하다. [238]
- 9월, 또 장기 재계를 수행하다. [239]
- 본년, 취음선생(醉吟先生)으로 호를 삼고 자전(自傳)을 짓다. [240]

【주요작품】 「小歲日喜談氏外孫女孩滿月」[2507] **【편년】** [241], 「酬裴令公贈馬相戲」[2517], 「新歲贈夢得」[2518], 「早春持齋答皇甫十見贈」[2519], 「酬夢得以予五月長齋延僧徒絶賓友見戲十韻」[2528], 「奉和裴令公三月上巳日遊太原龍泉憶去歲禊洛見示之作」[2529], 「與夢得沽酒閑飲且約後期」[2548], 「和楊六尙書喜兩弟漢公轉吳興魯士賜章服命賓開宴用慶恩榮賦長句見示」[2550], 「夢得相過援琴命酌因彈秋思偶詠所懷兼寄繼之待價二相府」[2552], 「九月八日酬皇甫十見贈」[2553], 「櫻桃花下有感而作」[2692], 「醉吟先生傳」[3666]

개성4년 (839) 68세

- 낙양 이도리에 거주하며 태자소부분사로 재직하다.
- 2월 2일, 『백씨문집』67권을 편찬하여 가장(家藏) 외에도 소주 남

---

236) 백거이 「早春持齋答皇甫十見贈」[2519]: "正月晴和風景新, 紛紛已有醉遊人. 帝城花笑長齋客, 二十年來負早春."(『백거이집전교』제4책, 2336쪽)

237) 백거이 「奉和裴令公三月上巳日遊太原龍泉憶去歲禊洛見示之作」[2529]: "今歲暮春上巳, 獨立香山下頭." · 句下自注: "時居易獨遊香山寺"(『백거이집전교』제4책, 2345쪽)

238) 백거이 「酬夢得以予五月長齋延僧徒絶賓友見戲十韻」[2528]: "禪後心彌寂, 齋來體更輕. 不唯忘肉味, 兼擬減風情."(『백거이집전교』제4책, 2344쪽)

239) 백거이 「九月八日酬皇甫十見贈」[2553]: "君方對酒綴詩章, 我正持齋坐道場.……惆悵東籬不同醉, 陶家明日是重陽."(『백거이집전교』제4책, 2364쪽)

240) 백거이 「醉吟先生傳」[3666]: "古所謂得全於酒者, 故自號爲醉吟先生. 於時開成三年, 先生之齒六十有七."(『백거이집전교』제6책, 3872쪽)

241) 『주보』·『화보』는 개성2년(837), 『나보』는 개성3년(838) 작품으로 편년하였다. 본서 제7장 「삼종연보 이설비교」 3-(3) 「외손 인주와 각동의 출생」 참조.

선원(南禪院) 천불당(千佛堂) 및 여산 동림사·동도 성선사에 봉납하다.[242]

□ 여름, 외손 담각동(談閣童)이 출생하다. 【이설3-3】[243]

□ 10월 6일, 처음으로 풍질(風疾)에 걸려 눈은 어지럽고 왼발을 지탱할 수 없게 되다.[244] 가기(歌妓) 번소(樊素)·소만(小蠻)을 방출하고, 5년 세월 함께 했던 낙마(駱馬; 가리온)를 팔다.[245]

□ 세모, 유우석과 함께 족질(足疾)에 걸리다.[246]

□ 9월, 양여사가 이부시랑(吏部侍郎)에 제수되다.

□ 12월, 유우석이 비서감분사동도(秘書監分司東都)에 제수되다.

【주요작품】「四年春」[2567],「西樓獨立」[2571],「書事詠懷」[2572],「病中詩十五首幷序」[2579~2594],「歲暮病懷贈夢得」[2595],「見敏中初到邠寧秋日登城樓詩中頗多鄉思因以寄和」[2602],「談氏外孫生三日喜是男偶吟成篇兼戲呈夢得」[2622]【편년】[247],「春日閑居三首」[2683~2685],「戒藥」[2698],

---

242) 백거이「蘇州南禪院白氏文集記」[3668]: "唐馮翊縣開國侯太原白居易字樂天, 有文集七袠, 合六十七卷, …… 故其集家藏之外, 別錄三本. 一本實于東都聖善寺鉢塔院律庫中, 一本實于廬山東林寺經藏中, 一本實于蘇州南禪院千佛堂內. …… 開成四年二月二日, 樂天記."(『백거이집전교』제6책, 3788쪽)

243) 외손자 각동의 출생 시기에 관해『주보』·『화보』에서는 개성5년(840) 여름,『나보』에서는 개성4년(839) 여름으로 기술하고 있다.

244) 백거이「病中詩十五首序」[2579]: "開成己未歲, 余蒲柳之年六十有八. 冬十月甲寅旦, 始得風痺之疾, 體癏目眩, 左足不支, 蓋老病相乘時而至耳."(『백거이집전교』제4책, 2386쪽)

245) 백거이「病中詩十五首」제12수·「別柳枝」[2591]: "兩枝楊柳小樓中, 裊娜多年伴醉翁. 明日放歸歸去后, 世間應不要春風."(『백거이집전교』제4책, 2392쪽),「病中詩十五首」제11수·「賣駱馬」[2590]: "五年花下醉騎行, 臨賣回頭嘶一聲. 項籍顧騅猶解嘆, 樂天別駱豈無情."(『백거이집전교』제4책, 2391쪽)

246) 백거이「歲暮病懷贈夢得」[2595](제하자주: "時與夢得同患足疾"): "共遣數奇從是命, 同教步蹇有何因."(『백거이집전교』제4책, 2395쪽)

247)『주보』·『화보』는 개성5년(840),『나보』는 개성4년(839) 작품으로 편년하였다. 본서 제7장「삼종연보 이설비교」3-(3)「외손 인주와 각동의 출생」참조.

「蘇州南禪院白氏文集記」[3668], 「白蘋洲五亭記」[3670], 「不能忘情吟并序」[3676 · 3677]

개성5년 (840) 69세

❑ 낙양 이도리에 거주하며 태자소부분사로 재직하다.

❑ 정월, 근 백일 동안 와병하다.[248]

❑ 늦봄, 병세가 점차 호전되다.[249]

❑ 3월 15일, 신병의 쾌유를 빌며 봉전(俸錢) 3만을 들여 화공 두종경(杜宗敬)에게 높이 9자 · 폭 3자 크기의 화폭으로 서방정토를 그리게 하다.[250]

❑ 3월 말, 작년 10월 방출된 번소 · 소만이 떠나다.[251]

❑ 7월, 홀로 향산사를 유람하다. 【이설】[252]

❑ 9월 25일, 낙양 용문산 향산사 경장당(經藏堂)이 축성되자 「香山寺新修經藏堂記」를 짓고 향산거사(香山居士)로 자칭하다.[253]

---

248) 백거이 「病入新正」[2607]: "枕上驚新歲, 花前念舊歡. 是身老所逼, 非意病相干."(『백거이집전교』제4책, 2405쪽), 「臥疾來早晚」[2608]: "臥疾來早晚, 懸懸將十旬. 婢能尋本草, 犬不吠醫人."(『백거이집전교』제4책, 2406쪽)

249) 백거이 「春暖」[2614]: "風痹宜和暖, 春來腳較輕."(『백거이집전교』제4책, 2411쪽), 「殘春晚起伴客笑談」[2615]: "策杖強行過里巷, 引盃閑酌伴親賓. 莫言病後妨談笑, 猶恐多於不病人."(『백거이집전교』제4책, 2411쪽)

250) 백거이 「畫西方幀記」[3671](題下自注: "開成五年三月十五日"): "白居易當衰暮之歲, 中風痹之疾, 乃捨俸錢三萬, 命工人杜宗敬按阿彌陀 · 無量壽二經, 畫西方世界一部. 高九尺, 廣丈有三尺."(『백거이집전교』제6책, 3801쪽)

251) 백거이 「對酒有懷寄李十九郎中」[2666]: "往年江外抛桃葉, 去歲樓中別柳枝." · 句下自注: "樊 · 蠻也"(『백거이집전교』제4책, 2446쪽)

252) 『나보』는 "七月, 獨遊香山寺", 『화보』는 9월조와 11월조 사이에 "時遊香山寺"라고 기술하였고 『주보』에는 관련 기사가 없다. 「五年秋病後獨宿香山寺三絶句」제1수[2638] "新秋月色舊灘聲"구에 '新秋'라고 하였으니 『나보』의 "七月"이 정확한 기술이다.

❑ 11월 2일, 격률시(格律詩) 800수를 『낙중집(洛中集)』10권으로 편찬하여 용문 향산사 경장당(經藏堂)에 봉납하다.[254]

❑ 겨울, 병으로 백일휴가(百日假)를 신청하다. 【이설5-3】[255]

❑ 정월 4일, 문종(文宗)이 붕어하다. 환관 구사량(仇士良) · 어홍지(魚弘志)가 태자를 폐위하고 태자의 아우 이전(李瀍)을 옹립하여 무종(武宗)이 즉위하다.

【주요작품】「病入新正」[2607], 「臥疾來早晚」[2608], 「老病相仍以詩自解」[2612], 「皇甫郎中親家翁赴任絳州宴送出城贈別」[2613], 「春暖」[2614], 「殘春晚起伴客笑談」[2615], 「春盡日宴罷感事獨吟」[2618], 「開成大行皇帝挽歌詞四首奉敕撰進」[2623~2626], 「夢微之」[2631], 「五年秋病後獨宿香山寺三絶句」[2638~2640], 「題香山新經堂招僧」[2641], 「山中五絶句」[2647~2651], 「閑題家池寄王屋張道士」[2706], 「喜老自嘲」[2812], 「畫西方幀記」[3671], 「畫彌勒上生幀記」[3672], 「香山寺新修經藏堂記」[3673], 「香山寺白氏洛中集記」[3674]

회창1년 (841) 70세

❑ 낙양 이도리에 거주하며 백일휴가를 지내다.

❑ 봄, 백일휴가 기간이 만료되어 태자소부분사에서 면직되다. 【이설5-3】[256]

---

253) 백거이 「香山寺新修經藏堂記」[3673]: "樂天發願修香山寺既就,……爾時道場主佛弟子香山居士樂天,……故刻石以記之."(『백거이집전교』제6책, 3804쪽)

254) 백거이 「香山寺白氏洛中集記」[3674]: "白氏洛中集者, 樂天在洛所著書也. 大和三年春, 樂天始以太子賓客分司東都, 及玆十有二年矣, 其間賦格律詩凡八百首, 合爲十卷. 今納于龍門香山寺經藏堂.……大唐開成五年十一月二日,……白居易樂天記."(『백거이집전교』제6책, 3674쪽)

255) 백일휴가(百日假) 신청 시기에 대해 『주보』· 『나보』는 개성5년 겨울, 『화보』는 회창1년 겨울의 일로 기술하였다.

256) 백일휴가 만료와 태자소부분사 면직 시기에 대해 『주보』· 『나보』는 회창1년 봄,

□ 봄, 동도유수 왕기(王起) · 태자빈객분사 유우석과 함께 3인이 한
  식일 · 3월 3일 상사일 연이어 주연을 열고 연구시를 짓다. 257)

□ 늦봄, 유우석과 자주 만나 대작하다. 258)

□ 여름, 숭산(嵩山)에 유람하여 불광사(佛光寺) 승려 여만(如滿)를
  만나다. 259)

□ 여름, 재종제 백민중이 전중시어사분사(殿中侍御史分司)에서 호부
  원외랑(戶部員外郎)에 제수되어 장안으로 귀경하다. 백거이는 시
  를 지어 백민중을 전송하다. 【이설3-0】 260)

□ 가을, 옛 한림학사 동료인 동도유수 이정(李程)이 이도리 자택을
  방문하다. 주연을 열어 한림학사 시절의 옛이야기를 나누다. 261)

□ 윤9월 9일, '9월 재계'를 수행한 지 15년간 금주하였으나 윤9월을
  맞아 중양절에 독작하며 감회를 노래하다. 262)

□ 본년, 사위 담홍모가 서거하다. 차녀 아라가 외손 담각동과 함께

『화보』는 회창2년 봄을 주장하였다.

257) 백거이 「會昌春連宴卽事」[3756]: "元年寒食日, 上巳暮春天. 雞黍三家會, 鶯花二節
連."(『백거이집전교』제6책, 3877쪽)

258) 백거이 「會昌元年春五絶句」제1수 · 「病後喜過劉家」[2655]: "誰能料得今春事, 又向
劉家飲酒來."(『백거이집전교』제4책, 2438쪽), 제5수 · 「勸夢得酒」[2659]: "兩處榮枯
君莫問, 殘春更醉兩三場."(『백거이집전교』제4책, 2441쪽)

259) 백거이 「山下留別佛光和尙」[2646]: "勞師送我下山行, 此別何人識此情. 我已七旬師
九十, 當知後會在他生."(『백거이집전교』제4책, 2433쪽)

260) 『주보』 · 『화보』는 여름, 『나보』는 7월 가을의 일로 기술하였다. 근거는 모두 회창1
년 작품 「送敏中新授戶部員外郎西歸」[2727]의 "千里歸程三伏天"구이다. '삼복더위
(三伏天)'에 대한 해석의 차이이다. '삼복' 기간은 가을보다는 여름일 가능성이 높으
므로 여기서는 『주보』 · 『화보』를 따른다.

261) 백거이 「李留守相公見過池上汎舟擧酒話及翰林舊事因成四韻以獻之」[2730]: "引棹
尋池岸, 移樽就菊叢. ……同時六學士, 五相一漁翁."(『백거이집전교』제4책, 2505쪽)

262) 백거이 「閏九月九日獨吟」[2731]: "偶遇閏秋重九日, 東籬獨酌一陶然. 自從九月持齋
戒, 不醉重陽十五年."(『백거이집전교』제4책, 2506쪽)

낙양 이도리 친정으로 귀가하다. 【이설3-4】[263]

☐ 본년 봄, 유우석이 태자빈객분사에 검교예부상서를 겸직하다.

☐ 정월, 회창(會昌)으로 개원하다.

【주요작품】「山下留別佛光和尙」[2646], 「會昌元年春五絶句」[2655~2659], 「百日假滿少傅官停自喜言懷」[2662], 「早熱」[2663], 「對酒有懷寄李十九郎中」[2666], 「偶吟自慰兼呈夢得」[2668], 「雪暮偶與夢得同致仕裴賓客王尙書飮」[2670], 「逸老」[2700], 「官俸初罷親故見憂以詩諭之」[2703]【편년】[264], 「和敏中洛下卽事」[2726], 「送敏中新授戶部員外郎西歸」[2727], 「李留守相公見過池上汎舟擧酒話及翰林舊事因成四韻以獻之」[2730], 「覽盧子蒙侍御舊詩多與微之唱和感今傷昔因贈子蒙題於卷後」[2732], 「雪夜小飮贈夢得」[2739], 「病中看經贈諸道侶」[2759]【편년】[265], 「談氏小外孫玉童」[2771]【편년】[266], 「昨日復今辰」[2777], 「六讚偈」[3679~3684], 「會昌春連宴卽事」[3756]

회창2년 (842) 71세

☐ 낙양 이도리에 거주하다.

☐ 2월 30일, 장기 재계(齋戒)를 수행하다. 3월 5일, 재계를 마치고 정상 식사를 하는 감회를 노래하다.[267]

---

263) 사위 담홍모의 서거와 딸 아라의 귀향 시기는 『나보』에 의하면 회창1년, 『화보』·『주보』에 의하면 회창2년이다.

264) 『주보』·『나보』는 회창1년(841), 『화보』는 회창2년(842)으로 편년하였다. 본서 제7장 「삼종연보 이설비교」 5-(3) 「백일휴가와 태자소부분사 면직」 참조.

265) 『주보』·『화보』는 회창2년(842), 『나보』는 회창1년(841) 작품으로 편년하였다. 본서 제7장 「삼종연보 이설비교」 3-(4) 「사위 서거와 딸 아라의 귀향」 참조.

266) 『주보』·『화보』는 회창2년(842), 『나보』는 회창1년(841) 작품으로 편년하였다. 「談氏小外孫玉童」 시의 제1구 "外翁七十孫十歲"에 의하면 백거이가 70세 때이니 회창1년(841) 작품으로 편년하는 것이 타당하다. 『주보』는 『화보』의 편년을 그대로 답습하였다. 본서 제7장 「삼종연보 이설비교」 3-(3) 「외손 인주와 각동의 출생」 참조.

267) 백거이 「出齋日喜皇甫十早訪」[2749]: "三旬齋滿欲銜杯, 平旦敲門門未開."(『백거이집전교』제4책, 2520쪽), 「二年三月五日齋畢開素當食偶吟贈妻弘農郡君」[2716]: "前

❑ 7월, 유우석이 낙양에서 서거하다. 조정은 병부상서(兵部尚書)를 추증하고 백거이는 애도시 2수를 짓다.[268]

❑ 본년, 낙양 근교의 풍락사(豊樂寺)·초제사(招提寺)·불광사(佛光寺) 등 여러 사찰을 유람하다. 자신의 초상화를 향산사 장경당(藏經堂)에 비치하다.[269]

❑ 본년, 『후집』20권을 편찬하여 『백씨문집』70권을 완성하다. 여산 동림사(東林寺)에 봉납하다.[270]

❑ 본년, 무종(武宗)이 백거이의 명성을 듣고 재상으로 기용하고자 하였으나 이덕유가 백거이 건강을 이유로 만류하다.[271]

❑ 본년 9월, 재종제 백민중이 한림학사에 제수되다.

【주요작품】「香山居士寫眞詩幷序」[2714·2715], 「二年三月五日齋畢開素當食偶吟贈妻弘農郡君」[2716], 「感舊幷序」[2718·2719], 「達哉樂天行」[2721], 「宴後題府中水堂贈盧尹中丞」[2725], 「喜入新年自詠」[2745], 「出齋日喜皇甫十早訪」[2749], 「會昌二年春題池西小樓」[2750], 「以詩代書酬慕巢尙書見寄」[2754], 「遊豊樂招提佛光三寺」[2760], 「醉中得上都親友書以

月事齋戒, 昨日散道場.……魴鱗白如雪, 蒸炙加桂薑. 稻飯紅似花, 調沃新酪漿."(『백거이집전교』제4책, 2491쪽)

[268] 백거이 「哭劉尙書夢得二首」제2수[2776]: "今日哭君吾道孤, 寢門涙滿白髭鬚.……夜臺暮齒期非遠, 但問前頭相見無."(『백거이집전교』제4책, 2541쪽) 유우석 관련 기사는 高志忠校注 『劉禹錫詩編年校注』(哈爾濱, 黑龍江人民出版社, 2005)·「劉禹錫年表」를 위주로 하였다.

[269] 백거이 「遊豊樂招提佛光三寺」[2760]: "竹鞋葵扇白絹巾, 林野爲家雲是身. 山寺每遊多寄宿, 都城暫出即經旬."(『백거이집전교』제4책, 2529쪽), 「香山居士寫眞詩序」[2714]: "會昌二年, 罷太子少傅爲白衣居士, 又寫眞於香山寺藏經堂, 時年七十一."(『백거이집전교』제4책, 2490쪽)

[270] 백거이 「送後集往廬山東林寺兼寄雲皐上人」[2772]: "後集寄將何處去, 故山迢遞在匡廬."(『백거이집전교』제4책, 2537쪽)

[271] 『舊唐書·白居易傳·附白敏中傳』: "武宗皇帝素聞居易之名, 及即位, 欲徵用之. 宰相李德裕言居易衰病, 不任朝謁."(『구당서』권166·「열전」제116)

予停俸多時憂問貧乏偶乘酒興詠而報之」[2761], 「送後集往廬山東林寺兼寄
雲皐上人」[2772], 「哭劉尙書夢得二首」[2775~2776], 「佛光和尙眞贊」[3685]

회창3년 (843) 72세

□ 낙양 이도리에 거주하다.

□ 본년, 형부상서(刑部尙書)로 치사(致仕)하고 반봉(半奉)을 지급받
  기 시작하다. 【이설5-4】 [272]

□ 5월, 소주 태호(太湖) 특산품인 태호석에 대한 기호가 남다른 우
  승유를 위해 「太湖石記」를 짓다. [273]

□ 5월 19일, 재종제 백민중이 직방랑중지제고(職方郎中知制誥) 겸
  한림학사에 제수되고 12월에는 한림학사승지가 된다.

【주요작품】 「送王卿使君赴任蘇州因思花迎新使感舊遊寄題郡中木蘭西院
一別」[2748], 「刑部尙書致仕」[2780]【편년】 [274] ·「初致仕後戲酬留守牛相
公」[2781]【편년】 [275], 「太湖石記」[3851]

회창4년 (844) 73세

□ 낙양 이도리에 거주하며 형부상서 치사관으로 지내다.

□ 봄, 낙양성 동쪽 조촌(趙村)에 행화(杏花) 구경을 가다. [276]

---

272) 형부상서 치사 연대에 관해 『주보』·『화보』는 회창2년, 『나보』는 회창3년을 주장하
    였다.

273) 백거이 「太湖石記」[3851]: "今丞相奇章公嗜石. ⋯⋯公又待之如賓友, 親之如賢哲, 重
    之如寶玉, 愛之如兒孫. ⋯⋯欲使將來與我同好者, 覩斯石, 覽斯文, 知公之嗜石之自.
    會昌三年五月癸丑日記."(『백거이집전교』제6책, 3936쪽)

274) 『주보』·『화보』는 회창2년(842), 『나보』는 회창3년(843)으로 편년하였다. 본서 제7
    장 「삼종연보 이설비교」 5-(4) 「형부상서 치사와 반봉 지급」 참조.

275) 앞의 각주와 동일.

276) 백거이 「游趙村杏花」[2779]: "游村紅杏每年開, 十五年來看幾迴. 七十三人難再到,

□ 본년, 낙양 용문담(龍門潭) 팔절탄(八節灘)을 사재로 개수하다. [277]

□ 4월 5일, 백민중이 중서사인 겸 한림학사에 제수되고 9월 4일에는 호부시랑지제고(戶部侍郎知制誥) 겸 한림학사에 제수되다.

【주요작품】 「游趙村杏花」[2779], 「問諸親友」[2782], 「狂吟七言十四韻」[2792], 「開龍門八節石灘詩二首幷序」[2785~2787]

회창5년 (845) 74세

□ 낙양 이도리에 거주하며 형부상서 치사관으로 지내다.

□ 봄, 30일 장기 재계(齋戒)를 수행하다. [278]

□ 3월 21일, 낙양 이도리 자택에 89세 호고(胡杲), 86세 길교(吉皎), 84세 정거(鄭據), 82세 유진(劉眞), 82세 노정(盧貞), 74세 장혼(張渾), 74세 백거이 등 7인이 모여 주연을 열고 상치회(尙齒會)를 결성하다. [279]

□ 여름, 95세 승려 여만(如滿)·136세 낙양 원로 이원상(李元爽)의 추가 합류로 구로회(九老會)가 탄생하다. 「九老圖」를 완성하고 시를 짓다. [280]

今春來是別花來."(『백거이집전교』제4책, 2545쪽)

277) 백거이 「開龍門八節灘詩二序」[2785]: "東都龍門潭之南, 有八節灘·九峭石, 船筏過此, 例反破傷.……會昌四年, 有悲智僧道遇, 適同發心, 經營開鑿, 貧者出力, 仁者施財."(『백거이집전교』제4책, 2550쪽)

278) 백거이 「齋居春久感事遣懷」[2799]: "齋戒坐三旬, 笙歌發四鄰. 月明停酒夜, 眼闇看花人."(『백거이집전교』제4책, 2561쪽)

279) 백거이 「胡吉鄭劉盧張等六賢皆多年壽予亦次焉偶於弊居合成尙齒之會七老相顧既醉甚歡靜而思之此會稀有因成七言六韻以紀之傳好事者」[2801]: "七人五百七十歲, 拖紫紆朱垂白鬚.……天年高過二疏傅, 人數多於四皓圖."(『백거이집전교』제4책, 2563쪽)

280) 백거이 「九老圖詩幷序」[3742]: "會昌五年三月,……其年夏, 又有二老, 年貌絶倫, 同

❏ 5월 1일, 속후집(續後集) 5권을 편찬하여 『백씨문집』75권본을 완성하다. 5벌을 제작하여 조카와 외손자에게 한 벌씩 맡기고 3벌은 여산 동림사·소주 남선원·낙양 성선사에 봉납하다.[281]

❏ 본년, 하남윤 시절 지은 연못가 서정(西亭)에 묵다.[282]

【주요작품】「宿府池西亭」[2795], 「齋居春久感事遣懷」[2799], 「胡吉鄭劉盧張等六賢皆多年壽予亦次焉偶於弊居合成尚齒之會七老相顧旣醉甚歡靜而思之此會稀有因成七言六韻以紀之傳好事者」[2801], 「九老圖詩幷序」[3742·3743], 「白氏長慶集後序」[3834]

회창6년 (846) 75세

❏ 낙양 이도리에 거주하며 형부상서 치사관으로 지내다.

❏ 정월, 낙양 구유(舊遊)인 우승유·이종민·양사부(楊嗣復) 3인을 회상하며 신년 정월의 감회를 시로 짓다.[283]

❏ 8월, 낙양 이도리 자택에서 서거하다. 상서우복야(尚書右僕射)에 추증되다. 【이설】[284]

歸故鄕, 亦來斯會. 續命書姓名年齒, 寫其形貌, 附於圖右, 與前七名題爲九老圖, 仍以一絶贈之."(『백거이집전교』제6책, 3861쪽)

281) 백거이 「白氏長慶集後序」[3834]: "今又續後集五卷, 自爲記. 前後七十五卷, 詩筆大小凡三千八百四十首. 集有五本.……會昌五年夏五月一日, 樂天重記."(『백거이집전교』제6책, 3916쪽)

282) 백거이 「宿府池西亭」[2795]: "池上平橋橋下亭, 夜深睡覺上橋行. 白頭老尹重來宿, 十五年前舊月明."(『백거이집전교』제4책, 2557쪽)

283) 백거이 「六年立春日人日作」[2817]: "二日立春人七日, 盤蔬餅餌逐時新.……試作循潮封眼想, 何由得見洛陽春."(『백거이집전교』제4책, 2579쪽)

284) 『주보』·『나보』에는 '尚書右僕射', 『화보』에는 '尚書左僕射'로 기술되어 있다. 『구당서』·『신당서』의 「백거이전」과 李商隱 「唐刑部尚書致仕贈尚書右僕射太原白公墓碑銘」에 의하면 '尚書右僕射'가 옳다. 『화보』의 기술은 陳振孫의 『白文公年譜』를 따른 것이다.

❑ 11월, 백거이의 유언대로 낙양 용문산(龍門山) 향산여만사탑(香山如滿師塔) 옆에 안장되다.[285]

❑ 5월 5일, 재종제 백민중이 동중서문하평장사(同中書門下平章事)에 제수되어 재상이 되다.

❑ 3월, 무종(武宗)이 붕어하고 선종(宣宗)이 즉위하다. 선종은 백거이를 애도하는 시를 짓다.[286]

【주요작품】「自詠老身示諸家屬」[2815], 「自問此心呈諸老伴」[2816], 「六年立春日人日作」[2817], 「齋居偶作」[2818], 「詠身」[2819], 「予與山南王僕射淮南李僕射事歷五朝踰三紀海內年輩今唯三人榮路雖殊交情不替聊題長句寄擧之公垂二相公」[2820]

대중3년 (849)

❑ 대중(大中) 3년(849) 12월, 중서시랑평장사 백민중이 백거이의 시호를 청하는 상서를 올려 시호 '문(文)'을 추증받다. 이상은(李商隱)이 묘비명을 짓다.[287]

---

285) 『舊唐書 · 白居易傳』: "遺命不歸下邽, 可葬於香山如滿師塔之側, 家人從命而葬焉." (『구당서』권166 · 「열전」제116)

286) 唐宣宗 · 李忱 「吊白居易」: "綴玉聯珠六十年, 誰教冥路作詩仙. 浮雲不系名居易, 造化無爲字樂天. 童子解吟長恨曲, 胡兒能唱琵琶篇. 文章已滿行人耳, 一度思卿一愴然."(『전당시』권4)

287) 李商隱 「唐刑部尙書致仕贈尙書右僕射太原白公墓碑銘幷序」: "子景受, 大中三年, 自潁陽尉典治集賢御書, 侍太夫人宏農郡君楊氏來京師,……以命其客取文刻碑."(『전당문』권780)

| 제14장 |

작품일람표

❑ [번호]는 주금성 『백거이집전교』(전6책, 상해, 상해고적출판사, 1988) 수록 작품을 대상으로 책정한 일련번호를 말한다. 작품번호 관련 내용은 본서 제3장「백거이 작품 개설」에 상세하다. 작품번호는 본서 제15장「작품번호 색인」에서 검색할 수 있다.

❑ [화방]은 화방영수 『白氏文集の批判的硏究』(경도, 휘문당서점, 1960)에서 책정한 작품번호를 의미한다.

❑ [제목]은 주금성 『백거이집전교』전6책을 저본으로 백거이 작품의 제목을 표기한다. 판본에 따라 제목에 이문(異文)이 있는 작품에는 '^' 기호를 작품번호 말미에 추가한다. 제목의 이문 관련 내용은 본서 제3장「백거이 작품 개설」에 상세하다.

❑ [주본]은 주금성의 『백거이집전교』전6책을 말하며 책수/면수의 형식으로 표기하였다. 즉 '1/54'는 제1책 54쪽, '5/2690'은 제5책 2690쪽에 수록되어 있음을 나타낸다.

❑ [사본]은 사사위의 『백거이시집교주』(전6책, 북경, 중화서국, 2006)와 『백거이문집교주』(전4책, 북경, 중화서국, 2011)를 말한다. '謝詩1/0029'는 『백거이시집교주』제1책 29쪽, '謝文4/1706'은 『백거이문집교주』제4책 1706쪽에 수록되어 있음을 의미한다.

❏ [고본]은 고학힐 『백거이집』(전4책, 북경, 중화서국, 1979)을 말한다. 3책본과 2책본이 대만에서 출간된 바 있으므로 [고본]에서는 수록 면수만을 표기한다.

❏ [창작연대]는 당대연호(서기)의 형식으로 표기한다. '개성3(838)~4'는 개성3년~개성4년 사이의 작품, '~장경2(822)'는 장경2년 이전 창작된 작품, '원화1(806)~'은 원화1년 이후의 작품, '~정원20(804)~'는 정원20년 전후에 창작된 작품을 의미한다.

❏ [지점]은 작품 창작 시 시인의 소재지를 당대 지명으로 표기하고 특정 지역에서 또 다른 특정 지역으로 이동 중에 창작한 것은 '도중(途中)'으로 표기한다.

❏ [각운]은 잔구(殘句)를 제외한 모든 시 작품의 각운을 표기한다. 각운의 운목(韻目)은 남송(南宋)·유연(劉淵)의 『임자신간예부운략(壬子新刊禮部韻略)』, 일명 『평수운(平水韻)』을 근거로 한다. A는 상평성(上平聲), B는 하평성(下平聲), C는 상성(上聲), D는 거성(去聲), E는 입성(入聲)을 의미한다. 'A東'은 상평성 동운(東韻)을 사용한 것이며 'B庚/靑'은 하평성의 경운(庚韻)과 청운(靑韻)이 사용된 것을 말한다. 'ABD'는 상평성·하평성·거성이 함께 사용된 것을 말한다. '○○' 기호는 각운 표기 대상이 아닌 작품임을 의미한다.

❏ [화방]·[사본]·[고본] 항목란의 '□□' 기호는 미수록 작품임을 표시하며 창작연대·창작지점란의 '√√'·'△△' 기호는 창작연대와 창작지점이 미상인 경우를 의미한다.

❏ 창작연대와 창작지점은 주금성의 『백거이집전교』를 저본으로 표기한다. 창작연대에 화방영수·나련첨의 이설이 존재하는 작품은 창작연대 말미에 '*' 기호를 추가한다. 창작연대 이설 관련 내용은 본서 제3장 「백거이 작품 개설」에 상세하다.

번호	화방	제 목	주문	사문	교문	창작연대	지점	각운
[0001]	花0001	賀雨	朱1/0001	謝詩1/0001	顧0001	원화4(809)	長安	A東/冬
[0002]	花0002	讀張籍古樂府	朱1/0005	謝詩1/0008	顧0002	원화10(815)*	長安	A眞/文/元
[0003]^	花0003	哭孔戡	朱1/0008	謝詩1/0012	顧0003	원화5(810)	長安	AB
[0004]	花0004	凶宅	朱1/0009	謝詩1/0015	顧0003	원화1(806)~6	長安	A東/冬
[0005]	花0005	夢仙	朱1/0010	謝詩1/0018	顧0004	원화1(806)~10	長安	B庚/靑
[0006]	花0006	觀刈麥	朱1/0011	謝詩1/0022	顧0004	원화2(807)	盩厔	B陽
[0007]	花0007	題海圖屛風	朱1/0012	謝詩1/0024	顧0005	원화4(809)	長安	B尤
[0008]	花0008	贏駿	朱1/0014	謝詩1/0027	顧0005	원화5(810)	長安	E屋/沃
[0009]	花0009	廢琴	朱1/0015	謝詩1/0028	顧0006	원화1(806)~10	長安	B庚/靑
[0010]	花0010	李都尉古劍	朱1/0016	謝詩1/0029	顧0006	원화1(806)~6	長安	B尤
[0011]	花0011	雲居寺孤桐	朱1/0017	謝詩1/0031	顧0006	원화1(806)~6	長安	C紙
[0012]	花0012	京兆府新栽蓮	朱1/0018	謝詩1/0032	顧0007	원화2(807)	長安	B先
[0013]^	花0013	月夜登閣避暑	朱1/0019	謝詩1/0033	顧0007	원화2(807)	長安	B蕭
[0014]	花0014	初授拾遺	朱1/0020	謝詩1/0035	顧0007	원화3(808)	長安	D寘/未
[0015]	花0015	贈元稹	朱1/0020	謝詩1/0037	顧0008	원화1(806)*	長安	A美
[0016]	花0016	哭劉敦質	朱1/0022	謝詩1/0039	顧0008	정원20(804)	長安	A眞/文
[0017]	花0017	答友問	朱1/0023	謝詩1/0041	顧0009	원화2(807)~10	△△	E屑
[0018]	花0018	雜興三首1	朱1/0024	謝詩1/0042	顧0009	원화1(806)~10	△△	A支/微
[0019]	花0019	雜興三首2	朱1/0024	謝詩1/0045	顧0009	원화1(806)~10	△△	C紙
[0020]	花0020	雜興三首3	朱1/0024	謝詩1/0047	顧0009	원화1(806)~10	△△	A齊/灰
[0021]	花0021	宿紫閣山北村	朱1/0025	謝詩1/0050	顧0010	원화5(810)*	長安	A眞/文/元
[0022]	花0022	讀漢書	朱1/0028	謝詩1/0052	顧0010	원화2(807)~6	長安	A支
[0023]	花0023	贈樊著作	朱1/0029	謝詩1/0055	顧0011	원화5(810)	長安	A眞/文/元

[0024]	花0024	蜀路石婦	朱1/0031	謝詩1/0058	顧0011	원화1(806)~15*	△△	B庚/青
[0025]	花0025	折劍頭	朱1/0032	謝詩1/0060	顧0012	원화2(807)~6	長安	B尤
[0026]	花0026	登樂遊園望	朱1/0032	謝詩1/0061	顧0012	원화5(810)	長安	A眞/文/元
[0027]	花0027	酬元九對新栽竹有懷見寄	朱1/0034	謝詩1/0063	顧0012	원화5(810)	長安	E職
[0028]	花0028	感鶴	朱1/0035	謝詩1/0064	顧0013	원화2(807)~6	長安	AB
[0029]	花0029	春雪	朱1/0036	謝詩1/0067	顧0013	원화6(811)	長安	E月/曷/眉
[0030]	花0030	高僕射	朱1/0038	謝詩1/0070	顧0014	원화5(810)	長安	D秦/卦/隊
[0031]	花0031	白牡丹	朱1/0039	謝詩1/0072	顧0014	원화3(808)~6*	長安	B庚/青
[0032]	花0032	瞻內	朱1/0042	謝詩1/0075	顧0015	원화3(808)	長安	A眞/文/元
[0033]	花0033	寄唐生	朱1/0043	謝詩1/0078	顧0015	원화3(808)~5*	長安	A支/微
[0034]	花0034	傷唐衢二首1	朱1/0046	謝詩1/0083	顧0016	원화6(811)~9	長安	A眞/文/元
[0035]	花0035	傷唐衢二首2	朱1/0047	謝詩1/0086	顧0016	원화6(811)~9	長安	E職
[0036]	花0036	問友	朱1/0048	謝詩1/0087	顧0017	원화1(806)~6	長安	D寘/未
[0037]	花0037	悲哉行	朱1/0049	謝詩1/0088	顧0017	원화2(807)~10	長安	ABD
[0038]	花0038	紫藤	朱1/0050	謝詩1/0091	顧0018	원화5(810)	長安	A支/微
[0039]	花0039	放鷹	朱1/0051	謝詩1/0093	顧0018	원화2(807)~10	長安	A魚/虞
[0040]	花0040	慈烏夜啼	朱1/0052	謝詩1/0095	顧0018	원화6(811)	下邽	A支/微
[0041]	花0041	燕詩示劉叟	朱1/0053	謝詩1/0096	顧0019	원화2(807)~6	長安	B侵
[0042]	花0042	采地黃者	朱1/0054	謝詩1/0099	顧0019	원화8(813)	下邽	A支/微
[0043]	花0043	初入太行路	朱1/0054	謝詩1/0100	顧0020	정원20(804)~*	△△	B陽
[0044]	花0044	鄧魴張徹落第	朱1/0055	謝詩1/0101	顧0020	원화3(808)	長安	C養
[0045]	花0045	送王處士	朱1/0057	謝詩1/0103	顧0020	원화3(808)~6	長安	B庚/青
[0046]	花0046	村居苦寒	朱1/0057	謝詩1/0105	顧0021	원화8(813)	下邽	E屋/沃
[0047]	花0047	納粟	朱1/0059	謝詩1/0107	顧0021	원화7(812)~9*	下邽	A眞/文/元
[0048]	花0048	薛中丞	朱1/0060	謝詩1/0110	顧0021	원화8(813)	下邽	D御/遇

[0049]	花0049	秋池二首1	朱1/0061	謝詩1/0113	顧0022	원화1(806)~10	△△	D卦
[0050]	花0050	秋池二首2	朱1/0061	謝詩1/0114	顧0022	원화1(806)~10	△△	D眞/未
[0051]	花0051	夏旱	朱1/0062	謝詩1/0115	顧0022	원화9(814)	下邽	C語/麌
[0052]	花0052	諛友	朱1/0063	謝詩1/0116	顧0023	원화1(806)~10	△△	A佳/灰
[0053]^	花0053	丘中有一士二首1	朱1/0064	謝詩1/0119	顧0023	원화1(806)~10	△△	B庚/靑
[0054]	花0054	丘中有一士二首2	朱1/0064	謝詩1/0120	顧0023	원화1(806)~10	△△	B侵
[0055]	花0055	新製布裘	朱1/0065	謝詩1/0122	顧0024	원화2(807)~10	△△	A眞/文/元
[0056]	花0056	杏園中棗樹	朱1/0066	謝詩1/0124	顧0024	원화2(807)~10	長安	C紙
[0057]	花0057	蝦蟆	朱1/0068	謝詩1/0126	顧0024	원화1(806)~10	長安	B歌/麻
[0058]	花0058	寄隱者	朱1/0069	謝詩1/0128	顧0025	영정1(805)	長安	D御/遇
[0059]	花0059	放魚	朱1/0070	謝詩1/0130	顧0026	원화10(815)~13	江州	A魚/虞
[0060]	花0060	文柏牀	朱1/0071	謝詩1/0132	顧0026	원화10(815)~13	江州	B陽
[0061]	花0061	潯陽三題并序	朱1/0072	謝詩1/0134	顧0026	원화10(815)~13*	江州	○○
[0062]	花0061	潯陽三題1・廬山桂	朱1/0072	謝詩1/0134	顧0026	원화10(815)~13*	江州	AB
[0063]	花0062	潯陽三題2・湓浦竹	朱1/0074	謝詩1/0136	顧0027	원화10(815)~13*	江州	E屋/沃
[0064]	花0063	潯陽三題3・東林寺白蓮	朱1/0075	謝詩1/0137	顧0027	원화10(815)~13*	江州	B庚/靑
[0065]	花0064	大水	朱1/0076	謝詩1/0139	顧0027	원화11(816)~13	江州	D眞/未
[0066]	花0065	續古詩十首1	朱1/0077	謝詩1/0141	顧0028	원화6(811)~9	△△	E陌
[0067]	花0066	續古詩十首2	朱1/0077	謝詩1/0143	顧0028	원화6(811)~9	△△	B庚
[0068]	花0067	續古詩十首3	朱1/0078	謝詩1/0144	顧0028	원화6(811)~9	△△	A支/微
[0069]	花0068	續古詩十首4	朱1/0078	謝詩1/0145	顧0029	원화6(811)~9	△△	A眞/文
[0070]	花0069	續古詩十首5	朱1/0078	謝詩1/0146	顧0029	원화6(811)~9	△△	E屋/沃
[0071]	花0070	續古詩十首6	朱1/0078	謝詩1/0147	顧0029	원화6(811)~9	△△	AB
[0072]	花0071	續古詩十首7	朱1/0078	謝詩1/0149	顧0029	원화6(811)~9	△△	B歌/麻
[0073]	花0072	續古詩十首8	朱1/0079	謝詩1/0151	顧0029	원화6(811)~9	△△	A魚/虞

[0074]	花0073	續古詩十首9	朱1/0079	謝詩1/0152	顧0030	원화6(811)~9	△△	A魚/慶
[0075]	花0074	續古詩十首10	朱1/0079	謝詩1/0153	顧0030	원화6(811)~9	△△	A支/微
[0076]	花0075	秦中吟十首拜序	朱1/0080	謝詩1/0154	顧0030	원화5(810)	長安	○○
[0077]	花0075	秦中吟十首1・議婚	朱1/0080	謝詩1/0154	顧0030	원화5(810)	長安	A魚/慶
[0078]	花0076	秦中吟十首2・重賦	朱1/0082	謝詩1/0157	顧0031	원화5(810)	長安	A眞/文/元
[0079]	花0077	秦中吟十首3・傷宅	朱1/0085	謝詩1/0162	顧0031	원화5(810)	長安	AB
[0080]	花0078	秦中吟十首4・傷友	朱1/0087	謝詩1/0166	顧0032	원화5(810)	長安	A齊
[0081]	花0079	秦中吟十首5・不致仕	朱1/0088	謝詩1/0169	顧0032	원화5(810)	長安	A眞/文/元
[0082]	花0080	秦中吟十首6・立碑	朱1/0089	謝詩1/0171	顧0033	원화5(810)	長安	A支
[0083]	花0081	秦中吟十首7・輕肥	朱1/0092	謝詩1/0174	顧0033	원화5(810)	長安	A眞/文
[0084]	花0082	秦中吟十首8・五絃	朱1/0094	謝詩1/0176	顧0034	원화5(810)	長安	C語/麌
[0085]	花0083	秦中吟十首9・歌舞	朱1/0095	謝詩1/0179	顧0034	원화5(810)	長安	B尤
[0086]	花0084	秦中吟十首10・買花	朱1/0096	謝詩1/0181	顧0034	원화5(810)	長安	D御/遇
[0087]	花0085	贈友五首拜序	朱1/0097	謝詩1/0183	顧0035	원화10(815)*	△△	○○
[0088]	花0085	贈友五首1	朱1/0097	謝詩1/0183	顧0035	원화10(815)*	△△	D敬
[0089]	花0086	贈友五首2	朱1/0098	謝詩1/0185	顧0035	원화10(815)*	△△	A眞/文
[0090]	花0087	贈友五首3	朱1/0098	謝詩1/0188	顧0035	원화10(815)*	△△	AB
[0091]	花0088	贈友五首4	朱1/0098	謝詩1/0190	顧0036	원화10(815)*	△△	A眞/文/元
[0092]	花0089	贈友五首5	朱1/0099	謝詩1/0192	顧0036	원화10(815)*	△△	A支/微
[0093]	花0090	寓意詩五首1	朱1/0100	謝詩1/0193	顧0036	원화2(807)~13*	△△	A支/微
[0094]	花0091	寓意詩五首2	朱1/0101	謝詩1/0195	顧0037	원화2(807)~13*	△△	B陽
[0095]	花0092	寓意詩五首3	朱1/0101	謝詩1/0197	顧0037	원화2(807)~13*	△△	B庚/靑
[0096]	花0093	寓意詩五首4	朱1/0101	謝詩1/0199	顧0037	원화2(807)~13*	△△	D霰
[0097]	花0094	寓意詩五首5	朱1/0101	謝詩1/0201	顧0037	원화2(807)~13*	△△	A支/微
[0098]	花0095	讀史五首1	朱1/0102	謝詩1/0202	顧0038	원화2(807)~13	△△	B侵

[0099]	花0096	讀史五首2	朱1/0103	謝詩1/0203	顧0038	元和2(807)~13	△△	C語/麌
[0100]	花0097	讀史五首3	朱1/0103	謝詩1/0205	顧0038	元和2(807)~13	△△	C紙
[0101]	花0098	讀史五首4	朱1/0103	謝詩1/0207	顧0038	元和2(807)~13	△△	A支
[0102]	花0099	讀史五首5	朱1/0103	謝詩1/0209	顧0038	元和2(807)~13	△△	AD
[0103]	花0100	和答詩十首并序	朱1/0104	謝詩1/0211	顧0039	元和5(810)	長安	○○
[0104]	花0101	和答詩十首1・和思歸樂	朱1/0110	謝詩1/0214	顧0040	元和5(810)	長安	B庚/青
[0105]	花0102	和答詩十首2・和陽城驛	朱1/0113	謝詩1/0219	顧0041	元和5(810)	長安	A支/微
[0106]	花0103	和答詩十首3・答桐花	朱1/0115	謝詩1/0222	顧0042	元和5(810)	長安	B庚/青
[0107]	花0104	和答詩十首4・和大觜烏	朱1/0117	謝詩1/0227	顧0043	元和5(810)	長安	A東/冬
[0108]	花0105	和答詩十首5・答四皓廟	朱1/0119	謝詩1/0231	顧0044	元和5(810)	長安	A支/微
[0109]	花0106	和答詩十首6・和雉媒	朱1/0122	謝詩1/0237	顧0045	元和5(810)	長安	AB
[0110]	花0107	和答詩十首7・和松樹	朱1/0123	謝詩1/0239	顧0045	元和5(810)	長安	B陽
[0111]	花0108	和答詩十首8・答箭鏃	朱1/0124	謝詩1/0241	顧0046	元和5(810)	長安	B庚/青
[0112]	花0109	和答詩十首9・和古社	朱1/0125	謝詩1/0243	顧0046	元和5(810)	長安	A灰
[0113]	花0110	和答詩十首10・和分水嶺	朱1/0126	謝詩1/0245	顧0047	元和5(810)	長安	C紙
[0114]	花0111	有木詩八首并序	朱1/0127	謝詩1/0247	顧0047	元和2(807)~6	長安	○○
[0115]	花0111	有木詩八首1	朱1/0128	謝詩1/0249	顧0047	元和2(807)~6	長安	A支
[0116]	花0112	有木詩八首2	朱1/0128	謝詩1/0250	顧0048	元和2(807)~6	長安	D御/遇
[0117]	花0113	有木詩八首3	朱1/0128	謝詩1/0251	顧0048	元和2(807)~6	長安	E職
[0118]	花0114	有木詩八首4	朱1/0128	謝詩1/0252	顧0048	元和2(807)~6	長安	E藥
[0119]	花0115	有木詩八首5	朱1/0129	謝詩1/0253	顧0048	元和2(807)~6	長安	E月/曷/屑
[0120]	花0116	有木詩八首6	朱1/0129	謝詩1/0254	顧0048	元和2(807)~6	長安	A東/冬
[0121]	花0117	有木詩八首7	朱1/0129	謝詩1/0255	顧0049	元和2(807)~6	長安	B蕭
[0122]	花0118	有木詩八首8	朱1/0129	謝詩1/0255	顧0049	元和2(807)~6	長安	E屋/沃
[0123]	花0119	歎魯二首1	朱1/0131	謝詩1/0257	顧0049	元和11(816)~13	江州	AB

			年號	朱	謝詩	顧	地	
[0124]	花0120	歡魯二首2	원화11(816)~13	朱1/0132	謝詩1/0258	顧0049	江州	E質
[0125]	花0121	反鮑明遠白頭吟	원화11(816)~13	朱1/0132	謝詩1/0259	顧0050	江州	B蒸
[0126]	花0122	冑塚	~원화14(819)~*	朱1/0133	謝詩1/0260	顧0050	△△	C有
[0127]	花0123	雜感	원화11(816)~13	朱1/0134	謝詩1/0263	顧0050	江州	B陽
[0128]	花0124	新樂府幷序	원화4(809)	朱1/0136	謝詩1/0267	顧0052	長安	○○
[0129]	花0125	新樂府1·七德舞	원화4(809)	朱1/0140	謝詩1/0275	顧0054	長安	ABCDE
[0130]^	花0126	新樂府2·法曲歌	원화4(809)	朱1/0145	謝詩1/0283	顧0055	長安	ABDE
[0131]	花0127	新樂府3·二王後	원화4(809)	朱1/0148	謝詩1/0287	顧0056	長安	ACDE
[0132]	花0128	新樂府4·海漫漫	원화4(809)	朱1/0149	謝詩1/0288	顧0056	長安	BCD
[0133]	花0129	新樂府5·立部伎	원화4(809)	朱1/0150	謝詩1/0291	顧0057	長安	ABCDE
[0134]	花0130	新樂府6·華原磬	원화4(809)	朱1/0153	謝詩1/0294	顧0058	長安	ABCDE
[0135]^	花0131	新樂府7·上陽白髮人	원화4(809)	朱1/0156	謝詩1/0298	顧0059	長安	ABCDE
[0136]	花0132	新樂府8·胡旋女	원화4(809)	朱1/0161	謝詩1/0305	顧0060	長安	ABCD
[0137]^	花0133	新樂府9·新豐折臂翁	원화4(809)	朱1/0165	謝詩1/0309	顧0061	長安	ABCDE
[0138]	花0134	新樂府10·太行路	원화4(809)	朱1/0170	謝詩1/0315	顧0064	長安	ABCE
[0139]	花0135	新樂府11·司天臺	원화4(809)	朱1/0172	謝詩1/0318	顧0064	長安	ABDE
[0140]	花0136	新樂府12·捕蝗	원화4(809)	朱1/0174	謝詩1/0321	顧0065	長安	ABCD
[0141]^	花0137	新樂府13·昆明春水滿	원화4(809)	朱1/0176	謝詩1/0324	顧0066	長安	ABDE
[0142]	花0138	新樂府14·城鹽州	원화4(809)	朱1/0179	謝詩1/0329	顧0067	長安	ABDE
[0143]	花0139	新樂府15·道州民	원화4(809)	朱1/0183	謝詩1/0333	顧0068	長安	AD
[0144]	花0140	新樂府16·馴犀	원화4(809)	朱1/0185	謝詩1/0335	顧0069	長安	ABCE
[0145]	花0141	新樂府17·五絃彈	원화4(809)	朱1/0188	謝詩1/0338	顧0069	長安	ABCE
[0146]	花0142	新樂府18·蠻子朝	원화4(809)	朱1/0190	謝詩1/0342	顧0070	長安	ABCDE
[0147]	花0143	新樂府19·驃國樂	원화4(809)	朱1/0194	謝詩1/0347	顧0071	長安	ABCDE
[0148]	花0144	新樂府20·縛戎人	원화4(809)	朱1/0197	謝詩1/0351	顧0071	長安	ABCDE

[0149]	花0145 · 新樂府21 · 曬宮高	朱1/0202	謝詩1/0357	顧0073	완호4(809)	長安	ADE
[0150]	花0146 · 新樂府22 · 百鍊鏡	朱1/0204	謝詩1/0359	顧0073	완호4(809)	長安	AC
[0151]	花0147 · 新樂府23 · 青石	朱1/0206	謝詩1/0362	顧0074	완호4(809)	長安	ACE
[0152]	花0148 · 新樂府24 · 兩朱閣	朱1/0208	謝詩1/0364	顧0074	완호4(809)	長安	ABCD
[0153]	花0149 · 新樂府25 · 西涼伎	朱1/0210	謝詩1/0367	顧0075	완호4(809)	長安	ABCE
[0154]	花0150 · 新樂府26 · 八駿圖	朱1/0214	謝詩1/0372	顧0076	완호4(809)	長安	ABCD
[0155]	花0151 · 新樂府27 · 澗底松	朱1/0216	謝詩1/0376	顧0077	완호4(809)	長安	AD
[0156]	花0152 · 新樂府28 · 牡丹芳	朱1/0218	謝詩1/0379	顧0077	완호4(809)	長安	ABE
[0157]	花0153 · 新樂府29 · 紅線毯	朱1/0221	謝詩1/0384	顧0078	완호4(809)	長安	ABCDE
[0158]	花0154 · 新樂府30 · 杜陵叟	朱1/0223	謝詩1/0387	顧0078	완호4(809)	長安	ACDE
[0159]	花0155 · 新樂府31 · 繚綾	朱1/0225	謝詩1/0389	顧0079	완호4(809)	長安	ABCDE
[0160]	花0156 · 新樂府32 · 賣炭翁	朱1/0227	謝詩1/0393	顧0079	완호4(809)	長安	AE
[0161]	花0157 · 新樂府33 · 母別子	朱1/0229	謝詩1/0396	顧0080	완호4(809)	長安	ACD
[0162]	花0158 · 新樂府34 · 陰山道	朱1/0231	謝詩1/0398	顧0081	완호4(809)	長安	ABCE
[0163]	花0159 · 新樂府35 · 時世妝	朱1/0234	謝詩1/0402	顧0082	완호4(809)	長安	ABCD
[0164]	花0160 · 新樂府36 · 李夫人	朱1/0236	謝詩1/0405	顧0082	완호4(809)	長安	ACE
[0165]	花0161 · 新樂府37 · 陵園妾	朱1/0238	謝詩1/0408	顧0083	완호4(809)	長安	ABCDE
[0166]	花0162 · 新樂府38 · 鹽商婦	朱1/0241	謝詩1/0412	顧0084	완호4(809)	長安	ABCDE
[0167]	花0163 · 新樂府39 · 杏為梁	朱1/0243	謝詩1/0416	顧0084	완호4(809)	長安	ACE
[0168]	花0164 · 新樂府40 · 井底引銀瓶	朱1/0245	謝詩1/0419	顧0085	완호4(809)	長安	ABDE
[0169]	花0165 · 新樂府41 · 官牛	朱1/0247	謝詩1/0422	顧0085	완호4(809)	長安	ADE
[0170]	花0166 · 新樂府42 · 紫毫筆	朱1/0249	謝詩1/0424	顧0086	완호4(809)	長安	ABCD
[0171]	花0167 · 新樂府43 · 隋堤柳	朱1/0251	謝詩1/0427	顧0086	완호4(809)	長安	ABCDE
[0172]	花0168 · 新樂府44 · 草茫茫	朱1/0254	謝詩1/0430	顧0087	완호4(809)	長安	ABCD
[0173]	花0169 · 新樂府45 · 古塚狐	朱1/0255	謝詩1/0432	顧0087	완호4(809)	長安	ABCDE

[0174]	花0170	新樂府46 · 黑潭龍	未1/0256	謝詩1/0433	顧0088	원화4(809)	長安	ABCE
[0175]	花0171	新樂府47 · 天可度	未1/0258	謝詩1/0436	顧0088	원화4(809)	長安	ABD
[0176]	花0172	新樂府48 · 秦吉了	未1/0259	謝詩1/0438	顧0089	원화4(809)	長安	ACE
[0177]	花0173	新樂府49 · 鵶九劍	未1/0261	謝詩1/0440	顧0089	원화4(809)	長安	ACDE
[0178]	花0174	新樂府50 · 采詩官	未1/0263	謝詩1/0442	顧0090	원화4(809)	長安	ACD
[0179]^	花0175	常樂里閑居偶題十六韻兼寄劉十五公輿王十一起呂二炅呂四穎崔十八玄亮元九稹劉三十二敦質張十五仲方時爲校書郎贈	未1/0265	謝詩2/0447	顧0091	정원19(803)	長安	A魚/虞
[0180]	花0176	答元八宗簡同遊曲江後明日見贈	未1/0269	謝詩2/0451	顧0092	정원19(803)~영정1(805)	長安	B庚
[0181]	花0177	感時	未1/0270	謝詩2/0452	顧0092	영정1(805)	長安	D寘
[0182]	花0178	首夏同諸校正遊開元觀因觀玩月	未1/0271	謝詩2/0454	顧0092	영정1(805)	長安	A支
[0183]	花0179	永崇里觀居	未1/0272	謝詩2/0456	顧0093	영정1(805)	長安	B尤
[0184]	花0180	早送擧人入試	未1/0274	謝詩2/0458	顧0093	원화1(806)	長安	B庚
[0185]	花0181	招王質夫	未1/0274	謝詩2/0459	顧0094	원화2(807)*	鑑至	A眞
[0186]	花0182	祗役駱口因與王質夫同遊秋山(偶題三韻)	未1/0275	謝詩2/0460	顧0094	원화2(807)	駱口	A灰
[0187]	花0183	見蕭侍御憶舊山草堂詩因繼和	未1/0276	謝詩2/0461	顧0094	원화2(807)	鑑至	A東
[0188]	花0184	病假中南亭閑望	未1/0277	謝詩2/0463	顧0094	원화2(807)	鑑至	A刪
[0189]	花0185	仙遊寺獨宿	未1/0278	謝詩2/0464	顧0095	원화2(807)	鑑至	A灰
[0190]	花0186	前庭涼夜	未1/0278	謝詩2/0465	顧0095	원화2(807)	鑑至	B歌
[0191]	花0187	官舍小亭閑望	未1/0279	謝詩2/0465	顧0095	원화2(807)	鑑至	A支
[0192]	花0188	早秋獨夜	未1/0280	謝詩2/0466	顧0096	원화2(807)*	鑑至	E月
[0193]	花0189	聽彈古淥水	未1/0280	謝詩2/0467	顧0096	원화2(807)	鑑至	B庚
[0194]	花0190	松齋自題	未1/0281	謝詩2/0468	顧0096	원화3(808)	長安	A魚/虞
[0195]	花0191	冬夜與錢員外同直禁中	未1/0282	謝詩2/0469	顧0096	원화3(808)	長安	C寢

[0196]	花0192	和錢員外禁中寓直夜興見示	朱1/0283	謝詩2/0470	顧0097	원화3(808)	長安	A魚
[0197]	花0193	夏日獨直寄蕭侍御	朱1/0284	謝詩2/0471	顧0097	원화3(808)	長安	A支
[0198]	花0194	松聲	朱1/0284	謝詩2/0473	顧0097	원화3(808)~5	長安	AB
[0199]	花0195	禁中	朱1/0285	謝詩2/0474	顧0098	원화3(808)~5	長安	A刪
[0200]	花0196	贈吳丹	朱1/0286	謝詩2/0474	顧0098	원화5(810)	長安	B尤
[0201]	花0197	初除戶曹喜而言志	朱1/0287	謝詩2/0476	顧0098	원화5(810)	長安	A眞/文/元
[0202]	花0198	秋居書懷	朱1/0289	謝詩2/0479	顧0099	원화5(810)	長安	E屋/沃
[0203]	花0199	禁中曉臥因懷王起居	朱1/0290	謝詩2/0480	顧0099	원화5(810)	長安	A元
[0204]	花0200	養拙	朱1/0291	謝詩2/0481	顧0099	원화6(811)~9	長安	A元
[0205]	花0201	寄李十一建	朱1/0292	謝詩2/0483	顧0100	원화1(806)~2*	盩厔	B庚
[0206]	花0202	旅次華州贈袁右丞	朱1/0293	謝詩2/0485	顧0100	정원17(801)~19*	華州	A東
[0207]	花0203	酬次楊九弘貞長安病中見寄	朱1/0295	謝詩2/0486	顧0101	원화1(806)	盩厔	B庚
[0208]	花0204	禁中寓直夢遊仙遊寺	朱1/0296	謝詩2/0488	顧0101	원화3(808)~6	△△	E陌/錫
[0209]	花0205	贈王山人	朱1/0297	謝詩2/0488	顧0101	원화6(811)~9	△△	E月/屑
[0210]	花0206	秋山	朱1/0298	謝詩2/0490	顧0102	원화5(810)~6	△△	A刪
[0211]	花0207	贈能七倫	朱1/0298	謝詩2/0491	顧0102	원화5(810)~6	△△	B侵
[0212]	花0208	題楊穎士西亭	朱1/0299	謝詩2/0492	顧0102	원화5(810)~6	長安	A冬
[0213]	花0209	題贈鄭秘書徵君石溝溪隱居	朱1/0300	謝詩2/0493	顧0103	원화5(810)~6	長安	A冬
[0214]	花0210	及第後歸覲留別諸同年	朱1/0302	謝詩2/0496	顧0103	정원16(800)	長安	B庚
[0215]	花0211	清夜琴興	朱1/0302	謝詩2/0497	顧0103	원화6(811)~8	下邽	B侵
[0216]	花0212	效陶潛體詩十六首幷序	朱1/0303	謝詩2/0498	顧0104	원화8(813)	下邽	○○
[0217]	花0213	效陶潛體詩十六首1	朱1/0303	謝詩2/0499	顧0104	원화8(813)	下邽	AB
[0218]	花0214	效陶潛體詩十六首2	朱1/0304	謝詩2/0500	顧0104	원화8(813)	下邽	C語/麌
[0219]	花0215	效陶潛體詩十六首3	朱1/0304	謝詩2/0501	顧0104	원화8(813)	下邽	D簡/鹹
[0220]	花0216	效陶潛體詩十六首4	朱1/0304	謝詩2/0502	顧0105	원화8(813)	下邽	A支

[0221]	花0217	效陶潛體詩十六首5	未1/0304	謝詩2/0503	顧0105	원호8(813)	下邽	D寘
[0222]	花0218	效陶潛體詩十六首6	未1/0305	謝詩2/0504	顧0105	원호8(813)	下邽	A眞/文/元
[0223]	花0219	效陶潛體詩十六首7	未1/0305	謝詩2/0505	顧0105	원호8(813)	下邽	AB
[0224]	花0220	效陶潛體詩十六首8	未1/0305	謝詩2/0507	顧0106	원호8(813)	下邽	B歌/麻
[0225]	花0221	效陶潛體詩十六首9	未1/0305	謝詩2/0507	顧0106	원호8(813)	下邽	AB
[0226]	花0222	效陶潛體詩十六首10	未1/0306	謝詩2/0508	顧0106	원호8(813)	下邽	E質/物/月
[0227]	花0223	效陶潛體詩十六首11	未1/0306	謝詩2/0510	顧0106	원호8(813)	下邽	B尤
[0228]	花0224	效陶潛體詩十六首12	未1/0306	謝詩2/0512	顧0107	원호8(813)	下邽	A眞/文/元
[0229]	花0225	效陶潛體詩十六首13	未1/0306	謝詩2/0513	顧0107	원호8(813)	下邽	B庚/靑
[0230]	花0226	效陶潛體詩十六首14	未1/0307	謝詩2/0514	顧0107	원호8(813)	下邽	A灰
[0231]	花0227	效陶潛體詩十六首15	未1/0307	謝詩2/0515	顧0107	원호8(813)	下邽	A魚/虞
[0232]	花0228	效陶潛體詩十六首16	未1/0307	謝詩2/0517	顧0108	원호8(813)	下邽	B陽
[0233]	花0229	自題寫眞	未1/0311	謝詩2/0519	顧0109	원호5(810)*	長安	A眞
[0234]	花0230	遣懷	未1/0313	謝詩2/0521	顧0109	원호6(811)~9	下邽	D秦/隊
[0235]	花0231	渭上偶釣	未1/0313	謝詩2/0522	顧0110	원호6(811)	下邽	B陽
[0236]	花0232	隱几	未1/0314	謝詩2/0523	顧0110	원호5(810)	下邽	A支/微
[0237]	花0233	春眠	未1/0315	謝詩2/0525	顧0110	원호6(811)	下邽	AB
[0238]	花0234	閑居	未1/0316	謝詩2/0527	顧0111	원호6(811)*	下邽	D寘/未
[0239]	花0235	夏日	未1/0317	謝詩2/0528	顧0111	원호5(810)~6	△△	A東
[0240]	花0236	適意二首1	未1/0317	謝詩2/0529	顧0111	원호7(812)	下邽	B尤
[0241]	花0237	適意二首2	未1/0318	謝詩2/0530	顧0111	원호7(812)	下邽	D寘/未
[0242]	花0238	首夏病間	未1/0318	謝詩2/0531	顧0112	원호6(811)	下邽	ACE
[0243]	花0239	晚春沽酒	未1/0319	謝詩2/0532	顧0112	원호7(812)	下邽	A支/微
[0244]	花0240	蘭若寓居	未1/0320	謝詩2/0533	顧0112	원호7(812)	下邽	C馬
[0245]	花0241	麴生訪宿	未1/0320	謝詩2/0534	顧0113	원호7(812)	下邽	E陌/錫

[0246]	祝0242	聞庚七左降因詠所懷	朱1/0321	謝詩2/0534	顧0113	원화7(812)	下邽	A東
[0247]	祝0243	答卜者	朱1/0322	謝詩2/0536	顧0113	원화7(812)	下邽	B尤
[0248]	祝0244	歸田三首1	朱1/0322	謝詩2/0536	顧0114	원화7(812)*	下邽	AB
[0249]	祝0245	歸田三首2	朱1/0323	謝詩2/0537	顧0114	원화7(812)*	下邽	A魚
[0250]	祝0246	歸田三首3	朱1/0323	謝詩2/0539	顧0114	원화7(812)*	下邽	E屋/沃
[0251]	祝0247	秋遊原上	朱1/0324	謝詩2/0540	顧0114	원화7(812)	下邽	B庚/青
[0252]	祝0248	九日登西原宴望	朱1/0325	謝詩2/0542	顧0115	원화7(812)	下邽	E月/曷/屑
[0253]	祝0249	寄同病者	朱1/0326	謝詩2/0543	顧0115	원화7(812)	下邽	B歌/麻
[0254]	祝0250	遊藍田山卜居	朱1/0327	謝詩2/0544	顧0116	원화7(812)*	下邽	A眞
[0255]	祝0251	村雪夜坐	朱1/0328	謝詩2/0545	顧0116	원화7(812)	下邽	A文
[0256]	祝0252	東園玩菊	朱1/0328	謝詩2/0546	顧0116	원화8(813)	下邽	AB
[0257]	祝0253	觀稼	朱1/0329	謝詩2/0547	顧0117	원화7(812)	下邽	E藥
[0258]	祝0254	聞哭者	朱1/0330	謝詩2/0548	顧0117	원화7(812)	下邽	CE
[0259]	祝0255	新構亭臺示諸弟姪	朱1/0330	謝詩2/0548	顧0117	원화7(812)~9	下邽	A支/微
[0260]	祝0256	自吟拙什因有所懷	朱1/0331	謝詩2/0549	顧0118	원화7(812)	下邽	A支
[0261]^	祝0257	東坡秋意寄元八	朱1/0333	謝詩2/0550	顧0118	원화7(812)~9	下邽	A魚/虞
[0262]	祝0258	閑居	朱1/0334	謝詩2/0552	顧0118	원화7(812)~9	下邽	D賞
[0263]	祝0259	詠拙	朱1/0334	謝詩2/0552	顧0119	원화7(812)~9	下邽	AD
[0264]	祝0260	詠慵	朱1/0335	謝詩2/0554	顧0119	원화9(814)	下邽	A東/冬
[0265]	祝0261	冬夜	朱1/0336	謝詩2/0555	顧0120	원화9(814)	下邽	D箇/碼
[0266]^	祝0262	村中留李三固言宿	朱1/0337	謝詩2/0556	顧0120	원화9(814)	下邽	D御/遇
[0267]	祝0263	友人夜訪	朱1/0338	謝詩2/0558	顧0120	원화9(814)	下邽	A灰
[0268]^	祝0264	遊悟眞寺詩	朱1/0339	謝詩2/0558	顧0120	원화9(814)	藍田	AB
[0269]	祝0265	酬贈辰十八訪宿見贈	朱1/0346	謝詩2/0574	顧0123	원화9(814)	長安	A眞/文/元
[0270]^	祝0266	朝歸書寄元八	朱1/0348	謝詩2/0577	顧0124	원화10(815)	長安	AB

[0271]	花0267	酬吳七見寄	朱1/0350	謝詩2/0579	顧0124	원화10(815)	長安	AB
[0272]	花0268	昭國閑居	朱1/0351	謝詩2/0581	顧0125	원화10(815)	長安	E陌
[0273]	花0269	喜陳兄至	朱1/0352	謝詩2/0582	顧0125	원화10(815)	長安	B庚
[0274]	花0270	贈杓直	朱1/0352	謝詩2/0583	顧0125	원화10(815)	長安	AB
[0275]	花0271	寄張十八	朱1/0354	謝詩2/0586	顧0126	원화10(815)	長安	B陽
[0276]	花0272	題玉泉寺	朱1/0355	謝詩2/0587	顧0126	원화10(815)	長安	A眞
[0277]	花0273	朝迴遊城南	朱1/0356	謝詩2/0589	顧0126	원화10(815)	長安	B陽
[0278]	花0274	舟行	朱1/0356	謝詩2/0590	顧0127	원화10(815)	途中	C紙
[0279]	花0275	溢浦早冬	朱1/0357	謝詩2/0591	顧0127	원화10(815)	江州	A支
[0280]	花0276	江州雪	朱1/0358	謝詩2/0592	顧0127	원화10(815)	江州	D眞
[0281]	花0277	題潯陽樓	朱1/0360	謝詩2/0593	顧0128	원화10(815)~11	江州	AB
[0282]	花0278	訪陶公舊宅幷序	朱1/0362	謝詩2/0594	顧0128	원화11(816)	江州	○○
[0283]	花0278	訪陶公舊宅	朱1/0362	謝詩2/0594	顧0128	원화11(816)	江州	AB
[0284]	花0279	北亭	朱1/0364	謝詩2/0597	顧0129	원화11(816)	江州	E陌
[0285]^	花0280	遊溢水	朱1/0365	謝詩2/0598	顧0129	원화11(816)	江州	B尤
[0286]	花0281	答故人	朱1/0366	謝詩2/0599	顧0130	원화11(816)	江州	B歌/麻
[0287]	花0282	官舍內新鑿小池	朱1/0367	謝詩2/0600	顧0130	원화11(816)	江州	E陌
[0288]	花0283	宿簡寂觀	朱1/0368	謝詩2/0601	顧0130	원화11(816)	江州	C軫/吻
[0289]	花0284	讀謝靈運詩	朱1/0369	謝詩2/0603	顧0131	원화11(816)	江州	D御/遇
[0290]	花0285	北亭獨宿	朱1/0370	謝詩2/0604	顧0131	원화11(816)	江州	E屋/沃
[0291]	花0286	約心	朱1/0370	謝詩2/0604	顧0131	원화11(816)	江州	D簡
[0292]	花0287	晚望	朱1/0371	謝詩2/0605	顧0132	원화11(816)	江州	A刪
[0293]	花0288	早春	朱1/0371	謝詩2/0606	顧0132	원화11(816)	江州	A元
[0294]	花0289	春暖	朱1/0372	謝詩2/0606	顧0132	원화11(816)~12	江州	D眞/未
[0295]	花0290	睡起晏坐	朱1/0373	謝詩2/0607	顧0132	원화11(816)~12	江州	D御/遇

			朱	謝詩	顧			
[0296]	花0291	詠懷	朱1/0373	謝詩2/0609	顧0133	원화11(816)~12	江州	B庚
[0297]^	花0292	春遊西林寺	朱1/0374	謝詩2/0609	顧0133	원화11(816)	江州	E陌
[0298]	花0293	出山吟	朱1/0375	謝詩2/0611	顧0133	원화11(816)	江州	E屋/沃
[0299]	花0294	歲暮	朱1/0376	謝詩2/0612	顧0134	원화11(816)	江州	A魚/青
[0300]	花0295	聞早鶯	朱1/0376	謝詩2/0613	顧0134	원화12(817)	江州	B庚/青
[0301]	花0296	栽杉	朱1/0377	謝詩2/0614	顧0134	원화12(817)	江州	B蕭
[0302]	花0297	過李生	朱1/0378	謝詩2/0614	顧0135	원화12(817)	江州	B庚
[0303]	花0298	詠意	朱1/0379	謝詩2/0615	顧0135	원화11(816)~12*	江州	B尤
[0304]	花0299	食笋	朱1/0380	謝詩2/0616	顧0135	원화11(816)~12	江州	E屋/沃
[0305]	花0300	遊石門澗	朱1/0381	謝詩2/0618	顧0136	원화11(816)~12	江州	E陌/錫
[0306]	花0301	招東鄰	朱1/0382	謝詩2/0618	顧0136	원화11(816)~12	江州	B陽
[0307]	花0302	題元十八溪亭	朱1/0383	謝詩2/0619	顧0136	원화12(817)	江州	C紙
[0308]	花0303	香鑪峰下新置草堂即事詠懷題於石上	朱1/0384	謝詩2/0621	顧0137	원화12(817)	江州	AB
[0309]^	花0304	草堂前新開一池養魚種荷日有幽趣	朱1/0386	謝詩2/0623	顧0137	원화12(817)	江州	A支
[0310]	花0305	白雲期	朱1/0387	謝詩2/0624	顧0137	원화13(818)	江州	A支
[0311]	花0306	登香鑪峰頂	朱1/0388	謝詩2/0624	顧0138	원화12(817)	江州	C養
[0312]	花0307	答崔侍郎錢舍人書問因繼以詩	朱1/0389	謝詩2/0626	顧0138	원화12(817)*	江州	AB
[0313]	花0308	烹葵	朱1/0390	謝詩2/0627	顧0139	원화12(817)	江州	A支/微
[0314]	花0309	小池二首 1	朱1/0391	謝詩2/0628	顧0139	원화12(817)	江州	B庚
[0315]	花0310	小池二首 2	朱1/0391	謝詩2/0629	顧0139	원화12(817)	江州	A魚
[0316]^	花0311	閒闊	朱1/0392	謝詩2/0629	顧0139	원화13(818)	江州	AB
[0317]	花0312	莽龜羅	朱1/0393	謝詩2/0630	顧0140	원화12(817)	江州	A支
[0318]	花0313	栽樹	朱1/0394	謝詩2/0631	顧0140	원화12(817)~13	江州	AB
[0319]	花0314	望江樓上作	朱1/0395	謝詩2/0632	顧0140	원화12(817)~13	江州	C晧
[0320]	花0315	題座隅	朱1/0395	謝詩2/0633	顧0141	원화12(817)~13	江州	A魚/虞

번호	花번호	제목	朱	謝詩	顧	시기	지역	운
[0321]	花0316	昔與微之在朝日同蓄休退之心造今十年淪落老大追尋前約且結後期	朱1/0397	謝詩2/0634	顧0141	원화12(817)~13	江州	A支/微
[0322]	花0317	垂釣	朱1/0398	謝詩2/0635	顧0142	원화12(817)~13	江州	A魚
[0323]	花0318	晚燕	朱1/0398	謝詩2/0636	顧0142	원화12(817)~13	江州	B歌
[0324]	花0319	賣雞	朱1/0399	謝詩2/0637	顧0142	원화12(817)~13	江州	A元
[0325]	花0320	秋日懷杓直	朱1/0400	謝詩2/0638	顧0143	원화12(817)	江州	D御/遇
[0326]	花0321	食後	朱1/0401	謝詩2/0639	顧0143	원화12(817)~13	江州	B麻
[0327]	花0322	齊物二首 1	朱1/0402	謝詩2/0640	顧0143	원화12(817)~13	江州	D震/問/願
[0328]	花0323	齊物二首 2	朱1/0402	謝詩2/0641	顧0143	원화12(817)~13	江州	E屋/沃
[0329]	花0324	山下宿	朱1/0402	謝詩2/0641	顧0144	원화12(817)~13	江州	B庚
[0330]	花0325	題舊寫真圖	朱1/0403	謝詩2/0642	顧0144	원화12(817)~13	江州	B庚/青
[0331]	花0326	閑居	朱1/0404	謝詩2/0643	顧0144	원화12(817)	江州	B庚/青
[0332]	花0327	對酒示行簡	朱1/0404	謝詩2/0644	顧0144	원화12(817)~13	江州	A魚
[0333]	花0328	詠懷	朱1/0406	謝詩2/0645	顧0145	원화13(818)	江州	A支/微
[0334]	花0329	夜琴	朱1/0407	謝詩2/0646	顧0145	원화13(818)	江州	AB
[0335]	花0330	山中獨吟	朱1/0407	謝詩2/0647	顧0146	원화13(818)	江州	B庚/青
[0336]	花0331	達理二首 1	朱1/0408	謝詩2/0648	顧0146	원화13(818)	江州	D御/遇
[0337]	花0332	達理二首 2	朱1/0408	謝詩2/0649	顧0146	원화13(818)	江州	A東
[0338]	花0333	湖亭晚望殘水	朱1/0409	謝詩2/0650	顧0146	원화13(818)	江州	C語/麌
[0339]	花0334	郭虛舟相訪	朱1/0410	謝詩2/0650	顧0147	원화13(818)	江州	E質
[0340]	花0335	長慶二年七月自中書舍人出守杭州路次藍溪作	朱1/0412	謝詩2/0653	顧0148	장경2(822)	途中	C紙
[0341]	花0336	初出城留別	朱1/0414	謝詩2/0656	顧0149	장경2(822)	途中	D御/遇
[0342]	花0337	過駱山人野居小池	朱1/0414	謝詩2/0657	顧0149	장경2(822)	途中	C篠
[0343]	花0338	宿清源寺	朱1/0416	謝詩2/0659	顧0149	장경2(822)	途中	E屋/沃

編號	花	題目	朱1/	謝詩2/	顧	장경	地	韻
[0344]^	花0339	宿藍溪對月	朱1/0417	謝詩2/0660	顧0150	장경2(822)	途中	C有
[0345]	花0340	自望秦赴五松驛馬上偶睡覺成吟	朱1/0418	謝詩2/0661	顧0150	장경2(822)	途中	D眞
[0346]	花0341	鄧州路中作	朱1/0419	謝詩2/0662	顧0150	장경2(822)	途中	E陌
[0347]^	花0342	朱藤杖紫驄馬吟	朱1/0419	謝詩2/0663	顧0150	장경2(822)	途中	AC
[0348]	花0343	桐樹館重題	朱1/0420	謝詩2/0664	顧0151	장경2(822)	途中	D御/遇
[0349]	花0344	過紫霞蘭若	朱1/0421	謝詩2/0665	顧0151	장경2(822)	途中	E陌/錫
[0350]	花0345	感舊紗帽	朱1/0421	謝詩2/0665	顧0151	장경2(822)	途中	A東
[0351]	花0346	思竹窗	朱1/0422	謝詩2/0666	顧0151	장경2(822)	途中	E屋
[0352]	花0347	馬上作	朱1/0423	謝詩2/0667	顧0152	장경2(822)	途中	A魚/虞
[0353]	花0348	秋蝶	朱1/0424	謝詩2/0670	顧0152	장경2(822)	途中	A東/冬
[0354]	花0349	登商山最高頂	朱1/0425	謝詩2/0671	顧0152	장경2(822)	途中	A眞/文
[0355]	花0350	枯桑	朱1/0426	謝詩2/0672	顧0153	장경2(822)	途中	B蕭
[0356]	花0351	山路偶興	朱1/0426	謝詩2/0673	顧0153	장경2(822)	途中	E藥
[0357]	花0352	山雉	朱1/0427	謝詩2/0674	顧0153	장경2(822)	途中	BCD
[0358]	花0353	初下漢江舟中作寄兩省給舍	朱1/0428	謝詩2/0674	顧0154	장경2(822)	途中	A眞
[0359]	花0354	自蜀江至洞庭湖口有感而作	朱1/0428	謝詩2/0676	顧0154	장경2(822)	途中	E陌/錫
[0360]	花0355	初領郡政衙退登東樓作	朱1/0431	謝詩2/0678	顧0154	장경2(822)	杭州	B豪
[0361]	花0356	清調吟	朱1/0432	謝詩2/0679	顧0155	장경2(822)	杭州	D嘯
[0362]	花0357	狂歌詞	朱1/0432	謝詩2/0680	顧0155	장경2(822)	杭州	A支/微
[0363]	花0358	郡亭	朱1/0433	謝詩2/0681	顧0155	장경2(822)	杭州	AB
[0364]	花0359	詠懷	朱1/0434	謝詩2/0682	顧0156	장경2(822)	杭州	E陌
[0365]	花0360	立春後五日	朱1/0435	謝詩2/0684	顧0156	장경3(823)	杭州	C智
[0366]	花0361	郡中卽事	朱1/0435	謝詩2/0685	顧0156	장경3(823)	杭州	D寘/未
[0367]	花0362	郡齋暇日辱常州陳郎中使君早春晚坐水西館書事詩十六韻見寄亦以十六韻酬之	朱1/0436	謝詩2/0686	顧0157	장경3(823)	杭州	C智

		제목	朱1	謝詩	顧	장경	지역	운
[0368]	花0363	官舍	朱1/0438	謝詩2/0688	顧0157	장경3(823)	杭州	A魚/虞
[0369]	花0364	吾雛	朱1/0439	謝詩2/0689	顧0158	장경2(822)	杭州	B庚/青
[0370]	花0365	題小橋前新竹招客	朱1/0440	謝詩2/0691	顧0158	장경3(823)	杭州	E屋/沃
[0371]	花0366	病中逢秋招客夜酌	朱1/0440	謝詩2/0692	顧0158	장경3(823)	杭州	A魚
[0372]	花0367	食飽	朱1/0441	謝詩2/0693	顧0159	장경3(823)	杭州	B侵
[0373]	花0368	嚴十八郎中在郡日改制東南樓因名燕暉未立標牓僕爲郡守既到郡性愛樓居宴遊其間頗有幽致聊成十韻兼寄嚴	朱1/0442	謝詩2/0694	顧0159	장경3(823)	杭州	A微
[0374]	花0369	南亭對酒送春	朱1/0443	謝詩2/0695	顧0159	장경4(824)	杭州	A眞/文/元
[0375]	花0370	玩新庭樹因詠所懷	朱1/0444	謝詩2/0696	顧0160	장경4(824)	杭州	B侵
[0376]	花0371	仲夏齋戒月	朱1/0445	謝詩2/0697	顧0160	장경4(824)	杭州	B先
[0377]	花0372	除官去未間	朱1/0446	謝詩2/0699	顧0160	장경4(824)	杭州	C皓
[0378]	花0373	三年爲刺史二首1	朱1/0447	謝詩2/0700	顧0161	장경4(824)	杭州	C有
[0379]	花0374	三年爲刺史二首2	朱1/0447	謝詩2/0701	顧0161	장경4(824)	杭州	E陌
[0380]	花0375	別菅桂	朱1/0447	謝詩2/0702	顧0161	장경4(824)	杭州	E陌
[0381]	花0376	自餘杭歸宿淮口作	朱1/0448	謝詩2/0703	顧0161	장경4(824)	途中	E職
[0382]	花0377	舟中李山人訪宿	朱1/0448	謝詩2/0703	顧0161	장경4(824)	途中	B侵
[0383]	花0378	洛下卜居	朱1/0449	謝詩2/0705	顧0162	장경4(824)	洛陽	E陌
[0384]	花0379	洛中偶作	朱1/0451	謝詩2/0706	顧0162	장경4(824)	洛陽	B陽
[0385]	花0380	贈蘇少府	朱1/0453	謝詩2/0708	顧0163	장경4(824)	洛陽	A刪
[0386]	花0381	移家入新宅	朱1/0454	謝詩2/0709	顧0163	장경4(824)	洛陽	A支
[0387]	花0382	琴	朱1/0455	謝詩2/0710	顧0163	장경4(824)	洛陽	B庚
[0388]	花0383	鶴	朱1/0455	謝詩2/0711	顧0164	장경4(824)	洛陽	A支
[0389]	花0384	自詠	朱1/0456	謝詩2/0711	顧0164	장경4(824)	洛陽	AB
[0390]	花0385	林下閑步寄皇甫庶子	朱1/0457	謝詩2/0713	顧0164	장경4(824)	洛陽	B侵

						창작연대	지역	韻
[0391]	花0386	晏起	朱1/0458	謝詩2/0714	顧0164	장경4(824)	洛陽	A支/微
[0392]	花0387	池畔二首 1	朱1/0458	謝詩2/0715	顧0165	장경4(824)~보력1(825)	洛陽	D御/遇
[0393]	花0388	池畔二首 2	朱1/0459	謝詩2/0715	顧0165	上同		B歌
[0394]	花0389	春暮新居	朱1/0459	謝詩2/0716	顧0165	보력1(825)	洛陽	A支/微
[0395]	花0390	贈言	朱1/0460	謝詩2/0717	顧0165	보력1(825)	洛陽	C皓
[0396]	花0391	泛春池	朱1/0461	謝詩2/0717	顧0166	보력1(825)	洛陽	C有
[0397]	花0392	西明寺牡丹花時憶元九	朱1/0463	謝詩2/0721	顧0167	영정1(805)	長安	A灰
[0398]	花0393	傷楊弘貞	朱1/0464	謝詩2/0722	顧0167	원화1(806)~2	長安	B先
[0399]	花0394	權攝昭應早秋書事寄元拾遺彙呈李司錄	朱1/0465	謝詩2/0723	顧0167	원화1(806)	昭應	B豪
[0400]	花0395	新栽竹	朱1/0466	謝詩2/0725	顧0168	원화1(806)	盩厔	B庚
[0401]^	花0396	秋霖中過尹縱之仙遊山居	朱1/0467	謝詩2/0725	顧0168	원화1(806)	盩厔	B侵
[0402]	花0397	寄江南兄弟	朱1/0467	謝詩2/0726	顧0168	원화2(807)*	盩厔	B先
[0403]	花0398	曲江早秋	朱1/0468	謝詩2/0727	顧0169	원화2(807)	長安	D翰
[0404]	花0399	寄題盩厔廳前雙松	朱1/0469	謝詩2/0728	顧0169	원화2(807)	長安	A眞/文
[0405]	花0400	翰林院中感秋懷王質夫	朱1/0470	謝詩2/0729	顧0170	원화3(808)	長安	A文
[0406]	花0401	禁中月	朱1/0471	謝詩2/0730	顧0170	원화2(807)~3	長安	B陽
[0407]	花0402	贈賣松者	朱1/0472	謝詩2/0731	顧0170	원화2(807)~3	長安	A灰
[0408]	花0403	初見白髮	朱1/0472	謝詩2/0731	顧0170	원화2(807)~3	長安	C紙
[0409]	花0404	別元九後詠所懷	朱1/0473	謝詩2/0732	顧0171	원화2(807)	長安	A東
[0410]	花0405	禁中秋宿	朱1/0474	謝詩2/0733	顧0171	원화2(807)~3	長安	C寢
[0411]	花0406	早秋曲江感懷	朱1/0474	謝詩2/0733	顧0171	원화3(808)	長安	C紙
[0412]	花0407	寄元九	朱1/0475	謝詩2/0734	顧0171	원화4(809)	長安	E藥
[0413]	花0408	春暮寄元九	朱1/0476	謝詩2/0735	顧0172	원화5(810)	長安	A魚/虞
[0414]	花0409	早梳頭	朱1/0477	謝詩2/0736	顧0172	원화5(810)	長安	C篠

번호	花	제목	朱	謝詩	顧	시기	지역	운
[0415]	花0410	出關路	朱1/0478	謝詩2/0737	顧0172	원화5(810)	△△	A刪
[0416]	花0411	別舍弟後月夜	朱1/0478	謝詩2/0738	顧0172	원화5(810)	△△	A元/寒
[0417]	花0412	新豊路逢故人	朱1/0479	謝詩2/0739	顧0173	원화5(810)	△△	B尤
[0418]	花0413	金鑾子晬日	朱1/0480	謝詩2/0740	顧0173	원화5(810)	長安	AB
[0419]	花0414	青龍寺早夏	朱1/0482	謝詩2/0741	顧0173	원화5(810)	長安	B歌
[0420]	花0415	秋題牡丹叢	朱1/0483	謝詩2/0742	顧0174	원화5(810)	長安	B蕭
[0421]	花0416	勸酒寄元九	朱1/0483	謝詩2/0742	顧0174	원화5(810)	長安	B歌/麻
[0422]	花0417	曲江感秋	朱1/0484	謝詩2/0744	顧0174	원화4(809)*	長安	A支
[0423]	花0418	酬張太祝晚秋臥病見寄	朱1/0485	謝詩2/0745	顧0174	원화5(810)	長安	B侵
[0424]	花0419	立秋日曲江憶元九	朱1/0486	謝詩2/0746	顧0175	원화5(810)	長安	B庚
[0425]	花0420	早朝賀雪寄陳山人	朱1/0487	謝詩2/0747	顧0175	원화5(810)*	長安	C紙
[0426]	花0421	初與元九別後忽夢見之及寤而書適至兼寄桐花詩悵然感懷因以此寄	朱1/0489	謝詩2/0749	顧0175	원화5(810)	長安	ABE
[0427]	花0422	和元九悼往	朱1/0491	謝詩2/0751	顧0176	원화5(810)	長安	B侵
[0428]	花0423	重到渭上舊居	朱1/0492	謝詩2/0752	顧0176	원화6(811)	下邽	D御/遇
[0429]	花0424	白髮	朱1/0494	謝詩2/0754	顧0177	원화6(811)	下邽	A支
[0430]	花0425	秋日	朱1/0494	謝詩2/0755	顧0177	원화7(812)	下邽	E質
[0431]	花0426	將之饒州江浦夜泊	朱1/0495	謝詩2/0755	顧0177	정원14(798)*	途中	B尤
[0432]	花0427	思歸	朱1/0496	謝詩2/0756	顧0178	정원19(803)	長安	A支
[0433]^	花0428	冀城北原作	朱1/0497	謝詩2/0758	顧0178	정원20(804)*	△△	A魚
[0434]	花0429	客路感秋寄明準上人	朱1/0498	謝詩2/0759	顧0178	~정원16(800)*	△△	B宥
[0435]	花0430	遊襄陽懷孟浩然	朱1/0499	謝詩2/0760	顧0179	정원10(794)	襄州	B陽
[0436]	花0431	秋暮西歸途中書情	朱1/0499	謝詩2/0761	顧0179	~정원16(800)~	△△	AB
[0437]	花0432	秋懷	朱1/0500	謝詩2/0762	顧0179	~정원16(800)~	△△	A支
[0438]^	花0433	別楊穎士盧克柔殷堯藩	朱1/0500	謝詩2/0763	顧0180	~정원16(800)~	△△	A刪

	花	제목	朱	謝詩	顧	편년	지명	운
[0439]	花0434	題贈定光上人	朱1/0502	謝詩2/0764	顧0180	~정원16(800)~	△△	A眞
[0440]	花0435	秖役駱口驛因寄蕭侍御書至彙覿新詩吟諷通	朱1/0502	謝詩2/0765	顧0180	원화1(806)	駱口	B庚
[0441]	花0436	酧李少府曹長官舍見贈	朱1/0503	謝詩2/0766	顧0181	원화1(806)	敫室	A寒
[0442]	花0437	留別	朱1/0504	謝詩2/0768	顧0181	원화1(806)~10	△△	B侵
[0443]	花0438	曉別	朱1/0505	謝詩2/0769	顧0181	원화1(806)~10	△△	C有
[0444]	花0439	北園	朱1/0506	謝詩2/0769	顧0182	원화6(811)~10	△△	A灰
[0445]	花0440	惜梅李花	朱1/0506	謝詩2/0770	顧0182	원화6(811)~10	下邽	E藥
[0446]	花0441	照鏡	朱1/0507	謝詩2/0771	顧0182	원화6(811)~10	下邽	D震
[0447]	花0442	新秋	朱1/0507	謝詩2/0771	顧0182	원화11(816)~13	江州	B陽
[0448]	花0443	夜雨	朱1/0508	謝詩2/0772	顧0182	원화11(816)~13	江州	B庚
[0449]	花0444	秋江送客	朱1/0508	謝詩2/0772	顧0183	원화11(816)~13	江州	A眞/文
[0450]	花0445	感逝寄遠	朱1/0509	謝詩2/0773	顧0183	원화11(816)~13	江州	C紙/尾
[0451]	花0446	秋月	朱1/0510	謝詩2/0774	顧0183	원화11(816)~13	江州	B先
[0452]	花0447	朱陳村	朱2/0511	謝詩2/0777	顧0184	원화3(808)~5	徐州	A眞/文/元
[0453]	花0448	讀鄧魴詩	朱2/0513	謝詩2/0781	顧0185	원화3(808)~6	長安	A支/微
[0454]	花0449	寄元九	朱2/0514	謝詩2/0782	顧0185	원화7(812)*	下邽	E職
[0455]	花0450	秋夕	朱2/0515	謝詩2/0783	顧0185	원화6(811)	下邽	B陽
[0456]	花0451	夜雨	朱2/0516	謝詩2/0783	顧0186	원화6(811)	下邽	B陽
[0457]	花0452	秋霽	朱2/0517	謝詩2/0784	顧0186	원화6(811)	下邽	D諫/霰
[0458]	花0453	歡老三首 1	朱2/0518	謝詩2/0784	顧0186	원화6(811)	下邽	E覺/藥
[0459]	花0454	歡老三首 2	朱2/0518	謝詩2/0785	顧0187	원화6(811)	下邽	E職
[0460]	花0455	歡老三首 3	朱2/0518	謝詩2/0786	顧0187	원화6(811)	下邽	D遇
[0461]	花0456	送兄弟迴雪夜	朱2/0518	謝詩2/0787	顧0187	원화6(811)	下邽	E月/屑
[0462]	花0457	溪中早春	朱2/0519	謝詩2/0788	顧0187	원화7(812)	下邽	E陌

[0463]	花0458	同友人尋澗花	朱2/0520	謝詩2/0788	顧0188	완호7(812)	下邽	C有
[0464]	花0459	登村東古塚	朱2/0521	謝詩2/0789	顧0188	완호8(813)	下邽	C晧
[0465]	花0460	夢裴相公	朱2/0521	謝詩2/0789	顧0188	완호9(814)*	下邽	A東/冬
[0466]	花0461	晝霞	朱2/0523	謝詩2/0791	顧0188	완호8(813)	下邽	D遇
[0467]	花0462	別行簡	朱2/0524	謝詩2/0791	顧0189	완호9(814)	下邽	E月/眉
[0468]	花0463	觀兒戲	朱2/0524	謝詩2/0792	顧0189	완호9(814)	下邽	A支
[0469]	花0464	歡兒常生	朱2/0525	謝詩2/0793	顧0189	완호9(814)	下邽	A魚/虞
[0470]	花0465	寄元九	朱2/0526	謝詩2/0794	顧0190	완호9(814)	下邽	CD
[0471]	花0466	以鏡贈別	朱2/0527	謝詩2/0795	顧0190	완호7(812)~8*	下邽	E月/眉
[0472]	花0467	城上對月期友人不至	朱2/0528	謝詩2/0796	顧0190	완호7(812)~8*	下邽	B尤
[0473]	花0468	念金鑾子二首1	朱2/0529	謝詩2/0796	顧0191	완호7(812)~8	下邽	C語/麌
[0474]	花0469	念金鑾子二首2	朱2/0529	謝詩2/0797	顧0191	완호8(813)*	下邽	A眞
[0475]	花0470	對酒	朱2/0530	謝詩2/0798	顧0191	완호7(812)~8	下邽	E質/物/月
[0476]	花0471	渭村雨歸	朱2/0531	謝詩2/0799	顧0192	완호7(812)~8	下邽	B蕭
[0477]	花0472	詠懷	朱2/0532	謝詩2/0800	顧0192	완호7(812)~8	下邽	E職
[0478]	花0473	喜友至留宿	朱2/0532	謝詩2/0801	顧0192	완호7(812)~8	下邽	A灰
[0479]	花0474	西原晚望	朱2/0533	謝詩2/0801	顧0192	완호7(812)~8	下邽	D御/遇
[0480]	花0475	感鏡	朱2/0534	謝詩2/0802	顧0193	완호7(812)~8	下邽	A東/冬
[0481]	花0476	村居臥病三首1	朱2/0535	謝詩2/0803	顧0193	완호7(812)~8	下邽	D御/遇
[0482]	花0477	村居臥病三首2	朱2/0535	謝詩2/0804	顧0193	완호7(812)~8	下邽	C晧
[0483]	花0478	村居臥病三首3	朱2/0535	謝詩2/0804	顧0194	완호7(812)~8	下邽	D霽/泰/卦
[0484]	花0479	沐浴	朱2/0536	謝詩2/0804	顧0194	완호7(812)~8*	下邽	A魚/虞
[0485]	花0480	栽松二首1	朱2/0537	謝詩2/0805	顧0194	완호7(812)~8*	下邽	A支/微
[0486]	花0481	栽松二首2	朱2/0537	謝詩2/0805	顧0194	완호7(812)~8*	下邽	A文
[0487]	花0482	病中友人相訪	朱2/0538	謝詩2/0805	顧0194	완호8(813)	下邽	AB

[編號]	花	題	朱	謝詩	顧	年	地	韻
[0488]	花0483	自覺二首1	朱2/0538	謝詩2/0806	顧0195	元和6(811)	下邽	E藥
[0489]	花0484	自覺二首2	朱2/0538	謝詩2/0807	顧0195	元和6(811)	下邽	A眞/元
[0490]^	花0485	夜雨有念	朱2/0540	謝詩2/0808	顧0196	元和9(814)	下邽	AB
[0491]	花0486	寄楊六	朱2/0541	謝詩2/0810	顧0196	元和9(814)	長安	E陌
[0492]	花0487	送春	朱2/0542	謝詩2/0811	顧0196	元和10(815)	長安	D御/遇
[0493]	花0488	哭李三	朱2/0543	謝詩2/0812	顧0197	元和10(815)	長安	A灰
[0494]	花0489	別李十一後重寄	朱2/0544	謝詩2/0813	顧0197	元和10(815)	途中	E質/物
[0495]	花0490	初出藍田路作	朱2/0546	謝詩2/0814	顧0197	元和10(815)	途中	C紙
[0496]	花0491	仙娥峰下作	朱2/0547	謝詩2/0815	顧0198	元和10(815)	途中	C皓
[0497]	花0492	微雨夜行	朱2/0548	謝詩2/0816	顧0198	元和10(815)	途中	B庚
[0498]	花0493	再到襄陽訪問舊居	朱2/0549	謝詩2/0817	顧0198	元和10(815)	途中	A支/微
[0499]	花0494	寄微之三首1	朱2/0550	謝詩2/0818	顧0199	元和10(815)	途中	E月/曷/遇
[0500]	花0495	寄微之三首2	朱2/0550	謝詩2/0818	顧0199	元和10(815)	途中	D御/遇
[0501]	花0496	寄微之三首3	朱2/0550	謝詩2/0819	顧0199	元和10(815)	途中	A眞/文
[0502]	花0497	舟中雨夜	朱2/0551	謝詩2/0819	顧0199	元和10(815)	途中	B尤
[0503]	花0498	夜聞歌者	朱2/0552	謝詩2/0820	顧0200	元和10(815)	途中	E月/點/屑
[0504]	花0499	江樓聞砧	朱2/0553	謝詩2/0821	顧0200	元和11(816)	江州	B侵
[0505]	花0500	宿東林寺	朱2/0554	謝詩2/0822	顧0200	元和11(816)	江州	B侵
[0506]	花0501	憶洛下故園	朱2/0554	謝詩2/0822	顧0200	元和11(816)	江州	B先
[0507]	花0502	贈別崔五	朱2/0555	謝詩2/0823	顧0200	元和11(816)	江州	A眞/文
[0508]	花0503	春晚寄微之	朱2/0556	謝詩2/0824	顧0201	元和11(816)	江州	B歌
[0509]	花0504	漸老	朱2/0557	謝詩2/0825	顧0201	元和11(816)	江州	D御/遇
[0510]	花0505	送幼史	朱2/0557	謝詩2/0826	顧0201	元和11(816)	江州	A虞
[0511]	花0506	夜雪	朱2/0558	謝詩2/0826	顧0202	元和11(816)	江州	B庚
[0512]	花0507	寄行簡	朱2/0558	謝詩2/0827	顧0202	元和11(816)	江州	AB

[0513]	花0508	首夏	朱2/0559	謝詩2/0828	顧0202	원화12(817)	江州	C皓
[0514]	花0509	孟夏思渭村舊居寄舍弟	朱2/0560	謝詩2/0829	顧0202	원화12(817)*	江州	E屋/沃
[0515]	花0510	早蟬	朱2/0562	謝詩2/0830	顧0203	원화12(817)*	江州	B庚
[0516]	花0511	感情	朱2/0562	謝詩2/0831	顧0203	원화12(817)*	江州	C紙
[0517]	花0512	南湖晚秋	朱2/0563	謝詩2/0832	顧0204	원화12(817)*	江州	C皓
[0518]	花0513	郡廳有樹晚榮早凋人不識名因題其上	朱2/0564	謝詩2/0833	顧0204	원화12(817)*	江州	B庚/青
[0519]	花0514	感秋懷微之	朱2/0565	謝詩2/0834	顧0204	원화12(817)	江州	D寘/未
[0520]	花0515	因沐感髮寄朗上人二首1	朱2/0566	謝詩2/0835	顧0205	원화12(817)	江州	E屋/沃
[0521]	花0516	因沐感髮寄朗上人二首2	朱2/0566	謝詩2/0836	顧0205	원화12(817)	江州	E陌
[0522]	花0517	早蟬	朱2/0567	謝詩2/0837	顧0205	원화12(817)	江州	C紙
[0523]	花0518	苦熱喜涼	朱2/0568	謝詩2/0837	顧0205	원화13(818)	江州	D願/霽
[0524]^	花0519	早秋晚望兼呈韋待御	朱2/0569	謝詩2/0838	顧0206	원화13(818)	江州	D寘
[0525]	花0520	司馬宅	朱2/0570	謝詩2/0840	顧0206	원화13(818)	江州	B歌
[0526]	花0521	司馬廳獨宿	朱2/0570	謝詩2/0840	顧0206	원화13(818)	江州	E屋/沃
[0527]^	花0522	夢與李七庚三十一同訪元九	朱2/0571	謝詩2/0841	顧0207	원화13(818)	江州	C有
[0528]	花0523	秋槿	朱2/0573	謝詩2/0842	顧0207	원화13(818)	江州	A眞/文/元
[0529]	花0524	答元郎中楊員外喜烏見寄	朱2/0574	謝詩2/0843	顧0207	원화13(818)	江州	C紙/尾
[0530]	花0525	初入峽有感	朱2/0576	謝詩2/0845	顧0208	원화14(819)	途中	A元
[0531]	花0526	過昭君村	朱2/0578	謝詩2/0847	顧0208	원화14(819)	途中	C馬
[0532]	花0527	自江州至忠州	朱2/0580	謝詩2/0848	顧0209	원화14(819)	途中	B先
[0533]	花0528	初到忠州登東樓寄萬州楊八使君	朱2/0581	謝詩2/0849	顧0209	원화14(819)	忠州	A支
[0534]	花0529	郡中	朱2/0583	謝詩2/0851	顧0209	원화14(819)	忠州	C篠
[0535]	花0530	西樓夜	朱2/0584	謝詩2/0852	顧0210	원화14(819)	忠州	E陌
[0536]	花0531	東樓曉	朱2/0585	謝詩2/0853	顧0210	원화14(819)	忠州	E陌
[0537]	花0532	寄王質夫	朱2/0585	謝詩2/0853	顧0210	원화14(819)	忠州	E藥

	花	題目	朱	謝詩	顧	元和	地	韻
[0538]	花0533	南賓郡齋卽事寄楊萬州	朱2/0587	謝詩2/0854	顧0211	元和14(819)	忠州	C紙
[0539]	花0534	招蕭處士	朱2/0588	謝詩2/0856	顧0211	元和14(819)	忠州	A支
[0540]	花0535	庭槐	朱2/0589	謝詩2/0857	顧0211	元和14(819)	忠州	A支/微
[0541]	花0536	送客迴晚興	朱2/0590	謝詩2/0857	顧0212	元和14(819)	忠州	D敬/徑
[0542]	花0537	東樓竹	朱2/0591	謝詩2/0858	顧0212	元和14(819)	忠州	E屋/沃
[0543]	花0538	九日登巴臺	朱2/0591	謝詩2/0859	顧0212	元和14(819)	忠州	A灰
[0544]	花0539	東城尋春	朱2/0592	謝詩2/0859	顧0212	元和15(820)	忠州	B侵
[0545]	花0540	江上送客	朱2/0593	謝詩2/0860	顧0213	元和15(820)	忠州	E月/眉
[0546]	花0541	桐花	朱2/0593	謝詩2/0861	顧0213	元和14(819)	忠州	E月/曷/眉
[0547]	花0542	早祭風伯因懷李十一舍人	朱2/0594	謝詩2/0862	顧0213	元和15(820)	忠州	B青
[0548]	花0543	花下對酒二首1	朱2/0595	謝詩2/0863	顧0214	元和15(820)	忠州	E月/眉
[0549]	花0544	花下對酒二首2	朱2/0595	謝詩2/0864	顧0214	元和15(820)	忠州	D願/霰
[0550]	花0545	不二門	朱2/0596	謝詩2/0864	顧0214	元和15(820)	忠州	D宥
[0551]	花0546	我身	朱2/0597	謝詩2/0866	顧0215	元和15(820)	忠州	A東/冬
[0552]	花0547	哭王質夫	朱2/0598	謝詩2/0867	顧0215	元和15(820)	忠州	A魚/虞
[0553]	花0548	東坡種花二首1	朱2/0599	謝詩2/0869	顧0215	元和15(820)	忠州	A灰
[0554]	花0549	東坡種花二首2	朱2/0600	謝詩2/0870	顧0216	元和15(820)	忠州	A魚/虞
[0555]	花0550	登城東古臺	朱2/0601	謝詩2/0871	顧0216	元和15(820)	忠州	A齊/佳/灰
[0556]^	花0551	哭諸故人因寄元八	朱2/0602	謝詩2/0872	顧0216	元和15(820)	忠州	A眞/文/元
[0557]	花0552	郡中春宴因贈諸客	朱2/0604	謝詩2/0873	顧0217	元和15(820)	忠州	A眞/文/元
[0558]	花0553	開元寺東池早春	朱2/0605	謝詩2/0875	顧0217	元和15(820)	忠州	D艷
[0559]	花0554	東澗種柳	朱2/0606	謝詩2/0876	顧0218	元和15(820)	忠州	A支
[0560]	花0555	臥小齋	朱2/0607	謝詩2/0877	顧0218	元和15(820)	忠州	A東
[0561]	花0556	步東坡	朱2/0607	謝詩2/0878	顧0218	元和14(819)	忠州	D御/遇
[0562]	花0557	徵秋稅畢題郡南亭	朱2/0608	謝詩2/0878	顧0219	元和14(819)	忠州	AB

	花번호	제목	朱2/번호	謝詩	顧번호	연도	장소	운
[0563]	花0558	蚊蟆	朱2/0609	謝詩2/0879	顧0219	원화15(820)	忠州	B庚
[0564]	花0559	登龍昌上寺望江南山懷錢舍人	朱2/0610	謝詩2/0880	顧0219	원화15(820)	忠州	A支
[0565]	花0560	郊下	朱2/0611	謝詩2/0881	顧0220	원화15(820)	忠州	B庚
[0566]	花0561	遣懷	朱2/0612	謝詩2/0882	顧0220	원화15(820)	忠州	E職
[0567]	花0562	歲晚	朱2/0613	謝詩2/0883	顧0220	원화14(819)	忠州	A元/寒/删
[0568]	花0563	負冬日	朱2/0614	謝詩2/0884	顧0220	원화14(819)	忠州	A虞
[0569]	花0564	委順	朱2/0614	謝詩2/0885	顧0221	원화15(820)	忠州	E職
[0570]	花0565	宿溪翁	朱2/0615	謝詩2/0885	顧0221		途中	E屋/沃
[0571]	花0566	重過壽泉憶與楊九別時因題店壁	朱2/0616	謝詩2/0886	顧0221	원화15(820)	途中	B先
[0572]	花0567	西坡早秋直夜書意	朱2/0617	謝詩2/0887	顧0222	장경1(821)	長安	C篠
[0573]	花0568	庭松	朱2/0617	謝詩2/0888	顧0222	장경2(822)	長安	A齊/佳/灰
[0574]	花0569	竹窗	朱2/0619	謝詩2/0890	顧0222	장경1(821)	長安	B陽
[0575]	花0570	同韓侍郎遊鄭家池吟詩小飮	朱2/0620	謝詩2/0892	顧0223	장경2(822)	長安	C賄
[0576]	花0571	晚歸有感	朱2/0621	謝詩2/0893	顧0223	장경2(822)	長安	E質
[0577]	花0572	曲江感秋二首幷序	朱2/0622	謝詩2/0894	顧0224	장경2(822)	長安	○○
[0578]	花0572	曲江感秋二首1	朱2/0623	謝詩2/0894	顧0224	장경2(822)	長安	E質/物/月
[0579]	花0573	曲江感秋二首2	朱2/0623	謝詩2/0895	顧0224	장경2(822)	長安	D御/遇
[0580]	花0574	玩松竹二首1	朱2/0624	謝詩2/0896	顧0225	장경2(822)	長安	C晧
[0581]	花0575	玩松竹二首2	朱2/0624	謝詩2/0897	顧0225	장경2(822)	長安	E職
[0582]	花0576	衰病無趣因吟所懷	朱2/0625	謝詩2/0897	顧0225	장경2(822)	長安	D寘/未
[0583]	花0577	逍遙詠	朱2/0627	謝詩2/0897	顧0225	장경2(822)	長安	A眞/元
[0584]	花0578	短歌行	朱2/0627	謝詩2/0899	顧0226	원화1(806)~10	△△	ABDE
[0585]	花0579	生離別	朱2/0628	謝詩2/0900	顧0226	~정원16(800)*	△△	ABE
[0586]	花0580	浩歌行	朱2/0629	謝詩2/0902	顧0227	원화13(818)	江州	BDE
[0587]	花0581	王夫子	朱2/0630	謝詩2/0904	顧0227	원화13(818)	江州	C紙

			朱	謝詩	顧	연대	地	
[0588]	祀0582	江南遇天寶樂叟	朱2/0632	謝詩2/0905	顧0228	원화11(816)~13*	江州	A元
[0589]	祀0583	送張山人歸嵩陽	朱2/0634	謝詩2/0907	顧0228	원화9(814)~10*	長安	ADE
[0590]	祀0584	醉後走筆酬劉五主簿長句之贈兼簡吳二十四先輩昆季	朱2/0636	謝詩2/0909	顧0229	원화4(809)*	長安	ABCDE
[0591]	祀0585	和錢員外答盧員外早春獨遊曲江見寄長句	朱2/0641	謝詩2/0914	顧0230	원화3(808)~6*	長安	ABE
[0592]	祀0586	東墟晚歇	朱2/0643	謝詩2/0916	顧0230	원화6(811)~9	下邽	ABC
[0593]	祀0587	客中月	朱2/0644	謝詩2/0917	顧0231	원화15(820)	長安	BE
[0594]	祀0588	挽歌詞	朱2/0644	謝詩2/0917	顧0231	~장경3(823)	△△	BE
[0595]	祀0589	長相思	朱2/0645	謝詩2/0918	顧0231	~장경3(823)	△△	ABE
[0596]	祀0590	山鷓鴣	朱2/0646	謝詩2/0920	顧0232	원화10(815)	江州	ACE
[0597]	祀0591	放旅雁	朱2/0647	謝詩2/0921	顧0232	원화10(815)	江州	ACDE
[0598]	祀0592	送春歸	朱2/0648	謝詩2/0922	顧0233	원화11(816)	江州	ACDE
[0599]	祀0593	山石榴寄元九	朱2/0650	謝詩2/0923	顧0233	원화11(816)	江州	ACDE
[0600]	祀0594	盧竹歌拜引	朱2/0651	謝詩2/0926	顧0234	장경2(822)~3	杭州	○○
[0601]	祀0594	畫竹歌	朱2/0652	謝詩2/0927	顧0234	장경2(822)~3	杭州	ABCDE
[0602]	祀0595	眞娘墓	朱2/0654	謝詩2/0929	顧0234	보력1(825)~2	蘇州	BCE
[0603]	祀0596	長恨歌	朱2/0659	謝詩2/0943	顧0235	원화1(806)	盩厔	ABCDE
[0604]	祀0597	婦人苦	朱2/0681	謝詩2/0957	顧0240	~장경3(823)	△△	ABCE
[0605]	祀0598	長安道	朱2/0682	謝詩2/0958	顧0240	장경2(822)	△△	AC
[0606]	祀0599	潛別離	朱2/0683	謝詩2/0959	顧0241	~장경3(823)	△△	A支
[0607]	祀0600	隔浦蓮	朱2/0683	謝詩2/0960	顧0241	~장경3(823)	△△	AC
[0608]	祀0601	寒食野望吟	朱2/0684	謝詩2/0960	顧0241	~장경3(823)	△△	DE
[0609]	祀0602	琵琶引拜序	朱2/0685	謝詩2/0961	顧0241	원화11(816)	江州	○○
[0610]^	祀0603	琵琶引	朱2/0685	謝詩2/0961	顧0242	원화11(816)	江州	ABCDE
[0611]	祀0604	簡簡吟	朱2/0698	謝詩2/0970	顧0243	~장경3(823)	△△	ABD

		題目	朱	謝詩	顧	연도	地	韻	비고
[0612]	花0605	花非花	朱2/0699	謝詩2/0972	顧0244	~장경3(823)	△△	D御/遇	
[0613]	花0606	醉後狂言酬贈蕭殷二協律	朱2/0700	謝詩2/0972	顧0244	장경3(822)	杭州	A眞/文/元	
[0614]	花0607	醉歌	朱2/0701	謝詩2/0974	顧0244	장경3(823)	杭州	BE	
[0615]	花0608	代書詩一百韻寄微之	朱2/0703	謝詩3/0977	顧0245	원화5(810)	長安	A支	
[0616]^	花0609	和鄭方及第後秋歸洛下閑居	朱2/0715	謝詩3/0994	顧0248	정원17(801)*	洛陽	A刪	
[0617]	花0610	與諸同年賀座主侍郎新拜太常同宴蕭尚書亭子	朱2/0716	謝詩3/0995	顧0248	정원17(801)*	洛陽	A文	
[0618]^	花0611	東都冬日會諸同年宴鄭家林亭	朱2/0717	謝詩3/0996	顧0248	정원17(801)*	洛陽	B先	
[0619]	花0612	敍德書情四十韻上宣歙崔中丞	朱2/0718	謝詩3/0997	顧0249	정원16(800)*	宣州	A支	
[0620]	花0613	和渭北劉大夫借便秋遊涼德寄朝中親友	朱2/0721	謝詩3/1002	顧0250	정원19(803)*	長安	B庚	
[0621]	花0614	題故曹王宅	朱2/0722	謝詩3/1004	顧0250	~정원18(802)*	襄州	A灰	
[0622]	花0615	自江陵之徐州路上寄兄弟	朱2/0723	謝詩3/1005	顧0250	~정원18(802)*	△△	B庚	
[0623]	花0616	酬哥舒大見贈	朱2/0724	謝詩3/1006	顧0250	정원20(804)	長安	A東	
[0624]	花0617	和談校書秋夜感懷呈朝中親友	朱2/0725	謝詩3/1007	顧0251	정원19(803)~20	長安	A支	
[0625]	花0618	感秋寄遠	朱2/0725	謝詩3/1007	顧0251	정원19(803)~영정1(805)	△△	A東	
[0626]	花0619	春題華陽觀	朱2/0726	謝詩3/1008	顧0251	영정1(805)	長安	B陽	
[0627]	花0620	秋雨中贈元九	朱2/0727	謝詩3/1008	顧0251	정원18(802)	長安	B先	
[0628]	花0621	城東閑遊	朱2/0728	謝詩3/1009	顧0252	정원18(802)~19	長安	B庚	
[0629]	花0622	答章八	朱2/0729	謝詩3/1010	顧0252	정원18(802)~19	長安	A微	
[0630]	花0623	華陽觀桃花時招李六拾遺飲	朱2/0730	謝詩3/1010	顧0252	영정1(805)~원화1(806)	長安	A支	
[0631]	花0624	和友人洛中春感	朱2/0731	謝詩3/1011	顧0252	영정1(805)	長安	A眞	
[0632]	花0625	送張南簡入蜀	朱2/0732	謝詩3/1012	顧0252	영정1(805)	長安	B侵	
[0633]	花0626	寄陸補闕	朱2/0733	謝詩3/1012	顧0253	영정1(805)	長安	A文	

			朱	謝詩	顧	年	地	韻
[0634]	花0627	華陽觀中八月十五日夜招友玩月	朱2/0733	謝詩3/1013	顧0253	정원1(805)	長安	B歌
[0635]	花0628	曲江憶元九	朱2/0734	謝詩3/1014	顧0253	정원19(803)~20	長安	A文
[0636]	花0629	過劉三十二故宅	朱2/0735	謝詩3/1014	顧0253	정원1(805)*	長安	B麻
[0637]	花0630	下邽莊南桃花	朱2/0735	謝詩3/1015	顧0253	정원20(804)	下邽	A灰
[0638]	花0631	三月三十日題慈恩寺	朱2/0736	謝詩3/1015	顧0254	정원1(805)	長安	A元
[0639]^	花0632	看惲家牡丹花戲贈李二十	朱2/0737	謝詩3/1016	顧0254	정원1(805)	長安	B麻
[0640]	花0633	春中與盧四周諒華陽觀同居	朱2/0738	謝詩3/1017	顧0254	정원1(805)	長安	A眞
[0641]	花0634	白城東至以詩代書戲招李六拾遺崔二十六先輩	朱2/0739	謝詩3/1018	顧0254	원화1(806)	長安	A支
[0642]	花0635	盩厔縣北樓望山	朱2/0740	謝詩3/1018	顧0254	원화1(806)	盩厔	A刪
[0643]	花0636	縣西郊秋寄贈馬造	朱2/0741	謝詩3/1019	顧0255	원화1(806)	盩厔	A東
[0644]^	花0637	別韋蘇	朱2/0742	謝詩3/1020	顧0255	원화2(807)	盩厔	A灰
[0645]	花0638	戲題新栽薔薇	朱2/0743	謝詩3/1020	顧0255	원화2(807)*	盩厔	A眞
[0646]	花0639	酬王十八見大貝招遊山	朱2/0744	謝詩3/1021	顧0255	원화1(806)	盩厔	A眞
[0647]	花0640	縣南花下醉中留劉五	朱2/0745	謝詩3/1021	顧0256	원화2(807)	盩厔	A微
[0648]	花0641	宿楊家	朱2/0745	謝詩3/1022	顧0256	원화2(807)	盩厔	A佳
[0649]	花0642	醉中留別楊六兄弟	朱2/0746	謝詩3/1023	顧0256	원화2(807)	盩厔	B陽
[0650]	花0643	醉中歸盩厔	朱2/0747	謝詩3/1023	顧0256	원화2(807)	盩厔	A灰
[0651]	花0644	遊雲居寺贈穆三十六地主	朱2/0747	謝詩3/1024	顧0256	원화2(807)	盩厔	A眞
[0652]	花0645	和王十八薔薇澗花時有御象見贈	朱2/0748	謝詩3/1024	顧0257	원화2(807)	盩厔	B侵
[0653]	花0646	再因公事到駱口驛	朱2/0749	謝詩3/1025	顧0257	원화2(807)	盩厔	A東
[0654]	花0647	朝季二十文略王十八質夫不至獨宿仙遊寺	朱2/0749	謝詩3/1025	顧0257	원화2(807)	盩厔	A眞
[0655]	花0648	酬趙秀才贈新登科諸先輩	朱2/0750	謝詩3/1026	顧0257	원화2(807)	長安	A眞
[0656]	花0649	過天門街	朱2/0750	謝詩3/1026	顧0257	원화2(807)	長安	A眞
[0657]	花0650	惜玉蘂花有懷集賢王校書記	朱2/0751	謝詩3/1027	顧0258	원화2(807)	長安	A支

		朱	謝詩	顧	연대	지명	운목
[0658]	花0651 春送盧秀才下第遊大原謁嚴尚書	朱2/0751	謝詩3/1027	顧0258	원화2(807)	長安	B侵
[0659]	花0652 長安送柳大東歸	朱2/0753	謝詩3/1028	顧0258	원화2(807)	長安	A支/微
[0660]	花0653 送文暢上人東遊	朱2/0754	謝詩3/1029	顧0258	원화2(807)*	長安	A東
[0661]	花0654 社日關路作	朱2/0755	謝詩3/1030	顧0258	정원16(800)~17*	△△	B先
[0662]	花0655 重到郭材宅有感	朱2/0756	謝詩3/1031	顧0259	정원16(800)	洛陽	A眞
[0663]	花0656 亂後過流溝寺	朱2/0756	謝詩3/1032	顧0259	정원16(800)	△△	B歌
[0664]	花0657 數髮落	朱2/0757	謝詩3/1033	顧0259	정원17(801)	△△	A支
[0665]	花0658 留別吳七正字	朱2/0758	謝詩3/1033	顧0259	정원19(803)	長安	A刪
[0666]	花0659 除夜宿洛州	朱2/0758	謝詩3/1034	顧0260	원화20(804)*	洛州	B尤
[0667]^	花0660 邯鄲冬至夜思家	朱2/0759	謝詩3/1035	顧0260	정원20(804)*	邯鄲	A眞
[0668]	花0661 冬至夜懷湘靈	朱2/0760	謝詩3/1035	顧0260	정원20(804)*	邯鄲	A眞
[0669]	花0662 感故張僕射諸妓	朱2/0761	謝詩3/1036	顧0260	원화1(806)~*	△△	A支
[0670]	花0663 遊仙遊山	朱2/0762	謝詩3/1037	顧0261	원화1(806)	盩至	A刪
[0671]	花0664 見尹公亮新詩偶贈絶句	朱2/0763	謝詩3/1037	顧0261	원화1(806)	長安	A魚
[0672]	花0665 長安閑居	朱2/0763	謝詩3/1037	顧0261	정원18(802)~19	長安	A刪
[0673]	花0666 早春獨遊曲江	朱2/0764	謝詩3/1038	顧0261	정원19(803)*	長安	B庚
[0674]	花0667 秘書省中憶舊山	朱2/0765	謝詩3/1039	顧0261	정원19(803)~영정1(805)	長安	A文
[0675]	花0668 涼夜有懷	朱2/0766	謝詩3/1039	顧0262	~정원16(800)	△△	B陽
[0676]	花0669 送武士曹歸蜀	朱2/0766	謝詩3/1040	顧0262	원화1(806)	長安	B庚
[0677]	花0670 江南送北客因憑寄徐州兄弟書	朱2/0767	謝詩3/1041	顧0262	정원2(786)	蘇杭	A魚
[0678]	花0671 賦得古原草送別	朱2/0768	謝詩3/1042	顧0262	정원3(787)	△△	B庚
[0679]	花0672 夜哭李夷道	朱2/0770	謝詩3/1043	顧0262	정원16(800)	△△	A元
[0680]	花0673 病中作	朱2/0770	謝詩3/1043	顧0263	정원5(789)	長安	C皓
[0681]	花0674 秋江晚泊	朱2/0771	謝詩3/1044	顧0263	~정원16(800)	△△	E職

[0682]	花0675	旅次景空寺宿幽上人院	朱2/0771	謝詩3/1044	顧0263	정원16(800)	△△	A刪
[0683]	花0676	長安正月十五日	朱2/0772	謝詩3/1045	顧0263	정원16(800)	長安	B尤
[0684]	花0677	過高將軍墓	朱2/0773	謝詩3/1046	顧0264	정원16(800)	△△	A眞
[0685]	花0678	寒食臥病	朱2/0773	謝詩3/1046	顧0264	정원16(800)	△△	E職
[0686]	花0679	宿桐廬館同崔存度醉後作	朱2/0774	謝詩3/1047	顧0264	정원16(800)	桐廬	B尤
[0687]	花0680	江樓望歸	朱2/0774	謝詩3/1047	顧0264	정원2(786)	越中	A眞
[0688]	花0681	除夜寄弟妹	朱2/0775	謝詩3/1048	顧0265	정원3(787)	江南	B庚
[0689]	花0682	寒食月夜	朱2/0776	謝詩3/1049	顧0265	정원16(800)	△△	E緝
[0690]	花0683	感芍藥花寄正一上人	朱2/0776	謝詩3/1049	顧0265	정원16(800)	△△	A眞
[0691]	花0684	晚秋閑居	朱2/0777	謝詩3/1050	顧0265	정원16(800)	△△	B庚
[0692]	花0685	秋暮郊居書懷	朱2/0777	謝詩3/1050	顧0266	정원16(800)	△△	A美
[0693]	花0686	爲薛台悼亡	朱2/0778	謝詩3/1051	顧0266	정원16(800)	△△	A眞
[0694]	花0687	途中寒食	朱2/0779	謝詩3/1051	顧0266	정원16(800)	△△	B陽
[0695]	花0688	思歸溝寺古松	朱2/0779	謝詩3/1052	顧0266	정원16(800)*	△△	A眞
[0696]	花0689	感月悲逝者	朱2/0780	謝詩3/1052	顧0266	정원16(800)	△△	B尤
[0697]	花0690	代鄰叟言懷	朱2/0780	謝詩3/1053	顧0267	정원16(800)	△△	A東
[0698]	花0691	自河南經亂關內阻饑兄弟離散各在一處因望月有感聊書所懷寄上浮梁大兄於潜七兄烏江十五兄兼示符離及下邽弟妹	朱2/0781	謝詩3/1053	顧0267	정원15(799)*	洛陽	A東
[0699]	花0692	長安早春旅懷	朱2/0783	謝詩3/1056	顧0267	정원16(800)	長安	E緝
[0700]	花0693	寒閨夜	朱2/0784	謝詩3/1056	顧0267	정원16(800)	△△	B蒸
[0701]	花0694	寄湘靈	朱2/0784	謝詩3/1057	顧0268	정원16(800)*	洺州	B尤
[0702]	花0695	冬至宿楊梅館	朱2/0785	謝詩3/1057	顧0268	정원16(800)	△△	A眞
[0703]	花0696	臨江送夏瞻	朱2/0785	謝詩3/1058	顧0268	정원16(800)	△△	A眞
[0704]	花0697	冬夜示敏巢	朱2/0786	謝詩3/1058	顧0268	정원16(800)	△△	B庚

[0705]	花0698	客中守歲	朱2/0787	謝詩3/1059	顧0268	~정원16(800)	△△	A眞
[0706]	花0699	聞淮水	朱2/0787	謝詩3/1059	顧0268	~정원16(800)	△△	A刪
[0707]	花0700	宿樟亭驛	朱2/0788	謝詩3/1060	顧0269	~정원16(800)	△△	B陽
[0708]	花0701	及第後憶舊山	朱2/0789	謝詩3/1060	顧0269	정원16(800)	長安	B侵
[0709]	花0702	題李次雲窗竹	朱2/0789	謝詩3/1061	顧0269	정원16(800)	△△	A微
[0710]	花0703	花下自勸酒	朱2/0790	謝詩3/1062	顧0269	정원17(801)	△△	A文
[0711]	花0704	憶李十一東亭	朱2/0791	謝詩3/1062	顧0270	정원3(808)*	長安	B尤
[0712]	花0705	春村	朱2/0791	謝詩3/1063	顧0270	정원16(800)~17	△△	A微
[0713]	花0706	題施山人野居	朱2/0792	謝詩3/1063	顧0270	정원16(800)~17	△△	B陽
[0714]	花0707	翰林中送獨孤二十七起居罷職出院	朱2/0793	謝詩3/1065	顧0271	원화5(810)*	長安	A刪
[0715]	花0708	重尋杏園	朱2/0794	謝詩3/1066	顧0271	원화3(808)~5	長安	A灰
[0716]	花0709	曲江獨行	朱2/0795	謝詩3/1066	顧0271	원화3(808)~5	長安	B侵
[0717]	花0710	同李十一醉憶元九	朱2/0796	謝詩3/1067	顧0271	원화4(809)	長安	B尤
[0718]	花0711	同錢員外題絶糧僧巨川	朱2/0797	謝詩3/1068	顧0272	원화4(809)	長安	A刪
[0719]	花0712	絶句代書贈錢員外	朱2/0798	謝詩3/1069	顧0272	원화4(809)*	長安	A虞
[0720]	花0713	晚秋有懷鄭中舊隱	朱2/0798	謝詩3/1069	顧0272	원화4(809)	長安	B歌
[0721]	花0714	禁中九月對菊花酒憶元九	朱2/0799	謝詩3/1070	顧0272	원화4(809)	長安	A支
[0722]	花0715	送王十八歸山寄題仙遊寺	朱2/0800	謝詩3/1071	顧0273	원화4(809)	長安	A灰
[0723]	花0716	答張籍因以代書	朱2/0801	謝詩3/1072	顧0273	원화4(809)	長安	A虞
[0724]	花0717	曲江早春	朱2/0802	謝詩3/1073	顧0273	원화5(810)	長安	B庚
[0725]	花0718	見元九悼亡詩因以此寄	朱2/0802	謝詩3/1073	顧0273	원화5(810)	長安	B靑
[0726]	花0719	寒食夜	朱2/0803	謝詩3/1074	顧0273	원화5(810)	長安	B先
[0727]	花0720	杏園花落時招錢員外同醉	朱2/0803	謝詩3/1075	顧0274	원화5(810)	長安	A支
[0728]	花0721	重題西明寺牡丹	朱2/0804	謝詩3/1075	顧0274	원화5(810)*	長安	A灰
[0729]	花0722	同錢員外禁中夜直	朱2/0805	謝詩3/1076	顧0274	원화5(810)	長安	A眞

[0730]	花0723	禁中夜作書與元九	朱2/0805	謝詩3/1077	顧0274	원화5(810)	長安	A支
[0731]	花0724	八月十五日夜禁中獨對月憶元九	朱2/0806	謝詩3/1077	顧0274	원화5(810)	長安	B侵
[0732]	花0725	寄陳式五兄	朱2/0807	謝詩3/1078	顧0275	원화5(810)	長安	B庚
[0733]	花0726	厧順之以紫霞綺遠贈以詩答之	朱2/0808	謝詩3/1079	顧0275	원화5(810)	長安	A文
[0734]	花0727	送元八歸鳳翔	朱2/0809	謝詩3/1079	顧0275	원화5(810)	長安	B庚
[0735]	花0728	雨雪放朝因懷微之	朱2/0810	謝詩3/1080	顧0275	원화5(810)	長安	A虞
[0736]	花0729	詠懷	朱2/0810	謝詩3/1081	顧0276	원화5(810)	長安	A東
[0737]	花0730	聞微之江陵臥病以大通中散碧腴垂雲膏寄之因題四韻	朱2/0811	謝詩3/1081	顧0276	원화5(810)*	長安	B真
[0738]	花0731	酬錢員外雪中見寄	朱2/0811	謝詩3/1082	顧0276	원화5(810)	長安	A寒
[0739]	花0732	重酬錢員外	朱2/0812	謝詩3/1083	顧0276	원화5(810)	長安	A東
[0740]	花0733	獨酌憶微之	朱2/0812	謝詩3/1084	顧0276	원화5(810)*	長安	A真
[0741]	花0734	微之宅殘牡丹	朱2/0813	謝詩3/1084	顧0277	원화5(810)	長安	B先
[0742]	花0735	新磨鏡	朱2/0814	謝詩3/1085	顧0277	원화5(810)	長安	B歌
[0743]	花0736	感髮落	朱2/0815	謝詩3/1085	顧0277	원화5(810)	長安	A支
[0744]	花0737	八月十五日夜聞崔大員外翰林獨直對酒玩月因懷景偶思足詩	朱2/0815	謝詩3/1086	顧0277	원화4(809)	長安	A刪
[0745]	花0738	酬王十八見寄	朱2/0816	謝詩3/1087	顧0278	원화3(808)~6	長安	A文
[0746]	花0739	立春日酬錢員外曲江同行見贈	朱2/0817	謝詩3/1087	顧0278	원화4(809)~6*	長安	A微
[0747]	花0740	和錢員外青龍寺上方望舊山	朱2/0818	謝詩3/1088	顧0278	원화4(809)~6*	長安	A文
[0748]	花0741	宴周皓大夫光福宅	朱2/0819	謝詩3/1089	顧0278	원화3(808)~6	長安	B先
[0749]	花0742	晚秋夜	朱2/0820	謝詩3/1090	顧0279	원화3(808)~6	長安	C梗
[0750]	花0743	惜牡丹花二首1	朱2/0821	謝詩3/1091	顧0279	원화3(808)~6	長安	A寒
[0751]	花0744	惜牡丹花二首2	朱2/0821	謝詩3/1092	顧0279	원화3(808)~6	長安	A東
[0752]	花0745	答元奉禮同宿見贈	朱2/0822	謝詩3/1092	顧0279	원화3(808)~6	長安	A真

[0753]	花0746	答馬侍御見贈	朱2/0822	謝詩3/1093	顧0279	원화3(808)~6	長安	A魚
[0754]	花0747	上巳日恩賜曲江宴會卽事	朱2/0824	謝詩3/1094	顧0280	원화3(808)~6	長安	B歌
[0755]	花0748	夜惜禁中桃花因寄錢員外	朱2/0824	謝詩3/1095	顧0280	원화4(809)~6*	長安	A東
[0756]	花0749	和錢員外早冬玩禁中新菊	朱2/0825	謝詩3/1096	顧0280	원화3(808)~5	長安	E陌
[0757]	花0750	答劉戒之早秋別墅見寄	朱2/0826	謝詩3/1097	顧0280	원화3(808)~5	長安	A支
[0758]	花0751	涼夜有懷	朱2/0827	謝詩3/1098	顧0281	원화3(808)~5	長安	B庚
[0759]	花0752	秋思	朱2/0828	謝詩3/1098	顧0281	정원19(803)*	長安	D寘
[0760]	花0753	禁中聞蛩	朱2/0828	謝詩3/1099	顧0281	원화3(808)~5	長安	B庚
[0761]	花0754	秋蟲	朱2/0829	謝詩3/1099	顧0281	원화3(808)~5	長安	C紙
[0762]	花0755	贈別宣上人	朱2/0829	謝詩3/1099	顧0282	원화3(808)~5	長安	C紙
[0763]	花0756	春夜喜雪有懷王二十二	朱2/0830	謝詩3/1101	顧0282	원화3(808)~5	長安	A支
[0764]	花0757	酬和元九東川路詩十二首1‧駱口驛舊題詩	朱2/0831	謝詩3/1102	顧0282	원화4(809)	長安	A寒
[0765]	花0758	酬和元九東川路詩十二首2‧南秦雪	朱2/0833	謝詩3/1103	顧0282	원화4(809)	長安	A眞
[0766]	花0759	酬和元九東川路詩十二首3‧山枇杷花二首1	朱2/0833	謝詩3/1103	顧0283	원화4(809)	長安	B尤
[0767]	花0760	酬和元九東川路詩十二首4‧山枇杷花二首2	朱2/0833	謝詩3/1104	顧0283	원화4(809)	長安	B庚
[0768]	花0761	酬和元九東川路詩十二首5‧江樓月	朱2/0834	謝詩3/1105	顧0283	원화4(809)	長安	A支
[0769]	花0762	酬和元九東川路詩十二首6‧亞枝花	朱2/0835	謝詩3/1105	顧0283	원화4(809)	長安	B陽
[0770]	花0763	酬和元九東川路詩十二首7‧江上笛	朱2/0836	謝詩3/1106	顧0283	원화4(809)	長安	A眞
[0771]	花0764	酬和元九東川路詩十二首8‧嘉陵夜有懷二首1	朱2/0836	謝詩3/1107	顧0284	원화4(809)	長安	B侵
[0772]	花0765	酬和元九東川路詩十二首9‧嘉陵夜有懷二首2	朱2/0837	謝詩3/1107	顧0284	원화4(809)	長安	A東
[0773]	花0766	酬和元九東川路詩十二首10‧夜深行	朱2/0837	謝詩3/1108	顧0284	원화4(809)	長安	A眞

		題	朱	謝詩	顧		地	韻
[0774]	花0767	酬和元九東川路詩十二首11·望驛臺	朱2/0838	謝詩3/1108	顧0284	원화4(809)	長安	B麻
[0775]^	花0768	酬和元九東川路詩十二首12·江岸梨	朱2/0839	謝詩3/1109	顧0284	원화4(809)	長安	A文
[0776]	花0769	感元九悼亡詩因爲代答三首1·答謝家最小偏憐女	朱2/0840	謝詩3/1110	顧0284	원화4(809)	長安	B先
[0777]	花0770	感元九悼亡詩因爲代答三首2·答騎馬入空臺	朱2/0841	謝詩3/1111	顧0285	원화4(809)	長安	A灰
[0778]	花0771	感元九悼亡詩因爲代答三首3·答山驛夢	朱2/0842	謝詩3/1112	顧0285	원화5(810)*	長安	B先
[0779]	花0772	和元九與呂二同宿話舊感贈	朱2/0843	謝詩3/1112	顧0285	원화4(809)	長安	A支
[0780]	花0773	憶元九	朱2/0844	謝詩3/1113	顧0285	원화5(810)	長安	A支
[0781]	花0774	蕭員外寄新蜀茶	朱2/0844	謝詩3/1114	顧0286	원화5(810)	長安	A眞
[0782]	花0775	寄上大兄	朱2/0845	謝詩3/1114	顧0286	원화6(811)	下邽	A元
[0783]	花0776	病中哭金鑾子	朱2/0846	謝詩3/1115	顧0286	원화6(811)	下邽	B先
[0784]	花0777	寄內	朱2/0847	謝詩3/1116	顧0286	원화6(811)~8	下邽	A微
[0785]	花0778	病氣	朱2/0847	謝詩3/1116	顧0287	원화6(811)~8	下邽	B庚
[0786]	花0779	歎元九	朱2/0848	謝詩3/1117	顧0287	원화9(814)	下邽	B豪
[0787]	花0780	眼暗	朱2/0848	謝詩3/1117	顧0287	원화9(814)	下邽	B歌
[0788]	花0781	得袁相書	朱2/0849	謝詩3/1118	顧0287	원화9(814)	下邽	A魚
[0789]	花0782	病中作	朱2/0850	謝詩3/1118	顧0288	원화9(814)	下邽	A支
[0790]	花0783	感化寺見元九劉三十二題名處	朱2/0850	謝詩3/1119	顧0288	원화9(814)	下邽	B先
[0791]	花0784	遊悟眞寺迴山下別張殷衡	朱2/0852	謝詩3/1120	顧0288	원화9(814)	藍田	A支
[0792]	花0785	村居寄張殷衡	朱2/0853	謝詩3/1120	顧0288	원화9(814)	下邽	A尤
[0793]	花0786	病中得樊大書	朱2/0853	謝詩3/1121	顧0288	원화9(814)	下邽	A眞/文
[0794]	花0787	開元九詩書卷	朱2/0854	謝詩3/1121	顧0288	원화9(814)	下邽	A魚
[0795]	花0788	晝臥	朱2/0855	謝詩3/1122	顧0289	원화9(814)	下邽	B先
[0796]	花0789	夜坐	朱2/0855	謝詩3/1122	顧0289	원화9(814)	下邽	B庚

		詩題	朱	謝詩	顧	年代	地	韻
[0797]	花0790	暮立	朱2/0856	謝詩3/1123	顧0289	원화9(814)	下邽	B先
[0798]	花0791	有感	朱2/0856	謝詩3/1123	顧0289	원화9(814)	下邽	A支
[0799]	花0792	答友問	朱2/0857	謝詩3/1124	顧0289	원화9(814)	下邽	A眞
[0800]	花0793	村夜	朱2/0857	謝詩3/1124	顧0290	원화9(814)	下邽	E宵
[0801]	花0794	聞蟲	朱2/0858	謝詩3/1125	顧0290	원화9(814)	下邽	B先
[0802]	花0795	寒食夜有懷	朱2/0858	謝詩3/1125	顧0290	원화9(814)	下邽	B先
[0803]	花0796	贈内	朱2/0859	謝詩3/1126	顧0290	원화9(814)	下邽	B先
[0804]	花0797	得錢舍人書問眼疾	朱2/0859	謝詩3/1126	顧0290	원화9(814)	下邽	B庚
[0805]	花0798	還李十一馬	朱2/0860	謝詩3/1127	顧0291	원화9(814)	下邽	A眞
[0806]	花0799	九日寄行簡	朱2/0861	謝詩3/1128	顧0291	원화9(814)	下邽	B尤
[0807]	花0800	夜坐	朱2/0861	謝詩3/1128	顧0291	원화9(814)	下邽	B庚
[0808]	花0801	村居二首1	朱2/0862	謝詩3/1129	顧0291	원화9(814)	下邽	A東
[0809]	花3677	村居二首2	朱2/0862	謝詩3/1129	顧3291	원화9(814)*	下邽	B先
[0810]	花0802	早春	朱2/0863	謝詩3/1130	顧0292	원화9(814)	下邽	B陽
[0811]	花0803	和夢遊春詩一百韻幷序	朱2/0863	謝詩3/1130	顧0292	원화9(814)	長安	○○
[0812]	花0804	和夢遊春詩一百韻	朱2/0864	謝詩3/1131	顧0292	원화5(810)	長安	E屋/沃
[0813]	花0805	王昭君二首1	朱2/0870	謝詩3/1147	顧0295	원화5(810)	△△	A東
[0814]	花0806	王昭君二首2	朱2/0870	謝詩3/1148	顧0295	정원4(788)	△△	A支
[0815]	花0807	渭村退居寄禮部崔侍郎翰林錢舍人詩一百韻	朱2/0874	謝詩3/1149	顧0296	원화9(814)	下邽	B陽
[0816]	花0808	酬盧秘書二十韻	朱2/0881	謝詩3/1164	顧0298	원화10(815)*	長安	A灰
[0817]	花0809	題盧秘書夏日新栽竹二十韻	朱2/0883	謝詩3/1168	顧0299	원화10(815)	長安	A寒
[0818]	花0810	渭村酬李二十見寄	朱2/0885	謝詩3/1170	顧0299	원화9(814)	下邽	A支
[0819]	花0811	初授贊善大夫早朝寄李二十助敎	朱2/0886	謝詩3/1171	顧0300	원화9(814)	長安	B先
[0820]	花0812	欲與元八卜鄰先有是贈	朱2/0887	謝詩3/1172	顧0300	원화10(815)	長安	A眞

번호	花	제목	朱2	謝詩3	顧	편차	지역	운
[0821]	花0813	遊城南留元九李二十晚歸	朱2/0888	謝詩3/1173	顧0300	원화10(815)	長安	A微
[0822]	花0814	廣宣上人以應制詩見示因以贈之詔許上人居安國寺紅樓院以詩供奉	朱2/0889	謝詩3/1174	顧0300	원화10(815)	長安	A支
[0823]	花0815	重過祕書舊房因題長句	朱2/0891	謝詩3/1176	顧0301	원화10(815)	長安	A灰
[0824]	花0816	重到城七絕句1·見元九	朱2/0891	謝詩3/1176	顧0301	원화10(815)	長安	A文
[0825]	花0817	重到城七絕句2·高相宅	朱2/0892	謝詩3/1177	顧0301	원화10(815)	長安	A眞
[0826]	花0818	重到城七絕句3·張十八	朱2/0892	謝詩3/1177	顧0302	원화10(815)	長安	B咸
[0827]	花0819	重到城七絕句4·劉家花	朱2/0893	謝詩3/1178	顧0302	원화10(815)	長安	A眞
[0828]	花0820	重到城七絕句5·裴五	朱2/0894	謝詩3/1178	顧0302	원화10(815)	長安	B先
[0829]	花0821	重到城七絕句6·仇家酒	朱2/0895	謝詩3/1179	顧0302	원화10(815)	長安	B侵
[0830]	花0822	重到城七絕句7·恆寂師	朱2/0895	謝詩3/1180	顧0302	원화10(815)	長安	B蕭
[0831]	花0823	靖安北街贈李二十	朱2/0896	謝詩3/1180	顧0303	원화10(815)	長安	A支
[0832]	花0824	重傷小女子	朱2/0897	謝詩3/1181	顧0303	원화10(815)	長安	B庚
[0833]	花0825	過領處士墓	朱2/0898	謝詩3/1182	顧0303	원화10(815)	長安	A眞
[0834]	花0826	題周皓大夫新亭子二十二韻	朱2/0898	謝詩3/1183	顧0303	원화10(815)	長安	A眞
[0835]	花0827	賦周皓聽邊鴻	朱2/0900	謝詩3/1186	顧0304	원화10(815)	長安	A文
[0836]	花0828	見楊弘貞詩賦因題絕句以自諭	朱2/0900	謝詩3/1186	顧0304	원화10(815)	長安	A眞
[0837]	花0829	病中早春	朱2/0901	謝詩3/1187	顧0304	원화10(815)	長安	B庚
[0838]	花0830	送人貶信州判官	朱2/0901	謝詩3/1187	顧0305	원화10(815)	長安	B蕭
[0839]	花0831	曲江醉後贈諸親故	朱2/0902	謝詩3/1188	顧0305	원화10(815)	長安	A眞
[0840]	花0832	和元八侍御升平新居四絕句1·看花屋	朱2/0903	謝詩3/1189	顧0305	원화10(815)	長安	B麻
[0841]	花0833	和元八侍御升平新居四絕句2·果土山	朱2/0904	謝詩3/1190	顧0305	원화10(815)	長安	A刪
[0842]	花0834	和元八侍御升平新居四絕句3·高亭	朱2/0905	謝詩3/1190	顧0306	원화10(815)	長安	A刪
[0843]	花0835	和元八侍御升平新居四絕句4·松樹	朱2/0905	謝詩3/1190	顧0306	원화10(815)	長安	A灰
[0844]	花0836	醉後卻寄元九	朱2/0906	謝詩3/1191	顧0306	원화10(815)	長安	A灰

ID	花	제목	朱2	謝詩3	顧	원화	지역	압운
[0845]	花0837	重寄	朱2/0908	謝詩3/1192	顧0306	원화10(815)	長安	A冬
[0846]	花0838	李十一舍人松園飲小酌酒得元八侍御詩序云在臺中推院有鞫獄之苦即事書懷因酬四韻	朱2/0909	謝詩3/1193	顧0306	원화10(815)	長安	A支
[0847]	花0839	重到華陽觀舊居	朱2/0910	謝詩3/1194	顧0307	원화9(814)	長安	B寒
[0848]	花0840	答勸酒	朱2/0910	謝詩3/1195	顧0307	원화9(814)~10	長安	A眞
[0849]	花0841	題王侍御池亭	朱2/0911	謝詩3/1195	顧0307	원화10(815)	長安	B歌
[0850]	花0842	聽水部吳員外新詩因贈絶句	朱2/0912	謝詩3/1196	顧0307	원화10(815)	長安	B歌
[0851]	花0843	雨夜憶元九	朱2/0912	謝詩3/1196	顧0308	원화10(815)	長安	B尤
[0852]	花0844	雨中攜元九詩訪元八侍御	朱2/0913	謝詩3/1197	顧0308	원화10(815)	長安	A灰
[0853]	花0845	贈楊秘書巨源	朱2/0914	謝詩3/1198	顧0308	원화10(815)*	長安	B庚
[0854]	花0846	和武相公感韋令公舊池孔雀	朱2/0916	謝詩3/1198	顧0308	원화10(815)	長安	B侵
[0855]	花0847	寄生衣與微之因題封上	朱2/0917	謝詩3/1199	顧0309	원화10(815)	長安	B侵
[0856]	花0848	白牡丹	朱2/0918	謝詩3/1200	顧0309	원화10(815)	長安	A文
[0857]	花0849	夢舊	朱2/0919	謝詩3/1201	顧0309	원화10(815)	長安	A灰
[0858]	花0850	戲題盧秘書新移薔薇	朱2/0919	謝詩3/1201	顧0309	원화10(815)	長安	A冬
[0859]	花0851	曲江夜歸聞元八見訪	朱2/0921	謝詩3/1202	顧0309	원화10(815)	長安	A微
[0860]	花0852	苦熱題恆寂師禪室	朱2/0921	謝詩3/1203	顧0310	원화10(815)	長安	B陽
[0861]	花0853	微之到通州日授館未安見壁間有數行字讀之即其舊詩其落句云渌水紅蓮一朵開千葉花百草無顏色然不知題者阿人也微之吟之乃僕詩乃是十五年前初及第時贈長安妓人阿軟絶句長恨思往事岩昔夢中懷舊僕令緬句酬長句	朱2/0922	謝詩3/1203	顧0310	원화10(815)	長安	B尤
[0862]	花0854	得微之到官後書備知通州之事悵然有感因成四章 1	朱2/0923	謝詩3/1204	顧0310	원화10(815)	長安	B尤

		題目	朱	謝詩	顧	원호10(815)		韻
[0863]	花0855	得微之到官後書知通州之事悵然有感因成四章2	朱2/0923	謝詩3/1205	顧0310	원호10(815)	長安	A魚
[0864]	花0856	得微之到官後書知通州之事悵然有感因成四章3	朱2/0923	謝詩3/1206	顧0311	원호10(815)	長安	B歌
[0865]	花0857	得微之到官後書知通州之事悵然有感因成四章4	朱2/0923	謝詩3/1207	顧0311	원호10(815)	長安	A麥
[0866]	花0858	病中答招飲者	朱2/0925	謝詩3/1207	顧0311	원호10(815)	長安	A眞
[0867]	花0859	燕子樓三首并序	朱2/0926	謝詩3/1208	顧0311	원호10(815)	長安	○○
[0868]	花0860	燕子樓三首1	朱2/0926	謝詩3/1209	顧0312	원호10(815)	長安	B陽
[0869]	花0861	燕子樓三首2	朱2/0926	謝詩3/1211	顧0312	원호10(815)	長安	B尤
[0870]	花0862	燕子樓三首3	朱2/0926	謝詩3/1211	顧0312	원호10(815)	長安	A灰
[0871]	花0863	初貶官過望秦嶺	朱2/0930	謝詩3/1211	顧0312	원호10(815)	途中	A虞
[0872]	花0864	藍橋驛見元九詩	朱2/0931	謝詩3/1212	顧0312	원호10(815)	途中	A支
[0873]	花0865	韓公堆寄元九	朱2/0932	謝詩3/1212	顧0312	원호10(815)	途中	B尤
[0874]	花0866	發商州	朱2/0933	謝詩3/1213	顧0312	원호10(815)	途中	B庚
[0875]	花0867	武關南見元九題山石榴花見寄	朱2/0934	謝詩3/1213	顧0313	원호10(815)	途中	A支
[0876]	花0868	紅鸚鵡	朱2/0935	謝詩3/1214	顧0313	원호10(815)	途中	A眞
[0877]	花0869	題四皓廟	朱2/0935	謝詩3/1214	顧0313	원호10(815)	途中	B尤
[0878]	花0870	罷藥	朱2/0936	謝詩3/1215	顧0313	원호10(815)	途中	B侵
[0879]	花0871	白鷺	朱2/0937	謝詩3/1215	顧0313	원호10(815)	途中	A支
[0880]	花0872	襄陽舟夜	朱2/0937	謝詩3/1216	顧0314	원호10(815)	途中	E陌
[0881]	花0873	江夜舟行	朱2/0938	謝詩3/1216	顧0314	원호10(815)	途中	A東
[0882]	花0874	紅藤杖	朱2/0938	謝詩3/1217	顧0314	원호10(815)	途中	A灰
[0883]	花0875	江上吟元八絶句	朱2/0940	謝詩3/1218	顧0314	원호10(815)	途中	A支
[0884]	花0876	途中感秋	朱2/0940	謝詩3/1218	顧0314	원호10(815)	途中	A支

[0885]	花0877	登鄂州白雪樓	朱2/0941	謝詩3/1219	顧0315	迻中	B陽
[0886]	花0878	舟夜睹內	朱2/0942	謝詩3/1220	顧0315	迻中	A眞
[0887]	花0879	達舊	朱2/0942	謝詩3/1220	顧0315	迻中	A冬
[0888]	花0880	臼口阻風十日	朱2/0943	謝詩3/1221	顧0315	迻中	A眞
[0889]	花0881	浦中夜泊	朱2/0944	謝詩3/1222	顧0316	迻中	B蒸
[0890]	花0882	盧侍御與崔評事爲予於黃鶴樓致宴宴罷同望	朱2/0944	謝詩3/1222	顧0316	迻中	B尤
[0891]	花0883	舟中讀元九詩	朱2/0947	謝詩3/1224	顧0316	迻中	B庚
[0892]	花0884	舟行阻風寄李十一舍人	朱2/0947	謝詩3/1224	顧0316	迻中	A刪
[0893]	花0885	雨中題袁柳	朱2/0948	謝詩3/1225	顧0316	迻中	B歌
[0894]	花0886	題王處士郊居	朱2/0949	謝詩3/1225	顧0317	迻中	A刪
[0895]	花0887	歲晚旅望	朱2/0949	謝詩3/1226	顧0317	迻中	B先
[0896]	花0888	晏坐閑吟	朱2/0950	謝詩3/1227	顧0317	迻中	A東
[0897]	花0889	題李山人	朱2/0951	謝詩3/1228	顧0317	迻中	A齊
[0898]	花0890	讀莊子	朱2/0951	謝詩3/1228	顧0318	迻中	B陽
[0899]	花0891	江樓偶宴贈同座	朱2/0952	謝詩3/1229	顧0318	迻中	A支
[0900]	花0892	放言五首幷序	朱2/0952	謝詩3/1230	顧0318	迻中	○○
[0901]	花0893	放言五首 1	朱2/0953	謝詩3/1230	顧0318	迻中	A虞
[0902]	花0894	放言五首 2	朱2/0953	謝詩3/1231	顧0319	迻中	B尤
[0903]	花0895	放言五首 3	朱2/0953	謝詩3/1232	顧0319	迻中	A支
[0904]	花0896	放言五首 4	朱2/0953	謝詩3/1233	顧0319	迻中	B歌
[0905]	花0897	放言五首 5	朱2/0953	謝詩3/1234	顧0319	迻中	B庚
[0906]	花0898	歲暮道情二首 1	朱2/0955	謝詩3/1235	顧0319	迻中	B侵
[0907]	花0899	歲暮道情二首 2	朱2/0955	謝詩3/1236	顧0319	迻中	B尤
[0908]	花0900	讀李杜詩集因題卷後	朱2/0956	謝詩3/1236	顧0319	迻中	A支

			朱	謝詩	顧	年	地	韻
[0909]	花0901	强酒	朱2/0957	謝詩3/1238	顧0320	元和10(815)	途中	B歌
[0910]	花0902	獨樹浦雨夜寄李六郎中	朱2/0958	謝詩3/1238	顧0320	元和10(815)	途中	A支
[0911]	花0903	聽崔七妓人箏	朱2/0958	謝詩3/1239	顧0320	元和10(815)	途中	B尤
[0912]	花0904	望江州	朱2/0959	謝詩3/1240	顧0320	元和10(815)	江州	A元
[0913]	花0905	初到江州	朱2/0960	謝詩3/1241	顧0321	元和10(815)	江州	A東
[0914]	花0906	醉後題李馬二妓	朱2/0963	謝詩3/1242	顧0321	元和10(815)	江州	B尤
[0915]	花0907	盧侍御小妓乞詩座上留贈	朱2/0963	謝詩3/1242	顧0321	元和10(815)	江州	A文
[0916]	花0908	東南行一百韻寄通州元九侍御澧州李十一舍人果州崔二十二使君開州韋大員外庾三十二補闕杜十四拾遺李二十助教員外竇七校書	朱2/0965	謝詩3/1245	顧0323	元和12(817)	江州	A虞
[0917]	花0909	謫居	朱2/0977	謝詩3/1264	顧0326	元和10(815)	江州	D眞
[0918]	花0910	初到江州寄翰林張李杜三學士	朱2/0978	謝詩3/1265	顧0326	元和10(815)	江州	A虞
[0919]	花0911	庾樓曉望	朱2/0979	謝詩3/1266	顧0326	元和11(816)	江州	A眞
[0920]	花0912	宿西林寺	朱2/0979	謝詩3/1266	顧0326	元和11(816)	江州	A灰
[0921]	花0913	江樓宴別	朱2/0980	謝詩3/1267	顧0327	元和11(816)	江州	B豪
[0922]	花0914	題山石榴花	朱2/0981	謝詩3/1268	顧0327	元和11(816)	江州	A寒
[0923]	花0915	代春贈	朱2/0982	謝詩3/1269	顧0327	元和11(816)	江州	B陽
[0924]	花0916	答春	朱2/0982	謝詩3/1270	顧0327	元和11(816)	江州	B庚
[0925]	花0917	櫻桃花下歎白髮	朱2/0983	謝詩3/1270	顧0328	元和11(816)	江州	A支
[0926]	花0918	惜落花贈崔二十四	朱2/0983	謝詩3/1271	顧0328	元和11(816)	江州	B歌
[0927]	花0919	移山櫻桃	朱2/0984	謝詩3/1271	顧0328	元和11(816)	江州	A灰
[0928]	花0920	官舍閑題	朱2/0985	謝詩3/1272	顧0328	元和11(816)	江州	A支
[0929]	花0921	晚春登大雲寺南樓贈常禪師	朱2/0986	謝詩3/1273	顧0328	元和11(816)	江州	B歌
[0930]	花0922	北樓送客歸上都	朱2/0987	謝詩3/1274	顧0329	元和11(816)	江州	A齊

[0931]	花0923	北亭招客	朱2/0988	謝詩3/1275	顧0329	원화11(816)	江州	B麻
[0932]	花0924	宿西林寺早赴東林滿上人之會因寄崔二十二員外	朱2/0989	謝詩3/1276	顧0329	원화11(816)	江州	A支
[0933]	花0925	遊寶稱寺	朱2/0990	謝詩3/1277	顧0330	원화11(816)	江州	A眞
[0934]	花0926	早春聞提嚶鳥因題鄰家	朱2/0991	謝詩3/1278	顧0330	원화11(816)	江州	A虞
[0935]	花0927	見紫薇花憶微之	朱2/0992	謝詩3/1279	顧0330	원화11(816)	江州	A眞
[0936]	花0928	薔薇花一叢獨死不知其故因有是篇	朱2/0992	謝詩3/1279	顧0330	원화11(816)	江州	A支
[0937]	花0929	湖亭望水	朱2/0993	謝詩3/1280	顧0331	원화11(816)	江州	B歌
[0938]	花0930	閑遊	朱2/0994	謝詩3/1280	顧0331	원화11(816)	江州	A支
[0939]	花0931	憶微之傷仲遠	朱2/0994	謝詩3/1281	顧0331	원화11(816)	江州	B麻
[0940]	花0932	過鄭處士	朱2/0995	謝詩3/1281	顧0331	원화11(816)	江州	A刪
[0941]	花0933	霖雨苦多江湖暴漲塊然獨望因題北亭	朱2/0995	謝詩3/1282	顧0332	원화11(816)	江州	B歌
[0942]	花0934	春末夏初閑遊江郭二首 1	朱2/0996	謝詩3/1282	顧0332	원화11(816)	江州	B麻
[0943]	花0935	春末夏初閑遊江郭二首 2	朱2/0996	謝詩3/1283	顧0332	원화11(816)	江州	A微
[0944]	花0936	紅藤杖	朱2/0997	謝詩3/1284	顧0332	원화11(816)	江州	A眞
[0945]	花0937	風雨中尋李十一因題船上	朱2/0998	謝詩3/1284	顧0333	원화11(816)	江州	A眞
[0946]	花0938	題廬山山下湯泉	朱2/0999	謝詩3/1285	顧0333	원화11(816)	江州	A東
[0947]	花0939	寄蘄州簟與元九因題六韻	朱2/1000	謝詩3/1286	顧0333	원화11(816)	江州	A眞
[0948]	花0940	秋熱	朱2/1001	謝詩3/1287	顧0333	원화11(816)	江州	A微
[0949]^	花0941	題元十八溪居	朱2/1002	謝詩3/1287	顧0334	원화11(816)	江州	A冬
[0950]	花0942	晚出西郊	朱2/1003	謝詩3/1288	顧0334	원화11(816)	江州	A元
[0951]	花0943	階下蓮	朱2/1004	謝詩3/1289	顧0334	원화11(816)	江州	A東
[0952]	花0944	端居詠懷	朱2/1004	謝詩3/1289	顧0334	원화11(816)	江州	A魚
[0953]	花0945	夜宿江浦聞元八改官因寄此什	朱2/1005	謝詩3/1290	顧0335	원화11(816)	江州	B先
[0954]	花0946	百花亭	朱2/1006	謝詩3/1291	顧0335	원화11(816)	江州	A魚

[0955]	花0947	江樓早秋	朱2/1006	謝詩3/1292	顧0335	원화11(816)	江州	A支
[0956]	花0948	送客之湖南	朱2/1007	謝詩3/1292	顧0335	원화11(816)	江州	B庚
[0957]	花0949	百花亭晚望夜歸	朱2/1008	謝詩3/1293	顧0336	원화11(816)	江州	A灰
[0958]	花0950	西樓	朱2/1009	謝詩3/1294	顧0336	원화11(816)*	江州	B先
[0959]	花0951	尋李道士山居兼呈元明府	朱2/1010	謝詩3/1294	顧0336	원화11(816)	江州	A刪
[0960]	花0952	四十五	朱2/1010	謝詩3/1295	顧0336	원화11(816)	江州	B陽
[0961]	花0953	寄李相公崔侍郎錢舍人	朱2/1011	謝詩3/1295	顧0337	원화11(816)	江州	B先
[0962]	花0954	廳前桂	朱2/1012	謝詩3/1297	顧0337	원화11(816)	江州	A東
[0963]	花0955	尋王道士藥堂因有題贈	朱2/1013	謝詩3/1297	顧0337	원화11(816)	江州	A寒
[0964]	花0956	秋晚	朱2/1014	謝詩3/1298	顧0337	원화11(816)	江州	E藥
[0965]	花0957	南浦歲暮對酒送王十五歸京	朱2/1014	謝詩3/1299	顧0338	원화11(816)	江州	A刪
[0966]	花0958	除夜	朱2/1015	謝詩3/1300	顧0338	원화11(816)	江州	B先
[0967]^	花0959	聞李十一出牧澧州崔二十二出牧果州因寄絶句	朱2/1015	謝詩3/1300	顧0338	원화11(816)	江州	A灰
[0968]^	花0960	元和十二年淮寇未平詔停歲仗憤然有感率爾成章	朱2/1016	謝詩3/1301	顧0338	원화12(817)	江州	B庚
[0969]	花0961	庾樓新歲	朱2/1017	謝詩3/1302	顧0339	원화12(817)	江州	B尤
[0970]	花0962	上香爐峯	朱2/1018	謝詩3/1302	顧0339	원화12(817)	江州	A眞
[0971]	花0963	憶微之	朱2/1018	謝詩3/1303	顧0339	원화12(817)	江州	A東
[0972]	花0964	雨夜贈元十八	朱2/1019	謝詩3/1303	顧0339	원화12(817)	江州	B先
[0973]	花0965	寒食江畔	朱2/1020	謝詩3/1304	顧0340	원화12(817)	江州	B庚
[0974]	花0966	三月三日登庾樓寄庾三十二	朱2/1020	謝詩3/1304	顧0340	원화12(817)	江州	B庚
[0975]	花0967	聞李六景儉自河東令授唐鄧節度行軍司馬以詩賀之	朱2/1021	謝詩3/1305	顧0340	원화12(817)	江州	B歌
[0976]	花0968	石楠樹	朱2/1022	謝詩3/1306	顧0340	원화12(817)	江州	B陽

[0977]	花0969	大林寺桃花	朱2/1023	謝詩3/1307	顧0341	元和12(817)	江州	A灰
[0978]	花0970	詠懷	朱2/1024	謝詩3/1308	顧0341	元和12(817)	江州	B侵
[0979]	花0971	早發楚城驛	朱2/1025	謝詩3/1308	顧0341	元和12(817)	江州	B庚
[0980]	花0972	磻峴東池	朱2/1026	謝詩3/1309	顧0341	元和12(817)	江州	A支
[0981]	花0973	建昌江	朱2/1027	謝詩3/1310	顧0342	元和12(817)	江州	B先
[0982]	花0974	哭從弟	朱2/1028	謝詩3/1310	顧0342	元和12(817)	江州	A眞
[0983]^	花0975	香爐峯下新卜山居草堂初成偶題東壁	朱2/1028	謝詩3/1311	顧0342	元和12(817)	江州	B陽
[0984]^	花0976	重題1	朱2/1029	謝詩3/1312	顧0342	元和12(817)	江州	B庚
[0985]^	花0977	重題2	朱2/1029	謝詩3/1312	顧0342	元和12(817)	江州	B尤
[0986]^	花0978	重題3	朱2/1030	謝詩3/1313	顧0343	元和12(817)	江州	A寒
[0987]^	花0979	重題4	朱2/1030	謝詩3/1314	顧0343	元和12(817)	江州	A元
[0988]	花0980	山中問月	朱2/1031	謝詩3/1314	顧0343	元和12(817)	江州	A支
[0989]^	花0981	正月十五日夜東林寺學禪偶懷藍田楊主簿因呈智禪師	朱2/1032	謝詩3/1315	顧0343	元和12(817)	江州	A支
[0990]	花0982	臨水坐	朱2/1033	謝詩3/1316	顧0343	元和12(817)	江州	A眞
[0991]	花0983	山居	朱2/1034	謝詩3/1317	顧0344	元和12(817)	江州	B蒸
[0992]	花0984	遺愛寺	朱2/1034	謝詩3/1318	顧0344	元和12(817)	江州	B庚
[0993]	花0985	山中與元九書因題書後	朱2/1036	謝詩3/1318	顧0344	元和12(817)	江州	B先
[0994]	花0986	黃石巖下作	朱2/1038	謝詩3/1319	顧0344	元和12(817)	江州	A文
[0995]	花0987	戲贈李十三判官	朱2/1038	謝詩3/1320	顧0344	元和12(817)	江州	A文
[0996]	花0988	醉中戲贈鄭使君	朱2/1039	謝詩3/1320	顧0345	元和12(817)	江州	A灰
[0997]	花0989	江亭夕望	朱2/1040	謝詩3/1321	顧0345	元和12(817)	江州	A灰
[0998]	花0990	酬元員外三月三十日慈恩寺相憶見寄	朱2/1040	謝詩3/1322	顧0345	元和12(817)	江州	A刪
[0999]	花0991	偶然二首1	朱2/1041	謝詩3/1323	顧0345	元和12(817)	江州	E職
[1000]	花0992	偶然二首2	朱2/1042	謝詩3/1323	顧0346	元和12(817)	江州	C紙

			朱	謝詩	顧			
[1001]	花0993	中秋月	朱2/1043	謝詩3/1324	顧0346	元和12(817)	江州	A支
[1002]	花0994	謝李六郎中寄新蜀茶	朱2/1044	謝詩3/1325	顧0346	元和12(817)*	江州	A眞
[1003]	花0995	攜諸山客同上香爐峯遇雨而還沾濡狼藉互相笑謔題此解嘲	朱2/1045	謝詩3/1326	顧0346	元和12(817)	江州	A灰
[1004]	花0996	彭蠡湖晚歸	朱2/1046	謝詩3/1327	顧0347	元和12(817)	江州	A眞
[1005]	花0997	酬贈李鍊師見招	朱2/1047	謝詩3/1327	顧0347	元和12(817)	江州	B庚
[1006]	花0998	西河雨夜送客	朱2/1047	謝詩3/1328	顧0347	元和12(817)	江州	B尤
[1007]	花0999	登西樓憶行簡	朱2/1048	謝詩3/1329	顧0347	元和12(817)*	江州	B陽
[1008]	花1000	羅子	朱2/1049	謝詩3/1330	顧0348	元和12(817)	江州	A眞
[1009]^	花1001	讀靈徹詩	朱2/1049	謝詩3/1330	顧0348	元和12(817)	江州	A支
[1010]	花1002	聽李士良琵琶	朱2/1050	謝詩3/1331	顧0348	元和12(817)	江州	A文
[1011]	花1003	昭君怨	朱2/1051	謝詩3/1332	顧0348	元和12(817)	江州	B青
[1012]	花1004	閑吟	朱2/1052	謝詩3/1333	顧0349	元和12(817)	江州	B侵
[1013]	花1005	戲問山石榴	朱2/1053	謝詩3/1333	顧0349	元和12(817)	江州	A灰
[1014]	花1006	編集拙詩成一十五卷因題卷末戲贈元九李二十	朱2/1053	謝詩3/1334	顧0349	元和10(815)	江州	B庚
[1015]	花1007	湖上閑望	朱2/1055	謝詩3/1335	顧0349	元和12(817)*	江州	B豪
[1016]	花1008	江南謫居十韻	朱2/1057	謝詩3/1337	顧0350	元和12(817)	江州	A眞
[1017]	花1009	江樓夜吟元九律詩成三十韻	朱2/1058	謝詩3/1339	顧0350	元和12(817)*	江州	B先
[1018]^	花1010	潯陽歲晚寄元八郎中庚三十二員外	朱2/1061	謝詩3/1342	顧0351	元和12(817)	江州	B庚
[1019]^	花1011	元九以綠絲布白輕裕見寄製成衣服以詩報知	朱2/1062	謝詩3/1344	顧0352	元和13(818)	江州	A冬
[1020]	花1012	清明日送韋侍御貶虔州	朱2/1063	謝詩3/1345	顧0352	元和13(818)	江州	B麻
[1021]	花1013	九江春望	朱2/1064	謝詩3/1346	顧0352	元和13(818)	江州	A眞
[1022]	花1014	晚題東林寺雙池	朱2/1065	謝詩3/1347	顧0352	元和13(818)	江州	A眞

[1023]	花I015	贈內子	朱2/1066	謝詩3/1348	顧0353	원화13(818)	江州	B尤
[1024]	花I016	送客春遊嶺南二十韻	朱2/1067	謝詩3/1349	顧0353	원화13(818)	江州	A眞
[1025]	花I017	自題	朱2/1069	謝詩3/1353	顧0354	원화13(818)	江州	A支
[1026]	花I018	自悲	朱2/1070	謝詩3/1354	顧0354	원화13(818)	江州	A眞
[1027]	花I019	尋郭道士不遇	朱2/1070	謝詩3/1354	顧0354	원화13(818)	江州	A冬
[1028]	花I020	潯陽春三首1‧春生	朱2/1072	謝詩3/1356	顧0354	원화12(817)	江州	B尤
[1029]	花I021	潯陽春三首2‧春來	朱2/1072	謝詩3/1356	顧0355	원화12(817)	江州	B陽
[1030]	花I022	潯陽春三首3‧春去	朱2/1073	謝詩3/1357	顧0355	원화12(817)	江州	A眞/文
[1031]	花I023	夢微之	朱2/1073	謝詩3/1357	顧0355	원화12(817)	江州	A文
[1032]	花I024	贈韋鍊師	朱2/1074	謝詩3/1358	顧0355	원화12(817)	江州	A灰
[1033]	花I025	問劉十九	朱2/1075	謝詩3/1358	顧0356	원화12(817)	江州	A慶
[1034]	花I026	得行簡書聞欲下峽先以此寄	朱2/1076	謝詩3/1359	顧0356	원화13(818)*	江州	B尤
[1035]	花I027	南湖早春	朱2/1077	謝詩3/1360	顧0356	원화13(818)	江州	B庚
[1036]	花I028	元十八從事南海欲出廬山臨別居舊有戀泉聲之什因以投和兼伸別情	朱2/1078	謝詩3/1360	顧0356	원화13(818)*	江州	A冬
[1037]	花I029	題韋家泉池	朱2/1079	謝詩3/1361	顧0357	원화13(818)	江州	A文
[1038]	花I030	醉中對紅葉	朱2/1079	謝詩3/1362	顧0357	원화13(818)	江州	A眞
[1039]	花I031	遣懷	朱2/1080	謝詩3/1362	顧0357	원화13(818)	江州	B陽
[1040]	花I032	點額魚	朱2/1080	謝詩3/1363	顧0357	원화13(818)	江州	A魚
[1041]	花I033	聞龜兒詠詩	朱2/1081	謝詩3/1364	顧0358	원화13(818)	江州	B陽
[1042]	花I034	對酒	朱2/1082	謝詩3/1364	顧0358	원화13(818)	江州	B侵
[1043]	花I035	東牆夜合樹去秋爲風雨所摧今年花時悵然有感	朱2/1082	謝詩3/1365	顧0358	원화13(818)	江州	A灰
[1044]	花I036	病起	朱2/1083	謝詩3/1365	顧0358	원화13(818)	江州	A支
[1045]^	花I037	夢亡友劉太白同遊敍寺	朱2/1083	謝詩3/1366	顧0358	원화13(818)	江州	B尤

	編號	詩題	朱	謝詩	顧	년도	江州	韻
[1046]^	花1038	興果上人殺時題此決別兼簡二林僧社	朱2/1084	謝詩3/1366	顧0359	원화12(817)*	江州	A眞
[1047]	花1039	贈寫眞者	朱2/1085	謝詩3/1367	顧0359	원화13(818)	江州	A支
[1048]	花1040	劉十九同宿	朱2/1086	謝詩3/1368	顧0359	원화12(817)	江州	B庚
[1049]^	花1041	十二年冬江西溫暖喜元八寄金石稜到因題此詩	朱2/1087	謝詩3/1369	顧0359	원화12(817)	江州	B蒸
[1050]	花1042	閑意	朱2/1088	謝詩3/1370	顧0360	원화12(817)	江州	A眞
[1051]	花1043	泛友人上峽赴東川辭命	朱2/1089	謝詩3/1370	顧0360	원화12(817)	江州	A元
[1052]	花1044	夜送孟司功	朱2/1090	謝詩3/1371	顧0360	원화12(817)	江州	B蒙
[1053]	花1045	衰病	朱2/1090	謝詩3/1373	顧0360	원화12(817)	江州	A虞
[1054]	花1046	題詩屏風絕句拝序	朱2/1091	謝詩3/1373	顧0361	원화12(817)	江州	○○
[1055]	花1047	題詩屏風絕句	朱2/1091	謝詩3/1374	顧0361	원화12(817)	江州	B蒙
[1056]	花1048	答微之	朱2/1092	謝詩3/1375	顧0361	원화12(817)	江州	A東
[1057]	花1049	偶吟有懷	朱2/1093	謝詩3/1375	顧0361	원화12(817)	江州	A虞
[1058]	花1050	山中酬江州崔使君見寄	朱2/1093	謝詩3/1376	顧0362	원화13(818)	江州	A魚
[1059]	花1051	山枇杷	朱2/1095	謝詩3/1377	顧0362	원화13(818)	江州	B麻
[1060]	花1052	聞李尚書拝相因以長句寄賀微之	朱2/1095	謝詩3/1378	顧0362	원화13(818)	江州	B先
[1061]	花1053	歲暮	朱2/1097	謝詩3/1379	顧0362	원화13(818)	江州	A灰
[1062]	花1054	雨中赴劉十九林之期及到林寺劉已先去因以四韻寄之	朱2/1098	謝詩3/1380	顧0363	원화13(818)	江州	A刪
[1063]^	花1055	薔薇正開春酒初熱因招劉十九張大夫崔二十四同飲	朱2/1098	謝詩3/1381	顧0363	원화13(818)	江州	A灰
[1064]	花1056	李白墓	朱2/1099	謝詩3/1383	顧0363	원화13(818)	江州	A文
[1065]	花1057	對酒	朱2/1101	謝詩3/1384	顧0364	원화13(818)	江州	B麻
[1066]	花1058	戲答諸少年	朱2/1102	謝詩3/1385	顧0364	원화13(818)	江州	A文
[1067]^	花1059	風雨夜泊	朱2/1102	謝詩3/1385	顧0364	원화13(818)	江州	A東

[1068]	花1060	題崔使君新樓	朱2/1103	謝詩3/1386	顧0364	원호13(818)	江州	B尤
[1069]	花1061	山中戲問韋侍御	朱2/1104	謝詩3/1387	顧0364	원호13(818)	江州	A灰
[1070]	花1062	贈曇禪師	朱2/1105	謝詩3/1387	顧0365	원호13(818)	江州	A灰
[1071]	花1063	答微之	朱2/1105	謝詩3/1388	顧0365	원호13(818)	江州	A文
[1072]	花1064	醉吟二首1	朱2/1106	謝詩3/1389	顧0365	원호13(818)	江州	A微
[1073]	花1065	醉吟二首2	朱2/1106	謝詩3/1390	顧0365	원호13(818)	江州	A齊
[1074]	花1066	曉寢	朱2/1107	謝詩3/1390	顧0365	원호13(818)	江州	A眞
[1075]	花1067	答元八郎中楊十二博士	朱2/1107	謝詩3/1390	顧0366	원호13(818)	江州	B庚
[1076]	花1068	湖亭與行簡宿	朱2/1109	謝詩3/1391	顧0366	원호13(818)	江州	A灰
[1077]	花1069	八月十五日夜湓亭望月	朱2/1110	謝詩3/1392	顧0366	원호13(818)	江州	B先
[1078]	花1070	贈江客	朱2/1111	謝詩3/1393	顧0366	원호13(818)	江州	B先
[1079]	花1071	殘暑招客	朱2/1111	謝詩3/1393	顧0367	원호13(818)	江州	A灰
[1080]	花1072	潯陽秋懷贈許明府	朱2/1112	謝詩3/1394	顧0367	원호13(818)	江州	B歌
[1081]	花1073	九日醉吟	朱2/1113	謝詩3/1395	顧0367	원호13(818)	江州	B陽
[1082]^	花1074	問韋山人山甫	朱2/1114	謝詩3/1396	顧0367	원호13(818)	江州	B歌
[1083]^	花1075	泛蕭鍊師步虛詞十首卷後以二絶繼之1	朱2/1115	謝詩3/1397	顧0368	원호13(818)	江州	A支
[1084]^	花1076	泛蕭鍊師步虛詞十首卷後以二絶繼之2	朱2/1115	謝詩3/1398	顧0368	원호13(818)	江州	A灰
[1085]	花1077	贈李兵馬使	朱2/1115	謝詩3/1398	顧0368	원호13(818)	江州	B陽
[1086]	花1078	題遺愛寺前溪松	朱2/1116	謝詩3/1399	顧0368	원호13(818)	江州	A齊
[1087]	花1079	廬山草堂夜雨獨宿寄牛二李七庾三十二員外	朱2/1117	謝詩3/1400	顧0368	원호13(818)	江州	A東
[1088]	花1080	聞楊十二新拜省郎遙以詩賀	朱2/1118	謝詩3/1401	顧0369	원호13(818)	江州	A微
[1089]	花1081	三月三日憶微之	朱2/1120	謝詩3/1402	顧0369	원호13(818)	江州	B蕭
[1090]	花1082	贈韋八	朱2/1121	謝詩3/1403	顧0369	원호13(818)	江州	A魚
[1091]	花1083	春江閑步贈張山人	朱2/1122	謝詩3/1403	顧0369	원호13(818)	江州	B歌

[1092]	花1084	春聽琵琶兼簡長孫司戶	朱2/1122	謝詩3/1404	顧0370	元和13(818)	江州	B青
[1093]	花1085	吳宮詞	朱2/1123	謝詩3/1405	顧0370	元和13(818)	江州	B歌
[1094]	花1086	送韋侍御量移金州司馬	朱2/1124	謝詩3/1406	顧0370	元和13(818)	江州	A微
[1095]	花1087	自到潯陽生三女子因詮員用理遣妄懷	朱2/1125	謝詩3/1406	顧0370	元和13(818)	江州	B歌
[1096]	花1088	江西裴常侍以優禮見待又蒙贈詩輒敍鄙誠用伸感謝	朱2/1125	謝詩3/1407	顧0371	元和13(818)	江州	B蕭
[1097]	花1089	自江州司馬授忠州刺史仰荷聖澤聊書鄙誠	朱2/1127	謝詩3/1409	顧0371	元和13(818)	江州	A寒
[1098]	花1090	除忠州寄謝崔相公	朱2/1128	謝詩3/1410	顧0371	元和13(818)	江州	B侵
[1099]	花1091	初除官蒙裴常侍贈鵯鵯草絣緋袍魚袋因謝惠貺兼抒離情	朱2/1129	謝詩3/1411	顧0371	元和13(818)*	江州	A微
[1100]	花1092	洪州逢熊孺登	朱2/1130	謝詩3/1412	顧0372	元和13(818)	江州	A虞
[1101]	花1093	初著刺史緋答友人見贈	朱2/1131	謝詩3/1413	顧0372	元和13(818)	江州	A支
[1102]	花1094	又答賀客	朱2/1132	謝詩3/1414	顧0372	元和13(818)	江州	B庚
[1103]	花1095	別草堂三絶句1	朱2/1132	謝詩3/1414	顧0372	元和13(818)	江州	B先
[1104]	花1096	別草堂三絶句2	朱2/1133	謝詩3/1415	顧0372	元和14(819)	江州	A文
[1105]	花1097	別草堂三絶句3	朱2/1133	謝詩3/1415	顧0372	元和14(819)	江州	A灰
[1106]	花1098	鍾陵餞送	朱2/1133	謝詩3/1415	顧0373	元和14(819)	江州	A文
[1107]	花1099	潯陽宴別	朱2/1134	謝詩3/1416	顧0373	元和14(819)	江州	A刪
[1108]	花1100	戲贈戶部李巡官	朱2/1135	謝詩3/1417	顧0373	元和14(819)	途中	A寒
[1109]	花1101	行次夏口先寄李大夫	朱2/1136	謝詩3/1417	顧0373	元和14(819)	途中	B尤
[1110]	花1102	重贈李大夫	朱2/1137	謝詩3/1419	顧0374	元和14(819)	途中	A寒
[1111]	花1103	對鏡吟	朱2/1138	謝詩3/1420	顧0374	元和14(819)	途中	A眞
[1112]	花1104	江州赴忠州至江陵以來舟中示舍弟五十韻	朱2/1139	謝詩3/1421	顧0374	元和14(819)	途中	B庚
[1113]	花1105	題岳陽樓	朱2/1141	謝詩3/1426	顧0375	元和14(819)	途中	A寒
[1114]	花1106	入峽次巴東	朱2/1142	謝詩3/1427	顧0376	元和14(819)	途中	A東

번호	제목/내용	朱2	謝詩3	顧	연대	지역	韻
[1115]^ 花1107	十年三月三十日別微之於灃上十四年三月十一日夜遇遺篇以讒中停舟夷陵舍夷陵三宿而別言不盡者以詩終之因賦七言十七韻以贈且欲記所遇之地與相見之時爲他年會話張本也	朱2/1144	謝詩3/1428	顧0376	원화14(819)	途中	B先
[1116] 花1108	題峽中石上	朱2/1147	謝詩3/1430	顧0377	원화14(819)	途中	A支
[1117] 花1109	夜入瞿唐峽	朱2/1148	謝詩3/1431	顧0378	원화14(819)	途中	A灰
[1118] 花1110	初到忠州贈李六	朱2/1150	謝詩3/1432	顧0378	원화14(819)	忠州	A元
[1119]^ 花1111	郡齋暇日憶廬山草堂兼寄二林僧社三十韻皆叙眨官已來出處之意	朱2/1151	謝詩3/1433	顧0378	원화14(819)	忠州	B陽
[1120] 花1112	贈康叟	朱2/1154	謝詩3/1437	顧0379	원화14(819)	忠州	A微
[1121] 花1113	鸚鵡	朱2/1155	謝詩3/1438	顧0380	원화14(819)	忠州	B庚
[1122]^ 花1114	京使迴累得南省諸公書因以長句寄謝蕭五劉二元八吳十一李十二李六李七庾三十二崔三楊大楊十二員外	朱2/1156	謝詩3/1439	顧0380	원화14(819)	忠州	A眞
[1123] 花1115	東城春意	朱2/1160	謝詩3/1441	顧0380	원화15(820)	忠州	A虞
[1124]^ 花1117	木蓮樹生巴峽山谷間巴民亦呼為黃心樹大者高五丈涉冬不調身如青楊有白文葉如桂厚大無脊花如蓮色香膩皆同獨房蕊有異四月初始開自開迨謝僅二十日西州以東元和十四年夏命道士毋丘元志寫其逼眸因題三絶句云1	朱2/1160	謝詩3/1441	顧0381	원화14(819)	忠州	A支
[1125]^ 花1118	上同2	朱2/1161	謝詩3/1442	顧0381	원화14(819)	忠州	A虞
[1126]^ 花1119	上同3	朱2/1161	謝詩3/1443	顧0381	원화14(819)	忠州	A刪
[1127] 花1120	種桃杏	朱2/1162	謝詩3/1443	顧0381	원화14(819)	忠州	B麻
[1128] 花1121	新秋	朱2/1163	謝詩3/1444	顧0382	원화14(819)	忠州	A支

[1129]	花1122	龍昌寺荷池	朱2/1163	謝詩3/1444	顧0382	元和14(819)	忠州	B先
[1130]	花1123	聽竹枝贈李侍御	朱2/1164	謝詩3/1445	顧0382	元和14(819)	忠州	B歌
[1131]	花1124	寄胡餅與楊萬州	朱2/1164	謝詩3/1445	顧0382	元和14(819)	忠州	A虞
[1132]	花1125	感櫻桃花因招飲客	朱2/1165	謝詩3/1446	顧0382	元和14(819)	忠州	B陽
[1133]	花1126	東亭閑望	朱2/1166	謝詩3/1446	顧0383	元和14(819)	忠州	A眞
[1134]	花1127	畫木蓮花圖寄元郎中	朱2/1166	謝詩3/1447	顧0383	元和14(819)	忠州	A寒
[1135]	花1128	和李澧州題韋開州經藏詩	朱2/1167	謝詩3/1448	顧0383	元和14(819)	忠州	A魚
[1136]	花1129	九日題塗溪	朱2/1169	謝詩3/1449	顧0383	元和14(819)	忠州	A灰
[1137]	花1130	卽事寄微之	朱2/1169	謝詩3/1449	顧0384	元和14(819)	忠州	A魚
[1138]	花1131	題郡中荔枝詩十八韻兼寄萬州楊八使君	朱2/1170	謝詩3/1450	顧0384	元和14(819)	忠州	B陽
[1139]	花1132	留北客	朱2/1171	謝詩3/1451	顧0384	元和14(819)	忠州	A寒
[1140]^	花1133	重寄荔枝與楊使君時聞開聞楊使君欲種植故有落句之戲	朱2/1172	謝詩3/1452	顧0385	元和14(819)	忠州	B先
[1141]	花1134	和萬州楊使君四絶句1·競渡	朱2/1173	謝詩3/1453	顧0385	元和14(819)	忠州	B歌
[1142]	花1135	和萬州楊使君四絶句2·江邊草	朱2/1173	謝詩3/1453	顧0385	元和14(819)	忠州	A支
[1143]^	花1136	和萬州楊使君四絶句3·嘉慶李	朱2/1174	謝詩3/1454	顧0385	元和14(819)	忠州	A灰
[1144]	花1137	和萬州楊使君四絶句4·白槿花	朱2/1174	謝詩3/1454	顧0386	元和14(819)	忠州	B歌
[1145]	花1138	和行簡望郡南山	朱2/1176	謝詩3/1456	顧0386	元和14(819)	忠州	B庚
[1146]	花1139	種荔枝	朱2/1177	謝詩3/1456	顧0386	元和14(819)	忠州	A支
[1147]	花1140	陰雨	朱2/1177	謝詩3/1457	顧0386	元和14(819)	忠州	B侵
[1148]	花1141	送客歸京	朱2/1178	謝詩3/1457	顧0387	元和14(819)*	忠州	A眞
[1149]	花1142	送蕭處士遊黔南	朱2/1179	謝詩3/1458	顧0387	元和14(819)	忠州	B陽
[1150]	花1143	東樓醉	朱2/1180	謝詩3/1459	顧0387	元和14(819)	忠州	B先
[1151]	花1144	寄微之	朱2/1180	謝詩3/1459	顧0387	元和14(819)	忠州	B陽
[1152]	花1145	東樓招客夜飲	朱2/1181	謝詩3/1460	顧0388	元和14(819)	忠州	B尤

[1153]	花1146	醉後戲題	朱2/1182	謝詩3/1461	顧0388	원화14(819)	忠州	B蒸
[1154]	花1147	冬至夜	朱2/1182	謝詩3/1461	顧0388	원화14(819)	忠州	B陽
[1155]	花1148	竹枝詞四首1	朱2/1183	謝詩3/1462	顧0388	원화14(819)	忠州	A齊
[1156]	花1149	竹枝詞四首2	朱2/1183	謝詩3/1463	顧0389	원화14(819)	忠州	A文
[1157]	花1150	竹枝詞四首3	朱2/1183	謝詩3/1463	顧0389	원화14(819)	忠州	A齊
[1158]	花1151	竹枝詞四首4	朱2/1185	謝詩3/1463	顧0389	원화14(819)	忠州	A支
[1159]	花1152	酬嚴中丞晚晚黔江見寄	朱2/1185	謝詩3/1464	顧0389	원화14(819)	忠州	B庚
[1160]	花1153	寄題楊萬州四望樓	朱2/1186	謝詩3/1465	顧0389	원화14(819)	忠州	B陽
[1161]	花1154	答楊使君登樓見憶	朱2/1187	謝詩3/1465	顧0389	원화14(819)	忠州	A文
[1162]	花1155	除夜	朱2/1187	謝詩3/1466	顧0389	원화14(819)	忠州	A微
[1163]	花1156	聞雷	朱2/1188	謝詩3/1466	顧0390	원화14(819)	忠州	A灰
[1164]	花1157	春至	朱2/1188	謝詩3/1467	顧0390	원화15(820)	忠州	B陽
[1165]	花1158	感春	朱2/1190	謝詩3/1467	顧0390	원화15(820)	忠州	A眞
[1166]	花1159	春江	朱2/1190	謝詩3/1468	顧0390	원화15(820)	忠州	B先
[1167]	花1160	題東樓前李使君所種櫻桃花	朱2/1191	謝詩3/1468	顧0391	원화15(820)	忠州	A眞
[1168]	花1161	巴水	朱2/1192	謝詩3/1469	顧0391	원화15(820)	忠州	A眞
[1169]	花1162	野行	朱2/1192	謝詩3/1470	顧0391	원화15(820)	忠州	B庚
[1170]	花1163	送高侍御使迴因寄楊八	朱2/1193	謝詩3/1470	顧0391	원화15(820)	忠州	B尤
[1171]	花1164	奉酬李相公見示絶句	朱2/1194	謝詩3/1471	顧0392	원화15(820)	忠州	A支
[1172]	花1165	喜山石榴花開	朱2/1195	謝詩3/1472	顧0392	원화15(820)	忠州	D遇
[1173]	花1166	戲贈蕭處士清禪師	朱2/1196	謝詩3/1473	顧0392	원화15(820)	忠州	B蒸
[1174]	花1167	錢虢州以三堂絶句見寄因以本韻和之	朱2/1196	謝詩3/1474	顧0392	원화15(820)	忠州	B侵
[1175]	花1168	三月三日	朱2/1198	謝詩3/1475	顧0392	원화15(820)	忠州	B先
[1176]	花1169	寒食夜	朱2/1198	謝詩3/1475	顧0393	원화15(820)	忠州	B先
[1177]	花1170	代州民問	朱2/1199	謝詩3/1476	顧0393	원화15(820)	忠州	B侵

[1178]	花1171	答州民	朱2/1199	謝詩3/1476	顧0393	원화15(820)	忠州	A虞
[1179]	花1172	筋枝樓對酒	朱2/1200	謝詩3/1477	顧0393	원화15(820)	忠州	B陽
[1180]	花1173	房家夜宴喜雪戲贈主人	朱2/1201	謝詩3/1478	顧0393	원화15(820)	忠州	B豪
[1181]	花1174	醉後贈人	朱2/1202	謝詩3/1479	顧0394	원화15(820)	忠州	A微
[1182]	花1175	初除尚書郎脫刺史绯	朱2/1202	謝詩3/1480	顧0394	원화15(820)	忠州	A魚
[1183]	花1176	留題開元寺上方	朱2/1205	謝詩3/1481	顧0394	원화15(820)	忠州	B庚
[1184]	花1177	別種東坡花樹兩絕1	朱2/1205	謝詩3/1482	顧0394	원화15(820)	忠州	B庚
[1185]	花1178	別種東坡花樹兩絕2	朱2/1205	謝詩3/1482	顧0394	원화15(820)	忠州	A眞
[1186]	花1179	別橋上竹	朱2/1206	謝詩3/1483	顧0395	원화15(820)	忠州	B陽
[1187]	花1180	發白狗峽次黃牛峽登高寺却望忠州	朱2/1206	謝詩3/1483	顧0395	원화15(820)	途中	B尤
[1188]	花1181	楝華驛見楊八題夢兄弟詩	朱2/1208	謝詩3/1484	顧0395	원화15(820)	途中	B麻
[1189]	花1182	商山路有感	朱2/1208	謝詩3/1485	顧0395	원화15(820)	途中	A微
[1190]	花1183	商山路驛桐樹昔與微之前後題名處	朱2/1209	謝詩3/1485	顧0396	원화15(820)	途中	A虞
[1191]	花1184	慟慟吟	朱2/1210	謝詩3/1486	顧0396	영정1(805)	長安	E職
[1192]	花1185	德宗皇帝挽歌詞四首1	朱2/1210	謝詩3/1486	顧0396	영정1(805)	長安	A元
[1193]	花1186	德宗皇帝挽歌詞四首2	朱2/1211	謝詩3/1487	顧0396	영정1(805)	長安	A東
[1194]	花1187	德宗皇帝挽歌詞四首3	朱2/1211	謝詩3/1488	顧0397	영정1(805)	長安	A元
[1195]	花1188	德宗皇帝挽歌詞四首4	朱2/1212	謝詩3/1489	顧0397	정원3(787)*	長安	A支
[1196]	花1189	昭德王皇后挽歌詞	朱2/1213	謝詩3/1490	顧0397	원화2(807)	△△	B陽
[1197]	花1190	太平樂詞二首1	朱2/1214	謝詩3/1491	顧0397	원화2(807)	長安	B庚
[1198]	花1191	太平樂詞二首2	朱2/1214	謝詩3/1491	顧0398	원화2(807)	長安	B歌
[1199]	花1192	小曲新詞二首1	朱2/1214	謝詩3/1492	顧0398	원화2(807)	長安	B先
[1200]	花1193	小曲新詞二首2	朱2/1214	謝詩3/1492	顧0398	원화2(807)	長安	A支
[1201]	花1194	閨怨詞三首1	朱2/1215	謝詩3/1493	顧0398	원화2(807)	長安	A齊
[1202]	花1195	閨怨詞三首2	朱2/1215	謝詩3/1493	顧0398	원화2(807)	長安	B蒸

[1203]	花1196	閨怨詞三首 3	朱2/1215	謝詩3/1493	顧0399	원화2(807)	長安	A眞
[1204]	花1197	嫁春曲	朱2/1216	謝詩3/1493	顧0399	원화2(807)~5	長安	B庚
[1205]	花1198	長安春	朱2/1216	謝詩3/1494	顧0399	원화2(807)~6	長安	E職
[1206]	花1199	長樂坡送人賦得愁字	朱2/1217	謝詩3/1494	顧0399	원화2(807)~6	長安	B尤
[1207]	花1200	獨眠吟二首 1	朱2/1218	謝詩3/1495	顧0399	원화2(807)	△△	B先
[1208]	花1201	獨眠吟二首 2	朱2/1218	謝詩3/1495	顧0400	원화2(807)	△△	E陌/錫
[1209]	花1202	明不至	朱2/1218	謝詩3/1495	顧0400	원화2(807)	△△	D御
[1210]	花1203	長洲苑	朱2/1219	謝詩3/1496	顧0400	~장경3(823)	△△	B庚
[1211]	花1204	憶江柳	朱2/1220	謝詩3/1497	顧0400	~장경3(823)	△△	A眞
[1212]	花1205	南浦別	朱2/1220	謝詩3/1497	顧0400	~장경3(823)	△△	B尤
[1213]	花1206	三年別	朱2/1220	謝詩3/1498	顧0400	~장경3(823)	△△	B先
[1214]	花1207	傷春詞	朱2/1221	謝詩3/1498	顧0401	~장경3(823)	△△	A支
[1215]	花1208	後宮詞	朱2/1221	謝詩3/1499	顧0401	~장경3(823)	△△	B庚
[1216]	花1209	吟元郎中白鬚詩兼飲雪水茶因題壁上	朱3/1223	謝詩4/1501	顧0402	원화15(820)	長安	B麻
[1217]	花1210	吳七郎中山人待制班中偶贈絶句	朱3/1224	謝詩4/1502	顧0402	원화15(820)	長安	A灰
[1218]	花1211	和張十八秘書謝裴相公寄馬	朱3/1225	謝詩4/1502	顧0402	원화15(820)	長安	A慶
[1219]	花1212	答山侶	朱3/1226	謝詩4/1504	顧0402	원화15(820)	長安	A支
[1220]	花1213	早朝思退居	朱3/1227	謝詩4/1504	顧0403	원화15(820)	長安	B先
[1221]	花1214	曲江亭晚望	朱3/1227	謝詩4/1505	顧0403	원화15(820)	長安	A寒
[1222]	花1215	初除主客郎中知制誥與王十一李七元九三舍人中書同宿話舊感懷	朱3/1228	謝詩4/1505	顧0403	원화15(820)*	長安	A支
[1223]	花1216	西省對花憶忠州東坡新花樹因寄題東樓	朱3/1230	謝詩4/1507	顧0404	장경1(821)	長安	B侵
[1224]	花1217	寄題忠州小樓桃花	朱3/1231	謝詩4/1508	顧0404	장경1(821)	長安	A支
[1225]^	花1218	中書連直寒食不歸因憶元九	朱3/1232	謝詩4/1508	顧0404	장경1(821)	長安	B尤
[1226]^	花1219	春憶二林寺舊遊因寄朗滿晦三上人	朱3/1232	謝詩4/1509	顧0404	장경1(821)	長安	A眞

[1227]	花1220	和元少尹新授官	未3/1234	謝詩4/1510	顧0405	장경1(821)	長安	B庚
[1228]	花1221	朝迴和元少尹絶句	未3/1235	謝詩4/1511	顧0405	장경1(821)	長安	A眞
[1229]	花1222	重和元少尹	未3/1236	謝詩4/1511	顧0405	장경1(821)	長安	B咸
[1230]	花1223	中書夜直夢忠州	未3/1236	謝詩4/1512	顧0405	장경1(821)	長安	B尤
[1231]	花1224	醉後	未3/1237	謝詩4/1513	顧0406	장경1(821)	長安	B陽
[1232]^	花1225	待漏入閣書事贈元九學士閣老	未3/1238	謝詩4/1513	顧0406	장경1(821)	長安	B陽
[1233]	花1226	晚春重到集賢院	未3/1240	謝詩4/1515	顧0406	장경1(821)	長安	B先
[1234]	花1227	紫薇花	未3/1240	謝詩4/1516	顧0406	장경1(821)	長安	B陽
[1235]	花1228	後宮詞	未3/1242	謝詩4/1517	顧0407	장경1(821)	長安	A元
[1236]	花1229	卜居	未3/1242	謝詩4/1518	顧0407	장경1(821)	長安	A眞
[1237]	花1230	題新居寄元八	未3/1243	謝詩4/1519	顧0407	장경1(821)	長安	B先
[1238]	花1231	登龍尾道南望憶廬山舊隱	未3/1244	謝詩4/1520	顧0407	장경1(821)	長安	A眞
[1239]	花1232	馮閣老處見與嚴郎中酬和詩因戲贈絶句	未3/1245	謝詩4/1520	顧0408	장경1(821)	長安	A刪
[1240]	花1233	見于給事暇日上直寄南省諸郎官詩因戲贈	未3/1246	謝詩4/1521	顧0408	장경1(821)	長安	B先
[1241]	花1234	題新昌所居	未3/1248	謝詩4/1523	顧0408	장경1(821)	長安	A刪
[1242]	花1235	西省北院新構小亭種竹開窗囟東通騎省與李常侍隔窗小飮各題四韻	未3/1249	謝詩4/1523	顧0408	장경1(821)	長安	A東
[1243]	花1236	酬元郎中同制加朝散大夫書懷見贈	未3/1250	謝詩4/1525	顧0409	장경1(821)	長安	B先
[1244]	花1237	初著緋戲贈元九	未3/1251	謝詩4/1526	顧0409	장경1(821)	長安	B先
[1245]	花1238	和韓侍郎苦雨	未3/1252	謝詩4/1527	顧0409	장경1(821)	長安	B尤
[1246]	花1239	連雨	未3/1253	謝詩4/1527	顧0409	장경1(821)	長安	B蕭
[1247]	花1240	初加朝散大夫又轉上柱國	未3/1253	謝詩4/1528	顧0410	장경1(821)	長安	A眞
[1248]	花1241	行簡初授拾遺同早朝入閣因示十二韻	未3/1254	謝詩4/1529	顧0410	장경1(821)	長安	B陽
[1249]	花1242	立秋日登樂遊園	未3/1256	謝詩4/1531	顧0410	장경1(821)	長安	B尤

			朱	謝詩	顧	年	地	韻
[1250]	花1243	新秋早起有懷元少尹	朱3/1256	謝詩4/1531	顧0410	장경1(821)	長安	A支
[1251]	花1244	夜箏	朱3/1257	謝詩4/1532	顧0411	장경1(821)	長安	A冬
[1252]	花1245	妻初授邑號告身	朱3/1258	謝詩4/1532	顧0411	장경1(821)	長安	A東
[1253]	花1246	送客南遷	朱3/1259	謝詩4/1533	顧0411	장경1(821)	長安	B靑
[1254]	花1247	暮歸	朱3/1260	謝詩4/1535	顧0412	장경1(821)	長安	A刪
[1255]	花1248	寄遠	朱3/1261	謝詩4/1535	顧0412	장경1(821)	長安	B尤
[1256]	花1249	舊房	朱3/1261	謝詩4/1536	顧0412	장경1(821)	長安	A支
[1257]	花1250	錢侍郎使君以題廬山草堂詩見寄因酬之	朱3/1262	謝詩4/1536	顧0412	장경1(821)	長安	B陽
[1258]	花1251	寄山僧	朱3/1263	謝詩4/1537	顧0413	장경1(821)	長安	A微
[1259]	花1252	慈恩寺有感	朱3/1264	謝詩4/1538	顧0413	장경1(821)	長安	A灰
[1260]	花1253	酬嚴十八郎中見示	朱3/1265	謝詩4/1538	顧0413	장경1(821)	長安	A寒
[1261]	花1254	寄王秘書	朱3/1265	謝詩4/1539	顧0413	장경1(821)	長安	A支
[1262]	花1255	中書寓直	朱3/1266	謝詩4/1540	顧0414	장경1(821)	長安	B侵
[1263]	花1256	自問	朱3/1267	謝詩4/1541	顧0414	장경1(821)	長安	B尤
[1264]	花3678	曲江獨行招張十八	朱3/1267	謝詩4/1541	顧0414	장경1(821)*	長安	B歌
[1265]	花3679	新居早春二首1	朱3/1268	謝詩4/1542	顧0414	장경1(821)*	長安	A元
[1266]	花3680	新居早春二首2	朱3/1268	謝詩4/1542	顧0415	장경1(821)*	長安	B麻
[1267]	花1259	新昌新居書事四十韻因寄元郎中張博士	朱3/1269	謝詩4/1543	顧0415	장경1(821)	長安	B先
[1268]	花1260	喜敏中及第偶示所懷	朱3/1272	謝詩4/1546	顧0416	장경2(822)*	長安	A眞
[1269]	花1261	久不見韓侍郎戲題四韻以寄之	朱3/1274	謝詩4/1547	顧0416	장경2(822)*	長安	A支
[1270]	花1262	寄白頭陀	朱3/1275	謝詩4/1548	顧0416	장경1(821)~2	長安	A冬
[1271]	花1263	和韓侍郎題楊舍人林池見寄	朱3/1276	謝詩4/1549	顧0417	장경2(822)	△△	B蒸
[1272]	花1264	勤政樓西老柳	朱3/1276	謝詩4/1549	顧0417	장경2(822)	長安	A眞
[1273]	花1265	偶題閣下廳	朱3/1277	謝詩4/1550	顧0417	장경2(822)	長安	A東

[1274]	花1266	予與故刑部李侍郎早結道友以藥術爲事與故京兆元尹晚爲詩侶有林泉之期周歲之間二君長逝李遊江北元居平西追感舊遊因贈同志	末3/1278	謝詩4/1551 顧0417	정경2(822)	長安	B庚
[1275]	花1267	送鴈舍人閣老往襄陽	末3/1280	謝詩4/1552 顧0418	정경2(822)	長安	A灰
[1276]	花1268	莫走柳條詞送別	末3/1281	謝詩4/1553 顧0418	정경2(822)	長安	A眞
[1277]	花1269	酬韓侍郎張博士雨後遊曲江見寄	末3/1282	謝詩4/1553 顧0418	정경2(822)	長安	B尤
[1278]	花1270	元家花	末3/1283	謝詩4/1554 顧0418	정경2(822)	長安	A支
[1279]	花1271	代人贈王員外	末3/1283	謝詩4/1554 顧0418	정경2(822)	長安	B尤
[1280]	花1272	惜小園花	末3/1284	謝詩4/1555 顧0419	정경2(822)	長安	A虞
[1281]	花1273	蕭相公宅遇自遠禪師有感而贈	末3/1285	謝詩4/1555 顧0419	정경2(822)	長安	A支
[1282]	花1274	草詞畢遇芍藥初開因詠小謝紅藥當堦翻詩以爲一句未盡其狀偶成十六韻	末3/1286	謝詩4/1556 顧0419	정경2(822)	長安	A支
[1283]	花1275	喜張十八博士除水部員外郎	末3/1287	謝詩4/1558 顧0420	정경2(822)	長安	A支
[1284]	花1276	與沈楊二舍人閣老同食勅賜櫻桃玩物感恩因成十四韻	末3/1288	謝詩4/1558 顧0420	정경2(822)	長安	A眞
[1285]	花1277	送嚴大夫赴桂州	末3/1290	謝詩4/1560 顧0420	정경2(822)	長安	A東
[1286]	花1278	春夜宿直	末3/1291	謝詩4/1561 顧0421	정경2(822)	長安	B陽
[1287]	花1279	夏夜宿直	末3/1292	謝詩4/1562 顧0421	정경2(822)	長安	B庚
[1288]	花1280	七言十二句贈駕部吳郎中七兄	末3/1292	謝詩4/1562 顧0421	정경2(822)	長安	B庚
[1289]	花1281	玉眞張觀主下小女冠阿容	末3/1293	謝詩4/1563 顧0422	정경2(822)	長安	B先
[1290]	花1282	龍花寺主家小尼	末3/1294	謝詩4/1564 顧0422	정경2(822)	長安	A支
[1291]	花1283	訪陳二	末3/1295	謝詩4/1565 顧0422	정경2(822)	長安	A眞
[1292]	花1284	晚庭逐涼	末3/1296	謝詩4/1565 顧0422	정경2(822)	長安	A魚
[1293]	花1285	曲江憶李十一	末3/1296	謝詩4/1566 顧0423	정경2(822)	長安	B尤

[1294]	花1286	江亭玩春	朱3/1297	謝詩4/1566	顧1286	장경2(822)	長安	B陽
[1295]	花1287	聞夜砧	朱3/1298	謝詩4/1567	顧0423	~장경2(822)*	△△	A支
[1296]	花1288	板橋路	朱3/1298	謝詩4/1567	顧0423	~장경2(822)*	△△	B蕭
[1297]	花1289	青門柳	朱3/1299	謝詩4/1568	顧0423	~장경2(822)*	長安	A東
[1298]	花1290	梨園弟子	朱3/1300	謝詩4/1568	顧0424	~장경2(822)*	△△	A元
[1299]	花1291	舊江吟	朱3/1300	謝詩4/1569	顧0424	원화11(816)~13	江州	A東
[1300]	花1292	思婦眉	朱3/1301	謝詩4/1569	顧0424	원화11(816)~장경2(822)	△△	A灰
[1301]	花1293	怨詞	朱3/1302	謝詩4/1570	顧0424	上同		A元
[1302]	花1294	寒閨怨	朱3/1302	謝詩4/1570	顧0425	上同		C梗
[1303]	花1295	秋房夜	朱3/1303	謝詩4/1571	顧0425	上同		B陽
[1304]	花1296	採蓮曲	朱3/1303	謝詩4/1571	顧0425	上同		A東
[1305]	花1297	鄰女	朱3/1304	謝詩4/1572	顧0425	上同		B先
[1306]	花1298	閨婦	朱3/1305	謝詩4/1572	顧0425	上同		A齊
[1307]	花1299	移牡丹栽	朱3/1305	謝詩4/1573	顧0426	원화10(815)~장경2(822)	△△	A灰
[1308]	花1300	聽夜箏有感	朱3/1306	謝詩4/1573	顧0426	원화14(819)~장경2(822)	△△	A文
[1309]	花1301	代謝好答崔員外	朱3/1307	謝詩4/1574	顧0426	원화10(815)~장경2(822)	△△	A虞
[1310]	花1302	琵琶	朱3/1308	謝詩4/1575	顧0426	上同		B庚
[1311]	花1303	和段協律琴思	朱3/1308	謝詩4/1575	顧0426	장경2(822)	杭州	A文
[1312]	花1304	寄李蘇州兼示楊瓊	朱3/1309	謝詩4/1576	顧0427	개성2(837)*	△△	AE
[1313]	花1305	聽彈湘妃怨	朱3/1310	謝詩4/1578	顧0427	장경2(822)	杭州	A微
[1314]	花1306	閑坐	朱3/1311	謝詩4/1579	顧0427	장경2(822)	杭州	B尤

			朱	謝詩	顧	장경2(822)		A支
[1315]	花1307	不睡	朱3/1311	謝詩4/1579	顧0427	장경2(822)	杭州	A支
[1316]	花1308	初罷中書舍人	朱3/1313	謝詩4/1581	顧0428	장경2(822)	長安	A寒
[1317]	花1309	宿陽城驛對月	朱3/1314	謝詩4/1582	顧0428	장경2(822)	途中	A刪
[1318]	花1310	商山路有感幷序	朱3/1315	謝詩4/1583	顧0428	장경2(822)	途中	○○
[1319]	花1310	商山路有感	朱3/1315	謝詩4/1583	顧0428	장경2(822)	途中	A東
[1320]	花1311	重感	朱3/1316	謝詩4/1584	顧0429	장경2(822)	途中	A虞
[1321]	花1312	逢張十八員外籍	朱3/1317	謝詩4/1584	顧0429	장경2(822)	途中	B陽
[1322]	花1313	赴杭州重宿樓華驛見楊八舊詩感題一絶	朱3/1318	謝詩4/1585	顧0430	장경2(822)	途中	A虞
[1323]	花1314	寓言題繪	朱3/1319	謝詩4/1586	顧0430	장경2(822)	途中	B先
[1324]^	花1315	內鄉縣村路作	朱3/1319	謝詩4/1587	顧0430	장경2(822)	途中	B陽
[1325]	花1316	路上寄銀匙與阿龜	朱3/1320	謝詩4/1587	顧0430	장경2(822)	途中	A美
[1326]	花1317	山泉煎茶有懷	朱3/1321	謝詩4/1588	顧0430	장경2(822)	途中	A眞
[1327]	花1318	郢州贈別王八使君	朱3/1321	謝詩4/1588	顧0431	장경2(822)	途中	A虞
[1328]	花1319	吉祥寺見錢侍郎題名	朱3/1322	謝詩4/1589	顧0431	장경2(822)	途中	B庚
[1329]	花1320	重到江州感舊遊題郡樓十一韻	朱3/1323	謝詩4/1590	顧0431	장경2(822)	途中	B庚
[1330]^	花1321	贈江州李十使君員外十二韻	朱3/1324	謝詩4/1591	顧0432	장경2(822)	途中	A眞
[1331]	花1322	題別遺愛草堂兼呈李十使君	朱3/1326	謝詩4/1593	顧0432	장경2(822)	途中	A灰
[1332]	花1323	重題	朱3/1327	謝詩4/1594	顧0432	장경2(822)	途中	A微
[1333]	花1324	夜泊旅望	朱3/1328	謝詩4/1595	顧0433	장경2(822)	途中	B陽
[1334]	花1325	九江北岸遇風雨	朱3/1329	謝詩4/1595	顧0433	장경2(822)	途中	A東
[1335]	花1326	舟中晚起	朱3/1329	謝詩4/1596	顧0433	장경2(822)	途中	B先
[1336]	花1327	秋美	朱3/1330	謝詩4/1596	顧0433	장경2(822)	途中	B尤
[1337]	花1328	初到郡齋寄錢湖州李蘇州	朱3/1331	謝詩4/1597	顧0434	장경2(822)	杭州	A東
[1338]	花1329	對酒自勉	朱3/1333	謝詩4/1598	顧0434	장경2(822)	杭州	A支

[1339]	花1330	郡樓夜宴留客	朱3/1333	謝詩4/1599	顧0434	장경2(822)	杭州	A灰
[1340]	花1331	醉題候仙亭	朱3/1334	謝詩4/1599	顧0434	장경2(822)	杭州	A虞
[1341]	花1332	東院	朱3/1335	謝詩4/1600	顧0435	장경2(822)	杭州	B陽
[1342]	花1333	虛白堂	朱3/1335	謝詩4/1601	顧0435	장경2(822)	杭州	B侵
[1343]	花1334	閑夜詠懷因招周協律劉薛二秀才	朱3/1336	謝詩4/1601	顧0435	장경2(822)	杭州	A虞
[1344]	花1335	晚興	朱3/1338	謝詩4/1602	顧0435	장경2(822)	杭州	A微
[1345]	花1336	衰病	朱3/1338	謝詩4/1603	顧0436	장경2(822)	杭州	B蒸
[1346]	花1337	病中對病鶴	朱3/1339	謝詩4/1604	顧0436	장경2(822)	杭州	B陽
[1347]	花1338	夜歸	朱3/1340	謝詩4/1605	顧0436	장경2(822)	杭州	A東
[1348]	花1339	臘後歲前遇景詠意	朱3/1341	謝詩4/1606	顧0436	장경2(822)	杭州	B陽
[1349]	花1340	白髮	朱3/1342	謝詩4/1606	顧0437	장경2(822)	杭州	A支
[1350]	花1341	錢湖州以箬下酒李蘇州以五酘酒相次寄到無因同飲聊詠所懷	朱3/1342	謝詩4/1607	顧0437	장경2(822)	杭州	A東
[1351]	花1342	花樓望雪命宴賦詩	朱3/1344	謝詩4/1608	顧0437	장경2(822)	杭州	A灰
[1352]	花1343	晚歲	朱3/1345	謝詩4/1609	顧0438	장경2(822)	杭州	A元
[1353]	花1344	宿竹閣	朱3/1346	謝詩4/1610	顧0438	장경2(822)	杭州	A刪
[1354]	花1345	歲暮枉衢州張使君書幷詩因以長句報之	朱3/1346	謝詩4/1610	顧0438	장경2(822)	杭州	A魚
[1355]	花1346	和薛秀才尋梅花同飲見贈	朱3/1348	謝詩4/1612	顧0439	장경2(822)*	杭州	A灰
[1356]	花1347	與諸客空腹飲	朱3/1349	謝詩4/1612	顧0439	장경2(822)	杭州	A寒
[1357]	花1348	小歲日對酒吟錢湖州所寄詩	朱3/1350	謝詩4/1613	顧0439	장경2(822)	杭州	A支
[1358]	花1349	錢塘湖春行	朱3/1351	謝詩4/1614	顧0439	장경2(822)	杭州	A齊
[1359]	花1350	題靈隱寺紅辛夷花戲酬光上人	朱3/1354	謝詩4/1615	顧0440	장경3(823)	杭州	B麻
[1360]	花1351	重向火	朱3/1355	謝詩4/1616	顧0440	장경3(823)	杭州	A眞
[1361]	花1352	候仙亭同諸客醉作	朱3/1355	謝詩4/1616	顧0440	장경3(823)	杭州	A支
[1362]	花1353	城上	朱3/1356	謝詩4/1617	顧0440	장경3(823)	杭州	B麻

[1363]	花1354	早行林下	未3/1357	謝詩4/1617	顧0440	장경3(823)	杭州	B侵
[1364]	花1355	送李校書趁寒食歸義興山居	未3/1357	謝詩4/1618	顧0441	장경3(823)	杭州	A微
[1365]	花1356	題孤山寺山石榴花示諸僧眾	未3/1358	謝詩4/1618	顧0441	장경3(823)	杭州	A眞
[1366]	花1357	獨行	未3/1359	謝詩4/1619	顧0441	장경3(823)	杭州	A眞
[1367]	花1358	二月五日花下作	未3/1359	謝詩4/1620	顧0441	장경3(823)	杭州	B陽
[1368]	花1359	戲題木蘭花	未3/1360	謝詩4/1620	顧0442	장경3(823)	杭州	A灰
[1369]	花1360	清明日觀妓舞聽客詩	未3/1361	謝詩4/1621	顧0442	장경3(823)	杭州	B侵
[1370]	花1361	西湖晚歸迴望孤山寺贈諸客	未3/1361	謝詩4/1621	顧0442	장경3(823)	杭州	B陽
[1371]	花1362	湖中自照	未3/1363	謝詩4/1622	顧0442	장경3(823)	杭州	A支
[1372]	花1363	贈蘇鍊師	未3/1363	謝詩4/1623	顧0443	장경3(823)	杭州	B先
[1373]	花1364	杭州春望	未3/1364	謝詩4/1623	顧0443	장경3(823)	杭州	B麻
[1374]	花1365	飲散夜歸贈諸客	未3/1366	謝詩4/1624	顧0443	장경3(823)	杭州	A眞
[1375]	花1366	湖亭晚歸	未3/1367	謝詩4/1625	顧0443	장경3(823)	杭州	A微
[1376]	花1367	東樓南望八韻	未3/1367	謝詩4/1625	顧0444	장경3(823)	杭州	A元
[1377]	花1368	醉中酬殷協律	未3/1368	謝詩4/1626	顧0444	장경3(823)	杭州	A灰
[1378]	花1369	孤山寺遇雨	未3/1369	謝詩4/1627	顧0444	장경3(823)	杭州	A元
[1379]	花1370	樟亭雙櫻樹	未3/1370	謝詩4/1627	顧0444	장경3(823)	杭州	B庚
[1380]	花1371	湖上夜飲	未3/1370	謝詩4/1628	顧0445	장경3(823)	杭州	A東
[1381]	花1372	贈沙鷗	未3/1371	謝詩4/1628	顧0445	장경3(823)	杭州	A微
[1382]	花1373	餘杭形勝	未3/1371	謝詩4/1629	顧0445	장경3(823)	杭州	A虞
[1383]	花1374	江樓夕望招客	未3/1373	謝詩4/1630	顧0445	장경3(823)	杭州	B陽
[1384]	花1375	新秋病起	未3/1373	謝詩4/1630	顧0446	장경3(823)	杭州	A東
[1385]	花1376	木芙蓉花下招客飲	未3/1374	謝詩4/1631	顧0446	장경3(823)	杭州	A灰
[1386]	花1377	悲歌	未3/1374	謝詩4/1632	顧0446	장경3(823)	杭州	B歌
[1387]	花1378	江樓晚眺景物鮮奇吟玩成篇寄水部張員外	未3/1375	謝詩4/1632	顧0446	장경3(823)	杭州	B陽

			未	謝詩	顧	장경	杭州	韻
[1388]	花1379	夜招周協律兼答所贈	未3/1376	謝詩4/1633	顧0447	장경3(823)	杭州	A支
[1389]	花1380	重酬周判官	未3/1376	謝詩4/1633	顧0447	장경3(823)	杭州	B先
[1390]	花1381	飲後夜醒	未3/1377	謝詩4/1634	顧0447	장경3(823)	杭州	B庚
[1391]	花1382	代賣薪女贈諸妓	未3/1378	謝詩4/1634	顧0447	장경3(823)	杭州	A眞
[1392]	花1383	奉和李大夫題新詩二首各六韻1・因嚴亭	未3/1378	謝詩4/1635	顧0448	장경3(823)	杭州	A刪
[1393]	花1384	奉和李大夫題新詩二首各六韻2・忘筌亭	未3/1379	謝詩4/1636	顧0448	장경3(823)	杭州	B先
[1394]	花1385	予以長慶二年冬十月九日到杭州明年九月始與范闕嘗汝南周慇憶心期云處雨籍甚久東萊劉方輿恩惜心期果目擊果心期果心期歲方來入寺半日復去府視朱綬仰睇白雲有愴於心遂留絶句	未3/1380	謝詩4/1637	顧0448	장경3(823)	杭州	A眞
[1395]	花1386	早冬	未3/1382	謝詩4/1638	顧0449	장경3(823)	杭州	B麻
[1396]	花1387	歲假內命酒贈周判官蕭協律	未3/1382	謝詩4/1639	顧0449	장경4(824)	杭州	A眞
[1397]	花1388	與諸客攜酒尋去年梅花有感	未3/1384	謝詩4/1640	顧0449	장경4(824)	杭州	A灰
[1398]	花1389	醉送李協律赴湖南辭命因寄沈八中丞	未3/1385	謝詩4/1641	顧0449	장경4(824)*	杭州	A虞
[1399]	花1390	內道場永謹上人就郡見訪善說維摩經臨別請詩因以此贈	未3/1386	謝詩4/1642	顧0450	장경4(824)	杭州	A支
[1400]	花1391	見李蘇州示男阿武詩自感成詠	未3/1387	謝詩4/1643	顧0450	장경4(824)	杭州	A虞
[1401]	花1392	正月十五日夜月	未3/1387	謝詩4/1644	顧0450	장경4(824)	杭州	B尤
[1402]	花1393	題杭州北路傍老柳樹	未3/1388	謝詩4/1644	顧0450	장경4(824)	杭州	A眞
[1403]	花1394	題淸頭陀	未3/1388	謝詩4/1645	顧0451	장경4(824)	杭州	A冬
[1404]	花1395	自歎二首1	未3/1389	謝詩4/1645	顧0451	장경4(824)	杭州	B陽
[1405]	花1396	自歎二首2	未3/1389	謝詩4/1646	顧0451	장경4(824)	杭州	A眞
[1406]	花1397	湖上醉中代諸妓寄嚴郎中	未3/1390	謝詩4/1646	顧0451	장경4(824)	杭州	A虞
[1407]	花1398	自詠	未3/1390	謝詩4/1647	顧0451	장경4(824)	杭州	A刪

[1408]	花1399	晚興	未3/1391	謝詩4/1648	顧0452	장경4(824)	杭州	B先
[1409]	花1400	早興	未3/1392	謝詩4/1648	顧0452	장경4(824)	杭州	B庚
[1410]	花1401	竹樓宿	未3/1392	謝詩4/1649	顧0452	장경4(824)	杭州	B蒸
[1411]	花1402	湖上招客送春汎舟	未3/1393	謝詩4/1649	顧0452	장경4(824)	杭州	B庚
[1412]	花1403	戲醉客	未3/1394	謝詩4/1650	顧0453	장경4(824)	杭州	A支
[1413]	花1404	紫陽花	未3/1394	謝詩4/1651	顧0453	장경4(824)	杭州	B麻
[1414]	花2193	後序	未3/1396	謝詩4/1653	顧0454	대화2(828)	長安	○○
[1415]	花2194	郡齋旬假命宴呈座客示郡寮	未3/1399	謝詩4/1654	顧0454	보력1(825)	蘇州	A眞
[1416]	花2195	題西亭	未3/1401	謝詩4/1658	顧0455	보력1(825)	蘇州	A魚/虞
[1417]	花2196	郡中西園	未3/1402	謝詩4/1659	顧0455	보력1(825)	蘇州	C紙
[1418]	花2197	北亭臥	未3/1403	謝詩4/1659	顧0456	보력1(825)	蘇州	B庚
[1419]	花2198	一葉落	未3/1404	謝詩4/1660	顧0456	보력1(825)	蘇州	C紙
[1420]	花2199	崔湖州贈紅石琴薦煥如錦文無以答之以詩酬謝	未3/1404	謝詩4/1661	顧0456	보력1(825)	蘇州	B侵
[1421]	花2200	九日宴集醉題郡樓呈周殷二判官	未3/1406	謝詩4/1661	顧0456	보력1(825)	蘇州	B陽
[1422]	花2201	同微之贈別郭虛舟鍊師五十韻	未3/1408	謝詩4/1664	顧0457	보력1(825)	蘇州	A支/微
[1423]^	花2202	霓裳羽衣歌	未3/1410	謝詩4/1668	顧0458	보력1(825)	蘇州	ABCDE
[1424]	花2203	小童薛陽陶吹觱篥歌	未3/1416	謝詩4/1673	顧0460	보력1(825)	蘇州	ABCDE
[1425]	花2204	啄木曲	未3/1420	謝詩4/1676	顧0461	보력1(825)	蘇州	E月/屑/職
[1426]	花2205	題靈巖寺	未3/1421	謝詩4/1677	顧0461	보력2(826)	蘇州	B庚
[1427]	花2206	雙石	未3/1423	謝詩4/1678	顧0461	보력2(826)	蘇州	C有
[1428]	花2207	宿東亭曉興	未3/1424	謝詩4/1679	顧0462	보력2(826)	蘇州	E屋/沃
[1429]	花2208	日漸長贈周殷二判官	未3/1424	謝詩4/1680	顧0462	보력2(826)	蘇州	C皓
[1430]	花2209	花前歎	未3/1425	謝詩4/1681	顧0462	보력2(826)	蘇州	C霽
[1431]	花2210	自詠五首 1	未3/1427	謝詩4/1682	顧0463	보력2(826)	蘇州	D送

[1432]	花2211	白詠五首2	未3/1427	謝詩4/1683	顧0463	보력2(826)	蘇州	C孁
[1433]	花2212	白詠五首3	未3/1427	謝詩4/1683	顧0463	보력2(826)	蘇州	A美
[1434]	花2213	白詠五首4	未3/1428	謝詩4/1684	顧0464	보력2(826)	蘇州	D霽
[1435]	花2214	白詠五首5	未3/1428	謝詩4/1684	顧0464	보력2(826)	蘇州	CD
[1436]	花2215	和微之聽妻彈鶴操因爲解其義依韻加四句	未3/1428	謝詩4/1684	顧0464	보력1(825)	蘇州	C紙
[1437]	花2216	題故元少尹集後二首1	未3/1429	謝詩4/1686	顧0465	보력1(825)	蘇州	A文
[1438]	花2217	題故元少尹集後二首2	未3/1429	謝詩4/1686	顧0465	보력1(825)	蘇州	B庚
[1439]	花2218	和微之四月一日作	未3/1430	謝詩4/1687	顧0465	보력2(826)	蘇州	E藥
[1440]	花2219	吳中好風景二首1	未3/1431	謝詩4/1687	顧0466	보력2(826)	蘇州	E月/曷/眉
[1441]	花2220	吳中好風景二首2	未3/1431	謝詩4/1688	顧0466	보력2(826)	蘇州	D御/遇
[1442]^	花2221	答劉禹錫白太守行	未3/1433	謝詩4/1689	顧0466	보력2(826)	蘇州	A支/微
[1443]	花2222	別蘇州	未3/1434	謝詩4/1691	顧0467	보력2(826)	蘇州	B庚/青
[1444]	花2223	卯時酒	未3/1435	謝詩4/1692	顧0467	보력2(826)	蘇州	CD
[1445]	花2224	自問行何遲	未3/1436	謝詩4/1693	顧0467	보력2(826)	途中	A支/微
[1446]	花2225	除日答夢得同發楚州	未3/1437	謝詩4/1694	顧0468	보력2(826)	途中	A灰
[1447]	花2226	問楊瓊	未3/1439	謝詩4/1694	顧0468	보력2(826)	蘇州	B庚
[1448]	花2227	有感三首1	未3/1440	謝詩4/1695	顧0468	보력2(826)~대화1(827)	途中	C紙
[1449]	花2228	有感三首2	未3/1440	謝詩4/1696	顧0469	上同		C語/麌
[1450]	花2229	有感三首3	未3/1440	謝詩4/1696	顧0469	上同		CD
[1451]	花2230	宿滎陽	未3/1441	謝詩4/1697	顧0469	대화1(827)	途中	E屋/沃
[1452]	花2231	經溱洧	未3/1443	謝詩4/1698	顧0470	대화1(827)	途中	B庚
[1453]	花2232	就花枝	未3/1444	謝詩4/1699	顧0470	대화1(827)	洛陽	C賄
[1454]	花2233	喜雨	未3/1444	謝詩4/1700	顧0470	대화1(827)	洛陽	E屋/沃

[1455]	花2234	題道宗上人十韻并序	未3/1445	謝詩4/1700	顧0470	대화1(827)~2	長安	○○
[1456]	花2234	題道宗上人十韻	未3/1445	謝詩4/1701	顧0471	대화1(827)~2	長安	D寘/未
[1457]	花2235	寄皇甫賓客	未3/1449	謝詩4/1703	顧0471	대화1(827)~2	長安	D寘/未
[1458]	花2236	寄庾侍郎	未3/1450	謝詩4/1705	顧0471	대화1(827)	洛陽	E陌
[1459]	花2237	寄崔少監	未3/1450	謝詩4/1706	顧0472	대화1(827)~2	△△	B庚/青
[1460]	花2238	醉題沈子明壁	未3/1451	謝詩4/1707	顧0472	대화1(827)~2	長安	AE
[1461]	花2239	勸酒	未3/1452	謝詩4/1708	顧0472	대화1(827)~2	長安	ABCE
[1462]	花2240	落花	未3/1453	謝詩4/1709	顧0473	대화3(829)~5	洛陽	E藥
[1463]	花2241	對鏡吟	未3/1454	謝詩4/1710	顧0473	대화3(829)~5	洛陽	A支
[1464]	花2242	耳順吟寄敦詩夢得	未3/1454	謝詩4/1710	顧0473		洛陽	B先
[1465]	花2243	別氈帳火爐	未3/1455	謝詩4/1711	顧0474	대화5(831)	洛陽	E月/曷/眉
[1466]	花2244	六年春贈分司東都諸公	未3/1456	謝詩4/1712	顧0474	대화5(831)	洛陽	E質/物
[1467]	花2245	九日代羅樊二妓招舒著作	未3/1457	謝詩4/1714	顧0474	대화6(832)	洛陽	A灰
[1468]	花2246	憶舊遊	未3/1459	謝詩4/1715	顧0475	대화6(832)	洛陽	A灰
[1469]	花2247	答崔賓客晦叔十二月四日見寄	未3/1461	謝詩4/1717	顧0475	대화6(832)	洛陽	D寘
[1470]	花2248	勸我酒	未3/1461	謝詩4/1717	顧0475	대화6(832)	洛陽	AE
[1471]	花2249	瞻韋處士六年夏大熱旱	未3/1462	謝詩4/1718	顧0476	√√	△△	C晧
[1472]	花2250	和微之詩二十三首并序	未3/1463	謝詩4/1721	顧0477	대화2(828)*	長安	○○
[1473]	花2250	和微之詩二十三首1、和晨霞	未3/1466	謝詩4/1724	顧0478	대화2(828)*	長安	A眞/文
[1474]	花2251	和微之詩二十三首2、和送劉土遊天台	未3/1467	謝詩4/1726	顧0478	대화2(828)*	長安	A文
[1475]	花2252	和微之詩二十三首3、和櫛沐寄道友	未3/1468	謝詩4/1729	顧0479	대화2(828)*	長安	A刪
[1476]	花2253	和微之詩二十三首4、和祝蒼華	未3/1469	謝詩4/1730	顧0479	대화2(828)*	長安	C慶
[1477]	花2254	和微之詩二十三首5、和我年三首1	未3/1470	謝詩4/1731	顧0479	대화2(828)	長安	C霽
[1478]	花2255	和微之詩二十三首6、和我年三首2	未3/1470	謝詩4/1732	顧0480	대화2(828)	長安	A支
[1479]	花2256	和微之詩二十三首7、和我年三首3	未3/1470	謝詩4/1733	顧0480	대화2(828)	長安	C篠

[1480]	花2257	和微之詩二十三首8・和三月三十日四十韻	朱3/1471	謝詩4/1734	顧0480	대화2(828)*	長安	D御
[1481]	花2258	和微之詩二十三首9・和寄樂天	朱3/1473	謝詩4/1738	顧0481	대화2(828)*	長安	E質/物
[1482]	花2259	和微之詩二十三首10・和寄問劉白	朱3/1475	謝詩4/1740	顧0482	대화2(828)*	長安	C有
[1483]	花2260	和微之詩二十三首11・和新樓北園偶集從孫公度周巡官韓秀才范才元處士小飲鄭待御判官周劉二從事皆先歸	朱3/1476	謝詩4/1741	顧0482	대화2(828)*	長安	B麻
[1484]	花2261	和微之詩二十三首12・和除夜作	朱3/1478	謝詩4/1744	顧0483	대화3(829)	長安	A魚
[1485]	花2262	和微之詩二十三首13・和知非	朱3/1479	謝詩4/1746	顧0484	대화3(829)	長安	D質/未
[1486]	花2263	和微之詩二十三首14・和望曉	朱3/1480	謝詩4/1748	顧0484	대화3(829)	長安	D翰
[1487]	花2264	和微之詩二十三首15・和李勢女	朱3/1481	謝詩4/1750	顧0485	대화3(829)	長安	B陽
[1488]	花2265	和微之詩二十三首16・和酬鄭侍御東陽春居問放懷追遊見寄	朱3/1482	謝詩4/1752	顧0485	대화3(829)	長安	A支
[1489]	花2266	和微之詩二十三首17・和白勤二首1	朱3/1484	謝詩4/1754	顧0486	대화3(829)	長安	E屋/沃
[1490]	花2267	和微之詩二十三首18・和白勤二首2	朱3/1484	謝詩4/1755	顧0486	대화3(829)	長安	C紙
[1491]	花2268	和微之詩二十三首19・和雨中花	朱3/1486	謝詩4/1757	顧0487	대화3(829)	長安	DE
[1492]	花2269	和微之詩二十三首20・和晨興因報問龜兒	朱3/1487	謝詩4/1758	顧0487	대화2(828)	長安	A支/微
[1493]	花2270	和微之詩二十三首21・和朝迴與王鍊師遊南山下	朱3/1488	謝詩4/1760	顧0488	대화2(828)~3*	長安	A魚/虞
[1494]	花2271	和微之詩二十三首22・和嘗新酒	朱3/1489	謝詩4/1761	顧0488	대화2(828)~3*	長安	D實
[1495]	花2272	和微之詩二十三首23・和順之琴者	朱3/1490	謝詩4/1762	顧0488	대화3(829)	長安	E屋/沃
[1496]	花2273	感舊寫眞	朱3/1491	謝詩4/1763	顧0489	대화3(829)	長安	C賄
[1497]	花2274	授太子賓客歸洛	朱3/1492	謝詩4/1763	顧0489	대화3(829)	洛陽	A微
[1498]	花2275	秋池二首1	朱3/1492	謝詩4/1764	顧0489	대화3(829)	洛陽	A支
[1499]	花2276	秋池二首2	朱3/1492	謝詩4/1765	顧0489	대화3(829)	洛陽	E月/黠/眉
[1500]	花2277	中隱	朱3/1493	謝詩4/1765	顧0490	대화3(829)	洛陽	AB

			朱	謝詩	顧	年	地	韻
[1501]	花2278	問秋光	朱3/1494	謝詩4/1766	顧0490	대화3(829)	洛陽	E藥
[1502]	花2279	引泉	朱3/1495	謝詩4/1767	顧0490	대화3(829)	洛陽	B先
[1503]	花2280	知足吟	朱3/1496	謝詩4/1768	顧0491	대화3(829)	洛陽	E屋/沃
[1504]	花2281	酬集賢劉郎中對月見寄兼懷元浙東	朱3/1497	謝詩4/1769	顧0491	대화3(829)	洛陽	C紙
[1505]	花2282	太湖石	朱3/1498	謝詩4/1769	顧0491	대화3(829)	洛陽	B侵
[1506]	花2283	偶作二首 1	朱3/1499	謝詩4/1771	顧0492	대화3(829)	洛陽	E月/曷/屑
[1507]	花2284	偶作二首 2	朱3/1500	謝詩4/1772	顧0492	대화3(829)	洛陽	B陽
[1508]	花2285	晝池上舊亭	朱3/1500	謝詩4/1773	顧0493	대화3(829)	洛陽	E合
[1509]	花2286	崔十八新池	朱3/1501	謝詩4/1773	顧0493	대화3(829)	洛陽	A支
[1510]	花2287	玩止水	朱3/1502	謝詩4/1774	顧0493	대화3(829)	洛陽	C紙/尾
[1511]	花2288	聞崔十八宿予新昌弊宅時予亦宿崔家依仁新亭一宵同兩興暗合因而成詠聊以寫懷	朱3/1503	謝詩4/1775	顧0494	대화3(830)	洛陽	E屋/沃
[1512]	花2289	日長	朱3/1504	謝詩4/1776	顧0494	대화4(830)	洛陽	D眞/末
[1513]	花2290	三月三十日作	朱3/1505	謝詩4/1777	顧0494	대화4(830)	洛陽	E質/物
[1514]	花2291	慵不能	朱3/1505	謝詩4/1777	顧0494	대화4(830)	洛陽	A寒
[1515]	花2292	晨興	朱3/1506	謝詩4/1778	顧0495	대화4(830)	洛陽	E屋/沃
[1516]	花2293	朝課	朱3/1506	謝詩4/1779	顧0495	대화4(830)	洛陽	D霰
[1517]	花2294	天竺寺七葉堂避暑	朱3/1507	謝詩4/1779	顧0495	장경3(823)	杭州	E質
[1518]	花2295	香山寺石樓潭夜浴	朱3/1508	謝詩4/1780	顧0495	대화4(830)	洛陽	E屋/沃
[1519]	花2296	嗟髮落	朱3/1509	謝詩4/1780	顧0496	대화4(830)	洛陽	E藥
[1520]	花2297	安穩眠	朱3/1510	謝詩4/1781	顧0496	대화4(830)	洛陽	D送/未
[1521]	花2298	池上夜境	朱3/1510	謝詩4/1782	顧0496	대화4(830)	洛陽	B陽
[1522]	花2299	書紳	朱3/1511	謝詩4/1783	顧0496	대화4(830)	洛陽	A眞/文
[1523]	花2300	秋遊平泉贈韋處士閑禪師	朱3/1512	謝詩4/1783	顧0497	대화4(830)*	洛陽	A支
[1524]	花2301	遊坊口懸泉偶題石上	朱3/1514	謝詩4/1784	顧0497	대화5(831)	濟源	C有

[1525]	花2302	對火玩雪	未3/1515	謝詩4/1786	顧0498	대화5(831)	洛陽	E月/眉
[1526]	花2303	六年寒食洛下宴遊贈馮李二少尹	未3/1516	謝詩4/1787	顧0498	대화6(832)	洛陽	B庚
[1527]	花2304	苦熱中寄舒員外	未3/1517	謝詩4/1788	顧0498	대화6(832)	洛陽	E屋/沃
[1528]^	花2305	閑夕	未3/1518	謝詩4/1788	顧7499	대화6(832)	洛陽	D遇
[1529]	花2306	寄情	未3/1519	謝詩4/1789	顧0499	대화6(832)	洛陽	C皓
[1530]	花2307	舒員外遊香山寺數日不歸兼辱尺書大誇勝事時正值坐衙慮囚之際走筆題長句以贈之	未3/1519	謝詩4/1790	顧0499	대화6(832)	洛陽	A灰
[1531]	花2308	早冬遊王屋自靈都抵陽臺上方望天壇偶吟	未3/1520	謝詩4/1791	顧0500	대화6(832)	王屋	A支
[1532]	花2310	成章寄溫谷同尊師中書舍人李相公	未3/1522	謝詩4/1793	顧0500	보력2(826)	蘇州	B歌
[1533]	花2311	吳宮辭	未3/1524	謝詩4/1795	顧0501	장경3(823)	杭州	A眞
[1534]	花2312	元微之除浙東觀察使喜得杭越鄰州先贈長句	未3/1526	謝詩4/1796	顧0501	장경3(823)	杭州	A東
[1535]	花2313	席上答微之	未3/1526	謝詩4/1797	顧0501	장경3(823)	杭州	B尤
[1536]	花2314	答微之上船後留別	未3/1527	謝詩4/1797	顧0502	장경3(823)	杭州	A灰
[1537]	花2315	答微之泊西陵驛見寄	未3/1528	謝詩4/1798	顧0502	장경3(823)	杭州	A魚
[1538]	花2316	答微之誇越州州宅	未3/1529	謝詩4/1799	顧0502	장경3(823)	杭州	A魚
[1539]	花2317	微之重誇州居其落句有西州羅刹之謔因嘲茲石聊以寄懷	未3/1530	謝詩4/1799	顧0502	장경3(823)	杭州	A支
[1540]	花2318	張十八員外以新詩二十五首見寄郡樓月下吟玩通夕因題卷後封寄微之	未3/1531	謝詩4/1800	顧0503	장경3(823)	杭州	A支
[1541]	花2319	酬微之	未3/1532	謝詩4/1801	顧0503	장경3(823)	杭州	A眞
[1542]	花2320	餘思未盡加爲六韻重寄微之	未3/1534	謝詩4/1803	顧0504	장경3(823)	杭州	B庚
[1543]	花2321	答微之詠懷見寄	未3/1534	謝詩4/1804	顧0504	장경3(823)	杭州	A庚
[1544]^	花2322	雪中卽事答微之	未3/1536	謝詩4/1805	顧0504	장경3(823)	杭州	A虞
[1545]	花2323	醉封詩筒寄微之	未3/1537	謝詩4/1806	顧0505	장경3(823)	杭州	A東

[1546] 花2324	除夜寄微之	末3/1538	謝詩4/1806	顧0505	장경3(823)	杭州	B罩
[1547] 花2325	蘇州李中丞以元日郡齋感懷詩寄微之及子輔依來篇七言八韻走筆奉答兼呈微之	末3/1538	謝詩4/1807	顧0505	장경4(824)	杭州	C有
[1548] 花2326	早春西湖閑遊悵然興懷憶與微之同賞因思在越官重事殷翻鏡湖之遊或恐未暇偶成十八韻寄微之	末3/1541	謝詩4/1808	顧0506	장경4(824)	杭州	A眞
[1549] 花2327	答微之見寄	末3/1542	謝詩4/1809	顧0506	장경4(824)	杭州	A齊
[1550] 花2328	祭社宵興燈前偶作	末3/1543	謝詩4/1810	顧0506	장경3(823)	杭州	A美
[1551] 花2329	閑臥	末3/1543	謝詩4/1810	顧0507	장경3(823)	杭州	A東
[1552] 花2330	新春江次	末3/1544	謝詩4/1811	顧0507	장경4(824)	杭州	B蕭
[1553] 花2331	春題湖上	末3/1544	謝詩4/1812	顧0507	장경4(824)	杭州	A虞
[1554] 花2332	早春憶微之	末3/1545	謝詩4/1812	顧0508	장경4(824)	杭州	B歌
[1555] 花2333	失鶴	末3/1546	謝詩4/1813	顧0508	장경4(824)	杭州	A東
[1556] 花2334	自感	末3/1546	謝詩4/1813	顧0508	장경4(824)	杭州	A眞
[1557] 花2335	得湖州崔十八使君書喜與杭越隣郡因成長句代賀兼寄微之	末3/1547	謝詩4/1814	顧0508	장경4(824)*	杭州	B先
[1558] 花2336	同諸客攜酒早看櫻桃花	末3/1549	謝詩4/1815	顧0509	장경4(824)	杭州	B歌
[1559] 花2337	柳絮	末3/1550	謝詩4/1815	顧0509	장경4(824)	杭州	A微
[1560] 花2338	早飲湖州酒寄崔使君	末3/1550	謝詩4/1815	顧0509	장경4(824)	杭州	A虞
[1561] 花2339	病中書事	末3/1551	謝詩4/1817	顧0509	장경4(824)	杭州	B庚
[1562] 花2340	與微之唱和來去常以竹筒貯詩陳協律美而成篇因以此答	末3/1552	謝詩4/1817	顧0510	장경4(824)	杭州	A冬
[1563] 花2341	醉戲諸妓	末3/1552	謝詩4/1818	顧0510	장경4(824)	杭州	A支
[1564] 花2342	北院	末3/1553	謝詩4/1818	顧0510	장경4(824)	杭州	B先
[1565] 花2343	酬周協律	末3/1553	謝詩4/1819	顧0510	장경4(824)	杭州	A美
[1566] 花2344	題石山人	末3/1554	謝詩4/1820	顧0511	장경4(824)	杭州	A刪

[1567]	花2345	詩解	未3/1555	謝詩4/1820	顧0511	장경4(824)	杭州	B庚
[1568]	花2346	潮	未3/1556	謝詩4/1821	顧0511	장경4(824)	杭州	A灰
[1569]	花2347	聞歌妓唱嚴郎中詩因以絶句寄之	未3/1556	謝詩4/1821	顧0511	장경4(824)	杭州	B歌
[1570]	花2348	柘枝妓	未3/1557	謝詩4/1822	顧0512	장경4(824)	杭州	A灰
[1571]	花2349	急樂世辭	未3/1560	謝詩4/1823	顧0512	장경4(824)	杭州	B歌
[1572]	花2350	天竺寺送堅上人歸廬山	未3/1561	謝詩4/1824	顧0512	장경4(824)	杭州	A冬
[1573]	花2351	除官赴闕留贈微之	未3/1562	謝詩4/1825	顧0512	장경4(824)	杭州	A東
[1574]	花2352	留題郡齋	未3/1563	謝詩4/1826	顧0513	장경4(824)	杭州	A支
[1575]	花2353	別州民	未3/1564	謝詩4/1826	顧0513	장경4(824)	杭州	B先
[1576]	花2354	留題天竺靈隱兩寺	未3/1564	謝詩4/1827	顧0513	장경4(824)	杭州	A灰
[1577]	花2355	西湖留別	未3/1566	謝詩4/1828	顧0514	장경4(824)	杭州	B先
[1578]	花2356	重寄別微之	未3/1567	謝詩4/1829	顧0514	장경4(824)	杭州	A支
[1579]	花2357	重題別東樓	未3/1568	謝詩4/1829	顧0514	장경4(824)	杭州	A支
[1580]	花2358	別周軍事	未3/1569	謝詩4/1830	顧0514	장경4(824)	杭州	A眞／文
[1581]	花2359	看常州柘枝贈賈使君	未3/1569	謝詩4/1831	顧0515	장경4(824)	逢中	A支
[1582]	花2360	汴河路有感	未3/1571	謝詩4/1831	顧0515	장경4(824)	逢中	A刪
[1583]	花2361	埇橋舊業	未3/1571	謝詩4/1832	顧0515	장경4(824)	逢中	A眞
[1584]	花2362	茅城驛	未3/1572	謝詩4/1833	顧0515	장경4(824)	逢中	A齊
[1585]	花2363	河陰夜泊憶微之	未3/1573	謝詩4/1833	顧0516	장경4(824)	逢中	B尤
[1586]	花2364	杭州迴舫	未3/1574	謝詩4/1834	顧0516	장경4(824)	逢中	A支
[1587]	花2365	途中題東洛得楊使君書因以此報	未3/1574	謝詩4/1834	顧0516	장경4(824)	逢中	A元
[1588]	花2366	欲到東洛得楊使君書因書以此報	未3/1575	謝詩4/1835	顧0516	장경4(824)	逢中	A魚
[1589]	花2367	洛下寓居	未3/1576	謝詩4/1835	顧0516	장경4(824)	洛陽	A麌
[1590]	花2368	味道	未3/1577	謝詩4/1836	顧0517	장경4(824)	洛陽	B侵
[1591]	花2369	好聽琴	未3/1578	謝詩4/1837	顧0517	장경4(824)	洛陽	A東

[1592] 花2370	愛詠詩	未3/1579	謝詩4/1838 顧0517	장경4(824)	洛陽	B蒸
[1593] 花2371	酬皇甫庶子見寄	未3/1579	謝詩4/1838 顧0517	장경4(824)	洛陽	A支
[1594] 花2372	臥疾	未3/1580	謝詩4/1839 顧0518	장경4(824)	洛陽	B歌
[1595] 花2373	遠師	未3/1580	謝詩4/1839 顧0518	장경4(824)	洛陽	A支
[1596] 花2374	問遠師	未3/1581	謝詩4/1840 顧0518	장경4(824)	洛陽	A佳
[1597] 花2375	小院酒醒	未3/1581	謝詩4/1840 顧0518	장경4(824)	洛陽	B陽
[1598] 花2376	贈侯三郎中	未3/1582	謝詩4/1841 顧0518	장경4(824)	洛陽	A眞
[1599]^ 花2377	分司東都寄牛相公十韻	未3/1583	謝詩4/1842 顧0519	장경4(824)	洛陽	A支
[1600] 花2378	酬楊八	未3/1585	謝詩4/1843 顧0519	장경4(824)	洛陽	A集
[1601] 花2379	履道新居二十韻	未3/1585	謝詩4/1843 顧0519	장경4(824)	洛陽	B尤
[1602] 花2380	九日思杭州舊遊寄周判官及諸客	未3/1588	謝詩4/1845 顧0520	장경4(824)	洛陽	A眞
[1603] 花2381	秋晚	未3/1588	謝詩4/1846 顧0520	장경4(824)	洛陽	A東
[1604] 花2382	分司	未3/1589	謝詩4/1846 顧0520	장경4(824)	洛陽	A眞
[1605] 花2383	河南王尹初到刽以詩代書先問之	未3/1590	謝詩4/1847 顧0521	장경4(824)	洛陽	A寘
[1606] 花2384	池西亭	未3/1591	謝詩4/1848 顧0521	장경4(824)	洛陽	A支
[1607] 花2385	臨池閑臥	未3/1591	謝詩4/1848 顧0521	장경4(824)	洛陽	B先
[1608] 花2386	吾廬	未3/1592	謝詩4/1848 顧0521	장경4(824)	洛陽	A支
[1609] 花2387	題新居寄宣州崔相公	未3/1592	謝詩4/1849 顧0522	장경4(824)	洛陽	A眞
[1610] 花2388	憶杭州梅花因敘舊遊寄蕭協律	未3/1595	謝詩4/1850 顧0522	보력1(825)	洛陽	B陽
[1611] 花2389	病中嶺張常侍題集賢院詩因以繼和	未3/1596	謝詩4/1851 顧0522	보력1(825)	洛陽	A灰
[1612] 花2390	早春晚歸	未3/1597	謝詩5/1852 顧3522	보력1(825)	洛陽	A眞
[1613] 花2391	贈楊使君	未3/1598	謝詩4/1852 顧0523	보력1(825)*	洛陽	B陽
[1614] 花2392	贈皇甫庶子	未3/1598	謝詩4/1853 顧0523	보력1(825)	洛陽	A灰
[1615] 花2393	池上竹下作	未3/1599	謝詩4/1854 顧0523	보력1(825)	洛陽	A支
[1616] 花2394	閑出覓春戲贈諸郎官	未3/1600	謝詩4/1854 顧0524	보력1(825)	洛陽	B陽

[1617]	花2395	別春爐	未3/1600	謝詩4/1855	顧0524	보급1(825)	洛陽	A寘
[1618]	花2396	汎小輪二首1	未3/1601	謝詩4/1855	顧0524	보급1(825)	洛陽	巳陌
[1619]	花2397	汎小輪二首2	未3/1601	謝詩4/1856	顧0524	보급1(825)	洛陽	B尤
[1620]	花2398	夢行簡	未3/1602	謝詩4/1856	顧0524	보급1(825)	洛陽	B先
[1621]	花2399	題新居呈王尹兼簡府中三橡	未3/1603	謝詩4/1857	顧0525	보급1(825)	洛陽	A灰
[1622]	花2400	雲和	未3/1603	謝詩4/1858	顧0525	보급1(825)	洛陽	B庚
[1623]	花2401	春老	未3/1604	謝詩4/1858	顧0525	보급1(825)	洛陽	A眞
[1624]	花2402	春晩過皇甫家	未3/1604	謝詩4/1859	顧0525	보급1(825)	洛陽	A灰
[1625]	花2403	崔侍御以孩子三日示其所生詩見示因以二絶和之1	未3/1605	謝詩4/1859	顧0526	보급1(825)	洛陽	A虞
[1626]	花2404	崔侍御以孩子三日示其所生詩見示因以二絶和之2	未3/1605	謝詩4/1860	顧0526	보급1(825)	洛陽	B尤
[1627]	花2405	與皇甫庶子同遊城東	未3/1606	謝詩4/1861	顧0526	보급1(825)	洛陽	A灰
[1628]	花2406	洛城東花下作	未3/1607	謝詩4/1861	顧0526	보급1(825)	洛陽	B陽
[1629]	花2407	晚春寄微之幷崔湖州	未3/1608	謝詩4/1862	顧0526	보급1(825)	洛陽	A眞
[1630]	花2408	城東閑行因題尉遲司業水閣	未3/1608	謝詩4/1863	顧0527	보급1(825)	洛陽	B庚
[1631]	花2409	寄皇甫七	未3/1610	謝詩4/1863	顧0527	보급1(825)	洛陽	A魚
[1632]	花2410	訪皇甫七	未3/1611	謝詩4/1864	顧0527	보급1(825)	洛陽	A灰
[1633]	花2411	除蘇州刺史別洛城東花	未3/1612	謝詩4/1865	顧0528	보급1(825)	洛陽	B庚
[1634^]	花2412	奉和汴州令狐相公二十二韻	未3/1613	謝詩4/1866	顧0528	보급1(825)	途中	B鹽/咸
[1635]	花2413	船夜援琴	未3/1616	謝詩4/1870	顧0529	보급1(825)	途中	B侵
[1636^]	花2414	答劉和州禹錫	未3/1617	謝詩4/1870	顧0529	보급1(825)	蘇州	A東
[1637]	花2415	渡淮	未3/1618	謝詩4/1872	顧0530	보급1(825)	途中	A寘
[1638]	花2416	赴蘇州至常州答賈舍人	未3/1619	謝詩4/1872	顧0530	보급1(825)	途中	A灰
[1639]	花2417	去歲罷杭州今春領吳郡慚無善政聊寫鄙懷	未3/1620	謝詩4/1873	顧0530	보급1(825)	蘇州	A眞

彙寄三相公

	花	題目	朱	謝詩	顧	보력	蘇州	韻
[1640]^	花2418	宣武令狐相公以詩寄贈傳賜呉中聊用伸酬謝	朱3/1621	謝詩4/1874	顧0530	보력1(825)	蘇州	A文
[1641]	花2419	自詠	朱3/1622	謝詩4/1875	顧0531	보력1(825)	蘇州	A眞
[1642]	花2420	吟前篇因寄微之	朱3/1622	謝詩4/1875	顧0531	보력1(825)	蘇州	A支
[1643]	花2421	紫薇花	朱3/1623	謝詩4/1876	顧0531	보력1(825)	蘇州	A東
[1644]	花2422	自到郡齋僅經旬日方專公務未及宴遊偶閑自筆題二十四韻彙寄常州賈舍人湖州崔郎中仍呈呉中諸客	朱3/1624	謝詩4/1876	顧0531	보력1(825)	蘇州	A眞
[1645]	花2423	題籠鶴	朱3/1626	謝詩4/1879	顧0532	보력1(825)	蘇州	B歌
[1646]	花2424	答客問杭州	朱3/1627	謝詩4/1880	顧0532	보력1(825)	蘇州	B尤
[1647]	花2425	登閶門閑望	朱3/1628	謝詩4/1881	顧0533	보력1(825)	蘇州	B陽
[1648]	花2426	代諸妓贈送周判官	朱3/1630	謝詩4/1882	顧0533	보력1(825)	蘇州	A虞
[1649]	花2427	秋寄微之十二韻	朱3/1631	謝詩4/1883	顧0533	보력1(825)	蘇州	A東
[1650]	花2428	池上早秋	朱3/1632	謝詩4/1884	顧0534	보력1(825)	蘇州	A支
[1651]	花2429	郡西亭偶詠	朱3/1633	謝詩4/1885	顧0534	보력1(825)	蘇州	B侵
[1652]	花2430	故衫	朱3/1633	謝詩4/1886	顧0534	보력1(825)	蘇州	A元
[1653]	花2431	郡中夜聽李山人彈三樂	朱3/1634	謝詩4/1886	顧0535	보력1(825)	蘇州	A刪
[1654]	花2432	東城桂三首幷序	朱3/1635	謝詩4/1887	顧0535	보력1(825)	蘇州	○○
[1655]	花2432	東城桂三首1	朱3/1635	謝詩4/1887	顧0535	보력1(825)	蘇州	B庚
[1656]	花2433	東城桂三首2	朱3/1635	謝詩4/1888	顧0535	보력1(825)	蘇州	A佳
[1657]	花2434	東城桂三首3	朱3/1635	謝詩4/1888	顧0535	보력1(825)	蘇州	A虞
[1658]	花2435	聞行簡恩賜章服喜成長句寄之	朱3/1637	謝詩4/1889	顧0535	보력1(825)	蘇州	B陽
[1659]	花2436	喚笙歌	朱3/1638	謝詩4/1890	顧0536	보력1(825)	蘇州	B歌
[1660]	花2437	對酒吟	朱3/1639	謝詩4/1891	顧0536	보력1(825)	蘇州	A虞

[1661]	花2438	偶飲	朱3/1640	謝詩4/1892	顧0536	보력1(825)	蘇州	A東
[1662]	花2439	早發赴洞庭舟中作	朱3/1640	謝詩4/1893	顧0537	보력1(825)	蘇州	B陽
[1663]	花2440	宿湖中	朱3/1641	謝詩4/1894	顧0537	보력1(825)	蘇州	B侵
[1664]	花2441	揀貢橘書情	朱3/1642	謝詩4/1894	顧0537	보력1(825)	蘇州	B庚
[1665]	花2442	夜泛陽塢入明月灣卽事寄崔湖州	朱3/1643	謝詩4/1895	顧0537	보력1(825)	蘇州	B尤
[1666]	花2443	泛太湖書事寄微之	朱3/1644	謝詩4/1896	顧0538	보력1(825)	蘇州	A東
[1667]	花2444	題新館	朱3/1645	謝詩4/1897	顧0538	보력1(825)	蘇州	A眞
[1668]	花2445	西樓喜雪命宴	朱3/1646	謝詩4/1898	顧0538	보력1(825)	蘇州	B蕭
[1669]	花2446	新栽梅	朱3/1647	謝詩4/1899	顧0539	보력1(825)	蘇州	A灰
[1670]	花2447	酬劉和州戲贈	朱3/1648	謝詩4/1899	顧0539	보력1(825)	蘇州	A灰
[1671]	花2448	戲和賈常州醉中二絶句1	朱3/1648	謝詩4/1900	顧0539	보력1(825)	蘇州	A虞
[1672]	花2449	戲和賈常州醉中二絶句2	朱3/1649	謝詩4/1901	顧0539	보력1(825)	蘇州	A灰
[1673]	花2450	歲暮寄微之三首1	朱3/1650	謝詩4/1902	顧0540	보력1(825)	蘇州	B尤
[1674]	花2451	歲暮寄微之三首2	朱3/1650	謝詩4/1902	顧0540	보력1(825)	蘇州	A眞
[1675]	花2452	歲暮寄微之三首3	朱3/1650	謝詩4/1903	顧0540	보력1(825)	蘇州	A支
[1676]	花2453	歲日家宴戲示弟姪等兼呈張待御二十八丈殷判官二十三兄	朱3/1651	謝詩4/1904	顧0540	보력2(826)	蘇州	B庚
[1677]	花2454	正月三日閑行	朱3/1653	謝詩4/1906	顧0540	보력2(826)	蘇州	B蕭
[1678]	花2455	夜歸	朱3/1655	謝詩4/1907	顧0540	보력2(826)	蘇州	B麻
[1679]	花2456	自歎	朱3/1656	謝詩4/1908	顧0541	보력2(826)	蘇州	B侵
[1680]	花2457	郡中閑獨寄微之及崔湖州	朱3/1656	謝詩4/1908	顧0541	보력2(826)	蘇州	A眞
[1681]	花2458	小舫	朱3/1657	謝詩4/1909	顧0541	보력2(826)	蘇州	A東
[1682]	花2459	馬墜强出贈同座	朱3/1658	謝詩4/1910	顧0541	보력2(826)	蘇州	A灰
[1683]	花2460	夜聞賈常州崔湖州茶山境會想羨歡宴因寄此詩	朱3/1659	謝詩4/1911	顧0542	보력2(826)	蘇州	A眞

[1684]	花2461	酬微之開拆新樓初畢相報末聯見戲之作	朱3/1660	謝詩4/1912	顧0542	보력2(826)	蘇州	B蒸
[1685]	花2462	病中多雨逢寒食	朱3/1661	謝詩4/1912	顧0542	보력2(826)	蘇州	B先
[1686]	花2463	清明夜	朱3/1662	謝詩4/1913	顧0542	보력2(826)	蘇州	B麻
[1687]	花2464	蘇州柳	朱3/1662	謝詩4/1914	顧0543	보력2(826)	蘇州	B歌
[1688]	花2465	三月二十八日贈周判官	朱3/1663	謝詩4/1914	顧0543	보력2(826)	蘇州	A虞
[1689]	花2466	偶作	朱3/1663	謝詩4/1915	顧0543	보력2(826)	蘇州	A支
[1690]	花2467	重答劉和州	朱3/1664	謝詩4/1915	顧0543	보력2(826)	蘇州	A支
[1691]	花2468	奉送三兄	朱3/1666	謝詩4/1917	顧0544	보력2(826)	蘇州	B庚
[1692]	花2469	城上夜宴	朱3/1666	謝詩4/1917	顧0544	보력2(826)	蘇州	B尤
[1693]	花2470	重題小舫贈周從事兼戲微之	朱3/1667	謝詩4/1918	顧0544	보력2(826)	蘇州	A眞
[1694]	花2471	吳櫻桃	朱3/1668	謝詩4/1919	顧0544	보력2(826)	蘇州	A虞
[1695]	花2472	春盡勸客酒	朱3/1668	謝詩4/1919	顧0545	보력2(826)	蘇州	B麻
[1696]	花2473	仲夏齋居偶題八韻寄微之及崔湖州	朱3/1669	謝詩4/1920	顧0545	보력2(826)	蘇州	A魚
[1697]	花2474	官宅	朱3/1670	謝詩4/1921	顧0545	보력2(826)	蘇州	A文
[1698]	花2475	六月三日夜聞蟬	朱3/1670	謝詩4/1922	顧0546	보력2(826)	蘇州	B庚
[1699]	花2476	蓮石	朱3/1671	謝詩4/1922	顧0546	보력2(826)	蘇州	A支
[1700]	花2477	眼病二首1	朱3/1672	謝詩4/1923	顧0546	보력2(826)	蘇州	B麻
[1701]	花2478	眼病二首2	朱3/1672	謝詩4/1923	顧0546	보력2(826)	蘇州	A美
[1702]	花2479	題東武丘寺六韻	朱3/1674	謝詩4/1924	顧0547	보력2(826)	蘇州	B侵
[1703]	花2480	夜遊西武丘寺八韻	朱3/1675	謝詩4/1926	顧0547	보력2(826)	蘇州	B歌
[1704]	花2481	詠懷	朱3/1675	謝詩4/1927	顧0547	보력2(826)	蘇州	A寒
[1705]	花2482	重詠	朱3/1676	謝詩4/1927	顧0547	보력2(826)	蘇州	B陽
[1706]	花2483	百日假滿	朱3/1676	謝詩4/1928	顧0548	보력2(826)	蘇州	A灰
[1707]	花2484	九日寄微之	朱3/1677	謝詩4/1928	顧0548	보력2(826)	蘇州	B陽
[1708]	花2485	題報恩寺	朱3/1678	謝詩4/1929	顧0548	보력2(826)	蘇州	A眞

[1709]	花2486	晚起	未3/1679	謝詩4/1930	顧0548	보귀2(826)	蘇州	B庚
[1710]	花2487	自愍寺次楞伽寺作	未3/1680	謝詩4/1931	顧0549	보귀2(826)	蘇州	A支
[1711]	花2488	松江亭攜樂觀漁宴宿	未3/1681	謝詩4/1932	顧0549	보귀2(826)	蘇州	B歌
[1712]	花2489	宿靈巖寺上院	未3/1682	謝詩4/1933	顧0549	보귀2(826)	蘇州	B侵
[1713]	花2490	酬別周從事二首 1	未3/1682	謝詩4/1933	顧0550	보귀2(826)	蘇州	A寒
[1714]	花2491	酬別周從事二首 2	未3/1683	謝詩4/1934	顧0550	보귀2(826)	蘇州	B先
[1715]	花2492	武丘寺路	未3/1683	謝詩4/1934	顧0550	보귀2(826)	蘇州	A眞
[1716]	花2493	齊雲樓晚望偶題十韻兼呈馮侍御周殷二協律	未3/1684	謝詩4/1935	顧0550	보귀2(826)	蘇州	A寒
[1717]	花2495	河亭晴望	未3/1685	謝詩4/1936	顧0550	보귀2(826)	蘇州	A灰
[1718]	花2496	留別微之	未3/1686	謝詩4/1936	顧0551	보귀2(826)	蘇州	A微
[1719]	花2497	自喜	未3/1687	謝詩4/1937	顧0551	보귀2(826)	蘇州	B先
[1720]	花2498	武丘寺路宴留別諸妓	未3/1688	謝詩4/1938	顧0551	보귀2(826)	蘇州	A齊
[1721]	花2499	江上對酒二首 1	未3/1689	謝詩4/1939	顧0552	보귀2(826)	蘇州	B庚
[1722]	花2500	江上對酒二首 2	未3/1689	謝詩4/1940	顧0552	보귀2(826)	蘇州	A眞
[1723]	花2501	望亭驛酬別周判官	未3/1690	謝詩4/1940	顧0552	보귀2(826)	蘇州	B尤
[1724]	花2502	見小姪龜兒詠燈詩拜膿娘製衣因寄行簡	未3/1691	謝詩4/1941	顧0552	보귀2(826)	蘇州	B蒸
[1725]	花2503	酒筵上答張居士	未3/1692	謝詩4/1942	顧0553	보귀2(826)	蘇州	A東
[1726]	花2504	鸚鵡	未3/1692	謝詩4/1943	顧0553	보귀2(826)	蘇州	A東
[1727]	花2505	聽琵琶妓彈略略	未3/1693	謝詩4/1944	顧0553	보귀2(826)	蘇州	B庚
[1728]	花2506	寫新詩寄微之偶題卷後	未3/1694	謝詩4/1944	顧0553	보귀2(826)	蘇州	B尤
[1729]	花2507	寶曆二年八月三十日夜夢後作	未3/1694	謝詩4/1945	顧0554	보귀2(826)	蘇州	A支
[1730]	花2508	與夢得同登棲靈塔	未3/1695	謝詩4/1945	顧0554	보귀2(826)	途中	B蒸
[1731]	花2509	夢蘇州水閣寄馮侍御	未3/1696	謝詩4/1946	顧0554	보귀2(826)	途中	B尤
[1732]	花2510	喜龍部	未3/1697	謝詩4/1947	顧0554	보귀2(826)	途中	B麻

[1733]	花2511	答次休上人	朱3/1697	謝詩4/1947	顧0554	보引2(826)	蘇州	A文
[1734]	花2512	感悟妄緣題如上人壁	朱3/1699	謝詩4/1949	顧0555	보引2(826)	蘇州	A東/冬
[1735]	花2513	忠子臺有感二首1	朱3/1700	謝詩4/1951	顧0555	보引2(826)	蘇州	A東/冬
[1736]	花2514	忠子臺有感二首2	朱3/1700	謝詩4/1952	顧0555	보引2(826)	蘇州	A東
[1737]	花2515	賦得邊城角	朱3/1701	謝詩4/1952	顧0555	보引2(826)	蘇州	A支
[1738]	花2516	憶洛中所居	朱3/1702	謝詩4/1952	顧0556	보引2(826)	蘇州	B先
[1739]	花2517	想歸田園	朱3/1702	謝詩4/1953	顧0556	보引2(826)	蘇州	A眞
[1740]	花2518	琴茶	朱3/1703	謝詩4/1954	顧0556	보引2(826)	蘇州	A刪
[1741]	花2519	瞻楚州郭使君	朱3/1704	謝詩4/1954	顧0556	보引2(826)	途中	B尤
[1742]	花2520	和郭使君題枸杞	朱3/1704	謝詩4/1955	顧0557	보引2(826)	途中	B庚
[1743]	花2521	初到洛下閑遊	朱3/1706	謝詩4/1957	顧0557	대引1(827)	洛陽	B蒙
[1744]	花2522	醉贈劉二十八使君	朱3/1706	謝詩4/1957	顧0557	보引2(826)	途中	B歌
[1745]	花2523	太湖石	朱3/1708	謝詩4/1958	顧0557	대引1(827)	洛陽	A元
[1746]	花2524	過敷水	朱3/1709	謝詩4/1959	顧0558	대引1(827)	途中	A虞
[1747]	花2525	南院	朱3/1710	謝詩4/1961	顧0558	대引1(827)	長安	A灰
[1748]	花2526	閑詠	朱3/1710	謝詩4/1961	顧0558	대引1(827)	長安	B侵
[1749^]	花2527	初授秘監幷賜金紫閑吟小酌偶寫所懷	朱3/1711	謝詩4/1962	顧0558	대引1(827)	長安	B庚
[1750]	花2528	新昌閑居招楊郎中兄弟	朱3/1712	謝詩4/1962	顧0559	대引1(827)	長安	A東
[1751]	花2529	秘省後廳	朱3/1713	謝詩4/1963	顧0559	대引1(827)	長安	A先
[1752]	花2530	松齋偶興	朱3/1713	謝詩4/1964	顧0559	대引1(827)	長安	B先
[1753]	花2531	和楊郎中賀楊僕射致仕後楊侍郎門生合宴席上作	朱3/1714	謝詩4/1964	顧0559	대引1(827)	長安	A刪
[1754]	花2532	松下琴贈客	朱3/1716	謝詩4/1967	顧0560	대引1(827)	長安	B庚
[1755]	花2533	秋齋	朱3/1717	謝詩4/1967	顧0560	대引1(827)	長安	A冬
[1756]	花2534	塗山寺獨遊	朱3/1717	謝詩4/1968	顧0560	대引1(827)	長安	A支

[1757]	花2535	登觀音臺望城	朱3/1718	謝詩4/1968	顧0560	대화1(827)	長安	A齊
[1758]^	花2536	登靈應臺應北望	朱3/1719	謝詩4/1969	顧0561	대화1(827)	長安	A東
[1759]	花2537	酬裴相公題興化小池見招長句	朱3/1720	謝詩4/1970	顧0561	대화1(827)	長安	A支
[1760]	花2538	閑行	朱3/1721	謝詩4/1971	顧0561	대화1(827)	長安	A眞
[1761]	花2539	閑出	朱3/1722	謝詩4/1971	顧0561	대화1(827)	長安	B麻
[1762]	花2540	與僧智如夜話	朱3/1722	謝詩4/1972	顧0562	대화1(827)	長安	B蒸
[1763]	花2541	憶廬山舊隱及洛下新居	朱3/1723	謝詩4/1973	顧0562	대화1(827)	長安	A東
[1764]^	花2542	晚夏	朱3/1724	謝詩4/1974	顧0562	대화1(827)	長安	B豪
[1765]	花2543	偶眠	朱3/1725	謝詩4/1975	顧0562	대화1(827)	長安	B先
[1766]	花2544	華城西北雄華最高崔相公首創樓臺錢左丞繼種花果合爲勝覽超在雅篇境蕞蕞獨遊悵然成詠	朱3/1726	謝詩4/1976	顧0563	대화1(827)	途中	A眞
[1767]	花2545	奉使途中戲贈張常侍	朱3/1727	謝詩4/1977	顧0563	대화1(827)	途中	A虞
[1768]	花2546	有小白馬乘取多時奉使東行至稠桑驛溘然而斃足可驚傷不能忘情題二十韻	朱3/1728	謝詩4/1978	顧0563	대화1(827)	途中	A支
[1769]	花2547	題嵇玉泉	朱3/1730	謝詩4/1981	顧0564	대화1(827)	途中	A東
[1770]	花2548	酬皇甫賓客	朱3/1731	謝詩4/1982	顧0564	대화1(827)	洛陽	A眞
[1771]	花2549	種白蓮	朱3/1731	謝詩4/1983	顧0564	대화1(827)	洛陽	A灰
[1772]	花2550	答蘇庶子	朱3/1732	謝詩4/1983	顧0565	대화1(827)	洛陽	B尤
[1773]	花2551	答尉遲少監水閣重宴	朱3/1733	謝詩4/1984	顧0565	대화1(827)	洛陽	A眞
[1774]	花2552	和劉郎中傷鄂姬	朱3/1734	謝詩4/1985	顧0565	대화2(828)	洛陽	A眞
[1775]	花2553	贈東鄰王十三	朱3/1736	謝詩4/1986	顧0565	대화2(828)	洛陽	A東
[1776]	花2554	早春同劉郎中寄宣武令狐相公	朱3/1737	謝詩4/1987	顧0566	대화2(828)	洛陽	B陽
[1777]	花2555	寄太原李相公	朱3/1738	謝詩4/1988	顧0566	대화2(828)	洛陽	B陽
[1778]	花2556	雪中寄令狐相公兼呈夢得	朱3/1739	謝詩4/1989	顧0566	대화2(828)	洛陽	A眞

[1779]	花2557	出使在途所騎馬死改乘肩輿將歸長安偶詠旅懷寄太原李相公	未3/1740	謝詩4/1989	顧0566	대한2(828)	洛陽	A寒
[1780]	花2558	有雙鶴留在洛中忽見劉郎中依然鳴顧劉因爲鶴歎二篇寄予以二絕句答之1	未3/1740	謝詩4/1990	顧0567	대한2(828)*	洛陽	A文
[1781]	花2559	有雙鶴留在洛中忽見劉郎中依然鳴顧劉因爲鶴歎二篇寄予以二絕句答之2	未3/1741	謝詩4/1991	顧0567	대한2(828)*	洛陽	A眞
[1782]	花2560	宿竇使君莊水亭	未3/1742	謝詩4/1991	顧0567	대한2(828)	洛陽	A東
[1783]	花2561	龍門下作	未3/1742	謝詩4/1992	顧0567	대한2(828)	洛陽	B庚
[1784]	花2562	姚侍御見過戲贈	未3/1743	謝詩4/1993	顧0567	대한2(828)	洛陽	B尤
[1785]	花2563	履道春居	未3/1744	謝詩4/1993	顧0568	대한2(828)	洛陽	B侵
[1786]^	花2564	思洛中第宅	未3/1745	謝詩4/1994	顧0568	대한2(828)	洛陽	A寒
[1787]	花2565	寄殷協律	未3/1746	謝詩4/1995	顧0568	대한2(828)	洛陽	A文
[1788]	花2566	洛下諸客就宅相送偶題西亭	未3/1747	謝詩4/1996	顧0568	대한2(828)	洛陽	B歌
[1789]	花2567	答林泉	未3/1748	謝詩4/1996	顧0569	대한2(828)	洛陽	B先
[1790]	花2568	將發洛中枉令狐相公手札兼示一篇寵行以長句答之	未3/1748	謝詩4/1997	顧0569	대한2(828)	洛陽	A刪
[1791]	花2569	臨都驛答夢得六言二首1	未3/1749	謝詩4/1998	顧0569	대한2(828)	洛陽	B先
[1792]	花2570	臨都驛答夢得六言二首2	未3/1749	謝詩4/1999	顧0569	대한2(828)	洛陽	A寒
[1793]	花2571	喜錢左丞再除華州以詩伸賀	未3/1750	謝詩4/1999	顧0570	대한2(828)	長安	A灰
[1794]	花2572	和錢華州題少華清光絕句	未3/1751	謝詩4/2000	顧0570	대한2(828)	長安	A文
[1795]	花2573	送陝府王大夫	未3/1752	謝詩4/2001	顧0570	대한2(828)	長安	A支
[1796]	花2574	代迎春花招劉郎中	未3/1753	謝詩4/2002	顧0570	대한2(828)	長安	A灰
[1797]	花2575	玩迎春花贈楊郎中	未3/1753	謝詩4/2002	顧0570	대한2(828)	長安	A寒
[1798]	花2576	閑出	未3/1754	謝詩4/2003	顧0571	대한2(828)	長安	A微
[1799]	花2577	座上贈盧判官	未3/1754	謝詩4/2003	顧0571	대한2(828)	長安	A眞

[1800]	花2578	曲江有感	朱3/1755	謝詩4/2004	顧0571	대화2(828)	長安	A東
[1801]	花2579	杏園花下贈劉郎中	朱3/1756	謝詩4/2004	顧0571	대화2(828)	長安	A眞
[1802]	花2580	花前有感兼呈崔相公劉郎中	朱3/1757	謝詩4/2005	顧0571	대화2(828)	長安	B陽
[1803]	花2581	微之就拜尚書居易續除刑部因書賀意兼詠離懷	朱3/1758	謝詩4/2006	顧0572	대화2(828)	長安	A東
[1804]	花2583	喜與韋左丞同入南省因敍舊以贈之	朱3/1759	謝詩4/2007	顧0572	대화2(828)	長安	A冬
[1805]	花2584	伊州	朱3/1760	謝詩4/2008	顧0572	대화2(828)	長安	B尤
[1806]	花2585	早朝	朱3/1761	謝詩4/2009	顧0572	대화2(828)	長安	B陽
[1807]	花2586	答裴相公乞鶴	朱3/1761	謝詩4/2010	顧0573	대화2(828)	長安	A虞
[1808]	花2587	晚從省歸	朱3/1762	謝詩4/2010	顧0573	대화2(828)	長安	A眞
[1809]	花2588	北窗閑坐	朱3/1763	謝詩4/2011	顧0573	대화2(828)	長安	B陽
[1810]	花2589	酬嚴給事	朱3/1763	謝詩4/2011	顧0573	대화2(828)	長安	A支
[1811]	花2590	京路	朱3/1765	謝詩4/2013	顧0574	대화3(829)	途中	A眞
[1812]	花2591	華州西	朱3/1766	謝詩4/2013	顧0574	대화3(829)	途中	B尤
[1813]	花2592	從陝至東京	朱3/1766	謝詩4/2014	顧0574	대화3(829)	途中	B庚
[1814]	花2593	送春	朱3/1767	謝詩4/2014	顧0574	대화3(829)	途中	A寒
[1815]	花2594	宿杜曲花下	朱3/1768	謝詩4/2015	顧0574	대화3(829)	途中	A虞
[1816]	花2595	達哉	朱3/1769	謝詩4/2016	顧0575	대화3(829)~5	洛陽	A東
[1817]	花2596	繡婦歎	朱3/1770	謝詩4/2016	顧0575	대화3(829)*	長安	A虞
[1818]	花2597	春詞	朱3/1770	謝詩4/2017	顧0575	대화3(829)*	長安	B尤
[1819]	花2598	恨詞	朱3/1771	謝詩4/2018	顧0575	대화3(829)*	長安	B蕭
[1820]	花2599	山石榴花十二韻	朱3/1772	謝詩4/2018	顧0576	대화3(829)~5	洛陽	B陽
[1821]	花2600	送敏中歸鄠縣寧幕	朱3/1773	謝詩4/2019	顧0576	대화5(831)	洛陽	A支
[1822]	花2601	宴散	朱3/1774	謝詩4/2020	顧0576	대화5(831)	洛陽	A灰
[1823]	花2602	人定	朱3/1775	謝詩4/2021	顧0576	대화5(831)	洛陽	B庚

[1824]	花2603	池上	未3/1776	謝詩4/2022	顧0577	대화5(831)	洛陽	B青
[1825]	花2604	池窗	未3/1776	謝詩4/2022	顧0577	대화5(831)	洛陽	B侵
[1826]	花2605	花酒	未3/1777	謝詩4/2023	顧0577	대화5(831)	洛陽	B先
[1827]	花2606	題崔常侍濟源莊	未3/1777	謝詩4/2023	顧0577	대화5(831)	濟源	B先
[1828]	花2607	認春戲呈馮少尹李郎中陳主簿	未3/1778	謝詩4/2024	顧0578	대화5(831)	洛陽	B尤
[1829]	花2609	魏堤有懷	未3/1779	謝詩4/2025	顧0578	대화5(831)	洛陽	A寒
[1830]	花2610	柘枝詞	未3/1780	謝詩4/2026	顧0578	대화5(831)	洛陽	A灰
[1831]	花2611	代夢得吟	未3/1781	謝詩4/2027	顧0578	대화5(831)	洛陽	A虞
[1832]	花2612	寄答周協律	未3/1781	謝詩4/2027	顧0579	대화1(827)	長安	B先
[1833]	花2613	大和戊申歲大有年詔賜百寮出城觀稼謹書盛事以俟采詩	未3/1783	謝詩5/2029	顧0580	대화2(828)	長安	A魚
[1834]	花2614	贈悼懷太子挽歌辭二首1	未3/1784	謝詩5/2030	顧0580	대화2(828)	長安	A支
[1835]	花2615	贈悼懷太子挽歌辭二首2	未3/1784	謝詩5/2031	顧0580	대화2(828)	長安	A元
[1836]	花2616	雨中招張司業宿	未3/1785	謝詩5/2032	顧0581	대화2(828)	長安	B先
[1837]	花2617	和集賢劉學士早朝作	未3/1786	謝詩5/2032	顧0581	대화2(828)	長安	A支
[1838]	花2618	送陝州王司馬建赴任	未3/1787	謝詩5/2033	顧0581	대화2(828)	長安	A魚
[1839]	花2619	對琴待月	未3/1790	謝詩5/2035	顧0581	대화2(828)	長安	A支
[1840]	花2620	楊家南亭	未3/1790	謝詩5/2035	顧0582	대화2(828)	長安	A灰
[1841]	花2621	早寒	未3/1792	謝詩5/2036	顧0582	대화2(828)	長安	A元
[1842]	花2622	齋月靜居	未3/1792	謝詩5/2036	顧0582	대화2(828)	長安	A支
[1843]	花2623	宿相公興化池亭	未3/1793	謝詩5/2037	顧0582	대화2(828)	長安	A眞
[1844]	花2624	和劉郎中望終南山秋雪	未3/1794	謝詩5/2038	顧0583	대화2(828)	長安	A支
[1845]	花2625	廣府胡尚書頻寄詩因答絶句	未3/1796	謝詩5/2039	顧0583	대화2(828)	長安	A灰
[1846]	花2626	送鶴與裴相臨別贈詩	未3/1797	謝詩5/2040	顧0583	대화2(828)	長安	A支
[1847]	花2627	令狐相公拜相後喜有從鎮歸朝之作劉郎	未3/1798	謝詩5/2041	顧0583	대화2(828)	長安	A灰

中先和因以繼之

[1848]	花2628	逕河南尹馮學士赴任	朱3/1800	謝詩5/2042	顧0584	대교2(828)	長安	B庚
[1849]	花2629	讚鄂公傳	朱3/1801	謝詩5/2043	顧0584	대교2(828)	長安	A眞
[1850]^	花2630	賦得烏夜啼	朱3/1802	謝詩5/2044	顧0584	대교2(828)	長安	A支
[1851]	花2631	鏡換盃	朱3/1803	謝詩5/2044	顧0584	대교2(828)	長安	A支
[1852]	花2632	冬夜聞蟲	朱3/1804	謝詩5/2045	顧0585	대교2(828)	長安	B尤
[1853]	花2633	雙鸚鵡	朱3/1804	謝詩5/2046	顧0585	대교2(828)	長安	A支
[1854]	花2634	贈朱道士	朱3/1805	謝詩5/2047	顧0585	대교2(828)	長安	B陽
[1855]	花2635	昨以拙詩十首寄西川杜相公相公亦以新作十首惠然報示首數雖工拙不倫重以一章用伸答謝	朱3/1806	謝詩5/2048	顧0585	대교2(828)	長安	A虞
[1856]^	花2636	和令狐相公新於郡內栽竹百竿坼壁開軒日夕對玩偶題七言五韻	朱3/1807	謝詩5/2049	顧0586	대교2(828)	長安	B庚
[1857]	花2637	重答汝州李六使君見和憶吳中舊遊五首	朱3/1808	謝詩5/2050	顧0586	대교2(828)	長安	B尤
[1858]	花2638	見殷堯藩侍御憶江南詩三十首詩中多敘蘇杭勝事餘嘗典二郡因繼和之	朱3/1809	謝詩5/2051	顧0586	대교2(828)	長安	B陽
[1859]	花2639	聞新蟬贈劉二十八	朱3/1810	謝詩5/2052	顧0587	대교2(828)	長安	A支
[1860]	花2640	贈王山人	朱3/1811	謝詩5/2053	顧0587	대교2(828)	長安	A眞
[1861]	花2641	和劉郎中學士題集賢閣	朱3/1812	謝詩5/2054	顧0587	대교2(828)	長安	A齊
[1862]	花2642	觀幻	朱3/1813	謝詩5/2055	顧0587	대교2(828)	長安	A東
[1863]	花2643	病假中龐少尹擕魚酒相過	朱3/1814	謝詩5/2056	顧0588	대교2(828)	長安	B侵
[1864]	花2644	聽田順兒歌	朱3/1815	謝詩5/2057	顧0588	대교2(828)	長安	B靑
[1865]	花2645	聽曹剛琵琶兼示重蓮	朱3/1816	謝詩5/2058	顧0588	대교2(828)	長安	A東
[1866]	花2646	酬令狐相公春日尋花見寄六韻	朱3/1817	謝詩5/2058	顧0588	대교3(829)	長安	B尤
[1867]	花2647	和劉郎中曲江春望見示	朱3/1818	謝詩5/2059	顧0589	대교3(829)	長安	B麻

번호	花	제목	朱	謝詩	顧	연도	지역	운
[1868]	花2648	泾東都留守令狐尚書赴任	朱3/1819	謝詩5/2060	顧0589	마흔3(829)	長安	A眞
[1869]	花2649	白題新昌居止因招楊郎中小飲	朱3/1820	謝詩5/2061	顧0589	마흔3(829)	長安	B麻
[1870]	花2650	南園試小樂	朱3/1821	謝詩5/2061	顧0589	마흔3(829)	長安	B庚
[1871]	花2651	和微之春日投簡陽明洞天五十韻	朱3/1822	謝詩5/2063	顧0590	마흔3(829)	長安	A虞
[1872]	花2652	酬鄭待御多雨春空過詩三十韻	朱3/1826	謝詩5/2070	顧0591	마흔3(829)	長安	B陽
[1873]	花2653	和春深二十首1	朱3/1827	謝詩5/2072	顧0592	마흔3(829)	長安	B麻
[1874]	花2654	和春深二十首2	朱3/1828	謝詩5/2073	顧0592	마흔3(829)	長安	B麻
[1875]	花2655	和春深二十首3	朱3/1828	謝詩5/2073	顧0592	마흔3(829)	長安	B麻
[1876]	花2656	和春深二十首4	朱3/1828	謝詩5/2074	顧0593	마흔3(829)	長安	B麻
[1877]	花2657	和春深二十首5	朱3/1829	謝詩5/2075	顧0593	마흔3(829)	長安	B麻
[1878]	花2658	和春深二十首6	朱3/1829	謝詩5/2076	顧0593	마흔3(829)	長安	B麻
[1879]	花2659	和春深二十首7	朱3/1829	謝詩5/2076	顧0593	마흔3(829)	長安	B麻
[1880]	花2660	和春深二十首8	朱3/1829	謝詩5/2077	顧0594	마흔3(829)	長安	B麻
[1881]	花2661	和春深二十首9	朱3/1829	謝詩5/2078	顧0594	마흔3(829)	長安	B麻
[1882]	花2662	和春深二十首10	朱3/1829	謝詩5/2078	顧0594	마흔3(829)	長安	B麻
[1883]	花2663	和春深二十首11	朱3/1830	謝詩5/2079	顧0594	마흔3(829)	長安	B麻
[1884]	花2664	和春深二十首12	朱3/1830	謝詩5/2080	顧0595	마흔3(829)	長安	B麻
[1885]	花2665	和春深二十首13	朱3/1830	謝詩5/2080	顧0595	마흔3(829)	長安	B麻
[1886]	花2666	和春深二十首14	朱3/1830	謝詩5/2080	顧0595	마흔3(829)	長安	B麻
[1887]	花2667	和春深二十首15	朱3/1830	謝詩5/2081	顧0595	마흔3(829)	長安	B麻
[1888]	花2668	和春深二十首16	朱3/1831	謝詩5/2082	顧0596	마흔3(829)	長安	B麻
[1889]	花2669	和春深二十首17	朱3/1831	謝詩5/2082	顧0596	마흔3(829)	長安	B麻
[1890]	花2670	和春深二十首18	朱3/1831	謝詩5/2084	顧0596	마흔3(829)	長安	B麻
[1891]	花2671	和春深二十首19	朱3/1831	謝詩5/2085	顧0596	마흔3(829)	長安	B麻
[1892]	花2672	和春深二十首20	朱3/1831	謝詩5/2086	顧0597	마흔3(829)	長安	B麻

[1893]	花2673	詠家醞十韻	宋3/1839	謝詩5/2087	顧0597	대교3(829)	長安	A眞
[1894]	花2674	池鶴二首1	宋3/1840	謝詩5/2089	顧0597	대교3(829)	長安	B蕭
[1895]	花2675	池鶴二首2	宋3/1840	謝詩5/2089	顧0598	대교3(829)	長安	A微
[1896]	花2676	對酒五首1	宋3/1841	謝詩5/2090	顧0598	대교3(829)	長安	A微
[1897]	花2677	對酒五首2	宋3/1841	謝詩5/2090	顧0598	대교3(829)	長安	A眞
[1898]	花2678	對酒五首3	宋3/1841	謝詩5/2091	顧0598	대교3(829)	長安	B尤
[1899]	花2679	對酒五首4	宋3/1841	謝詩5/2091	顧0598	대교3(829)	長安	B庚
[1900]	花2680	對酒五首5	宋3/1841	謝詩5/2092	顧0598	대교3(829)	長安	A灰
[1901]	花2681	會院花	宋3/1843	謝詩5/2092	顧0598	대교3(829)*	長安	B麻
[1902]	花2682	老戒	宋3/1844	謝詩5/2093	顧0599	대교3(829)*	長安	B陽
[1903]	花2683	洛橋寒食日作十韻	宋3/1844	謝詩5/2093	顧0599	대교6(832)	洛陽	B陽
[1904]	花2684	快活	宋3/1846	謝詩5/2095	顧0599	대교6(832)	洛陽	B庚
[1905]	花2685	送令狐相公赴太原	宋3/1846	謝詩5/2096	顧0599	대교6(832)	洛陽	A眞
[1906]	花2686	不出	宋3/1848	謝詩5/2097	顧0600	대교6(832)	洛陽	A微
[1907]	花2687	惜落花	宋3/1848	謝詩5/2098	顧0600	대교6(832)	洛陽	B麻
[1908]	花2688	老病	宋3/1849	謝詩5/2098	顧0600	대교6(832)	洛陽	B侵
[1909]	花2689	憶晦叔	宋3/1849	謝詩5/2099	顧0600	대교6(832)	洛陽	B先
[1910]	花2690	送徐州高僕射赴鎮	宋3/1850	謝詩5/2099	顧0600	대교6(832)	洛陽	B蒸
[1911]	花2691	琴酒	宋3/1851	謝詩5/2100	顧0601	대교6(832)	洛陽	B庚
[1912]	花2692	聽幽蘭	宋3/1851	謝詩5/2101	顧0601	대교6(832)	洛陽	B覃
[1913]	花2693	六年秋重題白蓮	宋3/1852	謝詩5/2101	顧0601	대교6(832)	洛陽	A寒
[1914]	花2694	元相公挽歌詞三首1	宋3/1853	謝詩5/2102	顧0601	대교6(832)	洛陽	B先
[1915]	花2695	元相公挽歌詞三首2	宋3/1853	謝詩5/2102	顧0602	대교6(832)	洛陽	B陽
[1916]	花2696	元相公挽歌詞三首3	宋3/1853	謝詩5/2103	顧0602	대교6(832)	洛陽	B尤
[1917]	花2697	臥聽法曲霓裳	宋3/1855	謝詩5/2104	顧0602	대교6(832)	洛陽	A支

番号	花	題	未	謝詩	顧	大和	地	韻
[1918]	花2698	結之	未3/1855	謝詩5/2105	顧0602	大和6(832)	洛陽	A東
[1919]	花2699	五鳳樓晚望	未3/1856	謝詩5/2105	顧0602	大和6(832)	洛陽	B蕭
[1920]	花2700	寄劉蘇州	未3/1857	謝詩5/2106	顧0602	大和6(832)	洛陽	A支
[1921]	花2701	送客	未3/1858	謝詩5/2107	顧0603	大和6(832)	洛陽	A灰
[1922]	花2702	秋思	未3/1859	謝詩5/2107	顧0603	大和6(832)	洛陽	B寒
[1923]	花2703	酬夢得秋夕不寐見寄	未3/1859	謝詩5/2108	顧0603	大和6(832)	洛陽	B庚
[1924]	花2704	題周家歌者	未3/1860	謝詩5/2108	顧0603	大和6(832)	洛陽	B陽
[1925]	花2705	憶夢得	未3/1861	謝詩5/2109	顧0604	大和6(832)	洛陽	B陽
[1926]	花2706	贈同座	未3/1862	謝詩5/2109	顧0604	√√*	△△	B侵
[1927]	花2707	夫婢	未3/1863	謝詩5/2110	顧0604	大和6(832)	洛陽	A支
[1928]	花2708	夜招晦叔	未3/1864	謝詩5/2110	顧0604	大和6(832)	洛陽	B蒸
[1929]	花2709	戲答皇甫監	未3/1864	謝詩5/2111	顧0605	大和6(832)	洛陽	A眞
[1930]	花2710	和楊師皐傷小姬英英	未3/1865	謝詩5/2112	顧0605	大和6(832)	洛陽	A微
[1931]	花2711	池邊感舊	未3/1867	謝詩5/2112	顧0605	大和6(832)	洛陽	B庚
[1932]	花2712	聞樂感鄰	未3/1867	謝詩5/2113	顧0605	大和6(832)	洛陽	B歌
[1933]	花2713	戊申歲暮詠懷三首1	未3/1869	謝詩5/2115	顧0606	大和2(828)	長安	A支
[1934]	花2714	戊申歲暮詠懷三首2	未3/1869	謝詩5/2116	顧0606	大和2(828)	長安	A眞
[1935]	花2715	戊申歲暮詠懷三首3	未3/1869	謝詩5/2117	顧0606	大和2(828)	長安	B侵
[1936]	花2716	贈夢得	未3/1871	謝詩5/2117	顧0606	大和3(829)	長安	B陽
[1937]	花2717	想東遊五十韻幷序	未3/1872	謝詩5/2118	顧0607	大和3(829)	長安	○○
[1938]	花2717	想東遊五十韻	未3/1873	謝詩5/2118	顧0607	大和3(829)	長安	B尤
[1939]	花2718	病免後喜除賓客	未3/1876	謝詩5/2123	顧0608	大和3(829)	長安	A眞
[1940]	花2719	長樂亭留別	未3/1876	謝詩5/2124	顧0608	大和3(829)	途中	A寒
[1941]	花2720	陝府王大夫相迎偶贈	未3/1877	謝詩5/2124	顧0609	大和3(829)	途中	B庚
[1942]	花2721	別陝州王司馬	未3/1878	謝詩5/2125	顧0609	大和3(829)	途中	A眞

		題目	朱	謝詩	顧	대교		韻
[1943]	花2722	將至東都先寄令狐留守	朱3/1879	謝詩5/2126	顧0609	대교3(829)	逆中	A支
[1944]	花2723	答崔十八見寄	朱3/1880	謝詩5/2126	顧0609	대교3(829)	洛陽	A微
[1945]	花2724	贈皇甫賓客	朱3/1881	謝詩5/2127	顧0610	대교3(829)	洛陽	A眞
[1946]	花2725	歸履道宅	朱3/1882	謝詩5/2128	顧0610	대교3(829)	洛陽	A微
[1947]	花2726	問江南物	朱3/1882	謝詩5/2128	顧0610	대교3(829)	洛陽	B麻
[1948]	花2727	蕭庶子相過	朱3/1883	謝詩5/2129	顧0610	대교3(829)	洛陽	B麻
[1949]	花2728	蕭尉遲少尹同所須	朱3/1884	謝詩5/2130	顧0611	대교3(829)	洛陽	A虞
[1950]	花2729	詠閑	朱3/1884	謝詩5/2130	顧0611	대교3(829)	洛陽	A佳
[1951]	花2730	同崔十八寄元稹王陝州	朱3/1885	謝詩5/2131	顧0611	대교3(829)	洛陽	A删
[1952]	花2731	答蘇庶子月夜聞家僮奏樂見贈	朱3/1886	謝詩5/2132	顧0611	대교3(829)	洛陽	B靑
[1953]	花2732	偶吟	朱3/1887	謝詩5/2132	顧0612	대교3(829)	洛陽	B靑
[1954]	花2733	白蓮池汎舟	朱3/1887	謝詩5/2133	顧0612	대교3(829)	洛陽	A灰
[1955]	花2735	池上卽事	朱3/1888	謝詩5/2134	顧0612	대교3(829)	洛陽	B先
[1956]	花2736	酬裴相公見寄二絶1	朱3/1889	謝詩5/2134	顧0612	대교3(829)	洛陽	A微
[1957]	花2737	酬裴相公見寄二絶2	朱3/1889	謝詩5/2135	顧0613	대교3(829)	洛陽	A文
[1958]	花2738	答夢得聞蟬見寄	朱3/1889	謝詩5/2135	顧0613	대교3(829)	洛陽	B先
[1959]	花2740	令狐尙書許過弊居先贈長句	朱3/1890	謝詩5/2136	顧0613	대교3(829)	洛陽	B先
[1960]	花2741	自題	朱3/1891	謝詩5/2136	顧0613	대교3(829)	洛陽	B蕭
[1961]	花2742	答崔十八	朱3/1891	謝詩5/2137	顧0613	대교3(829)	洛陽	A東
[1962]	花2743	偶詠	朱3/1892	謝詩5/2137	顧0614	대교3(829)	洛陽	B庚
[1963]	花2744	答蘇六	朱3/1892	謝詩5/2138	顧0614	대교3(829)	洛陽	A灰
[1964]	花2745	秋遊	朱3/1893	謝詩5/2139	顧0614	대교3(829)	洛陽	B尤
[1965]	花2746	偶作	朱3/1893	謝詩5/2139	顧0614	대교3(829)	洛陽	B歌
[1966]	花2748	遊平泉贈晦叔	朱3/1894	謝詩5/2140	顧0614	대교3(829)	洛陽	A支
[1967]	花2749	不出門	朱3/1895	謝詩5/2140	顧0615	대교3(829)	洛陽	A眞

[1968]^	花2750	歎病鶴		謝詩5/2141	顧0615	대교3(829)	洛陽	B陽
[1969]	花2751	臨都驛送崔十八		謝詩5/2142	顧0615	대교3(829)	洛陽	A灰
[1970]	花2755	對鏡		謝詩5/2143	顧0615	대교3(829)	洛陽	A支
[1971]	花2756	勸酒十四首幷序	未3/1895	謝詩5/2143	顧0616	대교4(830)	洛陽	○○
[1972]	花2756	勸酒十四首1·何處難忘酒七首1	未3/1896	謝詩5/2144	顧0616	대교4(830)	洛陽	A眞
[1973]	花2757	勸酒十四首2·何處難忘酒七首2	未3/1897	謝詩5/2145	顧0616	대교4(830)	洛陽	B庚
[1974]	花2758	勸酒十四首3·何處難忘酒七首3	未3/1897	謝詩5/2145	顧0617	대교4(830)	洛陽	B先
[1975]	花2759	勸酒十四首4·何處難忘酒七首4	未3/1898	謝詩5/2145	顧0617	대교4(830)	洛陽	A東
[1976]	花2760	勸酒十四首5·何處難忘酒七首5	未3/1898	謝詩5/2146	顧0617	대교4(830)	洛陽	B豪
[1977]	花2761	勸酒十四首6·何處難忘酒七首6	未3/1898	謝詩5/2146	顧0618	대교4(830)	洛陽	B歌
[1978]	花2762	勸酒十四首7·何處難忘酒七首7	未3/1899	謝詩5/2147	顧0618	대교4(830)	洛陽	A元
[1979]	花2763	勸酒十四首8·不如來飲酒七首1	未3/1899	謝詩5/2147	顧0618	대교4(830)	洛陽	B鹽
[1980]	花2764	勸酒十四首9·不如來飲酒七首2	未3/1899	謝詩5/2148	顧0618	대교4(830)	洛陽	B尤
[1981]	花2765	勸酒十四首10·不如來飲酒七首3	未3/1900	謝詩5/2148	顧0618	대교4(830)	洛陽	B覃
[1982]	花2766	勸酒十四首11·不如來飲酒七首4	未3/1900	謝詩5/2148	顧0619	대교4(830)	洛陽	A元
[1983]	花2767	勸酒十四首12·不如來飲酒七首5	未3/1900	謝詩5/2148	顧0619	대교4(830)	洛陽	A文
[1984]	花2768	勸酒十四首13·不如來飲酒七首6	未3/1900	謝詩5/2149	顧0619	대교4(830)	洛陽	B蒸
[1985]	花2769	勸酒十四首14·不如來飲酒七首7	未3/1900	謝詩5/2149	顧0619	대교4(830)	洛陽	B豪
[1986]	花2770	和令狐相公寄劉郎中兼見示長句	未3/1901	謝詩5/2150	顧0619	대교5(831)	洛陽	A寒
[1987]	花2771	卽事	未3/1902	謝詩5/2151	顧0620	대교4(830)	洛陽	B先
[1988]	花2772	期宿客不至	未3/1903	謝詩5/2151	顧0620	대교4(830)	洛陽	B侵
[1989]	花2773	問移竹	未3/1903	謝詩5/2152	顧0620	대교4(830)	洛陽	B歌
[1990]	花2774	重陽席上賦白菊	未3/1904	謝詩5/2152	顧0620	대교4(830)	洛陽	B陽
[1991]	花2775	偶吟二首1	未3/1904	謝詩5/2153	顧0620	대교4(830)	洛陽	B尤
[1992]	花2776	偶吟二首2	未3/1905	謝詩5/2154	顧0621	대교4(830)	洛陽	B侵

[1993]	花2778	何處春先到	未3/1905	謝詩5/2154	顧0621	대화4(830)	洛陽	B青
[1994]	花2779	勉閑遊	未3/1906	謝詩5/2155	顧0621	대화4(830)	洛陽	B尤
[1995]^	花2780	寄兩銀榴與裴侍郎因題兩絶1	未3/1907	謝詩5/2156	顧0621	대화5(831)	洛陽	B庚
[1996]^	花2781	寄兩銀榴與裴侍郎因題兩絶2	未3/1907	謝詩5/2156	顧0622	대화5(831)	洛陽	A寒
[1997]	花2782	小橋柳	未3/1908	謝詩5/2157	顧0622	대화5(831)	洛陽	B尤
[1998]	花2783	哭微之二首1	未3/1908	謝詩5/2157	顧0622	대화5(831)	洛陽	A支
[1999]	花2784	哭微之二首2	未3/1908	謝詩5/2158	顧0622	대화5(831)	洛陽	A眞
[2000]	花2785	馬上晚吟	未3/1909	謝詩5/2158	顧0622	대화5(831)	洛陽	B蕭
[2001]	花2789	醉中重留夢得	未3/1910	謝詩5/2159	顧0622	대화5(831)	洛陽	C紙
[2002]	花2790	雪夜喜李郎中見訪兼酬所贈	未3/1910	謝詩5/2160	顧0623	대화5(831)	洛陽	A眞
[2003]	花2791	任老	未3/1911	謝詩5/2160	顧0623	대화6(832)	洛陽	B麻
[2004]	花2792	勸歡	未3/1911	謝詩5/2161	顧0623	대화6(832)	洛陽	A支
[2005]	花2793	答王尚書問履道池舊橋	未3/1912	謝詩5/2161	顧0623	대화6(832)	洛陽	B尤
[2006]	花2794	晚歸府	未3/1913	謝詩5/2162	顧0624	대화6(832)	洛陽	B鹽/咸
[2007]	花2795	從龍潭寺至少林寺題贈同遊者	未3/1914	謝詩5/2163	顧0624	대화6(832)	嵩山	B先
[2008]	花2796	夜從法王寺下歸嶽寺	未3/1915	謝詩5/2164	顧0624	대화6(832)	嵩山	A東
[2009]	花2797	宿龍潭寺	未3/1916	謝詩5/2165	顧0624	대화6(832)	嵩山	A灰
[2010]	花2798	嵩陽觀夜奏霓裳	未3/1916	謝詩5/2166	顧0624	대화6(832)	嵩山	B陽
[2011]	花2799	過元家履信宅	未3/1917	謝詩5/2166	顧0625	대화6(832)	洛陽	A支
[2012]	花2800	和杜錄事題紅葉	未3/1918	謝詩5/2167	顧0625	대화6(832)	洛陽	A眞
[2013]	花2801	題崔常侍濟上別墅	未3/1919	謝詩5/2168	顧0625	대화6(832)	濟源	A文
[2014]	花2802	過溫尚書莊	未3/1920	謝詩5/2168	顧0626	대화6(832)	濟源	B陽
[2015]	花2803	天壇峯下贈杜錄事	未3/1921	謝詩5/2169	顧0626	대화6(832)	王屋	A寒
[2016]	花2804	贈僧五首1·鉢塔院如大師	未3/1922	謝詩5/2170	顧0626	대화5(831)*	洛陽	B侵
[2017]	花2805	贈僧五首2·神照上人	未3/1923	謝詩5/2172	顧0626	대화5(831)*	洛陽	A支

[2018]	花2806	贈僧五首3·白遠禪師	朱3/1924	謝詩5/2173 顧0627	대화5(831)*	洛陽	B陽
[2019]	花2807	贈僧五首4·宗實上人	朱3/1924	謝詩5/2173 顧0627	대화5(831)*	洛陽	B陽
[2020]	花2808	贈僧五首5·清閑上人	朱3/1925	謝詩5/2174 顧0627	대화5(831)*	洛陽	A灰
[2021]	花2809	禪秋思	朱3/1926	謝詩5/2175 顧0627	대화6(832)	洛陽	A支
[2022]	花2810	自詠	朱3/1926	謝詩5/2175 顧0627	대화6(832)	洛陽	A眞
[2023]	花2811	分司初到洛中偶題六韻兼戲呈馮尹	朱3/1927	謝詩5/2176 顧0628	대화3(829)	洛陽	A灰
[2024]	花2608	春風	朱3/1928	謝詩5/2177 顧0628	대화5(831)	△△	A灰
[2025]	花2812	洛陽春	朱3/1929	謝詩5/2179 顧0629	대화4(830)	洛陽	B先
[2026]	花2813	恨去年	朱4/1929	謝詩5/2180 顧0629	대화4(830)	洛陽	B麻
[2027]	花2814	早出晚歸	朱4/1930	謝詩5/2180 顧0629	대화4(830)	洛陽	A灰
[2028]	花2815	魏王堤	朱4/1931	謝詩5/2181 顧0629	대화4(830)	洛陽	A齊
[2029]	花2816	嘗黃醅新酎憶微之	朱4/1931	謝詩5/2181 顧0630	대화3(829)	洛陽	B陽
[2030]	花2817	勸行樂	朱4/1932	謝詩5/2182 顧0630	대화3(829)~4	洛陽	A東
[2031]	花2818	老慵	朱4/1933	謝詩5/2183 顧0630	대화3(829)~4	洛陽	A魚
[2032]	花2819	酬別微之	朱4/1934	謝詩5/2183 顧0630	대화3(829)	洛陽	B先
[2033]	花2820	予與微之老而無子發於言歎著在詩篇今年冬各有一子戲作二什以相賀一以自嘲1	朱4/1935	謝詩5/2185 顧0631	대화3(829)	洛陽	A支
[2034]^	花2821	予與微之老而無子發於言歎著在詩篇今年冬各有一子戲作二什以相賀一以自嘲2	朱4/1935	謝詩5/2186 顧0631	대화3(829)	洛陽	B麻
[2035]	花2822	自問	朱4/1936	謝詩5/2187 顧0631	대화3(829)	長安	B庚
[2036]	花2823	晚桃花	朱4/1936	謝詩5/2187 顧0632	대화3(829)	長安	A支
[2037]	花2824	夜調琴憶崔少卿	朱4/1938	謝詩5/2188 顧0632	대화3(829)	洛陽	B庚
[2038]	花2825	阿崔	朱4/1938	謝詩5/2189 顧0632	대화3(829)	洛陽	A虞
[2039]	花2826	贈鄰里往還	朱4/1940	謝詩5/2191 顧0632	대화3(829)	洛陽	B先
[2040]	花2827	王子晉廟	朱4/1940	謝詩5/2191 顧0633	대화3(829)	洛陽	B庚

[2041]	花2828	晚起	未4/1941	謝詩5/2192	顧0633	대한4(830)	洛陽	B庚
[2042]	花2829	酬皇甫賓客	未4/1942	謝詩5/2193	顧0633	대한4(830)	洛陽	A眞
[2043]	花2830	池上贈韋山人	未4/1942	謝詩5/2194	顧0633	대한4(830)	洛陽	B尤
[2044]	花2831	無夢	未4/1943	謝詩5/2194	顧0634	대한4(830)	洛陽	A庚
[2045]	花2832	對小潭寄遠上人	未4/1944	謝詩5/2195	顧0634	대한4(830)	洛陽	B侵
[2046]	花2833	閑吟二首1	未4/1944	謝詩5/2196	顧0634	대한4(830)	洛陽	B歌
[2047]	花2834	閑吟二首2	未4/1945	謝詩5/2196	顧0635	대한4(830)	洛陽	B先
[2048]	花2835	獨遊玉泉寺	未4/1945	謝詩5/2197	顧0635	대한4(830)	洛陽	B庚
[2049]	花2836	晚出尋人不遇	未4/1946	謝詩5/2197	顧0635	대한4(830)	洛陽	B陽
[2050]	花2837	苦熱	未4/1947	謝詩5/2198	顧0635	대한4(830)	洛陽	A眞
[2051]	花2838	銷暑	未4/1947	謝詩5/2198	顧0635	대한4(830)	洛陽	A東
[2052]	花2839	行香歸	未4/1948	謝詩5/2199	顧0636	대한4(830)	洛陽	B蒸
[2053]	花2840	同王十七庶子李六員外鄭二侍御同年四人遊龍門有感而作	未4/1949	謝詩5/2199	顧0636	대한4(830)	洛陽	A元
[2054]	花2841	池上小宴問程秀才	未4/1950	謝詩5/2200	顧0636	대한4(830)	洛陽	A支
[2055]	花2842	橋亭卯飲	未4/1951	謝詩5/2201	顧0636	대한4(830)	洛陽	B靑
[2056]	花2843	舟中夜坐	未4/1952	謝詩5/2203	顧0637	대한4(830)	洛陽	A東
[2057]	花2844	戲和微之答竇七行軍之作	未4/1952	謝詩5/2203	顧0637	대한4(830)	洛陽	B先
[2058]	花2845	閑忙	未4/1953	謝詩5/2204	顧0637	대한4(830)	洛陽	A刪
[2059]	花2846	西風	未4/1954	謝詩5/2205	顧0637	대한4(830)	洛陽	A微
[2060]	花2847	題西亭	未4/1954	謝詩5/2205	顧0638	대한4(830)	洛陽	A眞
[2061]	花2848	觀游魚	未4/1955	謝詩5/2206	顧0638	대한5(831)	洛陽	A尤
[2062]	花2849	看採蓮	未4/1955	謝詩5/2206	顧0638	대한4(830)	洛陽	B先
[2063]	花2850	看採菱	未4/1956	謝詩5/2206	顧0638	대한4(830)	洛陽	B歌
[2064]	花2851	天老	未4/1956	謝詩5/2207	顧0638	대한4(830)	洛陽	A支

[2065]	花2852	秋池	未4/1957	謝詩5/2207	顧0639	대교4(830)	洛陽	B陽
[2066]	花2853	登天宮閣	未4/1957	謝詩5/2208	顧0639	대교4(830)	洛陽	A刪
[2067]	花2854	新雪二首1	未4/1958	謝詩5/2208	顧0639	대교4(830)	洛陽	B先
[2068]	花2855	新雪二首2	未4/1958	謝詩5/2209	顧0639	대교4(830)	洛陽	A冬
[2069]	花2856	日高臥	未4/1959	謝詩5/2209	顧0639	대교4(830)	洛陽	A眞
[2070]	花2857	和微之任校書郎日過三鄕	未4/1960	謝詩5/2210	顧0640	대교4(830)	洛陽	A魚
[2071]	花2858	和微之十七與君別及朧月花枝之詠	未4/1960	謝詩5/2211	顧0640	대교4(830)	洛陽	B先
[2072]	花2859	和微之數植花	未4/1961	謝詩5/2211	顧0640	대교4(830)	洛陽	B麻
[2073]	花2860	思往喜今	未4/1962	謝詩5/2212	顧0640	대교4(830)	洛陽	B尤
[2074]	花2861	題不泉薛家雪堆莊	未4/1962	謝詩5/2212	顧0640	대교4(830)	洛陽	A灰
[2075]	花2862	和道之道保生三日	未4/1963	謝詩5/2213	顧0641	대교4(830)*	洛陽	A支
[2076]	花2863	哭皇甫七郎中	未4/1964	謝詩5/2214	顧0641	대교4(830)*	洛陽	B庚
[2077]	花2864	晚起	未4/1965	謝詩5/2214	顧0641	대교4(830)*	洛陽	A支
[2078]	花2865	疑夢二首1	未4/1966	謝詩5/2215	顧0642	대교4(830)	洛陽	A眞
[2079]	花2866	疑夢二首2	未4/1966	謝詩5/2216	顧0642	대교4(830)	洛陽	A支
[2080]	花2867	夜宴惜別	未4/1966	謝詩5/2216	顧0642	대교4(830)	洛陽	B尤
[2081]	花2868	歸來二周歲	未4/1967	謝詩5/2217	顧0642	대교5(831)	洛陽	A虞
[2082]	花2869	吾士	未4/1967	謝詩5/2217	顧0642	대교5(831)	洛陽	B陽
[2083]	花2870	題岐王舊山池石壁	未4/1968	謝詩5/2218	顧0643	대교5(831)	洛陽	A刪
[2084]	花2871	病眼花	未4/1969	謝詩5/2219	顧0643	대교5(831)*	洛陽	B尤
[2085]^	花2872	早飲醉中除河南尹敕到	未4/1970	謝詩5/2219	顧0643	대교4(830)	洛陽	A支
[2086]	花2873	除夜	未4/1971	謝詩5/2220	顧0643	대교4(830)	洛陽	A眞
[2087]	花2874	府西池	未4/1971	謝詩5/2221	顧0644	대교5(831)	洛陽	A灰
[2088]	花2875	天津橋	未4/1972	謝詩5/2221	顧0644	대교5(831)	洛陽	A齊
[2089]	花2876	不准擬二首1	未4/1973	謝詩5/2222	顧0644	대교5(831)	洛陽	A虞

[2090]	花2877	不准擬二首 2	未4/1973	謝詩5/2223	顧0644	대력5(831)	洛陽	B庚
[2091]	花2878	府中夜賞	未4/1974	謝詩5/2223	顧0644	대력5(831)	洛陽	B尤
[2092]	花2879	府西池北新葺水齋卽事招賓偶題十六韻	未4/1974	謝詩5/2224	顧0645	대력5(831)	洛陽	B尤
[2093]	花2880	哭崔兒	未4/1976	謝詩5/2225	顧0646	대력5(831)	洛陽	A眞
[2094]	花2881	初喪崔兒報微之晦叔	未4/1978	謝詩5/2227	顧0646	대력5(831)	洛陽	A支
[2095]	花2882	府齋感懷酬夢得	未4/1979	謝詩5/2227	顧0646	대력5(831)	洛陽	A支
[2096]	花2883	齋居	未4/1979	謝詩5/2228	顧0646	대력5(831)	洛陽	B陽
[2097]	花2884	與諸道者同遊二室至九龍潭作	未4/1980	謝詩5/2229	顧0647	대력5(831)*	洛陽	A眞
[2098]	花2885	履道池上作	未4/1981	謝詩5/2230	顧0647	대력5(831)	洛陽	A虞
[2099]	花2886	六十拜河南尹	未4/1982	謝詩5/2230	顧0647	대력5(831)	洛陽	A支
[2100]	花2887	重修府西水亭院	未4/1982	謝詩5/2231	顧0647	대력5(831)	洛陽	A灰
[2101]	花2888	與諸公同出城觀稼	未4/1983	謝詩5/2231	顧0648	대력5(831)	洛陽	A文
[2102]	花2889	水堂醉臥問杜三十一	未4/1983	謝詩5/2232	顧0648	대력5(831)	洛陽	B先
[2103]	花2890	歲暮言懷	未4/1984	謝詩5/2232	顧0648	대력5(831)	洛陽	A元
[2104]	花2891	座中戱呈諸少年	未4/1985	謝詩5/2233	顧0648	대력5(831)	洛陽	B陽
[2105]	花2892	雪後早過天津橋偶呈諸客	未4/1985	謝詩5/2234	顧0649	대력5(831)	洛陽	B歌
[2106]	花2893	新製綾襖成感而有詠	未4/1986	謝詩5/2235	顧0649	대력5(831)	洛陽	B庚
[2107]	花2894	早春雪後贈洛陽李長官長水鄭明府二同年	未4/1987	謝詩5/2235	顧0649	대력6(832)	洛陽	A眞
[2108]	花2895	醉吟	未4/1988	謝詩5/2237	顧0650	대력6(832)	洛陽	A支
[2109]	花2896	府酒五絶 1 · 變法	未4/1989	謝詩5/2237	顧0650	대력6(832)	洛陽	A虞
[2110]	花2897	府酒五絶 2 · 招客	未4/1989	謝詩5/2238	顧0650	대력6(832)	洛陽	A篠
[2111]	花2898	府酒五絶 3 · 辨味	未4/1989	謝詩5/2238	顧0650	대력6(832)	洛陽	B靑
[2112]	花2899	府酒五絶 4 · 自勸	未4/1989	謝詩5/2238	顧0650	대력6(832)	洛陽	B先
[2113]	花2900	府酒五絶 5 · 諭妓	未4/1990	謝詩5/2239	顧0651	대력6(832)	洛陽	A文
[2114]	花2901	晚歸早出	未4/1991	謝詩5/2239	顧0651	대력6(832)	洛陽	A眞

[2115]	花2902	南龍興寺殘雪	朱4/1991	謝詩5/2240	顧0651	大和6(832)	洛陽	B陽
[2116]	花2903	天宮閣早春	朱4/1992	謝詩5/2240	顧0651	大和6(832)	洛陽	A眞
[2117]	花2904	履道居三首1	朱4/1992	謝詩5/2241	顧0652	大和6(832)	洛陽	A微
[2118]	花2905	履道居三首2	朱4/1993	謝詩5/2241	顧0652	大和6(832)	洛陽	B先
[2119]	花2906	履道居三首3	朱4/1993	謝詩5/2242	顧0652	大和6(832)	洛陽	A支
[2120]	花2907	和夢得冬日晨興	朱4/1993	謝詩5/2242	顧0652	大和6(832)	洛陽	B庚
[2121]	花2908	雪夜對酒招客	朱4/1994	謝詩5/2243	顧0652	大和6(832)	洛陽	A眞
[2122]	花2909	瞻晦叔憶夢得	朱4/1995	謝詩5/2243	顧0652	大和6(832)	洛陽	B尤
[2123]	花2910	醉後重瞻晦叔	朱4/1996	謝詩5/2244	顧0653	大和6(832)	洛陽	B先
[2124]	花2911	睡覺	朱4/1996	謝詩5/2244	顧0653	大和6(832)	洛陽	B先
[2125]	花2956	詠興五首并序	朱4/1998	謝詩5/2247	顧0654	大和7(833)	洛陽	○○
[2126]	花2956	詠興五首1·解印出公府	朱4/1998	謝詩5/2247	顧0654	大和7(833)	洛陽	A支/微
[2127]	花2957	詠興五首2·出府歸吾廬	朱4/1999	謝詩5/2248	顧0655	大和7(833)	洛陽	E質/物
[2128]	花2958	詠興五首3·池上有小舟	朱4/2000	謝詩5/2250	顧0655	大和7(833)	洛陽	B陽
[2129]	花2959	詠興五首4·四月池水滿	朱4/2001	謝詩5/2251	顧0655	大和7(833)	洛陽	E質/物
[2130]	花2960	詠興五首5·小庭亦有月	朱4/2002	謝詩5/2251	顧0656	大和7(833)	洛陽	B歌/麻
[2131]	花3049	秋涼閑臥	朱4/2003	謝詩5/2253	顧0656	개성2(837)	洛陽	D問/願
[2132]	花3050	酬思黯相公見過弊居戲贈	朱4/2004	謝詩5/2253	顧0656	개성2(837)	洛陽	A灰
[2133]	花2961	再授賓客分司	朱4/2005	謝詩5/2254	顧0657	大和7(833)	洛陽	E月/曷/屑
[2134]	花2962	把酒	朱4/2006	謝詩5/2255	顧0658	大和7(833)	洛陽	C紙
[2135]	花2963	首夏	朱4/2007	謝詩5/2256	顧0658	大和7(833)	洛陽	B庚
[2136]	花2964	代鶴	朱4/2008	謝詩5/2257	顧0658	大和7(833)	洛陽	E陌
[2137]	花2965	立秋夕有懷夢得	朱4/2008	謝詩5/2258	顧0658	大和7(833)	洛陽	B庚
[2138]	花2966	哭崔常侍晦叔	朱4/2009	謝詩5/2259	顧0659	大和7(833)	洛陽	B侵
[2139]^	花2967	新秋曉興	朱4/2011	謝詩5/2260	顧0659	大和7(833)	洛陽	B陽

[2140]^	花2968	秋日與張賓客著作同遊龍門醉中狂歌凡一百三十八字	朱4/2011	謝詩5/2261	顧0660	대력7(833)	洛陽	B庚
[2141]	花2969	履信池櫻桃島上醉後走筆送別舒員外兼寄宗正李卿考功崔郎中	朱4/2013	謝詩5/2263	顧0660	대력7(833)*	洛陽	ACE
[2142]	花2970	秋池獨汎	朱4/2015	謝詩5/2265	顧0661	대력7(833)	洛陽	A支
[2143]	花2971	冬日早起閑詠	朱4/2016	謝詩5/2266	顧0661	대력7(833)	洛陽	D霰
[2144]	花2972	歲暮	朱4/2016	謝詩5/2266	顧0661	대력7(833)	洛陽	A眞
[2145]	花2973	南池早春有懷	朱4/2017	謝詩5/2267	顧0661	대력8(834)	洛陽	D翰
[2146]	花2974	古意	朱4/2018	謝詩5/2268	顧0662	대력8(834)	洛陽	E陌
[2147]	花2975	山遊示小妓	朱4/2019	謝詩5/2269	顧0662	대력8(834)	洛陽	D末
[2148]	花2976	神照禪師同宿	朱4/2020	謝詩5/2270	顧0662	대력8(834)	洛陽	A支
[2149]	花2977	張常侍相訪	朱4/2021	謝詩5/2271	顧0662	대력8(834)	洛陽	A元
[2150]	花2978	早夏遊宴	朱4/2022	謝詩5/2271	顧0663	대력8(834)	洛陽	D霰
[2151]	花2979	感白蓮花	朱4/2022	謝詩5/2272	顧0663	대력8(834)	洛陽	A眞/文/元
[2152]	花2980	詠所樂	朱4/2023	謝詩5/2273	顧0664	대력8(834)	洛陽	A支/微
[2153]	花2981	思舊	朱4/2027	謝詩5/2276	顧0664	대력8(834)	洛陽	B先
[2154]^	花2982	寄盧少卿	朱4/2028	謝詩5/2278	顧0665	대력8(834)	洛陽	ABDE
[2155]	花2983	池上清晨候皇甫郎中	朱4/2029	謝詩5/2279	顧0665	대력8(834)	洛陽	B陽
[2156]^	花2984	詠懷	朱4/2030	謝詩5/2280	顧0665	대력8(834)	洛陽	D眞/未
[2157]	花2985	北窗三友	朱4/2031	謝詩5/2281	顧0666	대력8(834)	洛陽	A支/微
[2158]	花2986	吟四雖				대력8(834)	洛陽	AC
[2159]	花2987	裴侍中晉公以集賢亭即事詩二十六韻見贈猥蒙徵和才拙詞繁廣為五百言以申酬獻	朱4/2033	謝詩5/2283	顧0666	대력9(835)*	洛陽	A支/微
[2160]	花2988	晚歸香山寺因詠所懷	朱4/2037	謝詩5/2288	顧0668	대력9(835)	洛陽	A刪

[2161]	花2989	張常侍池涼夜閑贈諸公	朱4/2038	謝詩5/2289	顧0668	대화9(835)	洛陽	D寶
[2162]	花2990	和皇甫郎中秋曉同登天宮閣言懷六韻	朱4/2039	謝詩5/2290	顧0668	대화9(835)	洛陽	C早
[2163]	花2991	送呂漳州	朱4/2039	謝詩5/2291	顧0669	대화9(835)	洛陽	E屋/沃
[2164]	花2992	短歌行	朱4/2041	謝詩5/2292	顧0669	대화9(835)	洛陽	E屋/沃
[2165]	花2993	詠懷	朱4/2042	謝詩5/2293	顧0670	대화9(835)	洛陽	E職
[2166]	花2994	府西亭納涼歸	朱4/2043	謝詩5/2294	顧0670	대화9(835)	洛陽	D寶/未
[2167]	花2995	老熱	朱4/2043	謝詩5/2294	顧0670	개성1(836)	洛陽	B尤
[2168]	花2996	新秋喜涼因寄兵部楊侍郎	朱4/2044	謝詩5/2295	顧0671	개성1(836)	洛陽	D霰
[2169]	花2997	懶放二首呈劉夢得吳方之1	朱4/2045	謝詩5/2296	顧0671	개성1(836)	洛陽	E質
[2170]	花2998	懶放二首呈劉夢得吳方之2	朱4/2046	謝詩5/2297	顧0671	개성1(836)	洛陽	C咢
[2171]	花2999	六十六	朱4/2047	謝詩5/2298	顧0672	개성2(837)	洛陽	E屋/沃
[2172]	花3000	三適贈道友	朱4/2048	謝詩5/2298	顧0672	개성2(837)	洛陽	A支/微
[2173]	花3001	洛陽春贈劉李二賓客	朱4/2049	謝詩5/2299	顧0672	개성2(837)	洛陽	A元
[2174]	花3002	寒食	朱4/2051	謝詩5/2301	顧0672	개성2(837)	洛陽	E職
[2175]	花3003	和裴令公一日一年年年雜言見贈	朱4/2051	謝詩5/2301	顧0673	개성2(837)	洛陽	AE
[2176]^	花3004	題裴晉公女几山刻石詩後幷贈	朱4/2053	謝詩5/2303	顧0674	대화9(835)	洛陽	○○
[2177]	花3004	題裴晉公女几山刻石詩後	朱4/2053	謝詩5/2303	顧0674	대화9(835)	洛陽	B先
[2178]	花3005	詠慵有愚叟	朱4/2056	謝詩5/2306	顧0675	대화8(834)	洛陽	E月/曷/眉
[2179]	花3006	飽食閑坐	朱4/2056	謝詩5/2307	顧0675	대화8(834)	洛陽	B陽
[2180]	花3007	閑居自題	朱4/2057	謝詩5/2308	顧0676	대화8(834)~9	洛陽	D御/遇
[2181]	花3008	贊鑽喜老	朱4/2058	謝詩5/2309	顧0676	대화9(835)	洛陽	A支/微
[2182]	花3009	風雪中作	朱4/2059	謝詩5/2310	顧0676	대화8(834)	洛陽	BC
[2183]	花3010	對琴酒	朱4/2060	謝詩5/2311	顧0677	대화9(835)	洛陽	A支/微
[2184]	花3011	雪中晏起偶詠所懷兼呈張常侍韋庶子皇甫郎中	朱4/2060	謝詩5/2312	顧0677	대화8(834)	洛陽	A眞/文

[2185]	花3012 和裴侍中南園靜興見示	未4/2062	謝詩5/2313	顧0678	대화8(834)	洛陽	C紙
[2186]	花3013 春寒	未4/2063	謝詩5/2314	顧0678	대화9(835)	洛陽	E屋/沃
[2187]	花3014 菩提寺上方晚望香山寺寄舒員外	未4/2064	謝詩5/2315	顧0678	대화8(834)	洛陽	CD
[2188]	花3015 二月一日作贈韋七庶子	未4/2065	謝詩5/2316	顧0679	대화9(835)	洛陽	E質
[2189]	花3016 大薦	未4/2066	謝詩5/2317	顧0679	대화9(835)	洛陽	B先
[2190]	花3017 夢劉二十八因詩問之	未4/2066	謝詩5/2317	顧0679	대화9(835)	洛陽	A魚/虞
[2191]	花3018 閑吟	仄4/2067	謝詩5/2318	顧0680	대화9(835)	洛陽	AE
[2192]	花3019 西行	未4/2068	謝詩5/2319	顧0680	대화9(835)	途中	E藥
[2193]	花3020 東歸	未4/2069	謝詩5/2320	顧0680	대화9(835)	途中	A魚/虞
[2194]	花3021 途中作	未4/2070	謝詩5/2321	顧0681	대화9(835)	途中	D寘/未
[2195]	花3022 小臺	未4/2071	謝詩5/2322	顧0681	대화9(835)	洛陽	C養
[2196]	花3023 睡後茶興憶楊同州	未4/2071	謝詩5/2322	顧0681	대화9(835)	洛陽	D寘/未
[2197]	花3024 題文集櫃	未4/2072	謝詩5/2323	顧0682	대화9(835)~개성1(836)	洛陽	B先
[2198]	花3025 旱熱二首 1	未4/2073	謝詩5/2324	顧0682	대화9(835)	洛陽	D寘/未
[2199]	花3026 旱熱二首 2	未4/2073	謝詩5/2325	顧0682	대화9(835)	洛陽	B陽
[2200]	花3027 偶作二首 1	未4/2074	謝詩5/2325	顧0683	대화9(835)	洛陽	AE
[2201]	花3028 偶作二首 2	未4/2074	謝詩5/2326	顧0683	대화9(835)	洛陽	AD
[2202]	花3035 池上作	未4/2075	謝詩5/2326	顧0683	대화9(835)	洛陽	B侵
[2203]	花3036 何處堪避暑	未4/2076	謝詩5/2328	顧0684	대화9(835)	洛陽	B尤
[2204]	花3037 詔下	未4/2077	謝詩5/2329	顧0684	대화9(835)	洛陽	A眞/文
[2205]	花3038 七月一日作	未4/2078	謝詩5/2329	顧0684	대화9(835)	洛陽	C紙
[2206]	花3030 開襟	未4/2079	謝詩5/2330	顧0685	대화9(835)	洛陽	D寘/未
[2207]	花3031 自賓客遷太子少傅分司	未4/2080	謝詩5/2331	顧0685	대화9(835)	洛陽	D寘
[2208]	花3032 自在	未4/2081	謝詩5/2332	顧0685	대화9(835)	洛陽	D泰/隊

[2209]	花3033	詠史	朱4/2082	謝詩5/2333	顧0686	대화9(835)	洛陽	A支/微
[2210]	花3034	因夢有悟	朱4/2084	謝詩5/2335	顧0686	대화9(835)	洛陽	A支/微
[2211]	花3039	春遊	朱4/2085	謝詩5/2336	顧0686	개성1(836)	洛陽	A眞
[2212]^	花3040	題天竺南院贈閑元受清四上人	朱4/2085	謝詩5/2337	顧0687	개성1(836)	洛陽	A眞/文
[2213]	花3041	哭師皋	朱4/2086	謝詩5/2338	顧0687	개성1(836)	洛陽	AD
[2214]	花3042	隱几贈客	朱4/2088	謝詩5/2340	顧0687	개성1(836)	洛陽	C有
[2215]	花3043	夏日作	朱4/2089	謝詩5/2341	顧0688	개성1(836)	洛陽	AB
[2216]	花3044	晚涼閑詠	朱4/2090	謝詩5/2342	顧0688	개성1(836)	洛陽	E職
[2217]	花3045	酬牛相公宮城早秋寓言見示兼呈夢得	朱4/2090	謝詩5/2342	顧0688	개성2(837)	洛陽	B庚
[2218]	花3046	小臺晚坐憶夢得	朱4/2092	謝詩5/2343	顧0689	개성2(837)	洛陽	A灰
[2219]	花3047	種桃歌	朱4/2092	謝詩5/2344	顧0689	개성2(837)	洛陽	B歌/麻
[2220]	花3048	狂言示諸姪	朱4/2093	謝詩5/2344	顧0689	개성2(837)	洛陽	E質/物
[2221]^	花3051	偶以拙詩數首呈裴少尹侍郎蒙以盛製四篇一時酬和重投長句美而謝之	朱4/2094	謝詩5/2346	顧0690	개성2(837)	洛陽	A虞
[2222]^	花3052	六年冬暮贈崔常侍晦叔	朱4/2097	謝詩5/2349	顧0691	대화6(832)	洛陽	B尤
[2223]	花3053	戲招諸客	朱4/2098	謝詩5/2350	顧0691	대화6(832)	洛陽	A灰
[2224]	花3054	十二月二十三日作兼呈晦叔	朱4/2099	謝詩5/2350	顧0691	대화6(832)	洛陽	B陽
[2225]	花3055	七年元日對酒五首 1	朱4/2099	謝詩5/2351	顧0692	대화7(833)	洛陽	A支
[2226]	花3056	七年元日對酒五首 2	朱4/2100	謝詩5/2352	顧0692	대화7(833)	洛陽	A眞
[2227]	花3057	七年元日對酒五首 3	朱4/2100	謝詩5/2352	顧0692	대화7(833)	洛陽	B庚
[2228]	花3058	七年元日對酒五首 4	朱4/2100	謝詩5/2352	顧0692	대화7(833)	洛陽	B庚
[2229]	花3059	七年元日對酒五首 5	朱4/2102	謝詩5/2353	顧0693	대화7(833)	洛陽	B先
[2230]	花3060	七年春題府廳	朱4/2102	謝詩5/2353	顧0693	대화7(833)	洛陽	A虞
[2231]	花3061	早春醉吟寄太原令狐相公蘇州劉郎中	朱4/2102	謝詩5/2354	顧0693	대화7(833)	洛陽	B先
[2232]	花3062	洛下送牛相公出鎮淮南	朱4/2104	謝詩5/2355	顧0693	대화6(832)	洛陽	B庚

[2233]	花3063	箏	未4/2105	謝詩5/2356	顧0694	대효7(833)	洛陽	A東
[2234]	花3064	洛下春遊呈諸親友	未4/2106	謝詩5/2358	顧0694	대효7(833)	洛陽	A眞
[2235]	花3065	酬舒三員外見贈臨長句	未4/2107	謝詩5/2359	顧0694	대효7(833)	洛陽	A虞
[2236]	花3066	將歸一絶	未4/2108	謝詩5/2360	顧0695	대효7(833)	洛陽	A微
[2237]	花3067	罷府歸舊居	未4/2109	謝詩5/2360	顧0695	대효7(833)	洛陽	A灰
[2238]	花3068	睡覺偶吟	未4/2109	謝詩5/2361	顧0695	대효7(833)	洛陽	A支
[2239]	花3069	問支琴石	未4/2110	謝詩5/2361	顧0695	대효7(833)	洛陽	B侵
[2240]	花3070	自喜	未4/2110	謝詩5/2362	顧0696	대효7(833)	洛陽	A灰
[2241]	花3071	裴常侍以題薔薇架十八韻見示因廣爲三十韻以和之	未4/2111	謝詩5/2362	顧0696	대효7(833)	洛陽	B陽
[2242]	花3072	感舊詩卷	未4/2113	謝詩5/2365	顧0697	대효7(833)	洛陽	A虞
[2243]	花3073	酬李二十侍郎	未4/2113	謝詩5/2365	顧0697	대효7(833)	洛陽	A微
[2244]	花3074	和夢得	未4/2114	謝詩5/2366	顧0697	대효7(833)	洛陽	B庚
[2245]	花3075	贈草堂宗密上人	未4/2115	謝詩5/2367	顧0698	대효7(833)	洛陽	B蒸
[2246]	花3076	喜照密閑寶四上人見過	未4/2116	謝詩5/2369	顧0698	대효7(833)	洛陽	A東
[2247]	花3077	贈皇甫六張十五李二十三賓客	未4/2118	謝詩5/2370	顧0698	대효7(833)	洛陽	A支
[2248]	花3078	微之敦詩晦叔相次長逝巋然自傷因成二絶 1	未4/2119	謝詩5/2371	顧0698	대효7(833)	洛陽	A眞
[2249]	花3079	微之敦詩晦叔相次長逝巋然自傷因成二絶 2	未4/2119	謝詩5/2372	顧0699	대효7(833)	洛陽	B歌
[2250]	花3080	池上閑詠	未4/2120	謝詩5/2372	顧0699	대효7(833)	洛陽	B尤
[2251]	花3081	涼風歎	未4/2121	謝詩5/2372	顧0699	대효7(833)	洛陽	B先
[2252]	花3082	和高僕射罷節度讓尚書授少保分司喜逐游山水之作	未4/2121	謝詩5/2373	顧0699	대효7(833)	洛陽	B庚
[2253]	花3083	送考功崔郎中赴闕	未4/2122	謝詩5/2374	顧0700	대효7(833)	洛陽	B先

[2254]	花3084 重修香山寺畢題二十二韻以紀之	朱4/2123	謝詩5/2374	顧0700	대한6(832)	洛陽	B尤
[2255]	花3085 送楊八給事赴常州	朱4/2126	謝詩5/2377	顧0700	대한7(833)	洛陽	A眞
[2256]	花3086 聞歌者唱微之詩	朱4/2127	謝詩5/2378	顧0701	대한7(833)	洛陽	B侵
[2257]	花3087 醉送李二十常侍赴鎮浙東	朱4/2127	謝詩5/2378	顧0701	대한7(833)	洛陽	B豪
[2258]	花3088 醉別程秀才	朱4/2129	謝詩5/2379	顧0701	대한7(833)	洛陽	A灰
[2259]	花3089 自詠	朱4/2130	謝詩5/2380	顧0701	대한7(833)	洛陽	B先
[2260]	花3090 把酒思閑事二首 1	朱4/2130	謝詩5/2381	顧0702	대한7(833)	洛陽	B侵
[2261]	花3091 把酒思閑事二首 2	朱4/2131	謝詩5/2381	顧0702	대한7(833)	洛陽	B歌
[2262]	花3092 袁荷	朱4/2131	謝詩5/2382	顧0702	대한7(833)	洛陽	A寒
[2263]	花3093 池上送考功崔郎中兼別房竇二妓	朱4/2132	謝詩5/2382	顧0702	대한7(833)	洛陽	A支
[2264]	花3094 自問	朱4/2132	謝詩5/2383	顧0703	대한7(833)	洛陽	A眞
[2265]	花3095 送陳許使射赴鎮	朱4/2133	謝詩5/2383	顧0703	대한7(833)	洛陽	A虞
[2266]	花3096 靑氈帳二十韻	朱4/2134	謝詩5/2384	顧0703	대한7(833)	洛陽	B先
[2267]	花3097 靑氈得秋日書懷見寄	朱4/2136	謝詩5/2386	顧0704	대한7(833)	洛陽	A支
[2268]	花3098 同諸客題于家公主舊宅	朱4/2137	謝詩5/2387	顧0704	대한7(833)	洛陽	B尤
[2269]	花3099 答夢得八月十五日夜玩月見寄	朱4/2139	謝詩5/2388	顧0704	대한7(833)	洛陽	A東
[2270]	花3100 初冬早起寄夢得	朱4/2140	謝詩5/2389	顧0705	대한7(833)	洛陽	B尤
[2271]	花3101 秋夜聽高調涼州	朱4/2141	謝詩5/2390	顧0705	대한7(833)	洛陽	B蕭
[2272]	花3102 香山寺二絶 1	朱4/2142	謝詩5/2391	顧0705	대한7(833)	洛陽	A刪
[2273]	花3103 香山寺二絶 2	朱4/2142	謝詩5/2391	顧0705	대한7(833)	洛陽	B蒸
[2274]	花3104 送舒著作重授省郎赴闕	朱4/2143	謝詩5/2392	顧0706	대한7(833)*	洛陽	A虞
[2275]	花3105 同諸客嘲雪中馬上妓	朱4/2144	謝詩5/2392	顧0706	대한7(833)	洛陽	A虞
[2276]	花3106 喜劉蘇州恩賜金紫遙想賀宴以詩慶之	朱4/2145	謝詩5/2393	顧0706	대한7(833)	洛陽	B先
[2277]^	花3107 藍田劉明府携酒相過與皇甫郎中卯時同飮醉後贈之	朱4/2146	謝詩5/2394	顧0706	대한7(833)	洛陽	A灰

[2278]	花3108	劉蘇州以華亭一鶴遠寄以詩謝之	朱4/2147	謝詩5/2395	顧0707	대호7(833)	洛陽	B侵
[2279]	花3109	早春憶蘇州寄夢得	朱4/2148	謝詩5/2396	顧0707	대호8(834)	洛陽	B先
[2280]	花3110	嘗新酒憶晦叔一首 1	朱4/2148	謝詩5/2396	顧0707	대호8(834)	洛陽	B陽
[2281]	花3111	嘗新酒憶晦叔二首 2	朱4/2148	謝詩5/2397	顧0707	대호8(834)	洛陽	B青
[2282]	花3112	負春	朱4/2149	謝詩5/2397	顧0708	대호8(834)	洛陽	B先
[2283]	花3113	池上閑吟二首 1	朱4/2150	謝詩5/2397	顧0708	대호8(834)	洛陽	A眞
[2284]	花3114	池上閑吟二首 2	朱4/2150	謝詩5/2398	顧0708	대호8(834)	洛陽	A魚
[2285]	花3115	早春招張賓客	朱4/2151	謝詩5/2399	顧0708	대호8(834)	洛陽	A眞
[2286]	花3116	營閑事	朱4/2151	謝詩5/2399	顧0708	대호8(834)	洛陽	B麻
[2287]	花3117	感春	朱4/2152	謝詩5/2400	顧0709	대호8(834)	洛陽	A眞
[2288]	花3118	春池上戲贈李郎中	朱4/2152	謝詩5/2401	顧0709	대호8(834)	洛陽	A文
[2289]	花3119	玩牛開花贈皇甫郎中	朱4/2153	謝詩5/2401	顧0709	대호8(834)	洛陽	A支
[2290]	花3120	池邊	朱4/2154	謝詩5/2402	顧0710	대호8(834)	洛陽	B先
[2291]	花3121	家釀新熟每嘗輒醉妻姪等勸令小飮因成長句以諭之	朱4/2155	謝詩5/2403	顧0710	대호8(834)	洛陽	A支
[2292]	花3122	送常秀才下第東歸	朱4/2155	謝詩5/2404	顧0710	대호8(834)	洛陽	B侵
[2293]	花3123	旦遊	朱4/2156	謝詩5/2404	顧0710	대호8(834)	洛陽	B尤
[2294]	花3124	題王家莊臨水柳亭	朱4/2157	謝詩5/2405	顧0711	대호8(834)	洛陽	A灰
[2295]	花3125	題令狐家木蘭花	朱4/2157	謝詩5/2405	顧0711	대호8(834)	洛陽	B麻
[2296]	花3126	拜表迴閑遊	朱4/2158	謝詩5/2406	顧0711	대호8(834)	洛陽	A眞
[2297]	花3127	西街渠中種蓮疊石頗有幽致偶題小樓	朱4/2159	謝詩5/2407	顧0711	대호8(834)	洛陽	B先
[2298]	花3128	晚春閑居楊工部寄詩楊常州寄茶同到因以長句答之	朱4/2159	謝詩5/2408	顧0712	대호8(834)	洛陽	B麻
[2299]	花3129	玉泉寺南三里澗下多深紅躑躅繁豔殊常感惜題詩以示遊者	朱4/2160	謝詩5/2409	顧0712	대호8(834)	洛陽	A灰

번호		제목				시기	지역	운
[2300]	花3130	早服雲母散	未4/2161	謝詩5/2409	顧0712	대화8(834)	洛陽	B麻
[2301]^	花3131	三月晦日晚聞鳥聲	未4/2161	謝詩5/2410	顧0712	대화8(834)	洛陽	A眞
[2302]^	花3132	早夏遊平泉迴	未4/2162	謝詩5/2410	顧0713	대화8(834)	洛陽	B陽
[2303]	花3133	宿天竺寺迴	未4/2163	謝詩5/2411	顧0713	대화8(834)	洛陽	A刪
[2304]	花3134	侍中晉公欲到東洛先蒙書問期宿龍門思往感今輒獻長句	未4/2164	謝詩4/2412	顧0713	대화8(834)	洛陽	A支
[2305]	花3135	奉和晉公侍中蒙除留守及洛師感悅發中斐然成詠	未4/2165	謝詩5/2413	顧0714	대화8(834)	洛陽	A眞
[2306]^	花3136	送劉五司馬赴任硤州兼寄崔使君	未4/2166	謝詩5/2413	顧0714	대화8(834)	洛陽	B先
[2307]	花3137	菩提寺上方晚眺	未4/2167	謝詩5/2414	顧0714	대화8(834)	洛陽	B侵
[2308]	花3138	楊柳枝詞八首 1	未4/2167	謝詩5/2415	顧0714	대화2(828)~개성3(838)	洛陽	A支
[2309]	花3139	楊柳枝詞八首 2	未4/2167	謝詩5/2517	顧0714	上同		B蕭
[2310]	花3140	楊柳枝詞八首 3	未4/2167.	謝詩5/2417	顧0715	上同		B庚
[2311]	花3141	楊柳枝詞八首 4	未4/2168	謝詩5/2417	顧0715	上同		A支
[2312]	花3142	楊柳枝詞八首 5	未4/2168	謝詩5/2418	顧0715	上同		B麻
[2313]	花3143	楊柳枝詞八首 6	未4/2168	謝詩5/2418	顧0715	上同		B庚
[2314]	花3144	楊柳枝詞八首 7	未4/2168	謝詩5/2419	顧0715	上同		B蕭
[2315]	花3145	楊柳枝詞八首 8	未4/2168	謝詩5/2419	顧0715	上同		A支
[2316]	花3146	浪淘沙詞六首 1	未4/2169	謝詩5/2419	顧0715	대화2(828)~개성4(839)	洛陽	B庚
[2317]	花3147	浪淘沙詞六首 2	未4/2170	謝詩5/2420	顧0715	上同		B先
[2318]	花3148	浪淘沙詞六首 3	未4/2170	謝詩5/2420	顧0715	上同		B庚
[2319]	花3149	浪淘沙詞六首 4	未4/2170	謝詩5/2420	顧0715	上同		B侵
[2320]	花3150	浪淘沙詞六首 5	未4/2170	謝詩5/2421	顧0715	上同		A支

						上同		B麻
[2321]	花3151	浪淘沙詞六首6	未4/2170	謝詩5/2421	顧0715	上同	洛陽	B麻
[2322]	花3152	讀老子	未4/2172	謝詩5/2423	顧0716	大和8(834)	洛陽	A文
[2323]	花3153	讀莊子	未4/2173	謝詩5/2424	顧0716	大和8(834)	洛陽	A東
[2324]	花3154	讀禪經	未4/2173	謝詩5/2425	顧0716	大和8(834)	洛陽	A魚
[2325]	花3155	感興二首1	未4/2174	謝詩5/2427	顧0716	大和8(834)~9	洛陽	B尤
[2326]	花3156	感興二首2	未4/2174	謝詩5/2427	顧0717	大和8(834)~9	洛陽	B陽
[2327]	花3157	問鶴	未4/2175	謝詩5/2428	顧0717	大和8(834)	洛陽	B歌
[2328]	花3158	代鶴答	未4/2175	謝詩5/2428	顧0717	大和8(834)	洛陽	A支
[2329]	花3159	閑臥有所思二首1	未4/2176	謝詩5/2429	顧0717	大和9(835)	洛陽	B侵
[2330]	花3160	閑臥有所思二首2	未4/2176	謝詩5/2429	顧0717	大和9(835)	洛陽	A灰
[2331]	花3161	喜閑	未4/2177	謝詩5/2431	顧0718	大和8(834)	洛陽	A刪
[2332]	花3162	詩酒琴人例多薄命予酷好三事雅當此科而所得已多因成狂詠聊寫愧懷	未4/2178	謝詩5/2431	顧0718	大和8(834)	洛陽	A眞
[2333]	花3163	寄明州于駙馬使君三絶句1	未4/2179	謝詩5/2432	顧0718	大和8(834)	洛陽	B歌
[2334]	花3164	寄明州于駙馬使君三絶句2	未4/2179	謝詩5/2433	顧7718	大和8(834)	洛陽	A東
[2335]	花3165	寄明州于駙馬使君三絶句3	未4/2179	謝詩5/2433	顧0719	大和8(834)	洛陽	A虞
[2336]	花3166	閑臥	未4/2180	謝詩5/2434	顧0719	大和8(834)	洛陽	A眞
[2337]	花3167	春早秋初因時卽事兼寄浙東李侍郎	未4/2181	謝詩5/2435	顧0719	大和8(834)	洛陽	B陽
[2338]	花3168	新秋喜凉	未4/2182	謝詩5/2435	顧0719	大和8(834)	洛陽	A眞
[2339]	花3169	初夏閑吟兼呈韋賓客	未4/2183	謝詩5/2436	顧0720	大和9(835)*	洛陽	A庚
[2340]	花3170	哭崔二十四常侍	未4/2184	謝詩5/2437	顧0720	大和8(834)	洛陽	A文
[2341]	花3171	奉酬侍中夏中雨後遊城南莊見示八韻	未4/2185	謝詩5/2438	顧0720	大和8(834)	洛陽	A眞
[2342]	花3172	送兗州崔大夫駙馬赴鎮	未4/2186	謝詩5/2440	顧0720	大和8(834)	洛陽	A眞
[2343]	花3173	少年問	未4/2188	謝詩5/2441	顧0721	大和8(834)	洛陽	B歌
[2344]	花3174	問少年	未4/2188	謝詩5/2442	顧0721	大和8(834)	洛陽	A虞

		題名	朱	謝詩	顧	年	地	韻
[2345]	花3175	代琵琶弟子謝女師曹供奉新調弄譜	朱4/2189	謝詩5/2442	顧0721	대화8(834)	洛陽	B庚
[2346]	花3176	代林園戲贈	朱4/2190	謝詩5/2444	顧0721	대화8(834)	洛陽	A眞
[2347]	花3177	戲答林園	朱4/2191	謝詩5/2444	顧0721	대화8(834)	△△	A眞
[2348]	花3178	重戲贈	朱4/2191	謝詩5/2445	顧0722	대화8(834)	△△	B庚
[2349]	花3179	重戲答	朱4/2192	謝詩5/2445	顧0722	대화8(834)	洛陽	A眞
[2350]	花3180	早秋登天宮寺閣贈諸客	朱4/2192	謝詩5/2446	顧0722	대화8(834)	洛陽	A眞
[2351]^	花3181	曉上天津橋閒望偶逢盧郎中張員外攜酒同傾	朱4/2193	謝詩5/2446	顧0722	대화8(834)	洛陽	B先
[2352]	花3182	八月十五日夜同諸客玩月	朱4/2194	謝詩5/2447	顧0722	대화8(834)	洛陽	A虞
[2353]	花3183	對晚開夜合花贈皇甫郎中	朱4/2195	謝詩5/2448	顧0723	대화8(834)	洛陽	B先
[2354]	花3184	醉遊平泉	朱4/2195	謝詩5/2448	顧0723	대화8(834)	洛陽	B先
[2355]	花3185	題贈平泉韋徵君拾遺	朱4/2196	謝詩5/2449	顧0723	대화8(834)	洛陽	A東
[2356]	花3186	酬皇甫郎中對新菊花見憶	朱4/2197	謝詩5/2449	顧0723	대화8(834)	洛陽	A佳
[2357]	花3187	夜宴醉後留獻裴侍中	朱4/2198	謝詩5/2450	顧0724	대화8(834)	洛陽	A庚
[2358]	花3188	和韋庶子遠坊赴宴未夜先歸之作兼呈裴員外	朱4/2198	謝詩5/2451	顧0724	대화8(834)	洛陽	A文
[2359]	花3189	集賢池答侍中同	朱4/2199	謝詩5/2452	顧0724	대화8(834)	洛陽	A虞
[2360]	花3190	楊柳枝二十韻	朱4/2200	謝詩5/2453	顧0724	대화8(834)	洛陽	A支
[2361]	花3191	答皇甫十郎中秋深酒熟見憶	朱4/2201	謝詩5/2455	顧0725	대화8(834)	洛陽	B陽
[2362]	花3192	老去	朱4/2202	謝詩5/2456	顧0725	대화8(834)	洛陽	A支
[2363]	花3193	送宗實上人遊江南	朱4/2202	謝詩5/2457	顧0726	대화8(834)	洛陽	A支
[2364]	花3194	和同州楊侍郎誇柘枝見寄	朱4/2203	謝詩5/2458	顧0726	대화8(834)	洛陽	A支
[2365]	花3195	冬初酒熟二首1	朱4/2204	謝詩5/2458	顧0726	대화8(834)	洛陽	B歌
[2366]	花3196	冬初酒熟二首2	朱4/2204	謝詩5/2459	顧0726	대화8(834)	洛陽	B蕭
[2367]	花3197	送姚杭州赴任因思舊遊二首1	朱4/2205	謝詩5/2460	顧0726	대화9(835)*	洛陽	A刪

[2368]	花3198	送姚杭州赴任因思舊遊二首2	未4/2205	謝詩5/2461	顧0727	대화9(835)*	洛陽	B先
[2369]	花3199	寄李相公	未4/2208	謝詩5/2462	顧0727	대화9(835)	洛陽	A美
[2370]	花3200	冬日平泉路晚歸	未4/2208	謝詩5/2462	顧0727	대화8(834)	洛陽	B麻
[2371]	花3201	利仁北街作	未4/2209	謝詩5/2463	顧0727	대화9(835)	洛陽	B庚
[2372]	花3202	洛陽堰閑行	未4/2210	謝詩5/2464	顧0727	대화9(835)	洛陽	A眞
[2373]	花3203	過永寧	未4/2210	謝詩5/2464	顧0728	대화9(835)	途中	A灰
[2374]^	花3204	往年稠桑曾喪白馬詩題廳壁今來尙存又復感懷更題絶句	未4/2211	謝詩5/2465	顧0728	대화9(835)	途中	B庚
[2375]	花3205	維敷水	未4/2212	謝詩5/2465	顧0728	대화9(835)	途中	A虞
[2376]	花3206	路逢靑州大夫赴鎭立馬贈別	未4/2212	謝詩5/2466	顧0728	대화9(835)	途中	A微
[2377]^	花3207	和楊同州寒食會盩厔後聞楊工部到知予與工部有宿程	未4/2214	謝詩5/2467	顧0728	대화9(835)	洛陽	A支
[2378]	花3208	和劉汝州酬待中見寄長句因集賢坊勝事戲而問之	未4/2215	謝詩5/2468	顧0729	대화9(835)	洛陽	A眞
[2379]	花3209	池上二絶1	未4/2216	謝詩5/2469	顧0729	대화9(835)	洛陽	B庚
[2380]	花3210	池上二絶2	未4/2217	謝詩5/2469	顧0729	대화9(835)	洛陽	A灰
[2381]	花3211	白羽扇	未4/2217	謝詩5/2469	顧0729	대화9(835)	洛陽	A東
[2382]	花3212	五月齋戒罷宴徹樂聞韋賓客皇甫郎中飲會亦稀又知欲攜酒饌出齋饌先以長句呈謝	未4/2218	謝詩5/2470	顧0730	대화9(835)	洛陽	A灰
[2383]	花3213	閑園獨賞	未4/2218	謝詩5/2471	顧0730	대화9(835)	洛陽	A眞
[2384]	花3214	種柳三詠1	未4/2219	謝詩5/2472	顧0730	대화9(835)	洛陽	B侵
[2385]	花3215	種柳三詠2	未4/2219	謝詩5/2473	顧0730	대화9(835)	洛陽	B歌
[2386]	花3216	種柳三詠3	未4/2219	謝詩5/2473	顧0731	대화9(835)	洛陽	A眞
[2387]	花3217	偶吟	未4/2220	謝詩5/2474	顧0731	대화9(835)	洛陽	B先
[2388]	花3218	池上卽事	未4/2221	謝詩5/2475	顧0731	대화9(835)	洛陽	B歌

		題名	朱	謝詩	顧	年代	地	韻
[2389]	花3219	南塘暝興	朱4/2222	謝詩5/2475	顧0731	대화9(835)	洛陽	A虞
[2390]	花3220	小宅	朱4/2222	謝詩5/2476	顧0731	대화9(835)	洛陽	A東
[2391]	花3221	諭親友	朱4/2223	謝詩5/2477	顧0732	대화9(835)	洛陽	B蕭
[2392]	花3222	龍門送別皇甫澤州赴任韋山人南遊	朱4/2224	謝詩5/2477	顧0732	대화9(835)	洛陽	A眞
[2393]	花3223	劉蘇州寄釀酒糯米李浙東寄楊柳枝舞衫因嘗酒詠衫句寄謝之	朱4/2225	謝詩5/2478	顧0732	대화8(834)*	洛陽	A灰
[2394]	花3224	詔授同州刺史病不赴任因詠所懷	朱4/2227	謝詩5/2479	顧0732	대화9(835)	洛陽	A支
[2395]	花3225	寄楊六侍郎	朱4/2228	謝詩5/2480	顧0733	대화9(835)	洛陽	A灰
[2396]	花3226	韋七自太子賓客再除秘書監以長句賀而餞之	朱4/2229	謝詩5/2481	顧0733	대화9(835)	洛陽	A眞
[2397]	花3227	酒熟憶皇甫十	朱4/2230	謝詩5/2482	顧0733	대화9(835)	洛陽	A灰
[2398]	花3228	九年十一月二十一日感事而作	朱4/2230	謝詩5/2482	顧0734	대화9(835)	洛陽	A支
[2399]	花3229	卽事重題	朱4/2232	謝詩5/2485	顧0734	대화9(835)	洛陽	A虞
[2400]	花3230	將歸渭村先寄舍弟	朱4/2233	謝詩5/2485	顧0734	대화9(835)	洛陽	A微
[2401]	花3231	看嵩洛有歎	朱4/2234	謝詩5/2486	顧0734	대화9(835)	洛陽	A刪
[2402]	花3232	詠懷	朱4/2235	謝詩5/2487	顧0735	대화9(835)	洛陽	A刪
[2403]	花3233	詠老贈夢得	朱4/2236	謝詩5/2487	顧0735	개성2(837)	洛陽	A魚
[2404]	花3234	從同州刺史改授太子少傅分司	朱4/2237	謝詩5/2488	顧0736	대화9(835)	洛陽	A眞
[2405]	花3235	奉和裴令公新成午橋莊綠野堂卽事	朱4/2238	謝詩5/2490	顧0736	대화9(835)	洛陽	B陽
[2406]	花3236	自題小草亭	朱4/2240	謝詩5/2491	顧0736	대화9(835)~개성1(836)	洛陽	A支
[2407]	花3237	自詠	朱4/2240	謝詩5/2492	顧0737	上同		A微
[2408]	花3238	新亭病後獨坐招李侍郎公垂	朱4/2241	謝詩5/2493	顧0737	上同		A支
[2409]	花3239	閑臥寄劉同州	朱4/2242	謝詩5/2493	顧0737	개성1(836)	洛陽	A東
[2410]	花3240	殘酌晚餐	朱4/2243	謝詩5/2494	顧0738	개성1(836)	洛陽	A支

[2411]	花3241	喜見劉同州夢得	未4/2243	謝詩5/2494	顧0738	대회9(835)	洛陽	A虞
[2412]	花3242	裴令公席上贈別夢得	未4/2244	謝詩5/2495	顧0738	개성1(836)	洛陽	A支
[2413]	花3243	壽春題諸家園林	未4/2245	謝詩5/2496	顧0738	개성1(836)	洛陽	B侵
[2414]	花3244	又題一絶	未4/2246	謝詩5/2496	顧0739	개성1(836)	洛陽	A魚
[2415]	花3245	家園三絶1	未4/2246	謝詩5/2497	顧0739	개성1(836)	洛陽	A寒
[2416]	花3246	家園三絶2	未4/2246	謝詩5/2497	顧0739	개성1(836)	洛陽	AB
[2417]	花3247	家園三絶3	未4/2246	謝詩5/2498	顧0739	개성1(836)	洛陽	A眞
[2418]	花3248	老來生計	未4/2247	謝詩5/2498	顧0739	개성1(836)	洛陽	B侵
[2419]	花3249	早春題少室東巖	未4/2248	謝詩5/2499	顧0740	개성1(836)	崇山	B庚
[2420]	花3250	早春卽事	未4/2249	謝詩5/2499	顧0740	개성1(836)	洛陽	B靑
[2421]	花3251	歡春風兼贈李二十侍郎二絶1	未4/2250	謝詩5/2500	顧0740	개성1(836)	洛陽	B庚
[2422]	花3252	歡春風兼贈李二十侍郎二絶2	未4/2250	謝詩5/2501	顧0740	개성1(836)	洛陽	A東
[2423]^	花3253	春來頻與李二賓客郭外同遊因贈長句	未4/2251	謝詩5/2501	顧0741	개성1(836)	洛陽	A刪
[2424]	花3254	二月二日	未4/2252	謝詩5/2502	顧0741	개성1(836)	洛陽	B庚
[2425]^	花3255	春和令公綠野堂種花	未4/2252	謝詩5/2502	顧0741	개성1(836)	洛陽	B麻
[2426]	花3256	淸明日登老君閣望洛城贈韓道士	未4/2253	謝詩5/2503	顧0741	개성1(836)	洛陽	A刪
[2427]	花3257	三月三日	未4/2254	謝詩5/2504	顧0742	개성1(836)	洛陽	B鹽/咸
[2428]	花3258	雨中聽琴者彈別鶴操	未4/2254	謝詩5/2505	顧0742	개성1(836)	洛陽	A文
[2429]	花3259	酬鄭二司錄與李六郎中寒食日相遇同宴見贈	未4/2255	謝詩5/2505	顧0742	개성1(836)	洛陽	A眞
[2430]^	花3260	喜與楊六侍御同宿	未4/2256	謝詩5/2507	顧0742	개성1(836)	洛陽	B蕭
[2431]	花3261	殘春詠懷贈楊慕巢侍郎	未4/2257	謝詩5/2508	顧0743	개성1(836)	洛陽	A支
[2432]	花3262	閑居春盡	未4/2258	謝詩5/2509	顧0743	개성1(836)	洛陽	A微
[2433]^	花3263	春盡日天津橋醉吟偶呈李尹侍郎	未4/2259	謝詩5/2509	顧0743	개성1(836)	洛陽	A眞
[2434]	花3264	池上逐涼二首1	未4/2260	謝詩5/2510	顧0744	개성1(836)	洛陽	B陽

[2435]	花3265	池上逐涼二首2	末4/2260	謝詩5/2511	顧0744	개성1(836)	洛陽	B先
[2436]	花3266	香山避暑二絶1	末4/2261	謝詩5/2511	顧0744	개성1(836)	洛陽	B陽
[2437]	花3267	香山避暑二絶2	末4/2261	謝詩5/2512	顧0744	개성1(836)	洛陽	A微
[2438]	花3268	老夫	末4/2262	謝詩5/2512	顧0744	개성1(836)	洛陽	A寘
[2439]	花3269	香山寺卜居	末4/2263	謝詩5/2513	顧0745	개성1(836)	洛陽	B侵
[2440]	花3270	無長物	末4/2263	謝詩5/2513	顧0745	개성1(836)	洛陽	A眞
[2441]	花3271	宿香山寺酬廣陵牛相公見寄	末4/2264	謝詩5/2514	顧0745	대화9(835)*	洛陽	B先
[2442]	花3272	以詩代書寄戶部楊侍郎勸酒勸買東鄰王家宅	末4/2265	謝詩5/2515	顧0746	개성1(836)	洛陽	A灰
[2443]^	花3273	贈談客	末4/2266	謝詩5/2516	顧0746	개성1(836)	洛陽	B蕭
[2444]	花3274	初入香山院對月	末4/2267	謝詩5/2516	顧0746	대화6(832)	洛陽	A支
[2445]	花3275	題龍門堰西涸	末4/2267	謝詩5/2517	顧0746	개성1(836)	洛陽	A灰
[2446]	花3276	秋霖中奉裴令公見招早出赴會馬上先寄六韻	末4/2268	謝詩5/2518	顧0746	개성1(836)	洛陽	A支
[2447]	花3277	嘗酒聽歌招客	末4/2269	謝詩5/2519	顧0747	개성1(836)	洛陽	B尤
[2448]	花3278	八月三日夜作	末4/2269	謝詩5/2519	顧0747	개성1(836)	洛陽	B庚
[2449]	花3279	病中贈南鄰覓酒	末4/2270	謝詩5/2520	顧0747	개성1(836)	洛陽	A寘
[2450]	花3280	曉眠後寄楊戶部	末4/2271	謝詩5/2521	顧0748	개성1(836)	洛陽	A眞
[2451]	花3281	秋雨夜眠	末4/2271	謝詩5/2521	顧0748	개성1(836)	洛陽	A東
[2452]	花3282	喜夢得自馮翊歸洛兼呈令公	末4/2272	謝詩5/2522	顧0748	개성1(836)	洛陽	A灰
[2453]	花3283	齋戒滿夜戲招夢得	末4/2273	謝詩5/2523	顧0748	개성1(836)	洛陽	B先
[2454]	花3284	和令公問劉賓客歸來稱意無之作	末4/2274	謝詩5/2524	顧0749	개성1(836)	洛陽	B蕭
[2455]	花3285	酬夢得得箏秋夜坐卽事見寄	末4/2274	謝詩5/2524	顧0749	개성1(836)	洛陽	B陽
[2456]	花3286	偶於維陽牛相公處覓得箏未到先寄詩來走筆戲答	末4/2275	謝詩5/2525	顧0749	개성1(836)	洛陽	B侵
[2457]	花3287	答夢得得箏秋庭獨坐見贈	末4/2276	謝詩5/2526	顧0750	개성1(836)	洛陽	A寘

[2458]	花3288	長齋月滿攜酒與夢得先對酌醉中同赴令公之宴戲贈夢得	未4/2277	謝詩5/2526	顧0750	개성1(836)	洛陽	A眞
[2459]	花3289	奉酬淮南牛相公思黯見寄二十四韻	未4/2278	謝詩5/2527	顧0750	개성1(836)	洛陽	B先
[2460]	花3290	吳秘監每有美酒獨酌獨醉但蒙相報不以飲招輒此戲酬兼呈夢得	未4/2279	謝詩5/2530	顧0751	개성1(836)	洛陽	B蕭
[2461]	花3291	酬夢得籍夜對月見懷	未4/2280	謝詩5/2531	顧0751	개성1(836)	洛陽	B庚
[2462]	花3292	初冬月夜得皇甫澤州手札并詩數篇因遣報書偶題長句	未4/2281	謝詩5/2532	顧0751	개성1(836)	洛陽	B陽
[2463]	花3293	雪中酒熱欲攜訪吳監先寄此詩	未4/2282	謝詩5/2533	顧0752	개성1(836)	洛陽	A灰
[2464]	花3294	酬令公雪中見贈訝不與夢得同相訪	未4/2283	謝詩5/2534	顧0752	개성1(836)	洛陽	A灰
[2465]	花3295	思酒甕呈夢得	未4/2284	謝詩5/2535	顧0752	개성1(836)	洛陽	B庚
[2466]	花3296	汪叟	未4/2285	謝詩5/2536	顧0752	개성2(837)	洛陽	A眞
[2467]	花3297	洛下閑居寄山南令狐相公	未4/2286	謝詩5/2536	顧0753	개성2(837)	洛陽	A刪
[2468]	花3298	惜春贈李尹	未4/2287	謝詩5/2537	顧0753	개성2(837)	洛陽	B陽
[2469]	花3299	對酒勸令公開春遊宴	未4/2288	謝詩5/2538	顧0753	개성2(837)	洛陽	A眞
[2470]	花3300	與夢得偶同到官舍感而題壁	未4/2289	謝詩5/2539	顧0754	개성2(837)	洛陽	B歌
[2471]	花3301	楊六尚書新授東川節度使代妻賀兄嫂二絶1	未4/2290	謝詩5/2540	顧0754	개성1(836)	洛陽	B先
[2472]	花3302	楊六尚書新授東川節度使代妻賀兄嫂二絶2	未4/2290	謝詩5/2541	顧0754	개성1(836)	洛陽	A灰
[2473]	花3303	閑遊卽事	未4/2292	謝詩5/2541	顧0754	개성2(837)	洛陽	B歌
[2474]	花3304	六十六	未4/2292	謝詩5/2542	顧0754	개성2(837)	洛陽	A元
[2475]	花3305	池上早春卽事招夢得	未4/2293	謝詩5/2542	顧0755	개성2(837)	洛陽	B陽
[2476]	花3306	因夢得題公垂所寄蠟燭以詩寄公垂	未4/2294	謝詩5/2543	顧0755	개성2(837)	洛陽	A魚
[2477]	花3307	令公南莊花柳正盛欲歛一賞先寄二篇1	未4/2294	謝詩5/2544	顧0755	개성2(837)	洛陽	A虞
[2478]	花3308	令公南莊花柳正盛欲歛一賞先寄二篇2	未4/2295	謝詩5/2544	顧0756	개성2(837)	洛陽	A眞

[2479]	花3309	暮夜宴席上戲贈裴淄州	未4/2296	謝詩5/2545	顧0756	개성2(837)	洛陽	B先
[2480]	花3310	贈夢得	未4/2296	謝詩5/2545	顧0756	개성2(837)	洛陽	A東
[2481]	花3311	晚春欲攜酒尋沈四著作先以六韻寄之	未4/2297	謝詩5/2546	顧0756	개성2(837)	洛陽	B歌
[2482]^	花3312	三月三日祓禊洛濱幷序	未4/2298	謝詩□/□□	顧0757	개성2(837)	洛陽	○○
[2483]	花3312	三月三日祓禊洛濱	未4/2299	謝詩5/2547	顧0757	개성2(837)	洛陽	A齊
[2484]	花3313	同夢得寄賀東西川二楊尙書	未4/2304	謝詩5/2551	顧0758	개성2(837)	洛陽	B麻
[2485]	花3314	喜小樓西新柳抽條	未4/2305	謝詩5/2552	顧0758	개성2(837)	洛陽	A眞
[2486]^	花3315	晚春酒醒尋夢得	未4/2305	謝詩5/2553	顧0758	개성2(837)	洛陽	A寒
[2487]	花3316	感事	未4/2306	謝詩5/2553	顧0759	개성2(837)	洛陽	A眞
[2488]	花3317	和裴令公南莊一絕	未4/2307	謝詩5/2554	顧0759	개성2(837)	洛陽	A刪
[2489]	花3318	宅西有流水牆下構小樓臨玩之時頗有幽趣因命歌酒聊以自娛獨吟獨醉偶題五絕1	未4/2308	謝詩5/2555	顧0759	개성2(837)	洛陽	B尤
[2490]	花3319	宅西有流水牆下構小樓臨玩之時頗有幽趣因命歌酒聊以自娛獨吟獨醉偶題五絕2	未4/2308	謝詩5/2555	顧0759	개성2(837)	洛陽	B麻
[2491]	花3320	宅西有流水牆下構小樓臨玩之時頗有幽趣因命歌酒聊以自娛獨吟獨醉偶題五絕3	未4/2308	謝詩5/2556	顧0760	개성2(837)	洛陽	A寒
[2492]	花3321	宅西有流水牆下構小樓臨玩之時頗有幽趣因命歌酒聊以自娛獨吟獨醉偶題五絕4	未4/2308	謝詩5/2556	顧0760	개성2(837)	洛陽	B尤
[2493]	花3322	宅西有流水牆下構小樓臨玩之時頗有幽趣因命歌酒聊以自娛獨吟獨醉偶題五絕5	未4/2308	謝詩5/2556	顧0760	개성2(837)	洛陽	A眞
[2494]	花3323	偶作	未4/2309	謝詩5/2557	顧0760	개성2(837)	洛陽	A刪
[2495]	花3324	同夢得酬牛相公初到洛中小飲見贈	未4/2310	謝詩5/2557	顧0760	개성2(837)	洛陽	A文
[2496]	花3325	幽居早秋閑詠	未4/2310	謝詩5/2558	顧0761	개성2(837)	洛陽	A刪
[2497]	花3326	和令狐僕射小飲聽阮咸	未4/2311	謝詩5/2559	顧0761	개성2(837)	洛陽	B庚
[2498]	花3327	燒藥不成命酒獨醉	未4/2312	謝詩5/2560	顧0761	개성2(837)	洛陽	A東
[2499]	花3328	送盧郎中赴河東裴令公幕	未4/2313	謝詩5/2560	顧0762	개성2(837)	洛陽	B歌

[2500]	花3329	送李滁州	末4/2314	謝詩5/2561	顧0762	개성2(837)	洛陽	A東
[2501]	花3330	長齋月滿寄思黯	末4/2315	謝詩5/2562	顧0762	개성2(837)	洛陽	B先
[2502]	花3331	冬夜對酒寄皇甫十	末4/2316	謝詩5/2563	顧0762	개성2(837)	洛陽	A支
[2503]	花3332	歲除夜對酒	末4/2316	謝詩5/2563	顧0763	개성2(837)	洛陽	B先
[2504]^	花3333	司徒令公分守東洛移鎮北都一心勤王三十月成政形於歌詩況盛德大業不可不先唱輒奉五言四十韻寄獻以抒下情	末4/2318	謝詩6/2565	顧0764	개성2(837)	洛陽	B豪
[2505]	花3334	和東川楊慕巢尚書府中獨坐感戚在懷見寄十四韻	末4/2322	謝詩6/2571	顧0765	개성2(837)	洛陽	B歌
[2506]	花3335	分司洛中多暇數與諸客宴遊醉後狂吟偶成十韻因招夢得賓客兼呈思黯奇章公	末4/2323	謝詩6/2572	顧0766	개성2(837)	洛陽	B陽
[2507]	花3336	小歲日喜談氏外孫女孩滿月	末4/2324	謝詩6/2573	顧0766	개성2(837)*	洛陽	A支
[2508]	花3337	閑吟贈皇甫郎中親家翁	末4/2326	謝詩6/2574	顧0766	개성2(837)*	洛陽	A眞
[2509]	花3338	夢得臥病攜酒相尋先以此寄	末4/2327	謝詩6/2575	顧0767	개성2(837)	洛陽	A虞
[2510]	花3339	酬思黯戲贈	末4/2327	謝詩6/2575	顧0767	개성2(837)	洛陽	B陽
[2511]	花3340	又戲答絶句	末4/2329	謝詩6/2576	顧0767	개성2(837)	洛陽	B陽
[2512]	花3341	令狐相公與夢得文情素深眷予分亦不淺一聞夢逝相顧泫然旋寄哀挽前月未歿之前有使得前詩及書數夢得哀吟悲數情傷於詩數日書示予感而繼和	末4/2330	謝詩6/2577	顧0768	개성2(837)	洛陽	A文
[2513]	花3342	洛下雪中頻與劉李二賓客宴集因寄汴州李尚書	末4/2331	謝詩6/2578	顧0768	개성3(838)	洛陽	A眞/文
[2514]	花3343	看夢得題答李侍郎詩中有文星之句因戲和之	末4/2332	謝詩6/2579	顧0768	개성3(838)	洛陽	A灰
[2515]	花3344	閑適	末4/2333	謝詩6/2580	顧0768	개성3(838)	洛陽	A支
[2516]	花3345	戲答思黯	末4/2334	謝詩6/2580	顧0769	개성3(838)	洛陽	B先

			朱	謝詩	顧	年	地	韻
[2517]	花3346	酬裴令公贈馬相戲	朱4/2334	謝詩6/2581	顧0769	개성3(838)	洛陽	B歌
[2518]	花3347	新歲贈夢得	朱4/2335	謝詩6/2582	顧0769	개성3(838)	洛陽	B先
[2519]	花3348	早春持齋答皇甫十見贈	朱4/2336	謝詩6/2582	顧0769	개성3(838)	洛陽	A眞
[2520]	花3349	戲贈夢得兼呈思黯	朱4/2337	謝詩6/2583	顧0770	개성3(838)	洛陽	B先
[2521]	花3350	早春憶遊思黯南莊因寄長句	朱4/2338	謝詩6/2584	顧0770	개성3(838)	洛陽	B尤
[2522]	花3351	酬皇甫十早春對雪見贈	朱4/2339	謝詩6/2585	顧0770	개성3(838)	洛陽	A眞
[2523]	花3352	奉和思黯自題南莊見示兼呈夢得	朱4/2340	謝詩6/2585	顧0770	개성3(838)	洛陽	A支
[2524]	花3353	送蘄春李十九使君赴郡	朱4/2340	謝詩6/2586	顧0771	개성3(838)	洛陽	A支
[2525]	花3354	自題酒庫	朱4/2342	謝詩6/2587	顧0771	개성3(838)	洛陽	A東
[2526]	花3355	寒食日寄楊東川	朱4/2342	謝詩6/2587	顧0771	개성3(838)	洛陽	A眞
[2527]	花3356	醉後聽唱桂華曲	朱4/2343	謝詩6/2588	顧0772	개성3(838)	洛陽	B青
[2528]	花3357	酬夢得以五月長齋延僧徒絶賓友見戲十韻	朱4/2344	謝詩6/2589	顧0772	개성3(838)	洛陽	B庚
[2529]	花3358	奉和裴令公三月上巳日遊太原龍泉憶去歲禊洛見示之作	朱4/2345	謝詩6/2590	顧0772	개성3(838)	洛陽	B庚
[2530]	花3359	又和令公新開龍泉晉水二池	朱4/2346	謝詩6/2591	顧0773	개성3(838)	洛陽	B陽
[2531]	花3360	早夏曉興贈夢得	朱4/2347	謝詩6/2592	顧0773	개성3(838)	洛陽	B陽
[2532]	花3361	春日題乾元寺上方最高峯亭	朱4/2348	謝詩6/2593	顧0773	개성3(838)	洛陽	A眞
[2533]	花3362	奉和思黯相公以李蘇州所寄太湖石奇狀絶倫因題二十韻見示兼呈夢得	朱4/2349	謝詩6/2594	顧0773	개성3(838)	洛陽	A灰
[2534]	花3363	奉和思黯相公雨後林園四韻見示	朱4/2351	謝詩6/2596	顧0774	개성3(838)	洛陽	D寘/未
[2535]	花3364	晚夏閑居絶無賓客欲尋夢得先寄此詩	朱4/2351	謝詩6/2596	顧0774	개성3(838)	洛陽	B庚
[2536]	花3365	寄李蘄州	朱4/2352	謝詩6/2597	顧0774	개성3(838)	洛陽	A東
[2537]	花3366	憶江南詞三首1	朱4/2353	謝詩6/2598	顧0775	개성3(838)	洛陽	B覃
[2538]	花3367	憶江南詞三首2	朱4/2353	謝詩6/2599	顧0775	개성3(838)	洛陽	B尤

[2539]	花3368	憶江南詞三首 3	朱4/2353	謝詩6/2599	顧0775	개정3(838)	洛陽	A東/冬
[2540]	花3369	酬思黯相公晚夏雨後秋感見贈	朱4/2354	謝詩6/2599	顧0775	개정3(838)	洛陽	A支
[2541]	花3370	久雨閑悶對酒偶吟	朱4/2355	謝詩6/2600	顧0775	개정3(838)	洛陽	B歌
[2542]	花3371	雨後秋涼	朱4/2356	謝詩6/2601	顧0776	개정3(838)	洛陽	A眞
[2543]	花3372	酬夢得早秋夜對月見寄	朱4/2356	謝詩6/2601	顧0776	개정3(838)	洛陽	B歌
[2544]	花3373	慇謝公東山障子	朱4/2357	謝詩6/2602	顧0776	개정3(838)	洛陽	A刪
[2545]	花3374	謝楊東川寄衣服	朱4/2357	謝詩6/2603	顧0776	개정3(838)	洛陽	A微
[2546]	花3375	詠懷寄皇甫朗之	朱4/2358	謝詩6/2603	顧0777	개정3(838)	洛陽	A刪
[2547]	花3376	東城晚歸	朱4/2359	謝詩6/2604	顧0777	개정3(838)	洛陽	B咸
[2548]	花3377	與夢得沽酒閑飲且約後期	朱4/2360	謝詩6/2604	顧0777	개정3(838)	洛陽	B先
[2549]	花3378	與牛家妓樂雨夜合宴	朱4/2360	謝詩6/2605	顧0777	개정3(838)	洛陽	A支
[2550]	花3379	和楊六尚書兩弟漢公轉吳興吳興士賜魯草服命賞開宴用慶恩榮賦長句見示	朱4/2361	謝詩6/2605	顧0778	개정3(838)	洛陽	A文
[2551]	花3380	自詠	朱4/2362	謝詩6/2606	顧0778	개정3(838)	洛陽	A東
[2552]	花3381	夢得相過援琴命酒因彈秋思偶詠所懷兼寄繼之待賈二相府	朱4/2363	謝詩6/2607	顧0778	개정3(838)	洛陽	B蕭
[2553]	花3382	九月八日酬皇甫十見贈	朱4/2364	謝詩6/2608	顧0778	개정3(838)	洛陽	B陽
[2554]	花3383	慕巢尚書書云室人欲置一歌者非所安也以詩相報因而和之	朱4/2364	謝詩6/2609	顧0779	개정3(838)	洛陽	A眞
[2555]	花3384	秒秋獨夜	朱4/2365	謝詩6/2610	顧0779	개정3(838)	洛陽	A東
[2556]	花3385	馮李睦州訪徐凝山人	朱4/2366	謝詩6/2610	顧0779	개정2(837)*	△△	A東
[2557]	花3386	蘇州故吏	朱4/2368	謝詩6/2612	顧0779	개정3(838)	洛陽	A虞
[2558]	花3387	得楊湖州書頗誇撫民接賓縱酒詩因以絶句戲之	朱4/2369	謝詩6/2613	顧0780	개정3(838)	洛陽	A文
[2559]	花3388	天宮閣秋晴晚望	朱4/2370	謝詩6/2613	顧0780	개정3(838)	洛陽	A支

[2560]	花3389	酬夢得暮秋晴夜對月相憶	朱4/2371	謝詩6/2614	顧0780	개성3(838)	洛陽	A支
[2561]	花3390	同夢得和思黯見贈來詩中先敘三人同議之歡次有歎鬢髮漸衰詩兼呈夢得孫子催之意因繼酬唱兼呈郢部懷	朱4/2371	謝詩6/2614	顧0780	개성3(838)	洛陽	B尤
[2562]	花3391	聽歌	朱4/2372	謝詩6/2615	顧0781	개성3(838)	△△	A文
[2563]	花3392	三年冬隨事鋪設小堂寢處稍似穩暖因念衰	朱4/2372	謝詩6/2615	顧0781	개성3(838)	洛陽	A支
[2564]	花3393	初冬即事夢得	朱4/2373	謝詩6/2616	顧0781	개성3(838)	洛陽	A寞
[2565]	花3681	自罷河南已換七尹每一入府每一望悵然書遊因宿內廳偶題西壁兼呈韋尹常侍	朱4/2374	謝詩6/2617	顧0782	개성3(838)*	洛陽	B麻
[2566]	花3395	天寒晚起引酌詠懷寄許州王尚書汝州李常侍	朱4/2375	謝詩6/2618	顧0782	개성3(838)	洛陽	A刪
[2567]	花3396	四年春	朱4/2377	謝詩6/2619	顧0782	개성4(839)	洛陽	A眞
[2568]	花3397	白髮	朱4/2378	謝詩6/2620	顧0783	개성4(839)	洛陽	B先
[2569]	花3398	追歡偶作	朱4/2378	謝詩6/2621	顧0783	개성4(839)	△△	A支
[2570]	花3399	公垂尚書以白馬見寄光潔穩善以詩謝之	朱4/2379	謝詩6/2621	顧0783	개성4(839)	洛陽	A支
[2571]	花3400	西樓獨立	朱4/2380	謝詩6/2622	顧0783	개성4(839)	洛陽	A東
[2572]	花3401	書事詠懷	朱4/2380	謝詩6/2623	顧0784	개성4(839)	洛陽	B鹽
[2573]	花3402	酬夢得比萱草見贈	朱4/2381	謝詩6/2623	顧0784	개성4(839)	洛陽	B尤
[2574]	花3403	問皇甫十	朱4/2382	謝詩6/2624	顧0784	개성4(839)	洛陽	B歌
[2575]	花3404	早春獨登天宮閣	朱4/2382	謝詩6/2624	顧0784	개성4(839)	洛陽	A灰
[2576]	花3405	送蘇州李使君赴郡二絶句1	朱4/2383	謝詩6/2625	顧0785	개성4(839)*	洛陽	A魚
[2577]	花3406	送蘇州李使君赴郡二絶句2	朱4/2383	謝詩6/2625	顧0785	개성4(839)*	洛陽	B陽
[2578]	花3407	長洲曲新詞	朱4/2384	謝詩6/2626	顧0785	개성4(839)	洛陽	A支
[2579]	花3408	病中詩十五首并序	朱4/2386	謝詩6/2627	顧0787	개성4(839)	洛陽	○○
[2580]	花3408	病中詩十五首·初病風	朱4/2387	謝詩6/2628	顧0787	개성4(839)	洛陽	A東

[2581]	花3409	病中詩十五首2・枕上作	朱4/2388	謝詩6/2629	顧0788	개성4(839)	洛陽	B尤
[2582]	花3410	病中詩十五首3・答閑上人來問因問風疾	朱4/2388	謝詩6/2630	顧0788	개성4(839)	陽	A灰
[2583]	花3411	病中詩十五首4・病中五絶1	朱4/2389	謝詩6/2631	顧0788	개성4(839)	洛陽	A支
[2584]	花3412	病中詩十五首5・病中五絶2	朱4/2389	謝詩6/2631	顧0788	개성4(839)	洛陽	A支
[2585]	花3413	病中詩十五首6・病中五絶3	朱4/2389	謝詩6/2632	顧0788	개성4(839)	洛陽	A虞
[2586]	花3414	病中詩十五首7・病中五絶4	朱4/2389	謝詩6/2632	顧0789	개성4(839)	洛陽	B先
[2587]	花3415	病中詩十五首8・病中五絶5	朱4/2389	謝詩6/2633	顧0789	개성4(839)	洛陽	B尤
[2588]	花3416	病中詩十五首9・途高客	朱4/2390	謝詩6/2633	顧0789	개성4(839)	洛陽	A支
[2589]	花3417	病中詩十五首10・罷灸	朱4/2391	謝詩6/2634	顧0789	개성4(839)	洛陽	A文
[2590]	花3418	病中詩十五首11・賣駱馬	朱4/2391	謝詩6/2634	顧0790	개성4(839)	洛陽	B庚
[2591]	花3419	病中詩十五首12・別柳枝	朱4/2392	謝詩6/2635	顧0790	개성4(839)	洛陽	A東
[2592]	花3420	病中詩十五首13・就暖偶酌偶酌散諸酒舊侶	朱4/2393	謝詩6/2636	顧0790	개성4(839)	洛陽	B陽
[2593]	花3421	病中詩十五首14・歲暮呈思黯相公皇甫朗之及夢得尚書	朱4/2393	謝詩6/2637	顧0790	개성4(839)	洛陽	A虞
[2594]	花3422	病中詩十五首15・自解	朱4/2395	謝詩6/2638	顧0790	개성4(839)	洛陽	A支
[2595]	花3423	歲暮病懷贈夢得	朱4/2395	謝詩6/2639	顧0791	개성4(839)	洛陽	A眞
[2596]	花3424	雪後過集賢裴令公舊宅有感	朱4/2396	謝詩6/2639	顧0791	개성4(839)	洛陽	A支
[2597]	花3425	酬夢得貧居詠懷見贈	朱4/2397	謝詩6/2640	顧0791	개성4(839)	洛陽	B歌
[2598]	花3426	酬夢得見喜疾瘳	朱4/2398	謝詩6/2641	顧0792	개성4(839)	洛陽	B歌
[2599]	花3427	夜聞箏中彈瀟湘送神曲感舊	朱4/2398	謝詩6/2642	顧0792	개성4(839)	洛陽	B先
[2600]	花3428	感蘇州舊舫	朱4/2399	謝詩6/2643	顧0792	개성4(839)	洛陽	A寒
[2601]	花3429	感舊石上字	朱4/2400	謝詩6/2643	顧0792	개성4(839)*	洛陽	A支
[2602]	花3430	見敭中初到邠寧秋日登城樓詩詩中頗多鄉思因以寄和	朱4/2401	謝詩6/2644	顧0793	개성4(839)	洛陽	B尤
[2603]	花3431	齋戒	朱4/2402	謝詩6/2645	顧0793	개성4(839)	洛陽	B庚

[2604]^	花3432	戲禮經老僧	朱4/2403	謝詩6/2646	顧0793	개성4(839)	洛陽	B青
[2605]	花3433	近見慕巢尚書中慶有歎老思退之意又於洛陽下新置郊居然寵寄方深歸心太速因以長句戲而諒之	朱4/2404	謝詩6/2647	顧0794	개성4(839)	洛陽	A虞
[2606]	花3434	對鏡(偶吟贈張道士抱元	朱4/2405	謝詩6/2648	顧0794	개성4(839)	洛陽	B陽
[2607]	花3435	病入新正	朱4/2405	謝詩6/2649	顧0794	개성5(840)	洛陽	A美
[2608]	花3436	臥疾來早晚	朱4/2406	謝詩6/2649	顧0794	개성5(840)	洛陽	A眞
[2609]^	花3437	強起迎春戲寄思黯	朱4/2407	謝詩6/2650	顧0795	개성5(840)	洛陽	A眞
[2610]	花3438	夢得前所酬篇有錬盡美少年之句因思往事兼詠今懷重以長句答之	朱4/2408	謝詩6/2651	顧0795	개성5(840)	洛陽	B蕭
[2611]	花3439	病後寒食	朱4/2408	謝詩6/2652	顧0795	개성5(840)	洛陽	B先
[2612]	花3440	老病相仍以詩自解	朱4/2409	謝詩6/2653	顧0796	개성5(840)	洛陽	B陽
[2613]	花3441	皇甫郎中親家翁赴任絳州宴送出城贈别	朱4/2410	謝詩6/2654	顧0796	개성5(840)	洛陽	B庚
[2614]	花3442	春暖	朱4/2411	謝詩6/2655	顧0796	개성5(840)	洛陽	B庚
[2615]	花3443	殘春晚起伴客笑談	朱4/2411	謝詩6/2655	顧0796	개성5(840)	洛陽	A眞
[2616]	花3444	送唐州崔使君赴親赴任	朱4/2412	謝詩6/2656	顧0797	개성5(840)	洛陽	B庚
[2617]	花3445	春晚詠懷贈皇甫朗之	朱4/2413	謝詩6/2657	顧0797	개성5(840)	洛陽	B歌
[2618]	花3446	春盡日宴罷感事獨吟	朱4/2414	謝詩6/2658	顧0797	개성5(840)	洛陽	A微
[2619]^	花3447	病中辱崔宣城長句見贈兼有觥綺之贈因以四韻總而酬之	朱4/2415	謝詩6/2659	顧0797	개성5(840)	洛陽	B侵
[2620]^	花3448	前有别楊柳枝絶句夢得繼和云春盡絮飛留不得隨風好去落誰家又復戲答	朱4/2416	謝詩6/2660	顧0798	개성5(840)	洛陽	B麻
[2621]	花3449	池上早夏	朱4/2417	謝詩6/2660	顧0798	개성5(840)	洛陽	A元
[2622]	花3450	談氏外孫生三日喜是男是男偶吟成篇兼呈夢得	朱4/2417	謝詩6/2661	顧0798	개성5(840)*	洛陽	A支
[2623]	花3451	開成大行皇帝挽歌詞四首奉敕撰進1	朱4/2418	謝詩6/2662	顧0798	개성5(840)	洛陽	A東

[2624]	花3452	開成大行皇帝挽歌詞四首奉敕撰進2	未4/2418	謝詩6/2663	顧0799	개성5(840)	洛陽	A虞
[2625]	花3453	開成大行皇帝挽歌詞四首奉敕撰進3	未4/2419	謝詩6/2664	顧0799	개성5(840)	洛陽	B侵
[2626]	花3454	開成大行皇帝挽歌詞四首奉敕撰進4	未4/2419	謝詩6/2664	顧0799	개성5(840)	洛陽	B陽
[2627]	花3455	時熱少見客因詠所懷	未4/2420	謝詩6/2665	顧0800	개성5(840)	洛陽	A微
[2628]^	花3456	宣州崔大夫閣老忽以近詩數十首見示吟諷之下稿有所喜贈因成長句寄贈郡齋	未4/2421	謝詩6/2666	顧0800	개성5(840)	洛陽	A删
[2629]	花3457	足疾	未4/2422	謝詩6/2667	顧0800	개성5(840)	洛陽	B尤
[2630]	花3458	晚汎池舟遇景成詠贈呂處士	未4/2422	謝詩6/2668	顧0800	개성5(840)	洛陽	A寒
[2631]	花3459	夢微之	未4/2423	謝詩6/2668	顧0801	개성5(840)	洛陽	B尤
[2632]	花3460	感秋詠意	未4/2424	謝詩6/2669	顧0801	회창1(841)	洛陽	A微
[2633]	花3461	老病幽獨偶吟所懷	未4/2425	謝詩6/2670	顧0801	개성5(840)	洛陽	A東
[2634]	花3462	和楊尚書罷相後夏日遊永安水亭兼招本曹楊侍郎同行	未4/2425	謝詩6/2671	顧0802	개성5(840)	洛陽	B尤
[2635]	花3463	在家出家	未4/2426	謝詩6/2672	顧0802	개성5(840)	洛陽	B蒸
[2636]	花3464	夜涼	未4/2427	謝詩6/2673	顧0802	개성5(840)	洛陽	B陽
[2637]	花3465	繼之尚書自余病來寄遺非一又蒙醉吟先生題詩以美之今以此篇用伸酬謝	未4/2427	謝詩6/2673	顧0802	개성5(840)	洛陽	A魚
[2638]	花3466	五年秋病後獨宿香山寺三絶句1	未4/2428	謝詩6/2674	顧0803	개성5(840)	洛陽	B庚
[2639]	花3467	五年秋病後獨宿香山寺三絶句2	未4/2428	謝詩6/2675	顧0803	개성5(840)	洛陽	A灰
[2640]	花3468	五年秋病後獨宿香山寺三絶句3	未4/2428	謝詩6/2675	顧0803	개성5(840)	洛陽	B尤
[2641]	花3469	題香山新經堂招僧	未4/2429	謝詩6/2675	顧0803	개성5(840)	洛陽	B靑
[2642]	花3470	偶題郡公	未4/2430	謝詩6/2676	顧0803	개성5(840)	洛陽	B歌
[2643]	花3471	早入皇城贈王留守僕射	未4/2431	謝詩6/2677	顧0803	개성5(840)	洛陽	B庚
[2644]	花3472	寄題廬山舊草堂兼呈二林寺道侶	未4/2432	謝詩6/2678	顧0804	개성5(840)	洛陽	A支
[2645]	花3473	改業	未4/2433	謝詩6/2679	顧0804	개성5(840)	洛陽	A魚

[ID]	花	제목	朱4	謝詩6	顧	연도	地	韻
[2646]	花3474	山下留別佛光和尚	朱4/2433	謝詩6/2679	顧0804	회창1(841)	洛陽	B庚
[2647]	花3475	山中五絕句1・嶺上雲	朱4/2435	謝詩6/2680	顧0804	개성5(840)	崇山	A虞
[2648]	花3476	山中五絕句2・石上苔	朱4/2436	謝詩6/2681	顧0805	개성5(840)	崇山	A灰
[2649]	花3477	山中五絕句3・林下樗	朱4/2436	謝詩6/2682	顧0805	개성5(840)	崇山	A東
[2650]	花3478	山中五絕句4・洞中魚	朱4/2436	謝詩6/2682	顧0805	개성5(840)	崇山	A支
[2651]	花3479	山中五絕句5・洞中蝙蝠	朱4/2437	謝詩6/2683	顧0805	개성5(840)	崇山	B歌
[2652]	花3480	自戲三絕句1・心問身	朱4/2438	謝詩6/2683	顧0805	개성5(840)	洛陽	B先
[2653]	花3481	自戲三絕句2・身報心	朱4/2438	謝詩6/2684	顧0806	개성5(840)	洛陽	A東
[2654]	花3482	自戲三絕句3・心重答身	朱4/2438	謝詩6/2684	顧0806	개성5(840)	洛陽	B歌
[2655]	花3483	會昌元年春五絕句1・病後喜過劉家	朱4/2438	謝詩6/2685	顧0806	회창1(841)	洛陽	A灰
[2656]	花3484	會昌元年春五絕句2・贈舉之僕射	朱4/2439	謝詩6/2686	顧0806	회창1(841)	洛陽	A東
[2657]	花3485	會昌元年春五絕句3・盧尹賀夢得會中作	朱4/2439	謝詩6/2686	顧0806	회창1(841)	洛陽	A灰
[2658]	花3486	會昌元年春五絕句4・題朗之槐亭	朱4/2441	謝詩6/2687	顧0807	회창1(841)	洛陽	B青
[2659]	花3487	會昌元年春五絕句5・勸夢得酒	朱4/2441	謝詩6/2688	顧0807	회창1(841)	洛陽	B陽
[2660]	花3488	過裴令公宅二絕句1	朱4/2442	謝詩6/2688	顧0807	회창1(841)	洛陽	A支
[2661]	花3489	過裴令公宅二絕句2	朱4/2442	謝詩6/2689	顧0807	회창1(841)	洛陽	A東
[2662]	花3490	百日限滿少傅官停自喜言懷	朱4/2442	謝詩6/2690	顧0807	회창1(841)	洛陽	A眞
[2663]^	花3491	早熱	朱4/2443	謝詩6/2691	顧0808	회창1(841)	洛陽	B尤
[2664]	花3492	題崔少尹上林坊新居	朱4/2444	謝詩6/2692	顧0808	회창1(841)	洛陽	B尤
[2665]	花3493	新澗亭	朱4/2445	謝詩6/2693	顧0808	회창1(841)	洛陽	A灰
[2666]	花3494	對酒有懷寄李十九郎中	朱4/2446	謝詩6/2693	顧0808	회창1(841)	洛陽	A支
[2667]	花3495	楊六尚書頻寄新詩詩中多有思閑相就之志因書鄙意報之	朱4/2447	謝詩6/2694	顧0809	회창1(841)	洛陽	A虞
[2668]	花3496	偶吟自慰兼呈夢得	朱4/2448	謝詩6/2695	顧0809	회창1(841)	洛陽	A眞
[2669]	花3497	寄潮州繼之	朱4/2448	謝詩6/2696	顧0809	회창1(841)	洛陽	A東

번호	花	제목	末	謝詩	顧	연대	지역	韻
[2670]	花3498	雪暮偶與夢得同致仕裴賓客王尙書飲	末4/2450	謝詩6/2696	顧0809	회창1(841)	洛陽	A微
[2671]	花3499	雪朝乘興欲詣李司徒留守以五韻戲之	末4/2451	謝詩6/2697	顧0810	회창1(841)	洛陽	B庚
[2672]	花3500	贈思黯	末4/2452	謝詩6/2698	顧0810	회창1(841)	洛陽	B先
[2673]	花3501	聽歌六絶句1・聽都子歌	末4/2453	謝詩6/2699	顧0810	회창4(839)~회창2(842)	洛陽	B靑
[2674]	花3502	聽歌六絶句2・樂世	末4/2453	謝詩6/2700	顧0810	上同		B尤
[2675]	花3503	聽歌六絶句3・水調	末4/2454	謝詩6/2700	顧0811	上同		A眞
[2676]	花3504	聽歌六絶句4・想夫憐	末4/2455	謝詩6/2701	顧0811	上同		A灰
[2677]	花3505	聽歌六絶句5・何滿子	末4/2457	謝詩6/2701	顧0811	上同		B庚
[2678]^	花3506	聽歌六絶句6・離別難詞	末4/2459	謝詩6/2702	顧0811	上同		A眞
[2679]	花3507	閑樂	末4/2460	謝詩6/2703	顧0811	회창2(842)	洛陽	B先
[2680]	花3508	立秋夕涼風忽至炎暑稍消即事詠懷寄汴州節度使李二十尙書	末4/2461	謝詩6/2704	顧0812	회창2(842)	洛陽	A灰
[2681]	花3509	開成二年夏聞新蟬贈夢得	末4/2462	謝詩6/2707	顧0812	개성2(837)	洛陽	B庚
[2682]	花3510	題牛相公歸仁里宅新成小灘	末4/2463	謝詩6/2709	顧0813	개성2(837)	洛陽	B先
[2683]	花3511	春日閑居三首1	末4/2465	謝詩6/2710	顧0813	개성2(837)	洛陽	E屋/沃
[2684]	花3512	春日閑居三首2	末4/2465	謝詩6/2711	顧0813	개성4(839)	洛陽	BCD
[2685]	花3513	春日閑居三首3	末4/2466	謝詩6/2712	顧0814	개성4(839)	洛陽	D眞/未
[2686]	花3514	小閣閑坐	末4/2467	謝詩6/2713	顧0814	개성4(839)	洛陽	A刪
[2687]	花3515	遊平泉宴漭潤宿香山石樓贈座客	末4/2468	謝詩6/2714	顧0814	개성3(838)~4	洛陽	E屋/沃
[2688]	花3516	池上幽境	末4/2468	謝詩6/2715	顧0815	개성3(838)	洛陽	D御/遇
[2689]	花3517	夏日閑放	末4/2468	謝詩6/2716	顧0815	개성3(838)	洛陽	D眞/未
[2690]*	花3518	和思黯居守獨飲偶醉見示六韻時夢得和篇先成頫爲麗絶因添兩韻繼而美之	末4/2469	謝詩6/2717	顧0815	개성3(838)	洛陽	E月/黠/眉
[2691]	花3519	和夢得洛中早春見贈七韻	末4/2470	謝詩6/2718	顧0816	개성3(838)	洛陽	D眞/未

[2692]	花3520	櫻桃花下有感而作	朱4/2471	謝詩6/2718	顧0816	洛陽	개성3(838)	B瓶
[2693]	花3521	洗竹	朱4/2472	謝詩6/2719	顧0816	洛陽	개성3(838)	E屋/沃
[2694]	花3522	新沐浴	朱4/2473	謝詩6/2720	顧0817	洛陽	개성3(838)	B尤
[2695]	花3523	三年除夜	朱4/2474	謝詩6/2721	顧0817	洛陽	개성3(838)	B陽
[2696]	花3524	自題小園	朱4/2475	謝詩6/2722	顧0818	洛陽	개성3(838)~4	AD
[2697]	花3525	病中宴坐	朱4/2475	謝詩6/2722	顧0818	洛陽	개성4(839)	B陽
[2698]	花3526	戒藥	朱4/2476	謝詩6/2723	顧0818	洛陽	개성4(839)	C紙
[2699]	花3527	贈夢得	朱4/2477	謝詩6/2724	顧0818	洛陽	개성4(839)~5	D願/霰
[2700]	花3528	逸老	朱4/2477	謝詩6/2725	顧0819	洛陽	회창1(841)	C篠/皓
[2701]	花3529	遇物感興因示子弟	朱4/2478	謝詩6/2726	顧0819	洛陽	회창1(841)	ABCE
[2702]	花3530	首夏南池獨酌	朱4/2479	謝詩6/2727	顧0820	洛陽	회창1(841)	B侵
[2703]	花3531	官俸初罷親故見憂以詩諭之	朱4/2480	謝詩6/2728	顧0820	洛陽	회창1(841)*	E藥
[2704]	花3532	閑居偶吟招鄭庶子甫郎中	朱4/2481	謝詩6/2729	顧0820	洛陽	회창1(841)~2	A虞
[2705]	花3533	亭西牆下伊渠水中置石激流潺湲成韻頗有幽趣以詩記之	朱4/2482	謝詩6/2730	顧0821	洛陽	회창1(841)~2	B庚/靑
[2706]	花3534	閑題家池寄王屋張道士	朱4/2483	謝詩6/2731	顧0821	洛陽	개성5(840)	A刪
[2707]	花3535	李盧二中丞各創山居俱誇勝絶然去城稍遠來往頗勞弊居新泉實在字下偶題十五韻聊戲二君	朱4/2484	謝詩6/2732	顧0822	洛陽	회창1(841)*	C紙
[2708]	花3536	北窗竹石	朱4/2485	謝詩6/2733	顧0822	洛陽	회창2(842)	E屋/沃
[2709]	花3537	飲後戲示弟子	朱4/2486	謝詩6/2734	顧0822	洛陽	회창2(842)	C紙
[2710]	花3538	閑坐看書貽諸少年	朱4/2487	謝詩6/2735	顧0823	洛陽	회창2(842)	C哿
[2711]	花3539	夢上山	朱4/2487	謝詩6/2736	顧3823	洛陽	회창2(842)	E質
[2712]	花3540	對酒閑吟贈同老者	朱4/2488	謝詩6/2736	顧0823	洛陽	회창2(842)	A文/微
[2713]	花3541	晚起閑行	朱4/2489	謝詩6/2738	顧0824	洛陽	회창2(842)	C紙

[2714]	花3542	香山居士寫眞詩幷序	朱4/2490	謝詩6/2738	顧0824	회창2(842)	洛陽	○○
[2715]	花3542	香山居士寫眞詩	朱4/2490	謝詩6/2739	顧0824	회창2(842)	洛陽	AB
[2716]	花3543	二年三月五日齋畢開素當食偶吟贈妻弘農郡君	朱4/2491	謝詩6/2740	顧0825	회창2(842)	洛陽	B陽
[2717]	花3544	不出門	朱4/2492	謝詩6/2741	顧0825	회창2(842)	洛陽	A眞
[2718]	花3545	感舊幷序	朱4/2493	謝詩6/2742	顧0826	회창2(842)	洛陽	○○
[2719]	花3545	感舊	朱4/2493	謝詩6/2743	顧0826	회창2(842)	洛陽	A眞
[2720]	花3546	送毛仙翁	朱4/2495	謝詩6/2744	顧0826	원화11(816)~13	江州	B先
[2721]	花3547	達哉樂天行	朱4/2498	謝詩6/2746	顧0827	회창2(842)	洛陽	B先
[2722]	花3548	香池閑汎	朱4/2499	謝詩6/2747	顧0828	회창1(841)	洛陽	B庚
[2723]	花3549	池上萬興二絶1	朱4/2500	謝詩6/2748	顧0828	회창1(841)	洛陽	B庚
[2724]	花3550	池上萬興二絶2	朱4/2500	謝詩6/2749	顧0828	회창1(841)	洛陽	A支
[2725]	花3551	宴後題府中水堂贈盧尹中丞	朱4/2500	謝詩6/2749	顧0828	회창2(842)	洛陽	A虞
[2726]	花3552	和敏中洛下卽事	朱4/2502	謝詩6/2750	顧0829	회창1(841)	洛陽	B庚
[2727]	花3553	送敏中新授戶部員外郎西歸	朱4/2503	謝詩6/2750	顧0829	회창1(841)	洛陽	B先
[2728]	花3554	南侍御以石相贈助戍水聲因以絶句謝之	朱4/2504	謝詩6/2751	顧0829	회창1(841)	洛陽	B侵
[2729]	花3555	閑居自題戲招客	朱4/2505	謝詩6/2752	顧0829	회창1(841)~2	洛陽	B先
[2730]	花3556	李留守相公見過池上汎舟擧酒話及翰林舊事因成四韻以獻之	朱4/2505	謝詩6/2752	顧0830	회창1(841)	洛陽	A東
[2731]	花3557	閏九月九日獨吟	朱4/2506	謝詩6/2753	顧0830	회창1(841)	洛陽	B先
[2732]	花3558	覽盧子蒙侍御舊詩多與微之唱和感今傷昔因贈子蒙題於卷後	朱4/2507	謝詩6/2754	顧0830	회창1(841)	洛陽	A支
[2733]	花3559	襄亭留客	朱4/2509	謝詩6/2755	顧0830	회창1(841)	洛陽	A東
[2734]	花3560	新小灘	朱4/2509	謝詩6/2756	顧0831	회창1(841)	洛陽	A寒
[2735]	花3561	和李中丞與李給事中山居雪夜同宿小酌	朱4/2510	謝詩6/2756	顧0831	회창1(841)	洛陽	A眞

[2736]	花3562	履道西門二首1	朱4/2511	謝詩6/2757	顧0831	會昌2(842)	洛陽	A魚
[2737]	花3563	履道西門二首2	朱4/2511	謝詩6/2758	顧0831	會昌2(842)	洛陽	A微
[2738]	花3564	偶吟	朱4/2511	謝詩6/2759	顧0831	會昌1(841)	洛陽	A東
[2739]	花3565	雪夜小飲贈夢得	朱4/2512	謝詩6/2759	顧0832	會昌1(841)	洛陽	B先
[2740]	花3566	歲暮夜長病中燈下閒盧尹夜宴以詩歌之日烏來日張本也	朱4/2513	謝詩6/2760	顧0832	會昌2(842)	洛陽	A支
[2741]	花3567	病中數會張道士見訪以此答之	朱4/2514	謝詩6/2761	顧0832	會昌1(841)	洛陽	B蕭
[2742]	花3568	卯飲	朱4/2515	謝詩6/2762	顧0832	會昌1(841)	洛陽	B尤
[2743]	花3569	寄題餘杭郡樓兼呈裴使君	朱4/2515	謝詩6/2762	顧0833	會昌1(841)	洛陽	B尤
[2744]	花3570	楊六尚書留太湖石在洛下借置庭中因對翫	朱4/2517	謝詩6/2763	顧0833	會昌1(841)	洛陽	A魚
[2745]	花3571	喜入新年自詠	朱4/2517	謝詩6/2764	顧0833	會昌2(842)	洛陽	A眞
[2746]	花3572	灘聲	朱4/2518	謝詩6/2764	顧0833	會昌2(842)	洛陽	B青
[2747]^	花3573	老題石泉	朱4/2519	謝詩6/2765	顧0833	會昌2(842)	洛陽	B庚
[2748]^	花3574	送王卿使君赴任蘇州因思花迎新使感舊遊寄題郡中木蘭西院一別	朱4/2519	謝詩6/2765	顧0834	會昌3(843)	洛陽	C賄
[2749]	花3575	出齋日喜皇甫十早訪	朱4/2520	謝詩6/2766	顧0834	會昌2(842)	洛陽	A灰
[2750]	花3576	會昌二年春題池西小樓	朱4/2521	謝詩6/2767	顧0834	會昌2(842)	洛陽	B尤
[2751]	花3577	酬南洛陽早春見贈	朱4/2522	謝詩6/2768	顧0835	會昌2(842)	洛陽	A灰
[2752]	花3578	對新家醞玩自種花	朱4/2523	謝詩6/2768	顧0835	會昌2(842)	洛陽	A灰
[2753]	花3579	攜酒往朗之莊居同飲	朱4/2523	謝詩6/2769	顧0835	會昌2(842)	洛陽	A眞
[2754]	花3580	以詩代書酬慕巢尚書見寄	朱4/2524	謝詩6/2769	顧0835	會昌2(842)	洛陽	B先
[2755]	花3581	春盡日	朱4/2525	謝詩6/2770	顧0836	會昌2(842)	洛陽	B庚
[2756]	花3582	招山僧	朱4/2526	謝詩6/2771	顧0836	會昌2(842)	洛陽	B麻
[2757]	花3583	夏日與閑禪師林下避暑	朱4/2526	謝詩6/2771	顧0836	會昌2(842)	洛陽	A東

[2758]	花3584	題新澗亭兼酬寄朝中親故見贈	朱4/2528	謝詩6/2772	顧0836	회창2(842)	洛陽	A灰
[2759]	花3585	病中看經贈諸道侶	朱4/2528	謝詩6/2773	顧0837	회창2(842)*	洛陽	A東
[2760]	花3586	遊豐樂招提佛光三寺	朱4/2529	謝詩6/2774	顧0837	회창2(842)	洛陽	A眞
[2761]	花3587	醉中得上都親友書以子停俸多時憂問貧乏偶乘酒興詠而報之	朱4/2530	謝詩6/2775	顧0837	회창2(842)	洛陽	A眞
[2762]	花3588	池畔逐凉	朱4/2531	謝詩6/2776	顧0838	회창2(842)	洛陽	B尤
[2763]	花3589	池鶴八絶句1·雞贈鶴	朱4/2532	謝詩6/2777	顧0838	회창1(841)~2	洛陽	B歌
[2764]	花3590	池鶴八絶句2·鶴答雞	朱4/2533	謝詩6/2778	顧0838	회창1(841)~2	洛陽	A齊
[2765]	花3591	池鶴八絶句3·烏贈鶴	朱4/2533	謝詩6/2778	顧0838	회창1(841)~2	洛陽	B庚
[2766]	花3592	池鶴八絶句4·鶴答烏	朱4/2534	謝詩6/2779	顧0839	회창1(841)~2	洛陽	A東
[2767]	花3593	池鶴八絶句5·鳶贈鶴	朱4/2534	謝詩6/2779	顧0839	회창1(841)~2	洛陽	B先
[2768]	花3594	池鶴八絶句6·鶴答鳶	朱4/2534	謝詩6/2779	顧0839	회창1(841)~2	洛陽	A微
[2769]	花3595	池鶴八絶句7·鵝贈鶴	朱4/2535	謝詩6/2780	顧0839	회창1(841)~2	洛陽	A文
[2770]	花3596	池鶴八絶句8·鶴答鵝	朱4/2535	謝詩6/2780	顧0839	회창1(841)~2	洛陽	A微
[2771]	花3597	談氏小外孫玉童	朱4/2536	謝詩6/2781	顧0840	회창2(842)*	洛陽	B先
[2772]	花3598	送後集往廬山東林寺兼寄雲皐上人	朱4/2537	謝詩6/2782	顧0840	회창2(842)	洛陽	A魚
[2773]	花3599	客有說	朱4/2538	謝詩6/2783	顧0840	회창2(842)	洛陽	A灰
[2774]	花3600	答客說	朱4/2540	謝詩6/2784	顧0840	회창2(842)	洛陽	B先
[2775]	花3601	哭劉尚書夢得一首1	朱4/2541	謝詩6/2785	顧0841	회창2(842)	洛陽	B尤
[2776]	花3602	哭劉尚書夢得二首2	朱4/2541	謝詩6/2786	顧0841	회창2(842)	洛陽	A虞
[2777]	花3617	昨日復今辰	朱4/2544	謝詩6/2787	顧0843	회창1(841)	洛陽	A眞
[2778]	花3618	病瘡	朱4/2545	謝詩6/2788	顧0843	회창1(841)~4	洛陽	B庚
[2779]	花3619	游趙村杏花	朱4/2545	謝詩6/2788	顧0844	회창4(844)	洛陽	A灰
[2780]	花3620	刑部尚書致仕	朱4/2546	謝詩6/2789	顧0844	회창2(842)*	洛陽	A魚
[2781]	花3621	初致仕後戲酬留守牛相公	朱4/2547	謝詩6/2790	顧0844	회창2(842)*	洛陽	A支

	花	題	朱	謝詩	顧	회차		韻
[2782]	花3622	同諸親友	朱4/2548	謝詩6/2791	顧0844	회차4(844)	洛陽	A微
[2783]	花3623	戲問牛司徒	朱4/2549	謝詩6/2792	顧0845	회차2(842)	洛陽	A虞
[2784]	花3624	不與老爲期	朱4/2549	謝詩6/2792	顧0845	회차2(842)~4	洛陽	A支
[2785]	花3625	開龍門八節石灘詩二首幷序	朱4/2550	謝詩6/2793	顧0845	회차4(844)	洛陽	○○
[2786]	花3625	開龍門八節石灘詩二首1	朱4/2550	謝詩6/2793	顧0846	회차4(844)	洛陽	A灰
[2787]	花3626	開龍門八節石灘詩二首2	朱4/2551	謝詩6/2794	顧0846	회차4(844)	洛陽	A眞
[2788]	花3627	閑坐	朱4/2551	謝詩6/2795	顧0846	회차2(842)~4	洛陽	A東
[2789]	花3628	酬寄牛相公同宿話舊勸酒見贈	朱4/2552	謝詩6/2795	顧0846	회차2(842)	洛陽	A支
[2790]	花3629	道場獨坐	朱4/2553	謝詩6/2796	顧0846	회차2(842)~4	洛陽	B陽
[2791]	花3630	偶作寄朗之	朱4/2553	謝詩6/2797	顧0847	회차2(842)~4	洛陽	A支
[2792]	花3631	狂吟七言十四韻	朱4/2555	謝詩6/2798	顧0847	회차4(844)	洛陽	A眞
[2793]^	花3632	喜裴濤使君攜詩見訪醉中戲贈	朱4/2556	謝詩6/2799	顧0848	회차4(844)	洛陽	B庚
[2794]	花3633	得潮州楊相公繼之書幷詩以此寄之	朱4/2557	謝詩6/2800	顧0848	회차3(843)~4*	洛陽	A眞
[2795]	花3634	宿府池西亭	朱4/2557	謝詩6/2800	顧0848	회차5(845)	洛陽	B庚
[2796]	花3635	閑眠	朱4/2558	謝詩6/2801	顧0848	회차5(845)	洛陽	B蕭
[2797]^	花3636	永豐坊西南角園中有垂柳一株柔條極茂白尚書曾賦詩傳入樂府遍流京都近有詔旨取兩枝植於禁苑乃知一顧增十倍之質非虛言也因此偶成絶句非敢繼和前篇1、白尚書篇云	朱4/2559	謝詩6/2801	顧0849	회차5(845)*	洛陽	A支
[2798]^	花3637	永豐坊西南角園中有垂柳一株柔條極茂白尚書曾賦詩傳入樂府遍流京都近有詔旨取兩枝植於禁苑乃知一顧增十倍之質非虛言也因此偶成絶句非敢繼和前篇2、刑部尚書致仕白居易和	朱4/2561	謝詩6/2802	顧0849	회차5(845)*	洛陽	B靑
[2799]	花3638	齋居春久感事遺懷	朱4/2561	謝詩6/2803	顧0850	회차5(845)	洛陽	A眞

번호	花	제목	朱	謝詩	顧	연도	지역	운
[2800]	花3639	每見呂南二郎中新文輒有所歎惜因成長句以詠所懷	朱4/2562	謝詩6/2804	顧0850	회창4(844)~5	洛陽	A支
[2801]^	花3640	胡吉鄭劉盧張等六賢皆多年壽予亦次焉偶於弊居合尚齒之會七老相顧既醉甚歡靜而思之此會稀有因成尚齒七言六韻以紀之傳好事者	朱4/2563	謝詩6/2805	顧0850	회창5(845)	洛陽	A虞
[2802]	花3641	歡喜二偈1	朱4/2568	謝詩6/2808	顧0852	회창4(844)~5*	洛陽	A寒
[2803]	花3642	歡喜二偈2	朱4/2568	謝詩6/2808	顧0852	회창4(844)~5*	洛陽	B青
[2804]^	花3643	閑居貧活計	朱4/2568	謝詩6/2809	顧0852	회창2(842)~5	洛陽	B侵
[2805]	花3644	贈諸少年	朱4/2569	謝詩6/2810	顧0852	회창2(842)~5	洛陽	B歌
[2806]	花3645	感所見	朱4/2570	謝詩6/2810	顧0852	회창2(842)~5	洛陽	B尤
[2807]	花3646	窰黔州馬常侍	朱4/2570	謝詩6/2811	顧0853	회창2(842)*	洛陽	A東
[2808]	花3647	和李相公留守題酆上新橋六韻	朱4/2571	謝詩6/2811	顧0853	회창1(841)~2*	洛陽	A齊
[2809]	花3648	閑居	朱4/2572	謝詩6/2812	顧0853	개성5(840)	洛陽	A刪
[2810]	花3649	新秋夜雨	朱4/2573	謝詩6/2813	顧0853	개성5(840)~회창5(845)	洛陽	B尤
[2811]	花3650	春眠	朱4/2573	謝詩6/2814	顧0854	上同	洛陽	A灰
[2812]	花3651	喜老自嘲	朱4/2574	謝詩6/2814	顧0854	개성5(840)	洛陽	B先
[2813]	花3652	能無愧	朱4/2575	謝詩6/2815	顧0854	회창1(841)~5	洛陽	A眞
[2814]	花3653	河陽石尚書破迴鶻迎貴主過上黨射鷺繪畫爲圖猥蒙示諫數不足以詩美之	朱4/2575	謝詩6/2816	顧0854	회창5(845)*	洛陽	B尤
[2815]	花3654	自詠老身示諸家屬	朱4/2578	謝詩6/2818	顧0855	회창6(846)	洛陽	B先
[2816]	花3655	自問此心呈諸老伴	朱4/2578	謝詩6/2819	顧0855	회창6(846)	洛陽	A支
[2817]	花3656	六年立春日人日作	朱4/2579	謝詩6/2819	顧0856	회창6(846)	洛陽	A眞
[2818]	花3657	齋居偶作	朱4/2580	謝詩6/2820	顧0856	회창6(846)	洛陽	B陽
[2819]	花3658	詠身	朱4/2581	謝詩6/2821	顧0856	회창6(846)	洛陽	A眞

번호	花	제목	朱	謝	顧	연대	지역	韻
[2820]	花3659	予與山南王僕射淮南李僕射事歷五朝踰三紀榮路雖殊交情不替聊題長句寄擧之公垂二相公	朱4/2582	謝詩6/2822	顧0857	회창6(846)	洛陽	A文
[2821]	花3660	讀道德經	朱4/2583	謝詩6/2823	顧0857	회창2(842)~6	洛陽	A眞
[2822]	花3661	禽蟲十二章幷序	朱4/2584	謝詩6/2824	顧0857	회창3(843)~6	洛陽	○○
[2823]	花3661	禽蟲十二章1	朱4/2584	謝詩6/2824	顧0858	회창3(843)~6	洛陽	A支
[2824]	花3662	禽蟲十二章2	朱4/2584	謝詩6/2825	顧0858	회창3(843)~6	洛陽	B歌
[2825]	花3663	禽蟲十二章3	朱4/2584	謝詩6/2825	顧0858	회창3(843)~6	洛陽	B庚
[2826]	花3664	禽蟲十二章4	朱4/2584	謝詩6/2826	顧0859	회창3(843)~6	洛陽	A眞
[2827]	花3665	禽蟲十二章5	朱4/2584	謝詩6/2826	顧0859	회창3(843)~6	洛陽	A虞
[2828]	花3666	禽蟲十二章6	朱4/2585	謝詩6/2827	顧0859	회창3(843)~6	洛陽	B庚
[2829]	花3667	禽蟲十二章7	朱4/2585	謝詩6/2827	顧0859	회창3(843)~6	洛陽	A東
[2830]	花3668	禽蟲十二章8	朱4/2585	謝詩6/2828	顧0859	회창3(843)~6	洛陽	B尤
[2831]	花3669	禽蟲十二章9	朱4/2585	謝詩6/2828	顧0860	회창3(843)~6	洛陽	A元
[2832]	花3670	禽蟲十二章10	朱4/2585	謝詩6/2829	顧0860	회창3(843)~6	洛陽	B肴
[2833]	花3671	禽蟲十二章11	朱4/2585	謝詩6/2830	顧0860	회창3(843)~6	洛陽	E職
[2834]	花3672	禽蟲十二章12	朱4/2585	謝詩6/2830	顧0861	회창3(843)~6	洛陽	A眞
[2835]	花1408	動靜交相養賦幷序	朱4/2588	謝文1/0001	顧0863	~정원18(802)	長安	○○
[2836]	花1409	汎渭賦幷序	朱4/2591	謝文1/0005	顧0865	정원20(804)	下邽	○○
[2837]	花1410	傷遠行賦	朱4/2594	謝文1/0012	顧0865	정원15(799)	△△	○○
[2838]	花1411	宣州試射中正鵠賦	朱4/2596	謝文1/0016	顧0867	정원15(799)	宣城	○○
[2839]	花1412	窗中列遠岫詩	朱4/2598	謝文1/0023 謝詩6/2831	顧0867	정원15(799)	宣城	A東
[2840]	花1413	省試性習相遠近賦	朱4/2599	謝文1/0024	顧0867	정원16(800)	長安	○○
[2841]	花1414	玉水記方流詩	朱4/2602	謝文1/0028	顧0868	정원16(800)	長安	B尤

			謝詩6/2832				
[2842]	花1415	求玄珠賦	未4/2602	謝文1/0030	顧0869	정원16(800)	△△	○○
[2843]	花1416	漢高皇帝親斬白蛇賦	未4/2605	謝文1/0036	顧0870	정원16(800)*	△△	○○
[2844]	花1417	大巧若拙賦	未4/2608	謝文1/0041	顧0871	~장경3(823)	△△	○○
[2845]	花1418	雞距筆賦	未4/2610	謝文1/0046	顧0872	~장경3(823)	△△	○○
[2846]	花1419	黑龍飲渭賦	未4/2613	謝文1/0055	顧0874	~장경3(823)	△△	○○
[2847]	花1420	敢諫鼓賦	未4/2617	謝文1/0062	顧0875	~장경3(823)	△△	○○
[2848]	花1421	君子不器賦	未4/2620	謝文1/0067	顧0876	~장경3(823)	△△	○○
[2849]	花1422	賦賦	未4/2622	謝文1/0073	顧0877	~장경3(823)	△△	○○
[2850]	花1423	續座右銘幷序	未5/2625	謝文1/0079	顧0878	~장경3(823)	長安	○○
[2851]	花1424	驪鸞畫贊幷序	未5/2627	謝文1/0081	顧0879	원화1(806)	長安	○○
[2852]	花1426	繡屛贊幷序	未5/2628	謝文1/0083	顧0880	~장경3(823)	△△	○○
[2853]	花1426	畫鵰贊幷序	未5/2630	謝文1/0085	顧0880	장경1(821)	長安	○○
[2854]	花1427	續虞人箴	未5/2632	謝文1/0087	顧0881	원화15(820)	長安	○○
[2855]	花1428	三謠幷序	未5/2634	謝文1/0091 謝詩6/2834	顧0882	원화13(818)*	江州	○○
[2856]	花1428	三謠1 · 蟠木謠	未5/2634	謝文1/0091 謝詩6/2834	顧0882	원화13(818)*	江州	ACD*
[2857]	花1429	三謠2 · 素屛謠	未5/2635	謝文1/0093 謝詩6/2836	顧0882	원화13(818)*	江州	ABE*
[2858]	花1430	三謠3 · 朱藤謠	未5/2637	謝文1/0096 謝詩6/2838	顧0883	원화13(818)*	江州	ABCD*
[2859]^	花1431	無可奈何	未5/2638	謝文1/0099 謝詩6/2840	顧0883	~장경3(823)	△△	ABC*
[2860]	花1432	自誨	未5/2640	謝文1/0102 謝詩6/2842	顧0884	원화10(815)	長安	ABCD*

[2861]	花1433	八漸偈幷序	朱5/2641	謝文1/0104	顧0885	정원20(804)	長安	○○
[2862]	花1433	八漸偈1・觀偈	朱5/2642	謝文1/0106	顧0886	정원20(804)	長安	○○
[2863]	花1434	八漸偈2・覺偈	朱5/2642	謝文1/0108	顧0886	정원20(804)	長安	○○
[2864]	花1435	八漸偈3・定偈	朱5/2643	謝文1/0109	顧0886	정원20(804)	長安	○○
[2865]	花1436	八漸偈4・慧偈	朱5/2643	謝文1/0109	顧0886	정원20(804)	長安	○○
[2866]	花1437	八漸偈5・明偈	朱5/2643	謝文1/0110	顧0886	정원20(804)	長安	○○
[2867]	花1438	八漸偈6・通偈	朱5/2644	謝文1/0111	顧0887	정원20(804)	長安	○○
[2868]	花1439	八漸偈7・濟偈	朱5/2644	謝文1/0111	顧0887	정원20(804)	長安	○○
[2869]	花1440	八漸偈8・捨偈	朱5/2644	謝文1/0112	顧0887	정원20(804)	△△	○○
[2870]	花1441	繡阿彌陀佛像贊幷序	朱5/2645	謝文1/0113	顧0887	~장경3(823)	長安	○○
[2871]	花1442	繡觀音菩薩像贊幷序	朱5/2646	謝文1/0114	顧0888	대화1(827)~2	長安	○○
[2872]	花1443	畫水月菩薩贊	朱5/2647	謝文1/0116	顧0888	대화1(827)~2	長安	○○
[2873]	花1444	哀二良文幷序	朱5/2648	謝文1/0119	顧0889	정원16(800)	△△	○○
[2874]^	花1445	祭城北門文	朱5/2651	謝文1/0123	顧0891	~정원16(800)	△△	○○
[2875]	花1446	祭符離六兄文	朱5/2652	謝文1/0126	顧0892	정원17(801)	符離	○○
[2876]	花1447	祭楊夫人文	朱5/2654	謝文1/0130	顧0892	원화3(808)	長安	○○
[2877]	花1448	祭小弟文	朱5/2656	謝文1/0133	顧0894	원화8(813)	下邽	○○
[2878]	花1449	祭烏江十五兄文	朱5/2658	謝文1/0135	顧0894	원화17(801)	△△	○○
[2879]	花1450	祭浮梁大兄文	朱5/2661	謝文1/0139	顧0896	정원12(817)	江州	○○
[2880]	花1451	祭匡山文	朱5/2663	謝文1/0143	顧0896	원화12(817)	江州	○○
[2881]	花1452	祭廬山文	朱5/2664	謝文1/0144	顧0897	원화12(817)	江州	○○
[2882]	花1453	祭李侍郎文	朱5/2666	謝文1/0147	顧0898	장경1(821)	長安	○○
[2883]	花1454	禱仇王神文	朱5/2669	謝文1/0153	顧0900	장경3(823)	杭州	○○
[2884]	花1455	祈皐亭神文	朱5/2671	謝文1/0155	顧0900	장경3(823)	杭州	○○
[2885]	花1456	祭龍文	朱5/2673	謝文1/0158	顧0901	장경3(823)	杭州	○○

[2886]	花1457	祭浙江文	朱5/2674	謝文1/0160	顧0902	장경4(824)	杭州	○○
[2887]	花1458	有唐善人墓碑	朱5/2676	謝文1/0163	顧0903	장경1(821)	長安	○○
[2888]	花1459	唐故通議大夫和州刺史吳郡張公神道碑銘幷序	朱5/2682	謝文1/0172	顧0906	장경2(822)	長安	○○
[2889]	花1460	唐贈尚書工部侍郎吳郡張公神道碑銘幷序	朱5/2687	謝文1/0180	顧0909	장경2(822)	長安	○○
[2890]	花1461	傳法堂碑	朱5/2690	謝文1/0184	顧0911	원화14(819)	忠州	○○
[2891]	花1462	唐撫州景雲寺故律大德上弘和尚石塔碑銘	朱5/2696	謝文1/0194	顧0913	원화13(818)	江州	○○
[2892]	花1463	唐江州興果寺律大德湊公塔碣銘幷序	朱5/2701	謝文1/0202	顧0916	원화12(817)	江州	○○
[2893]	花1464	大唐故賢妃京兆韋氏墓誌銘幷序	朱5/2706	謝文1/0209	顧0919	원화4(809)	長安	○○
[2894]	花1465	唐故會王墓誌銘幷序	朱5/2709	謝文1/0213	顧0921	원화5(810)	長安	○○
[2895]	花1466	故滁州刺史贈刑部尚書滎陽鄭公墓誌銘幷序	朱5/2711	謝文1/0216	顧0922	원화2(807)*	長安	○○
[2896]	花1467	唐河南元府君夫人滎陽鄭氏墓誌銘幷序	朱5/2715	謝文1/0224	顧0924	원화2(807)	長安	○○
[2897]	花1468	唐楊州倉曹參軍王府君墓誌銘幷序	朱5/2721	謝文1/0235	顧0927	영정1(805)	長安	○○
[2898]	花1469	唐故坊州鄜城縣尉陳府君夫人白氏墓誌銘幷序	朱5/2726	謝文1/0243	顧0929	원화8(813)	下邽	○○
[2899]^	花1470	唐太原白氏之殤墓誌銘幷序	朱5/2730	謝文1/0247	顧0930	원화8(813)	下邽	○○
[2900]	花1471	江州司馬廳記	朱5/2732	謝文1/0249	顧0932	원화13(818)	江州	○○
[2901]	花1472	草堂記	朱5/2736	謝文1/0254	顧0933	원화12(817)	江州	○○
[2902]	花1473	許昌縣令新廳壁記	朱5/2742	謝文1/0261	顧0935	정원19(803)	許昌	○○
[2903]	花1474	養竹記	朱5/2744	謝文1/0263	顧0936	정원19(803)	長安	○○
[2904]	花1475	記畵	朱5/2746	謝文1/0265	顧0937	정원19(803)	長安	○○
[2905]	花1476	記異	朱5/2747	謝文1/0267	顧0938	원화8(813)*	下邽	○○
[2906]	花1477	東林寺經藏西廊記	朱5/2751	謝文1/0270	顧0940	원화14(819)	江州	○○

[2907]	花1478	三遊洞序	朱5/2753	謝文1/0274	顧0940	원화14(819)	夷陵	○○
[2908]	花1479	遊大林寺序	朱5/2755	謝文1/0276	顧0941	원화12(817)	江州	○○
[2909]	花1480	代書	朱5/2760	謝文1/0280	顧0942	원화12(817)*	江州	○○
[2910]	花1481	送侯權秀才序	朱5/2763	謝文1/0284	顧0943	장경1(821)	長安	○○
[2911]	花1482	泠泉亭記	朱5/2764	謝文1/0286	顧0944	장경3(823)	杭州	○○
[2912]	花1483	與楊虞卿書	朱5/2769	謝文1/0291	顧0946	원화11(816)	江州	○○
[2913]	花1484	與陳給事書	朱5/2776	謝文1/0302	顧0949	정원16(800)	長安	○○
[2914]^	花1485	爲人上宰相書一首	朱5/2779	謝文1/0305	顧0951	영정1(805)	長安	○○
[2915]	花1486	與元九書	朱5/2789	謝文1/0321	顧0959	원화10(815)	江州	○○
[2916]	花1487	答戶部崔侍郎書	朱5/2806	謝文1/0345	顧0967	원화11(816)	江州	○○
[2917]	花1488	與濟法師書	朱5/2809	謝文1/0350	顧0969	~장경3(823)	△△	○○
[2918]	花1489	與微之書	朱5/2814	謝文1/0360	顧0972	원화12(817)	江州	○○
[2919]	花1490	荔枝圖序	朱5/2818	謝文1/0364	顧0973	원화15(820)	忠州	○○
[2920]	花1491	補逸書	朱5/2820	謝文1/0371	顧0975	~원화10(815)	△△	○○
[2921]	花1492	箴言幷序	朱5/2822	謝文1/0375	顧0976	정원16(800)	長安	○○
[2922]	花1493	中和節頌幷序	朱5/2824	謝文1/0378	顧0977	정원15(799)*	△△	○○
[2923]	花1494	晉諡恭世子議	朱5/2826	謝文1/0384	顧0978	~정원16(800)	△△	○○
[2924]	花1495	漢將李陵論	朱5/2829	謝文1/0389	顧0980	~정원16(800)	△△	○○
[2925]	花1496	太原白氏家狀二道1・故鞏縣令白府君事狀	朱5/2832	謝文1/0395	顧0981	원화6(811)	長安	○○
[2926]	花1497	太原白氏家狀二道2・襄州別駕府君事狀	朱5/2836	謝文1/0402	顧0983	원화6(811)	長安	○○
[2927]	花1498	才識兼茂明於體用科策一道	朱5/2843	謝文1/0409	顧0986	원화1(806)	長安	○○
[2928]	花1499	禮部試策第一道	朱5/2854	謝文1/0425	顧0994	정원16(800)	長安	○○
[2929]	花1500	禮部試策第二道	朱5/2856	謝文1/0428	顧0995	정원16(800)	長安	○○
[2930]	花1501	禮部試策第三道	朱5/2858	謝文1/0432	顧0997	정원16(800)	長安	○○

[2931]	花1502	禮部試策第五道第四道	未5/2859	謝文1/0436	顧0998	정원16(800)	長安	○○
[2932]	花1503	禮部試策第五道第四道	未5/2860	謝文1/0438	顧0998	정원16(800)	長安	○○
[2933]	花1504	進士策問五道第一道	未5/2863	謝文1/0444	顧1000	원화2(807)	長安	○○
[2934]	花1505	進士策問五道第二道	未5/2864	謝文1/0446	顧1000	원화2(807)	長安	○○
[2935]	花1506	進士策問五道第三道	未5/2865	謝文1/0448	顧1001	원화2(807)	長安	○○
[2936]	花15C7	進士策問五道第四道	未5/2866	謝文1/0449	顧1002	원화2(807)	長安	○○
[2937]	花15C8	進士策問五道第五道	未5/2867	謝文1/0450	顧1002	원화2(807)	長安	○○
[2938]	花1509	奉勅試制書制詔批答詩等五首1·鎮節度使加僕射制	未5/2868	謝文1/0452	顧1003	원화2(807)	長安	○○
[2939]	花1510	奉勅試制書詔批答詩等五首2·與金陵立功將士等勅書	未5/2869	謝文1/0454	顧1003	원화2(807)	長安	○○
[2940]	花1511	奉勅試制詔批答詩等五首3·與崇文詔	未5/2870	謝文1/0457	顧1004	원화2(807)	長安	○○
[2941]	花1512	奉勅試制詔批答詩等五首4·批河中進嘉禾圖表	未5/2872	謝文1/0458	顧1004	원화2(807)	長安	○○
[2942]	花1513	奉勅試制書詔批答詩等五首5·太社觀獻捷詩	未5/2872	謝文1/0460 謝詩6/2844	顧1005	원화2(807)	長安	A東
[2943]^	花1514	張徹宋申錫可並監察御史制	未5/2874	謝文2/0463	顧1008	장경1(821)*	長安	○○
[2944]	花1515	楊子留後殷彪授金州刺史兼侍御史河陰令韋同憲授南鄭令韋升授絳州長史三人同制	未5/2875	謝文2/0469	顧1008	장경1(821)~2	長安	○○
[2945]	花1516	馮宿除兵部郎中知制詰制	未5/2877	謝文2/0471	顧1009	장경2(822)*	長安	○○
[2946]	花1517	鄭覃可給事中制	未5/2878	謝文2/0474	顧1010	장경1(821)*	長安	○○
[2947]^	花1518	韋審規可西川節度副使御史中丞李慶中崔戎向溫等會可西川判官皆賜賞緋各檢校省官兼御史制	未5/2879	謝文2/0477	顧1010	장경1(821)*	長安	○○
[2948]	花1519	魏博軍將呂兄等從弘正到鎮州各加御史大夫實官等制	未5/2880	謝文2/0482	顧1011	장경1(821)*	長安	○○

[2949]	花1520	張平叔可戶部侍郎判度支制	朱5/2881	謝文2/0483	顧1011	장경2(822)*	長安	○○
[2950]	花1521	李慶仲可兵部員外郎崔戎可戶部員外郎制	朱5/2883	謝文2/0487	顧1012	장경2(822)*	長安	○○
[2951]	花1522	牛僧孺可戶部侍郎制	朱5/2885	謝文2/0489	顧1012	장경2(822)*	長安	○○
[2952]	花1523	庾承宣可尚書右丞制	朱5/2886	謝文2/0491	顧1013	장경2(822)*	長安	○○
[2953]	花1524	張聿可衢州刺史制	朱5/2887	謝文2/0494	顧1014	장경1(821)~2	長安	○○
[2954]	花1525	辛丘度可工部員外郎李石可左補闕李伷叔可右補闕三人同制	朱5/2888	謝文2/0497	顧1014	장경1(821)~2	長安	○○
[2955]	花1526	魏博軍將薛之縱等十四人各授官制	朱5/2890	謝文2/0499	顧1015	장경1(821)*	長安	○○
[2956]^	花1527	裴度可東簡王播韋綬楊紹復等於陵等賜爵拜迴授爵制	朱5/2891	謝文2/0501	顧1015	장경1(821)~2	長安	○○
[2957]	花1528	鄭餘慶楊同懸等十人亡母追贈郡國夫人制	朱5/2892	謝文2/0503	顧1015	장경1(821)*	長安	○○
[2958]	花1529	李實授咸陽令制	朱5/2893	謝文2/0506	顧1016	장경1(821)~2	長安	○○
[2959]	花1530	劉縱授秘書郎制	朱5/2894	謝文2/0508	顧1016	장경1(821)~2	長安	○○
[2960]	花1531	程翚授坊州司馬制	朱5/2895	謝文2/0509	顧1017	장경1(821)~2	長安	○○
[2961]	花1532	海州刺史王元輔加中丞制	朱5/2896	謝文2/0511	顧1017	장경1(821)~2	長安	○○
[2962]^	花1533	楊潛可洋州刺史李繁可遂州刺史備可濠州刺史制	朱5/2897	謝文2/0513	顧1017	장경1(821)~2	長安	○○
[2963]	花1534	張洪相里友路並山南東道判官同制	朱5/2899	謝文2/0516	顧1018	장경1(821)~2	長安	○○
[2964]^	花1535	姚成節右神策將軍知軍事制	朱5/2900	謝文2/0518	顧1019	장경1(821)~2	長安	○○
[2965]^	花1536	高武等二十人亡母贈鄭氏等贈太君制	朱5/2901	謝文2/0521	顧1020	장경1(821)~2	長安	○○
[2966]	花1537	柳公綽可吏部侍郎制	朱5/2902	謝文2/0522	顧1020	장경1(821)*	長安	○○
[2967]	花1538	孔戣可右散騎常侍制	朱5/2903	謝文2/0525	顧1021	장경1(821)*	長安	○○
[2968]	花1539	王公亮可商州刺史制	朱5/2904	謝文2/0528	顧1021	장경1(821)*	長安	○○
[2969]^	花1540	韋覬可給事中庾敬休可兵部郎中知制誥同制	朱5/2905	謝文2/0530	顧1021	장경1(821)~2	長安	○○

[2970]	花1541	李愬贈太尉制	未5/2908	謝文2/0533	顧1026	장경1(821)*	長安	○○
[2971]	花1542	田布贈右僕射制	未5/2910	謝文2/0536	顧1026	장경2(822)*	長安	○○
[2972]	花1543	韋貫之可工部尚書制	未5/2912	謝文2/0539	顧1027	장경1(821)*	長安	○○
[2973]^	花1544	太子詹事劉元鼎可大理卿兼御史大夫充西蕃盟會副使右司郎中劉師老可守本官充盟會御史充盟會判官三人同制	未5/2913	謝文2/0541	顧1028	장경1(821)*	長安	○○
[2974]	花1545	許季同可秘書監制	未5/2914	謝文2/0543	顧1028	장경1(821)*	長安	○○
[2975]	花1546	張元夫可禮部員外郎制	未5/2915	謝文2/0546	顧1029	장경1(821)~2	長安	○○
[2976]	花1547	楊嗣復可庫部郎中知制誥制	未5/2916	謝文2/0548	顧1029	장경1(821)*	長安	○○
[2977]	花1548	張平叔可京兆少尹知府事制	未5/2917	謝文2/0550	顧1030	장경1(821)*	長安	○○
[2978]	花1549	康日華贈坊州刺史制	未5/2918	謝文2/0552	顧1030	장경1(821)~2	長安	○○
[2979]	花1550	張籍可水部員外郎制	未5/2919	謝文2/0555	顧1031	장경2(822)*	長安	○○
[2980]	花1551	何士乂可河南縣令制	未5/2920	謝文2/0557	顧1031	장경2(822)*	長安	○○
[2981]	花1552	崔植一子迴授姪某制	未5/2921	謝文2/0559	顧1032	장경1(821)*	長安	○○
[2982]^	花1553	王起賜勳制	未5/2922	謝文2/0560	顧1032	장경1(821)*	長安	○○
[2983]	花1554	蕭俛除支部尚書制	未5/2923	謝文2/0561	顧1032	장경1(821)*	長安	○○
[2984]	花1555	溫堯卿等授官賜緋充滄景江陵判官制	未5/2924	謝文2/0564	顧1033	장경1(821)~2	長安	○○
[2985]	花1556	神策軍及諸道將士某等一千九百人各賜上柱國勳制	未5/2925	謝文2/0566	顧1033	장경1(821)*	長安	○○
[2986]	花1557	李彤授檢校工部郎中兼滑滑節度副使王源中授檢校刑部員外郎兼御史充觀察判官各兼侍御史賜緋紫制	未5/2926	謝文2/0567	顧1034	장경1(821)~2	長安	○○
[2987]^	花1558	柳公綽父子溫贈尚書右僕射向贈工部尚書薛伯高可尚書司封郎中元宗簡父尚書鍗贈尚書刑部侍郎皇甫鏞贈尚書工部尚書簡文父叔向贈中元宗簡贈尚書	未5/2928	謝文2/0571	顧1034	장경1(821)~2	長安	○○

右僕射韋文恪父漸贈太子少保王正雅父礽贈太子太師范季睦父修禮部郎中八人亡父同制

번호	제목	출전	시기	지역	
[2988] 花1559	李宗何可渭南令記可京兆府戶曹制	未5/2930 謝文2/0575 顧1035	장경1(821)*	長安	○○
[2989] 花1560	兵部郎中知制誥馮宿御史裴注義照鄂州刺史軍司馬司御史中丞蕭籍贈鄂州刺史史渾鐵並可朝散大夫同制	未5/2931 謝文2/0577 顧1036	장경2(822)*	長安	○○
[2990]^ 花1561	太常博士王申伯可侍御史御史臺鐵推官監察御史裴行高裴諧河東節度參謀察監察御史崔植並可監察御史三人同制	未5/2932 謝文2/0580 顧1036	장경1(821)*	長安	○○
[2991] 花1562	溫造可起居舍人充鎮州四面宣慰使制	未5/2934 謝文2/0582 顧1036	장경1(821)*	長安	○○
[2992] 花1563	高方穎等四人各贈縣令制	未5/2935 謝文2/0584 顧1037	장경1(821)~2	長安	○○
[2993] 花1564	崔咸可洛陽縣令制	未5/2936 謝文2/0585 顧1037	장경1(821)~2	長安	○○
[2994] 花1565	周愿可衡州刺史薛遲銳可漢州刺史薛鯤可河中少尹三人同制	未5/2937 謝文2/0587 顧1037	장경1(821)*	長安	○○
[2995] 花1566	楊景復可檢校膳部員外郎鄆州觀察判官李綏可監察御史天下軍判官盧載可協律郎天下軍巡官獨孤涇可監察御史壽州刺史副使馬植可試校書郎涇原節度掌書記程昔範可試正字涇原判官六人同制	未5/2938 謝文2/0590 顧1038	장경1(821)~2	長安	○○
[2996]^ 花1567	前盧州刺史殷祐可劍州刺史制	未5/2940 謝文2/0593 顧1038	장경1(821)~2	長安	○○
[2997] 花1568	李德修膳部員外郎制	未5/2941 謝文2/0595 顧1039	장경1(821)~2	長安	○○
[2998] 花1569	張正甫可同州刺史制	未5/2942 謝文2/0597 顧1039	장경1(821)~2	長安	○○
[2999] 花1570	崔咨可職方郎中侍御史知雜制	未5/2943 謝文2/0599 顧1040	장경2(822)*	長安	○○
[3000] 花1571	冊新迴鶻可汗文	未5/2945 謝文2/0603 顧1043	장경1(821)	長安	○○
[3001] 花1572	冊迴鶻可汗加號文	未5/2947 謝文2/0607 顧1044	장경1(821)	長安	○○

번호	花	제목	朱	謝文	顧	연도	지역	
[3002]^	花1573	韋綬從右丞授禮部尚書放從工部侍郎授刑部侍郎丁公著從禮部侍郎中授給事中授工部侍郎三人同制	朱5/2948	謝文2/0611	顧1045	장경1(821)*	長安	○○
[3003]	花1574	李諒除泗州刺史兼團練使當道兵馬留後兼侍御史賜紫金魚袋張儇可岳州刺史兼侍御史同制	朱5/2950	謝文2/0614	顧1046	장경1(821)~2	長安	○○
[3004]	花1575	裴廣授殿中侍御史制	朱5/2952	謝文2/0617	顧1047	장경1(821)~2	長安	○○
[3005]^	花1576	裴通除檢校左散騎常侍兼御史大夫充回鶻冊祭冊立使制	朱5/2953	謝文2/0618	顧1047	장경1(821)*	長安	○○
[3006]	花1577	元稹除中書舍人翰林學士賜紫金魚袋制	朱5/2954	謝文2/0620	顧1047	장경1(821)*	長安	○○
[3007]	花1578	孔戣授尚書左丞制	朱5/2955	謝文2/0623	顧1048	장경2(822)*	長安	○○
[3008]	花1579	授柳傑等四人官充鄭滑節度推巡制	朱5/2957	謝文2/0626	顧1049	장경1(821)~2	長安	○○
[3009]	花1580	韓愈等二十九人亡母追贈國郡太夫人制	朱5/2958	謝文2/0628	顧1049	장경1(821)*	長安	○○
[3010]	花1581	授駱峻太子司議郎梧州刺史賜緋魚袋兼改名玄休制	朱5/2959	謝文2/0630	顧1050	장경1(821)~2	長安	○○
[3011]	花1582	劉總弟約等五人並除刺史男及姪六人除贊善洗馬賜緋佐賜緋同制	朱5/2960	謝文2/0632	顧1050	장경1(821)*	長安	○○
[3012]	花1583	王元輔可左羽林衛將軍知軍事制	朱5/2961	謝文2/0636	顧1051	장경1(821)~2	長安	○○
[3013]	花1584	尚書工部侍郎集賢殿學士公著可檢校左散騎常侍越州刺史浙東觀察使制	朱5/2962	謝文2/0639	顧1051	장경1(821)*	長安	○○
[3014]	花1585	鄭絪可吏部尚書制	朱5/2963	謝文2/0641	顧1052	장경1(821)*	長安	○○
[3015]^	花1586	重授李晟中書舍人制	朱5/2964	謝文2/0644	顧1052	장경1(821)~2	長安	○○
[3016]	花1587	徐晏授禮泉令制	朱5/2965	謝文2/0645	顧1053	장경1(821)~2	長安	○○
[3017]	花1588	王汶加朝散大夫授左贊善大夫致仕制	朱5/2966	謝文2/0647	顧1053	장경1(821)~2	長安	○○
[3018]	花1589	元公度授華陰令制	朱5/2967	謝文2/0648	顧1054	장경1(821)*	長安	○○
[3019]	花1590	唐州刺史韋彪授王府長史楊歸厚授唐州刺史史劉曼授雅州刺史制	朱5/2968	謝文2/0650	顧1054	장경1(821)~2	長安	○○

ID		내용	未	謝文	顧	장경	長安	
[3020]^	花1591	鄭絪烏重嗣馬總劉總悟李佑田布薛平等亡母追封國郡太夫人制	未5/2969	謝文2/0653	顧1054	장경1(821)~2	長安	○○
[3021]^	花1592	奉讓郎殿中侍御史內供奉飛騎尉賜緋魚袋盧商可劍南西川雲南安撫判官朝散大夫行開州開江縣令楊汝士可殿中侍御史內供奉充劍南西川節度參謀二人二同制	未5/2971	謝文2/0655	顧1055	장경1(821)~2	長安	○○
[3022]	花1593	李諴贈太子少保制	未5/2972	謝文2/0657	顧1056	장경1(821)~2	長安	○○
[3023]^	花1594	李諒授壽州刺史薛公幹授泗州刺史制	未5/2973	謝文2/0659	顧1056	장경1(821)~2	長安	○○
[3024]	花1595	柳公綽龍鹽鐵等可本官待郎制	未5/2974	謝文2/0661	顧1057	장경1(821)*	長安	○○
[3025]^	花1596	崔元備授張惟素鄭章陸灌韋弘景賜爵制	未5/2975	謝文2/0663	顧1057	장경1(821)~2	長安	○○
[3026]	花1597	劉約授橫州刺史制	未5/2976	謝文2/0665	顧1057	장경1(821)*	長安	○○
[3027]^	花1598	李肇可中散大夫郢州刺史王鎰朗州刺史溫造可朝散大夫三人三同制	未5/2977	謝文2/0666	顧1058	장경2(822)*	長安	○○
[3028]	花1599	贈劉總太尉冊文	未5/2980	謝文2/0669	顧1063	장경1(821)	長安	○○
[3029]	花1600	博良弼可鄭州刺史制	未5/2982	謝文2/0672	顧1064	장경2(822)*	長安	○○
[3030]	花1601	河北權鹽使檢校刑部郎中裴弘泰可權鹽使依前州刺史制	未5/2983	謝文2/0673	顧1064	장경1(821)~2	長安	○○
[3031]^	花1602	崔陵可河南尹制	未5/2984	謝文2/0675	顧1064	장경2(822)*	長安	○○
[3032]	花1603	侯丕可霍丘縣尉制	未5/2985	謝文2/0677	顧1065	장경1(821)~2	長安	○○
[3033]	花1604	崔楚臣可兼殿中侍御史制	未5/2986	謝文2/0678	顧1065	장경1(821)~2	長安	○○
[3034]	花1605	王庭湊曾祖五哥之可贈越州都督未怕活可贈左散騎常侍父昇朝可贈禮部尚書制	未5/2987	謝文2/0680	顧1066	장경2(822)*	長安	○○
[3035]	花1606	崔鞏可秘書監分司東都制	未5/2988	謝文2/0681	顧1066	장경2(822)*	長安	○○
[3036]	花1607	董昌齡可許州長史制	未5/2989	謝文2/0683	顧1067	장경1(821)~2	長安	○○
[3037]	花1608	柳總可婆並泗州判官制	未5/2990	謝文2/0684	顧1067	장경1(821)~2	長安	○○
[3038]	花1609	張諷等四人可兼御史中丞待御史監察御史制	未5/2991	謝文2/0686	顧1068	장경1(821)~2	長安	○○

		同制					
[3039]	花1610	唉異可滁州長史許志雍可永州司戶崔行儉可隋州司戶並准敕量移制	朱5/2992	謝文2/0687	顧1068	장경1(821)~2	長安	○○
[3040]	花1611	程執撫亡父懷信贈大保李佑亡父少保景略贈太子少傅柏著亡父良器贈太子少保盛亡父孝德贈太保同制	朱5/2993	謝文2/0689	顧1068	장경1(821)~2	長安	○○
[3041]	花1612	嚴謨可桂管觀察使制	朱5/2994	謝文2/0690	顧1069	장경2(822)*	長安	○○
[3042]	花1613	杜武方可贈禮部尚書制	朱5/2996	謝文2/0692	顧1070	장경2(822)*	長安	○○
[3043]	花1614	武昭除石州刺史制	朱5/2997	謝文2/0694	顧1070	장경1(821)~2	長安	○○
[3044]	花1615	梁希逸除蔚州刺史制	朱5/2998	謝文2/0695	顧1070	장경1(821)~2	長安	○○
[3045]	花1616	盧元勳除隰州刺史制	朱5/2999	謝文2/0696	顧1071	장경1(821)*	長安	○○
[3046]	花1617	楊孝直除滑州長史制	朱5/3000	謝文2/0699	顧1071	장경1(821)*	長安	○○
[3047]	花1618	張嘉泰延州長史制	朱5/3001	謝文2/0700	顧1072	장경1(821)~2	長安	○○
[3048]	花1619	魏玄通除深王府司馬制	朱5/3002	謝文2/0701	顧1072	장경1(821)~2	長安	○○
[3049]	花1620	楊造等亡母追贈太君制	朱5/3002	謝文2/0702	顧1072	장경1(821)~2	長安	○○
[3050]	花1621	張楨李翶等二十人亡母追贈郡縣夫人制	朱5/3003	謝文2/0703	顧1072	장경1(821)*	長安	○○
[3051]	花1622	陳中師除太常少卿制	朱5/3004	謝文2/0704	顧1073	장경1(821)~2	長安	○○
[3052]	花1623	崔州刺史鄭翬可庫部郎中齊州刺史張士階可祠部郎中同制	朱5/3005	謝文2/0706	顧1073	장경1(821)*	長安	○○
[3053]	花1624	元稹可太子左諭德依前入蕃使制	朱5/3007	謝文2/0708	顧1074	장경1(821)~2	長安	○○
[3054]	花1625	盧品量移虢州司戶長孫鈜量移逯州司戶同制	朱5/3007	謝文2/0709	顧1074	장경1(821)	長安	○○
[3055]	花1626	李石楊穀張殷衡等並授官充涇原判官同制	朱5/3008	謝文2/0710	顧1074	장경1(821)*	長安	○○
[3056]	花1627	李演除左衛上將軍制	朱5/3009	謝文2/0712	顧1075	장경1(821)~2	長安	○○
[3057]^	花1628	康舁讓可試太子司議郎知欽州事兼充本州鎮遏使陳俠可試太子舍人知巒州事兼充本	朱5/3010	謝文2/0714	顧1075	장경2(822)*	長安	○○

[3058]	花1629	州鎮遏使李顗可試太子通事舍人知賓州事兼賓燈縚橫員等五州都遊奕使馮緒可試太子通事舍人知田州事充左江州事乔充左江都知兵馬使馬使五人同制	朱5/3012	謝文2/0718	顧1076	정경1(821)*	長安	○○
[3059]	花1630	西川大將賀若苕等等一十二人授御史中監察及諸州司馬同制	朱5/3012	謝文2/0719	顧1076	정경1(821)~2	長安	○○
[3060]	花1631	前右羽林將軍李彥佐服闋除本官兼御史中丞知軍事制	朱5/3013	謝文2/0720	顧1076	정경1(821)~2	長安	○○
[3061]	花1632	奉天縣令崔郜可倉部員外郎判度支案制	朱5/3014	謝文2/0722	顧1077	정경1(821)~2	長安	○○
[3062]	花1633	翰林待詔李景亮授左司禦率府長史依前待詔制	朱5/3015	謝文2/0723	顧1077	정경1(821)~2	長安	○○
[3063]	花1634	故鹽州防秋兵馬使康大崇贈鄜州刺史制	朱5/3016	謝文2/0725	顧1077	정경1(821)*	長安	○○
[3064]	花1635	劉總外祖故灃州刺史盧龍軍兵馬使張瑝贈工部尚書制	朱5/3017	謝文2/0726	顧1078	정경1(821)*	長安	○○
[3065]	花1636	劉總外祖母李氏贈趙國夫人制	朱5/3017	謝文2/0727	顧1078	정경1(821)*	長安	○○
[3066]	花1637	蕭俛一子迴授三從弟仲伸制	朱5/3018	謝文2/0728	顧1078	정경1(821)*	長安	○○
[3067]	花1638	賈瞞入迴歸副使授御史中丞賜紫金魚袋制	朱5/3019	謝文2/0729	顧1079	정경1(821)*	長安	○○
[3068]	花1639	張㚇授撫州刺史兼御史中丞制	朱5/3020	謝文2/0730	顧1079	정경1(821)*	長安	○○
[3069]	花1640	韓公武授左驍衛上將軍制	朱5/3021	謝文2/0732	顧1080	정경2(822)*	長安	○○
[3070]	花1641	姚元康等授充推官掌書記制	朱5/3022	謝文2/0734	顧1080	정경2(822)*	長安	○○
[3071]	花1642	楊玄諒等等三十人加官制	朱5/3023	謝文2/0735	顧1080	정경1(821)*	長安	○○
[3072]	花1643	李益王起杜元穎等賜爵制	朱5/3024	謝文2/0737	顧1081	정경1(821)*	長安	○○
[3073]	花1644	王計除萊州刺史吳暐除蓬州刺史制 義武軍奏事官虞候衛紹則可檢校秘書監職	朱5/3026	謝文2/0738	顧1081	정경1(821)~2	長安	○○

		如故制						
[3074]	花1645	深州奏事官衛推試原王友韋季重可彙監察[御史充職制]	未5/3026	謝文2/0739	顧1082	장경1(821)~2	長安	○○
[3075]	花1646	袁郇可封州刺史兼侍御史充職制	未5/3027	謝文2/0740	顧1082	장경1(821)~2	長安	○○
[3076]	花1647	華州及陝府將士少華二千三百二十五人各賜勳五轉制	未5/3028	謝文2/0741	顧1082	장경1(821)~2	長安	○○
[3077]	花1648	祭迴鶻可汗文	未5/3028	謝文2/0742	顧1082	장경1(821)	長安	○○
[3078]	花1649	京兆尹盧士政除檢校左散騎常侍兼中丞瀛莫二州觀察等使制	未5/3030	謝文2/0745	顧1088	장경1(821)*	長安	○○
[3079]	花1650	武寧軍軍將郭昌量等五十八人加大夫賓客詹事太常卿殿中監制	未5/3032	謝文2/0747	顧1088	장경1(821)~2	長安	○○
[3080]	花1651	贈僕射兆男三人妻兄一人並被蔡州誅戮洛贈太子賓善大夫等制	未5/3032	謝文2/0749	顧1089	장경1(821)~2	長安	○○
[3081]	花1652	王士則除羽林大將軍制	未5/3033	謝文2/0751	顧1089	장경1(821)~2	長安	○○
[3082]^	花1653	前穀熟縣令季立授奉天丞彙監察御史充迴鶻使判官制	未5/3034	謝文2/0753	顧1089	장경1(821)*	長安	○○
[3083]	花1654	李懷金等各授官制	未5/3035	謝文2/0754	顧1090	장경2(822)*	長安	○○
[3084]	花1655	王日簡可朝散大夫德州刺史制	未5/3035	謝文2/0755	顧1090	장경2(822)*	長安	○○
[3085]	花1656	薛元賞可華原縣令制	未5/3036	謝文2/0756	顧1090	장경1(821)~2	長安	○○
[3086]	花1657	王承林可安州刺史制	未5/3037	謝文2/0757	顧1091	장경1(821)~2	長安	○○
[3087]	花1658	嚴綬可太子少傅制	未5/3038	謝文2/0759	顧1091	장경2(822)*	長安	○○
[3088]	花1659	源寂可安王府長史制	未5/3039	謝文2/0761	顧1091	장경1(821)~2	長安	○○
[3089]	花1660	鄭材可河中府河西主簿制	未5/3040	謝文2/0763	顧1092	장경1(821)~2	長安	○○
[3090]	花1661	喬幷可巴州刺史制	未5/3040	謝文2/0764	顧1092	장경1(821)~2	長安	○○
[3091]	花1662	薛戎贈左散騎常侍制	未5/3041	謝文2/0765	顧1092	장경1(821)*	長安	○○
[3092]	花1663	辛幷文可淄州稷山縣令制	未5/3042	謝文2/0766	顧1093	장경1(821)~2	長安	○○

[3093]^ 花1664	知汴州院官侍御史盧懋蒙可檢校倉部員外郎陝府院官兼合可鄭滑度兼侍御史李克恭孤操可衛佐並行知院事前知院事同制	未5/3043	謝文2/0768	顧1093	장경1(821)*	長安	○○
[3094] 花1665	王智興可檢校右散騎常侍兼御史大夫充武寧軍節度副使領本道兵馬赴行營制	未5/3044	謝文2/0771	顧1093	장경1(821)*	長安	○○
[3095] 花1666	田牟可起復守左金衛將軍員外置兼澧州刺史制	未5/3045	謝文2/0772	顧1094	장경1(821)~2	長安	○○
[3096] 花1667	楊於陵亡祖母崔氏等贈郡夫人制	未5/3046	謝文2/0773	顧1094	장경1(821)*	長安	○○
[3097] 花1668	邵同貶連州司馬制	未5/3047	謝文2/0775	顧1094	장경1(821)~2	長安	○○
[3098] 花1669	鄭公逵可陝府起復調者藍制	未5/3048	謝文2/0776	顧1095	장경1(821)~2	長安	○○
[3099]^ 花1670	劉秦倫可起復調者藍者監制	未5/3048	謝文2/0777	顧1095	장경1(821)~2	長安	○○
[3100] 花1671	王師閔可檢校水部員外郎徐泗濠等州觀察判官制	未5/3049	謝文2/0779	顧1095	장경2(822)*	長安	○○
[3101] 花1672	薛從可右清道率府倉曹制	未5/3050	謝文2/0780	顧1096	장경1(821)~2	長安	○○
[3102] 花1673	義武軍行營兵馬使高從政等五人並破賊可御史大夫中丞行營兵馬使博義等二十四人並破賊可御史制	未5/3051	謝文2/0782	顧1096	장경1(821)~2	長安	○○
[3103] 花1674	故奉天定難功臣試殿中監陳日榮等十二人可贈商鄧隋唐等州刺史制	未5/3052	謝文2/0783	顧1097	장경1(821)~2	長安	○○
[3104] 花1675	段頲宗惟明等除檢校大理大僕卿制	未5/3052	謝文2/0785	顧1097	장경1(821)~2	長安	○○
[3105]^ 花1676	戶部尚書楊於陵祖故奉先縣主簿楊冠俗可贈吏部郎中於陵奏請迴贈制	未5/3053	謝文2/0786	顧1097	장경1(821)*	長安	○○
[3106] 花1677	故光祿卿致仕李恕贈右散騎常侍制	未5/3054	謝文2/0788	顧1098	장경1(821)~2	長安	○○
[3107] 花1678	劉語妻馮氏可封樂郡夫人制	未5/3054	謝文2/0789	顧1098	장경1(821)~2	長安	○○
[3108] 花1679	夏州軍將二人授行御史制	未5/3055	謝文2/0790	顧1098	장경1(821)~2	長安	○○
[3109] 花1680	日試詩百首田夷吾曹璠等授魏州兗州縣尉制	未5/3056	謝文2/0791	顧1099	장경2(822)*	長安	○○

		制					
[3110]^	花1681	衛佐崔審授樓煩監牧判官校書郎李景讓授東畿縣防禦巡官制	未5/3057	謝文2/0793	顧1099	장경1(821)~2	長安 ○○
[3111]^	花1682	李愻李愿薛平王潯馬總孔戡崔能李翶授同制悅咸賜爵一級並迴授男制	未5/3058	謝文2/0795	顧1099	장경1(821)*	長安 ○○
[3112]	花1683	故工部尚書致仕杜羔贈右僕射制	未5/3059	謝文2/0797	顧1100	장경1(821)~2	長安 ○○
[3113]	花1684	幽州兵馬使劉悊除左驍衛將軍制	未5/3060	謝文2/0798	顧1100	장경1(821)~2	長安 ○○
[3114]	花1685	前幽州押衙儒州刺史劉令琛除工部尚書致仕制	未5/3061	謝文2/0800	顧1100	장경1(821)~2	長安 ○○
[3115]	花1686	盧衆等除御史評制	未5/3062	謝文2/0801	顧1101	장경1(821)~2	長安 ○○
[3116]	花1687	張偉等一百九十人除常侍中丞賓客詹事等制	未5/3062	謝文2/0802	顧1101	장경1(821)~2	長安 ○○
[3117]	花1688	梁瓊等六人除泛陽管內州判司縣尉制	未5/3063	謝文2/0803	顧1101	장경1(821)~2	長安 ○○
[3118]	花1689	渤海王子加官制	未5/3064	謝文2/0805	顧1102	장경1(821)~2	長安 ○○
[3119]	花1690	石士儉授龍州刺史制	未5/3064	謝文2/0806	顧1102	장경1(821)~2	長安 ○○
[3120]	花1691	韓萇授龍州奉御制	未5/3065	謝文2/0807	顧1102	장경1(821)~2	長安 ○○
[3121]	花1692	孟存授成都府少尹制	未5/3066	謝文2/0808	顧1102	장경1(821)~2	長安 ○○
[3122]	花1693	杜元穎等賜勳制	未5/3067	謝文2/0809	顧1103	장경1(821)*	長安 ○○
[3123]	花1694	商州壽州將士等賜勳制	未5/3068	謝文2/0810	顧1103	장경1(821)~2	長安 ○○
[3124]	花1695	內侍楊志和等授朝散大夫制	未5/3068	謝文2/0811	顧1103	장경1(821)~2	長安 ○○
[3125]	花1696	內常侍趙弘亮加勳制	未5/3069	謝文2/0812	顧1104	장경1(821)~2	長安 ○○
[3126]	花1697	烏行初授衛佐制	未5/3070	謝文2/0813	顧1104	장경1(821)~2	長安 ○○
[3127]	花1698	烏重胤妻張氏封鄁國夫人制	未5/3070	謝文2/0814	顧1104	장경1(821)~2	長安 ○○
[3128]	花1699	鎮州軍將王怡等官李序先被賊凶訴囚並死各贈官及優恤子孫制	未5/3072	謝文2/0817	顧1108	장경1(821)*	長安 ○○
[3129]	花1700	武寧軍軍將李明贈濠州刺史制	未5/3073	謝文2/0819	顧1109	장경1(821)~2	長安 ○○

[3130]	花1701	裴弘泰可太府少卿知左藏庫出納制	未5/3074	謝文2/0820	顧1109	장경1(821)~2	長安	○○
[3131]	花1702	李昌元可兼御史大夫制	未5/3075	謝文2/0821	顧1109	장경1(821)~2	長安	○○
[3132]	花1703	田穎可亳州刺史制	未5/3076	謝文2/0822	顧1110	장경1(821)~2	長安	○○
[3133]	花1704	薛伯高等亡母追贈郡夫人制	未5/3077	謝文2/0824	顧1110	장경1(821)~2	長安	○○
[3134]	花1705	李佑授晉州刺史制	未5/3077	謝文2/0825	顧1110	장경1(821)~2	長安	○○
[3135]	花1706	武寧軍將王昌涉等授官制	未5/3078	謝文2/0826	顧1111	장경1(821)~2	長安	○○
[3136]	花1707	馬總亡祖母韋氏贈夫人制	未5/3079	謝文2/0827	顧1111	장경1(821)~2	長安	○○
[3137]	花1708	路賈等授桂州判官制	未5/3079	謝文2/0828	顧1111	장경1(821)~2	長安	○○
[3138]	花1709	駙馬都尉鄭何除右衛將軍制	未5/3080	謝文2/0829	顧1112	장경1(821)~2	長安	○○
[3139]	花1710	封太和長公主制	未5/3081	謝文2/0831	顧1112	장경1(821)*	長安	○○
[3140]	花1711	宋朝榮加常侍制	未5/3082	謝文2/0832	顧1113	장경1(821)~2*	長安	○○
[3141]	花1712	贍陣亡軍將等刺史制	未5/3082	謝文2/0833	顧1113	장경1(821)~2	長安	○○
[3142]	花1713	諸道軍將等授官制	未5/3083	謝文2/0834	顧1113	장경1(821)~2	長安	○○
[3143]	花1714	裴度韓弘等各賜一子并授姪壻等制	未5/3084	謝文2/0835	顧1114	장경1(821)~2	長安	○○
[3144]	花1715	入回紇使下軍將官吏夏侯仕戩等四十人授官監賓客諮議衛佐同制	未5/3085	謝文2/0836	顧1114	장경1(821)*	長安	○○
[3145]	花1716	盧昂可監察御史裏行知轉運永豐制	未5/3086	謝文2/0837	顧1114	장경2(822)*	長安	○○
[3146]	花1717	張惟素亡祖紘贈戶部郎中制	未5/3086	謝文2/0839	顧1115	장경1(821)~2	長安	○○
[3147]^	花1718	興州刺史鄭公達授王府長史李俏授興州刺史同制	未5/3087	謝文2/0840	顧1115	장경1(821)~2	長安	○○
[3148]	花1719	權知陵州刺史李正卿正除刺史制	未5/3088	謝文2/0841	顧1115	장경1(821)~2	長安	○○
[3149]	花1720	知渭橋院官蘇涮授員外郎依前職前進士王績授校書郎江西巡官制	未5/3089	謝文2/0842	顧1116	장경1(821)~2	長安	○○
[3150]	花1721	湖南都押衙兼御史監察王瓘可郴州司馬依舊職制	未5/3090	謝文2/0844	顧1116	장경1(821)~2	長安	○○
[3151]	花1722	安南告捷軍將黃士修授青光祿大夫試殿	未5/3091	謝文2/0845	顧1116	장경1(821)*	長安	○○

		中監制					
[3152]	花1723	王鎰可刑部員外郎制	朱5/3091	謝文2/0846	顧1117	장경1(821)*	長安	○○
[3153]	花1724	京兆府司錄參軍孫簡可檢校禮部員外郎荊南節度判官浙東判官試大理評事韋華欽可殿中待御史巡官試正字崔巡字兆朴可試協律郎尢推官同制	朱5/3092	謝文2/0847	顧1117	장경1(821)~2	長安	○○
[3154]	花1725	冀州奏事官田練可冀州司馬兼殿中待御史制	朱5/3094	謝文2/0849	顧1118	장경1(821)~2	長安	○○
[3155]	花1726	薛常翩可邢州刺史本州團練使制	朱5/3094	謝文2/0850	顧1118	장경1(821)	長安	○○
[3156]	花1727	牛元翼可檢校左散騎常待深州刺史御史大夫制	朱5/3095	謝文2/0851	顧1118	장경1(821)*	長安	○○
[3157]	花1728	王衆仲可衡州刺史制	朱5/3096	謝文2/0852	顧1119	장경1(821)~2	長安	○○
[3158]	花1729	田盛可金吾將軍勾當左街事制	朱5/3097	謝文2/0853	顧1119	장경1(821)~2	長安	○○
[3159]	花1730	陳楚男王府諮議參軍君貴可定州長史兼御史中驅使制	朱5/3098	謝文2/0854	顧1119	장경1(821)~2	長安	○○
[3160]^	花1731	崔承寵可集州刺史	朱5/3099	謝文2/0856	顧1120	장경1(821)~2	長安	○○
[3161]	花1732	前貝州刺史崔鴻可重授貝州刺史制	朱5/3099	謝文2/0857	顧1120	장경1(821)~2	長安	○○
[3162]	花1733	前吉州刺史李繁可依前吉州刺史制	朱5/3100	謝文2/0858	顧1120	장경1(821)~2	長安	○○
[3163]	花1734	瀛莫州都虞候萬重皓可坊州司馬制	朱5/3101	謝文2/0859	顧1121	장경1(821)~2	長安	○○
[3164]	花1735	崔墉可河南府法曹參軍制	朱5/3102	謝文2/0860	顧1121	장경1(821)~2	長安	○○
[3165]	花1736	前河陽節度使魏義通授右龍武軍軍前泗州刺史李進賢授右驍衞將軍並檢校御史大夫制	朱5/3102	謝文2/0861	顧1121	장경1(821)*	長安	○○
[3166]	花1737	李玄成等授官制	朱5/3104	謝文2/0863	顧1122	장경1(821)~2	長安	○○
[3167]	花1738	馬總准制追贈亡父誥贈亡祖制	朱5/3105	謝文2/0864	顧1122	장경1(821)~2	長安	○○
[3168]	花1739	權知朔州刺史樂璨正授兼御史中丞制	朱5/3105	謝文2/0865	顧1122	장경1(821)~2	長安	○○

[3169]^	花1740	神策軍推官田曬加官制	朱5/3106	謝文2/0866	顧1122	장경1(821)~2	長安	○○
[3170]	花1741	裴敞授昭義軍判官裴伴授義成軍判官各轉官制	朱5/3107	謝文2/0867	顧1123	장경1(821)~2	長安	○○
[3171]	花1742	雲州刺史高榮朝除太子賓客河東都押衙制	朱5/3107	謝文2/0868	顧1123	장경1(821)~2	長安	○○
[3172]	花1743	韋綬等賜爵制	朱5/3108	謝文2/0869	顧1123	장경1(821)*	長安	○○
[3173]	花1744	烏重明等贈官制	朱5/3109	謝文2/0869	顧1123	장경1(821)~2	長安	○○
[3174]	花1745	羽林龍武等軍將士各改轉制	朱5/3109	謝文2/0870	顧1124	장경1(821)~2	長安	○○
[3175]	花1746	新羅賀正使金良忠授官歸國制	朱5/3110	謝文2/0871	顧1124	장경1(821)~2	長安	○○
[3176]	花1747	除裴坰中書侍郎同平章事制	朱5/3111	謝文2/0873	顧1126	원화3(808)	長安	○○
[3177]	花1748	除段祐檢校兵部尚書右神策軍大將軍制	朱5/3114	謝文2/0878	顧1128	원화3(808)	長安	○○
[3178]	花1749	除趙昌檢校吏部尚書兼太子賓客制	朱5/3116	謝文2/0881	顧1128	원화4(809)	長安	○○
[3179]	花1750	除鄭絪太子賓客制	朱5/3117	謝文2/0883	顧1129	원화4(809)	長安	○○
[3180]	花1751	加程執恭檢校尚書右僕射制	朱5/3118	謝文2/0884	顧1129	원화3(808)~6*	長安	○○
[3181]	花1752	除王伾檢校戶部尚書充鹽鐵節度使制	朱5/3120	謝文2/0886	顧1130	원화4(809)	長安	○○
[3182]	花1753	除閻巨源充邠寧節度使制	朱5/3122	謝文2/0889	顧1131	원화4(809)	長安	○○
[3183]	花1754	授吳少陽淮西節度留後制	朱5/3123	謝文2/0891	顧1132	원화5(810)	長安	○○
[3184]	花1755	除程執恭檢校尚書右僕射制	朱5/3125	謝文2/0892	顧1133	원화5(810)	長安	○○
[3185]	花1756	除郎官分牧諸州制	朱5/3126	謝文2/0895	顧1134	원화2(807)~6	長安	○○
[3186]	花1757	除張弘靖門下侍郎平章事制	朱5/3127	謝文2/0896	顧1134	√√	△△	○○
[3187]	花1758	授范希朝京西都統制	朱5/3129	謝文2/0899	顧1135	원화5(810)*	長安	○○
[3188]	花1759	贈吉甫父先父官拜與一子官制	朱5/3130	謝文2/0901	顧1136	√√	△△	○○
[3189]	花1760	除李絳平章事制	朱5/3131	謝文2/0902	顧1136	√√	△△	○○
[3190]	花1761	授韓弘許國公實封制	朱5/3132	謝文2/0904	顧1137	√√	△△	○○
[3191]	花1762	除裴度中書舍人制	朱5/3133	謝文2/0906	顧1137	√√	△△	○○
[3192]	花1763	除蕭俛起居舍人制	朱5/3134	謝文2/0907	顧1138	√√	△△	○○

[3193]	花1764	除崔羣中書舍人制	未5/3135	謝文2/0908	顧1138	√√	△△	○○
[3194]	花1765	獨孤郁守本官知制誥制	未5/3136	謝文2/0910	顧1138	√√	△△	○○
[3195]	花1766	授沈傳師左拾遺史館修撰制	未5/3137	謝文2/0911	顧1138	√√	△△	○○
[3196]	花1767	除許孟容河南尹兼常侍制	未5/3138	謝文2/0912	顧1139	√√	△△	○○
[3197]	花1768	除李程郎中制	未5/3139	謝文2/0913	顧1139	√√	△△	○○
[3198]	花1769	裴克諒權知華陰縣令制	未5/3140	謝文2/0914	顧1140	원화2(807)~6	長安	○○
[3199]	花1770	贈高郢官制	未5/3141	謝文2/0916	顧1140	√√	△△	○○
[3200]	花1771	眨于尹躬洋州刺史制	未5/3142	謝文2/0917	顧1140	√√	△△	○○
[3201]	花1772	贈裴垍官制	未5/3143	謝文2/0918	顧1140	√√	△△	○○
[3202]	花1773	除軍使邪寧節度使制	未5/3143	謝文2/0919	顧1141	√√	△△	○○
[3203]	花1774	除章賁之平章事制	未5/3144	謝文2/0921	顧1141	√√	△△	○○
[3204]	花1775	除拾遺監察等制	未5/3145	謝文2/0923	顧1142	√√	△△	○○
[3205]	花1776	除范傳正宣歙觀察使制	未5/3146	謝文2/0925	顧1142	√√	△△	○○
[3206]	花1777	邊鎮節度使起復制	未5/3148	謝文2/0927	顧1143	원화2(807)~6	長安	○○
[3207]	花1778	除任迪簡檢校右僕射制	未5/3149	謝文2/0929	顧1143	원화2(807)~6	長安	○○
[3208]	花1779	除常侍制	未5/3150	謝文2/0931	顧1144	원화2(807)~6	長安	○○
[3209]	花1780	除裴武太府卿制	未5/3151	謝文2/0932	顧1144	원화2(807)~6	長安	○○
[3210]	花1781	杜佑致仕制	未5/3152	謝文2/0935	顧1146	√√	△△	○○
[3211]	花1782	鄭涵等太常博士制	未5/3153	謝文2/0939	顧1147	원화2(807)~6	長安	○○
[3212]	花1783	除韓臯東都留守制	未5/3154	謝文2/0940	顧1148	√√	△△	○○
[3213]	花1784	中書舍人韋貫之授禮部侍郎制	未5/3156	謝文2/0942	顧1148	√√	△△	○○
[3214]	花1785	薛存誠除御史中丞制	未5/3157	謝文2/0944	顧1149	√√	△△	○○
[3215]	花1786	前長安縣令許季同除刑部郎中前萬年縣令杜羔除戶部郎中制	未5/3158	謝文2/0946	顧1149	√√		○○
[3216]	花1787	京兆少尹辛祕可汝州刺史制	未5/3159	謝文2/0947	顧1150	원화2(807)~6	長安	○○

[3217]	花1788	除李遜京兆尹制	未5/3160	謝文2/0949	顧1150	√√		△△	○○
[3218]	花1789	除孔戣等官制	未5/3161	謝文2/0952	顧1150	√√		△△	○○
[3219]	花1790	除李建吏部員外郎制	未5/3162	謝文2/0954	顧1151	√√		長安	○○
[3220]	花1791	除劉伯芻虢州刺史制	未5/3163	謝文2/0955	顧1151	√√	원화2(807)~6	△△	○○
[3221]	花1792	除周懷義豐州刺史天德軍使制	未5/3164	謝文2/0956	顧1152	√√	원화2(807)~6	長安	○○
[3222]^	花1793	除某官王某魏博節度使制	未5/3165	謝文2/0958	顧1152	√√		△△	○○
[3223]	花1794	除某節度留後起復制	未5/3166	謝文2/0960	顧1152	√√	원화2(807)~6	長安	○○
[3224]	花1795	除薛平鄭滑節度制	未5/3167	謝文2/0962	顧1153	√√		△△	○○
[3225]	花1796	除盧士玫劉從周等官制	未5/3169	謝文2/0964	顧1154	√√		△△	○○
[3226]	花1797	張正一致仕制	未5/3170	謝文2/0965	顧1154	√√	원화2(807)~6	長安	○○
[3227]	花1798	張正甫蘇州刺史制	未5/3171	謝文2/0966	顧1154	√√	원화6(811)*	長安	○○
[3228]	花1799	崔清齊州刺史制	未5/3171	謝文2/0967	顧1155	√√	원화2(807)~6	長安	○○
[3229]	花1800	除柳公綽御史中丞制	未5/3172	謝文2/0968	顧1155	√√	원화5(810)	長安	○○
[3230]	花1801	除田興工部尚書魏博節度制	未5/3173	謝文2/0970	顧1155	√√		△△	○○
[3231]	花1802	除鄭餘慶太子少傅制	未5/3174	謝文2/0972	顧1156	√√		△△	○○
[3232]	花1803	除裴堪江西觀察使制	未5/3175	謝文2/0974	顧1156	√√		△△	○○
[3233]	花1804	贈杜佑太尉制	未5/3176	謝文2/0975	顧1157	√√		△△	○○
[3234]	花1805	除孔戡萬年縣令制	未5/3177	謝文2/0977	顧1157	√√		△△	○○
[3235]	花1806	除裴向同州刺史制	未5/3178	謝文2/0978	顧1158	√√		△△	○○
[3236]	花1807	除武元衡門下侍郎平章事制	未5/3179	謝文2/0979	顧1158	√√		△△	○○
[3237]	花1808	除李夷簡西川節度使制	未5/3181	謝文2/0982	顧1159	√√		△△	○○
[3238]	花1809	除袁滋襄陽節度使制	未5/3182	謝文2/0984	顧1159	√√		△△	○○
[3239]	花1810	歸登右常侍制	未5/3183	謝文2/0987	顧1160	√√		△△	○○
[3240]	花1811	李程行軍司馬制	未5/3184	謝文2/0988	顧1160	√√		△△	○○
[3241]	花1812	李翺虔部郎中制	未5/3185	謝文2/0989	顧1161	√√	원화2(807)~6	長安	○○

[3242]	花1813	牛僧孺籃監察御史制	朱5/3186	謝文2/0990	顧1161	√√	△△	○○
[3243]	花1814	裴克諒量留制	朱5/3187	謝文2/0992	顧1161	원화2(807)~6	長安	○○
[3244]	花1815	張奉都水使者制	朱5/3188	謝文2/0993	顧1161	원화2(807)~6	長安	○○
[3245]	花1816	薛伾鄜坊觀察使制	朱5/3188	謝文2/0993	顧1162	√√	△△	○○
[3246]	花1817	韓愈比部郎中史館修撰制	朱5/3190	謝文2/0995	顧1162	√√	△△	○○
[3247]^	花1818	李韋安州刺史制	朱5/3191	謝文2/0997	顧1162	원화2(807)~6	長安	○○
[3248]	花1819	竇易直給事中制	朱5/3192	謝文2/0998	顧1163	√√	△△	○○
[3249]	花1820	孟簡賜紫魚袋制	朱5/3193	謝文2/0999	顧1163	√√	△△	○○
[3250]	花1821	盧元輔杭州刺史制	朱5/3194	謝文2/1001	顧1163	√√	△△	○○
[3251]	花1822	錢徽司封郎中知制誥制	朱5/3194	謝文2/1002	顧1164	√√	△△	○○
[3252]	花1823	獨孤郁司勳郎中知制誥制	朱5/3196	謝文2/1004	顧1164	√√	△△	○○
[3253]	花1824	與王承宗詔	朱5/3197	謝文3/1007	顧1167	원화4(809)	長安	○○
[3254]^	花1825	答李諒等謝恩令附入屬籍表	朱5/3199	謝文3/1011	顧1168	원화4(809)	長安	○○
[3255]	花1826	祭盧虔文	朱5/3200	謝文3/1012	顧1169	원화4(809)	長安	○○
[3256]	花1827	批李夷簡賀御撰君臣事跡屏風表	朱5/3201	謝文3/1014	顧1170	원화4(809)	長安	○○
[3257]	花1828	批百寮嚴綬等賀御撰屏風表	朱5/3203	謝文3/1016	顧1170	원화4(809)	長安	○○
[3258]	花1829	答杜兼謝授河南尹表	朱5/3204	謝文3/1017	顧1170	원화4(809)	長安	○○
[3259]	花1830	與茂昭詔	朱5/3205	謝文3/1019	顧1171	원화4(809)	長安	○○
[3260]	花1831	與師道詔	朱5/3206	謝文3/1021	顧1171	원화4(809)	長安	○○
[3261]	花1832	與於陵詔	朱5/3207	謝文3/1023	顧1172	원화4(809)	長安	○○
[3262]	花1833	答段祐等賀冊皇太子禮畢表	朱5/3208	謝文3/1024	顧1172	원화4(809)	長安	○○
[3263]	花1834	答李詞賀感分王土則等德音表	朱5/3209	謝文3/1026	顧1173	원화4(809)	長安	○○
[3264]	花1835	與吐蕃贊普鉢闡布勅書	朱5/3210	謝文3/1027	顧1173	원화4(809)	長安	○○
[3265]	花1836	與希朝詔	朱5/3212	謝文3/1032	顧1174	원화4(809)	長安	○○
[3266]	花1837	與師道道詔	朱5/3213	謝文3/1035	顧1175	원화4(809)	長安	○○

[3267]	花1838	與劉濟詔	朱5/3214	謝文3/1036	顧1175	원화4(809)	長安	○○
[3268]	花1839	祭吳少誠文	朱5/3215	謝文3/1038	顧1176	원화5(810)	長安	○○
[3269]	花1840	與季安詔	朱5/3216	謝文3/1040	顧1177	원화5(810)	長安	○○
[3270]	花1841	與希朝詔	朱5/3217	謝文3/1041	顧1177	원화5(810)	長安	○○
[3271]	花1842	與從史詔	朱5/3218	謝文3/1042	顧1177	원화5(810)	長安	○○
[3272]	花1843	與季安詔	朱5/3220	謝文3/1043	顧1178	원화5(810)	長安	○○
[3273]	花1844	與昭義軍將士詔	朱5/3220	謝文3/1044	顧1178	원화5(810)	長安	○○
[3274]	花1845	與承璀詔	朱5/3222	謝文3/1047	顧1179	원화5(810)	長安	○○
[3275]	花1846	與元陽詔	朱5/3223	謝文3/1048	顧1180	원화5(810)	長安	○○
[3276]	花1847	與昭義軍將士勅書	朱5/3224	謝文3/1050	顧1180	원화5(810)	長安	○○
[3277]	花1848	與師道詔	朱5/3225	謝文3/1051	顧1181	원화5(810)	長安	○○
[3278]	花1849	與師道詔	朱5/3226	謝文3/1053	顧1181	원화2(807)~6*	長安	○○
[3279]	花1850	與茂昭書	朱5/3227	謝文3/1054	顧1182	원화5(810)	長安	○○
[3280]	花1851	與昭義節度親事將士等書	朱5/3228	謝文3/1055	顧1182	원화5(810)	長安	○○
[3281]	花1852	與執恭詔	朱5/3230	謝文3/1058	顧1183	원화5(810)	長安	○○
[3282]	花1853	與恆州節度下將士書	朱5/3230	謝文3/1059	顧1184	원화5(810)	長安	○○
[3283]	花1854	與承宗詔	朱5/3232	謝文3/1060	顧1184	원화5(810)	長安	○○
[3284]	花1855	批宰相賀救王承宗表	朱5/3233	謝文3/1062	顧1185	원화5(810)	長安	○○
[3285]	花1856	與劉濟詔	朱5/3234	謝文3/1063	顧1185	원화5(810)	長安	○○
[3286]	花1857	代王佖答吐蕃北道節度論贊勃藏書	朱5/3234	謝文3/1064	顧1186	원화5(810)	長安	○○
[3287]	花1858	與吉甫詔	朱5/3236	謝文3/1067	顧1187	원화5(810)	長安	○○
[3288]	花1859	與宰相尚綺心兒等書	朱5/3237	謝文3/1069	顧1187	원화5(810)	長安	○○
[3289]	花1860	答王承宗謝洗雪及復官爵表	朱5/3240	謝文3/1073	顧1189	원화5(810)	長安	○○
[3290]	花1861	與鄭絪詔	朱5/3241	謝文3/1075	顧1190	원화5(810)	長安	○○
[3291]	花1862	答高郢請致仕第二表	朱5/3242	謝文3/1076	顧1190	원화5(810)	長安	○○

[3292]	花1863	與劉總詔	朱5/3243	謝文3/1078	顧1190	원화5(810)	長安	○○
[3293]	花1864	答裴垍讓中書侍郎平章事表	朱5/3244	謝文3/1079	顧1191	원화5(810)	長安	○○
[3294]^	花1865	答劉總謝除檢校工部尚書范陽節度使表	朱5/3244	謝文3/1080	顧1191	원화5(810)	長安	○○
[3295]	花1866	與茂昭詔	朱5/3245	謝文3/1081	顧1191	원화5(810)	長安	○○
[3296]	花1867	答任迪簡讓易定節度使表	朱5/3246	謝文3/1082	顧1192	원화5(810)	長安	○○
[3297]	花1868	答裴垍讓宰相第三表	朱5/3247	謝文3/1083	顧1192	원화5(810)	長安	○○
[3298]	花1869	答裴垍謝除銀青光祿大夫兵部尚書表	朱5/3248	謝文3/1084	顧1192	원화5(810)	長安	○○
[3299]	花1870	與劉總詔	朱5/3249	謝文3/1085	顧1193	원화5(810)*	長安	○○
[3300]	花1871	與房式詔	朱5/3250	謝文3/1086	顧1193	원화5(810)	長安	○○
[3301]^	花1872	與盧坦詔	朱5/3251	謝文3/1087	顧1194	원화5(810)	長安	○○
[3302]	花1873	與新羅王金重熙等書	朱5/3252	謝文3/1088	顧1194	원화5(810)	長安	○○
[3303]	花1874	答文武百寮嚴綬等賀御製新譯大乘本生心地觀經序表	朱5/3253	謝文3/1091	顧1195	원화6(811)	長安	○○
[3304]	花1875	答孟簡蕭俛等賀御製新譯大乘本生心地觀經序狀	朱5/3254	謝文3/1093	顧1195	원화6(811)	長安	○○
[3305]	花1876	答元膺授岳鄂觀察使謝上表	朱5/3255	謝文3/1094	顧1195	원화6(811)	長安	○○
[3306]	花1877	答李鄘授淮南節度使謝上表	朱5/3256	謝文3/1095	顧1196	원화6(811)	長安	○○
[3307]	花1878	畫大羅天尊贊并序	朱5/3257	謝文3/1096	顧1196	원화5(810)	長安	○○
[3308]	花1879	答元義等請上尊號表	朱5/3259	謝文3/1099	顧1199	원화2(807)	長安	○○
[3309]^	花1880	答薛苹賀生擒李錡表	朱5/3260	謝文3/1101	顧1200	원화2(807)	長安	○○
[3310]^	花1881	與薛苹詔	朱5/3261	謝文3/1102	顧1200	원화2(807)	長安	○○
[3311]	花1882	與嚴礪詔	朱5/3262	謝文3/1103	顧1200	원화2(807)*	長安	○○
[3312]	花1883	與餘慶詔	朱5/3263	謝文3/1104	顧1201	원화3(808)	長安	○○
[3313]	花1884	答黃裳請上尊號表	朱5/3264	謝文3/1105	顧1201	원화2(807)	長安	○○
[3314]	花1885	與從史詔	朱5/3265	謝文3/1107	顧1202	원화2(807)	長安	○○

[3315]	花1886	與韓皋詔	朱5/3266	謝文3/1108	顧1202	원화2(807)	長安	○○
[3316]	花1887	與元衡詔	朱5/3267	謝文3/1109	顧1203	원화2(807)*	長安	○○
[3317]	花1888	答李抒等請上尊號表	朱5/3268	謝文3/1110	顧1203	원화2(807)	長安	○○
[3318]	花1889	答馮伉請上尊號表	朱5/3269	謝文3/1111	顧1203	원화2(807)	長安	○○
[3319]	花1890	答長安萬年兩縣百姓耆壽等請許上尊號表	朱5/3270	謝文3/1112	顧1204	원화2(807)	長安	○○
[3320]	花1891	答元素謝上表	朱5/3271	謝文3/1113	顧1204	원화2(807)	長安	○○
[3321]	花1892	答韓皋請上尊號表	朱5/3272	謝文3/1114	顧1204	원화2(807)	長安	○○
[3322]	花1893	答馮伉謝許上尊號表	朱5/3272	謝文3/1115	顧1205	원화3(808)*	長安	○○
[3323]	花1894	與顏証詔	朱5/3273	謝文3/1116	顧1205	원화2(807)	長安	○○
[3324]	花1895	與從史詔	朱5/3274	謝文3/1117	顧1205	원화2(807)	長安	○○
[3325]	花1896	與季安詔	朱5/3275	謝文3/1118	顧1206	원화2(807)~6	長安	○○
[3326]	花1897	與高固詔	朱5/3276	謝文3/1120	顧1206	원화2(807)	長安	○○
[3327]	花1898	祭故睢陽好孟氏文	朱5/3277	謝文3/1121	顧1207	원화2(807)	長安	○○
[3328]	花1899	季冬薦獻太清宮詞文	朱5/3278	謝文3/1122	顧1207	√/*	△△	○○
[3329]	花1900	與茂昭詔	朱5/3279	謝文3/1124	顧1208	원화2(807)	長安	○○
[3330]	花1901	答百寮謝許追遊集宴表	朱5/3280	謝文3/1125	顧1208	원화2(807)	長安	○○
[3331]	花1902	答李抒謝許遊宴表	朱5/3280	謝文3/1126	顧1209	원화2(807)	長安	○○
[3332]	花1903	答劉濟詔	朱5/3282	謝文3/1127	顧1209	원화2(807)	長安	○○
[3333]	花1904	與柳晟詔	朱5/3283	謝文3/1129	顧1210	원화2(807)	長安	○○
[3334]^	花1905	答薛萃謝授浙東觀察使表	朱5/3284	謝文3/1130	顧1210	원화2(807)*	長安	○○
[3335]	花1906	上元日敕道文	朱5/3284	謝文3/1131	顧1210	원화3(808)	長安	○○
[3336]	花1907	畫大羅天尊讚文	朱5/3285	謝文3/1132	顧1211	원화2(807)~6	長安	○○
[3337]	花1908	答未仕明賀冊尊號及恩赦表	朱5/3286	謝文3/1134	顧1211	원화3(808)*	長安	○○
[3338]	花1909	祭咸安公主文	朱5/3287	謝文3/1135	顧1211	원화3(808)	長安	○○
[3339]	花1910	與仕明詔	朱5/3288	謝文3/1136	顧1212	원화3(808)	長安	○○

[3340]	花1911	與崇文詔	謝文3/1137	顧1212	未5/3289	元和4(809)	長安	○○
[3341]	花1912	祭張敬則文	謝文3/1138	顧1213	未5/3290	元和3(808)	長安	○○
[3342]	花1913	與希朝詔	謝文3/1140	顧1213	未5/3291	元和3(808)	長安	○○
[3343]	花1914	與元衡詔	謝文3/1141	顧1214	未5/3292	元和3(808)*	長安	○○
[3344]	花1915	與陸庶詔	謝文3/1142	顧1214	未5/3293	元和4(809)	長安	○○
[3345]	花1916	答盧虔度謝賜史德政碑文拜移貫京兆府表	謝文3/1143	顧1214	未5/3293	元和3(808)*	長安	○○
[3346]	花1917	與宗儒詔	謝文3/1144	顧1215	未5/3294	元和3(808)*	長安	○○
[3347]	花1918	與希朝詔	謝文3/1145	顧1215	未5/3295	元和4(809)	長安	○○
[3348]	花1919	與韓弘詔	謝文3/1146	顧1215	未5/3296	元和3(808)	長安	○○
[3349]	花1920	答杜佑謝男師損除工部郎中表	謝文3/1147	顧1216	未5/3297	元和3(808)	長安	○○
[3350]	花1921	與嚴礪詔	謝文3/1148	顧1216	未5/3298	元和3(808)*	長安	○○
[3351]	花1922	與韓弘詔	謝文3/1149	顧1216	未5/3298	元和3(808)	長安	○○
[3352]	花1923	答王鍔陳讓淮南節度使表	謝文3/1150	顧1217	未5/3299	元和3(808)	長安	○○
[3353]	花1924	答韓弘讓同平章事表	謝文3/1151	顧1217	未5/3300	元和3(808)	長安	○○
[3354]	花1925	畫大羅天尊讚文	謝文3/1151	顧1217	未5/3301	元和4(809)	長安	○○
[3355]	花1926	答韓弘再讓平章事表	謝文3/1153	顧1218	未5/3302	元和3(808)	長安	○○
[3356]	花1927	畫元始天尊讚拜序	謝文3/1153	顧1218	未5/3302	元和2(807)~6	長安	○○
[3357]	花1928	北齊驃騎大將軍高敖曹讚拜序	謝文3/1155	顧1219	未5/3303	元和2(807)~6	長安	○○
[3358]	花1929	與驃國王雍羌書	謝文3/1157	顧1219	未5/3304	元和2(807)~6*	長安	○○
[3359]	花1930	與李安詔	謝文3/1160	顧1220	未5/3305	元和2(807)~6*	長安	○○
[3360]	花1931	答杜兼謝上河南少尹知府事表	謝文3/1160	顧1220	未5/3306	元和3(808)	長安	○○
[3361]	花1932	代忠亮答吐蕃東道節度使論結都離等書	謝文3/1161	顧1220	未5/3307	元和3(808)	長安	○○
[3362]	花1933	與南詔清平官書	謝文3/1164	顧1222	未5/3309	元和4(809)	長安	○○
[3363]	花1934	答王鍔賞賑恤江淮德音表	謝文3/1166	顧1222	未5/3310	元和4(809)	長安	○○

						元和		
[3364]	花1935	與茂昭詔	朱5/3311	謝文3/1168	顧1222	원화2(807)~6	長安	○○
[3365]	花1936	與潘孟陽唱詔	朱5/3312	謝文3/1169	顧1223	원화4(809)	長安	○○
[3366]	花1937	答宰相杜佑等賀德音表	朱5/3313	謝文3/1170	顧1223	원화4(809)	長安	○○
[3367]	花1938	答宗正卿李詞等賀德音表	朱5/3314	謝文3/1172	顧1224	원화4(809)	長安	○○
[3368]	花1939	答將軍方元蕩等賀德音表	朱5/3315	謝文3/1173	顧1224	원화4(809)	長安	○○
[3369]	花1940	與迴鶻可汗書	朱5/3316	謝文3/1174	顧1224	원화3(808)	長安	○○
[3370]	花1941	與韋丹詔	朱5/3318	謝文3/1177	顧1225	원화4(809)	長安	○○
[3371]	花1942	與從史詔	朱5/3319	謝文3/1179	顧1226	원화4(809)	長安	○○
[3372]^	花1943	答宰相杜佑等賀德音表	朱5/3320	謝文3/1180	顧1226	원화6(811)	長安	○○
[3373]	花1944	與孫璹詔	朱5/3320	謝文3/1181	顧1226	원화2(807)~6*	長安	○○
[3374]	花1945	與李良僅詔	朱5/3321	謝文3/1184	顧1227	원화2(807)~6	長安	○○
[3375]	花1946	答京兆府二十四縣耆壽謝賑貸表	朱5/3322	謝文3/1184	顧1227	원화6(811)	長安	○○
[3376]	花1947	初授拾遺獻書	朱5/3323	謝文3/1187	顧1228	원화3(808)	長安	○○
[3377]	花1948	論制科人狀	朱5/3326	謝文3/1191	顧1230	원화3(808)	長安	○○
[3378]	花1949	論于頔裴均狀	朱5/3331	謝文3/1198	顧1232	원화3(808)*	長安	○○
[3379]	花1950	論和糴狀	朱5/3334	謝文3/1203	顧1234	원화3(808)	長安	○○
[3380]	花1951	論太原事狀三件1・嚴綬・輔光	朱5/3336	謝文3/1209	顧1236	원화4(809)*	長安	○○
[3381]	花1952	論太原事狀三件2・貞亮	朱5/3337	謝文3/1210	顧1237	원화4(809)*	長安	○○
[3382]	花1953	論太原事狀三件3・范希朝	朱5/3338	謝文3/1212	顧1237	원화4(809)*	長安	○○
[3383]	花1954	奏請加德音中節目二件1・緣今時旱請蠲更減放江淮旱損州百姓今年租稅	朱5/3339	謝文3/1213	顧1238	원화4(809)	長安	○○
[3384]	花1955	奏請加德音中節目二件2・請揀放後宮內人	朱5/3340	謝文3/1215	顧1238	원화4(809)	長安	○○
[3385]^	花1956	論于頔所進歌舞人事宜狀	朱5/3341	謝文3/1217	顧1238	원화4(809)	長安	○○
[3386]	花1957	論魏徵舊宅狀	朱5/3342	謝文3/1220	顧1239	원화4(809)	長安	○○

[3387]^	花1958	論王鍔欲除官事宜狀	朱5/3344	謝文3/1222	顧1240	원화3(808)	長安	○○
[3388]^	花1959	論裴均進奉銀器狀	朱5/3346	謝文3/1226	顧1241	원화4(809)	長安	○○
[3389]	花1960	論孫璹張奉國狀1・孫璹	朱6/3349	謝文3/1231	顧1243	원화4(809)	長安	○○
[3390]	花1961	論孫璹張奉國狀2・張奉國	朱6/3350	謝文3/1232	顧1244	원화4(809)	長安	○○
[3391]	花1962	奏所聞狀	朱6/3353	謝文3/1235	顧1245	원화4(809)	長安	○○
[3392]	花1963	奏閬鄉縣禁囚狀	朱6/3355	謝文3/1237	顧1246	원화4(809)	長安	○○
[3393]	花1964	論承璀職名狀	朱6/3357	謝文3/1240	顧1247	원화4(809)	長安	○○
[3394]	花1965	論元稹第三狀	朱6/3360	謝文3/1244	顧1248	원화5(810)	長安	○○
[3395]	花1966	請罷兵第二狀	朱6/3364	謝文3/1250	顧1250	원화5(810)	長安	○○
[3396]	花1967	請罷兵第三狀	朱6/3368	謝文3/1254	顧1252	원화5(810)	長安	○○
[3397]	花1968	論嚴綬狀	朱6/3371	謝文3/1258	顧1255	원화6(811)*	長安	○○
[3398]	花1969	論孟元陽狀	朱6/3372	謝文3/1260	顧1255	원화6(811)*	長安	○○
[3399]	花1970	謝官狀	朱6/3373	謝文3/1262	顧1256	원화3(808)	長安	○○
[3400]	花1971	奏陳情狀	朱6/3375	謝文3/1264	顧1257	원화5(810)	長安	○○
[3401]	花1972	謝官狀	朱6/3376	謝文3/1266	顧1257	원화5(810)	長安	○○
[3402]	花1973	謝蒙恩賜設狀	朱6/3378	謝文3/1268	顧1258	원화2(807)	長安	○○
[3403]	花1974	謝恩賜衣服狀	朱6/3379	謝文3/1269	顧1258	원화2(807)	長安	○○
[3404]	花1975	三月三日謝恩賜曲江宴會狀	朱6/3380	謝文3/1270	顧1259	원화2(807)~6	長安	○○
[3405]	花1976	九月九日謝恩賜宴曲江會狀	朱6/3381	謝文3/1272	顧1259	원화2(807)~6	長安	○○
[3406]	花1977	臘日謝恩賜口蠟狀	朱6/3382	謝文3/1274	顧1260	원화2(807)~6	長安	○○
[3407]	花1978	中和日謝恩賜尺狀	朱6/3384	謝文3/1276	顧1260	원화2(807)~6	長安	○○
[3408]	花1979	謝清明日賜新火狀	朱6/3385	謝文3/1277	顧1261	원화2(807)~6	長安	○○
[3409]	花1980	謝恩賜冰狀	朱6/3386	謝文3/1279	顧1261	원화2(807)~6	長安	○○
[3410]	花1981	謝賜新曆日狀	朱6/3387	謝文3/1280	顧1262	원화2(807)~6	長安	○○
[3411]	花1982	謝恩賜菜果等狀	朱6/3387	謝文3/1281	顧1262	원화2(807)~6	長安	○○

番号	花番号	題目	朱	謝文	顧	年代	地域	
[3412]	花1983	謝賜設及匹帛狀	朱6/3388	謝文3/1282	顧1262	원화2(807)~6	長安	○○
[3413]	花1984	祉日謝賜酒餅狀	朱6/3389	謝文3/1283	顧1263	원화2(807)~6	長安	○○
[3414]	花1985	論重考科目人狀	朱6/3390	謝文3/1285	顧1264	원화15(820)	長安	○○
[3415]	花1986	舉人自代狀	朱6/3392	謝文3/1288	顧1265	장경1(821)	長安	○○
[3416]^	花1987	論重考試進士事宜狀	朱6/3393	謝文3/1290	顧1265	장경1(821)	長安	○○
[3417]	花1988	讓絹狀	朱6/3396	謝文3/1296	顧1267	장경1(821)	長安	○○
[3418]	花1989	論左降獨孤朗等狀	朱6/3398	謝文3/1298	顧1268	장경1(821)	長安	○○
[3419]	花1990	論行營狀1・請事委李光顏面討逐委裴度四面臨境招諭事	朱6/3401	謝文3/1302	顧1269	장경2(822)	長安	○○
[3420]	花1991	論行營狀2・請抽揀魏博澤潞路易定滄州四道兵馬分付光顏事	朱6/3404	謝文3/1304	顧1270	장경2(822)	長安	○○
[3421]	花1992	論行營狀3・請勒魏博等四道兵馬却守本界事	朱6/3405	謝文3/1307	顧1270	장경2(822)	長安	○○
[3422]	花1993	論行營狀4・請省行營糧料事	朱6/3407	謝文3/1309	顧1271	장경2(822)	長安	○○
[3423]	花1994	論行營狀5・請因朱克融授節後速討王庭湊事	朱6/3407	謝文3/1309	顧1271	장경2(822)	長安	○○
[3424]	花1995	論姚文秀打殺妻狀	朱6/3409	謝文3/1313	顧1273	장경2(822)	長安	○○
[3425]	花1996	爲宰相賀赦表	朱6/3412	謝文3/1317	顧1275	장경1(821)	長安	○○
[3426]	花1997	爲宰相請上尊號第二表	朱6/3414	謝文3/1319	顧1276	장경1(821)*	長安	○○
[3427]	花1998	爲宰相讓官表	朱6/3416	謝文3/1324	顧1278	장경1(821)*	長安	○○
[3428]	花1999	爲宰相賀雨表	朱6/3418	謝文3/1326	顧1278	장경1(821)~2	長安	○○
[3429]	花2000	爲宰相賀殺賊表	朱6/3419	謝文3/1327	顧1279	장경1(821)~2	長安	○○
[3430]	花2001	賀雲生不見日蝕表	朱6/3420	謝文3/1329	顧1280	장경2(822)	長安	○○
[3431]	花2002	爲崔相陳情表	朱6/3422	謝文3/1332	顧1280	장경1(821)*	長安	○○
[3432]	花2003	忠州刺史謝上表	朱6/3423	謝文3/1334	顧1281	원화14(819)	忠州	○○
[3433]	花2004	賀平淄青表	朱6/3425	謝文3/1336	顧1282	원화14(819)	忠州	○○

[3434]	花2005	賀上尊號後大赦天下表	宋6/3426	謝文3/1338	顧1282	元和14(819)	忠州	○○
[3435]	花2006	杭州刺史謝上表	宋6/3427	謝文3/1340	顧1283	長慶2(822)	杭州	○○
[3436]	花2007	爲宰相謝恩賜酒脯餅果等狀	宋6/3429	謝文3/1343	顧1284	長慶1(821)~2	長安	○○
[3437]	花2008	爲宰相謝恩賜吐蕃信物銀器錦綵等狀	宋6/3430	謝文3/1344	顧1284	長慶1(821)~2	長安	○○
[3438]	花2009	爲段相謝恩賜設及酒脯等狀	宋6/3431	謝文3/1345	顧1285	長慶1(821)	長安	○○
[3439]	花2010	爲段相謝借飛龍馬狀	宋6/3432	謝文3/1345	顧1285	長慶1(821)	長安	○○
[3440]	花2011	爲段相謝手詔及金刀狀	宋6/3432	謝文3/1346	顧1285	長慶1(821)	長安	○○
[3441]	花2012	爲宰相謝官表	宋6/3433	謝文3/1347	顧1286	長慶2(822)	長安	○○
[3442]	花2013	策林序	宋6/3436	謝文3/1351	顧1287	元和1(806)	長安	○○
[3443]	花2014	策林1・策頭二道1	宋6/3438	謝文3/1353	顧1288	元和1(806)	長安	○○
[3444]	花2015	策林1・策頭二道2	宋6/3438	謝文3/1354	顧1288	元和1(806)	長安	○○
[3445]	花2016	策林2・策項二道1	宋6/3439	謝文3/1355	顧1289	元和1(806)	長安	○○
[3446]	花2017	策林2・策項二道2	宋6/3440	謝文3/1356	顧1289	元和1(806)	長安	○○
[3447]	花2018	策林3・策尾三道1	宋6/3441	謝文3/1359	顧1290	元和1(806)	長安	○○
[3448]	花2019	策林3・策尾三道2	宋6/3441	謝文3/1359	顧1290	元和1(806)	長安	○○
[3449]	花2020	策林3・策尾三道3	宋6/3441	謝文3/1359	顧1290	元和1(806)	長安	○○
[3450]	花2021	策林4・美讓讓	宋6/3442	謝文3/1360	顧1291	元和1(806)	長安	○○
[3451]	花2022	策林5・塞人望歸衆心	宋6/3443	謝文3/1363	顧1292	元和1(806)	長安	○○
[3452]	花2023	策林6・敎必成化必至	宋6/3444	謝文3/1365	顧1292	元和1(806)	長安	○○
[3453]	花2024	策林7・不勞而理	宋6/3445	謝文3/1367	顧1293	元和1(806)	長安	○○
[3454]	花2025	策林8・風行淺朴	宋6/3446	謝文3/1370	顧1294	元和1(806)	長安	○○
[3455]	花2026	策林9・致和平復雍熙	宋6/3449	謝文3/1375	顧1296	元和1(806)	長安	○○
[3456]	花2027	策林10・王澤流人心感	宋6/3450	謝文3/1378	顧1297	元和1(806)	長安	○○
[3457]	花2028	策林11・黃老術	宋6/3451	謝文3/1380	顧1298	元和1(806)	長安	○○
[3458]	花2029	策林12・政化速成	宋6/3452	謝文3/1383	顧1298	元和1(806)	長安	○○

[3459]	花2030	策林13·號令	朱6/3452	謝文3/1384	顧1299	원화1(806)	長安	○○
[3460]	花2031	策林14·辨興亡之由	朱6/3455	謝文3/1388	顧1300	원화1(806)	長安	○○
[3461]	花2032	策林15·忠敬質文損益	朱6/3456	謝文3/1390	顧1301	원화1(806)	長安	○○
[3462]	花2033	策林16·議祥瑞辨妖災	朱6/3458	謝文3/1395	顧1303	원화1(806)	長安	○○
[3463]	花2034	策林17·興五福銷六極	朱6/3461	謝文3/1401	顧1305	원화1(806)	長安	○○
[3464]	花2035	策林18·辨水旱之災明存救之術	朱6/3464	謝文3/1406	顧1307	원화1(806)	長安	○○
[3465]	花2036	策林19·息游隋	朱6/3468	謝文3/1417	顧1310	원화1(806)	長安	○○
[3466]	花2037	策林20·平百貨之價	朱6/3471	謝文3/1423	顧1313	원화1(806)	長安	○○
[3467]	花2038	策林21·人之困窮由君之奢欲	朱6/3473	謝文3/1426	顧1314	원화1(806)	長安	○○
[3468]	花2039	策林22·不奪人利	朱6/3475	謝文3/1429	顧1315	원화1(806)	長安	○○
[3469]	花2040	策林23·議鹽法之弊	朱6/3477	謝文3/1435	顧1317	원화1(806)	長安	○○
[3470]	花2041	策林24·議能漕運可否	朱6/3479	謝文3/1439	顧1318	원화1(806)	長安	○○
[3471]	花2042	策林25·立制度	朱6/3481	謝文3/1443	顧1320	원화1(806)	長安	○○
[3472]	花2043	策林26·養動植之物	朱6/3483	謝文3/1448	顧1321	원화1(806)	長安	○○
[3473]	花2044	策林27·請以族類求賢	朱6/3484	謝文3/1451	顧1322	원화1(806)	長安	○○
[3474]	花2045	策林28·尊賢	朱6/3486	謝文3/1454	顧1323	원화1(806)	長安	○○
[3475]	花2046	策林29·請行賞罰以勸擧賢	朱6/3487	謝文3/1456	顧1324	원화1(806)	長安	○○
[3476]	花2047	策林30·審官	朱6/3488	謝文3/1459	顧1325	원화1(806)	長安	○○
[3477]	花2048	策林31·大官乏人	朱6/3490	謝文3/1461	顧1326	원화1(806)	長安	○○
[3478]	花2049	策林32·議庶官遷次之遲速	朱6/3491	謝文3/1465	顧1327	원화1(806)	長安	○○
[3479]	花2050	策林33·革吏部之課	朱6/3493	謝文3/1468	顧1328	원화1(806)	長安	○○
[3480]	花2051	策林34·牧宰考課	朱6/3494	謝文3/1473	顧1329	원화1(806)	長安	○○
[3481]	花2052	策林35·使百職修皇網振	朱6/3497	謝文3/1478	顧1331	원화1(806)	長安	○○
[3482]	花2053	策林36·達聰明致理化	朱6/3499	謝文3/1483	顧1334	원화1(806)	長安	○○
[3483]	花2054	策林37·決壅蔽	朱6/3501	謝文3/1487	顧1335	원화1(806)	長安	○○

[3484]	花2055	策林38·君不行臣事	朱6/3502	謝文3/1490	顧1336	원화1(806)	長安	○○
[3485]	花2056	策林39·使官吏清廉	朱6/3503	謝文3/1493	顧1337	원화1(806)	長安	○○
[3486]	花2057	策林40·省官幷俸減使職	朱6/3505	謝文3/1497	顧1338	원화1(806)	長安	○○
[3487]	花2058	策林41·省官幷食利錢	朱6/3506	謝文3/1501	顧1338	원화1(806)	長安	○○
[3488]	花2059	策林42·讓百官職田	朱6/3507	謝文3/1504	顧1339	원화1(806)	長安	○○
[3489]	花2060	策林43·讓兵	朱6/3508	謝文3/1506	顧1340	원화1(806)	長安	○○
[3490]^	花2061	策林44·銷兵數	朱6/3509	謝文3/1509	顧1341	원화1(806)	長安	○○
[3491]	花2062	策林45·復府兵置屯田	朱6/3510	謝文3/1511	顧1341	원화1(806)	長安	○○
[3492]	花2063	策林46·選將帥之方	朱6/3511	謝文3/1513	顧1342	원화1(806)	長安	○○
[3493]	花2064	策林47·御功臣之術	朱6/3512	謝文3/1515	顧1343	원화1(806)	長安	○○
[3494]	花2065	策林48·禦戎狄	朱6/3513	謝文3/1516	顧1343	원화1(806)	長安	○○
[3495]	花2066	策林49·備邊幷將置帥	朱6/3516	謝文3/1523	顧1346	원화1(806)	長安	○○
[3496]	花2067	策林50·讓守險	朱6/3517	謝文3/1526	顧1346	원화1(806)	長安	○○
[3497]	花2068	策林51·讓封建論郡縣	朱6/3519	謝文3/1530	顧1348	원화1(806)	長安	○○
[3498]	花2069	策林52·讓井田阡陌	朱6/3521	謝文3/1535	顧1349	원화1(806)	長安	○○
[3499]	花2070	策林53·讓肉刑	朱6/3523	謝文3/1540	顧1351	원화1(806)	長安	○○
[3500]	花2071	策林54·刑禮道	朱6/3525	謝文3/1544	顧1352	원화1(806)	長安	○○
[3501]	花2072	策林55·止獄措刑	朱6/3527	謝文3/1549	顧1355	원화1(806)	長安	○○
[3502]	花2073	策林56·論刑法之弊	朱6/3529	謝文4/1553	顧1356	원화1(806)	長安	○○
[3503]	花2074	策林57·使人畏愛悅服理大罪赦小過	朱6/3531	謝文4/1558	顧1358	원화1(806)	長安	○○
[3504]	花2075	策林58·去盜賊	朱6/3533	謝文4/1562	顧1359	원화1(806)	長安	○○
[3505]	花2076	策林59·讓赦	朱6/3534	謝文4/1564	顧1359	원화1(806)	長安	○○
[3506]	花2077	策林60·敎學者之夫	朱6/3535	謝文4/1566	顧1360	원화1(806)	長安	○○
[3507]	花2078	策林61·黜子書	朱6/3537	謝文4/1571	顧1361	원화1(806)	長安	○○
[3508]	花2079	策林62·讓禮樂	朱6/3538	謝文4/1573	顧1362	원화1(806)	長安	○○

No.	花	篇名	未	謝文/顧	年	地	
[3509]	花2080	策林63・沿革禮樂	未6/3539	謝文4/1576 顧1363	원화1(806)	長安	○○
[3510]	花2081	策林64・復樂古器古曲	未6/3541	謝文4/1580 顧1364	원화1(806)	長安	○○
[3511]	花2082	策林65・讓祭祀	未6/3542	謝文4/1583 顧1365	원화1(806)	長安	○○
[3512]	花2083	策林66・禁厚葬	未6/3544	謝文4/1587 顧1367	원화1(806)	長安	○○
[3513]	花2084	策林67・讓釋教	未6/3545	謝文4/1589 顧1367	원화1(806)	長安	○○
[3514]	花2085	策林68・讓文章	未6/3546	謝文4/1594 顧1368	원화1(806)	長安	○○
[3515]	花2086	策林69・采詩	未6/3550	謝文4/1599 顧1370	원화1(806)	長安	○○
[3516]	花2087	策林70・納諫	未6/3552	謝文4/1603 顧1371	원화1(806)	長安	○○
[3517]	花2088	策林71・去詔佞從讜直	未6/3554	謝文4/1608 顧1372	원화1(806)	長安	○○
[3518]	花2089	策林72・使臣盡忠人愛上	未6/3556	謝文4/1612 顧1374	원화1(806)	長安	○○
[3519]	花2090	策林73・養老	未6/3557	謝文4/1614 顧1375	원화1(806)	長安	○○
[3520]	花2091	策林74・睦親	未6/3558	謝文4/1616 顧1375	원화1(806)	長安	○○
[3521]	花2092	策林75・典章禁令	未6/3559	謝文4/1619 顧1376	원화1(806)	長安	○○
[3522]	花2093	得甲去妻後妻犯罪請用子蔭罪甲怒不許	未6/3561	謝文4/1623 顧1378	정원18(802)	長安	○○
[3523]	花2094	得辛氏夫遇盜而死逮求殺盜者而為之妻或責其失貞行之節不伏	未6/3563	謝文4/1628 顧1378	정원18(802)	長安	○○
[3524]	花2095	得乙與丁俱應拔萃乙則超時以求名丁則勤學以待命互有相非未知孰是	未6/3564	謝文4/1629 顧1379	정원18(802)	長安	○○
[3525]	花2096	得丁冒名發策法司准法科罪責授節度使奏丁在官有美政請免罪授以勳能者法司以亂法不許	未6/3565	謝文4/1631 顧1379	정원18(802)	長安	○○
[3526]	花2097	得乙上封請永不用赦大理云赦何以使人自新乙云數赦則姦生惡幣轉甚	未6/3566	謝文4/1633 顧1380	정원18(802)	長安	○○
[3527]	花2098	得景居喪年老毀瘠或非其過禮景云哀情所鍾	未6/3567	謝文4/1635 顧1380	정원18(802)	長安	○○

[3528]	花2099	得辛奉使遇毘弟之仇不鬪而過為友人責辭云衞君命	未6/3568	謝文4/1638	顧1380	정원18(802)	長安	○○
[3529]	花2100	聞軍帥選將多用文儒士兵部詰其無武藝帥云取其謀也	未6/3568	謝文4/1639	顧1381	정원18(802)	長安	○○
[3530]	花2101	得甲至華嶽廟不禱而過或非其違眾甲云禱非禮也	未6/3569	謝文4/1641	顧1382	정원18(802)	長安	○○
[3531]	花2102	得乙隱居不起子孫請以所辟官用陰所司不許	未6/3570	謝文4/1644	顧1382	정원18(802)	長安	○○
[3532]	花2103	得江南諸州送庸調四月至上都戶部科其春至限訴云冬月運路水淺故水及春至	未6/3571	謝文4/1646	顧1383	정원18(802)	長安	○○
[3533]	花2104	得景為縣令教人煮木為酪州司責其須擾辭云以備凶年	未6/3572	謝文4/1648	顧1383	정원18(802)	長安	○○
[3534]	花2105	得丁為郡守行縣見毘弟相訟者乃閉閤思過或告其橋辭云欲使以田相讓也	未6/3573	謝文4/1649	顧1384	정원18(802)	長安	○○
[3535]^	花2106	得甲獻弓躊甲而射不穿一札有司詰之辭云液角者不得牛戴牛角	未6/3574	謝文4/1651	顧1384	정원18(802)	長安	○○
[3536]	花2107	得乙有同門生喪親將往弔之其父怒而謹之辭之難使遺縑而已或詰其故云交遺之難	未6/3575	謝文4/1654	顧1385	정원18(802)	長安	○○
[3537]	花2108	得轉運使以汴河水淺運船在河築塞兩岸斗門節度使以當軍營田悉在河次若斗門築塞無以供軍	未6/3576	謝文4/1657	顧1385	정원18(802)	長安	○○
[3538]	花2109	得辛秋雩刺史責其旱甚苦不雩恐為災	未6/3577	謝文4/1660	顧1386	정원18(802)	長安	○○
[3539]	花2110	得丁為郡歲凶請賑給百姓制末下散之本使科其專命丁云恐人困	未6/3578	謝文4/1663	顧1386	정원18(802)	長安	○○
[3540]	花2111	得戊兄為所殺戊遇辛不殺之或責其不悌辭云兄以義殺不敢返殺	未6/3579	謝文4/1666	顧1387	정원18(802)	長安	○○

[3541]	花2112	得甲為將以筆醪投河命眾飲之或非其矯節甲云推誠而已何必在醉	未6/3580	謝文4/1668	顧1388	정원18(802)	長安	○○
[3542]	花2113	得乙有罪丁救以免乙不謝或責之乙云不為己	未6/3581	謝文4/1670	顧1388	정원18(802)	長安	○○
[3543]	花2114	得景妻有喪景於妻側奏樂妻責之不伏	未6/3582	謝文4/1672	顧1388	정원18(802)	長安	○○
[3544]	花2115	得甲年七十餘有一子不請所由從政云人戶減耗徭役繁多不可執當而廢事	未6/3583	謝文4/1675	顧1389	정원18(802)	長安	○○
[3545]	花2116	得景於逆旅食噎腊遇毒而死黨訟之主人云買之有處	未6/3584	謝文4/1677	顧1389	정원18(802)	長安	○○
[3546]	花2117	得詔賜百寮物甲獨以物委地而不拜有司劾其不敬云本贓物故不敢拜	未6/3585	謝文4/1680	顧1390	정원18(802)	長安	○○
[3547]	花2118	得乙為大夫請致仕有司詰其未七乙稱羸病不任事	未6/3586	謝文4/1681	顧1390	정원18(802)	長安	○○
[3548]	花2119	得景官判事案成後自賫有失請舉其文改刺史不許欲科式罪景云令式有文	未6/3586	謝文4/1683	顧1391	정원18(802)	長安	○○
[3549]	花2120	得甲替乙為將甲欲到割乙嚴兵守備不出迎發制書勘合符以法從事御史科其無賓主之禮科罪不伏	未6/3587	謝文4/1684	顧1391	정원18(802)	長安	○○
[3550]	花2121	得鄉老不輸本戶租稅所司詰之辭云八十餘歲有頒賜預請折輸納所由以無例不許	未6/3588	謝文4/1686	顧1392	정원18(802)	長安	○○
[3551]	花2122	得乙女將嫁於丁既納幣而乙悔丁訴之乙云未立婚書	未6/3589	謝文4/1688	顧1392	정원18(802)	長安	○○
[3552]	花2123	得景請與丁卜丁云生死付天不付君也遂不卜或非之	未6/3590	謝文4/1689	顧1392	정원18(802)	長安	○○
[3553]	花2124	得耆老稱甲多智縣司舉以理人或云多智既也未知合用否	未6/3590	謝文4/1692	顧1393	정원18(802)	長安	○○
[3554]	花2125	得乙為邊將虜至若涉無人之地軍責其無	未6/3591	謝文4/1694	顧1393	정원18(802)	長安	○○

勇略辭云內無糧糧外無掎角

[3555]	花2126	得景進柑子過期壞損所由科之稱由浙江楊子江口各阻風五日	未6/3592	謝文4/1696	顧1394	정원18(802)	長安	○○
[3556]	花2127	得丁喪所知於野張帷而哭鄰人詰云夫子惡野哭者	未6/3593	謝文4/1697	顧1394	정원18(802)	長安	○○
[3557]	花2128	得甲妻於姑前叱狗甲怒而出之訴稱七出甲云不敬	未6/3594	謝文4/1699	顧1394	정원18(802)	長安	○○
[3558]	花2129	得乙為軍帥昧夜進軍諸將不發軍諸將不發罪之辭云不見月章	未6/3595	謝文4/1700	顧1395	정원18(802)	長安	○○
[3559]	花2130	得景隯殤鄰人告違禁景不伏	未6/3596	謝文4/1702	顧1395	정원18(802)	長安	○○
[3560]	花2131	得丁陳計請輕過移諸甲兵省司以敗法不許丁云宥罪濟時行古之道何故不可	未6/3597	謝文4/1704	顧1396	정원18(802)	長安	○○
[3561]	花2132	得甲在嶺病久諸將妻入待法曹不許訴稱三品以上散官	未6/3598	謝文4/1706	顧1396	정원18(802)	長安	○○
[3562]	花2133	得乙聞牛鳴曰是生三犧皆以矣問之皆信或謂之妖不散	未6/3598	謝文4/1707	顧1396	정원18(802)	長安	○○
[3563]	花2134	得丁母乙妻俱為命每朝參云云母尊犕婦請在犕上乙妻云高尊合在下未知孰是	未6/3599	謝文4/1709	顧1397	정원18(802)	長安	○○
[3564]	花2135	得景請駙馬所司糾云景不也日達格令欲科景長罪不伏	未6/3600	謝文4/1710	顧1397	정원18(802)	長安	○○
[3565]	花2136	得甲夜行所由執之辭云有公事欲早趨朝所由以犯禁不聽	未6/3601	謝文4/1712	顧1398	정원18(802)	長安	○○
[3566]^	花2137	得郡舉乙清高廉使以為通介無常罪舉不當郡稱通今介常人無常乙有常也	未6/3602	謝文4/1714	顧1398	정원18(802)	長安	○○
[3567]	花2138	得景於私家陳鐘磬鄰人告其僭云無故不徹懸	未6/3603	謝文4/1716	顧1398	정원18(802)	長安	○○

[3568]	花2139	得丁氏有邑號犯罪當贖請讞同封贖之例所司不許辭云邑號不因夫子而致	未6/3603	謝文4/1719	顧1399	정원18(802)	長安	○○
[3569]	花2140	得景與乙同賣景多收其利人刺其贓辭云知我貧也	未6/3604	謝文4/1721	顧1399	정원18(802)	長安	○○
[3570]	花2141	得景夜越關為吏所執辭云有追捕	未6/3605	謝文4/1722	顧1400	정원18(802)	長安	○○
[3571]	花2142	得乙以庶男冒婚丁女事發離之丁理讁賀衣物請以所下聘財折之不伏	未6/3606	謝文4/1724	顧1400	정원18(802)	長安	○○
[3572]	花3796	得乙在田妻餉不至妻路逢父告飢以餉饋之乙怒遂出妻不伏	未6/3607	謝文4/1726	顧1400	정원18(802)*	長安	○○
[3573]	花2143	得丁上言豪人畜奴婢過制請讞樣品秩為限約或責其越職論事不伏	未6/3609	謝文4/1729	顧1402	정원18(802)	長安	○○
[3574]	花2144	得甲為邠州刺史正月令人修耒耜廉使責其失候訴云土地寒	未6/3610	謝文4/1732	顧1402	정원18(802)	長安	○○
[3575]	花2145	得乙掌息井樹賓至不諜相招詣御史糾之辭云罪在守塗之人	未6/3611	謝文4/1734	顧1403	정원18(802)	長安	○○
[3576]	花2146	得景為私客擅入館驛欲科罪辭云雖入未供	未6/3612	謝文4/1736	顧1403	정원18(802)	長安	○○
[3577]	花2147	得洛水暴漲吹破中橋住來不通人訴其斷河南府云雨水猶漲未可修橋縱苟施功水來還破請待水定人又有辭	未6/3613	謝文4/1737	顧1404	정원18(802)	長安	○○
[3578]	花2148	得景為將領敵人破之或飲之藥景受而飲之或責其失人臣之節不伏	未6/3614	謝文4/1739	顧1404	정원18(802)	長安	○○
[3579]	花2149	得丁將在別屯士卒有犯辱御事殺御史舉劾訴稱曾受敕載之賜	未6/3615	謝文4/1741	顧1404	정원18(802)	長安	○○
[3580]	花2150	得甲告老請立長為嗣兄辭云不能讓其弟或詰之云弟好仁	未6/3616	謝文4/1743	顧1405	정원18(802)	長安	○○
[3581]	花2151	得乙出妻訴云無失婦道乙云父母不悅道乙云父母不悅則出何必有過	未6/3617	謝文4/1745	顧1406	정원18(802)	長安	○○

[3582]	花2152	得景有姊之喪合除而不除或非之稱吾寡兄弟不忍除也	未6/3618	謝文4/1747	顧1406	정원18(802)	長安	○○
[3583]	花2153	得景陷賊庭守道不仕賊帥逼之辭之堯舜在上下有巢許逐免其節大理執不許	未6/3618	謝文4/1749	顧1406	정원18(802)	長安	○○
[3584]	花2154	得景為大夫有喪丁為土而持弔或責之不伏	未6/3619	謝文4/1751	顧1407	정원18(802)	長安	○○
[3585]	花2155	得吏部選人入試請燭以盡精思有司許之及考其書判善惡與不繼燭同有司欲不許未知可否	未6/3620	謝文4/1752	顧1407	정원18(802)	長安	○○
[3586]	花2156	得乙貴達有故人至坐於堂下進以僕妾之食或誚之乙曰恐以小利而忘大名而激之也	未6/3621	謝文4/1755	顧1408	정원18(802)	長安	○○
[3587]	花2157	得景領縣府無蓄廩都詰其慢職景云王者富人藏於下故也	未6/3622	謝文4/1757	顧1408	정원18(802)	長安	○○
[3588]	花2158	得丁食於喪者之側而責之飽或責之云主人食我以禮故飽	未6/3622	謝文4/1758	顧1409	정원18(802)	長安	○○
[3589]	花2159	得甲為獄吏囚走限內他人獲之甲請免罪	未6/3623	謝文4/1759	顧1409	정원18(802)	長安	○○
[3590]	花2160	得乙川游所由禁之云乙有故要渡	未6/3624	謝文4/1761	顧1409	정원18(802)	長安	○○
[3591]	花2161	得景為將每軍止不繕營部監軍使劾其無備辭云將每軍必成何必勞苦	未6/3625	謝文4/1763	顧1410	정원18(802)	長安	○○
[3592]	花2162	得丁乘車有醉吐車茵者丁不科而請罪之丁不許	未6/3626	謝文4/1765	顧1410	정원18(802)	長安	○○
[3593]	花2163	得甲牛觗乙馬死請償馬價甲云在放牧處相觝請陪半價乙不伏	未6/3626	謝文4/1767	顧1411	정원18(802)	長安	○○
[3594]	花2164	得景娶妻三年無子舅姑將出之訴云歸無所從	未6/3628	謝文4/1769	顧1411	정원18(802)	長安	○○
[3595]	花2165	得丁喪親賣宅以奉葬或責其無爵無廟賣以為禮	未6/3628	謝文4/1771	顧1411	정원18(802)	長安	○○

[3596]	花2166	得甲之固親執工伎之業吏曹以業易吏曹以業不合仕甲云今見修改更曹又云業改仍限三年後聽仕未知合否	未6/3629	謝文4/1774	顧1412	정원18(802)	長安	○○
[3597]	花2167	得乙請用父蔭所司以贈官降正官陰一等乙云父死王事合與正官同	未6/3630	謝文4/1775	顧1412	정원18(802)	長安	○○
[3598]	花2168	得景為參軍刺史有違法事云封狀奏聞或責其失事長之道景云不敢不忠於國	未6/3631	謝文4/1777	顧1413	정원18(802)	長安	○○
[3599]	花2169	得丁私發制書司斷依漏洩坐云訴云非密事請當本罪	未6/3632	謝文4/1779	顧1413	정원18(802)	長安	○○
[3600]	花2170	得甲為所由稽緩制書法直斷合徒一年訴云逹未經十日	未6/3633	謝文4/1781	顧1413	정원18(802)	長安	○○
[3601]	花2171	得乙盜買印用法直斷以偽造論訴所由由盜賣因賣用之請減等	未6/3634	謝文4/1783	顧1414	정원18(802)	長安	○○
[3602]	花2172	得有聖水出飲者日千數謂偽言不能愈疾且恐爭鬭請業之百姓云病者資請從人飲	未6/3635	謝文4/1785	顧1414	정원18(802)	長安	○○
[3603]	花2173	得景有志行隱而不仕為郡守所辟稱是巫家不當選吏功景按其功景不伏	未6/3636	謝文4/1786	顧1415	정원18(802)	長安	○○
[3604]	花2174	得丁為刺史見多涉者哀不車以濟之觀察使責其不順時修橋以徼小惠丁云恤下	未6/3637	謝文4/1789	顧1415	정원18(802)	長安	○○
[3605]	花2175	得甲告其子行盜或詣或詣其父子相為甲云大義滅親	未6/3638	謝文4/1791	顧1416	정원18(802)	長安	○○
[3606]	花2176	得州貢士或市井之子孫為省司所詰甲稱韋萃之秀出者不合限以常科	未6/3639	謝文4/1793	顧1416	정원18(802)	長安	○○
[3607]	花2177	得乙充選官選人識以試法司斷乙與代試者同罪訴云實不知情	未6/3640	謝文4/1795	顧1416	정원18(802)	長安	○○
[3608]	花2178	得甲與乙爵位同甲以齒長請居乙上乙以皇宗不伏在甲下甲下有司不能斷	未6/3641	謝文4/1797	顧1417	정원18(802)	長安	○○

[3609]	花2179	得選舉司取有名士或云不息馳騖恐難貴實	未6/3641	謝文4/1799	顧1417	정원18(802)	長安	○○
[3610]	花2180	得太學博士教冑子毀方瓦合司業以非訓導之不許	未6/3642	謝文4/1800	顧1418	정원18(802)	長安	○○
[3611]	花2181	得甲居家被毆笞之鄰人告其違法達縣斷徒三年妻訴云非夫告不伏	未6/3643	謝文4/1802	顧1418	정원18(802)	長安	○○
[3612]	花2182	得乙居家理廉使擧請授官吏部以無出身不許使吏行戍於內可移於官	未6/3644	謝文4/1804	顧1419	정원18(802)	長安	○○
[3613]	花2183	得景定婚訖未成而女家改嫁不還財景訴之女家云無故三年不成	未6/3645	謝文4/1806	顧1419	정원18(802)	長安	○○
[3614]	花2184	得丁為大夫與管庫士為友或非之非文交利也	未6/3646	謝文4/1808	顧1420	정원18(802)	長安	○○
[3615]	花2185	得四軍帥令禁兵於禁街中種田御劫以無勅文辭云因循歲久且有利於軍	未6/3647	謝文4/1809	顧1420	정원18(802)	長安	○○
[3616]	花2186	得甲為郡守部下漁色御責之辭云以前納采	未6/3648	謝文4/1811	顧1420	정원18(802)	長安	○○
[3617]	花2187	得乙為三品見本州刺史不拜或非之稱品同	未6/3648	謝文4/1812	顧1421	정원18(802)	長安	○○
[3618]	花2188	得景為獸人冬不獻狼責之訴云秦地無狼	未6/3649	謝文4/1814	顧1421	정원18(802)	長安	○○
[3619]	花2189	得負丁財物下不告官强取官物過本數縣司以數外贓論之不伏	未6/3650	謝文4/1816	顧1421	정원18(802)	長安	○○
[3620]	花2190	得乙請襲爵所司以乙除喪十年而後申請引格不許乙云有故不伏	未6/3650	謝文4/1817	顧1422	정원18(802)	長安	○○
[3621]	花2191	得丁為士葬其父用大夫禮或責其僭辭云從死者	未6/3651	謝文4/1818	顧1422	정원18(802)	長安	○○
[3622]	花2192	得甲將死命子以嬖妾為殉其子嫁之或非其違父之命子云嫁父之命達父云嫁之或陷父於惡	未6/3652	謝文4/1820	顧1422	정원18(802)	長安	○○
[3623]	花2912	故京兆尹少尹文集序	未6/3653	謝文4/1823	顧1424	보력1(825)	蘇州	○○

[3624]	花2913	海州刺史裴君夫人李氏墓誌幷序	朱6/3656	謝文4/1826	顧1426	대화1(827)*	洛陽	○○
[3625]	花2914	如信大師功德幢記	朱6/3658	謝文4/1829	顧1428	보력1(825)	蘇州	○○
[3626]	花2915	華嚴經社石記	朱6/3661	謝文4/1834	顧1429	보력2(826)	蘇州	○○
[3627]	花2916	吳郡詩石記	朱6/3663	謝文4/1837	顧1430	보력1(825)	蘇州	○○
[3628]	花2917	吳興靈塢石贊	朱6/3666	謝文4/1841	顧1431	보력2(826)*	蘇州	○○
[3629]^	花2918	錢塘湖石記	朱6/3668	謝文4/1842	顧1431	장경4(824)	杭州	○○
[3630]	花2919	蘇州刺史謝上表	朱6/3672	謝文4/1847	顧1433	보력1(825)	蘇州	○○
[3631]	花2920	三教論衡	朱6/3673	謝文4/1849	顧1434	대화1(827)	長安	○○
[3632]	花2921	沃洲山禪院記	朱6/3684	謝文4/1862	顧1440	대화6(832)	洛陽	○○
[3633]	花2922	修香山寺記	朱6/3689	謝文4/1869	顧1441	대화6(832)	洛陽	○○
[3634]	花2923	薦李晏韋楚狀1・朝議大夫前使持節海州諸軍事守海州刺史上柱國李晏	朱6/3693	謝文4/1873	顧1443	대화6(832)	洛陽	○○
[3635]	花2924	薦李晏韋楚狀2・伊闕山卒泉處士韋楚	朱6/3694	謝文4/1874	顧1443	대화6(832)	洛陽	○○
[3636]	花2925	與劉蘇州書	朱6/3696	謝文4/1877	顧1444	대화6(832)	洛陽	○○
[3637]	花2926	故饒州刺史吳府君神道碑銘幷序	朱6/3699	謝文4/1881	顧1446	보력1(825)	蘇州	○○
[3638]	花2927	蘇州重玄寺法華院石壁經碑文	朱6/3702	謝文4/1884	顧1448	대화3(829)	洛陽	○○
[3639]	花2928	池上篇幷序	朱6/3705	謝文4/1886 / 謝詩6/2845	顧1450	대화3(829)	洛陽	○○
[3640]	花2928	池上篇	朱6/3706	謝詩6/2846	顧1451	대화3(829)	洛陽	AB
[3641]	花2929	因繼集重序	朱6/3709	謝文4/1891	顧1451	대화2(828)	長安	○○
[3642]	花2930	劉白唱和集解	朱6/3711	謝文4/1893	顧1452	대화3(829)	長安	○○
[3643]	花2931	祭中書韋相公文	朱6/3713	謝文4/1896	顧1453	대화3(829)	洛陽	○○
[3644]	花2932	祭弟文	朱6/3716	謝文4/1899	顧1454	대화2(828)	長安	○○
[3645]	花2933	祭李司徒文	朱6/3719	謝文4/1903	顧1456	대화4(830)	洛陽	○○

번호	花번호	제목	未6	謝文	顧	연대	소장지	
[3646]^	花2934	祭微之文		謝文4/1907	顧1456	대화5(831)	洛陽	○○
[3647]	花2935	唐故湖州長城縣令贈戶部侍郎博陵崔府君神道碑銘并序	未6/3721	謝文4/1911	顧1458	대화5(831)	洛陽	○○
[3648]	花2936	大唐泗州開元寺臨壇律德律徐三州僧正明遠大師塔碑銘并序	未6/3724	謝文4/1916	顧1460	대화8(834)	洛陽	○○
[3649]	花2937	東都十律大德善鉢寺聖善長壽院主智如和尚荼毗幢記	未6/3728	謝文4/1920	顧1462	개성1(836)	洛陽	○○
[3650]	花2938	酒功贊并序	未6/3731	謝文4/1925	顧1465	대화2(828)~4	洛陽	○○
[3651]	花2939	唐故武昌軍節度處置等使正議大夫檢校戶部尚書鄂州刺史兼御史大夫賜紫金魚袋贈尚書右僕射河南元公墓誌銘并序	未6/3734	謝文4/1927	顧1466	대화6(832)	洛陽	○○
[3652]	花2940	唐故潞州刺史贈禮部尚書崔公墓誌銘并序	未6/3735	謝文4/1937	顧1469	대화9(835)	洛陽	○○
[3653]	花2941	唐故溧水縣令太原白府君墓誌銘并序	未6/3748	謝文4/1945	顧1473	대화8(834)	洛陽	○○
[3654]	花2942	序洛詩	未6/3754	謝文4/1949	顧1474	대화8(834)	洛陽	○○
[3655]	花2943	畫彌勒上生幀讚并序	未6/3757	謝文4/1953	顧1475	대화8(834)	洛陽	○○
[3656]	花2944	繡西方幀讚并序	未6/3759	謝文4/1955	顧1476	대화2(828)~개성4(839)	洛陽	○○
[3657]	花2945	祭崔相公文	未6/3760	謝文4/1957	顧1476	대화6(832)	洛陽	○○
[3658]	花2946	祭崔常侍文	未6/3762	謝文4/1962	顧1478	대화9(835)	洛陽	○○
[3659]	花2947	磐石銘并序	未6/3765	謝文4/1965	顧1478	대화9(835)	洛陽	○○
[3660]	花2948	東林寺白氏文集記	未6/3768	謝文4/1966	顧1479	대화9(835)	洛陽	○○
[3661]	花2949	聖善寺白氏文集記	未6/3770	謝文4/1967	顧1479	개성1(836)	洛陽	○○
[3662]	花2950	唐故銀青光祿大夫太子少保安定皇甫公墓誌銘并序	未6/3772	謝文4/1970	顧1480	개성1(836)	洛陽	○○
[3663]	花2951	唐故銀青光祿大夫秘書監曲江縣開國伯贈禮部尚書范陽張公墓誌銘并序	未6/3776	謝文4/1974	顧1482	개성2(837)	洛陽	○○

			朱	謝文 / 謝詩	顧		洛陽	
[3664]	花2952	齒落辭幷序	朱6/3780	謝文4/1979 / 謝詩6/2848	顧1484	開成2(837)	洛陽	○○
[3665]	花2952	齒落辭	朱6/3781	謝文4/1980 / 謝詩6/2849	顧1484	開成2(837)	洛陽	ABCD
[3666]	花2953	醉吟先生傳	朱6/3782	謝文4/1981	顧1485	開成3(838)	洛陽	○○
[3667]	花2954	蘇州南禪院千佛堂轉輪經藏石記	朱6/3785	謝文4/1986	顧1487	開成2(837)	洛陽	○○
[3668]	花2955	蘇州南禪院白氏文集記	朱6/3788	謝文4/1991	顧1489	開成4(839)	洛陽	○○
[3669]	花3603	淮南節度使檢校尚書右僕射趙郡李公家墓碑銘幷序	朱6/3790	謝文4/1993	顧1490	會昌1(841)	洛陽	○○
[3670]	花3604	白蘋洲五亭記	朱6/3798	謝文4/2004	顧1494	開成4(839)	洛陽	○○
[3671]	花3605	畫西方幀記	朱6/3801	謝文4/2007	顧1496	開成5(840)	洛陽	○○
[3672]	花3606	盧彌勒上生幀記	朱6/3803	謝文4/2011	顧1497	開成5(840)	洛陽	○○
[3673]	花3607	香山寺新修經藏堂記	朱6/3804	謝文4/2012	顧1498	開成5(840)	洛陽	○○
[3674]	花3608	香山寺白氏洛中集記	朱6/3806	謝文4/2015	顧1499	開成5(840)	洛陽	○○
[3675]	花3609	唐東都奉國寺禪德大師照公塔銘幷序	朱6/3807	謝文4/2017	顧1499	開成5(840)*	洛陽	○○
[3676]	花3610	不能忘情吟幷序	朱6/3810	謝文4/2022 / 謝詩6/2850	顧1500	開成4(839)	洛陽	○○
[3677]	花3610	不能忘情吟	朱6/3810	謝文4/2023 / 謝詩6/2851	顧1501	開成4(839)	洛陽	AE
[3678]	花3611	六讚偈幷序	朱6/3812	謝文4/2025	顧1502	會昌1(841)	洛陽	○○
[3679]	花3611	六讚偈1‧讚佛偈	朱6/3812	謝文4/2025	顧1502	會昌1(841)	洛陽	○○
[3680]	花3612	六讚偈2‧讚法偈	朱6/3812	謝文4/2026	顧1502	會昌1(841)	洛陽	○○
[3681]	花3613	六讚偈3‧讚僧偈	朱6/3813	謝文4/2026	顧1502	會昌1(841)	洛陽	○○
[3682]^	花3614	六讚偈4‧讚衆生偈	朱6/3813	謝文4/2026	顧1502	會昌1(841)	洛陽	○○
[3683]	花3615	六讚偈5‧懺悔偈	朱6/3813	謝文4/2027	顧1502	會昌1(841)	洛陽	○○
[3684]	花3616	六讚偈6‧發願偈	朱6/3813	謝文4/2027	顧1503	會昌1(841)	洛陽	○○

[3685]	花3797	佛光和尙眞贊	朱6/3814	謝文4/2029	顧1503	회창2(842)*	√	洛陽	○○
[3686]	花3798	醉吟先生墓誌銘幷序	朱6/3815	謝文4/2030	顧1503		√	△△	○○
[3687]	花3684	勸酒	朱6/3821	謝詩6/2892	顧1506		√	△△	ABCDE
[3688]	花3685	南陽小將張彦硤口鎭稅人場村虎歌	朱6/3822	謝詩6/2957	顧1506		√	△△	ABCE
[3689]	花3686	陰雨	朱6/3823	謝詩6/2894	顧1507		√	△△	B陽
[3690]	花3687	喜雨	朱6/3824	謝詩6/2894	顧1507		√	△△	A東/冬
[3691]	花3688	過故洛城	朱6/3824	謝詩6/2959	顧1507		√	△△	B麻
[3692]	花3689	江南喜逢蕭九徹因話長安舊遊戲贈五十韻	朱6/3825	謝詩6/2898	顧1508	원화11(816~13)*		江州	B陽
[3693]^	花3690	瞄醉贈	朱6/3828	謝詩6/2902	顧1509		√	△△	A齊
[3694]^	花2734	酬令狐留守尙書見贈十韻	朱6/3829	謝詩6/2878	顧1509	대화3(829)		洛陽	A魚
[3695]^	花3691	聽蘆管	朱6/3829	謝詩6/2855	顧1509		√	△△	A支
[3696]	花2752	送滕庶子致仕歸黎州	朱6/3830	謝詩6/2881	顧1510	대화3(829)		洛陽	B麻
[3697]	花2787	送劉郞中赴任蘇州	朱6/3831	謝詩6/2884	顧1510	대화5(831)		洛陽	A眞
[3698]	花2788	福先寺雪中餞劉蘇州	朱6/3831	謝詩6/2886	顧1510	대화5(831)		洛陽	B先
[3699]	花3692	除夜言懷兼贈張常侍	朱6/3832	謝詩6/2858	顧1511	대화8(834)*		洛陽	A灰
[3700]	花3693	送張常侍西歸	朱6/3833	謝詩6/2859	顧1511	대화9(835)*		洛陽	A虞
[3701]	花3694	和河南鄭尹新歲對雪	朱6/3834	謝詩6/2860	顧1511	대화9(835)*		洛陽	A灰
[3702]	花3695	吹笙內人出家	朱6/3834	謝詩6/2861	顧1511		√	△△	B庚
[3703]^	花3696	醉中見微之舊卷有感	朱6/3835	謝詩6/2862	顧1512	대화9(835)*		洛陽	B侵
[3704]^	花3697	壽安歇馬重吟	朱6/3836	謝詩6/2868	顧1512	대화9(835)*		逵中	B庚
[3705]^	花3394	贈張處士韋山人	朱6/3836	謝詩6/2888	顧1512	√*		△△	A眞
[3706]	花3698	池畔閑坐兼呈侍中	朱6/3837	謝詩6/2870	顧1512	대화9(835)*		洛陽	A支
[3707]^	花3699	初冬卽事憶皇甫十	朱6/3838	謝詩6/2856	顧1513	대화8(834)*		洛陽	A灰
[3708]^	花3700	小庭寒夜寄夢得	朱6/3839	謝詩6/2857	顧1513	개성1(836)*		洛陽	B歌
[3709]	花3701	西還壽安路西歇馬	朱6/3839	謝詩6/2867	顧1513	대화9(835)*		逵中	A眞

[3710]	花2753	雨中訪崔十八	朱6/3840	謝詩6/2882	顧1514	대화3(829)	洛陽	A灰
[3711]^	花2739	得夢得新詩	朱6/3841	謝詩6/2879	顧1514	대화3(829)	洛陽	B陽
[3712]	花2786	初見劉二十八郎中有感	朱6/3841	謝詩6/2884	顧1514	대화5(831)	洛陽	A微
[3713]^	花2777	夜題玉泉寺	朱6/3842	謝詩6/2883	顧1514	대화4(830)	洛陽	A眞
[3714]	花2754	拜表早出贈皇甫賓客	朱6/3843	謝詩6/2882	顧1514	대화3(829)	洛陽	B蕭
[3715]	花3702	贈鄭尹	朱6/3843	謝詩6/2870	顧1515	대화9(835)*	洛陽	A灰
[3716]	花3703	別楊同州後卻寄	朱6/3844	謝詩6/2864	顧1515	대화9(835)*	下邽	A微
[3717]	花3704	狐泉店前作	朱6/3845	謝詩6/2865	顧1515	대화9(835)*	途中	A微
[3718]^	花3705	贈盧績	朱6/3845	謝詩6/2866	顧1515	대화9(835)*	洛陽	A眞
[3719]	花3706	與裴華州同過敷水戲贈	朱6/3846	謝詩6/2866	顧1515	대화9(835)*	途中	A虞
[3720]	花3707	閑遊	朱6/3847	謝詩6/2869	顧1516	대화9(835)*	洛陽	A眞
[3721]	花3708	招韜光禪師	朱6/3848	謝詩6/2903	顧1516	장경4(824)*	杭州	B麻
[3722]^	花3709	和柳公權登齊雲樓	朱6/3848	謝詩6/2906	顧1516	보력2(826)*	蘇州	B庚
[3723]	花3710	毛公壇	朱6/3849	謝詩6/2906	顧1517	보력1(825)~2*	蘇州	A刪
[3724]	花□□	靈巖寺	朱6/3850	謝詩6/2959	顧1517	√√	△△	A微
[3725]	花3711	白雲泉	朱6/3850	謝詩6/2907	顧1517	보력1(825)~2*	蘇州	A刪
[3726]	花3712	寄韜光禪師	朱6/3851	謝詩6/2908	顧1517	보력1(825)~2*	蘇州	A文
[3727]	花3713	和夢得夏至憶蘇州呈盧賓客	朱6/3853	謝詩6/2889	顧1517	개성3(838)*	洛陽	B先
[3728]	花□□	曲江	朱6/3854	謝詩6/2894	顧1518	√√	△△	A東
[3729]	花3714	歲夜詠懷兼寄思黠	朱6/3854	謝詩6/2890	顧1518	대화5(831)*	洛陽	A眞
[3730]	花3715	羨食日過襄禰店	朱6/3855	謝詩6/2891	顧1518	√√	△△	A支
[3731]	花□□	宿張雲擧院	朱6/3855	謝詩6/2897	顧1519	√√	△△	B先
[3732]	花□□	惜花	朱6/3856	謝詩6/2898	顧1519	√√	△△	A支
[3733]	花3716	七夕	朱6/3856	謝詩6/2892	顧1519	√√	△△	A東
[3734]	花□□	宿誠禪師山房題贈	朱6/3857	謝詩6/2958	顧1519	√√	△△	B尤

[3735]	花3717	新池	朱6/3857	謝詩6/2895	顧1520	√√	△△	A支
[3736]	花□□	南池	朱6/3858	謝詩6/2896	顧1520	√√	△△	A元
[3737]	花□□	宿池上	朱6/3858	謝詩6/2896	顧1520	√√	△△	B尤
[3738]	花3718	翻經臺	朱6/3859	謝詩6/2904	顧1516	√√	△△	B尤
[3739]	花3719	寄題上強山精舍寺	朱6/3860	謝詩6/2910	顧1520	√√	△△	B尤
[3740]	花3720	句二1	朱6/3860	謝詩6/2967	顧□□	√√	△△	○○
[3741]	花3721	句二2	朱6/3861	謝詩6/2967	顧□□	√√	△△	○○
[3742]	花3722	九老圖詩幷序	朱6/3861	謝詩6/2911	顧1521	회창5(845)*	洛陽	○○
[3743]	花3722	九老圖詩	朱6/3861	謝詩6/2911	顧1521	회창5(845)*	洛陽	A微
[3744]	花3723	一字至七字詩	朱6/3862	謝詩6/2960	顧1522	대화3(829)*	途中	A支
[3745]	花3724	夏興化池亭泛白二十二東歸聯句	朱6/3863	謝詩6/2931	顧1525	대화3(829)*	途中	A支
[3746]	花3725	首夏猶淸和聯句	朱6/3864	謝詩6/2932	顧1525	대화2(828)*	長安	A支
[3747]	花3726	薔薇花聯句	朱6/3865	謝詩6/2933	顧1526	대화2(828)*	長安	A灰
[3748]	花3727	西池落泉聯句	朱6/3866	謝詩6/2934	顧1526	대화2(828)*	長安	B歌
[3749]	花3728	杏園聯句	朱6/3867	謝詩6/2935	顧1526	대화2(828)*	△△	A東
[3750]	花3729	花下醉中聯句	朱6/3868	謝詩6/2936	顧1527	대화2(828)*	△△	A灰
[3751]	花3730	喜遇劉二十八偶書兩韻聯句	朱6/3870	謝詩6/2937	顧1527	대화9(835)*	洛陽	A微
[3752]	花3731	劉二十八自汝赴左馮途經洛中相見聯句	朱6/3871	謝詩6/2938	顧1528	대화9(835)*	洛陽	A文
[3753]^	花3732	度自到洛中與樂天爲文詠之會之時時搆詠樂不可支則慨然共憶夢而夢得亦分司至止歡慨可知因見聯句	朱6/3872	謝詩6/2939	顧1528	개성2(837)*	洛陽	A灰
[3754]	花3733	秋霖聯句	朱6/3874	謝詩6/2941	顧1529	개성5(840)*	洛陽	B先
[3755]	花3734	喜晴聯句	朱6/3876	謝詩6/2942	顧1530	개성5(840)*	洛陽	A支/微
[3756]	花3735	會昌春連宴卽事	朱6/3877	謝詩6/2944	顧1531	회창1(841)*	洛陽	B先
[3757]	花3736	僕射來示有三春向晚四者難幷之說誠哉是	朱6/3879	謝詩6/2945	顧1532	회창1(841)*	洛陽	B庚

[3758]	花3737	樂天是月長齋鄙夫此時愁臥里間非遠雲霧難披披因以寄懷遂爲聯句以所期解悶焉敢寫慄褌言輒引起題重爲聯句疲兵再戰剗敵難降下筆之時戰戰慄然自哂走呈夢得兼簡常侍	朱6/3881	謝詩6/2947	顧1533	~개서4(839)*	△△	B侵
[3759]	花1405	李德裕相公貶崖州三首1	朱6/3882	謝詩6/2951	顧1535	√√	△△	A支
[3760]	花1406	李德裕相公貶崖州三首2	朱6/3882	謝詩6/2951	顧1535	√√	△△	A支
[3761]	花1407	李德裕相公貶崖州三首3	朱6/3882	謝詩6/2951	顧1535	√√	△△	A支
[3762]	花2309	濟源上枉舒員外兩篇因酬六韻	朱6/3883	謝詩6/2876	顧1522	대화6(832)	濟源	A刪
[3763]^	花2582	和裴相公傍水閑行絕句	朱6/3884	謝詩6/2877	顧1521	대화2(828)	長安	A刪
[3764]	花2747	同崔十八宿龍門寄令狐尙書馮常侍	朱6/3884	謝詩6/2880	顧1523	대화3(829)	洛陽	A眞
[3765]	花3674	送沈倉曹赴江西	朱6/3885	謝詩6/2887	顧1523	대화3(829)	洛陽	A微
[3766]	花3029	雨歇池上	朱6/3886	謝詩6/2888	顧1523	대화9(835)	洛陽	C紙
[3767]	花3738	坡西別元九	朱6/3886	謝詩6/2873	顧1521	원화10(815)*	長安	B歌
[3768]	花3739	陳家紫籐花下贈周判官	朱6/3887	謝詩6/2874	顧1522	장경3(823)*	杭州	A灰
[3769]^	花3740	遊小洞庭	朱6/3888	謝詩6/2908	顧1522	보력2(826)*	蘇州	A虞
[3770]^	花3741	如夢令三首1	朱6/3888	謝詩6/2948	顧1534	√√	△△	D翰/霰
[3771]^	花3742	如夢令三首2	朱6/3888	謝詩6/2948	顧1534	√√	△△	C紙
[3772]^	花3743	如夢令三首3	朱6/3889	謝詩6/2948	顧1534	√√	△△	CD
[3773]	花3744	長相思二首1	朱6/3889	謝詩6/2949	顧1534	√√	△△	B尤
[3774]	花3745	長相思二首2	朱6/3889	謝詩6/2949	顧1535	√√	△△	A支/微/齊/灰
[3775]	花3759	哭微之3	朱6/3890	謝詩6/2874	顧1524	대화5(831)*	洛陽	A支
[3776]	花3746	宿雲門寺	朱6/3890	謝詩6/2912	顧□□	장경3(823)~4*	△△	E合
[3777]	花3747	題法華山天衣寺	朱6/3891	謝詩6/2912	顧□□	장경3(823)~4*	△△	B靑
[3778]	花3748	會二同年	朱6/3892	謝詩6/2913	顧□□	√√	△△	A寒
[3779]	花3751	石榴枝上花千朶	朱6/3892	謝詩6/2913	顧1524	√√	△△	A文

[3780]	花3749	新婦石	朱6/3893	謝詩6/2904	顧□□	√√		△△	A眞/文
[3781]	花3750	西巖山	朱6/3894	謝詩6/2905	顧□□	장경2(822)~4*		杭州	B蕭
[3782]	花□□	遊紫霄宮	朱6/3894	謝詩6/2914	顧□□	√√		△△	B陽
[3783]	花□□	遊橫龍寺	朱6/3895	謝詩6/2915	顧□□	√√		△△	A冬
[3784]	花□□	東山寺	朱6/3896	謝詩6/2961	顧□□	√√		△△	A虞
[3785]	花3752	薛閑中好三首1	朱6/3896	謝詩6/2963	顧□	√√		△△	C語
[3786]	花3752	薛閑中好三首2	朱6/3896	謝詩6/2963	顧□□	√√		△△	B侵
[3787]	花3752	薛閑中好三首3	朱6/3896	謝詩6/2963	顧□□	√√		△△	A支
[3788]	花3753	六言	朱6/3897	謝□□/□□	顧□	√√		△△	B侵
[3789]	花3754	詠蘭并序	朱6/3897	謝□□/□□	顧□□	√√		△△	○○
[3790]	花3754	詠蘭	朱6/3897	謝□□/□□	顧□	√√		△△	B庚
[3791]	花□	春遊	朱6/3898	謝詩6/2962	顧1524	√√		△△	AC
[3792]	花□	送阿龜歸華	朱6/3899	謝詩6/2961	顧□	√√		△△	B歌
[3793]	花3755	和楊同州寒食乾會後閔楊工部欲到子與工部有敷水之會期榮喜雖多歡宴且阻因辱示長句因而答之	朱6/3900	謝詩6/2863	顧□□	대화9(835)*		洛陽	B陽
[3794]	花3756	懶出	朱6/3901	謝詩6/2871	顧□□	√√		△△	B陽
[3795]	花3757	聽琵琶勸殷協律酒	朱6/3901	謝詩6/2872	顧□□	장경2(822)~3*		△△	A文
[3796]	花3758	戲酬皇甫十再勤酒	朱6/3902	謝詩6/2875	顧□□	개성1(836)~2*		洛陽	A眞
[3797]	花3761	讚碎金	朱6/3902	謝詩6/2953	顧□□	√√		△△	B侵
[3798]	花3762	寄盧協律	朱6/3903	謝詩6/2953	顧□□	√√		△△	B侵
[3799]	花3760	歡州山行懷故山	朱6/3903	謝詩6/2872	顧□□	정원15(799)~17*		宣城	A支
[3800]	花3763	早春閑行句	朱6/3904	謝詩6/2915	顧□□	√√		△△	○○
[3801]	花3764	對酒當歌句	朱6/3904	謝詩6/2916	顧□□	√√		△△	○○
[3802]	花3765	早夏閑興句	朱6/3905	謝詩6/2916	顧□□	√√		△△	○○

ID	花	篇名	朱	謝詩/顧			
[3803]	花3766	閨裴李二舍人拜論閣句	朱6/3905	謝詩6/2917 顧□	√√	△△	○○
[3804]	花3767	七夕句	朱6/3906	謝詩6/2927 顧□	√√	△△	○○
[3805]	花3768	辱牛僕射一札寄詩篇遇物寄懷情句	朱6/3906	謝詩6/2917 顧□	√√	△△	○○
[3806]	花3769	春詞句	朱6/3907	謝詩6/2918 顧□	√√	△△	○○
[3807]	花3770	任氏行句二1	朱6/3907	謝詩6/2919 顧□	√√	△△	○○
[3808]	花3771	任氏行句二2	朱6/3907	謝詩6/2919 顧□	√√	△△	○○
[3809]	花3772	閨情句	朱6/3908	謝詩6/2920 顧□	√√	△△	○○
[3810]	花3773	辱牛僕射相公一札兼寄三篇寄懷雅意多興味亦以三長句各各繼來意次而和之句	朱6/3908	謝詩6/2921 顧□	√√	△△	○○
[3811]	花3774	木芙蓉句	朱6/3909	謝詩6/2921 顧□	√√	△△	○○
[3812]	花3775	杭州景致句	朱6/3909	謝詩6/2922 顧□	√√	△△	○○
[3813]	花3776	重陽日句二1	朱6/3910	謝詩6/2922 顧□	√√	△△	○○
[3814]	花3777	重陽日句二2	朱6/3910	謝詩6/2923 顧□	√√	△△	○○
[3815]	花3778	春興句	朱6/3910	謝詩6/2923 顧□	√√	△△	○○
[3816]	花3779	新豔句二1	朱6/3911	謝詩6/2924 顧□	√√	△△	○○
[3817]	花3780	新豔句二2	朱6/3911	謝詩6/2924 顧□	√√	△△	○○
[3818]	花3781	同夢得醉後戲贈句	朱6/3911	謝詩6/2925 顧□	√√	△△	○○
[3819]	花3782	行簡別仙詞句	朱6/3912	謝詩6/2925 顧□	√√	△△	○○
[3820]	花3783	題新澗亭句	朱6/3912	謝詩6/2926 顧□	√√	△△	○○
[3821]	花3784	贈隱士句	朱6/3913	謝詩6/2926 顧□	√√	△△	○○
[3822]	花3785	七夕句	朱6/3913	謝詩6/2927 顧□	√√	△△	○○
[3823]	花□	句十一1	朱6/3914	謝詩6/2928 顧□	√√	△△	○○
[3824]	花3786	句十一2	朱6/3914	謝詩6/2929 顧□	√√	△△	○○
[3825]	花3787	句十一3	朱6/3914	謝詩6/2929 顧□	√√	△△	○○
[3826]	花3788	句十一4	朱6/3914	謝詩6/2928 顧□	√√	△△	○○

[3827]	花3789	句十一—5	朱6/3914	謝詩6/2969	顧□□	√√			△△	○○
[3828]	花3790	句十一—6	朱6/3914	謝詩6/2929	顧□□	√√			△△	○○
[3829]	花3791	句十一—7	朱6/3914	謝詩6/2930	顧□□	√√			△△	○○
[3830]	花3792	句十一—8	朱6/3914	謝詩6/2928	顧□□	√√			△△	○○
[3831]	花3793	句十一—9	朱6/3914	謝詩6/2970	顧□□	√√			△△	○○
[3832]	花3794	句十一—10	朱6/3914	謝詩6/2930	顧□□	√√			△△	○○
[3833]	花3795	句十一—11	朱6/3915	謝詩6/2970	顧□□	√√			△△	○○
[3834]^	花3673	白氏長慶集後序	朱6/3916	謝文4/2039	顧1552	√	회창5(845)	洛陽	△△	○○
[3835]	花3799	荷珠賦	朱6/3917	謝文4/2041	顧1537	√√			△△	○○
[3836]	花3800	洛川晴望賦	朱6/3919	謝文4/2044	顧1538	√√			△△	○○
[3837]	花3801	叔孫通定朝儀賦	朱6/3920	謝文4/2047	顧1539	√			△△	○○
[3838]	花3802	授王建祕書郎制	朱6/3921	謝文4/2052	顧1540	√	장경1(821)*	長安	△△	○○
[3839]	花3803	授庾敬休蔡御史等制	朱6/3922	謝文4/2075	顧□□	√√	원화2(807)~6*	長安	△△	○○
[3840]	花3804	授前司勳員外郎李光顔右司員外郎等制 部員外郎賜緋徐絪兵部員外郎前庫	朱6/3923	謝文4/2076	顧1540	√			△△	○○
[3841]	花3805	盧元輔吏部郎中制	朱6/3924	謝文4/2054	顧1541	√√	장경1(821)~2*		△△	○○
[3842]	花□□	授賈餗等中書舍人制	朱6/3925	謝文4/2077	顧1542	√√	장경1(821)~2*		△△	○○
[3843]	花□□	授李渤給事中鄭涵中書舍人等制	朱6/3926	謝文4/2078	顧1542	√			△△	○○
[3844]	花3806	第十二妹上封長公主制	朱6/3927	謝文4/2051	顧□□	√	장경1(821)*	長安	△△	○○
[3845]	花3807	元和南省請上尊號表	朱6/3928	謝文4/2079	顧1545	√√	원화14(819)*	長安	△△	○○
[3846]	花3808	第三表	朱6/3930	謝文4/2081	顧1546	√√	원화14(819)*		△△	○○
[3847]	花3809	第四表	朱6/3931	謝文4/2083	顧1547	√√	원화14(819)*		△△	○○
[3848]^	花3810	諫請不用奸臣表	朱6/3933	謝文4/2084	顧1548	√			△△	○○
[3849]	花3811	得甲居喪日蔡請以爲人告以爲階不可入官訴云懷 句不余欺是以實以賣之	朱6/3934	謝文4/2086	顧1551	√√			△△	○○

[3850]	花3812	得甲畜北斗龜財物歸之逐至萬千或告違禁 詞云名在八龜	朱6/3935	謝文4/2087	顧1552	√√		△△	○○
[3851]	花□□	太湖石記	朱6/3936	謝文4/2059	顧1543	회창3(843)*	洛陽	△△	○○
[3852]	花□□	與劉禹錫書	朱6/3940	謝文4/2062	顧1553	대화6(832)	洛陽	△△	○○
[3853]	花□□	與運使郎中狀	朱6/3942	謝文4/2062	顧1555	√√		△△	○○
[3854]	花□□	與○○書	朱6/3943	謝文4/□/□□	顧1555	장경3(823)~4		△△	○○
[3855]	花3814	郭景昳康州端溪尉制	朱6/3944	謝文4/2050	顧□□	장경1(821)~2*		△△	○○
[3856]	花3815	答宰相杜佑杜賀等賀德音表	朱6/3944	謝文4/2055	顧□□	원화5(810)~6*		△△	○○
[3857]	花3816	論同懷義狀	朱6/3945	謝文4/2057	顧□□	원화5(810)*		△△	○○

| 제15장 |

작품번호 색인

❏ 검색 편의와 지면 절약을 위해 제목의 제9자 이후로는 생략하고 '＊' 기호를 제목 말미에 첨부한다. 예를 들면 「長慶二年七月自中書舍人 出守杭州路次藍溪作」[0340]은 「長慶二年七月自中＊」으로 표기한다.

❏ 작품번호 색인을 위한 검색어는 최대 삼음절로 한글 표기한다. 한자의 한글 표기는 제목을 구성하는 단어를 기준으로 두음법칙을 적용한다. 예를 들면 「代林園戲贈」[2346]은 '林園'이 단어이므로 검색어는 '대 임원'으로 하고, 「大林寺桃花」[0977]는 '大林寺'가 단어이므로 '대림사'를 검색어로 한다. 동일한 원리로 「齒落辭」[3664]는 '치락사', 「惜落花」[1907]는 '석낙화'를 검색어로 한다.

❏ 연작시 제목이 생략되는 경우 '＊' 기호 다음에 1 · 2 · 3…… 등의 숫자를 첨부하고 并序가 있다면 숫자 0을 첨부한다. 예를 들면 「開龍門八 節石灘詩二首并序」는 다음과 같다.

　　개용문 [2785] 開龍門八節石灘詩＊0
　　개용문 [2786] 開龍門八節石灘詩＊1
　　개용문 [2787] 開龍門八節石灘詩＊2

❏ 연작시에 대제목과 소제목이 모두 있을 경우 대제목과 소제목 어떤 것으로든 작품번호를 검색할 수 있도록 이중 처리를 원칙으로 한다. 즉 검색어는 소제목을 위주로 하되 并序가 없을 경우 대제목 검색어에 연

작시 제1수의 작품번호를 첨부한다. 예를 들면「潯陽春三首」에는「春生」·「春來」·「春去」의 소제목이 존재하는데 다음과 같이 처리한다.

심양춘 [1028] 潯陽春三首

춘생 [1028] 春生

춘래 [1029] 春來

춘거 [1030] 春去

❑ 작품 제목에 이문이 있는 경우에는 모두 색인에 포함하여 작품번호 검색에 편의를 제공한다. 예를 들면「白氏長慶集後序」[3834]는 판본에 따라「白氏文集後序」·「白氏集後記」·「白氏文集自記」등 다른 제목이 존재한다. 이로 인해 색인에 포함되는 작품번호에는 '^' 기호를 첨부한다.

백씨장 [3834] 白氏長慶集後序

백씨문 [3834]^ 白氏文集後序

백씨문 [3834]^ 白氏文集自記

백씨집 [3834]^ 白氏集後記

작품 제목의 이문비교에 관해서는 본서 제3장「백거이 작품 개설」에 상세하다.

❑「夢亡友劉太白同遊章敬寺」[1045]의 '장경사(章敬寺)'는 화본·왕본에 '창경사(彰敬寺)'로 표기되어 있지만 색인 상의 제목은「夢亡友劉太白同遊*」로서 동일하다. 또한 검색어 '몽망우'도 동일하므로 제목에 이문이 있더라도 검색에 불편을 주지 않으므로 이 같은 경우는 색인에 포함하지 않았다.

❑「句二」[3740-3741]·「句十一」[3823-3833]처럼 작품 제목의 식별이 불가능한 잔구(殘句)의 경우에는 색인어 설정이 무의미하므로 색인에 포함하지 않았다.

고열	[2050]	苦熱
고열제	[0860]	苦熱題恆寂師禪室
고열중	[1527]	苦熱中寄舒員外
고열희	[0523]	苦熱喜涼
고염주	[3062]	故鹽州防秋兵馬使*
고요주	[3637]	故饒州刺史吳府君*
고의	[2146]	古意
고익등	[2965]	高鈇等一十人亡母*
고저주	[2895]	故滁州刺史贈刑部*
고정	[0842]	高亭
고총호	[0173]	古塚狐
곡강	[3728]	曲江
곡강감	[0422]	曲江感秋
곡강감	[0577]	曲江感秋二首并序
곡강감	[0578]	曲江感秋二首1
곡강감	[0579]	曲江感秋二首2
곡강독	[0716]	曲江獨行
곡강독	[1264]	曲江獨行招張十八
곡강야	[0859]	曲江夜歸聞元八見*
곡강억	[0635]	曲江憶元九
곡강억	[1293]	曲江憶李十一
곡강유	[1800]	曲江有感
곡강정	[1221]	曲江亭晚望
곡강조	[0403]	曲江早秋
곡강조	[0724]	曲江早春
곡강취	[0839]	曲江醉後贈諸親故
곡공감	[0003]	哭孔戡
곡미지	[1998]	哭微之二首1
곡미지	[1999]	哭微之二首2
곡미지	[3775]	哭微之3
곡사고	[2213]	哭師皐
곡왕질	[0552]	哭王質夫
곡유돈	[0016]	哭劉敦質
곡유상	[2775]	哭劉尚書夢得二首1
곡유상	[2776]	哭劉尚書夢得二首2
곡이삼	[0493]	哭李三
곡제고	[0556]	哭諸故人因寄元八
곡제고	[0556]^	哭諸故人因寄元九
곡종제	[0982]	哭從弟
곡최상	[2138]	哭崔常侍晦叔
곡최아	[2093]	哭崔兒

곡최이	[2340]	哭崔二十四常侍
곡황보	[2076]	哭皇甫七郎中
곤명춘	[0141]	昆明春水滿
곤명춘	[0141]^	昆明春
공감	[0003]^	孔戡
공감시	[0003]^	孔戡詩
공규가	[2967]	孔戣可右散騎常侍*
공규수	[3007]	孔戣授尚書左丞制
공수상	[2570]	公垂尚書以白馬見*

【과】

과고낙	[3691]	過故洛城
과고장	[0684]	過高將軍墓
과낙산	[0342]	過駱山人野居小池
과배령	[2660]	過裴令公宅二絶句1
과배령	[2661]	過裴令公宅二絶句2
과부수	[1746]	過敷水
과소군	[0531]	過昭君村
과안처	[0833]	過顔處士墓
과영녕	[2373]	過永寧
과온상	[2014]	過溫尚書舊莊
과원가	[2011]	過元家履信宅
과유삼	[0636]	過劉三十二故宅
과이생	[0302]	過李生
과자하	[0349]	過紫霞蘭若
과정처	[0940]	過鄭處士
과천문	[0656]	過天門街
곽경폄	[3855]	郭景貶康州端溪尉*
곽허주	[0339]	郭虛舟相訪
관가	[0257]	觀稼
관게	[2862]	觀偈
관봉초	[2703]	官俸初罷親故見憂*
관사	[0368]	官舍
관사내	[0287]	官舍內新鑿小池
관사소	[0191]	官舍小亭閑望
관사한	[0928]	官舍閑題
관아희	[0468]	觀兒戲
관예맥	[0006]	觀刈麥
관우	[0169]	官牛
관유어	[2061]	觀游魚
관택	[1697]	官宅
관환	[1862]	觀幻

광가사	[0362]	狂歌詞
광부호	[1845]	廣府胡尙書頻寄詩*
광선상	[0822]	廣宣上人以應制詩*
광언시	[2220]	狂言示諸姪
광음칠	[2792]	狂吟七言十四韻

【교】

교변가	[3090]	喬弁可巴州刺史制
교정묘	[2055]	橋亭卯飮
교필성	[3452]	教必成化必至
교하	[0565]	郊下

【구】

구가주	[0829]	仇家酒
구강북	[1334]	九江北岸遇風雨
구강춘	[1021]	九江春望
구구조	[0888]	臼口阻風十日
구년십	[2398]	九年十一月二十一*
구로도	[3742]	九老圖詩幷序
구로도	[3743]	九老圖詩
구방	[1256]	舊房
구분사	[1599]^	求分司東都寄牛相*
구불견	[1269]	久不見韓侍郎戲題*
구우한	[2541]	久雨閑悶對酒偶吟
구월구	[3405]	九月九日謝恩賜宴*
구월팔	[2553]	九月八日酬皇甫十*
구일기	[0806]	九日寄行簡
구일기	[1707]	九日寄微之
구일대	[1467]	九日代羅樊二妓招*
구일등	[0252]	九日登西原宴望
구일등	[0543]	九日登巴臺
구일사	[1602]	九日思杭州舊遊寄
구일연	[1421]	九日宴集醉題郡樓*
구일제	[1136]	九日題塗溪
구일취	[1081]	九日醉吟
구주자	[3052]	衢州刺史鄭羣可庫*
구중유	[0053]	丘中有一士二首1
구중유	[0054]	丘中有一士二首2
구중유	[0053]^	丘中有一士
구학자	[3506]	救學者之失
구현주	[2842]	求玄珠賦
국생방	[0245]	麴生訪宿
군루야	[1339]	郡樓夜宴留客

군불행	[3484]	君不行臣事
군서정	[1651]	郡西亭偶詠
군자불	[2848]	君子不器賦
군재가	[0367]	郡齋暇日辱常州陳*
군재가	[1119]	郡齋暇日憶廬山草*
군재순	[1415]	郡齋旬假命宴呈座*
군정	[0363]	郡亭
군중	[0534]	郡中
군중서	[1417]	郡中西園
군중야	[1653]	郡中夜聽李山人彈*
군중즉	[0366]	郡中卽事
군중춘	[0557]	郡中春宴因贈諸客
군중한	[1680]	郡中閑獨寄微之及*
군청유	[0518]	郡廳有樹晩榮早凋*

【권】

권몽득	[2659]	勸夢得酒
권병학	[1968]^	勸病鶴
권섭소	[0399]	權攝昭應早秋書事*
권아주	[1470]	勸我酒
권주	[1461]	勸酒
권주	[3687]	勸酒
권주기	[0421]	勸酒寄元九
권주십	[1971]	勸酒十四首幷序
권지능	[3148]	權知陵州刺史李正*
권지삭	[3168]	權知朔州刺史樂璘*
권행락	[2030]	勸行樂
권환	[2004]	勸歡

【귀】

귀등우	[3239]	歸登右常侍制
귀래이	[2081]	歸來二周歲
귀이도	[1946]	歸履道宅
귀전삼	[0248]	歸田三首1
귀전삼	[0249]	歸田三首2
귀전삼	[0250]	歸田三首3

【규】

규부	[1306]	閨婦
규원사	[1201]	閨怨詞三首1
규원사	[1202]	閨怨詞三首2
규원사	[1203]	閨怨詞三首3
규정구	[3809]	閨情句

내향촌	[1324]^	內鄉村路作		논제과	[3377]	論制科人狀
내향현	[1324]	內鄉縣村路作		논좌강	[3418]	論左降獨孤朗等狀
냉천정	[2911]	冷泉亭記		논주회	[3857]	論周懷義狀

【노】

노거	[2362]	老去		논중고	[3414]	論重考科目人狀
노계	[1902]	老戒		논중고	[3416]	論重考試進士事宜*
노관등	[3137]	路貫等授桂州判官*		논청불	[3848]^	論請不用奸臣表
노래생	[2418]	老來生計		논태원	[3380]	論太原事狀三件
노병	[1908]	老病		논행영	[3419]	論行營狀
노병상	[2612]	老病相仍以詩自解		논형법	[3502]	論刑法之弊
노병유	[2633]	老病幽獨偶吟所懷		논화적	[3379]	論和糴狀
노봉청	[2376]	路逢青州王大夫赴*		농귀라	[0317]	弄龜羅

【누】

노부	[2438]	老夫		누토산	[0841]	累土山

【느】

노상기	[1325]	路上寄銀匙與阿龜		능무괴	[2813]	能無愧
노시어	[0890]	盧侍御與崔評事爲*		능원첩	[0165]	陵園妾

【다】

노시어	[0915]	盧侍御小妓乞詩座*		단가행	[0584]	短歌行
노앙가	[3145]	盧昂可監察御史裏*		단가행	[2164]	短歌行
노앙양	[3054]	盧昂量移虢州司戶*		단거영	[0952]	端居詠懷
노열	[2167]	老熱		단빈종	[3104]	段斌宗惟明等除檢*
노용	[2031]	老慵		달리이	[0336]	達理二首1
노원보	[3250]	盧元輔杭州刺史制		달리이	[0337]	達理二首2
노원보	[3841]	盧元輔吏部郎中制		달재낙	[2721]	達哉樂天行
노원훈	[3045]	盧元勳除隰州刺史*		달총명	[3482]	達聰明致理化
노윤하	[2657]	盧尹賀夢得會中作		담씨소	[2771]	談氏小外孫玉童
노제석	[2747]	老題石泉		담씨외	[2622]	談氏外孫生三日喜*
노중등	[3115]	盧衆等除御史評事*		담이가	[3039]	啖異可滁州長史許*
논고시	[3416]^	論考試進士事宜狀		답	[1442]^	答
논맹원	[3398]	論孟元陽狀		답객문	[1646]	答客問杭州
논배균	[3388]	論裴均進奉銀器狀		답객설	[2774]	答客說
논배균	[3388]^	論裴均進奉狀		답경조	[3375]	答京兆府二十四縣*
논손숙	[3389]	論孫璹張奉國狀		답고영	[3291]	答高郢請致仕第二*
논승최	[3393]	論承璀職名狀		답고인	[0286]	答故人
논엄수	[3397]	論嚴綬狀		답권주	[0848]	答勸酒
논왕악	[3387]	論王鍔欲除官事宜*		답기마	[0777]	答騎馬入空臺
논왕악	[3387]^	論王鍔狀		답노건	[3345]	答盧虔謝賜男從史*
논요문	[3424]	論姚文秀打殺妻狀		답단우	[3262]	答段祐等賀冊皇太*
논우적	[3378]	論于頔裴均狀		답동화	[0106]	答桐花
논우적	[3385]	論于頔所進歌舞人*		답두겸	[3258]	答杜兼謝授河南尹*
논우적	[3385]^	論于頔進歌舞人狀				
논원진	[3394]	論元稹第三狀				
논위징	[3386]	論魏徵舊宅狀				

답두겸	[3360]	答杜兼謝上河南少*	답원소	[3320]	答元素謝上表
답두우	[3349]	答杜佑謝男師損除*	답원응	[3305]	答元膺授岳鄂觀察*
답마시	[0753]	答馬侍御見贈	답원의	[3308]	答元義等請上尊號*
답맹간	[3304]	答孟簡蕭俛等賀御*	답원팔	[0180]	答元八宗簡同遊曲*
답몽득	[1958]	答夢得聞蟬見寄	답원팔	[1075]	答元八郎中楊十二*
답몽득	[2267]	答夢得秋日書懷見	답위지	[1773]	答尉遲少監水閣重*
답몽득	[2269]	答夢得八月十五日*	답위지	[1949]	答尉遲少尹問所須
답몽득	[2457]	答夢得秋庭獨坐見	답위팔	[0629]	答韋八
답문무	[3303]	答文武百寮嚴綬等*	답유계	[0757]	答劉戒之早秋別墅*
답미지	[1056]	答微之	답유우	[1442]	答劉禹錫白太守行
답미지	[1535]	答微之上船後留別	답유제	[3332]	答劉濟詔
답미지	[1536]	答微之泊西陵驛見	답유총	[3294]	答劉總謝檢校工部*
답미지	[1537]	答微之誇越州州宅	답유화	[1636]	答劉和州禹錫
답미지	[1542]	答微之詠懷見寄	답이사	[3263]	答李詞賀處分王士*
답미지	[1549]	答微之見寄	답이사	[3372]^	答李詞等賀德音表
답배기	[3293]	答裴垍讓中書侍郎*	답이손	[3254]	答李遜等謝恩令附*
답배기	[3297]	答裴垍讓宰相第三*	답이손	[3254]^	答李愻等謝恩令附*
답배기	[3298]	答裴垍謝銀青光祿*	답이용	[3306]	答李鄘授淮南節度*
답배상	[1807]	答裴相公乞鶴	답이한	[3317]	答李扞等謝許上尊*
답백료	[3330]	答百寮謝許追遊集	답이한	[3331]	答李扞謝遊宴表
답복자	[0247]	答卜者	답임적	[3296]	答任迪簡讓易定節*
답사가	[0776]	答謝家最小偏憐女	답임천	[1789]	答林泉
답사호	[0108]	答四皓廟	답장군	[3368]	答將軍方元蕩等賀*
답산려	[1219]	答山侶	답장안	[3319]	答長安萬年兩縣百*
답산역	[0778]	答山驛夢	답장적	[0723]	答張籍因以代書
답설췌	[3309]	答薛萃賀生擒李錡	답재상	[3366]	答宰相杜佑等賀德*
답설췌	[3334]	答薛萃謝授浙東觀	답재상	[3372]	答宰相杜佑等賀德*
답설평	[3309]^	答薛萃賀生擒李錡*	답재상	[3856]	答宰相杜佑等賀德*
답설평	[3334]^	答薛萃謝授浙東觀*	답전촉	[0111]	答箭鏃
답소서	[1772]	答蘇庶子	답종정	[3367]	答宗正卿李詞等賀*
답소서	[1952]	答蘇庶子月夜聞家	답종정	[3372]^	答宗正卿李詞等賀*
답소육	[1963]	答蘇六	답주민	[1178]	答州民
답양사	[1161]	答楊使君登樓見憶	답주사	[3337]	答朱仕明賀冊尊號*
답왕상	[2005]	答王尚書問履道池*	답차휴	[1733]	答次休上人
답왕승	[3289]	答王承宗謝洗雪及*	답최빈	[1469]	答崔賓客晦叔十二*
답왕악	[3352]	答王鍔陳讓淮南節*	답최시	[0312]	答崔侍郎錢舍人書*
답왕악	[3363]	答王鍔賀賑恤江淮*	답최십	[1944]	答崔十八見寄
답우문	[0017]	答友問	답최십	[1961]	答崔十八
답우문	[0799]	答友問	답춘	[0924]	答春
답원랑	[0529]	答元郎中楊員外喜*	답풍항	[3318]	答馮伉請上尊號表
답원봉	[0752]	答元奉禮同宿見贈	답풍항	[3322]	答馮伉謝許上尊號*

답한고	[3321]	答韓皐請上尊號表	
답한상	[2582]	答閑上人來問因何*	
답한홍	[3353]	答韓弘讓同平章事*	
답한홍	[3355]	答韓弘再讓平章事*	
답호부	[2916]	答戶部崔侍郎書	
답황보	[2361]	答皇甫十郎中秋深*	
답황상	[3313]	答黃裳請上尊號表	
당강주	[2892]	唐江州興果寺律大*	
당고괵	[3652]	唐故虢州刺史贈禮*	
당고무	[3651]	唐故武昌軍節度處*	
당고방	[2898]	唐故坊州鄜城縣尉*	
당고율	[3653]	唐故溧水縣令太原*	
당고은	[3663]	唐故銀靑光祿大夫*	
당고통	[2888]	唐故通議大夫和州*	
당고호	[3647]	唐故湖州長城縣令	
당고회	[2894]	唐故會王墓誌銘幷*	
당동도	[3675]	唐東都奉國寺禪德*	
당무주	[2891]	唐撫州景雲寺故律*	
당양주	[2897]	唐楊州倉曹參軍王*	
당은청	[3662]	唐銀靑光祿大夫太*	
당주자	[3019]	唐州刺史韋彤授王*	
당증상	[2889]	唐贈尚書工部侍郎*	
당태원	[2899]	唐太原白氏之殤墓*	
당하남	[2896]	唐河南元府君夫人*	

【대】

대경	[1970]	對鏡	
대경우	[2606]	對鏡偶吟贈張道士*	
대경음	[1111]	對鏡吟	
대경음	[1463]	對鏡吟	
대관핍	[3477]	大官乏人	
대교약	[2844]	大巧若拙賦	
대금대	[1839]	對琴待月	
대금주	[2183]	對琴酒	
대당고	[2893]	大唐故賢妃京兆韋*	
대당사	[3648]	大唐泗州開元寺臨*	
대루입	[1232]	待漏入閣書事奉贈*	
대루입	[1232]^	待漏入閣書事奉贈*	
대림사	[0977]	大林寺桃花	
대만개	[2353]	對晚開夜合花贈皇*	
대매신	[1391]	代賣薪女贈諸妓	
대몽득	[1831]	代夢得吟	

대비파	[2345]	代琵琶弟子謝女師*	
대사호	[1309]	代謝好答崔員外	
대서	[2909]	代書	
대서시	[0615]	代書詩一百韻寄微*	
대소담	[2045]	對小潭寄遠上人	
대수	[0065]	大水	
대신가	[2752]	對新家醞玩自種花	
대영춘	[1796]	代迎春花招劉郎中	
대왕필	[3286]	代王佖答吐蕃北道*	
대인수	[0697]	代鄰叟言懷	
대인증	[1279]	代人贈王員外	
대임원	[2346]	代林園戱贈	
대제기	[1648]	代諸妓贈送周判官	
대주	[0475]	對酒	
대주	[1042]	對酒	
대주	[1065]	對酒	
대주권	[2469]	對酒勸令公開春遊*	
대주당	[3801]	對酒當歌句	
대주민	[1177]	代州民問	
대주시	[0332]	對酒示行簡	
대주오	[1896]	對酒五首1	
대주오	[1897]	對酒五首2	
대주오	[1898]	對酒五首3	
대주오	[1899]	對酒五首4	
대주오	[1900]	對酒五首5	
대주유	[2666]	對酒有懷寄李十九*	
대주음	[1660]	對酒吟	
대주자	[1338]	對酒自勉	
대주한	[2712]	對酒閑吟贈同老者	
대춘증	[0923]	代春贈	
대충량	[3361]	代忠亮答吐蕃東道*	
대학	[2136]	代鶴	
대학답	[2328]	代鶴答	
대화무	[1833]	大和戊申歲大有年*	
대화완	[1525]	對火玩雪	
대화육	[2222]^	大和六年冬暮贈崔*	

【더】

덕종황	[1192]	德宗皇帝挽歌詞四*1	
덕종황	[1193]	德宗皇帝挽歌詞四*2	
덕종황	[1194]	德宗皇帝挽歌詞四*3	
덕종황	[1195]	德宗皇帝挽歌詞四*4	

동정한 [1133]	東亭閑望	득갑장 [3622]	得甲將死命其子以*
동제객 [1558]	同諸客攜酒早看櫻*	득갑재 [3561]	得甲在獄病久請將*
동제객 [2268]	同諸客題于家公主*	득갑지 [3530]	得甲至華嶽廟不禱*
동제객 [2275]	同諸客嘲雪中馬上*	득갑지 [3596]	得甲之周親執工伎*
동중편 [2651]	洞中蝙蝠	득갑처 [3557]	得甲妻於姑前叱狗*
동지숙 [0702]	冬至宿楊梅館	득갑체 [3549]	得甲替乙為將甲欲*
동지야 [0668]	冬至夜懷湘靈	득갑축 [3850]	得甲畜北斗龜財物*
동지야 [1154]	冬至夜	득갑헌 [3535]	得甲獻弓蹲甲而射*
동창령 [3036]	董昌齡可許州長史*	득강남 [3532]	得江南諸州送庸調*
동초주 [2365]	冬初酒熟二首1	득경가 [3559]	得景嫁殤鄰人告違*
동초주 [2366]	冬初酒熟二首2	득경거 [3527]	得景居喪年老毀瘠*
동최십 [1951]	同崔十八寄元浙東*	득경부 [3619]	得景負丁財物丁不*
동최십 [3764]	同崔十八宿龍門兼*	득경야 [3570]	得景夜越關為吏所*
동파종 [0553]	東坡種花二首1	득경어 [3545]	得景於逆旅食噬腊*
동파종 [0554]	東坡種花二首2	득경어 [3567]	得景於私家陳鐘磬*
동파추 [0261]	東坡秋意寄元八	득경여 [3569]	得景與乙同賈景多*
동피추 [0261]^	東陂秋意寄元八	득경영 [3587]	得景領縣府無蓄廩*
동한시 [0575]	同韓侍郎遊鄭家池*	득경위 [3533]	得景為縣令教人煮*
동허만 [0592]	東墟晚歇	득경위 [3538]	得景為宰秋雩刺史*
동화 [0546]	桐花	득경위 [3548]	得景為縣官判事案*
【두】		득경위 [3576]	得景為私客擅入館*
두릉수 [0158]	杜陵叟	득경위 [3578]	得景為將敵人遺之*
두식방 [3042]	杜式方可贈禮部尙*	득경위 [3584]	得景為大夫有喪丁*
두우치 [3210]	杜佑致仕制	득경위 [3591]	得景為將每軍休止*
두원영 [3122]	杜元穎等賜勳制	득경위 [3598]	得景為錄事參軍刺*
두이직 [3248]	竇易直給事中制	득경위 [3618]	得景為獸人冬不獻*
【드】		득경유 [3582]	得景有姊之喪合除*
득갑거 [3522]	得甲去妻後妻犯罪*	득경유 [3603]	得景有志行隱而不*
득갑거 [3611]	得甲居家被妻毆笞*	득경정 [3613]	得景定婚訖未成而*
득갑거 [3849]	得甲居蔡曰寶人告*	득경진 [3555]	得景進柑子過期壞*
득갑고 [3580]	得甲告老請立長為*	득경처 [3543]	得景妻有喪景於妻*
득갑고 [3605]	得甲告其子行盜或*	득경청 [3552]	得景請與丁卜丁云*
득갑년 [3544]	得甲年七十餘有一*	득경청 [3564]	得景請預駙馬所司*
득갑야 [3565]	得甲夜行所由執之*	득경취 [3594]	得景娶妻三年無子*
득갑여 [3608]	得甲與乙爵位同甲*	득군거 [3566]	得郡舉乙清高廉使*
득갑우 [3593]	得甲牛觝乙馬死請*	득기로 [3553]	得耆老稱年多智縣*
득갑위 [3541]	得甲為將以箠轚投*	득낙수 [3577]	得洛水暴漲吹破中*
득갑위 [3574]	得甲為邠州刺史正*	득몽득 [3711]	得夢得新詩
득갑위 [3589]	得甲為獄吏囚走限*	득무형 [3540]	得戊兄為辛所殺戊
득갑위 [3600]	得甲為所由稽緩制*	득미지 [0862]	得微之到官後書備*1
득갑위 [3616]	得甲為郡守部下漁*	득미지 [0863]	得微之到官後書備*2

득미지	[0864]	得微之到官後書備*3
득미지	[0865]	得微之到官後書備*4
득사군	[3615]	得四軍帥令禁兵於*
득선거	[3609]	得選擧司取有名之*
득신봉	[3528]	得辛奉使遇昆弟之*
득신씨	[3523]	得辛氏夫遇盜而死*
득양호	[2558]	得楊湖州書頗誇撫*
득원상	[0788]	得袁相書
득유성	[3602]	得有聖水出飲者日*
득을거	[3612]	得乙居家理廉使擧*
득을귀	[3586]	得乙貴達有故人至*
득을녀	[3551]	得乙女將嫁於丁旣*
득을도	[3601]	得乙盜買印用法直*
득을문	[3562]	得乙聞牛鳴曰是生*
득을상	[3526]	得乙上封請永不用*
득을여	[3524]	得乙與丁俱應拔萃*
득을위	[3547]	得乙為大夫請致仕*
득을위	[3554]	得乙為邊將虜至若*
득을위	[3558]	得乙為軍帥昧夜進*
득을위	[3617]	得乙為三品見本州*
득을유	[3536]	得乙有同門生喪親*
득을유	[3542]	得乙有罪丁救以免*
득을은	[3531]	得乙隱居徵辟不起*
득을이	[3571]	得乙以庶男冒婚丁*
득을장	[3575]	得乙掌宿息并樹賓*
득을재	[3572]	得乙在田妻餉不至*
득을천	[3590]	得乙川游所由禁之*
득을청	[3597]	得乙請用父蔭所司*
득을청	[3620]	得乙請襲爵所可以*
득을출	[3581]	得乙出妻妻訴云無*
득을충	[3607]	得乙充選人職官選*
득이부	[3585]	得吏部選人入試請*
득전사	[0804]	得錢舍人書問眼疾
득전운	[3537]	得轉運使以汴河水*
득정모	[3525]	得丁冒名事發法司*
득정모	[3563]	得丁母乙妻俱為命*
득정사	[3599]	得丁私發制書法司*
득정상	[3556]	得丁喪所知於野張*
득정상	[3573]	得丁上言豪富人畜*
득정상	[3595]	得丁喪親賣宅以奉*
득정승	[3592]	得丁乘車有醉吐車*
득정식	[3588]	得丁食於喪者之側*
득정씨	[3568]	得丁氏有邑號犯罪*
득정위	[3534]	得丁為郡守行縣見*
득정위	[3539]	得丁為郡歲凶奏請*
득정위	[3604]	得丁為刺史見冬涉*
득정위	[3614]	得丁為大夫與管庫*
득정위	[3621]	得丁為士葬其父用*
득정장	[3579]	得丁將在別屯士卒*
득정진	[3560]	得丁陳計請輕過移*
득정함	[3583]	得丁陷賊庭守道不*
득조사	[3546]	得詔賜百寮資物甲*
득조주	[2794]	得潮州楊相公繼之*
득주부	[3606]	得州府貢士或市井*
득태학	[3610]	得太學博士教冑子*
득행간	[1034]	得行簡書聞欲下峽
득향로	[3550]	得鄉老不輸本戶租*
득호주	[1557]	得湖州崔十八使君*
등관음	[1757]	登觀音臺望城
등낙유	[0026]	登樂遊園望
등방장	[0044]	鄧魴張徹落第
등보응	[1758]^	登寶應臺北望
등상산	[0354]	登商山最高頂
등서루	[1007]	登西樓憶行簡
등성동	[0555]	登城東古臺
등영응	[1758]	登靈應臺北望
등영주	[0885]	登郢州白雪樓
등용미	[1238]	登龍尾道南望憶廬*
등용창	[0564]	登龍昌上寺望江南*
등주노	[0346]	鄧州路中作
등창문	[1647]	登閶門閑望
등천궁	[2066]	登天宮閣
등촌동	[0464]	登村東古塚
등향로	[0311]	登香鑪峯頂

【마】

마상만	[2000]	馬上晚吟
마상작	[0352]	馬上作
마총망	[3136]	馬總亡祖母韋氏贈*
마총준	[3167]	馬總准制追贈亡父*
마추강	[1682]	馬墜强出贈同座
막주류	[1276]	莫走柳條詞送別
만가사	[0594]	挽歌詞

만귀부	[2006]	晚歸府
만귀유	[0576]	晚歸有感
만귀조	[2114]	晚歸早出
만귀향	[2160]	晚歸香山寺因詠所*
만기	[1709]	晚起
만기	[2041]	晚起
만기	[2077]	晚起
만기한	[2713]	晚起閑行
만도화	[2036]	晚桃花
만량우	[2216]	晚涼偶詠
만망	[0292]	晚望
만세	[1352]	晚歲
만연	[0323]	晚燕
만자조	[0146]	蠻子朝
만정축	[1292]	晚庭逐涼
만제동	[1022]	晚題東林寺雙池
만종성	[1808]	晚從省歸
만지범	[2630]	晚池汎舟遇景成詠*
만추야	[0749]	晚秋夜
만추유	[0720]	晚秋有懷鄭中舊隱
만추한	[0691]	晚秋閑居
만춘고	[0243]	晚春沽酒
만춘기	[1629]	晚春寄微之幷崔湖*
만춘등	[0929]	晚春登大雲寺南樓*
만춘욕	[2481]	晚春欲攜酒尋沈四*
만춘주	[2486]	晚春酒醒尋夢得
만춘중	[1233]	晚春重到集賢院
만춘한	[2298]	晚春閑居楊工部寄*
만출서	[0950]	晚出西郊
만출심	[2049]	晚出尋人不遇
만하한	[2535]	晚夏閑居絶無賓客*
만한	[1764]	晚寒
만흥	[1344]	晚興
만흥	[1408]	晚興
망강루	[0319]	望江樓上作
망강주	[0912]	望江州
망역대	[0774]	望驛臺
망전정	[1393]	忘筌亭
망정역	[1723]	望亭驛酬別周判官

【매】

| 매견여 | [2800] | 每見呂南二郎中新* |

매낙마	[2590]	賣駱馬
매탄옹	[0160]	賣炭翁
매화	[0086]	買花
맥병찬	[2852]	貘屛贊幷序
맹간사	[3249]	孟簡賜紫金魚袋制
맹존수	[3121]	孟存授成都府少尹*
맹하사	[0514]	孟夏思渭村舊居寄*

【면】

면한유	[1994]	勉閑遊
명게	[2866]	明偈
명한	[1764]^	暝寒

【모】

모강음	[1299]	暮江吟
모공단	[3723]	毛公壇
모귀	[1254]	暮歸
모란방	[0156]	牡丹芳
모립	[0797]	暮立
모별자	[0161]	母別子
모성역	[1584]	茅城驛
모소상	[2554]	慕巢尙書書云室人*
목련수	[1124]	木蓮樹生巴峽山谷*1
목련수	[1125]	木蓮樹生巴峽山谷*2
목련수	[1126]	木蓮樹生巴峽山谷*3
목련수	[1124]^	木蓮樹圖幷序
목련화	[1124]^	木蓮花
목부용	[1385]	木芙蓉花下招客歡
목부용	[3811]	木芙蓉句
목욕	[0484]	沐浴
목재고	[3480]	牧宰考課
목친	[3520]	睦親
몽구	[0857]	夢舊
몽득득	[3711]^	夢得得新書
몽득상	[2552]	夢得相過援琴命酒*
몽득와	[2509]	夢得臥病攜酒相尋*
몽득전	[2610]	夢得前所酬篇有鍊*
몽망우	[1045]	夢亡友劉太白同遊*
몽미지	[1031]	夢微之
몽미지	[2631]	夢微之
몽배상	[0465]	夢裴相公
몽상산	[2711]	夢上山
몽선	[0005]	夢仙

몽소주	[1731]	夢蘇州水閣寄馮侍*
몽여이	[0527]	夢與李七庚三十二*
몽여이	[0527]^	夢與李七庚三十三*
몽유이	[2190]	夢劉二十八因詩問*
몽행간	[1620]	夢行簡

【묘】

묘시주	[1444]	卯時酒
묘음	[2742]	卯飲

【무】

무가내	[2859]	無可奈何
무가내	[2859]^	無可奈何歌
무관남	[0875]	武關南見元九題山*
무구사	[1715]	武丘寺路
무구사	[1720]	武丘寺路宴留別諸*
무령군	[3079]	武寧軍軍將郭量等*
무령군	[3129]	武寧軍陣亡大將軍*
무령군	[3135]	武寧軍將王昌涉等*
무몽	[2044]	無夢
무소제	[3043]	武昭除石州刺史制
무신세	[1933]	戊申歲暮詠懷三首1
무신세	[1934]	戊申歲暮詠懷三首2
무신세	[1935]	戊申歲暮詠懷三首3
무장물	[2440]	無長物
문가기	[1569]	聞歌妓唱嚴郎中詩*
문가자	[2256]	聞歌者唱微之詩
문강남	[1947]	問江南物
문곡자	[0258]	聞哭者
문군수	[3529]	聞軍帥選將多用文*
문귀아	[1041]	聞龜兒詠詩
문뢰	[1163]	聞雷
문마	[0563]	蚊蟆
문미지	[0737]	聞微之江陵臥病以*
문배이	[3803]	聞裴李二舍人拜綸*
문백상	[0060]	文柏牀
문소년	[2344]	問少年
문신선	[1859]	聞新蟬贈劉二十八*
문악감	[1932]	聞樂感鄰
문야침	[1295]	聞夜砧
문양경	[1447]	問楊瓊
문양십	[1088]	聞楊十二新拜省郎*
문우	[0036]	問友

문원사	[1596]	問遠師
문위산	[1082]	問韋山人山甫
문위산	[1082]^	問韋山人
문유십	[1033]	問劉十九
문유칠	[0246]	聞庾七左降因詠所*
문이상	[1060]	聞李尚書拜相因以*
문이십	[0967]	聞李十一出牧澧州*
문이십	[0967]^	聞李十一出牧澧州*
문이육	[0975]	聞李六景儉自河東*
문이죽	[1989]	問移竹
문제친	[2782]	問諸親友
문조앵	[0300]	聞早鶯
문지금	[2239]	問支琴石
문최십	[1511]	聞崔十八宿予新昌*
문추광	[1501]	問秋光
문충	[0801]	聞蟲
문학	[2327]	問鶴
문행간	[1658]	聞行簡恩賜章服喜*
문황보	[2574]	問皇甫十
문회수	[0706]	問淮水

【미】

미겸양	[3450]	美謙讓
미도	[1590]	味道
미우야	[0497]	微雨夜行
미지도	[0861]	微之到通州日授館*
미지돈	[2248]	微之敦詩晦叔相次*1
미지돈	[2249]	微之敦詩晦叔相次*2
미지중	[1538]	微之重誇州居其落*
미지취	[1803]	微之就拜尚書居易*
미지택	[0741]	微之宅殘牡丹

【바】

박융인	[0148]	縛戎人
반목요	[2856]	蟠木謠
반포명	[0125]	反鮑明遠白頭吟
발백구	[1187]	發白狗峽次黃牛峽*
발상주	[0874]	發商州
발원게	[3684]	發願偈
발탑원	[2016]	鉢塔院如大師
발해왕	[3118]	渤海王子加官制
방가야	[1180]	房家夜宴喜雪戲贈*
방도공	[0282]	訪陶公舊宅幷序

방도공	[0283]	訪陶公舊宅
방어	[0059]	放魚
방언오	[0900]	放言五首幷序
방언오	[0901]	放言五首1
방언오	[0902]	放言五首2
방언오	[0903]	放言五首3
방언오	[0904]	放言五首4
방언오	[0905]	放言五首5
방여안	[0597]	放旅雁
방응	[0039]	放鷹
방진이	[1291]	訪陳二
방황보	[1632]	訪皇甫七

【배】

배극량	[3198]	裴克諒權知華陰縣*
배극량	[3243]	裴克諒量留制
배도이	[2956]	裴度李夷簡王播鄭
배도한	[3143]	裴度韓弘等各賜一*
배령공	[2412]	裴令公席上贈別夢*
배상시	[2241]	裴常侍以題薔薇架*
배시중	[2159]	裴侍中晉公以集賢*
배시중	[2176]^	裴侍中晉公出討淮*
배오	[0828]	裴五
배이수	[3004]	裴廣授殿中侍御史*
배창수	[3170]	裴敞授昭義軍判官*
배통제	[3005]	裴通除檢校左散騎*
배표조	[3714]	拜表早出贈皇甫賓*
배표회	[2296]	拜表迴閒遊
배홍태	[3130]	裴弘泰可太府少卿*
백근화	[1144]	白槿花
백련경	[0150]	百鍊鏡
백련지	[1954]	白蓮池汎舟
백로	[0879]	白鷺
백모란	[0031]	白牡丹
백모란	[0856]	白牡丹
백발	[0429]	白髮
백발	[1349]	白髮
백발	[2568]	白髮
백빈주	[3670]	白蘋洲五亭記
백상서	[2797]	白尚書篇云
백씨문	[3834]^	白氏文集後序
백씨문	[3834]^	白氏文集自記

백씨장	[3834]	白氏長慶集後序
백씨집	[3834]^	白氏集後記
백우선	[2381]	白羽扇
백운기	[0310]	白雲期
백운천	[3725]	白雲泉
백일가	[1706]	百日假滿
백일가	[2662]	百日假滿少傅官停*
백화정	[0954]	百花亭
백화정	[0957]	百花亭晩望夜歸

【버】

번경대	[3738]	翻經臺
범분수	[0285]^	汎溢水
범소륜	[1618]	汎小輪二首1
범소륜	[1619]	汎小輪二首2
범위부	[2836]	汎渭賦幷序
범춘지	[0396]	泛春池
범태호	[1666]	泛太湖書事寄微之
범희조	[3382]	范希朝
법곡	[0130]^	法曲
법곡가	[0130]	法曲歌

【벼】

변미	[2111]	辨味
변법	[2109]	變法
변수한	[3464]	辨水旱之災明存救*
변진절	[3206]	邊鎮節度使起復制
변하로	[1582]	汴河路有感
변흥망	[3460]	辨興亡之由
별교상	[1186]	別橋上竹
별류지	[2591]	別柳枝
별사제	[0416]	別舍弟後月夜
별섬주	[1942]	別陝州王司馬
별소주	[1443]	別蘇州
별양동	[3716]	別楊同州後却寄
별양영	[0438]	別楊潁士盧克柔殷*
별원구	[0409]	別元九後詠所懷
별위소	[0644]	別韋蘇
별위소	[0644]^	別韋蘇州
별이십	[0494]	別李十一後重寄
별전장	[1465]	別氈帳火爐
별종동	[1184]	別種東坡花樹兩絶1
별종동	[1185]	別種東坡花樹兩絶2

별주군	[1580]	別周軍事
별주민	[1575]	別州民
별초당	[1103]	別草堂三絶句1
별초당	[1104]	別草堂三絶句2
별초당	[1105]	別草堂三絶句3
별춘로	[1617]	別春爐
별행간	[0467]	別行簡
별훤계	[0380]	別萱桂
병가중	[0188]	病假中南亭閑望
병가중	[1863]	病假中龐少尹攜魚*
병기	[0785]	病氣
병기	[1044]	病起
병면후	[1939]	病免後喜除賓客
병부랑	[2989]	兵部郎中知制誥馮*
병안화	[2084]	病眼花
병입신	[2607]	病入新正
병중간	[2759]	病中看經贈諸道侶
병중곡	[0783]	病中哭金鑾子
병중다	[1685]	病中多雨逢寒食
병중답	[0866]	病中答招飮者
병중대	[1346]	病中對病鶴
병중득	[0793]	病中得樊大書
병중봉	[0371]	病中逢秋招客夜酌
병중삭	[2741]	病中數首張道士見*
병중서	[1561]	病中書事
병중시	[2579]	病中詩十五首幷序
병중연	[2697]	病中宴坐
병중오	[2583]	病中五絶1
병중오	[2584]	病中五絶2
병중오	[2585]	病中五絶3
병중오	[2586]	病中五絶4
병중오	[2587]	病中五絶5
병중욕	[1611]	病中辱張常侍題集*
병중욕	[2619]	病中辱崔宣城長句*
병중우	[0487]	病中友人相訪
병중작	[0680]	病中作
병중작	[0789]	病中作
병중조	[0837]	病中早春
병중증	[2449]	病中贈南鄰覓酒
병창	[2778]	病瘡
병후한	[2611]	病後寒食

병후희	[2655]	病後喜過劉家

보동파	[0561]	步東坡
보력이	[1729]	寶曆二年八月三十*
보리사	[2187]	菩提寺上方晚望香*
보리사	[2307]	菩提寺上方晚眺
보일서	[2920]	補逸書
복거	[1236]	卜居
복부병	[3491]	復府兵置屯田
복선사	[3698]	福先寺雪中餞劉蘇*
복악고	[3510]	復樂古器古曲
복야래	[3757]	僕射來示有三春向*
봉구	[0887]	逢舊
봉구	[1816]	逢舊
봉사도	[1767]	奉使途中戲贈張常*
봉송삼	[1691]	奉送三兄
봉수시	[2341]	奉酬侍中夏中雨後*
봉수이	[1171]	奉酬李相公見示絶*
봉수회	[2459]	奉酬淮南牛相公思*
봉의랑	[3021]	奉議郎殿中侍御史*
봉장십	[1321]	逢張十八員外籍
봉천현	[3060]	奉天縣令崔都可倉*
봉칙시	[2938]	奉勅試制書詔批答*
봉칙시	[2938]	奉勅試邊鎭節度使*
봉태화	[3139]	封太和長公主制
봉화배	[2405]	奉和裴令公新成午*
봉화배	[2529]	奉和裴令公三月上*
봉화변	[1634]	奉和汴州令狐相公*
봉화변	[1634]^	奉和汴州令狐公*
봉화사	[2523]	奉和思黯自題南莊
봉화사	[2533]	奉和思黯相公以李*
봉화사	[2534]	奉和思黯相公雨後*
봉화영	[2425]^	奉和令公綠野堂種*
봉화이	[1392]	奉和李大夫題新詩*
봉화진	[2305]	奉和晉公侍中蒙除*

부동일	[0568]	負冬日
부득고	[0678]	賦得古原草送別
부득변	[1737]	賦得邊城角
부득오	[1850]	賦得烏夜啼
부득청	[0835]	賦得聽邊鴻

부량필	[3029]	傳良弼可鄭州刺史*	불여래	[1983]	不如來飮酒七首5
부마도	[3138]	駙馬都尉鄭何除右*	불여래	[1984]	不如來飮酒七首6
부부	[2849]	賦賦	불여래	[1985]	不如來飮酒七首7
부서정	[2166]	府西亭納涼歸	불여로	[2784]	不與老爲期
부서지	[2087]	府西池	불이문	[0550]	不二門
부서지	[2092]	府西池北新葺水齋*	불출	[1906]	不出
부소주	[1638]	赴蘇州至常州答賈*	불출문	[1967]	不出門
부인고	[0604]	婦人苦	불출문	[2717]	不出門
부재감	[2095]	府齋感懷酬夢得	불치사	[0081]	不致仕
부주오	[2109]	府酒五絶	불탈인	[3468]	不奪人利
부준의	[2089]	不准擬二首1	**【비】**		
부준의	[2090]	不准擬二首2	비가	[1386]	悲歌
부중야	[2091]	府中夜賞	비백료	[3257]	批百寮嚴綬等賀御*
부춘	[2282]	負春	비변병	[3495]	備邊幷將置帥
부항주	[1322]	赴杭州重宿棣華驛*	비서성	[0674]	秘書省中憶舊山
북루송	[0930]	北樓送客歸上都	비성후	[1751]	秘省後廳
북원	[0444]	北園	비이이	[3256]	批李夷簡賀御撰君*
북원	[1564]	北院	비재상	[3284]	批宰相賀赦王承宗表
북정	[0284]	北亭	비재행	[0037]	悲哉行
북정독	[0290]	北亭獨宿	비파	[1310]	琵琶
북정와	[1418]	北亭臥	비파인	[0609]	琵琶引幷序
북정초	[0931]	北亭招客	비파인	[0610]	琵琶引
북제표	[3357]	北齊驃騎大將軍高*	비파행	[0610]^	琵琶行
북창삼	[2157]	北窗三友	비하중	[2941]	批河中進嘉禾圖表
북창죽	[2708]	北窗竹石	**【사】**		
북창한	[1809]	北窗閑坐	사게	[2869]	捨偈
분사	[1604]	分司	사관리	[3485]	使官吏淸廉
분사낙	[2506]	分司洛中多暇數與*	사관장	[3399]	謝官狀
분사동	[1599]	分司東都寄牛相公*	사관장	[3401]	謝官狀
분사초	[2023]	分司初到洛中偶題*	사구	[2153]	思舊
분포조	[0279]	溢浦早多	사귀	[0432]	思歸
분포죽	[0063]	溢浦竹	사년춘	[2567]	四年春
불광화	[3685]	佛光和尙眞贊	사도령	[2504]	司徒令公分守東洛*
불능망	[3676]	不能忘情吟幷序	사마청	[0526]	司馬廳獨宿
불능망	[3677]	不能忘情吟	사마택	[0525]	司馬宅
불로이	[3453]	不勞而理	사몽은	[3402]	謝蒙恩賜設狀
불수	[1315]	不睡	사백직	[3481]	使百職修皇網振
불여래	[1979]	不如來飮酒七首1	사부미	[1300]	思婦眉
불여래	[1980]	不如來飮酒七首2	사사설	[3412]	謝賜設及匹帛狀
불여래	[1981]	不如來飮酒七首3	사사신	[3410]	謝賜新曆日狀
불여래	[1982]	不如來飮酒七首4	사신시	[1728]	寫新詩寄微之偶題*

성상	[1362]	城上
성상대	[0472]	城上對月期友人不*
성상야	[1692]	城上夜宴
성서별	[3767]	城西別元九
성선사	[3661]	聖善寺白氏文集記
성시성	[2840]	省試性習相遠近賦
성염주	[0142]	城鹽州

【세】

세가내	[1396]	歲假內命酒贈周判*
세만	[0567]	歲晚
세만여	[0895]	歲晚旅望
세모	[0299]	歲暮
세모	[1061]	歲暮
세모	[2144]	歲暮
세모기	[1673]	歲暮寄微之三首1
세모기	[1674]	歲暮寄微之三首2
세모기	[1675]	歲暮寄微之三首3
세모도	[0906]	歲暮道情二首1
세모도	[0907]	歲暮道情二首2
세모병	[2595]	歲暮病懷贈夢得
세모야	[2740]	歲暮夜長病中燈下*
세모언	[2103]	歲暮言懷
세모왕	[1354]	歲暮枉衢州張使君*
세모정	[2593]	歲暮呈思黯相公皇*
세야영	[3729]	歲夜詠懷兼寄思黯
세일가	[1676]	歲日家宴戲示弟姪*
세제야	[2503]	歲除夜對酒
세죽	[2693]	洗竹

【소】

소각한	[2686]	小閣閑坐
소곡신	[1199]	小曲新詞二首1
소곡신	[1200]	小曲新詞二首2
소교류	[1997]	小橋柳
소국한	[0272]	昭國閑居
소군원	[1011]	昭君怨
소년문	[2343]	少年問
소대	[2195]	小臺
소대만	[2218]	小臺晚坐憶夢得
소덕왕	[1196]	昭德王皇后挽歌詞
소동설	[1424]	小童薛陽陶吹觱篥*
소동폄	[3097]	邵同貶連州司馬制

소면일	[3065]	蕭俛一子迴授三從*
소면제	[2983]	蕭俛除吏部尙書制
소방	[1681]	小舫
소병수	[3490]	銷兵數
소병수	[3490]^	銷兵數省軍費
소병요	[2857]	素屏謠
소상공	[1281]	蕭相公宅遇自遠禪*
소서	[2051]	銷暑
소서자	[1948]	蕭庶子相過
소세일	[1357]	小歲日對酒吟錢湖*
소세일	[2507]	小歲日喜談氏外孫*
소약불	[2498]	燒藥不成命酒獨醉
소요영	[0583]	逍遙詠
소원외	[0781]	蕭員外寄新蜀茶
소원주	[1597]	小院酒醒
소정역	[2130]	小庭亦有月
소정한	[3708]	小庭寒夜寄夢得
소정한	[3708]^	小亭寒夜寄夢得
소주고	[2557]	蘇州故吏
소주남	[3667]	蘇州南禪院千佛堂*
소주남	[3668]	蘇州南禪院白氏文*
소주류	[1687]	蘇州柳
소주이	[1547]	蘇州李中丞以元日*
소주자	[3630]	蘇州刺史謝上表
소주중	[3638]	蘇州重玄寺法華院*
소지이	[0314]	小池二首1
소지이	[0315]	小池二首2
소택	[2390]	小宅
속계	[0324]	贖雞
속고시	[0066]	續古詩十首1
속고시	[0067]	續古詩十首2
속고시	[0068]	續古詩十首3
속고시	[0069]	續古詩十首4
속고시	[0070]	續古詩十首5
속고시	[0071]	續古詩十首6
속고시	[0072]	續古詩十首7
속고시	[0073]	續古詩十首8
속고시	[0074]	續古詩十首9
속고시	[0075]	續古詩十首10
속우인	[2854]	續虞人箴
속좌우	[2850]	續座右銘幷序

손숙	[3389]	孫璹
송강정	[1711]	松江亭攜樂觀漁宴*
송객	[1921]	送客
송객귀	[1148]	送客歸京
송객남	[1253]	送客南遷
송객지	[0956]	送客之湖南
송객춘	[1024]	送客春遊嶺南二十*
송객회	[0541]	送客迴晚興
송고공	[2253]	送考功崔郎中赴闕
송고시	[1170]	送高侍御使迴因寄*
송기춘	[2524]	送蘄春李十九使君*
송노랑	[2499]	送盧郎中赴河東裴*
송당주	[2616]	送唐州崔使君侍親*
송동도	[1868]	送東都留守令狐尙*
송등서	[3696]	送滕庶子致仕歸婺
송모선	[2720]	送毛仙翁
송무사	[0676]	送武士曹歸蜀
송문창	[0660]	送文暢上人東遊
송민중	[1821]	送敏中歸甯幕
송민중	[2727]	送敏中新授戶部員*
송상수	[2292]	送常秀才下第東歸
송서저	[2274]	送舒著作重授省郎*
송서주	[1910]	送徐州高僕射赴鎭
송섬부	[1795]	送陝府王大夫
송섬주	[1838]	送陝州王司馬建赴*
송성	[0198]	松聲
송소연	[1083]	送蕭鍊師步虛詩十*1
송소연	[1084]	送蕭鍊師步虛詩十*2
송소연	[1083]^	送蕭鍊師步虛詞十*
송소주	[2576]	送蘇州李使君赴郡*1
송소주	[2577]	送蘇州李使君赴郡*2
송소처	[1149]	送蕭處士遊黔南
송수	[0843]	松樹
송숭객	[2588]	送嵩客
송심창	[3765]	送沈倉曹赴江西
송아귀	[3792]	送阿龜歸華
송양팔	[2255]	送楊八給事赴常州
송엄대	[1285]	送嚴大夫赴桂州
송여장	[2163]	送呂漳州
송연주	[2342]	送兗州崔大夫駙馬*
송영호	[1905]	送令狐相公赴太原
송왕경	[2748]	送王卿使君赴任蘇*
송왕십	[0722]	送王十八歸山寄題*
송왕처	[0045]	送王處士
송요항	[2367]	送姚杭州赴任因思*1
송요항	[2368]	送姚杭州赴任因思*2
송우인	[1051]	送友人上峽赴東川*
송원팔	[0734]	送元八歸鳳翔
송위시	[1094]	送韋侍御量移金州
송유랑	[3697]	送劉郎中赴任蘇州
송유사	[0510]	送幼史
송유오	[2306]	送劉五司馬赴任硤*
송유오	[2306]^	送劉吾司馬赴任硤*
송이교	[1364]	送李校書趁寒食歸*
송이저	[2500]	送李滁州
송인폄	[0838]	送人貶信州判官
송장남	[0632]	送張南簡入蜀
송장산	[0589]	送張山人歸嵩陽
송장상	[3700]	送張常侍西歸
송재우	[1752]	松齋偶興
송재자	[0194]	松齋自題
송조영	[3140]	宋朝榮加常侍制
송종실	[2363]	送宗實上人遊江南
송진허	[2265]	送陳許高僕射赴鎭
송춘	[0492]	送春
송춘	[1814]	送春
송춘귀	[0598]	送春歸
송풍사	[1275]	送馮舍人閣老往襄*
송하금	[1754]	松下琴贈客
송하남	[1848]	送河南尹馮學士赴*
송학여	[1846]	送鶴與裴相臨別贈*
송형제	[0461]	送兄弟迴雪夜
송후권	[2910]	送侯權秀才序
송후집	[2772]	送後集往廬山東林*
【쇠】		
쇠병	[1053]	衰病
쇠병	[1345]	衰病
쇠병무	[0582]	衰病無趣因吟所懷
쇠하	[2262]	衰荷
【수】		
수가서	[0623]	酬哥舒大見贈
수가속	[3842]	授賈餗等中書舍人*

수각	[2124]	睡覺
수각우	[2238]	睡覺偶吟
수관음	[2871]	繡觀音菩薩像贊幷*
수기안	[0295]	睡起晏坐
수기우	[2789]	酬寄牛相公同宿話*
수낙준	[3010]	授駱峻太子司議郎*
수남낙	[2751]	酬南洛陽早春見贈
수노비	[0816]	酬盧秘書二十韻
수당취	[2102]	水堂醉臥問杜三十*
수몽득	[1923]	酬夢得秋夕不寐見*
수몽득	[2455]	酬夢得窮秋夜坐卽*
수몽득	[2461]	酬夢得霜夜對月見*
수몽득	[2528]	酬夢得以予五月長*
수몽득	[2543]	酬夢得早秋夜對月
수몽득	[2560]	酬夢得暮秋晴夜對
수몽득	[2573]	酬夢得比萱草見贈
수몽득	[2597]	酬夢得貧居詠懷見*
수몽득	[2598]	酬夢得見喜疾瘳
수미지	[1540]	酬微之
수미지	[1543]	酬微之誇鏡湖
수미지	[1684]	酬微之開拆新樓初*
수배상	[1759]	酬裴相公題興化小*
수배상	[1956]	酬裴相公見寄二絶1
수배상	[1957]	酬裴相公見寄二絶2
수배영	[2517]	酬裴令公贈馬相戲
수범희	[3187]	授范希朝京西都統*
수별미	[2032]	酬別微之
수별주	[1713]	酬別周從事二首1
수별주	[1714]	酬別周從事二首2
수부탄	[1817]	繡婦歎
수사암	[2132]	酬思黯相公見過弊*
수사암	[2510]	酬思黯戲贈
수사암	[2540]	酬思黯相公晚夏雨*
수서방	[3656]	繡西方幀讚幷序
수서삼	[2235]	酬舒三員外見贈長*
수심전	[3195]	授沈傳師左拾遺史*
수아미	[2870]	繡阿彌陀佛贊幷序
수안헐	[3704]	壽安歇馬重吟
수양구	[0207]	酬楊九弘貞長安病*
수양팔	[1600]	酬楊八
수엄급	[1810]	酬嚴給事

수엄십	[1260]	酬嚴十八郎中見示
수엄중	[1159]	酬嚴中丞晚眺黔江*
수영공	[2464]	酬令公雪中見贈訝
수영호	[1866]	酬令狐相公春日尋*
수영호	[3694]	酬令狐留守尚書見*
수오소	[3183]	授吳少陽淮西節度*
수오칠	[0271]	酬吳七見寄
수왕건	[3838]	授王建秘書郎制
수왕십	[0646]	酬王十八李大見招
수왕십	[0745]	酬王十八見寄
수우상	[2217]	酬牛相公宮城早秋
수원구	[0027]	酬元九對新栽竹有*
수원랑	[1243]	酬元郎中同制加朝*
수원원	[0998]	酬元員外三月三十
수유걸	[3008]	授柳傑等四人官充*
수유경	[3839]	授庾敬休監察御史
수유화	[1670]	酬劉和州戲贈
수이발	[3843]	授李渤給事中鄭涵*
수이소	[0441]	酬李少府曹長官舍*
수이이	[2243]	酬李二十侍郎
수장십	[0269]	酬張十八訪宿見贈
수장태	[0423]	酬張太祝晚秋臥病*
수전사	[3840]	授前司勳員外郎賜*
수전원	[0738]	酬錢員外雪中見寄
수정시	[1872]	酬鄭侍御多雨春空*
수정이	[2429]	酬鄭二司錄與李六
수제류	[0171]	隋堤柳
수조	[0322]	垂釣
수조	[2675]	水調
수조수	[0655]	酬趙秀才贈新登科*
수주협	[1565]	酬周協律
수증이	[1005]	酬贈李鍊師見招
수집현	[1504]	酬集賢劉郎中對月*
수태자	[1497]	授太子賓客歸洛
수하	[0513]	首夏
수하	[2135]	首夏
수하남	[2702]	首夏南池獨酌
수하동	[0182]	首夏同諸校正遊開*
수하병	[0242]	首夏病間
수하유	[3746]	首夏猶清和聯句
수한시	[1277]	酬韓侍郎張博士雨*

수한홍	[3190]	授韓弘許國公實封*
수향산	[3633]	修香山寺記
수화원	[0764]	酬和元九東川路詩*
수황보	[1593]	酬皇甫庶子見寄
수황보	[1770]	酬皇甫賓客
수황보	[2042]	酬皇甫賓客
수황보	[2356]	酬皇甫郎中對新菊*
수황보	[2522]	酬皇甫十早春對雪
수후다	[2196]	睡後茶興憶楊同州
숙간적	[0288]	宿簡寂觀
숙계옹	[0570]	宿溪翁
숙남계	[0344]	宿藍溪對月
숙남교	[0344]^	宿藍橋對月
숙동려	[0686]	宿桐廬館同崔存度*
숙동림	[0505]	宿東林寺
숙동정	[1428]	宿東亭曉興
숙두곡	[1815]	宿杜曲花下
숙두사	[1782]	宿竇使君莊水亭
숙배상	[1843]	宿裴相公興化池亭
숙부지	[2795]	宿府池西亭
숙서림	[0920]	宿西林寺
숙서림	[0932]	宿西林寺早赴東林*
숙성선	[3734]	宿誠禪師山房題贈
숙손통	[3837]	叔孫通定朝儀賦
숙양가	[0648]	宿楊家
숙양성	[1317]	宿陽城驛對月
숙영암	[1712]	宿靈巖寺上院
숙용담	[2009]	宿龍潭寺
숙운문	[3776]	宿雲門寺
숙자각	[0021]	宿紫閣山北村
숙장운	[3731]	宿張雲擧院
숙장정	[0707]	宿樟亭驛
숙정	[2377]^	宿酲
숙죽각	[1353]	宿竹閣
숙지상	[3737]	宿池上
숙천축	[2303]	宿天竺寺迴
숙청원	[0343]	宿淸源寺
숙향산	[2441]	宿香山寺酬廣陵牛*
숙형양	[1451]	宿滎陽
숙호중	[1663]	宿湖中
순서	[0144]	馴犀

숭양관	[2010]	嵩陽觀夜奏霓裳

【ㅅ】

승원화	[1901]	僧院花

【시】

시세장	[0163]	時世妝
시열소	[2627]	時熱少見客因詠所*
시주금	[2332]	詩酒琴人例多薄命*
시중진	[2304]	侍中晉公欲到東洛*
시해	[1567]	詩解
식순	[0304]	食笋
식유타	[3465]	息游墮
식포	[0372]	食飽
식후	[0326]	食後
신간정	[2665]	新澗亭
신거조	[1265]	新居早春二首1
신거조	[1266]	新居早春二首2
신구도	[2954]	辛丘度可工部員外*
신구정	[0259]	新構亭臺示諸弟姪
신라하	[3175]	新羅賀正使金良忠*
신마경	[0742]	新磨鏡
신목욕	[2694]	新沐浴
신변문	[3092]	辛弁文可淄州長山*
신보심	[2653]	身報心
신부석	[3780]	新婦石
신설이	[2067]	新雪二首1
신설이	[2068]	新雪二首2
신세증	[2518]	新歲贈夢得
신소탄	[2734]	新小灘
신악부	[0128]	新樂府幷序
신염구	[3816]	新豔句二1
신염구	[3817]	新豔句二2
신재매	[1669]	新栽梅
신재죽	[0400]	新栽竹
신정병	[2408]	新亭病後獨坐招李*
신제능	[2106]	新製綾襖成感而有*
신제포	[0055]	新製布裘
신조상	[2017]	神照上人
신조선	[2148]	神照禪師同宿
신지	[3735]	新池
신창신	[1267]	新昌新居書事四十*
신창한	[1750]	新昌閑居招楊郎中*

신책군	[2985]	神策軍及諸道將士*	아지화	[0769]	亞枝花
신책군	[3169]	神策軍推官田疇加*	아최	[2038]	阿崔
신책군	[3169]^	神策軍推官田鑄加*	안기	[0391]	晏起
신추	[0447]	新秋	안남고	[3151]	安南告捷軍將黃士*
신추	[1128]	新秋	안병이	[1700]	眼病二首1
신추만	[2139]^	新秋晚興	안병이	[1701]	眼病二首2
신추병	[1384]	新秋病起	안암	[0787]	眼暗
신추야	[2810]	新秋夜雨	안온면	[1520]	安穩眠
신추조	[1250]	新秋早起有懷元少*	안좌한	[0896]	晏坐閑吟
신추효	[2139]	新秋曉興	**【애】**		
신추희	[2168]	新秋喜涼因寄兵部*	애영시	[1592]	愛詠詩
신추희	[2338]	新秋喜涼	애이량	[2873]	哀二良文幷序
신춘강	[1552]	新春江次	앵도화	[0925]	櫻桃花下歎白髮
신풍로	[0417]	新豊路達故人	앵도화	[2692]	櫻桃花下有感而作
신풍절	[0137]	新豊折臂翁	앵무	[1121]	鸚鵡
신흥	[1515]	晨興	앵무	[1726]	鸚鵡
실비	[1927]	失婢	**【야】**		
실학	[1555]	失鶴	야곡이	[0679]	夜哭李夷道
심곽도	[1027]	尋郭道士不遇	야귀	[1347]	夜歸
심관	[3476]	審官	야귀	[1678]	夜歸
심문신	[2652]	心問身	야금	[0334]	夜琴
심양삼	[0061]	潯陽三題幷序	야량	[2636]	夜涼
심양세	[1018]	潯陽歲晚寄元八郎*	야문가	[0503]	夜聞歌者
심양연	[1107]	潯陽宴別	야문가	[1683]	夜聞賈常州崔湖州*
심양추	[1080]	潯陽秋懷贈許明府	야문쟁	[2599]	夜聞箏中彈瀟湘送*
심양춘	[1028]	潯陽春三首	야박여	[1333]	夜泊旅望
심왕도	[0963]	尋王道士藥堂因有*	야범양	[1665]	夜泛陽塢入明月灣*
심이도	[0959]	尋李道士山居兼呈*	야석금	[0755]	夜惜禁中桃花因懷*
심주주	[3074]	深州奏事官衛推試*	야설	[0511]	夜雪
심중답	[2654]	心重答身	야송맹	[1052]	夜送孟司功
심춘제	[2413]	尋春題諸家園林	야숙강	[0953]	夜宿江浦聞元八改*
십년삼	[1115]	十年三月三十日別*	야심행	[0773]	夜深行
십이년	[1049]	十二年冬江西溫暖*	야연석	[2080]	夜宴惜別
십이월	[2224]	十二月二十三日作*	야연취	[2357]	夜宴醉後留獻裴侍*
【싸】			야우	[0448]	夜雨
쌍석	[1427]	雙石	야우	[0456]	夜雨
쌍앵무	[1853]	雙鸚鵡	야우유	[0490]	夜雨有念
【아】			야유서	[1703]	夜遊西武丘寺八韻
아구검	[0177]	鵶九劍	야입구	[1117]	夜入瞿唐峽
아신	[0551]	我身	야쟁	[1251]	夜箏
아증학	[2769]	鵝贈鶴	야제옥	[3713]	夜題玉泉寺

야제옥	[3713]^	夜題玉泉
야조금	[2037]	夜調琴憶崔少卿
야종법	[2008]	夜從法王寺下歸嶽*
야좌	[0796]	夜坐
야좌	[0807]	夜坐
야초주	[1388]	夜招周恊律兼答所*
야초회	[1928]	夜招晦叔
야행	[1169]	野行
약심	[0291]	約心
약현동	[0980]	箬峴東池
양가남	[1840]	楊家南亭
양견장	[3417]	讓絹狀
양경복	[2995]	楊景復可檢校膳部*
양동식	[3472]	養動植之物
양로	[3519]	養老
양류지	[2308]	楊柳枝詞八首1
양류지	[2309]	楊柳枝詞八首2
양류지	[2310]	楊柳枝詞八首3
양류지	[2311]	楊柳枝詞八首4
양류지	[2312]	楊柳枝詞八首5
양류지	[2313]	楊柳枝詞八首6
양류지	[2314]	楊柳枝詞八首7
양류지	[2315]	楊柳枝詞八首8
양류지	[2360]	楊柳枝二十韻
양류지	[2797]^	楊柳枝詞
양사복	[2976]	楊嗣復可庫部郎中*
양수등	[3117]	梁璙等六人除范陽*
양야유	[0675]	涼夜有懷
양야유	[0758]	涼夜有懷
양양주	[0880]	襄陽舟夜
양오릉	[3096]	楊於陵亡祖母崔氏*
양육상	[2471]	楊六尙書新授東川*1
양육상	[2472]	楊六尙書新授東川*2
양육상	[2667]	楊六尙書頻寄新詩*
양육상	[2744]	楊六尙書留太湖石*
양자유	[2944]	楊子留後殷彪授金*
양잠가	[2962]	楊潛可洋州刺史李*
양조등	[3049]	楊造等亡母追贈太*
양졸	[0204]	養拙
양주각	[0152]	兩朱閣
양주별	[2926]	襄州別駕府君事狀

양죽기	[2903]	養竹記
양풍탄	[2251]	涼風歎
양현량	[3070]	楊玄諒等三十人加*
양효직	[3046]	楊孝直除滑州長史*
양희일	[3044]	梁希逸除蔚州刺史*

【어】

어공신	[3493]	御功臣之術
어융적	[3494]	禦戎狄
억강남	[2537]	憶江南詞三首1
억강남	[2538]	憶江南詞三首2
억강남	[2539]	憶江南詞三首3
억강류	[1211]	憶江柳
억구유	[1468]	憶舊遊
억낙중	[1738]	憶洛中所居
억낙하	[0506]	憶洛下故園
억몽득	[1925]	憶夢得
억미지	[0939]	憶微之傷仲遠
억미지	[0971]	憶微之
억여산	[1763]	憶廬山舊隱及洛下*
억원구	[0780]	憶元九
억항주	[1610]	憶杭州梅花因敍舊*
억회숙	[1909]	憶晦叔
엄관	[0316]^	掩關
엄모가	[3041]	嚴謨可桂管觀察使*
엄수가	[3087]	嚴綬可太子少傅制
엄수보	[3380]	嚴綬‧輔光
엄십팔	[0373]	嚴十八郎中在郡日*

【여】

여□□	[3854]	與○○書
여계안	[3269]	與季安詔
여계안	[3272]	與季安詔
여계안	[3325]	與季安詔
여계안	[3359]	與季安詔
여고고	[3326]	與高固詔
여과상	[1046]^	與果上人歿時題此*
여궁고	[0149]	驪宮高
여금릉	[2939]	與金陵立功將士等*
여길보	[3287]	與吉甫詔
여남조	[3362]	與南詔淸平官書
여노긍	[3301]^	與盧恆卿
여노항	[3301]	與盧恆卿詔

여진급	[2913]	與陳給事書	
여집공	[3281]	與執恭詔	
여차경	[0682]	旅次景空寺宿幽上*	
여차화	[0206]	旅次華州贈袁右丞*	
여토번	[3264]	與吐蕃宰相鉢闡布*	
여토번	[3288]	與吐蕃宰相尙綺心*	
여표국	[3358]	與驃國王雍羌書	
여한고	[3315]	與韓皐詔	
여한홍	[3348]	與韓弘詔	
여한홍	[3351]	與韓弘詔	
여항주	[3282]	與恆州節度下將士書	
여항형	[1382]	餘杭形勝	
여황보	[1627]	與皇甫庶子同遊城*	
여회골	[3369]	與迴鶻可汗書	
여희조	[3265]	與希朝詔	
여희조	[3270]	與希朝詔	
여희조	[3342]	與希朝詔	
여희조	[3347]	與希朝詔	
연금시	[3383]	緣今時旱請更減放*	
연도원	[3770]^	宴桃源三首	
연산	[1822]	宴散	
연석	[1699]	蓮石	
연시시	[0041]	燕詩示劉叟	
연우	[1246]	連雨	
연자루	[0867]	燕子樓三首幷序	
연자루	[0868]	燕子樓三首1	
연자루	[0869]	燕子樓三首2	
연자루	[0870]	燕子樓三首3	
연주호	[0748]	宴周皓大夫光福宅	
연증학	[2767]	鳶贈鶴	
연혁예	[3509]	沿革禮樂	
연후제	[2725]	宴後題府中水堂贈*	
연흥화	[3745]	宴興化池亭送白二*	
염금란	[0473]	念金鑾子二首1	
염금란	[0474]	念金鑾子二首2	
염상부	[0166]	鹽商婦	
영가온	[1893]	詠家醞十韻	
영공남	[2477]	令公南莊花柳正盛*1	
영공남	[2478]	令公南莊花柳正盛*2	
영란	[3790]	詠蘭	
영란병	[3789]	詠蘭幷序	

영로증	[2403]	詠老贈夢得	
영막주	[3163]	瀛莫州都虞候萬重*	
영사	[2209]	詠史	
영상운	[2647]	嶺上雲	
영설	[2156]^	詠雪	
영성북	[2874]^	禜城北門文	
영소락	[2152]	詠所樂	
영숭리	[0183]	永崇里觀居	
영신	[2819]	詠身	
영암사	[3724]	靈巖寺	
영용	[0264]	詠慵	
영의	[0303]	詠意	
영졸	[0263]	詠拙	
영주증	[1327]	郢州贈別王八使君	
영풍방	[2797]	永豊坊西南角園中*	
영한	[1950]	詠閑	
영한사	[2286]	營閑事	
영호상	[1847]	令狐相公拜尙書後*	
영호상	[2512]	令狐相公與夢得交*	
영호상	[1959]	令狐尙書許過弊居*	
영회	[0296]	詠懷	
영회	[0333]	詠懷	
영회	[0364]	詠懷	
영회	[0736]	詠懷	
영회	[0978]	詠懷	
영회	[1704]	詠懷	
영회	[2156]	詠懷	
영회	[2165]	詠懷	
영회	[2402]	詠懷	
영회기	[2546]	詠懷寄皇甫朗之	
영흥오	[2125]	詠興五首幷序	

【예】

예부시	[2928]	禮部試策五道第一*	
예부시	[2929]	禮部試策五道第二*	
예부시	[2930]	禮部試策五道第三*	
예부시	[2931]	禮部試策五道第四*	
예부시	[2932]	禮部試策五道第五*	
예상우	[1423]	霓裳羽衣歌	
예상우	[1423]^	霓裳羽衣舞歌	
예주자	[3027]^	澧州刺史李肇可中*	

【오】

오군시	[3627]	吳郡詩石記
오궁사	[1093]	吳宮詞
오궁사	[1532]	吳宮辭
오년추	[2638]	五年秋病後獨宿香*1
오년추	[2639]	五年秋病後獨宿香*2
오년추	[2640]	五年秋病後獨宿香*3
오려	[1608]	吾廬
오봉루	[1919]	五鳳樓晚望
오비감	[2460]	吳秘監每有美酒獨*
오앵도	[1694]	吳櫻桃
오야제	[1850]^	烏夜啼
오월재	[2382]	五月齋戒罷宴徹樂*
오중명	[3173]	烏重明等贈官制
오중윤	[3127]	烏重胤妻張氏封鄧*
오중호	[1440]	吳中好風景二首1
오중호	[1441]	吳中好風景二首2
오증학	[2765]	烏贈鶴
오추	[0369]	吾雛
오칠랑	[1217]	吳七郎中山人待制*
오토	[2082]	吾土
오행초	[3126]	烏行初授衛佐制
오현	[0084]	五絃
오현탄	[0145]	五絃彈
오흥영	[3628]	吳興靈鶴贊
옥수기	[2841]	玉水記乃流詩
옥주산	[3632]	沃洲山禪院記
옥진장	[1289]	玉眞張觀主下小女
옥천사	[2299]	玉泉寺南三里澗下*
온요경	[2984]	溫堯卿等授官賜緋*
온조가	[2991]	溫造可起居舍人充*

【와】

와소재	[0560]	臥小齋
와질	[1594]	臥疾
와질래	[2608]	臥疾來早晚
와청법	[1917]	臥聽法曲霓裳
완반개	[2289]	玩半開花贈皇甫郎*
완송죽	[0580]	玩松竹二首1
완송죽	[0581]	玩松竹二首2
완신정	[0375]	玩新庭樹因詠所懷

완영춘	[1797]	玩迎春花贈楊郎中
완지수	[1510]	玩止水
왕계제	[3072]	王計除萊州刺史吳*
왕공량	[2968]	王公亮可商州刺史*
왕기등	[2982]^	王起等賜勳制
왕기사	[2982]	王起賜勳制
왕년조	[2374]	往年稱桑曾喪白馬*
왕년조	[2374]^	往年稱桑驛曾喪白*
왕문가	[3017]	王汝加朝散大夫授*
왕부자	[0587]	王夫子
왕사민	[3100]	王師閔可檢校水部*
왕사직	[3081]	王士則除羽林大將*
왕소군	[0813]	王昭君二首1
왕소군	[0814]	王昭君二首2
왕승림	[3086]	王承林可安州刺史*
왕원보	[3012]	王元輔可左羽林衛*
왕일가	[3152]	王鎰可刑部員外郎*
왕일간	[3084]	王日簡可朝散大夫
왕자진	[2040]	王子晉廟
왕정주	[3034]	王庭湊曾祖五哥之*
왕중중	[3157]	王衆仲可衡州刺史*
왕지흥	[3094]	王智興可檢校右散*
왕택류	[3456]	王澤流人心感

【요】

요로	[2064]	夭老
요릉	[0159]	繚綾
요성절	[2964]	姚成節右神策將軍*
요성절	[2964]^	姚成節授右神武將*
요시어	[1784]	姚侍御見過戲贈
요원강	[3069]	姚元康等授官充推*
욕도동	[1588]	欲到東洛得楊使君*
욕여원	[0820]	欲與元八卜鄰先有*
욕우복	[3805]	辱牛僕射一札寄詩*
욕우복	[3810]	辱牛僕射相公一札*
용교구	[1583]	埇橋舊業
용문송	[2392]	龍門送別皇甫澤州*
용문하	[1783]	龍門下作
용불능	[1514]	慵不能
용창사	[1129]	龍昌寺荷池
용화사	[1290]	龍花寺主家小尼

위단상	[3439]	爲段相謝借飛龍馬*
위단상	[3440]	爲段相謝手詔及金*
위박군	[2948]	魏博軍將呂晃等從*
위박군	[2955]	魏博軍將薛之縱等*
위상우	[0235]	渭上偶釣
위설태	[0693]	爲薛台悼亡
위수등	[3172]	韋綬等賜爵制
위수종	[3002]	韋綬從右丞授禮部*
위수종	[3002]^	韋綬從左丞授禮部*
위순	[0569]	委順
위심규	[2947]	韋審規可西川節度*
위왕제	[2028]	魏王堤
위의가	[2969]^	韋顗可給事中庾敬*
위인상	[2914]	爲人上宰相書一首
위인상	[2914]^	爲人上宰相書
위재상	[3425]	爲宰相賀赦表
위재상	[3426]	爲宰相請上尊號第*
위재상	[3427]	爲宰相讓官表
위재상	[3428]	爲宰相賀雨表
위재상	[3429]	爲宰相賀殺賊表
위재상	[3436]	爲宰相謝恩賜酒脯*
위재상	[3437]	爲宰相謝恩賜吐蕃*
위재상	[3441]	爲宰相謝官表
위제유	[1829]	魏堤有懷
위좌최	[3110]	衛佐崔蕃授樓煩監*
위촌수	[0818]	渭村酬李二十見寄
위촌우	[0476]	渭村雨歸
위촌퇴	[0815]	渭村退居寄禮部崔*
위최상	[3431]	爲崔相陳情表
위칠자	[2396]	韋七自太子賓客再*
위현통	[3048]	魏玄通除深王府司*

【유】

유가화	[0827]	劉家花
유감	[0798]	有感
유감삼	[1448]	有感三首1
유감삼	[1449]	有感三首2
유감삼	[1450]	有感三首3
유거조	[2496]	幽居早秋閑詠
유경이	[3037]	柳經李褒並泗州判
유공작	[2966]	柳公綽可吏部侍郎
유공작	[2987]	柳公綽父子溫贈尚*

유공작	[3024]	柳公綽罷鹽鐵守本*
유기	[2113]	諭妓
유남전	[0254]	遊藍田山卜居
유당선	[2887]	有唐善人墓碑
유대림	[2908]	遊大林寺序
유루신	[0969]	庾樓新歲
유루효	[0919]	庾樓曉望
유목시	[0114]	有木詩八首幷序
유목시	[0115]	有木詩八首1
유목시	[0116]	有木詩八首2
유목시	[0117]	有木詩八首3
유목시	[0118]	有木詩八首4
유목시	[0119]	有木詩八首5
유목시	[0120]	有木詩八首6
유목시	[0121]	有木詩八首7
유목시	[0122]	有木詩八首8
유방구	[1524]	遊坊口懸泉偶題石*
유백창	[3642]	劉白唱和集解
유별	[0442]	留別
유별미	[1718]	留別微之
유별오	[0665]	留別吳七正字
유보칭	[0933]	遊寶稱寺
유북객	[1139]	留北客
유분수	[0285]	遊溢水
유서	[1559]	柳絮
유석문	[0305]	遊石門澗
유선유	[0670]	遊仙遊山
유성남	[0821]	遊城南留元九李二*
유소동	[3769]	遊小洞庭
유소백	[1768]	有小白馬乘馭多時*
유소주	[2278]	劉蘇州以華亭一鶴*
유소주	[2393]	劉蘇州寄釀酒糯米*
유순지	[0733]	庾順之以紫霞綺遠*
유승선	[2952]	庾承宣可尚書右丞*
유십구	[1048]	劉十九同宿
유쌍학	[1780]	有雙鶴留在洛中忽*1
유쌍학	[1781]	有雙鶴留在洛中忽*2
유애사	[0992]	遺愛寺
유약수	[3026]	劉約授棣州刺史制
유양양	[0435]	遊襄陽懷孟浩然
유오진	[0268]^	遊悟眞寺

유오진	[0268]	遊悟眞寺詩
유오진	[0268]^	遊悟眞寺詩一百三*
유오진	[0791]	遊悟眞寺迴山下別*
유오처	[3107]	劉悟妻馮氏可封長*
유우	[0052]	諭友
유운거	[0651]	遊雲居寺贈穆三十*
유이십	[3752]	劉二十八自汝赴左*
유자소	[3782]	遊紫霄宮
유제개	[1183]	留題開元寺上方
유제군	[1574]	留題郡齋
유제천	[1576]	留題天竺靈隱兩寺
유조촌	[2779]	游趙村杏花
유종수	[2959]	劉縱授秘書郎制
유주병	[3113]	幽州兵馬使劉悚除*
유총외	[3063]	劉總外祖故瀛州刺*
유총외	[3064]	劉總外祖母李氏贈*
유총제	[3011]	劉總弟約等五人並*
유친우	[2391]	諭親友
유태륜	[3099]	劉泰倫可起復謁者*
유태륜	[3099]^	劉泰倫可起復內謁*
유평천	[1966]	遊平泉贈晦叔
유평천	[2687]	遊平泉宴浥澗宿香*
유풍락	[2760]	遊豐樂招提佛光三*
유회	[0477]	諭懷
유횡룡	[3783]	遊橫龍寺
육년동	[2222]	六年冬暮贈崔常侍*
육년입	[2817]	六年立春日人日作
육년추	[1913]	六年秋重題白蓮
육년춘	[1466]	六年春贈分司東都*
육년한	[1526]	六年寒食洛下宴遊*
육십배	[2099]	六十拜河南尹
육십육	[2171]	六十六
육십육	[2474]	六十六
육언	[3788]	六言
육월삼	[1698]	六月三日夜聞蟬
육찬게	[3678]	六讚偈幷序
윤구월	[2731]	閏九月九日獨吟

【으】

은궤	[0236]	隱几
은궤증	[2214]	隱几贈客
음사수	[2158]	吟四雖

음산도	[0162]	陰山道
음산야	[1374]	飲散夜歸贈諸客
음우	[1147]	陰雨
음우	[3689]	陰雨
음원랑	[1216]	吟元郎中白鬚詩兼*
음전편	[1642]	吟前篇因寄微之
음후야	[1390]	飲後夜醒
음후희	[2709]	飲後戲示弟子

【의】

의몽이	[2078]	疑夢二首1
의몽이	[2079]	疑夢二首2
의무군	[3073]	義武軍奏事官虞候*
의무군	[3102]	義武軍行營兵馬使*
의문장	[3514]	議文章
의백관	[3488]	議百官職田
의백사	[3487]	議百司食利錢
의병	[3489]	議兵
의봉건	[3497]	議封建論郡縣
의사	[3505]	議赦
의상서	[3462]	議祥瑞辨妖災
의서관	[3478]	議庶官遷次之遲速
의석교	[3513]	議釋教
의수험	[3496]	議守險
의염법	[3469]	議鹽法之弊
의예악	[3508]	議禮樂
의육형	[3499]	議肉刑
의정전	[3498]	議井田阡陌
의제사	[3511]	議祭祀
의파조	[3470]	議罷漕運可否
의혼	[0077]	議婚

【이】

이가입	[0386]	移家入新宅
이경증	[0471]	以鏡贈別
이궐산	[3635]	伊闕山平泉處士韋*
이년삼	[2716]	二年三月五日齋畢*
이노이	[2707]	李盧二中丞各創山*
이덕수	[2997]	李德修除膳部員外*
이덕유	[3759]	李德裕相公貶崖1*
이덕유	[3760]	李德裕相公貶崖2*
이덕유	[3761]	李德裕相公貶崖3*
이도거	[2117]	履道居三首1

입제도	[3471]	立制度
입추석	[2137]	立秋夕有懷夢得
입추석	[2680]	立秋夕涼風忽至炎*
입추일	[0424]	立秋日曲江憶元九
입추일	[1249]	立秋日登樂遊園
입춘일	[0746]	立春日酬錢員外曲*
입춘후	[0365]	立春後五日
입협차	[1114]	入峽次巴東
입회흘	[3144]	入回紇使下軍將官*

【자】

자각이	[0488]	自覺二首1
자각이	[0489]	自覺二首2
자감	[1556]	自感
자강릉	[0622]	自江陵之徐州路上*
자강주	[0532]	自江州至忠州
자강주	[1097]	自江州司馬授忠州*
자권	[2112]	自勸
자도군	[1644]	自到郡齋僅經旬日*
자도심	[1095]	自到潯陽生三女子*
자등	[0038]	紫藤
자망진	[0345]	自望秦赴五松驛馬*
자문	[1263]	自問
자문	[2035]	自問
자문	[2264]	自問
자문차	[2816]	自問此心呈諸老伴
자문행	[1445]	自問行何遲
자미화	[1234]	紫薇花
자미화	[1643]	紫薇花
자비	[1026]	自悲
자빈객	[2207]	自賓客遷太子少傅*
자사익	[1710]	自思益寺次楞伽寺*
자성동	[0641]	自城東至以詩代書*
자양화	[1413]	紫陽花
자여항	[0381]	自餘杭歸宿淮口作
자영	[0389]	自詠
자영	[1407]	自詠
자영	[1641]	自詠
자영	[2022]	自詠
자영	[2259]	自詠
자영	[2407]	自詠
자영	[2551]	自詠

자영노	[2815]	自詠老身示諸家屬
자영오	[1431]	自詠五首1
자영오	[1432]	自詠五首2
자영오	[1433]	自詠五首3
자영오	[1434]	自詠五首4
자영오	[1435]	自詠五首5
자오야	[0040]	慈烏夜啼
자원선	[2018]	自遠禪師
자은사	[1259]	慈恩寺有感
자음졸	[0260]	自吟拙什因有所懷
자재	[2208]	自在
자제	[1025]	自題
자제	[1960]	自題
자제사	[0233]	自題寫眞
자제소	[2406]	自題小草亭
자제소	[2696]	自題小園
자제신	[1869]	自題新昌居止因招*
자제주	[2525]	自題酒庫
자조	[2034]^	自嘲
자지기	[1570]	柘枝妓
자지사	[1830]	柘枝詞
자촉강	[0359]	自蜀江至洞庭湖口*
자탄	[1679]	自歎
자탄이	[1404]	自歎二首1
자탄이	[1405]	自歎二首2
자파하	[2565]	自罷河南已換七尹*
자하남	[0698]	自河南經亂關內阻*
자해	[2594]	自解
자호필	[0170]	紫毫筆
자회	[2860]	自誨
자희	[1719]	自喜
자희	[2240]	自喜
자희삼	[2652]	自戲三絶句
작이졸	[1855]	昨以拙詩十首寄西*
작일부	[2777]	昨日復今辰
잔서초	[1079]	殘暑招客
잔작만	[2410]	殘酌晚餐
잔춘곡	[1204]	殘春曲
잔춘만	[2615]	殘春晚起伴客笑談
잔춘영	[2431]	殘春詠懷贈楊慕巢*
잠별리	[0606]	潛別離

전성가	[3158]	田盛可金吾將軍勾*	정함등	[3211]	鄭涵等太常博士制
전시랑	[1257]	錢侍郎使君以題廬*	정화속	[3458]	政化速成
전여주	[2996]	前廬州刺史殷祐可	**【제】**		
전여주	[2996]^	前廬州刺史殷祐可	제게	[2868]	濟偈
전영가	[3132]	田穎可亳州刺史制	제고산	[1365]	題孤山寺山石榴花*
전우우	[3059]	前右羽林將軍李彦*	제고원	[1437]	題故元少尹集後二*1
전유별	[2620]	前有別楊柳枝絶句*	제고원	[1438]	題故元少尹集後二*2
전유별	[2620]^	前有別柳枝絶句夢*	제고조	[0621]	題故曹王宅
전유주	[3114]	前幽州押衙瀛州刺*	제고증	[3327]	祭故贈婕妤孟氏文
전장금	[3521]	典章禁令	제공규	[3218]	除孔戣等官制
전장안	[3215]	前長安縣令許季同*	제공집	[3234]	除孔戣萬年縣令制
전정양	[0190]	前庭涼夜	제관거	[0377]	除官去未間
전패주	[3161]	前貝州刺史崔鴻可*	제관부	[1573]	除官赴闕留贈微之
전포증	[2971]	田布贈右僕射制	제광산	[2880]	祭匡山文
전하양	[3165]	前河陽節度使魏義*	제구사	[0330]	題舊寫眞圖
전호주	[1350]	錢湖州以箬下酒李*	제군사	[3202]	除軍使邪寧節度使*
전휘사	[3251]	錢徽司封郎中知制*	제군중	[1138]	題郡中荔枝詩十八*
절검두	[0025]	折劍頭	제기왕	[2083]	題岐王舊山池石壁
절구대	[0719]	絶句代書贈錢員外	제낙중	[1786]	題洛中第宅
절비옹	[0137]^	折臂翁	제낙중	[1786]^	題洛中宅
절수	[0318]	截樹	제낭관	[3185]	除郎官分牧諸州制
점로	[0509]	漸老	제낭지	[2658]	題朗之槐亭
점액어	[1040]	點額魚	제노건	[3255]	祭盧虔文
정게	[2864]	定偈	제노비	[0817]	題盧秘書夏日新栽*
정공규	[3098]	鄭公逵可陝府司馬*	제노사	[3225]	除盧士玫劉從周等*
정괴	[0540]	庭槐	제농학	[1645]	題籠鶴
정군수	[2960]	程羣授坊州司馬制	제단우	[3177]	除段祐檢校兵部尙*
정담가	[2946]	鄭覃可給事中制	제도군	[3142]	諸道軍將等授官制
정량	[3381]	貞亮	제도종	[1455]	題道宗上人十韻幷
정방가	[3089]	鄭枋可河中府河西*	제도종	[1456]	題道宗上人十韻
정서장	[2705]	亭西牆下伊渠水中*	제동루	[1167]	題東樓前李使君所*
정송	[0573]	庭松	제동무	[1702]	題東武丘寺六韻
정안북	[0831]	靖安北街贈李二十	제모관	[3222]	除某官王某魏博節*
정여경	[2957]	鄭餘慶楊同懸等十*	제모왕	[3222]^	除某王魏博節度使*
정월삼	[1677]	正月三日閑行	제모절	[3223]	除某節度留後起復*
정월십	[0989]	正月十五日夜東林*	제무원	[3236]	除武元衡門下侍郎*
정월십	[1401]	正月十五日夜月	제문집	[2197]	題文集櫃
정인가	[3014]	鄭絪可吏部尙書制	제물이	[0327]	齊物二首1
정인오	[3020]	鄭絪烏重胤馬總劉*	제물이	[0328]	齊物二首2
정저인	[0168]	井底引銀瓶	제미지	[3646]	祭微之文
정집무	[3040]	程執撫亡父懷信贈*	제배감	[3232]	除裴堪江西觀察使*

제배계	[3176]	除裴垍中書侍郎同*	제심양	[0281]	題潯陽樓
제배도	[3191]	除裴度中書舍人制	제십이	[3844]	第十二妹等四人各*
제배무	[3209]	除裴武太府卿制	제악양	[1113]	題岳陽樓
제배진	[2176]	題裴晉公女几山刻*0	제야	[0966]	除夜
제배진	[2177]	題裴晉公女几山刻*1	제야	[1162]	除夜
제배향	[3235]	除裴向同州刺史制	제야	[2086]	除夜
제범전	[3205]	除范傳正宣歙觀察*	제야기	[0688]	除夜寄弟妹
제법화	[3777]	題法華山天衣寺	제야기	[1546]	除夜寄微之
제별유	[1331]	題別遺愛草堂兼呈*	제야숙	[0666]	除夜宿洺州
제보은	[1708]	題報恩寺	제야언	[3699]	除夜言懷兼贈張常*
제부량	[2879]	祭浮梁大兄文	제양부	[2876]	祭楊夫人文
제부리	[2875]	祭符離六兄文	제양영	[0212]	題楊穎士西亭
제분옥	[1769]	題噴玉泉	제여산	[0946]	題廬山山下湯泉
제사공	[2544]	題謝公東山障子	제여산	[2881]	祭廬山文
제사소	[1550]	祭社宵興燈前偶作	제염거	[3182]	除閻巨源充邠寧節*
제사표	[3847]	第四表	제영암	[1426]	題靈巖寺
제사호	[0877]	題四皓廟	제영은	[1359]	題靈隱寺紅辛夷花*
제산석	[0922]	題山石榴花	제영호	[2295]	題令狐家木蘭花
제삼표	[3846]	第三表	제오강	[2878]	祭烏江十五兄文
제상시	[3208]	除常侍制	제오소	[3268]	祭吳少誠文
제서정	[1416]	題西亭	제옥천	[0276]	題玉泉寺
제서정	[2060]	題西亭	제왕가	[2294]	題王家莊臨水柳亭
제석산	[1566]	題石山人	제왕시	[0849]	題王侍御池亭
제석천	[2747]^	題石泉	제왕처	[0894]	題王處士郊居
제설평	[3224]	除薛平鄭滑節度制	제왕필	[3181]	除王佖檢校戶部尙*
제성북	[2874]	祭城北門文	제용문	[2445]	題龍門堰西澗
제소교	[0370]	題小橋前新竹招客	제용문	[2885]	祭龍文
제소면	[3192]	除蕭俛起居舍人制	제우상	[2682]	題牛相公歸仁里宅*
제소제	[2877]	祭小弟文	제운루	[1716]	齊雲樓晩望偶題十*
제소주	[1633]	除蘇州刺史別洛城*	제원상	[3762]	濟源上枉舒員外兩*
제습유	[3204]	除拾遺監察等制	제원상	[3646]^	祭元相公文
제시병	[1054]	題詩屛風絶句幷序	제원십	[0307]	題元十八溪亭
제시병	[1055]	題詩屛風絶句	제원십	[0949]	題元十八溪居
제시산	[0713]	題施山人野居	제원자	[3238]	除袁滋襄陽節度制
제신간	[2758]	題新澗亭兼酬寄朝*	제원팔	[0949]^	題元八溪居
제신간	[3820]	題新澗亭句	제위가	[1037]	題韋家泉池
제신거	[1237]	題新居寄元八	제위관	[3203]	除韋貫之平章事制
제신거	[1609]	題新居寄宣州崔相*	제유공	[3229]	除柳公綽御史中丞*
제신거	[1621]	題新居呈王尹兼簡*	제유구	[0695]	題流溝寺古松
제신관	[1667]	題新館	제유백	[3220]	除劉伯芻虢州刺史*
제신창	[1241]	題新昌所居	제유애	[1086]	題遺愛寺前溪松

제이강	[3189]	除李絳平章事制
제이건	[3219]	除李建吏部員外郎*
제이사	[3645]	祭李司徒文
제이산	[0897]	題李山人
제이손	[3217]	除李遜京兆尹制
제이시	[2882]	祭李侍郎文
제이십	[0711]	題李十一東亭
제이이	[3237]	除李夷簡西川節度*
제이정	[3197]	除李程郎中制
제이차	[0709]	題李次雲窗竹
제일답	[1446]	除日答夢得同發楚
제임적	[3207]	除任迪簡檢校右僕*
제장경	[3341]	祭張敬則文
제장홍	[3186]	除張弘靖門下侍郎*
제전흥	[3230]	除田興工部尚書魏*
제절강	[2886]	祭浙江文
제정여	[3231]	除鄭餘慶太子少傅
제정인	[3179]	除鄭絪太子賓客制
제정집	[3184]	除程執恭檢校右僕*
제제문	[3644]	祭弟文
제조창	[3178]	除趙昌檢校吏部尚*
제좌우	[0320]	題座隅
제주가	[1924]	題周家歌者
제주북	[1402]	題州北路傍老柳樹
제주옹	[2465]	題酒甕呈夢得
제주호	[0834]	題周皓大夫新亭子*
제주회	[3221]	除周懷義豐刺史天*
제중서	[3643]	祭中書韋相公文
제증정	[0213]	題贈鄭秘書徵君石*
제증정	[0439]	題贈定光上人
제증평	[2355]	題贈平泉韋徵君拾*
제천축	[2212]	題天竺南院贈閑元*
제천축	[2212]^	題天竺南院贈閑振*
제청두	[1403]	題淸頭陀
제최군	[3193]	除崔羣中書舍人制
제최사	[1068]	題崔使君新樓
제최상	[1827]	題崔常侍濟源莊
제최상	[2013]	題崔常侍濟上別墅
제최상	[3657]	祭崔相公文
제최상	[3658]	祭崔常侍文
제최소	[2664]	題崔少尹上林坊新*

제충주	[1098]	除忠州寄謝崔相公
제평천	[2074]	題平泉薛家雪堆莊
제한고	[3212]	除韓皐東都留守制
제함안	[3338]	祭咸安公主文
제해도	[0007]	題海圖屛風
제향산	[2641]	題香山新經堂招僧
제허맹	[3196]	除許孟容河南尹兼*
제협중	[1116]	題峽中石上
제회골	[3077]	祭迴鶻可汗文

【조】

조	[1568]	潮
조경	[0446]	照鏡
조과	[1516]	朝課
조귀서	[0270]	朝歸書寄元八
조귀서	[0270]^	朝歸書事寄元八
조동	[1395]	早冬
조동유	[1531]	早冬遊王屋自靈都*
조발부	[1662]	早發赴洞庭舟中作
조발초	[0979]	早發城驛
조복운	[2300]	早服雲母散
조선	[0515]	早蟬
조선	[0522]	早蟬
조소두	[0414]	早梳頭
조송거	[0184]	早送擧人入試
조수동	[2394]	詔授同州刺史病不*
조열	[2663]^	早熱
조음취	[2085]	早飮醉中除河南尹*
조음호	[1560]	早飮湖州酒寄崔使*
조의대	[3634]	朝議大夫前使持節
조입황	[2643]	早入皇城贈王留守
조제풍	[0547]	早祭風伯因懷李十*
조조	[1806]	早朝
조조사	[1220]	早朝思退居
조조하	[0425]	早朝賀雪寄陳山人
조추곡	[0411]	早秋曲江感懷
조추독	[0192]	早秋獨夜
조추등	[2350]	早秋登天宮寺閣贈*
조추만	[0524]	早秋晚望兼呈韋侍*
조추취	[2085]^	早秋醉中除河南尹*
조춘	[0293]	早春
조춘	[0810]	早春

중답여	[1857]	重答汝州李六使君*
중답유	[1690]	重答劉和州
중도강	[1329]	重到江州感舊遊題*
중도성	[0824]	重到城七絶句
중도위	[0428]	重到渭上舊居
중도육	[0662]	重到毓材宅有感
중도화	[0847]	重到華陽觀舊居
중부	[0078]	重賦
중상소	[0832]	重傷小女子
중생게	[3682]^	衆生偈
중서사	[3213]	中書舍人韋貫之授*
중서야	[1230]	中書夜直夢忠州
중서연	[1225]	中書連直寒食不歸*
중서우	[1262]	中書寓直
중수부	[2100]	重修府西水亭院
중수이	[3015]	重授李晟通事舍人*
중수전	[0739]	重酬錢員外
중수주	[1389]	重酬周判官
중수향	[2254]	重修香山寺畢題二*
중심행	[0715]	重尋杏園
중양석	[1990]	重陽席上賦白菊
중양일	[3813]	重陽日句二1
중양일	[3814]	重陽日句二2
중영	[1705]	重詠
중은	[1500]	中隱
중제	[0984]	重題1
중제	[0985]	重題2
중제	[0986]	重題3
중제	[0987]	重題4
중제	[1332]	重題
중제별	[1579]	重題別東樓
중제서	[0728]	重題西明寺牡丹
중제소	[1693]	重題小舫贈周從事*
중증이	[1110]	重贈李大夫
중추월	[1001]	中秋月
중하재	[0376]	仲夏齋戒月
중하재	[1696]	仲夏齋居偶題八韻*
중향화	[1360]	重向火
중화원	[1229]	重和元少尹
중화일	[3407]	中和日謝恩賜尺狀
중화절	[2922]	中和節頌幷序

| 중희답 | [2349] | 重戲答 |
| 중희증 | [2348] | 重戲贈 |

<table>
<tr><td colspan="3">【ㅈ】</td></tr>
</table>

즉사	[1987]	卽事
즉사기	[1137]	卽事寄微之
즉사중	[2399]	卽事重題
즙지상	[1508]	葺池上舊亭
증강객	[1078]	贈江客
증강수	[1120]	贈康叟
증강주	[1330]	贈江州李十使君員*
증거지	[2656]	贈擧之僕射
증고영	[3199]	贈高郢官制
증길보	[3188]	贈吉甫先父官幷與*
증내	[0032]	贈內
증내	[0803]	贈內
증내자	[1023]	贈內子
증노적	[3718]	贈盧績
증노진	[3718]^	贈盧縝
증능칠	[0211]	贈能七倫
증담객	[2443]	贈談客
증담군	[2443]^	贈談君
증담선	[1070]	贈曇禪師
증도회	[1834]	贈悼懷太子挽歌辭*1
증도회	[1835]	贈悼懷太子挽歌辭*2
증동린	[1775]	贈東鄰王十三
증동좌	[1926]	贈同座
증두우	[3233]	贈杜佑太尉制
증매송	[0407]	贈賣松者
증몽득	[1936]	贈夢得
증몽득	[2480]	贈夢得
증몽득	[2699]	贈夢得
증배기	[3201]	贈裴垍官制
증번저	[0023]	贈樊著作
증별선	[0762]	贈別宣上人
증별양	[0438]^	贈別楊穎士盧克柔*
증별최	[0507]	贈別崔五
증복야	[3080]	贈僕射蘇兆男三人*
증사구	[1381]	贈沙鷗
증사암	[2672]	贈思黯
증사진	[1047]	贈寫眞者
증설도	[3693]	贈薛濤

진길료	[0176]	秦吉了
진랑묘	[0602]	眞娘墓
진사책	[2933]	進士策問五道第一*
진사책	[2934]	進士策問五道第二*
진사책	[2935]	進士策問五道第三*
진사책	[2936]	進士策問五道第四*
진사책	[2937]	進士策問五道第五*
진익공	[2923]	晉諡恭世子議
진주군	[3128]	鎮州軍將王怡判官*
진중사	[3051]	陳中師除太常少卿*
진중음	[0076]	秦中吟十首幷序
진중음	[0077]	秦中吟十首
진초남	[3159]	陳楚男王府諮議參*
집현지	[2359]	集賢池答侍中問
징추세	[0562]	徵秋稅畢題郡南亭

【차】

차발락	[1519]	嗟髮落
차유	[2293]	且遊
찬법게	[3680]	讚法偈
찬불게	[3679]	讚佛偈
찬쇄금	[3797]	讚碎金
찬승게	[3681]	讚僧偈
찬중생	[3682]	讚衆生偈
참회게	[3683]	懺悔偈
창중열	[2839]	窗中列遠岫詩

【채】

채련곡	[1304]	採蓮曲
채시	[3515]	采詩
채시관	[0178]	采詩官
채지황	[0042]	采地黃者
책두이	[3443]	策頭二道1
책두이	[3444]	策頭二道2
책림서	[3442]	策林序
책미삼	[3447]	策尾三道1
책미삼	[3448]	策尾三道2
책미삼	[3449]	策尾三道3
책신회	[3000]	冊新迴鶻可汗文
책항이	[3445]	策項二道1
책항이	[3446]	策項二道2
책회골	[3001]	冊迴鶻可汗加號文

【처】

처초수	[1252]	妻初授邑號告身
천가도	[0175]	天可度
천궁각	[2116]	天宮閣早春
천궁각	[2559]	天宮閣秋晴晩望
천단봉	[2015]	天壇峯下贈杜錄事
천이안	[3634]	薦李晏韋楚狀
천진교	[2088]	天津橋
천축사	[1517]	天竺寺七葉堂避暑
천축사	[1572]	天竺寺送堅上人歸*
천한만	[2566]	天寒晩起引酌詠懷*
청가	[2562]	聽歌
청가육	[2673]	聽歌六絶句
청간방	[3384]	請揀放後宮內人
청노관	[3695]	聽蘆管
청노관	[3695]^	聽蘆管吹竹枝
청늑위	[3421]	請勒魏博等四道兵*
청도자	[2673]	聽都子歌
청룡사	[0419]	靑龍寺早夏
청명야	[1686]	淸明夜
청명일	[1020]	淸明日送韋侍御貶*
청명일	[1369]	淸明日觀妓舞聽客*
청명일	[2426]	淸明日登老君閣望*
청문류	[1297]	靑門柳
청비파	[1727]	聽琵琶妓彈略略
청비파	[3795]	聽琵琶勸殷協律酒
청생행	[3422]	請省行營糧料事
청석	[0151]	靑石
청수부	[0850]	聽水部吳員外新詩*
청야금	[0215]	淸夜琴興
청야쟁	[1308]	聽夜箏有感
청유란	[1912]	聽幽蘭
청이사	[1010]	聽李士良琵琶
청이족	[3473]	請以族類求賢
청인주	[3423]	請因朱克融授節後*
청전계	[0962]	廳前桂
청전순	[1864]	聽田順兒歌
청전위	[3419]	請專委李光顏東面*
청전장	[2266]	靑氈帳二十韻
청조강	[1865]	聽曹剛琵琶兼示重*
청조음	[0361]	淸調吟

최승총	[3160]	崔承寵可集州刺史	
최시어	[1625]	崔侍御以孩子三日*1	
최시어	[1626]	崔侍御以孩子三日*2	
최식일	[2981]	崔植一子官迴授姪*	
최십팔	[1509]	崔十八新池	
최용가	[3164]	崔墉可河南府法曹*	
최원략	[3025]^	崔元略張惟素鄭覃*	
최원비	[3025]	崔元備張惟素鄭覃*	
최청진	[3228]	崔清晉州刺史制	
최초신	[3033]	崔楚臣可兼殿中侍*	
최함가	[2993]	崔咸可洛陽縣令制	
최호주	[1420]	崔湖州贈紅石琴薦*	

【추】

추강만	[0681]	秋江晚泊
추강송	[0449]	秋江送客
추거서	[0202]	秋居書懷
추근	[0528]	秋槿
추기미	[1649]	秋寄微之十二韻
추량한	[2131]	秋涼閑臥
추림중	[0401]	秋霖中過尹縱之仙*
추림중	[2446]	秋霖中奉裴令公見*
추림중	[0401]^	秋霖中遇尹縱之仙*
추림즉	[3754]	秋霖卽事聯句三十*
추만	[0964]	秋晚
추만	[1603]	秋晚
추모교	[0692]	秋暮郊居書懷
추모서	[0436]	秋暮西歸途中書情
추방야	[1303]	秋房夜
추사	[0759]	秋思
추사	[1922]	秋思
추산	[0210]	秋山
추석	[0455]	秋夕
추야청	[2271]	秋夜聽高調涼州
추열	[0948]	秋熱
추우야	[2451]	秋雨夜眠
추우중	[0627]	秋雨中贈元九
추우화	[2851]	驥虞畫贊幷序
추월	[0451]	秋月
추유	[1964]	秋遊
추유원	[0251]	秋遊原上
추유평	[1523]	秋遊平泉贈韋處士*

추일	[0430]	秋日
추일여	[2140]	秋日與張賓客舒著*
추일회	[0325]	秋日懷杓直
추재	[1755]	秋齋
추접	[0353]	秋蝶
추제	[0457]	秋霽
추제모	[0420]	秋題牡丹叢
추지	[2065]	秋池
추지독	[2142]	秋池獨汎
추지이	[0049]	秋池二首1
추지이	[0050]	秋池二首2
추지이	[1498]	秋池二首1
추지이	[1499]	秋池二首2
추충	[0761]	秋蟲
추한	[1336]	秋寒
추환우	[2569]	追歡偶作
추회	[0437]	秋懷
춘강	[1166]	春江
춘강한	[1091]	春江閑步贈張山人
춘거	[1030]	春去
춘난	[2614]	春暖
춘래	[1029]	春來
춘래빈	[2423]	春來頻與李二賓客*
춘래빈	[2423]^	春來頻與李二十賓*
춘로	[1623]	春老
춘만기	[0508]	春晚寄微之
춘만영	[2617]	春晚詠懷贈皇甫朗*
춘만주	[2486]^	春晚酒醒尋夢得
춘말하	[0942]	春末夏初閑遊江郭*1
춘말하	[0943]	春末夏初閑遊江郭*2
춘면	[0237]	春眠
춘면	[2811]	春眠
춘모기	[0413]	春暮寄元九
춘사	[1818]	春詞
춘사구	[3806]	春詞句
춘생	[1028]	春生
춘설	[0029]	春雪
춘설과	[1624]	春雪過皇甫家
춘송노	[0658]	春送盧秀才下第遊*
춘야숙	[1286]	春夜宿直
춘야연	[2479]	春夜宴席上戲贈裴*

화수정	[1488]	和酬鄭侍御東陽春*
화순지	[1495]	和順之琴者
화신루	[1483]	和新樓北園偶集從*
화신하	[1473]	和晨霞
화신흥	[1492]	和晨興因報問龜兒
화아년	[1477]	和我年三首1
화아년	[1478]	和我年三首2
화아년	[1479]	和我年三首3
화양관	[0630]	華陽觀桃花時招李*
화양관	[0634]	華陽觀中八月十五*
화양동	[2377]	和楊同州寒食乾坑*
화양동	[3793]	和楊同州寒食乾坑*
화양랑	[1753]	和楊郎中賀楊僕射*
화양사	[1930]	和楊師皐傷小姬英*
화양상	[2634]	和楊尚書罷相後夏*
화양성	[0105]	和陽城驛
화양육	[2550]	和楊六尙書喜兩弟*
화엄경	[3626]	華嚴經社石記
화영공	[2454]	和令公問劉賓客歸*
화영호	[1856]	和令狐相公新於郡*
화영호	[1986]	和令狐相公寄劉郎*
화영호	[2497]	和令狐僕射小飮聽*
화왕십	[0652]	和王十八薔薇澗花*
화우인	[0631]	和友人洛中春感
화우중	[1491]	和雨中花
화원경	[0134]	華原磬
화원구	[0427]	和元九悼往
화원구	[0779]	和元九與呂二同宿*
화원소	[1227]	和元少尹新授官
화원시	[3356]	畵元始天尊讚幷序
화원팔	[0840]	和元八侍御升平新*
화위북	[0620]	和渭北劉大夫借便*
화위서	[2358]	和韋庶子遠坊赴宴*
화유공	[3722]	和柳公權登齊雲樓
화유랑	[1774]	和劉郎中傷鄂姬
화유랑	[1844]	和劉郎中望終南山*
화유랑	[1861]	和劉郎中學士題集*
화유랑	[1867]	和劉郎中曲江春望*
화유여	[2378]	和劉汝州酬侍中見*
화은협	[1311]	和殷協律琴思
화이상	[2808]	和李相公留守題漕*

화이세	[1487]	和李勢女
화이예	[1135]	和李澧州題韋開州*
화이중	[2735]	和李中丞與李給事*
화자권	[1489]	和自勸二首1
화자권	[1490]	和自勸二首2
화장십	[1218]	和張十八秘書謝裴*
화전원	[0196]	和錢員外禁中夙興
화전원	[0591]	和錢員外答盧員外*
화전원	[0747]	和錢員外靑龍寺上*
화전원	[0756]	和錢員外早冬玩禁*
화전유	[1802]	花前有感兼呈崔相*
화전탄	[1430]	花前歎
화전화	[1794]	和錢華州題少華淸*
화정방	[0616]	和鄭方及第後秋歸*
화정원	[0616]^	和鄭元及第後秋歸*
화제야	[1484]	和除夜作
화조찬	[2853]	畵鵰贊幷序
화조회	[1493]	和朝迴與王鍊師遊*
화주	[1826]	花酒
화주급	[3076]	華州及陝府將士吉*
화주서	[1812]	華州西
화죽가	[0600]	畵竹歌幷引
화죽가	[0601]	畵竹歌
화즐목	[1475]	和櫛沐寄道友
화지비	[1485]	和知非
화집현	[1837]	和集賢劉學士早朝*
화축창	[1476]	和祝蒼華
화춘심	[1873]	和春深二十首1
화춘심	[1874]	和春深二十首2
화춘심	[1875]	和春深二十首3
화춘심	[1876]	和春深二十首4
화춘심	[1877]	和春深二十首5
화춘심	[1878]	和春深二十首6
화춘심	[1879]	和春深二十首7
화춘심	[1880]	和春深二十首8
화춘심	[1881]	和春深二十首9
화춘심	[1882]	和春深二十首10
화춘심	[1883]	和春深二十首11
화춘심	[1884]	和春深二十首12
화춘심	[1885]	和春深二十首13
화춘심	[1886]	和春深二十首14

희배주	[2793]^	喜裴傳使君攜詩見*
희산석	[1172]	喜山石榴花開
희소루	[2485]	喜小樓西新柳抽條
희수황	[3796]	戲酬皇甫十再勸酒
희여양	[2430]	喜與楊六侍御同宿
희여양	[2430]^	喜與楊六侍郎同宿
희여위	[1804]	喜與韋左丞同入南*
희예경	[2604]	戲禮經老僧
희우	[1454]	喜雨
희우	[3690]	喜雨
희우유	[3751]	喜遇劉二十八偶書*
희우지	[0478]	喜友至留宿
희유소	[2276]	喜劉蘇州恩賜金紫*
희입신	[2745]	喜入新年自詠
희장십	[1283]	喜張十八博士除水*
희전좌	[1793]	喜錢左丞再除華州*
희제노	[0858]	戲題盧秘書新移薔*
희제목	[1368]	戲題木蘭花
희제신	[0645]	戲題新栽薔薇
희조밀	[2246]	喜照密閑實四上人*
희증몽	[2520]	戲贈夢得兼呈思黯
희증소	[1173]	戲贈蕭處士淸禪師
희증예	[2604]^	戲贈禮經老僧
희증이	[0995]	戲贈李十三判官
희증호	[1108]	戲贈戶部李巡官
희진형	[0273]	喜陳兄至
희청연	[3755]	喜晴聯句
희초제	[2223]	戲招諸客
희취객	[1412]	戲醉客
희파군	[1732]	喜罷郡
희한	[2331]	喜閑
희화가	[1671]	戲和賈常州醉中二*1
희화가	[1672]	戲和賈常州醉中二*2
희화미	[2057]	戲和微之答竇七行*

학교와 학회

중문과 대학원 교육의 문제와 방안

우리는 대학원생을 '학문후속세대' 혹은 '미래교수자'라고 부른다. 그렇다면 대학원이란 바로 학문후속세대를 양성하고 미래교수자를 배출하는 학술기관이자 교육기관임이 분명하다. 이 같은 측면에서 보면 대학원 교육은 학부 교육보다 더욱 중요하고 신성한 의미를 가지고 있다.

대표학회인 한국중어중문학회를 비롯하여 대학학회·지역학회·갈래학회[1] 등 대부분의 학회에서 중국어문학 교육을 주제로 학술대

---

* 본고는 「2011년 한국중문학회 춘계국제학술대회」(2011.5.28)에서의 기조발표 내용을 기초로 작성한 것이다. 당시 학술대회의 주제는 「중국어문학의 연구와 교육」이었고 발표 내용은 중어중문학과 대학원 교육에 관한 것이었다. 이 학술평론이 전문학술지 『중어중문학』53집에 게재된 것은 2012년 12월이다. 본서 수록 시에는 2012년 논문 게재 당시의 학계 상황을 기록하는 의미로 언어표현과 문장형식에 대한 약간의 수정만을 가했음을 밝힌다.

1) 국내 중어중문학 관련 24개 학회의 역사 및 학술활동 현황에 관한 논의는 본서의 【부록 2】 「중국어문학 학회의 역사와 역할」에 상세하다.

회를 개최한 바 있다. 그러나 발표 내용의 초점은 모두 학부 교육에 집중되어 있었다.[2] 21세기에 들어 10년 이상이 지난 현재까지 국내 대학원의 중국어문학 교육에 관해 학계 차원의 어떤 논의도 진행되지 않았다는 것은 참으로 아쉬운 일이다.

이에 본고에서는 우선 국내 중문과 대학원의 역사와 현황을 개괄하고 대학원 교육에 대한 인식과 문제의 제양상을 살펴봄과 아울러 대학원생에 대한 정당한 인식을 기반으로 한 대학원 교육 방안을 모색하고자 한다.

1. 중문과 대학원의 역사와 현황

국내 대학에서의 중국어문학 교육은 해방 이후 대학에 중문과가 설립된 이후 시작되었으니 거의 70년 역사를 가지고 있다. 서울대 중어중문학과(1946), 한국외대 중국어과(1954), 성균관대 중어중문학과(1955) 등 3개 대학에만 중국어문학 관련 학과가 존재했던 시기가 1970년대 초까지 지속되었다.

---

2) 일례를 들면 2005년 11월 5일, 한국중어중문학회가 한국중국어문학회, 중국어문학회, 한국중국언어학회, 중국어문논역학회, 한국중국소설학회, 중국문화연구학회, 한국중국희곡학회, 한국중국산문학회, 한국중국문학이론학회, 중국어교육학회 등 10개 학회와 연합하여 「2005년 중어중문학 연합학술대회」를 개최하였다. 「중어중문학 교육의 이론과 실제」라는 대주제 하에 「다매체 환경 속에서의 중국어문학 교육」·「중국어 교육의 이론」·「중국어 교육의 실제」·「중국고전문학 교육의 이론과 실제」·「중국현대문학 교육의 이론과 실제」·「중국문화 교육의 이론과 실제」 등 6개 소주제로 나누어 진행된 이 연합학술대회에서는 총 42편의 논문이 발표되었다. 당일 필자가 발표한 「중국 고전시 교육의 제문제」(『중어중문학』제37집, 2005.12)도 학부에서의 중국고전시 교육을 대상으로 한 것이다.

이에 비해 국내 중문과 대학원 교육은 1970년대 전반기까지 서울대와 성균관대에서만 진행되었다. 서울대의 경우, 구체적인 대학원 개설 연대는 불분명하다. 『서울대학교 인문대학 삼십년사』에 다음과 같은 기록이 있다.

석사과정에 처음으로 입학한 사람은 문선규 동문(1948년 졸업, 전 전남대학교 교수, 별세)이었고, 1951년에는 김종관 동문(1949년 졸업)이 입학하여 1956년에 석사학위를 취득하였다.……정규 강의가 개설된 석사과정과는 달리 박사과정은 아직 일본식의 구제박사, 즉 강의를 듣지 않고 논문을 제출하기만 함으로써 박사학위를 취득하는 제도를 답습하고 있었다. 박사과정에서는 최초로 차상원 교수가 1957년[3]에 박사학위를 취득하였다.[4]

서울대 중문과의 첫 석사과정 학생은 1948년 학부 졸업생인 문선규 교수이다. 그 다음으로 석사과정 학생의 입학은 1951년의 일이었다. 서울대 중문과의 석사과정은 1948년에서 1950년 사이에 개설되었음을 알 수 있다. 그 후 1954년에 이르러 차주환(「도연명 시의 특성」) · 장기근(「생활시인 두보의 본령」) · 장심현(「시경장구법 연구」) 등 석사과정 제1기 졸업생이 배출되었다. 구제(舊制) 박사과정에서 차상원 교수가 「중국 고전문학 이론」이라는 논문으로 최초의 박사학

---

3) 국회도서관 · 서울대도서관 소장의 박사논문 서지사항, 그리고 『한국민족문화대백과사전』(온라인판)에 의하면 차상원의 박사학위 취득은 1967년의 일이므로 이후 본문에서는 이를 따른다. 여기서는 단순한 오자로 추정된다.
4) 서울대학교 인문대학 『서울대학교 인문대학 삼십년사』(서울, 서울대학교 인문대학, 2005년) 85쪽.

위를 취득한 것이 1967년이므로 서울대 중문학과의 박사과정은 1967년 이전에 이미 개설되었음을 알 수 있다.[5]

성균관대 중문과의 석사과정은 1958년, 박사과정은 1971년에 개설되었다. 1960년 김시준(「이소논고」)·한상호(「만청소설의 연구」)·최완식(「도연명의 연구」) 등이 최초로 석사과정을 졸업했다. 최초의 박사학위논문은 1978년 정범진의 「당대전기연구」이다.[6]

1970년대 전반기 이전, 중문과 대학원이 서울대와 성균관대에만 개설되었던 것은 국내 대학의 중문과 개설이 매우 부족했기 때문이었다. 그러나 70년대 중반 이후 한국외대·고려대·숙명여대·연세대, 단국대 등에 석사과정이 개설되었다. 이로부터 국내 대학원의 중국어문학 교육이 다소 활기를 띠게 되었다.[7]

한국교육개발원의 2010년 교육통계 자료를 근거로 하면, 중국어문학 관련 대학원은 총 49개 대학에 개설되어 있다.[8] 학과 명칭은 주로 중어중문학과이지만 그 외에도 중국학과·중어학과·중어중국학과·중국어중국학과·중국언어문화학과 등 다양하였다. 그 중에서 박사과정이 개설된 곳은 30개 대학인 것으로 집계되었다.[9] 국내

---

5) 구제 박사과정은 1975년 2월 마지막 졸업생을 배출하면서 마감되었다고 하는데 석·박과정의 정확한 개설 연도는 해당 학과의 면밀한 고증을 필요로 한다.(이상 서울대 중문과 대학원에 관한 정보는 『서울대학교 인문대학 삼십년사』 85쪽 참조)

6) 이상 성균관대 중문과 대학원에 관한 정보는 『성균관대학교 중어중문학과 삼십년사 (1955-1985)』(서울, 정문사, 1985) 참조.

7) 국내 중문과 대학원 역사에 관한 전반적이고 구체적인 서술은 자료의 부족으로 인해 여의치 않았음을 밝혀 둔다. 이에 관한 후속 작업은 후일 뜻있는 학인의 성과를 기대한다.

8) 한국교육개발원 교육통계연구센터(http://cesi.kedi.re.kr)에서 제공한 「2010년 대학원 학과리스트」를 주요 근거로 삼았다. 이 리스트에 의하면 특수대학원 혹은 전문대학원 소속 대학원도 다소 존재하지만 본고에서는 일반대학원을 대상으로 했음을 밝혀 둔다.

중문과 대학원의 개설 연도에 따라 10위권 대학을 소개하면 다음과 같다.

【표1】 국내 중문과 대학원과정 개설 TOP10

순위	학 교 명	석사과정	박사과정
1	서 울 대(1946)	1948~1950	~1967
2	성균관대(1955)	1958	1971
3	한국외대(1954)	1976	1979
4	고 려 대(1972)	1976	1980
5	숙명여대(1972)	1977	1997
6	연 세 대(1974)	1978	1982
7	단 국 대(1972)	1979	1996
8	영 남 대(1976)	1980	1982
9	경 북 대(1979)	1982	1990
	전 남 대(1979)	1982	1984
	충 남 대(1979)	1982	1988
10	경 희 대(1980)	1984	1984

* ( )안은 학과 창립 연도

해방 이후 국내 중문과 대학원에서 배출된 학문후속세대는 상당 수에 이르지만 근 70년에 이르는 기간을 대상으로 한 통계는 아직 존재하지 않는다. 이에 필자는 최근 국내 대학원의 학위논문 배출

---

9) 이는 대학원 과정이 개설된 49개 대학의 「대학원 연혁」과 「학과 연혁」을 근거로 집계된 것이다. 【표1】「국내 중문과 대학원과정 개설 TOP10」에 기재된 12개 대학을 포함해 건국대, 경상대, 경성대, 계명대, 공주대, 국민대, 대구가톨릭대, 동국대(서울), 동의대, 명지대, 부산대, 부산외국어대, 숭실대, 이화여대, 전북대, 제주대, 중앙대(안성), 한양대(서울) 등의 대학에 박사과정이 개설되어 있다.

현황 이해를 위해 2001년부터 2010년까지의 10년간 석사·박사 학위논문 편수에 대한 통계를 시도하였다. 그 결과를 소개하면 다음과 같다.[10]

【표2】 국내 대학원 학위논문 배출현황(2001-2010)

연도	2001	2002	2003	2004	2005	2006	2007	2008	2009	2010	총계
석사	82	80	75	77	73	98	82	112	139	121	939
박사	19	35	25	24	35	21	18	26	24	33	260
소계	101	115	100	101	108	119	100	138	163	154	1,199

(오차범위 ±3%)

10년간 석사학위 논문은 939편, 박사학위 논문은 260편이므로 2001-2010년 기간 국내 대학원의 학위논문 총 편수는 거의 1200편에 이른다.[11] 근 1200편에 이르는 학위논문의 질이 바로 국내 대학원 교육의 질을 대변하는 것이자 우리 학문후속세대의 학문적 가능성을 평가하는 척도이기도 하다. 이러한 점을 고려하면 현재의 대학원 교육이 미래 우리 학계의 질을 좌우하는 대업임이 분명하다.

국내 학계의 중국어문학 연구자는 국내 대학원과 국외 대학원 출신으로 구성된다. 이들에 의한 연구성과는 대개 국내의 전문 학회지를 통해 발표되고 있다. 필자는 국내 중어중문학 관련 24개 학회 발

---

10) 통계는 국립중앙도서관 및 국회도서관의 학위논문 DB 검색을 근거로 한 것이다.

11) 필자의 초보적 통계 결과에 의하면 2011년 현재 국내 교육대학원에 중국어교육전공이 개설된 대학은 최소 35개교이며, 2001년-2010년까지의 10년간 교육대학원 석사학위 논문은 총 1482편(오차범위 ±3%)에 이른다. 일반대학원의 학위논문을 포함하면 총 2681편이 21세기 첫 10년간 학위논문이라는 이름으로 생산되었음을 알 수 있다.

행의 전문학술지 수록논문을 근거로 10년간의 논문 편수를 집계한 바 있다. 본고의 논의 주제와 직접적인 관계는 없지만 통계의 결과를 국내 학계에 참고자료로 제공한다.

【표3】 국내 전문학술지 발표논문 현황 (2001-2010)

연도	2001	2002	2003	2004	2005	2006	2007	2008	2009	2010	총계
편수	677	753	871	944	963	937	1,039	996	1,007	962	9,149

(오차범위 ±3%)

10년간 9,100편이 넘는 편수는 상상을 초월한다. 중반부 이후로는 매년 1000편 전후의 논문이 발표되었다는 것도 역시 놀랄 만한 일이다. 그 중에 국내 대학원 출신 연구자의 논문이 상당수 포함되어 있다는 점을 감안하면 국내 중문학계 연구성과의 수준이 국내 대학원 교육의 질과 전혀 무관하다고 할 수 없다.

국내 대학원 학위논문은 물론 전문학술지의 기간논문 역시 우리 학문후속세대들의 학습자료이자 학위논문 작성 시의 참고자료이기도 하다. 또한 국내 자료의 수량이 증가하고 연구 주제가 다양해짐에 따라 국내 이차자료에 대한 대학원생의 의존도가 점점 더 높아지고 있다. 이러한 상황을 고려하면 대학원 학위논문을 포함한 선행연구의 수준이 향상되어 학문후속세대들에게 유익한 학습자료와 참고자료가 되어야 한다. 향후 대학원 교육의 중요성이 더욱 강조되는 이유는 바로 여기에 있다.

2. 인식과 문제의 제양상

2011년 초 각종 매스콤에서 보도된 한 사건이 국내 사회를 떠들썩하게 했다. S음대의 K교수가 수업 중 제자를 상습 폭행하고 자신의 공연 티켓을 학생들에게 강매했다는 의혹과 더불어 금품수수 및 수업횟수·성적평가·학사과정에 대한 비리 의혹이 제기되었다. 나와는 관계없는 일이라 생각하기 쉽지만 외연만 다를 뿐 내포 면에서는 동일한 사례들이 빈번하게 발생하므로 교육계 인사들은 이를 반면교사로 삼아 항상 경계하고 자성해야 한다.

반면에 신문방송 등 각종 언론을 통해 참다운 교육자의 표상으로 국내에 널리 알려진 교수가 있다. 미시간공대 기계공학과 교수 조벽(2011년 당시 동국대 석좌교수), 그는 학생의 잠재능력 개발을 위해 끊임없이 교수법을 개발하고 우리 교육계가 나아가야 할 방향을 제시하고 있다. 조벽 교수는 단순한 지식 전달 차원이 아니라 학생들의 창의력·리더십·적응력 계발에 노력을 기울인다. 수업 현장과 학생 지도에서 교육자의 도리를 철저하게 실천하였다. 그는 2회의 미시간 공과대학 최우수 교수상과 미시간 주 최우수 교수상 외에도 여러 차례의 교육자상을 수상하였다. 또한 피츠버그대 D. 골드스타인 교수를 비롯한 구미 명문대학 교수와 함께 5인의 '최고의 교수'로 선정되기도 하였다.[12]

K교수는 결국 징계위원회의 의결에 따라 파면 조치를 당하였다. 반면에 조벽 교수는 '교수를 가르치는 교수'·'교육계의 마이클 조던'

---

12) 한국교육방송에서는 EBS 다큐프라임 「최고의 교수」5부작 중의 하나로 「그는 교수계의 마이클 조던이다-조벽 교수」(2010.1.4)편을 방영한 바 있다.

이라는 별칭과 함께 한국 교육계의 진정한 지성인으로 칭송받고 있다. K교수와 조벽 교수는 모두 명문대를 졸업하고 각자의 전공 분야에서 능력을 인정받고 있었다. 그럼에도 이처럼 상반된 결과가 발생한 것은 무엇 때문일까? 그것은 바로 두 사람의 인식에 큰 차이가 있기 때문이다.

인간의 행위 이면에는 인식과 의식이 존재한다. 특정 사물에 대해 인간은 어떤 종류의 인식이 존재하게 되고, 그 인식을 기반으로 어떤 종류의 의식이 생성된다. 결국 그 의식은 특정 사물에 대한 행위로 표출되므로 행위의 옳고 그름은 인식과 의식의 옳고 그름에 의해 결정된다.

K교수와 조벽 교수의 차이는 전공 능력으로 인한 것이 아니고 바로 학생에 대한 인식과 의식에 의한 불가피한 결과물임이 분명하다. K교수에게 있어 학생은 교수 개인의 인력이자 이익과 편의를 취하는 수단에 불과하다. 조벽 교수는 단순한 스킬만으로 피교육자를 대하는 것이 아니라 학생과 교육에 대한 남다른 인식과 올바른 의식을 가지고 있었던 것이다. 이에 본고에서는 대학원과 대학원생 및 공부와 연구에 대한 그릇된 인식, 그리고 그로 인한 문제의 제양상을 살펴보고자 한다.[13]

---

13) 논의 과정에서 제시되는 사례는 대부분 「교수신문」 등의 언론기관에서 국내 대학원 전체를 대상으로 작성한 보도자료에 근거한다. 그 이유는 국내 중문과 대학원만을 대상으로 한 공식적인 자료가 현재까지 존재하지 않으며, 아울러 필자 개인의 견문은 사례의 객관성을 보장해 줄 수 없다는 점 때문이다. 비록 인용 사례가 국내 대학원 전체를 대상으로 한 것이지만 가장 근본적인 차원에서는 중문과 대학원도 결코 예외일 수 없다. 논의 진행에 큰 문제가 되지 않는다고 생각하는 까닭이 여기에 있다. 중문과 대학원만의 특이한 사례가 있다면 본고의 문제 제기를 기점으로 삼아 향후 국내 중문학계에서 더욱 심도있는 논의가 활발하게 이어지기를 희망한다.

(1) 대학원과 대학원생

대학원 교육의 문제는 대학원과 대학원생에 대한 인식의 문제와 직결되어 있다. 대학원의 역할은 무엇이며 대학원생은 교수에게 있어 어떠한 존재인가라는, 즉 대학원 및 대학원생에 대한 인식과 의식에 따라 대학원 교육의 양상이 달라지기 때문이다. 대학원생에 대한 인식면에서 우리 대학은 아직 비판으로부터 자유롭지 못하다. 극히 부분적이기는 하지만 대학원생을 교수의 개인 인력으로 간주하여 학업에 몰두할 학생의 노동력을 착취하는 현상이 아직도 존재한다.

교수신문사에서는 2005년 서울지역 사립대 대학원생 260명을 대상으로 「2005 대학원생 생활 실태 및 의식조사」를 실시하였다. 우리 "학문후속세대의 열악한 삶을 통계적으로 살펴보"는 데에 목적이 있었다.[14] 그 중에 「학업 방해 요소」에 대한 설문 결과는 매우 의미심장하다.

【표4】 대학원생의 학업 방해 요소

생활비 및 등록금 마련	62.3%	가정의 대소사	7.3%
연구환경 미흡	11.2%	교수의 사적인 심부름	6.9%
프로젝트 참여	8.8%	무응답	3.5%

'교수의 사적인 심부름'(6.9%)이 국내 대학원생의 학업을 방해하는 요소 중의 하나로 제기되었다. '프로젝트 참여'(8.8%)는 '생활비 및 등록금 마련' 항목이 별도로 있으므로 단순한 아르바이트 차원의 문제

---

14) 「교수신문」(2005년 11월 4일) 「한국의 대학원생, 이렇게 산다」 참조. 260명의 설문응답자를 학위과정별로 살펴보면, 석사과정 184명(70.8%), 석사수료 16명(6.2%), 석사졸업 11명(4.2%), 박사과정 38명(14.6%), 박사수료 11명(4.2%)이다.

는 아닐 것이다. 프로젝트 연구보조원 등의 명목으로 부과되는 과도한 업무와 부당한 대우 등이 학업 방해 요소로 지적된 것이라고 판단된다. 그렇다면 대학원생의 학업 방해 요소 중 15.7%가 교수들에 의해 조성된 것이다.

이와 유사한 사례는 2005년 한국과학기술원 대학원 총학생회에서 실시한 설문조사 결과에서도 나타난다. 설문 결과를 근거로 작성된 「2005 대학원 연구환경 실태조사 보고서」는 우리 이공계 대학원의 현 주소를 보여줌과 동시에 이공계 발전을 위한 개선점을 제시했다는 평가를 받는다. 그러나 이 설문조사 결과가 보여주는 슬픈 현실은 KAIST 대학원생 60%가 대가없는 잡무에 시달리고 있다는 점이다.[15)

이보다 더 충격적인 사실이 또 언론에 보도되었다. 2012년 10월 10일, 서울대 인권센터는 대학원생과 학부생·교직원을 대상으로 「서울대 인권실태 조사」 결과를 발표했다.[16) 특히 대학원생 1,352명을 대상으로 한 인권 침해 실태는 '학습·연구' 등 다방면에 걸쳐 매우 심각한 정도임이 드러났다. 강의준비 부실·수업시간 무단변경·특정 수업에 대한 수강 강요 혹은 저지 등도 큰 문제이지만, 출장 간 교수의 빈집에 가서 개밥 주기·이삿짐 날라 주기·교수 아들의 생일파티 때 풍선 불어 주기·교수 부인의 비행기표 예매하기 등 다양한 '개인비

---

15) 「교수신문」(2005년 9월 15일) 「KAIST 대학원총학생회의 '2005 대학원 연구 환경 실태조사 보고서」 참조. 설문조사에는 한국과학기술원 대학원생 4,293명 중 612명이 설문에 참여했다.

16) 서울대 인권센터의 이번 조사는 학습·연구, 노동, 환경·건강, 폭력·차별 분야로 나눠 대학원생 1,352명, 학부생 1,040명, 전임교수 307명, 교직원 430명 등 3,129명을 대상으로 한 설문조사와 인권침해 경험자 및 제보자 38명에 대한 심층면접으로 이루어졌다.

서' 업무는 대학원생에 대한 인식 면에서 가장 치명적이고 근본적인 문제점을 드러낸 것이다.[17]

  이러한 현상은 해당 대학 구성원 전체의 문제가 아니라 극히 일부에 국한된 것임이 분명하다. 그러나 해당 대학만이 아니라 국내 대학원 전체에 고루 존재하는 현상이라는 점도 부정하기 어렵다. 그 설문조사 결과는 바로 일부 교수들이 학생을 교육의 목적으로 대하지 않고 개인 인력으로 인식하고 있다는 '불편한 진실'을 말해 준다. 대학원생에 대한 이 같은 부당한 인식은 대학원의 입학전형·강의방식 및 논문지도와 심사 등 여러 방면에 걸쳐 불건전하고 비상식적인 현상을 조장하게 된다.

  대학원 입학 전형에 응시하는 학생들은 서로 다른 목적과 의도를 가지고 있다. 그러나 학생들의 사적인 목적과 의도와는 무관하게 국내 대학원 교육의 정립을 위해 학문후속세대 양성과 미래교수자 배출이라는 대학원 본연의 교육목표를 망각해서는 안된다. 그리고 대학원 졸업생 중에서 학문후속세대와 미래교수자가 배출된다는 점을 고려하면, 대학원 입학전형은 더욱 신중하고 엄격하게 진행되어야 한다. 그러나 이 방면에서의 우리 현실은 비이상적이라는 지적이 제기되고 있다.

  대학원이 망가졌다. 어제 오늘 이야기가 아니다. 그런데도 거기서 벗어나지 못한다. 정원은 늘었는데 좋은 학생은 줄고 있다. 갈 데가 없

---

17) 이상의 사례는 「한국대학신문」(2012년 10월 11일) 「"교수 개밥까지…" 서울대 대학원생 인권침해 심각」, 「조선일보」(2012월 10월 11일) 「교수 애완견 밥 챙기고, 수백만원 상납까지…」, 「서울신문」(2012월 10월 11일), 「교수집 개밥 주는 서울대 대학원생」 등의 보도자료를 근거로 했음을 밝혀 둔다.

어서, 간판 따려고 대학원에 오기도 한다. 논문, 어떻게든 내기만 하면 된다는 생각도 팽배하다.……대학원에 오는 학생의 질이 현격하게 떨어졌다. 토플 CBT(300점 만점) 점수가 100점도 안 되는 학생이 영문학 박사학위를 받으러 온다. 이건 자충수다. 기본적인 소양을 갖추지 않은 학생이 대학원에 와서 기능을 마비시키는 것이지 학생이 줄어든 게 아니다.[18]

　2010년 교수신문사의 「문제는 대학원이다」 시리즈 다섯 번째 기획기사의 타이틀은 바로 「토플 100점도 못 받는 영문학 박사? 학생 마구 뽑다 보니 대학 스스로 발목 잡혀」이다. 이 타이틀은 바로 기본적인 자질조차 구비하지 못한 학생을 합격시키는 무분별한 전형이 우리 대학원 문제의 하나가 되고 있음을 보여 준다. 대학원 교육에 있어 학부과정에서 습득한 전공 지식과 기본 소양은 학생들의 필수 조건이다. 기본 자질이 미비한 학생을 대상으로 한 대학원 교육은 파행적일 수밖에 없다.
　그럼에도 대학원 입학전형이 거의 학과 면접만을 통해 진행되면서 기본자질이 매우 부족한 학생들도 합격하는 것은 대학원생에 대한 그릇된 인식에 기인한다. 대학원생은 다다익선이라고 생각하는 것은 바로 대학원생을 개인 인력으로 인식할 때 생겨나기 쉽기 때문이다. 대학원생에 대한 그릇된 인식은 결국 강의의 부실로 이어진다. K교수가 사적 업무로 인해 대학원 법적 강의 시간에 큰 결손을 초래하고 심지어는 자신의 음악회 관람을 강의시간으로 충당한 것도 같

---

18) 「교수신문」(2010년 7월 19일) 「문제는 대학원이다⑤」·「토플 100점도 못 받는 영문학 박사? 학생 마구 뽑다 보니 대학 스스로 발목 잡혀」

은 이유에서이다.

학생은 양질의 교육을 받을 권리가 있다. 교육자는 학생들의 그 권리를 충족시켜 주어야 할 책임과 의무가 있다. 대학원 교육에 있어 학생을 수단으로 삼아 교육자가 자신의 이익과 편의를 도모해서는 안된다. 올바른 인식과 의식의 결여가 대학원 강의의 부실과 파행을 초래하는 주범이다.

대학원의 강의 방식은 학생들이 마땅히 익히고 훈련받아야 할 내용을 위주로 해야 한다. 교수의 연구업적 생산을 위한 수단으로 이용되어서는 안되는 이유가 여기에 있다. 대학원의 강의 방식은 개설 강좌의 성격과 수강생의 학업 수행 능력(일례는 석사반과 박사반의 차이) 등을 고려하여 연구능력 배양에 목표를 두고 결정되어야 한다. 국내 중문과 대학원의 강의는 다양한 방식으로 진행되고 있지만 그 중에서 무엇보다 재고되어야 할 것은 번역 작업을 위주로 한 방식이다.

원어민 학자들의 논문이나 저서를 강의 교재로 선택한 후에 전문 번역 혹은 일정량을 분담·번역하게 하는 방식은 국내 대학원 강의에서 빈번하게 채택되고 있다. 물론 이러한 과정을 통해 독해력 배양과 전공지식 습득의 효과를 기대할 수 있다. 그러나 교수자의 충실한 피드백이 병행되지 않으면 이 정도의 학습효과도 기대하기 어렵다. 설사 학습효과가 없지 않다 하더라도 번역 위주의 강의방식으로는 대학원생에게 절실히 요구되는 사고력·논리력 및 창의성을 배양하기 어렵다. 결국 학생들은 중국어로 표현된 다른 사람의 생각을 비판적 검증없이 한국어로 옮기는 데만 집중하게 되므로 자신의 사고능력을 발전시키지 못하기 때문이다.

더욱 심각한 문제는 이 같은 번역 위주의 강의방식이 담당교수의 성과물 제작 수단으로 이용되고 있다는 점이다. 언제부터인가 국내 학계에 다양한 종류의 번역서가 출판되고 있지만 그 중엔 번역자의 순수한 작업 결과가 아닌 것도 있음을 우리는 알고 있다. 대학원 강의에서 학생들의 번역 발표를 통해 얻어진 부산물이 적지 않다. 이렇게 해서 출판된 번역물의 수준은 그다지 높지 않을 가능성이 많다. 교수 자신의 검증작업 부재 혹은 부실로 인해 심각한 오역이 적지 않게 발생한다.[19] 번역서에 대한 불신을 조장하기도 한다. 대학원 강의와 대학원생을 자신의 성과물을 늘리는 수단으로 삼는다는 것도 문제이다. 상대적으로 단순한 번역 작업만을 일삼다 보면 사고력·창의력 배양과 연구기반 확보에 무익하다는 점이 무엇보다 심각한 문제이다.

대학원 교육은 단순히 강의만을 통해서 이루어지는 것이 아니다. 학부와는 달리 강의 이외의 여러 단계가 존재한다. 졸업자격시험을 거쳐 대학원 교육의 최종 단계로서 학위논문에 대한 지도와 심사가 있다. 논문지도와 논문심사를 통해 대학원 교육이 완성된다고 하여도 과언이 아니다. 따라서 강의는 물론 논문지도와 논문심사가 성실하고 철저하게 이루어져야 한다. 그러나 "국내 대학원 교육이 부실 의혹에 시달리는 데는 부실한 학위논문이 큰 역할을 한다. 학위를 쉽게 따니 그 과정까지 의심받는 것이다"[20]라는 비판으로부터 자유

---

19) 국역 작업의 학술적 의미와 가치는 지대하다. 그러므로 무엇보다도 번역서에 대한 비평 문화가 제자리를 잡아야 한다. 이러한 점에서 번역서에 대한 서평을 통해 번역의 오류와 부실을 지적했던 이장우 교수의 시도는 지금도 학계의 모범이 되고 있다. 이장우 「서평: 중국미학사」(『중국어문학』제21집, 1993.6) 참조.

20) 「교수신문」(2010년 6월 28일) 「문제는 대학원이다③」「부실한 논문심사, 언제까지……어쩌다 학생 눈치보는 지경됐을까……파트타임 느니 수업·논문 질 떨어져」

롭지 못하다.

강의를 통한 지식 전달만으로 대학원생에 대한 교육의 책임을 다했다고 자부할 일은 아니다. 대학원생 학업과 관련하여 학위논문의 지도와 심사에 대해서도 학과 교수들은 무한 책임을 져야 한다. 결국 대학원생의 학업 성과와 대학원 교육의 질은 최종적으로 학위논문의 수준으로 평가받기 때문이다. 지도교수는 논문지도를 통해, 심사교수는 논문심사를 통해 대학원생의 학위논문에 대한 책임을 져야 한다. 그래야만 학문후속세대 양성과 미래교수자 배출이라는 사명 수행의 첫걸음이 완성되는 것이다. 그러나 대학원생 논문의 지도와 심사에 대한 비판은 옛날의 일만이 아니다.

> 부실한 논문 심사는 교수 책임도 크다. 서울 소재 사립대 ㄹ교수는 다른 대학의 논문 심사에 참여했다가 아연실색한 적이 있다. "지도 교수가 논문조차 제대로 읽지 않고 서문 2~3장 보고 이야기하는 것 같았다. 나중에 알고 보니 그 교수는 심사 논문을 안 읽기로 학생들 사이에서 유명했다. 내가 석사학위 받을 때도 논문을 제대로 읽지 않고 심사한 교수가 있었는데, 20년이 지나도 바뀌지 않았다. 이게 우리 대학원의 현실이다.[21]

부실논문은 기본 자질과 학업능력이 떨어지는 학생에게도 원인이 있다. 그러나 피교육자에게만 책임을 전가하는 것은 비겁한 일이다. 학생의 자질과 능력이 문제였다면 대학원 입학을 불허했어야 한다. 이미 대학원생으로 받아들인 이상, 학업 수행과 논문 작성에 학과 교

---

21) 주20)과 동일.

수들은 지원과 감독의 역할을 다해야 한다. 저조한 학업성과와 부실한 학위논문은 결국 학과 교수의 책임이기 때문에 대학원의 부실교육과 부실논문에 대한 비판의 목소리가 끊이지 않는 것이다.

부실논문은 1차적으로 지도교수가 심사에 회부하지 않아야 한다. 2차적으로는 논문심사의 단계에서 통과되는 일이 없어야 한다. 이처럼 엄정한 과정을 통해 대학원생이 논문 작성에 최선의 노력을 기울이게 함으로써 대학원 교육의 목표를 달성할 수 있다. 그럼에도 부실논문·표절논문을 여과하지 못하는 가장 큰 원인은 대학원생에 대한 올바른 인식의 결핍 혹은 여러가지 부적절한 원인으로 지행합일의 경지에 이르지 못하기 때문이다.

불량식품 제조자에 대해 우리는 모두 거세게 비판한다. 불량식품은 인체에 유해하기 때문이다. 학술 영역에서 부실논문은 불량식품과 같다. 후학에게 유익하기는 커녕 악영향을 주기 때문이다. 부실논문을 방조하는 이는 불량식품 제조자와 다를 바 없으니 대학원에서의 학위논문 지도와 심사는 매우 중차대한 일이 아닐 수 없다.

(2) 공부와 연구

'공부'와 '연구'는 추구하는 바가 지식에 있다는 점에서는 동일하지만 지식의 속성 면에서는 서로 다른 개념어이다. 공부와 연구는 동전의 양면이라며 양자의 '서로 다름'을 인정하지 않는 것은 편견이다.[22] 양자의 개념에 대해 주의해야 하는 까닭은 그 차이에 대한 인식의 결핍이 본인 연구만이 아니라 대학원 교육에도 문제를 야기할

---

22) 「2009 한국중어중문학회 학술대토론회: "한국 중어중문학의 오늘을 말한다"」『중어중문학』44집, 2009.6, 29쪽 참조.

수 있기 때문이다.

지식과 관련된 행위는 공부 · 교육 · 평론 · 연구 등 네 가지로 요약된다. 네 가지 행위와 연계된 지식의 충차는 엄연히 다르다. 공부는 지식의 습득, 교육은 지식의 전달, 평론은 지식의 운용이며, 연구는 지식의 창출이다. 공부는 지식을 습득하는 행위이고 연구는 지식을 창출하는 행위이므로 공부와 연구는 완전히 다른 차원의 행위이다. 물론 공부와 연구가 병립할 수 없는 상반된 개념이라는 의미는 아니다. 지식 창출을 위한 연구는 공부를 필요로 한다. 그러나 책을 읽고 공부하는 행위 자체가 결코 연구는 아니다. 공부를 통해 습득한 지식을 정리한 글이 연구논문이 될 수 없음을 의미한다.

따라서 대학원생이 학문후속세대임을 부정하지 않는다면 대학원 교육은 연구능력 배양을 위한 철저한 훈련과정이 되어야 한다. 단편 지식의 전달이나 단순한 번역 연습에 머물러서는 안되는 이유가 여기에 있다. 타산지석으로 삼을 만한 사례로 동경 외국어대 사에구사 도시카쓰 교수의 한국문학 대학원 수업을 소개한다.[23]

사에구사 교수는 한국 근대문학사의 주요 작품들을 시대순으로 읽어나가며 작품을 분석하고 문학사적 의미를 따지는 방식으로 수업을 진행하였다. 텍스트는 국내 저명 출판사의 『한국현대문학대계』이었다. 첫 시간은 한국 최초의 신소설이라는 이인직의 「혈의 누」를 대상으로 진행하였다. 그러나 교수와 대학원생들에게 있어 『한국현대문학대계』는 하나의 보조자료일 뿐이었다. 진정한 이인직의 「혈의 누」를 읽기 위해 그들은 1906년 「혈의 누」를 연재한 「만세보」를 일

---

23) 이에 관해서는 「조선일보」(1997년 2월 3일) 「일본문화기행: 사에구사 교수의 한국문학수업」 참조.

일이 확인하였다. 그것이 1907년 단행본으로 나왔을 때는 어떻게 달라졌으며 다시 『한국현대문학대계』에서는 어떻게 달라졌는가를 하나하나 비교·조사하였다.

첫 수업 발표를 맡았던 한 일본인 대학원생에 의해 밝혀진 사실은 우리 국문학계에서 정전(正典)으로 대접받는 『한국현대문학대계』가 얼마나 가짜였는지를 증명하는 동시에 우리 학계가 얼마나 비실증적이었는지 반성하게 한다.[24] 사에구사 교수의 대학원 수업은 바로 대학원생들에게 학문 연구에서 실증이 얼마나 중요한 것인지를 일깨워 주며, '진짜' 원전을 중심으로 한 실증적 연구방법을 훈련시키고 있었던 것이다.

학술연구의 일차자료인 원전의 중요성은 아무리 강조해도 지나치지 않다. 연구는 원전에 대한 해독을 통해 그 의미와 가치를 밝혀내는 작업이다. 논문이란 바로 그 작업의 과정과 결론을 타당한 논증을 통해 풀어낸 결과물이다. 관련 이차자료를 읽고 공부한 내용을 정리한 것은 보고서일 뿐, 학술논문이라고 할 수 없다. 따라서 학문 후속세대를 양성하는 대학원 교육에서는 마땅히 원전의 의미를 읽어내어 논리적으로 분석·종합하는 능력을 배양해야 한다. 그렇지 않

---

24) 관련 자료를 근거로 몇 가지 예를 들면 다음과 같다. 「혈의 누」는 1906년 7월 22일부터 10월 10일까지 「만세보」에 50회 연재됐다고 하는데 그중 32, 36, 44회의 번호가 각각 2회씩 중복됐으므로, 사실상은 53회 연재된 것이다. 그것이 1907년 3월 17일 광학서포에서 단행본으로 출판됐을 때에는 47회가 탈락된 채로 였다. 또한 소설의 제일 첫 문장 중 일부 "청인의 패한 군사는 추풍에 낙엽갓치 흣터지고 일본 군사는 물미듯 서북으로 향하야가니 그 뒤난 산과 들에 사람쥰은 송장 뿐이라"는 서술이 단행본으로 만들어지는 과정에서 빠졌는데, 이런 결락이 『한국현대문학대계』에서도 되풀이되고 있다. 이외에도 『한국현대문학대계』에는 '고래싸움에 새우등 터진다'가 '새우싸움에 고래등 터진다'로 되어 있는 등 적지 않은 오류가 존재함을 밝혀냈다.

으면 이차자료에 종속되어 새로운 지식을 창출하는 연구 행위는 불가능하다. 이러한 점에서 대만 중문학계에 대한 여정혜(呂正惠) 교수의 비판[25]은 우리와도 무관하지 않다.

연구자들이 포스트 모더니즘·바흐친·젠더(Gender)·페미니즘(Feminism)·탈식민주의 등과 같은 유행 이론을 맹목적으로 추종하고 있다고 여정혜 교수는 비판한다. 즉 논문 서두에 한두 가지 유행이론을 인용하면서 자기 논문이 그 이론을 근거로 삼아 텍스트를 분석하였다고 밝히고 있다. 그러나 텍스트 분석을 자세히 살펴보면 실제로는 인용한 이론과 그리 부합하지 않고 심지어는 완전히 일치하지 않는 경우도 있다고 한다.

이처럼 잘못된 학술 풍토는 대학원생에게도 악영향을 끼친다고 지적한다. 대학원생들은 학위논문 작성 시에 이론을 제대로 이해하지도 못하면서 유행이론을 인용한다. 그것은 "이론을 사용하지 않으면 어떻게 논문을 써야 할지 모르고 게다가 남들이 논문의 가치를 의심할 것"이기 때문이라는 것이다. 대학원생들이 원시 텍스트(즉 원전)의 의미를 제대로 파악하고 있는지에 대해 여정혜 교수는 매우 회의적이라고 했다.

대학원생들은 성심성의껏 텍스트를 읽고 세심하게 체득함으로써 작품에 대한 자신의 '특별한 인상'을 얻어내지도 못한다. 텍스트를 읽기도 전에 대학원생들은 이미 이론적 개념을 가지고 있는데, 사실상 그 개념으로 작품에서 자료를 '수집'함으로써 기존의 이론적 틀을 받아들

---

25) 이에 관해서는 呂正惠 「應用流行理論是一種「偸懶」的行爲」(『文訊』243期, 2006년 1월) 참조.

이는 방편으로 삼는다. 그러므로 그들은 결코 텍스트 속에 진정으로 '진입'하지 못하며, 단지 유행 '이론'의 틀 속에 '작품'을 쑤셔 넣은 것에 불과하다. 이러한 연구에 대해 사람들이 싫증을 느끼는 것은 당연하다. 왜냐하면 그러한 연구는 결코 무엇도 '연구'해 낼 수 없기 때문이다.[26)]

유행 이론을 이용해 논문을 썼다고 하지만 실제로 작품 자체의 의미를 해독하지 못한다는 것은 실로 기이하고도 슬픈 일이다. 그래서 여정혜 교수는 "이론을 응용한 문학연구는 사실상 일종의 극단적 태만행위(應用理論硏究文學, 事實上是一種極端偸懶的行爲)"라고 풍자한다. 이렇게 작성된 기성 연구자들의 논문이 또 대학원생들을 잘못된 길로 빠지게 함은 예상된 결과이다.

외국어문학을 전공하는 우리에게는 유행이론의 무분별한 응용만이 문제가 아니다. 원전 즉 작품을 철저하게 읽지 않거나 혹은 그 의미를 제대로 이해하지도 못한 상황에서 관련 이차자료에만 의존하여 논문을 작성하는 사례가 빈번하다. 특히 중문 이차자료에 대한 의존도가 심각한 상황이라는 우려도 있다. 원전을 읽고 자신의 '특별한 인상(特殊印象)'을 기반으로 논문을 쓸 수 있는 능력이 바로 진정한 연구능력의 하나이다. 이러한 능력을 배양하지 못했을 때, 특히

---

26) 呂正惠「應用流行理論是一種「偸懶」的行爲」: "硏究生也未全心全意的閱讀作品文本, 細心體會, 以得出自己對於作品的「特殊印象」. 在閱讀文本之前, 他們已先有一些理論性的槪念, 事實上他們是以這些槪念在作品中「搜求」資料, 以便納入旣有的理論架構. 因此, 他們並沒有眞正的「進入」文本之中. 只不過是把「作品」貫入流行的「理論」架構中而已. 這樣的硏究, 當然令人生厭, 因爲這並沒有「硏究」出什麼東西."(『文訊』 243기, 2006.1. 38-39쪽)

외국어문학 전공자는 원어민 연구자에게 종속될 수밖에 없다. 우리의 관점과 시각에 의한 창의적 연구가 불가능할 때, 결국 우리는 학술 후진국으로 전락하게 될 것이다. 대학원에 대한 올바른 인식을 기반으로 학문후속세대 양성을 위한 올바른 교육이 중요하고 시급하다고 하는 이유가 바로 여기에 있다.

3. 중문과 대학원 교육의 방안

대학원 교육의 이상적 방안은 대학원 인식과 연계되어 있다. 문제는 교육 주체로서의 대학과 교수자의 인식에 차이가 있다는 점이다. 아울러 피교육자의 대학원 입학 목적과 동기가 매우 다양하다는 점도 대학원 교육의 기준을 혼란스럽게 한다.

대학원생은 우리의 학문후속세대이자 미래 교수자이다. 대학원은 바로 학문후속세대를 양성하고 미래 교수자를 배양하는 최고의 고등교육기관이다. 이러한 인식을 전제로 논의를 진행하기로 한다. 부당한 현실에 순응하고 안주하기보다는 여러 가지 난제를 극복하며 이상을 추구하려는 노력이 우리 학계 발전에 도움이 되기 때문이다.

국내 대학원 교육이 합목적적으로 진행되기 위해 가장 먼저 실행되어야 할 방안은 바로 인식의 전환이다. 닫힌 문은 닫힌 문의 존재를 인식한 자에 의해 열릴 수 있다. 인식의 전환에는 우선 대학원 교육의 문제점에 대한 정확한 인식을 필요로 한다. 문제에 대한 인식을 기반으로 대학원과 대학원생에 관한 올바른 인식과 의식이 생성될 수 있기 때문이다. 앎은 반드시 행함이 따라야 한다. 그래야 앎의 가치가 발현될 수 있다. 대학원생을 교수의 이익과 편의를 위한 수단으로서가 아니라 교육의 목적이자 학문적 훈련의 대상으로 대우해야 한다.

대학원 교육의 삼요소는 강의 · 논문지도 · 논문심사이다. 강의를 통한 지식의 전달이 교육의 전부라고 생각해서는 안된다. 대학원 학업의 최종 목적은 양질의 논문 작성에 있다. 강의보다 한 단계 높은 차원의 대학원 교육은 논문지도와 논문심사를 통해 이루어진다. 이것이 논문의 지도와 심사가 철저하게 진행되어야 하는 까닭이다.

상술한 바와 같이 인식의 전환, 그리고 이를 기반으로 한 올바른 의식의 실행이 대학원 교육의 기본 요건이자 필수 사항이다. 이것이 대학원 교육의 총론이라면 각론의 하나인 대학원 강의는 어떻게 진행해야 하는가? 본고에서는 지금까지의 대학원 강의 경험을 통해 개인적인 방안을 제시하고자 한다.

조벽 교수는 강의 준비를 할 때 '학생들로 하여금 무엇을 하게 할까'에 초점을 맞춰야 한다고 하면서 다음과 같이 말한다.

> 강의 노트가 '교수가 무엇을 해야 할까'에 초점이 맞춰져 있으면 그 수업은 교수의 독무대가 된다. 이 경우 학생들은 수동적으로 앉아서 보는 관객일 뿐이다. 그래서 강의 노트에는 반드시 학생들이 적극적으로 할 수 있는 무언가가 담겨 있어야 한다. 그래야 학생들이 능동적 학습 주체가 될 수 있다.[27]

학부의 경우도 그렇지만, 대학원 교육과 학습은 더더욱 단편 지식의 전달과 습득에 머물러서는 안되며 연구능력 배양을 위한 철저한

---

27) EBS 「최고의 교수」 제작팀 『최고의 교수』 서울, 예담, 2008, 61-62쪽.

훈련과정이 되어야 한다. 조벽 교수의 주장처럼 어떤 내용을 가르칠 것인가에 중점을 두기보다 학생이 무엇을 공부하게 할 것인가 그리고 학생들을 어떻게 훈련시킬 것인가에 정성을 다해야 한다. 연구는 지식 창출의 행위이므로 학문후속세대로서의 대학원생에게는 단순 지식의 암기보다 "정보와 지식을 응용하는 능력, 여러 지식을 연결시켜서 새로운 지식으로 발전시키는 능력, 어떤 정보가 필요한지 분별하고 판단하는 능력이 중요"[28]하기 때문이다.

대학원 교육은 장기간의 철저한 훈련 코스가 되어야 한다. 따라서 대학원 강의의 교수자는 코치와 감독이 되고 대학원생은 코치와 감독의 훈련을 받는 선수가 되어야 한다. 훈련의 구체적 목표는 첫째, 광범위한 자료에 대한 장악 능력을 배양하는 것이다. 여기에서 말하는 '자료'란 원시자료 및 인접 학문의 관련 자료를 말한다. '장악 능력'이란 필요한 자료를 광범위하게 찾아 스스로 이해하는 능력을 말한다. 둘째는 분석적 사고력과 논리적인 글쓰기 능력을 배양하는 것이다. 수집한 자료에 대한 열독→분류·정리→종합·분석 등의 과정을 거치며 스스로 사고하고 그 결과에 대해 자신의 언어 및 논리적 표현으로 글을 작성하는 능력이 매우 중요하다.

이러한 목표 달성을 위한 필요 조건은 학생들의 자기주도 학습이다. 강좌가 진행되는 한 학기 동안 최대 횟수의 구두 발표를 하게 한다. 수차례 반복되는 구두발표 준비를 위해 자료를 수집하고 열독하고 정리·종합하여 문건을 작성하는 과정은 두 가지 능력의 배양을 위한 훈련이 되기 때문이다. 한 학기 동안 겨우 한두 번의 구두발표는 훈련의 효과가 미미하다. 다른 학생의 발표는 자기 것이 될 수

---

28) 조벽 『조벽 교수의 명강의 노하우 & 노와이』[개정판] 서울, 해냄, 2010, 12쪽.

없으며 스스로 발표준비를 하는 과정에서 모든 것이 발표자 자신의 것이 되기 때문이다.

이때 교수자는 학생들이 이러한 과정을 통해 광범위한 자료 장악 능력과 논리적인 글쓰기 능력을 최대한 배양할 수 있는 방안과 철저한 훈련 스케줄을 마련해야 한다. 그것이 바로 대학원 강의계획안이다. 강의 진행방식은 각 주제별로 교수자의 강의 및 학생들의 발표·토론 그리고 교수자의 평가를 위주로 한다. 학생들의 발표문건은 반드시 학술 논문의 격식에 따라 작성하도록 한다. 제목·목차·인용문·각주 및 참고문헌 등 논문의 형식 요소를 구비하는 과정을 통해 자연스럽게 논문 형식의 글쓰기 능력을 배양할 수 있기 때문이다.

발표문건의 말미에는 제목 선정에서부터 자료 수집의 경위 및 문건 완성까지의 사유 과정을 상세하게 기록하도록 한다. 이러한 훈련과정의 반복을 통해 연구에 필요한 사고 능력과 연구자로서의 자생 능력을 배양할 수 있기 때문이다. 또한 발표 문건의 인용 부분에는 반드시 출처를 기재하게 함으로써 표절에 대한 경각심을 일깨워 준다.

강의계획안은 한 학기 강의를 대략 삼 단계와 십 개 전후의 주제로 구성한다. 모든 수강생이 단계별로 각 주제에 대해 한 편의 발표문건을 준비하여 매번 발표하도록 한다. 제1부는 도론편, 제2부는 입문편, 제3부는 심화편으로 구성할 수 있다. 도론편은 학문과 연구에 관한 인식과 기반을 익히는 단계이다. 주로 대학원 신입생을 대상으로 설정한 것이므로 세부 주제는 수강생의 상황에 따라 약간의 변동이 있을 수 있다. 학문 연구, 문학과 철학의 관계 및 글쓰기에 대한 개념을 익히고 제공된 기본 자료에 대한 요약문을 작성하게 한다. summary 과제는 주어진 자료의 내용을 이해하고 요점을 파악하여 자신의 틀과 언어로 표현해야 한다. 사고력과 글쓰기 능력을 배양하는 가장 기초적인 훈련 단계에 속한다.

【 도론편 사례 1 】

제1부 : 학문 연구와 글쓰기
■ 제1강 : 학문 연구의 의미와 방법
토론주제
□ 학문의 의미와 연구과제
□ 서양학문론과 학문연구 방법
□ 西歐 追隨主義의 병폐와 우리 학문의 자생성
■ 제2강 : 글읽기와 글쓰기
토론주제
□ 올바른 글읽기와 글쓰기
□ 탈식민지 시대의 글쓰기 문제

각 주제별로 토론주제를 설정한다. 가능한 한 발표문건의 제목을 토론 주제와 관련시켜 수강생 스스로 선정하도록 한다. 그리고 제1강의 토론주제 관련 기본 텍스트는 조동일의 『우리 학문의 길』(제1장 「우리학문의 고민」), 『인문학문의 사명』(제1부 「수입학에서 창조학까지의 전환과정」) 및 김영민의 『탈식민성과 우리 인문학의 글쓰기』(「기지촌의 지식인들」) 등이다. 제2강에서는 조혜정의 『탈식민지 시대 지식인의 글읽기와 삶읽기 1』, 김영민의 「글쓰기(와) 철학」(『철학과 현실』 1996년 봄호) 및 『탈식민성과 우리 인문학의 글쓰기』 등을 기본 텍스트로 제시한다.

【 도론편 사례 2 】

제1부 : 문학연구와 논리 그리고 철학	
■ 제1강 : 문학연구와 논리적 글쓰기	
토론주제	
□ 개념의 정의와 내포(intension) · 외연(extension)	
□ 논리와 논증	□ 개념과 판단 및 추론
□ 연역과 귀납	□ 논리적 사고와 비판적 사고
□ 논리적 오류	□ 논리적 관계와 인과적 관계
□ 논증의 타당성과 숨은 전제	
□ '주장'과 불명료한 주장의 원인	
■ 제2강 : 문학연구와 철학	
토론주제	
□ 문학과 문학연구	□ 문학과 철학의 관계
□ 문학의 철학성	□ 문학연구와 철학연구
□ 문학이론과 철학	□ 시와 철학

각 주제별로 기본적인 참고자료를 제시하여 학습과 자료수집의 출발점으로 삼게 하는 것도 필요하다. 【도론편 사례2】에서는 김광수 『논리와 비판적 사고』(철학과 현실사, 1995) · 정위섭 『논리학입문』(학문사, 1994) · 조동일 『한국의 문학사와 철학사』(지식산업사, 1996) 및 박이문 『문학과 철학』(민음사, 1995) 등의 저서와 조동일의 「한국문학 속의 철학」(『철학과 현실』 1996년 여름호) · 엄정식의 「문학과 철학의 세계」(상동) 등 관련 논문을 기본자료로 제공한다.

입문편은 강좌의 핵심 주제를 심화 학습하는 데 필요한 기반을 마련하는 입문의 단계이다. 역시 광범위한 자료 장악능력과 글쓰기 능력 배양에 초점을 맞춘다. 「중국시가연구」 강좌를 예로 들어 입문

편의 구성 내용을 소개하면 다음과 같다.

【 입문편 사례 】

제2부 : 중국고전시가 입문
■ **제3강 : 중국고전시가와 판본 - 판본학**
토론주제
□ 판본의 가치와 기원　　□ 판본의 종류와 변천과정
□ 古抄本과 刻本書　　□ 송원 舊本의 가치와 문제
□ 명대 각본의 문제점　　□ 청대 刊本과 校本의 가치
■ **제4강 : 중국고전시가와 교감 - 교감학**
토론주제
□ 교감의 기원과 목적　　□ 교감의 정의와 필요성
□ 시가교감의 기초지식　　□ 시가 교감의 상용방법
□ 실제교감 일례
■ **제5강 : 중국고전시가의 형식과 언어 (1)**
토론주제
□ 고전시의 체재와 특성　　□ 고체시와 근체시의 차이
□ 四聲과 平仄　　□ 押韻과 對偶
□ 절구의 압운과 평측　　□ 율시의 압운과 평측
■ **제6강 : 중국고전시가의 형식과 언어 (2)**
토론주제
□ 章法 — 기승전결　　□ 句法과 字法
□ 당시의 句式과 節奏　　□ 緊縮句와 連貫句
□ 중국고전시의 생략　　□ 중국고전시의 錯位

　고전시 연구에서 작품 분석 이전에 선결되어야 할 과제는 작품에 대한 정확한 이해와 감상이다. 따라서 작품 감상과 이해에 기반이 되는 고전시의 형식과 언어에 대한 학습이 필요하다. 아울러 단순한

감상 차원을 넘어 연구의 차원에서는 원전의 판본과 이문(異文) 교감에 대한 이해가 필요하므로 이에 관한 훈련의 기회를 마련한다.

　입문편에 진입하면, 발표 문건의 분량과 참고자료의 편수를 도론편보다 증가시킨다. 도론편이 주로 한 편의 자료를 대상으로 한 summary라면 입문편에서는 세 편 전후의 자료를 대상으로 문건을 작성하게 하여 복수 자료의 이견에 대한 시비 판단과 취사(取捨) 능력을 배양시키고자 노력한다. 심화편에서는 입문편보다 발표문의 분량과 참고자료의 편수를 더욱 늘리는 것도 같은 이유에서이다. 심화편 사례를 「당대문학연구(唐代文學硏究)」 강의계획안을 통하여 소개한다.

【 심화편 사례 】

제1부 : 도론편
■ 제1강 : 당대문학 개관 ── 종합적 이해
■ 제2강 : 당대문학의 사회 · 문화 · 사상배경
제2부 : 입문편
■ 제3강 : 당대문인의 별집과 판본
■ 제4강 : 당대문학의 총집과 선집
■ 제5강 : 당대의 史書와 筆記
제3부 : 심화편
■ 제6강 : 당대문학과 과거 및 불교
■ 제7강 : 당대문학의 전파 양상
■ 제8강 : 당대문인의 題壁과 題壁詩
■ 제9강 : 당대문학의 登高 주제
■ 제10강 : 당대문학의 懷古 주제

심화편은 강좌의 최종 단계로서 자료의 수집·분석·종합·사고 및 글쓰기 등 여러 방면에서 최고 수준의 난이도로 진행한다. 도론편·입문편·심화편을 거치며 논문 형식의 글쓰기 능력을 최대한 배양하는 데 목적이 있다. 「당대문학연구」 강의계획안은 모든 수강생이 이전 강좌를 통해 이미 예시한 도론편(즉 「학문 연구와 글쓰기」·「문학연구와 논리 그리고 철학」)에 관한 학습훈련을 거친 경우를 전제로 한 것이다. 도론편을 「당대문학 개관」과 「당대문학의 사회·문화·사상배경」 등 당대문학에 대한 기초적 이해에 초점을 맞춘 것은 바로 이 때문이다.

심화편에서도 각 주제별로 토론 주제가 제시된다. 예를 들어 제8강 「당대문인의 제벽과 제벽시」에서는 「제벽의 기원과 개념」·「제벽의 체재형식과 서사(書寫) 도구」·「제벽시의 선별 기준」·「당대 제벽시의 성행 원인」·「당대 제벽시사(題壁詩詞)의 주제」·「당대 역참 제벽시의 제양상」 등을 토론주제로 제시한다. 각 주제는 해당 주제에 관한 단순 지식의 전달과 습득에 목적이 있지 않다. 연구기반의 확립과 글쓰기 능력의 배양을 위한 도구이므로 강좌의 각 주제는 상황에 따라 다양한 변동이 가능하다.

수업 효과의 극대화를 위해 각 주제에 대한 발표과제는 수강생 개인의 수준과 상황에 따라 난이도를 차별화하여 부과한다. 예를 들면 석사반과 박사반, 본지생과 외적생 혹은 수강생 학습능력의 고하 등을 고려한다. 수강생의 학업수행 능력을 지나치게 상회하는 난이도의 과제는 역효과가 발생하기 때문이다.

대학원 강좌 명칭에는 대부분 '연구'라는 두 글자가 포함되어 있다. 강좌 명칭과 명실상부한 강의가 진행되어야 한다. 대학원 수업의 목표를 연구능력 배양과 연구기반의 구축에 두어야 하는 이유가

바로 여기에 있다. 이러한 차원에서 「중국문인 전기 연구」 강의계획
안으로 대학원 교육 방안에 관한 논의를 마무리하기로 한다.

　　제1부 도론편에서는 제1강 「역사주의 비평과 전기연구의 의미」,
제2강 「'전기'의 개념과 전기자료」 두 가지 주제로 강의를 진행한다.
제1강은 「문학연구 방법론의 효용——역사주의 비평(전기비평)」, 「전
기 연구의 의미와 가치——맹자의 '이의역지(以意逆志)'와 '지인논세
(知人論世)'」, 제2강은 「전기의 의미와 종류」, 「자전류(自傳類) 전기
의 유형」, 「타전류(他傳類) 전기의 유형」, 「전기자료의 범위와 유형」
등을 토론주제로 삼는다. 수강생들이 문인전기 연구에 대한 기본 인
식과 학문적 가치를 깨닫게 하는 데 목적이 있다. 만약 수강생 중
석사과정 신입생이 있다면 그들에게는 조동일 『우리 학문의 길』의
주요 부분을 읽고 그에 대한 summary와 독후감 및 대학원 학업의
올바른 방향에 대한 자신의 생각을 작성하여 발표하는 것으로 제1강
의 과제를 대체할 수도 있다.

　　제2부 입문편은 「전기연구의 방법론」을 학습 주제로 한다. 이를
통해 중국문인 전기 연구에 가장 기본적인 방법론을 익히게 한다.
제3강 「전기연구의 기초(1)」의 토론주제는 「고대문인의 인명과 동성
명(同姓名)」, 「고대문인의 자호(字號)와 실명(室名)」, 「고대문인의 관
명」, 「고대문인의 연보」, 제4강 「전기연구의 기초(2)」의 토론주제는
「정사(正史) 전기」, 「비전(碑傳)과 방지(方志) 전기」, 「필기(筆記)의
함의와 유형」, 「당대 필기의 종류와 활용」, 「송대 필기의 종류와 활
용」 등이다. 제3강과 제4강의 과정을 통해 중국 고대문인의 전기 관
련 원시 자료를 검색하고 활용하는 토대를 마련할 수 있도록 한다.

　　제5강 「중국의 자전문학(1)——중국 자전(自傳)의 역사」, 제6강
「중국의 자전문학(2)——'오류선생전'형의 자전」, 제7강 「중국의 자전

문학(3)——자찬묘지명과 자전시」는 교토(京都)대학 천합강삼(川合康三) 교수의 『중국의 자전문학』[29]을 텍스트로 삼아 전기연구의 방법론을 익히도록 한다. 이 과정을 통해 타인의 연구 저서를 열독하는 주요 목적은 방법론의 습득에 있음을 수강생 스스로 느끼게 한다. 『중국의 자전문학』은 단순히 이차자료를 정리한 개론서가 아니라 저자 자신의 관점과 방법론으로 원전에 대한 철저한 분석을 가한 결과물이기 때문이다. 중국문인의 자전 연구에 있어 새로운 방법론과 지식을 창출한 뛰어난 연구성과물로 인정받는다. 다양한 방식의 발표 주제를 통해 수강생 스스로 저자의 연구방법론을 추출하고 체득하게 함으로써 자전을 포함한 전기연구의 방법론 기초를 익히는 계기로 삼는다.

제3부 심화편 「전기 연구」는 지금까지의 학습과정을 바탕으로 전기 연구에 관한 초보적인 실전을 경험하는 데 목적이 있다. 제8강 「문인 전기자료와 정사 자료의 비교」는 「문인 전기자료 목록 및 수집」·「『구당서』·『신당서』의 체례 비교」·특정 문인에 대한 「『구당서』·『신당서』 열전 비교」를 발표 주제로 설정한다. 제9강 「필기 전기자료의 진위와 정사자료와의 비교」는 각종 당송 필기의 활용가치에 대한 이해를 도모하고 필기자료의 가치를 정사자료와의 비교를 통해 검증하는 훈련 코스이다. 「당송 필기의 문인 전기자료」 및 『당척언(唐摭言)』·『당어림(唐語林)』·『수당가화(隋唐嘉話)』·『당국사보(唐國史補)』·『봉씨문견기(封氏聞見記)』·『용재수필(容齋隨筆)』 등의 전기자료에 대한 비교를 토론 주제로 제시한다. 제10강 「문인 전기·일화 고변」은 「문인 연보의 이동(異同) 비교」를 비롯하여 특정

---

29) 천합강삼 지음, 심경호 옮김 『중국의 자전문학』 서울, 소명출판, 2002.(原著: 川合康三 『中國の自傳文學』 東京, 創文社, 1996)

당대문인의 전기·일화의 진위에 대한 고변(考辨) 등을 토론과제로 선정한다.

어떤 강좌이든 강의 방식과 내용 구성은 교수자의 주관에 따라 달라질 수 있다. 「중국문인 전기 연구」류의 강좌일 경우에 대표적인 중국문인을 예시하고 그들의 생애에 관한 보고서를 발표하게 하는 방식으로 진행할 수도 있다. 이러한 방식으로도 수강생의 학습 효과를 기대할 수 있다. 그러나 이차자료를 통한 문인전기 관련 지식의 습득 차원에 머물 가능성이 많다. 따라서 전기 방면의 원시자료를 활용하여 새로운 지식을 생산해 내는 그런 차원의 연구능력을 배양하기에는 부적절하다.

중국 학자에 의해 작성된 문인 평전이나 관련 논문의 성과만을 답습하는 차원을 벗어나 진정한 전기 연구를 할 수 있는 안목과 능력의 기반을 마련해야 한다. 전기 연구는 중국과 일본 등 국외 학자만의 영역이라는 편견을 버리고 국내 학계에서도 관련 선행업적의 시비를 검증하고 나아가 문인전기 방면의 새로운 지식 생산을 할 수 있어야 한다. 「중국문인 전기 연구」의 강의계획안에서 도론편·입문편·심화편의 단계별 학습을 통해 기대하는 바는 바로 우리의 학문 후속세대가 장차 문인전기 방면의 주체적인 연구 성과를 학계에 보고하는 그런 날의 도래이다.

4. 맺음말

"오늘의 교육은 미래의 연구라는 점을 인식하여야 한다. 다음 세대의 연구를 위해서라도 우리가 교육을 중시하여야 한다. 교육과 연구는 같은 개념으로 생각하고 대학원의 구성원들이 함께 고민해야 한다"[30]고 했다. 결국 현재의 대학원생 중에서 미래의 연구자가 배출되므로 학문 발전을 위해 지금의 교육을 중시해야 한다는 의미이다. 이러한 인식이 우리의 학계에도 존재한다는 사실은 희망이다. 본고에서 지적한 대학원 교육의 문제점은 극히 부분적인 현상임을 우리는 알고 있다.

얼마 전 국내 독서계를 열광시킨 것은 하버드대 마이클 샌델 교수의 『정의란 무엇인가』라는 한 권의 책이었다. "정의란 미덕을 키우고 공동선을 고민하는 것"[31]이라는 그의 말은 대학원 교육을 고민하는 우리에게도 의미심장하게 다가온다.

'정의(justice)'의 어원에는 '똑바로 세워진(upright)'이라는 뜻이 있다. 그러므로 '정의'란 무엇이 옳고 무엇이 그른지 뒤죽박죽인 상태에서 옳은 것을 바로 세운다는 의미일 것이다. 현대 사회에서 사람들은 한 가지 사안에 대해 서로 다른 의견을 갖고 있으면서도 존중하며 함께 살아가야 하기에 기본적인 원칙을 세워야 한다. 동서고금을 막론하고 정의[義]에 대해 많은 사상가들이 정의를 내렸지만 마이클 샌델 교수의 표현에 의하면 "'정의'란 공동체적인 삶을 살아가기 위해 지켜야 할 기본원칙"인 것이다.

그의 개념 정의에 따르면 학교 사회의 정의 구현을 위해서는 학교를 교수와 학생의 공동체로 인식하는 것이 무엇보다 중요하다. 교수는 학과라는 작은 성(城)의 영주로 자처하며 학생 위에 군림해서

---

30) 「교수신문」(2010년 7월 19일) 「문제는 대학원이다⑤」·「토플 100점도 못 받는 영문학 박사? 학생 마구 뽑다 보니 대학 스스로 발목 잡혀」
31) 마이클 샌델 저, 이창신 역 『정의란 무엇인가』 서울, 김영사, 2010, 360쪽.

는 안된다. 학생은 소비자 혹은 고객으로 행세하며 학위를 사려고 해서는 더더욱 안된다. 교수와 학생은 가르치고 배우며 학문의 끈을 이어주고 이어받는 관계가 되어야 한다.

학교라는 공동체 안에서 교수와 학생이 "공동체적인 삶을 살아가기 위해 지켜야 할 기본원칙"을 잘 지켜나가는 것이 바로 학교가 정의로워지는 길이다. 그 안에서 교수와 학생의 공동선을 추구하는 것이 바로 학교 사회의 정의일 것이다. 교수의 이익과 편의를 위해 학생을 수단으로 이용하고 개인 인력으로 간주할 때 학교라는 공동체의 공동선은 절대로 구현될 수 없다. 학생은 자신이 노력한 만큼의 평가에 만족하고 더욱 애써 노력해야 한다. 노력 이상의 좋은 학점을 받으려 하고 부당한 방식에 의한 학위 취득을 시도하는 것도 정의롭지 못한 일이다.

대학이 정의로워야 한다는 말은 교수도 정의로워야 하고 학생도 정의로워야 한다는 뜻이다. 다른 방식으로 표현하면 선생은 선생답고 학생은 학생다워야 한다는 것이다. 그러나 학생이 정의롭기를 요구하기 이전에 우선 교육의 주체자가 먼저 정의로워져야 한다. 이것이 대학의 정의를 구현하는 첫걸음이자 초석이다.

참고문헌

조벽『조벽 교수의 명강의 노하우 & 노와이』[개정판] 서울, 해냄, 2010.12

EBS「최고의 교수」제작팀『최고의 교수』서울, 예담, 2008.6

서울대학교 인문대학『서울대학교 인문대학 삼십년사』서울, 서울대학교인
　　　문대학, 2005년

삼십년사편찬위원회『성균관대학교 중어중문학과 삼십년사(1955-1985)』
　　　서울, 정문사, 1985

마이클 샌델 저, 이창신 역『정의란 무엇인가』서울, 김영사, 2010

사에구사 도시카쓰 저, 심원섭 역『사에구사 교수의 한국문학 연구』서울,
　　　베틀북, 2000

김경동「중국 고전시 교육의 제문제」;『중어중문학』제37집, 2005.12

김경동「자성과 모색 —— 중국어문학 학회의 역사와 역할」;『중어중문학』
　　　제44집, 2009.6

이장우「서평: 중국미학사」;『중국어문학』제21집, 1993.6

呂正惠「應用流行理論是一種「偸懶」的行爲」;『文訊』제243기, 2006.1

＊ 부기 :「교수신문」등 국내 언론기관의 보도자료는 각주로 대체함.

중국어문학 학회의 역사와 역할

- 목차 -

이 땅에서 근대적 의미의 중국어문학 교육과 연구가 시작된 이후 기나긴 세월이 흘렀다. 그간에 상전벽해의 변화와 괄목상대의 성과가 있었음을 우리 모두 인정한다. 1960년대까지 중국어문학 관련 학과의 개설 대학이 서울대·성균관대·한국외대 등 전국에서 세 곳뿐이었으나 현재는 130여 개 대학에 이르고 있다.[1] 찾아 주는 사람

---

* 본고는 한국중어중문학회 주최의 「학술대토론회」(2009년 5월 9일, 성균관대학교)의 부산물이다. 「한국 중어중문학의 오늘을 말한다」라는 주제의 토론회 제2부는 학회의 운영과 논문 심사제도가 주요 논제이었으나 시간 부족으로 충분한 논의가 진행되지 못하였다. 이에 자료를 보완하고 논문 형식을 구비한 글을 작성하여 전문학술지 『중어중문학』제44집(2009.6)에 게재하였다. 본서 수록 시에는 2009년 논문 게재 당시의 학회 상황을 기록하는 의미로 언어표현과 문장형식에 대한 약간의 수정만을 가했음을 밝힌다.

1) 이것은 『중어중문학』제43집(2008.12) 「한국중어중문학회 회원주소록」(2008년 수정판)을 근거로 했다.

이 거의 없던 '냉문(冷門)'의 학과에서 많은 사람들이 선망하는 '열문
(熱門)'의 전공으로 가치 상승하였음을 보여 준다.

중국어문학 교육을 대학의 관련 학과에서 전담하였다면 학인들의
학술 활동은 주로 학회를 통해 진행되었다. 해방 이후 최초의 중국
어문학 관련 학회는 1955년 전후 창립된 한국중국학회이다. 1960년
대 이 땅에서 발간되었던 중국어문학 관련 학회지는 한국중국학회의
『중국학보』가 유일하였다. 그로부터 반세기가 지난 지금, 20여 개의
학회가 활동하고 20여 종의 전문 학회지가 발간되고 있으니 놀라운
성장이 아닐 수 없다.

그러나 우리 경제의 고속 성장 이면에 빈부 격차와 정경 유착 등
의 어두운 그림자가 깔려 있듯이 우리 학계의 양적 팽창 이면에는
화이부실(華而不實)의 부정적 요소가 기생하고 있음을 부인할 수 없
다. 그것은 한국의 중어중문학계가 국제적인 학술 역량을 확보하고
진정한 학문 발전을 이룩해가는 과정에서 거쳐야 할 성장통임이 분
명하다. 이러한 믿음을 기반으로 본고에서는 국내 중국어문학 학회
의 역사를 회고하면서 지난날에 대한 자성과 아울러 학회 발전을 위
한 지향점을 모색해 보고자 한다.

1. 학회의 역사와 유형

"중국의 학술과 문화를 연구·소개함을 목적"[2]으로 하는 '중국학
회'가 창립된 것은 1955년 전후의 일이다. 이 학회가 해방 이후 최초

---

2) 『중국학보』제1집(1963.11) 「회칙」 47쪽 참조.

의 중국어문학 관련 학회로서 현재의 한국중국학회이다. 이로부터 약 22년 후인 1977년 3월 9일, 명동의 중정도서관(中正圖書館)에 23명의 중국어문학 연구자들이 모여 "중어중문학 연구의 촉진, 회원의 권익보호 및 상호간의 친목도모를 목적으로 하는" 학회를 창립하였다. 그 다음날 회장단이 중국대사관을 방문하여 학회 지원을 요청하고 3월 20일 학회 창립 안내문을 관계기관에 발송하였다. 4월 11일 회장단과 임원의 연석회의를 개최하여 사업계획을 검토하는 등 조직적이고 적극적인 학술 활동을 개시하였다.[3] 이 학회가 바로 한국중어중문학회이다. 한국중국학회가 중국의 문사철(文史哲)을 포괄하는 중국학 연구의 대표학회라고 한다면 한국중어중문학회는 중국어문학 분야의 대표학회라고 할 수 있다. 현재 중국어문학 관련 학회 중에서 이 두 학회를 대표학회로 인정하는 것이 우리 학계의 통념이다.

두 개의 대표학회 이외에도 우리 학계에는 많은 학회가 창립되어 활발하게 활동하고 있다. 한국학술진흥재단[4]에 정식 학회로서 등재된 것을 기준으로 하면 1955년 전후의 한국중국학회부터 2005년 창립된 한국중국어교육학회에 이르기까지 우리 학계에는 총 24개의 학회가 존재한다. 이 학회들을 기본 성격에 따라 크게 분류하면 대표학회 · 대학학회 · 지역학회 · 갈래학회 등 네 가지 유형이다. 대표학회란 이미 언급하였듯이 중국 문사철 전공자 전체를 회원으로 하는 한국중국학회와 중국어문학 전공 전임교원을 회원으로 하는 한국중어중문학회를 말한다.

---

3) 『중어중문학』창간호(1979.5)「회칙」233쪽,「본회휘보」227쪽 참조.
4) 한국학술진흥재단은 한국연구재단법에 따라 2009년 6월 설립된 한국연구재단의 전신이다.

상당히 이른 시기부터 우리 학계의 학술 활동을 담당했던 학회는 바로 대학학회이다. '대학학회'란 특정 대학의 학과와 그 대학 출신자를 중심으로 운영되는 학회를 말한다. 총 8개의 대학학회가 존재하는데 도표로 정리하면 다음과 같다.

■ 대학학회

순번	학회 명칭	창립연도	운영	학술지명	창간연도
1	한국중국어문학회	1969	서 울 대	중국문학	1973
2	중국학연구회	1980	외국어대	중국학연구	1984
3	한국중문학회	1981	성균관대	중국문학연구	1983
4	중국어문연구회	1988	고 려 대	중국어문논총	1988
5	중국어문학연구회	1988	연 세 대	중국어문학논집	1989
6	중국어문학회	1994	이화여대	중국어문학지	1994
7	중국어문논역학회	1996	숭 실 대	중국어문논역총간	1997
8	중국문화연구학회	2002	숙명여대	중국문화연구	2002

총 8개의 대학학회 중 최초의 학회는 1969년 창립된 서울대의 한국중국어문학회(이후 '서울대학회'로 약칭)이다. 당시 국내 중국어문학 관련 학회로는 한국중국학회가 유일하던 시절, 중국어문학을 위주로 한 첫 번째 학회라는 점에서 의미가 있다. 학회 창립 4년 후인 1973년에 학회지 『중국문학』이 창간되어 2001년 등재지에 선정되었고 2006년부터 연 4회 발간되고 있다.

중국학연구회(이후 '외대학회'로 약칭)는 한국외국어대 중국어과를 중심으로 운영되는 학회로서 1980년 창립되었다. 외대학회는 대부분의 대학학회와는 달리 중국의 어문학·역사철학·사회과학 등 중국학 전반에 대한 연구와 학술 활동을 목적으로 출발하였으며 이 같은 체제는 지금까지 유지되고 있다. 학회지 『중국학연구』는 학회 창립 4년 후인 1984년에 창간되어 2003년 등재지에 선정되었고 2004년부터 연 4회 발간되고 있다.

한국중문학회(이하 '성대학회'로 약칭)는 성균관대 중문학과를 중심으로 운영되는 학회로서 1981년 창립되었다. 창립 당시의 학회 명칭은 '중국문학연구회'이었다. 한국학술진흥재단의 학회 평가가 본격화되던 1998년에 들어 '연구회'라는 명칭을 '학회'로 변경하면서 기존 학회 명칭과의 중복을 피하기 위해 '한국중문학회'로 개명되었다. 학회지 『중국문학연구』는 1983년 창간되었으며 2003년 등재지에 선정되었고 1998년부터 연 2회 발간되고 있다.

상술한 대학학회의 창립은 해당 학과의 창립 순서와 동일하다. 현재 50년 이상의 역사를 가진 학과는 서울대 · 외국어대 · 성균관대의 3개 대학이므로 대학원 개설과 석 · 박사 배출 시기를 감안할 때 학술 활동과 친목 도모를 위한 학회가 다른 대학학회보다 이른 시기에 설립되었음은 당연한 일이다.

이후에도 특정대학 중심의 학회가 꾸준히 창립되었다. 1988년에 들어 고려대의 중국어문연구회(이후 '고대학회'로 약칭)와 연세대의 중국어문학연구회(이후 '연대학회'로 약칭)가 출범하였다. 고대학회는 '고대중국어문연구회', 연대학회는 '연대중국어문학연구회'라는 명칭으로 창립되었으나 각각 1993년 · 1995년에 현재의 명칭으로 개명되었다. 고대학회는 창립 연도인 1988년에 학회지 『중국어문논총』제1집을 창간하여 2002년 등재지에 선정되었고 2007년부터 연 4회 발간하고 있다. 연대학회의 학회지는 창립 1년 후인 1989년 『문경(文鏡)』이란 명칭으로 창간되었으나 1995년에 『중국어문학논집』으로 개명하여 2003년 등재지에 선정되었고 2005년부터 연 6회 발간되고 있다.

1994년에는 이화여대의 중국어문학회(이하 '이대학회'로 약칭), 1996년에는 숭실대의 중국어문논역학회(이하 '숭실대학회'로 약칭), 2002년 숙명여대의 중국문화연구학회(이하 '숙대학회'로 약칭)가 차례로 창립되었다. 특히 숭실대학회는 학과 역사와 연구인력 배출면에서의 약점을 활동 영역에 연구번역을 공식 추가함으로써 만회하려 하였다. 2000년대에 들어 관련 학회가 이미 포화상태에 이르렀다는 인식이 보편적이던 상황에서 숙대학회는 형식적으로나마 문화 연구를 표방함으로써 학회 창립의 의의를 찾으려 하였다. 이대학회의『중국어문학지』(1994년 창간)는 2004년 등재지에 선정되어 2005년부터 연 3회 발간되고 있다. 숭실대학회의『중국어문논역총간』(1997년 창간)은 1999년부터 연 2회 발간을 원칙으로 하고 있으며 2005년 등재지에 선정되었다. 숙대학회의『중국문화연구』(2002년 창간)는 2003년부터 연 2회 발간되고 있으며 2005년 등재후보지에 선정된 바 있다.

국내 중국어문학 학회사의 세 번째 유형은 특정 지역을 중심으로 하는 소위 지역학회로서 총 4개 학회가 존재한다. 도표로 정리하면 다음과 같다.

■ **지역학회**

순번	학회 명칭	창립연도	지역	학술지명	창간연도
1	영남중국어문학회	1980	대구경북	중국어문학	1980
2	중국인문학회	1982	호남	중국인문과학	1982
3	대한중국학회	1983	부산경남	중국학	1984
4	한국중국문화학회	1985	충청	중국학논총	1992

4개의 지역학회는 모두 1980년대에 설립되었다. 그중 가장 이른 시기의 학회는 영남지역을 중심으로 하는 영남중국어문학회이다.

이 학회는 1980년 영남지역의 한 독지가로부터 일천만 원의 회지발간 기금 및 창간호 경비 전액을 기부받은 것이 창립의 밑거름이 되었다. 당시 학계의 열악한 경제상황 하에서 풍부한 재정과 영남의 한학전통을 기반으로 의욕적이고 조직적인 학술 활동을 전개하였다. 1980년 창간된 『중국어문학』은 1981년부터 현재까지 꾸준히 연 2회 발간되고 있으며 2004년 등재지에 선정되었다. 1982년 호남지역의 연구자를 중심으로 창립된 중국인문학회는 문사철(文史哲) 등 중국 인문학 전반을 학술활동의 대상으로 삼았다. 원래의 학회 명칭은 '중국인문과학연구회'이었으나 학회 평가가 본격화된 1998년부터 중국인문학회로 변경되었다. 1982년 창간된 학회지 『중국인문과학』은 2005년 등재지에 선정되었으며 2006년부터 연 3회 발간되고 있다.

대한중국학회는 1983년 부산경남 지역을 기반으로 창립되었다. 창립 당시의 학회 명칭을 '부산경남중국어문학회'로 삼은 것도 이러한 이유에서이다. 학회지 『중국어문논집』이 1984년에 창간되었으나 1999년에는 학회지 발간이 중단되었다. 2000년에 들어 학회 명칭을 대한중국학회로 변경하고 학회지도 『중국학』으로 개명하고부터 연 2회 발간하고 있으며 2006년 등재후보지에 선정되었다. 한국중국문화학회는 1985년 '충청중국어문학회'라는 명칭으로 충청지역에서 결성되었으나 실질적인 학회 활동은 진행되지 않다가 1991년에서야 제1차 학술발표회를 개최하였다. 그해에 학회 명칭을 '충청중국학회'로 변경하여 학술 활동의 범위를 중국학으로 확대하더니 1998년에는 다시 '한국중국문화학회'로 개명하는 등 외형적인 변동이 많았다. 1992년에 『중국학논총』을 창간하여 2000년부터 연 2회 발간하고 있으며 2008년에 비로소 등재후보지에 선정되었다.

국내 학회의 마지막 유형은 특정 영역을 연구대상으로 하는 학회인데 이를 '갈래학회'로 부르기로 한다. 학연과 지연을 벗어나 동일한 연구 영역에서의 공감대를 기반으로 하고 있다는 점에 의의가 있다. 현재까지 총 10개의 갈래학회가 창립되었는데 이를 정리하면 다음과 같다.

■ 갈래학회

순번	학회 명칭	창립연도	쟝르	학술지명	창간연도
1	한국중국현대문학학회	1985	현대문학	중국현대문학	1987
2	한국돈황학회	1987	돈황학	동서문화교류연구	1997
3	한국중국소설학회	1989	소설	중국소설논총	1992
4	한국중국언어학회	1991	언어	중국언어연구	1991
5	한국중국희곡학회	1991	희곡	중국희곡	1993
6	한국현대중국연구회	1992	중국학	한중언어문화연구	1995
7	한국중문학이론학회	1992	문학이론	중국문학이론	2002
8	한국중국산문학회	1998	산문	중국산문논총	2000
9	한국노신연구회	2001	노신	한국노신연구	2005
10	한국중국어교육학회	2005	중국어	중국어교육과연구	2005

다양한 갈래학회의 탄생을 선도한 것은 현대문학 분야이다. "광활하고 유구했던 중국문학이 신문학으로 변신한 뒤 오히려 강 건너 불 보듯 관망하는 자세였던" 데에 대한 반성과 "국제적으로 일고 있는 중국 연구에 대한 시대적 요구와 필요"에 호응하고자 1985년 한국중국현대문학학회가 창립되었다.[5] 1987년 창간된 학회지 『중국현

---

5) 『중국현대문학』제1호(1987.4) 「창간사」 참조.

대문학』은 2002년 등재지에 선정되었고 2003년부터 연 4회 발간되고 있다.

갈래학회의 두 번째는 1987년에 창립된 한국돈황학회이다. 학술강연회 및 학술회의 개최 등의 활동만을 해오다가 10년 후인 1997년에서야 학회지 『동서문화교류연구』 창간호를 발간하였다. 그러나 2003년 12월 제6집 발간 이후로는 학회 활동과 학회지 발간을 확인할 자료가 발견되지 않는다. 1980년대의 마지막 갈래학회는 한국중국소설학회이다. 1989년에 창립되어 1990년부터 『중국소설연구회보』를 발간하였고 1992년에는 학회지 『중국소설논총』을 창간하였다. 『중국소설논총』은 1998년부터 연 2회 발간되고 있으며 2006년 등재지에 선정되었다.

1990년대에 들어 여러 영역의 갈래학회가 탄생하였다. 1991년에는 한국중국언어학회와 한국중국희곡학회, 1992년에는 한국현대중국연구회와 한국중국문학이론학회, 1998년에는 한국중국산문학회가 창립되었다. 이 학회 중에서 규모와 활동이 가장 두드러진 학회는 한국중국언어학회이다. 중국 언어의 모든 영역을 포괄하고 있고 특히 90년대 후반 이후 언어학습의 실용가치가 부각되어 연구자가 대폭 증가하였기 때문이다. 한국중국언어학회의 학회지 『중국언어연구』는 학회 창립과 동시에 창간되었다. 1998년부터 연 2회 발간되고 있으며 2003년 등재지에 선정되었다.

한국현대중국연구회는 "한중간의 예술·언어·종교 등 문화 및 학술전반에 걸친 상호교류·교육·연구·출판"[6] 등을 활동 영역으

---

6) 한국현대중국연구회의 홈페이지(http://www.conkor.net)에 기재된 연구회 소개 참조.

로 하는 사단법인이다. 1995년 창간된 학회지『한중언어문화연구』[7]
는 2006년 등재후보지로 선정되고 2008년부터 연 4회 발간되고 있
다. 한국중국문학이론학회는 1992년 창립 당시 '중국문학이론연구회'
라는 명칭으로 출범하였고 1999년 한국중국문학이론학회로 개명하
였다. 원래는 중국문학 이론비평 위주의 학회로 창립되었지만 실제
활동은 고전시가 영역을 포함하는 경우가 적지 않았다. 학회지 창간
은 늦은 시기에 이루어졌으나 풍격 용어에 대한 해석 작업과『중국
시와 시인』(당대편·송대편) 발간 및『문심조룡』역주 작업을 진행하
는 등 학술 활동은 꽤 활발하였다. 2002년에 학회지『중국문학이론』
을 창간하였고 2007년에 제9집과 제10집을 발간하였으나 2008년에
는 발간하지 못한 것으로 확인되었다.

1990년대 창립된 학회 중 전공 성격상 소규모일 수밖에 없는 한국
중국희곡학회와 한국중국산문학회는 학회지 발간이 중단되는 등 학
회 활동이 소강 상태에 처해 있다. 한국중국희곡학회의『중국희곡』
은 1993년 창간호부터 2000년 제8집까지 연 1회 발간되었으나 2004
년 제9집 발간 이후로는 중단되었다. 한국중국산문학회의『중국산문
논총』은 2000년 창간되었으나 2001년 제2집 발간이 마지막인 것으
로 확인되었다. 두 학회는 세미나조차 중단된 적이 있었으나 최근 연
1·2회의 세미나 개최로 학회의 명맥을 유지하고 있다.

2000년대 초반에 들어 두 개의 갈래학회가 추가되었다. 2001년
창립된 한국노신연구회는 특정 작가 1인을 연구활동의 대상으로 한

---

7) 한국현대중국연구회에서는 창립 다음해인 1993년 어문분과 연구자들을 중심으로 한
  국중국언어문화연구회를 결성하였다.『한중언어문화연구』는 사실상 한국중국언어문
  화연구회 활동의 성과물이라고 할 수 있다.

다는 점에서 매우 독특하다. 세미나 개최를 위주로 활동하던 이 학회는 2005년에 들어 『한국노신연구』제1집을 발간하였으나 그 이후에는 학술 활동과 학회지 발간이 진행되지 않은 것으로 확인되었다.

2005년 창립된 한국중국어교육학회는 2009년 6월 시점까지는 최후의 갈래학회이자 국내 중국어문학 관련 학회 중 최연소 학회이다. 이 학회는 "중국어교육의 보편화와 질적 향상의 요구라는 사회적 배경 하에서 중국어 교육의 과학화를 도모하여 중국어 교육의 발전에 기여함을 목적"[8]으로 창립되었다. 기존의 여러 학회에서도 중국어 교육을 테마로 한 세미나를 개최하고 관련 논문도 학회지에 게재되는 등 중국어 교육 영역은 이미 학술 활동의 대상이었다. 이러한 상황에서 중국어 교육을 학회 활동의 중심축으로 표방하였다는 점이 흥미롭다. 학회지 『중국어교육과 연구』는 2005년 창간되어 지금까지 연 2회 발간되고 있으며 2008년 등재후보지에 선정되었다.

■ 대표학회

순번	학회 명칭	창립연도	운영주체	학술지명	창간연도
1	한국중국학회	~1955~	연합	중국학보	1963
				국제중국학연구	1998
2	한국중어중문학회	1977	연합	중어중문학	1979

마지막으로 대표학회를 소개하기로 한다. 두 개의 대표학회를 본 장의 서두에서 언급하고 말미에서 다시 거론하는 것은 한국중국학회와 한국중어중문학회가 대표학회로서의 충분한 의미와 가치를 가지

---

8) 『중국어교육과 연구』창간호(2005.8) 「창간사」와 「회칙」 참조.

고 있기 때문이다. 아울러 대표학회로서의 실질적 위상과 기능을 회복하기를 기대하기 때문이다.

　한국중국학회의 창립 연도는 1962년으로 알려져 있지만 실제로는 그보다 훨씬 오래 전의 일로 추정된다. 2009년 6월 현재 재확인 결과 한국학술진흥재단의 「학술정보」에 탑재된 한국중국학회의 「연혁」에는 1962년, 「설립목적」에는 1957년에 창립된 것으로 기록되어 있다.[9] 이것은 1998년 본격적으로 시작된 학회 평가 준비과정에서 학회 운영진의 막연한 추정과 부주의로 인한 결과일 것이다. 1963년 창간된 『중국학보』제1집(1963.11) 「창간사」에는 다음과 같은 내용이 있다.

　　해방 이후로 학문연구의 자유를 되찾게 되어 중국학회의 성립을 보게 된 지도 어언간 십개성상(十個星霜)에 가까운 세월을 겪었으며 그동안 비록 미미하나마 학회로서의 학적활동(學的活動)과 때로는 자유중국과의 학적교환(學的交驩)도 없지는 아니하였다. 그러나 학회의 주무(主務)인 학보의 발행이 오늘까지 실현을 보지 못한 것은 비록 여러가지 사정도 없지 아니하였으나 ……. 그런데 우리 학회에 부여된 그 과업의 중요성으로 보나 사계(斯界)에 대한 오인(吾人)의 책무감에 있어 이 이상의 지연이란 용허되기 어려움을 느낀 나머지에 비록 몇 편의 논문이나마 우선 그것을 모아 창간호를 내어놓고 이것이 출발점이 되어 호수가 거듭되면 내용과 체재가 보일보(步一步) 더욱 충실케 될 것을 희구

9) 한국중어중문학회에서 주최한 「학술 대토론회」(2009년 5월 9일 성균관대학교)에 패널로 참가했던 필자는 토론 당시, 「연혁」의 내용을 근거로 한국중국학회가 1962년에 창립된 것으로 발언한 바 있으나 본고를 통해 토론회에서의 오류를 바로 잡는다.

하면서 이를 간행하는 바이니 오직 사계 제현의 성원과 질정을 바랄 뿐이다.

창간사의 내용을 근거로 하면 창간호가 발간되기 "십개성상에 가까운 세월" 이전에 학회가 성립되었고 이로부터 어느 정도의 학회 활동이 시작되었음을 알 수 있다. 10년에 가까운 세월이라 하였으니 일상적인 용례를 따르면 8-9년 이전으로 추정되므로 한국중국학회의 창립은 대략 1954-55년 기간의 일로 소급할 수 있을 것이다. 실질적인 학회 활동이 창간호 발간 직전에 시작되었을 수도 있지만 본고에서는 「창간사」의 내용을 근거로 한국중국학회의 창립 연도를 편의상 '1955년 전후'로 표기한다.

제1집 「중국학회 회원명단」에 의하면 창간 당시의 회원은 역사 13명, 어문학 12명, 철학 7명, 정치 1명 등 총 33명에 불과했다. 인적·물적 그리고 사회적으로 지극히 열악한 상황에서도 학회의 중요성에 대한 인식과 학자로서의 책임감이 학회 활동과 학회지 발간의 원동력이었음을 느낄 수 있다. 1963년에 창간된 『중국학보』는 1999년부터 연 2회 발간되고 있으며 2001년 등재지에 선정되었다. 한국중국학회에서는 이외에도 외국어 논문만을 수록하는 『국제중국학연구』를 1998년에 창간하여 연 1회 발간하고 있는데 2005년에 등재지로 선정되었다.

한국중어중문학회는 상술하였듯이 1977년 창립되었고 2년 후인 1979년에 『중어중문학』을 창간하였다. 『중어중문학』 창간호에는 「창간사」·「회칙」·「회원명부」만이 아니라 「본회휘보」와 「회원동정」도 수록되어 있다. 특히 「본회휘보」에는 1977년 3월 학회 창립을 위한 모임부터 1979년 5월 학회지 창간까지 학회 활동이 자세하게 기록되

어 있다. 창간호 「회원명부」에 등록된 회원은 불과 58인이었으나 제
43집(2008.12)의 「회원주소록」에 의하면 한국중어중문학회 회원은 무
려 529명에 이른다. 이 같은 대규모 학회를 포함해 20개가 넘는 관련
학회가 존재하지만 학회 활동의 상세 내역을 「휘보」에 남기는 학회는
현재 거의 없으니 학계의 전배들께 심히 부끄러운 일이다. 『중어중문
학』은 1996년부터 꾸준히 연 2회 발간되고 있으며 2002년 등재지에
선정되었다.

지금까지 국내 중국어문학 관련 학회의 유형과 역사를 살펴보았
다. 학연과 지연을 초월한 한국중국학회와 한국중어중문학회가 대표
학회로 인정받고 있다. 그러나 대학별·지역별·전공별로 많은 학회
가 창립된 이후로는 다소 위상이 떨어지고 역할이 축소되었다. 대부
분 자기의 대학학회·지역학회·전공학회 살리기에만 관심과 정성
을 기울이는 사이에 우리 학계의 대표학회는 사실 무주공산(無主空
山)의 신세가 되어 현상 유지에 만족하는 처지가 되고 말았다.

한 가지 더 부연한다면 1990년 후반에 들어 많은 학회들이 상당
한 변화와 부침을 겪었다는 것이다. 학회 명칭에 작은 변화를 주기
도 하고 때로는 학회의 성격과 활동 영역에 큰 변화를 주어 학회지
명칭도 변경해야만 했다. 그리고 전공의 특성상 소규모일 수밖에 없
는 일부 학회는 한국학술진흥재단의 학회지 평가도 신청할 수 없어
결국 고사되지 않으면 침체될 수밖에 없었다. 최근 우리 학계의 현
실은 어떤 술수를 동원해서라도 심사기준에 맞추어 재정 지원과 학
회지 등급을 획득해야만 생존할 수 있는 정글과도 같다. 무려 10개
에 이르는 갈래학회 중에 중국고전시 학회가 보이지 않는 것은 아직
도 창립되지 못했기 때문이다. 중국문학의 정수로 일컬어지는 고전
시 영역도 학문후속세대들의 학습과 연구를 위해 학술 활동의 장이

필요하다. 그런데 이제는 학회 평가가 거의 마무리된 상황에서 중국 고전시 학회의 창립은 더욱 어려운 일이 되었다.

이러한 상황을 초래한 주역은 한국학술진흥재단이다. 재정 지원과 학회지 등급부여를 통해 국내 학회를 정비하고 관리하려 하였다. 이러한 시도는 특히 비조직적이고 영세함을 면치 못하던 인문학 학회에 대해 순기능도 적지 않았다. 학회 운영의 외형적 틀과 시스템 구축에 일조했다는 점, 학회 관련 각종 정보와 발간자료의 공개·보급에 기여했으며 재정 지원을 통해 학회 활동을 장려했다는 점 등을 들 수 있다. 본고 집필도 한국학술진흥재단의 「학회정보」와 학회지 논문의 전산화로부터 많은 도움을 받았다. 반면에 우리 학계에 비학술적·비인문학적 행태가 자행되고 학회의 질적 향상보다는 양적 팽창만을 추구하는 풍토가 조장되었으며 학회의 권력화와 집단이기주의를 야기시킨 역기능도 부정할 수 없다.

그러나 "욕논인자, 필선자론(欲論人者, 必先自論)", "군자구제기(君子求諸己)"라는 성인의 가르침에 따라 우리는 앞으로 한국학술진흥재단의 순기능을 극대화하고 역기능을 최소화하는 데 최선의 노력을 경주해야 한다. 향후 국내 중국어문학 학회가 학회로서 본연의 역할과 책무를 다하도록 하는 것이 이제 우리에게 부여된 과제이다.

2. 학회 운영의 제문제

국내 학회는 유형별로 학회의 창립배경·성격·규모의 차이로 인해 운영방식이 각각 다를 수밖에 없다. 그리고 학회지 수록의 회칙 및 논문심사 규정이 형식적이거나 학회 평가 대비용인 경우가 많아 그것만으로는 실질적인 운영·심사방식을 제대로 파악할 수 없다. 따라서 학회 운영의 문제점에 관해 국내 학회 전체를 대상으로 논의하는 것은 불가능하면서도 비효율적이다. 본고에서 한국중국학회와 한국중어중문학회를 주요 대상으로 삼은 것은 우선 필자가 임원으로 학회운영에 참여해 본 적이 있기 때문이다. 또 다른 이유는 두 학회가 국내 중문학계의 대표학회이므로 이전의 불합리한 운영방식을 개선하여 학회 운영의 모범사례를 만들어 간다면 다른 학회들도 점진적으로 변화할 수 있기 때문이다. 아울러 이 두 학회의 문제점은 다른 학회에도 부분적으로 존재하는 것이므로 그에 관한 논의는 다른 학회의 반면교사가 될 수 있다.

학회 운영의 문제점은 크게 본질과 현상 두 가지 관점에서 파악할 수 있다. 현상의 관점에서 파악하면 지나치게 세부적이고 표피적인 문제의 나열이 불가피하다. 이에 본고에서는 주로 본질적인 관점에서 학회 운영의 제문제를 논의할 것이다.

첫째는 세미나 개최와 학회지 발간에 관한 문제점이다. 학회의 존재 의의와 학술활동의 궁극적 목적을 감안하면 학회 활동의 양대 영역은 세미나 개최와 학술지 발간이다. 그러나 두 가지 영역 중에서 더욱 근본적인 것은 학회지 발간이다. 세미나는 결국 발표 당일의 일시적 활동이며 학회지 발간으로 이어지는 과도기적 활동이기 때문이다. 이와는 달리 연구논문을 수록한 학회지는 영구적이고 궁극적인 목적물이다. 우리의 학문후속세대에게 항시 영향력을 행사할 수 있기 때문이다.

그렇다면 학회지 발간에 더 많은 시간과 노력을 기울이고 더 많은 인력과 경비를 투자하여 우수한 논문을 수록한 양질의 학회지를 만들어야 함이 당연하다. 그럼에도 불구하고 실제로는 훨씬 많은 경비와 인력이 일회용 세미나에 투자되고 있다. 발표자와 토론자·사회자에게는 소정의 인건비를 지급하지만 논문 투고자에게는 그 이상의 게재료를 받는다. 세미나 일반 참석자에게서는 당일 회비를 수납하지 않으면서 논문 투고자에게는 심사위원의 심사료마저 투고자 부담으로 처리하여 사전 납부하기를 요구한다. 세미나 일반 참석자 전원에게 회식 및 뒷풀이 향연을 무료로 제공하면서 논문 투고자에게는 상당한 액수의 추가 게재료(연구비 수령 논문의 경우)와 추가 조판비(분량 초과의 경우)를 징수하기도 한다.

이러한 현상은 학회의 역할에 대한 인식이 이상적이지 않음을 보여 준다. 세미나 발표자·토론자·사회자 및 일반 참석자는 모두 학회 활동의 최고 공로자이자 학회 운영진의 협력자로 인식한다. 반면에 논문 투고자는 학회 활동의 최대 수혜자이면서 학회 운영진의 민원인이라고 생각한다. 공을 세운 협력자에게는 논공행상과 향연이 베풀어지는 것이 당연하고 이익을 얻는 민원인에게는 취득세와 수수료를 징수하는 것이 마땅하다는 일반 사회의 통념과 다를 바 없다. 학회 발간의 학회지는 학술 활동의 성과와 학문 역량의 결집물이므로 학회지 발간은 매우 중요하고 신성한 작업이다. 그렇다면 논문 투고자는 이러한 학회 활동의 최대 협력자이기도 하면서 최고의 공로자로 대접받아야 한다. 이제는 인식의 변화가 필요하다.

세미나 발표자·토론자·사회자 및 일반 참석자가 학회 활동의 공로자·협력자가 되는 것은 내실보다 외형을 중시하는 사회 풍조의 연장이다. 즉 세미나의 성패가 세미나 참석자의 다과·발표집 배포 권수에 의해 좌우되고 만찬 회식의 성황 여부·뒷풀이 참석 인원수에 따라 결정되기도 한다. 세미나의 성황은 순간에 불과하지만 양질의 학회지는 영원한 가치를 가지고 있다. 우수한 논문을 선별하여 수록하고 수준 미달의 논문은 가시를 발라내 듯 골라내어 버려야 한다. 이제는 순간에 대한 집착을 버리고 영원한 가치를 추구해야 할 때가 되었다.

두 번째 문제는 학회의 논문 심사제도이다. 양질의 학회지 발간에 무엇보다 중요한 것은 논문 심사방식의 적합성과 공정성이다. 현재 투고논문에 대한 국내 학회의 심사방식은 대동소이하다. 대부분 1편당 3인의 심사위원을 선정한다. 3인의 평가 결과에 대해 다수결 혹은 평가 점수를 합산하여 게재·수정 후 게재·수정 후 재심사·게재 불가 등을 결정한다. 이러한 방식 자체에는 아무 문제가 없다. 외형상으로는 과학적이고 객관적인 듯 보이기 때문이다.

이러한 심사제도의 문제점은 우선 심사위원 선정에 있다. 대부분 편집이사가 직접 심사위원을 선정하며 간혹 편집위원의 추천을 통해 선정하는 경우도 있다. 심사위원 선정 과정에서 정실이 개입될 여지도 있다. 설사 전공만을 고려한 공정한 선정이었다 하더라도 심사위원의 심사 기준과 태도에는 현격한 차이가 있을 수 있다. 따라서 배정한 심사위원의 성향에 따라 탈락 논문보다 수준 낮은 논문이 게재되는 경우도 있다는 점이 문제이다. 다시 말하면 엄정한 기준과 성실한 태도의 심사위원에게 배정되면 탈락하고 반대 성향의 심사위원에게 배정되면 수준 이하의 논문도 얼마든지 게재될 수 있다. 공정성에 큰 문제가 있음을 보여준다.

논문 심사제도의 두 번째 문제점은 학회지 발간의 책임자인 학회 운영진과 심사위원이 대개 불일치한다는 것이다. 양질의 학술지 발간은 학회 활동의 궁극적 목적이다. 학회지 수록 논문은 많은 대학원생과 신진학자들의 학습 자료이기도 하다. 학회지는 우리의 학문 후속세대에게 또 다른 교육의 장이다. 따라서 우수한 논문을 선별하여 수준있는 학술지를 발간하는 일은 더 없이 중요하다. 이 같은 막중한 책임은 편집부 임원을 포함한 학회 운영진의 몫이다. 공정하고 일정한 기준으로 심사를 진행하여 수준 있는 논문만을 선별해야 한다. 그러기 위해서는 실제 논문심사 업무는 편집부 혹은 학회 운영진에서 전적으로 책임지는 것이 옳다.[10]

그러나 현실은 그렇지 못하다. 편집이사는 논문심사를 거의 맡지 않고 편집위원은 대개 명의 뿐인 경우가 많다. 학회 실무를 담당하는 다른 임원들이 간혹 논문심사에 참여한다 해도 철저한 사명감을 가질 필요를 느끼지 못한다. 논문심사는 대부분 학회운영의 책임이 없는 일반회원이 담당한다. 심지어는 유사한 전공의 비회원에 대한 심사 의뢰도 다반사이다. 일부 국외 학술지의 경우에는 편집위원장을 중심으로 한 편집위원들이 논문 심사를 책임지고 있으며 학술지 발간에 막강한 권한을 행사하고 있다. 이것이 사실 정상적이고 합리적이다.

학회지 발간 책임의 수장은 편집이사이다. 그럼에도 일반회원과 비회원의 평가에만 의존하여 게재논문을 결정하고 평가의 적합성마저 따져보지 않는 것은 학술적이지 않다. 엄격한 의미에서 그것은 편집이사의 책임과 권한을 포기한 것이다. 국내 학회의 편집이사는 대개 심사위원에게 논문파일과 심사평가서를 발송하고 3인의 평가서를 수합하여 심사 결과를 정리하는 단순작업자에 불과하다. 국내

---

10) 물론 현재 상황에서 편집부 혹은 학회 운영진이 논문심사를 전담하는 것만으로 문제가 해결되는 것은 아니다. 학회에 대한 올바른 의식·심사 능력(연구 능력과 글쓰기 능력)·양질의 학회지 발간에 대한 사명감 등이 전제되어야 한다. 아울러 주요 임원들의 '久任'이 가능한 임원 선출 시스템이 갖추어져야 한다. 이와 관련된 논의는 제3장 「타산지석: 학회의 역할과 방향」에서 진행될 것이다.

학회지의 논문심사 기준과 태도의 균질성을 확보하는 것이 시급하다. 이를 위해서는 편집부 선출방식의 적합성이 확보되고 편집부의 권한과 책임의 강화가 전제되어야 한다.

상술한 두 가지 문제 외에도 국내 학회운영의 문제점은 다양하다. 가장 근본적인 문제는 학회운영의 연속성이 취약하다는 점이다. 특히 대표학회인 한국중국학회와 한국중어중문학회가 이 방면에서도 대표적이다. 대학학회·지역학회·갈래학회는 특정한 운영 주체가 존재하므로 연속성 확보에 다소 유리하다고 할 수 있으나 완전히 자유로운 것은 아니다. 학회운영의 연속성을 가장 근본적인 문제로 꼽는 것은 개선된 운영방식도 차기 회장단이 유지하지 않으면 무용지물이 되기 때문이다. 세미나 개최와 학회지 발간 등 기본적인 학회 업무는 지속적으로 진행되고 있지만 각종 세부 운영방식은 회장단의 변경과 동시에 달라지는 경우가 많다. 현 회장단이 아무리 합리적인 운영 방침을 제정하여 학회 발전과 학술성 제고를 위해 노력하더라도 차기 회장단에 의해 세부 운영방침이 반드시 유지된다는 보장이 없다.

사회 발전은 전대의 장점을 계승하고 그 성과를 기반으로 삼아 한걸음 한걸음 진보해가는 과정이다. 그러나 국내의 학회운영은 전대의 계승과 기반 활용보다는 현 회장단의 개인적 기호와 소신 그리고 외적 상황에 따라 좌우되기도 한다. 따라서 회장 및 주요 실무진의 능력과 책임감·의식의 차이에 따라 학회운영의 방향과 학술 활동의 수준에 대폭적인 변동이 발생한다. 결국 일보 전진 후 일보 후퇴 등의 상황이 반복될 뿐이다.

학회운영의 연속성이 취약할 수밖에 없는 원천적인 이유는 바로 학회 운영진의 구성 방식에 매우 치명적인 문제가 있기 때문이다.

신임 회장이 선출되면 주요 실무이사들이 거의 새롭게 구성된다. 대개 회장이 부회장과 주요 실무이사를 새로 임명하기 때문이다. 실제로는 학회 실무에 참여하지 않는 명예직 임원도 아주 많다. 그런 자리는 출신학교와 지역을 고려하여 적당히 안배할 뿐이다. 그러므로 전 회장단의 주요 실무 담당 임원이 현 회장단에 남아 있는 경우는 극히 드물다. 간혹 잔류한다 해도 실무에는 참여하지 않으니 운영의 연속성 확보에 힘을 보태기 어렵다. 이러한 상황은 국내 학회에 임원 구임(久任)의 중요성에 대한 인식이 없기 때문이다. '구임'이란 특수한 경험과 기술을 필요로 하는 관직에는 장기간의 근무를 보장하는 조선시대 장기근무제도이다. 선조들의 이 같은 지혜가 우리의 학회 운영에는 존재하지 않는다.

국내 학회 운영진의 구성 방식에는 더 큰 문제가 있다. 그것은 바로 회장의 선출 방식이다. 한국중국학회를 예로 들면 한국중국학회는 문사철 각 영역에서 교대로 회장직을 수행하는 것이 관례이다. 회장 1인에 부회장 3인, 문사철 각 영역에서 1인씩 부회장 자리를 차지한다. 전임 회장이 철학 전공이었고 차기 회장을 역사 영역에서 맡을 순서라면 역사 영역의 부회장이 자동으로 회장직을 승계한다. 그리고 신임 회장은 공석이 된 역사 쪽 부회장을 임의대로 지명한다. 부회장에 한 번 임명되면 6년 동안 부회장으로 지내다가 자동으로 회장 자리에 오르게 된다. 다시 말하면 신임 회장이 차기 회장을 임명하고 있는 것이다.

따라서 회장 선출에 회원의 참여는 허락되지 않으며 간접 선출권조차 인정되지 않는다. 회장이 회원의 의사와는 무관하게 선출되었으니 대다수 회원들은 "학회를 대표하고 회무를 총괄한다"는 회장은 물론 학회에 사실 큰 관심이 없어 학회와 회원 간의 유대감이 강고

하지 못하다. 학회 운영진의 구성 방식에 있어 한국중어중문학회의 상황도 크게 다르지 않다. 그러한 선출방식에 문제가 있음을 인정한다면 누군가는 회장으로서의 권한을 포기하고 잘못을 바로 잡았어야 했는데 지금까지 그러하지 못했다.

이러한 상황에서는 명색이 대표학회의 회장이지만 회원들의 지지를 받기 어려운 것이 당연하다. 이는 회장의 자격이 부족한 것이 아니라 회장 선출의 시스템에 문제가 있기 때문이다. 두 대표학회의 역대 회장들은 모두 우리 학계의 중진·원로로서 학술 활동을 포함한 여러 방면에서 회장의 자격을 충분히 갖추고 있다. 그럼에도 전회원의 진정한 호응을 얻지 못하는 것은 바로 학회 운영권의 정통성을 인정받지 못하는 것과 다름 없다. 이런 상황이 우리를 더욱 안타깝게 한다. 결론적으로 말하면 한국중국학회와 한국중어중문학회의 당면 문제 중에서 가장 심각하고 근원적인 것은 회장 선출을 포함한 운영진의 구성 시스템에 적합성과 공정성이 결여되어 있다는 점이다. 이 같은 근원적 문제로 인해 학회 운영권의 정통성을 인정받지 못하므로 회원들의 지지와 호응을 얻기가 어렵고 더 나아가 학회 운영의 연속성이 취약해질 수밖에 없다. 학회 운영의 제문제가 모두 여기에서 파생되고 있다 해도 지나치지 않다.

3. 타산지석 : 학회의 역할과 방향

학회운영의 제문제는 시급히 개선되어야 한다. 그리고 학회에 대한 올바른 의식을 바탕으로 학회의 역할과 향후 운영 방향을 재정립할 필요가 있다. 이를 위해 본고에서는 일본의 한 학회를 선정하여 그들의 학회 운영방식에 대한 이해를 도모하기로 한다. 배울 만한 점이 있다면 타산지석으로 삼아야 한다. 비교대상으로 선정된 학회는 일본중국학회이다. 앞에서 거론한 한국중국학회와 유사한 성격·유구한 역사를 가지고 있어 비교 대상으로 매우 적절하다.

일본중국학회는 1949년 10월 "중국에 관한 학술 연구를 목적"으로 창립되었다. "중국철학·중국문학·중국어학 연구 종사자를 위주로 하는 전국적·종합적 학회"이다. 창립 당시 회원 총수는 246명, 2000년대 회원 총수는 2000명이 넘는다고 하니 상당한 규모와 역사를 가진 학회임이 분명하다.[11] 한국중국학회와 비교하여 가장 두드러진 차이는 학회 운영진의 구성 방식과 논문심사 방식에 있다.

일본중국학회 운영의 핵심 조직은 평의원회와 이사회이다. 평의원회는 이사회의 학회 운영에 대해 심의·결정하는 의결기관이며 이사회는 학회 실무를 관장하는 집행기관이다. 평의원회는 60명의 평의원으로 구성되며 의장·부의장 각 1인을 둔다. 이사회는 이사장 1인·부이사장 2인·이사 약간 명(보통 10인)으로 구성된다. 간사 약간 명(보통 2인)을 두어 회무를 처리하도록 한다. 이사장이 바로 우리 학회의 회장에 해당한다. 평의원회와 이사회 이외에도 고문과 감사회가 있다. 고문은 평의원회 추천에 의해 선출되는데 임기는 종신이며 이사장의 자문에 응한다. 감사회는 감사 약간 명(보통 3인)으로 구성되며 학회 전체의 경리를 감사하여 평의원회에 보고한다.

이사회 아래에는 대회위원회·논문심사위원회·출판위원회·선

---

11) 일본중국학회의 조직과 운영방식에 관한 정보는 『日本中國學會報』제60집(2008.10) 「일본중국학회회칙」 및 일본중국학회의 홈페이지(http://wwwsoc.nii.ac.jp/cgi-bin/ssj3) 자료를 근거로 했다.

거관리위원회 · 연구추진국제교류위원회 · 장래계획특별위원회 · 홈페이지특별위원회 등의 각종 위원회가 조직되어 있다. 각종 위원회는 각각 위원 약간 명과 간사 1인으로 이루어진다. 위원은 일반회원 중에서 이사장이 위촉하고 위원장직은 이사가 수행한다.

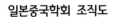

일본중국학회 조직도

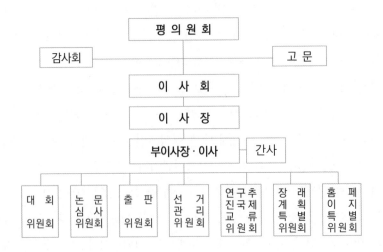

일본중국학회의 운영진 선출방식은 한국중국학회와 비교하면 상당한 차이가 있다. 일본중국학회의 주요 임원은 선거를 통해 선출되고 있으며 임원 선거를 관리하는 선거관리위원회를 두고 있다는 점이 우선 다르다. 이사장은 평의원 60명의 호선(互選)에 의해 선출된다. 즉 60명의 평의원들이 무기명으로 평의원 중의 1인에게 투표하여 최고 득점자를 당선자로 결정한다. 득표수가 동일한 경우에는 연장자를 당선자로 인정하고 있다.

부이사장과 이사는 이사장이 평의원 중에서 위촉하되 평의원회의 승인을 얻어야 한다. 감사는 이사장 및 이사를 제외한 평의원의 호선에 의해 선출된다. 이상의 선출방식을 살펴보면 일본중국학회 운영 조직의 기반은 평의원회의 평의원 60명이다. 평의원 중에서 이사장과 감사가 선출되고 부이사장과 이사가 위촉되며 아울러 부이사장과 이사 위촉을 승인할 권한을 가지고 있기 때문이다. 그렇다면 평의원은 어떤 방식으로 선출되는가? 이에 관한 규정을 인용하면 다음과 같다.

> 일반회원이 무기명으로 10명을 연기(連記)하여 투표하고[12] 상위 60명을 당선자로 한다. 다만 북해도(北海道)·동북(東北)·관동(關東)·중부(中部)·근기(近畿)·중국(中國)·사국(四國)·구주(九州) 등의 지역 회원이 최소한 3명 포함되도록 한다. 상위 60명 중 해당 지역의 선출자가 3명에 이르지 못했을 때는 그 지역 회원 중 최고득표자부터 순서대로 평의원에 당선시킨다. 또 여성의 평의원회 참여를 촉진하기 위해 여성회원 최고득표자부터 제12위 득표자까지 12명을 평의원에 당선시킨다.[13]

이 규정에 의하면 평의원은 일반회원의 호선에 의해 선출된다. 이것은 일반회원의 투표로 평의원 60명을 선출하고 이 평의원들이 다시 투표로 이사장을 선출한다는 것을 의미한다. 결국 일본중국학

---

12) 2008년 7월 선거관리위원회는 평의원 선거의 투표율을 높이기 위해 10명을 連記하여 투표하던 규정을 10명 이내의 連記로 개정하였고, 이 개정안은 이사회·평의원회의 승인을 얻어 2010년의 평의원 선거부터 적용될 예정이다. 이에 관해서는 『日本中國學會便り』 2008년 제2호(2008.12)에 상세하다.
13) 『일본중국학회보』 제60집(2008.10) 「일본중국학회회칙」 중 「選擧規約」·「評議員」조 참조.

회의 이사장은 일반회원이 선출하는 것이나 다름 없다. 사실상 회장이 차기 회장을 임명하는 한국중국학회와는 천양지차이다. 뿐만 아니라 지역별 안배와 여성 평의원의 정원에 대해서도 세심하게 배려하고 있다는 점이 인상적이다.

학회 운영진의 선출 방식이 합리적이고 민주적이므로 학회 운영에 대한 일반회원의 신뢰와 관심이 우리의 학회와는 다를 수밖에 없다. 또한 이 같은 방식으로 운영진을 구성하게 되므로 임원의 구임(久任)이 자연스럽게 실현된다. 이에 학회 운영의 연속성도 순조롭게 유지된다. 고문을 제외한 모든 임원의 임기는 2년이다. 그러나 규정상 '연속 삼임(三任)'이 불가능한 이사장을 제외하면 평의원과 이사를 비롯한 기타 임원들은 횟수 제한없이 중임(重任)할 수 있으니 우리의 대표학회처럼 회장은 물론 주요 운영진의 대부분이 2년마다 새로운 인물로 교체되는 일은 절대로 없다. 일본중국학회의 임원(임기 2009-2010년) 중 이사장을 포함한 5인을 임의로 선정하여 구임의 상황(편의상 03년을 상한선으로 함)을 살펴 본다.

	2009-2010	2007-2008	2005-2006	2003-2004
池田知久 (大東文化大学)	이사장 평의원	이사장 평의원	이 사 평의원	이 사 평의원
川合康三 (京都大學)	부이사장 평의원	이 사 평의원	이 사 평의원	이 사 평의원
藤井省三 (東京大學)	이 사 평의원	이 사 평의원	부이사장 평의원	평의원
竹村則行 (九州大学)	이 사 평의원	이 사 평의원	이 사 평의원	감 사 평의원
金文京 (京都大學)	평의원	이 사 평의원	이 사 평의원	부이사장 평의원

도표에서 알 수 있듯이 일본중국학회 임원의 구임은 자연스러운 일이다. 예로 든 5인을 제외한 다른 임원들의 경우를 통해서도 그것이 분명한 사실임을 알 수 있다. 학회 운영의 기반조직인 평의원 60명에 소수의 변동은 있어도 우리 학회처럼 거의 대부분의 임원이 바뀌는 일은 없다. 그것은 일반회원이 평의원을 선출하고 그 평의원 중에서 이사장·부이사장 및 이사들이 선임되는 시스템이기 때문이다. 아울러 일반회원의 평의원 선출 기준이 크게 달라질 이유가 없기 때문이기도 하다. 2009년 당시 이사장 이케다 토모히사(池田知久)는 중국철학 전공자이므로 필자의 평가 범주를 벗어난다. 그러나 나머지 문학 전공자 4인은 연구업적과 학술활동 면에서 모두 탁월한 학자들이다. 한국중국학회의 회장이 세습이나 다름 없는 방식으로 임명되고 임원들은 회장의 인맥과 핵심 임원의 추천으로 채워지는 것과는 너무나 다르다. 일본중국학회의 합리적인 운영진 구성방식과 이로 인한 임원의 자연스런 구임(久任)은 우리가 타산지석으로 삼아 시급히 본받아야 할 점이다.

다음으로 일본중국학회의 논문심사 방식을 살펴보기로 한다. 논문심사 관련 업무는 논문심사위원회가 전담한다. 「회칙」에 의하면 논문심사위원회는 1편당 3인의 사독자(査讀者)를 선정하여 사독(査讀)을 의뢰한다. 사독자의 평가에 근거하여 게재논문을 심사하고 결정한다. 게재결정 논문에 대해 수정의견을 제시함과 아울러 수정 여부를 확인한다. 그리고 논문심사위원회의 위원은 사독을 담당하지 않는 것을 원칙으로 한다고 규정되어 있다.[14]

---

14) 『日本中國學會報』제60집(2008.10) 「일본중국학회회칙」 중 「委員會の任務」·「논문심사위원회」조 참조.

「회칙」의 규정만으로도 국내 학회의 논문심사 제도와는 다른 특이한 점이 있다. 즉 투고논문에 대한 사독 업무와 심사·게재 결정 기능을 분리하여 이원화하였다는 점이다. 논문심사위원은 결국 사독자의 사독결과를 확인하고 관리하는 역할을 한다는 것이다. 『일본중국학회보』는 매년 1회만 발간되는데 논문심사위원회는 매년 논문심사의 과정과 결과를 보고서를 통해 공개하고 있다. 제59집·제60집 게재논문의 편집 보고서에 의하면 좀 더 구체적인 심사 과정과 관례를 알 수 있다.[15]

『일본중국학회보』 제59집은 2007년 10월, 제60집은 2008년 10월에 발간되었다. 논문투고의 마감 기한은 1월 20일이다. 1월 하순부터 본격적인 논문심사가 진행되었으니 논문편집 기간이 8개월을 초과한다. 「원고 작성요강」을 준수하지 않은 투고논문은 심사대상에서 제외시키는 것이 관례이다. 제59집은 1월 28일, 제60집은 1월 27일에 제2차 논문심사위원회가 개최되었다. 제3차 논문심사위원회는 제59집·제60집 모두 3월 30일에 개최하였다. 관례에 의하면 제2차 논문심사위원회는 논문 1편당 사독자 3인과 열독위원(閱讀委員) 1인을 결정하며 제3차 논문심사위원회는 사독자의 평가를 근거로 심의를 진행하고 게재논문을 결정한다.

이후에도 통과논문에 대한 후속 조치가 매우 엄격하다. 집필자는 익명의 사독자의 의견과 지시에 따라 수정하여 4월 말까지 열독위원에게 우송해야 한다. 그 후 열독위원의 수정 확인을 거쳐 돌려받은 원고에 다시 수정해야 곳이 있다면 재수정해야 한다. 재수정 원고는

---

15) 이에 관해서는 주로 『日本中國學會便り』 2007년 제1호(2007.4) 및 『日本中國學會便り』 2008년 제1호(2008.4)의 「논문심사위원회 보고」 내용을 근거로 했다.

5월 말까지 편집당번교(編集當番校)[16]로 우송해야 한다. 엄정한 심사 과정을 통해 게재 결정된 논문도 최종 게재까지는 여러 가지 절차와 수정작업을 거쳐야 한다. 일본 학계에서 『일본중국학회보』가 신진학 자의 등용문으로 인정받을 만큼 게재 논문의 수준이 우수한 것은 바 로 이처럼 철저하고 엄격한 심사과정이 존재하기 때문이다.

여기에서 필자가 주목하는 점은 논문심사의 주체이다. 제2차 위 원회에서 결정하는 사독자 3인(익명)은 주로 논문심사위원회 비소속 평의원 중에서 선정한다. 투고논문의 주제에 근접한 전공을 가진 논 문심사위원이 열독위원의 임무를 맡는 것이 관례이다. 그렇다면 실 질적으로 투고논문을 읽고 평가하는 사독자나 사독자의 사독결과를 근거로 논문을 평가 · 심의하여 게재를 결정하고 논문 수정과 관련된 제반 업무를 담당하는 열독위원 모두 학회 운영진이다. 결국 투고논 문에 대한 심사는 학회지 발간의 책임이 있는 학회 운영진이 전담하 고 있다. 이 점 또한 학회 운영의 책임자가 아닌 일반회원 및 비회원 에게 심사를 거의 떠맡기는 국내 학회의 상황과는 근본적으로 다르 다. 일본중국학회의 논문심사 제도는 엄정성과 객관성을 겸비한 제 도이다. 국내 학회가 우수 논문을 선별하여 양질의 학회지를 발간하 고자 한다면 타산지석으로 삼아야만 한다.

이제 다시 우리 학회에 관한 논의로 돌아간다. 국내 중문학계의 규모로 볼 때 무려 24개 학회는 과다하다는 지적도 있다. 그러나 학회 의 과다보다는 성격과 규모에 적합한 학회운영의 원칙과 실행의 부실

---

16) 『일본중국학회보』제59집부터는 오사카(大阪)시립대학이 편집당번교 책임을 맡았다 고 한다.

이 문제이다. 심지어는 학회활동의 학술적 내실보다는 학회의 외형 즉 몸집 불리기와 이벤트성 활동에 치중하는 경우도 적지 않다.

'학회 난립'이라는 표현이 등장할 정도로 학회가 대량으로 창립된 이유를 생각해 볼 일이다. 해방 이후 사회기반과 학술토양이 척박한 상황에서 우리의 선배 학자들은 학술발전에 대한 열정과 순정으로 학회활동을 도모하였다. 그러나 세월이 흐르고 시대가 바뀌면서 특히 한국학술진흥재단의 학회 평가가 시작되면서 학연·지연에 기반한 대학 이기주의·지역 이기주의·전공 이기주의 등이 학회 설립과 학술 활동의 동기로 작용된 적은 없는지 자성의 시간을 가질 때가 되었다. 교수의 연구업적 평가가 강화되고 교수초빙 서류심사에서 논문 편수가 주요 기준이 되고부터 대학학회는 자기 대학 졸업자, 지역학회는 같은 지역의 연구자, 갈래학회는 동일 전공자의 이익과 편의를 도모하는 데 앞장서지는 않았는가 돌이켜 봐야 한다.

역사가 유구한 학과, 그래서 석·박사반 교육이 오랜 기간 시행되고 있으며 이미 많은 연구 인력을 배출한 학과라면 그들이 함께 모여 연구하고 학술 활동을 도모하는 학회가 있다는 것이 오히려 자연스럽고 마땅한 일이다. 같은 전공자의 학회도, 같은 지역 연구자의 학회도 동일한 이치로 존재의 필요성은 인정된다. 교토대학과 와세다대학의 중국문학회와 같은 대학학회, 규슈(九州)의 구주중국학회(九州中國學會) 같은 지역학회, 중국고전소설연구회·중당문학회(中唐文學會)·송사연구회(宋詞硏究會)·일본중국어학회 등의 갈래학회가 일본 학계에 상당수 존재하는 까닭도 바로 여기에 있다.

학회의 목적은 학술활동을 통한 회원들의 연구능력 배양과 학술 발전의 도모에 있다. 이 같은 순수 학술성을 고수하려는 노력이 학회다운 학회가 되기 위한 첫째 요건이다. 국내 학회의 순수한 학술성에 균열이 보이기 시작한 것은 한국학술진흥재단의 학회 평가가 시작된 시점과 거의 일치한다. 학회 유형별로 존재하는 설립 배경의 차이·학회 규모와 성격의 차이는 전혀 고려하지 않고 획일적인 평가 기준을 적용한 것이 잘못이었다.

'기관 규모(회원수 혹은 전임연구원수)'와 논문 투고자의 전국성 및 국제성 등의 기준이 심각한 결과를 초래하였다. 대학학회 조차 자신들의 학회 성격과 설립 배경을 망각하고 무조건 전국성을 표방하며 외형적 규모와 화려함에 더욱 많은 힘을 쓰도록 만들었다. 한국학술진흥재단의 재정 지원과 등급 평가에서 손해보지 않겠다는 각오를 다지기에 급급했다. 모두가 이기심의 발로이자 학회 존속에 대한 열망 때문이었다. 심지어는 학회 평가를 위해 많은 연구자의 성명을 사전 양해도 구하지 않고 회원 명부에 올려 놓는 학회도 있다. 임원 명단에는 명의만 빌린 유령 이사들이 적지 않은 학회가 많다. 가장 학술적이어야 할 학회가 가장 비학술적이며 가장 도덕적이어야 할 단체가 가장 비도덕적일 수도 있다는 사실이 우리를 슬프게 한다.

학회의 또 다른 책임과 역할은 학문후속세대를 보호·육성하는 일이다. 세미나에서의 진지한 질의·토론과 엄정한 논문심사를 통해 각자의 연구능력과 글쓰기 능력에 대한 검증과 향상의 기회를 제공받아야 한다. 즉 학회가 대학원과는 다른 차원의 훈련기관이 되어야 한다. 또한 학회의 발전과 활성화를 명분 삼아 여러 가지 비학술적 의도와 목적으로 학문후속세대들의 연구시간과 노동력을 빼앗아서도 안된다. 이유가 어찌되었건 우리 학계의 학문후속세대가 연구기반을 축적하지 못하고 적절한 연구방법론을 체득하지 못한 채 신진(新進)과 소장(少壯)의 시기를 보낸다면 이후로는 연구다운 연구·논문다운 논문으로부터 더욱 멀어지게 되기 때문이다. 이는 우리 학계의 큰 손실이며 학회의 존재 의의를 스스로 부정하는 것이다.

앞으로 우리 학회의 최대 과제와 나아갈 방향은 학술성과 순수성의 회복이다. 각 학회가 유형별 특성에 따라 적절한 운영방식을 강구하여 순수한 학술 활동을 진행하고 학술적 내실을 추구한다면 20여 개의 학회가 모두 학회로서의 책임과 역할을 다하는 학술 단체로서 거듭날 수 있을 것이다. 그래야만 '학회 난립'이라는 평가가 우리 이 땅에서 사라질 수 있다.

4. 맺음말

국내 중국어문학 학회의 역사가 한국중국학회의 창립에서 시작되었다고 한다면 우리 학회는 이미 지천명(知天命)의 나이를 훌쩍 넘겼다. 우리 학회도 이제 양적 팽창의 도모보다는 질적 향상을 애써 추구하는 것이 학회에게 주어진 천명임을 깨달아야 한다. 학회의 궁극적 목적은 결국 학술 발전의 추구에 있다는 점을 잊지 말아야 한다. 학회는 우리 학문후속세대의 연구능력 배양과 글쓰기 능력 향상을 위한 교육과 훈련의 장이 되어야 하며 특정 집단과 특정 개인의 비학술적 목적을 위한 도구가 되어서는 안된다. 이를 위해 우리는 학회를 목적으로 대할 뿐 수단으로 삼아서는 안된다.

현재 우리 학회가 직면한 또 다른 문제점은 재정 방면에서 한국학술진흥재단에 대한 의존도가 너무 높다는 점이다. 경제 자립은 국가의 자주성 확립에 중요한 조건이다. 학회의 재정 자립도는 외부조직에 대한 종속성과 반비례한다. 한국학술진흥재단의 재정지원이 확충되면서 우리 학회는 재정 자립에 대한 노력을 방기하였던 것이 사실이다. 이제는 재정 자립에 대해 다시 한 번 진지한 논의가 있어야 할 때이다.

　본고에서 논의되었던 다양한 내용 중에서 학회운영의 각종 문제점과 타산지석으로 삼아야 할 국외 학회의 사례, 그리고 학회의 역할과 향후 운영 방안 등, 그것을 알고 있다는 것만으로는 어떤 문제도 해결할 수 없다. 앎이 없다면 행함이 근본적으로 존재할 수 없다. 그러나 앎은 행함이 뒤따라야 그 진정한 가치가 발현될 수 있다. 어떤 경우에도 적용되는 진리이지만 우리 학회의 문제점 개선과 진정한 학술 발전을 위한 최종 방안은 우리의 '앎과 행함의 일치'에 있다.

「국내 중국어문학 학회 일람표」

순번	학회 명칭	창립연도	유형	운영주체 지역/영역	학술지명	창간연도	학회등급
1	한국중국학회	1955 전후	대표	연합	중국학보	1963	등재지-01
					국제중국학연구	1998	등재지-05
2	한국중국어문학회	1969	대학	서울대	중국문학	1973	등재지-01
3	한국중어중문학회	1977	대표	연합	중어중문학	1979	등재지-02
4	영남중국어문학회	1980	지역	대구경북	중국어문학	1980	등재지-04
5	중국학연구회	1980	대학	외국어대	중국학연구	1984	등재지-03
6	한국중문학회	1981	대학	성균관대	중국문학연구	1983	등재지-03
7	중국인문학회	1982	지역	호남	중국인문과학	1982	등재지-05
8	대한중국학회	1983	지역	부산경남	중국학	1984	후보지-06
9	한국중국현대문학학회	1985	갈래	현대문학	중국현대문학	1987	등재지-02
10	한국중국문화학회	1985	지역	충청	중국학논총	1992	후보지-08
11	한국돈황학회	1987	갈래	돈황학	동서문화교류연구	1997	미등재 *
12	중국어문연구회	1988	대학	고려대	중국어문논총	1988	등재지-02
13	중국어문학연구회	1988	대학	연세대	중국어문학논집	1989	등재지-03
14	한국중국소설학회	1989	갈래	소설	중국소설논총	1992	등재지-06
15	한국중국언어학회	1991	갈래	언어	중국언어연구	1991	등재지-03
16	한국중국희곡학회	1991	갈래	희곡	중국희곡	1993	미등재 *
18	한국현대중국연구회	1992	갈래	중국학	한중언어문화연구	1995	후보지-06
17	한국중국문학이론학회	1992	갈래	문학이론	중국문학이론	2002	미등재 *
19	중국어문학회	1994	대학	이화여대	중국어문학지	1994	등재지-04
20	중국어문논역학회	1996	대학	숭실대	중국어문논역총간	1997	등재지-05
21	한국중국산문학회	1998	갈래	산문	중국산문논총	2000	미등재 *
22	한국노신연구회	2001	갈래	노신	한국노신연구	2005	미등재 *
23	중국문화연구학회	2002	대학	숙명여대	중국문화연구	2002	후보지-05
24	한국중국어교육학회	2005	갈래	중국어	중국어교육과연구	2005	후보지-08

부기

1. 「학회등급」은 한국학술진흥재단의 등재지·후보지 목록(2009년 4월 공표)을 근거로 했으며 두 자리 숫자는 해당 등급에 선정된 연도를 의미한다.
2. *기호는 2008년 12월 기준으로 학회지 발간이 중단된 경우를 나타낸다.

참고문헌

● **원전류**

白居易 『白氏長慶集』(影宋紹興本) 北京, 文學古籍刊行社, 1955

白居易 『白氏長慶集』(馬元調本) 明·萬曆三十四年(1606)간행, 성균관대학
　　교소장

白居易 『白氏長慶集』(四部叢刊影那波道圓本) 上海, 商務印書館影印, 1936

白居易 『白氏長慶集』(四庫全書本) 上海, 上海古籍出版社影印, 1994

汪立名 『白香山詩集』臺北, 世界書局, 1969

平岡武夫·今井清 校定 『白氏文集』京都, 京都大學人文科學硏究所, 1971

下定雅弘·神鷹德治編 『宮內廳所藏那波本白氏文集』東京, 勉盛社, 2012

川瀨一馬監修, 大東急記念文庫發行 『金澤文庫本白氏文集』東京, 勉盛社,
　　1984

元稹 『元氏長慶集』(四庫全書本) 上海, 上海古籍出版社 影印, 1994

顧學頡校點 『白居易集』北京, 中華書局, 1979

朱金城 『白居易集箋校』上海, 上海古籍出版社, 1988

謝思煒 『白居易詩集校注』北京, 中華書局, 2006

謝思煒 『白居易文集校注』北京, 中華書局, 2011

嗑岳衡點校 『白居易集』長沙, 岳麓書社, 1992

羅聯添 『白居易散文校記』臺北, 學海出版社, 1986

冀勤校點 『元稹集』北京, 中華書局, 1981

楊軍箋注 『元稹集編年箋注』西安, 三秦出版社, 2002

郭茂倩 『樂府詩集』北京, 中華書局, 1979

仇兆鰲 『杜詩詳注』臺北, 漢京文化出版社, 1984

陶敏・王友勝校注『韋應物集校注』上海, 上海古籍出版社, 1988

孫望『韋應物詩集繫年校箋』北京, 中華書局, 2002

瞿蛻園箋證『劉禹錫集箋證』上海, 上海古籍出版社, 1989

陶敏・陶紅雨校注『劉禹錫全集編年校注』長沙, 岳麓書社, 2003

高志忠校注『劉禹錫詩編年校注』哈爾濱, 黑龍江人民出版社, 2005

祝尚書箋注『盧照鄰集箋注』上海, 上海古籍出版社, 1994

劉學錯・余恕誠『李商隱文編年校注』北京, 中華書局, 2002

馮浩詳注, 錢振倫・錢振常箋注『樊南文集』上海, 上海古籍出版社, 1988

庾信撰・倪璠注『庾子山集注』北京, 中華書局, 1980

李昉等編『文苑英華』北京, 中華書局, 1966

董誥等編『全唐文』北京, 中華書局, 1983

逯欽立輯校『先秦漢魏晉南北朝詩』北京, 中華書局, 1983

蕭統編, 李善等注『六臣注文選』, 北京, 中華書局, 1987

蕭統編, 李善注『文選』上海, 上海古籍出版社, 1986

彭定求等『全唐詩』北京, 中華書局, 1960

辛文房『唐才子傳』臺北, 世界書局, 1985

傅璇琮『唐才子傳校箋』北京, 中華書局, 1987

歐陽修等編『新唐書』臺北, 鼎文書局, 1979

劉昫等編『舊唐書』臺北, 鼎文書局, 1979

李肇『唐國史補』上海, 上海古籍出版社. 1979

司馬光著, 胡三省音注『資治通鑑』上海, 上海古籍出版社, 1987

王欽若等『冊府元龜』北京, 中華書局, 1960

陳振孫『直齋書錄解題』北京, 中華書局, 1985

宗懍『荊楚歲時記』;『叢書集成初編』제3025책 北京, 中華書局, 1985

杜佑『通典』北京, 中華書局, 1988

上海古籍出版社編『唐五代筆記小說大觀』上海, 上海古籍出版社, 2000

孫光憲撰, 賈二強點校『北夢瑣言』北京, 中華書局, 2002

王溥『唐會要』北京, 中華書局, 1955

王定保 『唐摭言』 上海, 上海古籍出版社, 1978

李林甫等 『唐六典』 北京, 中華書局, 1992

趙翼 『二十二史箚記』 臺北, 世界書局, 1970

崔令欽撰, 任半塘箋訂 『教坊記』 北京, 中華書局, 1962

● 공구서류

諸橋轍次 『大漢和辭典』 東京, 大修館書店, 1960

中文大辞典編輯委員會 『中文大辭典』 臺北, 中華學術院, 1973

羅竹風主編 『漢語大詞典』 上海, 漢語大詞典出版社, 1986-1993

단국대학교동양학연구소 『漢韓大辭典』 서울, 단국대학교 동양학연구소, 1998-
　　　　2008

대한한사전편찬실 엮음 『敎學大漢韓辭典』 서울, 교학사, 2004

국립국어연구원 『표준국어대사전』 서울, 두산동아, 1999

張相 『詩詞曲語辭匯釋』 北京, 中華書局, 1977

王鍈 『詩詞曲語辭例釋』(第二次增訂本) 北京, 中華書局, 2005

王鍈 『詩詞曲語辭集釋』 北京, 語文出版社, 1991

朱家溍 『詩詞曲語辭辭典』 北京, 中華書局, 2014

江藍生 · 曹廣順 『唐五代語言詞典』 上海, 上海敎育出版社, 1997

魏耕原 『全唐詩語詞通釋』 北京, 中國社會科學出版社, 2001

魏耕原 『唐宋詩詞語詞考釋』 北京, 商務印書館, 2006

王鍈 『唐宋筆記語辭匯釋』(修訂本) 北京, 中華書局, 2001

邱樹森主編 『中國歷代職官詞典』 南昌, 江西敎育出版社, 1998

沈起煒 · 徐光烈 『中國歷代職官詞典』 上海, 上海辭書出版社, 1992

徐連達 『中國歷代官制詞典』 合肥, 安徽敎育出版社, 1991

丹靑藝叢委員會編 『中國音樂詞典』 臺北, 丹靑圖書有限公司, 1986

瞿冕良 『中國古籍版刻辭典』 濟南, 齊魯書社, 1999

范之麟 · 吳庚舜 『全唐詩典故辭典』 武漢, 湖北辭書出版社, 1989

金啓華 『全宋詞典故考釋辭典』 長春, 吉林文史出版社, 2003

祝鴻憙・洪湛侯 『文史工具書詞典』 杭州, 浙江古籍出版社, 1990

李新魁編著 『實用詩詞曲格律詞典』 廣州, 花城出版社, 1999

松浦友久編 『漢詩の事典』 東京, 大修館書店, 1998

井上宗雄外編 『日本古典籍書誌學辭典』 東京, 岩波書店, 1999

陳友氷 『海峽兩岸唐代文學研究史(1949-2000)』 臺北, 中央研究院中國文哲
　　　研究所, 2001

杜曉勤 『二十世紀中國文學研究──隋唐五代文學研究』 北京, 北京出版社,
　　　2003

傅璇琮・羅聯添主編 『唐代文學研究論著集成』 西安, 三秦出版社, 2004

● 저서류

朱金城 『白居易年譜』 上海, 上海古籍出版社, 1982

朱金城 『白居易研究』 西安, 陝西人民出版社, 1987

羅聯添 『白樂天年譜』 臺北, 國立編譯館, 1989

謝思煒 『白居易集綜論』 北京, 中國社會科學出版社, 1997

王拾遺 『白居易傳』 西安, 陝西人民出版社, 1983

王拾遺 『白居易生活繫年』 瀋陽, 寧夏人民出版社, 1981

楊宗瑩 『白居易研究』 臺北, 文津出版社, 1985

褚斌杰 『白居易評傳』 北京, 北京大學出版社, 1994

劉維崇 『白居易評傳』 臺北, 臺灣商務印書館, 1996

蹇長春 『白居易評傳』 南京, 南京大學出版社, 2002

彭安湘 『白居易研究新探』 重慶, 西南師範大學出版社, 1989

向達 『唐代長安與西域文明』 臺北, 明文書局, 1988

陳敏杰・羊達之 『白居易』 南京, 江蘇古籍出版社, 1991

白書齋・顧學頡 『白居易家譜』 上海, 中國旅遊出版社, 1983

陳友琴 『白居易詩評述彙編』 臺北, 明倫出版社, 1970

花房英樹 『白氏文集の批判的研究』 京都, 彙文堂書店, 1960

花房英樹 『白居易研究』 京都, 世界思想社, 1971

花房英樹, 王文亮・黃瑋譯 『白居易』 北京, 社會科學文獻出版社, 1991

花房英樹・前川幸雄 『元稹研究』 京都, 彙文堂書店, 1977

太田次男・小林芳規 『神田本白氏文集の研究』 東京, 勉誠出版, 1982

太田次男主編 『白居易研究講座』 제2권 東京, 勉誠社, 1993

太田次男主編 『白居易研究講座』 제6권 東京, 勉誠社, 1995

太田次男 『舊鈔本を中心とする白氏文集本文の研究』 東京, 勉誠出版, 1997

陳狐 『白居易の文学と白氏文集の成立——廬山から東アジアへ』 東京, 勉誠
　　　出版, 2011

卞孝萱 『劉禹錫年譜』 北京, 中華書局, 1963

卞孝萱 『元稹年譜』 濟南, 齊魯書社, 1980

張達人 『唐元微之先生稹年譜』 臺北, 臺灣商務印書館, 1980

周相錄 『元稹年譜新編』 上海, 上海古籍出版社, 2004

王拾遺 『元稹傳』 銀川, 寧夏人民出版社, 1985

劉維崇 『元稹評傳』 臺北, 黎明文化事業公司, 1977

吳偉斌 『元稹考論』 鄭州, 河南人民出版社, 2008

吳偉斌 『元稹評傳』 鄭州, 河南人民出版社, 2008

陳寅恪 『元白詩箋證稿』 北京, 三聯書店, 2001

陳才智 『元白詩派研究』 北京, 社會科學文獻出版社, 2005

啓功 『詩文聲律論稿』 北京, 中華書局, 2000

高世瑜 『唐代婦女』 西安, 三秦出版社, 1988

羅聯添 『唐代詩文六家年譜』 臺北, 學海出版社, 1986

羅宗濤等著 『中國詩歌研究』 臺北, 中央文物供應社, 1985

譚永祥 『漢語修辭美學』 北京, 北京語言學院出版社, 1992

陶敏・李一飛 『隋唐五代文學史料學』 北京, 中華書局, 2001

廖美雲 『唐伎研究』 臺北, 臺灣學生書局, 1998

萬曼 『唐集叙錄』 北京, 中華書局, 1980

方克立『中國哲學小史』臺北, 木鐸出版社, 1986

柏錚『中國古代官制』北京, 北京大學出版社, 1989

傅璇琮『唐代科舉與文學』西安, 陝西人民出版社, 1986

傅璇琮『唐代詩人叢考』北京, 中華書局, 1980

王壽南『隋唐史』臺北, 三民書局, 1986

傅樂成『漢唐史論集』臺北, 聯經出版事業公司, 1977

傅錫壬『牛李黨爭與唐代文學』臺北, 東大圖書公司, 1984

徐復觀等『知識份子與中國』臺北, 時報出版社, 1983

徐松撰, 張穆校補『唐兩京城坊考』北京, 中華書局, 1985

楊蔭瀏『中國古代音樂史稿』北京, 人民音樂出版社, 1981

余英時『士與中國文化』上海, 上海人民出版社, 1987

余英時『史學與傳統』臺北, 時報出版公司, 1982

吳晗·費孝通等『皇權與紳權』上海, 觀察社, 1948

王國瓔『中國山水詩研究』臺北, 聯經出版事業公司, 1986

王力『漢語詩律學』上海, 上海教育出版社, 1978

王書奴『中國娼妓史』北京, 團結出版社, 2004

王瑤『中國詩歌發展講話』香港, 富壤書房, 1972

王占福『古代漢語修辭學』石家莊, 河北教育出版社, 2000

姚平『唐代婦女的生命歷程』上海, 上海古籍出版社, 2004

郁賢皓『唐刺史考』淮陰, 江蘇古籍出版社, 1987

柴德賡『史籍舉要』臺北, 漢京文化事業有限公司, 1985

岳娟娟『唐代唱和詩研究』上海, 復旦大學出版社, 2015

趙以武『唱和詩研究』蘭州, 甘肅文化出版社, 1997

袁行霈『中國文學史綱要』北京, 北京大學出版社, 1986

游國恩·王起·蕭滌非·季鎮淮·費振剛主編『中國文學史』北京, 人民文學
　　　　出版社, 1982

劉大杰『中國文學發展史』(校訂本) 臺北, 華正書局, 1977

陳寅恪『陳寅恪先生文集』臺北, 里仁書局, 1981

劉澤華 『士人與社會』 天津, 天津人民出版社, 1988

王仲犖 『隋唐五代史』 上海, 上海人民出版社, 1988

程千帆 『唐代進士行卷與文學』 上海, 上海古籍出版社, 1980

金諍 『科擧制度與中國文化』 上海, 上海人民出版社, 1990

任爽 『唐朝典章制度』 長春, 吉林文史出版社, 2001

陳茂同 『中國歷代選官制度』 上海, 華東大學出版社, 1994

王勛成 『唐代銓選與文學』 北京, 中華書局, 2001

高明士 『隋唐貢擧制度』 臺北, 文津出版社, 1988

閣文儒 『唐代貢擧制度』 西安, 陝西人民出版社, 1989

吳宗國 『唐代科擧制度硏究』 瀋陽, 遼寧大學出版社, 1992

祝晏君 『中國古代人事制度』 蘭州, 甘肅人民出版社, 1992

蔣紹愚 『唐詩語言硏究』 鄭州, 中州敎育出版社, 1990

張晨 『中國詩畵與中國文化』 沈陽, 遼寧敎育出版社, 1993

張淸鐘 『古詩十九首彙說賞析與硏究』 臺北, 臺灣商務印書館, 1998

褚斌杰 『中國古代文體槪論』 北京, 北京大學出版社, 1992

丁鼎 『牛僧孺年譜』 沈陽, 遼海出版社, 1997

趙克勤 『古漢語修辭常識』 鄭州, 河南人民出版社, 1984

周生亞 『古代詩歌修辭』 北京, 語文出版社, 1995

中國社會科學院文學硏究所編 『中國文學史』 北京, 人民文學出版社, 1985

陳望道 『修辭學發凡』 上海, 復旦大學出版社, 2008

陳伯海 · 朱易安 『唐詩書錄』 濟南, 齊魯書社, 1988

蔡英俊主編 『抒情的境界』 臺北, 聯經出版事業公司, 1982

蔡鍾翔 · 黃保眞 · 成復旺 『中國文學理論史』 北京, 北京出版社, 1987

黃麗貞 『實用修辭學』 臺北, 國家出版社, 2000

何文煥 『歷代詩話』 北京, 中華書局, 1981

丁福保 『歷代詩話續編』 北京, 中華書局, 1983

徐師曾 · 吳納 『文章辨體序說 · 文體明辯序說』 北京, 人民文学出版社, 1962

徐師曾 『文體明辯』(영인본) 서울, 오성사, 1984

黃俊傑主編『理想與現實』臺北, 聯經出版事業公司, 1982

吳廷燮『唐方鎭年表』北京, 中華書局, 1980

靜永健・陳狏『漢籍東漸及日藏古文獻論考稿』北京, 中華書局, 2012

礪波護『唐代政治社會史研究』京都, 同朋舍, 1986

那波利貞『唐代社會文化史研究』東京, 創文社, 1977

山本隆義『中國政治制度の研究』京都, 同朋舍, 1968

築山治三郎『唐代政治制度の研究』東京, 創元社, 1967

近藤光南『唐詩集の研究』東京, 硏文出版, 1984

平岡武夫『唐代の曆』京都, 京都大學人文科學研究所, 1954

박은옥『중국의 전통음악』서울, 민속원, 2013

勞思光, 정인재 역『중국철학사』서울, 探求堂, 1989

岸邊成雄, 천이두 옮김『중국여성의 성과 예술』서울, 일월서각, 1985

王處輝, 심귀득・신하령 옮김『중국사회사상사』서울, 까치, 1992

宮崎市定, 중국사연구회 옮김『중국의 시험지옥 ──科擧』서울, 청년사, 1993

劉再生지음, 김예풍・전지영 옮김『중국음악의 역사』서울, 민속원, 2004

● **역서류**

顧學頡・周汝昌選注『白居易詩選』北京, 人民文學出版社, 1963

龔克昌・彭重光『白居易詩選』濟南, 山東大學出版社, 1999

霍松林『白居易詩譯析』哈爾濱, 黑龍江人民出版社, 1981

謝思煒『白居易詩選』北京, 中華書局, 2005

王汝弼『白居易選集』上海, 上海古籍出版社, 1980

陶敏・魯茜『新譯白居易詩文選』臺北, 三民書局, 2009

蘇仲翔『元白詩選注』許昌, 中州書畵社, 1982

邱燮友『新譯唐詩三百首』臺北, 三民書局, 1988

陶今雁『唐詩三百首詳注』南昌, 百花洲文藝出版社, 1992

王啓興・毛治中『唐詩三百首評注』武漢, 湖北人民出版社, 1984

沙靈娜譯詩・何年注釋『唐詩三百首全譯』貴陽, 貴州人民出版社, 1993

張忠綱『唐詩三百首評注』濟南, 齊魯書社, 1998

趙昌平『唐詩三百首全解』上海, 復旦大學出版社, 2008

朱炯遠『唐詩三百首譯注評』瀋陽, 遼寧古籍出版社, 1995

中國社會科學院文學研究所編『唐詩選』北京, 人民文學出版社, 1978

韓成武・張國偉『唐詩三百首賞析』石家莊, 河北人民出版社, 1995

田中克己『白樂天』東京, 集英社, 1964

佐久節『白樂天全詩集』東京, 日本圖書, 1978

山本太郎『白樂天詩集』東京, 角川書店, 1973

岡村繁『白氏文集』東京, 明治書院, 1988-2016

손종섭 『노래로 읽는 당시』 서울, 태학사, 2004

邱燮友편저, 안병렬역 『한역당시삼백수』 대구, 계명대학교출판부, 1991

기태완 『당시선』 서울, 보고사, 2008

김억 『안서김억전집』 서울, 한국문화사, 1987

김학주 『신역당시선』 서울, 명문당, 2003

심덕잠엮음, 서성옮김 『당시별재집』 서울, 소명출판, 2013

김희보 『중국의 명시』 서울, 종로서적, 1984

류종목・주기평・이지운 『당시삼백수』 서울, 소명출판, 2010

이석호・이원규 『중국명시감상』 서울, 명문당, 2014

지영재 『중국시가선』 서울, 을유문화사, 1973

● **논문류**

羅聯添 「白香山年譜考辨」;『大陸雜誌』30卷 3期, 1965.8

羅聯添 「白居易作品繫年」;『大陸雜誌』38권 3기, 1969.2

羅聯添 「白居易中書制誥年月考」;『唐代文學論集』臺北, 學生書局, 1989

杜化麗 「『全唐詩』中琵琶史料的研究」; 河南師範大學 碩士論文, 2011.5

劉宗德 「互文見義與互文同義」;『昆明師範學院學報』1979년 1기

劉夏 「古代箏形制研究」; 溫州大學 碩士論文, 2015.3

孟瑤 「『全唐詩』中的古琴史料研究」; 河南師范大學 碩士論文, 2014.5

文豔蓉 「尊經閣藏天海校本『白氏文集』及其價值」;『中國典籍與文化』 2019
년 1기

卞孝萱 「元白次韻詩新探」;『漢唐文史漫論』西安, 陝西人民出版社, 1986

卞孝萱 「元稹簡表」;『山西大學學報』1981.2기

卞孝萱 「元稹評傳」;『遼寧大學學報』1982.5기

黃大宏 「白行簡年譜」;『文獻』2002년 3기, 2002.7

顧學頡 「白居易與永貞革新」;『文史』제11집, 北京, 中華書局, 1981

謝明 「唐代箏樂研究」; 湖南師范大學 碩士論文, 2007.5

徐志平 「白居易兩種年譜評介」;『中國書目季刊』26권 2기, 1992.8

西村富美子 「關于白居易詩歌創作年代的幾個問題——談"寫眞圖"和"曲江的
秋"」;『唐代文學研究』제6집, 桂林, 廣西師範大學出版社, 1996

成軍 「清商三調研究」; 河南大學 碩士論文, 2006.5

楊民蘇 「試論白居易的自分詩類」;『昆明師專學報』1988년 4기

於韻菲 「唐代箏是如何"臨時移柱應二十八調"的」;『中國音樂』2009년 1기

呂正惠 「元白比較研究」; 臺灣大學中國文學研究所 碩士論文, 1974.6

吳偉斌 「元稹評價縱覽」;『復旦學報』(社科版) 1988.5기

吳浩瓊 「琵琶音律的研究」; 溫州大學 碩士論文, 2011.5

王德塤 「"促柱"小考」;『星海音樂學院學報』1989년 1기

王運熙 「諷諭詩和新樂府的關係和區別」;『復旦學報』(社科版) 1991. 6기

牛龍菲 「索丞·雍門調及其有關的問題」;『中國音樂』2005년 1기

岑仲勉 「論白氏長慶集源流並評東洋本白集」;『中央研究院歷史語言研究所
集刊』제9집, 1947.9

岑仲勉 「白氏長慶集僞文」;『中央研究院歷史語言研究所集刊』제9집, 1947.9

張金亮 「白居易感傷詩論略」;『靑海師範大學學報』1993.1기

張鳳雲·趙泰運 「"弟走從軍阿姨死"淺見」;『天津敎育』1982년 2기

張安祖 「"兼濟"與"獨善"」; 『中國古代近代文學硏究』 1983. 4기

邱月兒 「元稹與白居易之唱和詩硏究」; 復旦大學 博士論文, 2009. 4

張亦偉 「論互文的特點及其修辭作用」; 『名作欣賞』 2013년 29기

蔣祖勳 「「琵琶行」中的"阿姨"作何解釋?」; 『文史知識』 1992년 11기

田甜 「唐代琵琶演奏技法簡析」; 『北方音樂』 2011년 7기

文豔蓉 「白居易子嗣考辨」; 『重慶社會科學』 2009년 2기

王輝斌 「白居易的婚姻問題」; 『雲南敎育學院學報』10권 4기, 1994. 8

顧學頡 「白居易和他的夫人── 兼論白氏靑年時期的婚姻問題」; 『江漢論壇』
　　　1980년 6기

陳之卓 「白居易父母爲中表結婚說補正」; 『社科縱橫』1995년 2기, 1995. 4

靜永健 「白居易詩集四分類試論──關于閑適詩和感傷詩的成立」; 『唐代文學
　　　硏究』제5집, 桂林, 廣西師範大學出版社, 1994. 10

陳靈海 「唐代改元小考」; 『浙江學刊』 2012년 3기

曹安和 「唐代的琵琶技法」; 『人民音樂』 1962년 7기

朱金城 「雙白簃唐詩厄談」; 『文學遺産』 1995년 4기

周南「中國古代琵琶形制與演奏方式的演變及其歷史特徵」; 『藝術品鑒』2016
　　년 11기

陳尙君 「『新唐書·藝文志』補── 集部別集類」; 『唐硏究』제1권, 北京, 北京
　　　大學出版社, 1995

夏凡 「有品樂器律制硏究」; 中央音樂學院 博士論文, 2011. 4

傅璇琮「新書書評: 朱金城著『白居易集箋校』」; 『唐代文學硏究年鑑』1989·
　　　1990合輯 桂林, 廣西師範大學出版社, 1991. 9

陳才智 「論著評價: 『白居易文集校注』」; 『中國文學年鑒』2013年, 2013. 12

程宗才 「唐代的翰林學士與宰相」; 『魏晉南北朝隋唐史』 1991년 12기.

王永平 「論翰林學士與中晚唐政治」; 『魏晉南北朝隋唐史』 1990년 6기.

太田次男·隽雪豔 「日本漢籍舊鈔本的版本價值── 從『白氏文集』說起」; 『傳
　　　統文化與現代化』 1993년 2기

太田次男 「書評: 朱金城『白居易集箋校』」; 『中國文學報』제41책, 1990. 4

平岡武夫 「白氏文集の成立」; 『東方學論集・東方學會創立十五周年記念』 1962.7

平岡武夫 「白居易の家庭環境に關する問題」; 『東方學報』제34호, 1964.3

平岡武夫 「白居易とその妻」; 『東方學報』제36호, 1964.10

神鷹德治 「朝鮮銅活字本『白氏策林』について」; 『朝鮮學報』제106호, 1983.1

神鷹德治 「臺灣國立中央圖書館藏影抄明刊本『白氏策林』について」; 『東方學』 제61호, 1981.1

前川幸雄 「知的遊戲の文學——元白唱和詩の一例」; 『漢文學會會報』제22기, 1976.

好崎哲彦 「『白氏文集』宋代諸本の系譜」; 『島大言語文化』제24권, 2008.3

花房英樹 「白居易年譜稿」; 『京都府立大學學術報告・人文』제14호 1962.10

花房英樹 「元稹年譜稿」[上]; 『京都府立大學學術報告・人文』제22호, 1970.11

花房英樹 「元稹年譜稿」[下]; 『京都府立大學學術報告・人文』제23호, 1971.10

布目潮渢 「白居易の官人としての経歴」; 『白居易研究講座』제1권 東京, 勉誠 社, 1993

妹尾達彦 「白居易と長安・洛陽」; 『白居易研究講座』제1권 東京, 勉誠社, 1993

丸山茂 「白氏交遊錄——元宗簡」; 『日本大學人文科學研究所研究紀要』第56 號 1998.10

愛甲弘志 「白氏の子たるに負かず—白氏の墓から見た白居易とその兄との関 係について」; 小南一郎編 『中國の禮制と禮學』 東京, 朋友書店, 2001.10

靜永健 「書評: 謝思煒『白居易詩集校注』の刊行を賀す」; 『白居易研究年報』 제8호 2007.10

❑ 국내의 백거이 관련 참고문헌(단행본・학위논문・기간논문)은 본서 제6장 「국내 백거이 연구 개황과 성과」의 【부록】 「국내 백거이 연구논저 목록(1910~2022)」으로 갈음한다.

　　30여 년 전 모 대학에 출강할 때였다. 학과 조교의 책상 위에 주
금성의 『백거이집전교』가 놓여 있었다. 백거이의 농민시로 석사논
문을 준비한다고 했다. 3,800편이 넘는 문집에서 작품을 찾는 방법
을 그에게 물었다. 150쪽이 넘는 문집 목차를 일일이 넘겨 가며 찾
는다고 했다. 사각호마(四角號碼)를 익히지 못했으니 그럴 수도 있
겠다 생각했다. 그러나 뒤이어 밀물처럼 몰려온 것은 한없는 부끄
러움과 미안함이었다. 학문후속세대를 위한 기초작업이 전무했기
때문이다. 그때 백거이 연구기반 확립을 위한 기초작업의 필요성을
절감했다.

　　대만에서 대학원 공부를 하던 40여 년 전의 일이다. 일본에서 유
학온 후배가 있었다. 후배 모교 교수의 석사논문이 필요하여 부탁한
적이 있었다. 후배가 나를 위해 받아온 것은 『장적가시색인(張籍歌詩
索引)』이었다. 석사논문을 준비하는 초기 단계에서 해당 작가의 작
품색인을 지도교수와 함께 작업한 성과물이라고 하였다. 불과 이삼
십 년 전만 해도 색인(Index)은 연구기반 중의 기반이었다. 주체적인
연구기반 확립을 위한 기초작업의 중요성을 그들은 이미 알았고 그
앎(知)을 행(行)하였던 것이다.

　　일본에서는 1950년대에 이미 한 대학 연구소의 학술 활동으로 『당

대연구 입문(唐代硏究のしおり)』 12책이 출간되었다. 당대의 시·산문·시인·산문작가·행정지리·역법·장안(長安)과 낙양(洛陽) 등 당대 연구에 필요한 기초작업의 성과를 총망라했다. 이백(李白) 작품에 대한 각종 기초정보와 색인을 정리한 『이백가시색인(李白歌詩索引)』·『이백의 작품(李白の作品)』 2책이 포함되어 있다. 이 입문서는 문자 그대로 당대 연구의 나침반이자 지침서로서 일본은 물론 전세계 학계의 환영과 찬사를 받았다.

『당대연구 입문(唐代硏究のしおり)』은 40년이 흐른 1991년, 상해 고적출판사(上海古籍出版社)에 의해 중역본이 출간되었다. 이는 기초작업의 학술적 가치와 의미를 인정받은 결과이다. 일본 학계의 기초작업 성과물이 중국 학계에 역수출되었던 것이다. 화방영수(花房英樹)의 『백씨문집의 비판적연구(白氏文集の批判的硏究)』는 1960년에 출판되었다. 이 기초작업의 결과물은 아직까지도 전세계 연구자들이 참고하고 인용하는 경전급의 저서가 되었다. 60년 이상의 수명을 누리고 있는 학술 저서는 그리 흔하지 않다. 국내 백거이 연구의 기반 확립을 목적으로 하는 본서의 출간이 이제라도 필요한 이유가 바로 여기에 있다.

중국 고전시를 전공으로 삼아 공부하고 연구한 세월이 40년에 이른다. 독자로서 고전시 감상은 무엇보다 즐거운 일이지만 전공자로서 고전시를 연구하는 것만큼 고통스러운 일은 없다고 누군가는 말한다. 그 고통은 시어 하나, 시구 하나를 정확하게 이해하는 과정에서부터 시작된다. 고전시에 대한 정확한 이해와 감상은 다단계 과정과 다방면의 사고를 필요로 하는 고난도 작업이다. 고전시 전공자로 오랜 기간 학업과 연구에 종사했지만 아직도 고전시를 편안한 마음으로 대하지 못하는 것은 바로 이 때문이다. 그럼에도 변함없이 재미와 즐거움을 느끼는 것은 바로 그 고통에 대한 보상이 적지 않아 서이다.

백거이는 어느 날 무심히 거울을 보았다. 수염마저 희어진 거울 속 자신의 모습에 그는 결코 슬퍼하지 않았다. 당시 64세의 나이, 백 거이는 오히려 늙었다는 것에 기뻐하며 이렇게 노래했다.

만약에 삶이 연연해 할 일이 아니라면
늙는다는 것 역시 슬퍼할 일이 아니다.
만약 산다는 것이 정말 연연해 할 일이라면
늙었다는 건 오래 산 것이니 기뻐할 일이다.

生若不足戀, 老亦何足悲.
生若苟可戀, 老卽生多時. (「覽鏡喜老」[2181])

백거이는 역시 지족상락(知足常樂)의 시인이다. 수염조차 백설이 된 나이에도 달관(達觀)의 인생철학으로 자신을 위로한다. 이 후기를 쓰고 있는 나와 동갑의 나이, "눈은 침침하고 머리는 희끗희끗하며 이는 흔들거림"에 탄식하는 나는 아직도 그에게 본받을 것이 많다. 그리고 언제나 자신을 위로하는 마음으로 나를 위로해 주고 있음에 감사하며 본서의 마지막 마침표를 찍는다.

| 저자 소개 |

김경동 金卿東

성균관대학교 중어중문학과를 졸업하고 국립대만대학에서 석사학위, 성균관대에서 박사학위를 취득했다. 1998년부터 현재까지 만 26년 동안 성균관대 중문과에서 전임교수로 근무했다. 대만의 중앙연구원 중국문철연구소 방문학자, 국립정치대학 한국어과 교환교수로 파견되어 국외에서 연구와 교육 업무에 종사하기도 했다.

연구 분야는 백거이를 위주로 한 당시(唐詩)로부터 출발하여 한중비교문학을 거쳐 시어(詩語)로까지 확대되었다. 중국·대만·일본 등의 해외에서 세미나 발표와 논문 게재 등의 학술 활동을 꾸준하게 진행했다. 정년 이후에는 백거이 시 완역을 목표로 역주 작업에 정진할 계획이다.

주요 논문으로는 「중국고전 시문 읽기에 있어 오해와 진실」·「"停車坐愛楓林晚"——시어로서 '坐'의 의미」·「"光陰者百代之過客"新解」(중문)·「朝鮮文獻に見える『白氏文集』」(일문) 외 다수가 있다. 단행본으로는 『백거이 한적시선』 등의 공역서와 『수용과 창화——한중 고대문인의 문학교류』 등의 저서가 있다.

백거이 문학의 기반 연구

초판 1쇄 인쇄 2024년 2월 26일
초판 1쇄 발행 2024년 2월 29일

지은이 김경동
펴낸이 유지범
책임편집 신철호
편집 현상철·구남희
마케팅 박정수·김지현

펴낸곳 성균관대학교 출판부
등록 1975년 5월 21일 제1975-9호
주소 03063 서울특별시 종로구 성균관로 25-2
대표전화 02) 760-1253~4
팩스 02) 762-7452
홈페이지 press.skku.edu

ISBN 979-11-5550-626-4 93820